Hinter Büchern

Germar Grimsen

Hinter Büchern
Der Reigen

ein- und ausgeleitet von Hexametern
aus der Feder Bernd Lüttgerdings
mit einem notwendigen Register ausgestattet und
einem Nachwort des Verlegers versehen

Eichborn BERLIN

Versicherung an Eides statt: bis auf Kurt Lammek ist jede im Haupttext agierende Figur, sie sei Mensch oder Hund, völlig und frei erfunden. Selbst die Identität einer dort vorgestellten mit einer leibhaftigen Fliege wäre rein zufällig und höchlichst zu bedauern.

Germar Grimsen

1 2 3 4 08 07

Umschlaggestaltung: Cathleen Schütze / Christiane Hahn
Satz: Greiner & Reichel, Köln
Herstellung: Cosima Schneider
Druck und Bindung: Druckerei Uhl, Radolfzell
(Eichborn Berlin)

ISBN 978-3-8218-0775-1

Verlagsverzeichnis schickt gern:
Eichborn Verlag, Kaiserstraße 66, 60329 Frankfurt am Main
www.eichborn.de

Prolog

… Komisch. Ganz plötzlich verharren in Lähmung nun alle die Münder.
Keiner der zierlichen Daumen zwingt Funken aus nicht mehr ganz trocknem
Feuerzeugrädlein. Und keines der Augen rings fordert die Flamme
Auf, Zigaretten in Hitze zu lecken! Was hab ich getan, daß
Ausnahmslos allen den Musengesichtern die Züge entgleisen?
Durch mich hindurch in die schwächlich sich bauschenden Sprühregenschwaden
Spähen sie abscheuverzerrt. — »Aber was denn?« — Die Frage entschlüpft mir,
Während ich folgend den musischen Blicken mich selbst umgedrehet.
Nichts mehr, das nicht durcheinandergeriete und *Unheil naht trippelnd,*
Tatzend und niedrig — so unket, die lieblichen Äuglein verdrehend,
Grimmvoll Kalliope zwischen den ödmütig schlotternden Wangen.
— Schemen, sonst kaum was erkenn ich; Verwischtes, das allerdings Schritt um
Schritt einem Mädchen zu ähneln beginnet … — Ein Mädchen, tatsächlich,
Klein, jedoch mannbar bereits, hat das zwanzigste Jahr schon im Nacken
Und einen Hund an der Seite. Ihr Stimmchen, es klingelt vertraulich,
Christglockenhell auf uns ein: »Tja, was machtn ihr hier? — Ich bin Wiebke.
Knud heißt mein Hund«. Und mit herzlichem Lächeln bedrängt sie die Runde
Musischer Göttinnen, die sich in Schnuten des Ekels verschanzen,
Stumm, rigoros ihrem frostigen Trotz hingegeben. Ein Windstoß
Kappt über kurz allen Sprühregenfall. Ich ermanne mich rüstig,
Selbst mein bescheidenes Mundwerk zu öffnen, um rasch der in Störung
Starrend stagnierenden Lage zurück auf die Beine zu helfen:
»Also«, erheb ich, zu Wiebke gewandt meine Stimme, die Brauen
Gleichfalls erhoben und dankbar, höchstselbst mal von weiblichen Worte
Fragend gefordert zu werden — »verhält sichs doch so, daß erst gestern
Mir war vergönnet, bei Krüger, dem Großantiquar von Horn-Lehe
Um nur geringestes Geld Manuskriptseiten, viele, ein dickes
Bündel, zu finden — du siehst es, zwar leider recht feucht nun geworden,
Dort in Kalliopes Arm. — Es zu lesen hub an ich, Verständnis
Stellte jedoch sich nicht ein, woraufhin ich das just erst erworbne
Machwerk, nur flüchtig besehen dem Markt wieder zuführen wollte.
Dieses erwies sich als nicht so leicht machbar. Doch hier bei dem ENDE
— Künstlerhand schuf es, von Stadtvätergeldern gekräftigt, in Bronze —
Hab ich, grad ratlos gen Innenstadt schlendernd, ich weiß nicht, wars Zufall,
Traum oder Fügung …« — »Nur Fügung, gewisslich, von Gott zugefüget!«,
Flötet die Wiebke mit täubischem Nicken ins Wort mir, doch fahre

Fort ich und sag : »... hab ich nämlich hier diese neun Damen getroffen,
Musen sinds, weise, gewitzigt und helikonid. Äußerst gütig,
Mag man es glauben auch kaum, warn alsbald sie entschlossen, mir Zeil' um
Zeile dies Werk zu erschließen. Die Fußnoten füg mit dem Bleistift
An ich einjeder erläutrungsbedürftigen Stelle«. — Nur mäßig
Staunt sie darüber und zwitschert : »O schön und auch sehr kreativ; gleich
Anfangs gemerkt hab ich : Du bist sensibel, genauso wie ich, und ...«
Haaalt! läßt verlautbarn Kalliope da (während Klio mit Schmackes
Klappst auf Uranias Hinterkopf, weil deren Ablehngemime
Aufweicht zu Anteilgenehm), und ein messernes *Schluß jetzt!* legt nach sie;
Erato würgt, Polyhymnia schläft beinah ein, dicke Backen
Macht die Euterpe, und ernst ist Thalia geworden, im Abseits
Öffnet Melpomene mit der Terpsichore schon einen eignen
Doofen Verein! Wir wolln weiter im Text; diese Wiebke muß weg hier!
Dummheit verscheucht uns! — Wir sagten dirs anfangs, du Musenbeläst'ger!
Mich redet derweis' sie an, und ein Mundwinkel rutscht ihr herab ins
Huldvoll-Entnervte. Dann wendet sie kopfschüttelnd Wiebke sich zu und
Ruft, so daß alle, sogar selbst die drömmlige Töle, erschrecken :
KUSCH!! — du geschwätziges Bräutchen von Tand und von Plunder! Der Flohmarkt
Harret längst deiner, dein Köterlein außerdem muß mal! Betreten
Schiebet die Wiebke ihr winziges Sublippchen vor, dazu schnippt sie :
»Komm, Knud, man braucht uns hier nicht« und wie Kleinriese, großzwergbegleitet
Dackeln die beiden zum Tunnel, durch den sie verschwinden zu Kernstadt,
Flohmarkt und Resten des fußkalten Seins. (Doch die Tunnelendhelle,
Einschluckend Wiebke und Knud, mutet fremd an und spätwinterfarben,
Dort, könnt man meinen, läg Schnee in der Luft ...) — Reformiert haben derweil
Flugs sich die Musen, sie stehen wie ehdem im Halbkreis und zupfen
Weniges nur noch an ihren durchnäßten Gewändern. Auch ist vom
Rauchen jetzt keinerlei Rede; ganz eilebeflissen beginnen
Unaufgefordert zu singen sie, zanklos und hektisch, als schössen
Sie mit den Worten auf die grad entflohene Zeit : *Los, wir singen*
Trotz der erduldeten Störung nun, wie Christian Keller die harte
Regel von Aufstieg und Fall mußte lernen, gedacht wird der Dichter,
Speise fährt bergeweis auf ... — Und die Mist-Wiborada, brummt Klio.
»Hä ?« kann zu machen ich mich da nun doch nicht enthalten und schreie
Unbedarft auf : »Wibo-was ?« — *Halte du deine Klappe und lausche;*
Gleich wird Erhellung dir, wart sie nur ab; die Maxime von Keller
Lasse dir aber schon jetzt in dein Stammbuch einbrennen und merk dir
Folgende wichtige Worte : ›Wer Anstand hat, fragt nicht‹ (o mögest
Förderhin dies du beherzen !). — Nun zügig im Spurt ! Es beginnet
Reißerisch, drastisch und hundereich, auch kriminell nicht zum Letzten

Der Reigen

Wie Christian Keller Bekanntschaft schließt
mit dem ehernen Gesetz von
Hausse und Baisse

1. Wiebkes Fund

**darin Wiebke im Schneetrieb zwei Bücher findet,
eines davon Keller überläßt,
Keller es achtlos in gute Hände befiehlt
und ein Professor dagegen angeht, daß er nicht zahlen soll**

Schindelrot liegen die Dächer des Schnoor [1] unter splittrig verharschtem Eis und die schmale Gasse Hinter der Balge, angelaufen in der Farbe Februarfrüh, sperrt Katzen Kunden Köter aus. Immer eine schwere Zeit für Keller, den wie ausgedachten Antiquar, wenn ein Schnee fällt und in Teilen verbleibt. Nicht, weil mit Winterbeginn Schilder polyglatt warnen vor Prellung und Fraktur, die Barmer den Schnoor umstellt und das Rentnertreiben aussetzt, sondern weil Keller, wenn er denn schon in der Welt ist und sie queren muß bis an sein selig End, wenigstens nicht überall auf alberne Bedeutung stoßen möcht und blaue Flecken davontragen zu müssen wünscht. Schon von einem Anflug weltanhaftender Allegorie fühlt Keller sich bedrängt und zu zwanghaft-circulöser Überlegung veranlaßt … und im Altschnee lagern gleich sehr fette Allegorien ab : hat der sich nun zu Firnzungen in schmutzige Winkel Mauerwerk zurückschmelzen lassen oder täuscht Keller sich nicht und quillt er hervor aus den Fugen des Seins ?

Wie auch immer : Keller betreibt Hinter der Balge einen vollendeten Handel mit gebrauchten Büchern, das duldet keinen Aufschub, und so schließt er mit dem zehnten Schlag der Kirchturmuhr die Tür des Eckhausantiquariats von innen auf, tritt heraus, bibbernd, dünn bekleidet, rumpelt bäuchlings gepreßt den Stellkasten mit Merianheften vors Schaufenster und wiederwieselt hinein — die Tür einen einladenden Spalt offen.

---

[1] Das Schnoor-Viertel in Bremens Altstadt. Auf dem Falk-Plan erst nach längerer Suche auszumachen — so klein ist es. Nicht mal die Namen der Gassen haben ausgeschrieben Raum. Und in Echt ist der Schnoor nur unwesentlich größer als auf der Karte und sind die Bewohner froh, daß sie überhaupt Adressen haben und man sie besuchen könnte. So winzig und edel ist der Schnoor. Eigentlich aber ist er nichts als ein spätmittelalterliches Elendsviertel an der Weser, das in Segmenten überlebt hat — ein Todesurteil, wie es nur im 20. Jahrhundert gesprochen und vollstreckt werden kann. Der Schnoor hat sich gemausert und ist heute das touristenbegangenste Eck Bremens, hier weht noch der Geist der Gotik, hier waltet unbekümmert der Wille zu Gast und Kleinkunst, hier endlich ist Armut, die 500 Jahre auf dem Buckel hat, niedlich geworden. Daß dies Gesetz nicht nur für Bremen gilt, ist eine peinlich-müde Entschuldigung. Aber es ist wenigstens eine.

Osterdeich : das dezemberwarme Lebkuchleuchten aus den weserflankenden Herrscherhäusern, das deren Bewohner, Bioarchitekten zumeist, pünktlich zum Fest durch hanf- und kompribandgedichtete Fenster angerichtet hatten, ist lang schon aus, in Gräue steht am Hang zur Weser ein Freiluftlokal und hat Winterzu, ein dürres Mädchen zockelt dort mit viel Gemüt den Fahrradweg lang und kalbgroß und dumm kackt sein brauner Hund Dampfendes in hartes Gras. Das Mädchen lobt den Hund und schaut dann gehaltvoll den Deich hinan. Droben aber schabt nur ein Onkel sein Geschwisterkind auf einem Schlitten über den Teerweg.

Indes weht im ersten Stock des Antiquariats die Möglichkeit von Schnee durch bröckligen Fensterkitt, faucht Kellers Kaffeemaschine und spuckt farblose Fumarolen, eine Fliege, die am Deckenbalken Winterschlaf hält, wird halbbelebt und fällt zwischen Kleingeld und Visitenkarten in ein wildes Kakteenland [2], wackelt elendschwer mit den Flügeln, will tapfer fortstarten — wird aber von Keller, der aus dem Parterre aufsteigt, mit der ›Sehnsucht nach dem Paradies‹ [3], die er für solche Gelegenheit auf dem Treppenpfosten vorhält, trefflich getötet. Keller friert, ist lustlos, hustet, schenkt Kaffee ein, spielt am Radio — auf allen Frequenzen jubelt ein Möbelhaus von den Sonderfreuden des Wochenendes —, wischt ein Guckloch in eine beschlagene Scheibe und starrt hinaus. Nein, Kunden trauen sich hartnäkkig nichther.

Einen Kilometer weiter sind Tand und Plunder auf Brautschau : ein Rumpfflohmarkt fädelt unter den Weserarkaden, flußkalte Seinsreste, klamm und desolat. Schneefall setzt ein, nun doch, durchbeugt von einem Dutzend Hartgesottener. Eine fleischige Seele feilscht mit einem Händler, der ist kapuziert, hat den Schal ins Gesicht gewickelt und stiefelstampft um Wärme, streift dann einen Fäustling ab und streicht ein nettes Sümmchen ein : die fleischige Seele verschleppt eine gequollene Kommode. Der Händler aber hat die Schnauze voll und packt ein. Und all seine Kollegen tun ihm nach, und als alles sich in schneller Auflösung befindet, da schlägt gegen den Strom der Zeit unbemerkt die Stunde der kleinen Flaneuse : Wiebke. Wiebke — Knud, ihren Hund, beifuß — schiebt sich, in ein Mummeljäckchen getan und einen Rucksack um, durch den vielen eisigen Raum, alles Garstige ist ihr extraschön und je mehr unter ihren Augen der Flohmarkt schwindet, desto gründlicher will sie ihn sichten. Ruhselbst wendet Wiebke sich dem Stand des Putz-

---

[2] Präziser : auf die Collage, die 1985 der Rowohlt Taschenbuch Verlag dem Malcolm-Lowry-Titel ›Dunkel wie die Gruft, in der mein Freund begraben liegt‹ aufdrückte : Kaktus, Adler, Markt, mexikanische Abendsonne, nacktes Weib auf Bauch und Bett, davor drapiert ein trauriger angezogener Mann. Keller hatte es jüngst gelesen, o, daß niemand Lowrys Witwe abgehalten hatte, Novellenfragmente des Toten mit Tagebuchsätzen anzureichern, an die Öffentlichkeit zu wursten und zu einem dramatischen Selbstzeugnis über Schreibhemmungen zu stilisieren! Keller war enttäuscht. Und bringt seither Fliegen auf dem Taschenbuch dar. Schließlich hieß ehdem Mexico-Stadt Tenochtitlán, ›Stadt des Feigenkaktus‹, und zelebrierten schon die Azteken auf Kakteen Menschenopfer.

[3] Eine Studie des verdienten hallenser Orientalisten Walter Beltz zur Mythologie des Korans.

teufels [4] zu. Der nun ist weniger ein Stand als vielmehr eine bodengebreitete Decke. Wiebke aber scheint jedes Bild äußerer Kargheit voller Süße, meist nämlich, weiß sie, steckt da innerer Reichtum dahinter. Außerdem war ihr Ärmlichkeit noch stets willkommener Anlaß zu sehr gutem Mitleid gewesen.

Bis auf zwei Bücher hat Putzteufel schon alles Geraffel [5] in ein Buggybag gequetscht, die Bücher aber sind ein großes altes dickes, dem das Leder in Streifen vom gebrochenen Rücken hängt, und ein gellend anderes, auf dessen Schutzumschlag in einem Streitwagen lippenbärtig Arjuna neben der blauhäutigen Drag-Queen Krishna steht, beide in ihre mystischen Muschelhörner tuten und sich den Sieg in dräuender Schlacht erblasen : die ›Bhagavadgita wie sie ist [6]‹ — davon hat Wiebke

---

[4] Putzteufel, ein hagerer Mittzwanziger wirrblonden Haares, der seit jeher alle Formen von Heim oder Schule unterlief, ist eine Art Haushalts- und Erektionshilfe in Diensten des ab Kapitel IV bedeutend in Erscheinung tretenden Hauses Loisy. Beides — Cognomen ioculare wie Person — sind ausgesprochen loisysche Schöpfungen.

[5] Putzteufel, in Ermangelung eigener Güter, hatte artig Doktor Loisy gefragt, ob und was der entbehren könne. Und Loisy war in sich gegangen und hatte hervorbefördert ein Zukkerdöschen, eine Kaffeemühle mit Kurbel (verkauft), 835er Silberbesteck (unvollständig — doch verkauft) eine Höhensonne und gut zweifaustvoll Unsagbares. Eigentlich war Putzteufel entschlossen gewesen, zumindest die Bücher nicht wieder mitzuschleppen, sie notfalls elegant auszusetzen — doch das Schicksal dieser Bücher heißt jetzt nicht Naßwerden oder Verwehen, sondern erstmal Wiebke.

[6] Wie soll die schon sein außer toll? obwohl nur 700 Distichen lang. Sie hat 18 Kapitel, was auch schon mal sehr heilig ist. Zugleich ist sie aber nur die Kapitel 25–42 des sechsten der 18 Bücher des Mahabharata und spielt in einem unbekannten Land weit vor unserer Zeit, unmittelbar vor der großen, 18 Tage währenden Schlacht zu Kurukshetra, die von Krishna anberaumt wurde, weil Draupadi, die indische Helena und Gattin Arjunas und seiner vier Brüder, von ihren fünf Kerlen samt Königreich in einem Würfelspiel an die Dhrtarastra-Brüder verloren worden war und die Dhrtasatras Draupadi nackig machten und Krishna, daß der Vater der Dhrtasatras nicht Draupadis Blöße sähe, zu ihrem endlosen Seidensari werden mußte. Genau zur Sühne dieser Gottesnötigung hebt die Schlacht an. Indrasohn Arjuna aber, da er Vetter und Freunde im Feindesheer erblickt, schwört dem Krieg ab, wird schwermütig und stürbe am liebsten unbewaffnet und widerstandslos auf dem Schlachtfeld. Da lächelt Krishna seinen General aus und erklärt, er, Krishna, sei sein, Arjunas, Höheres Selbst, die innere Göttlichkeit und er, Arjuna, eine Allegorie der Seele und die Vetter, die er, Arjuna, töten solle, seien Allegorien menschlicher Laster und der Mensch nicht durch Familie definiert, sondern eine Wanderseele. Und weil sich sowieso immer alles ändere, handle man am besten gleich selbstlos und pflichtgemäß und haue, wenn man Krieger sei, drauf. Da fällt Maya von Arjuna ab und macht Platz für Ironie : am Ende des Mahabharata nämlich pilgern die fünf Siegerbrüder und Draupadi gemeinsam mit ihrem Hund herum und sterben dabei. Einzig Yudhishthira überlebt. Aber der rennt wehmütig seinen lieben Toten hinterher und folgt deren Seelen zum Mond, dort sie für drei Menschenalter ladungsfähige Anschriften haben, und will sein, wo Brüder, Frau und Hund sind : und weil er so sondertreu ist, kriegt er eine Sondererlösung und fällt sein Körper von ihm ab und darf er.

Die Gita ist keine geoffenbarte Shruti. Sie ist eine Smriti. Und doch das beliebteste Hindubuch überhaupt. Denn die Gita darf ohne Kastenbeschränkung gemurmelt werden. Und weil das Abendland den Buchdruck mit beweglichen Lettern erfunden hatte, wird die Gita auch rasch zur nach der Bibel zweithäufigst verlegten religiösen Urkunde von der ganzen Welt. Charles Wilkins macht sie 1785 in London englisch, 1787 übersetzt Monsieur Parraud den Wilkins ins Französische, Deutschland, leider : kein Zentralstaat, keine Kolonien, keine Übersetzung. Nur das Haus am Frauenplan. Deutschland braucht noch ein Halbjahrhundert für die erste Eindeutschung der Gita, erst 1834 legt Pastor Carl Rudolph Samuel Peiper in

schon gehört, die ›Gita‹, wie eingeweihte Kreise sie auch nennen, war alt und ehrwürdig. Sie war sogar so alt, daß niemand mehr weiß, von wann, und von einem

---

Leipzig 112 Seiten ›Bhagavadgita oder Das Hohe Lied der Indus‹ geverst und allseitig kommentiert vor — zu welchem Zeitpunkt allerdings die Deutschen schon längst die führende Indologenmacht waren, weil sie die berühmtesten Hannoveraner der Welt, die Schlegels, und die Humboldts und sowieso die ganze Romantik hatten.

Friedrich Schlegel verbreitet sich 1808 ›Über die Sprache und Weisheit der Indier‹ — da will Bruder August Wilhelm auch, lernt Sanskrit in Paris und zieht 1818 im Triumph in Bonn auf den Lehrstuhl für ›Litteratur und Kunstgeschichte‹ und schon heißt Bonn ›Benares am Rhein‹. Augustus Guilelmus a Schlegel, wie er sich auch gern nennt, tut alles, die Gita populär zu machen. Also übersetzt er sie 1823 ins Lateinische. ›Bhagavadgita, id est Thespesion Melos sive Almi Krishnae et Arjunae Colloquium de Rebus Divinis, Bharateae Episodium‹: das ist dann auch gleich die kritische und maßgebliche Edition. Und was er dafür braucht an Devanagari-Lettern, entwirft, gießt und setzt er gleich selbst. Das bringt die Lettern ganz weit nach vorn, sie werden die Mütter aller Devanagari-Typen, die der Akademie in Berlin wie die der pariser Société Asiatique — ja, August Wilhelm tut recht, jeden Tag in den Spiegel zu schauen, sich zu kneifen und sehr zufrieden zu sein.

Ah ... sie stehn alle drauf, Wilhelm von Humboldt überschlägt sich, hält 1825/26 in Berlin Vorlesungen über die Gita, befördert die zum Druck, zwingt Hegel eine 51spaltige Rezension ab — alle sind vor Begeisterung außer sich, Göte, Schlegels, Schopenhauer, Humboldt, alle versprechen, sich sofort öffentlich zu verbrennen, hätten sie nicht das Glück, so lang am Leben gelassen worden zu sein, daß sie das noch lesen konnten: so eine schöne Gita.

Allein Hegel ... ist reserviert. Irgendwie schätzt Hegel nicht, daß der Inder weder an Jahrtrillionen noch an Inkohärenz spart. Brahma schafft eigens für die Kühe den Kuhhimmel Goloka? die Welt ist aus Latte macciato und bevölkert von Helden aus dem Marveluniversum, denen allein auferlegt ist, nicht auf Ameisennester zu urinieren? Das ist kraus. Und so nennt Hegel denn die Gita auch ›tädiös‹ und leugnet die dichterische Qualität einer Komposition, die einen Ahn aus den Himmeln in einen Hundeleib fahren läßt, wenn irgendein Nachfahr zu Neumond ein Kuchenopfer versäumt. Indiens Götter sind kindische, unfreie Vielgestalt, die streng in leerer Sinnlosigkeit sich zügellos ausführend erhält, ›abgeschmackt‹ und ›geistlos‹. Hegel unterzeichnet kein Volksbegehren gegen die Inhalte des Denkens und das Denken selbst und wo der Romantiker gern rückblickt und sich freut, daß er mit der Gita ein altes Spielzeug hat, das Gegenwart vorbildet, mit dem er — unter brachial-interpretatorischen Griffen — gar Elemente christlicher Dogmatik als Aufguß denunzieren kann, sieht Hegel genau umgekehrt: die Entwicklung des Geistes geht notwendig voran, die Geschichte ist eine der fortschreitenden Freiheit und des Erfolgs, und in dieser Geschichte ist Degeneration nur vorgesehen als negatives Moment, das im Überwundenwerden die Absolute Idee nur noch um so rasender befördert. Vor diesem berliner Hintergrund wird das indische Vereinsamen der Seele in Leere reine Verstumpfung, begriffreies Stieren in Ideenlosigkeit, ein bloßer unentfalteter Denktaumel, systemlos schlechthin und das Abendland hat mit dem bunten Teller des Subkontinents getan, was es tun konnte und was zu tun war: die Perser dazwischengesetzt, das Christentum hervorgebracht und dann Hegel.

Besonders leidig für Hegel, daß die Gita strotzt vor Widersprüchen — wo Hegel doch auf Widersprüche gut kann. Aber hat er sie je mit unsauberem Denken verwechselt? hätte man ihn je anders als kopfschüttelnd gesehn, wenn jemand vor ihn hingetreten wär und die Ethik der Gita gelobt hätte, die nur ein Gebot kenne: Handeln! andererseits aber auffordere, **nur** in Krishna sich zu versenken?

Humboldt bemerkt Hegels schwächelnden Enthusiasmus und klagt am 1. März 1828 dem Metternichmann Friedrich von Gentz: »Gewiß ein tiefer und seltener Kopf. Allein daß eine Philosophie dieser Art wahrhaft Wurzeln schlagen sollte, kann ich mir nicht denken. Ich wenigstens habe mich, so viel ich es bis jetzt versucht, auf keine Weise damit befreunden können« — Hegels Sprache sei doch zu sehr der ›Dunkelheit‹ verpflichtet, ›nicht anregend‹ und entstanden »aus sichtbarer Unbehilflichkeit. Es ist, als wäre die Sprache bei dem Verfasser nicht durchgedrungen. Denn auch wo er ganz gewöhnliche Dinge behandelt, ist er

froschmäuligen Svami gemacht, mit Glatze und Blumengebinde am Hals, mit einem Namen, den niemand behalten konnte, den aber alle anbeten mußten und ihn ›His Divine Grace‹ nennen [7].

Wiebke geht in die Hocke und greift nach dem hindisierendbunten Werk, wischt verzückt eine verirrte Flocke vom Schutzumschlag, zeigt es Knud, der auf Augenhöhe neben ihr vierbeint, blätterts auf und prüft den Inhalt : jawohl, originalindische Zeichen, Umschrift, Übersetzung und Kommentar, alles da — prima ausführlich, tausendseitendick und ganz modernes Leder, ganz weich und abwaschbar.

WIEBKE (leise, mit Augenaufschlag) : *Was kostet das?*

PUTZTEUFEL (fistelt freundlich, packt aber weiter ein) : *Das is geil, ne? Gib drei — dann kriste das andre noch dazu. Das is auch geil*

WIEBKE : *Nee, drei — oder zwei für beide. Ok?*

Putzteufel hackt ein Nicken in seinen Atem, staut einhändig weiter, reckt die andere Hand um Geld — Wiebke aber faltet erstmal wieder die Knie auf, tippt auf den blauen Krishna und bereitet den Boden für ein gutes Gespräch.

WIEBKE : *Hab gehört, der is auch dreieinig* [8] *?* (da Putzteufel nicht reagiert, aber immerhin nachdenklich, zumindest jedoch abwesend scheint, schiebt sie ermunternd hinterher) *oder nicht?*

PUTZTEUFEL (auch darauf nicht sofort, dafür aber allgemein) : *Auch geil ne?*

WIEBKE : *Wie meinste?*

PUTZTEUFEL : *Drei! nee …* (lacht) *zwei!*

Wiebke siehts ein, lacht kurz und milde, gibt Geld und verstaut die beiden Bücher in ihrem Rucksack. Mit einem *Machs gut, du* und geführt von Knud verschwindet sie dann im sachten Schneetreiben.

Antiquariat, Erdgeschoß. Bernd, Taxifahrer und Freund, ist eingetrudelt und raucht. Keller steht ihm gegenüber, raucht ebenfalls und kann eine dunkle Ahnung nicht länger bei sich behalten.

KELLER : *Wenn wir Pech haben, kommt gleich Wiebke. Sie tut das öfter neuerdings, am Samstag*

BERND : *Wiebke? — etwa die mit Hund? die Missy?*

---

nichts weniger, als leicht und edel. Es mag an einem großen Mangel von Phantasie liegen … Ich gehe übrigens mit Hegel um, und stehe äußerlich sehr gut mit ihm. Innerlich habe ich für seine Fähigkeit und sein Talent große und wahre Achtung … Die lange Rezension über mich kann ich am wenigsten billigen. Sie mischt Philosophie und Fabel, Echtes und Unechtes, Uraltes und Modernes; was kann das für eine Art der philosophischen Geschichte geben? Die ganze Rezension ist aber auch gegen mich, wenn gleich versteckt, gerichtet und geht deutlich aus der Überzeugung hervor, daß ich eher alles, als ein Philosoph sei«.

[7] Prabhupada Abhay Charan Bhaktivedanta.

[8] Nun ja, wenn man meint, daß Krishna der 8. Avatar Vishnus ist, Vishnu aber mit Brahma und Shiva eine Trinität bildet : dann vielleicht. Aber mal ehrlich : Krishna hat doch keine Trinität nötig, wo er doch ohnehin die höchste Persönlichkeit Brahmas ist … ein bißchen Jesus, ein bißchen Butter- und Kleiderdieb und Spanner, ein bißchen pfaufedrige Tunte, ein bißchen Ödipus.

KELLER : *Die mit Hund. Die Missy*

BERND : *Der Wildfang, der hier seine komischen Vokabelkärtchen zerrissen hat?*

KELLER : *Genau der*

BERND : *Vor deinen Augen?*

KELLER : *Ich hab versucht, sie zu schließen*

BERND (weidet sich) : *Warum nochmal?*

KELLER (angestrengt) : *Warum nochmal was?*

BERND (weidet sich noch mehr) : *Warum nochmal hat sie …*

KELLER : *Weil … weil … was weiß denn ich — weil das die Niederungen des Spracherwerbs sind — Vokabeln*

BERND (fingerschnippt und grinst) : … *richtig, es aber allein wichtig ist, die große Linie, das Wesen einer Sprache zu erfassen*

KELLER (erinnert sich) : *Du Honk! Du warst doch dabei!*

BERND (lehrerlempelt einen Finger) : *Die Philologen haben die Worte bisher nur verschieden gelehrt, es kömmt aber darauf an, sie zu … — Gott, das ist so blöd, da versagt sich jeder Witz*

KELLER (hilft aus) : *›Woher kommen die kleinen Vokabeln‹? Von Gott. Im Schlaf*

BERND : *Ja genau* (zitiert genüßlich Wiebke) *»Hebräisch, die Muttersprache Gottes«* (rüffelt) *Und dann hattest du ihr die Grammatik*[9] *geschenkt*

KELLER : *Die sollte sowieso weg, die war vollgemalt*

BERND : *Aber Missy …*

KELLER (braust auf) : *Die sollte auch weg. Sie hat genervt. Ich wollte sie abwimmeln. Sie sollte sich mit was beschäftigen, sie sollte still sein und lernen*

BERND (lacht) : *Du hast sie nicht ernst genommen! du hast dieses kleine ›Ensemble gesellschaftlicher Verhältnisse mit Hund‹*[10] *einfach nicht beim Wort genommen! Hast du das denn nicht verstanden, daß sich das lerntheoretisch gar nichts tut? Das mußte dir doch klar sein, daß Gott, wenn er das Vokabelbüffeln erspart, er auch das Lernen flektierter Formen erlassen kann*

KELLER : *Jajaja*

BERND (kartet nach) : *Der Schuß ging nach hinten los, sie brauchte deine Grammatik nicht: du hast ihr was geschenkt, das ist das, was bleibt, woran sie sich erinnert, und jetzt jammerst du, daß sie kommt. Erbärmlich* (Telephon klingelt)

KELLER : *Das macht jetzt auch nichts mehr* (quält sich treppwärts) — *ich will sowieso Strindbergianer werden*

BERND : *Gute Idee*

KELLER : *Vorher aber … geh ich noch ans Telephon — hier* (hebt ein Buch von den Stufen und reicht es Bernd)

BERND : *Was soll ich damit?*

---

[9] Baumgartner/Hollenberg-Budde, Hebräisches Schulbuch, 1948.

[10] Marx in seiner sechsten These über Feuerbach hatte noch ›ohne Hund‹.

KELLER : *Angucken* (seufzt die Treppe hinauf) *Ein Bellman*

BERND : *Das ist ja mal ein schönes*

KELLER : *Kannst du haben, wenn du willst. Hatte's eigentlich für Huschke vorgesehn*

BERND : *Huschke? was hat der denn ...*

KELLER : *Bellmans Urgroßvater war aus der bremer Gegend nach Schweden eingewandert. Vielleicht reicht das ja, daß es Huschke als Bremensie durchgeht*

BERND : *Erste deutsche?*

KELLER : *Möglich* [11]

BERND : *Von Legath?* (schnuppert dran) — *riecht so*

KELLER (von oben) *Nein. Seit ich dem 50 gepumpt hab ...*

BERND (leichthin) : *Schreibs ab*

KELLER : ... *läßt er sich nicht mehr blicken* (greift zum Hörer) *Herr Plocher, lieber Kollege! Einen wunderschönen ... ja, Ihnen auch ... nein, das heißt, ich weiß es nicht, ich habs länger nicht probiert, warum sollte er jetzt anspringen, er hat keine Veranlassung, sowenig wie ich ...*

BERND (sitzt auf den Stufen, gegen das Treppengeländer gelehnt, liest, dirigiert plötzlich und singt) : *Labt mir die Zunge — Ach, süße Säfte / Quellt in den Becher mein! / Ich bin ein Heide: Herz, Mund und Kräfte / Huldgen nur dem Wein* [12]

— die Tür fliegt auf, ein riesiger Hundekopf stößt herein, hechelt Bernd, dem die Zeit nicht bleibt, sich ertappt zu fühlen, entgegen : Knud legt ihm eine Pfote auf die Schulter, Bernd entneigt hölzernbang das Gesicht dem Hundeodem und rosafauligem Zunglappen immer weiter in den Nacken, Wiebke trottet mit rotgefrornem spitzen Näschen und Schnee an den Schuhen nun erst ein.

WIEBKE (zu Bernd) : *Tschuldigung* (lachend) *Knud, laß das! Komm her hier!* (Knud gehorcht, Wiebke aber belfert den entgeistert sitzenden Bernd an) — *er freut sich eben, dich zu sehen — sei froh, daß er nicht juggelt*

BERND (angeekelt, aber tatsächlich froh, daß Frauchen Wiebke da ist) : *Daß er was? —— worüber soll ich froh sein?*

WIEBKE : *Daß er nicht aufreitet*

BERND (hocherschrocken) : *Um Gotteswillen!*

WIEBKE (straft Bernd blicks, zu Knud, dessen Hals sie krault) : *Was, mein Lieber, das kannst du gar nicht mehr, und das willst du auch gar nicht, hm? da würdest du Bauz ma-*

---

[11] Nein. Diederichs hats 1909 Felix Niedner auf Bütten übersetzen lassen. 53 Jahre zuvor aber erschien in deutschen Landen reichlich unbeachtet bei Hofmann Berlin auf 357 Seiten ›Der schwedische Anakreon : Auswahl aus C. M. Bellman's Poesien; nebst Sammlungen über Bellman's Leben und Charakteristik‹ — Dolmetsch des bis dahin als unübersetzbar geltenden Bellman war der anglophile priegnitzer Kammerherr, Secondlieutnant und Erfinder der Gattung ›Militärhumoreske‹ Adolf Wilhelm Ernst von Winterfeld. Winterfeld heimste für seine feine Leistung auch gleich die Goldmedaille der 1786 gegründeten Svenska Akademien ein, der schwedischen Version der Académie française, seit 1901 mit der Vergabe der Literaturnobelpreise betraut und auch sehr heilig, da ihre stets 18 Mitglieder auf Lebenszeit bestimmt sind und bei ihren Tagungen auf numerierten Stühlen Platz zu nehmen haben. In Schweden nur als ›De Aderton‹ — ›Die Achtzehn‹ — bekannt.

[12] Bellman, Fredemans Epistel 23.

chen, was? (zu Bernd, folgewidrig) — *er ist sehr zufrieden mit meinem Führungsstil, er ist ja praktisch noch ein Welpe*

BERND : *Der? der ist doch mindestens hundert*

Knud aber nimmt, unbeeindruckt des Geweses, das um ihn ist, Witterung auf, tappt halbgeschmeidig zwischen Buchgetürmen und schnuppert am Tresenschubfach, darin Keller Quittungsblöcke bunkert und Gummibänder und kundenvergessene Brillenetuis. Mitunter allerdings — so auch heut — nächtigen zugedeckt mit Tempotüchern in den Etuis auch die vier Buchstaben [13]. Bernds ›Um Gotteswillen‹

---

[13] Mit denen es eine besondere Bewandtnis hat. Seinerzeit im Herbst (→ Hinter Büchern, Die Übernahme), die mickrige Rotbuche im Schnoor : beinah allseits unbemerkt waren von der vier Blätter gelaubt, wuchsen ihnen Ärmchen, Beinchen, Kulleraugen, kleine Münder — und dünn und halbfragend durchzitterte ein erleichtertes *Clau-di-us* enge Sphäre ... als Keller vorbeimarschierte, seinen ersten Tag als Antiquar anzutreten. Claudius?

Der sanfte Stubenhocker, der Memoiren in acht Büchern geschrieben, die Geschichte Roms in 41 Büchern abgehandelt hatte, die karthagische — auf griechisch — in nur acht, aber fortgeführt durch 20 ebenfalls griechische Bücher ›Tyrrhenische Forschungen‹? Der Gelehrte, der ein Werk über die Notwendigkeit neuer Buchstaben auf den Markt warf, noch ehe berauschte Truppen sich ausgerechnet hatten, er sei bloß Stotterer und Idiot, ihm könne man die Caesarenwürde verleihen, er gäbe eine willfährige Marionette ab? Der, dem Alexandria, die Metropole der Wissenschaft, eigens einen Hörsaal baute, daß würdig Dauerlesungen seiner Schriften gehalten wurden? Eben der.

Von Jugend auf war Claudius' Anliegen die Reform des lateinischen Alphabets gewesen, die Einführung des inversen Digammas Ⅎ (Lautwert Φ), des Antisigmas Ͻ (Lautwert Ψ) und des für einen Quetschton zwischen I und U stehenden Ⱶ. Diese Buchstaben dekretieren zu können hatte Claudius sich überhaupt nur auf den Thron spülen lassen, und die 800-Jahr-Feier der Stadt Rom am 21. April 47 war der würdige Anlaß gewesen, zu dem er seinen lieben Römern Ⅎ, Ͻ und Ⱶ vorstellte und zu reichlichem Gebrauch und Genuß empfahl. Nach 13 Jahren aber, mit Claudius' Ableben, fielen Ⅎ, Ͻ und Ⱶ durch den Rost der Geschichte — und tauchten erst jenen Herbsttag unter der Rotbuche wieder auf, rieben ihre Äuglein, rätselten, wo sie seien, hefteten sich dann an Kellers Fersen und wanderten mit ihm in das rosenumrankte Eckhausantiquariat ein, einen vierten Buchstaben untergehakt.

Der aber war ein unbekannter hebräischer Buchstabe. Nämlich hatte Jahwe die Tora einst mit 23 Buchstaben geschrieben. Allein, dieser Buchstabe las den Text, in dem er stand, und begriff, daß gar nichts gut war und daß die Worte, die zu bilden er half, zu Geboten sich fügten, die über jedes Maß quälten. Ein Heldenbuchstabe mit Herz! er opferte sich und floh aus Tora und Sprache und die heldisch gerissenen Lücken zu schließen, rückten seine feigen 22 Kollegen näher aneinander. Worte waren gestorben, neue geboren — die Tora war nun kürzer und eine andere und enthielt von da an die heut noch gültigen Gesetze : immer noch streng, immer noch unsinnig, aber wenigstens im Bereich menschlichen Vermögens. Jahwe jedoch verhängte über den abtrünnigen Buchstaben die Strafe der damnatio memoriae.

Die Claudiusse lebten sich schnell bei Keller ein : es war ihnen leicht, das eine oder andere zu ihrem Schöpfer zu entdecken und sogar etwas über sich selbst, denn Keller hatte von seinem Vorgänger Lammek einen Berg lateinischer Dissertationen übernommen, in dem die drei — lang vor Keller — auf die 22seitige Doktorarbeit des bonner Philologengotts Franz Bücheler stießen, 1856 ›De Ti. Claudio Caesare grammatico‹. Der hebräische Buchstabe aber wurde unlustig : so sehr er auch suchte, er fand nichts zu sich. Nur Jahwe hier, Jahwe da (denn wenn ein Antiquar will, kann er immer ein Überangebot Theologie präsentieren. Als ob Theologen besonders gern stürben und ihre Erben mit Leidenschaft den Ramsch von sich wiesen). Die Claudiusse aber trösteten ihren neuen Freund, *Guck mal, dein Gott hat deine Spuren gut verwischt, das is doch irgendwo auch ein Kompliment — Sei stolz — Genau. Mehr kann man doch gar nicht erwarten, so als Held.* Genau. *Ach?* erwiderte der hebräische Buchstabe, *nur weil ich Held bin, darf ich nicht mal was aus dem Temuna-Umfeld erwarten? — Aus was? — Schon klar, daß*

hat sie aufgeschreckt, durch ein Schlüsselloch, zu dem kein Schlüssel mehr ist, linst der hebräische Buchstabe — in Knuds bohrendes Auge.

HEBRÄISCHER BUCHSTABE (zaudernd) : *Bärli?*[14]

---

ihr nicht Bescheid wißt, wenn ihr Temuna hört, daß eure unsaubren Heidenohren das gar nicht unterscheiden können, obs טמן (ṭᵉmuna) *heißt oder* תמונה (tᵉmunāh), *aber ich will euch gleich sagen, daß das Absicht is, daß das so ähnlich klingt*, und geduldig legte er dar, es handele sich um spanische Sohar-Codices aus dem 13. Jahrhundert, תמונה heiße ›Bilder‹ und טמנ ›verborgen‹, und das seien ideenreiche Schriften über invisible Buchstaben, über indischviele und -lange Äonen, jedes mit eigener Tora. Die Spanier hätten da zwar nicht ins Schwarze getroffen — er, der hebräische Buchstabe, hab ja nicht sprechen dürfen —, aber stets erfreue es ihn, von unsichtbaren Buchstaben zu hören und von Texten, die papyrusweiß auf den Papyrus der Tora-Rotuli geschrieben seien und künftig, wenn andere Sonnen schienen, wieder lesbar werden würden, oder von komplett abhandenen Büchern der Tora — Numeri 10,35–36 sei da ein Hinweis, jene zwei Verse röchen, so Temuna-Lehre, nach Grüßen wenigstens zweier verschwundener Teile der Tora ... Die Claudiusse aber, da sie merkten, daß, so verzückt der hebräische Buchstabe sich auch gab, es ihm auch ein wenig peinlich war, von Spinnern und Spinnereien zu erzählen und sie nicht verstanden, daß er's dann tat, und auch, weils sie nicht interessierte, klinkten sich aus und hörten nicht mehr zu und spielten mit aufgelesenen Haselfrüchten nuces castellatae und ließen sich darin auch nicht stören, als der hebräische Buchstabe zu der finalen Klage *Ist es denn zuviel verlangt, daß man wenigstens mal das* ספר מגן דוד *zu Gesicht kriegt? Wo sind wir denn hier?* auffiepte.

Ja, wo sind wir hier? Nicht mal in einem Laden, der Schriften David ben Solomon ibn Abi Zimras führt, und schon gar nicht Zimras Buch ›Schild Davids‹, (ספר מגן דוד, sephär māgen dāwid, Amsterdam 1713), das auf 52 Blättern von א bis ת jeden Buchstaben artig kabbalistisch durchdeutet. Da fänd sich Blatt 49 b noch eine Bemerkung, die vom Schicksal des Heldenbuchstabens kündet. Zimra (1479–1589), als Kind aus Spanien vertrieben, kannte sich aus. Was ihm für vierzig Jahre den Stuhl des Chefrabbis von Ägypten bescherte. Immer war er für eine abweichende Lehrmeinung gut. Da konnte gern die Gilgulgemeinde (→ 306) einhellig dekretieren, gute Seelen wanderten — zum Wohle der Welt — tausendmal in neue Leiber, böse aber nur dreimal, da sahs Zimra extra umgekehrt : Böse werden tausendfach wiedergeboren, und wer sich überhaupt nicht bewährt, sinkt gar zu einem unreinen Wurm. Das ist lustig. Zimra war auch ein lustiger Mann. Lustiger nur noch sein Schüler, der Messias Isaak Luria (1534–1572). Der hatte einen Onkel, dem gehörte eine kleine Insel im Nildelta, Jazirat al-Rawda — dahin zog Luria sich für 13 Jahre zurück und erklärte anschließend, wie's is. Und daß es so is, hätten nur Wenige vermutet : nämlich צמצום ṣimṣum. Bei צמצום kontraktiert der allgegenwärtige Jahwe und hinterläßt einen Raum, טהרו ṭehiru, an dem er nicht ist. Da ist dann Welt. Und Elend und Chaos. Und Nichts. Der ideale Ort für Schöpfung und Böses. Das muß alles wieder weg. Stichwort תיקון tiqun, Reparatur! Adam Kadmon wird geschaffen, der erste Mensch, und soll tiqun machen. Aus all Adams Körperlöchern samt seiner Stirn dringt das sephirotische Heillicht, aber das ist so stark, daß es nur noch mehr zerstört. Dieser Adam scheitert. Der nächste Adam scheitert. Alle scheitern. Auch das Volk Israel, das in seinem Exil nur das ontische Desaster widerspiegelt. Je mehr Exil, je mehr Kabbala und je phantastischere Versuche, Elend und Chaos in Jahwe selbst zu produzieren. Gäbs nicht die Tora, wär alles aus. Aber die Tora gibts, mit der kann man tiqun machen, die Funken der שכינה šechinah (→ 361) neu entzünden, in Buße, Askese und Beten entflammen und so das Kommen des Messias beschleunigen. Aber ist das im Interesse des Antiquars?

14 Bärli ist der heimliche Held der trostdummen Apokryphe ›Buch Tobit‹, die einzige — wenn auch keine gute — autobiographische Prosa des Alten Testaments. Ein Werk voll kühner Tatsachenbehauptungen : in jungen Jahren erlebt Tobit die Reichsteilung 931 v. u. Z., als reiferer Mann wird er 722 v. u. Z. mit Israel nach Ninive verschleppt. Gut hundert Jahre hängt er noch dran. Und wie vertreibt er sich die saecula? Mit Erzgüte. Und Im- und Export. So kommt Tobit unter Sanheribs Knute am assyrischen Hof zu Wohlstand und sieht schnell schon sich genötigt, zehn Talente Silber als stille Reserve an der Steuer vorbei nach Raga ins medische Ausland zu schaffen. Tagsüber wird er reich, nach Feierabend aber ist er Lei-

CLAUDIUS 2 (verdrängt den hebräischen Buchstaben, schielt verwegen durchs Schlüsselloch, abgebrüht) : *Der will nicht spielen*

HEBRÄISCHER BUCHSTABE (lügt sich in die Tasche) : *Das ist Bärli*

---

chengräber, Koscheresser und gibt Hemden her. Als es mal nicht so gut läuft, Sanherib ihn expropriiert und töten will, läßt Tobit entschlossen Frau und Kind im Stich und flieht aus der Verbannung ins Exil, kehrt aber, als Sanherib ermordet (→ Hinter Büchern, Väter & Söhne) und ein Neffe Tobits Kanzler wird, in die Verbannung zu Gattin Hanna und Sohn Tobias zurück. Die richten ihm zu Ehren ein anständiges Fest aus, das Tobit allerdings, grad, als er das Glas hebt und erklärt, er sei gar nicht etwa 250, sondern erst 58 Jahr alt, kurz verlassen muß, denn er kanns Beerdigen nicht lassen, und grad doch war wieder ein Landsmann erstochen worden. Der muß unter die Erde. Das jedoch dauert länger als gedacht, es wird spät, Tobit traut sich (→ unrein) nicht in Hannas Bett und schläft draußen. Mit offenen Augen. Ein Spatz sieht sich provoziert und kotet Tobit an und Tobit erblindet. Nachbarn, Mitjuden und Hanna aber lachen ihn aus — das hätte er nun vom vielen frommen Tun. Und dies schöne Ende einer ehrwürdigalten Novelle wird verdorben. Denn es geht weiter.

Acht Jahre später. Tobit rühmt in einem Gebet die Qualität der Strafen Gottes und bittet um seinen Tod. Selbe Minute, Ekbatana, Hauptstadt Mediens, 500 Kilometer südöstlich : eine schöne Sara wird von ihres Vaters Zugehfrau angespottet, daß sieben Männer Saras in sieben Hochzeitsnächten erdrosselt worden waren und sie ihr Hymen nicht loskriegt. Es war aber der Teufel Asmodeus, der das tat, das mit den Bräutigamen, was aber niemand wußte — außer Gott, der's in Auftrag gegeben hatte (daß Gott Asmodeus in Liebe zu Sara hat entbrennen lassen, ist eine Feinheit, die nur Codex Alexandrinus und Codex Vaticanus bieten. Und einige qumraner Schnipsel). Sara aber will sich bei so viel Pech, das sie hat und bereitet, nun aufhängen, betet vorher nochmal ordentlich und beteuert ihrem Gott, ganz gewiß immer noch das Häutchen zu haben. Aber erstmal bleibt alles beim Alten. Für alle. Obwohl alle Gebete erhört wurden — das ist ja das Erstaunliche und Lehrreiche. Und gehört hat die Gebete Erzengel Raphael mit seinen zwei Erzohren. Tobit aber instruiert Tobias über die zehn Talente Silber, mahnt allgemein Milde an, rät ab von Unzucht und erwartet unmittelbar das eigene Ableben, macht sich aber, bis es soweit ist, nützlich und verspricht seinem Sohn : *Wenn du nach Raga reist und das Silber holst und einen wegkundigen Begleiter brauchst — den löhn ich dir, der kriegt eine Drachme den Tag. Und Spesen.* Tobias ist Feuer und Flamme, Silberholen, das ist gut. Raphael erscheint, drängt sich auf und sagt, er mache den Scout, er heiße Azarja und sei vom Stamm Naphtali. Das gefällt Tobit, denn Tobit gehört selbst zu Naphtali. Und alle fallen auf den Erzengel, der's Blaue vom Himmel lügt, rein (heutzutage jedem Protestanten ein Greuel und bereits Luther ein Anlaß, das Buch Tobit aus dem Kanon zu streichen).

Auf nach Raga! Und des Tobias junger Hund Bärli läuft mit. Rast am Tigris. Tobias badet. Da will ein Fisch ihn fressen. Aber es kommt anders, Azarja, am Ufer, schreit *Pack ihn!* und Tobias packt ihn und Azarja schreit *Schneid ihn durch, schneid ihn durch — und entnimm Herz, Leber und Galle!* und Tobias schneidet den Fisch durch, entnimmt Herz, Leber und Galle und sie braten den Fisch und essen ihn zu dritt. Erst im Hochgebirge Zagros fragt Tobias : *Was schlepp ich also das Fischgekröse mit rum?* Azarja aber reimt : *Leber und Herz verbrannt, treibt Teufel aus dem Land, doch schmierst du Galle in die Augen, sollen die wieder zum Sehen taugen. Heut aber wollen wir in Ekbatana bei einer siebenfachen Witwe schlafen, der schönen Sara, deiner Cousine. Da kannst du schön erben, die kannst du gleich heiraten.* Tobias aber, als er hört, was siebenfach zuvor geschehen, hat Angst. Nicht um sich, aber außer ihm wär doch niemand, Tobit zu beerdigen, wenns denn mal soweit sein wird.

Da sie ankommen, weinen alle über alle Schicksale und sind dann froh und essen ein Schaf. Und noch jene Nacht wird aus Sara eine Frau und Tobias, da's von Anbeginn Jahwes Plan gewesen war, daß der Cousin der Cousine das Hymen zerreiße, überlebt und schon wieder, da gar nicht gekokelt werden muß und der Geruch fauler Leber und gammelnden Herzens genügt, Asmodeus ins hinterste Ägypten zu treiben, hatte Raphael gelogen. Asmodeus aber wird in Ägypten von einem Engel erwartet und in Fesseln geschlagen. Die Knechte jedoch, die vorsorglich schon dem Tobias ein feines Grab ausgehoben hatten, buddeln es widerwillig wieder zu und alle beten und feiern zwei Wochen und Tobias preist Sara

CLAUDIUS 2 : *Der ist nicht Bärli. Der ist ein Höllenhund* (Knud steht extrem harmlos herum) *Der sabbert. Ich erwarte jeden Moment, daß hier Eisenhut wächst*

CLAUDIUS 1 : *Eisenhut? echt?* [15] *Laß mich auch mal ... o ja, ein Höllenhund!*

---

jede Nacht und bittet Azarja, die letzten 300 Kilometer nach Raga allein zu reisen, das Silber zu holen. Der Engel braucht zwei Tage. So ist Gottes Wirken. Dumm gelaufen nur für die sieben gelackmeierten Hochzeiter. Und Asmodeus.

Dann aber, als sie zu viert und silberbeladen nach Ninive zurückkehren, kriegt Tobit die Stinkegalle ins Auge und kann wieder sehen. Alle und Bärli weinen und beten und preisen rum. Nochmal sieben Tage Hochzeit. Und als Azarja bezahlt werden soll, sagt der : *Lobt lieber rum und preist Gott! Besser beten und fasten, als nicht! Ich aber bin Erzengel und eine Erscheinung und hab immer nur so getan, als ob ich äße oder tränke. Ich steig jetzt wieder auf, ihr aber sollt alles in einem Buch niederlegen.* Und so geschiehts. Erstmal aber beten und feiern alle weiter. Tobit aber wird steinalt und tut Wohltat um Wohltat. Einige meinen, er sei 158, als er stirbt — aber alle wissen es besser. Sowieso schickt Tobit, bevor er stirbt, noch Tobias nach Medien, denn Ninive würde bald (→ Prophet Jona) zerstört werden. Als er dann auch Hanna beerdigt, zieht Tobias nach Ekbatana zum Schwiegervater. Der stirbt und Tobias erbt. Tobias aber wird nur 127, 612 v. u. Z. nämlich gibt Tobias ein brüllendes Fest zum Fall Ninives (→ Nabupolassar) und ihn trifft vor lauter Freude darüber und mitten im Dankgebet der Schlag.

Daß man vom Bärli nichts mehr hört, liegt nicht daran, daß Hunde nicht etwa auch locker 150 werden könnten (→ Knud), sondern : Bibel-Redakteur Hieronymus hatte in Tobit die Kapitel, die von Bärlis weiterem Geschick künden, wegen Grausamkeit am Wirbeltier einfach gestrichen (und en passant anhand der belassenen sieben toten Hochzeiter bewiesen, daß der Mensch kein bloßes Wirbeltier ist) und gleich den ganzen Quelltext für 1600 Jahre verschwinden lassen. Sowieso hatten Hieronymus erst die Bischöfe Chromatius und Heliodorus drängeln müssen, Tobit zu übersetzen. Hieronymus hatte sich dann das aramäische Original besorgt, ›chaldäisch‹ dazu gesagt, aber schnell gemerkt : er kann ja gar kein Chaldäisch. Also besorgte er sich auch noch einen Juden, der das Aramäische vom Blatt hebräisch verlas, utriusque linguae peritissimum loquacem repperiens — und diktierte simultan auf Gehör und unter Aufsicht eines Notars, quicquid ille mihi hebraicis verbis expressit, haec ego accito notario, sermonibus latinis exposui, einem Schreiber das berühmte Latein in die Feder (→ Vulgata) — und das alles an einem Tag. Was aber mit Bärli geschah, als den Feierlingen zu Ninive die Schafe ausgegangen waren und was alles man mit Galle, Leber und Floh eines Hundes heilen und vertreiben kann, das scheint dauerhaft der Geschichte entzogen — denn auch, als 1600 Jahre nach Hieronymus die Menschheit 1952 in Gestalt von Beduinen das Qumran-Depot Höhle 4 aufmachte und an die 600 Schriftrollen hervorholte, waren die nur mittel erhalten und lagen in 40 000 oft nur briefmarkengroße Fragmente aufgelöst vor. Vier aramäische und eine hebräische Tobit-Handschrift sind dennoch auszumachen, auf Papyrus eine, auf Leder die anderen, kundige Paläographen datieren zwischen 100 v. u. Z. (4 Q Tob 199) und 25 (4 Q Tob 197) — aber auch deren umfangreichste bietet nur 20 % des Textes, so daß die ältesten ›vollständigen‹ (bärlibereinigten) Zeugnisse die griechischen bleiben, der Papyrus Oxyrhynchus 1594 aus dem 3. Jahrhundert sowie die Codices Vaticanus und Sinaiticus aus dem 4. Jahrhundert, Codex Alexandrinus 5. Jahrhundert und Codex Venetus 8. Jahrhundert — ob nun elegant und kurz und griechisch, ob nun mit Semitismen durchsetzt : alle ohne Bärli am Bratspieß. Saubere Arbeit, Hieronymus!

Bärli aber findet seinen Weg in die Kunstgeschichte, hunderte von Malern, Rembrandt eingeschlossen, malen begeistert kleine Dreckknäuel, die gänzlich sinnlos, wie vormals Bärli durch den Text huschte, nun durch ihre biblischen Bilder hüpfen.

[15] Echt. Eine so gelehrte, wie allerdings auch vergebliche Erwartung. Kerberos war nie oft draußen gewesen. Eigentlich nur einmal. Mit Herakles, der ihn, als zwölfte Arbeit, mit Honigkuchen besänftigen, dem Eurystheus zeigen und dann wieder zurückbringen sollte. Bei der Gelegenheit entsprang jedem Tropfen Geifer, der aus Kerberos Maul troff, Eisenhut, ein Kraut, das thessalischen Zauberinnen das Lähmgift Akonit lieferte, Grundstoff der beliebten Flugsalbe, die durch ihre betäubende Wirkung auf Hände und Füße ein Schwebegefühl hervorrief. Kerberos übrigens büxte dann dem Herakles beim Brunnen kurz vor Mykene

HEBRÄISCHER BUCHSTABE : *Mein Bärli!*

CLAUDIUS 3 (knufft den hebräischen Buchstaben) : *Hal-lo! Hörst du schwer? Ein Höl-len-hund!*

HEBRÄISCHER BUCHSTABE (ängstliches Stimmchen, klagend dumpf) : *HErr, Gott meines Heils! Des Tages habe ich geschrien und des Nachts vor dir! Es komme vor dich mein Gebet! Neige dein Ohr zu meinem Schreien! Denn satt ist meine Seele vom Leiden, und mein Leben ist nahe dem Scheol. Ich bin gerechnet zu denen, die in die Grube hinabfahren. Ich bin wie ein Buchstabe, der keinen Laut hat ... Die anderen Buchstaben hast du von mir entfernt, hast mich ihnen zum Abscheu gemacht. Ich bin eingeschlossen und kann nicht herauskommen* [16]

Wiebke aber würdigt Bernd nicht länger eines Wortes — Taktlosigkeit straft sich selbst, wie die Güte, die trägt auch ihren Lohn in sich, und über Knud auch nur zu denken, er sei hundert oder alt, das ist schon sehr taktlos, sehr —, zieht die Riemen schulterab, tätschelt Knud vom Tresen fort und nimmt auf dem einzigen Stuhl im Erdgeschoß Platz, den Rucksack zwischen ihren Waden. Knud tappst zum Ewigen Kunden, der in Buchherausziehpose verfroren vor der Kunstgeschichte krümmt, leckt dessen krishnablaue Finger wieder zu partiellem Leben [17] und legt sich sperrig mitten in den Raum. Wiebke jedoch ist nicht allein verschnupft, sondern auch noch leicht betrübt.

WIEBKE (leicht betrübt, zu Bernd) : *Is er da?*

BERND : *Wer?*

WIEBKE : *Christian*

BERND : *Oben. Telephoniert* (lauter, nach oben, amüsiert) *Chris-ti-an!*

KELLER (erschöpft in die Sprechmuschel) : *... ja, die Wahrheit ist das Ganze, ja ... oder zumindest ein Teil davon, genau ... Herder ...* (lugt nach unten) *Plocher, im Gegensatz zu Ihnen ... nein, ich weiß, was Sie sagen wollen, Sie aber wissen nicht, was ich sagen will, ich will Ihnen sagen, daß ich ein Ladenlokal zu führen hab, und ich denke, eben ist ein Seelchen in den Laden geschneit, das sich wärmen will* (lacht) *ja, an den abgestellten Heizkörpern, ja, auch das vielleicht, an abgestandenen Büchern ... ja genau, unsre alte Freundin, exakt, ich muß jetzt runter ... werde grüßen ... ich melde mich später bei Ihnen, alles Gute* (legt auf und schreitet liebenswert die Treppe herab, deutet angewidert auf den rumliegenden Hund, zu Wiebke) *Das da stört. Will die Katze nicht endlich sterben?*

---

aus. Sofort machte dort Hera, Herakles' alte Intimfeindin, sich ein Heiligtum draus und nannte es ἐλεύθερον ὕδωρ, ›befreiendes Wasser‹.

[16] In der Stunde der Belagerung und Not fällt der hebräische Buchstabe zurück in den Glauben seiner Väter. Bei großer Verlassenheit und Todesnähe immer gut : Psalm 88!

[17] Unterlag ja nie dem Zweifel, daß Knud wie Kerberos jeden Ankömmling mit dem Schwanz bewedeln und jeden, der wieder von der Schippe springen wollte, schlingen und sicher auch so tun könnte, als schäume sein Maul und entwüchsen ihm bäuchlings Schlangen und karfunkelten seine Augen — spätestens nun aber wächst Knud über die sehr prima Analogie zu Kerberos hinaus und wird herakleisch, denn Herkules war es bis dahin vorbehalten gewesen, sich an die Verlebendigung auf ewig in der Unterwelt zu Stein Erstarrter zu wagen, was im Falle Theseus', der vier Jahr lang schon eine an Persephone begangene Unverschämtheit sühnte, unter geringer Einbuße an Gesäßfleisch auch klappte.

WIEBKE (sieht hingerissen auf zu Keller, klopft auf ihre Schenkel) : *Knud, komm her* (nachsichtig) *Was hast du nur immer gegen Knud?*

BERND (taucht aus hundeferner Ecke hervor) : *Wollt ich auch schon fragen. Was hast du nur immer gegen Knud? Er ist ein mächtiger Beschützer*

KELLER : *Ist nichts Persönliches. Es ist nur so ... er gehört nicht hierher, so gebrechlich er auch ist, er liegt nur rum und sabbert und verstört die Kunden — ... na gut, vielleicht erinnert er mich auch nur zu sehr an mein verqueres Ich-Ideal*[18]

WIEBKE (mit Bewunderung für diesen schalen Witz) : *Ich bin eigentlich auch nur hier, um dir eine Freude zu machen*

KELLER : *Eine Freude? Du mir?*

WIEBKE (kess) : *Natürlich. Warum denn nicht?*

KELLER (strahlt) : *Dann bekomm ich jetzt Fiffi da für mein Experiment?*[19]

WIEBKE : *Christian!*

KELLER (wird zum Cartesianer) : *Wieso? Er würde nichts spüren — er könnte gar nichts spüren, das folgt sofort aus Gottes Güte! Oder was meinst du, warum die Welt so eingerichtet ist, daß der Mensch Tiere hetzen, schießen und essen darf? Gott ist doch nicht herzlos, das da* (bedeutet Knud) *ist ein schlappohriger, übelriechender Automat, ohne Seele und Empfindung*

WIEBKE (empirisch) : *Tritt ihm doch mal auf den Schwanz*

BERND : *Ich rate ab*

KELLER (ganz im Dialog mit Wiebke) : *Auf den Stummel?*

---

[18] Keller lügt. Knud erinnert ihn an gar nichts. Nichtmal an Newtons Lieblingstier, das 1690 übermütig tollend den Brand auslöste, der die Zahlen dreier Jahre Rechnens fraß und maßgeblich war für Newtons Entschluß, bis 1693 die Nahrung zu verweigern und depressiv und dünn zu werden. Würde der Köter nicht die Lampe umgeschmissen haben, Newton hätte leicht noch die Variationsrechnung entdeckt — was nun erst über hundert Jahre später Lagrange gelang. Knud erinnert aber auch nicht an den Hauspudel, der erfolgreich das Mathematikstudium Heisenbergs sabotierte. Jener Pudel gehörte dem damaligen Doyen der Mathematiker, dem Hannoveraner Carl Louis Ferdinand von Lindemann, der 1882 die Transzendenz von π bewiesen und damit ein für allemal die Quadratur des Kreises ad acta gelegt hatte. Bei Lindemann will Heisenberg lernen und wird zu einem Antrittsbesuch vorstellig. Lindemanns Pudel aber verbellt den vielversprechenden Novizen so sehr, daß der das Gespräch mit Herrchen unkonzentriert führt, an den Pudel im ›Faust‹ denkt und nicht an Integrale. Am Ende ist Heisenberg menschlich untauglich und weist Lindemann ihn wegen ausgewiesenen Mangels an Hundeliebe als Student ab. Was hätte aus Heisenberg nicht alles werden können! Keller aber nimmt Zuflucht zu einem lauen Scherz, weil andernfalls er ausspräche, was er denkt. Nämlich denkt er — und will nicht, daß diese Wahrheit, Wiebke und er gleichzeitig in einem Raum sind —, daß Menschen ihr Untalent zu leben in ein Tier auslagern, als ob verdoppeltes Elend halbiertes wär. Erst aber, daß diese Rechnung manchmal aufgeht, kann Keller nicht tolerieren und stürzt ihn in wahre Abgründe.

[19] Nicht ganz klar. Bremen verfügt über eine große vivisektonistische Tradition und noch heute bohrt man an der Universität Rhesus-Äffchen gern die Schädeldecke an, erst recht, seit die Versuchsleitung, das Institut für Hirnforschung, sich an die Spitze der Tierversuchsgegner gesetzt hat und in ungeheuren Versuchsreihen die Überflüssigkeit auch zu beweisen hofft. Oder will Keller Dinge tun, die schon den großen Hundefreund Samuel Pepys am 16. Mai 1664 beeindruckten? : »Sah bei Mr. Pierce, dem Chirurgen, ein Hundeexperiment. Ein junger Hund wurde dadurch getötet, daß man Opium in sein Hinterbein einführte«.

WIEBKE : *Dann bekämst du's aber mit mir zu tun. Mein ist die Rache, spricht der Herr. Und mein ist Knud. Das kannst du dir gleich mal merken*

KELLER : *Gut, dann will ich … da auch nicht … weiter … dann will ich jetzt meine Freude. Ist es ein Geschenk? Wo ist es denn?*

BERND (streitlustig) : *Das ist bestimmt eher immateriell*

KELLER (zu Bernd, enttäuscht) : *Meinst du?*

BERND : *Ja. Dein Geschenk ist, daß Knud aufgehört hat, an fremden Sprachen zu lecken. Besonders vom Hebräischen hat er nun abgelassen*

WIEBKE (giftet Bernd an) : *Als ob ich das nicht verstehen würde … !* (zu Keller) *Glaub ihm kein Wort, Knud hat keine Ahnung von Hebräisch! Nie gehabt! Ist ja nur ein Hund!* (zu Bernd) *Außerdem heißt das Alt-Hebräisch* — (zu beiden) *das klingt schwieriger, als es ist, ich bin das beste Beispiel: einmal das Wesen einer Sprache erfaßt, und schon lernt sichs von allein. Ich lern sogar noch heute ab und zu mal eine Vokabel. Aber mehr zufällig*

BERND : *Erstaunlich*

KELLER (lacht) : *Aber ganz gewiß wahr. Ich hol eben Kaffee* (entschwindet in den ersten Stock)

WIEBKE (bescheiden) : *Ich hatte aber auch einen guten Lehrer*

BERND : *Find ich gut. Gute Lehrer sind wichtig. Wer wars?*

WIEBKE (trägt nichts nach und lacht) : *Pastor Siebholz, da mußte ich dann eben auch nur einmal kommen* [20]*, um das zu begreifen, und der Rest war … na, weißt ja*

---

[20] Wirklich saß Wiebke an einem Montag achtuhrfrüh in der ersten Doppelstunde des Hebräisch-Kurses, den zu halten der junge Pastor Siebholz der Bremer Uni angeboten hatte. Der Pastor, neu im Geschäft, hatte sich viel vorgenommen und so litt er Knud im Raum, war salopp gekleidet, hatte eine taz und eine selbsterdachte Didaktik mitgebracht : er führte die kehlige Aussprache einiger Buchstaben vor, kreidete zur Auflockerung des Unterrichts und zum Mutmachen aus Strindbergs Blaubuch die verkürzte Bemerkung »Man braucht nicht viel Hebräisch zu verstehen« an die Tafel und gab den Rest der Doppelstunde frei. Damit war der theoretische Rahmen für Wiebkes weitere Hebräisch-Expeditionen abgesteckt.

Nun war Strindberg ein klinischer Fall mit immerwährendem Rauschen im Ohr, wenn er philologisierte. Auch mochte er Hunde und Frauen so gar nicht — wovon er jeden Morgen Zeugnis gab, indem er erstmal ein paar hunde- und frauenfeindliche Zitate schrieb. Nach dem Frühstück aber ging Strindberg ums Haus und guckte, ob das Schild, das er vorabends gepflockt hatte, noch stand : »Jugend! Lern nicht assyrisch, denn das ist keine Sprache, das ist Häcksel«. »Man braucht nicht viel hebräisch zu verstehen« — sicher nicht. Aber muß man dann darüber sprechen? Strindberg verankerte dank des glücklichen Umstandes, von Tuten und Blasen keine Ahnung zu haben, seine Paranoia in der Sprachwissenschaft, ihm genügte es, »den Artikel (ha) und die Pluralendungen (im und ut) von der Wurzel trennen zu können, um in einem biblischen Wörterbuch das Echo einer Sprache zu finden, die wahrscheinlich überall die gleiche gewesen ist« — dies Echo zu hören, müssen natürlich Räson, Lautgesetze und Sprachstammbäume hinter eine großheidnische Verschwörung zurücktreten : »Als die Philologie heidnisch wurde, kam Sanskrit in die Höhe, und Hebräisch, die heilige Sprache, wurde verworfen … Wir glaubten natürlich die Lüge … Die Philologie wurde heidnisch, dem Christentum feind; darum haßte man das Hebräische, während man absichtlich im Heidentum Indiens Gottes erste Offenbarung suchte. Sanskrit war am ältesten, alles wurde davon abgeleitet … Es geht mich nichts an, wie alt diese Bücher sind! Ich habe sie zu lesen versucht; als ich aber zu dem ›Hymnus an die Frösche, um Regen zu bekommen‹ gelangte, wurde ich davon überzeugt, daß der Ungläubige … recht hatte : ›Die drei Verfasser der

BERND : *Ja*

WIEBKE : *Ich find ja, die tiefsten Offenbarungen der Menschheit sind alle auf hebräisch, da hat man schon genug dran zu glauben*

BERND : *O ja*

WIEBKE (altklug) : *Und dann gibts natürlich noch Aramäisch und so und Übersetzungen für die armen Menschen, die kein Hebräisch können und eine andere Sprache haben*

BERND (jenseits der Grenze der Sinnlosigkeit) : *Misereor?*

WIEBKE : *Genau. Und das ist ja auch der herrliche Sinn*

BERND : *Wie, das ist ›der herrliche Sinn‹?*

WIEBKE : *Ich sag nur Genesis Elf*

BERND : *Sag ich auch immer, aber von was jetzt ›der herrliche Sinn‹?*

WIEBKE : *Von der Sprachverwirrung. Gott wollte gar nichts Böses damit*

BERND : *Nicht? Aber es steht doch geschrieben, daß er ...*

WIEBKE (kritisch) : *Ja geschrieben geschrieben. Geschrieben steht vieles, Papier ist geduldig, weißt du das denn nicht? Also ... ich denk ja : daß Gott sich da nur verherrlichen wollte*

BERND : *Ach ? verherrlichen wollte er sich? Der is ja komisch*

WIEBKE : *Ja, warum denn nicht? Er hat so schöne Dinge gemacht ...*

BERND (kurz, bitter, schnell) : *Welche?*

WIEBKE : *... die Welt, die Sterne, die Bücher, da soll er sich doch ruhig auch mal verherrlichen, das hat er sich verdient*

BERND : *Und ein Portugiese und ein Däne verstehen einander nicht, damit Gott dadurch verherrlicht ist?*

WIEBKE : *Ob nun ausgerechnet ein Portugiese und ein Däne sich nicht verstehen, das weiß ich gar nicht* — (widerspricht sich auf hohem Niveau) *aber wenn, dann ist das unsere Schuld. Das hat Gott nicht gemacht*

BERND : *›Unsere Schuld‹?*

WIEBKE : *Natürlich*

BERND : *Nicht die von Gott?*

Vedas waren Narren, Schurken und Dämonen‹. Und ich warf ... die Vedas fort; las Jesaia, Hiob und den Psalter; dankte Gott, daß ich nicht an den Choleraufern des Ganges geboren bin«. Nachdem dies Problem gelöst ist, geht Strindberg als Ästhet autodidaktisch souverän die Verwandtschaft der Schriften an : »Wer sich damit ergötzen will, Sanskrit zu stilisieren, indem er die langweiligen Winkelhaken fortputzt, wird sehen, wie leicht es Syrisch ... wird. Das ist um so interessanter, als die heutigen Gelehrten wirklich zugeben, daß sie nicht wissen, woher das Sanskrit seine Buchstaben (Silben) genommen hat. Damit hat man Spuren von Tamulisch und Tibetanisch gefunden« — jaja : darum geht es, ›zugeben‹, ›nichtwissen‹, ›woher‹, ›wohin‹ — die Pseudogewißheit redlicher Wissenschaft geschlagen von der Gewißheit des Glaubens, und da sind Außenseiter die Mannen Gottes! Von den Gelehrten, den Revisoren des Seins kommt das Übel! Und wirklich gelingt es Strindberg dilettierend, triftige Bemerkungen über die Lücken im System zu machen, die aus sündhafter Feigheit, weiße Flecken zu dulden, geschlossen wurden. Und dann hat er's nicht mehr weit zu tiefschürfenden Worten über das Chinesische und Ägyptische, die sehr verwandt sind, wenn man ein bißchen rumschrubbt — alles zu lesen im zweiten Band des ›Blaubuch — Die Synthese meines Lebens‹.

WIEBKE : *Natürlich nicht. Guck mal, sieh das alles doch mal dialektisch verschränkt*

BERND : *Dialektisch? Und dann auch noch verschränkt?*

WIEBKE (begütigend): *Schau, es ist doch so : grad, wenn du verschiedene Sprachen hast, dann bedeuten die ja gar nicht, daß verschiedene Völker verschiedene Ideen von Gott hatten und daß Gott in irgendwelchen Sprachen sich mal so und mal so offenbart und daß man dann streiten kann, welche Offenbarung war früher und echter und besser ...*

BERND : *Sondern?*

WIEBKE : ... *sondern* (holt Luft und Gedanken) *weist diese Riesenfülle gerade auf die andauernde Herrschaft des einen Gottes hin, der Hebräisch gesprochen hat, weil, das Verschiedene gereicht uns zum Heil, wie sowieso die ganze Zwietracht. Und da ist sie schon, die Dialektik. Es gibt nämlich nicht nur* ***eine*** *Wahrheit, sondern viele! Nicht nur* ***ein*** *Leid : viele kleine Leide. Und der Vorteil davon : wir können von den vielen kleinen Leiden wenigstens eines tragen, da brechen wir wenigstens nicht gleich zusammen. Und genauso gibts nicht nur* ***eine*** *Sprache, sondern viele : da können wir wenigstens eine von sprechen, die klügeren von uns sogar zwei oder drei. Und zusammen ergibt das die bunte Wirklichkeit! Und dahinter die eine Wahrheit, das* ***eine*** *Leid, das von Jesus am Kreuz, die* ***eine*** *Sprache : Hebräisch*

BERND : *Uff. Und jetzt noch die Verschränkung*

KELLER (treppab) : *Nix Verschränkung — jetzt kriegen alle Leidtragenden erstmal Kaffee!* (händigt Wiebke einen Becher aus)

WIEBKE : *Danke schön* (beide Hände um den Becherofen geklammert) *Kalt hast du's hier. Draußen is wärmer*

BERND (bettelt seine Hände vor) : *Ich nicht?*

KELLER : *Doch, du auch* (enteilt nach oben)

BERND (zu Wiebke, interessiert) : *Aber sag : ist die Welt nicht vielmehr Dreck und Staub?*

WIEBKE : *Relativ* (spitzlippt am Kaffee — heiß)

BERND : *O gut*

WIEBKE : ... *da kommt noch eine viel schönere —* (lacht) *aber keine falsche Hoffnung, auch in der wirst du nicht drumrumkommen und Hebräisch lernen müssen, denn da wird erst recht Hebräisch gesprochen und gesungen, das ist und bleibt eben die Sprache Gottes. Oder höchstens noch die Liebe* (fröhlich) *— und ich kann beide!*

KELLER (erscheint und reicht Bernd Kaffee) : *O wirklich?! Aber weißt du, was ich neulich gehört hab? Luther! Als Luther das Neue Testament aus den hebräischen Originalquellen übersetzt hat, soll er einmal, weils so schwierig war, ganz doll geflucht haben und vor lauter Wut, weil er ein Partizip nicht knacken konnte, sein Tintenfaß gegen die Wartburg geschmissen haben, und der Tintenfleck hatte die Gestalt des Teufels*

WIEBKE : *Weiß ich*

KELLER : *Moment — : und noch heute kann man sehen, daß da kein Fleck mehr ist, weil die Übersetzung letztlich mit Gottes Hilfe doch noch so gut geworden war, daß nicht mal die Silhouette des Teufels es ausgehalten hatte, daß sie sich solch einem herrlichen Werk verdankte, und sich aus dem Staub gemacht hat*

WIEBKE : *Davon hab ich noch nie gehört*

KELLER : *Ja, schon, aber: glaubst du es?*

WIEBKE : *Gott kann alles. Also auch das, daß das so war, da mußt du gar keine Witzchen oder Fangfragen machen, ich habe es selbst erfahren*

BERND : *Wie, was hast du erfahren?* (Keller stiehlt sich wieder nach oben)

WIEBKE : *Daß Gott Liebe ist*

BERND : *Das hast du erfahren?*

WIEBKE : *Oja*

BERND (bohrend) : *Wie hast du es erfahren,* ***was*** *genau hast du erfahren?*

WIEBKE : *Das kann jeder nur für sich erfahren*

BERND (beginnt außer sich zu geraten) : *Aber* ***was*** *denn?*

WIEBKE (ruhig) : *Daß Gott Liebe ist*

BERND (laut) : *Was heißt das?*

WIEBKE (sehr in sich ruhend) : *Du weißt nicht, was Liebe ist?*

KELLER (von oben) : *Er hat sicher nur eine sehr unvollkommene Vorstellung davon. Jemand Milch?*

WIEBKE : *Und Zucker, danke* (Keller kellnert Zuckertütchen und Löffel an)

KELLER (zu Wiebke) : *Belehre uns. Milch is übrigens nich*

WIEBKE : *Macht nichts* (nippt am Kaffee)

KELLER : *Dann kannst du uns jetzt ja mal belehren*

WIEBKE : *Ich bin nicht berufen, zu belehren*

BERND : *Dann wirkst du durch Beispiel, nicht durch Wissen?*

WIEBKE : *So könnte man sagen*

BERND : *Aber wohingehend und wodurch wirkt dein Beispiel? Was ist dein Beispiel — außer nichts zu wissen? Was bist du für ein Beispiel?*

WIEBKE (zuckt die Achseln) : *Das sind nur Fragen. Gott aber ist die Antwort*

BERND (mit anwallender Wut) : *Ich faß es nicht*

WIEBKE : *›Bevor die Seele hören kann, muß der Mensch taub sein gegen Getöse und Flüsterstimmen, gegen das Trompeten wilder Elephanten ebenso wie gegen das feine Sirren der goldenen Feuerfliege‹*

BERND (stockt) : *Das … ist beinah schön, ›Sirren der goldenen Feuerfliege‹ — von wem ist das?*

WIEBKE (gleichgültig) : *Weiß nicht*

BERND : *Du deklamierst und weißt nicht, wen oder was?*

WIEBKE : *Hauptsache wahr. Der Inhalt zählt, da ist es doch ganz egal, wer den gemacht hat oder wie einer aussieht*

BERND : *Hallo? Von ›wahr‹ hatte ich überhaupt nicht gesprochen, es war die Rede von ›schön‹, von ›schön‹ und ›beinah‹ — versuch doch bitte mal, dich zu …*

WIEBKE : *Irgendne Russin*

BERND : *Achmatowa?*

WIEBKE : *Kann sein*

KELLER (gönnerhaft) : *Das ist von Hartmut Engler*[21]

BERND : *Du spinnst*

WIEBKE (kann auch kumpeln) : *Jungs Jungs, man muß die Dinge auch mal stehn lassen können, am Ende wird Gott sowieso alles Getrennte fügen, ich bin da mehr als zuversichtlich ...*

BERND (winkt ab) : *Ich auch*

WIEBKE : *... ich weiß es ...*

BERND (bitter) : *Ich auch*

KELLER (will auch was wissen) : *Ich auch*

Hinter der Balge zieht ein Geholper auf, ein schabberndes Räderrollen über gegeneinander empörte Gehwegplatten, das nähert sich, und ehe ängstliche Blicke sich pfeilen — schwingt die Tür gegen Bernd, der springt zurück, ein drömeliger Mann, den Ruch mittlerer Reife an Alter und Bildung verströmend und Hafenarbeiterhaare von einem Hut gedeckelt, zerrt so umständlich wie unbeholfen einen Rollkoffer hinter sich in den Laden und stellt sich zapfig auf. Keller erfaßt sofort alle Implikationen. Bernd krümelt ins Werkausgabeneck, Wiebke bleibt sitzen, krault Knud beruhigend den Nacken und guckt frisch aus der Wäsche.

MÖRENBECK (harmlos, doch den Charakterzug ›hartnäckig‹ andeutend) : *Guten Tag die Herrschaften! Bitte, wen darf ich ansprechen?*

Wiebke, ganz Présentatrice, lächelt, läßt kurz von Knud ab, entfaltet yogagleich ihren Arm zu Keller hin und nickt dem Ankömmling aufmunternd zu.

KELLER (ohne Begeisterung) : *Guten Tag. Versuchen Sie's mal mit mir*

MÖRENBECK : *Guten Tag, Mörenbeck mein Name. Ich habe gehört, die ersten fünf Jahrgänge Merian bringen richtig Geld*

KELLER (hatte irgendsowas geahnt) : *Hab ich auch gehört*

MÖRENBECK : *Durch außergewöhnliche Umstände veranlaßt, seh ich mich in der Lage, Ihnen aus der beliebten Serie ›Merian‹ abzugeben, ganz frühe*

Ob Keller allein oder in Gesellschaft solchen Anliegen ausgesetzt ist : er weiß darauf keine solide Reaktion. Und selbst, hätte er hier eine : nie fände die ihren Weg, sich smart zwischen ›ganz frühe‹ und Mörenbecks Folgetun zu zwängen, denn gleich mit ›ganz frühe‹ widmet sich Mörenbeck intim, ausgiebig und verlangsamt dem Rollkoffer und bringt am Ende wundersam fünf klarsichtfolierte Merianhefte

[21] Keller, Quatsch! Nicht Engler. Auch nicht André Heller. Das ist knallhart Blavatsky, 1889, »Stimme der Stille — ausgewählte Fragmente aus dem ›Buch der goldenen Vorschriften‹«, ein Buch, so alt, daß es selbst Krishna schon dabei hatte, als er Arjuna belehrte. Noch heut ists bindende Lektüre aller Mystikadepten im Transhimalaya, und so nimmt es nicht wunder, daß Frau Blavatsky in ihrer Jugend vor lauter Begeisterung 39 der 90 Abhandlungen, aus denen das Goldene Buch besteht, auswendig gelernt hatte. Aus diesen 39 Abhandlungen stellt Blavatsky die saftigsten Früchte vor — die restlichen 51, bittet sie um Pardon, müßte sie erst übersetzen, vollständiges Geheimschriftenalphabet aus Ideographen, Tierkreiszeichen und sieben Farben, das hätte sie schon, und verlernt hätte sie auch nichts, allein : der Urtext, der sei grad nicht zur Hand, seit Jahrzehnten lägen ihre Papiere schon unsortiert, stets wär sie zu mittellos gewesen, sich einen Sekretär zu kaufen. Macht ja nichts, ist die Welt doch eh zu armselig und selbstsüchtig, als daß sie die pralle Wahrheit aller 90 Bücher aushielte.

heraus. Keller aber mag das Tun, das Mörenbeck hat, nicht mit ansehn, es macht ihn nervös, wie der arme Mann so gar nicht vorankommt, und also, da Bernd sich verpieselt hat, würfelt sein Blick zu Wiebke. Was er an der aber bemerkt, gefällt ihm gleichwenig : Wiebke nimmt — womöglich gar zu recht — den Meteorit Mörenbeck zum Anlaß, sich commun mit Keller zu wähnen und untermalt das durch ein hauchscharfes Schürzen ihrer Lippen.

MÖRENBECK (insinuiert) : *Sehen Sie, hier Madeira, schön, Kanarische Inseln, auch schön, und das Wallis, ein Traum. Aber nichts so schön als wie hier, Salzburger Land und Salzburg. Salzburg, großartig. Allein die Nockeln da. Waren Sie schon mal dort?* (reckt triumphierend das Heft Salzburg in die Höh)

KELLER : *Nockeln?*

MÖRENBECK : *Müssen Sie probieren …*

WIEBKE : *Nockeln sind gut*

MÖRENBECK: … *können Sie auch selber machen, die ganze schöne Stadt ist voll davon, da ist sowieso alles voll mit Fürsterzbischöfen, alles noch wie im Barock, waren Sie mal dort?*

KELLER (leichtsinnig) : *Im Barock?*

MÖRENBECK (lacht) : *Ach Sie … : in Salzburg* (schwärmt) *im schönen romantischen Salzburg. Brunnen! Gärten!* (da Keller plötzlich bar jeden Anzeichens für Leben ist) *Nockeln! Festspiele!* (und nun sogar die Anzeichen des Todes fehlen) *Hah! Mozart. Mozart! Mozart kennen Sie doch? Mozart kennt jeder!*

Keller ist aber nicht tot — wenn der Zustand fiebriger Verkapselung vielleicht auch nicht unbedingt dem Leben zuzurechnen ist. Unabweislich pulst Mörenbecks Stimme …

MÖRENBECK : *Mozart* **müssen** *Sie kennen, die junge Dame hier kennt Mozart doch auch*

WIEBKE : *Tut sie. Sie schätzt ihn sogar sehr. Ihn und seine Musik*

KELLER (aus Kurztrance erwachend) : *Mozart?*

MÖRENBECK : *Sehn Sie, kenn' Sie. Das ist Salzburg. Oder nicht?*

Eh sie zur Wut wird, bedeutet eine Frage Pause, jetzt fix, grad war Keller nicht zum Zug gekommen, dann war er leichtsinnig gewesen, jetzt keinen Fehler mehr, eine vierte Chance, nicht in einer halben Stunde hier noch zu stehn und sich *Salzburg* anzuhörn, wird ihm nicht werden.

KELLER (erobert die Worthoheit) : *Salzburg, ja. Ich fasse zusammen : Sie bieten mir diese Merian-Hefte zum Kauf an?*

MÖRENBECK : *Sehr richtig*

KELLER : *Das ist erfreulich*

MÖRENBECK : *Weil, Sie haben da auch draußen in Ihrer …*

KELLER (wünscht keine Belehrung über wunde Punkte) : *Ich weiß — darf ich mal?*

Keller nimmt mit den Klarsichtfolien das Gesetz des Handelns in die Hand, Madeira XXII 1, Kanaren XVII 5, Wallis XXI 12, Salzburger Land XXII 11, Salzburg XVII 1, runzelt bedenklich die Stirn und schwenkt Wallis und Salzburger Land.

MÖRENBECK (verlegen) : *Ausreißer nach oben, ich weiß, aber ich dachte, wegen der ausgesprochenen Nähe zu Salzburg, wo Salzburg doch so besonders schön ist, laufen die mit. Nicht wegen dem Alter. Richtig alt sind nur die andern. Schön aber sind die alle, sagen Sie nicht, daß die nicht schön sind*

KELLER : *Keine Angst. Ich darf sie also kaufen?*

MÖRENBECK : *Würd ich Ihnen dringend raten. Eine Zierde! Salzburg, ein Augapfel!*

KELLER (versucht, ein klares ›Ja‹ hervorzukitzeln) : *Und ich darf sie wirklich kaufen, ja?*

MÖRENBECK : *Ja*

— das ist die Marmorsilbe, von der aus Keller seine Gegendrachen steigen lassen wird. Jetzt : 1. Schranke — 2. Ausweis des Expertentums — 3. Selbsterniedrigung — 4. sinnloses Gebrabbel — 5. konkrete Handlungsanweisung : der Kreuzweg der Rettung, geboren aus Ladenerfahrung und einem früheren Leben, in dem Keller noch Leserbriefe für eine Frauenzeitschrift beantwortet hatte. Erstmal also rammt Keller die unübersteigbare Schranke in den Boden, binnen der ersten fünf Worte, die er nun sprechen wird, denn mit dem sechsten Wort läßt die Aufmerksamkeit der Hörer, wenn je vorhanden gewesen, nach und zählen nur noch schwer kontrollierbare Subtexte. Keller wirft sich am Tresen in Pose und versieht sein Predigeramt, das Heft Salzburg in der Hand.

KELLER : [1] *O, **nein, definitiv*** [2] *Und das unabhängig davon, daß alles gegenteilig dem ist, was Sie sagen, ›Salzburg XVII 1‹ — da bedeutet arabisch 1 den Monat, also Januar, nicht den Jahrgang. Römisch XVII hingegen, das ist der Jahrgang, aber wie gesagt, unabhängig davon, daß das hier keine der frühen Hefte sind, die* (hüstelt) *Spitzenpreise erzielen.* [3] *Verstehen Sie mich recht : nicht, daß ich nicht wollte, ja, im Streben um das Fortkommen meines Geschäftes gar müßte : aber ich darf nicht, ich bin nicht reif genug. Diese Trouvaillen stehen mir nicht zu. Es ist nur ein Mensch in Bremen, der die Juwelen, die Sie die Freundlichkeit besitzen aus Ihrer Sammlung zu offerieren, würdigen kann* [5] *Warten Sie, ich schreibs Ihnen eben auf* (notiert und überreicht flink eine Adresse) *Aber berufen Sie sich nicht auf mich, darauf muß ich Sie vereiden, ich habe diese hohe Person jüngst sehr enttäuscht, sie ist momentan und sehr zurecht nicht gut auf mich zu sprechen :* [4] *gut, Sie haben die ganze Wahrheit verdient : ich habe gefehlt beim Aufsagen des ersten Merianjahrgangs. ›Dresden‹ hab ich nicht gewußt. Damit bin ich untendurch. Ich habe gegen den Ehrencodex unsres Gewerbes verstoßen und habe mich auf immerwährende Einsamkeit einzurichten. Aber wer weiß, vielleicht kann ich mir eines Tages ›Dresden‹ merken, vielleicht wird mir in einer fernen Zukunft vergeben, vielleicht am Ende der Zeiten doch noch vergönnt werden, wieder mitzuspielen im Konzert der Großen. Und, wenn ich das noch anmerken darf : lassen Sie sich nicht täuschen : wenn — ich betone : wenn — wenn jene Dame sich zieren sollte, Ihre Hefte zu übernehmen, dann nicht, weil sie den Preis drücken will, sondern weil Ihr Angebot sie beschämt. Denn obschon die Dame über schier unmenschliches Wissen und genauso unmenschliche Berge Geld und Bücher verfügt, bleibt sie doch im Herzen ein unsicheres, bescheidenes und liebenswertes Wesen, das sich durch jemanden wie Sie, der Sie mit einem Unmaß Großherzigkeit ausgestattet sind, sehr verunsichern läßt*

MÖRENBECK : *Oh, das möcht ich aber nicht*

KELLER : *Sehen Sie? und nun geschwind, auf zu Frau Hudelwerth*

Keller wirbelte zwar 4 und 5 durcheinander, mengte 4 sogar eine deutliche Prise 3 bei — aber er hat Erfolg. Und will den durch nichts mehr gefährden. So ordnet er die Hefte nach Schönheit, klopft sie zart kongruent, händigt sie Mörenbeck aus und dreht dem überwältigten Mann den Rollkoffer hin, daß Mörenbeck gar nicht anders kann als einpacken, zäh zwar, aber klag- und wortlos. Und dann öffnet Mörenbeck unter Andeutung eines Bücklings die Ladentür, schallt den Ruf *Alles Gute* und Wiebke setzt ein *Viel Erfolg* noch hinterher : Mörenbeck zieht dankend und bewegt davon. Selige Momente für Wiebke — bis Bernd grinsend aus den Werkausgaben wieder auftaucht, einen geöffneten Band Mörike auf dem Armtablett. Wiebke aber kommt allen zuvor.

WIEBKE : *Was ein Heini, eh? Gut, daß der weg ist. Sonst kämen wir ja nie zu dem, was ich dir mitgebracht hab, Christian* (hebt ihren Rucksack schoßan, Knud buckelt auf, abmarschbereit, registriert dann aber falschen Alarm und legt sich wieder)

KELLER (reibt die Hände) : *Die Freude, endlich die Freude — die hab ich mir jetzt aber auch verdient* (Wiebke packt ihre zwei Bücher aus, legt sie auf den Tresen, die Bhagavadgita zuoberst) *Was ist das? — oh, ein uraltes indisches Götterbuch* [22]

BERND (bezischt Keller) : *Du hattest ›Nockeln‹ gesagt*

KELLER : *Ich weiß. Guck lieber, was Wiebke hier anträgt*

BERND (guckt) : *Der **Kuh-Gott**!*

WIEBKE : *Na, also weißt du ... — andere Länder, andere Sitten. Wir dürfen hier ja auch keine Hunde essen, da wird man doch wohl in Indien keine Kühe essen dürfen* [23] *— wenn du das meinst! Wir müssen mal alle zusammen die westliche Arroganz abschütteln* (schaudert

---

[22] Blanker Zufall. Keinesfalls zitiert Keller aus dem häßlichen Gedicht, das ›Schmerzen‹ noch auf ›Herzen‹ reimt — ›Bhagavad Gita‹, eines der dümmsten Hessegedichte überhaupt, das Keller selbstverständlich gar nicht kennt : »Wieder lag ich schlaflos Stund um Stund / Unbegriffenen Leids die Seele voll und wund / Brand und Tod sah ich auf Erden lodern / Tausende unschuldig leiden, sterben, modern / Und ich schwor dem Kriege ab im Herzen / Als dem blinden Gott sinnloser Schmerzen / Sieh, da klang mir in der Stunde trüber / Einsamkeit Erinnerung herüber / Und es sprach zu mir den Friedensspruch / **Ein uraltes indisches Götterbuch** : / ›Krieg und Friede, beide gelten gleich / Denn kein Tod berührt des Geistes Reich / Ob des Friedens Schale steigt, ob fällt / Ungemindert bleibt das Weh der Welt / Darum kämpfe du und lieg nicht stille / Daß du Kräfte regst, ist Gottes Wille! / Doch ob dein Kampf zu tausend Siegen führt / Das Herz der Welt schlägt weiter unberührt‹«.

[23] Natürlich nicht. Zumal Kühe die Mütter der Menschen sind und Krishna sie sehr mag. Kühe geben auch Milch, die man trinken kann, und wenn sie wissen, daß sie nicht getötet werden, geben sie vor lauter Glück noch mehr Milch — westliche Kühe aber, die zum Wurstwerden anstehen und auch sonst wenig Achtung erfahren, milchen weniger. Aus Angst. Wer schon Fleisch essen muß, der wende sich doch an unwichtige Tiere! Schwein, Hund, Ziege, Schaf. Aber nicht an Kühe oder Elephanten. Das wär verheerend für die Gattung Mensch. Schon Manu, der Erfinder der Gesetze, hatte festgelegt, daß ein Tiertöter ein Mörder ist und man sowieso besser täte, statt zu essen sich auf die Rückkehr zu Gott vorzubereiten. Und nicht nur der Schlachter wird bestraft werden, sondern auch der Verkäufer, der Koch, der Kellner, der Esser — ein jeder Komplotteur wirden schon sehen, was er davon hat.

unwohl ihre Schultern) *nicht nur nämlich andere Sitten, sondern* (seufzt, müd des vielen Argumentierens) — *hier schließt sich der Kreis — auch andere Offenbarungen. Gott hat auch zu anderen Völkern gesprochen, in anderen Sprachen. Und das hier ist eine davon, eine alte zweisprachige indische Offenbarung* (seufzt verstärkt) *Ich werde mich die Tage über wohl was mit Sanskrit beschäftigen müssen*

BERND (seufzt auch) : *Wirst du wohl*

KELLER : *Und wenn bei dieser Ansprache Gottes* (streicht über die Gita) *rauskommt, daß Knud mal ein lüsterner Mann war?*

WIEBKE (genant) : *Glaub ich nicht*

KELLER : *Aber ja doch, glaube es ganz! Das steht da* (tockt mit dem Finger auf die Gita) *drin, Hindu-Hundi! Guck mal : die Seelen, die ein Karma der Lüsternheit abzubüßen haben, fangen damit an, daß sie sich erstmal in Hunden verkörpern*

WIEBKE : *Nicht Knud! Der ist kastriert!*

KELLER : *Siehst du?! eben darum!*

WIEBKE (schränkt ein) : *Gut, vielleicht träufelt er manchmal etwas Harn, aber das ist nur menschlich, höchstens vielleicht noch, daß er sich manchmal leckt, als wär er ...* (schwillt an) *Aber das sind Phantomschmerzen, die hättest du auch, wenn dein Bein ab wär* (wütend zu Bernd, der sich sehrekelt) *und du auch ... — immer seid ihr gegen Alles!*

Keller und Bernd starren einander entsetzt an : sollen sie jetzt leugnen, trösten, besonders ungerührt sein und weiter versuchen, an Wiebke Spaß zu haben, oder gar prüfen, ob sie wirklich zwanghaft übel reden? Keller entscheidet sich für einen fünften Weg : er ist enttäuscht.

KELLER (enttäuscht) : *Und wo ist meine Freude jetzt? Das bunte Buch da ja wohl nicht. Oder lädst du mich zusätzlich noch ein zum chanten, tanzen, Prasada* [24] *essen und fröhlich sein?*

BERND (auf der Straße des Spaßes) : *Nein. Sie wird Knud eine Glatze scheren*

---

[24] Der Hindu hat viele Probleme. Das geringste noch das Menstruieren des Weibes. Das ist zwar gefährlich, aber da kann man ja was machen, da kann man das Weib ja wegsperrn, wenn man eine Beschwörung startet. Denn wenn der Hindu zum Beispiel einen Regenzauber macht und ein blutendes Weib dabeisitzt, dann scheitert der Zauber nicht nur einfach so und bleibt der Regen aus, sondern wird unmittelbar gesengteste Dürre herbeigehext. Hauptproblem des Hindu aber ist und bleibt : die Mahlzeit. Und Prasada ist der Ausweg. Kein Hindu je würde ›essen‹ sagen, er sagt immer nur ›Prasada nehmen‹. Was ist Prasada? Prasada ist nicht nur die Schachtel Mon Cheri, die über Jahre unter Abstinenten und Kirschenhassern als kleine Aufmerksamkeit weitergeschoben wird — Prasada kann alles sein : Keks, Reis mit Zimt, Bonbon, Banane : Prasada ist der Ausweg aus der Karma-Klatsche, denn eigentlich tötet ja, wer ißt, und kriegt schlechtes Karma. Es ist nur ein Weg, dem zu entgehen : vorher alle Kost Krishna opfern und dann hoffen, daß der was übrigläßt und abgibt : von dem kann man essen, denn Krishna ist höher als Karma. Das wissen auch viele Ashram-Besitzer und haben darum in ihren Kellern riesige Keks- und Opferfabriken, aus denen ein nieversiegender Strom Prasada hervorbricht, daß sie immer jedem Jünger und wer's werden will was in die Hand drücken können. Ein kleines Abendmahl für unterwegs. Oder ein Häppchen für den Affen, der draußen wartet. Oder für die Daheimgebliebenen in Europa. Auch gut gegen Aids, wenn gläubig genossen, denn Prasada ist reine Shakti, unverschmutzte göttliche Energie.

KELLER (begrüßt aufgeregt Bernd auf dessen Pfad) : *Ja-ha, genau, und ihm dann eine flohgiftgetränkte Girlande umhängen, und dann, dann bekommt er Kater-Mikesch-Kunststücke beigebracht, steht auf den Hinterbeinen — und in den Vorderpfoten trägt er eine Bettelschale und dann ab in die Sögestraße*

WIEBKE (vergißt über das reizende Bild [25] ihre gerechte Verbitterung) : *Du kommst dir sehr komisch vor, meinst du, ich merk das nicht? Trotzdem kannst du mich gar nicht abhalten, dir was zu schenken, und zwa-a-ar* (schiebt die Gita beiseite und präsentiert den dicken, lädierten Halblederband) *: das hier!* (hält ihn hoch) *Das sieht doch alt aus, das kannst du bestimmt verkaufen*

KELLER (nimmt das Buch, wägt es) : *Stimmt. Alt ist es* (blättert es kurz an, legts wieder auf den Tresen) *Nett. Interessiert mich — was bekommst du dafür?*

WIEBKE : *Nichts. Ein Geschenk*

KELLER : *Kann ich nicht annehmen, du bist doch auch arm dran*

WIEBKE : *Nein, wirklich : nichts. Eine Freude, ein Geschenk*

KELLER (beschämt) : *Ja dann … besten Dank. Werd mich revanchieren, vielleicht hab ich igendwo noch eine Sanskrit-Fibel* (Bernd wendet sich genervt dem Regal ›Mittelhochdeutsch‹ zu)

WIEBKE : *Ich-brauch-kei-ne. Das hier* (pocht auf die Gita) *reicht mir*

KELLER (seufzt) : *Wir sind alle in Gottes Hand* (Wiebke lächelt erfreut)

BERND (empört) : *Ich hol mal eben Tabak*

WIEBKE (bietet ihren Halfzware an) : *Hier, du kannst …*

BERND (ein gejagtes Wild) : *Danke nein, von dem krieg ich … Denkhusten*

Bernd verläßt in einem Windzug den Laden, Wiebke ist endlich allein mit Keller. Andererseits … bestimmte Absichten hat sie nicht, und die kleine, die sie dann ja doch hatte, ist erfüllt. Mit Bernds unabsichtlichem Geschenk weiß sie gar nichts anzufangen, also zögert sie nur kurz und dann :

WIEBKE : *Wir müssen dann jetzt auch mal*

Wiebke erhebt sich, Knud erhebt sich … — da kommt in hochgeschlossenem Ulster und mächtig Richard Vogt hereingeschneit, aus Revers und Knopfleiste noch des Mantels eine Aura des Wissens dunstend. Knud trabt Vogt entgegen, hechelt freudig, berührt mit den Vorderpfoten Vogtens Schuhe und dehnt den Rücken durch, den Hintern gereckt — sein Maul aber steht sperrangelweit auf und gähnt und betet an.

WIEBKE (neckisch) : *Oh, Professor!* (verstaut die Gita in ihrem Rucksack)

VOGT (tätschelt Knud am Hals und läßt sich die Büffelhorn-Knöpfe lecken) : *Na Alter?* (zu Wiebke) *Nachbarin! ich grüße dich! Bald mal wieder Tee, Wiebke?*

WIEBKE : *Ja doch, gerne. Aber* (wirft sich den Rucksack um) *jetzt muß ich wirklich — tschüß dann, ihr zwei, komm Knud* (Wiebke und Knud ab)

---

[25] Tatsächlich wird es bald spielerisch verbrämte Versuche Wiebkes geben, Knud einzureden, er käme direkt von den spirituellen Vaikuntha-Planeten und möge tanzen.

KELLER : *Ist sie nicht süß?* (fällt auf den schwach angewärmten Stuhl)

VOGT : *Tja, wer wollte das bestreiten — Kind der Liebe, das sie ist*

KELLER : *Und Sie, Sie so als Nachbar, Sie haben Sie beinah jeden Tag ...*

VOGT : *Ach, ›haben‹ ›haben‹ ... ich hab ja noch ... anderweitig zu tun*

KELLER (absurd) : *... da sind Sie auch so neidisch wie ich, ja?*

VOGT : *Nun, Neid ... Neid ist eine Regung, mir zwar nicht völlig fremd, aber doch eher marginal ausgeprägt*

KELLER (gähnt) : *Eine furchtbare Leidenschaft, wenn Sie mich fragen*

VOGT : *Wenn Sie meinen* (ungeduldig) *Müssen Sie jetzt entspannen?*

KELLER : *Ich bin eigentlich immer entspannt, wenn Ihre Magd grad gegangen ist ...*

VOGT (entrüstet) : *Magd — also wirklich!*

KELLER : *... oder ich sie mir still gläubig an einem Kreuz vor den Toren Roms denke*

VOGT (lacht) : *Keller, sind Sie jetzt still! Sie macht guten Tee!*

KELLER : *Wie? Ihnen ist unangenehm, daß ausgesprochen wird, was Sie wirklich denken?*

VOGT : *Ehrlich gesagt, Keller, denk ich das nicht wirklich und bin ich auch nicht hier, um zu denken, sondern um ...* (guckt hinter sich, ob Wiebke wirklich fort ist)

KELLER (weiß, was Vogt will) : *Keine Angst — sie wüßte nicht, wer das ist ...*

— wie insgesamt zahm doch Keller auf die Existenz einer Achse Vogt-Wiebke reagiert! Aber das bedeutet nichts. Das bedeutet vor allem nicht, daß er etwa seinen Frieden damit gemacht hätte. Vielmehr bedeutet das : nie war er in Unfrieden darüber gewesen. **Natürlich** hatte es dem unbändigen Wüten der Stochastik gefallen, den Gelehrten, den er aus dessen Schriften und dann leibhaftig kennengelernt [26] und das Mädchen Wiebke, das er kurz hinter Hannover aufgelesen hatte [27], einander als Nachbarn zu bestimmen! Sogar war dies neben umsatzstarken Tagen und den genausohäufigen Spielzeiten, in denen Werder Meister wurde, der dritte Fall, den Keller die Allgewalt Stochastik kosmische Harmonie simulieren sah.

Seinerzeit hattens Wiebke und Vogt nach dreißig Minuten Kontakt raus : daß sie in Keller einen Bekannten teilten. Das war witzig. Und Wiebke war gleich nächsten Tag zu Keller gesprudelt und hatte es ihm gesagt. Der fands zwar nicht witzig, tat aber so und lobte alles und würdigte die Gesamtumstände. Gekitzelt hats ihn dann aber doch.

Während Wiebke vor Keller wesentlich ihr unabweisbares innerliches Bedürfnis, das ihr schon, als eine Maklerseele sie durch die Wohnung führte, eingegeben hatte, freund mit dem nächsten Nachbarn werden zu müssen, pries — und sie habe geklingelt und der *liebe Herr Nachbar* habe auch gleich geöffnet und Knud umarmt, ein lieber Mensch, ein lieber Hund, wie solle das auch nicht funken, fast sei sie sich überflüssig vorgekommen —, war Vogt, von Keller die Woche darauf beiläufig befragt, ausführlicher geworden : grad, daß er zurück gewesen sei von einem

[26] Hinter Büchern, Die Übernahme.
[27] Hinter Büchern, Der Jacobi-Nachlaß. Gemeinsam mit Herrn Plocher.

Blockseminar [28], grad, daß er die Koffer geöffnet, die in Wechselwäsche eingelegten Bücher [29] ausgepackt und überprüft habe, ob ein Reiseleid ihnen widerfahren sei, habs gepocht, ein offenbar verwirrtes Mädchen habe ganz aufgeregt mitgeteilt, es sei *Wiebke* und *die neue liebe Frau Nachbarin*, eine weiße Rose ihm entgegengereckt und er sei auch verwirrt gewesen, das gebe er zu, er habe die Blume genommen, unwillkürlich daran gerochen, *cela est léger et profond* [30] auf die Rose gemurmelt und

[28] Stattgefunden in den Vogesen. Romanistenkollege Bernauer, mit dem Vogt bis dahin nie viel zu tun gehabt hatte, hatte ihn dazugeladen. *›Deutsche Spätfolgen französischer Frühaufklärung‹ — das ist doch auch was für dich.* Unter Einfluß von Roigabraggeldi und Pfälzer Süßwein aber war das Seminar dann so gemütlich geraten, daß die Teilnehmer an der sehr frühen französischen Frühaufklärung (→ Fontenelle) kleben geblieben waren und den Germanisten Vogt, als eine Art rheinbrückenschlagender Koreferent (→ Gottsched) vorgesehen, gar nicht groß in Anspruch genommen hatten.

[29] Bernauer aber hatte jüngst gut geerbt und in den Vogesen am letzten Abend, an dem immer noch lose über die sechs Mondnächte, in denen Fontenelle seine ›Entretiens sur la pluralité des mondes‹ spielen läßt, geplaudert und die Langlebigkeit des Autors bestaunt worden war und Bernauer qualifizierte Scheine fürs Berechnen des Zeitraums von 1657–1757 und das Rufen der Namen Heesters, Jünger und Nell-Breuning verteilt hatte, Vogt beiseite genommen, ein Büchlein einem Samtetui enttan und fleißig geprahlt : *Guck ma, wie spät dein Gottsched war.* Daß das das Problem Gottscheds war, wußte Vogt auch, verspürte allerdings keine Lust, dafür haftbar gemacht zu werden, schließlich : wer war schon Gottsched? Vogt inspizierte das wohlgefettete schmale Lederbändchen, ach … kannte er ja gar nicht … 1698, dann war seine Gottschedübertragung 1726 (›Herrn Bernhards von Fontenelle Gespräche von Mehr als einer Welt zwischen einem Frauenzimmer und einem Gelehrten. Nach der neuesten Frantzösischen Auflage übersetzt, auch mit Figuren und Anmerckungen erläutert von Joh. Chr. Gottscheden. Am Ende findet man noch ein Pastoral, genannt Endimion, aus eben dieses Autors Schäfergedichten in teutsche Verse gebracht‹, Leipzig bei Breitkopf), die er auf kurzem Dienstweg aus dem UB-Magazin entfernt und zur Anschauung dem studierenden Volk mitgebracht hatte, ja gar nicht die erste deutsche, 1698, eines Anonymus' Arbeit, zwölf Jahre nach dem Original : ›Gespräche von mehr als einer Welt zwischen einem Frauen=Zimmer und einem Gelehrten‹, Leipzig bei Fritsch — unbestreitbar früher. Bernauer aber grinste : *Praktisch nur reichen Erben auffindbar. Deinem Gottsched bleibt nur der Ruhm, als erster namentlich eine Fontenelle-Übersetzung gezeichnet zu haben.* Hatte Bernauer Vogt extra eingeladen, ihm diese alberne Demütigung beizubringen? war Vogt irgendwie an Bernauer schuldig geworden? beim letzten fakultätübergreifenden Professorenball, Semesterwendenfeier, Bergfest oder was das gewesen war … meinte Bernauer etwa, eine Aspiranz gehabt zu haben auf … die Brünette, die dickbusige polnische Postdoc? Vogt rang um Fassung — wenn Bernauer ihm so kam, dann … verstieß Vogt eben gegen die eigene Devise (›Es ist immer besser, von irgendwo mit einem Buch mehr zurückzukehren, als hingekommen — wenns nicht geborgt ist‹) und entlieh den 1698er-Fontenelle mit der Absicht, ihn in Wochenfrist und übelrezensiert zurückzugeben. Was also Vogt im Wesentlichen, als Wiebke ihren Auftritt hatte, im Begriff war seinem Koffer zu entpacken, waren die Übersetzungen der ›Entretiens‹ von 1698 und 1726 gewesen.

[30] ›Das ist witzig und tief zugleich‹ — und Vogt so rausgerutscht. Denn eigentlich — mit vorgeschaltetem ›Précisément‹ — sind das die Worte, die Diderot 1769 in ›Le rêve de D'Alembert‹ dem Enzyklopädisten Théophile de Bordeu in den Mund legt als Entgegnung auf die Frage der de Lespinasse »La rose de Fontenelle qui disait que de mémoire de rose on n'avait vu mourir un jardinier?« — »Denken Sie an Fontenelle, der gesagt hat, nach dem Gedächtnis der Rose habe man nie einen Gärtner sterben sehen?«.

Das ›De mémoire de rose‹ — deutsch bekannt geworden eher durch das Gottfried-Keller-Gedicht ›Rosenglaube‹ — schwirrt als Aperçu durch die Jahrhunderte und ist so natürlich vom galant-diplomatischen Gottesleugner Fontenelle nie gesagt worden. Aber immerhin geht es zurück auf den fünften Abend der ›Entretiens‹ :

dem Mädchen ins Gesicht nachgesetzt *Statt Brot und Salz?* — und die Rose dann bewußt nasenhoch gehoben — *aber müßte das nicht andersrum sein?* — *Nicht bei mir*, habe es gesagt, und *Das Salz ist dumm, man soll nicht salzen* [31] und, mit einem Seufzer, *Ich habs schon so oft bei Ihnen probiert* — das habe er nicht verstanden, das mit dem Salz, aber er habe eine gute Entschuldigung, denn sofort sei bei der Vorstellung vieler erfolgloser Klopfversuche ein Schuldgefühl über ihn gekrochen gekommen und hab er sich zu entlasten gesucht, er sei doch nur drei Tage fort gewesen, Wiebke aber habe ihn belehrt, tausend Jahre seien wie ein Tag und dann sei ein riesiger speichelnder Hund aus der Wohnung des Mädchens geknickt und er, Vogt, habs mit der Angst zu tun bekommen, dann aber gesehen: der Hund auch, der sei ja aller weiterer Anstalten unfähig und viel zu sehr noch sei ihm, Vogt, Fontenelles ›Vielzahl der Welten‹ [32] rezent gewesen, als daß er nicht wenigstens mit der Idee hätte

---

»Les Anciens étaient plaisants de s'imaginer que les corps célestes étaient de nature à ne changer jamais, parce qu'ils ne les avaient pas encore vus changer. Avaient-ils eu le loisir de s'en assurer par l'expérience? Les Anciens étaient jeunes auprès de nous. Si les roses, qui ne durent qu'un jour, faisaient des histoires, et se laissent des mémoires les unes aux autres, les premières auraient fait le portrait de leur jardinier d'une certaine façon et, de plus de quinze mille âges de roses, les autres qui l'auraient encore laissé à celles qui les devaient suivre, n'y auraient rien changé. Sur cela, elles diraient: ›Nous avons toujours vu le même jardinier, de mémoire de rose on n'a vu que lui, il a toujours été fait comme il est, assurément il ne meurt point comme nous, il ne change seulement pas‹. Le raisonnement des roses serait-il bon? Il aurait pourtant plus de fondement que celui que faisaient les Anciens sur les corps célestes« —

»Den Alten gefiel es, sich vorzustellen, daß die Himmelskörper unveränderlicher Natur seien, da sie diese nie sich haben ändern sehen. Hatten sie genügend Zeit, sich dessen durch Erfahrung zu versichern? Im Vergleich zu uns waren die Alten jung. Wenn die Rosen, die nur einen Tag halten, Geschichtswerke geschrieben, einander ihre Erinnerungen hinterlassen und die Ersten ein ganz bestimmtes Bild ihres Gärtners gezeichnet hätten, so würde sich doch an diesem Bild auch nach 15 000 Generationen Rosen nichts geändert haben. Alle Rosen hätten gesagt: ›Wir haben immer den gleichen Gärtner gesehen, im Gedächtnis der Rose hat man nur ihn gesehen, er war immer so gemacht wie er ist, kaum, daß er sterblich ist wie wir, er verändert sich einfach nicht‹. Wäre die Überlegung der Rosen gut? Zumindest wäre sie tiefgründiger als die der Alten bezüglich der Himmelskörper«.

Das ist nicht geschrieben, ein Aperçu zu liefern. Auch nicht, die Getreulichkeit von Überlieferung, wie sie Religionen für sich in Anspruch nehmen, zu eröffnen oder in Abrede zu stellen. Das ist geschrieben, die Leistung antiker Wissenschaft gradezurücken und schlechtzureden, die Flüchtigkeit des Eindrucks hervorzuzerren, die, wenn sie zu einer Aussage über dauerhafte Dauer überhöht wird, sich fehlerhaft bestätigt. Und ganz nebenher entkleidet Fontenelle Gott aller menschlich beigelegter Attribute von Unendlichkeit.

Was Vogt aber, da es ihm an der Tendenz gebricht, sich und seinen Status herauszustellen oder Wiebke zu desavouieren, Keller unterschlägt, ist das, was seiner neuen Nachbarin unmittelbar aufs *cela est léger et profond* einfiel: *Hab schon gehört, daß Sie Professor sind.*

[31] So ähnlich zumindest Matthäus 5,13.

[32] Zwar bekennt Fontenelle in ›Par amour de la paix‹ vielbödig: »Si je tenais toutes les vérités dans ma main, je me donnerais bien garde de l'ouvrir pour les découvrir aux hommes« (»Wenn ich alle Wahrheiten in meiner Hand hielte, gäb ich mir gute Aufseher an die Seite, daß ich sie nicht den Menschen öffnete«) — aber irgendwie sind ja Marquisen keine Menschen und gelten grad vielbödige Sätze nicht übertrieben streng. Also läßt Fontenelle gelegentlich der ›Entretiens‹ einen Edelmann monderhellt den marquislichen Park durchschreiten und der unbeleckten femme savante bonbonworten von der Wahrheit des Kopernikus künden, denn das Weib hat teil an der Vernunft und ist nicht verflucht zu glauben. Und also umkreist in cartesianischen Wirbeln die Erde die Sonne und wird, halb nur im Scherz,

spielen können, in Wiebke eine unbedarfte, für Aufklärung über die Fortschritte der Astronomie empfängliche Marquise de G*** zu sehen und in sich selbst den unterweisenden galant homme, und davon habe ihn auch nicht *Ich darf vorstellen? Er ist Knud!* abgebracht.

Das — Ernstmachen mit Text! —, und nicht Wiebkes Appeal, nicht Tierliebe oder die eigene Brummbär- und Gutmütigkeit, hatte Vogt geneigt gemacht, Wiebke zu leiden. Das — und Respekt davor, daß seine Nachbarn nicht aussuchen kann, wer zur Miete wohnt. Als Vogt aber nach knapp zwei Wochen einsah, daß ein nur in ganz anderen Kategorien zu fassendes Frauenzimmer ihm gegenüber lebte, war es zu spät. Längst hatten Wiebke und er eine Nachbarschaft zu Wiebkes Konditionen. Aber auch das nahm Vogt gelassen hin. Gutmütig, tierlieb und charmeempfänglich wie er war.

VOGT (flüstert dennoch) : *Ich kann den Gibbon auslösen* (Keller seufzt) — *und stellen Sie Ihr Seufzen ein! Wir hatten doch darüber gesprochen, wie schlimm es ist, daß Sie ihn verkaufen, und uns geeinigt, daß Sie's gar nicht müßten, aber es trotzdem tun …*

KELLER (seufzt) : … *ja ja, und Sie haben mir mehrfach und glaubhaft versichert und ich weiß es ja auch, daß der Gibbon in gute Hände kommt und Sie ihn mir auch zurückverkaufen …*

VOGT : … — *sobald nur die UB ihn anschafft und ich ihn dauerhaft leihen oder ihn woan-*

---

abgestimmt auf die Entfernung zum Zentralgestirn die je spezifische Planetenpopulation imaginiert : auf der Venus wachsen braungebrannt musisch überbegabte Gnome, Merkur, oho (»Il faut qu'ils soient fous à force de vivacité. Je crois qu'ils n'ont point de mémoire, non plus que la plupart des nègres, qu'ils ne font jamais de réflexion sur rien, qu'ils n'agissent qu'à l'aventure, et par des mouvements subits, et qu'enfin c'est dans Mercure que sont les Petites Maisons de l'univers« — »Sie müssen vor lauter Lebhaftigkeit wahnsinnig sein. Ich glaube, daß sie, wie die Mehrzahl der Neger, keine Erinnerung besitzen, sie nie über etwas nachdenken und nur ins Blaue hinein und jäh handeln, daß Merkur das Irrenhaus des Universums ist«), Mars, da ists öd, da is nix, dann aber Jupiter, dessen Monde, Saturn, die Fixsterne, die Sonnen sind und Trabanten haben und apropos ›Trabant‹ : Luna : besiedelt von sehr fortgeschrittenen Wesen, die gegenwärtig gut schon erste Luftschiffe testen und bald die Erde besuchen könnten und es wird für die Menschen sein wie für die Indios der Besuch von Hernán Cortés — bald, aber wohl noch nicht morgen. Hat doch der abendländische Adamit allein schon 6000 Jahre gebraucht, bis er im Stande war, den Atlantik zu überqueren. Eh habe Madame nichts zu fürchten : über allem stehe ein denkerarbeitetes ›Vielleicht‹ : vielleicht ist der Mond gar nicht bewohnt, und wenn doch, ist man dort dümmer als ein Mensch, denn »die Wahrscheinlichkeit spricht dagegen, daß wir das einzige törichte Geschlecht im Weltall sind, Unwissenheit ist etwas, das mühlos sich allgemein streut« (»il n'y a pas d'apparence que nous soyons la seule sotte espèce de l'univers. L'ignorance est quelque chose de bien propre à être généralement répandu«). Madame ist dann auch ganz tapfer und auch gar nicht beleidigt, die erste der drei von Freud markierten narzißtischen Kränkungen erfahren zu haben (»Glauben Sie, Sie hätten mich gedemütigt, weil Sie mir mitgeteilt haben, daß die Erde sich um die Sonne dreht? Ich schwöre Ihnen, ich achte mich darum nicht weniger« — »Croyez-vous m'avoir humiliée, pour m'avoir appris que la Terre tourne autour du Soleil? Je vous jure que je ne m'en estime pas moins«).

Fontenelle wähnte sich theologisch auf der sicheren Seite : immer sprach er von Nichtadamiten und Nichtmenschen und stritt ab, daß Adams Erben auf dem Mond hätten siedeln können. Genutzt hat es nichts : die ›Entretiens‹ gerieten doch auf den Index der Freunde der Erlösung durch Jesus Christus. Dafür, und für seine grandiosen kosmischen Spekulationen hat Fontenelle einen Mondkrater zugesprochen bekommen.

ders kaufen kann (Keller seufzt forciert) *Hören Sie auf!: es ist nicht meine Schuld, daß Sie mir Wenck-Schreiter*[33] *angeboten haben, soweit waren wir schon* (wird eindringlich) — *anders*

---

[33] Königsbruder William Henry fiel, als Gibbon 1781 bei ihm klopfte und Vol. II der ›History‹ überreichte, immerhin ein unsterbliches Lamento ein: »Another damned, thick, square book! Always scribble, scribble, scribble! eh, Mr. Gibbon?« — aber haben hat er die Fortsetzung des Skandalwerks unbedingt gewollt. ›The History of the Decline and Fall of the Roman Empire‹ — **der** Meilenstein der Geschichtsschreibung, in sechs Quartbänden 1776, 1781, 1786 — und zu Gibbons 51. Geburtstag am 8. Mai 1788 die letzten drei — in London bei Strahan & Cadell erschienen. Komplett in erster Auflage kaum zu bekommen, hatten doch begeisterte britische Christen bei Lektüre der Kapitel 15 und 16 die lang verloren geglaubte Kraft zur Büchervernichtung wiedergewonnen.

Januar 1776, mit Drucklegung, war Strahan schon entschlossen gewesen, die vereinbarte Auflage von 750 auf 500 zu senken. Dann aber war ihm langweilig gewesen und er warf einen Blick auf das, was er da in der Presse hatte, witterte alsgleich einen Renner und verdoppelte auf 1000. Und lag richtig: binnen zweier Wochen war die erste Auflage verkauft. Juni schob Strahan 1500 Exemplare nach: die hielten grad drei Tage. »I am at a loss, how to describe the success of the work without betraying the vanity of the writer. The first impression was exhausted in a few days; a second and third edition were scarcely adequate to the demand, and the bookseller's property was twice invaded by the pyrates of Dublin. My book was on every table, and almost on every toilette« — das Volk aber schrie nach einer Oktavausgabe, und Strahan hörte das Schreien und erfüllte auch dieses Sehnen: zwölf Bände, sechse 1783, und die zweite Tranche 1790.

Die deutsche Zunge sah sich herausgefordert. Friedrich August Wilhelm Wenck (1741–1810) — noch heut in aller Munde, gelangs doch seinen Studenten Heinrich von Kleist und Ludwig von Brockes Sommer 1800, sich von ihm Matrikel auf die Namen Klingstedt und Bernhoff, unter denen sie zum Glückspiel nach Wien zu reisen gedachten, ausstellen zu lassen — gab mit Antritt einer Geschichtsprofessur 1779 in Leipzig bei Weygand den ersten Band ›Edward Gibbon's, Esq. Geschichte des Verfalls und Untergang des Römischen Reichs‹ heraus — natürlich mit besserwisserischen und gibbonrevidierenden Noten versehen. Wenck jedoch verlor die Lust und ließ Hume-Übersetzer und Kollegen Karl Gottfried Schreiter (1756–1809) das Unternehmen bis 1790 mit weiteren fünf Bänden fortsetzen.

Parallel wirkte der arme schlesische Ritter Christian Wilhelm von Riemberg (1744–1793), der stets sein Tun nur mit Initialen zeichnete. Riemberg wird nicht nur 1783 die Übersetzung der raynalschen ›Histoire philosophique et politique‹ — ein Werk, das in Frankreich immerhin den Vorzug hatte, öffentlich vom Henker verbrannt zu werden — zugeschrieben, er übertrug auch von 1788–1792 in 14 Bänden und einem Supplement im magdeburger Verlag Johann Valentin Hessenland und bei Stahel in Wien unter dem Titel ›Geschichte der Abnahme und des Falls des Römischen Reichs‹ die History als erster im Ganzen und bereicherte mit ›Gewerk‹ (für ›Beruf‹) und ›unvergallt‹ (für ›unerlaubt‹) den deutschen Wortschatz.

Richard Vogt nun hatte einst zum Abitur von einem wohlmeinenden Onkel den 15bändigen Riemberg übereignet bekommen — und nicht verbrannt, sondern gelesen. Und seit Studententagen treibt Vogt wider alle Zeugnislage das Gefühl um, der Hauptgegenstand seines Interesses, Hölderlin, habe ein Gleiches getan. Viele vorlesungsfreie Zeiten seitdem spürt Vogt dem sprachlich nach und sucht Echos riembergscher Sätze bei Hölderlin — allein: vergebens. Und zu seinem 40. Geburtstag hatte er das auch akzeptiert. Von der Idee allerdings mochte Vogt nicht lassen, geschickt modifizierte er sie: dann eben kannte Hölderlin Gibbon über die schwer zu beschaffenden Wenck und Schreiter.

Das war die Zeit der ersten Bekanntschaft mit Keller gewesen. Und Keller, sobald er nur von Vogts Obsession wußte, hatte nicht anders gekonnt, als sie gutzuheißen und zuzugeben, privat über Wenck-Schreiter, wenn auch deutlich berieben und tintennumeriert, zu verfügen, in 13 Bänden 1800–1803 als ›Geschichte des Verfalls und Untergangs des Römischen Reichs‹ erschienen in Frankfurt ›Auf Kosten der Gesellschaft‹, Band 1 Wenck, Band 2–8 Schreiter, Band 9–13 ein C.W. v. R. — welche Kürzel aufzulösen Keller nie gelungen war. Wenck-

aber als Sie ... (schabt den Rist frei und schaut auf seine Uhr ... — und da Keller nicht reagiert) *ich möchte damit andeuten : die Zeit, sie drängt*

KELLER : *Der ist verloren, der zuläßt, daß Zeit ein Argument wird! Sie waren es doch, der verhindert hat, daß ich Ihnen den Gibbon sofort mitgab, Sie, weil Sie so schamig sind wegen der paar Mark Schulden* (Vogt zuckt in schuldscheuer Haut die Achseln) *Ich aber, ich belohne Standhaftigkeit* (mitleidig) *zudem Sie doch Tür an Tür mit Mädchen mit Hund wohnen*

VOGT (angestrengt geduldig) : *Und?*

KELLER (beleidigt) : *Eigentlich wollt ich Ihnen jetzt ein Privileg einräumen, das nur wenige mit Ihnen geteilt hätten. Aber wenn Sie nicht wollen?!*

VOGT : *Was will ich nicht? Ich dachte, ich will den Gibbon*

KELLER : *Genau. Und ich hätte gedacht, ich erteil Ihnen zur Feier eines so bedeutenden Geschäfts den Permiß, mit dem Sie nach oben gedurft hätten, wann immer Ihnen der Sinn danach gewesen wär. Aber da Sie nunmal entschlossen scheinen, nicht zu wollen ...*

VOGT: *Odochdochdoch*

KELLER : *Zu spät*

VOGT : *Nein, wirklich, Ihr verbotener erster Stock, das letzte Rätsel, das Bremen noch bietet, das hat mich schon immer ... — grad jetzt, wo da oben doch mein Gibbon ...*

Keller winkt ab, satt des Geplänkels, ächzt auf und stiefelt voran, Vogt schleift, im Mantel die ganze Breite der Treppe nutzend, hinterher und bricht oben in lauteren Jubel aus.

VOGT : *Bücher. Bin erstaunt* (weiß gar nicht, was er sagen soll) *Weiß gar nicht, was ich sagen soll, hier also ... finden Ihre großen Ideen statt, haben Sie Visionen und bohren in der Nase, hier stehen Ihre Giftschränke und verwahren Sie indizierte Bücher* [34] (deutet auf die Fliegenleiche in den Kakteen) *hübsch — Fliegen schlachten Sie auch*

KELLER (lügt) : *Das war nur fahrlässig, die ist erfrorn*

Vogt tritt näher und begutachtet den Leichnam, bemerkt dann auf dem Kaminsims in Reih und Glied ein Fläschchen Terpentin und zwei Dosen Lederfett, eines russischer Rezeptur mit hohem Anteil Rinderklauenöl und eines mit Bienenhonig, das, wie der Fliegende Händler, von dem Keller es hat, versichert hatte, sogar von den Buchpflegern der British Library verwendet wird.

VOGT : *O, Sie mazerieren auch?*

Schreiter zu gestehen und anzubieten war zwar nicht grad eins, aber viel mehr als zwei war es auch nicht gewesen. Vogt aber hatte auf lange Zeit kein Bargeld gehabt.

[34] Ach Gott, ja. Wirklich hatte Keller sowas mal geplant, war dann aber schnell dahintergekommen, daß eine solche Sammlung eigentlich nur seine irische Abteilung entvölkert hätte. Irland war immer führend in Sachen banned books gewesen, die irische Regierung hatte immer eine sehr genaue Vorstellung davon, was zu lesen gut oder zumutbar ist. In jüngster Zeit allerdings scheint eine gewisse Laxheit zu verzeichnen. Madonnas ›Sex‹, munkelt man, käme bald vom Index und der Besitz von Gibbons ›History‹ steht schon seit dreißig Jahren nicht mehr unter Strafe. Auch bei Walter Macken, Sean O'Faolain, John McGahern, Edna und Kate O'Brian, James Joyce und Samuel Beckett drücken die Zensoren mittlerweile ein Auge zu. Bleibt zu wünschen, daß die Mächtigen in Dublin soviel Rückgrat besitzen, wenigstens niemals niemals ›Monty Python's Life of Brian‹ oder Disney's ›Fantasia‹ freizugeben.

KELLER : *Nein, ich verzehre sofort*

VOGT : *»Doch immer besser ist ein schöner Tod, Hyperion! denn solch ein schläfrig Leben, wie das unsre nun ist. Die Fliegen abzuwehren, das ist künftig unsre Arbeit und zu nagen an den Dingen der Welt, wie Kinder an der dürren Feigenwurzel, das ist endlich unsre Freude. Alt zu werden unter jugendlichen Völkern, scheint mir eine Lust, doch alt zu werden, da wo alles alt ist, scheint mir schlimmer, denn alles. — Ich möchte fast dir raten, mein Hyperion! daß du nicht hieher kommst«*

KELLER : *Und doch sind Sie jetzt da*

VOGT : *Immer da, wo die Forschung mich hinschickt — schauen Sie Keller, ich repräsentiere den modernsten Typus des Gelehrten. Und wenn Sie mir jetzt Wenck-Schreiter aushändigen, bin ich gern bereit, Ihnen das alles näher zu erläutern ...*

KELLER : *Hm ...*

VOGT : *... so in zwei drei Wochen, dann treffen wir uns mal außerhalb des ewigen Bücher-Rahmens und reden über Fußball, Frauen, Filme — das sollte wohl drin sein*

KELLER : *Frauen, ja*

VOGT : *Sicher: Frauen*

KELLER : *Warum nicht auch gleich noch über Marxismus?*

VOGT : *Weil der nicht mit ›F‹ anfängt. Und weil Weltgeschichte kaum zur Hälfte danach passiert, was der Entfaltung der Produktivkräfte dient. Wenigstens die andere Hälfte sind doch ...*

KELLER : *Sie meinen: Frauen?*

VOGT : *Selbstverständlich: wer mit welcher, darum gehts. Und dann die Künste: zur Ästhetik hat der Marxismus nicht eben viel beigetragen, also müssen sexuelle Begehrlichkeiten dort sogar überproportional ...*

KELLER : *Frauen also*

VOGT : *Ja, Frauen. Ich kenne jedenfalls mehr und bessere ›Zeus und Leda‹-Darstellungen als ›Zeus und die Mähdreschmaschine‹. Was meinen Sie, wie wichtig das für unsern Hölderlin war!*

KELLER (knapp) : *Ja, weil sie's* [35] *nie miteinander getrieben haben*

VOGT (lächelt überlegen) : *Haben sie nicht?*

KELLER : *Wüßte nicht daß*

VOGT (lächelt noch überlegener) : *Nein?*

KELLER : *Nein, und ... — was machen Sie da mit Ihrem Gesicht? ...*

VOGT (lächelt professoral) : —

KELLER : *Was Sie da lächeln!? ... Sie sind ... Professor ... Sie haben — ... was gefunden, Sie ... was ein Sterblicher wie ich ... ah ... in Kassel? Heinse! unter Aufsicht und Anleitung Heinses? Ich habs gewußt!*

VOGT (lächelt und schäkert die linke Augenbraue hoch) : *Vorsicht. Ich werde jetzt*

[35] Susette Gontard und Friedrich Hölderlin. Es ist die eigentlich fruchtbare Fragestellung der Hölderlinforschung, fruchtbarer zumindest als die, zu fragen, welchen Anteil Hölderlin am ›Ältesten Systemprogramm‹ hatte und welchen Einfluß pietistische Strömungen auf ihn nahmen. Oder ob er Gibbon las und wenn ja, ob in Übersetzung und in welcher und ob das in irgendeiner Weise sprachprägend für ihn war.

erstmal Wenck und Schreiter angucken, und wenn ich von der Tagung zurück bin, dann reden wir mal über sowas. Über Menschen und Mächte und so

KELLER (aufgeregt) : *Einen Tip. Ich verlange einen Tip*

VOGT : *Blumen*

KELLER (außer sich) : *Der Blumenkatalog also! Das Folioheft! natürlich! wann, wenn nicht in Homburg sollte er sich ...!* (überschlägt sich in ein völlig unerhebliches Detail) *das sind ja auch ... keine hundert Kilometer nach Frankfurt*

VOGT : *75. Keller, ich muß jetzt los, noch paar Besorgungen machen. Schlagen Sie mir den Gibbon ein? einfaches Packpapier genügt*

KELLER : *Bitte sehr, bitte gleich*

Keller nimmt die dreizehn Bände Gibbon vom Regal für reservierte Bücher, pustet den Staub vom Kopfschnitt, radiert mit dem Daumenballen, was dem Gebläse widerstand, bildet vier annähernd gleichhohe Stöße und beginnt vergnügt mit den Vorbereitungen, die einzuschlagen — warum aber schreiten die Buchstaben nicht ein? wenigstens die drei Claudiusse? wo bleibt das Zirpen des Protests, daß diese kühne Historiographie eines Imperiums, das immerhin für die Ewigkeit gedacht war, den Laden verlassen soll? Und waren das, was Kellers Daumen da weggeschmirgelt hatte, nicht Stapfen der Buchstabenfüßchen gewesen? Ach, daß Parterre die Buchstaben im Tresenschubfach noch liegen, streitend und eingeschnappt in den Brillenetuis verschanzt sich aufreiben *Stimmt doch gar nicht — Immer habt ihr nur Angst, immer nur beten — Spaß versteht ihr nicht und schöne Tiergeschichten habt ihr auch nicht — Du Rune!* Keller aber, der ohne Organ fürs Päckchenschnüren und Packpapierverpacken geboren worden war, daß ihm seinerzeit auf der Säuglingsstation kein Arzt eine Chance gab, den nächsten Morgen zu erleben, hat nun Tesafilm, Nagelschere und eine Rolle Emballage zur Hand und setzt ein allerkomplexestes Tun ins Werk — und vergißt darüber, die kurze Frage, die er sonst fürchtet, zu fürchten. Und da ist sie auch schon.

VOGT : *Was schulde ich Ihnen?*

KELLER (schnippelnd, überschwenglich) : *Nichts*

VOGT : *Aber der Gibbon hat doch einen Preis?*

KELLER (euphorisch, tesabeißend) : *Für Sie nicht. Nehmen Sie ihn halt* [36]

VOGT (gereizt) : *Sie wollen mich beleidigen*

---

[36] Gehts Keller gut? Ist er so, wenn er bester Laune ist, sieht so vielleicht sein ihm eingeborener Hang zur Großzügigkeit aus? Vielleicht. Aber wievielschichtig ist denn das? Nicht sehr. Zuallererst ist es einfach dumm, denn Geld, das man ausschlägt, fehlt am Ende in der Kasse. Muß man ja keinem, bis auf wohl Keller, erklären. Aber leere Kasse scheint Keller nicht zu scheuen und sorglos und hibbelig steht er vor der Aussicht auf Aufklärung über Fragen, die ihn bewegen. Zweitens : Kellers fröhlich hingeworfenes ›Nichts‹ wird genährt durch politisch völlig unreflektierte Vorbehalte gegen das Kaufmännische, die je nach Beleuchtung als reaktionär, anarchisch, romantisch oder sozialistisch zu qualifizieren wären : für Keller ist der Händler, zumal der Zwischenhändler, nicht produktiv, sondern schmarotzt und hätte sich besser zu schämen. Keller hält es schlicht nicht für verdienstvoll, dem Ansatz, Dinge teurer zu verkaufen als zu kaufen, zu huldigen und meint, sich eines Besitzes zu erfreuen sei

KELLER (merkt nicht, wie Vogtens Stimmung kippt) : *So nehmen Sie ihn doch einfach*

VOGT (richtig böse) : *Ja also, ich muß schon sagen — halten Sie mich für eins Ihrer Studentlein, das Sie nicht ernst zu nehmen haben? Wollen Sie mich beschämen? — Da fällt mir im Augenblick zu Ihren Gunsten eigentlich nur ein, daß Sie sich selbst nicht ernst nehmen in Ihrem Versuch, eine bürgerliche Existenz zu führen*

Nun ist Keller aufrichtig erschrocken. Aber auch eine Nuance gelangweilt — wie öd, daß ihm die seltenen Male, an denen er sektlaunig einen Höhepunkt feiert, stets etwas falsch ausgelegt wird. Das ist ungerecht. Und wie immer, wenn ihm Unrecht begegnet, geht Keller patzig und versöhnlich einen Schritt nach vorn.

KELLER : *O je. Aber was fragen Sie dann? Sie kennen doch den Preis*

VOGT : *700*

KELLER : *700*

VOGT : *Ist mir zu teuer*

KELLER : *Nehmen Sie's halt geschenkt*

VOGT (aufbruchbereit) : *Es reicht. Ich verzichte*

KELLER : *Hiergeblieben, guter Mann — ein Scherz. Was ich sagen wollte : für Sie Fünf*

VOGT (hält inne, schaukelt zwischen Ausschlagen und Einlenken — und entscheidet sich) : *Das ist ein Wort. Damit kann ich leben*

KELLER : *Ein Segen*

VOGT (nichts war gewesen) : *Dann tue ich mich jetzt noch, wenn Sie gestatten, etwas unten um, im Profanum — Reiselektüre*

Keller gestattet. Auf Bahnreisen verlangt Vogtens Herz nach Maigret — am lautesten schreits nach den alten Übersetzungen Kiepenheuer & Witsch, zur Not fräß es aber auch Diogenes. Nun sind Krimis nicht das Genre, dem Keller besonderes Augenmerk widmete, Vogt weiß das und sieht darum seine Chance wesentlich auf dem Tresen — dem er damit auf den Leim geht, dessen Unordnung Keller geradezu geschaffen hat, den Anschein zu erwecken, als tummelten dort sich unsortierte Neueingänge. Und siehe, Vogt gräbt auf dem Tresen um und ihm gerät dabei

---

zwar legitim, Vorteil daraus zu ziehen aber schändlich. Und es macht ihm bisweilen Magengrimmen, daß er da mitspielt. Um so freudiger ergreift er die Gelegenheit, davon Abstand zu nehmen. Was zur dritten und albernsten Schicht führt : Keller findet unerträglich, daß freundlich und harmlos gemeinte Gesten gern unter den Verdacht geraten, man verfolge mit ihnen einen Zweck darüber hinaus, im vorliegenden Fall etwa : Keller wolle sich Vogts Freundschaft erschenken und sich über die Gabe Gibbon des verheißenen Gesprächs mit Vogt versichern. Sollte Keller ein so gewitzter Kaufmann sein und den wahren Vertreter der freien Republik der Geister, Vogt, der bereit ist, von seiner Arbeit wahrhaft daherzuschenken, zu beleidigen? Traut Keller sich selbst nicht, setzt seine Geste diesem Anschein aus und prüft die eigenen Augen und die seines Gegenübers, wer hier wirklich sieht, daß unter Freunden man keine Geschäfte macht, sondern nur Geschenke? Leider will das niemand wissen. Leider auch überhaupt nicht speist Kellers ›Nichts‹ sich aus Wiebkes vorangegangener Großzügigkeit.

Und wenn Keller ehrlicher sein könnte, als es möglich ist, müßte er wenigstens die Frage zulassen, ob auf dem Grund seiner schwarzen Seele nicht leis und schäbig die Hoffnung ruht, daß Vogt das Angebot ablehnt.

Simenons ›Le fou de Bergerac‹, Paris, Arthème Fayard 1932 in die Hände — dafür sollte Vogts Französisch noch reichen. Und ein oller, zusammengestrichener Sanson, jahrlose Tagebücher einer Henkerdynastie — das könnte das Rechte sein für Höhe Osnabrück. Und das, was ist das? … Vogt blättert Wiebkes Fund an — da kommt Keller die Treppe herab und schwenkt einen weiten Leinenbeutel.

KELLER : *Einmal Gibbon, Decline and Fall, gedruckt »auf Kosten der Gesellschaft«, dreizehn Bände, komplett, gekauft wie besehen. Mit 8000 Fußnoten*

VOGT : *Die sind doch der Spaß. Sehr schön. Ich hab noch was gefunden*

Vogt hält Simenon, Sanson und, mit gespreizten Fingern das grünlappende Leder gegen den gebrochenen Buchrücken gedrückt, Wiebkes Fund Keller entgegen und erwartet dessen Forderung.

KELLER (deutet auf Wiebkes Fund) : *Den Schinken?*

VOGT : *Der ist nur so*

KELLER : *Gut. Ohne Streit?*

VOGT : *Ohne Streit*

KELLER (energisch) : *Geschenkt!*

VOGT : *Einverstanden. Kriegen wirs noch verstaut in dem Beutel?*

KELLER : *Ich mache es möglich*

Keller reißt die Schublade auf, bringt unwissentlich damit einen Streit zum Erliegen, wissentlich aber drei Gummibänder hervor, schnallt die ums verletzte Buch, staut dann geschickt um und präsentiert den nun prall gefüllten Beutel. Vogt zählt fünf blaue Scheine auf den Tresen und drückt sie im Austausch gegen den Beutel Keller in die Hand.

VOGT : *Herr Keller, ich danke*

KELLER : *Bon voyage, le professeur — und nicht unsere Verabredung vergessen!*

VOGT : *Niemals*

KELLER : *Zwei Wochen!* (Vogt nickt und schwindet hinaus, die Tür eng angelehnt, Keller ist für Sekunden allein und ruht)

BERND (weitet den Türspalt und reckt seinen Kopf herein) : *Ist sie weg?*

KELLER : *Sie? … ah ja. Kannst reinkommen*

BERND : *Ich hab das nicht mehr ausgehalten. Hat sie dir noch eine Rose aus einem Hut gezaubert?*

KELLER : *Fehlte noch*

BERND (traut seinen Augen nicht) : *Und was ist das da? Da, da! Da liegt eine Rose. Die lag doch vorher nicht da* (zwischen den Tresenbüchern klemmt eine Rose rot)

KELLER : *Tatsächlich …* (faßt die Rose mit spitzen Fingern an und entsorgt sie in einem Abfallkorb vorm Laden, kommt wieder herein) *N'allez pas espérer pouvoir faire une exception. Vous savez bien que je serai malade si je sens la fleur*[37]. *Stimmst du mir zu?*

---

[37] »Wagen Sie nicht, anzunehmen, eine Ausnahme machen zu können. Sie wissen, ich werde krank, wenn ich die Blumen rieche« — hat Keller etwa sowas wie die ›Kameliendame‹ von

BERND : *Unbedingt. Was für ein Buch hat sie denn dagelassen? Laß mich raten …*

KELLER : *Schon weg, Vogt war eben da, hats gleich mitgenommen*

BERND : *Schade, hätt gern mal reingeguckt, bestimmt lustig*

KELLER : *Waren nur faksimilierte Handschriften*

BERND (deutet auf ein wollmausgefangenes Vokabelkärtchen unter der Orts- und Landeskunde) : *Dahinten liegt noch ein halbes*

KELLER : *Ein halbes was?*

BERND : *Vokabelkärtchen*

KELLER : *Ah …* — (bückt sich, hebts auf) *»פה, Halsloch … am«* — *und dann fehlt was*

BERND : *Trotzdem : wieder was gelernt*

KELLER : *Wieder aber nur die Hälfte* [38]

Dumas Fils gelesen? Oder nicht doch lieber Amatus Lusitanus (→ 252)? Lusitanus nämlich spricht in seinen Centurien von einem Mönch, den der Duft einer Rose besinnungslos machte. Auch kennt Lusitanus Trächtige, die rosenriechend frühgebaren und starben. In südlicheren Gestaden genügen in aller Regel drei bis vier Rosen, daß man erbrechen muß und der Stuhlgang blutig wird. Schwangere, Antiquare, Mönche und sonstige Neurastheniker und Hysteriker meiden besser die Rose und ihre mephitischen Luftausdampfungen. Wirklich.

[38] Wenn überhaupt. פה (päh) ist nämlich nicht nur das Halsloch ›am Gewand‹, wie Wiebke vollständig notiert hatte, sondern auch noch Mund, Äußerung, Befehl, Klang, Mündung, Öffnung, Tor, die Schärfe des Schwertes, Rand, Ende, Anteil. Und Teil.

II. Szerzants Plan

darin Benjamin Szerzant langanhaltend Peter Legath anschimpft, eines Professors Erkenntnisstand über Hölderlin anreichert, einen Beutel anspioniert, bei Keller anruft und ein finsteres Vorhaben andenkt

Benjamin Szerzant hat sein Morgenwerk verrichtet, ein bißchen dynamisch gebrüllt, ein bißchen gedrosselt geatmet und die deckenbaumelnden Kamerapappimitate, die eine Videoüberwachung vorspiegeln, abgepützelt. Hätte ihn all das nicht bereits reichlich entspannt, man würde meinen wollen, er entspanne nun, da er im Darm seines Antiquariats in kundenverborgenem Winkel und himbeerroter Pluderhose vor mannshohem Spiegel steht und seinem Bart beim Wachsen zusieht. Er entspannt aber nicht, sondern sieht nur seinem Bart beim Wachsen zu. Er ist sehr weit.

Herrchen und Bart hausen — auffällig lang schon für welche, die eigentlich ihre Läden wechseln wie Neurotiker den Küchenschwamm — immer noch im Souterrain Humboldtstraße, schlingen Schokoriegel, zupfen gekonnt an sechs Saiten Fernando Sor und schreiten gemeinsam täglich mehrfach und majestätisch die Sonderregale mit den gedruckten Reden Oshos ab und freuen sich der selbstgemalten Schilder. ›Ich habs satt : **jeder** Diebstahl wird **unnachgiebig** zur Anzeige gebracht‹ hat vor kurzem ein Brüderchen bekommen : ›Vorsicht Stufe! Stolpern auf eigene Gefahr‹.

Draußen aber schlägt Halbhagel, halb flockts und weht ein übler Wind. Peter Legath, Monat um Monat progerierend auf die 60 zu, schiebt auf einem scheddrigen Damenrad vor, einen schwerbeschädigten, deckellosen Dole-Karton voller Bücher auf den Gepäckträger geklemmt und mit einer Plastiktüte bedeckt. Legath knöchelt ans Schaufenster und winkt freundlich, Szerzant läßt ab von seiner Betrachtung, kommt nach vorn — und schüttelt den Kopf.

SZERZANT (brüllt durchs Schaufenster) : *Du stinkst. Du bleibst draußen*

LEGATH (klagt glasgedämpft) : *Aber is …*

SZERZANT (ohne Neigung zur Diskussion) : *Du stinkst. Du vernachlässigst dich* (argumentiert dann doch) *Und wenn du nicht badest und dich nicht um dich kümmerst, wieso dann ich? Als du das letzte Mal hier warst, sind die Leute naserümpfend raus. Und noch am nächsten Tag bin ich auf den Geruch angesprochen worden. Du bist schlecht, du bist versifft, die schönen Seiten, die du vielleicht mal hattest, sind so verschütt, daß du gar keine mehr hast, selbst die Energie, die von dir rüberkommt, stinkt — wasch dich, eh ich weiterrede*

LEGATH : *Aber ich werd krank hier draußen. Ich will dir doch nur Bücher zeign. Gute Bücher. Ich hab dir doch immer gute Bücher gebracht, viele Jahre*

SZERZANT : *Und du winselst*

LEGATH : *Ich will doch nur, daß du ein gutes Geschäft machst. Hab gute Sachen für dich*

SZERZANT : *Würmer winseln. Du willst Mitleid. Ich bin kein Christ. Hau ab in die Kirche*

LEGATH : *Die zahln doch nix, weißt du doch. Ich will auch kein Mitleid, ich brauch nur'n bißchen Geld. Nur ganz wenig*

SZERZANT (schimpft durchs Glas) : *Du grausamer Christ du, du arroganter Intellektueller, du Feigling!* (überlegt es sich aber anders) *Warte. Ich komm raus*

Szerzant sinkt am Schreibtisch in den Lehnstuhl, kramt tranig nach seiner Kellner-Geldbörse, erhebt sich dann gemächlich, verstaut das Accessoire in der Gesäßtasche und kranicht vor die Tür. Dort schlottert Legath.

LEGATH (lächelt freundlich) : *Tag Benjamin*

SZERZANT (eisig) : *Mahakurata* [39]

LEGATH : *Tut mir leid. Mahakurata, paß auf, ich hab was für dich. Und zeig ruhig, wenn du dich freust : ich freu mich dann mit dir*

Legath will die Plastiktüte abnehmen, aber Szerzant wehrt dem, hebt selbst mit Fingern des Ekels die Tüte an und beäugt obenauf die Crème wohlerhaltener, aber völlig obsoleter Heyne-Titel [40].

LEGATH (stolz und verkühlt) : *Und das is nur ne kleine Auswahl. Die hab ich komponiert. Extra für dich. Fantasy von Frauen, das is ganz stark im Komm'n, das weißt du*

SZERZANT (gräbt angefaßt tiefer, in Büchern und Legath) : *Boh, bist du verfalln! Du stinkst sogar in der Kälte. Warum wäschst du nicht mal wenigstens deine scheiß christlichen Schuldgefühle, du Sau? Weil du langweilig, kopfig und voller Geltungsbedürfnis bist. Göte hingegen ist bodenständig und erdverbunden — eben ein Dichter und kein Philosoph oder Penner. Fotze auch, bist du destruktiv! Weiß gar nicht, warum ich mir das hier reinzieh, du bringst mich echt runter, du Kopfakrobat*

LEGATH (verzweifelt) : *Benjamin, vielleicht …*

SZERZANT (erbittert) : *Das heißt Mahakurata. Mein spiritueller Name lautet Mahakurata!*

LEGATH (erbärmlich) : *Tschuldigung, Mahakurata : vielleicht verwechseltst du mich? — Ich bins, der Peter*

SZERZANT (haßerfüllt) : *Den Gestank? Diese Trinkervisage? Dir springt doch aus den Augen, daß du nur von der Energie des Alkohols lebst, und den kriegst du nicht, weil die Leute*

---

[39] Mahakuraṭa, sinnig verliehener Sannyasin-Kampfname. Soviel wie : Großer Schuster, Lederverkäufer.

[40] Kram aus den Siebzigern, Ursula LeGuin : ›Die Magier der Erdsee‹, ›Die Gräber von Atuan‹, ›Das ferne Ufer‹, ›Das Wort für Welt ist Wald‹, ›Planet der Habenichtse‹.

dich mögen, sondern weil sie sich ekeln vor dir und sie über dich lachen wolln, wenn du hilflos im Graben liegst — (nachdenklich) *das heißt, sie stellen schon erstmal deine interessanten Seiten in den Vordergrund* (laut) *: bis sie merken, daß du keine hast!*

LEGATH : *Das hattest du schon …*

SZERZANT : *Ja klar : Klartext verträgste ja nicht! Du bist ja gar nicht hier, ist ja nur dein verfaulender Körper hier, dich gibts ja gar nicht mehr, du dummer arroganter Idiot, du abgekackter Macker, ohne Schnaps wärst du doch schon längst wahnsinnig geworden — oder Alkoholiker. Auf jeden Fall aber ein Versager!*

LEGATH : *Da hast du wohl recht, Mahakurata. Aber ich war früher anders*

SZERZANT : *Die Vergangenheit, die klebt an dir wie ein nasser Sack. Spießergejaule, Spießergejaule, aber keine intelligente Energie — mehr seh ich hier nicht. Du gefräßiger Tiger, stets forderst du, daß man auf dich eingeht. Aber wie soll man eingehen auf einen Kloß aus Dummheit, Arroganz und Müll? Alles was du tust, ist wie du : vom ästhetischen Standpunkt langweilig, uninteressant und lieblos. Eben wie dieser Billigscheiß hier* (rüttelt am Karton) *Gefrorene Energie, das ist alles, was von dir kommt, und da kack ich drauf*

LEGATH : *Bücher komm'n von mir, gute …*

SZERZANT : *Du machst mich krank*

LEGATH : *Was hast du, Mahakurata?*

SZERZANT : *Zum Glück kann ich gar nicht krank werden*

LEGATH (faßt sich ans Herz) : *Da freu ich mich! Ich dachte schon, du …*

SZERZANT : *Ich sag nur eins : du bist ein Unglück für deine Umwelt, du machst alle krank, du Dummkopf, bald bist du ein Monster und deine Umgebung kriegt Asthma! Ganz schlimmes Asthma!*

LEGATH : *Das will ich nich, mußt du mir glaubn, das is keine Absicht …*

SZERZANT : *Zum Glück kann ich kein Asthma kriegen*

LEGATH : *Ich will nur …*

SZERZANT (souverän) : *Ich versteh das ja : du scheißt dich eben den ganzen Tag zu mit deinen Leidenschaften …*

LEGATH (erstaunt) : *Ich?*

SZERZANT : *Ja riech ich hier noch ein Arschloch? — ich kanns ja wohl nicht sein* (stolz) *ich habe Leidenschaft, ich bin hier das ›Individuum im Moment‹. Und ich wasch mich*

LEGATH (seufzt) : *Das is schön. Du, da is auch noch ne große Lieferung gekommen, aufm Recyclinghof. Wenn du mir Smirnow gibst, sauf ich für dich ein'n mitn Russn, und alles gehört dir, die fahrn dir mitm Sieben'nhalbtonner die ganze Ladung vor die Tür*

SZERZANT (faucht) : *Geschäfte auf die Zukunft mach ich nicht — ›Individuum im Moment‹ — darum gehts, verstehst du das nicht? Das hier jedenfalls* (tritt gegen das Schutzblech von Legaths Rad) *is alles Scheiße oder ich bin blöd* (betrachtet den zitternden Legath) *Zum Glück riskier* **ich** *keine Erkältung, weil ich hier und hier und hier* (tippt sich gegen Bauch, Brust und Schläfe) *so gesund bin, daß ich überhaupt nicht krank werden kann*

LEGATH : *Das hab ich jetz verstandn, Mahakurata. Aber ich brauch was*

SZERZANT : *Es geht nicht um Verstehen. Das begreifst du nicht, was? Weißt du, woran das liegt? Ich sag dir, woran das liegt. Das liegt daran, daß deine Bücher riechen wie du. Welchem Nasenkrüppel soll ich die verkaufen? Das weißt du auch nicht, du Säufer, was?*

LEGATH : *Das sind alles gute gängige Taschenbücher, mach sie billig und sie gehn weg wie warme Semmel, wie Schmidts Katze, ich schwör dir*

SZERZANT : *Dreck ist das, kann ich alles nicht gebrauchen*

LEGATH : *Dann nur'n Fünfer, nächste Woch kriegst du noch was Bessres, was richtig Gutes, Expressionistn, ganzn Sack voll, und Dada auch dabei, Anna Blume, Schwitters — kennst du, selten, gefragt ...*

SZERZANT : *›Selten gefragt‹ muß das heißen* (keckert) *he, das ist gut, ›selten gefragt‹*

LEGATH : *Und! : ich hab nochn Lager, an das ich noch gar nicht rangegangn bin. Preise machst du, du bist der Fachmann, das is klar. Und den Karton hier schenk ich dir. Was sagst du?* (strahlt) *Nur'n Heiermann* (jammert) *Ich hab doch nix, du hast wenigstens deinen Bhagwan, ich nur den Schnaps, und der kostet*

SZERZANT (gerät in Fahrt) : *Osho, das heißt jetzt Osho. Und mehr Respekt, wenn du von ihm sprichst. Aber das kannst du ja gar nicht wahrnehmen, daß du respektlos bist, dazu müßtest du ja einen freien Kopf haben. Den aber scheißt du mit Scheiße zu, von morgens bis abends, und wenn du könntest, würdest du dich noch mit viel mehr zuscheißen, mit Musik, mit Sexheftchen, Donald Duck und Lindenstraße*

LEGATH : *Da sagste was, Mahakurata*

SZERZANT (eifernd) : *Und ich bin noch viel zu nachsichtig! eigentlich sollte ich mich erschrekken : ich bin so nachsichtig, als ob ich ein Christ wär. Zum Glück bin ich kein Christ, zum Glück hasse ich lauwarme Geschichten. Ah, wie ich lauwarme Geschichten hasse! Aber is schon klar, wer sich nicht selbst vergeben kann, daß der will, daß ihm andere vergeben — dein Jesus ...*

LEGATH : *Ich hab doch gar keinen Jesus*

SZERZANT (bleibt dabei) : *Dein Jesus hätte sich besser mal erst selbst vergeben, bevor er Mitleid sprüht wie ein blutrünstiger Tiger, der sein Revier markiert. Dann hätte er's nämlich auch bleiben lassen. Aber was will man erwarten : Idiot bleibt Idiot, auch, wenn er bis fünf zählen kann*

LEGATH (orientierungslos in Szerzants Suada, bedauert aber trotzdem) : *Das kann ich, das ist wahr*

SZERZANT : *Da geb ich mich schon lang nicht mehr mit ab, mit solchen*

Richard Vogt zieht vom Dobben her auf, den Beutel aus dem Hause Keller am Arm wiegend. Szerzant, der Vogt von fern schon spirituell wittert oder sieht, hebt der nahenden Gestalt grüßend die Hand — gut für Legath.

SZERZANT (wird weich) : *Bitte entschuldige meine Härte. Ich mein' das zwar alles so, aber ich weiß gar nicht, ob ich das Recht habe, dir das so offen zu sagen. Schließlich ist es ja auch meine freie Entscheidung, ob ich dir die Tür öffne oder nicht. Ich will ja auch was von dir. Gute Bücher. Ich habe mich benommen wie eine Fotze, die mit Tassen und Vasen schmeißt, weil sie nicht das kriegt, was sie will. Wahrscheinlich werden wir uns wiedersehn. Sei nicht traurig. Gib her. Fünf* (drückt Legath ein Fünfmarkstück in die Hand) *Frühestens wieder in zwei Wochen, hast du mich verstanden?*

LEGATH : *Klar, zwei Wochen. Soll ich dir den Karton ...*

SZERZANT : *Nichts sollst du* (hebt den Karton vom Gepäckträger) *verschwinden sollst du*

LEGATH : *Du bist der Boß. Bis nächstes Mal dann, Mahakurata* (schiebt ächzend ab) Szerzant eilt mit dem Bananenkarton behende die Stufen hinab in den Laden, läßt den Invaliden zu Boden fallen, daß der vollends reißt, entnimmt hastig zwei draußen schon sondierte Titel, breitet ein rotes Tuch über das Restelend, schiebt es mit dem Fuß unter den Schreibtisch, fegt sich Hagelschmelze aus dem Bart und nimmt eine intensive Buchblätterpose ein. Herein stapft Vogt, grauwettergewattet und auch hier mit ulsterunterstrichener Aura massiger Autorität.

VOGT : *Herr Szerzant, ich grüße Sie* (stolpert über eine ewig unerwartbare Stufe)

SZERZANT : *Obacht, Herr Professor* (deutet auf das neue Warnschild)

VOGT (lächelt verzerrt, gleich auf den Punkt) : *Herr Szerzant, ein Wind hat mir zugetragen, es sei bei Ihnen eine Lieferung neuwertiger Ausgaben aus dem Deutschen Klassiker Verlag eingetroffen*

SZERZANT : *Ihr Wind spricht wahr. Aber hat er auch erzählt, daß es sich um die sehr exklusiven Ganzlederausgaben handelt?*

VOGT : *Er hat. Darf ich einen Blick darauf werfen?*

SZERZANT : *Sie suchen die Hölderlin-Bände?*

VOGT : *So ist es* (stellt den Keller-Beutel am Schreibtisch ab, knöpft den Mantel auf — es ist geheizt) *Die Edition ist natürlich nicht maßgeblich, aber als Referenz sollte ich sie vielleicht haben. Allerdings ist sie mir neu zu teuer ...*

SZERZANT : *800 Mark*

VOGT : ... *zu teuer — für die vielen Fehler, wollte ich fortfahren* (scherzt) *Je Fehler eine Mark*

SZERZANT : *Und nun wollen Sie erstmal genau prüfen*

VOGT (nickt) : *Zumindest den Kommentarteil, jawohl — die Kollegen versteigen sich ja zu Manchem*

SZERZANT (geleitet Vogt weihevoll zu einer Vitrine, schließt sie auf) : *Sie tun doch nichts anderes, Osho hat gesagt ...*

VOGT : *Mit Verlaub*

— Vogt bremst Szerzants drohenden Osho-Exkurs perfekt aus, greift an Szerzant vorbei nach dem Schuber und rüttelt vorsichtig den ersten der drei Bände heraus — ›Hölderlin — Gedichte‹. Daß Szerzant dennoch reden muß, na gut ... es ist wenigstens halb zur Sache.

SZERZANT : *Dünndruck, Kopfgoldschnitt* — (fingert Vogt ins Buch) *und wie Sie bitte bemerken wollen, vermeidet mit dieser Beschränkung die Edition es streng, falsch und protzig daherzukommen, der Goldschnitt, der hätte genausogut rundum gehen können, das haben die Herausgeber sehr schön und sehr bewußt umgangen —, zwei Lesebändchen, sogar die Schutzumschläge haben einen hauchzarten Lederrücken, das ist Luxus, das ist gut* — (aber perfekt ausgebremst ist zuwenig) ... *die Wissenschaft aber, wie Osho sagt, ist das, was ihrem Gegen-*

stand am fernsten ist, weil lebendig nur sein kann, was gelebt wird. Und exquisiten Geschmack kann man leben. Hölderlin hat auch gelebt — der war sicher ein sehr lebendiger, intelligenter Mann, für seine Zeit, so lebendig und intelligent man eben ohne spirituellen Führer sein kann. Was Sie und Ihre Zunft aber anstellen : Sie schreddern Ihren Hölderlin, analysieren ihn tot und würfeln ihn neu zusammen — zu einem Götzen! Ist das sinnvoll?

VOGT (abwesend, blättert konzentriert nach dem Zeilenkommentar zu Hölderlins homburger Bruchstücken) : *Sicher nicht*

SZERZANT : *Sehen Sie! Haben Sie's mal anders probiert? Oshos Botschaft zum Beispiel — nein, ›zum Beispiel‹ ist falsch, denn da ist ja gar nichts Vergleichbares —, Oshos Botschaft also ist die Wissenschaft der Transformation. Nur wer bereit ist, sich als das aufzulösen, was er ist, um in etwas Neues hineingeboren zu werden, so neu, daß es erstmal gar nicht vorstellbar ist ... nur diese wenigen Mutigen werden bereit sein, überhaupt zuzuhören. Schon das Zuhören wird riskant sein* (neigt sich Vogt zu) *Zuhören ist nämlich schon der erste Schritt zur Neugeburt*

VOGT (abwesend, findet den Zeilenkommentar nicht) : *Wirklich? Fürwahr eine gewaltige Philosophie*

SZERZANT : *Nicht doch! keine Philosophie! Osho bietet doch kein Gedankengebäude, das man wie einen Umhang tragen könnte, kein Dogma, das über quälende Fragen wegtröstet, Osho ist doch nicht wie ein Tiger, der anderer Leute Ideen frißt — denn das sind Philosophen : Leute, die sich von anderer Menschen Leben nähren, die keine Gedanken haben, weil sie nur Gedanken haben, weil sie gar nicht mehr mit Denken aufhören können. Wobei das doch das Wichtigste wär. Nein nein, Oshos Botschaft ist überhaupt keine mündliche Mitteilung, die sich in Worte fassen ließe, sie ist alles andere als ein Gedanke. Sie ist viel riskanter. Sie ist nichts Geringeres als Tod und Wiedergeburt*

VOGT (abwesend, blätternd, will es nicht glauben, daß da kein Zeilenkommentar ist) : *Sie sagen es, Herr Antiquar*

SZERZANT : *Ich war das nicht, Osho hat das gesagt*

VOGT (abwesend) : *Sie sagen es, Herr Antiquar* (blickt kurz auf) *Oder, wie wir Germanisten sagen : Osho — die Formel 1 der Spiritualität*

SZERZANT : *Könnte man sagen. Osho hat auch gesagt ...*

VOGT (stöhnt abschätzig) : *Gibberish* [41]

---

[41] Vogt meint das Plapper-Meditieren der Sufis, das Sprache nur noch als bedeutungsfreies Gewäsch kennt und dem lästerfreudigen abendländischen Mund seit Anfang des 19. Jahrhunderts abfällig synonym ist für einen sinnlosen Lautsalat, einen Strom von Unverständlichkeiten, der in ein unvernehmliches Tonmeer mündet. Zwänge man Vogt, sich weiter darüber auszulassen, er würde ausdrücklich nicht den ihm auch bekannten Zusammenhang mit dem Namensgeber des Gibberish, den redlichen, vielgebildeten iran-irakischen Chemiker, frühen Stahlforscher und Apothekersohn am Hofe Kalif Harun al Raschids, Abū Mūsā Jābir ibn Hayyān (721–815) meinen : Jābir — latinisiert zu ›Geber‹ — hatte brav experimentiert, entdeckt, systematisiert, den Aristoteles verbessert, als erster drei Teile konzentrierte Salzsäure zu einem Teil konzentrierter Salpetersäure gegeben und war durch seine verfeinerten Methoden zum Heros mittelalterlicher Alchemisten avanciert. Geschrieben allerdings hat er in einer derart hermetischen Sprache, daß er nicht nur nicht verstanden, sondern der Häresie nicht angeklagt werden konnte.

SZERZANT : *O, Sie kennen Gibberish?*

VOGT : *Selbstverständlich — sonst hätte ichs ja wohl kaum ...*

SZERZANT (völlig begeistert) : *Gibberish ist toll. Selbst Osho hat lang gebraucht, die Methode völlig sinnfreier Silben zu entwickeln, aber dann hatte er's geschafft und uns endlich ein wirksames Mittel an die Hand gegeben, den aktiven Verstand loszuwerden, und wenns dann still ist, sogar den passiven Verstand*

VOGT (weiß zwar nicht, was das ist, aber) : *Passiver Verstand? Den auch?*

SZERZANT : *O ja. Das ist ja die Schönheit der inneren Wissenschaft, daß sie eine sehr wissenschaftliche Methode zur Reinigung des Verstandes ist, indem sie das Plappern gegen den Verstand selbst wendet, der hats ja nicht anders verdient, der ist ja der größte Plapperer von allen*

VOGT : *Der plappert wie ein Tiger, der Verstand. Der aktive jetzt oder der passive?*

SZERZANT : *Der aktive. Aber keine Angst, Sie kriegen ihn still. Sie müssen nur plappern, und dann wird er gereinigt von allem Müll, und am Ende, wenn Sie gründlich reinigen, wird auch der hartnäckigste Müll — der Verstand selbst, mitweggereinigt — und dann, dann, wenns still wird in Ihnen ...*

VOGT : *Endlich*

SZERZANT : ... *genau, dann haben Sie nur noch den Ausweg nach innen, dann können Sie endlich Ihr Inneres erforschen und experimentieren und ganz bei sich sein, im Moment. Das ist ganz praktisch, weil, das können Sie alles allein tun. Jederzeit, überall — keine Abhängigkeit von Autoritäten, keine Organisation, keine Ideologie. Gibberish ist richtig klasse. Wären Sie jetzt nicht da, ich würd doch glatt ...*

VOGT (räuspert) : *Tun Sie sich keinen Zwang an*

SZERZANT : *Nein nein — es ist ja meine freie Entscheidung, ganz hier bei Ihnen zu sein* (schmeckt vorab schon lustvoll dem nach, was er nachher sich zu gönnen beabsichtigt, sehnseufzt ...) *Gibberish!* (... und hat eine Idee) *Hat nicht auch Hölderlin, als man ihn da in den Turm gesperrt hat, weil er eine Gefahr war für die öffentliche Ordnung der Spießer und man ihn nicht mehr verstand ...*

VOGT (nun in der Tat in einer Verlegenheit) : *Äh ... ja — ich ahne, worauf Sie hinauswollen. Und wirklich ist das eine oder andere Wort, das heut aufs erste Hören unverständlich ist, überliefert ... Pallaksch etwa, Killalusimeno, Kamalatta oder slavoyakisch, dabei ...* [42]

---

[42] Leider kommt Vogt nicht dazu, auszureden, ... *dabei sind mit etwas Detektivarbeit sehr wohl stichhaltige Bedeutungen auszumachen* — so hätte er wohl fortfahren wollen und bei Bedarf die Bedeutungen auch parat gehabt.

Pallaksch? Die, denen das galt, verstanden es mal als ›ja‹, mal als ›nein‹ — und waren irritiert. Für Schelling schlicht ein »Unwort«. Seit gut 30 Jahren aber ist bekannt : Hölderlin war Schwabe. Und wie spricht der Schwab πάλλαξ, wenn er schwäbisch spricht? Pallaksch. Und was heißt πάλλαξ? Kebsknab, Kebsweib, Buhlschönling oder -schönlingin. Gut homerisch.

Am 14. Januar 1841 zeichnet der 20jährige πάλλαξ Christoph Theodor Schwab in seinem Tagebuch die Situation, in der ihm der 71jährige Hölderlin ›pallaksch‹ entgegenbrachte : Schwab blätterte nach einer ›schönen‹ Stelle in der herumliegenden zweiten Auflage des ›Hyperion‹, da »neigte er [Hölderlin] einmal sein Haupt ganz nah zu mir und auf seinem gebrochenen Auge glänzte ein sanfter Schimmer, der mich an die idealischen, verliebten Freund-

SZERZANT (begeistert) : *Sehen Sie?! Wahnsinn! kallilusomenos, kalamatta — das merk ich mir, das bring ich gleich beim nächsten Gibberish — sehr gut*

---

schaften im Stift und mit ihnen an den Dichter des ›Hyperion‹, der dieselben auf eine so himmlische Weise verklärt hat, erinnerte« — ›pallaksch‹, was anderes soll es sein als ein Gedenken Hölderlins an einen Stiftsjargon mit erotischen Konnotationen?

Hölderlins Halbbruder Karl Gok überliefert ein ›pallaksch‹ mit nachgesetztem »wari wuri«. Das sollte Gibberish sein? Dann lockte um 1800 der Donauschwabe seine Gänse also nicht mit ›Wuri-wuri‹ zum Füttern? und sind die Wari (›Wir‹) kein kannibalischer Amazonasstamm? Der heut auf 2000 Leutchen geschmolzenen Wari-Population hat erst vor wenig mehr als einer Generation die katholische Mission den Kannibalismus ausgetrieben. Bis dahin verzehrten die Wari zwei Sorten Mensch, aus drei Motiven : den Feind des Hasses und der Proteine halber, die teuren Verblichenen aber aufgrund einer einsam-großartigen Idee von Liebe. Den Leidtragenden nämlich barmherzig die Trauer zu nehmen, strebten die Wari, die Erinnerung an die Toten nicht wachzuhalten, sondern zu löschen, Gräber nicht zu kultivieren, sondern gar nicht erst anzulegen und jedes materiale Substrat, das einen Anker böte für schmerzliches Andenken, zu vernichten : die Leiche gebraten und restlos verspeist, ihre Hütte, Habe, Kleider verbrannt, die begangenen Lieblingsorte gerodet und gefegt, der Name nie mehr ausgesprochen — wer von den Waris einen Angehörigen verlor, trat ein in liebendes Vergessen und siedelte um in Herkunftslosigkeit. — Für Hölderlin, der den Verlust Susette Gontards zu beklagen hatte, ein unbedingt attraktives Konzept. Und nicht nur haltlose Hypothese, denn Christoph Theodor Schwab vermerkt für den 16. Januar 1841 : »Als ich in seinem Hyperion las, sagte er vor sich hin : ›Guck' nicht so viel hinein, es ist kannibalisch‹. Als ich ihn bat, mit mir auf dem Sopha zu sitzen, sagte er : ›Bei Leib nicht, es ist gefährlich‹ und that's durchaus nicht«.

Kamalatta? 1828 erzählt der 24jährige Wilhelm Waiblinger, Hölderlin habe den 1827 verstorbenen Conz, der von 1811 bis 1820 Aischylos übersetzte, öfter in dessen Garten am Hirschauertor besucht. »Er [Hölderlin] unterhielt sich alsdann mit Blumenpflücken, und wenn er einen tüchtigen Strauß beysammen hatte, so zerriß er ihn und steckte ihn in die Tasche. Conz gab ihm zuweilen auch ein Buch hin. Einmal, erzählte er mir, bückte sich Hölderlin über ihn her und las einige Verse aus dem Aeschylos herunter. Sodann aber schrie er mit krampfigten Lachen : ›Das versteh' ich nicht! Das ist Kamalattasprache‹. Denn zu Hölderlins Eigenheiten gehört auch die Bildung neuer Wörter« — hat Conz sich verhört? oder Tradeur Waiblinger? Es muß heißen ›Kalamatta‹, eine 1825 von den Türken plattgemachte Hafenstadt dreißig Kilometer von Sparta, in der am 23. März 1821 der griechische Freiheitskampf wider die Osmanen ausgerufen worden war — dessen Verlauf Hölderlin durchaus verfolgte. ›Kalamattasprache‹ ist nichts als Griechisch. Und wer versteht das schon?

Oder kein Vertun Waiblingers und doch ›kamalatta‹ statt ›kalamatta‹? Kein Problem. Zwar ist ungewiß, ob Hölderlin das Drama ›Shakuntala‹ kannte, das 1791 von Georg Forster aus dem Englischen (dort, aus dem Sanskrit Kalidasas, seit 1789) eingedeutscht wurde und fix in höchster Gunst (→ Göte) stand — Waiblinger hatte es auf jeden Fall gelesen. Und läßt das 1823 auch die Helden seines blumenreichen Hölderlin-Verschnitts ›Phaethon‹ (in dem Hölderlin als Phaeton erscheint und Susette Gontard als Atalanta) tun und Phaethon rühmen : »die Hand des Mädchens wieder blühet wie ein junger Camalatasprosse« — was nun nichts weniger ist als abgeschrieben aus Forsters ›Shakuntala‹ (»Diese Hand hat ihre angebohrne Stärke und Schönheit wieder erhalten, wie ein junger Kamalatasprosse«), nur daß Forster noch schön erläutert, Kamalata sei ein in Indien kosmetisch, kultisch und mythisch überaus bedeutender Lotus (→ Vulva, → Yoni). Und wirklich ist ›kámala‹ im Sanskrit ein Lotus, ›kámalata‹ auch eine Blume, eine Winde (→ Ipomaea). Ganz besonders aber ist kāmalata das männliche Genital. Aber das ist Sanskrit. Und wer versteht das schon?

Den ›Phaethon‹ jedenfalls hatte Waiblinger Hölderlin gleich nach Erscheinen zu lesen gegeben. Und Waiblinger wundert sich 1828 über das Wort ›Kamalatta‹, von dem er sagt, Hölderlin habe es Conz hingeworfen, ein Wort, das Waiblinger fünf Jahre zuvor selbst strapaziert und seiner Hölderlin-Larve Phaethon in den Mund gelegt hatte? Hat Hölderlin die Hölderlin-Fiktion zitiert? War Waiblinger vergeßlich oder will sein Plagiat nicht mehr wahrhaben? Die Doktorväter der Welt erwarten stündlich diesbezügliche Promotionsbegehren ihrer Germanistik-Studentlein.

Killalusimeno? Pas de problème. »Ich, mein Herr, bin nicht mehr von denselbem Namen, ich heiße Kallilusomeno« — λυσόμενος, Partizip Futur Medium von λύω, ›für sich selbst waschen sollend‹, und καλλι, schön — ich bin der, der sich selbst schönwaschen wird. Obwohl schon Hawaiiologen aufgestanden sind und gesagt haben, das klinge sehr hawaiianisch.

Slavoyakisch? 16. Januar 1841, Christoph Theodor Schwab : »Im Auf- und Abgehen sagte er [Hölderlin] mich ansehend ein paarmal : ›Er hat ein ganz slavoyakisches Gesicht‹, dann wieder : ›Der Baron ist schön‹ (was beiläufig gesagt von einem guten Rest Phantasie zeugt)«. Uwe Henrik Peters fand 1982 raus, daß hier ein krudes ›voyage‹ nicht weiterführt, sondern man besser bei einer Auseinanderziehung in ›slavo-‹ und ›wotjakisch‹ suche.

Die Wotjaken, ›Menschen der Wiesen‹, sind ein finno-ugrisches Völkchen von knapp 700 000 Bienenzüchtern kurz hinterm Ural. Eine Hauptstadt gönnen sie sich auch. Sie heißt Iž evsk. Und sie haben ein reiches Liedgut und viele Feengeschichten, sie haben aber auch drei Überzeugungen, eine unklare Anzahl Sprichwörter, elf Verwünschungen, 147 Rätsel und einen Schwur. Immer, wenn ein Wotjake einen toten Schweinigel sieht, weiß er : der Tod ist nah. Zum Glück ist das stets nur einmal im Leben. Allabendlich geht dem Wotjaken die Sonne unter, und er weiß : ein Riesen-Eisbär verschlingt sie, dem Bären wird schlecht, er wetzt nach Ost und kotet sie am nächsten Morgen wieder aus. Darüber wacht Himmelsgott Inmar. Und daß die Erdgöttin Mu-Kõldõs'in heißt, weiß der Wotjake auch noch. Und noch — als alter Imker —, daß die Wespen einst gegen Inmar rebellierten und ihm keinen Honig mehr liefern wollten, was Inmar ihnen vergalt, indem er sagte : »Da ihr mir keinen Honig geben wollt, werdet ihr auch wenig für euch haben und sehr wenig für andere«. Ein häretischer Wotjake allerdings meinte mal, die Wespe sei Teufelswerk und der »ärgste Wurm der Welt«, entstanden im patschigen Versuch, Inmars bestes Werk, die Biene, nachzubauen.

Kühne Linguisten schenkten den schriftlosen Totemisten im 19. Jahrhundert ein eigenes kyrillisches Alphabet. Damit konnten die aber nichts anfangen, auch nicht mit dem Versuch, sie orthodox zu machen. Sie bleiben lieber matriarchalisch. Nur ein paar Muslime rennen durch Iž evsk. Der Wotjake tut sich am meisten hervor, der am meisten an Träume glaubt. Wotjakenhäuser heißen Kwala und kommen ohne Fenster und Dach aus. So eng es da auch wird : stets hat in einer Kwala eine Birkenrindenkiste Platz, in der Kultgegenstände verwahrt werden, die der Familienahnherr sind. Eine weitere Kiste, die Lud, steht draußen. In ihr opfert ein Schamane animistisch korrekt Tiere gegen böse Geister. Trotzki fand die Wotjaken gut. Aber nicht nur sie. Auch die Tschuwaschen, Syryanen, Dagestanen und Usbeken. Folgerichtig schreibt Trotzki in der ›Geschichte der russischen Revolution‹ : »So bahnten sich mittels der linken Elemente ihrer jungen Intelligenz die Wotjaken, Tschuwaschen, Syrjanen, die Völker Dagestans und Turkestans Wege zum Bolschewismus«. Von der Bibel gibts momentan nur die vier Evangelien auf wotjakisch, da ist noch viel zu beten und zu übersetzen.

Das alles aber läßt nicht aufhorchen, aufhorchen lassen allein die zwanglosen Sexsitten der Wotjaken. Max Buch, ›Die Wotjäken — eine ethnologische Studie‹, Helsingfors 1882, meint : »Ja es ist sogar schimpflich für ein Mädchen, wenn sie wenig von den Burschen aufgesucht wird«. Die Wotjakenjugend übt sich so früh als möglich im Beischlaf, und wird ein Mädchen schwanger, ist das ehrenvoll und erzielt dann enorme Brautpreise. Ist ein Bursche aber mal pockennarbig und will kein Mädchen mit ihm und hat er trotzdem Bedarf, geht schon mal die Mutter her und tröstet ihn geöffneter Schenkel — Inzest zwischen den Generationen und unter Geschwistern ist an der Tagesordnung, denn Pocken sind verbreitet.

Hölderlin zwar verließ Bordeaux Mai 1802 überstürzt und verpaßte den Südamerikareisenden Alexander von Humboldt — und mit Humboldt, der erst 3. August 1804 in Bordeaux wieder anlandete, auch Nachricht von den Wari aus zweiter Hand (→ 87) — : aber doch wußte Hölderlin von den Wari. Wußte er da auch von den munteren Heidlein am Ural? Womöglich ja. Immerhin neigte Hölderlin zu ethnologischen Studien, für den ›Hyperion‹

VOGT : *O. Ich glaub dennoch nicht, daß …*

SZERZANT : *Er war ja auch ohne spitituellen Meister. Sagen Sie, hat der sich nicht sogar ›Papst‹ genannt? Je mehr ich drüber nachdenke : der war ähnlich gut drauf wie Osho und hat ständig alle verarscht*

VOGT : *Das … weiß ich jetzt gar nicht, aber* (verzweifelt) *zumindest das mit den Titeln, das war umgekehrt : andere nannte er ›Heiligkeit‹* [43]

SZERZANT : *Egal — er war gut drauf*

VOGT : *Ja*

SZERZANT : *Er hat ganz sich selbst gelebt*

VOGT : *Ja*

SZERZANT (zufrieden) : *Bestimmt konnte er auch nicht krank werden, so wie ich*

VOGT (erschüttert) : *Ja* [44]

SZERZANT : *Und doch ist er tot*

VOGT (verblüfft) : *Ja … das … muß ich kraft Amtes bestätigen*

SZERZANT : *Und genau daran krankt die Welt : Ämter, Ideologien, Befehl und Gehorsam, das sind doch alles erstarrte Strukturen, das ist alles vereist, das ist Denken. Ich rate Ihnen : meditieren Sie, joggen Sie, lassen Sie los*

VOGT : *Geht auch Alkohol?*

---

zog er in Übersetzung von Heinrich Christian Boie und Johann Heinrich Voss ›Reisen in Klein Asien unternommen auf Kosten der Gesellschaft der Dilettanti und beschrieben von Richard Chandler‹, Leipzig bei Weidmanns Erben und Reich, 1776 und die ›Reise des Grafen Choiseul-Gouffier durch Griechenland‹, 1780 in Gotha bei Karl Wilhelm Ettinger, übersetzt von Heinrich August Ottokar Reichard, zu Rate. Und die inflationär aufkeimenden zeitgenössischen Beschreibungen von Reisen durch die russischen Weiten überschlugen sich in der Schilderung der Wotjaken, zu erwähnen nur und Hölderlin überall zugänglich :

— Peter Simon Pallas, 1767 von Katharina II. als Professor für Naturgeschichte berufen, mußte auch sofort los und im Auftrag der Kayserlichen Academie der Wissenschaften 1768 f.ür sechs Jahre in den Osten des Reichs und auch den Venusdurchgang 3. Juni 1769 beobachten. Unterwegs schon gab er die ersten Bände heraus : ›Physicalische Reise durch verschiedene Provinzen des Rußischen Reichs‹, St. Petersburg 1771–1776, fünf Bände, 2000 Seiten Text, ein Tafelband. Mit ihm reisten Nikolaj Petrovič Ryčkov und Johann Gottlieb Georgi.

— Nikolaj Petrovič Ryčkov : ›Herrn Nikolaus Rytschkow kaiserl. rußischen Capitains Tagebuch über seine Reisen durch verschiedene Provinzen des rußischen Reiches in den Jahren 1769, 1770, 1771‹, deutsch von Christian Heinrich Hase. Riga (Leipzig), Hartknoch, 1774; zuerst russisch in St. Petersburg 1770–1772.

— Johann Gottlieb Georgi brachte in St. Petersburg bei Carl Wilhelm Müller von 1776–1780 vier Textbände und einen Atlasband heraus : ›Beschreibung aller Nationen des Russischen Reichs, ihrer Lebensart, Religion, Gebräuche, Wohnungen, Kleidungen und übrigen Merckwürdigkeiten‹ — der ganze erste Band ist den ›Nationen vom Finnischen Stamm‹ vorbehalten. 1783 erfuhr die petersburger Ausgabe einen Nachdruck in Leipzig bei der Dykischen Buchhandlung.

[43] Na gut, einmal — notiert unterm 21. Januar 1841, hat er sich, nach πάλλαξ Schwab, auch selbst ›Herrgott‹ tituliert.

[44] Eine Auffassung, die auch Bürschchen Schwab teilt. 14. Januar 1841 : »Ich fragte ihn [Hölderlin] nach seinem Befinden, er versicherte mich seines Wohlseyns und auf meine Bemerkung, daß man in einer so reizenden Umgebung nie krank seyn könne, antwortete er : ›ich verstehe Sie, ich verstehe Sie‹«.

SZERZANT (höhnisch) : *Sie sprechen von Alkohol, ich aber spreche von der einzigen Droge, die gut ist und nicht abhängig macht, ich spreche von der Bewußtlosigkeit, das heißt, Osho hat …*

VOGT (bläst zur Gegenoffensive) : *Nur mal am Rande : ist Ihr Osho nicht überhaupt auch jüngst gestorben ?*

SZERZANT : *Jetzt erklären Sie mir doch mal, wie jemand sterben soll, der gar nicht geboren wurde, das geht ja schon mal rein logisch nicht. Aber ich weiß schon, was Sie meinen, was Sie meinen, ist schon bißchen her. Ermordet wurde Osho ! Vom Pentagon. Swami Amrito* [45] *hat das herausgefunden, daß Osho im Gefängnis mit Schwermetallen* [46] *vergiftet worden ist, die später nicht mehr nachweisbar sind. Aber das machte nichts, weil …*

VOGT : — *er nicht gestorben ist, weil er nicht geboren ist — jetzt seh ichs auch. Mein Denkfehler*

SZERZANT : *Als ob es richtiges Denken gäbe ! Das ist Ihr Denkfehler ! Aber lassen Sie mich bitte mal ausreden ?*

VOGT (senkt sich wieder in die Suche nach dem Zeilenkommentar) : *Gerne*

SZERZANT : *Osho wurde nämlich nicht geboren, sondern er war hier, weil er uns in unserer Existenzebene von irgendwoher einfach nur besucht hat — so weit war er, weiter als Buddha. Ihr Hölderlin war auch ein bißchen weit, mag sein, dazu versteh ich dann doch zu wenig davon, aber fest steht : tot ist er, Ihr Hölderlin*

VOGT : *Mit Heinz Erhardt zu sagen : …* [47]

SZERZANT : *Sie kleben an Autoritäten, Herr Professor …*

VOGT (blättert wieder) : *Stimmt, da sind Sie weiter*

SZERZANT : … *Sie hangen Lehren an. Sehen Sie nicht, daß die alle austauschbar sind ?*

VOGT (blätternd) : *Doch doch, seh ich wohl*

SZERZANT : *Daß allein Osho keine Lehre, keine Philosophie verkauft, sondern eine universelle Transformation ist, eine Umwandlung von allem ? Aber was ich Ihnen hier sage, sind Worte, und um Worte gehts nicht, Worte sind Namen, und Namen sind Schall und Rauch, wenn sie nicht von Herzen* (pocht auf das seine) *kommen. Nicht ohne Grund hat Osho, als er noch Bhagwan war, viele Jahre zu seinen Schülern geschwiegen*

VOGT (beiläufig, blätternd) : *Müßte es nicht mit genausoguten Gründen heißen ›ohne Grund‹ ?*

SZERZANT (stolz) : *Stimmt*

VOGT (blätternd) : *Und finden Sie's nicht ein bißchen tädiös, so … im Beliebigen zu waten ?*

---

[45] Rajneesh Chandra Mohans Leibarzt John Andrew.

[46] Thallium. Super zum Vergiften. Nicht nur den Gegnern der Ratten, die eifrig Thalliumsulfat streuen, bekannt, sondern auch dem Pentagon. Besonders raffiniert, weil die Leute erst später sterben, oft als natürlicher Tod getarnt. Und vorher verlieren sie noch, um sie der Lächerlichkeit preiszugeben, die Haare und kriegen Herzrasen. Hingegen scheint nur Szerzant nicht bekannt zu sein, daß eine Thalliumvergiftung noch lange in Nägeln und Haaren nachzuweisen ist. Zumindest bei Ratten.

[47] Das allerdings bleibt im Dunkeln. Vielleicht : »Er aß den Wein, er trank das Brot und als er starb, da war er tot«.

SZERZANT : *Herr Professor, Sie sind weit, weiter als ich dachte ... na ja, Denken* (lacht) ... *das ist das Problem mit dem Denken, da watet man eben im Beliebigen* (entfernt sich langsam von Vogt, spricht, das zu kaschieren, entsprechend lauter) — *und nichts ist unbeliebiger als Osho. Osho hat alle Systeme, alle Gedanken, alles Eis geschmolzen zu einer Empfindung. Die können Sie empfinden, die können Sie nicht erklären. Es ist nicht wie eine Blume, es ist wie der Duft einer Blume, den können Sie ja auch nicht anfassen, den können Sie nur riechen, es wie das Schnurren eines Löwen ...*

VOGT : *Tigers*

SZERZANT : *Tigers, Entschuldigung*

VOGT : *Geht doch*

Ein Bild nistet hinter Vogts Augen, Vogt bellt ein Lachen nach inwärts : Osho mit Rollmütze, debil und knopfäugig, in einem Garten, bartschlackernd, blumenrupfend, *Tomte Tummetott* brabbelnd und einen Tiger kraulend — enttäuscht trollt sich ein Löwe. Vogt kneift die Augen, schüttelt das Bild fort, stöbert wieder durch die einfallenden Matineephotonen, den Buchstabentanz der aufgeblätterten Seite in seiner Hand, in mäßiger Ferne Szerzant, irisierender Staub im Gegenlicht, die Frontscheibe des Ladens, dahinter ein Flackern, ein gebeugter Greis, frierend, bewegt die Lippen, Vogt kennt die Figur, eine Bleistiftzeichnung Louise Kellers [48] ... das ist Hölderlin, die Lippen — die sagen den Blumenkatalog her ...

SZERZANT : *Osho hat wie Sie Philosophie studiert ...*

VOGT (heimgeholt) : *Hab ich doch gar nicht*

SZERZANT : ... *nur war er, im Unterschied zu Ihnen, erleuchtet*

VOGT : *Und das ist was? Was Gutes?*

SZERZANT : *Das Beste! Es ist zeitlos, es ist die radikale Bereitschaft für alles*

VOGT : *So weit würde ich nicht gehen wollen, ein einfaches Philosophie-Studium ist ...*

SZERZANT : *Sie müssen schon aufmerksam sein*

VOGT : *Ach so*

SZERZANT : *Ich rede von der Erleuchtung*

VOGT : *Ach so*

SZERZANT : *Wer so weit ist, wird nämlich für verrückt erklärt ...*

VOGT : *Ach*

SZERZANT : ... *von den kalten Irren ...*

---

[48] Louise Keller (1809–1850), Aquarellistin und Bankierstochter aus dem Umfeld des kleinen Schwab, porträtierte 1842 in einer Bleistiftzeichnung Hölderlin, die Vorlage zu erstellen für einen Stahlstich, den Cotta für die zweite Auflage der Gedichte Hölderlins verlangte. Emma Nindorf, Freundin Kellers, berichtet 1853 von einer Soiree im großkotzigen Tempel Gustav Schwabs am 30. Juni 1842, auf der das Hölderlin-Bildnis herumgezeigt wurde — unter den Geladenen Lenau : »Mir däucht, Lenau noch vor mir zu sehen, wie er es lange und fest betrachtet. Möchte man nicht sagen, er habe, indem er sich in das Angesicht des unglücklichen Sängers vertiefte, sich mit dem eignen Schicksale gemessen, Aug' in Auge? Wenn man in die Zukunft blicken könnte! Wenn wir gewußt hätten, daß die Nacht des Verhängnisses auch diesen noch so licht unter uns strahlenden Geist umziehen würde, wenn wir die volle Verwandtschaft mit Hölderlin geahnet hätten!« — ja, wenn.

VOGT : *Ach so*

SZERZANT : … *den kalten Verstandesmenschen*

VOGT (blickt kurz auf, der Greis ist fort) : *Wie Hölderlin?*

SZERZANT : *Ja, durchaus, darum komme ich ja dazu, daß der auch sehr weit war, sehr empfindsam. Sein Fehler war: er klebte eben immer noch zu sehr am Stofflichen, Frauen, Tabak, Erfolg, er kannte noch keine dynamische Meditation, er hatte eben noch keinen spirituellen Lehrer*

VOGT (gelangweilt) : *Sie taten dessen bereits Erwähnung*

SZERZANT : … *er lebte in der Vergangenheit. Das sehen Sie schon daran, daß er zusammenbrach, als ihm seine Frau da gestorben war, das zeugt von allem Möglichen, aber nicht von Klarheit, und auf Klarheit kommt es an*

Szerzant, nun am Schreibtisch, guckt, wie fünfarmlangfern Vogt vor der Vitrine nun endlich vertieft im Kommentar zu Hölderlin steht, geht an Vogts Beutel — und runzelt den Hagelabweiser Sanson an. Beiseite! Simenon … was noch? Szerzant rupft unverhohlen Wiebkes Fund hervor, dehnt Kellers Gummibänder, blättert das Buch an, tastet dann das braune Packpapier ab, schaut Richtung Vogt — und stellt den status quo ante wieder her.

VOGT (blätternd) : *Ja, die Frauen. Immer, wenns wichtig wird, sterben sie. Aber Sie haben recht, das ist ja schon der zweite vollkommen neue Aspekt, den Sie mir da eröffnen. Ich hab in zwei Wochen einen kleinen Vortrag zu halten — schenken Sie mir einen der beiden Gedanken? Ach, heut will ich mal unverschämt sein : schenken Sie mir doch bitte beide!*

SZERZANT : *Wie Sie mögen, Sie sind da ganz frei. Sind nur Gedanken. Aber lassen Sie meinen Namen weg, sagen Sie nicht, daß Sie's von Mahakurata haben. Ich bin nämlich nicht sicher, daß Sie das Richtige aus meinem Gedanken machen*

VOGT (blätternd) : *Dann sag ich erstmal danke für die Gaben. Aber müßte Ihnen nicht vollkommen gleichgültig sein, was ich mit ihnen mache und in welchem Licht Sie am Ende dastehen?*

SZERZANT : *Schon — aber vergessen Sie nicht : ich bin erst auf dem Weg zur Erleuchtung, erleuchtet selbst bin ich noch nicht. Auch ich trage, genau wie Sie, noch die Schlacke längst überholter Weltbilder und Traditionen an mir, wir sind doch alle noch belastet durch die Ängste des modernen Lebens, wir haben doch alle noch einen tiefen Reinigungsprozeß nötig, ehe wir in den Zustand der völlig entspannten, von allen Gedanken befreiten Meditation gelangen und leben können wie die Hunde*

VOGT : *Ah … wie ein Hund in der Hitze soll Ihre Stimme umgehn auf den Gassen der Gärten?* [49]

SZERZANT (verneint entschieden, da er eine Fälsche erspürt) : *Was reden Sie denn da? Sie wollen mich wieder in irgendeine Schublade stecken. Osho — und allein Osho! — steckt*

---

[49] Ein kleine Probe auf Szerzants Textsicherheit, eine Paraphrase aus Hölderlins homburger Folioheft, ›Vom Abgrund nemlich‹ : »Bald aber wird, wie ein Hund, umgehn / In der Hizze meine Stimme auf den Gassen der Garten / In den wohnen Menschen / In Frankreich / Frankfurt aber / nach der Gestalt, die / Abdruk ist der Natur / Des Menschen nemlich, ist der Nabel / Dieser Erde«.

in keiner Schublade, Osho gehört keiner Tradition an : »Ich bin der Anfang eines vollkommen neuen religiösen Bewußtseins, bitte bringt mich nicht mit der Vergangenheit in Verbindung — sie ist es nicht einmal wert, erinnert zu werden« — sagt Osho selbst. Osho ist nicht beeinflußt von anderen, von Krishna oder wie sie heißen, Osho ist neu. Osho hat übrigens auch Vorträge gehalten (weist einladend mit einem Arm auf die Sonderregale, Vogt aber blättert weiter)

VOGT : *Es sollten viel mehr Vorträge gehalten werden, ich selbst nehm mir das durchaus zu Herzen. Themen liegen doch überall rum. Mir zum Beispiel hat mal jemand erzählt, daß mein Hölderlin in Bordeaux einen Club für schwule Männer aufgemacht hat und ihn ›Ficken 1900‹ nannte, und überhaupt hinter dem Bankier Gontard her war — das wär ein gutes Thema*

SZERZANT (skeptisch) : *Warum nicht. Auch wenns ein bißchen nach unserm Läuschen klingt*

VOGT : *Nein, nicht Doktor Loisy. Das war einer Ihrer Kollegen, der mich wachprovozieren wollte* (lacht, schlägt den Band ›Gedichte‹ zu, schiebt ihn in den Schuber zurück und den Schuber wieder in die Vitrine) *Sagen Sie mal — was anderes — : wie kommen Sie eigentlich in den antiquarischen Besitz dieser Bücher? Die sind ja recht frisch auf dem Markt, wenn ich mich nicht täusche. Oder ist die Frage indiskret?*

SZERZANT : *Was kümmerts mich, Indiskretion ist ok. Hab halt gute Zuträger, wenn das Ihre Frage beantwortet*

VOGT : *Ich will nicht insistieren. Herr Szerzant, mir ist nicht verborgen geblieben, daß Sie den Hölderlin noch nicht ausgezeichnet haben. Um Ihnen zu schmeicheln und* (seufzt) *alles alles abzukürzen : Sie genießen den Ruf eines harten Hundes, Zweidrittel vom Neupreis sind bei Ihnen nicht ungewöhnlich, und ich muß Ihnen sagen, das widerspricht generell meiner Erwartungshaltung, wenn ich ein Antiquariat betrete*

SZERZANT : *Kaum mein Problem*

VOGT : *Natürlich nicht. Kommen wir ins Geschäft, wenn ich Ihnen den regulären Ladenpreis der Leinenausgabe zahle für die Variante in Leder?*

SZERZANT (beeindruckt) : *Das nenne ich ›klar‹. Auch wenn Sie noch nicht so klar sind, daß Sie die ganze Zeit mit mir Augenkontakt halten können, die Augen nämlich sind die Spiegel der Seele*

VOGT : *Sie sprechen ein großes Wort gelassen aus*

SZERZANT : *Moment, ich rechne* (setzt sich, lehnt genüßlich zurück und läßt einen Zimmermannsbleistift über ein Blatt Papier fliegen) *Wissen Sie was? Rechnen ist lauwarm. Ich schenke Ihnen die drei Bände*

VOGT (erstaunt) : *Normalerweise würde ich nun sagen : das ist aber lieb. Das sage ich jetzt aber nicht. Ich gehe einfach davon aus, daß Ihnen danach ist?*

SZERZANT : *Weil Sie das verstehen, eben darum schenke ich Ihnen die Bücher. Es sind nur Bücher. Und Sie haben heute schon unendlich Wichtigeres von mir bekommen ...*

VOGT : *Das ist wahr, daß der Hölderlin Gibberish gemacht hat und das mit den Frauen, die immer sterben*

SZERZANT : *Nein — das Radikale, das mit Tod und Wiedergeburt, das sich gar nicht sagen läßt*

VOGT : *Ach das*

SZERZANT (unweinerlich) : *Als Geschäftsmann werd ich oft mißverstanden, da sieht man mich immer nur auspreisen, und obwohl ich da ganz bei mir bin — denn ich könnte ja auch kein Geschäftsmann sein, da wär ich ja frei dazu —, kann ich doch Geschäfte machen und mich darüber erheben, wenn was ästhetisch ist oder ich es will. Nicht vergessen : ich bin Sannyasin, das heißt ›Entsager‹, ich klebe nicht an Dingen, ich strebe nach Moksha und will hier raus. Und ich habe Sie in Verdacht, daß Sie eine alte Seele sind, die darum ringt, hervorzubrechen und auch rauszuwollen, geflochten zu werden vom Rad der Wiedergeburt*

VOGT (nimmts als Kompliment) : *Das ist aber lieb … — oops*

SZERZANT (schäkert) : *Geben Sie's zu?*

VOGT : *Gern. Was?*

SZERZANT (völlig ernst) : *Daß wir uns schon mal gesehen haben, so vor 6000 Jahren, im Industal?*

VOGT : *Nun, meine Erinnerung ist etwas blaß …*

SZERZANT (tröstet) : *Sie sind ja auch erst dabei, hervorzubrechen, Sie sind ja noch nicht soweit, daß … — aber gut. Soll ich Ihnen die Bände einpacken, wie …*

Szerzant gibt im Versuch, eine Aussage über das Packpapierne hervorzujucken, ein vorsichtiges Zeichen auf den Beutel Kellers. Vogt aber beachtet das Signal nicht, sondern greift aus der Vitrine die drei Bände Hölderlin-DKV.

VOGT : *Nicht nötig, die klemm ich so unter, im Schuber*

SZERZANT : *Schön* (tüncht nun normalen Geschäftssinn über alles) *Herr Professor, ich seh grad noch, zwei Neueingänge, mit denen Sie vielleicht was anfangen können* (präsentiert die beiden Bücher, die er wohlweislich dem Legath-Karton entnommen hatte) *1813 Fairbairn, boah, die dämliche Wissenschaft und ihre dämlichen Namen : Aerides odoratum und Renanthera coccinea, was immer das sein mag …*

VOGT : *Luftpflanzen, Orchideen, Phanerophyten — diese Richtung*

SZERZANT : *… und eine ›Blaue Blume‹, da is doch bestimmt Novalis drin, der hing doch auch mit Hölderlin ab, oder?*

VOGT : *Schon, aber vielleicht wär ›abhängen‹ leicht übertrieben, einmal die Hand geschüttelt, 96 in Jena, alles darüber hinaus wär mir neu — …* (besieht distanziert die ›Blaue Blume‹, eine gut 90 Jahr alte labbrige Diederichs-Anthologie romantischer Lyrik — und als Szerzant die marmorierten Vorsatzpapiere aufspreizt) *aber ich habe wirklich keinen Bedarf. Doch danke für das Angebot*

SZERZANT : *Nicht zuviel danken*

VOGT : *Guter Hinweis. Herr Szerzant, bis nächstes Mal, ich bin jetzt erstmal weg — und Sie vergessen nicht, für mich nach Fichtes ›Kritik aller Offenbarung‹ Ausschau zu halten?* (knüpft den Ulster zu)

SZERZANT : *Kritik aller Popenpaarung, ich bin da dran, gebongt*

Vogt entbietet linksarmig einen Gruß, nimmt rechts den Beutel auf, zwängt den Schuber unter die Achsel, öffnet die Tür und steigt sicher über die Stufen in die ohrfeigende Kälte. Durch die Fensterscheibe hört er zwar noch, wie Szerzant ihn anbrüllt *Und nicht vergessen : mal kräftig durchmeditieren*, reagiert darauf aber nicht und sieht auch nicht mehr, wie Szerzant entspannt in den Lehnstuhl räkelt, die Beine auf den Schreibtisch wälzt, an der Schnur das Telephon heranzuppelt und eine Nummer wählt.

SZERZANT : *Mahakurata hier — Christian ?*

KELLER : *Benjamin ! Das ist sehr ungünstig, jetzt*

Leere und Beschäftigungslosigkeit im Schnoor — Bernd hatte noch ein wenig Bellman gesungen, mit einem brennenden Streichholz am Ewigen Kunden gespielt und war erschöpft dann auch gegangen.

SZERZANT : *Ja, die Leute rennen einem die Bude ein, kann auch nicht klagen*

KELLER : *Man weiß gar nicht, was man mehr loben soll : die tollen Ankäufe oder die tollen Verkäufe*

SZERZANT : *Also : ich weiß das schon. Die Ankäufe sind bei mir besser*

KELLER : *Bei mir sind es mehr die Verkäufe — und du willst nun was ?*

SZERZANT : *Eben war doch der Vogt bei dir*

KELLER : *Kann sein. Hier sind so viele Leute, da merk ich mir nicht jedes Gesicht*

SZERZANT : *Doch doch, der war bei dir, ich kenn doch dein Packpapier. Was hast du ihm denn verkauft ?*

KELLER : *Hast du's nicht aufgemacht ?*

SZERZANT : *Sag mal !*

KELLER : *Hat er's dir nicht gesagt ?*

SZERZANT : *Hab ihn nicht gefragt*

KELLER : *Warum nicht ?*

SZERZANT : *Ich wollte eben dich fragen*

KELLER : *Benjamin, leider, weißt du doch, da bin ich ganz Priester, Rechtsanwalt, Steuerberater, Arzt, alles, aber nicht erleuchtet*

SZERZANT (eingeschnappt) : *Is ja auch egal. Sag mal, der verreist jetzt ?*

KELLER : *Wenn er's gesagt hat, wirds schon stimmen*

SZERZANT : *Weißt du wann, wohin, wie lang ?*

KELLER : *Benjamin — gehts dich was an ?*

SZERZANT : *Nun hab dich nicht so, er war eben hier, und kaum daß er raus is, hab ich ein Angebot bekommen, das was für ihn wär. Ich kann das allerdings auch anders verwerten. Aber ich mag den Kerl, muß nur wissen, ab wann ich ihn wieder erreichen kann*

KELLER (nachgiebig, da er meint, mit dem ›erleuchtet‹ vielleicht zu weit gegangen zu sein) : *Wird wohl kein Betriebsgeheimnis sein : mir hat er erzählt, er verreist übermorgen für zwei Wochen*

SZERZANT : *Zwei Wochen, hm. Dann muß ich mal sehn, was ich mach*

KELLER : *Aber du erreichst ihn doch noch die nächsten zwei Tage zuhaus*

SZERZANT : *Ungelegte Eier* (improvisiert) *Ich krieg den Posten erst nächste Woche*

KELLER : *Süße Probleme. Wollen wir tauschen ?*

SZERZANT : *Danke nein*

KELLER (lacht) : *Meint ich auch nicht ernst*

SZERZANT : *Aber ich. Gut. Ich werd dann mal sehn, tschüß ... und danke* (Szerzant legt auf und wählt eine neue Nummer) *Böhnke?*

In einer nur milderhellten Wohnung Böhnke : verlebt, verdrogt, verhagert und tablettengedämpft.

BÖHNKE : *Ja?*

SZERZANT : *Böhnke? Hier Mahakurata*

BÖHNKE : *Ja?*

SZERZANT : *Böhnke, hast du warm?*

BÖHNKE (drömelig) : *Nein?*

SZERZANT : *Böhnke, willst du warm habn? Kleine Provision für dich fällig, paar der Bücher, die du angeschleppt hast, sind verkauft. Und das Doppelte nochmal, ein kleiner Auftrag, kleine Wiederbeschaffungsmaßnahme. Hast du Zeit? Ich habs im Urin, da is was*

BÖHNKE : *Wann?*

SZERZANT : *Zügig. Mich drücken einige Schulden*

III. Der Einbruch

**darin Vogt nicht umdisponiert,
mit Wiebke und Knud Tee trinkt,
Trost spendet, einen Diebstahl bemerkt,
Trost empfängt,
Böhnke aber ein mindestens doppeltes Spiel spielt**

Im Briefkasten war nichts gewesen. Nicht mal Werbung. Doch die läse Wiebke ohnehin nicht mehr. Nicht, seit die Baguetterie Filou, die auf Handzetteln von dem Umstand, daß sie auf den Markt drängte, jedem Haushalt des bremer Westens Mitteilung gemacht hatte, Wiebke, die auch brav und pünktlich angetrabt gekommen war, vor den Kopf gestoßen hatte : sie wär wohl bedient worden, sie ist ja auch klein und niedlich, aber fadenscheinig, wegen übergroßen Andrangs, wurde Knud nicht eingelassen. *Sollen sie doch ihre Baguettes alleine essen, und ihren Thunfisch und ihre Zwiebeln* hatte Wiebke Knud getröstet und den Knudkopf aus dem Gebeingedrängel gezogen.

Wiebke und Knud durchtappsen das Treppenhaus, kalte trippelnde Babyechos hallen im Neubau Merowinger 3, feuchte Stiefel und Pfoten stempelhauchen die Fliesen, doch niemand sieht das, die neunte Plage ist hineingeflossen in den Hausflur und Wiebke spart am Licht. Wie je aber überlegt sie, daß man hier mal freundliche Bilder hängen könnte, ein Gedankchen, das vielleicht reifen und weiterführen könnte, hätte Merowinger 3 deutlich mehr Geschosse und wohnte Wiebke weit oben. So aber steht Wiebke auch schon im zweiten Stock, sperrt ihre Wohnung auf, stürmt Knud ihr voran — eh aber Wiebke ihm diesmal folgt, lauscht sie noch an der Tür gegenüber, ob Vogt schon da ist, nein.

Vogt ist aber schon da. Nur ist er auch schon wieder weg. Kurz. Altglas wegbringen.

Vogt hatte zwei Stunden zuvor sein Appartement mit großem Schwung betreten und gleich studiert, was genau er da heimgeführt hatte. Lustvoll sog er Eindruck um Eindruck aus der ›Sammlung historisch-berühmter Autographen‹ [50],

---

[50] Denn nichts anderes ist Wiebkes Fund : die bizarr paginierte ›Sammlung historisch-berühmter Autographen, oder Facsimile's von Handschriften ausgezeichneter Personen alter und neuen Zeit‹, erste Serie [alles Erschienene] in 8 Lieferungen, [1845]–1846, [Frankfurt am Main bei Baer, ab Lieferung 2 bei] Ad[olph] Becher's Verlag Stuttgart. Vortitel : ›A Col-

Kant, Constant, Bulwer-Lytton, Cristoforo Colombo, Metternich, Forster, Jacobi, Jerusalem, Peter der Große, d'Alembert, Waiblinger … Waiblinger? Waiblinger! Maria Stuart, Voltaire, Friedrich II, Mendelssohn, Maupertuis, Krusenstern, Marat, Böhme, Robespierre … Dokument № 100 … Vogt stockte, diese Linien kannte er, das war — Hölderlin, stand ja auch drüber, ›Joh. Christoph Friedr. Hölderlin‹ … 1846? Vogt war aufgesprungen, an seine Hölderlinwand geeilt, schnappte nach Band 2 II der Großen Stuttgarter Ausgabe, ›Gedichte nach 1800 — Lesarten und Erläuterungen‹ und schlug nach, was Herausgeber Beißner 1951 als Erstdruck [51] verzeichnete … ach! — und noch im Referenzrausch hatte Vogt sich belächelt, daß er immer noch erst Beißner aufsuchte und dann erst, jetzt, Sattlers stuttgartüberbietende historisch-kritische Frankfurter Ausgabe, Band 9, ›Dichtungen nach 1806. Mündliches‹, mehr als 30 Jahre nach Beißner erschienen … Sattler aber … dito, Sattler hatte auch nur Böhm. Vogt stand still. Klappte Sattler zu, leicht schwebte und buchkrönend leis ein Staub … Vogt setzte sich, saß still, war sehr zufrieden, sehr satt, schlängelte gedankenlangsam um die Möglichkeit, daß eine Möglichkeit hier sich zur Wirklichkeit entkleidete … und griff dann zum Telephon und wählte eine auswärtige Nummer. *Ja, ich bins, Richard. Grüß dich. Sag mal, sind die Einladungen für den Vortrag schon raus? … Ja? … Ein Segen — dann ist mir die Entscheidung abgenommen … was? … nein … das war jetzt ein Gottesurteil, ich bin hier grad auf eine komische Sache gestoßen … ja, wenns ohne Umstände möglich gewesen wäre, hätt es mich gedrängt, die in zwei Wochen vorzustellen, aber wenn ihr da alles schon eingetütet habt, laß ich mir Zeit, dann bleibts bei der Gibbon-Geschichte, die ist ja auch gut vorbereitet … was? … kann ich mir denken, daß du das wissen willst, nun … vor mir liegt Scardanellis ›Freundschafft‹* [52] *… aber, halt dich fest: in bislang unbekanntem Erstdruck, und weißt du worin? in einem Schinken von 1846, Three Hundred Autograph Letters, Repros von prominenten Handschriften … das ist ein Ding, du sagst es … Hölderlin dabei, drei Jahre unter der Erde, keiner so vergessen wie er … genau … na, ich würd sagen, Schwab hatte das Blatt* [53]*, ja genau … schwierig schwierig, Verlagsrecherche*

---

lection of three hundred Autograph Letters of Celebrated Individuals of all Nations, from the sixteenth to the nineteenth century. Comprising Facsimiles of entire Letters of Royal and Noble Personages, eminent Divines, Lawyers, Statesmen, Generals, Authors, Artists, etc, etc.‹, Stuttgart 1846.

[51] Hölderlins ›Gesammelte Werke‹ in der Ausgabe Wilhelm Böhms, zweite, vermehrte Auflage 1909, II, Seite 393.

[52] ›Freundschafft‹ — das drittletzte Gedicht Hölderlins, elf Tage vor dem Tod geschrieben: »Wenn Menschen sich aus innrem Werthe kennen / So können sie sich freudig Freunde nennen / Das Leben ist den Menschen so bekannter / Sie finden es im Geist interessanter / Der hohe Geist ist nicht der Freundschafft ferne / Die Menschen sind den Harmonien gerne / Und der Vertrautheit hold, daß sie der Bildung leben / Auch dieses ist der Menschheit so gegeben / Mit Unterthänigkeit d. 20 Mai 1758. Scardanelli« — am Unterrand des wasserzeichenlosen Blattes, das immer noch die Universitätsbibliothek Tübingen verwahrt, hat in sauberer Miniatur ein Kollege Hölderlins, Bibliotheksdirektor Richard Mohl sich verewigt: »Vorstehendes Gedicht ist von dem wahnsinnigen Dichter Hölderlen am 27sten Mai 1843 aus dem Stegreife niedergeschrieben worden. Die Unterschrift ist die des von ihm in seiner Geisteskrankheit angenommenen Namens. Tübingen, 30sten Mai 1843. R. Mohl O. B.«.

[53] Hatte er nicht. Vater nicht und nicht der Sohn. Wer dann hat das Blatt aus dem Turm ge-

und so … richtig: und warum England … gut, meine Liebe, wir sehen uns nächste Woche, ja, vielleicht betrink ich mich jetzt … mit Verstand, genau, klar, bring ich mit … bis dann. Vogt war dann nah über die ›Freundschafft‹ gesunken, hatte einen Lupentubus in die linke Augenhöhle gekniffen, *I can recall only fourteen truly happy days in my life* [54] *— und heut ist einer davon* gemurmelt und sich einigen Fragen gestellt — sind das Lithographien? Steindrucke gabs seit gut 1800, das grub Vogt noch hervor —, aber sind diese Handschriften nachgezeichnet, hat er sich ein europaweites Heer talentierter Kopisten mönchisch über Original und Pauspapier gebeugt vorzustellen [55]? Lichtdruck? Erst 60 Jahre später … Vogt tadelte sich, als Student stets hochnäsig das Seminar ›Handschriftenkunde‹ geschmäht zu haben … das Rätsel der Technik aber weitete sich ins Bibliographische: geht das eigentlich als Erstdruck durch, ist das streng genommen überhaupt ein ›Druck‹? eine Frage an die Götter: wann ist etwas Erstdruck? heißt nicht ›veröffentlicht‹ auch ›zubereitet‹, gilt nicht allein als

---

holt? ob Staatsrechtler Richard Mohl (1799–1875) in Frage kommt? Aber hätte der bei persönlichem Kontakt ›Hölderlin‹ nicht mit ›i‹ geschrieben? ›E‹ statt ›i‹ macht Mohl eher zu einem bloßen Archivar, der schlechten Ohren oder einer fehlerhaften Aussprache dessen zum Opfer fiel, der das Blatt reinreichte. Mohl war ein guter, gelehrter und fleißiger Professor gewesen. Er klügelte das Wort ›Rechtsstaat‹ aus, saß im linken Zentrum der frankfurter Paulskirche und war Reichsjustizminister. Vor allem aber war er 1836 bis 1844 Oberbibliothekar in Tübingen. Ergreifendes Zeugnis vom barmenden Zustand der Bibliothek gibt er in seinen ›Lebens-Erinnerungen‹ (DVA Stuttgart/Leipzig 1902). Trefflicher Helfer beim Aufräumen aber ist ihm von 1837–1841 der 2. Unterbibliothekar, Privatdozent Heinrich Adalbert Keller (1812–1883), »später als Kenner und Herausgeber mittelalterlicher Werke weit bekannt«, der »eifrig für die Bibliothek sich interessierend und arbeitend … zu jeder wissenschaftlichen Arbeit befähigt« war, dessen »Kopf und Herz auf dem rechten Flecke waren«, mit dem er »alle Pläne und Anschaffungen besprechen konnte« und »lebenslang freundschaftlich verbunden blieb«. Zurecht. Dieser Keller war rastlos gelehrt, die bekannte zivilisierte Welt durchforstete er nach alten Handschriften, folgte Mohl als Chef der Bibliothek nach, übernahm Professuren, 1858 das Rektorat der Universität, übersetzte nebenher Shakespeare und Cervantes, gab Altfranzösisches, Grimmelshausen, Hans Sachs, Nibelungen und Kudrun und italienische Novelle um italienische Novelle heraus und leitete die Bibliophilengesellschaft Stuttgart. Noch heut arbeitet die UB Tübingen, wenn sie indische Handschriften rausrücken soll, nach einem von Keller angelegten Inventar. Warum nur Christian Keller so ganz ohne Neigung ist, sich für seine Ahnen zu begeistern? Fürchtete er die Regung Stolz, die er sicher hätte, fänd er heraus, daß einer seiner Altvorderen es gewesen war, der Hölderlin zuletzt besuchte? Einmal hat Adalbert Keller eh schon zugegeben, 18. Juni 1843 in einem Brief an Gottlob Regis, den Winter zuvor habe er mit Uhland und Schwab jun. »den unglücklichen Dichter« aufgesucht, »den wir übrigens ziemlich heiter und blöd zufrieden trafen« — da hatte Keller Hölderlin aber nur ein Gedicht über den Winter abgenötigt.

[54] So Gibbon in seiner Autobiographie. Göte hats natürlich besser gemacht, Göte behauptet am 27. Januar 1824 vor Eckermann, er habe in seinen »fünfundsiebzig Jahren keine vier Wochen eigentliches Behagen gehabt« — was ja wohl nicht weniger als zwei Wochen bedeuten wird, sondern eher mehr. Am Schlimmsten aber trafs Anatole France, der Jean-Jacques Brousson (›Anatole France in Pantoffeln‹) anvertraut, er sei nicht eine Stunde seines Lebens glücklich gewesen, glücklich seien nur die Armen im Geist, er aber besäße zuwenig von der wundervollen Gabe der Selbsttäuschung und habe stets »les mélancholies de l'intelligence« verspürt.

[55] Nein, nicht ganz. Er hätte sich besser **einen** Kopisten vorzustellen, der über eine existierende Privatsammlung Autographen gebeugt saß und sein Werk verrichtete — angereichert allenfalls um das eine oder andere Stück aus Bibliotheken.

gedruckt, was ein Lektor gesehen, ein Setzer gesetzt hat? Oder ist alles, was nicht Manuskript, nicht Unikat und nicht unverkäuflich ist, ein Druck und publiziert? — Vogt rügte sich, stets leichtfertig die Übung ›Bibliothekskunde‹ geschwänzt zu haben — und vor allerlei Ausweglosigkeiten hatte Vogt dann heiter das Handtuch geworfen, sich der Wohnung gewidmet und Altglas zum Container getragen. Ja, so kann man auch sein. Man muß nur nicht mögen, nach einer Reise in eine unaufgeräumte Wohnung zurückzukehren.

Und während Wiebke Buntstifte, die sie auf dem Rückweg von Keller in einem verhuschten Schreibwarengeschäft gekauft hatte, in Anwendung bringt, kehrt Vogt vom Altglas zurück, bündelt, sich scheltend, es nicht gleich mitentsorgt zu haben, Altpapier, spült Geschirr, schlenzt, immer, wenn er einen tiefen Teller abzutrocknen hat, zum Scheibtisch und belinst im aufgeschlagenen dritten Band des Gibbon eine wichtige Stelle [56], jetzt endlich auch in Schreiter-Deutsch — ah, eine

---

[56] Das 15. Kapitel, das Gibbon aus diffusem Gegenwartslager den Vorwurf des Antisemitismus eintrug. Antisemitismus, darauf wär Vogt von allein nicht gekommen. Vogt, dem es primär um den Nachweis einer Quelle Hölderlins, um ein noch abgeschatteteres Verständnis der ›Flucht der Götter‹ ging, hatte sich konkret mit der ihm aus Kreisen der studentischen Selbstverwaltung böswillig zugetragenen Behauptung, Reichskanzler Hitlers urige Auffassung der Rolle des Christentums beim Zusammenbruch des römischen Imperiums gehe auf Gibbon-Lektüre zurück, auseinanderzusetzen gehabt, das aber genauso konkret einfach nicht geglaubt und souverän mit *Das ist nicht beweisbar* zurückgewiesen. Und war damit im Recht.

Die Passage, die an Konstantins Machtergreifung anschließt, ›Fortgang der christlichen Religion, nebst einigen Bemerkungen über die Gesinnungen, die Denkungsart, Anzahl, und Lage der ersten Christen‹, hebt damit an, den christlichen Eifer aus dem Eifer der Juden abzuleiten : »Alle andere Völker in der alten Welt hatten wegen der Religion keinen Streit miteinander; und wenn ein Volk von dem andern sonst auch noch so sehr verschieden war, oder mit demselben in Feindschaft stund, so ließ es sich doch leicht bewegen, entweder den Aberglauben des andern selbst anzunehmen, oder solchen doch wenigstens in Ehren zu halten. Nur ein einziges Volk verabscheuete den Umgang mit andern Menschen. Die Juden, welche unter der assyrischen und persischen Monarchie in der fürchterlichsten Sklaverey geschmachtet hatten, traten unter den Nachfolgern des Alexanders aus ihrer Dunkelheit hervor; und als sie sich in den Morgenländern, auch hernach in den Abendländern, auf eine erstaunliche Weise vermehrten, zogen sie bald die Aufmerksamkeit und Bewunderung der andern Nazionen auf sich. Die seltsame Hartnäckigkeit, welche sie in ihren besondern Gebräuchen, und in ihrer ungeselligen Aufführung bewiesen, schien sie als eine besondre Art von Menschen auszuzeichnen, welche ihren unversöhnlichen Haß gegen das übrige menschliche Geschlecht entweder dreist und öffentlich an den Tag legten, oder nur schwach verbargen. Weder die Gewaltthätigkeit des Antiochus, noch die Kunstgriffe des Herodes, noch auch das Beyspiel der umher gelegenen Nazionen, konnten die Juden jemals bewegen, mit den Anordnungen des Moses die zierliche Fabellehre der Griechen zu verbinden. Die Römer liessen, nach dem Grundsatz einer allgemeinen Toleranz, einem von ihnen verachteten Aberglauben ihren Schutz angedeihen. August befahl sogar, daß für ihn im Tempel sollte geopfert werden ... Aber auch die Mäßigung der Sieger war nicht hinreichend, die eifersüchtigen Vorurtheile dieser ihrer Unterthanen, welche über die heidnischen Fahnen, als einem Beweise, daß ihr Land in eine Provinz verwandelt worden, in Aufruhr und Aergerniß geriethen, zu stillen. Der tolle Versuch des Caligula, seine Bildsäule in dem Tempel zu Jerusalem aufzustellen, ward durch die einmüthige Entschliessung eines Volks, welches den Tod nicht so sehr, als eine abgöttische Entheiligung fürchtete, vereitelt. Ihre Anhänglichkeit an das Gesetz Moses kam ihrem Abscheu gegen fremde Religionen gleich, Andacht und Eifer

halbe Stunde zieht triumphierend durch die Merowinger, Vogt hat sich festgelesen ... ›ihre besondere Unterscheidung der Tage, der Speisen, und viele andere

---

kamen bey ihnen so nahe zusammen, daß sie sich bisweilen, als ein vereinigter Strom, mit Wuth ergossen.

Diese unbiegsame Beharrlichkeit, welche der alten Welt so verhaßt und lächerlich gewesen ist, erhält jedoch ein ehrwürdigeres Ansehen, nachdem die geheimnisvolle Geschichte dieses auserwählten Volkes durch die göttliche Vorsehung ist bekannt gemacht worden. Die fromme und gewissenhafte Anhänglichkeit an die Mosaische Religion, welche man bey den Juden, die unter ihrem zweyten Tempel lebten, so deutlich wahrnimmt, wird desto bewundernswürdiger, wenn man sie mit dem halsstarrigen Unglauben ihrer Vorfahren vergleichet. Als das Gesetz unter Blitz und Donner auf dem Berge Sinai gegeben wurde, als die Meereswellen, und der Lauf der Planeten, um der Israeliten willen aufgehalten wurden, und als zeitliche Belohnungen oder Strafen die unmittelbaren Folgen ihres Gehorsams oder Ungehorsams waren, zu der Zeit empörten sie sich unaufhörlich gegen die sichtbare Majestät Gottes, ihres Königs, setzten die Götzenbilder der Nazionen in das Heiligthum des Herrn, und ahmten alle die thörigten Ceremonien nach, welche in den Zeiten der Araber, oder in den Städten von Phönizien, gebräuchlich waren. So bald der Himmel aber diesem undankbaren Volke verdientermaßen seinen Schutz entzog, erlangte der Glaube desselben eine verhältnismäßige Größe von Stärke und Reinigkeit ... im Widerspruch gegen alle bekannte Gesetze des menschlichen Verstandes scheint dieses sonderbare Volk den Ueberlieferungen ihrer entfernten Vorfahren einen stärkern und willigern Beyfall geschenkt zu haben, als dem Zeugniß ihrer eigenen Sinne.

Die jüdische Religion war zur Vertheidigung vortrefflich geschickt; aber nie war sie darauf eingerichtet, Eroberungen zu machen, und es scheint sehr wahrscheinlich, daß die Anzahl ihrer Proselyten nie die Anzahl ihrer Abtrünnigen übertroffen hat. Die göttlichen Verheissungen gingen anfänglich nur eine einzelne Familie an, und derselben ward die Beschneidung als eine unterscheidende Ceremonie aufgelegt. Nachdem die Nachkommenschaft Abrahams sich wie der Sand am Meere vermehret hatte, erklärte sich die Gottheit, von der sie ein System von Gesetzen und Ceremonien erhalten hatte, für den eigentlichen und Nazionalgott Israels, und sonderte ihr Lieblingsvolk mit einer eifersüchtigen Sorgfalt von dem übrigen menschlichen Geschlechte ab. Die Eroberung des Landes Canaan war mit so vielen wundervollen und blutigen Umständen begleitet gewesen, daß die sieghaften Juden an ihren Nachbarn daher stets die unversöhnlichsten Feinde hatten. Kein Mitleiden hatte sie, wie es auch sonst selten geschieht, an der Vollstreckung des göttlichen Befehls, einige der abgöttischen Stämme auszurotten, gehindert. Sie durften mit andern Nazionen keine Heyrathen oder Bündnisse schliessen ... Es ist kein ausdrückliches Gebot im Gesetz vorhanden, wodurch die Juden wären verpflichtet worden, die mosaische Religion den Heiden zu predigen, und sie waren auch eben nicht geneigt, sich selbst dieses als eine freywillige Pflicht aufzulegen. Bey der Aufnahme neuer Bürger ließ sich dieß ungesellige, Volk, mehr wie die Griechen, durch eine eigenliebige Eitelkeit regieren, als daß es, wie die Römer, einer edelmüthigen Politik hätte folgen sollen. Die Nachkommen Abrahams schmeichelten sich mit der Meynung, daß sie allein die Erben des Bundes wären, und sie befürchteten, den Werth ihrer Erbschaft dadurch zu verringern, wenn sie die Fremdlinge des Erdbodens allzu leicht Antheil daran nehmen liessen ... Die Religion Mosis scheint sowohl für ein besonderes Land, als auch nur für ein besonderes Volk eingerichtet gewesen zu seyn; und wenn dem Gesetze, daß alle Mannspersonen dreymal im Jahre vor dem Herrn erscheinen mußten, ein genauer Gehorsam sollte geleistet werden, so war es unmöglich, daß die Juden sich je über die engen Gränzen des verheissenen Landes ausbreiten konnten. Dieses Hinderniß wurde zwar in der That durch die Zerstörung des Tempels zu Jerusalem gehoben; allein damit gieng zugleich auch der ansehnlichste Theil der jüdischen Religion verloren ... Ja die Juden, welche selbst nach dem Verfall ihres Staates ihre hohen und ausschliessenden Vorrechte behaupteten, flohen den Umgang mit Fremden, anstatt daß sie solchen hätten suchen sollen. Sie beharreten mit einer unbiegsamen Strenge bey denjenigen Theilen ihres Gesetzes, die sie auszuüben in ihrer Macht hatten. Ihre besondere Unterscheidung der Tage, der Speisen, und unbedeutende und eben so beschwerliche Beobachtungen‹ — was Vogt da wohl alles verkehrt macht [57]? Es pocht an die Tür, Vogt schlingt noch eine Fußnote, in der Gibbon süffisant Maimonides anführt, der kulant meint, ein Jude dürfe einen Götzendiener, der zu ertrinken drohe, ohne schuldig zu werden vom Tode erretten [58], und öffnet schürzeumbunden die Tür — Wiebke, eine aus der Tülle fahnende Kanne Tee in der Hand, lächelt ihn an. Ihre Wohnung steht offen, leise

---

viele andere unbedeutende und eben so beschwerliche Beobachtungen, waren für andere Nazionen, deren Sitten und Gewohnheiten solchen schnurstracks entgegen liefen, eben so viele Gegenstände des Eckels und Widerwillens ...«

[57] Einiges. Aber Vogt ist ungerührt. Aktuell bricht er ein zentrales Spülgesetz des Judentums und sich das Genick : denn das Brotmesser, das er grad aus der Seifenlauge fischt, hat das restliche Besteck verseucht. Unmißverständlich sagen die Pessaḥ-Tabus, daß kein Teelöffel abgespült werden darf im Spülwasser oder überhaupt einer Spüle, darin ein Messer lag, das irgendwann mal mit gesäuertem Brot in Berührung gekommen war. *Darum haben wir auch zwei Spülen. Und ein extra Pessaḥ-Geschirr sowieso* — hatte Vogts Mama gekündet.

Vogt weiß das nicht mehr. Er hats vergessen. Und ist damit um den Spaß gebracht, sich den Spaß zu machen, wild Milch und Fleisch zu mixen und Cheeseburger zu verdrücken. Das nämlich wär ein Schlag in Jahwes Gesicht. Wenn aber Vogt keine Cheeseburger ißt — und er tuts nicht —, dann nicht mit Rücksicht auf Jahwe, sondern weil Vogt Cheeseburger nicht mag. Alles verloren ... wie er als Kind schon eine Stunde, nachdem er Milch getrunken hatte, Fleisch durfte, nach Fleischgenuß aber einen Vierteltag warten mußte, bis es wieder Milch gab und Mama sein Quengeln versuchte abzustellen unter Verweis auf den Entscheid des 400 Jahre schon toten krakauer Rabbis Mosche Isserles ... weg, wie er unverständig schrie, als Mama Ei um Ei aufschlug und wegschmiß und der kleine Richard doch so gerne Ei wollte, Spiegelei, und Mama auf zwei braune Pünktchen im Eiklar wies und sagte, das sei vielleicht Blut, das sei ›trefe‹ und verboten und nichtmal hatte Richard den Dotter bekommen, der ohne Pünktchen war und den er ohnehin lieber mochte. O hätte seine Mutter ihn heut morgen das Frühstücksei verzehren sehen, ohne Expertise eines Rabbis, ohne weitere Autopsie — einfach gegessen.

Und wie oft nicht hatte Richard aus dem Mund seines Vaters gehört *Du sollst das Böcklein nicht in der Milch seiner Mutter kochen*. Richard hatte das nie verstanden. *Mach ich doch gar nicht, ich will nur eine Wurststulle — Das geht aber nicht, denn die Tora sagt dreimal, ›du sollst das Böcklein nicht in der Milch seiner Mutter kochen‹ und das bedeutet ›Mische nie Milch und Fleisch‹ — Und wenn Tora das meint, wieso sagt sie's dann nicht? warum sagt sie, nicht das Böcklein in der Milch seiner Mutter kochen?* Da war der Vater auf Richard stolz, nannte ihn *kleiner Rabbi* und legte dar : *Weil der Herr uns damit den Wink gibt, mitleidig zu sein und, wenn wir Tieren die Kehle durchtrennen, stets zu bedenken, daß auch sie Eltern haben, darum auch du Mutter und Junges nie am selben Tag schächten darfst. Womit wiederum der Herr uns sagen will, daß wir — wenn wir nur bereuen! — bessere Menschen werden können, denn die Milch steht für die Kinder, die nicht in die Sünden der Väter fallen müssen. Wenn wir aber das Böcklein in der Milch seiner Mutter kochen oder beide an einem Tag töten, leugnen wir, daß unsere Lage sich bessern kann, leugnen wir den Auszug der Kinder Israel aus Ägypten und daß Knechtschaft endet und Erlösung wird.* Auf Richards Einwand aber, ob dann nicht vier Spülen und vierfaches Tafelgeschirr, eins für Milch, eins für Fleisch, eins für Ungesäuertes und eins für Gesäuertes angezeigt wären, fiel seinem Vater nichts ein. Er versprach aber, den Rabbi zu befragen — Richard hatte nichts mehr davon gehört. Keines dieser entzückenden Details ist Vogt geblieben.

[58] So riecht nicht Süffisance, so riecht Ironie. Und Gibbon bekennt in seinen Memoiren, die Klinge Ironie zu führen aus Pascals ›Lettres à un Provincial‹ — selbst verboten, indiziert und henkerverbrannt — erlernt zu haben. Gibbon wurde zwar gelesen, von Fürsten stilistisch goutiert auch jenseits gegenchristlicher Stichelei — das aber setzte kein gültiges Recht außer Kraft. Die Kirche hat sich klug gegen Bemerkungen wider sie durch Gesetze zu schützen gewußt, William III. war zwar 1702 vom Pferd gefallen und totgegangen, seine diesbezüglichen Verordnungen aber waren trotz Bill of Rights schneidend gültig geblieben.

Sitarklänge wehen herüber, über den schwach auf dem gewirkten Teppich liegenden Hund hinweg.

WIEBKE : *Richard, wir wollten doch …*

VOGT (lügt lustig) : *Gut, daß du da bist. Endlich ein Grund, von diesen dummen dummen Reisevorbereitungen zu lassen* (bindet die Schürze ab, wirft sie auf einen Stuhl und guckt berstend glücklich auf seinen Schreibtisch) *zu dir oder zu mir? Ach, ich glaub, bei dir ist im Moment gemütlicher, zu dir, warte* (schnappt seine Jacke, schlägt die Tür zu — und legt seinen Finger auf den Zettel, der mit rotem Buntstift bemalt nun an Wiebkes Tür prangt : ›Sichere Wohnung‹) *Wiebke, eine Neuerung! Was ist das für ein Zettel?*

WIEBKE : *Das ist ein Versprechen*

VOGT : *Ein Versprechen? Aber welches Versprechen denn? Was für ein Versprechen ist ›Sichere Wohnung‹?*

WIEBKE (erläutert gewissenhaft) : *Jeder, der in Not ist, hier anklopft und verfolgt wird, darf rein und genießt meinen Schutz — das ist schon eine richtig kleine Bürgerbewegung, achte mal drauf, an vielen Fenstern und Türen kannst du sowas schon kleben sehn. An meinem Fenster zur Straße hin hab ich auch schon eins kleben*

VOGT : *Kann man ja nur hoffen, daß man es von unten auch sieht*

WIEBKE : *Hab ich grad geprüft. Mit guten Augen gehts. Fast*

VOGT : *Denn es ist dunkel*

WIEBKE (widersinnig) : *Davon hab ich* (stolz) *abstrahiert*

VOGT : *Kann man also nur hoffen, daß die Verfolgten sehr gute Augen haben*

WIEBKE : *Oder daß sich die Bewegung auch aufs Erdgeschoß ausbreitet* (lacht und knufft ihren Nachbarn) *Sei nicht immer so pessimistisch und zynisch. Mach lieber mit*

VOGT : *Ich? Meine Wohnung liegt nach hinten raus*

WIEBKE : *Ach!? Und du denkst, daß man nicht auch im Hinterhof verfolgt werden kann?* (malt aus) *eingekesselt, ausweglos, die Luft wird knapp* (schaudert sich, daß es aus der Tülle tropft)

VOGT : *Aber ich wohne … auch im zweiten Stock, wie du*

WIEBKE (begeistert) : *Und man ist als Verfolgter nicht unbedingt eine Katze, das hast du ganz richtig erkannt. Und doch kannst du mit so einem Zettel einen kleinen Hoffnungsschimmer setzen, ein kleines Licht in der Welt*

VOGT : *Hm … und was mach ich mit meiner Ehrlichkeit? Wenn ich nämlich ehrlich wäre — und das würde ich sein wollen, das gebietet mir mein Gewissen —*

WIEBKE (nickt ernst) : *Und das ehrt dich*

VOGT (ruhig) : *… müßte ich mit auf den Zettel schreiben, daß ich vermutlich weder stark noch mutig genug bin, ein Schutzversprechen auch wirksam einlösen zu können*

WIEBKE (spricht beruhigend auf Vogt ein) : *Aber das verlangt doch niemand, das Versprechen und die offene Tür genügen. Du mußt sie nur wieder zu machen hinterm Schutzsuchenden* (verständnisvoll) *Und darf ich dir einen Rat geben?*

VOGT (lacht) : *Aber ja doch*

WIEBKE : *Sei nicht jeden Abend enttäuscht, wenn tagsüber niemand geklopft und Schutz gesucht hat, sondern du mußt dann immer denken : nö, is doch gut, wenn so wenig Menschen in Not sind. Da muß man durch*

VOGT : *Leuchtet ein*

WIEBKE : *Und vielleicht kommt ja auch noch jemand*

VOGT : *Ich überlegs mal*

WIEBKE : *Überlegs mal. Und vielleicht war ja auch jemand da, nur du warst nicht da, du bist ja öfter mal weg, tagsüber, auf Arbeit*

VOGT : *Das … allerdings wär ein echter Trost* — (denkt mit) *aber er könnte dann ja zu dir rüber, du hättest dann ja wohl noch deinen Zettel*

WIEBKE : *Selbstverständlich*

VOGT : *Und wärst ja vielleicht öfter tagsüber da als ich*

WIEBKE (lacht) : *Wenn ich nicht unterwegs bin : sicher*

VOGT : *Ich gönns dir, echt. Du hättest einen schönen Schutzsuchenden verdient. Allein schon für die hübschen Unterschriften — deine und … was ist das, ein Pfotenabdruck von Knud?*

WIEBKE (verlegen) : *Er hat praktisch drauf bestanden. Findest du das dumm?*

VOGT : *Aber woher denn? Nein! Cave canem* — (scherzend neidisch) *Um so leichter gibt sichs da natürlich Versprechen ab*

WIEBKE (geht in sich, kommt mit einem Angebot hervor) : *Ich … würde ihn dir sogar leihen, für einen Pfotenabdruck* (schränkt ein) — *wenn Knud einverstanden ist, wir müßten ihn schon fragen*

VOGT : *Das müßte schon sein, da hast du recht*

WIEBKE : *Komm rein, wir können ihn gleich fragen* (zieht Vogt in ihre Wohnung)

VOGT (wendet mit einem Extempore die Hundbefragung ab) : *Und hier* (zerrt verlegen aus seiner Jackentasche etwas Himmelblaues) *hab ich ein kleines Gastgeschenk für dich*

WIEBKE (ergriffen, stellt die Teekanne ab und nimmt das Himmelblaue in die Hand) : *Ooo … danke schön! … Knud, guck mal, ein Geschenk für uns beide — o wie schön* (staunt ein ›Ding‹ an)

VOGT : *Ja, ich dachte … nein, ich dachte eigentlich nichts, ich konnte nur nicht daran vorübergehen ohne …*

WIEBKE : *Das versteh ich, das versteh ich, das wär mir nicht anders gegangen*

— es war für Vogt nur eine vage Option gewesen, über die er in grauer Zukunft befinden wollte. Der Schwatz mit Wiebke jedoch hatte schon jetzt alles Optionale überrollt. Eben auf dem Altglascontainer hatte das ›Ding‹ gestanden, eine elende Devotionalie, fünfzehn Zentimeter hoch, ein angegrottetes himmelblau bemaltes Gips-Ei, in dessen Höhlung ein nußbraunhaariger, goldnimbischer Bartjesus hinter güldener Kanzel geschnitzt war, das himmelblaue Gewand goldbebordürt, die rechte Hand knapp zu Gruß oder Segen gehoben, in der Linken eine rote Flamme gegen eine große Goldmedaille gepreßt, die um seine Brust hängt. Die Komposition ist kaum beschädigt. Allein am schwarzgestrichnen Sockel war Gipsweiße hervorgebrochen. Jemand muß in unglaublicher Verlegenheit gewesen sein, wie und wo den Kanzeljesus zu beseitigen, und hatte aus rudimentärer Pietät sich nicht für den Restmüll, sondern fürs Aussetzen entschieden. Alte Schuhe, altes Papier, altes Glas — für alles war kommunale Vorsorge getroffen, nicht aber für Kitsch und alten Glauben.

VOGT : *Wenn du eine ganz kleine Kerze gießt, kannst du sie ihm vielleicht vor den Bauch stecken, in dieses Waschbecken da, oder Kanzel oder was das ist. Dann hast du ein Licht. Kannst du kerzengießen?*

WIEBKE : *O ja* (immer noch ganz angetan) *Was hast du dir nur dabei gedacht?!*

VOGT : *Außer, daß ich nichts gedacht hab, hab ich nur gedacht: wenn jemand was damit anfangen kann, dann du. Und einfach dran vorübergehn, das konnt ich nicht — Wiebke* (seufzt) *es ist einfach nur schön, mal wieder hier zu sein, ganz entspannt, unter zwei Freunden — und nichts zu wollen, nichts zu müssen*

WIEBKE (streicht nachdenklich und bezaubert über den Gipsjesus, faßt sich dann ein Herz) : *Ich will auch ehrlich sein*

VOGT (überrumpelt) : *Das ist schön*

WIEBKE : *Ich bin gar nicht so stark, wie ich tu*

VOGT : *O*

WIEBKE (besteht darauf trotz fehlenden Einwands) : *Ich bin nicht ganz die, für die alle mich halten*

VOGT : *Das … denkt doch auch niemand*

WIEBKE (zerknirscht) : *Mich plagen nämlich Zweifel*

VOGT (leicht) : *So ist das Leben — wollen wir uns nicht erstmal zu Knud gesellen?* (Knud schaut schläfrig auf)

WIEBKE : *Noch nicht — die Sache duldet keinen Aufschub*

VOGT : *Welche Sache?*

WIEBKE : *Ich hab mir sehr zu Herzen genommen, was du eben gesagt hast*

VOGT : *Was hab ich denn gesagt?*

WIEBKE : *Das mit ›weder stark noch mutig genug‹, und daß du noch was auf deinen Zettel draufschreiben mußt. Ich fürchte eben, ich müßte auch noch was draufschreiben*

VOGT : *Aber du hast doch sehr schön gesagt, was zu sagen ist!*

WIEBKE : *Vielleicht. Ich will das nicht ausschließen. Aber was mache ich, wenn mal ein wirklich Verfolgter bei mir klingelt?*

VOGT : *Ein wirklich Verfolgter? einer, der sein Geld einem Räuber nicht geben will? Du machst ihm auf, ist doch sonnenklar. Oder meinst du mehr so einen Räuber, der von der Polizei gejagt wird? Der wär ja schließlich auch ein Verfolgter*

WIEBKE : *Dem mach ich auf, was 'ne Frage. Nein, ich mein'* (denkt kurz nach) *: ein* ***richtig*** *Verfolgter, einer, der vom HErrn verfolgt wird, so* ***richtig****, ein* ***echt*** *Verfolgter. Könnte sein, daß ich dann ein Problem hab, denn einfach so gegen Gottes Ratschluß einen schützen, den er grad verfolgt …*

VOGT : *Ach Wiebke*

WIEBKE (faustisch) : *Nein nein, denk doch mal nach : was ist, wenn jetzt Isaak*[59] *klingelt?*

VOGT : *Jetzt?*

WIEBKE : *Nee, nich jetzt. Nur so als Beispiel*

VOGT : *Also Isaak ...*

WIEBKE : *Wer sonst?*

VOGT : *Ja gut ... interessant, verstehe ... Aber bestimmt wär Gottes Ratschluß in dem Fall, daß du seinem Willen dann zuwiderhandelst. Doch wart mal, soweit kommt das doch gar nicht : was einer ist, der so recht vom HErrn verfolgt wird, der hat doch gar keine Zeit mehr, anzuklopfen, den trifft doch sofort der Schlag*

WIEBKE (schüttelt den Kopf) : *Isaak wurde nicht vom Schlag getroffen*

VOGT : *Stimmt*

WIEBKE : *Der war sogar gefesselt*

VOGT : *Stimmt*

WIEBKE : *Sowieso war der auch freiwillig dabei, stimmt. Aber wenn du das Beispiel Isaak nicht verstehst, dann nimm doch einen echt vom Würgengel*[60] *Verfolgten!*

---

[59] Warum sollte ausgerechnet Isaak bei Wiebke klingeln? Wurde er von Jahwe verfolgt? Mitnichten, zu keiner Zeit, im Gegenteil! Seine Mutter, die 90jährige Sara, nachdem der HErr sie heimgesucht und an ihr getan hatte wie verheißen, pflegte, kaum dem Wochenbett entstiegen, Genesis 21,6 stets zu sagen : »Gott hat mir ein Lachen bereitet ... jeder, der davon hört, wird mich auslachen« — der einzige Passus des Alten Testaments, in dem Lachen eine Rolle spielt, denn Isaak (יצחק, jiṣḥāq) heißt soviel wie Gelächter oder Spott — von צחק (ṣāḥāq), Scherzen, Mutwillen treiben, Höhnen. Und Frohsinn zog sich wie ein roter Faden durch Isaaks Leben. Und wenn Isaak nach Wunsch Jahwes auf dem Richtblock lag — so doch nur zum Spaß. Der wär nicht geschächtet worden. Weil, das war ja nur ein Test. Und nichtmal er wurde getestet, sondern Vater Abraham. Der allerdings bereit schien, ziemlich weit gehen zu wollen.

[60] Ha! Als ob nur Herodes und Pharao männliche Erstgeburt töten lassen können sollten — Jahwe kann das auch. Dem aber, der genau hinliest und der keiner der Ungezählten ist, die starben, weil sie entweder Ägypter waren oder aber nicht zugehört hatten, ist die Würgengelgeschichte gar nicht so arg : der Wermuttropfen der Massenleichen wird mehr als wettgemacht dadurch, daß Jahwe blutrauschend sich ganz herrlich als der Gott der haute cuisine erweist. »Und wenn eure Kinder euch fragen werden, was habt ihr da für einen Brauch? sollt ihr ihnen sagen : es ist das Passah-Opfer für den Herrn« (Exodus 12,26 f.). Und das ging so :

Jahwe nämlich hatte eine Idee : Israel gings zu gut, Israel muß raus aus Ägypten. Also trat er hin vor Moses und verlas eine Erklärung : Von nun an ist das jetzt euer erster Monat. Am 10. hat jedes Haus Israel ein untadeliges, einjähriges Widder- oder Bocklamm zu haben, am Geld darfs nicht scheitern, meinetwegen legt mit den Nachbarn zusammen. Bis zum 14. spielt mit dem Lamm. Dann wirds euch vertrauen, dann schächtet es. Aber erst abends. Sodann tüncht mit Lammblut die Türpfosten und die Schwelle der Häuser, in denen ihrs essen werdet. Sein Fleisch aber müßt ihr unbedingt braten, keinesfalls eßt es roh oder gesotten. Das wär ungültig. Auch laßt ja Kopf und Beine dran und das Gedärm drin. Alles andere wär mir ein Greuel und ungültig. Eßt aber bitte auch ungesäuertes Brot und Bitterkraut dazu. Und eßt auf! Was übrig bleibt, verbrennt. Ihr sollt aber nicht einfach so essen, sondern hastig, und eure Hüften sollen gegürtet sein, Schuhe müßt ihr anhaben und einen Stock in der Hand. Nicht aber dürft ihr essen eine spezielle Oberschenkelsehne und auch ist euch so fieses Unschlitt bei den Kutteln untersagt — aber ihr dürft die verbotene Sehne ›gid hanaše‹ nennen und den verbotenen Talg ›ḥeläv‹.

VOGT : *Na du gehst aber ran!*

WIEBKE : *Oder noch noch besser: Moses!*[61]

Denn so ist der Plan : ich will diese Nacht durch Ägypten ziehen und jede Erstgeburt töten und die Götter Ägyptens richten alle, ich, der Herr. Das Lammblut an euren Häusern soll das Zeichen sein zu eurem Schutz. Wenn ich Lammblut sehe, zieh ich weiter und sag meinem Würgengel, daß er nichts machen soll : ich will gern aufpassen, wenn ich den Schlag gegen Ägypten führe. Das sei euer Gedenktag. Für ewig. Kommt aber noch besser : für sieben Tage hat Sauerteig in euren Häusern nichts verloren. Wehe, ich erwisch wen mit Sauerteig! Dann kommt mein Würgengel! Ganz wichtig : jeden, der vom 14. bis 21. Gesäuertes ißt, rotte ich aus. Ich sag auch noch, was säuernd ist, denn ich bin barmherzig : säuernd ist Weizen, Roggen, Gerste, Hafer und Dinkel. Denn ihr sollt aber so tun zur künftigen Erinnerung, daß ihr nicht genug Zeit gehabt haben werdet beim Auszug aus Ägypten, groß zu säuern. 18 Minuten habt ihr. Nicht länger. Das ist aber nicht alles. Am 14. macht ihr ein heiliges Festtreffen, am 21. aber auch, da arbeitet ihr nicht. Happen essen dürft ihr. Aber nichts Gesäuertes. Nur Ungesäuertes. Denn endlich kommt ihr raus aus Ägypten, in das ich euch geschickt hab. Wer aber in der Zeit vom 14. bis 21. Sauerteig im Haus hat, wird vernichtet, der wird absolut vertilgt. Kein Sauerteig! Beherzigt das, ich sags nicht mehr oft. Ich laß da auch nicht mit mir reden. Das ist eine gute Idee, das mit dem Sauerteig. Da besteh ich drauf. Immer nur Ungesäuertes. Vom 14. bis 21. : nur ungesäuert. Das Lammblut aber sollt ihr mit einem Büschel Ysop verstreichen, und niemand darf zur Tür raus bis zum Morgen : dann geht der Würgengel vorüber — wenn! wenn ihr einhändig und in Gürtel und Sandale das Bratlamm gegessen habt. Und ungesäuertes Brot, belegt mit bitteren Kräutern. Denn das ist ein Fest.

— Und da vor diesem Plan und dem Herrn das Volk sich verneigte und niederwarf, machte Jahwe sich an die Ausführung und sauste um Mitternacht wütend durch Ägypten und schlug tot, was er an Erstgeburt fand : den Prinzregenten, die Stammhalter der Gekerkerten, alle Erstgeburt des Nutzviehs, aber auch des Unnutzviehs, die Ältesten der Handmühl-Mägde — einfach alles, daß kein Haus in Ägypten war ohne Totenklage, denn das wär ungerecht gewesen. Würgengel aber heißt mašeḥit (משחית — Verheerer, Verwüster, Verderber), ein Schelm, wer bös die Nähe zum Gesalbten, zum Messias (→ משח, māšaḥ, einölen, besonders der Opferkuchen) bedenkt.

Der Rest ist sehrheilige Geschichte : Israel haute ab. Packte ungesäuerten Teig in Backmulden, schlug die Mäntel drum, schulterte die und machte sich auf und davon. Für unterwegs schenkten die deprimierten Ägypter, von Jahwe angefeuert, Israel viele Sachen und gaben auch Silber und Gold und gabens gern. Am Tag des Auszugs aber buk Israel in 18 Minuten kleine ungesäuerte runde Kuchen, denn der Teig war nicht gesäuert, und so sollte er sein. Ungesäuert. Dünn, fladenknusprig und hefelos. Mittendrin aber (Exodus 12,43–48) fiel Jahwe ein Nachtrag ein : Ihr habt nicht alles richtig gemacht, denn groß ist meine Gnade und ich habe euch nicht alles gesagt : kein Ausländer darf das Lamm kosten, jeder Sklave jedoch darf — wenn ihr ihn zuvor beschnitten habt. Ein Fremder und ein Lohnarbeiter aber nicht, egal, was ihr mit ihnen gemacht habt. Wenn ihr einmal angefangen habt, in einem Haus zu essen, müßt ihr da auch fertigessen, denn ich verbiete euch, hin und her zu wandern. Nichts vom Fleisch dürft ihr hinaustragen und keinen Knochen brechen. Wenn aber nicht der eine Fremde, sondern ein anderer Fremder bei euch ist, der mir zu Ehren Pessaḥ feiern möchte, so geht das nur, wenn er jeden männlichen Verwandten beschneidet. Dann darf er. Sonst nicht. Kein Unbeschnittener darf totes Pessaḥlamm essen. Das sei die Ordnung immerdar. Und deutet ja nie dran rum, daß da was allegorisch ist oder mythisch oder was anderes bedeutet. Denn das tut es nicht. Es ist so, wie es ist. Und soll so bleiben. Es ist einfach nur meine Idee von einem Fest. Weiter nichts. Ein Fest der Befreiung. Diese lecker ungesäuerten Küchelchen könnt ihr nennen wie ihr wollt, ich schlage aber מצה (maṣṣah) vor, denn das bedeutet ›Brot des Elends‹. Und das schmeckt lecker. So richtig schön ungesäuert.

[61] Wegen des Zipporahquatsches? צפורה Ṣipporāh, Vöglein — des Moses Gattin? Moses macht sich von Midian aus, wo er Schwähers Schafe hütet, wieder auf nach Ägypten, Komparse der großen Befreiung zu werden. Jahwe verspricht auch, Pharaos Herz zu verstocken,

Das Februardunkel hat sich gekrallt um die Merowinger 3. Ein schwarzer Van [62] fährt vor, Umrisse von Szerzant und Böhnke in der Kabine. Szerzant erteilt im Leselicht letzte Instruktionen, Böhnke nickt, steigt aus, ein Stemmeisen umfaustet und zwei leere Beutel, der Van schnurrt piano ums Eck und verstummt vor dem Filou. Szerzant knipst die 12 Volt aus, entspannt und beginnt eine Kurzmeditation. Ein Kerl strunzt, Thunfischbaguette im Maul und mit den Händen Wechselgeld zählend, aus dem Filou, bleibt stehen, Dressing tropft aufs Trottoir, scheel bestaunt er den Van, was hängt da einer locker in den Seilen und bewegt die Lippen ... da zuckt Szerzants Bartgesicht an die Beifahrerscheibe, zieht eine Fratze, fährt die Zunge aus und läßt die flackernd züngeln — der Strunz sprüht davon.

Unterdes kalkuliert Böhnke die nächste Laterne, die erleuchteten Fenster, schneuzt entschlossen aus und zieht dann leicht gebeugt ab durch den Heckendurchlaß, auf das matt von einer kerbtierverschmierten Deckentitte behellte Vordach des Eingangs zu. Am Rost schabt er sich Feuchte von den Stiefeln, liest in der Partitur Klingelplatten den gewünschten Namen — fast hätt er gedrückt — und nimmt die erste Hürde, die einzige : die Haustür ist nicht versperrt. Böhnke tritt ein. Und auch er spart am Flurlicht. Dann, im zweiten Stock, hält Böhnke vor Vogtens Wohnungstür — von gegenüber leis Musik und leise zwei Stimmen — linst durchs Schlüsselloch nach Licht, legt ein Ohr an, vergewissert sich im Schnappen seines Feuerzeugs des Namenschildes und stemmt die Tür ansatzlos und routiniert-geräuscharm auf. Böhnke taucht ins Appartement.

Und dieweil Böhnke seelenhurtig sich bei Vogt umtut, thront vier Meter weiter Wiebke im Schneidersitz auf einem Sessel, ganz Parva Mater, spielt Knud, erwacht zur Geselligkeit, ihr zu Füßen fröhlich mit den Buntstiften und stellt immer mal wieder seine Ohren gegen den Kanzeljesus im himmelblauen Stand-Ei, sitzt Vogt ihr zu Front auf dem Teppich, die Knie hochgewinkelt zu offenen Scheren, vom Ring seiner Arme umfaßt. Zwischen Wiebke und Vogt, auf einem Teetischlein : der Gips-Heiland, eine Rauschmuschel, der Wiebke öfter mal lauscht, ein Stöfchen, die Kanne, zwei Näpfe, einer mit Erdnüssen aus den Regenweiten Brasiliens, einer mit

---

daß die gerechte Drohung, die er Mose aufträgt Pharao zu drohen, auf recht taube Ohren stoße, denn eigentlich ist Pharao ein verständiger und nachgiebiger Mann, dessen liebstes Hobby das Ziehenlassen ist.

Exodus 4,24–26 dann — Moses ist voll auf göttlicher Mission — dreht Jahwe völlig durch : »Unterwegs am Rastplatz trat Jahwe [nur eine Targumhandschrift hat מלאך יהוה, mal^{e}’ăch jahwe, ›Engel des Herrn‹, und der Codex Ambrosianus der Septuaginta folgt dem Targum wider die Masoreten mit ἄγγελος κύριου] ihm entgegen und wollte ihn töten. Da nahm Zippora einen Feuerstein, schnitt die Vorhaut ihres Sohnes ab, berührte damit sein [wessen ?] Gemächt [wörtlich : ›Füße‹] und sagte : ›Ein Blutbräutigam bist du mir‹. Also ließ er von ihm ab«. Was vernünftig war und durchatmen läßt. Grad nochmal gutgegangen. Irre.

[62] Szerzants erster Van war rot gewesen. Er hat ihn dann mit feste Verlust umgetauscht, als er mitbekam : schwarz war die Farbe der zeitlosen Saison. »Osho said so« : in Poona, die Häuser, alle schwarz gestrichen, schwarz die Bänke, Stühle, Masten, Hollywoodschaukeln — die Funktionäre : schwarzberobt, die Tennisplätze, die Bodybuilding- und Aerobic-Studios, die Saunen : allsamt schwarz.

Erdnußschalen — die Szene unaufhörlich unterlegt mit unaufhörlichem, verhaltenem Sitargejaul.

Vogt hatte das Albernste, die ›Sichere Wohnung‹ mit Ausnahmeklausel, abwenden können, ihm war noch eine Schnurre aus dem babylonischen Talmud eingefallen, in der Jahwe sportlich sich rabbinischem Argumentieren geschlagen gab [63]. Das fand Wiebke gut, ihr Zweifel war verraucht, *außerdem sind sie ja alle tot, Isaak und so* hatte sie sich selbst dann noch beruhigt — nun aber, da auch die aufschiebende Wirkung der Anerkennung, die er zollte, daß Wiebke an unerwarteten Stellen doch in die, ja, er könnte es mit ›Tiefe‹ skizzieren, zu denken vermag, aufgebraucht ist, beäugt Vogt, der zwar lieben, aber doch müden Armut des Gesprächs auszuweichen und sehr zur Freude Wiebkes, Knuds Treiben.

VOGT : *Aufgeräumt ist. Sehr schön. Und wie sauber du's hältst*

WIEBKE : *Ja, heute ist doch Sabbat, da ist Großreinemachen, ein alter jüdischer Brauch*

---

[63] Traktat בבא מציעא, bawa' meṣi'a', Folio 59. Da gehts um eine wichtige Frage. Ist ein in Einzelteile demontierbarer Ofen ein Gefäß und damit verunreinigungsfähig, oder gilt er als zerbrochen und ist damit völlig unbegabt, verunreinigt werden zu können? Rabbi Eliézer erhob sich aus den Reihen seiner Kollegen und meinte ›Nein, der ist kein Gefäß‹, und machte »alle Einwendungen der Welt, man nahm sie aber von ihm nicht an. Hierauf sprach er : Wenn die Halakha [Lehre des rechten Lebenswandels] wie ich ist, so mag dies dieser Johannisbrotbaum beweisen! Da rückte der Johannisbrotbaum hundert Ellen von seinem Orte fort; manche sagen : vierhundert Ellen. Sie aber erwiderten : Man bringt keinen Beweis von einem Johannisbrotbaume. Hierauf sprach er : Wenn die Halakha wie ich ist, so mag dies dieser Wasserarm beweisen! Da trat der Wasserarm zurück. Sie aber erwiderten : Man bringt keinen Beweis von einem Wasserarme. Hierauf sprach er : Wenn die Halakha wie ich ist, so mögen dies die Wände des Lehrhauses beweisen! Da neigten sich die Wände des Lehrhauses [und drohten] einzustürzen. Da schrie sie [die Wände] R. Jehošuá an und sprach zu ihnen : Wenn die Gelehrten einander in der Halakha bekämpfen, was geht dies euch an! Sie stürzten hierauf nicht ein, wegen der Ehre R. Jehošuás, und richteten sich auch nicht gerade auf, wegen der Ehre R. Eliézers; sie stehen jetzt noch geneigt. Hierauf sprach er : Wenn die Halakha wie ich ist, so mögen sie dies aus dem Himmel beweisen! Da erscholl eine Hallstimme und sprach : Was habt ihr gegen R. Eliézer; die Halakha ist stets wie er. Da stand R. Jehošuá … auf und sprach : ›Sie ist nicht im Himmel‹. — Was heißt : sie ist nicht im Himmel? R. Jirmeja erwiderte : Die Tora ist bereits vom Berge Sinaj her verliehen worden. Wir achten nicht auf die Hallstimme, denn bereits hast du am Berge Sinaj in die Tora geschrieben : ›nach der Mehrheit zu entscheiden‹. R. Nathan traf Elijahu und fragte ihn, was der Heilige, gepriesen sei er, in dieser Stunde tat. Dieser erwiderte : Er schmunzelte und sprach : meine Kinder haben mich besiegt, meine Kinder haben mich besiegt«.

Bis hier hatte Vogt erzählt — den Rest behielt er mit Rücksicht auf Wiebke für sich. Denn die, die den HErrn und Eliézer ausgestochen hatten, sammelten alles, was Eliézer als rein deklariert hatte, und verbrannten es. »Alsdann stimmten sie über ihn ab und taten ihn in den Bann«. Groß war ihre Furcht, Eliézer würde aus einer Gefühlsregung heraus »die ganze Welt zerstören«, also wählten sie Rabbi Áqiba, Eliézer mitzuteilen, daß er gebannt sei, denn unter ihnen war Áqiba der, der am besten mit Menschen konnte. Áqiba zog sich schwarz an, ging dann zu Eliézer und sagte es und beide weinten und zerrissen ihre Kleider, und ein Drittel der Welternte an Oliven, Weizen und Gerste verdarb, und was Eliézer auch anschaute, ging in Flammen auf und sogar »der Teig gor unter den Händen der Frauen«. Das ging noch tagelang so. Gegen Rabbis, die zu Schiff reisten, empörte sich das Meer — hätten sie den tobenden Gewalten nicht bekundet, sie befänden sich allein ad maiorem dei gloriam in Widerspruch zu Eliézer : sie wären verschlungen worden. Gar stellte verzweifelt Eliézers Frau, Emma Šalom, die Gebete ein, die allgemein der Bestrafung der Feinde dienten, denn sie

VOGT : *Was du nicht sagst*[64] — *kannst du nicht auch mal bei mir …*

WIEBKE (von schneller Auffassungsgabe) : *Nicht dein Ernst, oder?*

VOGT (natürlich nicht) : *Achwas, bist doch viel zu jung, um … viel zu klug vor allem*

WIEBKE : *Ja, man kann jung sein und dennoch klug. Und demütig noch dazu* (tätschelt Knud) *Hm, Knud, du bist auch schön demütig, außerdem käust du nicht wieder und hast keinen gespaltenen Huf und bist aber trotzdem nicht unrein, was?*

Knud stuppt die Buntstifte mit der Schnauze, ›Blau‹ kullert unter das Teetischlein, Vogts Blick folgt dem Stift und bemerkt ein buntes Buch. Dankbar saugt Vogt das neue Redemolekül auf, spaltet es und jongliert mit einem Frageatom.

VOGT : *Wiebke, was hast du denn da?*

WIEBKE (sieht, wohin Vogt sieht) : *Die Gita. Ein uraltes indisches Götterbuch*

VOGT : *Wirklich?*

WIEBKE : *Ja, kennst du es?*

VOGT : *Ja, na ja … — ich glaub schon, daß ichs kenn. Du weißt schon, daß das ein sehr … sagen wir mal : ›schwieriges‹ Buch ist?*

WIEBKE (lacht) : *Du meinst wegen der hohen Zahlen?* (greift sich die Gita) *Knud, hör mal wie alt der wird, der alte Brahma, 311 Billionen und 40 Milliarden Jahre* (Knud rappelt sich auf und will zum blauen Stift) — *das ist ja nicht schwierig, das sind nur einfache Grundrechenarten. Wenn auch mit sehr sehr hohen Zahlen* (Knud kippt um)

VOGT : *Ich mein' weniger das, als vielmehr, daß sehr komische, nicht zu sagen schlimme Leute sich für das Buch begeistern*

WIEBKE (ist unschuldig) : *Also ich bins nicht — also, ich mein' : eine von den Schlimmen. Aber es werden ja wohl nicht nur Schlimme sein, schließlich bin ich ja auch … dabei — ob ich aber so richtig dabei bin, weiß ich noch gar nicht. Ich hab nur schon mal rausgefunden, daß Rudolf Steiner die gut fand*[65]

---

war die Schwester des Sanhedrinchefs Rabbi Gamliel, der auch gegen Eliézer gevotet hatte. Gamliel starb trotzdem sofort. Insgesamt keine gute Zeit.

[64] Wiebke verwechselt was. Der von ihr angelesene Brauch betrifft den Auftakt des Pessaḥ (פסח, ›vorübergehend‹, → der vorübergehende Würgengel) : das Heim wird mit einer Kerze bis in die hintersten Winkel ausgeleuchtet, den letzten Brösel ḥameṣ (חמצ, was Gesäuertes ist und fürs Böse steht des Menschen Herzens) und Trefes aufzuspüren und wegzufegen. Und nur zufällig sind etwa die von Wiebke gereichten Erdnüsse koscher. Sie sind natürlich nur koscher, wenn man kein Aschkenase ist — denn einem Aschkenasen sind auch Hülsenfrüchte verboten und die Erdnuß ist eine Hülsenfrucht und keine Nuß. Wiebke aber scheint keine Aschkenasin zu sein. Und Vogt ist nur das abtrünnige, vergeßliche Kind von einer.

[65] Steiner hielt fleißig Sermones über die Gita, blind herausgegriffen die neun legendären helsingforser vom 28. Mai bis 5. Juni 1913 : ›Die okkulten Grundlagen der Bhagavad Gita‹! Erste Sahne! Um was es da nicht alles geht : Welthistorie, und wie Krishna sich andient als Führer zum Einzel-Ich, besseres Träumen durch Änderung der Sympathie und was das alles im Metabolismus anrichtet und mit Fichte, Hegel und Solovieff zu tun hat. Oder der herrliche kölner Redezyklus ›Die Bhagavad Gita und die Paulusbriefe‹ vom 28. Dezember 1912 bis 1. Januar 1913 — auch schön. Endlich mal einer, der bündig sich nachzuweisen traut, was alle nur ahnten, daß es nämlich wahr ist, daß im 12jährigen Jesus das Zarathustra-Ich mit dem Krishna-Geist sich verbunden hat. Denn im Tempel spricht Jesus nun auch mit der Macht, mit der Krishna einst den Yoga verkündete, aber er hat einen höherwertigeren Yoga, weil er

VOGT : *Steiner? oha!*

WIEBKE (fordernd) : *Dann erzähl doch mal: wer sind denn die Schlimmen? Nicht immer nur behaupten, Herr Professor, auch mal belegen!*

VOGT (bei seiner Ehre gepackt, widerstrebend) : *Himmler*[66]

---

auch das Zarathustra-Ich hat. Nach nur weiteren 18 Jahren ist Jesus ganz mit der Krishna-Kraft vereinigt und mit Krishna selbst, und der erste, der diese neue Leiblichkeit gesehn hat, war Paulus bei Damaskus. Erschienen ist dem Paulus da zwar Christus, aber der Lichtschein, in den der gekleidet war, das war der Krishna, das war des Christus Seelenhülle — alles aber, was da strahlt, stand schon in der Gita. So siehts nämlich aus.

[66] Warum nimmt Vogt Göte in Schutz? warum nennt er nicht den Geheimrat? 16. November 1824, Götes Tagebuch : »Las den Bhagavad-Gita, von Wilhelm Schlegel gesendet«. Sehr schön und katholisch hat Jules Barbey d'Aurevilly unter dem Eindruck deutscher Krupp-Kanonen Götes Affinität zu Hinduismen herausgearbeitet und 1873 im Essay ›Contre Goethe‹ publiziert : Götes Philosophie sei »die des Orients, es ist das verzagte Abnicken *all dessen was ist*, es ist der wiederkäuende Genuß von Leben; und das Leben, das ist das Gesamt der Dinge, in dem die Persönlichkeit schmerzlos erlischt. Es ist das Ertrinken des Buddhismus im Unendlichen. Ein abseitiges Phänomen, Goethe : dieser Kerl, der so sehr seinen Platz an der Sonne liebte und der ihn sich so schön eingerichtet hatte, dieser Egoist, der, sein Glück nicht zu trüben, an eines jeden Ereignisses Seite stand, dieser Arrangeur aller Dinge, der — begonnen bei seinen lahmen *Gedichten*, bis hin zu seinem Haus und seinem Plunder — der Philosophie der Fakire anhing, ohne jedoch deren Mystizismus zu haben ... Er hatte sich sogar mit Jacobi überworfen ... da Jacobi glaubte, die Natur verberge Gott, wohingegen er, Goethe, glaubte, daß die Natur in Gott und Gott in der Natur sei, was zum hinduistischen Pantheismus ebenso paßt wie zum deutschen. Er übernahm die Gott-Natur, die weder zum Verstehen der Natur, noch zum Verstehen von Gott beitrug, ohne dies recht zu bemerken (er war dazu nicht fähig), als eine Lösung, die seinen Geist auf immer beruhigte ... Wenn er mit seinen Ideen am Ende oder er (was viel häufiger vorkam) überhaupt ohne Ideen war, machte er sich und machte er anderen mit den Worten *Natur*, *Leben*, *Gänze* und *Notwendigkeit* etwas vor ... Und so kommt es, daß ein Hindu in Goethe sich zeigt. Die philologischen Arbeiten jüngster Zeit haben die Gelehrten glauben lassen, daß es zwischen Deutschen und Hindus eine Verwandtschaft von Rasse und Sprache gebe ... Goethe lieferte hierfür einen Beweis. Es ist etwas Hinduistisches in ihm, gezügelt nur vom Sauerkraut. Sein Wesen ist nicht einheitlich, sondern gemischt wie sein Talent, das von zusammengestückelter, ja sogar konfuser Natur ist. Er hat nicht den leukadischen Sprung tief hinein in den Buddhismus gewagt, sondern nur die Gliedmaßen seines Geistes hineingetunkt. Der Abgrund machte ihm, dem Mann der Oberfläche, Angst ... In der Tiefe seines Wesens war er also Hindu, dieser tolle Deutsche. Der hinduistische Einfaltspinsel gesellte sich in seiner deutschen Hülle dem germanischen Deppen bei ... er ist derart Hindu, dieser große Volksgermane, daß er auf Seite 335 seiner *Memoiren* so hübsche Sachen verficht wie : ›Die *Menschheit zusammen erst ist der wahre Mensch* und der *Einzelne* kann nur froh und glücklich sein, wenn er den Mut hat, sich im Ganzen zu *fühlen* ...‹ He, he! Was halten Sie davon? Ist das nicht goldig? ... Das ist, als würde sich das Schaf nur in der Herde *als Schaf fühlen*, nicht aber, wenn es allein in der Ecke seiner Weide steht! Und außerdem haben Schafe, trotz ihres Rufes dumm zu sein, wenigstens das *persönliche Empfinden* für das Gras, das sie fressen, wohingegen der Gedankengang des erlauchten und allmächtigen Goethe der Gedankengang eben einer Null ist, die unter Nullen sich damit tröstet, kein Ganzes zu sein« —

»C'est la philosophie de l'Orient, c'est la résignation pusillanime à *tout ce qui est*, c'est la jouissance ruminante de la vie; et la vie, c'est l'ensemble des choses dans lequel la personnalité expire sans douleur. C'est la noyade du bouddhisme dans l'infini. Chose singulière, Goethe, cet homme qui tenait tant à sa place au soleil et qui l'a eue si belle, cet égoïste qui s'est mis à côté de chaque événement pour ne pas troubler son bonheur, cet arrangeur de toutes choses, depuis ses *Poésies* sans élan jusqu'à sa maison et ses bibelots, avait la philosophie des fakirs, mais sans en avoir le mysticisme ... Il s'était même brouillé avec Jacobi ... parce que Jacobi croyait que la Nature cachait Dieu, tandis que lui, Goethe, croyait que la Nature était dans

WIEBKE : *Reichsführer-SS ? Na, wundern würds mich nicht. Und doch dachte ich immer, der hätte auch seine guten Seiten gehabt, sehr verschattet zwar, aber doch vorhanden. Muß er sogar. Kein Mensch ist ganz schlimm. War er nicht gegen das Zertreten von Würmern* [67] *?*

VOGT : *Der hat genug zertreten*

WIEBKE : *Man kann eben nicht immer drauf aufpassen. Der gute Wille zählt*

VOGT : *Der gute Wille zählt? Weißt du, woran Himmlers guter Wille sich aufgegeilt hat?* (feindet die Gita an) *Schlag da mal nach, 18,17, schlag mal nach*

WIEBKE (ehrfürchtig) : *Sowas weißt du?*

VOGT : *Is ja nich schwer, 18,17, is ja nur 18,17 — jetzt schlag doch mal nach, Kapitel 18 — das letzte —, Vers 17*

WIEBKE : *Ganz hinten, he?*

VOGT : *Ganz hinten*

WIEBKE : *Da, wo immer die Quintessenz steht*

VOGT : *Genau da*

WIEBKE (hats, beflissen) : *»Yasya nahaâkçto bhavo / buddhir yasya na lipyate / hatvapi sa imaá lokan / na hanti na nibadhyate« — mit Übersetzung?*

VOGT : *Gerne*

WIEBKE : *»Wer nicht vom falschen Ego motiviert und wessen Intelligenz nicht verstrickt ist, ist selbst dann kein Mörder, wenn er in dieser Welt Menschen tötet. Er wird durch seine Handlungen nicht gebunden«. Oops*

Dieu et Dieu dans la Nature, ce qui est le panthéisme hindou aussi bien que le panthéisme allemand. Le Dieu-Nature, qui ne fait comprendre ni la Nature ni Dieu, il l'accepta, sans bien s'en rendre compte (il n'en était pas capable), comme une solution qui mettait à jamais son esprit en repos … Lorsqu'il se trouvait à bout d'idées ou sans idées (ce qui était beaucoup plus fréquent), il se pipait et pipait les autres avec les mots *nature*, *vie*, *ensemble* et *force des choses* … Et c'est ainsi que l'Hindou, dans Goethe, va apparaître. Les travaux philologiques de ces derniers temps ont fait croire aux savants qu'il y avait des rapports de race et de langue entre les Allemands et les Hindous … Goethe serait une preuve de cela. Il y a de l'Hindou en lui, mais tempéré par la choucroute. Sa nature n'est pas une, mais mêlée comme son talent, qui est de l'ordre composite et même confus. Il n'a pas fait le saut de Leucade à fond dans le bouddhisme, mais il y a trempé les extrémités de son esprit. L'abîme lui a fait peur, à cet homme de surface … Il était donc Hindou par le fond de son être, ce glorieux Allemand. Le Jocrisse hindou s'ajoutait dans sa boîte d'allemand au Jocrisse germanique … il est tellement Hindou, ce grand national de Germain, qu'à la page 335 de ses *Mémoires* il professe les belles choses qui voici : ›*L'humanité tout entière est l'homme* véritable, et pour être heureux et content l'*homme* n'a besoin que e *se sentir* dans l'ensemble …‹ Hé ! hé ! qu'en dites-vous ? N'est-ce pas adorable ? … C'est comme si le mouton ne se *sentait mouton* que dans le troupeau, mais pas seul, au bout de son pré ! Et encore, les moutons, malgré leur réputation de bêtise, ont au moins le *sentiment personnel* de l'herbe qu'ils mangent, tandis que le raisonnement de cet auguste et tout-puissant Goethe est le raisonnement du zéro, qui, parmi les zéros, se console de n'être pas une unité«.

[67] War er. Seine guten, klosterkontemplativen Seiten waren gar nicht so verschütt, wie er seinem Leibarzt (→ [68]) anvertraute : »Es hat mich außerordentlich interessiert, neulich zu hören, daß noch heute die buddhistischen Mönche, wenn sie abends durch den Wald gehen, ein Glöckchen bei sich tragen, um die Tiere des Waldes, die sie zertreten könnten, zum Ausweichen zu veranlassen, damit ihnen kein Schaden zugefügt wird. Bei uns aber wird auf jeder Schnecke herumgetrampelt, jeder Wurm wird zertreten«.

VOGT : *Oops?*

WIEBKE : *Nein, ›oops‹, das war ich*

VOGT (eindringlich) : *Du hast das also verstanden, was da steht? : unschuldig wegen innerer Nichtbeteiligung! Das sind die indischen Yogikrieger, das ist die Waffen-SS* [68]. *Weißt du, was*

---

[68] Was an Scheiße kam, Himmler pfiff sichs rein. Und führte akribisch darüber Buch. Seine Leseliste von 1919–1933 umfaßt 347 Positionen, schrecklich ist da in drei Notizbüchlein zu lesen, was er las, wann, von wem er's lieh und wie er's fand — das allerdings in Gabelsberger Stenographie. Vorneweg die Gita, die Reden Buddhas, Helbings ›Geschichte der Folter‹, die Schutz-Trutz-Butz-Bruschur ›Eine unbewußte Blutschande, der Untergang Deutschlands‹ (»Ein herrliches Heft. Es ist eine Pionierarbeit«), Tierzuchtbücher aus dem Hause Parey, Gjellerups ›Pilger Kamanita‹ … halt! ein Nobelpreisträger … — aber einer der sehrelenden.

In seiner Jugend Edeldäne, abgebrochener Theolog, Freund der freien Liebe und des Atheismus, wurde Gjellerup im Alter wagnernder Germane und Buddhaneigling und entfaltet 1906 in ›Pilger Kamanita‹ das buddhistische Nicht-Verhaftet-Sein und rechtfertigt Blutbäder, wenn sie nur ohne Emotion und innere Beteiligung geschehen : »Was einer begeht und begehen läßt : wer zerstört und zerstören läßt, wer schlägt und schlagen läßt, wer Lebendiges umbringt, Nichtgegebenes nimmt, in Häuser einbricht, fremdes Gut raubt : Was Einer begeht, er ladet keine Schuld auf sich — Und wer da gleich mit einer scharf geschliffenen Schlachtscheibe alles Lebendige auf dieser Erde zu einer einzigen Masse Brei machte, der hat darum keine Schuld, begeht kein Unrecht«. Das ist doch schon das Skript für Himmlers dreistündige posener Rede 4. Oktober 1943, gehalten vor 92 schwarzgekleideten SS-Obergruppenführern im Goldenen Schloßsaal, auf Schellack gepreßt als geheimes Andenken mitgegeben auf den weiteren Lebens- und Würgeweg, stets, bei einem Grammophon in der Nähe, Himmlers Hinweis eingedenk sein zu können : »Es ist grundfalsch, wenn wir unsere ganze harmlose Seele mit Gemüt, wenn wir unsere Gutmütigkeit, unseren Idealismus in fremde Völker hineintragen. Das gilt, angefangen von Herder, der die ›Stimmen der Völker‹ wohl in einer besoffenen Stunde geschrieben hat und uns, den Nachkommen, damit so maßloses Leid und Elend gebracht hat«. Kamanita jedoch stieß auf seiner Suche nach Buddha mit einer Kuh zusammen und starb — ging aber doch noch ins Nirwana ein. Und Herder ist schuld.

Kaum etwas jedoch hat Himmler so begeistert und in Höhenflug versetzt wie die Nr. 235 auf seiner Liste, Franz Haisers ›Freimaurer und Gegenmaurer im Kampf um die Weltherrschaft‹, Haiser ließ Himmler 1925 aufatmen : »Kschatrijakaste, das müssen wir sein. Das ist die Rettung«. Haiser sehnte eine Diktatur von arischen Marines herbei, die die zersetzenden Geister bannt : »Nur Soldatenherrschaft kann unser geistiges Chaos bezwingen, die Kaserne, der Drill«, begleitende Maßnahmen die Wiedereinführung der Sklaverei und — zur Aufnordung der Rasse — eine geschickte Kombination von Krieger- und Zuchtorden — unter Ausmerzung biologischen Kruppzeugs. So zitiert Haiser beipflichtend das Gesetzbuch des Manu, daß der Tschandala »mit seinem Munde kein reiches Quellwasser verunreinigen dürfe. Nur dort, wo die Tritte der Huftiere eine Pfütze im Boden zurücklassen, soll er seinen Durst löschen können«. Und Juden? : »Jude, willst du hier bleiben, so mußt du deine Testikel alle zehn Jahre röntgenisieren und mit der Jahreszahl plombieren lassen, bei sonstiger Strafe der Auspeitschung«.

Himmlers estnischer Masseur und Leibarzt Felix Kersten hat 1952 Memoiren veröffentlicht, ›Totenkopf und Treue. Heinrich Himmler ohne Uniform‹. Der Innenminister, von Kersten befragt, wie's denn um dessen persönliches Karma bestellt sei, hatte geantwortet : »Einer muß sich opfern, auch wenn dies manchmal schwer ist und darf nicht an sich denken. Es ist natürlich angenehmer, sich mit den Blumenbeeten statt mit dem Kehrichthaufen und der Müllabfuhr eines Staates zu befassen, aber ohne diese Arbeit würden die Blumenbeete nicht gedeihen«. Das ist doch mal 'ne Auskunft. Da ist doch endlich der, der sich hinter keiner Ordre versteckt, der, auf allein dessen Geheiß die anderen, die Schlachtscheibenwirbler, keine Schuld auf sich laden — wenn sie's nur recht freudlos tun.

Himmler war ja sehr für Wiedergeburt, sowohl im einzelnen Baby, als auch »in der Sippe … — Hierfür liegt ein geradezu erdrückendes Beweismaterial vor«. Eifrig disputierte

man damit alles machen kann? Ich finde, du solltest sowas nicht lesen. Und Knud auch nicht. Das wär ... Zeitverschwendung

WIEBKE (gibt nicht so schnell auf) : *Ja aber ... hier ist doch auch ein Kommentar, laß den doch mal gucken — vielleicht ist das alles nicht so gemeint, bestimmt ist alles nur ein Mißverständnis*

VOGT : *Wiebke, sowas rettet doch auch kein Kommentar*[69]*— da muß man doch mal klar Standpunkt beziehen und sagen, daß das gefährlicher Dreck ist, das ist doch geradezu Bürgerpflicht*

WIEBKE (äußert eigene Gedanken) : *Es ist nie schön, wenn man anderen weh tun muß, das kann gar nicht schön sein, das liegt in der Natur der Sache. Aber woher weißt du überhaupt, daß Himmler das uralte indische Götterbuch kannte, ich mein' : Indien, das ist schon ziemlich weit weg*

---

er im ᛋᛋ-Ahnenerbe 1937/38 als Gleicher unter Gleichen mit Gleichgesinnten die näheren Umstände der Reinkarnation, er im Schulterschluß mit dem Indologen Walther Wüst statuierte aus dem Befund, daß germanische Weistümer nur bröckchenhaft vorlagen, eine Stufung ›arischer Glaubensrichtungen‹, und oben stand nicht die Edda, sondern indischer Gedankenwust. Wüst : »Der Buddhismus ist und bleibt in der Grundlage seines Wesensgefüges eine echt indogermanisch-arische Leistung, der Buddha eine großartige Gestalt mit unverkennbar tiefen nordischen Einschlägen ... Ein persönliches Anliegen wäre mir der Nachweis der nordischen Bestandteile im Buddhismus und in der Gestalt des Buddha selbst«. Dabei hatte Wüst im Jahr zuvor schon einen anderen Nachweis geführt, als er im Audimax der Münchner Universität über ›Des Führers Mein Kampf als Spiegel indogermanischer Weltanschauung‹ sprach und ›Mein Kampf‹ mit den Buddha-Predigten abglich. »Ich will zeigen, wie diese Gedanken [vedische und buddhistische] ganz artmäßig und zwingend wiederkehren in der Gedankenwelt des Führers und da wiederum in den wichtigsten Dokumenten dieser Gedankenwelt, in des Führers Buch ›Mein Kampf‹« — das deutsche Reich tritt das Erbe der arischen Theokratien Persiens und Indiens an, Hitler wird zum Schlußglied einer goldenen Kette von Chakravartinen, Rechtsnachfolger von Kyros, Darius, Xerxes und des buddhistischen Kaisers Ashoka.

Vogt ist vielleicht etwas einseitig. Himmler war es nicht. Auch liebte er die Samurai — ab 1938, da Berlin, Rom und Tokyo ein Kulturabkommen schlossen, erschienen im Reich siebenjahrlang Bücher über den japanischen ›Weg des Kriegers‹ (→ Bushido). 1942 ließ Himmler ›Die Samurai, Ritter des Reiches in Ehre und Treue‹ mit selbstgemeißeltem Vorwort 55 000fach an die ᛋᛋ verteilen : »Aus dieser kurzen Geschichte der Samurai wollen wir uns längst Vergessenes ins Gedächtnis zurückrufen : die Tatsache, daß schon in frühen Zeiten dieses Volk im fernen Osten dieselben Ehrgesetze hatte, wie unsere Väter sie in früher, zu bald zerstörter Vergangenheit hatten ... Dies sei der Sinn dieses Sonderdruckes, und in diesem Geiste mögen viele, insbesondere die ᛋᛋ-Männer, dieses Büchlein lesen«.

[69] Und schon gar nicht ein solcher : »Der Herr gibt in diesem Vers Arjuna zu verstehen, daß sein Wunsch, nicht zu kämpfen, dem falschen Ego entspringt. Arjuna hielt sich selbst für den Handelnden, ohne die innere und äußere Sanktion des Höchsten zu berücksichtigen. Wenn man nicht weiß, daß es eine höhere Sanktion gibt, handelt man in Illusion. Wer jedoch zu unterscheiden vermag zwischen dem Werkzeug der Handlung, sich selbst als dem Handelnden und dem Herrn als dem höchsten Erlaubnisgeber, ist in allem, was er tut, vollkommen. Solch ein Mensch ist nie in Illusion. Eigenes Handeln und persönliche Verantwortlichkeit entstehen aus falschem Ego und Gottlosigkeit, das heißt aus mangelndem Krishna-Bewußtsein. Jeder, der im Krishna-Bewußtsein unter der Führung der Überseele, der Höchsten Persönlichkeit Gottes, handelt, tötet nicht, obwohl er anscheinend tötet. Noch wird er jemals von der Reaktion auf solches Töten beeinflußt. Wenn ein Soldat auf Befehl eines höheren Offiziers tötet, ist er keiner Bestrafung ausgesetzt; wenn er aber auf eigene Verantwortung tötet, wird er zweifellos von einem Gericht verurteilt«. Nicht unbedingt. Wenn er schlau ist.

VOGT : *Was willst du hören? Ich weiß es eben* [70]

WIEBKE (sehr ernst) : *Du sprichst mit der Autorität deines Amtes?*

VOGT (tut es nicht) : *Nein, ich ...*

WIEBKE (egal) : *Das überzeugt*

VOGT : *Das denk ich doch auch*

WIEBKE : *Ich auch*

Vogtens Wohnung : die Tür zieht in den Raum, Böhnke und zwei Beutel prallgefüllt mit Büchern und Stemmeisen entblinzeln, ein Ausfallschritt, die Tür lehnt Böhnke an, dann tastet er nach dem Lichtschalter, drückt ein Lot ins Kreuz, steht aufrecht da und selbstverständlich und treppelt hinab. Vor der Merowinger 3 ... Böhnke sondiert ... die Hecke? zu ausgedünnt. Links, die Mülltonnen? Kein Vorhängeschloß, sehr gut. Böhnke klappt einen Deckel, die Tonne ist bordendvoll, das tut nichts, im Gegenteil, er preßt die Menge unangenehmen Gemengs, deponiert obenauf einen der Beutel und belegt ihn mit Abfall aus der Nachbartonne : angebissene Konserven, eines starken Rauchers Wochenwerk, und ja, auch gut : etwas in einem Netz, das wohl mal Zwiebel war. Dann schlendert Böhnke Richtung Filou. Das ist der Moment, an dem Wiebke Gita Gita sein läßt und das Unvermittelte wagt.

WIEBKE : *Verzeih, wenn ich dir zu nahe trete, Richard, aber bist du einsam? Bist du an Christian interessiert?*

VOGT : *Bitte?*

WIEBKE : *Ich hätte das nicht fragen sollen, ich weiß, und doch, es ist mir ein dringendes Bedürfnis*

VOGT : *Nein nein, schon recht, ein dringendes Bedürfnis soll man ... — Aber versteh ich dich recht : du hältst mich für ... schwul?*

WIEBKE (beteuert) : *Ich hab nichts gegen Schwule, Gott hat auch die gemacht*

VOGT : *Wird er wohl. Der hat ja auch noch ... ganz anderes gemacht. Aber du, du hältst mich für schwul? Warum? Weil ich unbeweibt bin?*

WIEBKE : *Nein*

VOGT : *Dann ... weil ich keine Frau hab?* (Wiebke schüttelt den Kopf) ... *ich nicht Tanzen geh?*

WIEBKE : *Nein. Geht es dir schlecht?*

VOGT : *Nein, verdammt, wieso? Mir gehts blendend!*

---

[70] Dr. jur. Rudolf Brandt, Himmlers erst 1948 aufgehängter persönlicher Referent, gab als Hauptinspirationsquellen seines Meisters an : »Die Bhagavadgita, die Edda, die Veden und die Rigveden, die Reden des Buddha, der Visudi-Magga, das Buch der Reinheit, sowie einige astrologische Werke«, die Gita sogar soll Himmler ständig bei sich getragen haben. So belehrte Himmler gern und oft seine Angestellten, indem er aus Gesang 4 der Gita die Verse 7 und 8, in denen Krishna spricht, verlas : »Sooft der Menschen Sinn für Recht und Wahrheit verschwunden ist und Ungerechtigkeit die Welt regiert, werd' ich aufs Neu geboren, so will es das Gesetz. Ich trage kein Verlangen nach Gewinn‹. Diese Stelle ist direkt auf den Führer zugeschnitten. Er entstand uns aus der tiefsten Not, als es mit dem deutschen Volk nicht mehr weiter ging, er gehört zu den großen Lichtgestalten ... Eine der ganz großen Lichtgestalten hat in ihm ihre Inkarnation gefunden«.

WIEBKE (dringt in ihn) : *Fühlst du dich gedemütigt, hast du auch keine Lobby? Geht das Weltgetriebe an dir vorbei?*

VOGT : *Nein nein, das geht überhaupt nicht an mir vorbei, im Gegenteil, jeden Morgen kriegts einen kräftigen Tritt von mir, das Weltgetriebe, ich halte es in Schwung, das kann sozusagen gar nicht an mir vorbeigehn*

WIEBKE : *Weißt du denn wenigstens, wie es ist, einen Einsamen zu verletzen?*

VOGT : *Bin nicht sicher. Wohl nicht — aber willst du dich nicht endlich mal erklären?*

WIEBKE (will nicht) : *Einen Einsamen verletzen ist wie einen Stein in einen Brunnen werfen, den niemand mehr herausholen kann*

VOGT : *O je*

WIEBKE : *Bis auf Gott. Gott wird vielen Menschen Gnade schenken*

VOGT (dem die Wendung, die das Gespräch nahm, durchaus mißfällt) : *Sicher wird er das, wenn er mal nichts anderes zu tun hat*

WIEBKE : *Hör auf, es ist mir ernst. Du magst mich für jung und unwissend halten, aber die Verzweiflung hat mich doch zur Wahrheit, zu Gott geführt*

VOGT : *Ich glaub dir das. Und das ist auch sehr schön für dich*

WIEBKE (fährt ihn an) : *Das denkst du!*

VOGT : *Also nicht, daß ich dir das glaube, ist schön für dich, sondern das andere da, also auch nicht die Verzweiflung, sondern das, was daraus geworden ist, daß die dich zu …*

WIEBKE (erschüttert) : *Du kannst tausend Bücher gelesen haben — und doch niemals zur Erkenntnis der Wahrheit kommen*

VOGT : *Ja. Denkbar wärs*

WIEBKE : *Und du kannst wenig gelesen haben und sie doch erkennen. Du kannst alt und dumm — und jung und klug sein*

VOGT : *Und demütig*

WIEBKE : *Und demütig* (besorgt und woanders) *Was aber tust du, wenn du tausend Bücher gelesen hast, mit wem sprichst du dann?* (Vogt wirkt ratlos) *Was tust du dann?*

VOGT : *Nun, ich würd mal sagen, ich kauf mir noch eins, das tausendunderste* (lacht und wird, da Wiebke nicht mitlacht, deutlicher) *Märchen vielleicht — Scheherezade*

WIEBKE : *Nein, sondern du betest, denn Gott ist immer da, auch wenn das letzte Buch ausgelesen ist — Gott ist der, der nach dem Nachwort auf dich wartet*

VOGT (ob er immer noch lachen soll?) : *Dachte, das hieße … fliegender Nachsatz*[71]

WIEBKE : *Wer in Finsternis und Trauer geworfen wird, wer am Rand des Verstandes und der Welt steht …*

VOGT (mahnt) : *Aber bist du das denn, stehst du denn da? komm doch mal auf den Teppich*

WIEBKE : … *laß mich ausklagen — und zu dir auf den Teppich komm ich auch nicht*

VOGT (errötet) : *So war das nicht gemeint, ich …* (steht ächzend auf) *geh besser mal*

WIEBKE : *Wer also am Rand des Verstandes und der Welt steht, der fängt sicherlich an zu beten — und wird sicherlich von Gott erhört werden. Das ist mein tiefer Glaube, wenn nicht gar*

---

[71] Heißt es auch. Oder aber ›hinterer Vorsatz‹.

mein Wissen. So ist Gott mein Lehrer geworden und tut mir Dinge auf, von denen niemand sonst zu träumen wagt. Und sind Glaube und Gott im klassischen Sinn auch nicht beweisbar, so ist es doch möglich, darüber zu ›wissen‹. Die Gerechten und die Demütigen werden zur Wahrheit gelangen. Die Gerechtigkeit wird siegen. — Weil sie zur Wahrheit führt. So, jetzt fühle ich mich doch erleichtert um der Worte willen, die ich gesagt habe

VOGT : *Das mit dem Teppich …*

WIEBKE : *Ich will nichts mehr davon hören*

VOGT (im Harnisch akademischer Autorität) : *Gut. Wiebke, ich hab vorhin zwar gesagt, daß du ein dringendes Bedürfnis am besten stillst, meinte allerdings damit nicht unbedingt, daß du mich schwul nennen oder versuchen sollst, biblisch zu werden. Mit dir ist doch irgendwas, oder? Und warum hältst du mich für schwul?*

WIEBKE (erstorbener Stimme) : *Ich verstehe Gott nicht. Ich halt dich nicht für schwul*

VOGT (erleichtert) : ***Du*** *bist interessiert an Christian, nicht wahr?* (setzt sich wieder)

WIEBKE (schluchzt auf) : *Ich versteh Gottes Plan nicht*

VOGT : *Aber deswegen mußt du doch nicht … — niemand versteht den. Nicht mal der Papst*

WIEBKE (flennt) : *Es geht doch nicht um den Papst*

Wie lang schon? niemand weiß es, aber : Vogt ist es leid, stets erwachsen und vernünftig sein zu sollen. Zwackt ihn da ein Osho-Virus oder tickt ihn die Müdung der Jahre und läßt ihn vor Eintritt ins Kindische des Alters schon mal proberegredieren, ein Vor- und Nachgeschmack zugleich? Wie soll der heißen, wie soll der aussehn, der ihm Verantwortung für Hundehalterinnen aufbürdet, wer soll das sein, der ihn dazu bestimmt, brustlosen Schmalwesen mit Benimm, Beispiel und Selbstbeherrschung voranzugehen? Warum sollte auch er nicht mal heulen, und wenn nicht vor Unglück, dann eben vor Glück, vor soviel Schwung in seinem Leben : das Faksimile, der Gibbon, die Reise, ja, sogar … diesem Abend mit der Mininachbarin? Was könnte Vogt jetzt nicht alles sein? beleidigt, scherzend, streng …

VOGT : *Nicht?*

WIEBKE (weint weiter) : *Warum ist er so? Warum tickt dieser Mann so* (danke — Vogt war bedenklich gerührt gewesen, jetzt aber schnaubt ein Lachen, das Mädchen ›dieser Mann‹ sagen zu hören) *mal so freundlich, dann wieder … ich mag ihn so arg*

VOGT : *Kann ich mir vorstelln, daß man als Frau denkt, er könne starke Momente haben*

WIEBKE : *Was?*

VOGT : *Christian! Ich glaub, du hast gute Gründe, Christian gut zu finden*

Das ist ausgekocht von Vogt. Er wußte, er wird einen Effekt erzielen mit dem flatus vocis ›Christian‹ — und Wiebke wirkt auch gleich ruhiger. Allein, ›Christian‹ auszusprechen, schenkt ihr schon das Gefühl, ein realer Sachverhalt würde verhandelt, das ist die flapsige Macht des Wortes : man redet über was, und also ist es in irgendeiner Form [72], und nichts gesteht, daß es nur als Illusion ist. Wie schnöd hingegen —

[72] Das ist, kurzgefaßt, der unsterbliche ontologische Gottesbeweis Anselm von Canterburys.

oder ernst und unpartyhaft — die Dinge. Und Keller. Die haben Blutsbrüderschaft getrunken, schweigen gemeinsam vor sich hin und generieren kein Wort. Oder etwa ist Keller hier und hält aus und hört hin und steht Rede und Antwort?

WIEBKE : *Ach was — ich will ja gar nichts von ihm. Er soll nur ein bißchen ... verläßlicher sein. Aber eigentlich gibts gar kein Wort dafür, wie er sein sollte, es gibt ja auch kein Wort dafür, wie er ist*

VOGT : *Hm ... aber wenn du an ihn denkst, hast du das Gefühl, daß du einsam bist?*

WIEBKE : *Knud kann mir eben nicht alles geben*

VOGT : *Verstehe*

WIEBKE : *Er ist mehr wie ein großer Bruder*

VOGT : *Verstehe*

WIEBKE : *Und manchmal ... kann ich eben auch nicht so recht lernen, bin ich ein bißchen mutlos ... und dann frag ich Knud und der sagt nichts und die Muschel da, die rauscht eigentlich auch immer dasselbe. Und dann geh ich zu Christian und der lacht mich aus oder beschimpft mich, besonders, wenn sein doofer Freund da ist. Und ich, ich muß dann immer so tun, als ob mir das nichts macht, als ob ich gleichmütig wär, wegen Knud, ja, vor dem kann ich mich ja nicht so gehen lassen. Außerdem lenkt mich das alles ab von ...* (läßt ihre Rede in einer so unbestimmten Geste auslaufen, daß nur ›Gott‹ gemeint sein kann)

VOGT : *Verstehe. Tja, Wiebke, Glückwunsch : das ist Leidenschaft — so mancher würde dich um die Tiefe deines Empfindens beneiden*

WIEBKE : *Ich will keine Leidenschaft und ich will auch nicht beneidet werden. Hab ich Chancen bei Christian? Was meinst du, du kennst ihn doch. Außerdem bist du ja auch ein Mann*

Vogt hofft, um eine Antwort herumzukommen, und wo nicht, wenigstens Zeit zu gewinnen, ein ausschließliches und brüllendes ›Nein-nein-nein‹ in freundlichere Worte zu kleiden und die Infinitesimalität des Gegenteils redlich immerhin anzudeuten, ohne schuldig zu werden der Ermunterung restlos aussichtslosen Strebens — aber Wiebke stößt unbarmherzig nach.

WIEBKE : *Hab ich Chancen? Ja oder nein?*

VOGT (eiert) : *Wiebke ...! Das ... muß doch erstmal egal sein, gönn dir doch einfach den Luxus, ganz tief zu fühlen und meinetwegen auch zu leiden — auch wenn beides zu nix führt. Nicht drauf gucken, was rauskommt, das kannst du dir in deinem Alter noch leisten*

WIEBKE : *Ja oder nein*

VOGT (wird populär) : *Ich glaub ja nicht, daß Liebe wirklich fragt, ob sie Chancen hat. Liebe ist zwar sehr verlangend, aber genügt sich eigentlich doch auch selbst, meinst nicht?*

WIEBKE : *Das laß mal meine Sorge sein, was meine Liebe so fragt und verlangt und was nicht. Ich jedenfalls frag dich : ja oder nein* (gibt einen Hinweis) *Knud meinte auch schon ›ja‹*

VOGT : *So?* (spielt den letzten Trumpf) *Bin ja kein Theologe, aber 1. Korinther zwozehn kenn ich denn doch : »Denn der Geist erforscht alle Dinge, auch die Tiefen der Gottheit. Denn welcher Mensch weiß, was im Menschen ist, als allein der Geist des Menschen, der in ihm ist«* [73]

[73] τὸ γὰρ πνεῦμα πάντα ἐραυνᾷ, καὶ τὰ βάθη τοῦ θεοῦ. τίς γὰρ οἶδεν ἀνθρώπων τὰ τοῦ ἀνθρώπου εἰ μὴ τὸ πνεῦμα τοῦ ἀνθρώπου τὸ ἐν αὐτῷ.

WIEBKE (beeindruckt) : *Eine schwierige Stelle*

VOGT (der alte Kinderrabbi in ihm hebt zum zweiten Mal sein Haupt) : *Eine sehr schwierige Stelle, die aber immerhin ein kleines Reservat unbedingter menschlicher Freiheit zu eröffnen scheint. Guck, das kann doch nur bedeuten, daß nicht mal Gott so tief in eines Menschen Herz schaut — warum auch immer —, und was soll am Grunde eines Herzens wohnen als Liebe, und das ist doch die Hauptsache, daß du die hast, und ich bin sicher, Christian mag dich auch* (zufrieden)

WIEBKE (gar nicht zufrieden) : *Daß er mich mag, das weiß ich auch. Ob ich Chancen hab, hab ich dich gefragt, und ob ›ja‹ oder ›nein‹, hab ich gefragt*

VOGT : *Ihr seid schon … sehr verschieden*

WIEBKE (faßt Mut) : *Gegensätze ziehen sich an — willst du das sagen?*

VOGT (ergibt sich in sein Versagen) : *Nicht nur das : les extrèmes so touchent*

WIEBKE : *Das ist schön*

VOGT : *Und ich dank dir für dein Vertrauen*

WIEBKE (winkt ab) : *Ach, Knud weiß doch auch schon Bescheid*

VOGT : *Möchtest du allein sein, ich meine : jetzt?*

WIEBKE : *Gerne. Danke*

VOGT : *Dann geh ich jetzt mal. Wenn was ist, klopfst du, ja? Ich bin da*

Szerzant hat den Fensterheber gedrückt, sein Ellbogen lehnt in die Kälte, Salatreste wippen im Bart, der Kopf liegt in der Nackenstütze und schaukelt mit. Vier Tapes hat Szerzant im Van vorrätig, ›Intelligence‹, ›Love‹, ›The Mind‹ und — ganz heiß — ein Bootleg von ›Showering without Clouds‹ [74], das hört er jetzt, mit schwerem Akzent brabbelt Osho kehlig : *To make use of another for yourself is lust. You only talk about love; you say : ›I love you‹, but inside you want that the other should love you. So when people come to me — thousands have come — they say : ›I did not receive love from the one I loved‹. I have not come across a single person who has said : ›I have not really loved the one I love‹. It is an interesting phenomenon. Whosoever comes says : ›I certainly love the one I love‹; he never doubts it. And he says : ›I don't get love from the other‹. And when the other comes to me, he says the same thing : ›The one I love — I have given love but have not received it. I have been deceived. I feel cheated, betrayed‹. And often both of them come — the husband and the wife come, the father and son come, the friends come — and both of them say the same thing : ›I have loved‹. The truth is that none of them have loved, because I say to you that when one really loves then the same response is inevitable — it echoes, it returns. Whatever you give always returns.*

Whatever you give always returns — Szerzant drückt Osho aus, denn Böhnke mün-

[74] ›Showering without Clouds, Reflections on a Poetry of an Enlightened Women, Sahajo, Spontaneous Talks Given to Disciples and Friends‹ — Osho im Palaver über eins seiner 150 Lieblingsbücher, die ›Sutras of Love‹ einer gewissen Sahajo, einer Sannyasin aus dem 18. Jahrhundert, von der nicht viel mehr bekannt ist als das, was Osho mitteilt : ihr Name bedeutet ›Essenz der Spontaneität‹, nie sah man sie unglücklich, immer war sie blühend wie eine Blume und zölibatär und desinteressiert an der Welt, einen Meister hatte sie, der hieß Charandas und von dem hätte nie einer gehört, hätte Sahajo nicht von ihm gekündet. »So erfuhr es das Volk«. So also.

det in der Merowinger. Mit herrischer Geste scharrt er ihn zu sich, Böhnke aber schaut erst links, dann rechts und quert nun erst die Straße, entnimmt dem Beutel das Stemmeisen und reicht ihn in den Van.

SZERZANT (zieht die Facsimile's hervor, knetet den leeren Beutel) : *Is das alles?*

BÖHNKE : *Mehr war nich. Nur diese große Ausgabe* (breitet stemmeisenbeschwert die Arme) *von Hölderlin, die weiße, aber die konnt ich nich schleppen. Und dann noch die andere, die grüne* (breitet die Arme, das Stemmeisen jetzt in der anderen Hand) *aber die konnt ich erst recht nich schleppen*

SZERZANT (knurrt) : *Böhnke, hast du auch gut nachgeguckt? Keine Hölderlin-Erstausgaben? Nicht die drei Bände DKV? Und was er bei Keller gekauft hat — auch nicht da? Braunes Packpapier?*

BÖHNKE : *Mann, was denkst du denn, was ein Proff zu Hause stehn hat!? Da war nix von verwertbar, das war fast alles verstempeltes Zeux aus der Uni, und deine drei Bücher warn auch nich da, überhaupt, wie oft soll ich dir die denn noch besorgen? Das fällt ja langsam mal auf*

SZERZANT : *Du bist ja brunzdumm. Wo soll das denn geblieben sein, hä?*

BÖHNKE : *Mußt du ihn fragen*

SZERZANT : *Echt nichts?*

BÖHNKE : *Wenn ichs doch sag. Und wenn du mir nich glaubst, gehst du eben selber rein und guckst nach — Tür hab ich angelehnt gelassn. Vorher aber zahlst du mir noch den vereinbarten Satz*

SZERZANT : *Ich zeig dich nicht an — das ist das einzige, was ich dir dafür* (schlägt die Facsimile's) *geb*

BÖHNKE : *Das würd ich mir noch mal überlegen an deiner Stelle, ich kann auch woanders hin mit mein'n Sachen*

SZERZANT : ***Deinen*** *Sachen, daß ich nicht lache. Ein Dieb bist du, auf Droge bist du. War aber nur ein Scherz, Böhnke, hast Glück gehabt. Hier* (steckt Böhnke Geld zu) *Gelohnt hat sichs diesmal aber nicht für mich*

BÖHNKE : *Nich meine Schuld, Mann. Machst du eben 'ne Menge aus dem da, sieht doch gut aus, gutes Ding. Alt*

SZERZANT : *Vor allem kaputt, richtig unästhetisch*

BÖHNKE : *Gibs mir, ich …*

SZERZANT : *Bah bah bah … — Ich muß los. Soll ich dich mitnehmen?*

BÖHNKE : *Nö, laß man, hab noch was zu tun in der Gegend*

Szerzant heult auf einer Folge gezielt herbeigeführter Benzin-Luft-Explosionen davon, nähm jedem nun die Vorfahrt und wird von einer namenlosen Chimäre, halb Bahnunterführung, halb Kurztunnel, verschluckt. Böhnke aber macht kehrt und tänzelt in die Merowinger zurück.

Vogt war gegangen, Wiebke hing feucht Träumen nach, Zeit strich durch die Merowinger, kehrte wieder und verging erneut … da pochts an Wiebkes Tür, Gott schickt ihr wen, einen Verfolgten. Oder Christian. Sie springt vor den Garderobenspiegel, rangiert sich, biegt langsam die Tür heran : Vogt, eine halbleere Flasche

Gorbatschow in der Hand, ein Nasenäderchen geplatzt, das Gesicht seltsam bleich, der Hauch Rosa, der gegen die Bleiche anfärbt, Dokument eines … anfliegenden Rausches? Ganz so weit ist es wohl noch nicht.

WIEBKE: *Richard, hast du hier was liegen lassen?*

VOGT (entschieden): *Ich brauch menschlichen Zuspruch*

WIEBKE (weihevoll): *Sprich zu mir, denn hier bist du richtig* (verweist auf ihr Schild ›Sichere Wohnung‹)

VOGT (tritt ein, setzt sich auf Wiebkes Thron, schmeichelt am Flaschenhals): *Ehrlichgesagt … hast du mal Gläser?* (gemütlich) … *ehrlichgesagt … sind mir eben die Lehrer unseres Helden eingefallen, die über den Portwein das Denken vergessen haben*

WIEBKE: *Sowas sollte kein Lehrer tun*

VOGT: *Hat Mister Gibbon aber gesagt, daß die das getan hätten, seine Lehrer in Oxford — und gesagt hat er auch noch daß mit den glücklichen Tagen und so* (schwenkt auffordernd die Wodkaflasche)

WIEBKE (holt ein ausgespültes Senfglas aus der Küchenzeile): *Sag mal, hast du was getrunken? was außer Tee?*

VOGT: *Nein nein, ich hab nur ein bißchen nachgedacht*

WIEBKE: *Du hast was getrunken, he?* (lacht) *Na, warum soll ein Professor nicht auch mal trinken — wenns nicht zuviel ist. Und wer ist ›unser Held‹? Christian? Knud?* (lacht)

VOGT: *Weißt du* (spielt am Schraubverschluß, nimmt Wiebke das Glas ab und guckt sich um) *— du könntest was machen draus hier* (würdigt das himmelblaue Jesus-Ei ausgestreckten Senfglasarmes)*, einen richtig schönen Salon, ich käm oft. Gibbon, als er in Paris war, der kam auch oft, wenn da eine Madame einen hatte, und überall traf er dieselben Nasen, d'Alembert, Diderot, Barthélemy — das ist überhaupt lustig, das mit Barthélemy, der hat, seit er 1755 in Italien gewesen war, über dreißig Jahre an den tausenden und tausenden Seiten der ›Voyage du jeune Anacharsis en Grèce‹ gearbeitet*

WIEBKE: *Was ist daran lustig? — das klingt eher anstrengend*

VOGT (ungeduldig): *Weil doch die Hölderlin gelesen hat, die ›Voyage‹, für den ›Hyperion‹. Das ist sogar doppelt lustig, weil Anarchasis ein junger Skythe war, ein Skythe! überleg mal! — wo war ich?*

WIEBKE: *Weiß nich?*

VOGT: *Genau! … und Helvetius und d'Holbach und Raynal, die auch, nur Buffon nicht, den hat er gemieden, und Voltaire nicht, der war grad immer in Genf, und Rousseau in Montmorency, aber der wär wohl sowieso nicht mehr eingeladen worden. Da mußt du immer gut drauf achten dann, wenn du einen Salon hast, auf die richtige Mischung. Die ist eine hohe Kunst. Alles nicht einfach* (steht auf und hebt deklamierend das Senfglas) *»Had I been rich and independent, I should have prolonged and perhaps have fixed my residence at Paris« — aber 1763 lebte der Vater ja noch* (setzt sich deprimiert, stellt Flasche und Glas zu seinen Füßen)

WIEBKE (so viele Sprachen): *Salon wär mir zu anstrengend, glaub ich*

VOGT (in sich gekehrt): *Weißt du doch, ich wollte verreisen, bei einer alten Freundin einen Vortrag ausarbeiten und den in zwei Wochen vor der Hölderlingesellschaft …*

WIEBKE (so viele Name) : *Dein Hölderlindings da, ich weiß. Ist Hölderlin ›unser Held‹ ?*

VOGT : *Nein, ich mein' : ja, aber nicht jetzt* (verwirrt und verwirrend) — *nicht eben ... nicht eben grad* (in Wiebkes fragende Miene) — ***nicht grad eben***

WIEBKE : *Versteh ich nicht*

VOGT (seufzt) : *Du hast meinen Vortrag ja auch noch nicht gehört, den Vortrag, wie der Gibbon auf Hölderlin ...* (unternimmt fisselige Fingerbewegungen)

WIEBKE (nickt verständig) : *Das weiß ich. Hölderlin*

VOGT (nickt auch) : *Bei Christian, heut morgen, kennst du, Christian — klar, kennst du, wo hab ich meinen Kopf — kam mir was unter die Finger, was richtig gut war, wo ich was draus hätte machen können, ein unbekannter Hölderlindruck — sowas zu finden ist eigentlich völlig ausgeschlossen, so sehr ist das Feld schon beackert — und da war mir plötzlich gar nicht mehr klar, worüber ich reden sollte, über das eine oder über das andere*

WIEBKE (hat die Lösung) : *Mußt du Gott fragen, der weiß sowas*

VOGT : *Muß ich nicht. Ich bin nämlich überhaupt nicht mehr unschlüssig, das alles ist jetzt nämlich weg. Alles, der Hölderlin und der Gibbon auch*

WIEBKE : *Wie ›weg‹ ? wohin ›weg‹ ?*

VOGT : *Eben weg, sozusagen ... ›weg‹. Als du und ich vorhin nämlich — na, weißt schon ... da ist es sozusagen gestohlen worden, aus meiner Wohnung raus, sozusagen wurde bei mir eingebrochen* — (heiter) *und ich hab grad den Vortrag abgesagt*

WIEBKE : *Einbruch ? Hier bei uns ? Das ist ja entsetzlich ! Knud, hast du das gehört ?*

VOGT (sieht den flachatmenden Knud) : *Der schläft. Nicht wecken*

WIEBKE (aufgewühlt) : *Alles noch da ? Babyphotos ? Babyphotos sind ja unersetzlich. Babyphotos und Liebesbriefe*

VOGT : *Nie gehabt*

WIEBKE : *Guck da lieber noch mal nach* (ganz nachdenklich) *Er wollte dir sicher was sagen*

VOGT : *Wer, der Einbrecher oder Gott ? Die Sprache des Ganoven versteh ich wohl* (rezitiert) *›Es waren die Dümmsten und Wildesten, die ihre Andacht mit einer brutalen Zügellosigkeit von Plünderung, Prostitution und Trunksucht mischten‹* [75] (bückt sich nach der Wodkaflasche)

WIEBKE : *Gott natürlich*

VOGT (kichert) : *Jaja, eben das ist mein Verdacht, eben dann aber versteh ich die Sprache nicht. Leidet er unter Aphasie ? Hat er Hebräisch verlernt ? ...*

WIEBKE : *Nä !*

VOGT : ... *steht er nicht auf dem Boden der freiheitlich-demokratischen Grundordnung ? ...*

WIEBKE : *Gott steht nirgendwo drauf*

VOGT : ... *ist ihm die Wohnung nicht unverletzlich ?*

WIEBKE : *Jetzt läster nicht so* (rätselt) *Er wollte dir was sagen. Aber was ?*

VOGT : *Was hab ich ihm getan, daß er sich in mein Leben, in meine Wissenschaft mischt ?*

---

[75] So Gibbon über die am 15. Juli 1099 stattgehabte Rechristianisierung Jerusalems.

WIEBKE (heureka) : *Vielleicht wollte er, daß du den Vortrag absagst, damit du deine alte Freundin nicht wiedersiehst? Vielleicht ist sie nicht gut für dich?*

VOGT : *Meine Schwester? nicht gut für mich? Das wär schwach argumentiert vom Gott*

WIEBKE : *Deine Schwester? So, und ich dachte ... na ja ...* (nachdenklich) *dann kann das echt nicht Gottes Plan sein, da hast du recht, dann muß es was anderes sein, denn so unergründlich Gottes Wege auch sind, so trefflich versteht er es doch zu argumentieren* (heureka) *Ich habs : du warst unentschlossen, sagtest du selbst. Und nun bist du nicht mehr unentschlossen. Ich weiß nicht, wie du das nennst, aber ich nenn das Fortschritt. Du hast allen Grund, ihm zu danken, denn er hat dir was abgenommen, erst alle Sünde, und jetzt noch die Entscheidung, die dich so sehr gequält hat*

VOGT : *Wozu?*

WIEBKE : *Du willst wissen ›wozu‹, hm. Vielleicht meint er, du solltest eine andere Karriere machen*

VOGT : *Welche?*

WIEBKE : *Er hat bestimmt was mit dir vor*

VOGT : *Was?*

WIEBKE : *Vielleicht will er, daß du Zeugnis ablegst für ihn und seine wundervollen Werke*

VOGT : *Welche wundervollen Werke? Einbruchdiebstahl?*

WIEBKE (in ihrem Element) : *Wundervolle Werke! Das ist es : ist es nicht köstlich, was er an dir soeben getan hat, so als Zeichen? Du bist ausgezeichnet worden, Gott hat zu dir gesprochen, er hat dir gesagt : ›He, ich bin auch noch da‹*

VOGT (zweifelnd) : *Das ist seine Botschaft? Aber ist das nicht ein bißchen dünn?*

WIEBKE : *Das kannst du gar nicht ermessen — so voll Inhalt ist sie, die Botschaft, so reich*

VOGT : *Wenn er mir sagen will, daß er da ist, dazu muß er mir was klaun?*

WIEBKE : *Wenn du's anders nicht kapierst? : ja. Gott liebt dich*

VOGT : *Er bestiehlt mich*

WIEBKE : *Das kann man so und so sehn*

VOGT : *Ach komm, wir trinken jetzt was* (reicht Wiebke die Flasche) *wir zwei Kellerkinder wir* (Wiebke hält hilflos den Wodka)

IV. Das Wandern

darin Plocher ein Blumenbukett verbirgt,
Lektionen von Silke erteilt
und Bücher wieder dem Handel zugeführt werden,
Loisy ein Versprechen nicht geben kann
und doch in bestem Einvernehmen scheidet

Ah ... der Nieselregen — aber kein gedienter Antiquar geht vor Wetter in die Knie. Das Schweinedenkmal in der Sögestraße [76] : Treffpunkt aller Bremer und Touristen, daß sie sich finden und, falls sie einander verlieren, Treffpunkt also auch der bremer Antiquare zum ersten und unangemeldeten AZUBA [77]. Neues Brauchtum soll her in diesen brauchtumarmen Tagen, bis zum Roland soll die Kraft reichen, 600 Meter, die Route feingetüftelt, über Schüsselkorb [78], Domshof und Markt. Elf Leutchen, sieben davon an Instrumenten, feuern Konfettikanonen und setzen dann sich in Gang, neun bremer Antiquare und zwei Ehrengäste : Doktor Loisy, die geschätzte Kundschaft vertretend, in deren Dienst der Antiquar sich verzehrt, führt den Zug als Funkenmariechen an, Otto W. Plocher, Repräsentant auswärtiger Kollegen, versieht gleich hinter Loisy als Tambourmajor und Posaunist den Dienst.

Elf Individualisten brauchen fraglos einen Ordner. Und den gibt Werner Ihrbrandt, bremer Dada-Spezialist. Auf und ab wieselt Ihrbrandt, bellt, eine Ord-

---

[76] Mit einer der unglaublich tollen, fremdenführerleibgeschneiderten Storys : Sögestraße, weil früher da durchs Mittelalter die Säue getrieben wurden auf die Weiden vor der Stadt, ›Söge‹, das ist plattdeutsch für ›Säue‹. Darum. Das zu illustrieren, bezahlten bremer Kaufleute 1974 ein Bronzeensemble : Trötehirt, Hirtehund, trefe Schweineeltern und eine Handvoll Ferkel. Zwinkernd aber hat der ausführende Bildhauer Peter Lehmann noch einen Subtext eingeschmuggelt : auch nämlich solls ein Bild des Bummeltrubels in der Fußgängerzone sein, besonders die kleinen aberrierenden Ferkel — süß und wie Menschenkinder, die mal hierhin, mal dorthin streben. Das Herz der Bremer war gewonnen. Und drauf sitzen konnte man auch, und Photos von sich machen. Einmal waren für vier Monate die Schweine zur Renovierung getrieben : da war was los! der Tourismus kam zu Erliegen, keiner datete mehr, Menschen fanden nicht heim, Züge rasten leer fort aus Bremen, Hunde schmissen sich auf Gleise, Straßenbahnen gerieten aus der Spur, Werder verlor, der Roland blutete — letzteres Keller aber nur für Tränen hielt.

[77] **A**lljährlicher **Z**unft-**U**mzug **b**remer **A**ntiquare.

[78] Aus Solidarität mit der dortgelegenen Zentralbibliothek, die immer noch nicht verkraftet hat, daß ihr Vermögen mit der Zeichnung von Kriegsanleihen 1918 flöten gegangen war.

nerbinde oberarmumbunden, knappe Kommandos zur Aufrechterhaltung der Marschordnung und trägt ein eigens für den AZUBA gefertigtes Käppi [79].

[79] Aufs Käppi ist ein Buchstabenkranz zum Satz ›Dada ist für Ruhe und Orden‹ geprittet. Noch im Morggegrau hatte Ihrbrandt seinen Bestand nach einer Idee für den Käppischmuck gesichtet, die sein Plutokratentum vor aller Welt und den Kollegen erweisen konnte. Da sprang ihn antithetisch vom November 1918 die Nummer 9 der ›Freien Straße‹, in der Raoul Hausmann den gepfefferten Leitartikel ›Gegen den Besitz‹ geschrieben hatte, an — diese vier Seiten zeitunggroß besaß Ihrbrandt in Doublette, die zerschnippelte er, die 3000 Mark, die die unversehrt gebracht hätte, waren dann auch noch übrig.

›Die freie Straße‹ war von 1915 bis Dezember 1918 wann sie nur wollte im friedenauer Verlag ›Freie Straße‹ erschienen und wußte lang nicht recht sich zu entscheiden zwischen diffusem Individualanarchismus und diffusem Prä-Dada — über welch inneren Zwiespalt sie nach der zehnten Nummer sich dann auch einstellte. Schon vorher, aus Protest gegen den Zwang des Erscheinens, blieben die Nummern 7 und 8 brüderlich ungedruckt. Den maßgeblichen Freaks aber — immerhin Franz Jung, Max Herrmann-Neisse, Oskar Maria Graf und der Freud-Desperado Otto Groß — war es von 1915 bis 1918, wenn auch unter Reduktion des Umfangs von 16 auf 4 Seiten, gelungen, die Auflage von 120 auf 200 zu katapultieren.

Zwei Gründe, Dada zu sammeln : Geldanlage und Renommee. Dada zu lesen, nur einer : zuviel freie Zeit. Dadas Kehraus-Parolen wollen nicht weniger als eine Generalumwälzung — natürlich — von allem : Staat, Sexualität, Kunst, Freundschaft, Existenz. Das geht keine Konfessionsgröße kleiner. Und so langweilen die ›Themen‹ der Freien Straße denn auch in einem fort : ›Was suchst du Ruhe, da du zur Unruhe geboren bist‹, ›An Dich — Erde‹, ›Dem Anderen in Dir‹, ›Um Weisheit und Leben‹, ›Verantwortung — zu fremdem Zwang‹, ›Die Technik des Glücks‹, ›Gegen den Besitz‹ und — das Ende kommt mit dem Selbstreferentiellen — ›Präsident Baader‹.

Johannes Baader (1875–1955), belanglos wie nur je ein Christus-Revenant, war Landstreicher, Wahrsager, Totengräber und Gelegenheitspolier, der sich als Dada-Guru und Gräberarchitekt ausgab — und von der albernen Sprengkraft späterer Kommunarden, grad gut genug für beklemmend untalentiertes Größenwahngedöns, ein mittelmäßiger Partyspaß, der das ernste Problem der Sinnlosigkeit desavouiert. Bemerkenswert allenfalls Baaders einseitiger Briefwechsel mit Hitler, in dem er sich als »Präsident des Erd- und Weltballs« vorstellt und den Reichskanzler auffordert, ihm Goebbels als Privatsekretär abzustellen.

Emil Szittya weiß 1923 im ›Kuriositäten=Kabinett‹ über Baaders Anfänge : »Seine Manie begann damit, daß er Schmidt [Joseph Smith], den Mormonenbegründer, beneidete. Er glaubte, daß auch er ausersehen sei, eine neue Bibel zu schaffen«. So blöd Baader aber auch war : er war fair. Via Presse und Post setzte er unentwegt alle von sich in Kenntnis. Erstmalig 1899 unterzeichnet er ein Schreiben an einen Herausgeber mit ›Herrgott‹ und wird auch gleich das erste Mal eingeliefert. Und kommt raus und teilt der Welt 1905 die ›Briefe eines Toten. Wirkliche Briefe eines Toten über seinen Tod. An bekannte und unbekannte Lebendige von ihm selbst geschrieben, herausgegeben und im Manuskript verlegt‹ (Dresden-Blasewitz bei Bayer) mit, im Jahr darauf erreicht »1500 europäische … 240 amerikanische, 75 afrikanische und 25 australische Zeitungen« Baaders Skizze eines mit sämtlichen Annehmlichkeiten versehenen Welttempels des ›Internationalen interreligiösen Menschenbundes‹, »eine Riesenpyramide von 1000 Meter Sockelbreite und 1500 Meter Höhe«, zu haben für schlappe 500 Milliarden Mark. Nahtlos schließt sich 1912 die Forderung an, dem Schädel Schillers in einem zwischen Weimar und Jena aus Gold und Marmor zu errichtenden, 50 000 Leute fassenden Nationaltheater eine neue Heimstatt zuzuweisen. 1914 fällt Ernst Haeckel aus allen Wolken, als er von Baaders Existenz als Gott erfährt — denn Baader schenkt ihm zum 80. ›Vierzehn Briefe Christi. Ein Geburtstagsgeschenk für seine Abteilung Ernst Haeckel vom Besitzer des Kabarets Zur Blauen Milchstraße‹ (Berlin-Zehlendorf, Verlag Der Tagebücher/Architekt J. Baader). Und wenn Jesus, dann auch Pantokrator. Also ab in die Politik. Oder erstmal ins Heer. Franz Jung schreibt 1961 in seiner Autobiographie ›Der Weg nach unten‹ : »Ob Baader tatsächlich Architekt gewesen ist und Grundstücke verkauft hatte, die ihm nicht

Glaswebenüberdacht und doppelgeschossig trotzt Domshof an der Wallstirn, vorgelagert dem Marktbudenmeer, ›Alex‹, die moderne Kaffeekathedrale, den

gehörten, so daß er um den daraus sich ergebenden Schwierigkeiten zu entgehen, ins Militär verschwinden mußte, weiß ich nicht. Als durch Zeugen belegt mag gelten, daß er in Brüssel vor der Front einer Landsturm-Kompanie nach dem Kaiser Wilhelm gerufen hat, dem er den Befehl von Gott auszurichten habe, sofort Frieden zu schließen. Er wurde noch am gleichen Tag nach Deutschland abtransportiert und wahrscheinlich in ein Irrenhaus gesteckt. Er hatte eine Frau und vier Kinder, die allerdings niemand von uns je gesehen hat« — Szittya hingegen zitiert Raoul Hausmann: »Anfang des Krieges schrieb er an den jüngsten Sohn des deutschen Kaisers: ›Mein lieber Jüngling, Ich, Baader, der Beherrscher des Weltalls, schätze deinen Vater gar nicht und fordere ihn auf, den Krieg sofort zu beenden‹. — Selbstverständlich wurde der Beherrscher des Weltalls sofort wieder ins Irrenhaus gesteckt«. Was aber eher an Baaders Bekundung liegt, der Weltkrieg sei eine Zeitungsente.

Ziel bleibt die politische Machtergreifung. Kaum frei, kandidiert Baader 1917 erfolglos in Saarbrücken für den Reichstag — erfolglos aber allein, weil Krieg ist und keine Wahl. Zu Baaders Genugtuung erheben seine Dadaistenfreunde gemeinschaftlich die Forderung, alle Nobelpreise ihm, Baader, dem »Oberdada«, dem »Dideldumdada« oder »Wasbeißtmichdada« zu verleihen. Baader ist zufrieden und bedankt sich am 17. November 1918 im Berliner Dom mit einem kleinen Auftritt. Hausmann berichtet: »Als der Hofprediger Dryander seine Predigt beginnen wollte, rief Baader mit lauter Stimme: ›Einen Augenblick! Ich frage Sie, was ist Ihnen Jesus Christus? Er ist Ihnen Wurst ... !‹ Weiter kam er nicht; es gab einen fürchterlichen Tumult, Baader wurde verhaftet und eine Anklage gegen ihn erhoben« — und niedergeschlagen wegen »krankhafter Störung der Geistestätigkeit« — Szittya verlegt das Datum der Intervention etwas vor, meint er doch, Baader sei nicht nur verhaftet, sondern auch ins Irrenhaus verfrachtet und erst von der Revolution 9. November befreit worden.

Aber wie kommt man denn nun an die Macht? Baader streut 1. April 1919 der Presse, er sei tot und ab sofort gelte eine neue Zeitrechnung ... hm ... — so also auch nicht. Walter Mehring 1968 in einem Interview: »Wir saßen im alten Café des Westens zusammen, und Johannes Baader ... erklärte, er werde, wenn man ihm den Kaffee zahlte, etwas arrangieren, daß die ganze Weltpresse vom Dadaismus sprechen würde. Das Geld für den Kaffee bekamen wir zusammen«, Baader telegraphiert daraufhin 28 Politikern der weimarer Nationalversammlung »vorschlage gemeinsam vaterland zu retten stop offeriere wahlstimmen aller dadaisten« und bekommt für die Parlamentssitzung am 16. Juli 1919 mehrere Einladungen. Das Absingen der Nationalhymne wartet er noch ab, springt dann auf, schreit »Hiermit ist die Nationalversammlung des Dadaismus eröffnet!« und schmeißt »mit wohlgezieltem Wurfe einen Sack mit dem schon hektographierten Wortlaut seiner Kundmachung in die Loge der Auslandspresse« (Mehring). Die Kundmachung aber ist das Flugblatt ›Die grüne Leiche‹, dessen mildester Blödsinn noch der »Antrag Ad 18: Ist das deutsche Volk bereit, dem Oberdada freie Hand zu geben? Fällt die Volksabstimmung bejahend aus, so wird Baader Ordnung, Friede, Freiheit und Brot schaffen — ARDUA i. A. Ebert, Scheidemann« ist. Irrenhaus bleibt Baader diesmal erspart, hat er doch die Einladungen der Politprominenz dabei. 1920 gründet Baader die ›Deutsche Freiheitspartei‹, 1921 die ›Erste intertellurische Akademie in Potsdam‹ und schreibt endlich die eingangs verheißene »dadaistische Bibel, die er einem Amerikaner für 100000 Dollar verkaufen« will (Szittya). Als sich das zerschlägt, knüpft Baader opake Bande zu Graf Keyserling, die schnell und mit großem Knatsch sich lösen. »Das war bisher die letzte Tat des Beherrschers des Weltalls, aber, wie er mir versicherte, ist für die nächste Zukunft von ihm wieder sehr viel zu erwarten. Er sucht einen Geldmann, der seine Möglichkeiten geschäftlich verwerten will« — finden wird er ihn nicht. Macht nichts. Schreibt er 1924 eben das geheimnisvolle Werk ›Das Geheimnis des Z. R. III. Die Geheimbotschaft Deutschlands an Amerika‹ (Berlin-Friedemann bei Felix Stiemer) und erwartet den Sommer 1930. Da nämlich — wie Jahrzehnte später Hausmann-Gespielin Vera Broido-Cohn ausplaudert — hält sich jeder dritte Deutsche für Christus und wollen, die Frage zu klären, wer der echteste falsche Christus ist, alle Christusse und all deren Fans einen Kongreß abhalten. Eine Wiese in Thüringen soll sie alle fassen. Baader aber hat der Luft-

Unbilden. In der Lounge lungert, kleine und große Geschichten im Herzen der Hansestadt abzupassen, eine Radio-Bremen-Crew, und wie, um die Crew aus dem Treibsand der Ödnis zu erretten, schalmeit der AZUBA nach der Weise ›Strömt herbei ihr Völkerscharen‹ [80] auf den Platz. Wer bei Radio Bremen arbeitet, ist nicht dumm, und so wittert die Außenstelle auch ihre Chance, schleudert Rabattmarken gegen die Bedienung ab, stürmt hinaus, jetzt gilts Meinungen einzuklagen in ein Windfellmikrophon, am Schwanz des Zuges Keller, den greift sie zuerst, der sagt aber nichts, der bedient konzertant die Triangel, davor hagerbucklig Kollege Krüger mit der Pauke, Stumpen im Maul seit wenigstens zwei Weltkriegen.

KRÜGER (faßt sich kurz) : *Davon weiß ich nichts*

REPORTER : *Nicht. Aha*

— dann vielleicht der Herr an der Harfe, der Diplomträger unter den Kollegen, unweit Inhaber eines schöngeistigen Buch- und Buddelschiffgeschäfts, in Begleitung seines aktuellen Golden-Retriever-Welpen.

DIPLOMTRÄGER : *Ich habe gehört, er habe bei ihr schon zu Abend gegessen* (zurrt martialisch an der Leine, der Welpe röchelt)

HIMBEERROTE PLUDERHOSE (anonym, aus der Menge taschentragender Markt-

---

hansa erzählt, er sei Journalist, und Lufthansa sagte : *Gut, dann darfst du überallhin umsonst* und so schwebt Baader knatternd, während die Konkurrenz erbärmlich auf der Wiese Kreise bildet und Gebete betet, Wunder probiert und einander scheel bespäht, in einer Fokker-Grulich F II über die Wiese, landet, steigt aus, schweigt, geht und läßt die Christusse und Gläubigen, die ihm alle das Wasser nicht reichen können, sprachlos zurück. Erstmal wieder in die Psychiatrie.

Mit Hausmanns Exil 1933 werden Nachrichten von Baader spärlicher. Man hört noch 1948 sein Statement, daß Schauspieler das ewige Leben hätten, da sie zu dem komischen Licht, das in den Lichtspielhäusern »an der Wand leuchtet«, verwandelt seien, und auch noch, daß er 1955 in einem bayrischen Altersheim stirbt. Ist ein Zusammenhang zwischen Abebben der Baader-Aktivität und Hausmann-Exil? Franz Jung : »Ich halte Raoul Hausmann für den begabtesten dieser intellektuellen Provokateure, ein ausgezeichneter Maler und ein sehr beweglicher abstrakter Philosoph, der sich mit Astronomie und Mathematik ebenso ernsthaft beschäftigte wie mit dem Versuch, eine neue Herrenmode zu kreieren. Zwischendurch hatte er in dem Architekten Baader einen Ober-Dada erfunden … Hausmann, der in der Nähe von Steglitz sein Atelier hatte, trieb ihn dort in dem unbebauten Hügelgelände eines Tages auf, Baader als Prophet, umgeben von einer Reihe älterer Männer und Frauen, denen er von der Armee des Einen predigte, der alle anderen Armeen, wenn die Zeit gekommen sein wird, zerschmettern wird, er, Baader, selbst dann als der Feldwebel vom Dienst. Hausmann hat ihn ins Atelier genommen und dort ihn zum Ober-Dada modelliert. Welche Mittel und Exerzitien Hausmann angewandt haben mag, weiß ich nicht. Hausmann schob diesen Baader, einen sonst harmlosen und freundlichen Mann, etwas schwachsinnig und zum Verwechseln ähnlich dem Zigarrenhändler an der nächsten Straßenecke, als Dummy vor sich her, als Punching-Ball. Baader bewegte sich und sprach nur, was Hausmann ihm eingetrichtert hatte«.

[80] ›Strömt herbei ihr Völkerscharen‹, Text Otto Inkermann (1823–1862), Musik Peter Johann Peters (1820–1870) : »Strömt herbei ihr Völkerscharen / Zu des Antiquares Stand! / Wollt ihr echte Lust erfahren / O so reichet ihm die Hand / Nur mit Büchern wollet leben / Nur mit Buch geboren sein / Wo die Bücherberge beben / Und um Geldes sind sie dein // Mögen tausend schöne Frauen / Locken auch mit aller Pracht / Wo Italiens schöne Auen / Wo in Düften schweigt die Nacht / Nur die Bücher wollet lieben / Denn in jedes Auges Schein / Stehet feurig es geschrieben : / Nur die Bücher wollet frei'n«.

besucher) : *Das stimmt. Und ich hätte sie nehmen können, gleich auf der Couch. Zu ihrem Leidwesen ist mir sowas vollkommen schnurz*

REPORTER : *Wie aufregend!*

— und davor, der rotwangige, zwirbelbärtige Herr an der Orgel auf dem Festwagen mit den Platinbuchstaben ›LAMMEK ULTD.‹, der wie magisch gezogen wird von einem kleinen Negerjungen!? Hatten bisher nur vereinzelt zwischen den Biosüß-, Gemüse- und Wurstständen hervorbrechende Passanten ihren Antiquaren zugejubelt, tost gleich …

REPORTER : *Herr Lammek?* (… ein Orkan)

LAMMEK (rotwangig, zwirbelbärtig, schmunzelt und orgelt, zeigt ein Photo seines Landguts in die Kamera) : *Ich habe mir abgewöhnt, über Geschmäcker zu streiten. Außer beim Wein. Und auch da nicht mit jedem*

— Jetstreamjubel. Der Reporter schließt zum Flötisten auf, dem herrlichen Versand-Antiquar Johann Dietrich. Der soll sprechen. Aber der weiß nicht, ob er's wirklich tun sollte, setzt aus in seinem Vortrag und greift zur Stärkung aus seiner Öljacke eine Packung Fisherman's Friend — die schwächeren.

DIETRICH (bietet dem Reporter einen Freund an) : *Sind sie zu stark, bist du zu schwach*

REPORTER : *Nein danke — lieber die Frage*

DIETRICH (lutscht dann eben die Salmiakpastille selber, präzis) : *Sie meinen : die Antwort auf die Frage* (Reporter nickt) *Nun …* (gequält) *Ich weiß nicht warum, aber ich glaube, sie mag ihn einfach*

HIMBEERROTE PLUDERHOSE : *Und ob sie mich mag. Ich mag mich ja auch*

— die ausgezeichnete und nimmermüde Antiquarin Angelika Brater und ihr Lebensgefährte und Auch-Antiquar Arnim Heyer können kein Instrument und waren zu Trägern eines Transparents mit der gerechten Forderung ›Nicht fragen, kaufen‹ bestimmt worden. Heyer, eine Hand frei, reibt, nicht faul, in Putzabsicht einen angeschmutzten Originalschutzumschlag der ersten Ausgabe von Lenz' ›Deutschstunde‹ an seiner nieselnassen khakifarbenen Tommy-Hilfiger-Jacke. Ihrbrandt tänzelt heran. Zwar mißbilligt er unangemeldete Nebentätigkeiten, weiß aber bei Anwesenheit von Presse, Hörfunk oder Fernsehen sich moderat zu geben.

IHRBRANDT (zu Heyer, treusorgend) : *Du, Arnim, die Jacke ist gewachst. Die ist von Tommy Hilfiger. Tommy Hilfiger gibt da immer unbefriedigende Resultate*

REPORTER : *Herr Ihrbrandt? Dürfen wir auch Sie …?*

IHRBRANDT : *O, hallo. Ja, viele von uns haben es schwer. Mag sein, es ist die Leichtigkeit, mit der er das Gewerbe auffaßt, die ihr imponiert*

BRATER : *Ich weiß wenig, aber daß unter Menschen vieles möglich ist, das weiß ich. Hab ich selbst erlebt*

HEYER (vorsichtig) : *Ich wäre da vorsichtig* (reibt vorsichtig, streng achtend, daß Ihrbrandt es nicht sieht, weiter)

PLOCHER (eilt posaunenbackig von vorn herzu) : *Vollkommen abwegig. Ausgeschlossen. Ungutestes!*

SILKE (an einem rollenden Spinett, schreibt im anmutigen Spiel eine Blanko-Rechnung) : *Ja und? Darf ich nicht mögen, wen oder was ich will?*

KELLER (meldet sich doch noch zu Wort, von hinten) : *Was soll ich sagen? Ist ja auch schwer, ihn nicht zu mögen*

— Eine Kellerphantasie zum Frühstück, Keller vergißt sie schnell. Aber, als er Kurs Schnoor heut ungewöhnlich über die Schweine nimmt und sich an den Skulpturen auch noch dabei ertappt : kehrt sie wieder. Ein kleiner Schweiß tritt an die Schläfen, ein dünner Schwindel nebelt um die Nerven, er lehnt an den Trötehirten, neigt den Blick, ob etwa am Boden Konfetti liegt, das er phantasiert hatte mitverwirbelt zu haben — die Stadtreinigung aber ist schon durch, Keller sieht noch, befehligt von einer mickrigen Figur, eine vollhydraulische Kehrmaschine durch die Fußgängerzone besen und in die Katharinenpassage biegen. Noch ist hier nichts verkauft worden, und doch ist alles schon voll emsiger Leut, alles voller Montagmorgen. Eine neue Touristenoffensive, neue, himmelstürmende Umsätze — Keller ermannt sich, wiedervergißt den Launenschaum und durchmißt störrisch die Sögestraße schnoorwärts. Er möchte nicht zurückstehen.

Silke auch nicht. Silke steht, Anfang 40 und über Neujahr wunderbar von einem brünetten Tituskopf zur Trägerin eines blond-gemäßigten Beehive mit frech angeockerter Stirnsträhne mutiert [81], im cafébraunen, kaschmirangereicherten Lodensakko berauscht vor ihrem Antiquariat in einer der lukrativsten Flitterstraßen Bremens. Was alles hat sie nicht dem kleinen Gelegenheitskauf Mitte Januar ent-

[81] Ob ihr wer gesagt hat, daß eine coiffure à la Titus auch Nachteile hat? Ludwig Schellenberg etwa wußte das nicht, der sprach Frühjahr 1800 blauäugig mit frischgeschnittenem Tituskopf bei Karl-Wilhelm von Nassau-Usingen um die Erlaubnis vor, im 3000-Seelen-Nest Wiesbaden Buchhandlung, Leihbücherei und Verlag betreiben zu dürfen. Karl-Wilhelm aber sah nur die Frisur des Bittstellers, und das war die der Franzosen unter dem Konsulat. Und wollte Karl-Wilhelm französische Revolution in Nassau? Nö. Da halfs auch nichts, daß Schellenberg — wie Hölderlin fünf Jahre später, der *Ich will kein Jacobiner seyn, fort mit allen Jacobinern. Ich kann meinem gnädigsten Churfürsten mit gutem Gewißen unter die Augen tretten … Ich will kein Jacobiner bleiben … Vive le Roi!* schreiend durch Homburgs Gassen lief — beteuerte, er sei *abgesagter Feind von aller Revolution und von den Franzosen.* Obwohls stimmte. Drei Jahre ließ Schellenberg die Haare stehen und dann trat Karl-Wilhelms kleiner Bruder Friedrich-August eine herrliche Regentschaft an und genehmigte dem abermaligen Petitenten, beeindruckt von dessen Filzschopf, alles. Die Buchhandlung dann zwar lief nicht so, dafür die anderen Projekte um so besser : Schellenbergs Verlag lebte davon, daß jeder Untertan verpflichtet wurde, den ›Herzoglich Nassauischen Landeskalender‹ für sechs Kreuzer zu beziehen, und die Leihbibliothek führte eben weniger Klassik als vielmehr Patriotisches von Arndt, Körner und Claudius, Vieles von den fleißigen Kotzebue und Lafontaine, Frivoles von Langbein sowie Grusliges von Spieß und Cramer — je Buch und Tag ein Kreuzer. Wer sagt da schon nein? So wurde Ludwig doch noch dick und rund.

Oder ob eine Lesbe Silke mit der Codefrage *Gertrude Stein?* einen unwillkommenen Antrag ins Ohr geflüstert hat, trug doch Frau Stein einen vorbildlichen Tituskopf, am Ende löckchenloser gar à la Caracalla? — Nein. Silke ist zyklisch einfach danach, ihre Frisur zu ändern.

zaubern können! Sie überwandert ihre Sonntagschöpfung, die Auslage mit alten Reisebeschreibungen, das Quart-Angebot der Woche: ›Warhaftig^{e} Historia und beschreibung eyner Landtschafft der Wilden / Nacketen / Grimmigen Menschfresser Leuthen / in der Newenwelt America gelegen / vor und nach Christi geburt im Land zû Hessen vnbekant / biß vff dise ij. nechstvergangene jar / Da sie Hans Staden [82] von Homberg auß Hessen durch sein eygne erfarung erkant / vnd yetzo durch den truck an tag gibt. Dedicirt dem Durchleuchtigen Hochgebornen herrn /

---

[82] Den 22jährigen Landsknecht Hans Staden ziehts 1547 heftig nach Indien. Über Bremen reist er nach Holland, schifft nach Lissabon ein, dort aber geht grad ein Segler, der deportiert Sträflinge nach Prasilien und soll unterwegs auf Geheiß Joãos III. (des ›Frommen‹, des ›Schirmherrn der Inquisitoren‹) Franzosen aufbringen. Auch nicht schlecht. Ein Büchsenschütze wird noch gesucht — Staden zögert nicht, Hauptsache weg, Hauptsache brand- und ›kauffschatzen‹.

Er kapert Franzosen, bestiehlt ›weiße Moren‹, versetzt nach 84 Tagen auf See den von Portugalesen arg drangsalierten Indianern empfindliche Schläge — und ist 8. Oktober 1548 glücklich wieder in Lissabon. Das hat Spaß gemacht. April 1549 nimmt Staden gleich die nächste Passage nach Südamerika: ein Spanier, der nach La Plata will — allerdings Ende November 1549 vor Prasilien sinkt. Staden schwimmt an Land, ißt Austern und Eidechsen und schlägt sich binnen zweier Jahre ins portugiesische São Vicente durch. Dort besteigt er ein neues Schiff. Das aber sinkt auch. Sofort. Und so bleibt Staden in São Vicente. Jedoch wird São Vicente von menschenfressenden Franzosen und Tupinambá belagert, einzig geschützt von den Palisaden des Forte de São Felipe, dessen Kommandantur Staden 1552 an sich reißt. Doch kein Jahr, und er wird, auf Austernjagd — denn er war auf den Geschmack gekommen — von den Tupinambá gefangen, wenn auch nicht sofort geschlachtet, denn es ist ein Zank unter den Indianern, wer den ersten Happs tun dürfe. Staden wird ins siebenhüttige Dorf Vwattibi verschleppt und muß unterwegs Indianerweibern, die am Wegrand Drogenwurzeln rupfen, »zû rûffen in jrer spraach: A Junesche been ermi vramme. Das ist: Jch ewer essenspeise komme«, ja, »das frawen volck [lief] zû mir / vnd schlûgen mich mit feusten / vñ raufften mich bei dem bart / vnd sprachen in jrer spraach: che innamme pepike a e. Das ist so vil gesagt: Den schlag reche ich an dir von meines freunds wegen / Den die / darunter du gewesen bist / getoedtet haben«. Richtig fiese. Da die Tupinambá Staden aber zunächst mal mästen wollen, hat er Zeit, es mit der Angst zu bekommen und betrachtet das »betruebte jamertal / darinn wir hie leben / vnd ich fieng an mit weynenden augen zusingen außgrundt meines hertzen den Psalmen: Auß tiefer not schrei ich zû dir &c. Da sagten die Wilden: Sihe wie schreiet er / ytzt jamert jn«. Staden macht während der Mast einen Trick. Der Haß der Tupinambá gilt nur den Portugalesen — gut aber können sie mit den Franzosen. Also sagt er, er sei einer. Leider lebt unter den Tupinambá ein Galle und spricht Staden kein Welsch. Die Sache fliegt also auf und der Franzose verlangt, Staden sofort zu braten. Er soll aber noch dicker werden. Und erfährt hintenrum, daß seinen Trick vor ihm schon fünf Portugalesen probiert hatten. Alle verputzt. Als er dann endlich dick genug ist und er auch noch Zahnweh kriegt, hat Gott ein Einsehen und schickt eine Seuche: schnell gibt Staden die als Gottes Strafe aus. Häuptling Cunhambebe bittet ihn, bei Gott um Gnade für alle zu beten. Staden und Gott finden einen Kompromiß: acht Indianer sterben, Cunhambebe und Gattin nicht. Nun sind Gott und Staden den Tupinambá große Zauberer und nutzen fortan jeden Wetterumschwung und den geringsten Husten, heftige Prophetien auszustoßen. Nur einmal noch wirds für Staden emotional eng: als er die Tupinambá, die er mittlerweile als frohe und lustige Gesellen schätzen gelernt hat, auf einen Feldzug begleitet und sie viele portugalesische Freunde Stadens erbeuten. Aber niemand zwingt ihn mitzuessen, die Tupinambá geben ihm Obst und Austern … und nichtmal die muß er essen, er kann auch nur zugucken. Und dann, nach neun Monaten, löst ihn ein französisches Schiff aus. 31. Oktober 1554 bricht Staden nach Europa heim und lebt den schönen Abend seines Lebens geehrt als Pulvermüller und Seifensieder und stirbt 1579 den Pesttod in Wolfhagen.

H. Philipsen Landtgraff zû Hessen / Graff zue Catzenelnbogen / Dietz / Ziegenhain vnd Nidda / seinem G. H. Mit eyner vorrede D. Joh. Dryandri / genant Eychman / Ordinarij Professoris Medici zû Marpurgk. Getruckt zû Marpurg / im jar M. D. LVII‹. Ah, die prächtigen Holzschnitte! die Karavellen all, die wider jede Maßstabtreue atlantikumtobt in übersichtlichen Landkarten kreuzen, die niedlichen Wogen, die nackig in Einbäumen rudernden Indigenen, die gelenkigen Menschen in ulkigen Lagen, die pittoresken Dorfszenen, die Kopflosigkeiten, schmauchende Einzelbeine, die unerforschten Tiere auch, reichgeschmückt die Initialen, wie werthaltig, wie selten, wie schön!

Eine Preisvorgabe hatte Silke nirgendwo gefunden. Hätte sie eh abgetan. Sie gestaltet ihre Preise selbst, das ist ihre Arbeit, ihre vornehmste Pflicht, Lust und Last, was scherts sie da, daß vor Jahr und Tag eine ›Warhaftig[e] Historia‹ mit 27 Fehlblättern und nachgebunden in modernes Pergament bei Zisska & Kistner 900 gebracht hatte? — sie darf doch wohl in jedem Fall meinen, für ein vollständiges, bei niemand sonst erhältliches Exemplar mit nur minimalen und leicht kaschierbaren Brandschäden der Zeit die Hausnummer 20 000 aufrufen zu dürfen? Und ein bißchen Spiel nach unten war ja auch noch, 20 000, das soll ja vor allem eines: verdeutlichen, wo der Hammer hängt. Und wenns keiner aus der Reise-, Südamerika- oder Holzschnitt-Fraktion will, dann schiebt sie's als Bremensie über den Tresen, nur Narren beschränken Staden darauf, der erste Deutsche in Brasilien und Urheber des ersten deutschen Brasilienbuchs gewesen zu sein: Staden hatte auch Bremen besucht, mal gucken, was Huschke, der edelste der Bremensammler, dazu sagt, wenn sie ihm verliest: »ICh Hans Staden vonn Homberg in Hessen / name mir vor / wens Gott gefellig were / Jndiam zubesehen / zoge der meynung von Bremen nach Holandt«. Und wenn das nicht langt — legt sie halt nach: »Vnser waren drei teutscher in dem schiff / eyner genant Hans von Bruchhausen / der ander Heinrich Brant von Bremen / vnd Jch«.

Silke ist zufrieden [83], der Staden ist ihre Santa Maria … und links davon segelt die Niña, drei Quart-Textbände in unaufgeschnittener Breitrandbroschur, und Querfolio der dazugehörige Atlas: die ›Reise um die Welt in den Jahren 1803, 1804, 1805 und 1806 auf Befehl Seiner Kaiserlichen Majestät Alexander des Ersten auf den Schiffen Nadeshda [84] und Newa unter dem Commando des Capitains von der Kaiserlichen Marine A. J. von Krusenstern‹ — das soll wohl 18 000 geben und der stehe auf, der weiß, welche deutsche Bibliothek das hat [85] — und 18 000, das ist nur ein

[83] Gut, daß sie's verschmäht hat, ihre vorrätigen minderen Staden wendeltreppig vors Original zu fächern, ein Faksimile Frankfurt 1927, Buenos Aires 1934 einen aus der beliebten Reihe ›Die Umwelt des Auslandsdeutschen in Südamerika‹, eine Verhochdeutschung 1964 und ein weiteres Faksimile Kassel 1978, nein, das hätte die Impression doch sehr gestört.

[84] Hoffnung.

[85] Na ja, die Staatsbibliothek Berlin hats. Aasig rar gleichwohl: die parallel zur russischen (1809–1813) im Verlag von Johann Karl Schnoor erschienene erste deutsche Ausgabe St. Petersburg 1810–1812 (der 104taflige Atlas 1814). Die zweite rechtmäßige 1811–1812 bei

Bruchteil dessen, was sie für Krusensterns späteres opus magnum, die 34 Blätter des ›Atlas de l'océan Pacifique publié par ordre de S. M. I.‹, 1824–1827, schon erzielt hatte. Das war endlich mal ein Objekt gewesen, das sie noch nie gehabt hatte. Das war auch sofort weggegangen, an einen kalkigalten Atlassammler, der für diesen Transakt den Aufenthalt in St. Moritz abgebrochen hatte, sich in seinen Rettungshubschrauber hat verbringen lassen, anderntags aber nicht wie gewöhnlich allein mit Büscheln Bares in Silkes Laden geeilt gekommen war, sondern zudem mit Ferrero Küßchen und vielen Honigworten aufgewartet hatte. Silke hatte großzügig auch Seimsilben und Konfekt genommen — schließlich war ihr mit dem Erlös aus dem Pazifikquatsch der ganze Ankauf refinanziert gewesen.

Nur rechts, das Triptychon zu vervollständigen, die Pinta, hatte Silke Probleme gehabt. Nahm sie Langsdorff [86]? zu nah an Krusenstern. Nahm sie Prinz Maxi-

---

Haude & Spener Berlin druckt zwar die Reisebeschreibung der ersten Bände Petersburg treu nach, entschlägt sich aber der wissenschaftlichen Monographien des dritten petersburger Bandes.

Der allseits beliebte Este und Philanthrop Adam Johann Baron von Krusenstern (1770–1846), Schwager August von Kotzebues, hat in der russischen Marine einen Traumstart : im Krieg gegen Schweden prist er die Sophia Magdalena, nimmt einen Admiral gefangen, aber : träge Friedensjahre folgen. Also bittet er um Versetzung zu den fidelen Briten. Genehmigt. 1793–1799 kommt Krusenstern also viel rum, Nordamerika, Karibik, Kalkutta, Malakka, Kanton. Zurück in der Heimat schimpft er lauthals, Rußland vergebe sich Vieles, wenns nicht bald im lukrativen Chinahandel mitmische. Damit ist er qualifiziert, eine als erste russische Weltumseglung getarnte Mission zu befehligen. Kronstadt, 7. August 1803 : die Newa und Nadeshda laufen nach Kopenhagen aus — England — die Kanaren — im Dezember Brasilien, Kap Hoorn Ende Februar 1804, viel Polynesien dann und am 9. Juni Hawaii, von dort Krusenstern mit der Nadeshda allein nach Kamtschatka und Japan (6. Oktober bis 16. April 1805) segelt und Diplomaten ausspuckt, die dort unterhandeln sollen, aber nichts zuwege bringen. Krusenstern setzt die Versager am 5. Juni in Kamtschatka ab, durchkreuzt die Beringsee und das Ochotskische Meer, entdeckt so manches Eiland, vermißt mehrfach Sachalin, irrt aber wegen Unpassierbarkeit einiger Tiefen und hält es weiter für eine Halbinsel. Wo er ist, kartographiert er und studiert das merkantile Niveau — dieweil observieren die Bordwissenschaftler Mollusken und botanisieren. Am 5. Oktober 1805 die Rückreise, über Makao, Kanton (20. November bis 9. Februar 1806), Sundastraße und das Kap der Guten Hoffnung. Am 19. August 1806, wenige Tage nach der Newa, die von Hawaii aus die Küste Kaliforniens nach Chancen einer Südexpansion der russischen Kolonie Alaska untersucht hatte, läuft die Nadeshda im Heimathafen Kronstadt ein.

Für all diese Taten, sein manisch genaues Kartieren und imperiales Streben, das den erhöhten Personalbedarf einer Weltmacht mit der Öffnung der Offizierslaufbahn für bürgerliche Wasserratten zu decken vorschlug, wird Krusenstern Mitglied der Petersburger Akademie der Wissenschaften, nennen später die Sowjets ihre Gorch Fock, einen in Bremerhaven gebauten Windjammer, der 1945 als Reparationsleistung an sie überging, nach ihm und wird er Pate eines Kaps und mehrerer polynesischer Inseln. Der Mondkrater aber, der nach ihm heißt, den hat er bekommen für ein Nebenherwerk, die ›Wörter-Sammlung aus den Sprachen einiger Völker des östlichen Asiens und der Nordwest-Küste von Amerika — bekannt gemacht von A. J. Krusenstern, Capitain der Russischen Kaiserlichen Marine‹, St. Petersburg 1813, 68 Quartseiten, ein Vokabelheft der Sprachen der Aino, Tschuktschen, Koljuschen und Kinai.

[86] Hitzkopf Georg Heinrich Freiherr von Langsdorff (1774–1852) steigt ohne Erlaubnis des Zaren, aus lauter Liebe zu Krusenberg, Forschung und Abenteuer in Kopenhagen der Nadeshda zu. Ab Hawaii macht er dann die Kalifornientour der Newa mit und trudelt, über Sibirien, erst 1808 in Moskau ein, wird russischer Konsul in Brasilien, das er gesellig mit

milian zu Wied-Neuwied [87]? Oder doch besser La Condamine, Barrère und Bou-

---

Malern und Astronomen durchstreift. Erst 1820 gibt er den Posten auf, als ein Tropenfieber seine Schaffenskraft verringert und er nur noch die Tropenfieberwarnung ›Mémoire sur le Brésil‹ herausgeben kann, im Jahr drauf, 1821 auch deutsch, ›Bemerkungen über Brasilien : mit gewissenhafter Belehrung für auswandernde Deutsche‹.

Silke besitzt in Halbleder Langsdorffs eigenes Zeugnis der Weltumseglung, 1812 von Hölderlins frankfurter Verleger Friedrich Wilmans (→ 244) in zwei Quartbänden herausgebracht, die ›Bemerkungen auf einer Reise um die Welt in den Jahren 1803–1807‹, Band 1 Zar Alexander, Band 2 Krusenstern gewidmet. Unter 12000 geht da gar nichts. Silke hats kollationiert, alles da, auch die Notenbeilage der Eingeborenenlieder — kommen also auch Musikfreaks in Frage. Und ein wenig festgelesen hat sie sich, denn ihr war imposant die ethisch erlesene Haltung Langsdorffs : als der Dezember 1803 Kurzexkursionen ins brasilianische Landesinnere unternimmt, wird nicht nur seine Brasilienliebe geweckt, sondern empört er sich über der unglücklichen Neger Los und wird davon nur abgelenkt, wenn ein neuer Falter ihm durchs Bild flattert. Das tun sie häufig. Und doch brennt unknutbar Schillers Menschenliebe in ihm und läßt sich nicht beirren, unter all den bunten, dem Abendland unbekannten Schmetterlingen fällt ihm auf, daß die Siedler »von Zeit zu Zeit Überfällen von Seiten der Indianer, hier Gentio brava ›wilde Völker‹ oder Caboccolos genannt, ausgesetzt« sind. »Nicht selten werden sie von entlaufenen Negersklaven angeführt, die ihren Peinigern entwischt sind«. Das gefällt Silke, ›den Peinigern entwischen‹. Darum war sie Antiquarin geworden.

[87] ›Reise nach Brasilien in den Jahren 1815 bis 1817‹, Franckfurt bei Heinrich Ludwig Brönner, 1820/21, zwei kartonierte Folios, eins der 22 Kupfer entfernt, und ohne die beiden Tafelbände in Querfolio. Silke rümpfte die Nase — na, wenigstens nicht die zeitnahe Oktavausgabe, wenigstens im zweiten Band mit ›Proben brasilianischer Indianersprachen‹. Zum Anfixen, 800 Mark, beschlossen und verkündet.

Max zu Wied-Neuwied (1782–1867) : Ethnologe, Reiser, Durchlaucht und Soldat. Dient 1802 in Preußens Armee, wird nach vier Jahren geschnappt, entlassen und drückt in Göttingen bei Blumenbach, wie vor ihm Göte und Oken, die Bank. 1813–1815 greift er wieder zu den Waffen, tuts gern, tuts wieder für Preußen und tuts als Major und Husar. Diesmal mit mehr Glück : er reitet in Paris ein. Und macht sich richtig schlau, liest Hans Staden, Jean de Léry (1534–1613), den Jesuiten Simão de Vasconcellos (1596–1671), La Condamine, Felix d'Azara (1746–1821) und Krusenstern — dann ist 1815, dann soll losgehn : ein langgeträumter Traum, eine Brasilienreise. Was Alexander von Humboldt noch, da Portugal erst seit 1808 die Einreise von Unportugiesen nach Brasilien gestattet, verwehrt war : Durchlaucht Max wills tun. Aber nicht allein. Er ist gesellig und sucht Begleitung. Adelbert von Chamisso hat zwar Zeit, aber kein Geld — kein Problem, greift Max eben aus dem Personal seines Neuwieder Hofes sich den Jäger David Dreidoppel und den Gärtner Christian Simonis, müssen die eben mit.

Und schon sind sie da, trinken Tee mit Konsul Langsdorff und erdenken einen Alias-Namen für Max. Max will das. Und Durchlaucht gefällt ›Baron von Braunsberg‹ ganz gut, Dreidoppel, Simonis und Langsdorff sind nach kurzem Bedenken auch dafür, und so wirds gemacht. Und jetzt hin zu den Wilden. Treiber und Träger sind billig gemietet, und dann schaut der Trupp bei den Puri, Coropos, Botokuden, Camacons, Coroados und Patachos vorbei, gestatten, Baron von Braunsberg. Erst Anfang 1817 wirds gefährlich : Soldaten nehmen die Reisegesellschaft fest und zeihen sie der Spionage für England und der Unterstützung etwelcher Rebellen. Max ist erbost. Da sammelt er harmlos bunte Vögel und sucht Indianer-Brieffreunde, und dann das. Empört reist er ab. Allerdings nicht ohne je einen Botokuden und Neger einzupacken. Und die gesammelten bunten Vögel, da schenkt er die schönsten von Göte. Vorher beschreibt er sie aber noch schön und publizierts 1817, in Okens Zeitschrift ›Isis‹. 1832–1834 nochmal dieselbe Reise, nur nach Nordamerika, und nur daß die Vögel dort nicht so bunt sind und das Klima etwas anders. Lang sinnt Max da über einen Zusammenhang, nie aber vergißt er das Brasilienbücherschreiben : 1824 ›Beiträge zur Naturgeschichte Brasiliens‹, 1850 ›Brasilien, Nachträge, Berichtigungen, Zusätze‹ — nur zwischendrin (1840–41) sein Erfolgstitel ›Reise in das Innere Nord-Amerika in den Jahren 1832 bis 1834‹. Diese Bücher schreibt der Prinz zwar nicht gut, wird von seinen Mitmenschen aber

guer [88]? Oder oder oder — oder sollte sie die Belegung der Pinta-Position wöchentlich wechseln? Sie nahm Langsdorff, ihr doch egal, soll die Welt sie doch für engstirnig halten.

---

genau darum gepriesen als ›erfrischend schmucklos‹. Das Reisen aber wohnt Durchlaucht so sehr inne, daß sie es bis ans Ende tun muß, wenns auch nur noch Badereisen sind.

[88] Silke ist da Herrin eines Sammelbandes, den sie gar nicht weiter ausgeflust hat, drei Reiseberichte in deutscher Erstausgabe von 1751, oktav, Ganzpergament, Titel in Tinte auf Rücken.

Ein Verkaufsargument jenseits des Ganzpergaments hat sie sich schon zurechtgelegt, *reichlich wissenschaftlicher Ertrag* will sie sagen, aber das ist müde und wird kaum reichen, 3000 Mark rauszukitzeln. Sammelbände sind nicht gut, Wissenschaft ist auch nicht gut, die Karten, Kupfer und Falttafeln machens nicht wett, die sind zu klein. Sicher das Buch aus dem Januarankauf, das am schwierigsten loszuschlagen sein wird, eine echte Witwenidee. Als nämlich Abraham Vandenhoeck 1750 starb, führte dessen Witwe Anna das göttinger Verlagshaus und brachte — ›Verlegts A. Vandenhoecks seel. Wittwe‹ — bis 1764 eine elfteilige ›Sammlung neuer und merkwůrdiger Reisen zu Wasser und zu Lande aus verschiedenen Sprachen ůbersetzt‹ heraus und Silke gebietet über deren Theil 2, ›Neue Reisen nach Guiana, Peru und durch das sůdliche America, worin die Merkwůrdigkeiten dieser Lånder nebst den Sitten und Gewohnheiten der Einwohner beschrieben werden /aus dem Franzǒsischen der Herren Barrere, Bouguer und de la Condamine ůbersetzt‹. Und daß es 388 Seiten sind, ist auch nicht wahr, es sind nur 380 — eben Seite 380 ist fehlerhaft paginiert.

Bis Seite 178 führt Barrère das Wort, Pierre Barrère (1690–1755) mit seiner ›Neuen Beschreibung von Guiana‹. Denn Barrère ist nicht nur der verrückte Vogelfreund, den alle kennen und lieben, der 1745 seinen ›Ornithologiæ Specimen Novum‹ — ein leider restlos untauglicher Versuch, Vögel in palmipede, demipalmipede, fissipede und demifissipede zu klassifizieren — Buffon widmet. Auch ist er mehr als der skurrile Fossilienkundler, der 1746 ›Observations sur l'origine et la formation des pierres figurées‹ schreibt und Muscheln in den Alpen für den Beweis langvergangener Ozeane hält oder der Perverse, der andauernd Leichen öffnet und 1751 auf 66 Seiten ›Diverses Observations anatomiques tirées des ouvertures d'un grand nombre de cadavres‹ publiziert, nein, er ist ab 1717 Arzt in seinem pyrenäischen Heimatdorf Perpignan, geht 1722 für fünf Jahre nach Cayenne und ist der, der einen Versuch einer Naturgeschichte Äquinoktial-Frankreichs unternimmt, 1741 in einem ersten Essay und 1743 in der Silke vorliegenden ›Nouvelle Relation de la France équinoxiale, contenant la description des côtes de la Guiane, de l'île de Cayenne, le commerce de cette colonie, les divers changements arrivés dans ce pays, et les mœurs et coutumes des différents peuples sauvages qui l'habitent‹. Wie soll er da nicht im Triumph zurückgekehrt, Professor der Medizin und Botanik und Militärarzt geworden sein? Aber einen Mondkrater hat er trotzdem nicht. Buffon aber wohl.

Die **Seiten 181–338** gehören Charles-Marie de La Condamine (1701–1774) : ›Kurze Beschreibung einer Reise in das innerste von Süd-America, Von den Küsten der Südsee bis nach Brasilien und Guinana, den Amazonen-Fluß herunter, Welche am 28ten April 1745 in öffentlicher Versammlung der Academie der Wissenschaften verlesen worden von dem Herrn de la Condamine, gemeldeter Academie Mitgliede. Nebst einer von ihm verfertigten neuen Karte von dem Maragnon oder dem Amazonen-Flusse‹ — 1745 in Paris als eben ›Relation abrégée d'un Voyage fait dans l'Interieur de l'Amerique Méridionale‹ erstveröffentlicht.

Von Haus aus Militär und Mathematiker, zieht Condamine 1731 mit dem geadelten Freibeuter René Duguay-Trouin gegen Nordafrikas Barbaresken zu Feld, besucht die Levante, sucht Troja und Konstantinopel — bis er eilig Astronomie studiert, weil, wie er sich überlegt hat, er doch am allerliebsten der anstehenden Meridianmessung südlich des Äquators beiwohnen möchte. Voltaire macht sich stark, daß Condamine für die Expedition benannt wird — und schon 1735 sind die selten, die Voltaire etwas abschlagen. Ziel der Reise ins Vizekönigreich Peru ist nicht weniger, als final zu klären : wie kann ein Mensch wissen, wo er steht und : wo steht er? — es geht um die Form der Erde und deren geodätische Erfassung.

Raffiniert wirft jeden Tag, den Gott werden läßt und der ein Geschäftstag ist und kein Sommertag, ein genial justierter Thermostat schon eine Stunde vor Laden-

---

Nämlich war Newton grad gewesen und hatte entschieden gehabt, die Erde sei nicht kugelrund, sondern ein polgeplättetes Ellipsoid. Und Newton hatte gute Gründe über das geforderte Fliehkraftwirken hinaus, empirische nämlich und französische : Mars hatte Herbst 1672 Opposition gehabt, und zu einer ersten Parallaxenberechnung war 1671 Jean Richer auf Außenposten nach Cayenne entsandt worden. Die Indios dort sind freundlich, tun ihre Arbeit, bauen Richer ein Observatorium, Richer ist auch freundlich, tut die seine, observiert und sammelt Daten — und ihm fällt auf, daß seine wohlgeeichte Pendeluhr gut zweieinhalb Minuten auf Paris verliert. Newton zitiert diesen Umstand 1687 in Buch III der ›Principia‹ und weiß, woran der Zeitverlust liegt : das Pendel ist so getaktet, daß es in Paris zwei Sekunden zwischen den Umkehrpunkten seiner Bewegungsrichtung braucht — nimmt die Schwerkraft ab, wird es an den Umkehrpunkten schwächer beschleunigt und also langsamer, die Fliehkraft aber hat die Erde am Äquator aufgewulstet, ein dort pendelndes Pendel ist weiter entfernt vom Schwerkraftzentrum als in Paris. Newton errechnet, daß »die Schwere am Pol sich zur Schwere unter dem Äquator verhält wie 230 zu 229 und der Überschuß an Schwere am Pol sich zur Schwere unter dem Äquator wie 1 zu 229 verhält« — tatsächlich ist die Erde um eine absolute Radiendifferenz von gut 21 Kilometern verformt und die Gravitation an den fliehkraftstummen Polen um 0,53 % gegenüber der am Äquator erhöht.

Voltaire betört viele — die pariser Henker nicht : die verbrennen seine Bücher, in denen er für Newton Stellung bezieht, Frankreich mißtraut dem eigenen Mann in Cayenne, andere Meßergebnisse sind widersprüchlich und deuten sogar an, daß die Erdkrümmung zu den Polen hin zunimmt, so daß offen bleibt, ob die Erde nicht doch noch eiförmig sein könne. Wie auch immer, die Sache muß aus der Welt, die Académie rüstet zwei Expeditionen aus, eine an den Äquator, eine polnah ins lappländische Torneå.

Zwei Spanier, neun Franzosen, darunter Condamine, die Helden Bouguer und Godin : Mai 1735 gehts los, März 1736 erreichen sie Guayaquil an der Pazifikküste und bahnen sich nach Quito den Weg. Die schönsten Versammlungen halten sie am Chimborazo, der mit 6310 Metern, da der Himalaya noch nicht vermessen ist, als erdhöchste Erhebung gilt (noch Schopenhauer benutzt ihn : »Das Schachspiel übertrifft alle anderen Spiele so weit wie der Chimborasso einen Misthaufen« — und zufällig ist er auch wirklich der Erde äußerster Ort : eben wegen des Äquatorialwulstes, den berücksichtigt der Chimborazo-Gipfel gegenüber dem des Mount Everest 29° nördlicher Breite über zwei Meter mehr vom Erdmittelpunkt entfernt liegt). Im Granit des Chimborazo bestätigt Condamine das Fehlverhalten des Pendels und erzirkelt in Jahren bei Tarqui-Couteschi einen Gradbogen, den in Torneå Celsius und Maupertuis ums 1,012fache übertreffen — die Abplattung der Pole ist verifiziert. Celsius, Maupertuis und Condamine erhalten Mondkrater, kehren heim und sagen : Newton spricht wahr. Newton kriegt auch einen Mondkrater. Bouguer und Godin auch. Nur Barrère, der nicht. Und Richer. Der auch nicht. Voltaire aber, der ja. Strippenzieher Voltaire aber, persönlich animos, verhindert, daß Maupertuis ein zweiter Mondkrater zugesprochen wird, für die erforenen Füße, die er sich in Lappland geholt hat und die zwei Eskimoweiber, die er nach Paris importiert hat, von denen er eins verheiratet, das andere aber bekehrt und in ein Kloster steckt. Und für den frechen Neger Orion, der ihn überallhin begleitet.

Allein Condamines Heimkunft dauert etwas länger. 1744 schippert er noch den Amazonas hinab, dessen erste begründete Karte er entwirft. Februar 1745 ist er wieder in Frankreich und hat tolle Sachen im Gepäck : er überrascht das Abendland mit Curare und Kautschuk — über 200 weitere Naturalien hat er dabei und bietet sie Buffon an, von Mondkratermann zu Mondkratermann. 1760 wird er Mitglied der Académie, die Begrüßungsrede hält, wie billig : Buffon. Buffon preist dann Condamine auch »du génie pour les sciences, du goût pour la littérature, du talent pour écrire«. Viel aber hat Condamine nicht mehr davon, denn schon 1763 ist er malariakrank, gelähmt und tröstet sich mit Versen, erleidet einen Eingeweidebruch, probiert noch eine Selbstoperation und stirbt endlich an deren Folgen.

Dick war Condamine nicht nur mit Voltaire, sondern auch mit Diderot (der einen Mondkrater hat). Für die Encyclopédie schrieb er vier Artikel, in denen er die Früchte seiner in-

öffnung die holzverkleideten Heizleiber an — so daß, als Silke aufschließt, sie sich einfach nur wohlig freut und setzt. Märchenbücher, Inselbücher, Puppenbücher,

---

timen Südamerikakenntnis ausbreitet, beispielhaft ›Chirimoya‹, die Condamine als eine peruanische Frucht, gemeiniglich der Ananas vorgezogen, zuckersüß und weinhaften Geschmacks, grünlich-schuppiger Haut und weißweichen Fleisches, an wenigen Stellen zaserig, länglich-platte Samen enthaltend, wachsend an hohem sattbelaubtem Baume, dessen grünlichbraune Blüten vier Blumenblätter tragen und überlieblich riechen, auswies.

Seiten 339–380 ›Anhang : Aus des Herrn Bouguers kurzer Beschreibung der von einigen Mitgliedern der Königl. Französischen Academie der Wissenschaften nach Peru gethanen Reise, worin dieses Land um die Mittellinie beschrieben wird‹ — ein Auszug aus dem epochemachenden Gemeinschaftswerk von Condamine und Bouguer, in dem beide 1749 die geodätische Ausbeute ihrer Expedition vorstellen : ›La Figure de la Terre, Déterminée par les Observations de Messieurs Pierre Bouguer, & Charles-Marie de la Condamine, de l'Académie Royale des Sçiences, envoyés par ordre du Roy au Pérou, pour observer aux environs de l'Equateur : Avec une Relation abregée de ce Voyage, qui contient la description du Pays dans lequel les Opérations ont été faites‹.

— was offenkundig — wenns denn kein reines Witwenversehen war — beim deutschen Publikum so gut ankam, daß im selben Jahr in Theil 3 der ›Sammlungen‹ Bouguer noch einmal Raum bekommt : ›Reisen nach Peru, Acadien und Egypten : worin die Merkwůrdigkeiten der Natur und Kunst in diesen Lăndern, nebst den Sitten und Gewohnheiten der Einwohner beschrieben werden‹, enthaltend die ›Kurze Beschreibung der Reise nach Peru, welche von einigen Mitgliedern der Kőnigl. Franzősischen Academie der Wissenschaften zu Ausmessung der Grade des Mittagszirkels in den Gegenden der Mittelinie verrichtet worden ist ... des Herrn Bouguer‹, ›Des Herrn Diéreville Reise nach Portroyal in Acadien oder Neu-Frankreich, worin die verschiedenen Bewegungen der See ... beschrieben, und von dem Lande, der Beschăfftigung der Dort wohnenden Franzosen, den Sitten der Wilden Vőlker, ihrem Aberglauben und ihren Jagden hinlăngliche Nachrichten, unter welchen sich auch eine richtige Abhandlung von dem Biber befindet, gegeben werden‹ und ›Des Herrn Grangers Beschreibung seiner in dem Jahre 1730 durch Egypten gethanen Reise, worin das merkwůrdigste in diesem Lande, Insonderheit was die naturgeschichte Betrifft, beschrieben ist‹ — von letzteren Autoren nicht viel mehr bekannt ist, als daß Sieur Granger, vulgo Tourtechot — vielleicht in Dijon geboren, vielleicht 1737 gestorben — von Marineminister Maurepas 1730 in die Levante geschickt wurde, dort das Saffiangerben zu erlernen, dabei Ägypten, Mesopotamien und Persien bereiste und vom Saffian der Académie im August 1735 von Cypern aus brieflich mitteilte. Nur von Sieur de Diéreville weiß man noch weniger. Geburt und Tod gleich mal gar nicht, den Namen nur vielleicht, den Vornamen — kein Gedanke! Dichterchirurg könnt er gewesen sein, und Botaniker, der für die Gärten des Königs im kanadischen Port Royal vom 13. Oktober 1699 bis 6. Oktober 1700 nach Pflanzen suchte und nebenher Indianer pflückte. Beide haben keine Mondkrater, der eine nicht und nicht der andere.

Pierre Bouguer aber (1698–1758) war ein rastloser Riese. Jesuitenzögling, Mathematiker, Nautikingenieur, Lichtmesser und -theoretiker, Académie-Mitglied. Er wars, der 1734 die Zeichen $\leq$ und $\geq$ erfand, er wars, der rausgekriegt hatte, daß Sonnenlicht 300mal stärker als Mondlicht ist — und gäbs Sonnenkrater, er hätte dafür einen Sonnenkrater gekriegt. Dann heißt aber, da ein Mondkrater wahrlich nicht genug Ehre ist, wenigstens eine Schwerkraft-Anomalie nach ihm. Schließlich hat er sie auch entdeckt. Am Chimborazo. Lotabweichung durch topographische Massen, durch heterogene Dichteverteilung — so lauten die Stichworte. Negative Schwerkraft-Anomalie. Er hat sie gefunden.

Aber er soll auch Preise haben, für die er sich was kaufen kann, für seinen Essay über die Optimierung der Masten, für seine Dissertation über die beste Methode, auf See den Stand der Sterne zu bestimmen, für eine Arbeit, das kleine Ding, das den Untergang der Erde als Scheibe eingeleitet hatte, den Kompaß, richtig zu benutzen. Und immer so weiter! Ja! und Professor soll er sein, für Schiffahrtskunde in Le Havre, 1730 — nicht ewig nur entdecken und die Welt anreichern mit der Erfindung des Heliometers und Wissen über Brechungsverhalten des Lichts am Horizont und Gesetze der Abnahme der Dichte der Luft in stets-

Bilderbücher, Johanna-Spyri-Bücher, billige Reisebücher — was das Volk nur angrabbeln darf, alles noch da. Silke entpellt sich dem Lodensakko, krempelt die Ärmel ihres violetten Seidenblousons über die Handgelenke und führt am Secretaire aus, was Samstag vor lauter Kundenverkehr liegen geblieben war : sie schreibt Blanko-Rechnungen. Der kommt schon noch, der die begleichen wird.

... ah, aber recht bei der Sache ist sie nicht, verträumt gleitet ihre Schau immer wieder der kleinen Armada rückwärtig in die Segel. Draußen macht Februar ein naßkaltes Weh ... und fährt ein schwarzer Van vor, eine rote Daunenjacke entsteigt, Szerzant darin, Szerzant schwingt bärtig über die Straße, auf die Armada zu, verweilt mit der Miene eines Connaisseurs vor der Auslage, er weiß, das gefällt Silke, wenn man ihrem Schaufenster Tribut zollt ... dann erst, nach langen Sekunden der Andacht, die er seinem erkaltenden Körper abtrotzt, traut er sich ins Antiquariat. Im Registrierkassenklang der Türbimmel erwärmen sich seine Züge.

SILKE (angenehm, erhebt sich) : *Ah, Benjamin! das ist ja ... so früh schon auf den Beinen?*

SZERZANT (nett) : *Hallo, Silke — noch, Silke, noch!*

SILKE (tickt ihre Damenarmbanduhr und scherzt) : *Müßtest du nicht deinen Laden ...*

SZERZANT : *Der ist auf, wenn er auf ist, besser, die Leute gewöhnen sich dran*

SILKE (lächelt und seufzt ...) : *So sollte mans halten. Gut, daß du da bist* (... und lügt) *hab sowieso grad an dich gedacht*

SZERZANT : *Wirklich?*

SILKE (aufgeräumt) : *O ja. Aus meinem letzten Ankauf sind noch mehr Künstlermonographien aufgetaucht. Schöne*

SZERZANT (fängt den Ball) : *Mmh. Für schöne Sachen bin ich immer zu haben*

SILKE (lacht gerührt) : *Ja — ich weiß ... : hier, der Bellmer ...*

Silke reicht ein schweres Werkverzeichnis von zuoberst eines gepflegten Getürms neben ihrem Secretaire an, Szerzant nickt, geht bedächtig in die Hocke, den ganzen Stapel zu beäugen ... und düftelt balsamsüß, Silke rätselt, Patschuli ist das nicht, ist das Patschuli? kennt sie gut, Patschuli, ihre ganze Kindheit war patschulidurchträufelt, mit Patschuli focht Silkes Mutter ihre besten Mutterkämpfe gegen Silberfisch und Motte ... Silke tut das ab, setzt sich wieder, der eingetretenen Stille hängt ein Schild um, ›andächtig‹ steht da drauf, Silke achtet das konzentrierte Tun Anderer ... aber wenn das nicht Patschuli ...

— ein Motorenbrüllen, ein roter Porsche schlittert dem Van vor den Kühler in eine Parklücke. Plocher! Hinters Lenkrad geklemmt Plochers massig-elegante, puttengesichtige Figur, zeitlose Epiphanie eines 30jährigen beschlipsten Wollbörsia-

---

höheren Höhen, nicht unter unzumutbarsten Bedingungen Expansion und Kontraktion der Metalle bei Hitze und Kälte erforschen, nicht immer nur schiffskonstruktions- und navigationstheoretische und astronomisch-mathematische Abhandlungen anhäufen. Auch mal ausruhn. Sterben.

ners. Plocher speichelt und glättet, sich im Rückspiegel betrachtend, die schütteren Augenbrauen, entdrückt sich dem Porsche, dampft — und zieht ein Papierbäuschiges nach. Das Wickelpapier — Plocher reißts ab, sticht sich an der Stechnadel, knüllt den Bogen und wirft ihn nieder : in seiner Faust prangt nun ein Asterngebinde, in Nuancen von blau, lila und lavendel palettiert. Am Finger lutscht er, daß nicht groß Blut austrete, dann klappt er die Porschetür zu, rückt die Gandhibrille ins Lot und zuppelt den Westensitz. Er knirscht auf der Straße, schnuppert am Strauß — und schneidet auf dem Bürgersteig den versonnen gondelnden Hölderlin.

HÖLDERLIN : *Narcyssen Ranunkeln und …* (sieht abwesend, kurz und von weit her Plocher an) *Siringen aus Persien …*

PLOCHER (rollt ein Auge, preßt durch verbissene Lippen) : *Trottel!*

Hölderlin schlendert weiter weglang, Plocher schluckt den gerechten Zorn, denn — er durchschreitet nun das Tor zu Silkes Antiquariat. Schlagartig, unter dem Angelusläuten der Cassa, entgleist sein Gebaren ins Warme … o oft, o eigentlich immer, wenn er aus Oldenburg die E 22, dann B 75 heranbrauste, hat er sich ausgemalt, wie Silke ihm wollüstig zum Gruß entgegeneilen würde, und immer war die Korona der Huld, wenn der Gruß Silkes dann geschah, strahlender noch gewesen als das Erbilderte, wenn er … — Silke und Szerzant sehen aufgestört zu Plocher hin, Silke nickt erkennend. Plocher stutzt beim Anblick Szerzants, der grußlos wieder sich der Durchsicht der Künstlermonographien zuwendet, gerät aus der Spur und nimmt die Astern von der Brust. Linkisch verschwinden die in seinem Kreuz.

PLOCHER : *Äh, wunderschönen guten Tag, Frau Hudelwerth! Ich äh …* (leiser) *hatte gehofft …*

SILKE (rührt sich nicht) : *Guten Tag Herr Plocher. Länger nicht gesehn. Was kann ich für Sie tun?*

Eh Plocher aber sich erklären, vielmehr, die vorbereitete Erklärung gesichtsverlustfrei in eine den Umständen angepaßte und unwesentlich nur minderchice Rede biegen, eh auch nur er nachdenken kann, ob nicht hinter ›Länger nicht gesehn‹ verliebte Klage und Tadel stecken, ob nicht, daß er Silke nicht allein antrifft, gerechte Abmahnung ist für das, was sich als ein Versäumnis andeutet, als fehlende Kühnheit, aber nur unaufdringlich gemeint gewesen war, stößt Mörenbeck Plocher die Ladentür in den Rücken, detscht den Blumenstrauß und holpert mit großem Aufwand und Rollkoffer in den Laden.

SILKE (reibt die Hände, tritt gemessenen Schrittes und froh der Unterbrechung auf den Neuankömmling zu) : *Gu-ten Tag, wie kann ich Ihnen helfen?*

MÖRENBECK : *Gu-ten Tag, meine Dame, Mörenbeck mein Name. Ein Kollege von Ihnen, der im Schnoor seinen Sitz hat, schickt mich, Sie seien die ausgewiesene Expertin in Sachen ›Reisen‹*

SILKE (pikiert und geschmeichelt) : *Das ist sehr freundlich, bitte mich nicht zu überschätzen, aber … ja, ich darf doch von mir sagen, daß …*

MÖRENBECK : *Kaufen Sie auch an?*

SILKE : *Selbstverständlich — wenn ich nicht stehlen kann* (lacht — und Plocher lacht mit ihr)

MÖRENBECK (lacht nicht) : *Ich habe hier einige Pretiosen* (entkramt übersorgfältig und zeitlupen dem Rollkoffer seine klarsichtfolierten Merian-Hefte)

PLOCHER (erbleicht) : *Nun lassen Sie doch die arme Frau in Ruhe*

SILKE (maßregelt Plocher) : *Kollege, bitte* (zu Mörenbeck) *Ich fürchte, hier liegt ein Mißverständnis vor*

MÖRENBECK : *Keinesfalls. Ich bin doch hier richtig, Sie sind doch Frau Silke Hudelwerth ?*

PLOCHER : *Und ob sie das ist, aber …*

SILKE (kürzt herrisch die Diskussion um ihre Identität ab) : *Ich bins* [89]

MÖRENBECK : *Denn das ist die Adresse, die der geschätzte Kollege von Ihnen mir genannt hat, wenn Sie jetzt bitte schauen mögen, hier* (spreizt die fünf Meriane aus) *Madeira, schön, Kanarische Inseln, auch schön, das Wallis, ein Traum, aber nichts so schön als wie hier, Salzburger Land und Salzburg. Salzburg, großartig. Allein die Nockeln da. Waren Sie schon mal dort ?*

SZERZANT (ungefragt) : *Noch nie*

MÖRENBECK (zu Silke) : *Sehen Sie, schon Kundschaft* (Silke aber sprudelt auf das Anerbieten Mörenbecks nichts hervor) *Hallo ?! Frau Hudelwerth ? Hören Sie nicht, was ich Ihnen sagen will ?*

Doch Silke antwortet immer noch nicht, sie überlegt — und wie sollte das Mörenbeck, der innig sich der Singularität seines Angebots gewiß ist, nicht verwundern ? Plocher aber scheint glänzende Gelegenheiten, sein Verhältnis zur Dame Hudelwerth zu vertiefen, ausgelassen und ungezählte Wochen vertrödelt zu haben, wo Handeln, seine eigentliche Stärke, angezeigt gewesen wär — dafür war er gebührend gerügt, war ihm sogar über den Mund gefahren worden … das ist peinlich, das macht rote Wangen und Schweiß, ein bißchen braucht der, nun ist er da, nun schwitzt Plocher aus, an der Oberlippe, dort zuerst, halb beschlägt die Brille, und Plocher, der Blumen hat sprechen lassen wollen, der jederzeit gut war für ein gerolltes ›r‹ und ein gebrülltes ›Nockerln‹, hat weder Deo aufgelegt noch ein Antitranspirant. Ein Anflug Buttersäure tritt um ihn, darunter aber mischt sich, noch leichter, ein Gedanke, Gedankenschweiß — Plocher leckt sein Philtron — ist stets ergiebig, Plocher läßt die Astern fallen, zieht in einem Rutsch den Gurt sich vom Hosenbund, packt Mörenbeck und geißelt ihn außerordentlich, mit der Schnalle, mit dem genieteten Leder, flicht aus Versandtaschenspangen eine Krone, setzt sie Mörenbeck auf, fetzt Silke das Blouson vom Leib und legts dem frechen kümmerlichen Mann mit Hut als Purpurmäntelchen um, schubst ihn vor Silke hin und liefert ihn ihr aus. Ah, etwas noch vergaß er : er tritt Mörenbeck in die Kniekehle, daß der töfflig zu Teppich geht.

---

[89] Stärker als der Synoptiker σὺ λέγεις, stärker sowieso als das weitschweifige johanneische (18,34) ἀπὸ σεαυτοῦ σὺ τοῦτο λέγεις ἢ ἄλλοι εἶπόν σοι περὶ ἐμοῦ.

SILKE (souverän gleichgültig, zu Plocher): *Also, ich finde keine Schuld an diesem Kunden. Welche Anklage erheben Sie gegen ihn?*

PLOCHER: *Wäre er nicht schuldig, wäre er nicht hier*

SILKE: *Sie machens sich einfach. Vorschlag: kaufen Sie ihm doch die Meriane ab*

PLOCHER: *Ich?* (hüstelt) *ich habe nicht das Recht, jemandem Meriane abzukaufen* — (rettet sich) *ich führe noch keinen Laden*

SILKE (spottet): *So soll sich also mein Wort erfüllen, daß Sie sich nie die Hände schmutzig machen werden?*

PLOCHER: *Aber er will, daß Sie ... sowas kaufen* (zeigt auf die Meriane, tritt Mörenbeck mächtig in die Nieren, zu Mörenbeck) *Sie Verbrecher! Sie kommen hierher in diese heilige Halle und sagen, diese prima Frau soll Meriane kaufen, als gebe sie sich als billige Merian-Verkäuferin aus — ich aber sage: das tut sie nicht, das ist sie nicht*

SILKE (muß Plocher Recht geben, tätschelt Mörenbecks Backe): *Seh ich denn aus wie eine, die Meriane kauft, hm?*

MÖRENBECK (unter Starkqualen): *Ja warum denn nicht? Der Kollege von Ihnen mit Sitz im Schnoor ...*

PLOCHER: *Schnauze!*

SILKE: *Richtig. Mein Reich ist nicht von dieser Welt. Wär es aber von dieser Welt, so würden meine Diener, besonders mein Sohn René, dafür streiten, daß ich keine Meriane kaufen müßte. Nun ist jedoch mein Reich nicht von hier. Ja, ich bin eine Königin. Ich bin nicht dazu geboren und in die Welt gekommen, daß ich Meriane kaufe — und jeder, der schon mal Meriane hat haben müssen, hört meine Stimme. Aber ich kann ja auch mal eine Ausnahme machen*

PLOCHER (verzweifelt): *Aber ... es sind Meriane!*

SILKE: *Was ist ein Merian? Ich finde keine Schuld an dem Kunden* (kommt zur Pointe) *Welches Heft aber soll ich ihm umhängen?*

SZERZANT: *Nicht Kalkutta, nicht Kalkutta. Nimm Königsberg*

PLOCHER: *Nehmen Sie unbedingt Kalkutta, Frau Hudelwerth, wer braucht schon Kalkutta! Kalkutta braucht niemand! Fort damit!* (ironisch zu Mörenbeck) *Heil dir, König derer, die Meriane verkaufen wollen und jetzt zur Strafe Kalkutta kriegen* (erteilt ihm bittere Backenstreiche)

SILKE (ganz archaische Richterin): *Eh ich ihn aber strafe mit einem Merian meiner Wahl, geben Sie den armen Mann doch frei, Plocher, ich sehe wirklich keine Schuld an ihm — obschon, wie gesagt, ich nicht abgeneigt bin, ihn zu strafen*

SZERZANT: *Ein Merian ist nicht Strafe genug, Silke: ans Kreuz, ans Kreuz! Der stinkt*

MÖRENBECK (stöhnt): *Das sind Astern* [90]*, irgendwo sind hier Astern*

---

[90] Ein feines Näschen hat da Mörenbeck, denn Astern duften recht unaufdringlich. Plocher hatte das Geblüm, wenn auch durchaus mit Bedacht, so doch nicht deshalb gewählt. Auch nicht wegen der Symbolik (symbolisch ist ja jede Blume, jede steht ja für dies und das und wächst auf den Gräbern der Heidenheit wie der Christen) oder der brillanten Capriccios zu Benn, die ihm leichterkehls entsprängen, zum frühdunklen ›Kleine Aster‹ so sehr wie zum spätdunklen ›Astern‹, »schwälende Tage«, trunkene Geborgenheit im Gewesenen, die dem Prunk der Tage den besonderen Hautgout verleiht — das ist ja praktisch Plochers Leib- und

PLOCHER : *Das ist Patschuli*

SILKE : *Das ist Schweiß — schöner, kreatürlicher Schweiß : bravo Plocher!*

PLOCHER : *Richtig, das ist Schweiß, und zwar der von dem da* (beißt Mörenbeck mit einer Zange in den Unterleib)

SILKE : *Hm, eh ich das entscheide, von wem das der Schweiß ist : Benjamin, deine Idee mit dem Kreuzigen … kannst du ja machen, wenn du willst. Für mich bleibt das aber einfach nur ein verirrter Kunde*

SZERZANT : *Na gut — ich machs. Aber nur weil ich gegen Mitleid bin und auch so gar keins habe* (packt Mörenbeck am Kragen, wetzt einen Kris)

PLOCHER (kreischt) : *Falsches Motiv, ganz falsches Motiv! Weil er Sie gelangweilt hat, Sie Hohe Frau, mit Merianen gelangweilt hat — darum!*

Plocher traktiert Mörenbeck mit einem Zettelspießer, und als ihm diese Marter ausgereizt scheint, zupft er Silke die rhodinierte Haarnadel aus dem Beehive und setzt mit der nach. Es geht gegen Mörenbecks Testikel.

SILKE (belustigt) : *Plocher, Sie nun wieder …!* (zu Szerzant) *Und pack den Dolch weg — wir sprachen von* ***Kreuzigung*** (zu Mörenbeck, der geduldig an Szerzants Arm seinem Ende entgegenhängt) *Warum auch immer. Vorher möcht ich aber noch wissen : woher sind Sie?* (Mörenbeck aber antwortet nicht) *Sie sprechen nicht mehr mit mir? Wissen Sie denn nicht, daß ich die Macht habe, Ihnen die Meriane abzukaufen oder es bleiben zu lassen?*

MÖRENBECK (bricht sein Schweigen) : *Sie hätten keinerlei Macht über mich, wenn sie Ihnen nicht von oben gegeben wäre. Deswegen hat der die größere Schuld, der mich Ihnen übergeben hat*

PLOCHER (zieht Mörenbeck Schuh und Strümpfe aus, macht sich an dessen Fußsohlen mit rostigen Rasierklingen zu schaffen) : *Du Wurm meinst, ich trüge Schuld?*

Magenthema. Und Silke mochte Benn sogar. Letztlich aber war Benn Plochers Zwecken doch undienlich, wie leider wohl auch Liliencrons ›Herbst‹ (»Astern blühen schon im Garten / Schwächer trifft der Sonnenpfeil / Blumen die den Tod erwarten / Durch des Frostes Henkerbeil«), denn erwartbar würde nicht Schabernack die Stimmung der Stunde sein.

Nein, Rainer Maria war der Poet des Herzens, auf den Plocher alludieren wollte, Rilke war Silkes Leib-und-Magen-Dichter. Aus ›Mir zur Feier‹ hatte Plocher vorbereitet : »Fürchte dich nicht, sind die Astern auch alt / streut der Sturm auch den welkenden Wald / in den Gleichmut des Sees — / die Schönheit wächst aus der engen Gestalt / sie wurde reif, und mit milder Gewalt / zerbricht sie das alte Gefäß / Sie kommt aus den Bäumen / in mich und in dich / nicht um zu ruhn / der Sommer ward ihr zu feierlich / Aus vollen Früchten flüchtet sie sich / und steigt aus betäubenden Träumen / arm ins tägliche Tun«, und aus dem ›Stundenbuch‹ : »Da riß der Mönch sein Kleid sich ab wie Rinde / und knieend hielt er es dem Alten hin / Und sieh : er kam. Kam wie zu einem Kinde / und sagte sanft : Weißt du auch ›wer ich bin‹? / Das wußte er. Und legte sich gelinde / dem Greis wie eine Geige unters Kinn / Jetzt reifen schon die roten Berberitzen / alternde Astern atmen schwach im Beet / Wer jetzt nicht reich ist, da der Sommer geht / wird immer warten und sich nie besitzen / Wer jetzt nicht seine Augen schließen kann / gewiß, daß eine Fülle von Gesichten / in ihm nur wartet bis die Nacht begann / um sich in seinem Dunkel aufzurichten : — / der ist vergangen wie ein alter Mann / Dem kommt nichts mehr, dem stößt kein Tag mehr zu / und alles lügt ihn an, was ihm geschieht / auch du, mein Gott. Und wie ein Stein bist du / welcher ihn täglich in die Tiefe zieht« — was wohl nicht allein Silke gefallen, sondern auch jedes Deuten überflüssig machen sollte. Viel eingefallen wär Plochers Germanistenseele dazu nämlich nicht.

MÖRENBECK (unterdrückt einen Schmerzensschrei) : *Nicht doch, der geschätzte Kollege von Ihnen, der mich …*

PLOCHER (ritzt tiefer) : *Mein Freund Keller, das denk ich doch auch*

SILKE : *Und ich denke, darauf können wir uns einigen. Kommen wir nun doch zum Geschäft*

MÖRENBECK (ohnmachtnah) : *Sagen Sie nichts, der werte Kollege von Ihnen hat bereits alles …*

Hatte er ja nun wirklich — Plochers Gedankenschweiß und Vergangenheit reichen einander die Hand wie Rote Armee und Alliierte Expeditionsstreitkräfte bei Strehla [91]. Plocher nun tupft sich die Stirn mit einem Schweißtuch, der Vorhang fällt vor den Tagtraum, erkenne die Lage, und die Lage ist : Silke zwinkert ihm zu. Aber nicht nur ihm, auch Szerzant.

SILKE (zwinkert Plocher und Szerzant zu, zu Mörenbeck) : *Eh Sie weiter ausführen, Herr Mörenbeck — das war doch der werte Name ? — : ich merke an Ihrem kaum vorhandenem Akzent : ursprünglich sind Sie nicht ganz von hier, was ? So geschickt Sie auch sind : ganz verbergen können Sie's mir nicht, daß Sie nicht von hier sind. Eine Kostprobe bitte noch, und dann lassen Sie mich raten … bitte, sprechen Sie noch drei Worte* (flackert mit den Nüstern)

MÖRENBECK : *Der Kollege von Ihnen …*

SILKE : *Danke, genügt … : dritte Generation Königsberg ? Dritte Generation Königsberg, ich bin mir sicher. Schrecklich, was damals passiert ist. Diese vermaledeiten Linksintellektuellen, die die Weimarer Republik zugrunde gerichtet haben* (Plocher staunt …) *meinen Sie doch auch, oder ? Um so schöner aber Königsberg heute. Waren Sie schon mal dort ? Zufällig bin ich Hüterin einer köstlichen Cerealie* (… und kommt aus dem Staunen nicht heraus) *zur Komplettierung Ihrer imposanten Sammlung, die vorzuzeigen Sie mir die Ehre gaben und die betrachtet haben zu dürfen für mich äußerst lehrreich war*

MÖRENBECK : *Eigentlich wollte ich …*

SILKE (beruhigend) : *Verzeihen Sie, daß ich Sie unterbreche, aber ich weiß, was Sie wollen* (lächelt) *so ein zarter Mensch. Für so einen tu ichs doch gern …* (schwebt in eine hintere, unzugängliche Region ihres Geschäftes)

MÖRENBECK (zu Plocher und Szerzant) : *Prima Frau, so vornehm, was ? Und einfühlsam*

— da Plocher zu einem Fausthieb ausholen will, schwebt Silke mit einem arg ramponierten Merianheft Königsberg retour und fährt dem kosend über die Knicke und Falten.

SILKE : *Das sei für Sie, Herr Mörenbeck. Ein Dokument der Zeit- und Reisegeschichte. Fast möchte man meinen, dieses Heft habe die Vertreibung mitgemacht. Das äußerlich ein wenig angestrengte Befinden dieses Exemplars macht in meinen Augen gerade den inneren Charme aus*

MÖRENBECK : *Ich weiß nicht …*

---

[91] Dort nämlich, 25. April 1945, 11 Uhr 50, wars. Nicht in Torgau. Da erst dreieinhalb Stunden später. Und da ist es auch anderntags für die Presse nachgespielt worden.

PLOCHER : *Aus den Guten Händen einer solchen Frau! Sie! Sie nehmen das jetzt! Sofort!*

SILKE : *Plocher, bitte!* (zu Mörenbeck, sanft) *Trauen Sie sich zu wissen, es ist ganz leicht! Nur Mut, Sie dürfen, es steht Ihnen zu. Ich überlasse Ihnen das Heft mit wirklich bestem Gewissen, und für nur 30*

MÖRENBECK : *Meinen Sie?*

SILKE : *›Meinen‹? Mehr als ›meinen‹. Es ist der Kern meiner Weltanschauung*

MÖRENBECK (stolz) : *Dann sage ich nicht nein. Und was mache ich mit denen hier?* (hält die fünf Erbärmlichkeiten hoch)

SILKE : *Es ist nur ein Weg, dieses hochwertige Kulturgut vor Verfall zu schützen — und Sie wissen es, Sie haben diesen Weg ja mustergültig schon zur Hälfte beschritten, da Sie beständige Plastiktaschen in Anwendung brachten — bestimmt haben Sie diese schlaue Technik ägyptischen Konservatoren mit den Augen gestohlen, was, Sie Schlawiner?*

MÖRENBECK (erfreut) : *Nun ... ein Lausbub bin ich schon, das sagen viele, ›drollig‹ sagen sie auch*

SILKE : *Richtig. Nun müssen Sie's nur noch einschweißen und die Ewigkeit kann kommen — das lassen Sie am besten Fachleute machen, ich arbeite immer wieder gern mit dem Max-Planck-Institut, berufen Sie sich auf mich, die Herrschaften dort werden Sie sehr zuvorkommend behandeln* (beschreibt flüchtig ein Papier und kredenzt es in flacher, gelderwartender Hand)

MÖRENBECK (tastet nach seiner Börse, liest zugleich) : *Genf?*

SZERZANT : *Genf ist auch schön, was?*

MÖRENBECK (stolz) : *Ich war noch nie in Genf*

SILKE (fingert, ein langwieriges Zahlen abzukürzen, Mörenbeck die Börse aus dem Mantel, bedient sich und steckt sie ihm zurück) : *Dann reden Sie nicht, reisen Sie, reisen Sie wie der Wind* (macht husch-husch) *Gleich gegenüber der UNO. Denn persönlich vorsprechen, da kommen Sie nicht drum rum, das macht guten Eindruck*

MÖRENBECK (bekräftigt) : *Allein schon, weil die Post ... da wär ich ja verraten und verkauft — ach, könnt ich mich wieder aufregen über die Post!*

SILKE : *Ganz genau* (tütet Königsberg zu Salzburg und stopft alles in den Rollkoffer) *Und nun* (wegweist zwiefach) *: zum Bahnhof da lang, zum Flughafen da — wie Sie wollen* (geleitet Mörenbeck sanft und solenn an die Tür, überantwortet ihm dort wieder den Rollkoffer)

MÖRENBECK (im Hinaus) : *Und grüßen Sie mir den netten Kollegen von Ihnen, den im Schnoor*

SILKE : *Jaja* (zu Plocher und Szerzant) *So macht man das, meine Herren!*

PLOCHER (hat sich notdürftig gefangen) : *Das war ja unglaublich ... äh* (zuckt die Astern vor) *zunächstmal, darf ich Ihnen eine kleine Aufhellung für diese trüben Tage überreichen. Es sind ... Kippenberg-Astern* [92]

SILKE (geschmeichelt, aber nicht geschmolzen) : *Oh, wie komm ich denn dazu? —*

---

[92] Die Aster dumosus ›Professor Anton Kippenberg‹.

(nimmt den Bund geknickter Astern) *so schöne ... Symbole ... da dank ich Ihnen. Da muß ich gleich mal ...*

SZERZANT : *Vase*

SILKE : *Vase, genau ... Symbole in die Vase*

Silke legt die Astern auf dem Stapel Monographien ab, entfleucht in den hinteren Nebenraum und taucht bevast wieder hervor. Eh Plocher aber nun sich systematisch daranmachen kann, Szerzants Anwesenheit mit Witz auszuhebeln, klingelt das Telephon. Silke stellt die Vase auf den Secretaire und nimmt das Gespräch an.

SILKE : *Antiquariat Hudelwerth ... ach, das ist aber nett, Herr ... nein — sagen Sie nur ... vorgestern Nacht? Ja, wie schlimm ist denn das? ... wie? Aber selbstverständlich nicht, ich laß doch die Finger von ... um welche Titel handelt es sich, darf ich eben notieren? ...* (notiert nicht) *ja, ist gut, mach ich, natürlich ... und Sie sind wohlauf? Ein Segen, wenigstens was, weiß man schon, wer ... aha. Keinen Verdacht? ... haben Sie denn schon meine Kollegen ...? Nein? Wollten Sie gleich? ... aha, ja dann ... also, ich übernähms gern für Sie, Sie haben doch jetzt andere Dinge ... ja ... nein, mach ich wirklich gern ... ja ... Gute Reise dann trotzdem noch — und: Kopf hoch, kommt alles wieder ...* (lacht) *sehr richtig, alte Weisheit aus dem Gebrauchtwarenhandel ... — und Ihnen eine wirklich gute Reise*

Indem stand Plocher unschlüssig im Zwirn herum und bewarf den Bartzweibeiner aus abschätzig rivalischem Auge. Szerzant allerdings bemerkte nichtmal die Attakken verpuffen, hatte er doch die Astern auf den Teppich getan und sich zu Füßen der telephonierenden Silke wieder dem Haufen Monographien gewidmet. Plocher erwog kurz, einzustehn für das Recht geknickter Astern, auf blöden Bellmern zu ruhen und sowieso überall, wo die bedachte Frau sie abgelegt hätte, doch zogs dann vor, zehenzuwippen und zeitüberbrückend die Inhalte der nächststehenden Regale zu befragen ... — starrt aber immer wieder ärgerlich zu Szerzant. Silke legt auf — flugs erhebt sich Szerzant und zeigt Silke drei schwere Bände, denen er nicht abgeneigt wär. Beide stecken die Köpfe zusammen.

SZERZANT (tuschelt) : *Sieh mal, Silke. Diese hier würd ich noch ...*

SILKE (tuschelt) : *Hmhm, ja, da hast du ja gleich die Rosinen ... das braucht jeder ... und das hier: sehr schön, ist allerdings auch nicht ganz ... das weißt du*

SZERZANT (tuschelt) : *Ja. Paß auf. Ich hab ja auch was für dich. Im Wagen. Wenn du magst, gehn wir eben hin und ich zeigs dir*

SILKE (nickt, wirft das Lodensakko um, knöpfts zu und hält schon im Hinausgehen den Kragen gegen die Kälte, zu Plocher) : *Kollege, ich bin gleich zurück. Sie sehen sich sicher noch ein bißchen um, wie immer, ja?*

PLOCHER : *Pöhfff, och ... ja*

— aber die Tür wiegt gebremst schon zu und Plocher bleibt in einem hereinlappenden Kältezipfel umtönt von klingelnder Kasse allein. Vor dem Laden, die andere Straßenseite : stehen Szerzant und Silke an der offenen Beifahrertür des Van. Szerzant zieht die Facsimile's unter dem Fahrersitz hervor und entkleidet sie einer Luftpolster-Plastikfolie.

SZERZANT : *Sieh dir das mal an. Das ist doch was für dich*

SILKE (blättert) : *Aha. 1846. So frühe Reproduktionen von Handschriften* (bedächtig) … *interessant* (blättert, durchs Schaufenster bespäht von Plocher, entdeckt eine bestimmte Reproduktion) *Dafür hab ich vielleicht jemanden. Ja du, ich denke, wir kommen ins Geschäft. An was hattest du gedacht? Mein Vorschlag wär: ich ziehe dir 200 von deinen Schulden ab, ach was, 250*

SZERZANT (lächelt) : *Ja. Meinst du? Tust die drei, die ich mir rausgesucht hab, noch drauf? Kriegst auch noch das hier* (öffnet das Handschuhfach, darin der Fairbairn) — *ein Fachbuch über Luftpflanzen — wär das nix für deinen Sohn?*

SILKE (lächelt und denkt schon an Ostern) : *Is recht. Und noch die 30* (steckt Szerzant Mörenbecks Geld zu) *Komm* …

SZERZANT : *Nee, laß man. Ich komm jetzt mal nicht mehr mit, ich kann die Type da nicht ausstehn — da wird mir ganz anders, soviel … gefrorene Energie, da kann ich nicht drauf, das tu ich mir nicht an* (rutscht auf den Fahrersitz, zündet) *Also, Silke. Ich hol die Teile dann nächstens raus, einverstanden?*

SILKE : *Natürlich. Gute Geschäfte* (welcher Wunsch aber untergeht, da)

SZERZANT (schreit garstig) : *Ich faß es nicht! der Klops hat mich zugeparkt!* (sanft) *Silke, kannst du dem mal eben bitte sagen, er soll seine Karre wegfahrn? Ich komm hier nicht raus*

SILKE (nickt, wirft die Beifahrertür zu, trägt die Facsimile's und Fairbairn über die Straße, steckt den Kopf zu Plocher) : *Herr Plocher? Herr Szerzant kommt mit seinem Wagen nicht heraus. Würden Sie wohl kurz Ihr* …

PLOCHER (bitter) : *Ja, selbstverständlich. Ich muß sowieso wieder los und bedeutende Dinge verrichten — auf Wiedersehen!* (rauscht aus dem Laden, schlüpft in den Porsche)

SILKE (ihm nach) : *Auf Wiedersehn! Und danke für die Blumen! Die sind wirklich* …

— Motorengebrüll … und wo eben noch stolz und wild ein roter Porsche parkte, verflattert traurig nun eine Abgasfahne und wird zerrissen noch von einem aggressiv hineinhaltenden Van — Silke steht in der Tür und winkt dem abfahrenden Szerzant zu. Ein Japsen aber, das eben, da Plocher den Laden versah, hineingejapst sein muß, fordert gleich ihre Aufmerksamkeit. Über 50, blaßrosaklein, kuglige Form mit wenigen Haaren — bis auf den lustig schwitzenden Schnauzbart.

LOISY (friedrichsammelnd auf zwei strammen Beinchen in den Raum gepflockt) : *Einen wunderschönen guten Tag, liebe Frau Silke*

SILKE : *Doktor Loisy* …

LOISY (leiert) : *Jaja, der Loisy! Wie gehts Ihnen, liebe Silke?*

SILKE : *Ach* …

LOISY : *Netten Condamine haben Sie da, hihi. Haben Sie hinter meinem Rücken Mitglieder der Preußischen Akdemie* [93] *gehortet?* — (erwartet nicht wirklich eine Antwort) *Und Ihr lieber Herr Sohn?*

---

[93] Condamine verlebte mit Wilhelmine, Schwester Friedrichs II., nicht nur den überaus ersprießlichen Sommer 1755 auf dem Vesuv, sondern war bereits 1746 auswärtiges Mitglied

SILKE : *Danke der Nachfrage* (schwänzelt an Loisy heran) *Doktor Loisy, gut, daß Sie da sind*

LOISY (tut schön) : *Um was handelt es sich? Sind meine Dienste gefragt? Ja ja, eine freundliche Gelegenheit, behilflich zu sein und nebenher die Miesen bei Ihnen abzubauen, die käm mir schon zupaß*

SILKE : *›Abzubauen‹?* (lacht) *Ich sags geradeheraus: mir ist etwas in den Schoß gefallen, von dem ich mir vorstellen kann, daß selbst Sie …*

LOISY : *O Silke, Kunststück! Sie wissen: ich bin ein Idiot! Was nicht aus meinem Gebiet …*

SILKE : *— ich meine: aus Ihrem Gebiet!*

LOISY : *Nun, da ist nur noch unbekannt …*

Silke allerdings kennt die Geschichte, die ihren Rucksack schnürt und sich rüstet, das Rundgebirge Loisy zu verlassen und am Erzähl-Horizont heraufzuziehen.

SILKE : *Äh … gar so hoch wollen wir nicht greifen — es ist nur eine Miscelle*

LOISY : *Jaja, die Miscellen. In den Miscellen ist oft der ganze Verstand der Menschheit begraben*

SILKE : *Darum. Wenn Sie bitte schauen möchten* (legt den Fairbairn beiseite, übergibt die Facsimile's, lingikürt ihre Wortnägel) *Weltweit kein Exemplar nachweisbar*

LOISY : *Sehr freundlich, sehr freundlich. Mal sehn*

SILKE : *Mögen Sie sich setzen?*

LOISY : *Sehr freundlich, jaja*

Loisy rollt schnaufend an den Secretaire, belastet den zierlichen Stuhl äußerst, spitzt die Lippen, tastet nach seiner Lesebrille, stellt die Facsimile's auf seinem Bauch ab, lungenrasselt.

SILKE : *Ihr besonderes Augenmerk sollte …*

LOISY : *Habs schon, habs schon, jaja …* (sinniert kurz [94]) *… jaa, sehr schön, es handelt sich allerdings nicht um ein allerdings bekanntes Schreiben Friedrichs an den Herrn Arouet* [95] …

SILKE (listig) : *O, Voltaire?* (fest entschlossen, es heut nur bis zum Prinzen Anhalt-Dessau zu leiden)

LOISY : *… jaja, jaja, der Brief ist bekannt und in den ›Œuvres posthumes‹ Friedrichs mehrfach abgedruckt, Jahre zuvor schon, in den Achtzigern, aber als Faksimile tatsächlich … nicht, daß ich wüßte, es wäre sehr interessant, zu erfahren … sozusagen … wüßt ich zu gern, warum dieser Brief nicht der andere ist, ah* (rezitiert auswendig) *›Quelque fécond que ce siècle soit en philosophes intrépides, actifs, et ardents à répandre des vérités, il ne faut point s'étonner de la su-*

---

der Preußischen Akademie geworden — die im übrigen auch Krusenstern, Wied-Neuwied, Celsius, Maupertuis, Fontenelle, Buffon, Voltaire, Diderot und Godin in ihren Reihen zählte. Und Göte.

[94] Silke pokert. Faksimiliert sind nämlich nur gichtgezeichnete, völlig geringe drei Zeilen Friedrichs von 8. März 1781, gerichtet an irgendeine Schranze. Silke aber hat Eventualpläne …

[95] … die sie nicht in actu setzen muß — Loisy tuts von allein.

perstition dont vous vous plaignez en Suisse : ses racines tiennent à tout l'univers; elle est la fille de la timidité, de la faiblesse, et de l'ignorance. Cette trinité domine aussi impérieusement dans les âmes vulgaires qu'une autre trinité dans les écoles de théologie. Quelles contradictions ne s'allient pas dans l'esprit humain ! Le vieux prince d'Anhalt-Dessau[96]*, que vous avez vu, ne croyait point en Dieu; mais, allant à la chasse, il rebroussait chemin s'il lui arrivait de rencontrer trois vieilles femmes : c'était un mauvais augure. Il n'entreprenait rien un lundi, parce que ce jour était malheureux. Si vous lui en demandiez la raison, il l'ignorait*[97]*...*

---

[96] Ob Friedrichs Einschätzung des ›alten Dessauers‹ sehr ausgewogen ist? Zwar folgte Rauhbein Leopold I. von Anhalt-Dessau (1676–1747) von Kindesbeinen an jeder Wallung, wenn sie nur Krieg und Jagd galt : schlug er aber einmal nicht einen Freund oder Feind oder Hasen tot, baute er den geliebten Untertanen doch Kirchen, denn seine Frömmigkeit war zwar derb, aber da. Warum sonst sollte er Luthers ›Eine feste Burg ist unser Gott‹ »Gottes Dragonermarsch« genannt und jedes Kirchenlied mitgegrölt haben — wenn auch nur nach der Weise des Dessauer Marsches, der einzigen Melodie, die er kannte? Sicher, des alten Dessauers Erscheinung changierte zwischen furchtbar und furchtbar, die Haut war schwarz, das Haar schmutzig, die Stimme machte zittern und er war ein Freund des Gehorsams und nicht der Wissenschaften und Künste : aber den Geist hassen? Leo wußte einfach nicht, daß es ihn gibt. Und doch — dies eines der Geheimnisse des Hauses Askanien — : es haben sich Fragmente der Autobiographie Leopolds erhalten. Nur sind die nicht lesbar, teils weil seine Handschrift indecipherabel, teils, weil seine Orthographie durchgehend selbstgemünzt ist.

Warum spricht Friedrich seinem Generalfeldmarschall Gottesglauben ab? Friedrich dankt ihm nicht nur einige Triumphe (und Friedrichs Opa schon die Einführung des Gleichschritts und 1698 die köstliche, auf Leopolds eigene Kosten ausgeführte Idee, die hölzernen Ladestöcke der Feuerwaffen durch eiserne zu ersetzen, was Preußen mit drei Schuß je Mann und Minute ganz weit nach vorn brachte), sondern auch eine Anrufung Gottes, die ihresgleichen sucht, ausgestoßen am 15. Dezember 1746 anläßlich der Schlacht von Kesselsdorf, die Friedrich Dresden eintrug : »Herrgott hilf mich, und wenn du das nicht willst, dann hilf wenigstens nicht die Schurken, die Feinde, sondern sieh zu, wie es kommt« — warum also? Weil der alte Dessauer einst sich eingemischt und Friedrich Wilhelm dazu bewogen hatte, nach dem legendären Zerwürfnis (→ Katte) Fritz wieder anzunehmen?

[97] Loisy könnte den Brief vom 29. Juni 1771 fraglos aber noch zu Ende singen : »Vous savez ce qu'on rapporte de Hobbes : incrédule le jour, il ne couchait jamais seul la nuit, de peur des revenants. Qu'un fripon se propose de tromper les hommes, il ne manquera pas de dupes. L'homme est fait pour l'erreur; elle entre comme d'elle-même dans son esprit, et ce n'est que par des travaux immenses qu'il découvre quelques vérités. Vous, qui en êtes l'apôtre, recevez les hommages du petit coin de mon esprit purifié de la rouille superstitieuse, et déséborgnez mes compagnons. Pour les aveugles, il faut les envoyer aux Quinze-Vingts [eine Blindenverwahranstalt]. Éclairez encore ce qui est éclairable : vous semez dans des terres ingrates, mais les siècles futurs feront une riche récolte de ces champs. Le philosophe de Sans-Souci salue l'ermite de Ferney. Fédéric« —

»Wie fruchtbar auch dies Jahrhundert an unerschrockenen und tätigen Philosophen ist, die geradezu brennen, Wahrheiten auszuteilen, so darf doch der Aberglaube, den Sie in der Schweiz beklagen, nicht Wunder nehmen : seine Wurzeln umgreifen die ganze Welt; er ist der Sohn von Furcht, Schwäche und Unwissenheit. Diese Trinität gebietet über die gewöhnlichen Seelen wie eine andere Trinität über die Schulen der Theologie. Welche Widersprüche verbinden sich nicht im menschlichen Geist! Der alte Prinz von Anhalt-Dessau — Sie haben ihn gesehen — glaubte an keinen Gott; aber, ging er zur Jagd und traf unterwegs auf drei alte Weiber, brach er sofort ab; denn das war ein böses Omen. Nichts unternahm er an Montagen : Montag war ein Tag des Unglücks. Wenn Sie ihn nach dem Grund fragten : er kannte ihn nicht. Sie wissen, was über Hobbes in Umlauf ist : tagsüber ungläubig, aber nachts konnte er aus Angst vor Wiedergängern niemals allein schlafen. Dem Spitzbub, der Menschen betrügen möchte, wird es nie an Opfern mangeln. Der Mensch ist für den Irrtum

SILKE (haut dazwischen) : *Ah, er vergißt zu erwähnen, daß er selbst Voltaire einst*[98] *hat einbuchten lassen …*

LOISY : *Ja ja … ich verstehe Ihr Bedenken, aber bestimmt nimmt er's Voltaire nicht mehr krumm, hihi*

SILKE : *Und nun zurück zu dem kleinen Büchel*

LOISY : *Das ist doch mal was, ja ja, sehr schön. Was solls denn freundlicherweise kosten, das Büchel?*

SILKE : *Nun* (phht die Backen) … *der Ankauf war teuer genug, das darf ich versichern, Doktor Loisy. Kultur-, buch-, verlags- und handschriftengeschichtlich halte ich es doch für einigermaßen bedeutend*

LOISY : *Die Marie, Silke!*

SILKE : *Können Sie mit 1000 leben?*

LOISY : *1000 … das … hm* (geht in sich) … *das hieße adieu Frühjahrsauktionen … hmhm, das ist heikel*

SILKE : *Ich war noch nicht ganz fertig, Doktor Loisy : 1000 — und Sie lassen meinen Sohn in Ruhe*

LOISY : *Hm, Ihren Sohn in Ruhe lassen … hmhm* (mit Augenaufschlag) *aber wo die Natur ihn doch so wohlgebildet …*

SILKE (kaltblütig) : *Er sieht aus wie jeder*

LOISY : *Jaja — da haben Sie natürlich nicht den Blick … hm, das hieße adieu René — wissen Sie, was Sie da verlangen? … das ist gesalzen … ich fürchte, dann muß ich … obwohl — … nein, entschieden nein, ich kann nicht darauf verzichten, ab und zu bei dem entzückenden Rakker nach dem werten Befinden mich zu erkundigen, die bezaubernde Stimme auf dem AB …*

SILKE : *Doktor Loisy — die Stimme ist seit Pfingsten vor zwei Jahren automatengeneriert, und René findet Ihre Anrufe keinesfalls entzückend. So seien Sie doch vernünftig, René ist nicht Ihresgleichen*

LOISY : *Die Vernunft ist bei mir unterm Nabel eingeboren, nichts gegen Sie, Silke, Sie haben schließlich diesen reizenden Zwei-Meter-Fratz in die Welt gesetzt. Und wenn er's auch nicht weiß und nach Kräften noch leugnet, so ist er doch, wie jeder Mann, wie Friedrich auch …*

SILKE (muß noch einmal dazwischen) : *Vorschlag zur Güte : 2000, und Sie dürfen sich weiter sinnlos um René bemühen*

LOISY (erleichtert) : *2000, das ist fair. Zahlbar wann?*

---

gemacht, wie von selbst tritt der in seinen Geist ein und nur mit immenser Arbeit gelingt es, eine handvoll Wahrheiten aufzudecken. Empfangen Sie, der Sie der Apostel der Wahrheit sind, aus der kleinen Ecke meines Geistes, die vom Rost des Aberglaubens gereinigt ist, Huldigungen und öffnen Sie meinen Kameraden die Augen. Blinde gehören ins Quinze-Vingts. Erleuchten Sie weiter die Erleuchtbaren : Sie säen auf undankbarem Boden, aber spätere Jahrhunderte werden von diesen Feldern reiche Ernte einfahren. Der Philosoph von Sans-Souci grüßt den Eremiten von Ferney. Friedrich«.

[98] Juni 1753, in Frankfurt. Von ›vergessen‹ kann nicht eigentlich die Rede sein, aber Silkes Einwurf soll auch weniger was zur Sache tun, als vielmehr wirksam Loisys hemmungslosen weiteren Vortrag unterbinden.

SILKE (mit der Würde einer Mutter und Einzelhändlerin) : *Doktor Loisy! Fürsorgepflicht hab ich ja nicht allein gegenüber meinem Sprößling, die hab ich ja auch gegenüber meinen Kunden. Und Ihr Konto bei mir ist nicht eben ausgeglichen, ich darf Sie nicht haltlos weiter die Schuldenspirale hinabgleiten lassen*

Silke zupft, ob es noch da ist, an einem Kettchen, das von der Gürtelschlaufe abgeht und in der Flügeltasche ihrer Hose verschwindet. Am verborgenen Kettchenende befestigt und allzeit beweisbereit : Silkes Vigesimoquart-Kladde, ihr ›Buch der Außenstände‹.

LOISY : *Nun, das scheint mir ... da läßt sich doch ... ich könnte mich andienen ... hm* (geht sehr tief in sich) *eigentlich hatte ich anders disponiert ... — aber Gottbefohlen : Silke, Sie wissen, ich betreue in Lübeck eine handvoll verschwisterter Mumien, die auf dem Nachlaß des überaus seligen Blasius, meines Doktorvaters, kauern. Diese Damen sind zwar ausgestopft und haben Moos angesetzt, aber in einem wachen Moment mich doch letzten Sommer mit der Verwesung ihrer Legate betraut, die jüngste von ihnen gar, hihi, hat nun im freundlichen Alter von 95 und unter Gabe vieler Riechfläschchen eingelenkt und ihren Führerschein zurückgegeben — Sie sehen, man muß dem Alter nur gut zureden, dann kann es noch recht verständig sein ...*

SILKE : *Doktor Loisy, ich weiß, ich weiß ... jeder weiß ...*

LOISY (legt die Schlinge eines lechzenden Blickes aus, eine Sensation zu präparieren) : *Was Sie nicht wissen, Silke, Sie gar nicht wissen können, ist, daß jüngst ... dort ein weiteres zu den sechs bisher bekannten Inselbändchen 313* [99] *— Nummer 7 sozusagen — aufgetaucht ist*

SILKE (vor lauter Gleichmut ohne Sinn für die Schlinge) : *Ist das nicht die Geschichte mit der Jugendstilvilla, den drei steinalten Weiblein, den Likörchen, den Verträgen, die Sie zu allen Exzessen einer Prokura befugen, den unauslotbaren Kellergelassen mit aladingleichen Schätzen im Druck ?*

LOISY (jubelt) : *Sie ists! Und nun raten Sie, wer seine dicken Patschehändchen auf die ›Gedichte des deutschen Barock‹ gelegt hat ...*

SILKE (gähnt) : *Sie*

LOISY (schlägt sich aufs Knie) : *Und wer schleckt sich nicht alle zehn Finger danach ? —*

SILKE (ungerührt) : *Keine Ahnung*

LOISY (zappelt) : *— und kanns jetzt bekommen ? von mir ? —*

SILKE (stöhnt) : *Doktor Loisy ...*

LOISY (schnappt vor Aufregung nach Luft) : *— sofort, jetzt und hier ? — Listenpreis bei Ihrem Kollegen Jenne ...*

SILKE : *... 20 000 — Kollege Jenne, sehr schön, ja. Doktor Loisy, das, nebst Anderem, ist das, was uns beide trennt : Ihre Welt ist nicht die des Verkaufs an den Endkunden* (da Loisy zu einem Widerwort erbläht) *Aber ich weiß ja, ich weiß, ganz ruhig, mit was Sie mir jetzt kommen wollen, und welches hochherzige Angebot Sie eben gemacht haben, keine Sorge. Es ist nur so — und ich spreche jetzt zu einem Liebhaber des unverblümten Worts — : die letzte Verauktionierung von 313 ist fünf Jahre her und aufgetaucht — Ihres mitgerechnet — aufgetaucht,*

---

[99] ›Gedichte des deutschen Barock‹. Auswahl und Nachwort von Wolfgang Kaiser.

angeboten und ***nicht*** *über den Tisch gegangen sind seither die Exemplare 8 bis 14, und hier* (tritt an ihren Secretaire, drückt eine Intarsie, eine Überraschungslade schießt auf und knallt zweimal 313 hervor) *15 und 16 — und wenns dumm läuft, tauchen in Wochenfrist nochmal so viel auf. Anscheinend war der Luftangriff auf Leipzig …*

— und Silke erschaudert vor den Bildern des 4. Dezember 1943, 3 Uhr 45, die ihren Kopf berichterstattend durchziehen, britische Geschwader am Himmel, Ehrenbremer Anton Kippenberg, aus dem Verlagsgebäude Kurze Straße 7 mit einem schwankenden Stapel 313 fliehend, Bomber- und Sirenengeheul, Blitze, Scherbenhagel, Detonationen, Brandbomben, Luftminen, Sprengbomben, Flackfeuer … Kippenberg balanciert durch Schuttwolken, Steinqualm und Funkenregen, stolpert, die ›Gedichte des deutschen Barock‹ fallen, aus umliegenden Trümmern kriechen gierige Opfer heran, bluten und balgen sich um die Barockgedichte, als wären es Dukaten oder lebte der Mensch doch nicht vom Brot allein, sondern auch vom Futter, das ihnen saturierte Bremer aus der Insel-Beletage hinwürfen [100] —

SILKE: … *bei dem nur sechs Exemplare überlebt haben sollen, doch nicht so effizient und waren die Menschen damals schon ein zu habgieriges Geschlecht und hielten die Gedichte des Ba-*

---

[100] ›Insel‹ ist rein bremer Geblüts, ersonnen vom Bremer Rudolf Alexander Schröder, durchgeführt vom Bremer Anton Kippenberg, finanziert vom bremer Millionenerbe Heymel. Kippenberg aber ist der verruchteste. Philister, Göteanbeter, Schüttelreimer, Rilkefreund und Rotarier. Dabei startete er recht solid, kam in die Lehre zur alteingesessenen Buchhandlung Hampe, dort gings fidel her, Dichterneffe Johannes Storm, nachmalig Gründer der gleichnamigen Buchhandlung, lernte dort auch … — Anton aber wuchs über sich hinaus ins schöne Nichts, fing das Götesammeln an, studierte in Leipzig ohne Abitur, promovierte 1901 über Faustkram, und irgendwer schmiß ihm dann auch noch eine Ehrenprofessur hinterher.

Professoren- und bremenschlau hatte Kippenberg schon 1941 seine sagenhaften Götegüter ausgelagert und rühmt sich: »Aber im Unglück war noch Glück. Ich bin die Kassandra gewesen ›in der Stadt der ewig Blinden‹ — ich habe die Katastrophe vor Augen gesehen. Und so habe ich lange begonnen — seit Hamburg und gar Berlin — in immer grösserem Umfange wesentliches noch immer weiter herauszubringen. Es wäre noch mehr gewesen, wenn ich an massgebenden Stellen nicht tauben Ohren gepredigt hätte … Verbrannt sind neben 1 Mill. Bände Insel-Bücherei … riesige Mengen laufender Verlagswerke, die teils in Arbeit, teils auf Lager waren … Von meiner Sammlung ist die Bibliothek in den Kellern der deutschen Bücherei, die nur Teilbrand hatte, unversehrt geblieben, die kostbarsten Bücher, Handschriften und Zeichnungen pp., sowie Rilke und Insel-Zimmer sind in Waldenburg. Sorge habe ich aber noch um den schönsten Teil der Bilder mit allem, was dazu gehört. Es liegt in der Stahlkammer der abgebrannten Druckerei Pöschel & Trepte. Sie ist dem Anschein nach äusserlich intakt, gebe Gott nicht ausgekohlt. Sonst wäre mir das Rückgrat gebrochen, zumal mein ganzes Privat-Archiv (Rilke-Handschriften und Briefwechsel mit Rilke, unzählige andere und Bücher, mein ganzes Leben in Schrift und Druck) auch dort liegt«, und Kippenbergs Weib Katharina ergänzt an Schröder, immerhin Urheber des ›Deutschen Schwures‹, am 2. Februar 1944: »1 ½ Millionen Bände Inselbücherei verbrannt, Bibliothek der Romane, Goethe Handzeichnungen bis auf etwa 20, ungezählte Matern, um nur einiges zu nennen, vernichtet, alles Mobiliar, 2 ½ Jahre von Antons und meiner Correspondenz … die schönen Empiremöbel in meinem Inselzimmer, die gesamte Lektoratsbibliothek eine ganze Wand voll und viele französische und englische Bücher darunter, auch Widmungsexemplare« — und das Attentat auf die Privatadresse soll erst noch kommen, 27. Februar 1945.

Millionen Bücher brennen … was man so Bücher nennt, Ricarda Hüche, Hans Carossas und Karl Heinrich Waggerls (Stefan Zweig nicht, der war 1933 schon verbrannt, nichts hatte es ihm geholfen, daß er ein Drittel des Insel-Umsatzes gebracht hatte) und fertige Inselbänd-

rock zurück und tauschten sie nicht gegen russische Zigaretten, sondern steigen zu Höchstkursen ein, jetzt, alle auf einmal und machen eine Schwemme : und der schöne Preis geht den Bach runter. Aber, Doktor Loisy, grämen Sie sich nicht : es ist nicht Ihre Schuld. Die hohe Zeit des Inselsammelns ist sowieso vorbei, die Menschen sind weniger danach denn je, das Material[101] *ist verderbt, die Guten sind ausgestorben oder komplett, die Zeiten, da ich noch als Fachfrau geschätzt wurde und Umgang haben durfte mit den seltenen Seelen, die sich der Ergründung der Vielfalt der Auflagen und Schmuckpapiere verschrieben hatten, die Urlaube und Gehälter opferten, hinter die letzten Dinge*[102] *zu kommen, die furchtlos oder bebend feig, ganz gleich, jeden Winkel des Hades durchkämmten, wenn da nur einer wohnen sollte, der einen kennt, der weiß, in welchem Sturmgepäck noch die erste, blaukartonierte Feldpostausgabe von Götes Spruchweisheit in guter Erhaltung steckt, Sie wissen, die 482 von 1942 ...*

LOISY : *Nun, hm, nein, weiß ich ...*

SILKE : ... — *müssen Sie auch nicht — oder die seltene Ausgabe der 482 Wiesbaden 1946, mit überklebtem Titelschild des ›Buchs vom Tee‹, 274, das 61.–70. Tausend mit der ›Zulassung Nr. 13 der Nachrichtenkontrolle der Militärregierung‹, oder mit der nicht bei Jenne verzeichneten weißbraunen Überzugspapiervariante des 91.–96. Tausends, nicht selten, aber eben* ***nicht***

---

chen in bunten Schickpapieren : acht frische Tranchen, die just sich aufmachten, den europäischen Markt zu erobern, wurden ohne Ansehn der Auflage zu je mindestens Zehntausend ein Raub der Flammen ... Redslobs Kalendarium ›Des Jahres Lauf‹ (IB 99), Gregorovius' ›Neapel und Capri‹ (IB 340), ›Persische Spruchgedichte‹ (IB 87), eine Feldpostausgabe der ›Aphorismen‹ der häßlichen katholischen Marie Freiin von Ebner-Eschenbach (IB 543) oder eine Auflage der Variante 2 B von IB 105 (Walther von der Vogelweide, Gedichte). Sieben der acht legte Anton trotzig sofort wieder auf, die waren gleich 1944 im Handel — nur 313 nicht. Und **das** läßt auf humanistische Gesinnung, wie sie nur in Bremen wächst, schließen : einen Mythos wollte Anton begründen, einen sinnigen, der das Vanitas-Thema des Barock aufnimmt und auf die Übel des Luftkriegs anspielt.

Und mögen auch andre Bändchen kommen und wimmern *Aber ich bin noch seltener als 313* : immer wirds nur vom Top schallen *Aber du wurdest wiederaufgelegt.* So geschehen, als das eine bekannte überlebende Exemplar der 43er-Erstausgabe der ›Persischen Spruchgedichte‹ IB 87–3 aus dem Nachlaß des Herausgebers Ernst Bertram auftauchte und ein Händler 15 Riesen dafür verlangte und nicht bekam, denn die Spruchgedichte gabs ab 44 zu kaufen in jeder gut sortierten Frontbuchhandlung (aber das war sowieso gar kein ganz richtiges Exemplar, das waren nur lose Korrekturbogen und hatte gar keinen Einband).

Der Adel aber, vernichtet worden zu sein, läßt selbst nobelste Geister sich vergessen. So log nach dem Weltkrieg die empfindsame und häßliche Konvertitin Gertrud Freiin von Le Fort wider ihren Glauben und Gott und besseres Wissen, auch ihre Erzählung ›Das Gericht des Meeres‹ sei als IB 210 unter den Dezember-Opfern gewesen, Gerti wollte so gern auch Märtyrerin sein. Ihr ›Meeresgericht‹ war aber gar nicht verbombt worden (Januar 33 tat man ihr nichts, Dezember 43 nicht, Mai 45 schon gar nicht — das eben ist echt katholisch), es war fein Januar 1943 gedruckt und nur insofern Dezember tragisch zerstört, als es sich nicht verkauft hatte, und das hatte es so schlecht, daß es allerdings selten ist und eine vierstellige Summe einträgt. Gott aber segnete die Freiin auch dafür und ließ sie 95 werden. Aber nicht hundert.

[101] Zweifelfrei meint Frau Hudelwerth das Menschenmaterial, nicht das zeitlos schöne Insel-Material.

[102] Wozu nicht nur im Zuge diverser Besatzungszonen die Spaltung in Insel-Ost und Insel-West zählt, sondern wesentlich das kranke Geschäftsgebaren Kippenbergs beitrug, die Insel-Bändchen in fortlaufenden Nummern lieferbar zu halten, so daß bei Vergriffenheit eines Bändchens dessen Nummer gleich neuvergeben wurde.

***verzeichnet**, oder endlich die Frage zu klären, ob es von der Spruchweisheit auch eine Truppenbetreuungsauflage gab mit dem Vermerk ›Frontbuchhandelsausgabe für die Wehrmacht … oder Stichwort ›Restbinderaten‹ … hah! die Restbinderaten, das war mal mein Spezialgebiet! …*

LOISY (erschöpft) : *Öhm, nun, jaja …*

SILKE (am Ziel) : *… ja-ha … — jedenfalls : die Zeiten, zu denen ich in der Sögestraße eine Filiale allein mit Inselbändchen bestücken und mich und René allein von der hätte durchbringen können, Doktor Loisy : die sind vorbei. Und Sie bringen sie mir auch nicht zurück*

LOISY : *Hm, nein, wohl nicht … das gibt mir schwer zu denken, Silke … also nicht … gut …*

SILKE : *Freue mich, verstanden worden zu sein*

LOISY (gewappnet) : *Ich war noch nicht am Ende mit meiner Geschichte. Blasius war Historiker …*

SILKE (atmet schwer) : *Gottchen, ja, Schwerpunkt Mediaevistik*

LOISY : *… ich habs bestimmt erzählt, Schwerpunkt Mediaevistik. Und was hat man als Historiker? Ich wills verraten : als meine Mumien mich letztens in den Keller geleiteten …*

SILKE : *Ad rem, Doktor Loisy*

LOISY (pustet die Backen) : *… da war plötzlich hinter all den Türen noch eine Tür, und dahinter …*

SILKE (ungeduldig) : *Sie können doch ein bißchen Latein?*

LOISY (wischt imaginäre Spinnweben fort zum vollendeten Triumph …) : *Die Schedelsche Weltchronik* [103] (… eh er feuchtäugig und offenen Mundes eine Reaktion ablauert)

SILKE : *Ahja*

LOISY (besteht auf dem großen Effekt …) : *Die Schedelsche Weltchronik!*

SILKE (… kriegt ihn aber nicht, ungerührt) : *Kleiner Schedel? Großer Schedel* [104] *?*

LOISY : *Großer Schedel*

SILKE (gleichmütig) : *Und?*

---

[103] 1493, aus Nürnberg, das meistüberschätzte und willentlich von den Ahnungslosen dieser Erde überhöhteste Werk des Buchdrucks, überschätzter noch und überhöhter als das 6. und 7. Buch Mose oder 313. Vorzüglich geeignet für Jungdozenten, Proseminarträume von Zeiten- und Paradigmenwechsel zu nähren und den medialen Fortschritt, den das mechanische gegenüber dem manuellen Kopistentum gebracht hat, zu befabulieren (→ Segen, → Faksimileverlag). Einer der vielen gähnenmachenden Versuche, eine fiktive Heilsgeschichte mit einer herbeigeschmierten Weltgeschichte deckungsgleich zu bringen (→ Schöpfungswoche → sieben Weltzeitalter : bis zur Sintflut, zu Abraham, David, Babylonischer Gefangenschaft, Christus, Gegenwart und Prospekt aufs Jüngste Gericht), eine krude Mixtur von Exotik und Totentanz, Zyklopen und Fehlgeburten, Heiligenmär und sonstiger Monstrosität : schwatzhafte glühend-fromme Histörchen, die um dumme Viten ranken und kritiklos Aristoteles neben den Priesterkönig Johannes stellen.

[104] 1509 ergab die nürnberger Bilanz rund 300 verkaufte Exemplare bei noch 571 auf Halde, und die Macher waren einig, daß sie »die gewinung, so uber dem abzug des, so darauf gangen ist, daran erstanden were, getailt hetten« : Johann Schönsperger, später Hofdrucker Kaiser Maximilians, hieß der böse Mann aus Augsburg, der die Nürnberger auf den Topf gesetzt und 1496, 1497 und 1500 einen ›kleinen Schedel‹ gemacht hatte, an allem sparend, an Text, Format, Güte des Papiers und Einbands, Üppigkeit der Holzschnitte und verspieltem Layout. Schönspergers billiges Volksbuch wurde ein derartiger Erfolg, daß nicht nur der ›Große

LOISY : *Alle Seiten da!*

SILKE : *Und der Zustand so, von all den Seiten?*

LOISY : *Mehr als befriedigend, minimaler Wurmfraß*

SILKE : *Einband?*

LOISY : *Schweinsleder auf Holzdeckel, reiche Stempelverzierung, 45 mal 32 Zentimeter*

SILKE : *Koloriert?*

LOISY : *Koloriert*

SILKE : *Ganz?*

LOISY : *Ganz*

SILKE : *Die deutsche oder die lateinische* [105]...

LOISY (nun mit einer wirklichen Überraschung) : *Beide*

SILKE (schwach überrascht) : *Beide, hm? Beide koloriert?*

LOISY : *Beide koloriert*

SILKE : *Und wirklich komplett? Das Porträt von Johannes Septimus — vorhanden?*

LOISY : *Vorhanden. Wie selten*

SILKE (gerührt) : *In der Tat, das ist selten. Und beide, ja?*

LOISY : *Beide*

SILKE (plötzlich schwer genervt) : *Ich kann sie ja nicht leiden*

LOISY : *Wen?*

SILKE : *Diese elenden Frankozentristen, die sich für den Nabel der Welt halten* [106]

LOISY : *Nur weil sie auf den Reichskleinodien saßen* [107] *?*

SILKE : *Phh ... nicht nur deshalb ...*

LOISY : *Silke, wir müssen uns das ja jetzt nicht gegenseitig kleinreden ...*

Schedel‹ ein Gelddesaster erlebte und die zweite Auflage, die zu redigieren Conrad Celtis vertraglich November 1493 schon vorgesehen gewesen war, unterblieb, sondern es heutigentags auch noch wesentlich seltener ist als die Patrizier-Edition, denn es wurde nicht nur gekauft, sondern auch benutzt und gelesen und erlag schlicht dem Verschleiß.

[105] Als ›Registrum huius operis libri cronicarum cū figuris et imagībus ab inicio mun̄di‹ am 12. Juli 1493 in Nürnberg mit 326 Blatt in italienischer Rotunda, als ›Register Des buchs der Croniken und geschichten mit figurē und pildnüssen vō anbegin̄ der welt bis auf dise un̄sere Zeit‹ am 23. Dezember 1493 in Schwabacher auf 297 Blättern gedruckt.

[106] Das taten sie wohl, die nürnberger Honoratioren und Chroniker : wesentlich die Geldsäcke Sebald Schreyer und Sebastian Kammermeister, die Holzschneider Wilhelm Pleydenwurff und Michael Wolgemut (→ Dürerlehrer), der Drucker und Verleger (und → Dürerpate) Anton Koberger, der 100 Gesellen an 24 Pressen zu stehen hatte — und eben Knochenbrecher Hartmann Schedel. Diese Herren saßen in Schreyers Gotischer Stube zum Trunk, stets die Wandklappbetten (→ ›Faul- und Lotterbetten‹) im Blick, falls es sie umhauen sollte, und legten vertraglich fest, wie ihre Namen eitel mit einem megalomanischen Werk die Jahrhunderte überdauern konnten.

[107] Zum Lohn, daß es so fett und wichtig war, schenkte Kaiser Sigismund September 1423 Nürnberg das Privileg, die Reichskleinodien, »des heiligenreichs heiligtum« zu verwahren und jährlich zwei Wochen nach Ostern, am festum armorum Jesu Christi öffentlich die Klunker zeigen (→ Heiltumsweisung) und anschließend vierzehn Tage Handelsmesse abhalten zu dürfen. März 1424 traf, als Fischtransport getarnt, der Firlefanz ein, Reichskrone, Reichsapfel, Reichszepter, Reichsschwert, Reichskreuz und Heilige Lanze. Sofort waren gute Laune und Messe in Nürnberg und ließen lang nicht mehr nach.

SILKE : *Nein, müssen wir nicht*

LOISY : ... *bedächten wir nur die geringsten der verlogenen Zuschreibungen* ...

SILKE (lacht) : *Hörnse auf, hörnse auf*

LOISY : ... *wir kämen ja an kein Ende*

SILKE (erlacht höhnisch) : *Größtes Buchprojekt der Dürerzeit!*

LOISY : *Bilderreichste Inkunabel* ... (wackelt charlestonhaft die Hände) *1493* ...

SILKE : *1492! : Zeitalter der Entdeckungen, der neuen Horizonte*

LOISY (lacht) : *Kolumbus!*

SILKE : *Diese strunzblöden Nürnberger, die erzählen ja sogar, sie hätten Amerika entdeckt* [108]

---

[108] Haben sie auch. Der Nürnberger Martin Behaim (1459–1507) entdeckte bekanntlich Amerika, verschweigt das aber überzeugend, da der 1493 auf ihn zurückgehende älteste erhaltene Globus Amerika augenfällig ausspart. Seine Unkenntnis zu untermauern, macht Behaim Extrafehler, gibt Flüssen und der deutschen Küste falsche Verläufe und trägt keine fünf Städte korrekt ein. Sonderverachtung erweist er Westafrika und den Azoren und hat von Klima und Flora schon gar keine Ahnung. Wer ist dieser Meister der Verstellung?

Ein Patriziersohn. Als Knabe hätte er die Reichskleinodien praktisch von hinten greifen können, war doch vorm Balkon seines Elternhauses am nürnberger Markt der Holzturm errichtet, auf dem drei Bischöfe Jahr um Jahr massiv Ablaß austeilten und zeigten : alles noch da, Kaiser, Gott, Gold ... — dann aber war immer auch gleich schon Messe gewesen und keiner hatte mehr Bischöfe oder Kleinodzeugs sehen gewollt.

Martin wird 1476 zu einem Kaufmann nach Flandern gegeben und flutscht ab da, ungebildet und pläneheckend zwischen Antwerpen, Frankfurt und Nürnberg, gut verfolgbar anhand von Strafakten und fälligen Wechseln. Immer widerwilliger springt seine Familie ein : daß er am 1. März 1483 in Nürnberg, da er mit vier Freunden zu Fasten auf einer Judenhochzeit tanzt, eine Woche Arrest aufgebrummt bekommt, kann auch sie nicht abwenden. Oder will nicht.

1484 entführt Martin aus Nürnberg neun Sack Galläpfel zur Tintefertigung und einen Koffer voll Rosenkränzen nach Antwerpen — die Familie blecht. Nun stürzt die unterbliebene oder verlorene Dokumentation von Delikten Behaim in ein Datendunkel, aus dem er erst 18. Februar 1485 auftaucht : ein 1778 zuletzt gesehener »alter Zettel« vermerkt, Portugals König João II. (der ›Gestrenge‹, ›Vollkommene‹, der Schwager-, Cousin- und Bischofstöter) habe Behaim geritttert. Wofür? Hat Behaim in Lissabon vorgelogen, engen Umgang mit dem genialen Franken Johannes Müller gehabt zu haben, der von 1471–75 in Nürnberg ansässig gewesen war, dort eine Sternwarte gebaut, Schüler strikt von sich gewiesen, eine Druckerei betrieben und Ephemeriden gedruckt hatte, wie nur er sie drucken konnte? hat er Müllers nautische High-Tec, wegweisende Winkelmeßgeräte, wenn die auch nie für Hochsee entwickelt worden waren, der portugiesischen Flotte in Aussicht gestellt? Oder hat Behaims Schwiegervater in spe an Fäden gezogen, daß seine Tochter eine hoffähige Partie machte? Denn wenn auch sonst keine Seefahrt Behaims verbürgt ist, einmal, soweit er keine geheime Landverbindung entdeckte, muß er's doch gewagt haben : 1488 ist Behaim auf den Azoren, heiratet dort eine Tochter des flandernstämmigen Statthalters, zeugt das Kind Martin und verpfändet aus der Ferne beim nürnberger Kaufmann Schlewitzer sein kommendes Erbe.

Das er 1491 antritt. Er reist zum Erbstreit heim, wird aber zuerst vom verhetzten Altdiener Hermann Zweipfund der Lohnprellung verklagt. Behaim kontert, er habe schon ganz anderes mitgemacht, als Lotse und Vice-Kapitän des Admirals Cão zwei Afrikareisen, 1482/83 und 1485 (→ Entdeckung des Kongo), auch habe ihn João in den ›Orden der Christusritter‹, dem Rechtsnachfolger der Templer, berufen — Zweipfund zieht die Klage zurück. Kurzerhand gewinnt Behaim auch den Erbstreit und versilbert alles, seine Geschwister klagen : »pruder mertein al tag nit pesunders thut, den das derselb alle tag gen garten get und get stets nur mit dem garten umb«. Untätig will Martin nicht scheinen, er belabert die Ratsherren Volckamer und Holzschuhen — letzterer immerhin Ägyptenreisender —, einen Globusbau zu finanzieren. Das machen die glatt, Nürnberg zahlt alles, unter Anleitung Behaims basteln Handwerker den Erdapfel und führt der Miniaturenzeichner Georg Glockendon in vier Monaten Bemalung und Beschriftung aus, voll süßer Oeconomica ist da überall was los, »do wachst vil mancherly specery, das holz aloe ... ist allerlei specery and gewürtz do wachst moscat ... findt man vil edelgestains perlein oriental ... wachsen die Muscatt, Zimeth, Negel vast vil auch sindt daselbst wäldt von lauter sandelholz ... wachsen vil rubin, smarackhen, topassen und saffiren ... wechst der best camphor in der welt den man mit golt abwigt ... vil goldtes ... auch pfeffer camphora lignum aloes auch vil goltsandt das volk pet abgotter an und sindt gross stark leut und gut astronomy« — verschämt befiehlt Behaim zudem, daß seine Afrikaexkursionen verzeichnet werden und sein Name an einige kleinere Ländereien sich knüpfe.

März 1493 läuft Colombo von seiner ersten Reise wieder in Palos ein : die Nachricht sikkert nach Nürnberg, macht aber noch keinen großen Alarm. Und eh die Lücke im Atlantik seines Erdapfels auffällt, bereitet Behaim alles für Ruhm und Abreise vor. Am 12. Juli soll die Chronik erscheinen, am 11. kommt Behaim und quetscht in Schedels steifhändiges lateinisches Manuskript, Blatt 290, mit flüchtiger Handschrift an den Seitenrand : »Darnach im iar des herrn M.cccc.lxxxiii hat könig Johanes zu Portugalia ein man gar hoher synn ettlich galee mit alle zu lebe nottürftige dingen angerichtet und hinder die seuln herculs gegen mittemtag wartz Ethiopiam zeerforschen außgeschickt. Und denselben schiffen oder galeen zwen patron gesetzt. Nemlich Jacobum canum [Cão] einen Portugalier und Martin beheym einen teutschen von Nürnberg auß einem guten geschlecht daselbst geporn in erkanntnus des gelegers der erden hoher farn und des meres wol geduldlich. der dan diue lenge un prayte in dem occident auß erfarnus und langer schiffung gar eigentlich waißt und nach vollbringung solcher schiffung sind sie dem sechzeheden monat widerumb gein Portugalia komen und haben doch vil irer mitgeferten von des uberhitzigen lufffts wegen tod hinder inen gelassen« — welcher Passus in der eingedeutschten Chronik unter ›Portugal‹ rubriziert wurde.

Und dann ist Behaim weg. Er kann 1494 auf Flandernaufenthalt von Angelsachsen, die noch eine Rechnung offen haben, sich gefangen nehmen und nach England verschleppen lassen, nach drei Monaten von Seeräubern befreit werden, bei Weib und João II. in Ungnade fallen und 1507 überraschend und verarmt in einem deutschen Spital zu Lissabon sterben — aber mehr nicht. Zum Trost kriegt er einen Mondkrater und sein Erdapfel wird um die Nachricht vom Ableben des Martinus pehaimus ergänzt.

Über hundert Jahr bleibt der Erdapfel im Rathaus Nürnberg, dann haben alle sattgesehen und wird den Behaims die Aufschneiderei ihres Altvorderen zuviel und verstauen sie ihn auf dem Speicher — zumal inzwischen Märchenerzähler des Märchenerzählers sich angenommen haben. Wesentlich in Gestalt des nürnberger Altorientalisten und Kanonikers Johann Christian Wagenseil (1633–1705), eines Spinners und Professors, der nicht nur Falschgeld am Geruch erkannte, Telepathie betrieb, mehrfach um Lob beim Kaiser vorsprach, seiner Erfindung eines Wasserschildes zur Rettung Ertrinkender halber, eines Spinners, der mit guten unbekannten Gründen seiner Gattin untersagte, rechts neben ihm zu gehen und der sich aus allgemeinem Proporz die Fußnägel nicht schnitt und Übergrößen trug : Wagenseil faßte das nürnberger Bedürfnis nach universeller Geltung zusammen und entwickelte am 4. Dezember 1681 in einer Rede die Idee, Behaim habe nicht allein als Erster das Kap Afrikas umschifft und überhaupt den Kongo entdeckt, sondern auch die Magellanstraße vor Magellan befahren und ›eine andere Welt‹, Amerika, das gerecht »occidentalem bohemiam« zu heißen habe, gefunden. Wagenseil, ein kecker Quellentrüber, vor dessen geschmackloser Konfusion schon Zeitgenossen erschraken, gilt heute in Nürnberg als große Leuchte. Insonderheit, da er 1705 maßgeblich den nürnberger Trichter verfeinerte (›Von Erziehung Eines Jungen Printzen, der vor allen Studiren einen Abscheu hat, Daß er dennoch gelehrt und geschickt werde : Es werden Gedancken beygefügt : Welcher Gestalt ein ieder Mensch, zu einer seinem Geschlecht, Alter, und Lebens-Beschaffenheit,

SILKE : *Oder gucken Sie Gutenberg*[109] *an!*

LOISY (lacht) : *Der Gensfleisch!*

SILKE (stemmt sich gorillagleich beidfäustig auf den Secretaire, beugt vornüber zu Loisy) : *Gensfleisch, genau. Lächerlich!* (wütend) *Was hat der denn ermöglicht, als daß der Gedanke zur Ware herabgewürdigt wird, als daß die Frömmigkeit versiegt und die Süße der Empfindung in kalte Lettern gepreßt und damit verbannt ist aus dem Reich des Lebendigen?*

LOISY : *Oja, das hat er!*

SILKE : *Nicht überschätzt, sondern unterschätzt, in seinen bösen bösen Folgen!* (faustet auf)

LOISY : *Der Tod der Handschrift, das ist er*

Sollte — so beschaut kurz der Gelehrte sein schwammiges Händchen — auch er bekräftigend auffausten? wenig schwächer vielleicht nur als seine Antiquarin? Bis jedoch er die Idee endgültig ad acta gelegt hat, hohnlacht Silke schon mal weiter.

SILKE (hohnlacht) : *Und der Vervielfältigung der Geistlosigkeit, der hat er Vorschub geleistet — jedenfalls* (beruhigt sich überraschend und scheinbar und runzelt eine Augenbraue) *: der Schedel ...*

LOISY (bestätigt) : *Nein nein nein*

SILKE : *... ist kein Blick voran in die Blüte des Humanismus, und kein besinnender zurück auf die edlen Griechen*

LOISY : *Wie auch, wie auch!: der war überhaupt noch kein Humanist, hihi ...*

SILKE (finsterflüstert) : *Ein Meilenstein allenfalls verabscheuenswürdiger Ästhetik ...*

LOISY : *... der hat höchstens geleckt an der blanken Existenz der Griechen*

SILKE (tief grollend) : *... ein elendes Kommerzunternehmen wars, keine Spur von zweckfreiem Forscherdrang und kühnem Geist*

LOISY : *Nein nein, die Ketten von Kirche und Konvention rasselten fröhlich weiter, Kasse sollts machen! Schlimme Kasse! Am Schedel wirkte doch weit und breit kein Freigeist mit, der auf sich allein gestellt alles mit natürlicher Vernunft neu bedacht hätte*

---

wohlanstehenden Wissenschafft in geistlichen und weltlichen Sachen, leicht anzuführen‹). — Erst 1823 holen die Behaims den mittlerweil am Südpol eingedrückten Globus wieder vom Boden. 1906 läßt eine neue Behaim-Generation sich wieder überreden und leiht ihn ins Germanische Nationalmuseum, und als sie ihn 1937 in die leichtgläubigen USA verscherbeln will, erwirbt ihn Hitler fürs Museum und erklärt bei der Gelegenheit, Nürnberg sei eine 1-a-Stadt und Martin Behaim als erster Deutscher am Kongo und südlich des Äquators sowieso Kolonialpionier.

Müller aber war 1476 nach Rom geladen worden, offiziell um an der Kalenderreform mitzutun, inoffiziell aber, um 40jährig zu sterben — dafür hat er einen schönen Mondkrater, wenn auch unter dem Namen Regiomontanus. Hitler aber hat keinen Mondkrater. Auch nicht unter anderem Namen.

[109] Tatsächlich gedenkt Schedel kurz des Buchdrucks, notiert dessen Siegeszug und tut den klugen Wunsch, er möge früher erfunden worden sein, daß nicht so viel Livius, Cicero und Plinius durch der Zeiten Mißgunst verloren gegangen wäre. Schedel ist aber nicht allein Schöngeist, sondern auch Ökonom. Drum auch lobt er, daß dank Gutenberg die Bücher nun billiger sind. Herrlicher Gutenberg! Das sagt der Harenberg-Verlag in Gestalt seiner Reihe ›Die bibliophilen Taschenbücher‹, wo's den Schedel um den Preis zweier Pizzen gibt, auch. Genau wie die leipziger ›Edition Libri Illustri‹, deren Schedel-Reprint allerdings 6000 kostet.

SILKE (bitter) : *Neu bedenken — da sagen Sie was! Daß der Mann nur abgeschrieben hat, wissen wir ja* [110]

LOISY : *O ja, und ob. Und wir wissen ja ums Elend dieser dummen Fleißarbeiten ohne eigene Gedanken, das kenn ich ja von meinen Studenten, ich note ja praktisch auch nur noch, wie gut die auswählen, was sie abschreiben, und ob sie's überhaupt tun*

SILKE : *Ja! — das wissen wir alles!*

LOISY : *Jaja*

SILKE : *Genau. Und wir wissen ja auch, daß das Volk nur auf diese Holzschnitte aus ist, daß es das liebt, nicht zu lesen, aber zu gucken, daß das ein Bilderbuch ist* [111] *—*

---

[110] Sechs Jahr lang schreibt Schedel (1440–1514) aus seiner Privatbibliothek ab, was er nur abschreiben kann — dafür hatte er studiert, in Leipzig und Rom griechisch und hebräisch, dafür 1466 in Padua den Doktor gemacht und war 1468 wallgefahren nach Aachen, den Kartäusern Ederheim-Christgarten beigetreten und 1484 nürnberger Stadtarzt geworden. Hauptsächlich bedient er sich aus Marco Polo, der Chronik Foresta da Bergamos (1482) und findet die Studien ›De Europa‹ (1458) und ›De Asia‹ (1461) Papst Piccolominis, des späten Kreuzfahrers und Erzhumanisten, so einwandfrei gut und erhellend, daß er gar nicht weiß, was er da streichen sollte — aber auch, was an kometengeilen Flugschriften ihm in die Hand gerät, an Nachrichten über Eklipsen, Mutationen und Heuschrecken, schlachtet er aus, »auf Anregen und Begern der ehrbarn und weysen Sebaldi Schreyer und Sebastian Camermaister«. Leider bringt Schedel auch ansonsten nur wertlose Kompilationen hervor, meist zur bayrisch-thüringischen Landeskunde. Nichtmal sein Italiensampler 1504 bedeutet irgendwas. Schade Schedel. So ein Sammlertalent! — das nicht nur fremde Worte und Kuriosa sammelt, sondern auch ›Graphik‹. Schedels Unart, die Bände seiner Bibliothek mit eigenen Zeichnungen, eingeklebten Miniaturen und Blättern zu verschönern — ein gepfeilter Sebastian in einem chirurgischen Traktat eines persischen Gelehrten da, ein Leichenschmausbild in einer Pestpassage hier — hinterläßt dem Okzident die erste Graphiksammlung.

1552 wird Schedel selbst Sammelobjekt : »Es ist zu wissen, das nach dem Melchior Schedel der Elter, ein lediger gesell, und der letzte seines Stammes und Namens gewesen, nit verhofft hat, sich anzuverheuraten, noch eheliche Leibs Erben zubekommen, die gantze sein anererbte Liberey, Herrn Hanns Jacob Fuggern zu Augspurg, umb 500 fl. Müntz verkaufft hat«. Sechs Jahre später gründet Albrecht V., der ›Großmütige‹, seine Hofbibliothek und verleibt ihr 1571 den gesamten Fuggerbestand ein — 1919 wird die ›Bayerische Staatsbibliothek‹ draus, in der heute 670 Drucke und 400 Handschriften Schedel zuzuordnen sind. Waren mal mehr, eh die Fuggers und Herzogs europaweit verschenkt, getauscht, verkauft hatten und die StaBi am 10. März 1943 mit 400000 Bänden Verlust erfolgreich bombardiert wurde.

[111] Und ein schlechtes dazu! so viel fehlende Perspektive mußte schon vor 500 Jahren nicht mehr sein, aber mittelalterlich hätte das ungelungene Bild immer noch die Ausrede, bloße Chiffre einer gleichgültigen Realität zu sein und wär ledig der Pflicht zur Authentizität. So haben im Schedel von den hunderten Städteansichten überhaupt nur 32 lose eine reale Kulisse zum Vorbild und sind zuallermeist austauschbare, grobschlächtige Norm-Phantasien. Siena, Damaskus, Neapel, Perugia, Verona, Mantua, Ferrara : identisch. Landschaften und Länder, Mazedonien, Hessen, Spanien : identisch. 596 Päpste, Bischöfe, Äbte und Cäsaren : Klone, für die 72 Holzstöcke reichen. Insgesamt sind von den 1809 Holzschnitten der Chronik 1164 Wiederholungen. Bürger des 20. Jahrhunderts zu sein und diese Schablonenwelt noch zu mögen, ist Ausweis eines miesen und sentimentalen Charakters. Den zu bedienen, zu strafen und sich daran zu bereichern, haben einige Antiquare sich zusammengetan und schlachten in einem Pentagramm an geheimem Ort um Mitternacht die überlebenden Schedel aus, schnippeln sie und verticken die Graphik einzeln und zu horrenden Preisen an Bauern, die sich weder Geschmack noch eine ganze Chronik leisten können, daß trotzdem in verwaisten, windschiefen Katen mal ein Schmuck in der Diele zu hängen kommt. Der notleidende Antiquar aber stellt über Addition seiner Einzel-Erlöse verwundert fest, daß

LOISY : *Kein Vergleich mit den relevanten Köstlichkeiten in Ihrer Auslage, liebe Silke*

SILKE : — *wobei es in diesem Fall sogar recht hat, das Volk, denn der Text ist zu wichtelig, der ist ja sowas von latte*

LOISY : *Genau, wissen wir ja — einfach nur scheißenalt*

SILKE : *Wohl gesprochen, Doktor Loisy. Und überhaupt : was ist denn das für ein schlechtes, primitives Deutsch, wer schreibt denn heute noch ›Bildnis‹ klein, mit p und ü und Doppel-s : ›pildnüss‹*

LOISY : *Niemand, niemand, o nein* [112]

SILKE : *Einigen Ruhm hätte sich die Schedelsche Chronik sicherlich verdient, wäre in ihr die erste literarische Erwähnung Amerikas zu verzeichnen gewesen. Tja ... diesen Ruhm heimst ja nun ein anderer Text ein* [113]

LOISY (ohne Ahnung, da er über Friedrich hinaus nur kennt, was Friedrich schmökerte, Friedrich aber aus Humanistentagen nur ›Pierre de provence et la belle Maguelonne‹ las) : *Ja, jaja*

SILKE : *Hm ...* (resümiert) *aber gut, ja, wir wollens ja nicht kleinreden, die Schedelsche Weltchronik, das ist was. Einmal gehabt, einmal verkauft. Recht schnell sogar. An einen Kollegen. Wenns auch nicht mein Gebiet ist ... so schlage ich doch vor ... : die beiden Schedel gehen an mich, Ihre Schulden sind annuliert, alle, Sie bekommen das Faksimile und ich richte René aus, daß er mit Ihnen zu Abend ißt. Kosten übernähm ich*

LOISY : *Kein kleines Guthaben? Eine Chronik allein bringt wenigstens 120 Riesen*

SILKE : *Na und? Schwer genug wirds. Und nein, kein kleines Guthaben. Schon mal gar nicht. Ah, eh ichs vergeß : 313 bekomm ich auch noch. Als Bonus von mir das Versprechen, nicht nachzulassen in meiner anhaltenden Langmut*

---

das Ganze bedeutend weniger ist als die Summe seiner Teile. Weder Keller noch Silke beteiligen sich an dieser Kleinobjektschöpfung durch Großobjektvernichtung. Keller, weil er nie einen Schedel zu sehen kriegen wird, Silke, weil sie in der Furcht lebt, von ihrem Über-Ich erwischt zu werden.

[112] Der Wahrheit die Ehre : »durch Georgium alten [Georg Alt] deßmals losungschreiber zu Nürmberg ... außzugs weise in diss teütsch gebracht« — heißt nichts als : ein verbrecherisch-nämbercherisches Idiom gibt sich als verständliches Frühneuhochdeutsch aus. Dem Schönsperger, dem wars egal, der raubdruckte beides.

[113] Und zwar Sebastian Brant ›Das narrenschyff‹, am 11. Februar 1494 zu Basel gedruckt von Johann Bergmann de Olpe. Dort heißts LXVI ›von erfarung aller land‹ 53–56 : »Ouch hatt man sydt jnn Portigal // Vnd jnn hispanyen vberall // Golt / jnslen funden / vnd nacket lüt // Von den man vor wust sagen nüt« — was Schönsperger in Augsburg so schön fand, daß er, wenn auch nicht als erster, am 8. November 1494 mit einem Raubdruck an den Start ging und Brant & Olpe sich in die Folgeauflagen retteten mit je kleinen Boni und Weiterungen.

Keinesfalls aber war das Narrenschiff das erste Druckzeugnis überhaupt gewesen. Höhe Kanaren hatte Colombo am 15. Februar 1493 an Spaniens Schatzmeister Santángel einen Brief geschrieben, den er sofort nach Betreten des Festlands 4. März 1493 aufgab — Pedro Posa in Barcelona fing den Postboten ab und druckte das Schreiben noch April, 29. April erschien der Brief lateinisch übersetzt als ›De Insulis Inventis‹ auch in Rom bei Stephan Blanck. Johann Bergmann de Olpe übernahm die blancksche Ausgabe noch im selben Jahr, mit sechs Holzschnitten illustriert und eingeleitet mit lateinischen Versen Brants. Erst am 30. September 1497 zog in Straßburg Bartholomeus Kistler deutsch nach : ›Ein schön hübsch lesen von etlichen inßlen die do in kurtzen zyten funden synd durch de künig von hispania‹.

LOISY (ächzt) : *Silke, Sie wissen…*

SILKE : *Ja, ich weiß, nicht nur die Zeiten der Insel sind vorbei, sondern auch die, in denen man für 500 Reichsmark noch einen Schedel kaufen konnte* [114] — (herrschaftlich) *Doktor Loisy, Sie werden doch nicht ernsthaft gefühlsduselig argumentieren wollen, Sie wollen doch nicht ernsthaft* ***überhaupt*** *argumentieren wollen?*

LOISY (dem's einleuchtet) : *Wenn ich also dieses Geschäft abschließe, dann nur, weil mir an dauerhaften, leicht privilegierten Beziehungen zu Ihnen gelegen ist*

SILKE : *Sollen Sie haben*

LOISY : *Und an denen zu René*

SILKE : *Von mir aus. Wann liefern Sie?*

LOISY (lächelt privilegiert) : *Geben Sie mir einen Tag. Wann liefern Sie?*

SILKE : *Das, Doktor Loisy, steht leider nicht ganz in meiner Macht. Aber mein Sohn hat jetzt große Ferien oder Semesterferien oder wie das heißt. Sieht also gut aus* (nimmt die Facsimile's, gibt sie in eine neutrale Papiertüte, drückt die Loisy in die Hand)

LOISY (erhebt sich schwer) : *Frau Silke, es war mir wie immer ein Vergnügen, ich melde mich bei Ihnen, winkewinke*

SILKE (verabschiedend) : *Doktor Loisy* (eilt voraus, hält Loisy die Tür auf und steht genüßlich unterm Gebimmel)

LOISY (im Hinaus) : *Wenn das Geld im Kasten klingt, die Seele in den Himmel springt, jaja*

Fest im Sattel der Narrenmond … — Ladenschluss. Das schmale Regal über Silkes Secretaire, auf dem ein paar kleinformatige Referenzwerke ihren Platz haben, stellt sich nun als durchtriebene Tarnung dar : aufgeklappt, schimmert hinter ihm das Mattgrau einer Stahltür. Silke wirtschaftet am Tresor, sortiert Postausgang und kastelt in eigenerdachten Kürzeln beschriebene Karteikärtchen. In der Ecke ›Überformate‹ sitzt René auf dem Fußboden, schlank und schön und zwanzig, und durchblättert verliebt seufzend zwei schweralte Botanikfolianten [115]. Einen schiebt

---

[114] Nach dem letzten Krieg, der Sammler Schäfer in Schweinfurt für die Sammlung Schäfer. Je weiter man zurückgeht, je billiger wirds. Kraus 1929 in der der warschauer Swieto Krszyska beim Antiquar Fiszler für 800 Zloty (180 Mark), aber, wie Kraus, der da noch sehr jung gewesen war und noch nicht der weltbeste Antiquar, später feststellte : es fehlten Seiten und er hatte ein schlechtes Geschäft gemacht und mußte mit Verlust verkaufen. Oder noch weiter zurück, 1495 in London ein lateinisches, nicht vollständig koloriertes Exemplar : 66 Shilling 8 Pence, was ungefährt auch 5 ½ Schlachtochsen kosteten. Auf dem Festland brachte ein ungebundener Schedel drei Gulden, fünf Gulden ein gebundener und gut acht ein gebundener und kolorierter.

[115] Was René da sehnend besieht, ist Tourneforts siebentausendblumenumfassendes Blumensystem — Tournefort selbst hatte 1700 die Erstausgabe ›Éléments de botanique‹ (Paris 1694) lateingemacht zu ›Institutiones rei herbariae‹, und von der hat Silke die editio tertia Lugdunum 1719 günstig erwerben können : ein geklappter Mundwinkel, ein skeptischer Blick, ein beleidigt-enttäuschter : diese wenigen Andeutungen scharfer Verweise, daß nur die Tom. II und III mit 489 Kupfern vorlägen und Tomus I, der 700seitige Textband, fehle, hatten genügt, einen vorteilhaften Kontrakt zuwege zu bringen. Der wurde dann auch besiegelt mit Silkes berühmt-mildem Lächeln, das log, ohne Text sei das alles ohnehin nichts wert.

er sorgfältig und behutsam zurück, ganz dann über den zweiten gebeugt. Neben sich gebettet den Asternsalat Kippenberg.

SILKE (ohne sich umzuwenden) : *So, mein Lieber* (deponiert noch ein Dutzend vorgearbeitete Blankorechnungen im Safe) *jetzt kanns gleich losgehn* (klappt Tresor und Tarntür zu, René betet stummlipps Blumennamen daher und stirbt schier mit den Augen in den kolorierten Kupfern) *René?* (Stille) *Wo bist du denn? Was machst du denn?* (sieht ihn) *O Junge! Hab ichs dir nicht hundertmal gesagt?: laß die Finger vom Tournefort!*

RENÉ (maulig) : *Oa, Mama!*

SILKE (streng) : *Nichts da ›oa Mama‹! Der nutzt sich nur ab!*

RENÉ (vollständig uneinsichtig) : *Mann Mama!*

SILKE : *Wie ›Mann Mama‹? Ich kann nicht ständig neue Preise für so empfindliche Ware ausdenken, vor allem nicht ständig niedrigere*

RENÉ : *Laß doch mal!*

Die erste Liebe des Menschen gilt der Blume. Bestes Beispiel : Joseph Pitton de Tournefort (1656–1708). Auch er liebt als Kind schon Blumen sehr. Sein Vater aber befiehlt, gefälligst lieber Gott zu lieben und Jesuit zu werden. Also studiert Joseph im Jesuitenkolleg zu Aix tote Sprachen. Die Jesuiten aber sind geheime Teufel, nicht nur die in Paraguay, die den Indio bewaffnen und gegen Portugal und Spanien zu einem eigenen Staat, den kein Sklavenjäger betreten darf, aufhetzen, sondern auch die in Aix. Die nämlich geben Joseph ein, Liebe zu Blumen und Gott sei gar kein Widerspruch und jeden Abend betet Joseph mit den Oberen des Hauses um des Vaters Tod. Der stirbt auch, 1666, am Biß einer giftigen Blume. Tournefort bekommt den Jesuitensegen und sucht fortan Gott in der Wissenschaft von der Blume (→ Botanik). Er gibt vor, Medizin zu studieren und schreibt sich in Montpellier und Barcelona ein, will in Wahrheit aber nur das Umland botanisieren. Sein Floristenruf wächst, Schüler begleiten ihn, Wildfremde wandern mit, aber eigentlich drängts ihn in die Pyrenäen. Endlich, 1681 verbringt er dort ein schönes entbehrungsreiches Jahr und legt ein so reichhaltiges Herbarium an, daß König Louis es eintauscht : es wird nach Paris expediert und 1683 dem Jardin des Plantes einverleibt — im Gegenzug Tournefort daselbst Professor der Botanik wird. Seine Kurse sind berühmt und wohlbesucht, er leugnet pflanzliche Sexualität, hält Pilze für Blumen (wenn auch komische), züchtet gar welche und erkennt Flechten als eigene Sorte, überhaupt brütet er an einem System der Blumen, definiert deren Verwandtschaften untereinander über den Blütenstand, den er stets gut abzumalen weiß und hat gute Ideen zur Nomenklatur, die er binomisch aufzieht, mit je eigenem Wort für genus und species — bald aber schon stört ihn der Rummel um seine Künste und daß alle ihn preisen als die Autorität des Jahrhunderts und flieht er in die Einsamkeit und pflückt 1685–1688 Blumen in Flandern, England, Spanien und Portugal. Reiche Ernte fährt er ein, wird Mitglied der Académie und Dr. med., und dann läßt König Louis Geld springen, daß er, begleitet vom königlichen Blumenmaler, von 1700 bis 1702 in Griechenland einige Blumen, die Dioskurides (→ [178]) 1600 Jahre zuvor schon beschrieben hatte, versuchen kann zu identifizieren. Daran aber scheitert Tournefort. Nicht schlimm, er reist weiter, Kleinasien und Kreta, Konstantinopel, auf die Kykladen, an die Küste des Schwarzen Meeres, nach Armenien und Georgien — 1356 neue Sorten bringt er heim, die kommen alle in den Königsgarten. Höhepunkt der Reise aber, daß Tournefort an der Schneegrenze des Ararat feststellt, wie schwer Blumen es da oben haben, und wie tapfer sie sich halten. Da wird er auch Medizinprofessor am königlichen Collège de France und Gartenchef und entwickelt die gute These, daß die Azoren und Kanaren die Überreste von Atlantis sind. Zwei Jahre darauf stirbt er, an einem schnell fahrenden Wagen in den Gassen von Paris, in der Straße, die heute ›Rue Tournefort‹ heißt. Es war der Tod, den er sich immer gewünscht hat, denn es war ein Blumenexpress gewesen. Auch wollte er keinen Mondkrater, weil da keine Blumen sind, aber sein Nachfolger Linné nannte eine Gattung mit 120 Species nach ihm ›Tournefortia‹ (und bekam dafür einen Mondkrater).

SILKE (mit Händen in der Hüfte) : *Ich glaub, ich spinne — bist du noch bei Trost?* (an eine eingebildete Geschworenenbank) *Sitzt da, hält Maulaffen feil, macht ›oa‹ und ›äh‹ und ›Mama‹ und schreit ›Laß doch‹!*

RENÉ (mit studentischer Würde) : *So erreichst du gar nichts bei mir*

SILKE : *Als obs mir darauf ankäm, bei dir was zu erreichen* (sehrstreng) *Hopp, sofort stellst du den Tournefort zurück! Sonst ist er irgendwann ganz kaputt*

RENÉ : *Wie ›ganz‹? Der ist jetzt überhaupt nicht kaputt, der ist nur unvollständig*

SILKE : *Und das soll jetzt meine Schuld sein? Oder willst du mich nur belehren?* (bückt vornüber und zerrt am Tournefort)

RENÉ (hält am Tournefort fest) : *Nich, Mama, der geht sonst wirklich noch kaputt*

SILKE (zornrot) : *Und schreib dir das gleich hinter die Ohren, Bürschchen: was kaputt ist, bestimm immer noch ich! Und kaputtmachen, was mir gehört, kann ich auch*

RENÉ (letzter Widerstand) : *Aber Mama!* (da Silke weiter zerrt)

SILKE (da René nachgibt) : *Du kriegst ihn doch nicht. Es sei, du kaufst ihn dir. Preis steht drin*

RENÉ : *Aber wie denn Mama, wovon denn?*

SILKE (schiebt den Tournefort neben dessen Geschwister, maliziös) : *Wie wärs denn mal mit Arbeit?*

RENÉ : *Aber ich wickel schon Oma und wasch auch ihr Auto*

SILKE (was ihr scheints wenig gilt) : *Hah! das könnte dir so passen: nur weil deine Mutter es zu was gebracht hat, die besten Sachen geschenkt bekommen! Mir hat auch niemand was geschenkt. Eines Tages wirst du mir nochmal dankbar sein*

RENÉ : *Mama, wofür werde ich dir nochmal dankbar sein?*

SILKE : *Dafür, daß ich dir nicht alles in den Hintern geblasen hab — und ich dumme Kuh hab dir heut auch noch eine schöne Osterüberraschung besorgt*

RENÉ : *Eine Osterüberraschung, wirklich?*

SILKE : *Bereu's jetzt schon. Kommst du jetzt bitte?*

René seufzt stimmhaft, ahmt, während er beiden Tourneforts sacht ein Abschiedsstreicheln über die Rücken gibt, verzerrten Gesichts das Meckern seiner Mutter nach — von ihr ungesehen, denn Silke steht schon an der Tür und klickert mit dem Schlüsselbund. René erhebt sich.

RENÉ : *Mama, was denn für eine Osterüberraschung?*

SILKE (versöhnt) : *Kommst du doch nicht drauf. Vielleicht behalt ich sie auch selbst, da sag ich jetzt besser nichts mehr, daß du nachher dann nicht auch noch enttäuscht bist*

RENÉ (weiß, wann bei seiner Mutter ein Thema durch ist) : *Mama, sagst du mir dann jetzt wenigstens, von wem die schönen Astern sind und wer sie so zugerichtet hat? Wolltest du noch!*

SILKE : *Wollte ich nicht. Hier nimm mir mal die Rechnungen ab* (hält René einen prallvollen Leinenbeutel hin) — *die bringen wir eben noch zur Post*

RENÉ : *Ja, Mama*

Beide gehen, Silke sperrt zu, René steckt die Hände in die Hosentasche, schlenkert den Beutel am Handgelenk und beabsichtigt, fortan trotzig zu schweigen. Silke aber nimmt den Faden wieder auf und entfaltet ihre Sicht der Dinge.

SILKE : *Nein, René — führ dir das doch mal ganz nüchtern vor Augen : wer bist du denn? Was hast du denn? Da kann man doch immer wieder nur ›nichts‹ ›nichts‹ ›nichts‹ drauf antworten. Gut, du willst vielleicht mal was werden, das vielleicht — wenn man dir das nicht auch noch einflüstern müßte, daß du was werden wollen könntest. Ich meine, ich lasse dich immer noch fast umsonst zu Hause wohnen — ganz anders als deine Schwestern. Die nicht*

RENÉ : *Darum sind sie ja auch ausgezogen*

SILKE : *Und die sind jünger als du*

RENÉ (kickt einen Kronenkorken, gedehnt) : *Ja, Mama. Wo sind Lou und Salomé überhaupt?*

SILKE (geht darauf nicht ein) : *Und du darfst studieren! — Mir war das damals verwehrt*

RENÉ (ein tripplter Ausfallschritt, dem Korken hinterher) : *Ja*

SILKE (kommentiert das Kickgeschehen) : *Und paß auf, was du da machst, sonst tust du dir noch weh. Es ist kalt und glatt*

RENÉ (redselig) : *Ja Mama, danke*

SILKE : *Du durftest sogar beim Wet-T-Shirt-Contest zugucken*

RENÉ (nun doch empört) : *Aber Oma hatte doch mitgemacht, da hatte sie doch eine Freikarte*

SILKE : *Ach! Und du meinst, darum hast du die kriegen sollen? Weit gefehlt! Soll ich dir mal was sagen? : sie wollte sie dir erst überhaupt nicht geben. Und wer mußte sie beknien? Ich!*

RENÉ : *Na gut*

SILKE : *Ja. Und das Geschäft hab ich auch aus dem Nichts aufgebaut*

RENÉ : *Aber ich denke, Opa hat dir —*

SILKE : *Ach, Opa. Opa ist überschätzt. Willst du die Wahrheit wissen? : einen Dreck hat der. Alles Oma gegeben hat der, und die hats verjubelt. In der Bürgerpark-Tombola. Weißt du doch. Und sich rumgetrieben mit Jungs. Und du, du lenk nicht vom Thema ab. Wenn du ein bißchen teilnehmen würdest, wenn du nur eine Fingerspitze Interesse zeigen würdest an meinen Belangen, also am Geschäft, dann —*

RENÉ (gespannt) : *Ja? dann?*

SILKE : *Zum Beispiel heute abend, da hab ich ein Essen mit Doktor Loisy, so … mehr allgemein, die allgemeine Kunden-Laden-Bindung zu pflegen. Aber eigentlich müßte ich noch ein paar Blanko-Rechnungen schreiben, das duldet keinen Aufschub, morgen komm ich ja wieder zu nichts, morgen ist ja Dienstag, da ist ja immer die Hölle los. Siehst du : wie schön wäre es nun, wenn ich dich bitten könnte, für mich ein paar Rechnungsformulare auszufüllen, meinen Namen, ein Datum, eine Summe …*

RENÉ : *Ja, aber, ich weiß doch gar nicht …*

SILKE : *Eben! Und deshalb bitte ich dich, das Essen mit Loisy zu übernehmen. Denn wie man ißt, das weißt du doch, oder?*

RENÉ : *Ooaa, bitte, nee, Mama! Wenn der mich anruft, weiß ich schon immer nicht, was ich sagen soll!*

SILKE (stöhnt) : *Darum hab ich dir doch nun auch schon den Anrufbeantworter besprochen … guck mal, schon wieder: schon wieder was, was du auch nicht fertiggebracht hast*

RENÉ : *Und der is immer so komisch …*

SILKE : *Siehst du. Damit tust du doch nichts, als dir selbst zu beweisen, daß ich nicht den geringsten Grund hab, dir den Tournefort abzutreten*

RENÉ (überlegt) : *Und wenn ichs mach? Dann?*

SILKE : *Freundchen, ich glaube nicht, daß du in der Position bist, Bedingungen zu stellen. Pünktlich zur Tagesschau holt Loisy dich ab. Alles weitere ergibt sich von selbst. Und wenn er komisch wird, dann wehrst du dich. Du bist alt genug. Und die blöden Astern da, die sind übrigens von Loisy. Für dich. Hat er sich nur draufgesetzt. Aus Versehen. Aber die Geste, die war lieb gemeint* (und wie sie abbiegt posthin, René aber transusig gradausläuft) — *Und träum nicht! Hier lang:* ***Po-host!***

Loisy war noch ausgiebig in einer ›Sauna‹ gewesen und watschelt nun kiesweglang auf ein klassizistisches Gebäude am Rande einer Hochstraße zu, fünf Stüflein zur Haustür hinauf, freut sich am blankgeputzten Emailleschild ›Dr. Loisy, Privat-Gelehrter — Betteln und Hausiren nicht erwünscht‹, schließt auf und betritt das Vestibül, schnuppert flüchtig ins Halbdunkel unter der Treppenschräge [116], fährt am Treppenaufgang der Knabenstatue auf dem Piedestal über den Po und schnauft

---

[116] Loisy tut das nicht grundlos. Vor Jahresfrist hatte er ein rostaltes Hollandrad im Angebot gehabt und unter der Vestibültreppe geparkt. Keller, notorischer Fußgänger, war herbeizitiert worden, er könne seine Lebenslage verbessern. Zwar stand Kellers Entscheid etwa seit Gründung des Erdkreises fest (und er lautete ›Nein, danke‹), aber wider ihn, und wohl auch, weil er sich einfach als mal wieder fällig betrachtete, kam Keller vorbei und verlebte dann auch einen launigen, käse-, wein- und wortreichen Abend — an dessen Ende ihn, da er die Eingangsofferte souverän mit *Das machen wir später* abgefertigt hatte, allerdings noch die Visitation des Rades erwartete. Als Keller kurz nach Mitternacht zum Aufbruch rüstete, war die Hoffnung schwach, Loisy hätte das Rad vergessen haben können. Und richtig, Loisy begleitete Keller hinunter und wies auf den Holländer, Keller prüfte artig den Luftdruck, monierte den, Loisy zog eine Luftpumpe aus dem Nichts, Keller seufzte … — und wand sich glücklich heraus, denn er bemerkte, da sei was, im hintersten Winkel, ganz nah am Mauerwerk, unter den untersten Stufen, das solle Loisy doch mal prüfen, *das mit dem Rad machen wir später* — *Is gut, jaja* — und Keller wünschte *Gute Nacht* und flog in die Winterluft. Loisy aber schickte sich auf die Knie, langte nicht an, schabte aber behelfs der Luftpumpe hervor : einen Porzellan-Untersetzer, auf dem ein verwester Taubenflügel lag (→ [348] und Hinter Büchern, Väter & Söhne, dort verhandelt wird, wie der ponapeische Kult um den Taubengott Nanusunsap und der Taubenopferritus nach Bremen gelangte) und, seinem Aluminium entkleidet, ein dreieckiges Schmelzkäsesegment, gespickt mit rosageriffelter Partykerze und einer Lord Extra. Aber im äußersten Eck glitzerte mehr, Loisy fischte weiter und brachte ans Licht — auf einem Brotbrett, das er meinte, längst entsorgt zu haben — : einen kleinen Altar aus bauchigem Gurkenglas, gehäuptet von einer Seife, der Besenborsten Bart und Haarkranz gaben. Davor, zum Aufrecht-Stehen genagelt, eine warzige Faßgurke, genadelt mit Photos, Gay-Magazinen entschnitten, und die Glans mit Cocktailspießen bedreispitzt. Das ganze Ensemble in einem vaselinegezogenen Kreis. *Na!* Loisy hatte Käse, Zigarette und Spindelkerze genommen, *Hihi* gesagt, Untersetzer und den Loisygott auf dem Brotbrett zurückgeschoben, den Taubenflügel der Nachbarskatze vorgeworfen und geduldig gewartet, und siehe, die Gaben erneuerten sich seither alle vier Wochen und Loisy nimmt sie jedesmal an. Nur einmal hatte er es vergessen — da waren vier Wochen darauf alle Portionen gleich verdoppelt gewesen.

dann guter Dinge unter deckenkränzendem Stuckfries empor in seine Bibliothek. Im Flur wienert nurbeschürzt Putzteufel.

PUTZTEUFEL (dumpf-unterwürfig) : *Dog-dor!*

LOISY (vergnügt) : *Nahaha!* (tätschelt Putzteufels Schädelbasis) *Du Kleiner!* — und wackelt in sein Arbeitszimmer, wummst sich an den Schreibtisch, greift seine Brille und studiert die Facsimile's. Der Friedrich-Autograph, ja-ha-da-ist-er-ja, ha ... Loisy senkt sich tief darein, aber die drei Gichtzeilen halten nicht lang vor, Loisy legt Seiten um und um, ei, wer sonst noch wohl wohnt denn im Büchel? — und ihm entgeht nicht : *Hmhm, sogar Fritze Hölderlin. Das wär ja auch was für den lieben Christian, aber naja, da's nun mal nicht so ist ...* — und da Loisy nun auch genug gesehen hat — *: wo's hingehört, gehörts hin, und das ist Paläographie — Kodikologie — Mischhandschriften, und da stell ichs jedenfalls auch einfach zu.* Ein Aufwasch! gleich auch reinigt er den Schreibtisch von frischen Sonderdrucken, bündelt die auf die Facsimile's und wackelt mit dem Packen über den Flur, eine weitere Treppe hoch — die Putzteufel grad wischt.

LOISY (ist sich für die Bemerkung nicht zu schade) : *Ja Gutester, willst du, daß ich jetzt über dich drüber steig, hihi, oder läßt du mich einmal eben so vorbei?*

PUTZTEUFEL (grinst) : *Zu'n Schriftn, nä?*

LOISY : *Hihi, kluges Kerlchen, zu den Schriften, jaa-ja*

PUTZTEUFEL : *Warste lange nich mehr. Sollich ebn durchwischn?*

LOISY : *Bester Putzteufel, das laß mal bleiben, das ist nicht nötig*

Putzteufel zieht den Bauch ein, drückt sich gegen das Treppengeländer, Loisy summt schwach vor die Bodentür hin und fummelt am Vorhängeschloß, das jedoch außer Gebrauch ist und allein vor Loisys ataktischem Gefingre abfällt und einen preußisch-unbeheizten, februarkalten Raum auslaufen läßt : an der Decke unverkleidet eine Funzel, an einer Wand ein Hocker, eine Priapus-Statue mit zwei Dreispitzen, mittig ein Kastenfenster, das tagüber eine trübe Aussicht hinter öliger, mittelgescheitelter Gardine [117] freigäb, drei Wände bestanden von Stahlregalen voller Mappen, Pappschuber, gescheckten Ordnern mit eingefaßtem Auge im Rücken, nein, die Crème ist hier nicht versammelt, hier lagern wesentlich Kopien, Hilfswissenschaften, Adiaphora. Loisy sinkt routiniert in klar strukturierten Etappen des Abstützens zu Boden und sucht auf Knien den rechten Platz, der untere Kranz der Regale birgt Mischhandschriften ... *So ... — hier! hier gehörst du her* — schnau-

---

[117] Auf die Hochstraße. Die Gardine war Jahre zurückliegend zum Einzug Loisys eines Verehrers Geschenk gewesen, frühe Plauener Spitze, um 1830. Loisy, durchaus tolerant und interessiert am Erhalt jeglicher Alterthümer, entschied diesen Fall aber anders und ließ die Spitze jeden Tag gezielt verfallen, denn kein Plauener je hatte so rechte Freude an Friedrich gezeigt. Keller, den es zwei-, dreimal auf Loisys Speicher verschlagen hatte, war stets gelangweilt von dem, was Loisy ihm unterm Dach vorzuführen hatte und mit den Augen immer nah am Kastenfenster gewesen, zum Studium der Lackbrocken, der auf dem Rücken liegenden Insektchen, alle Sechse von sich gestreckt, teils ineinander verkeilt und — wie Keller sich ausmalte — davongegangen im Versuch, sich gegenseitig zu fressen.

fend, rasselnd, Loisy zuppelt die Lück', da ist ein Buch im Weg, das ihm widersteht. *Nanu!?* — energisch zieht Loisy den Band hervor ... *Ts. Na so-was ... das ist ... — Hab ich schon.* Loisy richtet sich mühsam auf, walzt auf den elementaren Hokker, beide Bände im Schoß, Rücken an Rücken, sucht Varianz, findet keine außer im Grad der Erhaltung, gleicht die Indices ab — identisch. *Hm. Peinlich. Kann man ja keinem erzählen. Muß man ja auch nicht. Wie das wohl passiert* — ...

Wie? Loisy könnte nicht **alle** Umstände, ›sein Gebiet‹ betreffend, erinnern? Aber ja doch. Natürlich kann er. Aber später erst. Für jetzt hat selbstgenügsamen Vorrang die Siegerfreude, *der Teufel scheißt immer auf den dicksten Haufen, hihi, warum er das wohl tut?* begleitet von zufriedenem Lippengeräusch, als schmecke er Satans Entscheiden nach. *Das eine verkauf ich dem Christian, das andere behalt ich, und keiner hats gemerkt.* Loisy schickt im vorauseilenden Andenken ans ausstehende Geschäft mit Silke ein besonders glücklich-gequietschtes *Hihi* hinterher — da grinst Putzteufel mitten hinein, pocht nachträglich, das Telephon in der Hand.

PUTZTEUFEL (dumpf) : *Dog-dor, ne Frau*

LOISY (gedehnt und wohlwollend ins Telephon) : *Loisy-y?!*

Antiquariat Hudelwerth. Im Hintergrund steht verzagt und fingernägelkauend René und wirft sehnsüchtige Blicke auf die Tourneforts.

SILKE (leise) : *Doktor Loisy, Hudelwerth hier. Es ist doch schneller gerichtet, als gedacht. Sie können ihn heut abend um acht haben. Und machen Sie nicht zu lang, der Junge braucht seinen Schlaf*

V. Das Essen

darin Loisy René berückt,
Assads scharwenzeln,
allerlei Mythchentierchen sich tummeln
und René ein Depeche-Mode-Konzert erinnert

Halb neun : ein dunkler Weg, nicht sehr Stadtmitte. Bremer Westen. In unbestimmter Nähe rattergrollen Schienengüter. Die Menschen hier gucken Video und rauchen Lucky Strike, aber ihr rechter Spaß beginnt erst, wenn ein Trailer Lust macht und der Filter brennt. Oder sie zuviel Kleingeld rauskriegen und sie eine Mark im Automaten finden. Autos, die hier abgestellt sind, stehen entweder in Flammen oder halb und schief auf Bürgersteigen. Da fällt kein NSU Prinz auf. Aber nicht darum parkt Loisy Dirschauer Straße, sondern weil seit November ›Damaskuß‹ hier Tafel hält, ein exclusiver Syrer. War schnell rum gewesen in Loisys Sauna, Damaskuß, Damaszener, Darm-Mast-Szene — waren ja durch die Bank gebildete und witzbereite Figuren im finnischen Bad, gebildet, witzbereit und verbeamtet. Und unvoreingenommen. Da war denn auch mal ein Testbesuch in einem Restaurant drin. Loisy war gleich dagewesen. Und zeigte sich beeindruckt. Mehr noch als von der syrischen Küche von der ausgesprochen dort gepflegten philisterfeindlichen Note.

Und während draußen im Schutze der Dunkelheit ein schmächtiger Schatten agitiert und Faltblätter hinter Scheibenwischer plickt [118], funkeln im Damaskuß übertrieben und warmbeleuchtet grelle Rosen, perlt sich süffiger Wein unanständig in Pokale und ist die Luft nichts als feucht und riecht nach Weizengrütze, minz-

[118] Auch Loisys NSU Prinz 4 — aus lübecker Mumienfuhrpark — kriegt eins ab. Ein neuer Antiquar. Aus dem Nichts oder Ausland. Einer, der sich aus allem raushält, den niemand kennt, der sich alles selbst beigebracht hat, der's ganz allein schaffen wird, startet just diesen Abend eine Werbeoffensive, wird insgesamt aber nie eine Rolle spielen. Denn sein Laden — gleich ums Eck — mit fliehenden Öffnungszeiten, heißt ›Spartakus‹. Laden und Herrchen werden ganz alleine zugrunde gegangen sein, noch eh wer von ihnen Notiz genommen haben wird — was ihnen bei der Spezialisierung auf Internationalen Sozialismus und Arbeiterbewegung in einem Ex-Arbeiterviertel auch nicht so richtig schwerfallen wird —, schon Loisy, der auf alles mit ›Antiquariat‹ unbelehrbar und unverzüglich reagiert, wird gleich morgen vor verschlossenen Türen stehen. Der Gott des Zufalls, der Loisy früher manchmal Diderot-Drucke des 18. Jahrhunderts pfundweise aus Neueröffnungen tragen ließ, spielt schon sieben oder acht Jahre nicht mehr mit.

durchmischt und kümmel-. Drei schnauzbärtige Assads kellnern hauteng in ärmellosen Hemden und tattooverziert, Kelims prangen umher, tonbändern stehen leis Singsklavinnen in großer syrischer Saufliedtradition, begleitet von Kurzhalslaute und Doppelschilfrohrpfeife, zwei Assads wanken verzückt, als ihr dritter eine begeisterte Stegreif-Koloratur zu ›ya layl‹ — o Nacht — beisteuert. Die meisten der paar Gäste applaudieren. Loisy und René nicht. Die sind sehr mit sich befaßt. Eigentlich sogar noch mehr mit dem je anderen, verlangend teils, teils entsetzt.

In eine schummrige Nische, an einen runden Tisch hatte Loisy René bugsiert. Da sind sie nun, vom Halbrund einer Sitzbank eingefaßt, Loisy rechts, René links, sehr links, unter zwei vagen Porträts in Öl [119] und mit Blick ins Dirschauer Dunkel. René hatte nach Pommes gefragt, Loisy Heinz Erhardt aufgesagt [120] und ein Assad sofort das hors d'œuvre aufgefahren, frittierte Heuschrecken [121], Loisy abstinent

---

[119] Das Personal des Damaskuß weiß nicht, wer sie gemalt hat und wann das gewesen war. Auch nicht, wen die Ölbilder darstellen. Eine Umfrage unter den Gästen, erhoben am Abend der ersten warmen Küche, ergab ein allerdings nur knappes Votum zugunsten von ›Eleagabal und Julia Domna‹ — eine Stimme dahinter ›Philippus Arabs und Zenobia‹.

[120] »Vom Alten Fritz, dem Preußenkönig / weiß man zwar viel, doch viel zu wenig / So ist zum Beispiel nicht bekannt / daß er die Bratkartoffel erfand! / Drum heißen sie auch — das ist kein Witz — / Pommes Fritz!«

[121] Eine der Sticheleien gegen Philister, die Loisy so schätzt, denn Insekten sind trefe, bis auf die vier Heuschreckenarten ארבה arbāh, סלעם sālām, הרגל hargol und הגב hāgāw, eine possierlicher als die andere. Luther übersetzte Leviticus 11,21–24 : »DOch das solt jr essen von Vogeln / das sich reget vnd gehet auff vier Füssen / vnd nicht mit zweien Beinen auff erden hüpffet / von den selben müget jr essen / als da ist / Arbe mit seiner art / vnd Selaam mit seiner art / vnd Hargol mit seiner Art / vnd Hagab mit jrer art. Alles aber was sonst vier füsse hat vnter den Vogeln / sol euch eine schew sein / vnd solt sie vnrein achten« — und weiß auch glatt : »Diese vier Thier sind in vnsern landen nicht / wie wol gemeiniglich Arbe vnd Hagab fur Hewschrecken gehalten werden / die auch vierfüssig vogel sind«. Jonny der Täufer noch aß die Schrecke mit Begeisterung — da jedoch ארבה, סלעם, הרגל und הגב heutigentags nicht mehr bestimmbar sind, meiden die Frommen in frommem Überschwang die ganze Ordnung, nicht ohne sich genau zu überlegen, was sie nicht tun — denn wie verhält es sich wirklich? Talmud-Traktat חולין (ḥulin) erlaubt Folio 65/66 »von den Heuschrecken jede, die vier Füße, vier Flügel und Springfüße hat, und deren Flügel den größeren Teil des Körpers bedecken; R. Jose sagt, wenn sie Heuschrecke heißt«. Das ist interessant. Aber »was heißt größerer Teil : R. Jehuda erklärte im Namen Rabhs, der größere Teil seiner Länge, und manche erklären, der größere Teil seines Umfanges. R. Papa sagte : Daher ist es sowohl beim größeren Teile der Länge als auch beim größeren Teile des Umfanges erforderlich.

Die Rabbanan lehrten : Wenn sie jetzt keine hat und später solche bekommt, wie beispielsweise der Zaḥal, so ist sie erlaubt. R. Eleāzar b. R. Jose sagte : *Das (keine) Springfüße hat*, auch wenn es jetzt keine hat, später aber solche bekommt. Was ist Zaḥal? Abajje erwiderte : der Asqara. Die Rabbanan lehrten : *Diese von ihnen dürft ihr essen : den Arbe &c, Arbe*, das ist der Gobaj; *Salām*, das ist der Rišon; *Ḥargol*, das ist der Nipol; *Ḥagabh*, das ist der Gadjan. Wozu heißt es viermal *nach seiner Art*? Dies schließt das Gartenvögelchen, die jerušalemitische Joḥana, die Ārçubja und die Razbanith ein. In der Schule R. Jismaels wurde gelehrt : … Arbe, das ist der Gobaj; *nach seiner Art*, dies schließt das Gartenvögelchen ein. Ich weiß dies nur von solchen, die keinen kahlen Kopf haben, woher dies von solchen, die einen kahlen Kopf haben? Es heißt : Salām, das ist der Nipol. *Nach seiner Art*, dies schließt den Uškaph ein. Ich weiß dies nur von solchen, die keinen kahlen Kopf haben, die einen kahlen Kopf haben, die jedoch keinen Schwanz haben, woher dies von solchen, die einen Schwanz haben? Es heißt Ḥargol, das ist der Rišon. *Nach seiner Art*, dies schließt Kerespith und Šaḥlanith ein. Ich weiß

die Hand bewegt und René, obschon ohne Appetit, ehrlich verlegen und verlogen gierig zugelangt und die Biester verspachtelt, Beinchen und Flügel gebrochen und die panierten Leiber in eine ziegelrote Paste [122] getunkt. Und nun? Pulver verschossen. René sitzt beklommen auf der Kante seines Bankendes, denn auch hatte er zu

---

dies nur von solchen, die keinen kahlen Kopf haben, die einen kahlen Kopf haben, keinen Schwanz haben, einen Schwanz haben, deren Kopf aber nicht lang ist, woher dies von solchen, deren Kopf lang ist? Ich will dir sagen, es ist eine Hauptnorm aus allen dreien zu bilden : der Arbe gleicht nicht dem Ḥargol, der Ḥargol gleicht nicht dem Arbe, beide gleichen nicht dem Salām und der Salām gleicht beiden nicht; das Gemeinsame bei ihnen ist, daß sie vier Füße, vier Flügel und Springfüße haben, und die Flügel den größeren Teil [des Körpers] bedecken, ebenso auch alle anderen, die vier Füße, vier Flügel und Springfüße haben, und deren Flügel den größeren Teil [des Körpers bedecken]. Man könnte nun glauben, daß auch der Çarçur erlaubt ist, der vier Füße, vier Flügel und Springfüße hat, und dessen Flügel den größeren Teil [des Körpers] bedecken, so heißt es Ḥagabh, nur wenn sie Ḥagabh heißt. Man könnte glauben, wenn sie nur Ḥagabh heißt, auch wenn sie all diese Kennzeichen nicht hat, so heißt es, *nach seiner Art*, nur wenn sie all diese Kennzeichen hat. R. Ahai wandte ein : Das Gemeinsame bei jenen ist ja, daß sie keinen langen Kopf haben!? Wolltest du erwidern, da sie jenen hinsichtlich der vier Kennzeichen gleichen, schließe man sie ein und erhebe dagegen keinen Einwand, so brauchte ja demnach auch der Ḥargol nicht genannt zu werden, da er Arbe und Salām gleicht und hinsichtlich dessen von diesen gefolgert werden könnte. Vielmehr könnte man erwidern, dies gelte nur von diesen, die keinen Schwanz haben, ebenso ist auch jetzt zu erwidern, dies gelte nur von jenen, deren Kopf nicht lang ist!? Vielmehr, erklärte R. Aḥaj, ist Salām überflüssig. Der Allbarmherzige brauchte Salām nicht zu schreiben, da man hinsichtlich dessen von Arbe Ḥargol folgern könnte. Erwidert man, dies gelte nur vom Arbe, der keinen kahlen Kopf hat, so hat ja der Ḥargol einen kahlen Kopf, und [erwidert man] dies gelte nur vom Ḥargol, der einen Schwanz hat, so hat ja der Arbe keinen Schwanz. Da nun der Allbarmherzige Salām geschrieben hat, so ist er, da er an sich nicht nötig ist, wegen [der Art mit] langem Kopfe nötig. — Worin besteht der Streit zwischen dem Autor der Schule Rabhs und dem Autor der Schule R. Jišmāéls? — Sie streiten über [die Art mit] langem Kopfe. Der Autor der Schule Rabhs erklärt : *das Springfüße hat*, generell, *Arbe, Salām, Ḥargol, Ḥagabh nach seiner Art*, speziell, und wenn auf eine Generalisierung eine Spezialisierung folgt, so enthält die Generalisierung nur das Speziellgenannte, nur was zu seiner Art gehört, nicht aber, was nicht zu seiner Art gehört; somit ist nur das einbegriffen, was diesen in beiden Hinsichten gleicht. Der Autor der Schule R. Jišmāéls aber erklärt : *das Springfüße hat*, generell *Arbe, Salām, Ḥargol, Ḥagabh,* speziell, *nach seiner Art*, wiederum generell, und wenn auf eine Generalisierung eine Spezialisierung und wiederum eine Generalisierung folgt, so richte man sich nach der Spezialisierung, somit schließt dies alles ein, was diesen in einer Hinsicht gleicht. — Die erste Generalisierung gleicht ja aber nicht der anderen, denn in der ersten Generalisierung sagt der Allbarmherzige : *das Springfüße hat*, man esse nur die, die solche haben, nicht aber die, die solche nicht haben, und nach der zweiten Generalisierung nur die, die diesen hinsichtlich der vier Kennzeichen gleichen ... Der Meister sagte : Man könnte glauben, wenn sie nur Ḥagabh heißt, auch wenn sie all diese Kennzeichen nicht hat, so heißt es : *nach seiner Art*, nur wenn sie all diese Zeichen hat. Wieso könnte man es hinsichtlich solcher folgern, die all diese Zeichen nicht haben, es heißt ja Arbe und Ḥargol!? — Hieße es nicht Salām, würdest du Recht haben, da es aber Salām heißt, was auch solche mit langem Kopfe einschließt, so könnte man glauben, alles sei einzuschließen, so lehrt er uns. — Wieso heißt es [in der einen Lehre], Salām sei der Rišon, Ḥargol sei der Nipol, während es in der anderen heißt, Salām sei der Nipol, Ḥargol sei der Rišon!? Dieser nach seiner Ortschaft und jener nach seiner Ortschaft«.

[122] Charosset — gleich eine zweite satirische Invektive, denn eigentlich ist das Mus aus Apfel, Mandel, Rosine, Nuß, Feige und Wein reserviert für die Pessaḥ-Feierlichkeiten. Die Farbe des Charossets nämlich entspricht frommer Überlieferung nach der des Lehms, aus dem Israel in Fronarbeit Ziegel für die Bauten der Ägypter herstellen mußte.

schnell die Karte geklappt und *Einmal die 12* gerufen und ein Assad war herangeeilt gekommen und hatte gefragt *Hummus mit Hähnchen?* und Loisy hatte gekichert, selber aber einen Berg Schalentiere bestellt, und der Assad hatte die Karten an sich gerupft und weg waren sie gewesen. O, wär jetzt noch Ausflucht ...! Eine! ... Irgendeine!

LOISY (glutrot, glücklich quietschend) : *Hihihihi*

René schämt sich und senkt den Kopf. Ein Assad schlängelt heran, schenkt aus einer Karaffe ein und verwedelt das myrrhische Aroma in der Nische [123]. Welcher Teufel öffnet René da den Mund?

RENÉ : *Ich finds nicht schön, daß die Tiere als koscher gelten, die immer die Blumen fressen, ich finde, wenn überhaupt, sollte es umgekehrt sein* [124] — *ich finde, Vegetarier muß ein ganz neuer Ehrentitel werden, da müssen mal einige Werte umgewertet werden* [125] — *da werden sich noch einige umgucken — was meinen Sie wohl, warum ich die Heuschrecken da gegessen hab?*

LOISY : *Hihi* (zeigt auf die Heuschreckenrelikte)

RENÉ : *Weil die eine echte Blumenplage sind und es ein gutes Werk ist, sie zu essen* — (wird wütend auf die Heuschrecke) *O, wenn ich an Heuschrecken denk, werd ich direkt katholisch* [126]. *Oder zum Tier*

---

[123] Markus 15,23 : »Und sie gaben ihm Myrrhen im Wein zu trinken; und er nahms nicht«.

[124] René zeigt mit gleich der ganzen Wutfaust auf eine Gerechtigkeitslücke im jüdischen Speisegesetz und hat auch fast alles fein durchdacht, was er vorzubringen wüßte wider Gottes Arrangement der Fauna. Jahwe sagt ja immer *Ihr sollt heilig sein, daß ihr heilig seid, denn Ich bin heilig* oder *Ich bin der Ewige, der euch aus Ägypten geführt hat, um euer Gott zu sein, darum sollt ihr heilig sein, denn Ich bin heilig* oder *O, ich bin so heilig, wieso seid ihrs nicht* usw. — erläßt aber gleichzeitig bis zur Unduldbarkeit widersinnige Edikte betreffs ›trefe‹ (→ טרף ṭāraph, reißen → ṭāräph, Beute → טרפה ṭ^{e}rephah, Unreines) : trefe und verboten ist, was Nahrung reißt. Der Löwe etwa, der aufs Lamm geht : der ist trefe und darf nicht gefressen werden, weil sonst seine Grausamkeit inkorporiert werden würde. René aber meint, genau das wär des Löwen gerechte Strafe. Wie's die gerechte Strafe wär für alle Vegetarier (→ Lämmer), daß sie gegessen werden. Was ist brutaler? Fleischfresser zu fressen oder unschuldige, wehrlose Blumen? Für die Wehrlosen, die Blumen hat der Mensch einzutreten. Und eh er seine Schutzbefohlenen frißt, sollte er sich das Böse zur Nahrung nehmen, das seinesgleichen frißt, statt die zu nehmen, die Blumen fressen. Aber hier verwirren sich Renés Gedanken, sofern sie nicht längst bei Jahwe sich angesteckt haben und verwirrt sind. Denn wärs nicht wirklich gerechter, die Mörder der Blumen zu schächten statt der Fleischfresser?

[125] Will nur andeuten, daß künftig ›Vegetarier‹ nicht mehr die heißen mögen, die Fleisch meiden und Gemüse essen, sondern umgekehrt. Und das sieht René ja auch richtig : der ärgste Feind der Blume ist der Vegetarier. Oder auch das wiederkäuende, irgendwiehufige Tier.

[126] Wo bleibt da Loisys engagierte Nachfrage? Die bleibt aus. Wohl weil Loisy bei ›Katholischwerden‹ in eine andere Richtung (→ bequeme Unlust- und Sündenabfuhr) denkt.

René hatte jüngst auf Omas Nachttisch einen ›Göttinger Taschen Calender 1783‹ liegen gesehen und gefragt *Großmutter, was ist das?* und Großmutter hatte gesagt *Da sind Lichtenbergs ›Proben seltsamen Aberglaubens‹ drin* — und ihm daraus gelesen. Reneaufwühlende Proben, Proben des Vorgehens katholischer Justiz wider das Tierreich. Freilich : das Einzelschwein menschengleich verhaften, verklagen, verteidigen, verurteilen und öffentlich richten — Säue wie Männer gehenkt, Eber ersäuft oder lebend beerdigt wie ein gemeines Weibsbild — das fand nur Oma gut. Aber pflanzenverheerende Insekten züchtigen, den Tierbann sprechen? Herrlichstes vermag da schon der einfache Heilige, wenn er spontan flucht und malediktiert — René war beeindruckt von den Leistungen der Altvorderen, 1320, Avignon, der älteste beurkundete Prozeß gegen Maikäfer! 1531 Barthélémy de Chassaneux in seiner ›Consilia‹

LOISY (dem beides sehr willkommen wär) : *Hihi*

RENÉ (faucht) : *Oma sagt ja, die sind unrein*

LOISY (sülzt) : *So?*

RENÉ : *Ja. Aber man kann sie ja waschen*

---

das Kapitel über Ungeziefer-Exkommunikation, 1668 Gaspard Baillys Verteidigung der Insektenprozesse im ›Traité des monitoires avec un plaidoyer contre les insects‹, und bis ins 18. Jahrhundert immer und immer prächtigere Blüten. René blieb der Rahmen, innerhalb dessen die Plagegeister ihre Verteidigung organisieren durften, viel zu weit gesteckt. Gut, daß die Advokaten der Mäuse Gnade erbaten (→ Schwangerschaft der Klientel), mochte noch angehn — daß aber Käfer alle Rechtsmittel ausschöpften, ihr kurzes Leben (→ Minderjährigkeit) ins Feld führten und Gegenklage erhoben, ging zu weit. Schlau waren sie, die Käfer! Den Gerichtsdiener, der in Ortsbegehungen den Käfern vergangene und künftige Untaten vorhielt, Ultimaten stellte und bei Nichtbefolgen Malediktion, rituelle Hinrichtung ausgewählter Vertreter der Species und Weihwäßrung der Äcker drohte, lachten sie aus und gingen immer noch in Revision — und freies Geleit in eine listig gerichtsbestimmte Verbannung (→ Meer, → Feindesland) : da fielen sie schon gar nicht drauf rein.

Der Kampf wurde bis ins Herz der Theologie getragen, 1550 bestritt der Verteidiger im Heuschreckenprozeß zu Arles die Rechtmäßigkeit der Klage mit dem Argument, die Beklagten seien Werkzeuge Gottes, den Menschen zu strafen, da habe man sich rauszuhalten. Der Kadi folgt im Raupenprozeß zu Saint-Julien 1587 der Linie der Verteidigung : »Sie haben die Früchte des Feldes verzehrt, wohlan! Gott selbst gab ihnen dazu das Recht. Oder sind sie nicht vor dem Menschen erschaffen? Und hat Gott sie nicht gesegnet und ihnen geboten, sich zu vermehren? ... Das römische Recht, das kanonische Recht, das Völkerrecht treffen hier nicht zu. Nur das Naturrecht hat hier eine Stimme, und das Naturrecht verurteilt sie nicht«. Freispruch! Aber die Theologie hatte hundert Jahre zuvor schon längst zurückgeschlagen und im Lausanner Maikäferprozeß 1478/79 das Dasein der Schädlinge da angegriffen, wo es am empfindlichsten ist : »Du unvernünftige und unvolkomne creatur mit namen enger, und nennen dich darumb unvolkomen, wann dins geslechtes ist nit gesin in der arch Noe in der zite der vergiftung und plage des wassergusses, nů hastu mit dinem anhang grossen schaden getan ... bi craft der hochen heiligen drivaltikeit und durch craft und verdienen des menschengeslechts erloesers, ůnsers behalters Jhesu Cristi, und bi craft und gehorsamkeit der heiligen kirchen, gebůten und ermanen ich ůch in sechs den nechsten tagen ze wichen, ouch zů wichen us allen matten, ackern, garten, welden, weiden, boemen, krůtern und von allen oertern, an denen wachsen und entspringen narungen der menschen und der tieren ... Were aber sach, das ir diser ermanunge und gebott nit nachgingen oder nachvolgetent und meinten ursachen ze han, das nit ze erfůllen, so ermanen ich uch als vor und laden und citieren ůch bi craft und gehorsamkeit der heiligen kirchen am sechsten tage nach diser execution, so es eins slacht nach mittem tag, gen Wiblispurg, ůch ze verantwurten, oder durch ůwern fůrsprechen antwurt zu geben ... Und wirt dann daruf min gnediger herr von Losann oder sin stathalter fůrer nach ordnunge des rechten wider uch mit verfluechen und andern beswerungen handlen«. Über die Frage, wie, da sie nicht an Bord der Arche gewesen waren, die Maikäfer die Flut hatten überleben können, verschleppte sich der Prozeß, verschwand die Plage auf natürlichem Weg und hatte der katholische Glaube einen weiteren grandiosen Sieg errungen.

Und unsere Freunde, die Humanisten? Sehr dabei. Der zürcher Streithansel und Kriegshetzer Felix Hemmerlin (1389–1459, → Felix Malleolus), der gefangen in einem Franziskanerkloster verfaulte, dessen Schriften aber von Sebastian Brant ab 1497 mehrfach gedruckt wurden, schuf mit dem ›Tractatus de exorcismis‹ eine bündige Abhandlung zur Insektenbannung, samt einschlägiger Bannformelsammlung. Merke : der Tierbann geht ja nicht gegen die unvernünftigen kleinen Bestien, sondern gegen Satan, der in seinem Verderbentun voll absichtlich in die niedrigsten Tiere gleitet. Das ist die Hexenhammersicht, die Verbindung zwischen Hexen- und Insektenprozeß : den schwachvernünftigen Weibern gibt Satan ein, die Leibesfrucht zu vermiesen, den garnichtvernünftigen Insekten, die Feldfrucht zu verderben. Aus dem Zirkel, ob Gott das will und erlaubt, entführt leider aber auch Hemmerlin nicht.

EIN ASSAD (trägt Hummus und Garnelen heran) : *Ist auch keine Differenz, mit der wir hier arbeiten, junger Effendi*

LOISY (stolz) : *René. Das ist René. Er heißt René*

EIN ASSAD : *René* (schnalzt) *Freut mich. Wie gesagt, wir sagen hier nicht ›rein‹ oder ›unrein‹, wir sagen nur ›lecker‹. Oder sagen Sie etwa ›unrein‹, wenn Ihre Mutter wirft?*

LOISY (schwallt trostreich über Renés Handgelenk, pflichtet bei) : *Juden tun das*

RENÉ (zieht seine Hand zurück) : *Mama aber nicht. Die gebiert nicht mehr*

EIN ASSAD : *Oder eben wenn sie menstruiert*

RENÉ : *Sie menstruiert auch nicht mehr*

EIN ASSAD (zu Loisy) : *Dann eben* ***Ihre*** *Mutter*

LOISY : *Hoho! — die ist tot*

EIN ASSAD (kneift Loisy ins Bäckchen ...) : *Was? Keine weiteren kleinen Doktors mehr zu erwarten?* (... und macht ihn nervös auf der Bank scheuern) *Sie kleines dickes Greuel Sie?* [127]

EIN ANDERER ASSAD (aus dem Hintergrund, mit Bedauern) : *Doktor, Ihre Mutter ist tot? dann allerdings ist sie wirklich unrein*

LOISY (dreht sich um, stolz) : *René. Das ist René. Er heißt René*

RENÉ : *Meine Oma! Meine Oma blutet noch*

EIN ANDERER ASSAD (aus dem Hintergrund) : *Aas blutet nicht mehr, René, Sie müssen sich täuschen*

RENÉ (da er bemerkt, wie Loisy die Rede über den weiblichen Zyklus nun doch stört, bereit zur Vertiefung) : *Oma schon. Wenn man sie sticht*

LOISY : *Nun, ömm ömm, an Maria, der Jungfraun ...*

EIN ASSAD : *... kann man kein Unkeuschheit schaun*

LOISY : *Wenn man sie gleich schwanger heißt, ist es doch vom Heilgen Geist. Hihi*

EIN GANZ ANDERER ASSAD (kommt aus der Küche, raunt René ins Ohr) : *Das ist aber nicht alles*

RENÉ : *Nein?*

EIN GANZ ANDERER ASSAD : *Nein ...*

LOISY : *Das ist René ...*

EIN GANZ ANDERER ASSAD (zu René) : *Auch wer krank ist, ist unrein, René. Darum haben wir hier alle was. Und wenns nur Kleinigkeiten sind*

RENÉ : *Das ... ist gut* (möchte allerdings nichts Näheres erfahren) *Übrigens, Doktor Loisy, recht artigen Dank für die Kippenbergs*

LOISY : *Jaja* (guckt verliebt und paarungsbereit, die Assads ziehen sich zurück) *Wie waren denn die Heuschrecken, du?*

RENÉ : *O, ganz gut* (lacht hellauf, entblößt sich zur Unschuld eines sadistischen Kindes) *Hallo, Ihre Garnelen bewegen sich ja noch*

---

[127] Leviticus 18,22 — wo unverrückbar festgelegt ist, daß ein Mann nicht bei einem Knaben liegen soll wie bei einem Weib. Weil das ein Greuel (תועבה, toʿewāh) wär.

EIN ASSAD (eilt wieder herbei) : *Ich hoffe doch sehr*

RENÉ (zum Assad) : *Warum töten Sie sie nicht?*

EIN ASSAD : *Weil wir es albern finden, etwas so Selbstverständliches zu tun, das ist Wichtigtuerei, sowas unterlassen wir* (zieht sich wieder zurück)

LOISY : *Auf zu Gott, im Himmel ist Jahrmarkt* (langt gewaltig zu) *Weißt du, sie haben hier auch Leviathanfilet*[128] *— gar nicht mal so schlecht, sehr zart*

EIN ANDERER ASSAD (aus der Küche) : *Is aus!*

LOISY (dem schlackernd eine Garnele enthängt, Verschlingergesicht) : *Weißt du aber, was ich überhaupt am liebsten eß? Haifischleber*[129]. *Haben sie hier aber nicht, ist zu schwie-*

---

[128] Die Wasser durchpflügt einsam der Leviathan, das ist bekannt. Weniger bekannt ist die Weisheit Rabbi Joḥanans, Leviathan sei fürs Mahl zu Ehren der Frommen am jüngsten Tage aufgespart, und daß Gabriel dereinst ihn erlegen soll, aber es nur schaffen wird, wenn Jahwe ihm hilft. Selbst aber jagt Leviathan, indem er Wasser siedet. Außerdem hat Leviathan Mundgeruch und steckt, sich selbst ertragen zu können, ab und zu den Kopf in den Garten Eden, Wohlgeruch zu tanken. Außerdem wird Jahwe aus Leviathanhaut eine Laube für die Frommen bauen. Noch weniger bekannt ist nur, daß Jahwe, gemäß Rabbi Jehuda, auch den Leviathan als Männlein und Weiblein schuf. »Hätten sie sich miteinander begattet, so würden sie die ganze Welt zerstört haben. Was tat daher der Heilige, gepriesen sei er? Er kastrierte das Männchen, das Weibchen aber tötete er« — doppelt hält besser — »und pökelte es für die Frommen in der zukünftigen Welt ein«. Ähnlich verfuhr Jahwe mit den Behemoths, nur, daß er sich in dem Fall damit begnügte, das Weibchen zu sterilisieren. Was für das Leviathan-Pärchen Fragen aufwirft : »Sollte er doch auch bei jenen das Männchen kastriert und das Weibchen steril gemacht haben!? — Fische sind brünstig. — Sollte er es umgekehrt gemacht haben!? — Wenn du willst, sage ich, das Weibchen schmeckt eingepökelt besser. Wenn du aber willst, sage ich : es heißt : *der Leviathan, den du geschaffen hast, um mit ihm zu spielen*, und mit einem Weibchen ist dies nicht passend. — Sollte er doch auch bei diesen [den Behemoths] das Weibchen eingepökelt haben!? Ein gepökelter Fisch schmeckt gut, gepökeltes Fleisch schmeckt nicht gut« — nachzulesen im Talmud-Traktat בבא בתרא (bawa' batra'), Folio 74/75.

[129] (→ [14]). Angelesen. Geht zurück auf die Begebenheit, daß Mohammed den führenden medinischen Juden Abdallah ben Selam zum Islam bekehrt, indem er dessen Frage nach der im Paradies bevorzugten Speise klar mit »Fischleber!« beantwortet — Medina, 150 Kilometer vom nächsten Wasser entfernt, sehr angemessen. Nur : von welchem Fisch?

Ben Selam muß, als Noch-Jude, diese nichtüberlieferte Frage nachgeschoben haben. Fische sind keine Heuschrecken, Fischarten kennt Jahwe nicht mit Namen. Macht aber nichts, denn er gibt Leviticus 11,9–12 präzisere Kriterien, als Namen es wären, an die Hand : »Dies dürft ihr essen von dem, was im Wasser lebt : alles, was Flossen und Schuppen hat im Wasser, im Meer und in den Bächen, dürft ihr essen. Aber alles, was nicht Flossen und Schuppen hat im Meer und in den Bächen von allem, was sich regt im Wasser, und allem, was lebt im Wasser, soll euch ein Greuel sein. Von ihrem Fleisch dürft ihr nicht essen und ihr Aas sollt ihr verabscheuen, denn sie sind ein Greuel für euch. Denn alles, was nicht Flossen und Schuppen hat im Wasser, sollt ihr verabscheuen«. Also : Leber nicht von Hai, Aal, Steinbutt, Seepferdchen, Schwert-, Schleim- Drachen-, Degenfisch, Neunauge, Rochen, Wels, Stör, Schmerle oder Muräne, denn die alle sind ein Greuel, die haben nicht Flossen **und** Schuppen. Einige darunter sind sogar Großgreuel, der Steinbeißer etwa, dessen Weibchen sich gynogenetisch autoklont, was ein Großgreuel ist, der aber sowieso verboten ist, weil er eine Schmerle ist, oder Geistermuränen, deren Männchen ab ein Meter Länge sich in Weibchen wandeln, was auch großgreulig ist — die aber genauso verboten sind, weil sie Muränen bleiben, oder das Seepferdchen, bei dem die Männchen die Kinder austragen. Ein rechtes Übergreuel! Der Leviathan aber ist und bleibt ein reiner Fisch, denn es heißt von ihm Hiob 41 »ein Stolz sind die festen Schilde« (Schuppen) und »unter ihm spitze Scherben« (Flossen).

rig. Tja, die Launen des Arabers! Aber nebenbei: ist ja gar nicht überliefert, ob Friedrich Haifischleber, oder überhaupt Leber …
René bereitet sich darauf vor, auf Durchzug zu schalten, macht sich ans Hummus und reißt am Hähnchen. Der Araber aber hat nicht nur Launen, sondern auch Ehre.

Manchmal hat man Glück. So ist es von großem Vorteil, daß der Thunfisch wenigstens an einigen Stellen noch Schuppen hat. Sonst nämlich, wo er doch so schmeckt, dürfte man ihn nicht essen. Anders die schuppenlosen Nackt- oder Lederkarpfen. Die nicht. Die anderen Karpfen aber dürfen gegessen werden und freuen sie sich auch schon drauf. Schuppen soll der Fisch aber haben, daß er nicht nackig ist und ein Greuel, und Flossen, daß er sich durch sie abhebt vom Gewurm. Und nicht etwa ein Greuel wär.

Kennt Jahwe auch keine Fische beim Namen, Traktat Ḥulin weiß Folio 66/67 welche und diskutiert auch gleich die Schuppenfrage: »Die Rabbanan lehrten: Wenn er jetzt keine hat und sie später bekommt, wie zum Beispiel die Sultanith [?] oder der Āpjan [??], so ist er erlaubt; wenn er sie jetzt hat und beim Verlassen des Wassers verliert, wie zum Beispiel der Āqonas [???], der Aphonas [????], der Kaspathias [?????], der Akaspaṭias [??????] oder der Aṭunas [???????], so ist er erlaubt.

Dort haben wir gelernt: Jeder der Schuppen hat, hat auch Flossen, mancher aber hat Flossen und keine Schuppen; hat er Schuppen und Flossen, so ist es ein reiner Fisch, hat er Flossen und keine Schuppen, so ist es ein unreiner Fisch. — Merke, entscheidend sind ja die Schuppen, somit sollte der Allbarmherzige nur Schuppen und nicht Flossen genannt haben!? — Hätte der Allbarmherzige nur Schuppen und nicht Flossen genannt, so könnte man glauben, unter ›Schuppen‹ seien die Flossen zu verstehen, wonach auch unreine Fische einbegriffen wären, daher nennt der Allbarmherzige Flossen und Schuppen. — Woher aber, wenn auch der Allbarmherzige Flossen und Schuppen genannt hat, daß unter ›Schuppen‹ die Bekleidung zu verstehen ist? — Es heißt: *er war mit einem Schuppenpanzer bekleidet.* — Demnach sollte der Allbarmherzige nur Schuppen und nicht Flossen genannt haben!?«.

Das Urproblem aber der maritimen Welt ist das der Würmer in Gefäßen (→ 63) — und genau darauf rast der Diskurs der Rabbinen zielgerichtet zu: »Wenn es heißt, daß man die esse, die sie haben, so weiß ich ja, daß man die nicht esse, die sie nicht haben, und wenn es heißt, daß man die nicht esse, die sie nicht haben, so weiß ich ja, daß man die esse, die sie haben, wozu wird dies wiederholt? Damit man dieserhalb ein Gebot und ein Verbot übertrete. *Dürft ihr essen von allem, was im Wasser ist*; was lehrt dies? Er hat manche [Wasserkriechtiere] ausdrücklich und manche stillschweigend erlaubt, man könnte nun glauben, wie die ausdrückliche Erlaubnis sich nur auf den Fall bezieht, wenn sie sich in Gefäßen befinden, ebenso beziehe sich auch die stillschweigende Erlaubnis nur auf der Fall, wenn sie sich in Gefäßen befinden, woher nun, daß man ohne Bedenken sich bücken und aus Gruben, Zisternen und Höhlen trinken dürfe? Es heißt: *dürft ihr essen von allem, was im Wasser ist.* — Wo hat er es in Gefäßen erlaubt? — Es heißt: *dies dürft ihr essen von allem, was im Wasser ist &c. in Seen und in Flüssen*; nur aus diesen darfst du nur das essen, was [Kennzeichen] hat, nicht aber das, was keine hat, aus Gefäßen aber darfst du auch das essen, was keine hat. — Vielleicht dürfen sie aus Gefäßen nicht gegessen werden, auch wenn sie [Kennzeichen] haben!? — Dies ist nicht einleuchtend, denn es heißt: *alles aber, was keine Flossen und keine Schuppen hat, in Seen und in Flüssen von allen Kriechtieren des Wassers*; aus Seen und Flüssen darfst du, wenn sie keine haben, nicht essen, aus Gefäßen aber darfst du essen, auch wenn sie keine haben. — Vielleicht aber: *im Wasser*, generell, *in Seen und Flüssen*, speziell, und wenn auf eine Generalisierung eine Spezialisierung folgt, so umfaßt die Generalisierung nur das Speziellgenannte, nur Seen und Flüsse, nicht aber Graben und Tiefungen!? … wie das Speziellgenannte quellendes Wasser ist, ebenso jedes andere quellende Wasser, einbegriffen sind somit Graben und Tiefungen, daß es aus diesen verboten ist, ausgeschlossen sind Gruben, Zisternen und Höhlen, daß es aus diesen erlaubt ist. — Vielleicht aber: wie das Speziellgenannte Wasser auf Bodengrund ist, ebenso jedes andere Wasser auf Bodengrund, wonach auch Gruben, Zisternen und Höhlen einbegriffen

EIN GANZ ANDERER ASSAD : *Das ist nicht ganz fair. Wir können eben nicht so viel ranschaffen, wie Sie verputzen, Doktor Loisy — ich mein' : wir reden hier über den Leviathan*

LOISY : *Hihi. Jaja*

EIN GANZ ANDERER ASSAD : *Vielleicht würd ich mir sowas ja sagen lassen, aber dann doch von einem, der nicht speist wie ein Schwein* [130]*. Das ist ja ein Greuel*

EIN ASSAD (eilt herzu, lehrt alles zum Guten) : *Aber dafür lieben wir ihn ja* (zu Loisy) *Dafür lieben wir Sie doch, Doktor Loisy*

EIN ANDERER ASSAD : *Vornehm is was für feine Leute, was, Doktor Loisy? Für die, die nicht im Felde stehn. Scheiß auf die Sitten! Hier ist ein Jegliches an seinem Ort. Wie ein Baum. Der ist auch immer an seinem Ort. Und weil er sich nicht bewegen kann, wenn nicht grade Rabbi*

---

sind, daß es aus diesen verboten ist, und nur Gefäße ausgeschlossen sind!? — Demnach hätte ja [das Wort] *dürft ihr essen* keine Verwendung. In der Schule R. Jišmäéls lehrten sie : Es heißt zweimal *im Wasser*, und hierbei ist nicht [die Regel von der] Generalisierung und Spezialisierung, sondern die von der Einschließung und Ausschließung anzuwenden : *im Wasser*, einschließend, *in Seen und Flüssen*, ausschließend, *im Wasser*, wiederum einschließend, und wenn auf eine Einschließung eine Ausschließung und wiederum eine Einschließung folgt, so ist alles eingeschlossen; eingeschlossen sind Graben und Tiefungen, daß es aus diesen verboten ist, ausgeschlossen sind Gruben, Zisternen und Höhlen, daß es aus diesen erlaubt ist. — Vielleicht sind Gruben, Zisternen und Höhlen eingeschlossen, daß es aus diesen verboten ist, und ausgeschlossen sind Gefäße!? Demnach hätte ja [das Wort] *dürft ihr essen* keine Verwendung. Vielleicht entgegengesetzt!? — Nach einer Lehre Matathjas, denn Matathja b. Jehuda lehrte : Was veranlaßt dich, Gruben, Zisternen und Höhlen einzuschließen, daß es aus diesen erlaubt ist, und Graben und Tiefungen auszuschließen, daß es aus diesen verboten ist? Ich schließe Gruben, Zisternen und Höhlen ein, in denen [das Wasser] wie in Gefäßen eingeschlossen ist, und ich schließe Graben und Tiefungen aus, in denen es nicht wie in Gefäßen eingeschlossen ist.

Von welchen wird dies stillschweigend und von welchen ausdrücklich gelehrt? — Hierüber streiten R. Aḥa und Rabina; einer sagt, von denen, die [Kennzeichen] haben, wird dies ausdrücklich, und von denen, die keine haben, wird dies stillschweigend gelehrt, und einer sagt, von denen, die keine haben, wird dies ausdrücklich, und von denen, die sie haben, wird dies stillschweigend gelehrt. Was ist der Grund desjenigen, welcher sagt, von denen, die sie haben, werde es ausdrücklich gelehrt? — Er kann dir erwidern : aus diesem wird ja entnommen, daß es aus Gefäßen erlaubt ist. — Was ist der Grund derjenigen, welcher sagt, von denen, die keine haben, werde dies ausdrücklich gelehrt? — Von diesen wird ja auf jene gefolgert, denn hinsichtlich jener könnte man deduzieren, daß man sie aus Gefäßen nicht essen dürfe, auch wenn sie [Kennzeichen] haben. R. Hona sagte : Man gieße abends keinen Dattelwein durch einen Holzfilter, denn [ein Wurm] könnte im Filter sitzen bleiben und dann in den Becher fallen, und man würde übertreten [das Verbot :] *jedes Kriechtier, das auf der Erde kriecht.* — Demnach sollte dies auch von jedem anderen Gefäße gelten, denn er könnte an der Wand des Gefäßes sitzen bleiben und nachher in das Gefäß fallen!? ... Woher entnimmst du dies? — Es wird gelehrt : Woher, daß auch Gruben, Zisternen und Höhlen einbegriffen sind, daß man ohne Bedenken sich bücken und aus diesen trinken dürfe? Es heißt : *dürft ihr essen von dem, was im Wasser ist.* Es ist ja zu berücksichtigen, [ein Wurm] könnte sich auf die Wand absondern und zurück hineinfallen!? ... R. Ḥisda sprach zu R. Hona : Es gibt eine Lehre als Stütze für dich : *Jedes Kriechtier, das auf der Erde kriecht*, dies schließt die beim Seihen zurückbleibenden Insekten ein; nur wenn sie beim Seihen zurückbleiben, nicht durchgeseiht aber sind sie erlaubt«.

[130] Weiß er. Er will ja ein Greuel sein. Sein ganzes Bedauern gilt dem Umstand, daß er nicht mosaischen Glaubens ist : wie würden ihm da erst die verbotenen Meeresfrüchte munden, Austern, Garnelen, Krebse, Muscheln, Shrimps, Hummer, Langusten, Tintenfische. Allerherrlichste Greuel!

Eliézer zugange ist, hat der Allbarmherzige ganz doll Gesetze gemacht zum Schutz der Bäume — und so schützen wir Sie und Ihren Appetit, Doktor Loisy

RENÉ (der die eigene Lage als unbarmherzig empfindet): *Gute Gesetze für Bäume? — das interessiert mich*

EIN ASSAD : *Kaum. Das interessiert die wenigsten. Und auch die nur sehr wenig. Insgesamt sind die Gesetze so unbekannt und gut, daß sie heut keine Sau mehr versteht*

RENÉ : *An was denken Sie? Sprechen Sie frei*

EIN ANDERER ASSAD : *Ich weiß nicht, woran mein Kollege denkt : ich denke daran, daß jedem jungen Obstbaum erstmal ein paar Jahre Ruhe verbürgt sind* [131]

RENÉ : *Das ist sehr gut*

EIN ANDERER ASSAD : *Und weise*

RENÉ : *Und weise*

EIN GANZ ANDERER ASSAD (hat sich beruhigt) : *Oder — auch viel zu wenig beachtet — : auf einem Feld dürfen Sie nicht zwei verschiedene Pflanzen säen, jede Pflanze fein ihr eigenes Feld* [132]. *Prima, was, junger Effendi?*

RENÉ (ergriffen) : *Schön ... — wo hat der Allbarmherzige sowas Weises denn aufgeschrieben?*

EIN GANZ ANDERER ASSAD : *Ungefähr da, wo er auch sagt, daß Sie nicht zugleich mit Rind und Esel rumfurchen dürfen und daß Sie sich Quasten machen müssen an die Zipfel Ihres Mantels* (mit allerdings skeptischem Blick auf Renés Garderobe) — *da ist das* [133]

LOISY (hat sich das eine Weile angehört, sieht das Erstaunen an René, bringt sich wieder ins Spiel und schmatzt) : *Friedrich sagte ja auch was, der sagte ja, »nicht, was in den Mund reinkommt, verdreckt den Menschen, sondern was aus dem Mund rauskommt«* [134], *hihi, was er da wohl gemeint hat ...*

RENÉ : *Sind denn auch Vorkehrungen getroffen gegen Vögel, die auf den Zweigen sitzen und die Bäume belästigen? Was ist, wenn ...*

EIN ANDERER ASSAD : *Schwere Sünde, junger Effendi, schwere Sünde*

EIN ASSAD : *Ganz schwere Sünde! Vögel haben warmes Blut, wie die Menschen, die können leiden, müssen sie ja auch, sonst könnten sie ja auch nicht sündigen, die sind ja keine Fische. Jaha, Fische habens leicht, die leiden nicht und die sündigen nicht* — (gotisch) *die kalten Blutes sind* [135]

---

[131] Leviticus 19,23. Wenn das Volk hungert und einen Obstbaum setzt und der dann Früchte trägt, dann wirds eine gute Zeit für den Obstbaum : drei Jahre muß das hungrige Israel das Wunder des Obstes bestaunen und die Finger vom Baum lassen und das Obst verfaulen sehen, denn es soll ihm sein unrein und wie eine Vorhaut (ערלה 'ārᵉlāh). Und im vierten Jahr? Soll Jahwe die ganze Ernte unter dem Festjubel der Hungernden kriegen. Im Jahr 5 dann darf das Volk ran. Denn : *Ich bin der Herr, euer Gott. Und ich mag Obst. Und Herr der Heerscharen bin ich auch noch.*

[132] Leviticus 19,19 — und fügt an, man dürfe nichts anziehn, was aus zwei Stoffen gewebt ist. Deuteronomium 22,9 bekräftigt das und präzisiert Vers 11 : wenn man einen mächtigen Greuel machen will, genüge es, Sachen zu tragen, die aus Wolle und Leinen sind.

[133] Da ist es, Deuteronomium 22,10–12.

[134] Etwas kultivierter Matthäus 15,11 : »οὐ τὸ εἰσερχόμενον εἰς τὸ στόμα κοινοῖ τὸν ἄνθρωπον, ἀλλὰ τὸ ἐκπορευόμενον ἐκ τοῦ στόματος τοῦτο κοινοῖ τὸν ἄνθρωπον«.

[135] Hat er denn [129] nicht gehört? wenigstens die Passagen, in denen die Perversion wütet?

RENÉ (erstaunt) : *Fische können nicht leiden?* (hilfesuchend) *Doktor Loisy!*

LOISY (ergreift die Gelegenheit) : *Nun ... ein Fisch ... scheint mir wesentlich unter Wasser. Friedrich war kein großer Schwimmer. Da weiß man wenig. An Land jedenfalls leidet der Fisch nicht, da ist er tot, da greift der natürlich auch Friedrich wohlbekannte Satz Epikurs ...*

EIN GANZ ANDERER ASSAD : *Das Schwein!* [136]

LOISY (voll der Bildung, die Friedrich genossen hat) : ... *τὸ φρικωδέστατον οὖν τῶν κακῶν ὁ θάνατος οὐθέν πρὸς ἡμᾶς ...* [137]

---

[136] Epikur (341–270), der im Alter von 14 Jahren zur Philosophie fand, da ihm sein Hauslehrer keinen Aufschluß geben konnte über die Rolle des Chaos bei Hesiod, galt ein unzufriedener Mensch mehr als ein zufriedenes Schwein. Mehr Anknüpfung, Epikur mit ›Schwein‹ in Verbindung zu bringen, ist nicht. Selbstgenügsam lebte der Samosgeborene seine restlichen Tage, denn »nicht unablässige Trinkgelage und Paraden, nicht der Genuß von Knaben und Mädchen, von Fischen und allem, was eine üppige Tafel bietet, erzeugt lustvolles Leben, sondern nüchterner Verstand« (Brief an Menoikeus 132) — allenfalls bettelte er : »Schicke mir doch einen Happen kythischen Käses, daß, wenn ich Neigung habe, ich einmal recht schwelgen kann« (bei Diogenes Laertius X 11).

Die spöttelnde Selbstaussage des Epikureers Horaz (Epistulae I 4,16, er sei ein »Epicuri de grege porcum«, Schwein aus der Herde Epikurs) gab dem heraufziehenden Christentum das Stichwort, Epikur als ›das Große Schwein‹ zu qualifizieren und jeden Mißliebigen als dessen Herde zugehörig zu benennen. Etwa schalt 1020 Benedikt VIII., als er zur Beschwichtigung von Stürmen in Rom Juden die Köpfe abschlug, im selben Atemzug verheiratete Kleriker »Schweine des Epikur«.

Der Eindruck ist unabweisbar : irgendwie war das Christentum von sich selbst als Alternative zum Hedonismus wenig überzeugt und stets mit eigenen Defiziten konfrontiert. Da trug sich bescheiden und atomistisch geladen die Idee vor, es sei gut, Unlust zu vermeiden und Glück zu erstreben und blieb, anders als die Philosophien Platons oder Aristoteles', uneingemeindbar : frech, und wert aller Diffamie. Und die üble Nachrede sitzt obenauf. Denn selbst, als das Christentum seinerseits sich mit Gegenentwürfen herumzuschlagen hat, sehr diesseitigen, und Epikur wieder zu Ehren kommt, bleibt der Geruch der Völlerei. So heißt es in den ›Carmina Burana‹ 211 : »Alte clamat Epicurus : / ›venter satur est securus / venter deus meus erit / talem deum gula querit / cuius templum est coquina / in qua redolent divina‹«, »Laß von Epikur dir sagen : / Satter Bauch schafft Wohlbehagen / Ja, mein Gott soll mir der Bauch sein / Und die Gurgel will es auch sein / Dessen Tempel meine Küche / Voller leckrer Wohlgerüche« — wohltuend da 1880 das Urteil Nietzsches : »Der Philosoph der Ueppigkeit.— Ein Gärtchen, Feigen, kleine Käse und dazu drei oder vier gute Freunde, — das war die Ueppigkeit Epikur's« (›Menschliches, Allzumenschliches‹ II, 2. ›Der Wanderer und sein Schatten‹ 192).

[137] ... ἐπειδή περ ὅταν μὲν ἡμεῖς ὦμεν, ὁ θάνατος οὐ πάρεστιν. ὅταν δ' ὁ θάνατος παρῇ, τόθ ἡμεῖς οὐκ ἐσμέν. οὔτε οὖν πρὸς τοὺς ζῶντάς ἐστιν οὔτε πρὸς τοὺς τετελευτηκότας, ἐπειδή περ περὶ οὕς μὲν οὐκ ἔστιν, οἱ δ' οὐκέτι εἰσίν — »Das schlimmste Übel also, der Tod, geht uns nichts an; denn solange wir sind, ist der Tod nicht, und wenn der Tod ist, sind wir nicht. Er geht also weder Lebende an noch Tote; denn die einen geht er nicht an, und die anderen sind nicht« — (Brief an Menoikeus 125)

Denksimpel Keller hat großes Gefallen an solchen Denkfiguren. Das geht auf seine Schulzeit zurück. Als nämlich der Schüler Keller erstmals in einer Anthologie las, wie Epikur mit einem einfachen Tetralemma das vorchristliche Theodizeeproblem vom Tisch zu wischen verstanden hatte, da ließ er das Buch sinken und lehnte gegen die Stuhllehne geradezu erleuchtet-erleichtert zurück : »Deus, inquit, aut vult tollere mala et non potest, aut potest et non vult, aut neque vult neque potest. Si vult et non potest, imbecillis est, quod in Deum non cadit; si potest et non vult, invidus, quod aeque alienum a deo; si neque vult neque potest, et invidus et imbecillis est, ideo nec deus; si et vult et potest, quod solum deo convenit, unde ergo sunt mala? Aut cur illa non tollit?« — »Entweder, so sagt er [Epikur], will Gott

RENÉ (verwirrt) : *Schweine, Vögel, Fische — wo bleiben die Bäume?*

EIN GANZ ANDERER ASSAD : *Da wo sie sind*

EIN ANDERER ASSAD : *Effendi, glauben Sie mir: Sie tun niemandem einen Gefallen, wenn Sie Vögel essen, die in Bäumen sitzen, den Bäumen nicht und am wenigsten sich selbst*

EIN ASSAD : *Genau. Halten Sie sich an zahme Vögel, Enten, Gänse. Die sind erlaubt*

RENÉ : *Aber Tauben?*

EIN ASSAD : *Tauben dürfen Sie. Selbstverständlich*

LOISY : *Friedrich aß auch Geflügel*

RENÉ (scharf) : *Tauben sitzen aber in Bäumen*

EIN GANZ ANDERER ASSAD : *Aber eine Taube ist keine Fledermaus* [138]*, das ist ihr Vor-*

---

die Übel aufheben, kann es aber nicht, oder er kann es zwar, will aber nicht, oder kann nicht und will auch nicht, oder will es und kann es. Wenn er will und nicht kann, ist er schwach, was auf Gott nicht zutrifft; wenn er kann und nicht will, ist er mißgünstig, was mit Gott ebenso unvereinbar ist; wenn er weder will noch kann, ist er mißgünstig und schwach zugleich und daher kein Gott; wenn er aber will und kann, was allein Gott zukommt, woher kommen dann die Übel, oder warum hebt er sie nicht auf?«.

Daß das ›Argumentum Epicuri‹ ausschließlich als ein mit einiger Unsicherheit behaftetes Fragment bei Laktanz in dessen Zorngottesschrift (›De ira Dei‹ XIII 20–21) überliefert ist und Laktanz nicht nur als Erzieher Konstantins wirkte, sondern auch als Apologetendummkopf, der noch wenig Schimmer vom Heiligen Geist hatte und als Ursprung aller Scherereien ansah, daß Gott nicht nur Vater Jesu, sondern eines weiteren, auf Jesus neidischen und nach dem Apfelbiß zum Satan mutierenden Sohnes war (›Divinae institutiones‹ II 8), wußte Keller damals noch nicht. Aber er erfuhr es. Er erfuhr auch von des Laktanz sadistischem Text ›De mortibus persecutorum‹ (›Über die Todesarten der Verfolger‹). Und als Jahre später Keller einmal ›De ira Dei‹ komplett zur Hand nahm, da war die Genugtuung groß, denn er erfuhr überdies, wie Laktanz im Anschluß an das ›Argumentum Epicuri‹ zugeben mußte : »Scio plerosque philosophorum, qui providentiam defendunt, hoc argumento perturbari solere et invitus paene adigi ut deum nihil curare fateantur, quod maxime quaerit Epicurus« — »Ich weiß, daß die meisten Philosophen, die die Vorsehung verteidigen, durch diese Beweisführung in Verlegenheit geraten und beinahe widerwillig sich zum Geständnis drängen lassen, Gott kümmere sich um nichts, worauf Epikur vor allem abzielt«.

[138] Um Klarheit besorgt, listet Leviticus 11,13–19 alle 20 unreinen Vogelsorten auf — dreiviertel allerdings als Vokabel einzig dort (und in der Parallelstelle Deuteronomium 14) auftauchen, was die Bestimmung der Art nahezu verunmöglicht. Einigkeit wurde so nur über die Identität von Adler (נשר nāšär), Rabe (ערב ʿorew), Strauß (יענה jaʿanāh) und Habicht (נץ neṣ) erzielt — und vielleicht noch über die Fledermaus (עטלף ʿaṭaleph — die es auch noch Jesaja 2,20 gibt und die alle ›Fledermaus‹ übersetzen, bis auf die Syrer. Die übersetzen ›Pfau‹). Darüber aber, daß der Biologie die Fledermaus keinesfalls als Vogel gilt, sollte große Bestürzung sein in der Biologie. Doch da ist nichts als großer Mangel an Wille zu Einsicht und Umkehr. Das Fledertier aber wäre, wenn es kein Vogel wär, ohnehin Nagetier (→ Maus) und absolut verboten! Ein Nein allen Nagern!

Der Talmud ist ja die blühendste Spiel- und Streitwiese der Welt, und genau das hat Jahwe gewollt, daß da die fittesten Schriftgelehrten seines auserwählten Volks sich üben im Diskurs. Traktat Ḥulin hat ab Folio 61 das Thema ›Fressen und Gefressenwerden unter dem Aspekt des Vogels‹ — und auch das hat Jahwe bezweckt, eben durch die Lässigkeit seiner diesbezüglichen Angaben in der Tora. Die Ausführungen zu den Vögeln aber überbieten an Komplexität, Volumen und Ermüdendem das Geschwätz über die Fische um den Faktor, den ein Vogel mehr Federn hat als ein Fisch Flossen, denn die Rabbis haben nicht allein eine Zweizahl (Flosse und Schuppen), sondern eine Vierzahl zu bedenken, weil rein nur der Vogel ist, der Sporn und Kropf hat, dessen Magenhaut sich lösen läßt und der nicht anpackend frißt. Zusätzlich verknäult wird die Diskussion, weil einige Gelehrte meinen, es

teil. Äßen Sie Fledermaus, wären Sie ja ***nur noch*** *unrein* (lächelt) *Wenn Sie sich mal wirklich amüsieren wollen, so lesen Sie im Talmud den Ḥulin, da ist vorm Allbarmherzigen festgehalten, daß reine Vögel gefälligst Hinterzehe, einen Kropf und einen doppelhäutigen Muskelmagen zu haben haben. Und anpackend dürfen sie nicht essen. Wenn Sie das beherzigen, dürfen Sie eigentlich jeden Vogel essen. Nur nicht, wenn er auf allen Vieren geht. Jedes geflügelte Geschöpf des Gewimmels, das auf allen vieren geht, soll Ihnen nämlich ein Greuel sein — mit Ausnahme dessen, das oberhalb seiner Füße zwei Schenkel hat, mit denen es auf der Erde herumhüpft*

RENÉ : *Oberhalb der Füße zwei Schenkel?*

EIN ASSAD : *Ganz genau!*

RENÉ : *Anpackend fressen?*

EIN GANZ ANDERER ASSAD : *So ist es. Und nur 20 nicht*

RENÉ : *Wieso denn jetzt 20 nicht?*

EIN ANDERER ASSAD : *Weil 20 dem Allbarmherzigen ein Greuel sind. Außerdem* (triumphiert) *sind es ja gar nicht 20* [139]

---

genüge einem Vogel, um eßbar zu sein, nur eines dieser Merkmale aufzuweisen, zumindest aber nicht alle vier. Verschärft noch : man ist sich uneins unter den Rabbis, warum Jahwe in der Tora einige Vögel nennt, andere nicht, wieder andere doppelt und ganz andre doppelt nicht und ganz ganz andere überflüssigerweise, da sie sich logisch ergeben aus vorherigen Nennungen oder Verschweigungen. Und am allerschärfsten : man weiß eingestanden nicht, von welchen Tieren man redet. Was alles wenig macht, denn Rabbi Eliézer mischt kräftig mit.

Die erregte Debatte findet nach Aberseiten ein vorläufiges Ende, als Rabbi Abajje erklärt : »Der Bavath der Vögel ist der Qipoph, der Bavath der Kriechtiere ist der Qurpedaj. R. Jehuda sagte : Qaath ist der Qiq; Raḥam ist der Šraqraq ... R. Bebaj b. Abajje sagte : Jedoch nur dann, wenn er auf einem Gegenstande sitzt und šraq-sraq ruft. Wir haben eine Überlieferung, daß, wenn er auf der Erde sitzen und so rufen würde, der Messias kommen würde, denn es heißt : *ich will ihnen zischen [ešreqah] und sie versammeln.* R. Ada b. Simi sprach zu Mar b. R. Idaj : Einst saß ja einer auf einem Ackerfelde und rief šraq-sraq, da fiel ein Stein herab und spaltete ihm den Schädel!? Dieser erwiderte : Er war ein Lügner ... «.

[139] Ja, äh ... »Merke, es sind ja vierundzwanzig unreine Vögel, und da es nicht möglich ist, daß einer nicht [das Kennzeichen] eines anderen hat, so sind es zwei Schriftverse, die dasselbe lehren!? — Es ist überliefert, daß es vierundzwanzig unreine Vögel und vier Zeichen gebe; zwanzig von diesen haben je drei, der Rabe Peres und Oznija je eines, und zwar einer nicht das des anderen. Man könnte nun glauben, man folgere von diesen, daher nennt der Allbarmherzige den Adler, nur den Adler, der keines hat, darf man nicht essen, den aber, der eines hat, darf man essen ... R. Ḥanan b. R. Ḥisda sagte im Namen R. Ḥisdas im Namen R. Ḥanans des Sohnes Rabas, im Namen Rabhs : Es sind vierundzwanzig unreine Vögel. R. Ḥanan b. R. Ḥisda sprach zu R. Ḥisda : Wo, wenn im Leviticus, so sind es ja nur zwanzig, und wenn im Deuteronomium, so sind es nur einundzwanzig!? Wolltest du erwidern, zu diesen füge man noch die Daá hinzu, die im Leviticus und nicht im Deuteronomium genannt wird, so sind es ja immerhin nur zweiundzwanzig!? Dieser erwiderte : Folgendes sagte der Vater deiner Mutter im Namen Rabhs : *Nach ihrer Art, nach ihrer Art, nach seiner Art, nach seiner* Art, das sind vier. — Demnach sind es ja sechsundzwanzig!? Abajje erwiderte : Daá und Raá sind identisch. Wenn man nämlich sagen wollte, es sind zwei verschiedene [Vögel], so [ist ja einzuwenden :] im Deuteronomium soll ja hinzugefügt werden, wieso heißt es nun in jenem Daá und in diesem nur Raá und nicht Daá!? Vielmehr ist hieraus zu entnehmen, daß Raá und Daá identisch sind. — Aber immerhin sind es ja fünfundzwanzig!? Abajje erwiderte : Wie Raá und Daá identisch sind, so sind auch Aja und Daja identisch. Wenn man nämlich sagen wollte, es sind zwei verschiedene [Vögel], so [ist ja einzuwenden :] im Deuteronomium soll ja hinzugefügt werden, wieso heißt es nun in jenem bei der Aja : *nach ihrer Art,* und in diesem

RENÉ : *Aber sagten Sie nicht grad ...*

EIN ASSAD : *Vielleicht. Aber Sie sind kein Rabbi, Effendi, und ich kein Jud*

EIN ANDERER ASSAD : *Sie säßen sonst nämlich ›getrennt bei Mahlzeiten‹* [140]

LOISY (schmaust gegens Vergessenwerden an) : *Friedrich war ja kein Sybarit, der war ja Asket, wenn dir das besser gefällt, das ist ja auch sehr schön ...*

EIN ASSAD (beflissen) : *Darf ich ein Dessert vorbereiten? Wir hätten noch Pudding, mit Streusel* (schält verschwörerisch die Hand vor den Bart, flüstert) *Einhorn, zu Pulver gerieben — wir haben extra unsre Häscher in die Hercynischen Wälder* [141] ...

---

bei der Daja : *nach ihrer Art*!? Vielmehr ist hieraus zu entnehmen, daß Aja und Daja identisch sind. — Weshalb heißt es, wenn Aja und Daja identisch sind, da Aja und hier Daja!? — Wegen der folgenden Lehre : Rabbi sagte : Ich lese ja Aja, wieso heißt es Daja? Um einem Gegner jede Widerrede abzuschneiden. Wenn du [den Vogel] Aja nennst, könnte er ihn Daja nennen, und wenn du ihn Daja nennst, könnte er ihn Aja nennen, daher heißt es im Deuteronomium : *Die Raá, die Aja und die Daja, nach ihrer Art.* Man wandte ein : Weshalb ist es wiederholt worden? Beim Vieh wegen des Geteilten und beim Geflügel wegen der Raá. Wenn dies beim Vieh zur Hinzufügung erfolgt, so erfolgt es ja auch beim Geflügel zur Hinzufügung!? — Nein, bei jenem zur Hinzufügung, bei diesem zur Erklärung. Er streitet gegen R. Abahu, denn R. Abahu sagte : Raá ist die Aja, und sie heißt deshalb Raá, weil sie scharf sieht [raah] ... Wenn nun Raá identisch ist mit Aja, so ist ja Daá nicht identisch mit Raá; merke, im Deuteronomium soll ja hinzugefügt werden, wieso heißt es nun im [Leviticus] Daá und in diesem nicht!? Vielmehr ist hieraus zu entnehmen, daß Daá, Raá und Aja identisch sind. Wenn Raá identisch ist mit Aja, so ist ja Daja nicht identisch mit Aja, wieso heißt es nun im [Leviticus] bei der Aja : *nach seiner Art*, während es in diesem nicht bei der Aja, sondern bei der Daja heißt : *nach seiner Art*!? Vielmehr ist hieraus zu entnehmen, daß Daá und Raá, und Daá und Aja identisch sind ...« — — selbst Ausdauerndste dürften langsam geneigt sein nachzugeben und zur Entspannung die zu steinigen, die sagen, daß in Sachen Raá und Daá sich irgendwer irgendwann einfach mal verlesen hat, sehen sich das hebräische R ר und D ד doch bannig ähnlich. Oder : »Was lehrt er uns damit? — Das, was R. Hona im Namen Rabhs, und wie manche sagen, R. Hona im Namen Rabhs im Namen R. Meírs, gesagt hat : Stets lehre man seinen Schüler die kürzeste Fassung«.

[140] »Separati epulis«, aus des Tacitus ›Historiae‹ V,4 und 5 : »Moyses quo sibi in posterum gentem firmaret, novos ritus contrariosque ceteris mortalibus indidit. Profana illic omnia quae apud nos sacra, rursum concessa apud illos quae nobis incesta ... Separati epulis, discreti cubilibus, proiectissima ad libidinem gens, alienarum concubitu abstinent; inter se nihil inlicitum ... Iudaeorum mos absurdus sordidusque« — »Um des Volkes für immer gewiß zu sein, gab Moyses demselben eine neue, der übrigen Welt entgegengesetzte Ordnung : was bei uns heilig, das ist dort alles unwerth geachtet, und hinwiederum bei ihnen erlaubt, was für uns unrein ist ... gesondert über Tisch, geschieden bei'm Nachtlager, hält sich das Volk, obwohl ganz maßlos im Geschlechtstrieb, doch ferne vom Beischlaf mit fremden Weibern, während unter sich bei ihnen nichts unerlaubt ist ... der Juden Brauch ist widersinnig und armselig«.

[141] Römer waren stets sehr interessiert an ihrer Umwelt. Caesar war Römer. De Bello Gallico, VI 25–26 : »Huius Hercyniae silvae ... latitudo novem dierum iter expedito patet : non enim aliter finiri potest, neque mensuras itinerum noverunt ... neque quisquam est huius Germaniae, qui se aut adisse ad initium eius silvae dicat, cum dierum iter LX processerit, aut, quo ex loco oriatur, acceperit : multaque in ea genera ferarum nasci constat, quae reliquis in locis visa non sint ... Est bos cervi figura, cuius a media fronte inter aures unum cornu exsistit excelsius magisque directum his, quae nobis nota sunt, cornibus : ab eius summo sicut palmae ramique late divunduntur. Eadem est feminae marisque natura, eadem forma magnitudoque cornuum« — »Den Hercynische Wald ... durchmißt nach Breite ein guter Fußgänger in neun Tagen. Anders kann man dort nämlich nicht messen, und sie kennen keine Längenmaße für Wegstrecken ... Niemand ist in Germanien, der sagen könnte, er sei bis ans Ende

Jetzt ist aber gut! — Loisys Schweißperlkollier stirnschwellt und eine Note Unwill greift in seinen Augenbrauen Platz. Zwar ist Loisy hier, um mit René gesehen und für René gelobt zu werden, und er versteht die Assads ja auch, dies Bübchen, ein Glanzstück, ein ausgewachsener Wonnepropp ... aber schließlich hat Loisy hart um diese Zusammenkunft gerungen, daß er einmal zur direkten Ansprache an René findet, Freisinnigkeit auslotet und zeigt, René mit Ambitionen vertraut zu machen, von denen der bisher vielleicht nicht mehr als zu träumen gewagt hat. Loisy scheucht die Assads mit einer scharfgedachten Ahndung davon.

RENÉ : *Oje, ›das Tier, das es nicht giebt‹* [142]

LOISY (glüht René an) : *Hihi, ich hab auch ein Einhorn*

RENÉ : *Vnd errette mich von den Einhörnern* [143]

LOISY : *Jaja, alle Fetten auf Erden werden essen vnd anbeten, hihi, ER wird einen Samen haben der jm dienet* [144]

---

dieses Waldes gekommen, selbst wenn er 60 Tage vordrang, oder habe auch nur gehört, wo das Ende ist. Auch steht fest, daß in diesem Wald viele Arten von Tieren leben, die man sonst noch nirgends gesehen hat ... Es gibt ein Rind, das wie ein Hirsch aussieht und dem zwischen den Ohren auf der Stirn ein einziges Horn wächst, das höher und gerader ist als die uns bekannten Hörner; an der Spitze blättert es sich weit auseinander. Das weibliche Tier sieht ebenso aus und hat dieselben großen Hörner« — leider stammt grad diese Betrachtung eher nicht von Caesar, sondern aus der Militärfeder des allerdings auch hervorragenden Aulius Hirtus.

[142] Armer René! Kaum vorstellbar, daß ein Mensch der Neuzeit diese Schamschwelle unterschreitet : Rilke hats getan. Mehrfach. Vorsätzlich. In den ›Sonetten an Orpheus‹, II 4 : »O DIESES ist das Tier, das es nicht giebt / Sie wußtens nicht und habens jeden Falls / — sein Wandeln, seine Haltung, seinen Hals / bis in des stillen Blickes Licht — geliebt // Zwar *war* es nicht. Doch weil sie's liebten, ward /ein reines Tier. Sie ließen immer Raum / Und in dem Raume, klar und ausgespart /erhob es leicht sein Haupt und brauchte kaum // zu sein. Sie nährten es mit keinem Korn / nur immer mit der Möglichkeit, es sei / Und die gab solche Stärke an das Tier // daß es aus sich ein Stirnhorn trieb. Ein Horn / Zu einer Jungfrau kam es weiß herbei — / und war im Silber-Spiegel und in ihr«. Schwülstiger nur die Winter 1905 in Meudon entstandenen Verse ›Das Einhorn‹, Frucht einer Inaugenscheinnahme des 500 Jahr alten, mit Dame und nackten Einhörnern besäten Gobelins im Musée de Cluny zu Paris : »Der Heilige hob das Haupt, und das Gebet / fiel wie ein Helm zurück von seinem Haupte : / denn lautlos nahte sich das Niegeglaubte / das weiße Tier, das wie eine geraubte / hülflose Hindin mit den Augen fleht // Der Beine elfenbeinernes Gestell / bewegte sich in leichten Gleichgewichten / ein weißer Glanz glitt selig durch das Fell / und auf der Tierstirn, auf der stillen, lichten / stand, wie ein Turm im Mond, das Horn so hell / und jeder Schritt geschah, es aufzurichten // Das Maul mit seinem rosagrauen Flaum / war leicht gerafft, so daß ein wenig Weiß / (weißer als alles) von den Zähnen glänzte / die Nüstern nahmen auf und lechzten leis / Doch seine Blicke, die kein Ding begrenzte / warfen sich Bilder in den Raum /und schlossen einen blauen Sagenkreis«.

[143] Jesus betete am Kreuz den 22. Psalm (»vor zu singen / Von der Hinden / die früe geiagt wird«). Ob er bis Vers 22 (»Vnd errette mich von den Einhörnern«) kam, ist nicht überliefert. Bei der Gewalt, mit der Silke René seit je mit Rilkeergüssen traktiert, nimmt es nicht wunder, daß René schon von Kindesbeinen an sich nach Zeugen des Widerstandes gegen Rilkes Bilderwelt umsah. René war nicht wählerisch. Jesus auch nicht. Und so steht der Heiland auch hier bei und läßt sich zu einer überraschenden Anwendung bringen. Daß aus Luthers Einhörnern unter der Fuchtel der Textrevisoren wilde behörnte Stiere wurden — traurig!

[144] Psalm 22,30–31. Dort allerdings ohne ›Jaja‹ und ›hihi‹.

RENÉ : *Doktor Loisy ?!* (weist Loisy mit einem Nicken begierig auf etwas hin)

LOISY : *Da er aber fett vnd satt ward, ward er geil. Er ist fett vnd dick vnd starck worden vnd hat den Gott faren lassen* [145] (furzt leis)

EIN ASSAD (ungeduldig, aber höflich — war nicht gegangen) : *Also kein Dessert?* (lächelt leicht gequält) *Ein andermal dann vielleicht*

LOISY (sieht aber hinter Renés Nicken einen Appetit, zum Assad) : *O nein nein, tragen Sie auf, tragen Sie auf — aber keinen Narwal unterschieben* (René horcht auf) [146]

EIN GANZ ANDERER ASSAD (aus der Küche) : *Is aus*

EIN ASSAD (verlegen) : *Das war nur einmal, das war ... nackte Not* (schmeichelt) — *und das haben von allen allein Sie bemerkt, Maître*

---

[145] Deuteronomium 32,15.

[146] Denn das Einhorn ist extrem dumm. Es läßt sich bändigen allein von einer Virgo — allenfalls noch vom Gegurr einer Ringeltaube. Da bleibt nicht aus, daß es als treffliche Analogie auf Jesu Adel entdeckt und für sehr fromm gehalten wird — gehetzt wie der Heiland, mild wie der Heiland, scheu wie der Heiland (→ Messiasgeheimnis, Markus 8,30). Und die Jungfrau ist mit Maria — in deren Schoß es inzestuös sein Horn senkt — auch parat. Und was tun Heilande und Einhörner? Wunder. Das Einhorn trabt zwar nicht über Wasser, aber es reinigt es und Tote erweckts auch. Ferner macht Einhornpulver potent und Gift in Speis und Trank sichtbar, was sehr praktisch sein kann (→ l'espreuve de lincorne).

Der Bedarf war enorm und was deutsch hieß, hysterisch. Der alexandrinische, einhornnärrische Physiologus war nach 900 Jahren um 1100 eingedeutscht, Caesar Kronzeuge, Knochen mußten her, im Knochenrausch klondykte Deutschland und grub an Bärenhöhlen um, was da war. Noch 1700 besuchte der einhorngläubige Leibniz eine Höhle bei Scharzfeld und bedauerte : »Die in der Höhle gefundenen Knochen und Zähne werden in ganz Deutschland zum Arzneigebrauch verhandelt, und da jeder nach Belieben dort gräbt, so wird dieser merkwürdige Stoff in dem engen Raum wohl bald erschöpft sein«. Wohl wahr. Und anderes Ungemach war längst hinzugetreten : fehlender Zauber. Immer mehr Giftattentate glückten und organisierten Adelslinien neu. Fürsten versammelten sich vor den Quacksalbereien (→ Einhorn-Apotheke) und schrien *Wir wiegen eure Bärenknochen nicht länger mit Gold auf* — und was bis da als ›echtes Einhorn‹, als ›unicornu fossile‹ durchging und noch nicht zum Mammut bestimmt werden konnte, war zu selten. Die Apotheker beflehten christliche Seefahrer, aus den Polarmeeren die linken Schneidezähne des Narwals (unicornu falsum) heranzuschaffen, die waren immerhin drei Meter lang, wogen zehn Kilo und sahen echt spindlig aus. Das war wieder wunderbar. Aber auch der Schwindel flog auf, Conrad Gesner : »Allhier in Frankfurt ist eine große Quantität schöner Einhörner bey hiesigen Apotheckern und Materialisten zu sehen«, aber »sind keine Einhörner von vierfüssigen Thieren / davon so viele viel von hören Sagen geschrieben keiner aber jemahlen ein solch vierfüssig Einhorn gesehen / sondern sie kommen von dem Ißländischen Wallfisch Nahual, der / dieses Horn / oder vielmehr Zahn führet ... Und diese Gattungen des Gehörns ist / wann man darein beisset / gut zu zerreiben / und nit zehe wie die Hörner : Deßhalben an der Farb und anderen Warzeichen / der Betrug leichtlich zu mercken«. Zum Glück scherte das Kreuzritter nicht. Die hatten Glauben, stahlen 1204 einen Narwalzahn aus Byzanz und schenkten ihn der Basilica di San Marco als ein Einhornhorn. Der moderne Venedig-Tourist jedoch wendet sich verwöhnt ab — aber wenn man centenarlang Pulver abschabt, wird auch das größte Einhorn zum Hörnchen.

Und wenn René bei Narwal kurz aufhorcht, dann ist das Linné geschuldet. Linné, der Blumenmann, nämlich wars gewesen, der 1758 in der zehnten Auflage seines ›Systema Naturae‹ die binäre Nomenklatur auch auf die Fauna ausdehnte und für den Narwal den geläufigen Namen ›Monodon monoceros‹ adamte.

Daß allerdings der Heiland am Kreuz quasi um Errettung vor sich selbst betet, mag die Sünde der Masturbation andeuten.

LOISY (zu René) : *Hihi — ich bin eben sehr sensibel, weißt du, viele Dinge an mir sind sensibel, auch mein Horn, das ist übrigens an der Spitze feuerrot. Fast purpur* [147]

---

[147] Loisy arbeitet in seiner Wortwahl — wie unmittelbar darauf ein Assad ganz richtig auffaßt — mit seiner intimen Kenntnis des schwulen Griechenarztes Ktesias von Knidos.

Ktesias (~ 440–370) geriet 414 in persische Kriegsgefangenschaft, heilte sich zum Leibarzt von König Artaxerxes empor, verblieb für Aberjahre am persischen Hof und kam in derlei vielen Missionen im Triangel Athen-Sparta-Persepolis zum Einsatz, daß er am Ende selbst nicht mehr wußte, was er war : Söldner, Verräter, Diplomat, Arzt ... doch : er wußte es, und daß das, was er war, eine zwanghafte Note hatte, störte ihn nicht : er war auf der Welt, die Ideen der Griechen über die Perser zu korrigieren und Herodot (480–429) die Lügenmaske vom Gesicht zu reißen. Also veröffentlichte Ktesias, 394 zurück in Knidos, seine Ἰνδικά (in Auszügen bei Photius überliefert) und die Περσικά (heranreichend bis 398 — in Teilen bei Photius und dem Caesar-Zeitgenossen Diodor, der das ganze zweite Buch seiner Βιβλιοθήκη aus der Περσικά abgeschrieben hat), die, trotz auffälliger Patzer, die etwa Niniveh an den Euphrat verlegen, wichtigste Quelle für die Achämeniden.

Gelesen wurde Ktesias von allen, und so meldeten sich auch fix Snobs zu Wort : im 3. Jahrhundert v. u. Z. tadelt Berossos, das sei doch alles sehr plakativ und fürs Publikum, zweihundert Jahre später urteilt Dionysios von Halikarnassos, des Ktesias' Werke seien »unterhaltsam, aber schlecht gefügt« und der urverdienstvolle Patriarch von Konstantinopel, Photius (820–891) hält Ktesias zwar für klar und mit Freuden zu lesen, auch neige Ktesias, anders als Herodot nicht zu »unzeitgemäßen Abschweifungen«, aber auf Fabeln verzichte er nicht und falle beizeiten in die »Rede des gemeinen Mannes«. Da aber war die Persika schon außer Gebrauch. Das war sie schon seit 417, seit der Augustinusschüler Orosius (385–420) seine ›Historiae adversum Paganos‹ geschrieben hatte : noch vor des Meisters ›Gottesstaat‹ die erste christliche Weltgeschichte, die hilflos das blinde Menschenkrabbeln und stumpfe Tapsen der Katastrophen — nach jüdischem Vorbild — als christliche Heilsgeschichte liest.

In Ktesias' Ἰνδικά also (Photios 72 §45) die erste Meldung eines Einhorns, geschildert von einem, der in Persepolis sehr wohl Umgang hatte mit indischen Gesandten : »In Indien leben Wildesel, groß wie Pferde, und größer. Weiß ist ihr Körper, ihr Kopf dunkelrot, die Augen bläulich und ein Stirnhorn tragen sie, über eine Elle lang. Die unteren zwei Handbreit des Horns sind weiß, die Mitte ist schwarz, der obere Teil, der in einer Spitze endet, ist von flammendstem Rot. Wer aus Schalen trinkt, die aus dem Horn gefertigt wurden, ist sicher vor Krämpfen, Epilepsie und sogar Gift, wenn er nur, bevor oder nachdem er Gift nahm, Wein, Wasser oder andere Flüssigkeit aus diesen Schalen getrunken hat. Die zahmen und wilden Esel anderer Länder und alle weiteren Einhufer haben weder Hüftbein noch Gallenblase, während die indischen Esel beides haben. Ihr Hüftknochen ist der schönste, den ich je gesehen hab, in Größe und Aussehen wie der des Rindes; er ist bleischwer und zinnoberfarben. Diese Tiere sind sehr stark und schnell; weder ein Pferd noch ein anderes Tier kann sie überholen. Zuerst laufen sie langsam, aber je länger sie laufen, je mehr wächst ihre Geschwindigkeit und werden sie schneller und schneller. Es gibt nur einen Weg, sie zu fangen : wenn sie ihre Jungen nähren und viele Reiter sie umzingeln, dann fliehen sie ihre Fohlen nicht, sondern kämpfen, stoßen mit ihren Hörnern, treten, beißen und töten viele Männer und Pferde. Man hat sie erst, wenn sie von Pfeilen und Speeren durchbohrt sind; es ist unmöglich, sie lebendig zu fangen. Ihr Fleisch ist zu bitter, als daß man es essen könnte, und sie werden nur ihres Horns und Hüftbeins wegen gejagt«.

Das zieht Kreise. Na ja — so richtig auch nicht. Aristoteles referiert ziemlich unaufgeregt in Περὶ τὰ ζῷα ἱστορίαι 2,1 : »Außerdem sind einige Tieren gehörnt, andere nicht. Die große Mehrzahl der gehörnten Tiere haben gespaltene Füße, wie das Rind, der Hirsch, die Ziege; und ein einhufiges Tier mit einem Paar Hörner ist noch nicht gesehen worden. Aber einige einhufige Tiere mit einem Horn sind bekannt, wie der indische Esel; und eins, nämlich die Antilope, ist einhörnig und gespaltener Hufe. Von allen einhufigen Tieren hat allein der indische Esel den Fersenknochen Astragal oder ein Hüftbein«. — Dann : Seleukos I., Ex-Page und Diadoche, sandte Megasthenes (350–290) ab 302 als Botschafter zum indischen König Chandragupta Maurya. Den Ktesias fand Megasthenes nicht so gut, redet aber in seiner

RENÉ : *O*

EIN ASSAD (immer noch da) : *O, sprechen Sie gleich über Ktesias? Darf ich mich zu Ihnen setzen? Beginnen Sie mit den Erzählungen von den Pygmäen, die* [148]...

LOISY (gebietet leicht gereizt Schweigen) : *Unser junger Freund ist noch nicht so weit. Und wir wollen ihn doch nicht ...*

Der Assad verzieht die Lippen zu verstehendem Bedauern und rauscht nun doch in die Küche. Loisy sieht die Zeit gekommen, sich eine Garnele um den Ringfinger zu wickeln und lasziv zutschend einzulutschen. In René widerstreiten Anteile von Scham und Ekel, fraternisieren dann aber und besorgen, daß der Kopf dessen, der sie empfindet, sich senkt. Völlig zu Recht aber geht René davon aus, daß Loisys Darbietung eine endliche ist, nach wenigen Sekunden traut er sich wieder aufzuschaun, muß jedoch mitansehn, wie Loisy ein zweites Kunststück ausführt, eine Garnele packt, deren Fühler zart zwischen die Vorderzähne klemmt, mit dem Krebstier schlenkert und rollig schnurrt. *Rrr.* René möchte weg. Ganz dringend.

LOISY (saugt das Tier ein, irgendwas tut einen Knacks) : *Und damit zerbreche ich die Zedern im Libanon, ich wenn ich lecke wie ein Kalb, dann errege ich die Wüsten, ich entblöße die Wälder und weiß eine Sintflut der Gefühle anzurichten* [149] (hält kurz inne und lächelt in Re-

---

eigenen Indika, überliefert in Fragmenten unter anderem bei Strabo (XV i,56), gleichfalls von gewunden-einhörnigen Pferden mit Rotwildköpfen. Nur, daß die auch noch Schweineschwänze und Elefantenfüße und den indischen Namen ›kartazon‹ (Herr der Wildnis) tragen. — Plinius (23–79) endlich weiß ›Naturalis historiae‹ VIII,31 : »Orsaei Indi ... venantur asperrimam autem feram monocerotem, reliquo corpore equo similem, capite cervo, pedibus elephanto, cauda apro, mugitu gravi, uno cornu nigro media fronte cubitorum duum eminente. hanc feram vivam negant capi« — »Die orsäischen Inder ... jagen auch das wildeste Tier, das Einhorn, dessen Körper dem Pferd, das am Kopf dem Hirsch, an den Füßen dem Elephanten, am Schwanz dem Schweine gleicht, dumpf röhrt; ein zwei Ellen langes Horn ragt ihm mitten aus der Stirn. Lebend läßt es sich nicht fangen«, Horaz in den ›Sermones‹ I v. 57 plädiert für ein equus ferus, ein Wildpferd. Claudius Aelianus (170–240) klatscht Περὶ ζώων ιδιότητος 4,52 Ktesias und Megasthenes zusammen und berichtet von unzugänglichen Gebirgen im Inneren Indiens und vom Einhorn, »das sie dort Cartázonos nennen. Dieses Tier ist so groß wie ein ausgewachsenes Pferd, hat eine Mähne, starkes Haar, Füße wie ein Elephant und einen Ziegenschwanz. Es ist außerordentlich behende«. 180 Jahre nach Plinius paraphrasiert ihn tapfer sein Epigon Gaius Julius Solinus in der ›Collectanea Rerum Mirabilium‹ LII 39–40, macht nur das Horn »pedum quattuor« lang und weiß, daß es leuchtet und so scharf ist, daß es leicht alles durchbohrt.

[148] Jasicher trank Ktesias mal ein Schlückchen — aber sind darum (Photius § 40) hundsköpfige Menschen (→ Cynoscephalae) oder (§ 21) schwarze, anderthalb Ellen nur hohe Pygmäen, deren Genitale bis zum Boden reichen, deren Bärte und Haare so lang sind wie sie selbst und in die sie sich kleiden, die stinken, häßlich sind und gerecht, gleich ins Reich der Fabel zu weisen? Oder Martichoras, § 15, das menschgesichtige, löwengroße Tier mit drei Reihen Zähnen, zinnoberroter Haut und skorpiongleichem Schwanz, über und über bestückt mit ellenlangen Stacheln, die er tödlich abzufeuern und nachwachsen zu lassen versteht, griechisch auch geheißen ἀνθρωποφάγος, menschenfressend (im Gegensatz zu ἀνθρωπόφαγος, von Menschen gefressen)? Gut — Ktesias war also kein Mommsen. Und was ist damit bewiesen? Hatte er etwa keinen Vater, keine Mutter?

[149] Eine Paraphrase von Psalm 29, 5–10 : »Der HERR zubricht die Cedern im Libanon. Vnd machet sie lecken wie ein Kalb / Libanon vnd Sirion / wie ein junges Einhorn ... Die stim des HERRN erreget die Wüsten ... Die stim des HERRN erreget die Hinden / vnd entblöset die Welde ... DEr HERR sitzt eine Sintflut anzurichten«.

nés weitaufgerissene Augen) *O was machstu mit mir? Kom doch mit mir an einen andern Ort ... ich wil dort warten* [150]

RENÉ (hat eine Idee) : *Doktor Loisy?*

LOISY (rezitiert, undeutlich) : *Meine herrligkeit ist wie ein erstgeborner Ochse vnd meine Hörner sind wie Einhörners hörner / Mit den selben werd ich die Völcker stossen zu hauff / bis an des Lands ende* [151]*, hihi — ein großes Würgen, jaja*

RENÉ : *Doktor Loisy? — kann ich mal austreten eben, bitte?*

LOISY : *Aber sicher! soll ich ...*

RENÉ : *Danke, ich weiß ...*

LOISY (schnippt, ein anderer Assad herzut) : *Zeigen Sie doch eben dem jungen Mann ...*

EIN ANDERER ASSAD : *Sicher* (zu René) *René, für kleine Martichoras* [152]*?*

---

[150] Im Bileam-Segen Numeri 23 heißt es weiter : »Vnd der HERR begegnet Bileam / vnd gab jm das wort in seinen mund ... seine freidigkeit ist wie eins Einhorns«.

[151] Deuteronomium 33, Großer Segen des Moses. Und bereite nicht der tapfere René seinen Schlag dawider vor, was käme nicht alles noch? Daniels Gesichte, alle voller Böcke und schwellender Hörner — Hiob 39,9–12 erkundigt sich Gott : »Meinstu das Einhorn werde dir dienen / vnd werde bleiben an deiner krippen? Kanstu jm dein joch anknüpffen die furch zu machen / das es hinder dir broche in gründen? Magstu dich auff es verlassen / das es so starck ist? vnd wirst es dir lassen erbeiten? Magstu jm trawen das es deinen samen dir widerbringe / vnd in deine Scheune samle?« — Psalm 92,11–12 jodelt David »ABer mein Horn wird erhöhet werden / wie eines Einhorns / Vnd werde gesalbet mit frischem Ole« — Kapitel 34 sieht Jesaja schwarz für Edom : »Denn mein Schwert ist truncken im Himel / vnd sihe / es wird hernider faren auff Edom ... DEs HERRN schwert ist vol bluts / vnd dick von fettem / vom blut der Lemmer vnd Böcke / von der nieren fette aus den Widern / Denn der HERR helt ein schlachten zu Bozra / vnd ein grosses würgen im lande Edom. Da werden die Einhörner sampt jnen erunter müssen / truncken werden von blut vnd jr Erden dick werden von fettem ... das niemand dadurch gehen wird / in ewigkeit / Sondern Rhordomeln vnd Jgel werdens inne haben / Nachteulen vnd Raben werden daselbs wonen«.

Was allerdings hinter Luthers ›Einhorn‹, ראם (r^{e}'em), stand : wie gehabt, man wußte es schon zu Makkabäerzeiten nicht mehr. Ein mißverstandener Bergstier, ein frühverstorbener Auerochs, eine mutige Gazelle? Leviathans Landbruder? Vetter des Behemoth? ein Büffel oder Wisent? Die semitische Philologie mahlt viel hervor, identifiziert eine ראם zugrundeliegende qitl-Segolierung ri'm, zieht einen Pfeil zum akkadischen ri'mu, zur assyrischen Dialektbildung remu und zum altarabischen ri'm^{um} — und weiß doch nicht, was es ist, behauptet aber steif und fest : ein Wildstier. Und weil der gute Hebraist auch Förster ist, weiß er : den Wildstier erlegten grad Assyriens Könige gern. Also ראם ›Wildstier‹ — leider kannten die Hebräer, trotz ihres langen Siedelns in Ägypten, weder Elephant noch Nashorn, sind dabei aber halbentschuldigt, denn auch Aristoteles wußte nichts vom Rhinozeros, Strabo und Athenäus benanntens nur vom Hörensagen und Pausaunias deklarierte es als äthiopischen Ochsen.

Das Wörtchen ›Einhorn‹ schlich über die Septuaginta-Jungs ein, die sich dem Einfluß von Ktesias und Megasthenes überließen und μονόκερως übersetzten — aber die wußten wenigstens, daß das ein indischer Wildesel war, und den hatten sie wenigstens schon mal gesehen, wenn auch nicht leibhaftig, so doch als stilisiertes Emblemtier des Stadtgottes Marduk am Ištar-Tor in Babylon. — Hieronymus dann hat ab 390 in der Vulgata einträchtig nebeneinander ›rhinoceros‹, ›unicornis‹ und ›monoceros‹.

[152] Die Martichoras-Zeugnisse, obwohl alle von Ktesias sich zweigend, sind reichlich. Das Wort selbst ist bestes Frühmittelpersisch (›martya‹, Mensch und ›xwar‹ essen), von Ktesias zu Μαρτιχώρας verformt und von Plinius latinisiert zu ›mantichora‹. Aristoteles diskutiert Περὶ τὰ ζῷα ἱστορίαι 2,1 den Zahnbau der Tiere und schränkt zwar ein ›wenn wir Ktesias glauben‹, aber wiedererzählt dann doch treulich alles um den dreizahnreihigen Μαρτιχώρας.

RENÉ : *Bitte?*

LOISY (greift ein) : *Für kleine Tiger*

Der andere Assad nimmt René am Arm und geleitet ihn an eine schmale, nach unten führende Wendeltreppe neben der Bar. René steigt hinab … Loisy zwinkert dem vorbeirauschenden ganz anderen Assad zu, der zwinkert zurück, lanciert eine weitere Karaffe Myrrhe-Wein und schenkt nach. Etwas bewegt ihn. Er hält sein Bedenken eine Weile bedeckt, spricht dann aber doch.

EIN GANZ ANDERER ASSAD : *Auf ein Wort, Doktor Loisy*

LOISY : *Was gibts, Bester?*

EIN GANZ ANDERER ASSAD : *Nun … René … er ist so … er weiß doch nicht mal, ob er Einhorn essen darf*

LOISY : *Ich sag ihm schon, daß er darf* [153]

Plinius plappert in der Naturgeschichte VIII 30,75 Ktesias nach, fügt »humani corporis vel praecipue adpetentum« hinzu, des Martichoras besondere Gier nach Menschenfleisch, und 45,107 noch, der Martichoras »hominum sermones imitari«, imitiere die menschliche Stimme. Pausanias (115–180) hält den Martichoras in Πεϱιήγησις τῆς Ἑλλάδος IX 21,4 für einen Tiger, Μαϱτιχόϱα … εἶναι πειθομαι τὸν τίγϱιν, alle Details aber für Ausgeburten der übergroßen Angst der Inder, ταύτην οὐκ ἀληθῆ τὴν φήμην οἱ Ἰνδοὶ δὲξασθαι δοκοῦσί μοι παϱ́ ἀλλήλων ὑπὸ τοῦ ἄγαν ἐς τὸ θηϱίον δείματος. Flavius Philostratos (172–245) läßt in seiner ›Biographie‹ Τὰ εἰς τὸν Τυανέα Ἀπολλώνιον 3,45 Apollonios in Indien den indischen Weisen Iarkhas ungläubig über den Martichoras befragen und Iarkhas bestätigt — : nie gehört. Und er sei schließlich aus Indien (Eusebios wiederholt dieses schöne Argument um 300 in Πϱὸς τοὺς ὑπὲϱ Ἀπολλώνίου τοῦ Τυανέως Ἱεϱοκλέους λόγους 21 stumpf). Claudius Aelianus braucht Πεϱὶ ζώων ιδιότητος 4,21 das Dreifache an Worten, um Ktesias umständlich wiederzukäuen, weiß dann aber überraschend doch noch Neues : »Die Inder jagen des Martichoras Jungen, solang sie noch ohne Stachel in ihren Schwänzen sind, die Schwänze zertrümmern sie mit einem Stein, das Wachsen der Stachel zu verhindern … Ktesias erklärt, er selbst habe dieses Tier in Persien gesehen (es war dem persischen König aus Indien als Geschenk gebracht worden) — wenn man denn Ktesias als genügende Autorität in diesen Dingen erachtet. Auf jeden Fall, nachdem wir von die Eigenheiten dieses Tieres gehört haben, müssen wir dem Historiker aus Knidos Aufmerksamkeit zollen«.

[153] Richtig. Denn wenn was geregelt ist, dann das Vieh : »Hat es Hörner, so brauchst du nicht nach Klauen suchen, hat es Klauen, so mußt du auch nach Hörnern suchen«. Traktat Ḥulin, Folio 59b : »Ist dies denn eine stichhaltige Regel, eine Ziege hat ja Hörner und Klauen, und dennoch ist ihr Talg verboten !? — Sie müssen geringelt sein. — Beim Rinde sind sie ja geringelt, dennoch ist sein Talg verboten !? — Sie müssen runzlig sein. — Bei der Ziege sind sie ja runzlig, dennoch ist ihr Talg verboten !? — Sie müssen gegabelt sein. — Beim Reh sind sie ja nicht gegabelt, dennoch ist sein Talg erlaubt ? — Sie müssen rund sein. Daher ist, wenn sie gegabelt sind, kein Bedenken zu tragen, wenn sie aber nicht gegabelt sind, müssen sie geringelt, rund und runzlig sein; nur müssen die Runzeln in einander verschlungen sein … ›Der des Einhorns ist erlaubt, obgleich es nur **ein** Horn hat‹. B. Jehuda sagte : Das Einhorn ist das Reh von Be Ílaj … R. Joseph sagte : Sechzehn Ellen beträgt die Größe des Rehs von Be Ílaj«.

Das kann so nicht stehen bleiben, leider. Der Traktat זבחים (zᵉwāḥim) denkt über die Sintflut nach. Gut, der Kaltblütler Fisch sündigt und leidet nicht, Sintflut wär ja auch eine eher lasche Strafe für einen Fisch. Aber was war mit Og, dem Vier-Meter-Amoriterkönig, dem letzten der Riesen (→ Deuteronomium 3,11) ? Der überlebte (→ Traktat נדה, niddāh [Gräßliches, Menstruation], Folio 61a, → Genesis 14,13) die Sintflut, um sich von Israel gelegentlich der Landnahme totschlagen zu lassen. Wurde überhaupt Israel von der Sintflut betroffen ? Und wo sind all die Ertrunkenen, und wenn sie — denn wer sollte es tun ? — nicht bestattet sind, verunreinigen sie nicht alles, so daß man in Jerusalem zurecht Häuser auf Felsen baut und den Fels aushöhlt, zu prüfen, ob nicht heimlich ins Gestein Gräber gehauen sind und dann

EIN GANZ ANDERER ASSAD : *Der hält ein Einhorn doch für ein indisches Nashorn* [154]

LOISY : *Mir doch sehr egal*

RENÉ (kehrt vom WC zurück, verwirrt) : *Da ... da sind Füllhörner* [155]*als Urinale*

---

alles unrein wär? Und tut dann man nicht auch recht, die Trächtigen in diese sicheren Häuser zu verbringen, daß die nicht über Leichen mit Söhnen niederkommen, die zur Wartung der roten Kuh (→ Numeri 19,1–10) bestimmt sind, und daß, wenn diese Kinder sich bewegen müssen, man sie auf einen Ochsen setzt, der Holzplatten auf dem Rücken hat, daß die Unreinheit aus dem Boden, wenn da doch eine ist, nicht in sie dringe, und man dafür sorgt, daß sie stets den Steinkrug Entsündigungswasser in der Hand halten? So eindringlich fragt Niddāh Folio 113a. Und fragt fort : »Erklärlich ist es nach demjenigen, welcher sagt, die Sintflut sei über das Jisraélland nicht niedergegangen, daß das Einhorn erhalten blieb, wieso aber blieb es erhalten nach demjenigen, welcher sagt, sie sei niedergegangen? R. Jannaj erwiderte : Man nahm Junge in der Arche auf. — Rabba b. Bar Ḥana erzählte ja aber, er habe ein junges Einhorn gesehen, das so groß war wie der Berg Tabor; der Berg Tabor mißt vierzig Parasangen, dessen Halsumfang drei Parasangen und dessen Kopf anderthalb Parasangen [gut zehn Kilometer] einnahm, das, als es Kot auswarf, den Jarden [Jordan] verstopfte!? R. Joḥanan erwiderte : Man nahm seinen Kopf in die Arche auf. — Der Meister sagte ja aber, daß sein Kopf anderthalb Parasangen einnahm!? — Vielmehr, man nahm seine Nasenspitze in die Arche auf. — R. Joḥanan sagte ja aber, daß die Sintflut über Jisrael nicht niederging!? — Er erklärte es nach der Ansicht des Reš Laqiš. — Die Arche stieg ja in die Höhe!? — Reš Laqiš erwiderte : Man band die Hörner an die Arche. — R. Ḥisda sagte ja aber, daß sie mit Heißem gesündigt und mit Heißem bestraft worden sind? — Wie blieb, auch nach deiner Auffassung, die Arche erhalten [da das Pech, das die Arche dichtete, nicht schmelzen durfte]!? ... Vielmehr geschah ihnen ein Wunder, und [das Wasser] blieb an den Seiten der Arche kalt«.

Soviel zu Rabbi Josephs lächerlichen 16 Ellen. Da muß ja gar nicht mehr der Midrasch Tᵉhilim bemüht werden, in dem Rabbi Ḥuna bar Idi Zeugnis ablegt, daß David einst in der Wüste auf einem Berg weidete, der Berg dann aber aufstand, himmelhoch und ein Einhorn war.

Der Talmud aber hat für Einhorn gar nicht ראם, sondern ארזילא ('urzila'). Fern klingt da die arabische ›ghazal‹ (Gazelle) an. Das Einhorn aber, wärs eine Gazelle, paßte zwar in die Arche und kratzte nicht die Wolken, doch könnte nicht das einhörnige Tier sein, das Adam opferte (Rabbi Jehuda in Ḥulin 60a). Doch man mag Jehudas Sonderreichtum Wissen nicht recht folgen : »Das Rind, das Adam der Urmensch darbrachte, hatte **ein** Horn auf der Stirn, denn es heißt [in kühnster Deutung von Psalm 69,32] : *das wird dem Herrn besser gefallen als ein Rind, ein Farre mit Hörnern und Klauen.* — Mit Hörnern, das sind ja zwei!? R. Nahman erwiderte : Die Schreibweise ist : ein gehörnter. Ferner sagte R. Jehuda : Das Rind, das Adam der Urmensch darbrachte, hatte die Hörner früher als die Klauen [da nicht geboren, sondern fertig geschaffen — aber klauenlos geschaffen? Jehuda schwächelt], denn es heißt : *das wird dem Herrn besser gefallen als ein Rind, ein Farre mit Hörnern und Klauen*, zuerst mit Hörnern und dann mit Klauen«), denn ארזילא ist ein Tier des Feldes, und als solches nicht für Opfer erlaubt.

[154] Alles schon mal dagewesen. Wenn in alten Tagen auch nur bei Plinius' persischem Zeitgenossen Isidoros von Charax. Und erklärlich, denn die römische Plebs wurde von ihren Caesaren mit Nashörnern — afrikanischen, deren Zweithorn sehr kümmerlich ist — sehr verwöhnt : Domitian (51–96) prägte es auf Münzen, Antoninus Pius (86–161) führte welche in der Arena vor (›Historia Augusta‹ 10,9), Commodus (161–192) erlegte höchstselbst — nach Cassius Dio (Ῥωμαϊκὴ ἱστορία 72,10) — im Circus eines, 30 Jahre später zeigte Caracalla (188–217) Horn (Ῥωμαϊκὴ ἱστορία 77,6), der syrische Kinderkaiser Eleagabal (204–222) hielt sich privat ein Rhinoceros (›Historia Augusta‹ 28,3), Gordian III. (225–244) hatte in seiner Sammlung seltener Tiere eines und wollts für den ausstehenden Triumph über Persien gebrauchen, fiel jedoch auf dem Feld der Ehre, eh er triumphieren konnte. Und doch war sein Sammeln nicht vergebens, denn Nachfolger Philippus Arabs (204–249) konnts gut gebrauchen und verbriet es für die ludi saeculares 248 zum Ruhme des tausendjährigen Rom (›Historia Augusta‹, Gordiani tres 33,1).

[155] Und warum auch nicht? Zeus versetze voller Kinderdankbarkeit seine Amme, die Ziege Amalthea, die ihn auf Kreta mit einem magischen Horn, das später dann als Füllhorn bekannt wurde, großzog, als Stern Cappella 42 Lichtjahre entfernt ins Sternbild Fuhrmann.

EIN GANZ ANDERER ASSAD : *Oh, René — das ist ganz und gar unsicher*[156] ...

LOISY (fröhlich) : *Ich geh dann auch mal eben* (quetscht aus der Sitzbank hervor und watschelt zur Wendeltreppe)

EIN GANZ ANDERER ASSAD (nutzt die Chance auf eine Vertraulichkeit, zu René) : *Haben Sie auch gehört? ...*

RENÉ : *Was?*

EIN GANZ ANDERER ASSAD : *Vielen hier gilt Ihr Freund ...*

RENÉ (entrüstet) : *Er ist nicht mein Freund!*

EIN ANDERER ASSAD (en passant) : *Das wird schon noch*

EIN GANZ ANDERER ASSAD : ... *vielen jedenfalls hier gilt der Mufti als ...*

RENÉ : *Ja? ...*

EIN GANZ ANDERER ASSAD : ... *wiedergeborener Philostratos*[157]

RENÉ : *Ach was?*

LOISY (kommt wieder) : *Aber so ernst nehmen mußt du das nicht*

RENÉ (worauf immer Loisy sich bezieht) : *Na*

LOISY (meint Ktesias und keilt sich zwischen Tisch und Bank) : *Schon Lukian*[158] *hat dem Mann ja kein gutes Zeugnis ausgestellt, hihi*

RENÉ : *Lukian ... da bin ich nicht ganz so ... wollen wir nicht lieber ...* (hat sich auf dem

---

[156] Einige Gäste des Damaskuß nämlich halten dafür, es seien ausgehöhlte Einhornhörner, Beweis : in der Maserung der Fliesen sei das scheinbar unscheinbare Sternbild ›Einhorn‹ zu erkennen. Als neuzeitlicher Erfinder der Einhorn-Konstellation, die im übrigen so uneinsichtig ist wie nur je eine, gilt 1612 der flandrische Astronom und Theologe Peter Plattfuß (→ Petrus Plancius), aber schon Joseph Scaliger (1540–1609) hat aus dem Staub der Archive posaunt, es auf einem persischen Himmelsglobus verzeichnet gesehen zu haben. Wie auch immer : Einhorn birgt NGC 2237, den ›Rosettennebel‹.

[157] Ein etwas gezwungener Gedanke. Oder nicht? Doch. Weder befördert Loisy zur Ertüchtigung der Bauernfrömmigkeit den Glauben an Heroen oder beschreibt er die Galerie einer Kaiserin, noch hat er überhaupt eine Kaiserin, geschweige, daß es Caracallas Mutter, die Syrerin Julia Domna wäre, mit der er engen Umgang pflegte und deren Brut er erzöge. Und wer ehrlich ist, wird auch zugeben : Loisy ist nicht Urheber **auch nur einer** Abhandlung über Gymnastik oder eines Sophistenlebens.

Die verquere Idee fußt wohl auf dem Mißverständnis, daß Loisys Friedrich, der luziferisch-zynische Aufklärer, irgend vergleichbar wäre dem Obskuranten und Jesus-Konkurrenten Apollonios, dessen voluminösen Lebensroman Philostratos als eine Auftragsarbeit Julia Domnas zur Verherrlichung der pythagoreischen Philosophie erledigte. Zugegeben : aus den knisternd rosen- und fußfetischisierenden Briefen, die Philostratos, vorzüglich an minderjährige Buhlknaben verfaßte (»Sei mir gegrüßt, wenn du auch gleich nicht von mir gegrüßt sein willst; sei mir gegrüßt, wenn du auch mir nicht schreibst! O du, der du nur für andere schön, gegen mich aber, ach, so spröde bist. Aus Fleisch bist du nicht, noch aus dem, was damit vermischt ist, sondern aus Diamant und Stein und Styx. Bald wird dir ein Bart sprossen und ich werde dich vor fremden Türen liegen sehn, glaube es mir. Eros und Nemesis sind wahrlich gefährliche und qualenerzeugende Gottheiten«), ist eine üble Verirrung, die wohl auch Friedrich nicht ungeläufig war, zu erschließen. Aber mehr auch nicht.

[158] In puncto Ktesias war der Syrer Lukian unnachgiebig und schalt Indika und Persika als Vermeldungen dessen, »was er [Ktesias] weder selbst gesehen noch von einem anderen erzählen gehört hat«. Im Φιλοψεύδης ἤ ἄριστων (Lügenfreund oder Der Ungläubige) läßt Lukian Tychiades ausführen : »Denn ich wollte dir viele gescheide, ja sogar ihres Verstandes wegen bewunderte Personen zeigen können, die, weiß der Himmel wie! mit dieser Krankheit

WC einen Plan zurechtgelegt) *über Gesner sprechen*[159] *? Schauen Sie nur* (schwingt einen Arm in den Raum) *die entzückenden Rosen ...*

---

behaftet und solche Lügenfreunde sind, daß es mich oft in der Seele schmerzt, Männer, die in allen andern Stücken unter die Besten gehören, eine solche Freude daran haben zu sehen, sich selbst und andere zu betrügen. Und zwar, was jene alte Geschichtschreiber betrift, den Herodot und den Ktesias von Knidos, und, noch vor ihnen, die Dichter und den großen Sänger Homer selbst, so mußt du besser wissen als ich, daß diese berühmten Männer ihre Lügen sogar aufgeschrieben, und also nicht nur ihre gleichzeitigen Zuhörer damit betrogen, sondern sie durch den Reiz ihres schönen Styls und die Musik ihrer Verse bis auf uns fortgepflanzt haben«. Im zweiten Buch der Ἀληθῆ διηγήματα (Wahre Geschichten) — grad einem Walmagen entronnen, grad der Insel der Seligen einen Besuch abgestattet — gerät Lukian an ein Eiland, das nur ist, daß darauf die Verdammten gequält werden. Etwa Kinyras, Sohn Apolls, Vater des Adonis, Favorit und Priester der Aphrodite — die Folter, der er sich unterzieht, ist schon nicht von schlechten Eltern (er hatte aber auch was auf dem Kerbholz : schwängerte seine Tochter Myrrha [→ Adonis] und meinte, mit einem Freitod den Mißbrauch sühnen zu können : weit gefehlt!), am Genital befestigt hängt er über offener Flamme und wird geräuchert, aber — und leider versagt Lukian hier Bilder — : »Am schärfsten unter allen werden die Lügner gezüchtiget, besonders die Geschichtschreiber, die nicht die Wahrheit geschrieben haben, unter denen ich den Ktesias und Herodot, und noch viele andere bemerkte«.

[159] Conrad Gesner (1516–1565) — eigentlich ein guter Kompromiß. Graecist, Hebraist, Arzt, Theolog und alles Mögliche, vielgereister Favorit Zwinglis und Fleißigster des saeculi, der in seinen nicht mal 50 Jahren publiziert hat, was andere in zehn Langleben nicht zuwege brächten, edierte und übersetzte er an Patristikern, was ihm vor die Füße fiel und gab ihnen Fußnoten an die Hand und 1544 den Martial heraus, 1549 Galenus, Aristoteles 1550, Aelianus 1556, Mark Aurel 1559 und 1565 den Dioskurides — und war in seiner wenigen Freizeit eine Furie Europas Bibliotheken, kam allerdings auch am Ende mit der weltersten Bibliographie nieder, der ›Bibliotheca Universalis : sive Catalogus omnium scriptorum locupletissimus, in tribus linguis, Latina, Graeca, & Hebraica : extantium & non extantium, veterum & recentiorum in hunc usque diem, doctorum & indoctorum, publicatorum & in Bibliothecis latentium; opus novum, & non Bibliothecis tantum publicis privatisue instituendis necessarium, sed studiosis omnibus cuiuscunque artis aut scientiae ad studia melius formanda utilissimum‹ (Zürich bei Froschauer 1545, abgeschlossen mit einem ›Appendix bibliothecae‹ 1555), die systematisch und vom Anbeginn der Zeit an Werke von gut 3000 Autoren listet.

Sicher, Gesner mit seiner an Aristoteles geschulten ›Historia animalium‹ (4500 Seiten mit 1000 Holzschnitten) gilt, wo er doch auch die neuen Tiere aus Amerika bringt, als Vater der modernen Zoologie, Liber I 1551, De quadrupedibus viviparis (›Tierbuch‹ 1563), Liber II 1554, De quadrupedibus oviparis (›Tierbuch‹ 1563), Liber III 1555, De avium natura, (›Vogelbuch‹ 1557), Liber IIII 1558, De piscium & aquatilitum animantium natura (›Fischbuch‹ 1563) — alles in Zürich bei Froschauer. Und nach Gesners Ableben gehts weiter, aus dem Nachlaß : 1587 ein liber V De serpentium natura (›Schlangenbuch‹ 1589) und ein sechster über die Insekten (›Insectorum sive minimorum animalium theatrum, London 1634). **Aber** : Gesner gründete in Zürich auch den Botanischen Garten, und wenn andere sich schlafen legten, ging er immer nochmal raus und versuchte, ungefundene Pflanzen zu entdecken. Das glückte ihm mehr als zweihundertmal. Und sein Nachlaß war ja noch lange nicht alle : aus dem purzelte in Nürnberg 1751–1771 eben auch ein Teil des grundlegenden Blumenbuchs ›Historia plantarum‹ (als ›Opera botanica per duo saecula desiderata‹), vollständig in acht Bänden erst 1972–1987, nachdem Gesners Manuskript mit über 1500 Blumenbildern 1929 in Erlangen unerwartet aufgetaucht war. O ja, die Welt säh besser aus, wär dies Werk pünktlich gedruckt worden : die Detailzeichnungen von Blüte und Frucht, Gesners Akzent auf der Bedeutung der Morphologie für das System der Pflanzen hätte Generationen von Botanikern Arbeit abgenommen. Aber die Welt der Blumen ist eine durchaus dankbare, und so sind nach Conrad Gesner die gut 3000 Arten der Gesneriaceae benannt. Ein Mondkrater aber nicht.

LOISY (ordnet sich) : *Über Gesner möchtest du sprechen ? Gern. Weißt du denn, daß der sehr für Einhörner war*[160]*? Friedrich allerdings kannte ihn nicht, aber Friedrich mochte Blumen …*
Loisy greift auf die Brotbeilage über, die René zu den frittierten Heuschrecken gereicht worden war, und wischt damit seine fettglänzenden Mundwinkel aus. Renés Blick aber entleert sich zusehends, der Gesner-Plan gescheitert, keine Reserve … René erinnert … das eine Mal, daß er im Weserstadion gewesen war … das war noch zu der Zeit gewesen, in der Christian Keller öfter im Hause Hudelwerth verkehrte, dort aß und auch mal schlief, und nicht etwa, wie René irgendwann dahinter gekommen war, daß Keller in einem der leerstehenden Jugendzimmer von Lou oder Salomé genächtigt hätte … — Depeche Mode waren in der Stadt gewesen.

Einen Monat zuvor schon, beim Abendbrot, hatte Silke René geködert, eine gekühlte Dose Sprite entkorkt und halb ihrem Sohn hingeschoben, immer aber noch umklammert gehalten.

SILKE (lockend) : *Großmutter kommt auch, wenn sie es rechtzeitig schafft aus Hamburg*

RENÉ (unbegeistert) : *Und was ist mit Christian, geht der auch ?*

SILKE (stolz) : *Ich spreche nur für mich selbst — kannst du gleich mal lernen : immer nur für sich selbst sprechen*

RENÉ : *Gut, dann möcht ich für mich selbst sprechen und sagen : ich möchte nicht mit*

SILKE : *Aber du kennst die Musik doch gar nicht, die ist gut*

RENÉ : *Ich kenn sie wohl*

SILKE : *Woher willst du die denn wohl kennen ? Hörst du heimlich meine Platten ?*

RENÉ : *Nein, aber aus dem Radio*

SILKE : *Wirklich nicht heimlich meine Platten ?*

RENÉ : *Na-hein* — (verächtlich) *deine Platten !*

SILKE (spitz) : *Den Ton kannst du dir ruhig verkneifen. So uninteressant waren die ja wohl nicht immer für dich*

RENÉ (exklamiert) : *Nicht das schon wieder !*

SILKE : *Ich habs dir verboten, und du weißt warum*

RENÉ (hebt klagend die Arme) : *Einmal ein Kratzer, einer in zwanzig Jahren !*

SILKE : *Ein Kratzer zu viel !*

---

[160] Zwar ordnet auch Gesner das Ein- dem Nashorn zu : »Obgedachte Pauli und Nicolai [Marco und Nicolo Polo : »do sint ouch vil eynhorn, dy luczil cleyner sind wen die elephant, das houbt sam eyn swyn krum czu der erdin; sy wonen gerne in dem wassir und in den pfülin und han eyn horn mittin an der stirnen unde das ist grob und swarcz«] Beschreibungen schicken sich fast auf das Naaßhorn / und stimmen wenig mit dem Einhorn überein / wie an der Grösse / an dem horn / und an dem Streite mit dem Elephant abzunehmen«, auch vermerkt er gegen Caesar, keiner der Alten je habe es selbst gesehen, in Europa käm es gar nicht vor, »und wiewohl der Römische Pracht alle Thier der Erden in ihre Schauplätze und Triumpf zu bringen sich understanden / liest man doch nicht / dass das Einhorn jemahls dem Römischen Volk gezeiget worden sei / da sonsten Tiger= und Panterthier / Nasshörner / Löwen / Drachen / etc. und allerhand grausames Wild / gekirrt und gezähmt / vorgestellt worden«. Und doch ist grad er es, der das Einhorn im Thierbuch abhandelt wie ein Zebra, zehn Abbildungen auf es verschwendet und sogar als Frontispiz placiert.

RENÉ : *Und ich war mir nichtmal sicher, daß ich das war, das hätten auch Lou oder Salomé sein können, oder Oma*

SILKE : *Aber du hast es zugegeben*

RENÉ : *Ja, weil du das wolltest*

GROSSMUTTER (im Rollstuhl zur Tür herein) : *Die Jugend soll lernen, daß ihr Handeln Folgen hat, und sie soll lernen, mit den Folgen zu leben*

SILKE : *Danke, Mutter*

GROSSMUTTER : *Ich meinte dich — nicht den Kleinen*

SILKE (indigniert) : *Danke. Ich geb deine Weisheit weiter*

GROSSMUTTER : *Gut. Denn ich bin auch nicht immer da* (rollt fort)

SILKE (wieder zu René) : *Wirklich nicht meine Platten? nachts, wenn ich im Laden Überstunden ...*

RENÉ : *Oaah, wie oft soll ich denn noch sagen?! Ra-di-o!*

SILKE (mißtrauisch) : *Ich glaube dir. Aber dann kennst du Depeche Mode nicht gut. Im Radio bringen sie immer nur das populäre Zeugs. Die sind echt gut* (stimmt an) *›Let's play master and servant‹ ... — Du kommst mit, ganz einfach. Die Karten waren nicht billig. Und wir wollen endlich auch mal was zusammen machen, wir sind schließlich eine Familie*

— und anderntags hatte Silke kurzerhand das Schild ›Unaufschiebbare Familienangelegenheiten‹ vor die Ladentür geflippt, sich ihren Sohn gegriffen, in den Herrenausstatter Leffers gezerrt und eingekleidet, très chic, très noir, und dann war Frühstück gewesen am Morgen des Konzerts und Keller saß mit am Tisch und pellte der Großmutter ein Ei und Silke, in Ammoniakdunst getan und mit rabenschwarzem Pagenschnitt, hatte gegen ein letztes Aufbegehren Renés die aktuelle Beschlußlage zu verkünden.

SILKE : *Zu spät. Du hörst dir das jetzt an, das ist prima Musik*

RENÉ (wütend) : *Du und deine dunkle Seite!*

SILKE (arg in sich selbst verliebt) : *›Dunkle Seite‹, das hast du aber sehr schön gesagt*

RENÉ : *Kann ich wenigstens gehn, wenns mir nicht gefällt?*

SILKE : *Nein. Aber wird dir schon gefallen, die sind gut. Frag Oma*

GROSSMUTTER (schneidend kalt, grad aus Hamburg zurück) : *Vorgruppe?*

SILKE : *Das is doch egal, wenn Depeche Mode spielen*

GROSSMUTTER : *Auch wahr*

SILKE UND GROSSMUTTER (Chorus) : *It's a lot like life / This play between the sheets / With you on top and me underneath / Forget all about equality / Let's play master and servant / Let's play master and servant*

RENÉ : *Christian, kommst du jetzt auch oder nich oder was?*

KELLER (wirft Oma das nackte Ei zu, in getragenem Ton) : *Das, mein lieber René ... hängt von Verschiedenem ab, nicht allein von meiner Lust und Laune*

Die Liga hatte Sommerpause, der Himmel war hoch und wolkenlos : Trupp Hudelwerth war vom Osterdeich her gezogen gekommen. Schon weit vorm Stadion, am Deichhang, die Menschen, René faßte es nicht, es war ja bullenheiß, das war ja entsetzlicher noch als ausgemalt : Jacken um Hüften geschlungen, Ringe in Ohren, getönte Augengläser, Metallpickel im Kinn, Titten, Kerlhaare, fette, schwarzgewandete Leiber, die auch düster sein wollten und schön und gefärbt, und auf den Shirts Sinnsprüche wie ›Depeche Mode‹ oder ›Es ist was es ist‹ [161].

Vorm Stadion, an den Werder-Ticket-Häuschen : alle aßen Bratwurst und Senf und Frikadellen und rauchten und panschten Worte und Silke ließ ihre Overstolz reihumgehn. Dann die Leibesvisitation — sehr unangenehm. Dann :

im Stadion : die Mägen voll, die Karten nicht für die schattigen Ränge. Die galten nur für den Rasen. Der war mit Blechplanken verlegt. Alles, nach allgemeiner Meinung, kein Grund, nicht schon drei Stunden vor Auftakt dazusein. Silke und Großmutter, beide in schwarzen Netzstrümpfen, beide die Brauen schwarz nachgezogen, lagerten bühnennah vor der Nordkurve, Keller stieß unerwartet hinzu, nahm in Jeans und Sakko neben Silke, Großmutter zu Füßen, Platz, guckte in die Luft, ließ sich von Großmutter foppen und notierte bisweilen Buchstaben auf einem kleinen Block ... *Setz dich doch, komm zu uns nach unten* ... immer sollte René sich setzen, genauso immer aber lehnte er lieber am Rollstuhl und wär am liebsten ganz weggewesen. Da wars, daß René einen abgründigen Plan faßte, gleich würde er sagen wollen *Ich geh mir mal eben eine Brezel holen* und später dann vorschützen, er hätte die Lieben nicht wiedergefunden — er mußte nur noch warten, daß das Feld sich füllte und die mobilen Bierhansel und Brezelleute, ausgezeichnet mit gedrängelüberwimpelnden Wimpeln, einiges außer Reichweite waren. Bis dahin aber war René verzweifelt, je heißer es wurde, je stetsmehrschwatzte die Menge stets um ihn her, schwangen Kameras selig kopfüber und knipsten das Allgemeine, waren Gewitzte feldstechergerüstet, klebten Handys an Schläfen und feuchten Haaren oder ließen sich betippen. René lenkte sich ab, krallte am Rollstuhl, schloß die Lider und probierte, blind die Menge Urin zu berechnen, die 40 000 bierkippende Schlünde diesen Tag lassen würden und verwünschte die, die sich Freunde zu schaffen verstanden, indem sie durchs Geeng halbhoch gehoben und geschickt gegriffen sechs Plastikbecher Bier schleusten, und er öffnete die Augen und sah von denen gleich dreie, und wie solidarisch und selbstverständlich sich ihnen von Zauberhand Trampelpfade auftaten, und dann war nur noch **Krach**, eine gräßlich ausgesteuerte Vorgruppe, was niemanden bewahrte zu reden, zu trinken, zu essen, zu rauchen — noch unter ungünstigsten Bedingungen erstarben nicht die Hüllen von Gespräch. Und dann war Pause und die Frontfrau ignorierte das Spärliche des Beifalls und kauderwelschte Dank oder sprachsang a capella oder verriet den Namen der nächsten Schöpfung. René zog eilig seinen brutalen Plan durch, *Ich geh mir mal eben eine Brezel holen*, keine Zauberhand eröffnete ihm Trampelpfade, er trat auf schwarze Stiefeletten, rempelte, zog böse Blicke auf sich, ein Wurm, der aus der Wurmdose

---

[161] René selbst trug ein schönes neues schwarzes Lacoste-Polohemd mit rausgetrenntem Krokodil. Dafür allerdings wirkten dann seine weißen Ärmchen, die drausrausbaumelten, eher lächerlich.

drängt — und erst am offiziellen Merchandising-Stand verschnaufte, etwa da, wo beim Fußball Anstoß war. Toter Winkel war zwar was anderes, aber der Schall, der aus urmächtigen Lautsprechern Renés Brustkorb vibrieren ließ und ihn in hohe Angst versetzte, war hier weniger gewaltig, René fand ein paar Schirmflieger ins Stadion schweben und sogar eine kleine Allegorie tat sich ihm auf : das Stadion ein Blumenkelch, die Menschen Pollen, die Flutlichtmasten, was waren die Flutlichtmasten … ? und dann sann er, wo ein Ausgang wär — und war zu langsam, denn Großmutter spürte ihn, da sie zum Kauf eines ›Es-ist-was-es-ist‹-Shirt heranreifte, mitten in der Überlegung auf und machte ihn auch gleich zu einem bierbalancierenden Idioten, wenn für den Anfang auch mit nur vier Bechern.

KELLER (nimmt René ein Bier ab) : *Danke. Im Vertrauen : hier werd ich schon vom Zuhörn heiser* (professionell) *In der Halbzeit bin ich weg*

RENÉ : *Wie ich das verstanden hab, ist das hier ein Konzert, kein Fußball — da gibts keine Halbzeit*

KELLER : *Siehst du ? Noch'n Grund. Geh ich besser gleich*

RENÉ (betont gleichmütig, mit Augenniederschlag) : *Ich komm mit*

— aber Keller war schon fort gewesen und auch nicht mehr aufgetaucht [162], René war so sauer, wie's ihm imponierte. Und dann begann der wiederbelebte Gahan seinen Act, der Abend dämmerte und eine große kokainene Geilheit senkte sich ins Oval … Silke hatte das Nachsehen, Keller war ja schon fort, aber Großmutter, die hatte kein Nachsehen, die griff sich einen ledermantligen Kerl, nahm noch ein Mädchen für René dazu, René wollte aber nicht, da nahm Großmutter, der's sehr ernst war, wenn sie einmal Spaß versprochen hatte, sich auch des Mädchens noch an und schoben sie nach drei Zugaben und zu fünft heim.

Dies aber ist, warum René sich erinnert : der vorbildliche Schneid, mit dem Keller kam und ging, eine Kraft, die René so sehr die seine nennen zu können wünschte und aktuell stärker wünscht denn je — wenn er wüßte, wie sehr er Keller überschätzt.

Interessiert irgendwen, wo Loisy gerade ist ?

LOISY (im Plauderheil) : … *er hatte auch eine Mutter, mußt du wissen, die hieß Sophie Dorothea, der schrieb er auch Briefe, sogar als er schon König war und Schlesien erworben hatte. In einem sehr sehr schmutzigen Krieg*

RENÉ : *Was … ?*

---

[162] René und Keller haben sich in der Folge nie darüber ausgetauscht, sicher aber wärs René Trost gewesen, daß er auf der Suche nach einem Ausgang demselben Irrtum erlegen wär, den Keller wirklich dann beging : das Tor, durch das Keller ins Stadion gelangt war, ließ immer nur mehr Menschen einströmen, da würds wohl nicht hinausgehn, und so wandte Keller sich — mit der grundfalschen unausgesprochenen Unterstellung, mehr Leute als ihn allein müßte es hinausziehen —, einem Pärchen folgend, das an einem der Tore abgewiesen worden war, der einen langen Schlange zu, die vom Feld führte, stand an, wunderte sich zwar über den schleppenden Fortschritt, stand beharrlich aber weiter an : bis er bemerkte, daß er zahlen sollte und ihn jenseits eines improvisierten Zaunes nur ein Set Dixi-Klo's erwartete.

LOISY : *Was er schrieb? Jaja, am 25. August 1743 ›Wir haben gestern auf dem Berge gespeist, von dem die Aussicht entzückend ist‹, und nur ein Jahr später ließ Fritze per Kabinettsordre eben da einen Weinberg anlegen, nix Schloß, das viel später erst. Die Bacchanten-Figurinen an der Gartenfassade gehen unmittelbar auf Friedrich zurück* (verzückt) *Friedrich!*

RENÉ : *Was?*

LOISY (hingerissen vom eigenen rhetorischen Kniff, mitfühlend) : *O, hab ich vergessen zu erwähnen, daß es sich um das Anwesen Sanssouci handelt? Hihi! Sanssouci, das ist da, wie der Name schon sagt, wo Friedrich rein privaten Neigungen zu leben begehrte. Jetzt denkst du natürlich* (schmähलipps) *Terrassen, Weinstöcke — pah, was soll sein? Friedrich aber wollte mehr, er diktierte noch ganze Haine von Obst dazu : Kirschbäume, Feigenbäume, hihi, muß ich mehr sagen? Pfirsich, Aprikose, Pflaume — alles wurde gesetzt. Und zu Füßen der Bäume ein Blumenmeer : Lilien, wußtest du, daß Lilien für Reinheit, Unschuld und Jungfräulichkeit stehen? Sicher wußtest du das ... hihi ... das ist mir völlig klar*

RENÉ : *Sicher*

Vor dem Restaurant enttändeln dem Schwarz vereinzelt Flocken. Aus der Bromberger Straße biegt ein Schemen, die Schritte müd nun und nicht sehr mächtig, Hölderlin, in dünner Weste, flüstert seinen Blumenkatalog und passiert gleich eine Figur, die mit Schlafmütze und Morgenrock neben dem eingeglasten Menü des Damaskuß steht, nasennah an der Fensterscheibe, ihre Atemwölkchen pochen an : Voltaire.

VOLTAIRE : *Luc restera toujours Luc; il n'a de cesse de se mettre lui même, et les autres aussi, dans des situations inconfortables, étonne l'Europe et la transforme en bain de sang, l'appauvrit et en plus, il en fait de la poésie* [163]

Ist das ein Nicken, das Hölderlin Voltaire zudenkt? Nein. Das ist gar nichts. Als ob der Freitagmorgen nicht gewesen wär, an dem Hölderlin in Vaihingen mit Magenau und Conz vor einem einarmigen Gips-Voltaire Coffee trank und Canaster paffte, die Hymne ›Dem Genius der Kühnheit‹ [164] deklamierte und in Magenaus

[163] »Luc bleibt immer Luc; bringt nach wie vor sich und andere in Verlegenheit, setzt Europa in Erstaunen und überschwemmt es mit Blut, macht es arm und macht Verse dazu« — von ähnlichen Formulierungen Voltaires Briefverkehr ab 1753 überbordet. Besonders in den Schreiben an seine Nichtenmätresse Mme. Denis und d'Alembert findet ›Luc‹ (eine simple Inversion des französischen ›cul‹) als ›Kose‹name, den Voltaire für Friedrich II. einführt, reichlich Gebrauch. Eine kleine Privatmenagerie hielt Voltaire sich zudem, in einem Käfig Preußens Wappentier, in einem anderen einen bösartig-bissigen Affen — mit Namen Luc. Das war nicht allein eine Schmähung Friedrichs, das war auch das Bekenntnis, in Freundschaft gekettet zu sein an das preußische Ungetüm, denn daß Voltaire einen Affen hielt, war gewürzt mit Selbstspott : galt Voltaire doch zeitgenössisch *als der Affe, der Licht verbreitet* — etwa schreibt Joseph Joubert (1754–1824), ein publikums- und publikationsscheuer Aphoristiker : »Voltaire hat, wie ein Affe, anmutige Bewegungen und abscheuliche Züge. Bei ihm sieht man immer hinter der geschickten Hand ein häßliches Gesicht«, und noch Victor Hugo 1840 läßt davon nicht ab und apostrophiert Voltaire »ce singe du génie«, Affe von Genie.

[164] Der Plan zu diesen Versen war älter. Herbst 1792 schreibt Hölderlins an Neuffer : »Du wirst lachen, daß mir in diesem meinem Pflanzenleben neulich der Gedanke kam, einen Hymnus an die Künheit zu machen. In der That, ein psychologisch Rätsel!«

Stammbuch den Schwur Μα τους εν Μαραθωνι πεσοντας tat [165] — Hölderlin zieht eng vorbei, der Seewenjestraße zu. Voltaire tut zwei kurze Schritt nach hinten, stößt an Loisys NSU, zögert … zieht dann seine Schlafmütze kopffest und wendet sich seufzend der Bromberger zu. Im Damaskuß aber betreibt Loisy fleißig weiter sein Geschäft.

LOISY : *Natürlich, die Lilie, die ist eigentlich ein Zeugungsstab, ein Schwanz, wenn du mal genau hinschaust, denn wie sieht denn wohl ihr Stempel aus* [166]*, hihi, was es da wohl bedeutet, wenn ein frommer Mönch den Weltenrichter Christus malt, wie ihm eine Lilie aus dem Mund fährt — fährt sie nicht vielmehr in ihn hinein? Hihi! Friedrich jedenfalls wußte, was er anpflanzen ließ. Nimm nur die Levkojen. Wußtest du, daß Levkojen das Virile symbolisieren* [167] *? Levkojen und Rittersporn, Bellis, Goldlack, Astern, Malven, Jasmin, Tulpen, Narzissen, Hyazinthen, Krokusse — Krokuskränze sollen vor Trunkenheit schützen* (da ein Assad eine neue Karaffe anreicht) *nimm noch ein Glas, es ist schon alles bezahlt — Iris, Nelken, Anemonen und Rosen. Zu erwähnen Georg Wenzeslaus von Knobelsdorff, glänzender Mann*

RENÉ : *Gut … soweit Gesner. Wollen wir nun … Tournefort? … vielleicht über Tournefort sprechen?*

LOISY : *Jawoll, jaja, ein Jesuitenzögling, ein großer Mann, jaja. Friedrich war ein ganz ausgezeichneter Kenner von Tourneforts ›Éléments de botanique‹, auch später der ›Institutiones rei herbariae‹. Was meinst du, warum die ›Voyage du Levant‹ erst 1717 erschien, neun Jahre nach Tourneforts Tod? Der Mann war* (gedehnt) *schwul*

RENÉ : *Und ich dachte immer: nur unverheiratet*

LOISY (entzückt) : *Ach du, sowas, das ist doch schnurz. Friedrich war doch auch verheiratet. Und Heinrich* [168]*. Ob wer schwul ist oder nicht, siehst du immer daran, wer erbt. Und wer beerbt Tournefort? Eine Frau? Oder ein Freund und Schüler* [169] *? In der ›Voyage‹ wirst du viele aufregende Mitteilungen aus der Fauna finden, natürlich war die ganze Levante schwul, schon da-*

---

[165] Bei den zu Marathon Gefallenen — »bestehe der Bund zwischen mir u dir!« — Hölderlin, bevor er als Hofmeister den von Schiller bereiteten Weg nach Waltershausen zu Charlotte von Kalb antrat, war auf Abschiedstour gewesen bei seinen Freunden und am Donnerstagabend, 21. November 1793, bei Magenau aufgetaucht, dem er ›Amnestie‹ abbat für alle »Launen, Sünden u. Verbrechen«. Magenau leider plagte wütendes Rheuma in »Armen u. Nakken«, daß er sich von Hölderlin zu Bett bringen lassen und mitanhören mußte, wie sein Freund ihm Schillers Regeln »wiederkäute«.

[166] Das mag nun aussehn, wie's will : der Stempel ist und bleibt bei den Bedecktsamern das weibliche Genital. Wohl darum zeigt René sich nur mäßig beeindruckt von Loisys Offenbarungen.

[167] Das ist so sehr wahr, wie das, daß Levkojen nichts symbolisieren als die sinnlose Effizienz in der Natur : so anfällig, wie die Levkoje gegen Mehltau und Stengelfäule ist, ist sie doch so kurzlebig, daß nie eine Behandlung verlohnt.

[168] Prinz Heinrich (1726–1802) ist nicht nur Friedrichs Bruder, pockengeschlagener Generalleutnant, Freund der französischen Revolution, schielend, kleinwüchsig und Bewohner des Schlosses Rheinsberg, sondern seit 1752 eben auch verheiratet mit Wilhelmine, der ›schönen Fee‹, ›der Göttlichen‹. Allerdings befindet Heinrich flugs : »Sie stört, langweilt mich und bringt mich schon im Voraus zum Gähnen«. Also bewohnt er den rheinsberger Musenhof ohne sie und lebt dort seinem Gaytum.

[169] Keine Frau. Ein Freund und Schüler, Michel Louis Renaume de la Garance.

mals, und ich bin sicher, daß Friedrich seine Griffel im Spiel hatte und maßgeblich daran beteiligt war, die deutsche Übersetzung 1776 Nürnberg anzuregen [170]

RENÉ : *Meine Mutter hat gerade ...*

LOISY (versorgt bereitwillig mit weiterem Detail) : *Nürnberg wurde bekanntlich erst 1806 dem Königreich Bayern zugeschlagen ...*

RENÉ (aus dem Nichts ein letzter Versuch) : *Sagen Sie, Herr Doktor Loisy ...*

LOISY : *Laß doch den ›Doktor‹*

RENÉ : *Herr Loisy ...*

LOISY : *Laß doch den ›Herrn‹*

RENÉ : *Äh ... Loisy*

LOISY : *Ich bin der Eberhard*

RENÉ : ... — *wo bleibt eigentlich unser Nachtisch?*

LOISY : *Potztausend! Unser Nachtisch! Über deine süße Schnute hab ich das völlig ...* (schnippt) *Assads!* (die eilen selbdritt herbei) *Pudding? gestreuseltes Einhornpulver? War da nicht mal was gewesen? eine Bestellung vielleicht?*

EIN ANDERER ASSAD (verlegen) : *Sofort ...* — *Doktor Loisy* (feixt)

LOISY : *Was ist denn da so lustig?*

EIN ANDERER ASSAD (verlegen) : *Nichts*

LOISY : *Heraus damit!*

EIN ASSAD : *Es ist nur, wegen ›Eberhard‹, und wir doch grad in Verzug sind, weil wir einen Eber in der Mache haben* (deutet in die Küche)

LOISY : *Hihi ...*

RENÉ (unschuldig) : *Oma sagt immer, da sei mal was gewesen, mit einem Schwein, aber was, das sagt sie mir nie*

LOISY : *Hihi ...*

EIN GANZ ANDERER ASSAD (kichert) : *Da hat sie sicher gute Gründe, Ihre Frau Großmama*

RENÉ : *Aber welche?*

EIN GANZ ANDERER ASSAD : *Wofür jetzt?* (macht Pausbäckchen)

RENÉ : *Na, dafür, daß Juden und Moslems kein Schwein ...*

EIN GANZ ANDERER ASSAD : *Ach dafür, das ist leicht*

---

[170] Zusammen mit nicht berauschender zu denkenden Blumen-Kupfern machen die 22 Briefe, die Tournefort von unterwegs der louisgesponserten Reise dem königlichen Geheimschreiber Graf Jerome de Pontchartrain schickt, das Buch ›Relation d'un voyage du Levant, fait par ordre du Roy : Contenant L'Histoire Ancienne & Moderne de plusieurs Isles de l'Archipel, de Constantinople, des Côtes de la Mer Noire, de l'Armenie, de la Georgie, des Frontieres de Perse & de l'Asie Mineure. Avec Les Plates des Villes & des Lieux considerables; le Genie, les Meurs, le Commerce & la Religion des differens Peuples qui les habitent; Et l'Explication des Médailles & des Monument Antiques. Enrichie de Descriptions & de Figures d'un grand nombre de Plantes rares, de divers Animaux; Et de plusieurs Observations touchant l'Histoire Naturelle‹ aus — in Nürnberg 1776 bei Raspe, der auch den Linné verlegte, von Georg Wolfgang Franz Panzer übersetzt erschienen als ›Beschreibung einer auf königlichen Befehl unternommenen Reise nach der Levante‹.

RENÉ : *Was Historisches?*

EIN ASSAD : *Ach was* [171]. *Auch nichts mit Trichinen und so und auch nicht, weils ein Allesfresser ist und die Seelen all derer versaut, die's essen. Sollen wirs Ihnen verraten?*

RENÉ : *Bitte*

EIN ASSAD : *Also gut : das Schwein ist ein Blender, ein Täuscher, ein Lügner — das ist kein Umgang*

RENÉ : *Könnten Sie das etwas …*

EIN ASSAD (da Loisy wieder unruhig wird und einen Verbotblick entsendet) : *Wenn Sie da nicht von allein drauf kommen* [172] (geht achselzuckend ab)

---

[171] Sollte Tacitus ›Historiae‹ 5,4 sich täuschen? : »Sue abstinent memoria cladis, quod ipsos scabies quondam turpaverat, cui id animal obnoxium« — »das Schwein essen sie nicht im Andenken an das Unheil, womit die Kräze sie vor Zeiten geschändet hatte, was eine Krankheit des Thieres ist«.

[172] Schade, daß sich noch niemand fand, der im Schweinetabu, da dem Schwein Menschähnlichkeit nachgesagt wird, eine milde Form des Abscheus vor Kannibalismus sieht. Wär ja auch falsch. Zum Verbot nämlich des Schweinefleischgenusses führt ein mathematischer Umstand. Jahwe mag die 2 und hat das Wort für ›Essen‹ (אכל, 'ächal) gebildet aus ›Ich‹ (א, der Kurzform von אני, 'ani) und ›Alles‹ (כל, kol). Um diese Zweiheit gehts ihm vordringlich und nicht darum, zu regeln, was gegessen werden darf und was nicht. Auch, ob jemand satt wird oder nicht, ist ihm egal, Hauptsache, man bezieht sich essend auf ihn und seine Schöpfung. Geistig sollen seine Geschöpfe satt sein und in Ritualen alle Vielheit von sich weisen und die Einheit seines Seins und Tuns betonen und preisen. Und auf wieviel Beinen geht der Mensch? auf zweien. Jahwe hätte ihm aber auch drei oder sonstviel Beine machen können. Hat er aber nicht. Jahwes Botschaft ist die 2 und des Menschen zwei Beine bedeuten die Zweiheit von Ich und Alles. Und auf zwei Beinen zu bleiben, braucht man Essen. Sonst klappt man um. Und darum übertrage man die 2 auf alles, was man essen könnte und ißt dann das aber nicht einfach alles, was eine 2 hat, sondern nur, was zwei 2en hat und man unterscheide dabei nach verschiedenen 2en das Eßbare, das eine äußere 2 hat, die für die dumme Vielfalt steht, und das, was eßbar wär und eine innere 2 hat, die für die erwünschte Einheit steht. Und dann muß man nur noch gucken, was von dem, was man essen könnte, beide 2en hat, dann ist alles perfekt, dann hat man die Superzweiheit, in der die Einheit steckt, das ist dann wohlgefällig und innerlich und Einheit und Geist, das kann man essen, was das symbolisiert, das nehme man zu sich und nenne es koscher, alles andere aber, was nur eine 2 hat oder gar keine, das ist nur Vielfalt und das heiße profan und trefe. Und das Schwein? das ist zwar Paarhufer und symbolisiert trefflich eine äußerliche 2, aber es käut nicht wieder, was die innere 2 wär, und ist darum ein Täuscher. Darum auch ersäufte Jesus (Markus 5), als er sich in der Halbheidengegend der Gerasener herumtrieb, nachdem er einer Legion Dämonen erlaubt hatte, aus einem einzelnen Mann in etwa (ὡς) 2000 Säue zu fahren, listig diese Säue auch gleich im Meer. Der Mann aber, den er da geheilt hatte, sah sich einer wütenden Menge arbeitsloser Hirten gegenüber, die dann auch gleich den Sohn Gottes vertrieben.

Noch verlogener als das Schwein sind nur Kamel, Dachs und Hase. Die täuschen nämlich innerlich vor und käuen wieder, haben aber gar keine 2 an den Füßen. Wobei der Hase ein Problemfall ist. Leviticus 11,6 : »Wie auch nicht den Hasen (ארנבת, 'arnäbät), denn er ist zwar wiederkäuend (מעלת גרה, ma'alat geräh), hat aber keine gespaltenen Klauen. Dieser soll euch unrein sein«. Jahwe hat den Hasen ewig nur mümmeln gesehn und gedacht *Der käut aber ganz schön wieder.* Zeitgenössische Tierfilmer jedoch konnten dokumentieren, wie der Hase das aber gar nicht tut. Aber verboten bleibt er trotzdem, denn er frißt die eigenen Kötel, und da frißt er ja auch irgendwie doppelt und hat die 2, nur daß er die innere 2 eben nicht über oben, sondern über unten macht. Da hat der Hase grad nochmal Schwein gehabt, daß er nicht heimlich doch noch Hufe hat. Und weil er die nicht hat, hat er auch keine gespaltenen und darum ist er ein Sohlengänger und sowieso verboten.

RENÉ (hilfeheischend) : *Doktor Loisy!?*

LOISY : *Nein nein, ich halt mich da raus. Ich hab jetzt Hunger* (zur letzten Garnele oder René) *ich könnt dich glatt verschlingen* [173]*, du kleine Krabbe*

Loisy greift aber vorerst nur das Tier, leckt anschließend seine Finger sauber, ein ganz anderer Assad trägt das Dessert heran, Loisy löffelt langstielig und beschwingt und nimmt einen neuen Anlauf auf René.

LOISY : *Und nun studierst du und es füllt dich nicht aus*

RENÉ : *Genau, wir streiten oft darüber, aber Mama sagt, Botanik is nicht, ich soll Betriebswirtschaft studieren. Wir haben dann verabredet, daß ich jetzt Volkswirtschaft mach. Da kann ich ja auch in Bremen bleiben*

LOISY : *Jaja, die gute Silke, es ist ein Kreuz mit den Weibern, man kann nicht mit ihnen, man kann nur ohne sie. Grad, wenn sie Mütter sind. Du aber magst Blumen*

RENÉ (sticht ein wenig Flammeri — ohne Streusel — auf seine Löffelspitze) : *Und wie!*

LOISY (hihi) : *Was man auch von Maria sagen möchte : sie wurde gemocht. Wenns auch ein römischer Soldat namens Panthera war*

RENÉ (stöhnt, leise) : *La pucelle* [174] *— au secours!*

LOISY (begeistert) : *›An Maria der Jungfrauen / kann man kein Unkeuschheit schauen / Wenn man sie gleich schwanger heißt / Ist es doch vom Heilgen Geist‹. Bist nach meinem Geschmack, Söhnchen* (rutscht näher) *Blumen also, das ist ja was. Warst du denn schon mal in Sanssouci?* (René verneint bang und stumm und müd) *Da nehm ich dich mal mit, da zeig ich dir mal was* (teilt aber wenig Neues nur mit) *Friedrich war ein großer Blumenfreund. Sicher, er sammelte Bilder und Vasen, aber eigentlich hing sein Herz an Blumen, an Levkojen, an Lilien, Anemonen. Sicher, er hatte eine erstaunliche Bibliothek, spielte ausnehmend gut Flöte, dichtete perfekt französisch, aber eigentlich hing sein Herz an den Blumen. Sicher, Friedrich hatte eine Frau, aber er mochte sie nicht. Voltaire mochte er viel lieber …* (prescht vor) *sei meine kleine Falafel!*

RENÉ (sehr müd, den Mund verzerrt in unterdrücktem Gähnen, stochert im Pudding) : *Bitte?*

LOISY : *Deshalb lud Friedrich sich Männer ein, mit denen er aß und redete. Er hatte auch ein Gästezimmer, wunderschön. Es war gelb und in die Wände waren bunte Blumen und Früchte ein-*

---

[173] רעב rā'āw (Hunger), noch so'n Ding. Wirklich ein Kompositum von רע rā' (Böses) und עב 'āw (Dickicht, Dunkel, Wolke)? Außer Zweifel aber steht, daß ein Verschlinger (בלע bala) das Antonym eines gottgefälligen Essers ist. Und natürlich ist Loisy ein בלע. Auch scheint er — man frage nur Putzteufel — für die Permutation בעל (ba'al) zur Verfügung zu stehen, denn Begatter, Besitzer, Herr … wer wollte, das zu sein, Loisy absprechen? Aber fürs Derivat בליעל (belija'al) scheint er doch viel zu gemütlich.

[174] René stöhnt nicht etwa auf, weil er so die Wirkung der bevorstehenden Wiederholung vorwegnehmen und dadurch irgendwie abfedern zu können hofft, sondern weil eine besonders unerquicklicher Erinnerung an ihn herantritt, die Erinnerung an ›La pucelle d'Orléans‹, einem bösen Text Voltaires, der maßgeblich daran beteiligt gewesen war (→ Hinter Büchern, Die Übernahme), seinen Ausbildungswerdegang in das falsche, das blumenferne volkswirtschaftliche Fahrwasser zu lotsen.

geschnitzt. Dahinter gelegen, und das haben sie damals alle so gemacht[175] *war ein Puderkabinett, und dahinter das Zimmer der Putzteufel, der Diener*

---

[175] In der Tat: alle. Prominentester Fall: Major Christian Ludwig von Kaphengst (1740–1800), der Heinrichs Lust im Siebenjährigen Krieg zu erringen wußte, wurde 1763, nach dem Frieden von Hubertusburg, auf Rheinsberg Gespiel des Prinzen und bildete die Eigenschaften ›roh‹, ›dumm‹, ›eitel‹, ›berechnend‹ und ›habgierig‹ aus, was Heinrich so sexy fand, daß er seinem Major alles von den Lippen las. 1774 allerdings schien der Bogen überspannt: Friedrich intervenierte, schickte den Pagen von Wülknitz, der Heinrich 10000 Friedrichsdor und die Ordre, den ›tollen Kaphengst‹ zu entlassen, überbrachte (Fontane, 1862 im Rheinsberg-Kapitel der ›Wanderungen‹ weigert nähere Auskunft, »eine Ordre, deren Wortlaut sich hier der Möglichkeit der Mitteilung entzieht«) — Heinrich schlug ein, tat noch mal 10000 drauf und kaufte Kaphengst das 22 Kilometer von Rheinsberg gelegene Schloß Meseberg. Kaphengst war nun weg vom Schuß. Die Liebe der beiden aber gewann durch die Entfernung nur neues Feuer.

»Unbedingte Stille herrscht, die Bäume stehen windgeschützt und rauschen leiser als anderswo, das Geläute der oben weidenden Herde dringt nirgends bis in die Tiefe hinab, und nichts vernehmen wir als den Schnitt der Sense, die neben uns das Gras mäht, oder den Ruck, womit der Angler die Schnur aus dem Wasser zieht« (Fontane) — Meseberg war ein prima Paradies. Vier Jahrzehnte zuvor war ein reicher Reichsgraf daran verarmt, hatte Tonnen Goldes verbaut, Sandstein aus Sachsen, Marmor aus Schlesien heranschaffen lassen, einen Eichen- und Buchenpark bis an den Huwenowsee angelegt und einen üppigen terrassierten Barockgarten. Die vorhandene Pracht aber genügte Kaphengst nicht, Kaphengst lief jetzt zu großer Form auf, jetzt begann der Unverstand zu glauben, er habe Geld, gabs nach seinem Mindergeschmack aus und ruinierte nicht nur die Finanzen des Prinzen, sondern auch die grazile Anlage des Schlosses. Ein Marstall mußte her, zwanzig Edelrösser, »und auf den Atlaskissen der Sofas streckten sich die Windspiele, während eine Meute von Jagdhunden um die Mittagszeit ihr Geheul über den Hof schickte. Spiel, Streit und Aventüren füllten die Zeit« (Fontane) — ein fünfstündiger Ritt in die Oper Berlin und die Halbwelt der Actricen und Tänzer war obligat — immer aber blieb das Schlafgemach des Majors durch eine Wendeltreppe verbunden mit dem Zimmer, in dem Heinrich besuchnächtigte. Und wenn Kaphengst mal in Geldnot war — und das war er stets — reiste Heinrich schon mal zu Katharina II. und verkaufte ein paar Rembrandts. Irgendwann aber waren die alle. Heinrich mochte und konnte nicht mehr zahlen, faßte den Prinzenplan, seinen Kaphengst zu verheiraten, und Kaphengst, sich Heinrichs durch Nachgiebigkeit zu vergewissern, war dabei. 1789 heiratete er Demoiselle Toussaint, die Heinrich während eines kleinen Vaudevilles in Rheinsberg aufgefallen und Tochter seines Vorlesers, Bibliothekars und Lektors seiner französelnden Lyrik war.

Jagd, Spiel, Händel — das wars bisher. Nun, unter den Fittichen der Touissant, hielten debauchierende Musen Einzug in Meseberg, Theater! überall Bühnen! und Heinrich, wieder auf Besuch, fiel geschmeichelt drauf rein: »Am Plafond der großen Speisehalle, die zum Empfange des hohen Gastes mit Blumen und Orangerie dekoriert war, hatte die raschfertige, aber immerhin geniale Hand Bernhard Rodes ein großes Deckengemälde ausgeführt, das ... die Apotheose des Prinzen Heinrich darstellte. Zur Rechten ein Ruhmestempel, dem Genien das Bild des Prinzen entgegentragen; daneben der bekannte Götterapparat: Minerva, zu deren Füßen das Schwert ruht und an einem der Opferaltäre die Inschrift: ›Vota grati animi‹, ›Nimm dies als die Darbringung eines dankbaren Herzens‹« (Fontane) — wieder erwies Heinrich sich, »auf Monate hin, als der Hilfebereite, von dessen Gunst und Gnade Gewinn zu ziehn immer nur Zweck all dieser Huldigungen gewesen war« (Fontane).

Fontane weiter: »Es entging an jenem Tage dem Auge des Prinzen, wie's auch dem Kaphengsts entgangen war, daß Rode, sei es aus Zufall oder aus Malice, die Inschrift: ›Vota grati animi‹ nicht geschrieben, sondern die letzte Silbe fortgelassen hatte. Kaphengst, später darauf aufmerksam gemacht, ließ auch noch das i übermalen, so daß die Inschrift jetzt lautet: ›Vota grati an‹. In der Umgegend lachte man herzlich und nannt ihn Gratian«

RENÉ : *Friedrich hatte Diener?*

LOISY : *Aber ja, er war ein König*

RENÉ : *Also, das hab ich mir immer entbehrungsreicher und ernster vorgestellt, so als König in einem Kartoffelstaat*

LOISY : *Ei wer sagt denn, daß es das nicht war? Aber grad dann ist doch jedes Quentchen Lust um so wichtiger. Sag, weißt du denn, wie's zuging, wenn Friedrich zur Matinee sein Lager verließ? Du denkst doch wohl nicht, daß da Elisabeth Christine kam und ihn wachküßte? ho! hoho! solang Friedrich da regierte, kam ja nie ein Weib oder Priester über die Schwelle, das war ja ein reines Männerrefugium, grad das, was du brauchst, wie mir scheint*

RENÉ (gähnt nun doch offen) : *Kann ich noch einen ...* (Loisy schnippt, ein Assad springt mit Mokka heran)

LOISY : *Mit dem Morgenkaffee bestellte Friedrich eine Handvoll Favoriten, Leutnants oder Pagen, Heiduken oder Kadetten, das war ihm ganz egal, schön nur mußten sie sein und groß und jung und gutes Heilfleisch haben, und dann tranken sie gesellig ein Täßchen und der, dem Friedrich sein Taschentuch zuwarf, blieb wohl auf demi-quart d'heure mit dem alten Fritz allein. Möchtest du das auch?*

RENÉ : *Ich versteh nicht?*

— welcher Witz gehörig verpufft. Gratian, phh — womöglich noch der blöde West-Caesar, dem nichts besseres einfiel, als unter den Einflüsterungen seines Ambrosius den Altar der Victoria aus dem Senat zu entfernen, die Religionsfreiheit abzuschaffen und die Steuerpflicht für alles Klerische. Da hat doch mehr Zunder, was man sich von Friedrich erzählt, der, seinen Bruder zu foppen, nachts an die Decke gestiegen sein soll und der intakten Leinwandinschrift die letzten beiden Buchstaben von ›animi‹ auskratzte, aus der ›Darbringung einer dankbaren Seele‹ eine ›Darbringung eines dankbaren Arsches‹ zu machen. Heinrichs Gunst jedenfalls währte bis 1798, da nämlich beglich Kaphengst Spielschulden aus eigener Kraft, verkaufte die Hälfte der Besitzungen und wartete ab da noch zwei Jahre auf seinen tiefverschuldeten Tod auf Meseberg. Heinrich sank 1802 hinterher. Bis zuletzt beschäftigt mit der gartenarchitektonischen Gestaltung seiner Grabpyramide und einem schickgedichteten Grabspruch : »Jeté par sa naissance dans ce tourbillon de vaine fumée / Que le vulgaire appelle / Gloire et grandeur / Mais dont le sage connoit le néant / ... Tourmenté par les passions des autres / Agité par les siennes« — »Mit seiner Geburt in den Strudel leeren Rauches gestürzt / den der Gewöhnliche Ehre und Größe nennt / der Weise aber als nichtig erkennt / ... gequält durch die Leidenschaften anderer / aufgeregt durch die eigenen« ... es war ja eben nicht nur Kaphengst gewesen, es waren ja auch der schöne Knyphausen (→ Reichsfreiherr zu Innhausen), die Lakaien Brederic und Marwitz, der Cellist Mara, es war ja letztlich das ganze Regiment des Prinzen Heinrich, von dem es hieß, es sei von Päderasten zerfressen.

Fontane aber endet seinen Bericht : »In der Kirche zu Meseberg ... ist kein Stein, der an den Wilden Jäger erinnerte, der hier sechsundzwanzig Jahre lang das Land durchtobt. Seine Witwe mochte fühlen, daß das Marmorbild eines Mannes, dem alles Heilige nur Spott gewesen war, nicht in die Kirche gehöre. Seitab in einer Ecke, von einem Fetzen schwarzen Flors umwickelt (der verblaßt und staubig wie ein Stück Spinnweb aussieht), hängt der Galanteriedegen des Galans und Günstlings und daneben ein rostiges Sporenpaar« — dann aber übernahmen Nachfahren Lessings das Schloß und 1943 Reichsmarschall Göring und spielte da manchmal schön mit seinem elfenbeinernen Reichsmarschallstab.

»Die Kinder im Dorf aber, wenn an Novemberabenden der Wind das abgefallene Laub über die Gasse fegt, fahren zusammen und murmeln ängstlich : ›Kaphengst kommt‹«. Fontane.

LOISY : *Mit mir allein sein*

RENÉ : *Ohne Taschentuch?* (Loisy zückt ein fliederfarbenes [176]) ... *allein?*

LOISY : *Allein*

RENÉ : *Eine halbe Stunde?*

LOISY (juchzt) : *Aber dabei muß es doch nicht bleiben! Eine halbe Stunde* (blickt sorgenreich kalkulierend auf seine Uhr) *wird wohl eh nicht langen, wo wir doch ... beide Friedrichs*

---

[176] Als Kavalier alter Schule führt Loisy ständig ein Stofftuch am Mann. Daß in gewissen Lokalen Färbung, Beschaffenheit, Muster und Aufenthaltsort eines Taschentuchs in einem vielsagenden Code gelesen werden (→ Hanky-Code), ist Loisy zwar bekannt, aber ihm auch egal : vorzugsweise verkehrt er in Saunen. Sowieso hätte das loisysche Taschentuch die Leute in den Szene-Lokalen nur verwirrt, denn es stünde für Dinge ein, für die weder ein Code ein Zeichen hätte, noch eine Wirklichkeit eine Entsprechung.

Friedrich nun ist ein Kavalier noch älterer Schule. Seine Taschentuchallüre kursiert so schon seit 1752 in der Flugschriftenliteratur. Ein Zeugnis liefert auch Voltaire. 1759 geschrieben, 1784 Amsterdam auf 136 Seitlein veröffentlicht : ›La vie privée du roi de Prusse, ou Mémoires pour servir à la vie de M. de Voltaire, écrits par lui-même‹ : »Il se levait à cinq heures du matin en été, et à six en hiver. Si vous voulez savoir les cérémonies royales de ce lever, quelles étaient les grandes et les petites entrées, quelles étaient les fonctions de son grand aumônier, de son grand chambellan, de son premier gentil-homme de la chambre, de ses huissiers; je vous répondrai qu'un laquais venait allumer son feu, l'habiller, et le raser : encore s'habillait-il presque tout seul. Sa chambre était assez belle; une riche balustrade d'argent, ornée de petits amours très bien sculptés, semblait fermer l'estrade d'un lit dont on voyait les rideaux; mais derrière les rideaux était, au lieu de lit, une bibliothèque : et quant au lit du roi, c'était un grabat de sangles avec un matelas mince, caché par un paravent. Marc-Aurèle et Julien, ses deux apôtres, et les plus grands hommes du stoïcisme, n'étaient pas plus mal couchés.

Quand Sa Majesté était habillée et bottée, le stoïque donnait quelques moments à la secte d'Épicure : il faisait venir deux ou trois favoris, soit lieutenants de son régiment, soit pages, soit heiduques, ou jeunes cadets. On prenait du café. Celui à qui on jetait le mouchoir restait demiquart d'heure tête à tête. Les choses n'allaient pas jusqu'aux dernières extrémités, attendu que le prince, du vivant de son père, avait été fort maltraité dans ses amours de passade, et non moins mal guéri. Il ne pouvait jouer le premier rôle : il fallait se contenter des seconds« — »Im Sommer erhob er sich um fünf Uhr morgens, im Winter um sechs Uhr. Wenn Sie etwas über die königlichen Aufsteh-Zeremonien wissen wollen, was die Aufgaben des ersten Schloßkaplans, des Großkammerherren, des ersten Kammerherren und der Bediensteten waren, so werde ich Ihnen antworten : ein Lakai kam zum Feuermachen, ihm die Kleidung zu reichen und ihn zu rasieren, jedoch zog er sich fast ganz alleine an. Sein Zimmer war ausgesprochen schön; eine reiche Balustrade aus Silber, verziert mit prächtig geschlagenen kleinen Amoretten, schien die Estrade eines Bettes zu umschließen, von dem man einzig die Vorhänge sehen konnte; aber hinter den Vorhängen war, an Stelle des Bettes, eine Bibliothek : was aber das Bett des Königs betrifft, dies war eine einfache Liege aus Gurten, mit einer dünnen Matratze, verborgen hinter einem Paravent. Marc-Aurel und Julian, seine zwei Apostel, wie auch die größten Männer des Stoizismus können nicht schlechter gelegen haben.

War seine Majestät gekleidet und gestiefelt, huldigte der Stoiker ein wenig der Sekte Epikurs : er ließ zwei oder drei seiner Favoriten, entweder Leutnants seines Regimentes, Pagen, Heiduken oder junge Kadetten kommen. Man trank Kaffee. Derjenige, der das Taschentuch zugeworfen bekam, blieb eine halbe Stunde zum trauten Tête-à-tête. Die Sache ging nicht bis zum Äußersten, da der Prinz zu Lebzeiten seines Vaters bei seinen flüchtigen Liebschaften stark mißhandelt und nicht weniger schlecht geheilt worden war. Die erste Geige konnte er nicht spielen : er mußte sich mit der zweiten begnügen« — zeitgleich deutsch als ›Das Privatleben des Königs von Preußen, oder Nachrichten zum Leben des Herrn von Voltaire, von ihm selbst geschrieben‹, ohne Ort [Leipzig], 1784, auf 148 Seiten.

Ideal von (lüstern) *gegenseitigem Sichdurchdringen von Natur und Kunst so sehr teilen — hast du gutes Heilfleisch?*

RENÉ (angeekelt) : *Äh-nein … und ich finde das, das mit dem Durchdringen, äh, schon perfekt geglückt, buchästhetisch, in Tourneforts ›Éléments de botanique‹, meine Mutter hat grad die drei Bände …*

LOISY (feucht lächelnd) : *Und die möchtest du*

RENÉ : *Ganz dringend*

LOISY : *Ganz dringend*

RENÉ : *Wie höchstens noch* [177] …

---

[177] Olof Rudbeck (1630–1702), der da Vinci des Nordens, von König Gustav Adolf höchstselbst aus der Taufe gehoben, war Bischofssohn, Cartesianer und Schwede und als er 5 war, baute er eine Uhr aus Holz und danach noch viel weitere unbegreifliche Automaten und war ein Wunderkind. Sein Stimme war so schön und laut, daß er stets kräftig und wunderbar sang. Auch studierte er Musik, Pharmazie, Mechanik, Malerei und Altertümer und war befreundet mit den Swedbergs (1719 geadelt zu ›von Swedenborg‹), fand mit 21 die lymphatischen Gefäße, bohrte nach Humus und maß daran das Alter der Welt, fand wohl auch — denn Astronom war er in jeder Lebenslage — nebenher drei heut noch nicht wiederentdeckte Planeten, kurz : stand in Europa gleich neben Leibniz und Newton, ein moderner Scientist. Warum aber René ihn hier nennen will? Bevor Rudbeck an der Uni Upsala Professor der Anatomie wurde und unter Applaus und gegen Entgelt Leichen öffnete und seine Tochter Wendela des Vaters Studenten Peter Olai Nobelius heiratete (→ Alfred Nobel), war er dort Blumendozent und legte so sehr den botanischen Garten an, daß nach ihm die gelben Rudbeckien benannt sind, und plante in Gemeinschaft mit seinem Sohn (→ Olof Rudbeck, auch. Aber 1660–1740) ein auf zwölf Bände angelegtes Blumenwerk, das alle Blumen der ganzen Welt, oder zumindest Lapplands, abbilden wollte. 11 000 Zeichnungen für Holzschnitte soll Senior schon vorgearbeitet haben, und 1701 erschien zweisprachig zuerst Tom. II des Werkes als ›Campi Elysii liber secundus : Then andre Delen af Elysis Wald‹, 1702 dann Tom. I ›Campi Elysii liber primus : Then förste delen af Elysis Wald‹ — aber eine Feuersbrunst kam am 15. Mai 1702 und verbrannte bis auf zwei Exemplare ganz Tom. I und die meisten des Tom. II und alle weiteren Vorarbeiten. Ja, Tom. I würde René gern mal sehen, entweder einen der zwei Überlebenden oder den Neudruck von 1863, der in 20 Exemplaren veranstaltet worden war. Ein Rudbeck-Werk besaß René sogar, zur Volljährigkeit hatte Silke ihm das ›Iter Lapponicum‹ geschenkt, das Tagebuch einer 1695er Sommerreise nach Lappland, mit 168 getuschten Tieren und Pflanzen — Silke hatte damals grad gar keine Lust auf Faksimiles und irgendwie 500 Mark jemandem dafür abzupressen, auch wenns eine Erstausgabe war (und die wars, als Faksimile, 1987 in 1999 numerierten Exemplaren), das war ihr die Mühe nicht wert. Also hatte sie sich ein wenig schlau gemacht, den Iter in das gute Geschenkpapier aus dem Laden gewickelt und ihrem Sohn eine kleine Rede gehalten, daß das Original 300 Jahre in Upsala lag und ganzen Forschergenerationen und Linné, der uneingeschränkten Zutritt besaß zur rudbeckschen Familienbibliothek und der dann auch 40 Jahre später die eigene ›Lappländische Reise‹ auf der 1695er-Route genommen hatte, Quelle war — und René hatte milde nur gelächelt und allein auf das Ende des Ständchens gewartet. Ja, Silke wußte, wie sie René Freude bereiten konnte.

Das alles aber ist noch nicht närrisch. Doch Rudbeck war ein Narr. Und als Narr tat er was ganz Wichtiges, er machte die Welt neu, im Kopf, er gruppierte Daten und Wörter um und ließ Phantasie mit dem Rüstzeug von Argument und Wissenschaft Geschichte werden und Literatur — das, und nur das und nicht der absurde Lauf der Gedanken ist der Unterschied zu einem Moses. Moses aber war er für sein Land, er war Götizist, der Mann, der erstmals seit den wikingischen Theorieriesen den Norden wieder wichtig machte und erzählte, warum er Europa dominieren sollte. Und den Rest auch. Israel war ein Furz, Schweden war der Born der Völker und der Kultur. Denn der Schwede stammt direkt von den Atlantern ab.

LOISY : *Und Silke gibt sie dir nicht*

RENÉ : *Nein, tut sie nicht*

LOISY : *Wo du sie doch so sehr möchtest*

Is schon doll : einer der drei entlegensten Winkel der Welt, mit dem aber intensivsten Mückenaufkommen, ist das Herz der Menschheit, und ein Einzelner belegts in vier Bänden tausendseitig mit 102 Beweisen. Und diese vier Bände, die über Jahrzehnte Tagesgespräch in Europa waren, sind das Lebenswerk Rudbecks.

Der barocke Spaß begann 1679 [drei Varianten sind bekannt : undatiert, falsch ›1675‹ datiert und 1679], Upsala bei Henrico Curio auf 891 Seiten Folio mit Tom. I, latein-schwedisch in parallelen Kolumnen unter dem ausladenden Gesamttitel ›Olf Rudbeks Atland eller Manheim [Erde, Wohnstatt der Menschen] dedan Japhetz afkomne, de förnämste keyserlige och kungelige slechter ut till hela werlden, henne att styra utgångne äro, så och desse efterföliande folck utogade, nembligen Skyttar, Borbarn, Asar, Jettar, Giotar, Phryger, Trojaner, Amatzor, Traser, Lyber, Maurer, Tussar, Kaller, Kiempar, Kimrar, Saxer, Germen, Swear, Longobarder, Wandaler, Herular, Gepar, Tydskar, Anglar, Paiktar, Danar, Siokampar, och flera de som i werket wisas skola = Olavi Rudbeckii Atlantica sive Manheim vera Japheti posterorum sedes ac patria, ex qua non tantum monarchæ & reges ad totum fere orbem reliquum regendum ac domandum, stirpesque suas in eo condendas, sed etiam Scythae, Barbari, Asae, Gigantes, Gothi, Phryges, Trojani, Amazones, Thraces, Libyes, Mauri, Tujsci, Galli, Cimbri, Cimmerii, Saxones, Germani, Svevi, Longobardi, Vandali, Heruli, Gepidae, Teutones, Angli, Pictones, Dani, Sicambri, aliique virtute clari & celebres populi olim exierunt‹, Tom. II 1689 mit 672 Seiten, Tom. III 1699 762 Seiten und Tom. IV 1702 ... tja — der Brand ... halb Upsala lag in Schutt und Asche, auch der Dom, auch die dort deponierten, mit dem Fortschritt des Manuskripts gleich gedruckten Bögen, 210 Seiten des Tom. IV, nur vier Exemplare konnte Olofs Sohn Olof unversehrt bergen — so daß als erste Ausgabe effektiv die zweite gelten muß, Stockholm 1863 — wiewohl Olof um des Seniors Werk sehr bemüht war und für viele Neuauflagen und Ergänzungen sorgte, überhaupt ein rühriges Kerlchen wurde und großer Botanisierer, der Bücher machte über biblische Fische (›Ichthyologica biblica‹ 1705) und dem Atlas, den sein Vater gleich 1679 zu ›Atland eller Manheim‹ vorgelegt hatte, 1733 noch 84seitig hinzufügte ›Olavi Rudbeck filii Atlantica illustrata : sive illustrium, nobilium, principum atque regum insula, ubi et prisci Hesperidum horti‹. Auch entflammte Filius im persönlichen Umgang Emanuel Swedenborg (1688–1772) und Linné (1707–1778), den einen zum lappischen Schamanismus, den anderen, den, da er so viele hübsche neue Namen fand, man dann ›Zweiterschaffer der Natur‹ oder ›zweiten Adam‹ nennen sollte, zur Botanik.

Rudbeck sen. aber war nicht nur Vater und Gründer einer Vergangenheit, sondern auch Bürger ohne Fehl und Tadel : während der verheerenden Feuersbrunst hielt er auf der Kuppel des Gustavianums aus, sah sein Heim, seine Manuskripte und die Druckerei lohen und achtete dessen nicht, sondern dirigierte das Volk zu Löscharbeiten, daß es die eigenen Häuser schützte. Seine Studenten aber hetzte er, die Bücher aus der Universitätsbibliothek zu retten, besonders die des Bischofs Jesper Swedbergs, des Vaters des Spinners. Das war im Mai. Im September aber starb er.

Was aber verhandelt Rudbeck genau? Ach ..., so allerlei ... so, daß Adam erster Erzbischof von Upsala, der Hauptstadt von Atlantis, war und das Lapplands Berg Kassavare mit seinem Wasserfall die Mitte des Paradieses darstellte. 102 Beweise? hier sind einige : die Hügel vor Upsala, nehmen die nicht Ägyptens Pyramiden vorweg, dependiert nicht überhaupt Ägypten von Skandinavien? Upsalas älteste Kirche : sind nicht nach der die Tempel Apolls ausgeführt worden, formte die nordische Mythologie nicht den Olymp vor, gründeten Skandinavier nicht Troja? nein? ach! dann sind wohl auch die griechischen und phönizischen Alphabete nicht runenentlehnt und bedeutet, daß ›pojkar‹ (schwedisch für ›Knaben‹), nach ›Pygmäen‹ schmeckt und auch die Samen ungroß sind, nichts? — und damit hat Rudbeck ja Georg Stiernhielm (1598–1672, schwedischer Richter, Archivar, Mathematiker, Sprachpurist und Hexametermann) auf seiner Seite, der wenigstens dreimal (1643, Prinzessin Christina gewidmet ›Magog aramaeo-gothicus serenissimae reginae Svecorum‹,

RENÉ : *Ja*

LOISY : *Möchtest du denn auch genauso gern, daß wir uns wiedersehn ?* (rutscht bedeutend näher, grunzt lippleise) *Nimm mich. Laß mich dein Digestif sein*

1651 ›Runa suethica, duobus systematibus comprehensa, quorum primum : Exhibet dissertationem de linguis, & vera linguarum origine. Secundum : Radices universales, & omnibus ferè linguis communes eruit & aperit‹ und 1671 ›Ulfilas : evangelia ex Graeco Gothice‹) erfolgreich den Nachweis führte, daß alle biblischen Namen urschwedisch sind. Und wer wüßte mehr über ewigen Tag und ewige Nacht (→ Himmel und Hölle) als die Nordleute? Wenn also Orpheus oder Aeneas die Unterwelt besuchten, so heißt das nur, daß sie im hohen Norden gewesen waren, denn das Wissen um Unsterblichkeit, das aus ihren Unterwelten klingt, ist Edda-Wissen. Platon sprach von Elephanten auf Atlantis? gut, damit waren Wölfe gemeint, und die gabs in Schweden, schon die Ähnlichkeit der Wörter ›Elefant‹ und ›Wolf‹ (›ulf‹) belegt das — sogar hatten ja einige Hannibals Elephanten auch ›Ochsen‹ oder ›Bären‹ genannt. Atlantis ging unter im Meer? Welch eine Lüge! Der lügt! Platon lügt, damit ja Atlantis nicht wiederentdeckt werde : es gab nur eine große Naturkatastrophe, die Sintflut, die aber betraf die ganze Erde und nicht nur Schweden. Und Noah hatte einen Sohn, der hieß Japhet, und der hatte wieder einen Sohn, und der hieß Atlas, und der wohnte in Schweden (→ Ex-Atlantis).

Eine fruchtbare Methode : Sprachen und Räume bringt Rudbeck assoziativ, empirisch oder analytisch überein mit Fetzen der Nordistik und projiziert alles überlieferte Menschenmühen auf Schweden — und heraus kommt ein europaweit als Wissenschaft diskutiertes Stück durchästhetisierter Literatur. O, und wer winkt da aus der Zukunft? Hasse (→ Hinter Büchern, Der Jacobi-Nachlaß, Anhänge), der seinerseits hofft, sein Erweis, Preußen sei »das Paradies der Alten und Urland der Menschheit gewesen«, werde »nicht blos ... bespöttelt, und unter dem Nahmen des Rudbeckisirens gänzlich verworfen, sondern unparteyisch geprüft«, und Strindberg. Na ja : vermutlich hat jede Nation einen solchen aufzuweisen. Und einige sogar mehrere. Sehr klar Rudbeck gesehen hat Gibbon, im IX. Kapitel :

»Unter den Völkern, die sich die mosaische Geschichtsauffassung angeeignet haben, hat Noahs Arche dieselbe Bedeutung wie ehedem die Belagerung Troias für die Griechen und Römer. Auf einem kleinen Fundament allgemein anerkannter Wahrheiten wurde ein gigantischer Überbau müßiger Fabeln errichtet; und der kulturlose Ire konnte ebenso wie der unzivilisierte Tartar mit Genauigkeit jenen Sohn Japhets benennen, aus dessen Lenden seine Vorfahren in direkter Linie hervorgegangen sein sollen.

Das letzte Jahrhundert kennt eine Fülle von ebenso hochgelehrten wie leichtgläubigen Altertumsforschern, welche im Schummerlicht von Fabeln und Überlieferungen, von Konjekturen und Etymologie die Urgroßenkel Noahs vom Turm zu Babel in die entlegensten Winkel der Erde entsandten. Unter diesen umsichtigen, kritischen Geistern ragte insonders Olaf Rudbeck, Professor zu Upsala hervor. Was immer auch einen Namen hatte in Geschichte oder Sage, dieser eifernde Patriot wußte es seinem Lande zuzueignen. Aus Schweden (das ja selbst ein beträchtlicher Teil Germaniens war) empfingen die Griechen selbst ihr Alphabet, ihre Astronomie und ihre Religion. Das Atlantis von Plato, das Land der Hyperboräer, die Gärten der Hesperiden, die Insel der Glückseligen, und selbst noch die elysäischen Gefilde waren sämtlich nur blasse und zweitrangige Kopien dieses gesegneten Landes, als das es jedem Einheimischen erscheinen mußte. Ein Landstrich, von der Natur so sichtlich bevorzugt, durfte nach der Großen Flut unmöglich lange unbesiedelt bleiben. Der gelahrte Rudbeck gestattet der Familie Noah einige Jahre, sich von acht Personen auf zwanzigtausend zu mehren. Daraufhin unterteilt er sie in kleinere Kolonisten-Kollektive, auf daß sie die Erde neuerlich besiedeln und das Menschengeschlecht vermehren mögen. Die germanisch-schwedische Abteilung (welche, wenn ich recht verstanden habe, unter der Führung von Askenaz, des Sohnes von Gomer, des Sohnes von Noah, zogen) zeichneten sich im Verfolg ihres hohen Zieles überdurchschnittlich aus. Diese Bienenvölker des Nordens verbreiteten ihre Schwärme über die größten Teile Europas, Afrikas und Asiens; und es floß, um eine Metapher des Autors zu übernehmen, das Blut aus den Gliedmaßen zum Herzen zurück.

RENÉ (verhört sich nicht, gelähmt) : *Und nach Wien möcht ich einmal …*

LOISY : *So? Was möchtest du denn in Wien?*

RENÉ : … *einmal nur nach Wien und im Dioskurides* [178] *blättern, aber Mama erlaubts nicht*

Aber dieses wohlersonnene Lehrgebäude germanischer Altertümer wird zu Staub durch eine einzige Tatsache, die zu gut erwiesen ist, als daß man sie anzweifeln könnte, und die zu abgesichert ist, als daß sie für Diskussionen noch Raum ließe : zur Zeit von Tacitus verstanden die Germanen sich nicht auf die Verwendung der Schrift; und der Gebrauch der Schrift ist nun einmal der wichtigste Umstand, der eine Kulturnation von einem Haufen Wilder unterscheidet, welche unfähig sind, sich Kenntnisse anzueignen oder Ideen zu entwickeln. Ohne dieses geniale Hilfsmittel verliert oder verdirbt das Gedächtnis der Menschheit alsbald die ihm anvertrauten Einsichten; und die edleren Geistestätigkeiten, mit solchen materiellen oder ideellen Hilfestellungen forthin unversorgt, vernachlässigen allgemach ihre Kräfte; das Urteil wird unsicher und schwerfällig, die Vorstellungskraft träge oder unzuverlässig. Laßt uns, um diese wichtige Wahrheit zur Gänze zu erfassen, versuchen, den Unterschied zwischen einem gelehrten Manne und einem schreib- und leseunkundigen Bauern in einer zivilisierten Gesellschaft zu ermessen. Der Erstere vervielfacht seine persönlichen Erfahrungen durch Lektüre und eigenes Nachdenken, und ist in der Vergangenheit und fernen Ländern zu Hause; während der Letztere, verwurzelt an seinem Fleckchen Erde und mit einer abschätzbaren Lebenserwartung, seinen Genossen in der Fron, den Ochsen, an geistiger Praxis nur wenig übertrifft«.

178 *Nach Wien und im Dioskurides blättern* heißt : Einsicht nehmen in die ältesterhaltene Dioskurides-Handschrift, den ›Codex Vindobonensis Medicus Graecus I‹ in der Österreichischen Nationalbibliothek.

Eine Ausnahme in der Welt. Nicht, weil Dioskurides' Werk die einzige Quelle für dakische und thrakische Pflanzennamen darstellt, sondern weil er der eine antike Autor ist, den die Renaissance nicht wiederentdeckte — da er stets präsent war.

Anazarba in Kilikien, hart an Grenze zu Syrien und seit Augustus römisch : dort wurde Pedanios Dioskurides unter Claudius geboren. Ausgebildet wohl 80 Kilometer weiter in Tarsos (da noch nicht berühmt als Heimat des Geistheilers Paulus, sondern als Zentrum arzneilicher Forschung), beschloß Dioskurides, weit herumzukommen und als Militärarzt im Troß der Legionen Gallien, Hispania und Italien zu durchziehen. Zwar zehrte er von den Vorläuferwerken, des Aristoteles-Nachfolgers Theophrast neun Bücher Περὶ φυτικῶν ἱστοριῶν und sechs Bücher Περὶ φυτικῶν αἰτιῶν, des Aristoteles-Schülers Diokles von Karystos Ῥιζοτομικόν und zweihundert Jahre später des Krateuas gleichnamiger Schrift, war aber wesentlich Praktiker und Freund der Autopsie und fand im Legionsleben die Zeit, Περὶ ὕλης ἰατρικῆς (De materia medica) zu schreiben, für länger als anderthalb Jahrtausende kulturübergreifend die ultima ratio der Pharmazie, nach einer erstmalig qualitativen, nicht-alphabetischen Systematik und in der botanischen Nomenklatur erst von Linné abgelöst — noch Luther glaubte felsfest, alles was Europa beblühe, habe Dioskurides beschrieben, dabei waren zu Wartburgzeiten schon ein Viertel der Pflanzen aus dem Wortherbarium des Dioskurides vollkommen unbekannt (→ 115). Das Problem aber war schon mal, bis auf zehn Blumen, gelöst : Konstantin VII. schenkt 948 Abd ar-Rahman III., dem ersten Kalifen von Cordoba, einen Orosius (→ 147) und eine illuminierte Dioskurides-Handschrift. Der Kalif aber bemerkt dreierlei : er kann kein Griechisch, er freut sich an den bunten Bildern, Orosius langweilt ihn. Da schickt Konstantin das Mönchlein Nikolaus hinterher, das aber kann kein Arabisch, und drei Jahr lang weiß niemand einen Ausweg, bis der Jude Hasday Ben Basrut hinzutritt und alles richtet : sechs Ärzte werden berufen, den Dioskurides zu arabisieren, und sind auf zehn Jahre damit befaßt zu reisen, Dioskurides' Gewächse zu bestimmen und ihnen Namen zu verpassen. Bis auf zehn werden alle Pflanzen gefunden. Aber aufgeschrieben wird nicht, die Zuordnung der Arabismen zu den griechischen Namen verschwindet im Nachlaß von Abu Dawud Sulaiman ibn Hassan Ibn Gulgul al-Andalusi, eines der beteiligten Ärzte : ›Die Erklärungen der Namen der im Werke Dioskurides vorkommenden einfachen

LOISY : *Was ist denn Dioskurides? Ist das was von Friedrich, das ich nicht kenn?*

RENÉ : *Nein nein, das ist nur ... ein alter Codex*

LOISY : *Jaja, die sind ja meine ganze Leidenschaft*

RENÉ : *Der ist wirklich sehr schön ... der ist ein ganz kunstvoller Codex von 512*

LOISY : *Nun, ganz so alt bin ich noch nicht*

RENÉ : *Eine wunderschöne Arbeit, das Pergament aus den Häuten ungeborner Kälber. Da sind tolle Bilder drin, etwa Dioskurides, wie ihm Euresis, der Göttin der Erfindung, die Mandragora ...*

LOISY : *Ah!*

RENÉ : *... überreicht und im Vordergrund ein Hund, der davon aß und starb. Ja, auch die 66 Tierminiaturen sind hübsch, aber doch nichts gegen die 383 Pflanzenbilder ... höchstens noch ...*

LOISY : *Jaa ...?*

RENÉ (verliebt) : *... das Widmungsbild für die schöne Prinzessin Juliana Anikia* [179]*, wie sie da thront, in einem Achteck, umwirkt von zwei Quadraten und einem Kreis*

LOISY (geringschätzig, sehr gegen die moralische Verderbnis) : *Allerliebst, jaja, zwischen zwei Personifikationen : ›Edelmut‹ und ›Einsicht‹, sehr schön. Ist dir aufgefallen, wie,*

Heilmittel‹. Das kommt erst 1993 ans Licht, übersetzt und kommentiert von Albert Dietrich als ›Die Ergänzungen Ibn Gulguls zur Materia medica des Dioskurides‹ — und wäre nicht mittlerweile so ungewiß, was die im Jahr 961 gefundenen arabischen Worte bedeuten, könnten eigentlich alle zufrieden sein, daß der Wissenschatz der Materia Medica, die immerhin aus den drei Reichen der Natur 813 Pflanzen, 101 Tiere und 102 Mineralien zu insgesamt 4740 medizinische Anwendungen versammelt, endlich wieder komplett erschlossen ist : so weiß Dioskurides, daß Mohn gut ist gegen Schmerz und Husten, Pfefferminz Kopfweh wegmacht, Eisenhut giftig ist, bei Herzschwäche oder Nierenversagen Keuschlamm seine dopaminerge Wirkung entfaltet oder Eiche und Weide die Poren verschließen. Nur scheinbar innovativ verschreibt Dioskurides gegen einige Kinderkrankheiten den Verzehr gebratener Mäuse. Das hat er aus einem vordynastischen Papyrus, das kann nicht schlecht sein, das soll er wohl gern in Europa einführen.

Der Codex wurde zuletzt von 1960–65 restauriert und aufgehübscht, um dann von 1965 bis 1970 originalgetreu in sechs Bänden faksimiliert zu werden — das sollte 6000 Mark kosten! Aber nicht nur, daß René nicht nach Wien darf, nichtmal das Faksimile besitzt er! Nur einen verkleinerten Billigreprint, aus einem Wasserschadenfall-Laden, und immer noch für 300 Mark, hat er. Selbst erwirtschaftet. Durch Zeitungsaustragen. Geizmutter! Geizmutter!

[179] Anicia Juliana (~460–530), eine römische Aristokratin, wie Boëthius (~475–525) und Papst Gregor (~540–604) aus dem siebenhundert Jahre schon volkstribun- und konsulstellenden praenestischen Geschlecht der Anicii, schwippschwägernd verschwappt mit den Dynastien, die bis 455 Roms und 457 Byzanz' Kaiser stellten. Der byzantinische Caesar Zenon hatte sie Ostgoten-Theoderich angeboten, Juliana aber heiratete, da Theoderich sie schmähte, 480 den Magister militium Flavius Areobindus Dagalaiphus, der 515 immerhin beinah byzantinischer Gegenkaiser geworden wär. Ihr Sohn heiratet eine Nichte des kinderlosen Zenon-Nachfolgers Anastasios I., so daß es weder zur Kaiserin noch zur Kaisermutter reichte : sie blieb Kaisertochter und wurde halt Mäzenin der Mutter Gottes und war fromm und gebildet. So wurde denn auch die Handschrift Juliana nicht wegen sozialer Verdienste dediziert, sondern weil die fanatischen Christen des konstantinoplischen Stadtteils Honoratae es toll fanden, daß sie ebendort der Mutter Gottes eine Kirche spendiert hatte. Der Achtzeiler zu Beginn des Codex kann sich kaum beruhigen : »Juchhe!

während draußen die Bauern verhungern und unergiebige Kriege auf dem Balkan geführt werden, die schmuckbyzantinische Dame Goldstücke auf einen Codex plumpsen läßt, den ihr ein fetter Eros entgegenhält? Und wie vor ihr ein Weib kniet und die ›Dankbarkeit‹ sein soll? (springt, ist sich sicher) *Schwul*

RENÉ : *Wie jetzt? wer?*

LOISY : *Ihr Vater*

RENÉ : *Wie, ›ihr Vater‹? Der war Kaiser*[180] *und hatte doch wenigstens eine Tochter*

LOISY : *Das ist ein Trick, hast du's denn nicht verstanden? : wichtig ist, wer erbt*

RENÉ : *Aber ...*

LOISY : *Die waren sowieso alle schwul, die Kaiser. Und Friedrich war König ...*

RENÉ (will sich durchsetzen) : ... — *und hatte sicher eine bewegte Geschichte. Die aber hatte die Wiener Handschrift auch*[181] ...

Mit allen guten Ruhmsprüchen besingt und rühmet dich, o Herrscherin, die ganze Stadt Honoratae. Denn zu dem ganzen Erdkreis zu sprechen treibt sie die Großherzigkeit der Anikier, deren Sproß du bist. Denn einen Tempel des Herren erbautest du, der hoch und herrlich emporstieg«.

[180] Flavius Anicius Olybrius, Vater Julianas und Gatte der Tochter Valentinians III, 464 Konsul in Byzanz, wurde zwar 467 von Geiserich als Kaiser vorgeschlagen, mochte aber nicht. Erst als er 472 in schlichtender Mission nach Italien reiste, wurde er endgültig gegen seinen Willen gekaisert. Und wär er nicht binnen sechser Monate an Wassersucht gestorben, wär er wohl auch länger als ein halbes Jahr Kaiser Roms geblieben. Der frühe Verlust des Vaters aber bestärkte den Glauben Julianas an Gottes Milde und Wohltat enorm.

[181] Nach 512 wird der Codex eifrig in therapeutischer Praxis genutzt, da es Gott doch gefiel, viel Krankheit und Wunden unter den Menschen zu säen. Paulos von Aigina, 642, als Muslime Alexandria erobern, ebendort als Wanderarzt tätig, erwähnt die Handschrift. 1204 wird Konstantinopel lateinisch und Teile des Codex auch (fol. 13–27v finden sich latinisierte Synonyma der Pflanzennamen nachgetragen und fol. 327v das provencalische ›ginestre‹ [Ginster]). 1261, nach dem Abzug der Lateiner, hat der Codex eine neue Bleibe im Johanneskloster auf Patmos. Dort schreibt ihn um 1350 das Mönchlein Neophytos ab (heute in der Bibliothèque Nationale Paris Mr. gr. 2286) — der Codex umfaßt da noch 546 Blätter. 1406 sinds 18 weniger, überhaupt hat seine Kondition nachgelassen. Abt Nathanael ist in Sorge und ordnet aus der heraus die Restaurierung an, Johannes Chortasmenos (1370–1436), ein bibliophiler Notar und Dichtermönch, nimmt sich dessen an, zerlegt den Codex, bindet ihn neu, vertauscht zwei Faszikel, macht dafür aber einen frischen Index und schreibt bis fol. 142v die Majuskel, die immer unbeliebter wird beim lesenden Volk, in Minuskel um. 1423 berichtet Giovanni Aurispa (1376–1459), ein Codeximporteur, Orientreisender, Konzilsteilnehmer und Lukian-Übersetzer, aus dem türkenbelagerten Konstantinopel an Ambrosio Traversari (1386–1439), er habe in einem Kloster einen Codex gesehen »mirae antiquitatis, in quo depictae sunt et herbae et quaedam animalia; che sarebbe potuto a buon prezzo«. Traversari ist selbstverständlich hibbelig, schließlich ist auch er Humanist, schöngeistiger Medicifreund und übersetzt eifrig griechische Patristik — kann aber erstmal nichts machen, nimmt ihn doch ganz seine Karriere im Kamaldulenserorden, dessen General er acht Jahre darauf werden soll, in Anspruch. Aurispa bringt zuletzt dennoch 238 Codizes aus Konstantinopel heraus (Platon komplett, Thukydides, Apollonios Rhodos, Cassius Dio, Pindar, Demosthenes, Sophokles, Euripides, Aischylos, Kallimachos, Strabon, Athenaios — vieles dem Westen völlig unbekannt). Zwölf Jahre später ist ein Kollege, der Handschriftenschieber, Kopist und päpstliche Bibliothekar Giovanni Tortelli d'Arezzo, der in Konstantinopel Griechisch lernt, hilflos : »Vidi ego Constantinopoli eiusdem auctoris [i. e. Dioskurides] codicem literis graecis antiquissimis exaratum, in quo non solum herbarum effigies sed volatilium quadrupedum et reptilium tanto artificio et proprietate effictae erant, quanto natura

LOISY (die interessiert ihn nun nicht [182]) : *Und möchtest du denn auch genauso gern, daß wir uns sehr bald wiedersehn?* (rutscht noch bedeutender näher) *in Wien womöglich? im Prater? in Gondeln?*

RENÉ : *Nun … äh*

LOISY : *Ich kann dir helfen. Laß dich einfach fallen*

— und legt sich dem Jüngling wie eine dicke Geige unters Kinn, schnippt im Sich-

---

ipsa, ut puto, producere non potuit«. 1453 wird Konstantinopel türkisch und freuen sich die Türkenärzte und werden massig arabische, persische und türkische Ableger des Dioskurides in die Welt übersetzt. So müssen andere Dioskurides-Handschriften sich hergeben, Juli 1478 die lateinische editio princeps zu veranstalten und Juli 1499 in Venedig bei Aldus Manutius erstmals den griechischen Text gedruckt. Im 16. Jahrhundert gehört der spätere wiener Codex einem Moseh ben Moseh (fol. 1), und endlich hat Hamon, jüdischer Leibarzt von Sultan Selim II. (des Trunkenen), einen Sohn, und der gibt 1569 den Codex über den ehemaligen habsburger Gesandten bei der Hohen Pforte, den flandrischen Ritter und Gelehrten Ogier Ghislain de Busbecque (1522–1592), der auch gern mal selbst von alten Handschriften kaufte, um den irren Preis von 100 Goldukaten an Kaiser Maximilian II. weg. Max sortiert ihn in seine kaiserliche Hofbibliothek zu Wien ein … — immerhin sind noch 485 Blätter angekommen und sind nicht mehr weniger geworden und sind 1998 von der UNESCO zum Weltkulturerbe erhoben.

[182] Im übrigen kennt er sie auch — lehrt er doch nebenher Handschriftenkunde, eine Hilfswissenschaft zu Friedrich, eigentlich erdacht, in den Archiven zeitgenössische Briefe von Fredersdorf an von Marwitz original lesen zu können. Was hat er sie nicht traktiert, die Mütterchen kurz vor 60, denen der Besuch der Nagelstudios zu teuer geworden war und die nie den Mumm haben würden, selbst eines zu eröffnen, die aber unbedingt meinten, sich nochmal was Gutes tun zu sollen und jetzt bei ihm in der Übung saßen. Mit unerhörten Details hat er sie gelangweilt und weggefiltert, eine lumpige Seite aus dem Reprint des wiener Codex, den auch René besaß, mit einem klappigen Overheadprojektor an die Wand geschmissen und sich mit Tränen der Rührung begossen, Anfragen, die bunten Bilder, die man da nebenher erblicke, ob man die nicht mal …, mit mächtigem *Nein* beschieden, Bilderbücher lehre er nicht und die Biologen residierten zwei Türme weiter und allein die Buchstaben fixiert: *Schauen Sie, E und Σ, die deutliche Verdickung der Ränder, der absteigenden Vertikale, und wie haarstrichfein die horizontal absteigenden Linien. Das ist ganz typisch für Konstantinopel um 500, aber auch für die Hütten im Umland. Bitte beachten Sie, wiewohl die Buchstaben auf vorgeschabter Linie gesetzt wurden und die Spalten seitwärts Einstichlöcher aufweisen — das kennen Sie alle vom Nähen — als Hilfe zur Linealführung, und wie der Geist der Zeit darüber hinaustrieb, K, Π und T durchgängig mit Zäpfchen an der Oberzeile versehen sind, Δ auf ebensolchen Zäpfchen ruht, K auseinandergetreten ist in zwei Zeichen, so daß die Unkundigen, von denen dieser Kurs — Maria sei Dank — verschont geblieben ist, leicht* EIC *statt* EK *lesen könnten, und die dramatischen Unterlängen von ΦΡΥ bestimmend sind für den allgemeinen Eindruck des Schriftbilds* — bis der Kurs purgiert war, nur noch junges, dummes, meistmännliches Volk dasaß und Loisy sich in freien Exkursen über Friedrich ergehen konnte. Am Ende des Semesters sollte nichts mehr schiefgehn, Loisy wollte alle seine tapferen Schäflein durchbringen und bestimmte, daß zum Erwerb eines qualifizierten Scheines ein lächerliches Klausürchen nur wartete. Und also teilte er den Anfang der Weihnachtsgeschichte des Lukas aus, eine reproduzierte Seite der 42zeiligen Gutenberg-Bibel 1454, zur Transkription, Roh-Übersetzung und ›Deutung‹, »Factum est autem in diebus illis exiit edictum a Caesare Augusto ut describeretur universus orbis. haec descriptio prima facta est praeside Syriae Cyrino …« — Loisys Favorit aber, ein junger, pickelloser Schöngeist belehrte ihn schriftlich dann, es handele zweifelsfrei sich um einen Brief von einem August oder aber um einen Brief, der in einem August geschrieben worden sei, diese Frage ließe sich mit dem wenigen vorhandenen Material nicht genau entscheiden … — und Loisy sagte beim Korrigieren blaß *Hihi*, stornierte einen Reise zu zweit nach Burgund und seufzte eine glatte 2 unter die Arbeit.

hingeschmiege einen abseitigen Wink, daß ein anderer Assad kommt und René einen Absacker reicht, heißen Brennesseltee [183] in einem kleinen bastumwundenen Glas. Vorsicht, heiß.

---

[183] Nach Dioskurides vermag die Brennessel so einiges : »Mit Saft zerrieben und in die Nase geschoben, schränken sie das Nasenbluten ein. Mit Myrrhe zermalmt und als Pessar angewandt, rufen sie den Menstruationsfluß hervor. Wenn man mit frischen Blättern die erschlaffte Gebärmutter berührt, so wird sie wieder in Form gebracht. Wenn man das Samenkorn der Brennessel mit gekochtem Wein trinkt, so erregt es die Sexualinstinkte. Es öffnet den Gebärmutterhals. Mit Honig gemischt hilft es bei Brustleiden, bei Seitenschmerzen, bei Lungenentzündungen und reinigt die Brust. Man vermischt es auch mit ätzenden Arzneien. Werden die Blätter mit Muschelschalen gekocht, so treiben sie den Urin und lösen Blähungen aus. Mit Kräutertee gekocht sind sie gut für Lungenstörungen. Werden sie mit Myrrhe getrunken, so rufen sie den Menstruationsfluß hervor. Gurgelt man mit dem Saft, so werden Entzündungen des Zäpfchens geheilt«.

VI. Das Wiedererkennen

**darin Böhnke seinen Vorteil wahrzumachen versucht,
Loisy Keller einbestellt, Negerjunge ein Geschenk schenken will,
Putzteufel eine famose Gedächtnisleistung tut
und ein trunkenes Gedankenspiel Sicht gewährt
auf die Herkunft von Wiebkes Fund**

Tags darauf steht Silke, in eine dezente Wolke Damenduft auf Jasminbasis getan, neben einem Riesen ... ein schwerschädlig-älterer Herr ... ein Menschbutt, dicht bewachsen von Muscheln, Seepocken und Algen in Gestalt wellig-weißen Haars, mächtiger Nase und voller Lippen : ein waschechter weiser Richter am Hanseatischen Oberlandesgericht Bremen. Dessen Präsident gar. Der Mann, aus alter Richterdynastie, glaubt noch ans Gute im Menschen und harte Vergeltung. Gern, wenn bis zum nächsten gerechten Spruch noch Zeit ist und sein Sammeltrieb es gebeut, tritt er in seinem Richterzimmer vor den Spiegel und trägt, zum Signalement, daß er durchaus noch Sexualpartner ist und frisch zu Werke geht, großartig Aftershave auf, entschreitet seiner nur von innen sich öffnenden Richterzimmertür, zieht huldvoll aus dem Amtssitz Sögestraße, durchstreift gebieterisch die Wallanlagen, der Obdachlosen und Musen strafrechtlich relevantes Tun messend und mißbilligend — und kehrt bei Hudelwerth ein. Da wartet immer ein Leckerli auf ihn.

Kein Moment der Berechnung! blanke Sympathie, daß Silke streng Vorsorge getroffen hat, diesen treuen Baedekermann nie enttäuschen zu müssen : für ihn hält sie hinterhand eine stille Reserve [184], gleich nach ihrer ein Jahrzehnt schon zurückliegenden ersten Bekanntschaft, angelegt und unberührt seitdem ... nur insgeheim und jedes Quartal im Preis angehoben. Weil Silke immer sicherer die finanziellen Möglichkeiten ihres Kunden ausgelotet hat. Und die Inflation vom makabren Treiben nicht ließ. Denn zusetzen will Silke nicht. Bei aller Liebe.

Nun, Richters und Silkes Spiel ist eingeübt : Silke baut auf dem Secretaire zu ihrer Rechten ein Türmchen alter Baedeker, das trägt sie ab, einen Baedeker nach dem anderen reicht sie dem Präsidenten an, streicht jedem zweiten mit dem Daumen über den Kopfschnitt kurz noch, daß ein Eindruck der Improvisation und des Verruchten wird, der Präsident aber übersieht das geflissentlich, genießts und

---

[184] Indien, Ostseeküste, Atlantis, Generalgouvernement.

mustert unter buschigen Brauen je nur kurz die jeweiligen Rücken, sagt vertrauend je *So* und baut dann daraus zu seiner Linken ein eigenes Türmchen, eine wiederauferstehende, umgekehrte Version des niedergehenden Vorgängers. Präsident ist zufrieden, Silke ist zufrieden.

Die Tür öffnet sich und es läutet lieblich — aber lieblich ist nicht, was da mit einer Schlechtwetterzunge hereinringelt, aus den Rinnsteinen kalt und feuchtgrau : Böhnke, leinenbebeutelt. Silke halbdreht sich, kneift die Augen und bedenkt Böhnke, der neben dem Schirmständer durchatmet, mit einer Steh-und-sei-still-Geste, Böhnke hebt stummstolz die zwei Leinenbeutel an, Silke aber wiederholt Steh-und-sei-still, und grad rechtzeitig noch kehrt ihre Aufmerksamkeit sich wieder gegen den Richterpräsidenten : der hat — sein Türmchen fixiert mit den Augen — die Hand blindlings vor Silke hingehalten wie achtmal schon zuvor, und eh noch präsidialer Unwille die Stirnhaut kräuselt, weil auffällig würde, daß der letzte Takt des Vorlegens den Rhythmus brach, reicht Silke in fleischige Richterhand den neunten und letzten Baedeker, der unter einem *So* den Präsidententurm vollendet.

GERICHTSPRÄSIDENT (räuspert sich vornehm) : *So. Vielen Dank. Ich reflektiere* (tippt das Türmchen an) *auf diese hier und denke, ich nehme dann* (schlittert mit dem Fingernagel der Welt über die goldgeprägten Leinenrücken, lacht) *einfach diese : St. Petersburg, Kairo, Sizilien, Wien, Dubrovnik, Nordamerika, Berlin, Brüssel und ...* (das Lachen gerinnt zum Lächeln vieler siegreicher Drogenprozesse aus seiner Jugend als Staatsanwalt) *Amsterdam*

SILKE (addiert taschenrechnernd, scherzt) : *Ob Sie sichs leisten können* (böhnkelaut) *Herr Gerichtspräsident ?*

GERICHTSPRÄSIDENT (scherzt zurück) : *Könnte ichs nicht, käm ich nicht zu Ihnen ...*

SILKE (lacht) : *Vorsichtshalber rechne ich Ihnen noch was runter*

GERICHTSPRÄSIDENT (noch dem eigenen Witz zugeneigt) : *... dann würde ich im Schnoor kaufen*

SILKE : *Wie gemein Sie sein können ... Ihre armen Delinquenten* (greift eine Blanko-Rechnung, trägt eine Summe ein und überreichts)

GERICHTSPRÄSIDENT : *Vor allem Ihre armen Kollegen, bei denen ich niemals kaufe !*
— Gerichtspräsident registriert aufkeuchend den Rabatt, zahlt, und händigt bei der Gelegenheit seine quartalig aktualisierte, handschriftlich geführte Desiderata-Liste aus. Silke nimmt die kommentarlos an sich und führt sie diskret und sofort dem Papierkorb zu. Was dem Mann fehlt, weiß doch Silke am besten, sie bestimmts ja, und was er bei wem und woanders kauft und meint, ausstreichen zu können, will sie nicht wissen.

GERICHTSPRÄSIDENT : *Recht herzlichen Dank, Frau Hudelwerth, wie immer ein Vergnügen. Und bis nächstes Mal* (greift nach seinem Schirm, touchiert damit versehentlich den salzsäulenen Böhnke, wirft dem ein) *O Verzeihung* (hin und strebt gerichtwärts)

BÖHNKE : *Hallo ? Silke ? Darf ich jetzt ?*

SILKE (versucht das unbesehene Üppbündel Geld in ein kleines Döschen zu quetschen) : *Böhnke, was willst du? Du weißt doch, daß du hier besser nicht reinschneist, wenn Kundschaft da ist*

BÖHNKE : *Ja, Silke, ich* — (hustet) *schöne Frisur*

SILKE (blickt auf, kühl) : *Sag mal, bist du krank oder sowas? Du hörst dich ja furchtbar an — bleib bloß wo du bist. Also, was gibts?*

BÖHNKE (krächzt) : *Wollt dir nur was anbieten. Sehr seltene, sehr gute Bücher*

SILKE : *Na gut, zeig her*

Böhnke tritt nach vorn, stülpt seine Bücher neben die Baedeker auf den Secretaire und ordnet die zu einer bequemen Front, während Silke schon mit nüchtern rechnenden Lippen kalkuliert und verhalten die Nase rümpft : es riecht nach nassem Pudel.

BÖHNKE : *Du, der hat seine Bücher ja gar nicht mitgenommen*

SILKE (kalkuliert im Sprechen weiter) : *Ob dich das wohl was angeht oder ob dich das wohl nichts angeht?* [185]

BÖHNKE (schweigt betreten, dann) : *Kannste da was mit anfangn?*

SILKE (ist fertig, geht Buch für Buch erklärend durch) : *Dreck, Dreck, Dreck, Dreck, ganz nett, Dreck, Zustand, Zustand, Dreck. Und so weiter. Also, für alle zusammen : fünfzig*

BÖHNKE (geplättet) : *Och nee, Silke. Schon diese Zehnerreihe, diese ganz altn, das is doch mehr!*

SILKE (gleichmütig) : *Schön, Böhnke, es sind zwar nicht zehn, sondern dreizehn, aber pack wieder ein und hau ab*

BÖHNKE : *Och, Silke, Mensch, war doch nich so ... nur ne Frage war das* (geht in sich) *So gesehn is fuffzig prima, echt, richtig prima*

SILKE : *Mein' ich doch auch. Immer dieses Hin und Her bei dir, Böhnke, das muß mal aufhörn* (drückt ihm einen Fünfzigmarkschein in die Hand)

BÖHNKE : *Silke, ich ...*

SILKE : *Tschüß, Böhnke. Und denk in Zukunft dran : du hast hier nicht reinzukommen, wenn Kundschaft da ist. Besser für dich*

BÖHNKE (knittert den Fünfziger in die Hosentasche) : *Ganz genau, Silke, so machen wir das. Und danke, ne, danke* (hebt den Arm halb zum Gruß ...)

SILKE (mütterlich) : *Steck das Geld gut weg, du*

BÖHNKE (stopft nach) : *Ouh ja du*

SILKE (deutet auf die leeren Beutel) : *Und vergiß die da nicht*

BÖHNKE : *Danke du, danke* (grabscht nach den Beuteln — und verschwindet)

---

[185] Noch diesen Nachmittag wird ein Gerichtsdiener kommen, die Baedeker abholen und in einer kleinen Suite deponieren, die der Gerichtspräsident unter Maklerschaft Silkes angemietet hat — des lieben häuslichen Friedens willen. Denn verheiratet ist der Präsident auch, wenn auch mit einer Frau, die wenig Begabung hat, die Leidenschaft ihres Gatten gutzuheißen, geschweige denn, zu verstehen. All das geht Böhnke wirklich nichts an.

SILKE : *Was ein Idiot!*

›Zehnbänder‹ … — Silke taxiert den Gibbon. Vogt, sie wird ihn Vogt anbieten. Und zwar für … Silke schwingt den Bleistift … zwölfhundert. Sie greift die dreizehn Bände unter ihre rechte Achsel und verfügt sich in die hinteren Gelasse, schließt mit schwatzigem Schlüsselbund die Panzertür zu ihrem Sonder-Lager auf und legt den Gibbon neben die Baedeker ›Indien‹, ›Ostseeküste‹, ›Atlantis‹ und ›Generalgouvernement‹.

SILKE : *Das gibts aber erst im späten Frühjahr. Wer weiß, wo der blöde Böhnke das Zeug aufgetrieben hat*

Keller hat zwar keinen Panzerschrank, aber ein Antiquariat. Im Schnoor. Und er hat auch schon Kundschaft und bereitet sich im Erdgeschoß vor, an den Lippen eines Vorboten des Sommers zu hängen. Soll das ein Insel-Sammler werden, leger, sonnenbrillig, bärtig und stiernackig, vor der Zeit lochentkrochen? Keller ist mäßig mit Insel bevorratet, legt sich aber nochmal die Weisheit ›Wenn du nicht lächeln kannst, mach keinen Laden auf‹ zurecht.

SAMMLER : *›Ein Mensch, von Büchern hart gedrängt‹* [186] *— hier siehts ja aus! — Ich komme aus München, da bin ich zugezogen, aber das gehört nicht hierher* (Keller lächelt dankbar) *aber ich seh grad in Ihrer Auslage, Sie führen auch Insel, ich suche ein ganz bestimmtes, Eugen Roth, ›Sammelsurium‹, mit besonderem münchener Bezug. Sehr populär, zeitlos weise. Ganz alt, ganz frühe Nummer kanns nicht sein, und DDR auch nicht. Haben Sie das da? Das wüßten Sie, oder?*

KELLER (wehrt ab) : *Insel-Bändchen? Nein, wüßt ich nicht. Und die sind leider hier nicht alphabetisch, sondern nach Nummern sortiert, das bevorzugen die meisten. Die Nummer haben Sie nicht?*

SAMMLER : *Och nö nö … wär auch nur ein Zufall gewesen*

KELLER : *Hmm* (traut sich nicht, die Abgründe des Konstrukts ›wär auch nur ein

---

186 ›Bücher‹, von Eugen Roth (1895–1976), richtig : »Ein Mensch, von Büchern hart bedrängt / An die er lang sein Herz gehängt / Beschließt voll Tatkraft, sich zu wehren / Eh sie kaninchenhaft sich mehren / Sogleich, aufs äußerste ergrimmt / Er ganze Reihn von Schmökern nimmt / Und wirft sie wüst auf einen Haufen / Sie unbarmherzig zu verkaufen / Der Haufen liegt, so wie er lag / Am ersten, zweiten, dritten Tag / Der Mensch beäugt ihn ungerührt / Und ist dann plötzlich doch verführt / Noch einmal hinzusehn genauer — / Sieh da, der schöne Schopenhauer … / Und schlägt ihn auf und liest und liest / Und merkt nicht, wie die Zeit verfließt … / Beschämt hat er nach Mitternacht / Ihn auf den alten Platz gebracht / Dorthin stellt er auch eigenhändig / Den Herder, achtundzwanzigbändig / E. T. A. Hoffmanns Neu-Entdeckung / Schützt diesen auch vor Zwangs-Vollstreckung / Kurzum, ein Schmöker nach dem andern / Darf wieder auf die Bretter wandern / Der Mensch, der so mit halben Taten / Beinah schon hätt den Geist verraten / Ist nun getröstet und erheitert / Daß die Entrümpelung gescheitert«. Roth : der Göte unter den Busch-Epigonen — die tödliche Wunde, die ihn als Freiwilligen Oktober 1914 bei Ypern ereilte, ignorierte er, nach dem 42seitigen religiös-expressionistischen Auftakt ›Die Dinge, die unendlich uns umkreisen‹ (1918 bei Kurt Wolff, ›Der jüngste Tag 53‹) 1922 über den Göttinger Hainbund zu promovieren, Reisen nach Skandinavien und Afrika zu begehen, ins stupid private Moraliseren zu versinken und Schüttelreime für all die zu veranstalten, die nicht lesen. Ganz hartnäckig zeitlos populär, in der Tat.

Zufall gewesen‹ zu ergründen) *Dann schauen Sie doch eben die drei Regale durch* (Kellers Hand gleitet geschmeidig auf die Insel-Regale zu, mit Bedacht alle drei in Kopfhöhe des durchschnittlich gewachsenen Insel-Sammlers)

SAMMLER (tritt vor die bezeichneten Regale) : *Die Nummer rauszufinden haben Sie keine Möglichkeit? gibts kein Register, nein?*

KELLER (lacht) : *Natürlich, es gibt für alles Register, sogar für die Telephonnummern in Tokyo gibt es ein Register. Doch, wie jedes gute Register, ist es im Falle, daß man es braucht, untauglich : so sind Tokyos Telephonnummern nicht nach Nummern sortiert, im Gegensatz zum Register für Insel-Bücher. Was wir jetzt bräuchten, wär ...*

SAMMLER : *Tja dann*

KELLER (fröhlich) : *Schauen Sie doch grad durch*

SAMMLER : *Och nönö ...*

KELLER (ermunternd) : *Ist ganz leicht*

SAMMLER : *Nönö, soviel Zeit ist nicht. Machen wirs doch einfacher: Sie geben mir Ihre Karte, und ich rufe Sie an, sobald ich wieder in München bin*

KELLER : *Wann wird das sein?*

SAMMLER : *Sie wollens aber genau wissen*

KELLER : *Mißverständnis*

SAMMLER : *Also gut* (überlegt) *Ach, nun, so ... in vierzehn Tagen*

KELLER : *Aja. Aber leider leider : keine Karte*

SAMMLER : *Na macht nichts, ich werd Sie schon finden, ich weiß ja, wo Sie sind*

KELLER (beharrt auf seiner guten Idee) : *Wäre es nicht noch viel viel einfacher, Sie würden eben die Bände durchschauen? Ist ja keine Unmenge, ist ja überschaubar*

SAMMLER : *Nönö, soviel Zeit ist nicht* (verweilt, greift über und unter den Insel-Bändchen Bücher heraus und studiert ruhig die Preise)

KELLER (setzt nach) : *Soll ich das für Sie tun?*

SAMMLER (gleichmütig) : *Aber Sie sagten doch, Sie wüßtens nicht*

KELLER : *Das stimmt* (da eine beunruhigende Pause eintritt) *Nur interessehalber: was würden Sie mir überhaupt sagen wollen, von München aus, so am Telephon?*

SAMMLER : *Ich kann Ihnen auch faxen*

KELLER : *Ich glaube es ganz. Sofort. Aber was würden Sie mir denn faxen wollen?*

SAMMLER : *Na, ob Sie inzwischen den Eugen Roth gefunden haben*

KELLER : *Aber ich würde ihn doch gar nicht gesucht haben!*

SAMMLER : *Nein? Aber Bücher verkaufen wollen Sie schon?*

KELLER : *Doch, jederzeit und überall. Besonders jederzeit. Und da komm ich noch mal darauf zurück, daß Sie sich jetzt vor dem Regal befinden, in dem Ihr Roth stände, wenn er denn da wäre, gucken Sie doch, das ist doch der kürzeste Weg*

SAMMLER : *Och nö*

KELLER : *Gesetzt den Fall ...*

SAMMLERS WEIB (lugt mit einem kalten Wind herein) : *Günther, kommst du?*

SAMMLER : *Ja gleich*

KELLER : ... *gesetzt den Fall, ich suchte und fände das Bändchen, zwei Sekunden, nachdem Sie gleich weg sein werden ...*

SAMMLER : *Ja?*

KELLER : ... *rennte Ihnen aber nicht hinterher, sondern wartete auf Ihren Anruf, der sogar käme und ich hielte das Bändchen, das sicher um die vier Mark kostet ...*

SAMMLER : *Vier Mark? Da sind Sie aber günstig, das ist doch mehr wert*

KELLER : *Mir nicht*

SAMMLER : *So drehen Sie nicht an der Preisschraube?*

KELLER : *Nein, warum sollte ich?*

SAMMLER : *Das ist fair*

KELLER (wischt den Exkurs fort) : ... *hielte also das Bändchen Roth zitternd in den Händen : dann sollte ich es Ihnen schicken und auf eine Banküberweisung warten oder auf einen Briefumschlag mit unfrankierten Briefmarken im Wert von fünf Mark?*

SAMMLER : *Fünf?*

KELLER : *Mein Porto*

SAMMLER : *Abzüglich meines Portos?*

KELLER : *Nichtsda*

SAMMLER : *Da können Sie aber noch was verbessern*

KELLER : *Wie, was könnte ich denn da noch verbessern?*

SAMMLER : *Da* ***müssen*** *Sie sogar noch was verbessern, wenn wir eine servicefreundliche Gesellschaft werden wollen — und wenn Sie Versand machen, müssen Sie sich schon den Gegebenheiten ein wenig anpassen, ein wenig dienstleistungsorientierter werden, das können wir lernen von den Amerikanern. Man kann gegen die USA sagen, was man will, Vietnam und so, das war sicher nicht gut, aber Service wird dort groß geschrieben*

KELLER : *Wirds nicht. Wird dort kleingeschrieben. Im Deutschen, da wirds groß geschrieben, ich schreibe ›Service‹ groß*

SAMMLERS WEIB (drängelt) : *Günther! Katzencafé* ... (Keller schenkt Sammlers Weib einen dankbaren Blick)

SAMMLER : *Ich führe aber grad ein interessantes Gespräch* (prüft die Regale, zu Keller) *Wo sind denn Ihre Teuren?*

KELLER (lächelt) : *Nun* ... [187]

---

[187] In der Tat, Keller ist es gelungen, ein recht seltenes Inselbändchen an Land zu ziehen, einen Heymel gar, ›Gedichte. Der Tag von Charleroi. Feldpostbriefe‹, IB 118 von 1925. Und Keller gedenkt, dafür unverschämte, abstrafende 150.– zu verlangen. IB 118 ist nicht in die drei zugänglichen Regale sortiert — nicht, der vermeintlich erhöhten Gefahr des Diebstahls auszuweichen, sondern weil Keller einem ›Würdigen‹ gern auch mal nach oben springen und exklusiv eine Delikatesse herunterholen möchte. Ein Seitenstück zu [100] :

Alfred Walter Heymel, Rennreiter, Lyriker, Afrikareisender und schwindsüchtiger Husar. Eine Mutter wirft ihn 1878 in Dresden unehelich in eine vaterlose Welt, streut, der Spanier Alfons XII. sei der Schwängerer gewesen — und stirbt 1880. Die kinderlosen Heymels adoptieren Alfi und bieten ihm ein königliches Leben : Herr Heymel residiert zwar in Dresden, ist aber eigentlich ultrareicher Kaufmann und bremer Konsul in Ruhestand. So kann Adoptivvater Adolph seinem Sohn von früh an viel Nietzsche vorlesen. 1888 wird Alfi halbwais,

SAMMLER (weiß Bescheid) : *Sie fürchten den Diebstahl!*

KELLER : *Nein*

SAMMLER (antwortet auf ein ›Ja‹) : *Zurecht. In München hatten wir einen Fall …*

KELLER : *Solche Fälle kenn ich auch, ist mir selbst schon passiert …*

---

zieht 1889 mit Adolph nach Bremen in die Rembertistraße 1a und wird 1890 Vollwaise. »Oh, wie verehre ich meinen Vater, den alten Consul Heymel mit seinem alten Diplomatenkopf der riesigen Stirne, den kühlen graublauen Augen, seiner Menschenverachtung, die man ihm auf den ersten Blick von seinen herben Lippen ablesen konnte, und seiner unendlichen Güte und Liebe für die, die er leiden konnte, für seine Rosen, Coniferen, Gewächshäuser, Karpfen, Fontainen, seinen grauen Papageie und für uns, seine Frau Dora und mich. Wie oft sehe ich ihn noch vor mir, wie er seine alten seltenen Bilder reinigte oder umhieng, oder die Rosen bei dem kleinen griechischen Tempel der bei dem Hain, einem Theil unseres Gartens stand, und in dem wir bei gutem Wetter zu frühstücken pflegten, festband«, und Alfi empfing »Lehren derart wie : Was du dir nicht nimmst, giebt dir keiner, Die Menschen sind niederträchtig, Sieh zu daß du sie abhängig von dir machst dann können sie dich nur noch hassen und beneiden aber nicht mehr schaden, Laß dich nicht verblüffen, Zieh dich gut an und sei höflich. Ich hatte Einblick in seine Correspondenz und seine Verhältnisse, war sein kleiner Kellermeister und wer mir nicht gefiel wurde entlassen, konnte eher Schach und Whist spielen als Lesen und Rechnen, und war in Mythologie mit acht Jahren besser beschlagen als in Heimathskunde und biblischer Geschichte«. — So gerüstet, gerät der 12jährige in die Obhut streng protestantischer Familien, lebt beim zähen Puritaner Dr. jur. Nagel in der Kohlhökerstraße und freundet sich mit dem anadoptierten bullgesichtigen Vetter Rudolf Alexander Schröder an — beide gehen aufs Alte Gymnasium Dechanatstraße, bei Keller um die Ecke. 1898 Abitur — der Herbst sieht Alfi und Rudi in München, beide sollen was studieren, warten aber wesentlich auf Heymels Mündigkeit und das immense Erbe von 5 Millionen Goldmark. Als es soweit ist, muß Alfi erstmal angemessen wohnen, 13 Zimmer, in denen Vetter Schröder eine Raumausstatterneigung austobt, es letztlich aber nicht ohne Heinrich Vogeler und den späteren Nazi Troost schafft. Die Tage vergehn, man sieht Alfi promenieren in Weiberpulken, aus denen heraus es auf Brosche, Bluse und Geblüm zeigt und Alfi zahlt, Aber Alfi kauft auch Kunst en gros, wenn sie nur zu teuer ist, erwirbt Pferde, sponsert den Segelschulschiffbau und managt einen Reichsboykott gegen Reiherfedern auf Damenhüten — Otto Julius Bierbaum wird gewonnen, den mit Vetter Schröder schulbankgeheckten Plan einer eigenen Zeitschrift mitauszuführen. Ein vollendet ästhetisiertes Nimmerland ›Insel‹ solls sein, August 1899 vermeldet Heymel nach Bremen an Frau Bürgermeister Schultz : »Ich siegle diesen Brief mit unserem ›Inselzeichen‹ /ein kleines Segelschiff / das alle Getreuen selbst wenn der Wind ungünstig weht, auf eine Insel bringen soll, wo wie Schroeder sagt : schlanke Vögel auf den Bäumen sitzen und singen, und viele bunte Blumen stehen, vielleicht giftige, vielleicht nützliche jedenfalls dem Auge ergötzlich«. Erschöpft zieht 1900 Heymel sich auf Schröders Landgut in Bremen-Lesum zurück, unternimmt Spazierfahrten, Ruderparthien, guckt blumenvolle Gärten an, traut dann sich aber gestärkt nach München zurück und übt dort Corsi in Dogcarts aus, winkt, hats bunt, lustig, elegant, legts amüsiert auf »Liebesrausch, Schaffensrausch, Weinrausch, Kunstrausch« und »Bewegungsrausch« zu Pferde an. Nebenher räumt er zahlreiche Pferdepreise ab und unterhält im bremischen Riensberg einen eigenen Rennstall. Der »Centaur« wittert den Zeitgeist ›Snobismus‹ und entwickelt daraus ein verlegerisches Programm. Und dann ist ›Die Insel‹ da.

Ludwig Jacobowski (1868–1900 — ›Werther der Jude‹ 1892, ›Loki, Roman eines Gottes‹ 1899), Schuster und Begründer der berliner literarischen Gesellschaft ›Die Kommenden‹, wenige Monate, bevor Meningitis ihn fortschafft und Rudolf Steiner dem couragierten Anti-Antisemiten die Grabrede hält und den Nachlaß redigiert, weist Heymel zurecht :

»Wir haben ein Journal vor uns für etwa zwei- bis dreihundert Menschen mit einem Aufwand zurechtgetüftelt, dessen Verschwendung mich geradezu traurig macht. Und jetzt wende ich mich mit einem offenen Wort an Sie, Herr Heymel. Ich glaube, ein kleines Recht dazu zu haben. Als Sie noch vor etwa zwei Jahren die Bank der Prima zu Bremen belegten, war ich wohl der einzige, der Ihre Primanergedichte sorgsam las, Ihnen Änderungsvorschläge

halt : das ist gelogen. Keller macht sich hier Kalamitäten anderer zu eigen. Nämlich war er im Sommer in Hamburg gewesen, Loisy hatte ihm gesteckt, der berühmte Sammler Schwertner — Keller hatte die Achseln gezuckt —, *Schwertner, kennst du nicht? sehr einfach : ein Countertenor ohne Ensemble, der immer fleißig Wackenroder gesammelt*

---

machte und heimlich postlagernd Antworten zugehen ließ. Ich glaube, die ›Gesellschaft‹ war auch die erste Zeitschrift, die Ihren Namen druckte ... Jetzt haben Sie eine Zeitschrift herausgegeben, für die ich nur den Namen habe : ›Unfug‹. Wie ich aufgrund vorzüglicher Informationen weiß, werfen Sie im ersten Jahre für eine Stilalbernheit 150000 Mark hinaus. Unsere deutsche Litteratur war bisher durch Mäcene nicht verwöhnt worden ... Das erste Mal haben wir hier einen mehrfachen Millionär, der imstande wäre, mit reichen Mitteln wertvolle Dinge zu thun. Was aber geschieht? Sie werfen das Geld wie ein vergnügter Knabe zum Fenster hinaus, denn Sie haben nicht genug von jenem ethischen Gefühl im Leibe, das Ihnen diktiert : Richesse oblige! ... Sie haben noch Zeit umzukehren. Geben Sie Ihre ›Halb-Insel‹ auf«.

Nein, nie! Da mag Heymel im münchener Fasching mit ›Liedern aus den Gesängen einer Überseele‹ noch so sehr karikiert werden. Und doch trennt Heymel sich Sommer 1902 von Bierbaum — was 1906–07 einen schweren Dreibänder zur Folge hat : Bierbaums ›Prinz Kuckuck. Leben/Taten/Meinungen und Höllenfahrt eines Wollüstlings‹. Eh der aber ist, ist eine kleine Nötigung : Bierbaum, der Heymels Fidelitäten zu einem Roman um die Verlotterung eines Talents geformt hatte, bietet Heymel an, für nur 20000 Mark die Publikation zu unterlassen — eine noble Offerte eigentlich, da Georg Müller Bierbaum 60000 Honorar bietet. Heymel aber lacht nur, zahlt nicht, Müller druckt und das Volk stürzt sich auf den ›Prinz Kuckuck‹ — sechs Monate nach Erscheinen des 3. Bandes sind schon acht Auflagen abgesetzt. Heymel jedoch finanziert unbeirrt weiter, was ihm beliebt, eigene Texte, Dauthendey, Liliencron, Knoop ... nur Bierbaum, der beliebt ihm nicht mehr.

Militärdienst kommt, zu ausgezeichnetem Pferde, Heirat kommt, zu ausgezeichneter Gitta, Tochter des Direktors der ›Anatolischen Eisenbahnen‹ Otto von Kühlmann (→ Hinter Büchern, Der Jacobi-Nachlaß, Anhänge), 1904. Die Eheleute siedeln über von München nach Bremen in den von Schröder herrschaftlich möblierten Bau ›Haus Rhiensberg‹ — Schröder, der ewige Schröder, dem Harry Graf Kessler findig bescheinigt, »in Wissen und Urteilsfähigkeit auf der Stufe eines minderbegabten Unterprimaners« gefangen zu sein, ist nun auch wirklich schon zu einer Stilsicherheit aufgelaufen, die das Leben als das Begängnis eines 80. Geburtstags feiert und jedem nahelegt, doch besser zigarrerauchend Kirchenlieder und ›Deutsche Schwüre‹ zu schreiben.

Heymel aber ist ein echter Bonvivant : er fühlt sich in Bremen wohl, in der Hansestadt zählt er nicht mehr »so absolut zu den ersten Zehn«. Die Münchnerin Gitta ist da anders, die findet Bremen schrecklich, wird unträtabel und zieht sich immer wieder für Monate nach München — in einen Schröderbau — zurück. Heymel sucht seine Ehe zu retten und setzt ganz auf die Adelsversessenheit der Katholischen, stiftet seine Sammlung peruanischer Goldschmiedekunst samt einer satten Million Bares dem Bayerischen Landesmuseum und siehe, am 2. Juni 1907 wird ihm in München das Adelsdiplom ausgestellt : »Im Namen Seiner Majestät des Königs / Wir / LUITPOLD / von Gottes Gnaden / Königlicher Prinz von Bayern / Regent / Urkunden und bekennen hiermit, wie folgt : Nachdem der Landgutsbesitzer Alfred Walter Heymel in Rhiensberg bei Bremen, Leutnant der Reserve im oldenburgischen Dragoner-Regiment N°. 19, Ritter des Großherzoglichen Sächsischen Haus-Ordens der Wachsamkeit oder vom weißen Falken, des Großherrlich Türkischen Osmanie-Ordens etc. sich Verdienste um die deutsche Literatur und Kunst erworben und neuerdings hervorragenden Gemeinsinn bekundet hat, so finden WIR UNS in wohlgefälliger Anerkennung Dessen bewogen, demselben den erblichen Adelsstand des Königreichs zu verleihen« — und als Wappen darf Heymel sogar ein schwarzes Segelschiff mit zwei silbernen Masten und fünf Silbersegeln führen. *Von* Heymel nun — aber Segen liegt darauf nicht. In Bremen wird er bekichert. Man rechnet ihn fortan zu ›den ersten Zehn‹, aber derer, die kriechen und kuschen, und das ist unschön, und so zieht er mit Gitta 1909 nach München zurück. In einen Schröderbau. Die Ehe aber ist dennoch im Eimer und wird 1912 geschieden. Heymel ist mil-

hat, hihi, ›Herzensergießungen eines kunstliebenden Klosterbruders‹, jaja, hihi, dem als Best Boy in einem Reformkostladen kein gutes Auskommen beschert sei, wollmüsse sich von erlesenen Einzelstücken deutscher Romantik trennen — Keller hatte die Achseln gezuckt —, an würdige Adorateure nur, *da soll auch Hölderlein bei sein, jaja. Viel hat er wohl nicht stehn, aber das Wenige sehr schön, jaja, auf seinem Gebiet* — und da fühlte Keller sich dann doch angesprochen, aufgefordert, erhitzt geradezu, ja, warum denn nicht, das konnte gut sein, daß jemand, der sich für romantischen Dünnpfiff, Seelenklistiere und streunende Symbole begeisterte, wußte, was auch ein Hölderlinleser weiß : daß Hölderlin und Novalis eines Jena-Abends spät im Mai 1795 in Niethammers Garten [188] einander die Hand gegeben, gesoffen und geplaudert hatten — da wird des einen Primär- des anderen Sekundärliteratur. Kellers VW-Bus allerdings befand sich nach wie vor derart im Urzustand aller Maschinen, daß Keller das Ungeliebteste tun mußte … ja, er fuhr Bahn, Samstagnachmittag fand er Hamburg-Dammtor sich ein und grad, als er auf dem Bahnsteig noch den Reise-Ekel abschüttelte und den Weg geistig durchging in die Rothenbaumchaussee, sah er sich herausgefiltert aus der Menge der Entstiegenen, ein stämmiges, 60jähriges Männchen mit glasigem Blick, wassermelonenfleischigen, glycerinbesalbten Lippen, Schwertner, holte ihn ab, stellte sich vor und lächelte auf Kellers Frage, wie es ihn denn erkannt habe, das schöne Wort *›Was man liebt, findet man überall und sieht überall Ähnlichkeiten‹* [189]. Kellers Mißtrauen war geweckt.

Und konnte wacher nicht mehr werden, als im Treppenhaus ein Novalis milchbübischgütig gestochen [190] neben einem Sicherungskasten hing : eh schon hatte

---

lionenlos. In einem Befreiungsschlag reist er an die Baumwollbörse nach New York, verliert sein Restvermögen, wohnt anschließend in Berlin und lebt nurmehr vom Verkauf verbliebener Artefakte, denn der Erlös aus der Literatur, die er produziert, ist der Rede nicht wert — Heymels Texte sind meist Aufläglein mit eigentümelnden gedruckten Widmungen, meist untergebracht in seiner Insel, titelvignettiert von Schröder, Halbpergament, Goldschnitt, Bütten, kordelgeheftete Gedichte, die Freundschaft, Narziß und Träume besingen. Schleppend auch nur setzt sich Heymels vogelerbegleitete Prosa ›Ritter Ungestüm‹ (Insel 1900, 650 Exemplare) oder seine Übertragung des marloweschen ›Edward II‹ (Insel 1912) ab.

Aber da ist eine Lösung. Eine heroische sogar. Der erste Weltkrieg ruft Heymel an die Front, jubelnd erringt er das Eiserne Kreuz und November 1914 den noblen Tuberkulosetod. Sein Programm hat Heymel da längst schon abgearbeitet, »die intellektuellen und kulturellen Bestrebungen, die Geste, die Gebärde, den Stil, den Takt, den Rhythmus, die Melodie der Zeit zu fördern«, das gute Buch zu machen, ihm auf feinem Dünndruckpapier in klarer Type und biegsamen Leinen- und Ledereinbänden schöne Gestalt zu verleihen. Grad wie ein Prospekt der Insel Herbst 1906 formulierte : eine Insel-Edition ist stets so getan, »daß sie auch bei stundenlangem Lesen die Hand nicht ermüdet, daß sie in der Tasche, im Reisekoffer und im Offizierstornister bequem mitgeführt werden kann und an jedem Ruheort zu geistiger Erfrischung verhilft«.

[188] Wie Vogt schon anmerkte. Das Tagebuch Niethammers belegt für Ende Mai 1795 ebenda ein Treffen Hölderlins, Fichtes und Novalis', es wurde »Viel über Religion gesprochen und über Offenbarung und daß für die Philosophie hier noch viele Fragen offen bleiben«.

[189] ›Glauben und Liebe oder Der König und die Königin‹. Novalis.

[190] 1845, Eduard Eichen. Gefertigt nach dem Porträt, das Friedrich Schlegel erbettelte, daß Franz Gareis' 1799 von Novalis in Öl es mache. Keller schätzt Novalis nicht, er hält ihn für

Keller, was los war, kapiert, die fünf Minuten Weg in die Rothenbaumchaussee hatten genügt, die der romantische Zufallsgenerator neben ihm seimige Novalis-Weistümer in einfachen Identitäten (*›Weisheit ist Harmonie‹*, *›Liebe ist Magie‹*, *›Gott ist die Liebe‹*, *›Ich bin Du‹*, *›Die Liebe ist das Ich‹*) heraklitete und dachte, er führe ein Ge-

---

einen knapptalentierten Geisterseher und Pädophilen, für einen Trinker, Likörschlürfer, mösensüchtigen Marzipan- und Opiumesser, Freund der Märchen und Christi — und Keller weiß zu argumentieren, dem ›heiligen Schlaf‹ nämlich begegnet man gemäß der 2. ›Hymne an die Nacht‹ in »der goldnen Flut der Trauben — in des Mandelbaums Wunderöl, und dem braunen Safte des Mohns. Sie wissen nicht, daß du es bist, der des zarten Mädchens Busen umschwebt und zum Himmel den Schoß macht — ahnden nicht, daß aus alten Geschichten du himmelöffnend entgegentrittst«). Und doch geht aus den Novalis-Bildnissen unmittelbar hervor, daß Keller wenigstens mit dem Pädophilie-Anwurf nicht richtig liegt: Novalis selbst ist mit 27 noch ein Bubi. Ein notgeiler Grein- und Brämbubi, der am 1. August 1794 Friedrich Schlegel anplärrt: »Ich sehne mich ungeduldig nach Brautnacht, Ehe und Nachkommenschaft« und mit dem Willen zum Romantisieren (»Die Welt muß romantisiert werden ... Romantisieren ist nichts als eine qualitative Potenzierung« — ›Neue Fragmente‹) als examinierter Jurist das Umland sondiert und am 17. November 1794 die 12jährige Sophie von Kühn ausspäht. Binnen einer Viertelstunde, behauptet er romantisch, sei sein Geschick entschieden gewesen. Mit dem Verlöbnis aber wartet der Kindergalan bis zu Sophies 13. Geburtstag 17. März 1795. Und während Novalis an der Sättigung seines Begehrs arbeitet, dem Kind Sophie von seinen Locken schickt, daß es was zu spielen habe, sich in Götes ›Wilhelm Meisters Lehrjahre‹ vertieft, Schelling liest und überlegt, wie man das fichtesche Ich zu einer weltgenerierenden Kraft umdenkt, rettet Sophie sich November 1795 in eine tödliche Erkrankung.

Ihre Briefe, an denen immer Wau-wau-Mädchen mitklecksen, borden über vor Leidenschaft: »Lieber Hardenberg, Erstlich dank ich Ihnen recht sehr für Ihren Brief zweidens für Ihre Hare und dritens für das niedliche Etwie welges mir sehr fihlen Spas gemacht hatt. Sie fragen mich ob Sie an mich schreiben dürfen? Sie können versichert sein daß es mir allemahl sehr angenehm ist von Ihnen einen Brief zu lessen«. Das ist zu wenig, das ist unterkühlt. Brautnachtversessen vermerkt Novalis in den Tagebüchern August/September 1796: »Ihre Frühreife ... Hang zum kindischen Spiel. Anhänglichkeit an Weiber ... / Sie scheint noch nicht z[um] eigentlichen reflectiren gekommen zu seyn — Kam ich doch auch erst in einer gewissen Periode dazu ... Ihr Betragen gegen mich. Ihr Schreck für der Ehe ... Ist ihr Temperament erwacht? ... Ihr Tabaksrauchen. Ihre Anhänglichkeit an die Mutter, als Kind ... Ihre Gespensterfurcht ... Ordnungsgeist. Herrschsucht ... Meine Liebe drückt sie oft. Sie ist *kalt* durchgehends. Ungeheure Verstellungsgabe, Verbergungsgabe der Weiber überhaupt ... Sie glaubt an kein künftiges Leben — aber an die Seelenwanderung ... Sie fürchtet sich so für Spinnen und Mäusen ... Sie läßt sich nicht dutzen ... Lieblingsessen — Kräutersuppe — Rindfleisch und Bohnen — Aal. Sie trinckt gern Wein« — ein Problemkind, das dann auch tapfer der Lungensucht, zwei Tage nach dem 15. Geburtstag, 19. März 1797 erliegt.

Nichts ists mit Brautnacht. Anders aber als die Wari will Novalis, wo Söphchen schon tot ist, von ihr auch Locken, Tücher, »ihre kleinen Schreibereyen im Taschenbuch« — das läßt er sich alles schicken und apotheosiert Sophie. 13. April 1797 bekennt er Wilhelmine von Thümmel: »Sie umgibt mich unaufhörlich ... — Sie war der Anfang — sie wird das Ende meines Lebens seyn«, 13. Mai 1797 notiert er: »Abends gieng ich zu Sophieen. Dort war ich unbeschreiblich freudig — aufblitzende Enthusiasmus Momente — Das Grab blies ich wie Staub, vor mir hin — Jahrhunderte waren wie Momente — ihre Nähe war fühlbar — ich glaubte sie solle immer vortreten — Wie ich nach Hause kam — hatte ich einige Rührungen im Gespräch mit Machere« — eine Dame, der's immerhin Anliegen gewesen war, Söphchen mit Prügel zu erziehen — »Sonst war ich den ganzen Tag sehr vergnügt. Niebekker war Nachmittags da. Abends hatte ich noch einige gute Ideen. Shakespeare gab mir viel zu dencken«. Er erkennt, daß Sophies Tod Schicksal gewesen war, »ein Schlüssel zu

spräch und lungerte, wie Keller den Ball zurückspielte. Tat Keller aber nicht. Nichts fällt Keller auf solche Sätze ein. Nicht Kellers Schuld. Außerdem schwitzte Keller.

Schwertners Appartement war klein. Nicht klein genug, daß nicht auch Platz gewesen wär für eine Lao-Tse-Sentenz, beim Aufschließen : ›*Die größte Offenbarung ist die Stille*‹. Hier traf sicher auch höchste Göte-Neigung zu, maßte Keller mut und drang vor, aber Schwertner zupfte Keller, dessen Schritte von selbst in einen Raum mit Büchern geglitten waren, an der schmalen Bibliothek vorbei in eine Küchenzeile an Schalen chinesischen Tees. Dort erfuhr Keller, der dann doch eher auf ein Kaltgetränk spekuliert hatte, weitere Einzelheiten : die Gegenwart sei seelenlos, das einzelne Leben nur die episodische Trennung vom Absoluten und der wahre Leser der erweiterte Autor — und während er sich mit Vokabelsirup bekleckern ließ, hakte Kellers Durst auf kühles Bier den Novalis am Sicherungskasten unter und fügte sich in ein Bild : wäre das Treffen in Niethammers Garten ein Jahr später nur gewesen, daß Hölderlin schon die Gontard geangelt hätte und wären auch alle Herzdamen zugegen gewesen ... Fichte (33), drei Jahre dann mit Klopstocks Nichte Johanna (41) verheiratet, Hölderlin (25), Susette (26), Niethammer (29), gradangetraut Rosina Eleonora (24), Novalis (23) und Söphchen (dann schon 13), kalter Most würde gereicht, *nein, Sie noch nicht — Aber ich trinke sogar schon Wein — Hier haben Sie einen Aal* — und sieben Zigarren und eine Schokoladenzigarette gingen reihum ... — Keller lachte still in sich hinein, vor ihm aber entfaltete sich, unterbrochen nur von Lauten der Verzückung, in denen Schwertner ›Wilhelm Meisters Lehrjahre‹ gedachte, ungehemmt eine Kette Katastrophen und nannte sich ›Leben‹, Schwertner frischte auf, wie ihn üble Nachrede von der Bühne gemobbt hatte; wie er dreißig Jahre nach einer tadellosen Ersten der ›Lehrjahre‹ gesucht und dann endlich in einem Katalog des Erasmushauses in Basel gefunden hatte, akribisch beschrieben, nicht billig, *Erasmushaus, eine gute Adresse eigentlich, seit 1800*, er in einem teuren Ferngespräch auf eigene Kosten nochmal die Beschreibung sich hat bestätigen lassen — und dann war doch eine Musikbeilage am falschen Platz gewesen [191], das hatte er gleich gesehen, als er das Päckchen öffnete, das hatte ihm eine

---

allem — Ein wunderbar schicklicher Schritt«. Schicklich — da muß man doch schnell nachsterben, »männlich« an Sophie denken, vorher nochmal fix ›Hymnen an die Nacht‹ singen, schön Dokumente innerer Läuterung und Vervollkommnung hinterlassen, dem Tod die Hand reichen und — sich verloben, mit Julie von Charpentier, Dezember 1798, und gleich den Keim des Verdachtes, daß da was widersprüchlich sei, in der 4. Hymne auflösen : »Ich lebe bei Tage / Voll Glauben und Mut / Und sterbe die Nächte / In heiliger Glut«. Wenn die ›heilige Glut‹ vielleicht auch nur zu einer Brandblase gereicht hat : er stirbt denn ja doch noch, nach allerlei alldominierender Wilhelm-Meister-Lektüre, die ihn Februar 1800 sogar noch zum gerechten Urteil führt (»Ein fatales und albernes Buch. Die Freude, daß es nun aus ist, empfindet man am Schlusse im vollen Maße. Das ganze ist ein nobilitierter Roman. Wilhelm Meisters Lehrjahre, oder die Wallfahrt nach dem Adelsdiplom«). An Schwindsucht. Angesteckt bei Schiller.

[191] Im Rahmen der siebenbändigen Ausgabe ›Goethes's neue Schriften‹ 1792–1800, die Bände III–VI Berlin, Berlin, Unger 1795/96. Nur schwer zu bekommen, wenn man penibel ist. Und das war Schwertner, er legte, auch als ausgebildeter Musiker, höchstes Gewicht

Ahnung eigentlich vorher schon vermeldet, aber er hatte nicht hören wollen auf sein Inneres — *welch eine Lehre, Herr Keller*, wie er niedergeschlagen worden war, hinterrücks, und beraubt, vor vier Jahren nachts, an der Alster, die war er langgelaufen, vertieft in den dritten Band des Athenaeum, in Novalis' ›Hymnen an die Nacht‹ [192], *das waren 6000 Mark, so schön* — und eine Träne trat leis in Schwertners Auge — an diesem Punkt der Offenbarung konnte Keller dann doch nicht sich verkneifen, seinerseits einen Lao-Tse-Griff anzubringen : *›Der Gewalt auszuweichen, ist Stärke‹*. Schwertner aber blieb traurig, beraubt des dritten Bandes, nur noch ein Drittelmensch, ein Drittelmensch mit Dreifachtrauma, ein Wrack, das jede anschließende Offerte dann ausließ, den dritten Jahrgang abermals zu erwerben. Denn das war Fügung gewesen, hatte Schwertner sich zurechtgelegt, er sollte die Hymnen nicht im Erstdruck besitzen, die waren nämlich nicht zum Besitzen gesungen, sondern daß man ihnen nachlebe. Und auswendig konnte er sie sowieso. Keller nickte der Wahnidee zu, sprach Bedauern und Bewunderung aus, die Welt sei böse, die Leistungen aber, derer eines liebenden Menschen Gedächtnis fähig ist, herrlich, und bat, die Bücher, derenhalber er doch gekommen sei, nun sehen zu dürfen. Und als Schwertner trauergefangen da sich nicht regte, sattelte Keller noch drauf, außer sich vor Begeisterung *Aah! Novalis, nicht nur der Dichter der ›Blumen‹ und des ›Blüthenstaubs‹, der ›Toleranz und Kosmopolitism der Blumen‹ pries und ›die Blüte als Symbol des Geheimnisses unseres Geistes‹, nein, auch der, der die ›unendliche Ferne der Blumenwelt‹ beklagte* [193] *— und zurecht, wie ich hinzufügen möchte.* Da erhob Schwertner sich, kam nah und blies aus der ›Winterreise‹ [194] süßlich Dur in seines Gastes Mund ... Keller lächelte verbissen und diesmal verstattete Schwertner den Gang ins Bücherzimmer, und wie Keller sich in der Folge auch bog und wand und wie er auch wich, stets umtippelte ihn Schwertner, hielt die Opposition der Körper und bei drei Handbreit Abstand Blickkontakt, *Sie können praktisch alles haben, nur meine Sammlung illustrierter Hauff-Mär-*

---

darauf, daß alle acht mehrfach gefalteten Musikbeilagen an Bord waren. Sind sie meist nicht. Denn allmeist sind es nur sieben statt acht, im vierten Band fehlen regelmäßig die Noten des Songs ›So laßt mich scheinen‹. Schwertners schweizer Exemplar hat zwar ›So laßt mich scheinen‹, hat auch die gern fehlende Nachricht an die Buchbinder in Band 2, aber die in Band 3 gehörenden Noten (›Singet nicht in Trauertönen‹) sind in Band 2 eingebunden. Und das Erasmushaus hats nicht gesagt. Für 1500 Franken, nicht gesagt!

[192] Berlin, August 1800 im 6. und letzten Heft des Athenaeum, die Seiten 188–204 der Erstdruck der Prosafassung der ›Hymnen an die Nacht‹.

[193] ›Neue Fragmente‹ 250–252. Keller hatte das aus einem Plausch mit René schwach erinnert.

[194] Griechenmüllers ›Frühlingstraum‹ : »Ich träumte von bunten Blumen / So wie sie wohl blühen im Mai / Ich träumte von grünen Wiesen / Von lustigem Vogelgeschrei / Und als die Hähne krähten / Da ward mein Auge wach / Da war es kalt und finster / Es schrien die Raben vom Dach / Doch an den Fensterscheiben / Wer malte die Blätter da? / Ihr lacht wohl über den Träumer / Der Blumen im Winter sah? / Ich träumte von Lieb um Liebe / Von einer schönen Maid / Von Herzen und von Küssen / Von Wonn und Seligkeit / Und als die Hähne krähten / Da ward mein Herze wach / Nun sitz ich hier alleine / Und denke dem Traume nach / Die Augen schließ ich wieder / Noch schlägt das Herz so warm / Wann grünt ihr Blätter am Fenster? / Wann halt ich dich, Liebchen, im Arm?«

chen nicht, die lieb ich dann doch zu sehr und am meisten. Und meinen Böhme. Hach, von dem werd ich mich wohl nie trennen. Aber dann mußte Keller teegetrieben austreten und sah auf dem Klo sich einem Altarbild mit ewigem Teelicht ausgesetzt, sariumworfen in gebirgiger Umgegend auf einem Schwarz-Weiß-Photo ein ausgemergelt Steinergesichtiger, eine Kreuzung zwischen Wandervogel und KZ-Häftling, und durch die Tür, die Keller, da er sowas nie tut, nicht verschlossen hatte — was ihn beinah reute, denn er bemerkte, wie er ängstlich-eilig sein Geschäft verrichtete — schwoll Schwertners Stimme *Wundern Sie sich nicht: das auf dem Photo ist mein spiritueller Führer, ein Mann, der in den Fünfzigern von größter Bedeutung für mich war. Er hat mich auf den Weg gebracht* — *Ahja* rief Keller pinkelnd zurück, *und der Satz ... ?* — denn auf das Photo war ein Satz gemalt, in Sütterlin, und der Satz war eine Platitüde ohnegleichen und er hieß ›Religion ist das Zu-sich-Kommen des Menschen‹ — *Der Satz? Der Satz ist die zentrale Erkenntnis dieses außerordentlichen Mannes.* Keller bekam dann noch zu hören den ihm vollkommen unbekannten Namen des außerordentlichen Mannes, den er vollkommen sofort auch wieder vergessen hat, und daß der außerordentliche Mann tatsächlich Überlebender der Vernichtungslager gewesen war und Gründer eines Männer-Ordens. — Satis est! Keller trat aus dem Klo hervor und wurde empfangen mit *Aber sagen Sie, mein Freund, wie haben Sie zu Hölderlin gefunden?*

Zu Hölderlin gefunden — Keller drehte sich der Magen um, daß er gleich wieder an die Kloschüssel hätte zurückwanken mögen. Er sprach **natürlich** nicht gern über Hölderlin, und schon gar nicht zu so einem Hansel. Wer Anstand hat, fragt nicht. Und Keller überkam Dankbarkeit, daß er Anständige kennen durfte, Vogt schloß er da ein, sowieso, Bernd, den stillen Enthusiasten, Plocher, den lärmenden Enthusiasten, und aber auch Loisy, der eine Neigung zu Hölderlin nahm wie das Wetter: eine Narretei, von der es besser ist, daß man sie hat, als daß man gar nichts habe.

Dabei ist Keller eigentlich von Grund auf auskunftsfreudig und rapportierte auf Wildfremder Anfrage beliebig Aberdutzende schockante Narben seines Lebens. Selbst aber würde er nur in denunziatorischer Absicht fragen. Nein, wer Anstand hat, fragt nicht, der beobachtet und legitimiert sein Interesse dadurch, daß er sich Arbeit macht und nicht sich das Leben durch Fragen zu erleichtern sucht. Keller stürbe ja schon im Edeka eher den Hungertod, als daß er dort jemanden mit *Wo, bitte, ist das Toastbrot?* belästigte. Um so mehr scheint ihm Zurückhaltung geboten auf dem Minenfeld der Leseliebe. Nie etwa war Keller so impertinent gewesen und hatte Loisy gefragt, was denn den zu Friedrich hingezogen hatte. Denn Fragen bedeutet für Keller nicht nur eine Schmälerung der Fähigkeit, sich selbst zu orientieren, sondern ist vor allem Nichtverstehen in seiner aggressivsten Gestalt: Nichtverstehenwollen, Gleichwissenwollen, unverschämteste Figur des Desinteresses. Fragen stellen zu dürfen, meint Keller, kann man sich aber verdienen. Durch ausgiebiges Bestaunen des Fragwürdigen und unbefriedigende eigene Antworten, eine nach der anderen.

Was aber hätte Keller sagen können, hätt er gekonnt und gewollt? Nichts. Eine mögliche Frage nach ihm und Hölderlin — wenn Keller denn diese Zumutung einer Klammer überhaupt zuließe, was er nie tät — war ja nichtmal intim : Keller selbst weiß einfach nichts drüber. Und wüßte er etwas, dann nur, daß es ihn nichts angeht. Und wär er nicht so völlig ohne Wunsch, dem nachzuspüren, und spürte er dem nach, er dächte nur, nicht nachzuspüren sei angemessen.

Auch, was an blanken Daten hersagbar wär, gäb immer noch keine martinwalsernde Dachbodengeschichte — das wär höchstens eine Un-Geschichte der Fremde … wie hundertachtzig Jahr alte Worte, bar der göteschen Gesinnungsglätte, kühn exponiert einwanderten ins Unbehagen, in die Chemieräume, Mensen und Asbestwände nüchtern hingestellter Schulzentren und eine Zeit beschworen, in der besinnender Aufbruch gewesen war und noch kein Fußbreit Enttäuschung. Eine unilaterale Allianz, die der 15jährige Christian eingegangen war, gegen das gähnende Manko um sich her. Eine Deutschklausur. Brechtbesessene Lehrer hatten Christian auf Hölderlinverse angesetzt, erstmals bekam er da verschiedene Fassungen einer Ode zu Gesicht, ›Dichtermuth‹ und ›Blödigkeit‹, die sollte er vergleichen, das hatte er nicht verstanden, das Wort ›Blödigkeit‹ noch nie gehört, das fand er putzig, dem hatte er Ausdruck verliehen und ungefragt die Klausur mit einer Synthese der Varianten beschlossen und anderntags unschuldig in einer Buchhandlung *Hölderlin — bitte Alles* verlangt und war mit einer dreibändigen Taschenbuchausgabe [195] herausgekommen.

Sind denn dir nicht bekannt viele Lebendigen?
Geht auf Wahrem dein Fuß nicht, wie auf Teppichen?
Drum! mein Genius! tritt nur
Baar in's Leben, und sorge dich nicht!
Was geschiehet, es sei alles gelegen dir!
Sei zur Freude gereimt, oder was könnte denn
Dich beleidigen, Herz was
Da begegnen, wohin du sollst?

---

[195] Für zwei Wochen Taschengeld — das schien Christian beschämend wenig für ein Lebenswerk — Hölderlins ›Werke und Briefe‹, von Beißner und Schmidt dreibändig, als Ableger der parallelen zweibändigen Leinenausgabe, 1969 bei Insel Frankfurt in orangenem, noppenbesetztem Plastik besorgt. Zwei auf 1011 Seiten durchpaginierte Bände Text (Gedichte, Hyperion / Der Tod des Empedokles, Aufsätze, Übersetzungen, Briefe), der dritte Band 238 Seiten ›Erläuterungen‹ — Kellers Erstkontakt mit einer kommentierten Ausgabe.

Später hatte Keller den Insel-Hölderlin an seine erste Liebe weggegeben, und manchmal noch quält ihn, daß er den Scherenschnitt, der das Orange zierte, nicht unterbringen kann : in Kellers Erinnerung schaut ein gezopfter Hölderlin nach rechts, Keller aber kennt nur einen rechtsgewandten Scherenschnitt Hölderlins (1788, in einem Eintrag ins Stammbuch Hillers), der allerdings scheint ihm zu gedrungen, als daß er die Vorlage hätte sein können. Ansonsten nur Linksdreher, bis hin zu dem getuschten Schattenriß von 1797, der sich in Hölderlins Handexemplar des ›Hyperion‹ erhalten hat : kurzgeschoren das Haar nach Mode der französischen Revolution. Doch Keller hat Zutrauen. Irgendwann werden ihm die drei orangenen Bände nochmal angeboten werden und wird er das Rätsel lösen.

Nur drei Jahre — und nichts war Keller geschehen, ohne daß es nicht zuvor anderen schon widerfahren war und Keller haftete wie körpereigener Geruch an, daß alles, was er formuliert und erlebt hatte, nur auf einer ganz frühen Stufe vorformuliert und vorerlebt war und er es von Hölderlin längst vor sich hatte, fertiggesagt und -gelebt. In geradezu unerlaubter Gültigkeit. Ab seinem 18. Jahr atmete Keller allein im Trost des Gewesenen, stellte darauf zwar das eigene Leben nicht ein, aber immerhin das eigene Dichten. Und war in der Folge einfach nur treu. Aber selbst, bräch er die Treue : nie würde er Schwertner erklären, wie er *zu Hölderlin gefunden* hat.

Unverschämtheit! Keller sagte *Zufall* und gab Schwertner finstermienig zu verstehen, *Zufall* sei das letzte Wort in dieser Sache, und sowieso ›Satis est‹ und sah dann zwar aus Schwertners Bibliothek auch noch Hölderlin, die zweite, wenigvermehrte Auflage der Gedichte, Cotta 1843, die mit dem schwabgeschwatzten Lebensabriß, aber schlackerte mit den Ohren : Schwertner verlangte 4500 — deutlich über den letzten Auktionsergebnissen. *Schenken kann ich leider nicht, der Preis ist ein Freundschaftspreis — Ich weiß, und ich begreife durchaus, daß mein Vorzug ist, überhaupt von Ihnen kaufen zu dürfen.* Wie war Keller glücklich, daß die zweite Auflage der Gedichte das war, was er am wenigsten wollte! ›Hyperion‹ in Erster (1797/1799) oder Zweiter (1822), die ›Trauerspiele des Sophokles‹ (1804), die erste Werkausgabe (1846), seinetwegen auch die Erstausgabe der Gedichte (1826) — da wär Keller schwankend geworden, wenn auch nie um die Kurse, die Schwertner dann wohl aufgerufen hätte. Nein, die Zweite der Gedichte war geschmacklich dramatisch schon verirrt ins Endbiedermeier, kleinoktav und von umlaufendem Goldschnitt, floral goldgeprägtes Leinen, mit Stahlstich des greisen Hölderlin [48], Lesebändchen und kopfs vignettchengerahmten Seitenzahlen … nichts, was Keller gern anfaßte. — Satis est!

Auch war Keller unlustig, als Privatsammler, der gern über Endpreis zahlt und dubiose Finanzlöcher stopfen hilft, behandelt zu werden, und sah denn auch zu, daß er fortkam. Und als sich alles zerschlagen hatte, stand er abends dann — Schwertner hatte ihn nicht begleiten sollen — zwanzig Minuten, bevor seine Verbindung nach Bremen lief, im schwach besuchten McDonalds Dammtor und ärgerte sich halb und war halb erleichtert, daß er keine Beute heimführen konnte. Eine freundliche Menge männlichen Fleisches brachte ihr Käppi in Form und wandte sich Keller zu.

SCHANKKRAFT (auffordernd) : *Bitte?*

KELLER : *Klein' Moment noch*

Nun ist Keller nicht weltfremd. Er weiß, wie's geht. Aber durfte ihm darum nicht unangenehm sein, so forsch angesprochen zu werden? Hätte er sich vielmehr dafür zu schämen gehabt, daß er es soweit hat kommen lassen? Nein. Keller war eben unerfahren in diesen Dingen, das hier war nicht sein zweites Zuhause, er hatte keine Wie-immer-Bestellung herzurattern und war auch nicht von einer Reklame angefixt worden auf etwa ein nun auswendig gewußtes Nur-kurze-Zeit-Menü zu

Sonderkonditionen — das konnte ja wohl nicht Gegenstand seiner Schuld sein?! das kann ja wohl überhaupt nicht Gegenstand von Schuld sein. Und Keller begann, den Aufenthalt in dieser Garküche sehr ernst zu nehmen, gab seinem Zaudern Raum und versuchte erst einmal, schlau zu werden und schob sich die lange Tresenschiene auf und ab und gründelte nach der Vielfalt des Angebots, eine Vielfalt, die allerdings nicht sich vor ihm ausbuffetete, sondern auf Tafeln Meter fern und hoch in Abbildungen nur zu sehen war und Preisen und wesentlich aus allfälligen Kombinationen von Erdapfel, Mett und Käse in Anbringung einer universellen Paniertechnik zu bestehen schien. Keller erwog kurz, ob das ein Modell für seinen Laden wär, Photoalben voller Photos von Büchern, besser noch, gleich Photos der Bücher in Regalen, ohne Photoalben, in Transparentpapiertaschen, aufgeklebt rechts oben eine kleine Preisetikette : wie viele Titel mehr brächt er unter als Photo denn als Buch, so viele hat er ja gar nicht, da könnt er doch gleich den Verkaufsraum noch halbieren ... ah ... aber wo er ja durstig war : wo hängen denn hier Bilder von Getränken ... Keller bräuchte, überleben zu können, einfach bessere Augen. In Rücken und Hörweite Kellers aber nahmen zwei Leute Platz, beide nach ihm eingetreten und vor ihm bedient — und Keller erhob angesichts der eigenen Zögerlichkeit keine Vorwürfe, keinem gegenüber und auch nicht heimlich.

FRAU : *Wir haben was zu feiern*

MANN : *Hast du ihn endlich?*

FRAU : *Hab ihn*

MANN : *Gratuliere. Dann muß ich mir nie wieder anhörn, wie Woche um Woche deine Insel-Truppen dezimiert werden?*

FRAU : *Nie wieder. Du bist draußen*

MANN : *Gott warst du sauer*

KELLER : *Schweppes bitte!*[196]

FRAU : *War ich doch gar nicht*

SCHANKKRAFT : *Hier is nich das Ritz*

KELLER : *Kein Schweppes? Schweppes Indian Tonic?*

SCHANKKRAFT : *Schweppes is nich*

KELLER (na gut) : *Das ist ... nicht gut für mich. Was also ... empfehlen Sie?*

SCHANKKRAFT (ist ausgewählten Kunden ein Spaßvogel, mit Überzeugung und Bedauern) : *Bluna*[197]. *Immer Bluna. Aber Bluna is nich*

---

[196] Was sagt Keller denn da, hatte er nicht grad noch Bierdurst verspürt? muß er jeder Laune folgen? Oder ist es weniger eine Laune, als vielmehr das unabweisbare Bedürfnis, sich nach Schwertnerkontakt postventiv zu impfen? Schweppes! eines Hessens Erfindung (→ Johann Jacob Schweppe 1740–1821), ausgeliefert ans britische Empire, als Indian Tonic Water 1870 dafür verantwortlich, daß die Krone Indien hielt, waren doch keinesfalls anders die britischen Besatzertruppen zu bewegen, das bittre Chinin zur Malariavorsorge zu schlucken. Später dann vertont zur Weise »Just a spoonful of sugar helps the medicine go down in a most delightful way«.

[197] 1864 gegründet, seit 1931 dick im Afri-Cola-Geschäft, im Deutschen Reich — im Auf

KELLER (brustkorbt ein Kleinlachen) : *Was ist dann das nächstlächerlichste Getränk?*

SCHANKKRAFT (der die Bildung ›nächstlächerlichst‹ imponiert) : *Fanta*

KELLER : *Fanta? Da wirds leider prinzipiell bei mir* [198]. *Wissen Sie was? — geben Sie mir einfach ein Bier*

SCHANKKRAFT (durch ›nächstlächerlichst‹ allerdings auch zu einer Stichelei provoziert) : *Bier? Bier is aber nur kleines und nur noch mit Happy Meal*

KELLER (ratlos) : *Ja dann …* (und wünscht bereits, sein Glück besser an einem Getränkeautomaten gesucht zu haben)

SCHANKKRAFT (ist zwar Spaßvogel, löst aber, da sein Kunde zu resignieren droht, den Witz auf) : *Nein — 'tschuldigung, ein Scherz. Sehen Sie, Happy Meal ist doch für Kinder, da könn' wir doch nicht … Bier und Kinder, das geht nicht, das ist verboten, darum reichen wir zum Happy Meal ja auch nur Holsten. Was möchten Sie denn jetzt? Trotzdem ein Bier? Oder lieber eine Sinalco* [199] *? ›Die Sinalco schmeckt‹*

KELLER : *Bier, bitte. Ein großes. Und nicht dieses … Holsten oder Astra oder was man in Hamburg so …*

Die Schankkraft bog sich einem Zapfhahn zu, die Frau in Kellers Rücken aber führte eine wohl technisch bedingte Auszeit an ein Ende und setzte mit einer anscheinend immer noch erwarteten Erwiderung das Gespräch fort.

FRAU (theatralisch) : *Du wirst nie wieder von mir hörn, wie mir 200 Insel-Kadaver geklaut worden sind — und sauer?! Sauer war ich wirklich nich, selig war ich. Erstmal. Habs leider viel zu spät gemerkt, sonst wär ich doch schon viel früher selig gewesen. Ging leider nich … was will man machen, wenn die kleinen Freunde portionsweise verschwinden und die Wahrnehmungs-*

---

und im Ab — auf Augenhöhe mit Coca-Cola. Sechsmal ausgebombt, sechsmal wiederaufgebaut, gedemütigt dann durch die widerwärtige Praxis, mit der die Sieger die Lizenzen vergaben : die Betreiber der Apothekerfirma ›Friedrich Blumhoffer Nachf.‹ littens nicht länger und landeten 1952 ihren größten Wurf : Bluna (**Blu**mhoffer **Na**chfolger). Sehr crazy.

[198] Coca-Cola wurde seit 1929 im Deutschen Reich produziert und war spätestens mit den olympischen Sommerspielen 1936 in der Hälfte aller Münder (→ in der anderen Hälfte : Afri-Cola) und hätte sich lang nicht so gut verkauft, hätten die Nazis nicht rumgelogen, auch Coca-Cola sei deutsch. Weil sie aber Umsatz brachte, steckte die Cola-Hauptverwaltung Atlanta ihren Nationalstolz zurück und ließ die Lüge passieren. Auch, daß Nazideutschland 1939 alles in Reichweite mit Vernichtung überzog, durfte nicht Produktion und Absatz von Coca-Cola stören : niemand sollte Atlanta nachsagen, es sei nicht geschäftstüchtig. Ab 1940 aber gingen in Deutschland paar Rohstoffe aus, die gut und nötig waren fürs Coca-Cola-Machen, Atlanta aber bestand immer noch auf Geschäft und entdeckte fürs Deutsche Reich ›Fanta‹ (→ Fantasie), ein Cola-Surrogat aus Molke. Ha! Als dann aber ab 11. Dezember 1941 die dunkle, geschäftslose Zeit kam und die Nazis auch allem, was nicht in Reichweite lag, den Krieg erklärten und Atlanta nun wirklich nicht mehr im Reich praktizieren konnte und die Deutschen auch nicht mehr ihr Afri-Cola hatten, das unter derselben Rohstoffverknappung litt wie Coca-Cola : da übernahmen die Nazis einfach Fanta und machten Fanta weiter und alle tranken Fanta, vom Atlantik bis zum Ural, vom Skagerrak bis in die Kyrenaika. Coca Cola aber kaufte nach dem Sieg Fanta auf und machte wieder Kohlensäure und so rein und die Molkebasis weg und viele neue Sorten dazu und nach nur zwei Jahren wurde 1968 aus ›Fanta Klare Zitrone‹ sogar ›Sprite‹. Das war ein Tag!

[199] Seit 1902 bekannt als Friedrich-Eduard-Bilz-Brause, das älteste radebeuler Erfrischungsgetränk der Welt. 1905 wurde basisdemokratisch in einem Preisausschreiben ein neuer Name für das alte Getränk erfunden, und der hieß Sinalco (→ sine alcohole)

schwelle so … bei etwa einem halben Meter liegt. Gott war ich froh! den Platz konnt ich gut gebrauchen

MANN: *Und wo war dann überhaupt das Problem?*

Und wäre Keller nun mit Sinalco beglückt worden, er hätte wohl auch die genommen, denn dazu neigt Keller: wenn er etwas Bestimmtes will und aber etwas Ungewolltes erhält, so nimmt er's, wenns irgend geht, vermeidet alle Umstände, verspricht sich selbst eine bessere Aussprache fürs nächste Mundauftun und denkt auch darüber nach, ob vielleicht eigene Gutgründe sein Gegenüber zur Fehlauslieferung bewogen. Keller aber bekam Bier, einen halben Liter gleich, einen Becher Bitburger und zahlte und rief der Schankkraft ermunternd *Guter Mann!* zu — da hätte vielleicht eine Art Freundschaft noch draus werden können, wurde aber nicht, denn Bremen-Hamburg … das waren dann doch Welten. Außerdem war Keller attrahiert von dem Gespräch in seinem Rücken, es schien, unglaublich, um … Insel-Bändchen zu kreisen. Und Keller nahm das Bier und setzte sich nächstmöglich den Redenden, fand wohl auch eine Gelegenheit, aus dem Augeneck unverfänglich einen scheufreundlichen Blick auf sie zu werfen, und einen zweiten, als er schließlich ging — verbat sich aber beide. Er lauschte nur und unterdrückte das Jucken, ein Wort hinzuzusetzen, ein Lachen oder Staunen beizutragen. Zurück in Bremen dann hatte Keller neugierig mit hinreichender Wahrscheinlichkeit ausgemacht, daß die Kollegin, die das Wort führte — und es mußte sich unbedingt um eine Kollegin handeln, das war Keller schnell klar geworden — Sabine Varma gewesen war, nah genug Dammtor jedenfalls lag das varmasche ›Antiquariat an der Bundesstraße‹. Und dies ist, was Keller aktuell sich zu eigen zu machen im Begriff steht:

VARMA: *Will ich dir sagen — daß ich nich wußte, was da los war, das war das Problem. Guck mal: als ich gemerkt hatte, daß da was abgängig war, war die Woche drauf nochmal 'n ganzer Schwung weg, ohne daß mir wer Bescheid gesagt hätte — da darf ich doch wohl irritiert sein? Ich hab dann ja die absoluten Zahlen ermittelt: 77 Stück waren mir geblieben, 77 tapfere Inselchen, die sich standhaft weigerten, zu desertieren. Oder meinst du, daß ich das nicht problematisch finden sollte, wenn in meinem Laden Geschäfte an mir vorbeilaufen?*

MANN (beruhigt): *Sicher. Wars jetz der, den du anfangs in Verdacht hattest?*

VARMA: *Ich hatte ein' in Verdacht?*

MANN: *Diesen …*

VARMA: *Richtig! Der Lehrer! Nein, der wars nicht, schade eigentlich, aber nein: nachdem der das letzte Mal da war, warens immer noch 77. Gestern aber, gestern warens nur noch 63. Verstehst du, daß das quält, wenn man nich weiß, was da los is? Versucht da einer, total banale Insel-Lumpen — höchst zweifelhafter Erhaltung, das isses ja auch noch — weiterzuverticken? Oder ist da ein hoffnungsfroher Start-up-Typ unterwegs, ein Neu-Sammler, dem bei einem zerplatzten Cornett oder einem Bordesholmer Altar ohne Rücken noch einer abgeht?*

MANN: *Wenn ich das wüßte …! — aber du weißt es jetz doch*

VARMA: *Ja, aber die Sorge, daß da irgendwo noch Auswüchse drohn! Guck mal: wenn der Dieb schon gestört is — und gestört is der, weil, ich hab bei mir ja auch gute Bücher stehn — wieso nimmt der dann ausgerechnet Insel-Leichen mit? wollt mir nich in den Kopp. Ick de dat Oos blots geern kreegen, dat he mi nich an de gooden Böökers geiht, wenn he de Insels all wech hätt*

MANN : *Hast du doch jetz. Wer wars denn nun? Ha! eine Frau. Mitten in der Menopause*

VARMA : *Du spinnst ja. Hamburgerinnen in oder nach der Menopause wolln bedient werden …*

MANN : *Stimmt*

VARMA : … *die gehn nich allein ans Regal. Denen muß man jedes Taschenbuch rausziehn und vorzeigen. Die paar Weiber, die doch allein ans Regal gehn, sind durch die Bank Krimi- und Science-Fiction-Leserinnen und die klaun nich, und schon garnich verwarzte Insel-Bindings*

MANN : *Dann ein Sammler*

VARMA (lacht) : *Kein Sammler. Hab ich vier von, alle nett, alle sauber. Die fressen mir aus der Hand, die kaufen jede Insel, die sie noch nich haben, sofort und ohne Zicken, deshalb landet im Regal ja auch nur der Ausschuß, weil, die neu reingekommnen bleiben unter meinen Fittichen, bis meine Süßen sie gesehn haben*

MANN : *Was machst du den Scheiß überhaupt?*

VARMA (empört) : *Mach ich doch gar nich, oder hast du mich mal Insel kaufen sehn? Parce que je les déteste, die sind immer nur irgendwie mit dabei, wie Merian oder Reader's Digest oder Blaue Bücher. Darum tuts mir doch auch nich richtig weh, wenn die Teile wieder weg sind*

MANN (nachdenklich und von kurzem Gedächtnis) : *Hm … — wo nochmal war dann das Problem? Und eh ichs vergeß: wer wars nun?*

VARMA (erregt) : *Das Problem?: daß es mich beschäftigt! Ich hab doch keine Lust, an sowas rumzukaun, mich stündlich zu fragen, was ich tun werde, wenn ich dieses merkwürdige Geschöpf stelle, möglichst noch, bevor es anfängt, richtige Bücher zu reißen*

MANN : *Du wirst deine restlichen Insel-Toten herschenken und es freundlich bitten, den Laden nich mehr zu betreten. Du kannst doch sehr sehr freundlich bitten*

VARMA (lacht) : *Kann ich. Weißt du, das* ***eigentliche*** *Problem is ja, daß hier meine Phantasie an ihre Grenzen stößt: ich kann mir grad noch vorstelln, daß ›Es‹ die geraubten Insels irgendwo anbietet, kann mir aber überhaupt nich vorstelln, daß irgendjemand sie für Geld kauft, denn wenn ich mal unterstell, daß der Antiquar ein vernunftbegabtes Wesen is, so is doch die erste Ableitung, daß er keinen Felix Timmermans erwirbt. Den nimmt man aus Mitleid mit und dann steht er eben, bis das Mitleid alle is und muß dann doch in die Tonne. Was macht der Trottel mit den Insels? und wie soll ich mich schützen? soll ich den erbärmlichen Rest in Wundertüten fülln und für 'ne Mark verschleudern, bevor ›Es‹ wieder zuschlägt?*

MANN : *Wer wars denn nun?*

VARMA : *Ja genau. Paß auf: ich hatte ja die Burschen nun gezählt, und* ***jedesmal****, wenn ein Kunde raus is, neu gezählt. Und heute warens nur noch 53. Und der Typ, ders sein muß, der unmittelbar zuvor raus war, der … tja … leicht magenkrank, groß, dünn, mittelkurze, leichtgraue Haare, um die 50, bißchen linkisch, verhuscht, devot höflich …*

MANN : *Kauft?*

VARMA : *Kauft, manchmal, im Dreimarkbereich, gern Reclam. Manchmal zerrt er aus einem Öko-Beutel seltsame Objekte vor und bietet sie mir an* (lacht) *Reclam, ranzige Karl-Mays, weiße*

Nobelpreisträger — sowas. Und der Zustand dieser Objekte! — da war ich dann eigentlich immer davon ausgegangen, daß der Typ sie legal den örtlichen Containern entnimmt. Hatte mich schon gewundert, daß jemand, der den Zivilisationsmüll plündert, immer nur so'n Schrott findet. Jetz weiß ich, der sucht die Teile nich von der Kippe: der is so doof, der klaut sie, bei Kollegen, die den Scheiß als Stopfmasse stehn haben. Kann mir lebhaft vorstelln, wie's in seiner Wohnung aussieht: nich begehbar, alles voller unverkäuflicher Schätze. Die Menschen sind dümmer als böse

MANN: *Und was willst du jetz mit ihm machen? Bullen? Kaffeetrinken?*

VARMA: *Nee, der is 'ne ganz arme Sau. Und 'ne klar psychisch gestörte dazu. Was soll ich da rachsüchtig sein oder nachtragend, der kriegt das nächste Mal Lokalverbot und gut is, 'ne Medaille häng ich ihm bestimmt nicht dafür um, daß er mir Altpapier entsorgt. Und Kaffee kriegt der auch nich. Kaffee kriegen ja nichmal Kunden, besonders bei Regen nich, weil, gegenüber im Café der Psychiatrieerfahrenen gibts Kaffee für'n paar Groschen, wenns den bei mir umsonst gäbe, täten die* **alle** *umziehn*

MANN: *Haste die Kanne noch, die ich dir …*

VARMA: *Jep — und paßt immer noch nicht ganz auf die Heizplatte*

MANN: *Also immer noch kein heißer Kaffee …*

VARMA: *Nee*

MANN: *Ich seh mal zu*

VARMA: *Mach mal. Aber das würde nix ändern, Kaffee kriegen die nich. Weißt du, es gibt Leute, die haben zwar 'n leichten Hau, aber sie kaufen — wenn ich da nur an den denke, der sich ›astrophysikalische Materialien‹ quittieren ließ und eine Landebahn auf dem Mars plante. Und dann die andern, die ich mir vom Hals halten muß, weil, wenn die den einen Ort auf der Welt finden, wo sie nich weggebissen werden, sie nichts anderes mehr zu tun haben als eben da sich festzusaugen und andere wegzubeißen. Letzt hatt ich einen, der wollt mir was verkaufen, was ich nicht kaufen wollte und einen, der gar nich dran dachte, was zu kaufen, aber mir was erzähln wollte und dann haben sich die beiden bitter gestritten, wer nun dran is mit mir zu reden. Oder meine Nachbarin, Ende 50, die jeden männlichen Kunden über Zehn verdächtigt, sich ihr sexuell nähern zu wolln, oder der Dauergalan aus dem Café für Psychiatrieerfahrene, der mich für meine spröde Art bestraft, indem er den Krimitanten von hinten Schnapsatem ins Dekollté pustet und ihnen was über die Mächtigkeit seiner Erektionen ins Ohr säuselt. Dann noch eine Nachbarin, die alle 36 Stunden fragt, ob ich was zu lesen hab …*

MANN: *Hast du doch*

VARMA: *— sie aber meint damit die Werbeeinlagen des Eimsbüttler Umsonst-Wochenblatts. Was ich ja noch ganz gerne mach, is Leuten den Weg zeigen, die Tür aufhalten und Behördenschreiben übersetzen, aber irgendwo is Schluß, ich kann nich alle adoptiern, abfüttern und verstehn und Ladendiebe müssen dann eben draußen bleiben. Ich hab ja auch noch zu arbeiten*

— und hier zwang, weil Keller gern weitergehört hätte, ein fremder Wille, eingeboren in einen Fahrplan, den Reisenden auf den Bahnsteig und trug ihn stahlverpackt und stromgetrieben nach Bremen … das ist gute sechs Monate jetzt her, und endlich macht Keller sich daran, Frau Varmas Erlebnis einzugemeinden.

KELLER: *— mir sind nämlich mal …*

SAMMLERS WEIB (rangiert sich herein, schließt die Tür, zu Keller) : *Dann darf ich grad mal Ihre Toilette benutzen?*

KELLER (lügt rasant weiter) : *Wenn ich eine hätte, dürften Sie* (Sammlerweib dringt energisch treppwärts vor, Keller wirft sich ihm in den Weg, steht auf der Treppe, eindringlich) *Ich sagte : ›wenn ich eine hätte, dürften Sie‹*

SAMMLERS WEIB (übersetzt für sich) : *Ach, Sie meinen, ich darf, aber ich kann gar nicht, weil, Sie haben gar kein Klo?*

KELLER (erleichtert) : *Ja*

SAMMLERS WEIB : *Wie, ein ganzes Haus und kein Klo?*

KELLER (ertappt) : *Doch, natürlich ... — ein Klo, als solches, ist schon vorhanden*

SAMMLERS WEIB : *Wollt schon sagen, vergessen worden beim Bau'n wirds wohl nicht sein, hä* (setzt sich wieder in Gang, weiter auf Keller zu)

SAMMLER (stolz auf sein Weib) : *Hähä — wie in Schilda*

Keller steht vor einer Entscheidung : soll er das Schilda-Faß aufmachen, seine Kraft zur Verteidigung des Klos bündeln und die Treppe zu den Thermopylen erklären, soll er gar einen Zweifrontenkrieg führen?

KELLER (ein Hoplit) : *Aber ... : nicht funktionsfähig*

SAMMLERS WEIB : *Ja habt ihr in Bremen denn keine Flaschner?*

KELLER (unsicher, aber weicht nicht) : *Wer immer die sind, es ...*

SAMMLERS WEIB : *Die richten das*

KELLER : *Das ist gut, es ...*

SAMMLERS WEIB : *Warten Sie, ich geb Ihnen die Nummer von dem unsern* (kramt in seiner Handtasche)

KELLER (lügt festgekrallt an beiden Handlaufholmen beruhigend auf das freizügige Sammlerweibgemüt ein) : *Es verhält sich, um genau zu sein, so, daß das WC zwar sowohl vorhanden als auch intakt ist, aber nicht zugänglich. Dutzende von Bananenkartons versperren den Weg*

SAMMLER : *Leer oder voll? — wenn ich fragen darf*

KELLER (im Brustton der Überzeugung) : *Voll*

SAMMLER : *Wollt schon sagen, sonst wärs ja einfach ...* (zu seinem Weib) *Papier ist schwer, mußt du wissen*

SAMMLERS WEIB : *Du kannst ja helfen*

SAMMLER : *Mal sehn* (zu Keller) *Und was ist da drin? — wenn ich fragen darf*

KELLER (lügt was Entlegenes) : *Freimaurerei*

SAMMLER : *Freimaurerei?* **Das** *interessiert mich*

KELLER (schwitzt) : *Ah, aber die Kartons sind noch nicht bearbeitet, die sind noch nichtmal richtig angekauft, da kann ich noch nicht ...*

SAMMLER : *Das versteh ich. Das ist eine Sache der Ehre! ... Keine Ausnahme?*

KELLER (Ehrenmann) : *Kann ich nicht machen. Leider*

SAMMLERS WEIB (scherzend zu Keller, drohend zum Sammler) : *Dann geh ich jetzt vor zum Katzencafé, das kann ja länger dauern mit euch beiden*

KELLER : *Gut, das ist gut. Ich habe jetzt eigentlich auch ...*

SAMMLER : *München war ja quasi die Hochburg der Freimaurer und Illuminaten, in früheren Tagen. Sehr geheimnisvoll. Und ob Sie's glauben oder nicht: die haben heute noch viel Einfluß. Eigentlich haben sie alles unter Kontrolle*

SAMMLERS WEIB (zu Keller) : *Wo ist das überhaupt?*

KELLER : *Katzencafé?* (routiniert) *Keine Ahnung* [200] — *ich weiß ja kaum, wo München ist*

SAMMLERS WEIB : *Wie, da sitzen Sie hier mitten hier in Ihrem schönen Schnoor und wissen nicht, wo das schöne Katzencafé ist? Da kann man draußen sitzen!*

KELLER (allorientiert) : *Wir haben Winter*

SAMMLERS WEIB : *In einem Innenhof! Serenadenhof heißt der*

KELLER : *Tut er das? Da wissen Sie schon mehr als ich*

SAMMLERS WEIB (freut sich) : *Immer voll da!*

KELLER : *Na, nichts wie hin*

SAMMLERS WEIB : *Und ein tolles Schild haben sie, weil sie so versteckt sind* [201]

KELLER : *Eine Herausforderung. Stellen Sie sich*

SAMMLER (trägt zufrieden bei) : *Alles ganz klein und niedlich da*

KELLER (pantagruelesk) : *Die Portionen vielleicht. Nicht die Preise*

SAMMLER : *Ja-ha, aber* (holt groß aus) *: wer guckt schon auf den Preis, wenns schön ist* (in die Fußstapfen dieser basalen Wahrheit völlig korrekt allseitiges Schweigen tritt. Nichts mehr ist zu sagen) *Zurück zu den Freimaurern ...*

KELLER (seufzt) : *Ich könnte Ihnen anbieten ein Mitgliederverzeichnis des Rotary-Clubs*

SAMMLER : *Das ist ein Wort. Aber der interessiert mich nicht, der Rotary-Club*

KELLER : *Schade*

SAMMLER (verschworen) : *Sagen Sie, wo wir schon so vertraut miteinander plaudern : kann ich bei Ihnen die ›Protokolle der Weisen von Zion‹ bekommen?*

Das Telephon klingelt — das hatte ein anderes auch getan, zwei Minuten zuvor,

---

[200] Trotz grundsätzlicher Disposition zur Mitteilungsfreudigkeit hat Keller sich darauf vereidet, Touristen Auskunft nach Attraktionen nicht zu erteilen und allem Drohen und Ködern zu widerstehen... ›Drei Schritt links, nächste rechts, nach zehn Metern wieder links‹ kommt ihm nicht über die Lippen — Menschen, die eine Lokalität namens ›Katzencafé‹ willentlich suchen, sind in Kellers Augen bös und niedlich und stehen zu Recht vor dem Rätsel, so nah und doch gassenverwirrt unüberbrückbar fern von schmieriger Seligkeit zu sein, nie, wenns nach Keller ginge, der zufällig mal, auf der Suche nach einer Abkürzung, vor dem Katzencafé gestrandet war, bekämen sie den anbiedernden Belle-Époque-Charme, garniert mit fangfrischem Schellfisch, Wachteln mit Kalbsbries, Carpaccio mit Trüffeln, frischen pariser Austern und Kuchen zu Gesicht — denn sie würden nicht daran ersticken. Glitschige Entertainer, glitschige Politiker, die dort gespeist hatten und sich haben ablichten lassen, hatte Keller hochglanzverewigt zu gewärtigen gehabt, Krimskrams auf Simsen, Putten, Lämpchen und Töpfe mit Blumen. — Keller aber weiß nicht allein, wo's Katzencafé seine Gäste erwartet, und sagts nicht, auch weiß er und verschweigt sonderlistig, daß es erst um 12 Uhr öffnet.

[201] Das aber stimmt. Zwei grimmige schwarze Katzen auf einem Emailleschild, zwischen denen eine entspannte Maus, ratlos die Hinterbeine übereinandergeschlagen.

in Loisys Friedrichzimmer, Loisy war schwer, Schedelsche Weltchronik und Insel 313 vor sich, in einen Sessel gefaßt gewesen, hatte das Armfleisch ausgefahren, den Hörer abgehoben und hineingerufen *Loisy-y? ... René, das ist ja ... das ist ja das erste Mal, daß du mich anrufst ... der Tournefort, ja, ist in Arbeit, eine kleine Morgengabe, ja, was der Loisy verspricht, das hält er auch, das können alle ... jaja ... ist gut, keine persische Hast, nein ... ich kümmer mich ... winkewinke.* Und dann hatte Loisy aufgelegt und seinerseits eine Nummer gewählt.

KELLER (dankbar, nickt Sammler und Sammlers Weib zu) : *Sie entschuldigen?*
Keller macht sich auf in den ersten Stock, stippt auf dem Treppenpodest wie beiläufig mit der Stiefelspitze annähernd 5000 Seiten Brecht-Dramen aus dem Aufbau-Verlag [202] als Blockade hinter sich in den Weg, nimmt den Hörer ab, festen Vorsatzes, das Telephonat, mit wem es auch sei, so lang als möglich zu strecken, daß die Lage im Erdgeschoß selbsttätig einer Lösung sich zuführe.

KELLER : *Antiquariat im Schnoor, guten Tag*

LOISY (leiernd) : *Guten Tag, hier Loisy. Was macht das werte Befinden?*

KELLER : *Eberhard, diese Freude!*

LOISY : *Laufen die Geschäfte?*

KELLER : *Wie die Galopper beim Großen Preis*

LOISY (hastig, engagiert) : *Ist die Hölle los, ja?*

KELLER : *Ansichtssache*

LOISY : *Hihi, jaja, die liebe Kundschaft*

KELLER (lacht) : *Genau, ›Kundschaft‹, soweit müßte man schon gehen und dieses Prädikat vergeben — reich mir mal eben 313 durch die Strippe, daß ich die Type da unten auf den Topf setzen kann*

LOISY : *313? Ach ja, jaja, nein, so was hab ich nicht*

KELLER : *Na dann*

LOISY : *Bist du gleich noch da?*

---

[202] Der Besitz dieses regalunwürdigen Bergfrieds aus den Bänden I–XII, erschienen von 1955–1959, ist eins der steten Ärgernisse für Keller, waren doch 1968 voller Einakter, Turandot und Tui-Fragmente noch die Bände XIII und XIV hinterhergetrottet gekommen. Folgerichtig, da Keller es weder übers Herz bringt, die Vollständigkeit der Dramenausgabe mit zwölf Bänden zu behaupten, noch, sie einzeln anzubieten, sind die Bände gewappnet mit dem Schild der Unverkäuflichkeit. Keller bliebe aber ohnehin auf ihnen sitzen, auch, wenn er die Kraft, Geduld und das Geld aufbrächte, sie zu komplettieren, denn die goldenen Jahre nonaristotelischer Belehrung sind mit Beginn der Verpensionierung einer bestimmten Generation von Studienräten länger schon vorbei und die Dauer-Generation jugendlicher Bald-Theatermacher mag Brecht nicht mehr, sondern steht auf den späten Heiner Müller, den allerdings sie vorzieht zu stehlen, zu leihen oder, für das schöne Braungeaug und lockige Haar, das schmale, wangenknochenbetonte Gesicht, das sie mitbringt, geschenkt zu bekommen. Keller will ja partout die Zeitlosigkeit dieser Bengel nicht wahrhaben, er kann sie sich einfach nicht zu Sophokles' oder Molières Zeiten denken und hält sie durchaus für ein typisches Fermentationsprodukt des ausgehenden 20. Jahrhunderts : die Jungs, die nicht mehr wissen müssen, was sie abtun, denen ein eingegebener Haltungsblitz genügt, verächtlich und genußbereit in der Welt zu stehen, deren Studium der Geschichte damit erschöpft ist, daß sie wissen, wie wichtig Pink Floyd mal war und die nichts mehr mit den Narodniki verbinden,

KELLER (dem in Nullzeit die Hauptdrohung aufgeht und nicht gefällt) : *Nein, ich bin gleich weg*

LOISY : *Is jut, jaja, dann heut abend, hast du heut abend Zeit? Du müßtest dann mal vorbeikommen*

KELLER : *Eberhard ...*

LOISY : *Ein Käse ist auch da*

KELLER : *Das ist schön, aber ... : ist es sehr wichtig?*

LOISY : *Jaja*

KELLER : *Sehr sehr wichtig?*

LOISY : *Nun ja ... ja!*

KELLER : *Gut, ich komm kurz vorbei*

LOISY : *Ein Käse ist auch da*

KELLER : *Dann ist alles gut*

LOISY : *Ach, Christian : bring ein Geld mit*

KELLER : *Geld?*

LOISY : *Geld*

KELLER : *Warum?*

LOISY : *Geschäft*

KELLER : *Wieviel?*

LOISY : *Was du hast*

KELLER (knurrt) : *Sollst du haben. Gegen acht*

LOISY : *Gegen acht, jaja, is gut, winkewinke*

Keller legt auf, murmelt *Winkewinke*, entfernt den Brecht-Pfropf und schreitet die Treppe hinab — dort aber das Problem sich nicht verflüchtigt, sondern etabliert hat. Aufgeräumt und wild entschlossen wird er nun die Sache zu einem Abschluß bringen.

KELLER : *Und, die Herrschaften : Entschlüsse bedeutender Tragweite gefaßt?*

SAMMLER : *Kann man wohl sagen : meine Frau wünscht sich das hier* (zeigt IB 281, ›Das kleine Blumenbuch‹ [203]) *Das hat sie in den Bann gezogen*

SAMMLERS WEIB (bestätigt) : *Das hat mich in den Bann gezogen*

KELLER : *Darf ich?* (greift das ›Kleine Blumenbuch‹, sucht den Preis) *drei Mark*

SAMMLER : *Das andere haben wir nämlich schon*

KELLER : *Das ›Große Blumenbuch‹?*

---

aber ›David‹ heißen, dünnen Mund tragen und einen Bart, der in einem schmalen Streifen vonmitten der Unterlippe kinnunter läuft.

Da liegt der Brecht. Und wäre Keller nicht einfach nur immer wieder über ihn gestolpert, würden die leichten Stiefelblessuren auf den Schutzumschlägen der unteren vier Bände darauf deuten, daß Keller häufiger den Stücketurm als Pfropf einsetzt — was demjenigen einiges an Wahrscheinlichkeit gewinnt, der bemerkt, wie wenig der Turm eben während des Verschiebens in die Schiefe schwankte.

[203] Das ist ein schönes buntes Buch, ›Das kleine Blumenbuch. In vielen Farben‹, 1933. Keller hat das 424.–473. Tausend, Leipzig 1958.

SAMMLER : *Nein, das vom Merian*

SAMMLERS WEIB (widerspricht) : *Nein, die ›Blumen vom Gipfel der Berge‹* [204]. *Bei der Merian — außerdem is das 'ne Frau — sind mir zuviele Käfer und Spinnen bei* [205]

SAMMLER (gesteht genervt den Irrtum ein) : *Ja ja* (zu Keller) *— kann man aber gar nicht genug von haben* (meckert) *von der Merian, die ist nämlich auf dem Fünfhunderter drauf*

SAMMLERS WEIB : *Die war da nämlich selbst, in Sirunam*

SAMMLER : *Zeit ist Geld, das merkt man ja erst so richtig im Urlaub*

KELLER : *Drei Mark*

SAMMLER (wippt ein Bein, grinst breitscherzend) : *Und für Selbstabholer? Ich mein', Sie sparen das Porto*

KELLER (angestrengt) : *Drei Mark*

SAMMLER : *Gut, dann schicken Sie's mir, Sie verstehen, wir sind auf Urlaub, da möchte man sich nicht so bepacken mit Ballast, da wär man ja behindert*

KELLER (wird muffig) : *Die Bretter, auf denen wir stehen, werden schmal, mein Herr. ›Selbstabholer‹, ja? Läuft das jetzt darauf hinaus, daß ich mich gleich entschuldige, daß Sie statt Pizza ein wie auch immer geartetes Buch in Händen halten?*

SAMMLERS WEIB (zum Gatten) : *Der Herr wird muffig*

KELLER : *Ich werde nicht muffig, ich leiste jetzt vollendet Abbitte. Und zwar dergestalt, daß ich Ihnen das Buch unentgeltlich überlasse*

SAMMLER (schüttelt Kleingeld aus der Börse) : *Hier haben Sie Ihre drei*

KELLER : *Ich will kein Geld mehr von Ihnen*

SAMMLER : *Sie sagen drei, Sie kriegen drei*

SAMMLERS WEIB : *Günther, nun freu dich doch*

SAMMLER : *›Ein Mensch, der was geschenkt kriegt, denke : Nichts zahlt man teurer als Geschenke!‹* [206]

Daß Keller aber sich in seiner Ansammlung von Inselbänden hätte dumm und dämlich suchen können nach Roths ›Sammelsurium — Freud und Leid eines Kunstsammlers‹, wird er, dank der Gnade, die seiner Gleichgültigkeit innewohnt, nie erfahren : denn das ›Sammelsurium‹ ist zwar schmal wie ein Inselbuch, ist aber selbst gar keins, sondern 1955 bei Hanser erschienen. — Wenn auch nicht diese, so wartet doch nachmittags eine andere Überraschung leibhaftig auf.

---

204 IB 131. Das mußte 1944 einfach noch drin sein, so einen Muntermacher zu drucken.

205 Anna Maria Sibylla Merian (1647–1717), ›Das kleine Buch der Tropenwunder‹ (1.–22. Tausend 1935), IB 351. Dieses 55seitige Inselwerklein basiert auf den 60 opulenten Folioseiten der ersten Ausgabe, die Frau Merian 1705 ganz alleine und von eigenem Geld in Amsterdam als ›Metamorphosis Insectorum Surinamensium : In qua Erucæ ac Vermes Surinamenses, cum omnibus suis Transformationibus, ad vivum delineantur & describuntur, singulis eorum in Plantas, Flores & Fructus collocatis, in quibus reperta sunt; Tum etiam Generatio Ranarum, Bufonum rariorum, Lacertarum, Serpentum, Araneorum & Formicarum exhibetur; Omnia in America ad vivum naturali magnitudine picta‹ gleich zweisprachig, Latein und Niederländisch, gemacht hat. Sie war nämlich wirklich und höchstselbst 1699–1701 in Surinam gewesen und hatte sich alles da angeguckt.

206 Klingt nach Roth, ist Roth. ›Kleinigkeiten‹.

KELLER : *Negerjunge!*

Hatte Keller nicht gestern noch, im Rahmen des AZUBA, Negerjunges gedacht? Gut sieht er aus, der Helfer seines Vorgängers Lammek, der Negerjunge, immer noch 8 und ungebrochen durch die Jahre, wie er da in der Türfüllung steht, immer noch in zu kurzer Hose und mit Schlägermütze, wenn auch nicht mehr barfuß, sondern in dünne Sandalen und kurze Socken getan. Ist doch noch gar nicht so lang her, daß Keller, als er noch Kunde war, Negerjunge mit Leo, dem schnooreigenen Kater, und Purzel, Lammeks Hund, und Bärbel, Lammeks Weib, hat spielen sehen, und jetzt … nicht mehr. Kinder, wie die Zeit vergeht …

NEGERJUNGE : *Junger Massa!*

KELLER : *Diese Freude!*

NEGERJUNGE : *Ganz meinerseits!*

KELLER : *Was führt Sie hierher, an die Stätte Ihres … früheren Wirkens? Wenn Sie mit Leo … der ist nicht da*

NEGERJUNGE (gleichmütig) : *Das ist schade*

KELLER : *Wie gehts Purzel?*

NEGERJUNGE : *Tot*

KELLER : *Oh, das tut mir … leid. Und Bärbel?*

NEGERJUNGE : *Tot*

KELLER : ***Was?***

NEGERJUNGE : *Ein Scherz, junger Massa, Bärbel und Großer Massa leben dem ungetrübten Glück. Nur Purzel, der ist …* (ihm versagt die Stimme)

KELLER (erschüttert) : *… tot*

NEGERJUNGE : *War einfach zuviel des Glücks für den alten Jungen, da bei uns, auf unserm Landgut, das faßt ja kaum ein Mensch — wie denn ein Hund?*

KELLER : *Hm … und kommt …*

NEGERJUNGE : *Der läßt Sie grüßen, Massa, ganz lieb grüßen*

KELLER (enttäuscht) : *Nun … was kann ich dann für Sie tun?*

NEGERJUNGE : *Bleibt unter uns?*

KELLER (jovial) : *Bleibt unter uns, selbstverständlich*

NEGERJUNGE : *Nun gut:* (fröhlich) *wir feiern nächste Woche …* (revidiert sich zu einer Note schicklicher Betrübnis) *wir begehen den Jahrestag des Abschieds von* (breitet ergriffen die Arme) *diesem Laden*

KELLER : *Wie, ›nächste Woche‹? Täusch ich mich, oder bin ich nicht Frühherbst hier rein? und haben wir jetzt nicht Februar? Was begeht ihr denn da für einen Jahrestag?*

NEGERJUNGE (faßt Keller an den Unterarm) : *Aber Massa! wissen Sie denn nicht, daß Lammek seine eigene Zeitrechnung hat?*

KELLER : *Äh …*

NEGERJUNGE : *Kurzum: ich such ein Geschenk für den Kurti*

KELLER : *Sie nennen ihn jetzt auch schon ›Kurti‹?*

NEGERJUNGE (errötet) : *Nich weitersagen, bitte*

KELLER (gönnrig) : *Schon gut, Negerjunge*

NEGERJUNGE : *Ich möchte Massa also eine kleine Freude bereiten*

KELLER : *Guter Negerjunge*

NEGERJUNGE : *Sie kennen ja seine Leidenschaft, diesen* (geringschätzig) *Spleen*

KELLER (souverän) : *E. T. A. Hoffmann — weiß Bescheid, alles klar, wir haben oft darüber gesprochen, er und ich*

NEGERJUNGE : *Nicht, daß er da nachlässig geworden wär, im Sammeln, es ist nur nett gemeint gegenüber uns, seinen Lieben, daß er noch was zu schenken übriggelassen hat, auf jeden Fall fehlt noch was, Bärbel und ich haben zusammengelegt und suchen nun ...*

KELLER : *Ja was denn ?*

NEGERJUNGE : *Nun, wir suchen die ›Nachricht von den neuesten Schicksalen des Hundes Berganza‹ — das ist natürlich in Erster vorhanden* [207]*...*

KELLER : *Natürlich*

NEGERJUNGE : *Und in Zweiter auch* [208]

KELLER : *Natürlich*

NEGERJUNGE : ... *und so weiter — aber noch nicht in erster Selbständiger*

KELLER : *Natürlich. Sie wünschen den Text zudem als ... Erinnerung an Purzel ?*

NEGERJUNGE (lächelt) : *Wohl eher nicht*

KELLER : *Wegen Berganza — Hund*

NEGERJUNGE (lächelt) : *Ich sagte schon : wohl eher nicht*

KELLER (einen Narren gefressen an seinem Kurzschluß) : *Aber passen würds*

NEGERJUNGE (lächelt) : *Unsinn. Es geht wohl mehr ... um die Erinnerung an eine jugendliche Dorfschönheit*

KELLER (entsetzt) : *Lammek hat ...*

NEGERJUNGE : *Nicht doch, der hat doch Bärbel — Hoffmann ! Hoffmann hat !* (vertraulich) *wissen Sie doch ...*

KELLER : *Der hatte Mischa* [209]*!*

NEGERJUNGE : *Mischa, Mischa ... Mischa war immer nur ›die Frau‹, Mischa ist nicht Julia Marc* [210]

---

[207] Natürlich. In den vier von Jean Paul bevorredeten Bänden ›Fantasiestücke in Callot's Manier : Blätter aus dem Tagebuche eines reisenden Enthusiasten‹, im ›Neuen Leseinstitut von C. F. Kunz‹ Bamberg erschienen, Ostern 1814 die Bände I und II, Band III Herbst 1814, Ostern 1815 Band IV. Carl Friedrich Kunz, Freund, Mitzecher, Verleger und Weinhändler Hoffmanns, hatte stets und sehr darauf gedrungen, daß Hoffmann das bamberger Philistertum etwas weicher zeichne — Hoffmann tat aber immer nur so, als hätt er's getan.

[208] 1819.

[209] Mischa = Maria Thekla Michalina Rorer-Trzcinski, Polin und fünf Jahr jünger als Hoffmann, seit 1802 dessen, der extra aus diesem Anlaß die Verlobung mit seiner Cousine Minna gelöst hatte, Gattin.

[210] November 1808, drei Monate, daß es ihn nach Bamberg verschlagen hat, soll der 33jährige Hoffmann ein Schwesternpaar Gesang lehren. Die zwei sind die Töchter der Madame Marc, Witwe des US-Konsuls in Franken — Julia, die ältere der beiden, ist grad 13. Hoffmanns Tagebuch 1810 zwar wurde vernichtet, das darauf folgende aber nicht, und am 1. Januar 1811 ist Hoffmann längst schon unsterblich in Julia verknallt. Daß er Julia

KELLER (stöhnt) : *Müssen Sie jetzt vorsätzlich Ikonen beschmutzen?*

NEGERJUNGE : *Glauben Sie mir, Massa,* ***ich*** *versteh Sie. Was soll ich erst sagen — da wird in meinem Revier gewildert*

---

kleistgeschuldet mit dem Tarnnamen ›Käthchen‹ belegt, selbst für ›Käthchen‹ noch pfiffige Abbreviaturen erdenkt (›Ktch‹, ›Kth‹), Hieroglyphen findet und stellenweis sein deutsches Sehnen in griechische Buchstaben packt, stört Mischa, Erstleserin der Tagebücher, in ihrer Eifersucht nicht. Sicher auch ist Mischa beleidigt, daß Hoffmann sie derart dumm für dumm verkauft, etwa am 16. Februar 1811 : Διεσε ϱομαντισχε Στιμμυνγ γϱειφτ υμ σιχ υνδ ιχ φϋϱχτε ες ωιϱδ Υνθειλ δαϱαυς εντστεν. Einerseits (28. Februar 1811) sieht Hoffmann köstliche Alternativen (»entweder schieße ich mich tot wie ein[en] Hund, oder ich werde toll!«), andererseits (18. März 1811) liegt er zu Bett und wixt (»Abends Pipicampo und geistiger Ehebruch«). Realiter nämlich erhört Julia ihn nicht — vielleicht auch, weil er nichts sagt. Hoffmann schaltet andere Affären dazwischen, Januar 1812 aber meint er, alle Vorsicht aufgeben zu können, da er mutmaßt, Julia wisse eh alles oder ahne es wenigstens. Wohl nicht. Wohl eher Julias Mutter. Ein Eklat Ende des Monats veranlaßt Hoffmann, nie wieder seinen Fuß ins Haus Marc zu setzen. ›Nie wieder‹ währt drei Tage. Die Musen haben ja auch Größeres mit ihm vor, als daß es dabei bleiben könnte, daß er einfach schweigt und bloß unbefriedigt weiterlebt, sie führen einen Spezialpfeil im Köcher, eine prima Ärger-Idee : ein Dummbatz, ein Un-Hoffmann, ein Stück reiches Kaufmannfleisch namens Graepel kommt März 1812 aus Hamburg nach Bamberg, Witwe Marc ist angetan, den soll Julia heiraten, vor den »zerrütteten Vermögensumständen« verblaßt jede sonst ja gerngesehne Kunst und Neigung. Staunt Hoffmann mehr, als daß es ihn widert? Nein. Zweifelsfrei widert es ihn mehr. Graepel ist ein »unsaubrer Geist«, der »Abscheu und Ekel« erregt, ganz lebt er »niedrigsten Zoten«, »bis zum Ekel wiederholt« er »Erzählungen nichtsbedeutender Dinge«, »seine ganze Phantasie drehte sich um die Begebenheiten seiner akademischen Jahre«, ganz Bamberg könnte kotzen und spotten und Kunz spricht für die Gemeinde : »Der Mensch war, trotz seiner Jugend, das Bild eines Greisen, ein ausgemergeltes Menschenmodell, die Male fleischlicher Begierden lagen auf Stirn, Augen und Wangen, und die Imbezillität seines Geistes leuchtete aus jedem gesprochenen Worte ... Diese Mumie sollte nun dem frischen Lebensbaum angeschlossen werden, und der Teufel in der Gestalt des Erdgeistes feierte auch hier einen seiner vielen Triumphe« — Hoffmanns Angebetete gibt sich Graepel hin, schon 9. April 1812 muß Hoffmann notieren : »Ktch — lüstern freundlich [wie eine] die besondere Er[fahrungen] gemacht hat« — und haßt und haßt, wünscht jeder Note, die er schreibt, tötende Kraft in den Klang und versteht grünvorneid, wie's sein kann, daß ein linkischer Kretin die Hoheit über Mädchenleiber erringt und es dem, der die Kunstwelt der Nymphe teilt, mißrät : »Er wußte durch anscheinend unbedeutende, aber mit der Erfahrung des abgefeimten Lüstlings wohlberechnete Liebkosungen ihre Sinnlichkeit zu reizen; er wußte durch manche leicht verhüllte Zote ihre Neugierde auf gewisse Geheimnisse zu leiten, die nun sie mit magischer Kraft umfingen, und begierig zog die unbefangene kindliche Seele, einmal in den verderblichen Kreis hineingelockt, den giftigen Dunst ein, von dem betäubt, sie sich als Opfer der unglückseligsten Konvenienz hingeben sollte« — tja, und einmal »die gereizte Sinnlichkeit« mit dem »hohen Gefühl selbst« verwechselt, ist der Leib der Verwechselnden dem, der in ihr das hohe Gefühl gehegt hatte, der nebenher nur auch und nie hauptsächlich, gleichwohl aber eben doch ein bißchen mit »siedendem Blut« spielen wollen würde, verloren. So siehts aus.

Am 10. August erfährt Hoffmann von der Verlobung (»Il colpo è fatto — La Donna e diventata la sposa di questo maledetto asino die mercante — e mi pare che tutta la mia vita musicale e poetica e smorzata« — »Der Schlag ist geschehen! — Die Dame ist Braut dieses verdammten Esels von einem Kaufmann geworden und es scheint mir, daß mein ganzes musikalisches und poetisches Leben ausgelöscht ist«), für den 6. September 1812 bitten Graepel und Julia zum Picknick. Auch sind Hoffmann und Mischa geladen — und beide tun sich das an. Graepel säuft wie ein Loch, röhrt, pöbelt, versucht noch, ein wenig zu spazieren, Kunz, Zeuge, bemerkt, »daß der Herr Bräutigam gewaltige Winkel, bald rechts, bald links, ausmaß, und die Braut kaum im Stande war, ihn zu halten. Ein derber Ruck geschah, der die arme

KELLER : *Eine Ausnahme! Für Sie bleibt genug*

NEGERJUNGE : *Ausnahme? Novalis!*

KELLER (spöttisch) : *Novalis*

NEGERJUNGE : *Poe*[211] *!*

KELLER (bleich) : *Poe*

NEGERJUNGE : *Oder* ... (tritt in die Mitte des Raumes, kelcht alle zehn Finger lippennah und singt) *›Ich hieb ihr Zweige ab vom Fliederstrauch / Sie sagte, daß das Kind schon fertig sei im Bauch / Sie war ja selber noch nicht vierzehn Jahr / Das sah man ihr verdammt nicht an / Sie hatte bis zum Nabel oben schwarzes Haar / Und, ganz versteckt darin, die Muschel für den Mann‹*[212]

KELLER : *Können Sie's nicht auf Mittelfranzösisch?*

NEGERJUNGE : *Klar. ›Je luy gaulai des branches de lilas / Elle dira que l'enfans estoit desja faict dans sons ventre / et il est vérité, elle n'avoit encor l'aage de quatorze ans‹* ...

KELLER (kommt nicht hinterher) : *Schon gut, Negerjunge — ich glaube es ganz* (überlegt kurz) *Einen kleinen Moment vielleicht — : wars nicht so, daß es das gar nicht gibt von Villon?*

NEGERJUNGE (grinst) : *Na und?*[213]

Julia niederzureißen drohte; — Hoffmann sprang, sie zu halten, hinzu, ich auf die Seite des Sinkenden; allein zu spät, — der Sturz war geschehen, und der Ehekandidat lag, alle Viere von sich streckend, auf dem Erdboden. Julia erblaßte, rang die Hände ... Hoffmann glühte vor Zorn, und sich gegen mich wendend, entfuhren ihm die mit lauter Stimme gesprochenen Worte : ›Sehen Sie, da liegt der Schweinehund! Wir haben doch auch getrunken, wie er, uns passiert so etwas nicht! Das kann nur so einem gemeinen, prosaischen Kerl passieren!‹ Alles erschrak bei diesen, mehr schreiend, als redend ausgestoßenen Worten« — das Ende. Hausverbot. 3. Dezember heiraten Julia und Graepel, Hoffmann aber setzt sich hin und schreibt Frühjahr 1813 die ›Nachricht von den neuesten Schicksalen des Hundes Berganza‹, nennt dort Graepel ›George‹ und Julia ›Cäcilia‹ (nach seiner und Mischas verstorbener Tochter) und vernichtet seinen Nebenbuhler, die »Bestie«, den Syphilitiker, der den idealischsten Garten in Rübenacker zu wandeln trachtet, in toto und schenkt fortan jeder seiner weiblichen Figuren überwiegende Anteile Julias.

Ende April verlassen Mischa und Hoffmann Bamberg — viel Genugtuung, da Julias Ehe nach acht grausamen Jahren in der Scheidung endet, wird ihm nicht —, einmal heiratet sie sofort 1821 ihren Cousin, zum anderen stirbt Hoffmann 1822, nicht mal mehr des Ablebens Graepels kann er sich freun. Mischa stirbt nach göttlichem Ratschluß völlig verarmt, dafür hochbetagt 1859, Julia selbst geht 1864 dahin und bekommt nicht mehr mit, daß ihr Bruder 1880 Opa von Franz Marc geworden wär.

[211] 1836 heiratet Poe seine 13jährige Cousine Virginia Clemm.

[212] Villon, ›Trauer-Ballade um meine treulose Freundin Cylaea‹ — frei erfunden vom ›Übersetzer‹ Paul Zech.

[213] Das eine, das Paul Zech nie bestritt, an dem er zeitlebens hartnäckig festhielt, ist seine Geburt 19. Februar 1881. — Sein Vater? Mal Lehrer, mal Seiler, mal Bahner, mal Pfarrer, Bergmann, ›verwanderter Beamter‹. Mal ist Paulchen viertes Kind, mal ältestes. Mal lebte er bei den Eltern, mal bei Verwandten, mal bei anderen Verwandten, mal hier, mal dort. Ob er Abitur hat? Er ist sich sicher, er kanns mit einem Konfirmationsphoto, das einen dicken Jungen zeigt, belegen. Aber nicht wo, oder wo nicht — ein Zögern, wie es Kindervaganten, die mit 10 irgendwem ausbüxen und sich europaweit rumdrücken, bis sie sich entschließen, um 1900 in Bonn, Zürich oder Heidelberg studiert zu haben, nun mal eigen ist. Keine Matrikel, keine Promotion? Alles kein Grund, aus dem ersten Weltkrieg nicht als ›Dr. phil.‹ hervorzugehn (→ urban legends : im Deutschen Literaturarchiv Marbach will ein wissenschaftlicher Mit-

arbeiter in einer unbearbeiteten Mappe mit der Aufschrift ›Zech‹ eine französisch abgefaßte Handschrift gesehen haben, die eine Dissertation sein soll. Ein anderer Mitarbeiter aber sagt, er habe sogar eine deutsche Fassung eines nichtüberlieferten, in unbekannter Sprache niedergelegten Originalmanuskripts, betitelt ›Wege und Umwege der deutschen Schriftsprache‹ gesehen, und datiert seis gewesen ›Fev. 1902 Belgique/Braine de la Comte‹).

Und wirklich ist Zech 1902 außer Landes : in Belgien sogar, aber nicht studieren, sondern malochen, in belgischen Bergwerken. 1904 aber heiratet er in Elberfeld, zeugt zwei Kinder, erzählt, er sei in England gewesen und gilt bis 1909 entweder als Lagerarbeiter oder Bäckerlehrling und ab 1910 gelingt es ihm, das Hobby zum Beruf zu machen, sich als Zeitungsredakteur auszugeben und Schriftsteller zu sein (schon 1907 trug er bei den ›Kölner Blumenspielen‹ den dritten Preis für Reime heim). Oder er ist 1909 in Paris und macht Émile Verhaeren und Stefan Zweig miteinander bekannt. Oder er lebt auf Verhaerens Anwesen in Belgien — gegen solche Data ist keine anderslautende Stellungnahme Zweigs ein ernstzunehmendes Zeugnis.

1912 jedenfalls ist Zech in Berlin, lernt seine alte Jugendfreundin Lasker-Schüler kennen, schöpft erste Stipendien ab — und weiter bei den ›Kölner Blumenspielen‹ Preise, diesmal in der Klasse ›Religiöse Gedichte‹ für ›Einkehr‹ eine goldene Nelkennadel und für ›Viola Mystica‹ eine Silberschale, als ›außerordentlicher Preis‹ gestiftet von Prinzessin Maria von Bayern. Auch wenn der Neider, Vorsitzender des 1909 gegründeten ›Schutzverbandes deutscher Schriftsteller‹, Staatsanwalt und Lyriker Carl Bulcke aufsteht und bekennt, ›Viola Mystica‹ sei geklaut aus seinem, Bulckes, Gedicht ›Du, die ich liebe‹. Schwer zu entscheiden. In der Tat hatte Bulcke sich bis dahin schon einen Namen gemacht in Sachen junger Mädchen, die man so liebt (›Das Tagebuch der Susanne Övelgönne‹, ›Silkes Liebe‹, ›Die süße Lili‹) und auch noch Einiges in der Pipeline (›Die Arme Betty‹ 1914, ›Katharina‹ 1918, ›Die schöne Frau Schmelzer‹ 1919, ›Nikoline von Planta‹ 1930 und das Treuegelöbnis auf Hitler 1933). Allein, daß Bulcke schwer mit Vereinsarbeit für den 1911 gegründeten ›S. C. g. h. M.‹, des ›Schwimm-Club geistig hochstehender Männer‹, dem unter anderen auch der fanatisch nacktbadende Alfred Richard Meyer (→ Expressionisten-Meyer) angehören sollte, befaßt war und parallel schon die Kontakte knüpfte, die ihn 1920–24 zum obersten Filmzensor der Republik erheben würden, verhütete Schlimmeres für Zech. Nur ein leichter Schaden bleibt : niemand will Zech rezensieren. Kein Problem. Macht er's halt selbst, 1913 in der ›Aktion‹ — nennt sich ›Dr. Paul Robert‹, Dozent an der Technischen Hochschule Berlin, und bescheinigt sich in einer enormen Besprechung, »ungeheuer raffiniert und selbständig« Gedichte zu schreiben. Aktion-Herausgeber Franz Pfemfert allerdings kommt dahinter und deckts in der Miszelle ›Der lyrische Schieber‹ auf. Nur gut, daß darüber, und darüber, daß Zech im selben Jahr den Suizid des gar nicht erst steigenden französischen Symbolisten-Sterns Léon Deubel nutzt, 18 Seiten eigener Erotika als Übersetzung deubelscher Lyrik auszugeben (›Die rot durchrasten Nächte. Acht Sonette‹), der erste Weltkrieg die Akten schließt. Zech ist jetzt Freiwilliger und macht als solcher jetzt auch freiwillig schöne Kriegsverse. Aber nicht für immer. März 1915 übersiedelt er aus der Etappe an die Westfront, und da ists gar nicht schön. Zwar wird er Vizefeldwebel, ist aber nun gegen den Krieg und tut das 1918 unter dem Pseudonym ›Michel Michael‹ in einem Lyrik-Privatdruck auch kund. Er ist aber nicht nur gegen den Krieg, er ist auch gegen jegliche Gewalt. Paßt dazu die Revolution, die dann passiert? Nein. Tut sie nicht. Bei aller Arbeiterliebe, belgienerprobter!

Vom 1. Dezember 1918 bis 30. September 1919 ist ein ›Dr. Paul Zech‹ Leiter des ›Werbedienstes‹ der scheidemannschen Republik, schleudert unter tätiger Mithilfe Bernhard Kellermanns, den er an Bord holte und der ihm als erprobter Laudator und Juror den Kleist-Preis 1918 zuschusterte, eine Unzahl Flugblätter und bunte Plakate, die den Kampf gegen Spartakus zum Gebot der Stunde erklären, ins Volk. Trotz daß die Umstände des Ausscheidens Zechs aus der besoldeten Propaganda dunkel sind, gehts voran. Und der Vernichtung zu. Zech deutscht französische Lyrik ein, publiziert gefälschte Briefe Verhaerens und in renommierten Verlagen dünne eigene Sachen. August 1925 wird Zech übermütig und lanciert im ›Berliner Tageblatt‹ den Wiederabdruck seiner 1924 bereits in einer Anthologie gegebenen

Kurzprosa ›Sommerliche Landschaft‹ — nur : das ›Tageblatt‹ wird gelesen, jetzt kommt raus, daß Zech da ganz tölplig Alfred Putzels ›Fliegender Sommer. Aus den Papieren des Goswin Krell‹ von 1922 nachgemacht hat. Man mag nimmer. Auch Zechs guter alter Kamerad, Freund, Mit-Elberfelder, Mit-Expressionist und Chef des Merlin-Verlags Robert Renato Schmidt reicht Klage ein, Zech habe bei einem privaten Beisammensein aus expressionistischen Inedita Schmidts abgekupfert: Ein Groß-Buh rauscht durchs Feuilleton und unter Publikumsgejohl wird Zech aus dem ›Schutzverband deutscher Schriftsteller‹ gestoßen. Friedrich Wolf, Psychiater und Dramatiker, will helfen, psychopathologisiert 1926 im ›Tagebuch‹ ›Eine mögliche Erklärung des Falles Paul Zech‹ — macht aber alles nur noch schlimmer.

Die SPD läßt die Ihren nicht im Stich. Sie schustert Zech 1925 eine Stelle an der Berliner Stadtbibliothek zu, Zech meint, als wissenschaftlicher Bibliothekar, die Bibliothek aber meint, als Hilfsbibliothekar. Zech ist nun erledigt und vergessen. Da kann er noch so sehr 1926 im Wolkenwanderer-Verlag den Kurzroman ›Ich bin Du oder die Begegnung mit dem Unsichtbaren‹ veröffentlichen und ihn Mary Sabià widmen — Mary Sabià, die vollkommen nutzlose Editionen für den Verlag betreut (1923 ›Clemens Brentanos Frühlingskranz‹, 1924 in Auswahl den Briefwechsel Göte/Zelter).

Einmal noch spült Zech sich nach oben, 1928 : in Czernowitz ist der bukowiner Schlosser Karl Piehowicz, von minimaler Bildung, enormem Dialekt, schwierigster Orthographie, ein ehemaliger Fremdenlegionär (als Emanuel Dottogart 14. August 1924 bis 17. Juli 1926 im 3. Regiment der Fremdenlegien in Fez) in der Landes-Irrenanstalt untergebracht und schreibt in Trance Gedichte. Ärzte übertragen die in lesbares Deutsch und spielen sie Karl Kraus zu — der sofort Piehowicz zum »größten heute in deutscher Sprache denkenden, vielleicht den einzig großen Dichter, und einer der größten, die je gelebt haben«, erklärt. Geheilt entlassen, gibt Piehowicz an, nicht er sei der Urheber der Verse, sondern hab man als Legionär in Marokko die Zeit sich vertrieben, indem man Gedichte schrieb, vortrug und gegenseitig sich verbesserte, 1500 hätte er memoriert, einige davon kursierten in der Legion schon Jahrzehnte — aber die Namen der Dichter könne er schon nennen. Tut er auch. Nur die Personen dazu lassen sich nicht finden. Kein Grund, daß sich nicht Urheber melden, nicht zuletzt Zech, der in einem berliner Fürstchen-Magazin eine Erklärung abgibt des Inhalts, vielleicht sei auch er in der Legion gewesen, habe man das schon mal sich gefragt, und habe er nicht Verlaine übersetzt und seien nicht alle fraglichen Verse ihm aus frühen Stadien seiner Verlaine-Übersetzungen, die er leider aktuell nicht mehr zur Hand habe, gestohlen? — gern aber käm er auch als Urheber weiterer aufzutauchender Verse in Frage.

Die Nazis — wenigstens die sollten jetzt Schwierigkeiten machen. Die denken aber gar nicht dran. Dazu müßten sie nämlich an ihn denken. Tun nicht nur die Nazis nicht, tut niemand mehr, 1933. Die Nazis lehnens nichtmal ab, ihn oder seine Bücher zu verbrennen. Sie mögen ihn auch nicht ausbürgern. Sie interessieren sich **überhaupt** nicht für ihn. Irgendwie überzeugt das Zech. Am 10. Mai sind die neun Feuersprüche, am 9. Juni wird der ›Schutzverband deutscher Schriftsteller‹ in den ›Reichsverband Deutscher Schriftsteller‹ (RDS) verzaubert, am 20. Juli 1933 will Zech auch national sein und begehrt bei Götz Otto Stoffregen (→ Orpheus der Zwote), Reichsführer-RDS, Mitgliedschaft. Stoffregen aber befiehlt blasseste Erinnerungen hervor und lehnt Zechs Antrag ab : mit Hochstaplern und Plagiatoren macht man keinen Staat, allerverstaubst hat sich sogar gehalten, Zech sei »übler S.P.D. Bonze« gewesen. Falsch. Zech selbst legt Wert auf die Feststellung, seit 1919, möglicherweise auch vorher nicht, keiner Partei mehr anzugehören, was aufs Schönste korreliert mit der 1922 gegenüber einem Vorwärts-Redakteur vollzogenen Selbstbekundung, die langjährigen Besitz eines SPD-Parteibuchs und erstaunlichste Auslandsreisen als Gewerkschaftsfunktionär beinhaltet. Aber wenn Zech schon kein Nazi werden darf, schreibt er jetzt wenigstens den antifaschistischen ›Tatsachenroman‹ ›Deutschland, dein Tänzer ist der Tod‹ — oder wird wenigstens später behaupten, es jetzt getan zu haben.

Zweite Augustwoche 1933 will Zech fliehn. Und flieht. Knall auf Fall verläßt er Berlin und Familie. Warum? Nur beleidigt? Zech behauptet — und datierts oft Juli 1933 —, als Politischer drei oder vierzehn Tagen inhaftiert gewesen zu sein und daß die SA in der Zeit seine ganze Bibliothek gestohlen, verwüstet und gefoltert habe. Tatsächlich war da was gewesen. Aber schon März. Die Bibliothek hatte Zech am 20. März (von Zech später zum 21. April korrigiert, daß er Opfer sein konnte des am 7. April erlassenen ›Gesetzes zur Wiederherstellung des Berufsbeamtentums‹, das den Staatsdienst säuberte) gefeuert, ihm ein Zeugnis verweigert und dafür gesorgt, daß er zwei Tage im Knast saß. Warum? 1942 will das ›Leipziger Bibliographische Institut‹, das Jahrzehnte nichts mehr von Zech gehört hat, einen Lexikonartikel über Zech schreiben und fragt bei der Reichsschrifttumskammer (RSK, der verzauberte RDS) nach Neuigkeiten über Zech. Die RSK antwortet 18. Juli 1942 : »Es wird gebeten, von jeder Veröffentlichung Abstand zu nehmen, da die Aufnahme Zechs in den Reichsverband Deutscher Schriftsteller bzw. die Reichsschrifttumskammer unter dem 28.7.1933 abgelehnt wurde. Zech wurde seinerzeit in Sachen häufiger Diebstähle von der Staatsanwaltschaft gesucht und emigrierte nach Südamerika. Zech war durch verschiedene üble Plagiatsangelegenheiten schon vorher berüchtigt« — es war ja auch unter Zechs Bekannten ein offenes Geheimnis : Zech flog aus der Bücherei, weil er gern von deren Erstausgaben nahm und sie an Antiquare verhökerte. Wenn also Zechs Privatbibliothek geplündert wurde, werden wohl ausnahmsweise weniger die Braunen Horden, als vielmehr die Schergen der Stadtbibliothek, die sich ihrer Bestände versichern wollte, dafür verantwortlich zu machen sein.

In Buenos Aires aber wird Zech endlich zum Antifaschisten und läßt sich sogar 1935 auf offener Straße von nationalen Auslandsdeutschen mit einem Messer attackieren, wenn auch nicht verletzen. Ins Zentrum seines Schaffens rückt nun die wunderbare Welt der Indianer, o wie weiß er auf ungezählten Reisen in die unzugänglichsten Urwaldwinkel durch selbstvergessenstes Studium indigener Mythen und seine Freundschaft zu einem greisen weisen Wari-Schamanen, dessen Geplauder er mitstenographiert, der Völkerverständigung zu dienen! Große, schmalleibige Werke entstehen ins Posthume hinein, ›Die grüne Flöte vom Rio Beni. Indianische Liebesgeschichten‹, ›Die schwarze Orchidee. Indianische Legenden‹, ›Die Kinder von Paraná‹, ›Oclla. Das Mädchen mit den versteinerten Augen. Eine Geschichte der Indios. Erzählt von dem Gaucho Pablo Ché. Niedergeschrieben von Karl Herb‹ (mit welcher Doppelpseudonymität Zech die goebbelssche Zensur überlisten will — klappt nicht, der Text erscheint erst 1948), Zech arbeitet über Piranhas, Indianertänze, den Nebelregen von Ouro Muermo, die Mondfisch-Fangtechnik der Toncuetas und und und — alles erlogen. Keine Reisen. Und schon gar keine monatelangen. Keine Sprachkenntnisse. Deutsch, ein wenig Französisch und paar Brocken Holländisch — das wars. Nicht mal Spanisch. Geschweige Indianersprachen. Was aber an seinem Karlmayen stimmt, ist abgeschrieben aus des Ethnologen Theodor Koch-Grünberg 1920 bei Diederichs publizierten ›Indianermärchen aus Südamerika‹ und Wilhelm Rohmeders ›Die schwarze Blume. Märchen, Fabeln, Sagen und Legenden argentinischer Indianer‹ (Buenos Aires 1934, Verlag Die Umwelt).

Doch seine Indianersachen, die waren ja für die Ewigkeit gemacht, nicht für Jetzt und Geld. Ohne Geld aber gehts nicht, auch nicht im Exil. Also perfektioniert Zech die Akquise, die er pikauf, daß er nie Hunger leide, gelernt hat und lebt beim und vom Bruder, bis der nicht mehr kann, nicht mehr will. Dann zapft Zech Emigranten-Hilfskomitees an. Durch die Krisen, die er kunstvoll seinen Viten zu geben versteht, avanciert er ab 1937 zum höchstalimentierten Emigranten, den Prinz Hubertus zu Löwensteins ›American Guild for German Cultural Freedom‹ betreut. Zech aber denkt an alle : er geht auch andere Organisationen an, und einer jeden wird eine eigene Vita, die Bedrohtheit variiert von Bittgesuch zu Bittgesuch, nur darin konstant, daß sie wächst. Kleine Verluste muß Zech nur buchen, wenn er den Überblick verliert, wem er was erzählt hat, ob er nun mit seiner in Berlin zurückgelassenen Echt-Frau verheiratet ist oder mit einer Jüdin Hilla van Holl, ob grad die Familie komplett von den Nazis ausradiert wurde, er Kinder im schwedischen Exil zu nähren hat, er von je kinderlos ist, wofür er eingedenk seines ›menschenunwürdigen‹ Lebens vor Dank beinah erstirbt oder aber ihn, wie Löwenstein glaubt, die unsägliche Armut von Gattin, Kindern und Enkeln in Berlin unsäglich quält. Bettelbriefe sind ja auch eine Art, vom Schreiben zu leben. Da brauchts dann eben kaum den Schreiberfolg, der sich über Buchverkauf de-

NEGERJUNGE : *Und wie alt bitteschön war Regine Olsen?* [214]

KELLER : *Das war was ganz was anderes. Und sie war 15 bei der ersten Begegnung, und Verlobung war mit 18 und Kierkegaard hat die Verlobung gelöst und was meinen Sie wohl, wer da traurig war?*

NEGERJUNGE : *Da maß ich mir kein Urteil an*

KELLER : *Sehn Sie*

NEGERJUNGE (gleichgültig) : *Dante*

KELLER : *Mythologie*

NEGERJUNGE (hebt an) : *Nove fiate già, appresso al mio nascimento …* [215]

---

finiert und bleibt denn auch aus. Dafür schreibt Zech aber auch zu viel, als daß mans alles verlegen könnte. Oder wollte. Der US-Markt schmäht ihn. Die Exilverlage schmähen ihn. Auf vier Drucke kommt er in zwölf Jahren : Transmare in Buenos Aires wagt 1935 in 250 Exemplaren die 30 Seiten Lyrik ›Bäume am Rio de la Plata‹, Quadriga versteigt sich 1939 zu 109 Seiten ›Neue Welt. Verse der Emigration‹, 1941 dreihundertmal zu 43 Seiten einer ›Gedenk-Schrift‹ auf Stefan Zweig und die Editorial Estrellas im selben Jahr zum 94seitigen Romanchen ›Ich suchte Schmied … und fand Malva wieder‹. Ein Desaster. Die Verse verkaufen sich lediglich elf Mal und der ›Roman‹ erntet, wenn überhaupt, nur harsche Kritik (»wirr und verlogen«).

7. September 1946 fällt Paul Zech in Buenos Aires tot um. Die chilenischen ›Deutschen Blätter‹ rufen ihm nach »Nun ist auch dieses reiche, schwere, unruhige, tatenreiche Leben geendet« und bestehen darauf, Europa habe »einen glänzenden Repräsentanten seines Geisteslebens verloren; Deutschland einen Dichter von hohen Graden … die Welt einen Humanisten, der seine Verantwortung kannte« — ah, seine Bücher verbrannt, der Mann ausgebürgert, seiner Leser beraubt, gezwungen, »Wanderjahre in Armut und Dürftigkeit« zu leiden, »als Klavierspieler in einer obskuren Bar« zu fronen, »nicht ganz und gar zu verlumpen«, Nachtwächter zu sein, Hausierer, Sattelschlepper, Erforscher der Inka-Kultur und Karibikreisender — für nichts war der seit 1923 bekennende Anti-Hitlerist sich zu schade, nichts zwang ihn in die Knie — nur die Selbstmorde von Weib und Tochter, die er, daß er nicht auch deren Leben auf der Flucht riskiere, zurücklassen mußte, denen er mit dem Zyklus ›Amara Pampa‹ ein »Denkmal« habe setzen wollen … die waren zuviel, die brachen ihn. Erst innerlich, dann äußerlich. — Kein ›Amara Pampa‹. Dafür aber waren ja auch alle Angehörigen fidel und gut drauf und nicht mal ausgebombt.

Und dieser Kerl hat in der Abgeschiedenheit seines Bibliotheksdienstes, zwischen und während seiner Diebereien Villon nicht allein ein Leben erfunden, eine Biographie anphantasiert, sondern das Schönste getan, was man Villon tun konnte : gedichtet, unter Villons Namen, wie Villon auf deutsch es getan hätte : ›Die Balladen und lasterhaften Lieder des Herrn François Villon‹ — erschienen 1931 im weimarer Lichtenstein-Verlag. Bis zuletzt in Buenos Aires arbeitete Zech an einer Revision des Textkorpus (die in den von Negerjunge gesungenen Versen z. B. schwangerschafttilgend das Alter des Mädchens präzisierte : »Ich hieb drei Zweige ab vom Fliederstrauch / und legte sie ihr auf den Bauch / sie war erst dreizehn und ein viertel Jahr / und schon wie eine Alte aufgetan / sie hatte bis zum Nabel schwarzes Haar / und tief versteckt die Muschel für den Mann«) — veröffentlicht 1952 im rudolstadter Greifenverlag und 1962 bei dtv.

[214] Regine und der neun Jahre ältere Kierkegaard sehen einander das erste Mal am 8. Mai 1837. 8. September 1840 spielt sie ihm so Klavier vor, daß es in einer Verlobung mündet. 11. August 1841 schickt Kierkegaard Regine den Ring zurück, sie aber stimmt ihn um, jedoch nur bis zum 11. Oktober. 14 Tage später reist Kierkegaard seine einzige Reise, nach Berlin, Schelling zu hören — ein Problem verfolgt ihn bis da : »Schelling faselt unerträglich … Ich bin zu alt, um Vorlesungen zu hören, ebenso wie Schelling zu alt ist, sie zu halten. Seine ganze Lehre über Potenzen verrät die äußerste Impotenz«.

[215] »Neunmal, seitdem ich auf die Welt gekommen« (La vita nova) … in der Folge, wie auch sonst, Dante sich eher umständlich auszudrücken beliebt und einen sehr anstrengenden Ab-

KELLER : *Negerjunge, Sie sind ja ein rechter Altromanist geworden, was? Die waren Kinder, beide! ...*

NEGERJUNGE : *Was kurz vorzutragen ich mir eben erlauben wollte*

KELLER : ... *wenns Beatrice überhaupt gegeben hat! — womit wollen Sie noch kommen? Wollen Sie noch Irma-Dingsda*[216] *anführen und Karl Kraus? Das wird nix. Oder Arno Schmidt und eine namenlose Eiskunstmaus? Petrarca und Laura*[217] *? Lassen Sie's bleiben, Negerjunge, das führt alles zu nichts*

NEGERJUNGE : *Lewis Carroll*

KELLER (puritanisch) : *Negerjunge, Sie Ferkel!*[218]

NEGERJUNGE : *Ich will doch nur sagen, daß die kleinen Dinger ...*

KELLER : *›Kleine Dinger‹ — Negerjunge, das dürfen* **Sie** *vielleicht sagen, aber Sie sind auch schon verblüffend lang 8 — besser, wir fragen da mal nicht weiter nach, oder? Ich wette, Sie könnten jederzeit bewirken, daß Elfriede Jelinek sich für Sie interessiert* (Negerjunge bekreuzigt sich)

NEGERJUNGE : *Was ist jetzt mit dem Buch?*

KELLER : *Und welches wäre das? was ist das für eine Ausgabe, die Sie suchen?*

NEGERJUNGE : *Das weiß ich doch nicht, Sie sind doch der Antiquar*[219]

KELLER : *Stimmt. Aber nicht so einer. Stellen Sie sich nur vor, das Ding wär auch noch illustriert, dann wüßte ich schon mal reinweg gar nichts*

NEGERJUNGE : *Also nichts? Da wird er aber schon ein bißchen enttäuscht sein, der Massa*

KELLER : *Negerjunge, ich kann Ihnen anbieten einen ganzen Schwung ETA-Hoffmann-Jahrbücher ...*

NEGERJUNGE : *Massa, eh Sie weiterreden : dem Großen Massa ist die Herausgeberschaft angetragen worden — und er hat sie abgelehnt*

KELLER : *Ja dann ...*

NEGERJUNGE : *Macht nichts — wir kommen schon klar. Vielleicht fang ich einfach einen neuen Hund*

---

satz benötigt damit rauszurücken, daß er fast schon 10 und Beatrice Portinari (1266–1290) grad erst 9 war. Dante aber sah sich nie gehindert, gleich 1291 Donna Gemma zu ehelichen.

[216] Alles in Ordnung, Irma Karczewska (1890–1933), von Karl Kraus (1874–1936) 1905 in der Gosse getroffen und stetsgefördert.

[217] Auch alles in Ordnung, Petrarca, als er 1327 Laura di Noves begegnete, war 23, Laura, wenn auch schon verheiratet, 19.

[218] Na ja, die paar tausend Aktphotos von kleinen Mädchen — immerhin blieb er unverheiratet und kinderlos.

[219] Was Keller nicht weiß : das gewünschte Buch lagert Luftlinie zwei Meter unter ihm. Nie hatte er es eines Zweitblicks gewürdigt, gleich hatte er es in den Keller zum Kompostieren bestimmt, denn es war klein, dünn, schief, aus dem Strom-Verlag, im charmelosen Stil von 1957 gehalten und hieß ›Knurre nicht Pudel, murre nicht Mensch‹ — wer will da verlangen, daß Keller weiterliest und den Untertitel wahrnimmt ›Nachricht von den neuesten Schicksalen des Hundes Berganza‹. Ja, Lammek weiß schon, warum er Negerjungen wohin entsendet.

KELLER : *Nicht traurig sein, Negerjunge. Ich bins auch nicht*

Abends dann klingelt Keller müde an Loisys Tür … der Putzteufel öffnet und vergibt einen erst skeptischen, dann wiedererkennenden Blick.

KELLER : *Guten Abend. Doktor Loisy erwartet mich*

PUTZTEUFEL : *Nadu?! komm rinn* (zieht Keller am Ärmel rein) *Chef is gut drauf, hoho* (leutselig) *Biste auch gut drauf?*

KELLER : *Mäßig*

PUTZTEUFEL : *Jo-ho, hho*

Putzteufel stumpft lautdumpf vor Keller die Treppe hinauf, im Flur knarzen unter dicken Teppichen die Bohlen, leicht wanken die Voltaire-Regale an der Wand, dann scheint Loisys Bauch im Friedrichzimmer auf, vor einer angerichteten Käseplatte, aus den Pyrenäen herbeigetragene Ziegenprodukte zumeist, in einem schweren Sessel, die Füße hochgelegt auf einen Schemel. Putzteufel und Keller treten ein.

PUTZTEUFEL : *Trinkn?*

KELLER : *Ah … nein danke, muß nicht sein* (Putzteufel entfernt sich) *Guten Abend Eberhard. Is da was mit deiner Durchblutung schwierig?* (deutet auf Loisys hochgelegte Beine)

LOISY (leidend) : *Ach ja, jaja, das ewige Rumgerenne. Entschuldige, wenn ich nicht aufstehe, dir Pfötchen zu geben. Hauptsache, es fließt da ein Blut, wo's not tut — alles nicht so wichtig*

KELLER : *Das ist ein Standpunkt. Aber was ist denn so wichtig, daß ich …*

LOISY : *Keine persische Hast*

KELLER : *Eberhard, ich habe dringende …*

LOISY : *Du suchst doch Hölderlin*

KELLER : *Nun, suchen, das ist vielleicht übertrieben* (erschrocken) — *hat Schwertner sich wieder bei dir gemeldet, ist es das? Da fahr ich nicht mehr hin, kannst du gleich absagen*

LOISY : *Is jut, jaja, sehr schön. Ich kann dir was zeigen*

KELLER : *Eberhard, ich weiß, aber …*

LOISY : *Hihi …* (dunkel) *die gnade des der in dem Busch wonete / kome auff das heubt Joseph* [220]

Loisys dunkler Rede ist leicht Licht gezündelt : er war heut früh, als Putzteufel in grünem Lederslip den Espresso ans Lager schaffte, einfach draufgekommen … grünes Leder, das trugen auch die Facsimile's … und dunkelgrün war auch das Gebüsch im Bürgerpark gewesen, aus dem Loisy hosenschlitzfriemelnd hervortrat. Ein pickliger Ephebe folgte ihm, erhielt den Lohn in Form eines Fuffis, Schweiß tupfte Loisy sich stirnab und stieg in den NSU, ein Vorläufer seines heutigen, ein NSU Sportprinz noch … fuhr heim, parkte, hatte noch hundert Schritt zu laufen und wackelte den Bürgersteig entlang, auf dem vor jeder Partei Altpapier gebündelt lag. Sammlerneugierig begutachtete Loisy en passant … bis sein Instinkt ihm riet, gegen einen Haufen, der lässig nur geschnürt war, gar zu treten. Loisy tat es

---

[220] Deuteronomium 33,16.

— unbeholfen — : die Schnur löste sich, ein Heer quietschender Buchstaben wimmelte vor und stob unterschlupfsuchend allwärts. Loisy hob mit spitzen Fingern ein paar Zeitschriften, zog die Facsimile's hervor, blätterte kurz : sein Gesicht spiegelte Siegerfreude, *Der Teufel scheißt immer auf den dicksten Haufen* … wie später auf dem Dachboden : einfache, unhinterfragbare Siegerfreude.

LOISY (keckert) : *Hihi! ein durch und durch fröhliches Angebot* (ächzt doch dann empor und durchkullert den Raum) *das ich dir unterbreiten kann. Heiliger Hieron, hilf!* [221] (rollt mit dem Exemplar der Facsimile's, das er von Silke hat, zurück) *was hältst du davon? — ein ergetzlich Ding. Schau doch einfach mal gegen Ende des ersten Drittels*

KELLER (nimmt die Facsimile's, wägt sie kurz) *: Ach! … ich … denke, ich bin verwundert … ja, ich denke, ich kenn das. Ich hatte das, letzten Samstag, ja, da hatt' ich das in den Fingern, das befand sich ungefähr fünfzehn Minuten in meinem Gewahrsam* (blättert) *Laß gucken, was hab ich denn da gehabt …*

LOISY (vielfältig : breitgrinsend, nichtverstehend, wohlgefällig, einschlafend) : *Jaja, jaja*

KELLER (blättert weiter, entdeckt die einschlägige Seite) : *Au Backe! … Darf ich fragen, wo du's her hast?*

LOISY (wacht auf) : *Bitte?* (räkelt) *Och, weißt du, ich saus ja nun schon einige Jahre vergnügt altem Papier hinterher, und da sammelt sich so manches Druckwerk an*

KELLER : *Und wo hast du's jetzt her?*

LOISY : *Diese kleine Surprise? Sehr einfach : die habe ich — das ist schon gar nicht mehr wahr — einst beim alten Fontius ersteigert, hihi : ein Dutzend deiner Kollegen hielts in den Pfoten, hihi, und keinem war aufgefallen, daß ein freundlicher Friedrichbrief dort abgedruckt ist. Ein hohes Geld hab ich trotzdem zahlen müssen, damals ging es mir finanziell noch ein wenig besser*

Daß das nicht stimmt, ist Keller, der aber immerhin nur ein Zweifelbaby sich gestattet, klar. Wie Loisy aber zeigt Keller größte Bereitschaft, die Provenienz dennoch zu glauben, trotz der empfindlichen Lücke, die sich ihm zwischen Vogt und Loisy auftut. Da muß ein Geschäft dazwischen gewesen sein, ein Rückkauf vielleicht, den Loisy aus geheimem Grund oder fehlender Pflicht nicht offenlegt. Nein, die Identität des Exemplars ist eindeutig, der Lederschaden so kein zweites Mal. Und sicher, Loisy war nachweisbar reichlich auf Auktionen gewesen, und so hätt es ja auch sein können, warum denn nicht, ein Saal, gefüllt mit müden, genervten Gesichtern, die nichts verstehen, der Auktionator ruft ein Irgendwas aus, ein ganzes Lot vielleicht, und einer nur da mit Sachverstand, Loisy, hebt als einziger die Hand oder gibt ein schriftliches Untergebot ab, bekommt den Zuschlag, in Siegerpose die

[221] Ein schwerbewaffneter, von Normannen enthaupteter missionswütiger Heiliger des 9. Jahrhunderts, der seine Seelen überwiegend in Holl- und Friesland rettete. Hierons durch und durch verehrungswürdiges Haupt ging in den Reformationswirren verlustig, daher der Katholik schlüssig glaubt, ihn anrufen zu können zum Wiederfinden verlorener Kleinigkeiten.

Hände über dem Kopf ineinandergefaßt nach vorn zum Auktionator, die Trophäe an sich zu nehmen … Keller kann sich das gut vorstellen.

LOISY : *Dachte nur, es ist an der Zeit, dir eine kleine Freude zu bereiten …*

KELLER : *Eine Freude, ja ja, das ist gut*

LOISY : … *das Hölderlin-Faksimile ist der lieben Forschung meines Wissens nicht bekannt, hab deswegen schon ein bißchen rumtelephoniert, und so wichtig ist mir der Brief des alten Fritz nicht* (kommt vom Weg ab) *der Text findet sich, wenn auch nicht eben in den sieben Briefbänden der ›Œuvres posthumes‹, die ja genaubesehn ganz elend ediert sind, da muß ja nicht erst einer wie Gibbon kommen und uns das sagen, ›diese Ausgabe macht dem preußischen Volke Schande und giebt von der Achtung, welche es für Wissenschaften und geistige Größe hat, einen sehr nachteiligen Begriff‹* [222]*, das hat der sogar auf Englisch gesagt …*

KELLER (ungeduldig) : *Ja, Eberhard …*

LOISY (extubiert) : *Wöllner* [223] …

---

222 Ja, die ›Œuvres posthumes‹, 19 Bände und 6 Supplemente, Berlin Voss & Decker 1788–1789, erste Gesamtausgabe der Werke Friedrichs, in den Bänden 4–10 mit der Correspondance. Gibbons Urteil resultiert aus der Schlampigkeit der Herren Voss und Decker, die eilig, solang das Publikum noch brodelte, eine Ausgabe hinstoppelten, schlechte Korrektoren hatten und krause Ordnungsprinzipien. Und aus dem unterdrückerischen Treiben des Chefherausgebers Wöllner, der mißliebigen Text verschnitt. Wichtig ist beim Kauf : stets drauf achten, daß die 13 gefalteten militärtaktischen Kupfer alle dabei sind und ›à Berlin‹ der Druckort ist, nicht ›Berlin‹, sonst bekommt man unter Umständen eine zweite Auflage der Œuvres — selben Druckjahrs — untergeschoben. Aber nicht irritieren lassen, daß die Supplemente ›Cologne‹ verlegt sein sollen, im Gegenteil : dann sind auch die ›à Berlin‹.

223 Nicht ganz intentionslos, dieser Hauptherausgeber der Œuvres posthumes. Johann Christoph Wöllner (1732–1800), Pastor und 1753 Hofmeister bei General Itzenplitz. Nach Itzenplitz' Tod pachtet Wöllner 1762 die itzenplitzschen Güter, bändelt mit Witwe Itzenplitz an, wird 1765 Freimaurer in Friedrichs Loge ›Zu den Drei Weltkugeln‹ und ehelicht 1766 — gegen Widerstand aller Itzenplitze und Friedrichs — des Generals einzige Tochter, Gräfin von Itzenplitz. 1768 will der Parvenü von Friedrich geadelt werden, Friedrich aber titelt Wöllner einen *»betriegerischen und Intriganten Pfafen, sonst weiter nichts«*, entadelt originell Gräfin Itzenplitz zu ›Frau Wöllner‹, beschlagnahmt deren Güter und verbietet den Aufenthalt in Berlin. Wöllner kocht, aber der Feind ist mächtig und sitzt in derselben Loge.

Kaltgestellt, bemerkt Wöllner 1779 enttäuscht, daß ihm das höchste Freimaurerbrimborium wohl ewig verschlossen bleiben wird und Vernunft ohnehin Dreck ist. Er testet eine Reihe neuer Namen, Ophiron, Heliconus, Ormesus Magnus … und wie der Alchimist in Christian Knorr von Rosenroths ›Conjugium Phoebi & Palladi oder die erfundene Fortpflantzung des Goldes‹ hieß, Chrysophiron — Chrysophiron, so nennt Wöllner sich nun (noch Raabe wird in den ›Gänsen von Bützow‹ darüber witzeln) und ist Rosenkreuzer, gleich mit eigener Loge, und er wirbt August 1781 einen prominenten Mitmann, den 36jährigen Kronprinz Friedrich Wilhelm, den ›dicken Lüderjahn‹, dem er mit Gespenstermärchen Schreck einjagt, das Frömmeln, Weinen, stundenlange Ins-Nichts-Gucken beibringt und Geister zu sehen und dreimal gar Jesus. Erster Dienstbefehl Wöllners : Friedrich Wilhelm trenne sich von seiner dummen Freundin Wilhelmine, die ihm schon ein halbdutzend Kinder geworfen hat. Μετανοεῖτε! 1782 schreibt Chrysophiron heimlich für den Ordensnachwuchs die Fibel ›Die Pflichten der Gold- und Rosenkreuzer alten Systems‹ — das Exemplar, das dem russischen Adepten Major Kutusow gehört, wird, da Kutusow in Berlin unerwartet stirbt, öffentlich versteigert und gerät in die Hände der Vernunft, und die machens publik : »Gottes Barmherzigkeit über Deutschland hat noch kein Ende … Der ewige Erbarmer hat sich durch das Gebet unserer gütigen Oberen endlich erweichen lassen. Was unsere Väter von sich stießen, das ist nach hundert Jahren ihren glücklichen Kindern, ist Uns, zu Theil

KELLER (scharf) : *Eberhard, kein Wöllner jetzt!*

LOISY : *Is gut, jaja, jetzt Geschäft*

KELLER : *Jetzt Geschäft, genau. Welches Geschäft?*

LOISY (mit geringschätziger Kinnbewegung facsimilewärts) : *Ich habs lang genug gehabt*

KELLER (erfreut) : *Und da hast du an mich gedacht? Das ist sehr nett. Sehr nett auch, daß ich doch noch erfahre, was da vor paar Tagen auf meinem Tresen lag. Wo das Leben so selten eine zweite Chance gibt*

---

geworden ... Gott hat sie, hat mich, hat alle Mitglieder unsres hohen Ordens vor Millionen Menschen werthgeachtet, an dem paradiesischen Segen Antheil zu nehmen, den er nach seiner grundlosen Barmherzigkeit bei dem Falle Adams nicht aus der Welt hinausnahm, sondern ihn nur verbarg ... Nur der ist dieses Segens im Orden werth, der Jesum Christum, den Schlangentreter, recht kennt, sein tinkturalisches Versöhnungsblut ganz auffasset ... nur diesen dreimal glücklichen Ordensbrüdern gab er Macht, Gottes Kinder zu heißen ... Wer unsern Herrn Jesum Christum nicht lieb hat, der sei verflucht oder Anathema Maharam Motha. Das heißt : durch den großen Bann der göttlichen Strafgerechtigkeit ausgesetzt. Amen! Amen! Amen!«.

Ein Rosenkreuzer ist das Gegenteil vom Freimaurer und Illuminaten — und genauso diskret. Er will Gold machen und Trinität anhimmeln und ist erst dann glücklich, wenn Wunder und Geheimnis, die er anbetet, zuzüglich der Dunkelheit (→ Novalis) Einzug gehalten haben in die Hierarchie seiner Bruderschaft. Ganz schön undogmatisch, aber so wird man, wenn man aus extrabiblischen Quellen anerleuchtet ist. In Halle erschleicht sich der Rationalist Semler Zugang zu einem Rosenkreuzer-›Hirtenbrief‹, »ein auffallender Beweis von der dreisten und entschlossenen Denkungsart dieser geheimen Partei, welche ganz merklich es auf eine öffentliche Revolution im Sinne des Rückschrittes absieht«, Nicolai, für den Wöllner früher geschrieben hatte, selbst seit 1783 Illuminat (→ ›Diocletian‹, seit 1785 ›Präfekt‹ von Berlin), ein Streithansel vorm Herrn, erkennt, die Reaktionäre »waren großenteils durch eine geheime Macht, durch den Gold- und Rosenkreuzerorden und durch den Einfluß der ›unbekannten Väter‹ geleitet, welche diesen Orden ungefähr seit 1778 ... unglaublich weit in Deutschland auszubreiten wußten. Wo die ›unbekannten Väter‹ sich aufhielten, wußten die Ordensgenossen nicht; aber wenn dunkle Winke hin und wieder gegeben wurden, so ward allemal auf katholische Orte gedeutet. Alle diese Innern Orden verlangten blindes Vertrauen auf die unbekannten Oberen; ... der tollen Geisterseherei wurde nach und nach Tür und Tor geöffnet, damit der freie Gebrauch der Vernunft gehemmt und nach der Herrschsucht der Hierarchie und ihrer eigenen Herrschsucht ein ausgedehnterer Wirkungskreis bereitet würde«.

Wohlan! 17. August 1786, Friedrich stirbt, Rache! Wöllners elf goldene Jahre beginnen. Lüderjahn, nun König und ausgebildete Marionette Wöllners, schenkt seinem spirituellen Führer erstmal Friedrichs Flötenkasten, verschiedene Ränge und Intendanturen, 2. Oktober 1786 auch das Prädikat ›von‹ und gibt alles Enteignete zurück. Wöllner lobt den Dicken und bekräftigt, so herrlich gings nur zu, weil »der Orden den Himmel an die Erde [kettet] und den versperrten Weg zum Paradiese wiederum [öffnet]. Seine höchsten Vorsteher sind, im allergenauesten Verstande, Freunde Gottes, wahre Jünger Christi, weit über den Rest der Sterblichen erhaben, Meister über die ganze Natur die mit der einen Hand auf das siegreiche Kreuz der Versöhnung gelehnt, mit der andern die lange Ordenskette festhalten«. Solche Leute haben nun elf Jahre legislative Macht — und sind tätig. Wo in Frankreich Voltaire bis in die letzte Ritze gesiegt hat, setzt Preußen alles daran, die eh schon magren Ergebnisse von 46 Jahren zynischer Aufklärung abzutragen zugunsten rosenkreuzernder Mystik. Die Rosenkreuzer selbst aber verordnen sich, als solche **überhaupt** nicht mehr in Erscheinung zu treten, auch ihre alchimistischen Strebungen zurückzufahren : jetzt regieren sie! Bruder Bischoffswerder als eine Art Premier und Bruder Wöllner wird 1788 nicht allein Kurator der Königlichen Bibliothek und mit den ›Œuvres posthumes‹ beauftragt, sondern

Keller tut dann doch ruhiger als er ist. Wie kriegt man ein schreiendes Zweifelbaby abgestellt und hemmts in seinem natürlichen Wachstum? — soll er sich trauen und fragen nach dem, was Loisy mit Vogt verbindet? — beide an der Uni immerhin, wenn auch an spinnefernen Fakultäten. Nein, durchaus nicht, das zeugte von Mißtrauen. Keller probierts anders, er beruhigt sich mit der Vorstellung blinder Würfel,

---

auch, nachdem Lüderjahn den Friedrich-Mann und Kantianer Zedlitz am 3. Juli kippte, Justizminister, ›Wirklicher Geheimer Staats- und dirigierender Minister‹ mit Oberhoheit über Klerus und Schule. Und gleich 9. Juli haut Chrysophiron eine »kirchliche Polizeiordnung«, ein Religionsedikt raus, das unter harte Strafe stellt, die elenden und längstwiderlegten Irrtümer, die »mit vieler Dreistigkeit und Unverschämtheit durch den äußerst gemißbrauchten Namen Aufklärung unter das Volk ausgebreitet worden sind«, wo es auch sei, in der Schule, am Katheder, von der lutherischen Kanzel, zu lehren — am 19. Dezember 1789 folgt ein Zensuredikt, das Nicolais Publikationen außer Landes treibt und 1791 mit der ›Immediats-Examinationskommission‹ ein ›Club der Freunde des Gewissens‹, der Geistliche auf Orthodoxie untersucht.

Chrysophiron kämpft um Nacht, Lüderjahn macht derweil Stimmung im Volk, redet den Untertan nicht länger mit ›Er‹ an, sondern mit ›Sie‹ und läßt sich zum Lohn ›Vielgeliebter‹ rufen. Fritz hielt nicht viel von seinem Neffen (1770 schrieb er der schwedischen Königskollegin Ulrike: »Ungeschickt in allem, was er tut, ungehobelt, halsstarrig, launenhaft, ein Wüstling, verdorben in seinen Sitten, töricht und widerwärtig, das ist er, nach der Natur gemalt«) — hat er sich getäuscht, als er mit einem Regenten Friedrich Wilhelm Preußen wanken sah und Schulden, Sittenverfall und Weiberherrschaft? Nein, natürlich nicht. Lüderjahn schafft zwar Monopole ab und erlaubt auch wieder das Kaffeebrennen, erhebt aber mächtig Steuern auf Mehl, Weizen, Salz und Zucker, und da er noch mehr Geld braucht, daß er noch mehr verschwenden könne, darf man bei ihm auch günstig Orden, Adel und Ämter kaufen und ist sein Schatzmeister der Kammerdiener Rietz, listig mit der alten Wilhelmine vermählt, Wilhelmine, die er 1796 zur Gräfin Lichtenau erhebt. Er bleibt der bigotte Spiritist, der Keks ohne Mumm, der aus Trägheit Talente blühen läßt und das Äußerste, das Wöllner vorschwebt (→ Ausrottung, → Vertreibung) privatmild sabotiert. Alles aber kein Grund, Oktober 1794 den ihm von den königsberger Krönungsfeierlichkeiten bekannten und geschätzten, in die Berliner Akademie aufgenommenen Kant einen von Wöllner gegengezeichneten Tip zu geben: »Unsere höchste Person hat schon seit geraumer Zeit mit großem Mißfallen ersehen, wie Ihr Euere Philosophie zu Entstellung und Herabwürdigung mancher Haupt- und Grundlehren der heiligen Schrift und des Christenthums mißbraucht. Wir haben uns zu Euch eines Besseren versehen, da Ihr selbst einsehen müsset, wie unverantwortlich Ihr dadurch gegen Euere Pflicht als Lehrer der Jugend und gegen Unsere Euch sehr wohl bekannte landesväterliche Absicht handelt. Wir verlangen des ehesten Euere gewissenhafteste Verantwortung und gewärtigen Uns von Euch, bei Vermeidung Unserer höchsten Ungnade, daß Ihr Euch künftighin nicht dergleichen werdet zu Schulden kommen lassen, sondern vielmehr Eurer Pflicht gemäß Euer Ansehen und Eure Talente dazu anwenden, daß unsere landesväterliche Intention je mehr und mehr erreicht werde, widrigenfalls Ihr Euch bei fortgesetzter Renitenz unfehlbar unangenehmer Verfügungen zu gewärtigen habt«.

Lüderjahn aber stirbt ausgebrannt und liederlich 16. November 1797 einen unschwulen Tod, Kanonen feuern Salut, Chöre jauchzen ›Ich hab' mein Sach' auf Gott gestellt‹, Bischoffswerder folgt erhaben Fackeln tragend dem Sarg in die Gruft — und wird von Friedrich Wilhelm III., der einen Staat übernimmt, der von 50 Millionen Haben auf eine ebensolche Summe Soll umgestellt worden war, entlassen. Wilhelmine bekommt Hochverrat und Unterschlagung an den Hals, erfährt Festungshaft, Verbannung und Enteignung (erst Napoleon 1811 verwendet sich für sie) und Wöllner, der »kleine König«, wird in einem Sonderspaß 11. März 1798 pensionslos entfernt, lebelt noch ein bißchen auf Gütern und stirbt 10. September 1800 einen Rosenkreuzertod und geht mißvergnügt in die Nacht ein. Mißvergnügt, obwohl er doch glänzend die ›Œuvres posthumes‹ gewurstelt und viele gute Verfolgungen angerichtet hatte.

blinder Würfelnder, und auch eine Ungenauigkeit der Erinnerung, was die Identität des Exemplars betrifft, zieht er in Erwägung.

LOISY : *Jaja. Ist deins*

KELLER : *Gut. Aber, wie wir Freunde des Zwischenhandels fragen : how much is it?*

LOISY : *Nun, ich dachte ... für dich, nun ... an freundliche 5*

KELLER (wühlt in seiner Jackentasche, knallt einen Zwickel und zwei Füchse auf den Tisch) : *Fair. Hier, sollte eine Ansparung auf Zigaretten sein, meine gesamten Tageseinnahmen. Ich will das Buch, ich sage ›Ja‹ zu diesem Buch. Zwei muß ich dir allerdings vorerst schuldig bleiben*

LOISY (lauernd) : *Tausend. Fünftausend*

KELLER (bleich) : *Ja super ... Ich fürchte, das übersteigt meine finanziellen Möglichkeiten dann doch*

LOISY (enttäuscht, scheinbar gleichmütig) : *Das macht gar nichts, dann biet ichs eben Silke an. Ich wollts nur dir zuerst gezeigt haben*

KELLER : *Du brauchst dringend Bargeld, oder?*

LOISY : *Nun ja, eine kleine Verlegenheit*

KELLER : *Ein Edelknabe?*

LOISY : *Ach du, es kommt ja nichts billiger, wenn man älter wird*

KELLER (prescht durch Witzchen seinerseits nun gegen die eigene Enttäuschung an) : *Begehrt dein Putzteufel auf? Will er jetzt ein Gehalt?* (Putzteufel trägt ein Tablett mit Weingläsern und Bordeaux herein) *Ein Bordeaux! Das ist gut. Da war Hölderlin mal. Wo ist der Korkenzieher?*

PUTZTEUFEL : *Komm, trink* (entzieht seinem Gurt ein messingnes Manneken-Pis mit spiralig-verlängertem Dorn und reicht es Keller, deutet auf den Tisch) *Kräcker da, Käse da* (und auf die Facsimile's, verblüfft) *Hö! kenn ich! — is geil, ne?*

LOISY : *Bitte, was kennst du, lieber Getreuer?*

PUTZTEUFEL : *Das olle Teil da, hö : kenn ich! is ganz schön*

LOISY (schimpft) : *Putzteufel, Unterschleif dulde ich nicht! Weißt du doch, du sollst dich hier doch nicht an den Büchern zu schaffen machen. Putzteufel!*

PUTZTEUFEL (rafft aufgebracht alles Artikulationsvermögen zusammen) : *Nee-e, war meins, das, echt jetz : verkauft, Samstag, aufm Flohmarkt, war meins, echt, kannsde guckn : wennde selbs eins hast, is das auch da*

Keller entkorkt die Weinflasche, schenkt Loisy und sich ein, hält fragend die Flasche Putzteufel hin, aber Loisy schüttelt für Putzteufel den Kopf.

KELLER (spricht dem Bordeaux zu, durchschaut weder die aktuellen noch die vorherigen Besitzverhältnisse) : *Eberhard, so wirds schon sein, oder, so könnte es schon sein, am Samstag hab ichs bekommen, von jemandem der grad vom Flohmarkt kam*

PUTZTEUFEL : *Klein, ne? So 'ne mit lange Haare, ne?* (im Hinausgehen, zu sich selbst) *boah!* (kopfschüttelt, gedenkt Wiebkes, begreift nichts) — *tzz, boah*

LOISY : *Nun, das darf uns nicht wirklich wundern, Druckwerke in der freundlichen Auflage von 1 sind mir nicht viele bekannt* (dem Putzteufel hinterher) *Putzteufel?!*

Keller ist in Sorge — diese Zusammenkunft wird unterwühlt von latenter Unannehmlichkeit. Wird Loisy Putzteufel zur Rede stellen, würde Putzteufel sich erklären können?

Wenn auch nicht die Worte, so hätte Putzteufel zumindest die Bilder wohl parat: der Platz vor dem Recyclinghof ... wie zwischen den wehenden Papierfetzen ein Idiot daherschlich und fremde Klänge aufsagte, das Schild mit dem langen Wort ›Behindertenwerkstatt‹, wie er selbst am Fließband stand und das vorbeilaufende Altpapier sortierte, zwei Bücher, die er schön fand und abangelte, Fairbairn, ›Aerides odoratum und Renanthera coccinea‹ und eins, das ›Blaue Blume‹ hieß ... Legath kam, klopfte Putzteufel auf die Schulter, Putzteufel freute sich und schenkte gleich Fairbairn und Novalis her, Legath freute sich auch, deutete auf zwei weitere Bücher, die langsam das Band entlanggeruckelt kamen, Bhagavadgita und Facsimile's, und empfahl sie Putzteufel stumm zum Verkauf ...

PUTZTEUFEL: *Ja Professa?*

LOISY: *Ei sag, wo willst du deins denn hergehabt haben?*

PUTZTEUFEL: *Ich mach dochnoch manchma bei die Doofen inner Werkstatt aufm Recyclinghof*

LOISY: *Das lag da so, oder was?*

PUTZTEUFEL: *Jo-no*

LOISY: *Und wie solls da denn so hingekommen sein, Wertester?*

PUTZTEUFEL: *Na* (gedehnt, in sich emporspindelnder Stimmlage) *Russn-vielleicht?*

LOISY: *Nu, der Kosack?*

KELLER: *Eberhard, das kann doch sein?!*

Kellers Quelle — neben dem Bordeaux — ist fast gut: Peter Legath suppt ab und zu, je nach Grad der Promille, weiaweiawedelnd mit der gelben Raucherhand Dusterwinke — denen Keller allerdings nie recht nachsetzt. So bleibt Flickwerk, was er von der Behindertenwerkstatt im Recyclinghof sich jetzt montiert: rückwärtig muß da ein Portal sein zu einer verbotenen hohen Lagerhalle, verhangen von langen, dikken Plastiklappen, hinter denen manchmal knappe russische Kommandos tönen. Soviel scheint Keller verbürgt. Der Rest ... nachts, wenn Legath mit dem Fahrrad anreist, säh er schon mal auf einem Feldweg nah des Hofs eine Katjuscha parken und höre einen Kraz 214 aufröhren — dann durchstießen dunkle Schnauzbärte die Plastiklappen mit Kalaschnikowläufen, äugten mißtrauisch in die Behindertenwerkstatt und kurz spähbar seien durch die Lücken, in denen die Plastiklappen schwach ausschwängen, im Hintergrund von denen noch weitere, die ständig um die eigene Achse drehten, die Kalaschnikow im Anschlag die Örtlichkeit sichernd, und blasse, hagere Kerls in schwarzen Ledermänteln, die vom Kraz absprängen, mit Sackkarren hantierten und Bananenkartons der Aufschrift Добыча-Книги [224] entlüden.

LOISY: *Das haben wir nun von den Stein-Hardenbergschen Reformen, das ist kein guter Stil*

[224] Beutebücher.

KELLER (begütigt bordeauxgetränkt) : *Eberhard, vor allem ist das alles doch ein Streit um des Kaisers Bart, niemand verneint, daß das* (klopft auf die Facsimile's) *deins ist, ich habs irgendwie gehabt, kurz, habs verkauft, günstig, und unser kleiner Freund hier hats auch gehabt und verkauft, und wohl auch günstig, vermut ich mal*

PUTZTEUFEL : *Anner Preisschraube tu ich nich drehn, ich nich*

KELLER : *Siehst du, und nun laß ihn doch, er weiß wirklich nichts, ich weiß, wie's da zugeht, auf dem Recyclinghof*

LOISY (steigt, da's ihm aus der eigenen Lügeverlegenheit hilft, darauf ein) : *Man kann nie genug wissen*

PUTZTEUFEL (trotzig) : *Und ich weiß wohl*

Stimmt. Einmal war Putzteufel hinter die Plastiklappen gefischt worden und man hatte Spaß gehabt mit ihm, und er war aber fortgestoßen worden, als die trenchcoatenen Empfänger der Ware, von hünenhafter Garde eskortiert, kamen : grad noch, daß Putzteufel sah, wie ein alter Mann in einem Rollstuhl eine kleine Rampe aus einem Ford-Transit in die Halle geschoben wurde, eines etuierten Lesebestecks sich bediente, einer feine Pinzette und einer dicke Lupe, ein Silbertablett mit einer Buchprobe aus frischen Beutebuchkartons ihm hingehalten wurde, er das Buch nahm und zu blättern begann.

MANN IM ROLLSTUHL (nickt seinen Auftraggebern vielsagend zu, hebt dezent den Daumen) : *Astreine Hochliteratur*

AUFTRAGGEBER : *Und die Ausgaben? Gekürzt? Lizenzdrucke?*

MANN IM ROLLSTUHL : *Nein. Erstklassig alles*

— wenn Putzteufel nur die Worte hätte!

KELLER : *Eberhard, wenn dein Putzteufel sagt, er hat es vom Recyclinghof, dann glauben wir ihm das doch einfach mal, der Recyclinghof ist ein anerkannter Umschlagplatz für illegale Güter, meist herangeschafft von der Russenmafia. Das ist alles ganz einfach : dieses unerklärliche Buch* (schnuppert dran) *schnupper mal dran, das riecht nach Geschichte, da ist bestimmt vor 14 Tagen in Moskau ein schwerer LKW durch die Kremlmauer gebrochen, da haben bestimmt verhuschte, hungrige Gestalten die Beutekunstkammern geplündert und haben volle Kartons in den mit laufendem Motor wartenden Ramm-LKW geschleppt*

PUTZTEUFEL (eifrig) : *Du, das kann gut sein, gut sein kann das*

KELLER (trinkt) : *Nicht wahr? Bestimmt hat das* (klopft auf die Facsimile's) *1950 Stalin im Kreise seiner Lieben gezeigt — das ganze Politbüro hat sich scheckig gelacht*

PUTZTEUFEL (lacht) : *So wie ich jetz, ne? H-h-h*

LOISY : *Und o, ihr Lieben, was wollt ihr noch erzählen? Daß es 45 aus Berlin gekommen war, daß es geplündert wurde, aus einer Bibliothek auf die Straße geschmissen — und unten aber stand zum Glück schon ein tapferer Rotarmist und hat die Facsimile's aufgefangen und nach Moskau getragen?*

KELLER : *Woher weißt du? Aber nicht nur das — das allein erklärte nicht den desolaten Zustand des Leders. Das ist mindestens zweimal aus dem Fenster gefallen …*

PUTZTEUFEL : *Zweimalmann, wie blöde ey*

KELLER : *Na ja, Putzteufel, wie mans nimmt, Geschichte wiederholt sich, frag deinen Chef — Moskau, Napoleon, Hitler, das ist kein bloßes Stolpern, das ist Wiederholung. Und darum wars auch dasselbe Fenster, aus dem die Facsimile's flogen, 33*

PUTZTEUFEL : *Schnapspsahl, Schapspsahl*

KELLER : *Und es war dieselbe Bibliothek, die Bibliothek eines* (sucht nach etwas radikal Absurdem, nimmt noch einen Schluck) *Raabe-Sammlers*

PUTZTEUFEL (begeistert) : *N' Vogel, ey*

Keller albert zwar, eine Szene zwischen Loisy und Putzteufel zu vermeiden, aber gewinnt der inneren Logik der Alberei immer mehr ab. Der SA-Mann, der zur Bücherverbrennung bereitstand und die Facsimile's auffing, wird grad rechtzeitig noch bemerkt haben, daß er ein Faksimile eines Friedrichautographen im Begriff war den Flammen zu überantworten. Und sah natürlich von der Vernichtung ab.

LOISY (kann sich, nicht aufgedeckt zu werden, nicht ganz entschließen, dem Unsinn ein Ende zu bereiten) : *Oho, ein Raabe-Sammler, ja? Ich habe schon von merkwürdigen Dingen gehört, von Fontane-Sammlern, von Börries-von-Münchhausen-Sammlern, das sind teilweise gar sehr liebe, sehr schwule Menschen — aber noch nie von einem Raabe-Sammler*

KELLER : *Eberhard, die sind ja auch ausgestorben, das kann ich bestätigen als Mann von der Buchfront. Damals aber gabs die noch* (baut einen Schlenker ein) *Der Raabe-Sammler, nennen wir ihn Dr. No — und er war der Beste seiner Zunft —, war genau wie du, genauso sorgfältig und rücksichtslos in seinem Sammeln, und das ist der Grund, warum die Facsimile's überhaupt 33 in Berlin waren*

LOISY : *Wie das?*

PUTZTEUFEL (der Cineast in ihm wirft dazwischen) : *Dr. No — Dr. Fu-Man-Schuh*

KELLER : *Eberhard, sehr einfach. Dieses Buch war vorher in Besitz eines englischen Siedlers in Rhodesien 1889, ganz rote Haare, immer stolzierte der im Tropenanzug mit Lederstulpen und Reitpeitsche durch seine Basthüttendörfer und las in den Facsimile's, aber nur wenig darin — zu unserem Glück nun — war für ihn von Interesse*

PUTZTEUFEL (mit einem überraschenden Einwand) : *Das erklärt noch nich ...*

LOISY : *Ich muß beipflichten*

KELLER : W*eil ihr nicht alles wißt, weil ihr Raabe nicht so liebt, wie ich es tue. Es ist bekannt, wie 1883 Wilhelm Raabe eines Morgens in Braunschweig an seinem Schreibtisch saß, die Facsimile's aufschlug und guckte, ob er unter den ›Famous authors‹ vertreten sei, und wie enttäuscht er war, daß nicht, und er seiner Frau schlechte Laune machte, bis die ihn auf das Jahr des Erscheinens hinwies* (guckt nochmal nach) *1846 — das konnte ja noch nichts sein, da war der ja erst ...* (rät) *8* [225]

LOISY (langsam wird ihm kurios, wie Keller seine, Loisys, Rolle übernimmt) : *Woher weißt du denn das?*

KELLER (knapp) : *Nachlaß. Tagebuch. Frau. Glückliche Fügung. Und da steht eben auch, daß Raabe sich so gar nicht mehr für die Facsimile's erwärmen konnte, aber noch am selben Tag,*

---

[225] 15.

gegen Mittag, in einem Kalender blätterte und bemerkte, daß Schwägerchen die Woche darauf Geburtstag hatte, Schwägerchen aber war Engländer und da hatte Raabe auch schon ein schönes Geschenk und schickte es über den Kanal. Der Schwager aber war eben der, der sechs Jahre später in Rhodesien siedelte, und als der zurück in England war und gestorben, da landete sein Nachlaß, der wesentlich aus Elephantenköpfen und Rhinozerossen bestand, auf einer Auktion in London. Das muß um 1900 gewesen sein. Und davon hat der berliner Raabe-Sammler erfahren. Aber fragt mich jetzt bitte nicht, woher Dr. No das wußte — das weiß ich nämlich nicht genau —, woher er einmal von der Auktion überhaupt gewußt hat und zum zweiten und wichtiger noch : woher er gewußt hat, daß das Exemplar der Facsimile's — so ziemlich das einzige Buch im Lot — mal dem verehrten Raabe gehört hatte. Er wußte es, und das mag hier genügen. Allenfalls könnte ich andeuten, daß sich in jüngster Zeit Hinweise verdichtet haben : auch dieses Sonderwissen rekrutiert sich aus quasifamiliären Verbandelungen, wenn auch nur zum weiblichen Segment des Dienstpersonals im Hause des Kolonialherrn. Unbestreitbar aber hat Dr. No alles darangesetzt, die Facsimile's an sich zu bringen. Er reiste nach London und erwies sich als Sieger! Ein Mann, der sich erfolgreich gegen das Verstreutwerden des Zusammengehörigen stemmte! Ein wahrer Sieger!

LOISY : *Die Sache wird mir langsam klar*

PUTZTEUFEL : *Das mitm Raben, ne?*

KELLER : *Das alles ist aber höchstens die halbe Wahrheit*

LOISY (im Halbtriumph) : *Hab ichs mir doch gedacht, hihi*

KELLER : *Fragt sich denn niemand hier im Saal, wie Raabe an die Facsimile's gelangt ist, sind denn hier alle so vernagelt?* (Loisy und Putzteufel kichern und kneifen einander) *Wir müssen zurück zum Deutsch-Dänischen Krieg 1850*

Kellers ahnungsvolle Leistung ist erstaunlich. Tatsächlich gings damals für einen unbekannten Soldaten ans Sterben, zwei Ärzte knien bei ihm, reißen dessen Brusttasche auf, besehen sich die Papiere.

ARZT 1 : *Er kommt aus Braunschweig*

ARZT 2 : *Vielleicht war das sein Fehler*

UNBEKANNTER SOLDAT (sterbend) : *Ich hatt einen Kameraden ...* (Arzt 1 beugt den Kopf dem Sterbenden hin, Soldat stirbt)

ARZT 2 : *Hat er noch was gesagt?*

ARZT 1 : *›Einen bessren findst du nicht — außer Willy Raabe, meinem Kumpel aus Magdeburg‹. Wir sollen doch, bitteschön, dem Willy ein Buch zukommen lassen, daß der für ihn hier* (nickt die Leiche an) *auslesen möge* (durchstöbert des unbekannten Soldaten Tornister) ... *aah* (holt die Facsimile's hervor)

ARZT 2 : *Ein Buch? Wie langweilig. Machen wir?*

ARZT 1 : *Es war der letzte Wunsch eines Sterbenden!*

ARZT 2 (nörgelig) : *Mein' ich doch. Machen wir?*

ARZT 1 : *Mal sehn. Vielleicht später*

LOISY : *Nun rück schon raus, wer war der unbekannte Soldat?*

KELLER : *Eberhard, muß ich dir doch nicht sagen : eben das gehört zu seriöser Wissenschaft, daß man Halt macht vor den Grenzen des Nichtwissens. Wir wissen es nicht, wir müssen beken-*

nen : ignoramus. Und wenn sich nicht noch ganz überraschend Quellen auftun, werden wir wohl auch ›ignorabimus‹ hinzufügen müssen

PUTZTEUFEL (genialisch) : *Ignorabimus, nä, der Rabnname, der Name vom Rabn*

LOISY (tuschelt in Putzteufels Ohr) : *Raabe war ein Mann, Gutster*

PUTZTEUFEL : *'N Mann? Was hattnder gemacht, dasser verzaubert wurde?*

LOISY : *Werke. Der hat Werke gemacht* (Putzteufel schweigt respektvoll)

KELLER : *Aber etwas anderes wissen wir*

LOISY : *Ach?*

KELLER : *Ja. Wir wissen, woher der Unbekannte sieben Jahr zuvor ...*

LOISY : *Halt, ich kann rechnen*

KELLER (bitter) : *Wie kein zweiter. Was ist denn?*

LOISY (klopft auf die Facsimile's) : *1846!*

KELLER (lächelt sein überlegenstes Lächeln) : *Das eben ist der Irrtum, muß der Irrtum sein, denn wie sonst sollte sein, daß dies* (pocht zum wiederholten Mal auf die Facsimile's, trinkt) *eins der zwei Belegexemplare ist, die Hölderlin, der nachweislich 1843 — darum sag ich ja : sieben Jahre zuvor — bekommen hat. Und darum bin ich eigentlich sehr sehr traurig, daß ich das Ding so leichterdings wegegeben hab*

Hölderlin 1843, vor dem Turm, klebt eine One-Penny-Black auf einen Brief und übergibt ihn mit den Worten *Nach Engelland* einem Postboten. Herbei Charlotte Zimmer, Hölderlins Wirtin.

ZIMMER : *Was treiben Sie denn da, Herr Magister?*

HÖLDERLIN (ernst, gewichtig) : *Ich bewerbe mich nach Albion. Der Kontinent ist von allem abgeschnitten. Sinclair hat mich gefragt, ob ich nicht mitmachen will*

ZIMMER : *Aber der Baron verstarb vor 28 Jahren*

Hölderlin guckt unwillig, verzieht das Gesicht. Herbei die reitende Post.

POSTLER : *Ein doppeltes Belegexemplar für den Bibliothekarius Hölderlin. Aus Engelland*

HÖLDERLIN : *Sehen Sie, Heilige Jungfrau Lotte?* [226]

Hölderlin wendet sich ab, seufzt herrlich, spaziert, die zwei Belegexemplare unterm Arm, den Neckar entlang, immer kleiner werdend. Noch ist seine Stimme zu vernehmen.

HÖLDERLIN :

Narcyssen Ranunkeln und
Siringen aus Persien
Blumen perlenfarb
Und schwarz und Hyacinthen.
Wie, wenn es riechet, statt Musik
Des Eingangs, dort, wo böser Gedanken
Liebende mein Sohn vergessen sollen einzugehen
Verhältnisse – und : – – diß Leben ...

---

[226] Verblüffend, wirklich. So wars gewesen.

VII. Der Schadensfall

darin Keller mit einer rituellen Tötung den Frühling feiert ein lieber Sammler vorbeijährt, Plocher telephoniert, ein Blechschaden wird, Keller aber sich unerwartet im Stande sieht, Geschehenes ungeschehn zu machen

Noch hinter jahrganghohen Deutsche-Revue-Massiven, hinter dem vergessenen Wald sieben bebilderter Kleinbücher über Tee, Zeugs, Dings und Zinnwerk noch, zwischen Lackkratern und mumifizierten Wespenastronauten, auf der graumondhaften Fensterbank im Erdgeschoß des Antiquariats im Schnoor, mit schmutzfilmner Sicht auf die Marterburg : der hebräische Buchstabe, zündholzhaltend — im Fensterkreuz die drei Claudiusse, mundkrateroffen …

HEBRÄISCHER BUCHSTABE (einsummend) : *Mmm-mmm* … (haucht spitz) *zwei drei* … (— schwingt impulsiv das Zündholz)

DIE DREI CLAUDIUSSE (nach der bekannten Melodie von Hugo Wolf) : *Frühling läßt sein blaues Band / wieder flattern durch die Lüfte / süße, wohlbekannte Düfte / streifen ahnungsvoll das Land* [227] …

HEBRÄISCHER BUCHSTABE (läßt das Streichholz sinken, tockt mit der Schwefeleichel gegen eine Metallkordel, fensterbaumelndes Relikt einer prälammekschen Jalousie) : *Psst, er ist's*

— Keller. Keller hoppelt treppab, selbst schon frühlingstrunken. Zehnmal applaudiert die Kirchturmuhr behäbig über der schmalen Gasse Hinter der Balge — und Keller schließt pünktlich die Tür des rosenumrankten Eckhausantiquariats auf, öffnet sie nach innen, greift beherzt den Stellkasten voller Merian-Hefte, schleppt ihn bäuchlings gepreßt vor die Tür, entledigt sich seiner unter dem Schaufenster und schlüpft wieder hinein. Die Tür bleibt einladend offen.

Am Weserufer spätfrühstücken Samstagtaugenichtse im Ambiente, junge Familien führen auf Deichkrone und Berme einander Morgenspaziergänge vor und rollen Kinderwagen, gemütlich entleeren rotrückige Bernhardiner [228] ihre Därme

---

[227] »… Veilchen träumen schon / wollen balde kommen / Horch, von fern ein leiser Harfenton ! / Frühling, ja Du bist's ! / Dich hab' ich vernommen !« — Mörike. Ein tiefes Pfäfflein.

[228] Der zürcher Zoologe und Rußlandreisende Prof. Dr. Conrad Keller (1848–1930) wies anhand fehlender und vorhandener Knochenfunde den Urahn dieser Hundesorte in Tibet

der Böschung ins Grasgesicht, spielt ein Schusterjunges mit einem Hurenkind und dippt eine Fliege von Exkrement zu Exkrement — bis der zehnte Schlag auch hier anlangt, die Fliege ihren Kopf schüttelt, als bestaune sie den Verbleib der Zeit, und aufgescheucht ins nahegelegene Schnoorviertel schwirrt, keinen Blick für die

---

nach. Der Bronzezeit-Tibeter nämlich schmiß seine Toten in eine Grube, in der löwengroße heilige Doggen sich gütlich taten und letztes Geleit ins Jenseits stellten und hatte in den Aasfressern auch einen bissig-gutmütigen Hirten für Frau, Kind und Vieh gefunden. Daß der Tibeter wegen der Großen Tibetischen Unwegsamkeit (→ GTU) Jahrtausende gern in Tibet blieb, war ursächlich, daß sein Hund lange Zeit ideal sich erhielt. Aber auch Jahrtausende sind irgendwann vorbei, einige Nomaden trödeln dann doch mal hier- und mal dorthin, tauschen Vieh, Kind, Frau und Dogge nach Nepal, Indien und China.

In China auch hat sich das erste Doggen-Schriftzeugnis erhalten : 1121 v. u. Z. notieren Hofschreiber, daß das dankbar unterworfene Völkchen der Liu dem bestialischen letzten Kaiser der Shang-Dynastie kurz vor dessen Tod eine 1,20 m hohe, auf Menschenhatz abgerichtete Tibetdogge zum Geschenk gemacht hat — aber wenigstens tausend Jahre zuvor schon wird der gewaltige leichenschmausende Gen-Pool der possierlichen Rest-Hunde- und Menschenwelt zugeströmt sein. Über nordindische Fürsten, die sich auf kompromißlose Kampf-Tierchen verstehen, gelangen Tibetdoggen als ›indische Hunde‹ nach Mittelost und werden dort beliebte Karawanenbegleiter — ihr dämlich-brachycephaler Schädel ziert so manches Siegel Sumers, so manchen babylonischen Grenzstein. Die Akkader gesellen gar ihrer Arztgöttin Gula (die dafür einen drei Kilometer hohen Vulkan auf der Venus bekommen hat, → Gula mons) den indischen Hund als Attributtier bei — erst Assyrer verlegen sich wieder ganz auf den indischen Hund als Waffe.

Herodot weiß Ἱστορίη I 192 Babylons Größe nicht anders anzudeuten als durch die Menge der indischen Hunde (κυνῶν δὲ Ἰνδικῶν), die ein Statthalter sich hielt, die nämlich war so gewaltig, »daß vier Großdörfer in der Ebene von allen anderen Abgaben befreit wurden, um das Futter für diese Hunde zu liefern. So reich war der Statthalter der Provinz Babylon — τοιαῦτα μὲν τῷ ἄρχοντι τῆς Βαβυλῶνος ὑπῆρχε ἐόντα« — und Xerxes zieht 480 nicht nur mit unzähligen Kriegsmännern, sondern mit noch viel unzählbareren Kriegshunden gegen Griechenland. Kann Ktesias es dabei bewenden lassen? Ums liebe Leben nicht! § 10 der Ἰνδικά berichtet der, indische Hunde griffen Löwen an, § 26 sind sie auch Greife, vierfüßig und wolfgroß und löwenklauig, die Brust rotgefedert und Garden der Goldminen in den Bergen, § 50 kennt er den äthiopischen κυνόλυκος (Hundwolf), der Menschen, sie zu verschlingen, mit Namen nachts ruft, löwenkühn, pferdflink, stierstark, unbezwingbar von allem, was aus Eisen ist. Aristoteles hat zwar nichts gesehen, aber schreibt Περὶ τά ζῷα ἱστορίαι VIII, 28, in Indien sei's komisch, da sterben die Mäuse, wenn sie zuviel trinken (womit er sich seinen Mondkrater verdient) und dann : »Man sagt, der indische Hund sei eine Kreuzung zwischen Tiger und Hündin, nicht die Hybride erster Generation, aber dritter; aus der ersten Kreuzung aber wird eine wilde Kreatur. Man bringt die Hündin an einen abgeschiedenen Ort und bindet sie an : wenn der Tiger verliebter Laune ist, wird er sich mit ihr paaren; wenn nicht, wird er sie fressen — und das passiert häufig«. Das mit den Mäusen will Alexander genau wissen. Er zieht nach Indien. Dort hat König Saubhuti jedoch keine Mäuse, sondern nur 150 Tibetdoggen zu schenken, weiß aber dieses Präsent dem skeptischen Alexander in ein kleines Spiel einzubinden : Löwe vs. Tibetdogge. Die Dogge legt denn auch gut los, verbeißt sich blindprompt in den Löwen, selbst, daß man ihr Lauf um Lauf abtrennt, stört sie nicht in ihrem Willen zu allmalmender Wut, noch, als sie längst verblutet ist, steckt sie rasend im Löwenfleisch, »einzig ließe sie ab«, wie Saubhuti Alexander verrät, »göß man ihr Wasser in die Nase« (Aelians Verdienst ist es Περὶ ζώων ἰδιότητος 8,1, Aristoteles und Alexander blumig zu verbinden und hinzuzufabeln, indische Hunde, die eines Tigerahns sich rühmen, zeigen bei einem Wildschwein, Hirsch oder Bären keinerlei Regung, »den Löwen hingegen fallen sie an und geben dadurch ihre frühere Abkunft zu erkennen« — einen Mondkrater gibts für sowas allerdings nicht. Mußte Aelian aber auch klar sein).

Alexander findet das Geschenk dann doch gut. Er packt die 150 Viecher ein und seine Diadochen eröffnen eine Zucht : aus den ›indischen Hunden‹ werden nun, benannt nach

baumlang-hagere, steinaltrüstig-totenköpferne Figur, die sie überholt; dort, im Antiquariat, erster Stock, wirkt Keller, gutgelaunt, öffnet scheppernd ein Fenster, schnuppert, ein unterkühltes Versprechen frühglühender Luft umliegt seine Nase

---

einem Makedokien benachbarten epirotisch-halbbarbarischen Stamm, die ›Molosser‹ — königliche, streng monopolisierte Luxusartikel. 2400 Molosser läßt Ptolemaios II. (284–246) in Alexandria paradieren und dürfte damit, trotzdem die Beschreibung des Festzuges 400 Jahre später bei Athenaios im V. Buch des Δειπνοσοφισταί (Gelehrtenmahl) Seite um Seite um Seite sich zieht, innerhalb der Blumen- und Beutemeere doch ein eindrucksvolles Zeichen seiner Macht gegeben haben, aber — Rom betritt das Feld. 168 v. u. Z. zwingt Rom Makedonien in die Knie und kassiert die Molosserzucht.

Rom hat von Anbeginn eine besondere Beziehung zu Kaniden (→ Rhea Silvia). Bald besitzt der Edel-Römer nicht nur Schoßhund und Sklaven, sondern auch Molosser und sind derart viele ordnungswidrige Bißwunden zu verzeichnen, daß imperiumweit eine Verfügung ergeht, die jedem Molosserhalter gebietet, sein Anwesen mit ›cave canem‹-Schildern zu versehen — und wer nicht lesen kann : für den ein fletschender Hund in Mosaik. Die Molosserzeugnisse sind ohne Zahl, Philostratos (›Εἰκόνες‹ I 28,6) Claudian (›De consulatu Stilichonis‹ II, 215 und III 294, dort sich unsterbliche Molosser im Gefolge Dianas befinden), Martial (›De Spectaculis‹ 30, ›Epigrammata‹ XII 1), Lukrez (›De rerum natura‹ V 1063–72 — unter Betonung der molossischen Hüt-Kampf-Doppelnatur), Horaz (›Epoden‹ 6,5), Lucius Junius Moderatus Columella (›De re rustica‹ 7,12–13 — der sogar meint, die Griechen hätten Molosser ›Dragoi‹, Drachen genannt. Hatten sie aber gar nicht) — Molosser, wohin man schaut. Es geht dem Römer aber nicht nur um private und öffentliche Armierung, es geht ihm auch um Spaß : Tierkämpfe ! Die Fanggründe für Exoten in den Arenen waren begrenzt — gezielte Aufrüstung am Hund soll die Sache am Laufen halten. Und Rom macht alles, was es macht, systematisch : es durchforstet den Kontinent nach aggressiven Hunden, den unbesiegbaren Molosser noch unbesiegbarer zu machen, und als es nichts findet, erobert es Britannien und trifft dort auf ein noch breitmäuligeres, noch stierfetzenderes Wesen (Claudian, ›De consulatu Stilichonis‹ III, 302 : »magnaque taurorum fracturae colla Britannae«), das sich zudem gut mit Molossern kreuzen läßt — woraus, bis der Zerfall des römischen Imperiums vorläufig auch alles Hundezüchten endet, die Vorläufer des Mastiff werden.

Rom hat aber ab ovo nicht nur eine besondere Beziehung zu Hunden, sondern auch zu strategisch wichtigen Orten. Für Caesar sind so einer im Wallis die 81 Kilometer von Octodurus bis nach Aosta (Großer St.-Bernhard-Pass, Penninus mons, Summus Poeninus — dort auch für 824 der erste abendländische Prozeß gegen Maulwürfe verbürgt ist, → [126]). Um den St. Bernhard aber sitzen keltische Stämme, vorzüglich die Veragrer, und beten auf der Passhöhe vor der Bildsäule eines nackten Jünglings, der mit offenem Mund und stirnäugig die Rechte hebt, den Gott Penninus an (→ Louis de Jaucourt in der Encyclopédie, Artikel ›Penninus‹, auch → Livius XXI, 38). Eine gute Gelegenheit, den vierzigsten Teil Ware an Wegezoll, der bis dahin an die Veragrer zu entrichten war, zu sparen, eine noch bessere Gelegenheit, zu zeigen, daß ein Römer prinzipiell keinen Zoll zahlt, sondern eingemeindet, die beste Gelegenheit, den kürzesten befahrbaren Weg nach Britannien unter Kontrolle zu bringen. Und vielleicht eine Scharte auszuwetzen (→ 387 v. u. Z.).

Kurz mal ein Herz für Rosenkreuzer, die Leute, die nie verneinten, daß das schöne Adjektiv ›britisch‹ unmittelbar und bequem von ברית bᵉrit (Bund) und אשה 'išāh (Frau) sich herleiten läßt, ein Herz für Hargrave Jennings (1817–1890). Nicht für dessen phallozentrische Schriften, sondern für sein Werk ›The Rosicrucians, their rites and mysteries‹. Was ein rechter Rosenkreuzer ist, hält ja die Objektwelt für magisch markiert und an übernatürlichen Strippen hängend, bewegt von verborgenen Geistgründen, deren Kenntnis jeder Sterbliche entbehrt — aber Fädenziehen, Zaubern geht, wenn man nur die Talismane kennt. Erstaunlicherweise nun sind Farben Talismane und entfalten durch planetarische Entsprechungen ihre Kraft. Sachkundig entwickelt Jennings die fulminant blöde These, Weiß sei seit Urzeiten weiblich und okkult und die Farbe der Opfer, und seit Merlin die Insel Britannia vor einer Invasion durch bleiche Sachsen (→ weiß, totenblaß) gewarnt habe, stünde Weiß für alles Unglück, das englischen Royals widerfahre. Und die Beweislage ist erdrückend :

und macht ihn fast niesen. Aber eh das wird, taucht Keller wieder ab in die muffige Würze der Bücher, bedient die Kaffeemaschine und verschüttet Wasser auf irgendwelchen Visitenkarten ... nein, heut ist für Kellers Muschelgeld nichts übrig,

---

Das ›**Weiße** Schiff‹, auf dem Prinz William (1103 – 25. November 1120), einziger legitimer Sohn des Vielstfickers Henry I., im Kanal sank. Der Krieg der Rosen (1455–1485), in dem die **Weiße** Rose der Yorker der Roten Rose des Hauses Lancester unterlag. Charles I., der aufgrund falscher Bevorratung der londoner Ausstatter 1625 in **weißem** Samt statt purpurnem gekrönt wurde, was direkt 1649 seine Hinrichtung vor **White**hall zur Folge hatte. Der unglückliche Bonnie Prince Charlie (1720–1788), der immer mit einer **weißen** Kokarde rumlief und nie so richtig auf den Thron kam, oder aber überhaupt der Königsname **Albert** — doch dazu gleich.

Aber nicht nur englische Royals. Auch die Bourbonen tragen heraldisch teilweise Weiß. Der erste ihres Namens auf dem Thron, Henri IV., wurde der nicht 1610 erstochen, oder Ludwig XVI. († 1793) oder der letzte, den Nebenbourbone Louis-Philippe, ›Roi Bourgeois‹ — wollte man den etwa noch nach 1848? Und Preußen? Ha! Preußen! Schwarz-Weiß! — von den Templern aus Ägypten mitgebracht! Sieht gar nicht gut aus : Weiß ... Mond, Perle, Träne; Schwarz ... Saturn, Diamant, Trauer, Buße, Asche ... — die Ägypter sind schließlich auch weg vom Fenster. Jennings führt hier ein Phänomen an, für das der Ire das hübsche Wort ›banshee‹ hat, ›Sprecher des Schicksals‹, ein Phänomen, auf das schon Brutus vor Philippi traf, als ein Gespenst ihm erschien und auf die kaltblütige Anfrage, wer es sei und was es wolle, imposant kundtat σός δαίμων κακός. ὄψει δέ με περὶ Φιλίππους, ›Dein böser Dämon. Wir sehn uns bei Philippi‹, worauf Brutus furchtlos Ὄψομαι ›Ich werd [dich] sehn‹ beschied und den Spuk des Zeltes verwies (→ Plutarch, Brutus 36, auch → Shakespeare, Julius Cäsar IV, 7) — so ist Weiß auch der Hohenzollern Bösgenius : die ›Weiße Frau‹! Kunigunde!

1248 stirbt kinderlos und verhärmt Herzog Otto II., letzter der Andechs-Meranier. Erst 1260 gelingt es durch das Gelöbnis, mehr Klöster als die Erbmitbewerber-Geschlechter zu stiften, Thüringens Grafen von Orlamünde, das ottonische Erbe anzutreten und über Plassenburg zu herrschen. Die Klöster, mit denen die Orlamünder aber die konkurrierenden Linien ausstechen, sind zisterziensische — die sind sehr beliebt im Adel, dienen sie doch nicht allein dem guten Zweck, die unverheiratbare Adelsbrut von der Straße zu kriegen, sondern sind, aufgrund der Vorliebe des Ordens fürs Karge, mit low budget zu haben.

Kunigunde von Leuchtenburg nun heiratet 1321 den Grafen Otto VII. von Orlamünde-Plassenburg. 1338 noch immer kein Nachwuchs. Ein Fluch? Doch dann Schlag auf Schlag, gleich zwei Kinder, und Otto stirbt beruhigt 1340 und Kunigunde macht Albrecht dem Schönen schöne Augen. Der Schöne aber sagt, einer Ehe stünden »vier Augen« entgegen, meint seine Eltern, Kunigunde aber denkt, auf ihre Gören ziele der Hinweis und erwürgt die flugs — so schön war Albrecht der Schöne. Da heiratet der Schöne sie aber nicht und Kunigunde pilgert nach Rom und erreicht, wenn sie nur ein Kloster gründet für einen umständlich auszusprechenden Orden, vom Papst Vergebung. Kunigunde brustwarzt über den St.-Bernhard zurück und will in Bamberg ein Zisterzienserinnen-Kloster hochziehn, das aber gibts schon, delikat am 28. Dezember 1279, am »Tag der unschuldigen Kindlein« von Graf Otto IV. von Orlamünde-Plassenburg, »aus göttlicher Eingebung, zum Nachlaß aller Sünden und zum Heilmittel unserer Seele« gegründet, und heißt ›Corona coeli‹ — Himmel**kron**. Kriecht sie eben 50 Kilometer zurück nach Nürnberg und macht dort im Heilig-Geist-Spital 1343 den Zisterzienserinnenladen ›Himmel**thron**‹ auf. Im Spital aber gibts Ärger (→ Unzucht). Zieht das Kloster 1348 eben in die leerstehende, von Kunigunde angeerbte Burg Gründlach um und stirbt Kunigunde eben dort fromm und 1385 als Äbtissin, weißgewandet und äbtissinnenbestabt.

Gleich 1486 geht Kunigunde als ›Weiße Frau‹ um und erscheint, zunächst auf Plassenburg, dann deutschlandweit, jedem Hohenzoller, dem unmittelbar Tod und Pech bevorstehen (→ Luise Henriette, Friedrich Wilhelm II., Prinz Louis Ferdinand, Kaiser Wilhelm II.) — irgendwas ist schiefgelaufen mit ihrer Buße. Vielleicht, weil sie gelogen hatte? weil sie vielleicht zwar in Rom gewesen war, Papst Benedikt XII. aber in Avignon? weil sie ihr Himmelthron, immerhin die letzte Zisterzienserinnengründung in Deutschland, so geführt hatte,

heut ist Dürrzeit für die angeränderten Münzen. Keller nickt der Dartscheibe mit Göteporträt zu : das wird ein guter Tag, heut ist Ende Mai, heute kommt unfehlbar jährlich Hermann — oder die Welt wär nicht mehr in Ordnung.

---

daß es auch gleich das erste war, das sich mit der Reformation auflöst? die vier letzten Nönnlein übergeben, pfiffig, gegen Aussetzung lebenslanger Rente alles der Stadt Nürnberg.

Und ›Albert‹? Albert ist Jennings', der 1870 schreibt und vor victorianischen Tauf-Experimenten nur warnen kann, prophetender Rosenkreuzer-Trumpf : all die englischen Nieten-Royals namens Albert, die kommen und Britannias Niedergang bedeuten werden : Prinz Franz August Carl **Albert** Emmanuel von Sachsen-Coburg und Gotha (1819–1861, Victoriamann) — Edward VII. (**Albert** Eduard von Sachsen-Coburg und Gotha, 1841–1910, Victoriasohn und Freimaurer-Großmeister) — Alfred Ernst **Albert** von Sachsen-Coburg und Gotha (1844–1900, Victoriasohn) — George V. (George Frederick Ernest **Albert** Windsor 1865–1936) — Edward VIII. (Edward **Albert** Christian George Andrew Patrick David Windsor, 1894–1972) — George VI. (**Albert** Frederick Arthur George Windsor, 1895–1952). Und was heißt ›Albert‹? hurra! ›weiß‹! So wenigstens Jennings' Gewährsmann, der bretonische Zisterzienser Paul-Yves Pezron (1639–1707), dem mehr noch der Nachweis gelang, daß Bretonisch und Walisisch die letzten Enkel des Altgallischen sind. Jennings sitzt auf und hält alles für weiß, wo lateinisch ›albus‹ drinsteckt, Albanien (→ Byron, ›Childe Harold's Pilgrimage‹, Canto II 42 : »Morn dawns; and with it stern Albania's hills ... Robed half in mist, bedewed with snowy rills«), Albion (weiße Kreidefelsen), dekliniert sich durch altnordische Sprachrelikte, Al, El, Æl, alles weiß, Elfe-Elbe (ein prima Tummelplatz — über Nebelgestalten, weißliche Frauen geriete man schnell zu den Inkubi, Alp, Alb und die althochdeutsche Insektenlarve ›alba‹), all die Weißfische (Albel, Alse), die Weißwasserflußnamen (Elbe), gar die Alpen heißen Alpen, weil sie immer verschneit sind und weiß, denn Pezron und mit ihm Jennings bohren noch eine Sprachschicht tiefer und finden, ›albus‹ stamme vom keltischen ›alp‹ und daß gar die Sabiner ›alpus‹ sagten, wenn sie ›weiß‹ sagen wollten. Wen wundert noch, wie sehr das keltisch-umbrisch-sabinische ›pen‹ (Kopf, Gipfel, hoher Platz) dem Penninus und dem Apennin zugrunde liegt? Endlich ist aller Zweifel ausgeräumt und feiert Gewißheit lärmendsten Triumph — und nur sehr in der letzten Reihe und unmerklich schunkelt das Bedauern mit, daß die Kette albus-weiß-Alpen linguistisch doch brüchiger ist als vorgestellt — denn da liegt der Fehler, in den Alpen, am Penninus Mons.

Nämlich! hat die indogermanische Wurzel albho- nur sekundär mit ›weiß‹ zu tun, primär aber mit ›schnell‹, und da ›schnell‹ für Berge nicht paßt, sollten die Alpen doch besser und simpler auf die nichtindogermanische, von den keltenverdrängten Ligurern stammende Wurzel alp- zurückzuführen sein — wo die ganz praktisch doch auch noch ›Berg‹ meint. Daß aber die Liquidae ›l‹ und ›r‹ verrutschen, das unterscheidet die keltischen von den italischen Sprachen, und so rührt ›albus‹ (oskisch und umbrisch ›alf‹, pälignisch ›alafis‹) von nichts weniger als von ἀϱγός her, was ›hellschimmernd‹ heißt, hellschimmernd aber nicht vor Weiße, sondern vor Fett — und der Grieche gutgelaunt und hungrig von Rinderherden anmerkt. Und Rinder laufen. Schnell. Darum auch wird die Ἀϱγώ nicht Ἀϱγώ genannt, weil ihr Erbauer Ἄϱγος heißt oder sie weiß ist, sondern weil sie schnell das Meer durchpflügt, wie ja auch der illyrische Fluß Argao seinen Namen nach dem reißenden Wasser trägt und hethitisch ›Wolke‹ ›alpa‹ (→ Nietzsche, ›Also sprach Zarathustra‹, II ›Der Wahrsager‹ : »Alpa! Alpa! Wer trägt seine Asche zu Berge?«, auch Nachlaß Frühjahr 1880-Frühjahr 1881 10, B 26 und Juni-Juli 1883 10,10; auch → Scooter, Hans Peter Baxxter) heißt, nicht weil sie weiß wär, sondern sie flink dahinzieht und wird ἀϱγεστής griechischen Winden attributiert (dem Süd Νότος, dem West Ζέφυϱος, gar erhebt der Grieche ἀϱγεστής zum eigenen Nordwest), nicht weil Weißes an ihnen wär, sondern ihres Schnellwehens halber. Und Sanskrit? Zwar heißt der Sohn des Sturmgottes Indra und des Menschenweibs Kunti Árjuna (weiß, klar, silbrig), darunter aber liegt begraben ›ṛijrá‹ (pferdeschnell). Durchgehend ist die leuchtende Farberscheinung gekoppelt an die schnelle Bewegung, und ›schnell‹ tritt erst in den Hintergund, als eine gewachsene metallurgische Fertigkeit Farbe als Eigenes betont (→ argentum, litauisch ›alvas‹ Zinn, altpreußisch ›alwis‹ Blei, russisch ›титжт‹ [olovo] Zinn).

Genutzt hat es ihnen nichts, aber gewußt haben die Veragrer das alles.

Ist sie aber : die Fliege hat den Schnoor erreicht, nimmt das geöffnete Fenster des Antiquariats ins Visier, stürzt sich hinein, dreht ein paar Runden und will Keller gefallen. Tut sie aber nicht.

Sowenig wie — was schließlich erfreulich ist — die Rosenkreuzer ideologisch und etymologisch ein Problem haben, sowenig Rom. Rom überspränge die Nähe von **Pen**ninus zu Pan und machte gleich Jupiter draus, ja, setzte leichterdings noch eins drauf und erklärte Jupiter Penninus auch gleich noch zu Jupiter Taranis — was insofern günstig ist, als Penninus sowieso der keltische Donnergott Taranis (Sanskrit ist tāraṇa Epitheton Indras, ›der im Vorüberfahren erlöst und befreit‹) sein soll, einer der vielen Allrounder, zuständig für Himmel, Nachleben, Krieg und Gewitter und Fruchtbarkeit, gern modelliert als Zentaur in Begleitung zweier Riesenhunde — da paßten dann auch die Molosser ganz gut, die Rom mit den Legionen umständlich auf anderen Routen über die Alpen frachtet.

Schön und gut. Aber die Leute, die Kelten, die sitzen da immer noch. Also schickt Caesar Herbst 57 seine XII. Legion unter Servius Galba ins Wallis, vor allem den Paß zu sichern. Kein Problem. Die Veragrer werden unterworfen, leisten aber hinterhältig Widerstand, bis Servius Galba sich entschließt, in Notwehr zehntausend Veragrer zu töten und deren Siedlung Octodurus, die zur Hälfte er ihnen gelassen hatte, niederzubrennen. Menschlich enttäuscht, hat Galba keine Lust mehr auf Oberhoheit über den Paß. Erst 42 Jahre später klären Tiberius und Drusus die Lage und nach nochmal sieben Jahren freuen sich auch die ersten walliser Kelten und machen mit beim Siegerdenkmalerstellen. Augustus macht alles schön und sich zum Patron der Kelten, der steinernen Ehrenbezeugungen ist gar kein Ende (→ Res gestae : GALLIAS ET HISPANIAS PROVINCIAS I[TEM GERMANIAM, QUA ICLU]DIT OCEANUS A GADIBUS AD OSTIUM ALBIS FLUMIN[IS, PACAVI. ALPES A RE]GIONE EA, QUAE PROXIMA EST HADRIANO MARI, [AD TUSCUM PACARI FEC]I NULLI GENTI BELLO PER INIURIAM INLATO — ... die Alpen ließ ich von der Gegend nahe der Adria bis zum Tyrrhenischen Meer besetzen, ohne einem Volk ungerechten Krieg zu erklären), Veteranen siedeln, Claudius erklärt Wallis 47 zur Provinz und die Walliser zu römischen Bürgern und mit seinem Tod wird das geschleifte Octodurus zur Kapitale Forum Claudii Vallensium. Rom baut den Paß aus, versieht die Strecke mit Meilensteinen und ersetzt in zweieinhalb Kilometern Höhe das alte Penninus-Heiligtum im Jahre 70 durch einen Jupitertempel von bescheidenen 11 × 7 m Grundriß. In den folgenden 200 Jahren ersteht Forum Claudii Vallensium zu niegesehner Pracht : Forum, Amphitheater, Nymphäum, Aquädukt, Mithrasheiligtum — was man so braucht.

Kein Glück aber währet ewig. Christentum kommt. 377 bekennt Präfekt Pontius Asclepiodotus den Gekreuzigten und schenkt der Welt ein Gotteshaus. Aëtius kann zwar auf den katalaunischen Feldern 451 noch seine mißgestimmten Hunnen-Freunde abwehren, aber nicht drei Jahre darauf den Dolch seines Kaisers Valentinian III. Mit Aëtius' Tod wird das Wallis burgundisch und übernehmen Bischöfe das Regiment — aber noch Jahrhundete dauert es, bis Christus sich gegen Jupiter, Penninus und Mithras in die Offensive traut, trotz herrlichsten lokalen Heckmecks, den er für sich weiß (→ Martyrium der Thebaischen Legion, → Hinter Büchern, Neger & Nerven).

So wird der Jupitertempel denn nicht, wie christliche Fama es will, spätestens auf Wink Theodosius' I. geschleift, sondern erst gut 550 Jahre darauf, um 950. Von Sarazenen. Sarazenen? Selbstverständlich.

Der Lehrer-Dilettant Ferdinand Keller (1800–1851), Erfinder der epidemischen Pfahlbau-Theorie und der ›Antiquarischen Gesellschaft Zürch‹, greift 1856 in der übergründlichen 30-Seiten-Studie ›Der Einfall der Sarazenen in die Schweiz um die Mitte des X. Jahrhunderts‹ (Mittheilung der antiquarischen Gesellschaft Zürich, Band XI. Heft 1) einige muntere Ideen auf, die der hervorragende strasbourger Journalist und Archäologe Christian Moritz Engelhardt (1775–1858) 1840 in ›Naturschilderungen, Sittenzüge und wissenschaftliche Bemerkungen aus den höchsten Schweizeralpen, besonders in Südwallis und Graubündten‹ dahingesagt hatte und verschafft ihnen Weltgeltung. — Engelhardt aber, der sich 18jährig den Revolutionstruppen angeschlossen und bis 1801 mit General Étienne Macdonald die Feldzüge unternommen hatte, die das Wallis französisch machten, war nicht nur alpenfruchtbar, sondern auch in der Erforschung der Äbtissin Herrad von Landsperg (1125–1195) und

Eine Fliege … — unwillig unterbricht Keller sein kleines Tun. Also erfüllen sich nicht alle seine Hoffnungen? Auch gut. Ein Zehntelgramm Fliege, und Keller wird zur Lenkwaffe — probiert aber was Neues. Er flüstert *Ich will dich in den Bann tun* der

---

ihres ›Hortus deliciarum‹, überhaupt in der Edition und Kommentierung der Literatur des 12. Jahrhunderts führend gewesen (den ›Hortus‹ wenigstens, das erste ›Lexikon‹ von zarter Frauenhand, das für die Melissengeister die Weisheit der Kirchenväter, garniert mit einigem Profanen, selbst- und fremdgemachten Versen und paar hundert bunten eigengemalten Miniaturen, sammelte, hielt er noch in Händen — denn was tun Deutsche, wenn sie eine Stadt, wie hier Strasbourg August 1870, haben wollen? Sie schießen die Handschriften in der Staatsbibliothek zu Klump. Das macht dem Feind Angst, das zeugt von Kulturlosigkeit und deutet an, zu was allem man bereit ist).

Schon von Kindesbeinen an war Ferdinand Keller an den Bewohnern des abseitigen walliser Saas-Tals aufgefallen, daß sie komisch aussahen (→ Nasen) und wilde Feste feierten (→ Orgien), und so steht für ihn fix fest: 906 hatte es einige Sarazenen vom immer mal wieder unter muslimische Herrschaft geratenden Arles 300 Kilometer nordost ins Wallis versprengt, dort sie ein paar Gipfel und auch Graubünden eroberten und 936 in Chur den Bischofssitz zerstörten, 940 im Rhône-Tal die Abtei von Saint-Maurice plünderten, vor sich hin bedrückten und wegelagerten, den Weg zurück nicht fanden und über die Jahre mit den Aborigines sich mengten und in ihnen aufgingen — gewußt und geduldet vom Burgunder-König Hugo I., der öfter mal bedenkenlos zur Untermauerung seiner üblen Natur und Ansprüche Araber zu Hilfe rief. Beweise? Wird im Wallis nicht ein Felsmassiv ›Mohrenberg‹ (→ Monte Moro, Mauren) genannt? Ah, das mag der Skeptiker noch belächeln. Aber heißt im Wallis nicht auch ein Flecken Pontresina (erwähnt 1137 als ›pontem sarasinam‹ und 1303 als ›ponte sarracino‹)? Nicht der Rede wert? Und daß im 500-Seelen-Nest Vercorin die Wasserleitung, mit der Schmelzwasser auf die Almen gegossen wird, ›Bisse de Sarazins‹ heißt, sarazenisches Bachbett, und daß der wallisische Fachausdruck dafür ›Suone‹, Sühne, lautet (für ererbte, aber auch vielerlei selbstausgedachte Sünden — Sühne in Gestalt des Erleidens einer Araberheimsuchung), daß überhaupt das Bewässern kaum auf dem Mist der Almbauern gewachsen sein dürfte, sondern ausgesprochene Wüstentechnik darstellt? Hm …

Muten nicht noch viel mehr Namen im Saas-Tal durch und durch unschweizerisch an? der Viertausender Allalinhorn (arabisch ›al ain‹, ›Quelle‹), oder Saas Almagell (›al mahall‹, Ort, Aufenthalt, Weiler, Station), oder der dreigipflige Viertausender Mischabel (›muschbil‹, ›Löwin mit Jungen‹) — überhaupt ›Saas‹, was soll das sein? ein Abkömmling des lateinischen ›salix‹ (Weide)? des ladinischen ›saas‹ (dumpf ›Stein‹), des althochdeutschen ›sahs‹ (nicht minder dumpf ›Fels‹) oder ›saza‹ (immerhin ›Niederlassung‹) — ists gar Erinnerung an die ligurischen Salasser, einen Stamm, den Augustus zehn Jahre, bevor es den Veragrern an den Kragen ging, restlos auslöschen ließ und der offenbar nicht zu denen rechnet, denen Augustus keinen ungerechten Krieg erklärt hatte? — die Salasser nämlich, ein Populatiönchen von 40000, 8000 davon unter Waffen, hatten sich 35 v. u. Z. empört und Augustus sandte Aulus Terentius Varro Murena an den Alpenrand ins Aostatal, die gerechte Strafe des Austilgens beizubringen und die Kontrolle über ein paar Goldgruben, Maut-Häuschen und Kümmerpässe zu erringen — nein. Saas ist nichts als das meistgesetzte (nämlich hinter jedes ›Mohammed‹) Akronym der Welt: ›**s**alla **a**llahu **a**laihi wa **s**allam‹ — Segen und Friede Allahs sei mit ihm.

Gegenstimmen? Unbedeutend. 1907 weist der Archäologe Burkhard Reber im Aufsatz ›Zur Frage des Aufenthaltes der Hunnen und Sarazenen in den Alpen‹ (Seiten 293–311 im 50. Band der ›Mittheilungen der Geographischen Gesellschaft Wien‹) Ferdinand Kellers Auffassungen zurück, und nur, weil er mal bei den Einheimischen des Wallis nachgefragt und ein Bauer ihm erklärt hatte, ›Mischabel‹ zum Beispiel, das sei eine ›Mischtgabla‹ (i. e. Mistgabel), die sei schließlich auch dreispitzig — und tat es Reber 1909 im ›Anzeiger für schweizerische Geschichte‹ das inspirierte Pfäfflein Ludwig Emil Iselin in ›Walliser Ortsnamen und Walliser Urkunden‹ nach, denn es hatte Rebers Aufsatz gelesen.

Wer's auch war: der Jupitertempel war 950 kaputt und damit der Weg frei für Pilgerfreunde. Ein Augustinermönch kriecht hervor, Bernhard von Menthon (923–1007), und

Fliege an Beine und Flügel, daß die schwer werden, flüsterts nochmal, und — da's aber nicht wirkt (denn wer weiß schon, wie Fliegen hören? Keller nicht) — lauter *Ich will dich in den Bann tun*, betont mal *tun*, mal *ich*, mal *Bann*, wählt die heilige Spra-

---

gründet auf den frischen Trümmern ein Hospiz. Bernhard von Aosta (1008–1081) tut es wenig später nur seinem Vorgänger gleich und stößt, zum Erweis, daß diese hohe Kunst nicht verloren gegangen ist, schnell auch noch ein paar Maulwürfe aus der Gemeinde. Wer verwirrt ist, dem mangelts am rechten Glauben: wer will Gott in die Schranken weisen und welche Schranken sollten das sein? Gott tut hier geringe Wunder, gering und doch deliciös: herrlich läßt er beide Bernharde an einem 15. Juni sterben, beide mit Richard von Menthon denselben Vater haben, beide in Paris Lesen, Schreiben und Theologisieren lernen und beide — da beide nicht heiraten wollen, zur Fraktur ihres Willens aber von Vater Richard in den Turm des elterlichen Schloßes gesperrt werden (weshalb auch beide mit den Attributen Teufel und Turm versehen sind) — durch ein Fenster nach Aosta fliehn zu einem Peter. Die Welt wäre einfach, wären Bernhard und Bernhard eine Person und läge ein Fehler der Überlieferung vor. Dem aber ist zum Glück nicht so. Denn den einen sprach Innozenz XI. 1681 heilig, den anderen Kalixt II. 1120. Aber gute Freunde sind die zwei, denn beide erklärt Pius XI. 1923 zum Patron der Alpenbewohner und Bergsteiger und Skifahrer. Und wie zwei unverbrüchliche Freunde sehn beide Bernharde den anhaltenden Jupiter- und dann auch Allah-Glauben der Alpler mit Graus und sind entschlossen, Christus dort zu päppeln und Mission zu machen und ihrerseits Wunder zu tun. Tun sie auch. Nur den Namen des Berges, den müssen sie lassen, das ganze Mittelalter hindurch, selbst den allerchristlichsten Autoren: Mons Jovis oder Monte Jup (wie sie auch den Donnerstag, ›giovedi‹, ›jueves‹, ›jeudi‹, ›dies Iovis‹ unangetastet lassen müssen). Erst seit im 16. Jahrhundert sich das Wallis europaweit hervortut mit Spitzenleistungen im Hexenverbrennen, setzt sich der Name ›St. Bernhard‹ durch. Da werden die Klausner geradezu versessen nach Ruhm, Mitte des 17. Jahrhunderts verfallen sie darauf, ein paar zurückgelassene degenerierte Molosser sich zu schnappen und den Reisenden zu verkaufen, das seien St.-Bernhard-Hunde, die würden gern und barmherzig in Nebel und Schnee Verschüttete retten.

1846, auf einer seiner Reisen in südlichere Gefilde, besteigt Charles Dickens ein Maultier, läßt sich über Stein und Eis tragen und schaut am St. Bernhard vorbei. Da er aber nicht mehr am selben Tag wegkommt, nächtigt er im Hospiz — und schreckt fünf Uhr früh, geweckt von Orgelgedröhn und Mettensang, hoch, »I ... thought for a moment I had died in the night and passed into the unknown world« (so Dickens an seinen späteren Biographen John Forster, 6. September 1846) ... — ahh ... Budenzauber, »the Saint Bernard holy fathers ... are a piece of as sheer humbug ... Trashy French sentiment and the dogs ... have done it all. They are a lazy set of fellows«. Nüchtern bilanziert Dickens den sentimentalen Schwindel: fürs Grobe, während sie selbst ins komfortable Genf alljährlich ausgedehnte Betteltouren unternehmen, halten sich die Mönche Knechte und wechseln im übrigen nur ein paar Verbände, reichen heißen Tee und leben das gemütliche Leben gemeiner Wirte.

Einzig die klare Luft und der karge Berg beeindrucken Dickens, »nothing growing, nothing stirring. Everything iron-bound, and frozen up«. Und die 1843 beigebaute Morgue, in der herrenlose Wandererleichen frosten (was neun Jahre später alles in ›Little Dorrit‹ eingehen wird) — »not laid down, or stretched out, but standing up, in corners and against walls; some erect and horribly human, with distinct expressions on the faces; some sunk down on their knees; some dropping over on one side; some tumbled down altogether, and presenting a heap of skulls and fibrous dust ... withering away by grains, and holding ghastly possession of the mountain where they died« — die Berhardiner nämlich (»of which, by the bye, there are only three remaining«) sind alle Versager (→ degeneriert) und ein jeder von ihnen sollte von rechtswegen ›Albert‹ heißen.

1862, auf dem Höhepunkt kellerschen und jenningsschen Etymologisierens, werden auf einem Hundefreundtreffen in Birmingham erstmals Köter, die vorher unter Barry-Hund oder Heiliger Hund liefen, St. Bernhards-Hunde genannt, 2. Juni 1887 anerkennt der internationale Kynologenkongreß in Zürich den Bernhardiner als verbindlich standardisierte schweizer Rasse.

che, *Excommunico eam*, und als nichts davon imponiert, *Bern-hard*, lauter, *Bern-hard* — und glitte Leo leichtpfötig die Häuser der Gasse vorbei, der hörte es brüllen aus dem ersten Stock und dächt vielleicht, Nachbar Mastmensch hätt nebst dem Türenknallen was ähnliches wie Sprechen noch erlernt : ***Bern-hard*** [229] — grad, daß

Zufrieden, zwei der ihren solcherart verewigt zu sehen, zieht es 1930 die Chorherren vom Großen St. Bernhard in die Heimat ihrer Hunde, nach Tibet, auf Mission. Bis 1951. Da ereilt sie nicht nur eine bewaffnete Mao-Tse-Tung-Idee, sondern aus den Alpen eine Nachricht — gegen deren Macht und Wahrheit sie und im Verbund mit ihnen die Kynologen sich seither vergeblich stemmen : keinesfalls haben Paß, Berg und Hund ihren Namen von den kleinen Heiligen-Doubletten der Augustiner, sondern vom heiligen Zisterzienserheiligen Bernhard. →

[229] Keller hat, die Nacht zuvor schlaflos und müd und keinen ungelesenen Comic im Haus, in der ›Legenda aurea‹ geblättert und gefunden : »Sanct Bernhard hatte ein Kloster gebaut, das ward heimgesucht von einer solchen Menge der Mücken, daß die Brüder davon groß Ungemach erlitten. Da sprach Sanct Bernhard ›Ich will sie in den Bann tun‹. Des andern Morgens fand man die Fliegen allesamt tot« — Keller war beeindruckt : war der anerkannt größte Kriegsverbrecher der Franzosen, der eine gute Million Tote schultert und soviel Verstand und Menschlichkeit bewahrt hat, wie es sich eben mit dem Charakter eines Heiligen verträgt (Gibbon, Kapitel 59), doch noch zu etwas gut!

Ach, der arme Mr. Gibbon, was strampelt er redlich und müht seinen Witz : »A philosophic age has abolished, with too liberal and indiscriminate disdain, the honours of these spiritual heroes. The meanest among them are distinguished by some energies of the mind; they were at least superior to their votaries and disciples; and, in the race of superstition, they attained the prize for which such numbers contended« — es wird doch dabei bleiben, daß man Bernhard nicht gern gerecht wird. Nicht, weils schwer wär oder gleichbedeutend damit, daß man ihn nicht säh in der Runde derer, denen man mit Respekt begegnet. Sondern weil er ein lebender, öder Zweifrontenkrieg ist : gegen die Feinde Christi einerseits, gegen den Rest andererseits.

Das Elend begann mit Bernhards Mutter Aleth de Montbard. Die hat sich von feinem burgunder Adel, von Ritter Tecelin schwängern lassen und ihr träumte im siebten Monat ihrer Gravidität von einem kläffenden weißen Köter mit rotem Rücken. Da deutete ihr ein Weiser, der vorbeikam und nichts besseres zu tun hatte : »Das wird ein Sohn, und der wird als Großprediger das Haus Gottes bewachen und laut gegen die Feinde der Kirche belfern, hihi«. 1090 kommt Aleth auf der Burg Fontaines-lès-Dijon mit Bernhard nieder — 16 Jahre noch wirft sie weitere Kinder, der Welt zu zeigen, daß sie's besser kann, schaffts jedesmal und stirbt. Bernhard aber wünscht sich zu Weihnachten 1110 nichts, als zu wissen, wann genau das Jesuskindlein geboren wurde. Da erscheint ihm die Jungfrau und entpreßt vor seinen Augen Jesus abermals ihrem Leib — Bernhard aber schaut aufs Stundenglas und hält zeitlebens daran fest, daß er die exakte Uhrzeit der Geburt des Christus kenne. Mit der Uhrzeit aber wird ihm gegeben, noch reicher über dies Geheimnis zu sprechen. Als aber die Wirtin eines Gasthofs ihm nachts die Unschuld rauben möchte, ist Matthäi am Letzten und beschließt er, Zisterzienser zu werden. Und Gott schenkt ihm, alle, die ihm davon abraten, mitzureißen. 30 Verwandte, Freunde und leibliche Brüder trommelt er 1112 zusammen und geht ins Kloster, »he buried himself in the monastery of Citeaux« (Gibbon). Da aber ists lasch. Bernhard entwickelt eine bessere Idee, eine von schnörkelloser und rein betender Armut. Er will nicht in Auen siedeln oder auf sicheren Bergen, er will hinein in die Sümpfe, die Moorwälder, er will das Meer roden.

1115 zieht Bernhard ins Absinth-Tal, wird Abt eines eignen Klosters (Clairvaux, Clarae-Vallis) und lockt durch seine Radikalität so viel Novizen-Narren an, daß er jährlich mehrere neue Klöster legen muß (343 bis zu seinem Tod — und danach noch viel mehr). Freizeit? Kennt er nicht. Sollen sie doch denken, die andern, die Nichtzisterzienser, er tue nichts! Das ist ihm nämlich ganz recht, immer wenn sie das denken, tut er nämlich insgeheim wenigstens viererlei : er schmiedet Ränke, verleumdet, gibt sich mystischer Verzückung hin und kriegt

Kinderschänder Kinder nicht schützend in Hauseingänge reißen, wenn in den Straßen ›Bernhard‹ gerufen wird.

Kaffeearoma hinfädelt die Luft, die Kaffeemaschine röchelt Dampf, die Fliege taucht wärts und entzieht sich Kellers Flüchen, Keller aber ist eh entschlossen zu

---

noch mehr coole Ideen. Eine davon : Christus verehren! Supi! Nie gedacht, nie gemystet! Was hat ein Christ bis dahin nur getrieben? Nichts Gutes.

Bernhard aber weiß : Christusanbetung ist nicht nur fad, sondern auch gut, Medizin, gute Medizin sozusagen : »Was ist wirksamer zur Heilung der Wunden des Gewissens und zur Reinigung des Seelengrundes als die emsige Betrachtung der Wunden Christi?«, ja, den Gekreuzigten ganz doll mystisch betrachten, anbeten und minnen, das ist jedem anzuraten, der einen Seelenbräutigam sucht, Bernhard ist der asketende Beleg, wie wohl das tut : nichts schmeckt ihm, wenn Jesus nicht das Salz ist, nicht liest er gern, wenn er nicht ›Jesus‹ liest, nichts hört er gern, wenn er nicht ›Jesus‹ hört, Jesus ist Honig, ist Melodie, wer ›Jesus‹ sagt, dem bläut der Himmel wieder — das ist honiggeseimt, da redet ein rechter ›doctor melifluus‹. Weiß auch Jesu Mama. Die erscheint Bernhard schon wieder, singt Verse, die Bernhard mal verherrlichend gedichtet hatte und spritzt ihm — da sie ihre Vulva schon entblößt hatte, so fällt auch diese Schamschranke — aus ihren Zitzen Milch ins Gesicht. Dankbar ordnet Bernhard an, fortan alle Zisterzienserniederlassungen Maria zu weihen. Das aber ist nicht nur süßer Honig, sondern hat süße Konsequenzen. Und die heißen Mord und Totschlag.

Seinen monkeys ist Bernhard bis 1130 Vater und Mutter und er nährt sie mit der Milch seiner Worte — ab 1130 aber hält er sich überwiegend aushäusig auf. Viel ist zu tun. 1128 die Anerkennung des Templerordens durchzuboxen, kompromißlos gegen Katharer und Waldenser zu peitschen — Fingerübungen. Sein eigentlicher Stern geht mit dem anakletischen Schisma auf, als er sich gegen die Mehrheit der Kardinäle gegen Anaklet II. zugunsten Innozenz' II. entscheidet. In einer achtjährigen Campagne lügt Bernhard an Europas Höfen die Balken zugunsten Innozenz' krumm, siebzehnmal schreitet er bei Bischofswahlen ein, ungefragt schlichtet er Händel, und wo keine sind, stiftet er sie. Könige, die nie bei ihm vorsprachen, weist er an, sich aus Kirchenbelangen herauszuhalten und sich nicht mehr bei ihm zu melden, es sei, sie lösten ihre Ehe. Denn da gefällt Bernhard so einiges nicht, was der europäische Hochadel an Verbindungen eingeht. Das beeindruckt. Tatsächlich wird Bernhard so für die Geschurigelten interessant, und geht man ihn bald wirklich um Rat an. 1138 ist Anaklet aus Langeweile tot und läßt sich dessen Nachfolger, Viktor IV., nach einer Woche von Bernhard bewegen, Innozenz untertan zu sein. Aber Bernhards dauerndes Dreingerede ist nicht zielgerichtet. Wenn Viktor und Innozenz meinen, es sei dem Abt nur darum zu tun gewesen, Innozenz zu installieren und nun sei Ruhe im Karton, sehen beide sich getäuscht : kein Durchatmen, der äbtische Kontrollzwang ist konstitutionell, die Kurie führt auch weiterhin ohne Bernhard ihre Geschäfte besser nicht. Innozenz, von dankbarer Natur, gönnt sich nur milden Spott und mahnt, Bernhard möge die päpstliche Post nicht überlasten — Bernhard selbst ist gegenüber Innozenz-Nachnachnachfolger Eugen III., Zisterzienser und früherer Schüler des Abts, schon derber : »Aiunt non vos esse Papam, sed me« — »Es geht die Rede, nicht Ihr wäret Papst, sondern ich« (Epistola 239). Dreimal wird Bernhard ein Bischofsamt angedient, dreimal lehnt er ab — was jeder Bernhard-Freund zu einem Wunder an Demut stilisiert, statt es als ein Wunder an Perfidie und Effizienz zu erkennen. Epistola 250 (~1148), mitten im Vollführen von Massenmorden, denen nur das 20. Jahrhundert Gleichwertiges an die Seite stellen kann, drückt der Mann, der die Stunde von Jesu Geburt kennt, kräftig auf die Tränendrüse : die Verwicklungen, in denen er stecke, die paßten ihm eigentlich nicht, die lenkten alle ab vom Gebet wie sonst nur eine Arabeske an einem Klosterbogen — gegen die sei er ja auch schon immer gewesen — die Weltanhaftungen, er habe sie nicht gewollt, wenigstens nicht so : »Clamat ad vos mea monstruosa vita, mea aerumnosa conscientia. Ego enim quaedam chimaera mei saeculi, nec clericum gero, nec laicum. Nam monachi jamdudum exui conversationem, non habitum … per … discrimina verser in mundo, imo per quae jacter praecipitia« — »Es ruft zu Euch mein wundersames Leben, mein betrübtes Gewissen. Ich bin eine Schimäre meines Jahrhunderts, Kleriker nicht, nicht

alter Weise … da verpustet sie, auf elfenbeinfarbenem Piper-Paperback, auf Hans Küngs ›Existiert Gott? — Antwort auf die Gottesfrage der Neuzeit‹ : die Fliege, und putzt sich. Ein hellstrosa Taschenbuch drischt drauf. Keller nimmt von der ungebetenen und dickleibigen Antwort auf eine nichtgestellte Frage den Insel-Voltaire ›Candide — oder der Optimismus‹, die Ausgabe mit den häßlichen Kleebildern, und hält im Versuch, die Wirklichkeit zu biegen durch Wechsel der Perspektive, den Kopf schräg : begradigt das Fliegenblut nicht Küngs Frage- zu einem Ausrufezeichen und permutiert die Worte des Haupttitels? nein? und wenn er augenkneift? Was will Keller eigentlich? will er nicht telephonieren? Schon nimmt er das Telephon von der Station — da sonort es markig von unten auf.

Laie. Denn des Mönchischen hab ich mich lang schon entledigt — des Umgangs, nicht der Tracht … durch … Krisen in der Welt wurde ich gedreht, ja, kopfüber geschleudert«.

Jaja, die Krisen in der Welt, wo kommen die wohl her? Vielleicht von vermessenen Ansprüchen? der Araber? böser, falschgewählter Päpste? sündiger Menschen? … — da, ›sündige Menschen‹, finge Bernhard langsam an nachzusinnen, ob das sein könnte. Wo sie auch herkommen, die Krisen : von ihm kommen sie nicht. Sie kommen schon von den sündigen Menschen. Das ist ziemlich sicher. Und sitzen tun sie vorzüglich in den Städten. Da nämlich wird irgendwas gebrütet, was sich ihm entzieht, und das sieht nur am Anfang lustig aus, da strengen sich Schulen an, Logik zur Untersuchung bedeutender Wahrheiten zu verpflichten. Bernhard beunruhigt das sehr. Was ist da zu untersuchen? Geistig minderbemittelt, geschult an Privatoffenbarungen Mariae, versteht Bernhard davon, was in der Creme des Denkens vor sich geht, nur, daß es gefährlich ist. Städte sind keine Klöster, in Städten trifft Verschiedenes aufeinander, dort wird disputiert, und ›disputare‹ kommt von ›putare‹, ›meinen‹, ›für wahr halten‹. »Der Zweifel führt zur Untersuchung, durch Untersuchung erfahren wir die Wahrheit« — »dubitando enim ad inquisitionem venimus, inquirendo autem veritatem percipimus« — das kursiert schon seit 1120 als Programm des ›Sic et non‹, eines Lehrbuchs von Abaelard, das zur Übung des dialektischen Floretts Widersprüche von Tradition und Bibel gegenüberstellt. Der Abt vernimmt da nichts von ›glauben‹, von ›Jesus‹, Epistola 190 flötet er : »Non licet tibi in fide putare, vel disputare pro libitu; non hac illacque vagari per inania opinionum, per devia errorum« — »Es ist Dir nicht erlaubt, über den Glauben zu meinen oder zu erörtern, wie es Dich drängt, nicht bald dorthin, bald dahin in nichtigen Meinungen und abwegigen Irrtümern zu schwanken«. ›Dir‹, das ist Abaelard — ein anderer Stern, der keimenden wissenschaftlichen Denkens, dessen Aszendenz muß gestoppt werden, rechtzeitig — auctoritate pontificia mature reprimendum.

Bernhard diktiert den gallischen Bischöfen Epistola 337 an Innozenz, »per totam fere Galliam in civitatibus, vicis, et castellis, a scholaribus, non solum intra scholas, sed etiam triviatim, nec a litteratis aut provectis tantum, sed a pueris et simplicibus, aut certe stultis, de sancta Trinitate, quae Deus est, disputaretur« — »in fast ganz Gallien, in den Städten, Dörfern und Burgen erörtern Scholaren nicht nur in ihren Schulen, sondern auch auf den Straßen — aber nicht nur die gelehrten und fortgeschrittenen, sondern auch Knaben und Schlichte und sicher auch Narren — Gottes Heilige Trinität« — wenns nur das wär, Epistola 332 an einen Kardinal legt bloß, es gehe auch um Frauen und den Zeitpunkt des Gebärens der einen im besonderen : »Incidimus in tempora periculosa. Magistros habemus prurientes auribus : discipuli a veritate auditum avertunt, ad fabulas convertuntur. Habemus in Francia monachum sine regula, sine sollicitudine praelatum, sine disciplina abbatem Petrum Abaelardum, disputantem cum pueris, conversantem cum mulieribus … in sermonibus suis profanas vocum novitates inducit et sensuum. Accedit non solus, sicut Moyses, ad caliginem in qua erat Deus, sed cum turba multa et discipulis suis. Per vicos et plateas de fide catholica disputatur, de partu Virginis, de sacramento altaris, de incomprehensibili sanctae Trinitatis mysterio« — »Wir gehen gefährlichen Zeiten entgegen. Magister haben wir mit geilen Ohren, Schüler sind abgewandt vom Hören der Wahrheit und zugewandt dem Gerede. Wir haben in Franzien einen regellosen Mönch, einen unbekümmerten Prälaten, einen zucht-

HERMANN : *Guten Morgen!*

KELLER (wußt er's doch) : *Guten Morgen* (eilt die Treppe hinab)

HERMANN (baumlang-hager, steinaltrüstig-totenköpfern) : *Guten Morgen Herr Keller. Ein Jahr ist vorüber. Sie erinnern sich?*

KELLER (lächelt) : *Nun beginnen Sie doch nicht gleich mit Beleidigungen — wie sollte ich mich nicht an Sie erinnern? Ich darf gratulieren?*

Keller haßt es, darauf achten zu müssen, daß er nicht in eine Lage gerät, die direkte Anrede erheischt — wie gern würde er Gleiches mit Gleichem vergelten und den Mann mit Namen ansprechen — aber das geht nicht. Natürlich, Keller entsinnt sich, aber nur des Rufnamens seines Kunden, ›Hermann‹. Und, ohne je das Ver-

---

losen Abt : Peter Abaelard, der mit Knaben diskutiert und mit Frauen verkehrt ... In seinen Reden führt er profane neue Worte und Bedeutungen ein. Moses betrat das Dunkel, in dem Gott war, noch allein : Abaelard nimmt Gewimmel und seine Schüler mit. In Dörfern und auf Gassen wird der katholische Glaube diskutiert, die Zeit der Niederkunft der Jungfrau, die Altarsakramente, das unbegreifliche Mysterium der Heiligen Trinität«. Wie? unmündige, unkundige Weibsbilder, »eingemummter Dreck« beplaudert die geheime Uhrzeit, die nur ihm, Bernhard, geoffenbart ward? das Ende der Zeiten ist nah! Bernhard weist das Epistola 336 einem anonymen Abt nach : »Deus enim est in causa. Veritas periclitatur : dividuntur vestimenta Christi, sacramenta scinduntur Ecclesiae. A planta pedis usque ad verticem faciei corrumpitur sanitas, simplicitas fidelium deridetur : prope est ut ascendat leo de cubili suo, ut contra Ecclesiam se erigat praedo gentium. Praecedit jam Petrus Abaelardus ante faciem Antichristi parare vias ejus, de fide, de sacramentis, de Patre et Filio et Spiritu sancto, praeterquam accepimus, enuntians. Scribit, docet, et contendit verbis ad subversionem audientium. Ponit in Trinitate gradus et scalas cum Arie; praeponit gratiae liberum arbitrium cum Pelagio; hominem assumptum a consortio Trinitatis excludit; Christum dividit cum Nestorio. Sed in omnibus his gloriatur quod Ecclesiam Romanam sibi reconciliavit quod libros et sententias suas manibus et sinibus Romanorum incluserit : et in defensionem sui erroris assumit eos a quibus judicari debet et damnari. Videat Deus, et judicet, si velociter obstructum non fuerit os loquentis iniqua« — »Gott ist im Krieg. Die Wahrheit schlittert dahin. Die Kleider Christi werden zerschnitten, die Sakramente der Kirche zerrissen. Von den Fußsohlen bis zur Stirn wird das Heil zerstört, die Einfalt der Gläubigen verhöhnt. Nahe ist die Zeit, da der Löwe sich von seinem Lager erhebt, der Feind der Kirche und Räuber der Völker. Schon schreitet Peter Abaelard dem Antichristen, ihm den Weg zu bereiten, voran, schwatzend vom Glauben, von den Sakramenten, vom Vater und Sohn und Heiligen Geist, von allem, was wir bejahen. Er schreibt, lehrt und reiht umstürzlerischen Hörern Worte aneinander. Mit Arius legt er in der Trinität Grade und Abstufungen an, ersetzt mit Pelagius die Gnade durch freien Willen, den angenommen Menschen schließt er von der Teilhabe der Trinität aus, teilt mit Nestorius« — der gar nicht lieb zu Maria gewesen war — »Christi Natur. Aber in all dem rühmt er sich noch, er habe die römische Kirche für sich gewonnen, seine Bücher und Lehrsätze in die Hände und Herzen der Römer eingeschlossen, und er zieht die als Beschützer seiner Irrlehre heran, von denen er verurteilt und verdammt werden müßte. Gott mag sehen und richten, wenn das Maul dessen, der Unbilliges von sich gibt, nicht schnell gestopft wird«.

Oder Epistel 191 an Innozenz, »Abaelardum, vana scientiae opinione tumidum et de favore curiae Romanae gloriantem ... christianae fidei meritum evacuare nititur, dum totum quod Deus est humana ratione arbitratur se posse comprehendere. Ascendit usque ad caelos et descendit usque ad abyssos. Nihil est quod lateat eum, sive ›in profundum inferni, sive in excelsum supra‹. Homo est magnus in oculis suis, de fide contra fidem disputans ambulans in magnis et mirabilibus, scrutator maiestatis, haeresum fabricator. Iamdudum fecerat librum de sua Trinitate, sed sub Legate Romanae Ecclesiae igne examinatus est, quia inventa est in eo iniquitas ... Surrexit a mortuis liber ille, et cum eo multorum haereses quae dormierant, surrexerunt et apparuerunt multis. Iamiam ›extendit palmites‹ suos ›usque ad

gnügen gehabt zu haben : des Vornamens der Gattin Hermanns, ›Dorothea‹. Doch einen Greis beim Vornamen nennen? Würd Keller nie wollen. Traut' er sich auch einfach nicht. Noch ausgeschlossener nur, daß er jetzt bekundet, mit dem unvergeßlichen Vornamen nicht auch den sichergefallenen Familiennamen dauerhaft ins Gedächtnis überführt zu haben.

Exakt ein Jahr zuvor war Hermann erstmalig bei Keller erschienen und hatte einen Flair skurriler Sinnfreiheit, dem Keller sofort verfallen war, verströmt, sofort hatte Keller alles geglaubt, was Hermann sagte ... heut sei Hermanns und seiner

---

mare usque‹ Romam ›propagines eius‹« — »Abaelard — aufgeblasen durch den eitlen Ruf seines Wissens, sich der Gunst der römischen Kurie brüstend ... arbeitet darauf hin, den christlichen Glauben auszuhöhlen, indem er glaubt, alles Gott Betreffende mit Menschenverstand erfassen zu können. Er erhebt sich zum Himmel und steigt bis in die Abgründe hinab. Es gibt nichts, was ihm verborgen bleibt — sei es ›in der Tiefe der Unterwelt, sei es in der Höhe oben‹. Dieser Mensch ist in seinen eigenen Augen groß, er diskutiert über den Glauben und damit gegen ihn, geht ›umher in großen und wunderbaren Dingen, durchforscht die göttliche Majestät und fabriziert dabei Ketzereien. Schon vor einiger Zeit hatte er ein Buch über die Dreifaltigkeit verfaßt, aber es wurde vom Legaten der römischen Kirche dem Feuer überantwortet, weil sich in ihm Unbilliges fand ... Jenes Buch ist von den Toten auferstanden, und mit ihm haben sich die Ketzereien vieler aus dem Schlaf erhoben und sind vielen erschienen. Und ›schon breitet er seine Rebzweige aus‹ bis zum Meer, und ›seine Schößlinge‹ reichen bis nach Rom«, und Epistola 190 an Innozenz : »Habemus in Francia novum de veteri magistro theologum, qui ab ineunte aetate sua in arte dialectica lusit, et nunc in Scripturis sanctis insanit. Olim damnata et sopita dogmata, tam sua videlicet, quam aliena, suscitare conatur, insuper et nova addit. Qui dum omnium quae sunt in coelo sursum, et quae in terra deorsum, nihil, praeter solum Nescio, nescire dignatur; ponit in coelum os suum, et scrutatur alta Dei, rediensque ad nos refert verba ineffabilia, quae non licet homini loqui et dum paratus est de omnibus reddere rationem, etiam quae sunt supra rationem, et contra rationem praesumit, et contra fidem. Quid enim magis contra rationem, quam ratione rationem conari transcendere? Et quid magis contra fidem, quam credere nolle, quidquid non possit ratione attingere? ... homo qui nova semper inquirit, et quae non invenit fingit« — »Wir haben in Franzien aus einem alten Magister einen neuen Theologen gewonnen, der seit seiner Jugend mit der Kunst der Dialektik spielte und nun in den Heiligen Schriften Unheil anrichtet. Schon verurteilte und überholte Lehren, eigene und fremde, wagt er wieder zu vertreten und fügt neue hinzu. Alles weiß und kennt er, was im Himmel droben ist und auf Erden hienieden, alles außer dem einen, dem ›Ich weiß es nicht‹. Er hebt seinen Mund zum Himmel und erforscht die Höhe Gottes, er kehrt zur Erde zurück und beschert uns unaussprechliche Worte, die keinem Menschen auszusprechen erlaubt sind. Er ist bereit, für alles den Vernunftgrund zu liefern, selbst für das, was über alle Vernunft ist, gegen jede Vernunft, ja gegen den Glauben. Was denn widerspricht mehr der Vernunft, als es zu wagen, mit der Vernunft die Vernunft zu übersteigen? Und was widerspricht mehr dem Glauben, als nicht glauben zu wollen, was der Vernunft unerreichbar ist? ... Dieser Mensch sucht immer das Neue, und wenn er es nicht findet, erfindet er es; was es nicht gibt, behauptet er, als wenn es sei«.

Immergleiche Formeln schwemmt der Abt über die Kurie und wen er sonst so kennt. Das wenige Neue, das er weiß, beschränkt er Epistola 330 an Innozenz auf eine Wendung ins sexuell Deviante : »Qua mente, qua conscientia recurris ad fidei defensorem, fidei persecutor? Quibus oculis, qua fronte intueberis amicum Sponsi, inimice Sponsi, Sponsae violator? O nisi detineret me cura fratrum! O nisi me corporalis infirmitas impediret!« — »Mit welcher Gesinnung, welchem Gewissen läufst Du zum Verteidiger des Glaubens, du Verfolger des Glaubens? Mit welchen Augen, mit welcher Stirn wirst du den Freund des Bräutigams anblicken, du Feind des Bräutigams und Schänder der Braut? O wenn mich nicht die Sorge um die Brüder zurückhielte! Wenn mich doch nicht meine körperliche Schwäche hinderte!«

Frau Hochzeitstag — geglaubt —, sie seien verrentet, bereisten die Welt und sammelten nur und alles an Ausgaben von Götes ›Hermann und Dorothea‹, dessen sie habhaft werden konnten — geglaubt —, seit zwölf Jahren täten sie's schon — geglaubt — und einiges sei auch zusammengekommen — geglaubt — und Bremen sei so schön, daß sie, obwohl wohnhaft im auch sehr schönen Kiel, fortan jeden der Hochzeitstage, die bei einigermaßen Gesundheit ihnen noch vergönnt seien, in Bremen verleben wollen würden — geglaubt —, daß also der Herr Antiquar pünktlich in einem Jahr wieder mit ihm rechnen könne — geglaubt. Und das Versprechen

---

— ansonsten : endlose wütende Wiederholungen, Gott sei im Krieg, die Wahrheit gefährdet, Arius, Pelagius, Nestorius erhöben ihr Haupt ... Bernhard strapaziert arg die Aufmerksamkeit der Adressaten — lang hört man sich das nicht mehr an und hat ja auch im Ableben Anaklets ein warnendes Beispiel. Handlung muß her.

Dabei ist Bernhard gar nicht gegen Wissenschaft. Praktisch gar ist Bernhard ein intimer Freund der Wissenschaft. Er hält nur die Lebensspanne für viel zu kurz, als daß man sie anderem denn Nützlichem (→ ewiges Heil) widmen könne. Aber regt er sich nur auf über den Kommunismus der Geister, der an den Denkbewegungen feilt? Nein.

Und zwar man kennt sich. Er und der ›doctor egregius‹, der ›ausgezeichnete Lehrer‹, wie Bernhard Abaelard bespottet, begegneten einander 20. Januar 1131, als Innozenz im Kloster Morigny einen Altar dem Heiligen Laurentius weihte. Bernhard hielt Innozenz die Schleppe, Abaelard wollte von Innozenz für Héloïse die Bestätigung des Klosters Paraklet, ein acht Jahre altes Eigenwächs Abaelards, erreichen. Der Chronist von Morigny überschlug sich vor dieser Koinzidenz, Bernhard, »der zu jener Zeit in Frankreich hervorragendste Prediger des Wortes Gottes«, Abaelard, »Mönch und Abt ... Leiter der berühmtesten Schulen, zu denen die Studenten aus fast der ganzen Latein sprechenden Welt zusammenströmten«! Kurz darauf war Bernhard, durchaus unzuständig, im von Benediktinerinnen besiedelten Paraklet auf Visite gewesen. Und hat was zu nörgeln gefunden. Die Nonnen dort beteten die vierte Vaterunser-Bitte mit den Worten »panem nostrum superstantialem da nobis hodie« — »Unser himmlisches Brot gib uns heute«. Abaelard erfährt von den Beanstandungen und schreibt an Bernhard, Héloïse, die dem Paraklet vorstand, hätte Bernhard nicht wie einen Menschen, sondern wie einen Engel erwartet, »non tanquam hominem, sed quasi angelum«. Aber nicht Unser-himmlisch-Brot beten dürfen? Sei das nicht ein wenig übertrieben? Die Änderung sei seine, Abaelards, Anregung, gewesen und er, Abaelard, verfüge, sie vorgenommen zu haben, über feine Gründe, mehrseitige philologische zudem, das gehe auf Matthäus zurück, Matthäus habe τὸν ἄρτον ἡμῶν τὸν ἐπιούσιον δὸς ἡμῖν σήμερον — ἐπιούσιον, das sage Lukas wohl auch, aber bei Matthäus bedeute es etwas anderes, denn Matthäus sei Hebräer gewesen, selbst noch zu Jesu Füßen gesessen, anders als Lukas, der Grieche, dessen verkürzter und unohrenzeuglicher Text sich durchgesetzt habe. So hätte für ἐπιούσιον bei Matthäus zwar die Itala mehrheitlich ›cottidianum‹, ›täglich‹, die Vulgata aber ›supersubstantialem‹ — und damit habe Hieronymus etwas richtig gedeutet, übersetzend belegte Nähe zur jüdischen Gedankenwelt also, höhere Grade an Authentizität hätten Abaelard geboten, sich für ›superstantialem‹ zu entscheiden. Überhaupt : Gewohnheit, Tradition ... Abaelard führt Gregor VII. an, der Bischof Wimundus mitzuteilen beliebte : »Si consuetudinem fortassis opponas, advertendum fuerit quod Dominus dicit : ›Ego sum‹, inquit ›veritas‹; non ait : ›ego sum consuetudo‹« — »Wenn Du Dich der Gewohnheit widersetzt, denke daran, daß der Herr gesagt hat : ›Ich bin das Leben‹ und nicht ›Ich bin die Gewohnheit‹«. Dann gratuliert Abaelard süffisant zu den Neuerungen, die Bernhard selbst in der Zisterzienserliturgie eingeführt hatte und schließt in bestem Einvernehmen mit einem Cicero-Gruß : »Einheitlichkeit in allem ist die Mutter des Überdrusses« — »Tullius meminit, ›identitas in omnibus mater est satietatis‹«.

Einmal schon, 1121 — wie Bernhard nicht vergessen hatte zu erinnern —, war Abaelard, ohne daß ihm eingeräumt worden wär, sich verteidigen zu können, von einer Synode gezwungen worden, eigenhändig einen seiner Texte, die trinitarische Überlegung ›Theologia summi boni‹ ins prasselnde Feuer zu werfen und Klosterhaft in St. Médart, einer Heilanstalt

einer Wiederkunft hatte Keller bis dahin noch keinem Kunden oder Heiland abgekauft. Und sein Unglaube hatte ihn noch nie getrogen.

Viel an ›Hermann und Dorothea‹ hatte Keller nicht vorzuführen gehabt, eine illustrierte Prachtausgabe von schlimmer Bismarckästhetik vielleicht : aber Keller zeigte sie gar nicht erst, sondern beteuerte lieber, von nun an rastlos tätig sein zu wollen, *ganz göthisch*, tagein tagaus, ein Jahr lang ›Hermann und Dorothea‹ heran-

---

für Verbrecher und Irre anzutreten. Erst ein Spruch des päpstlichen Legaten hatte ihn aus der Folterkur befreit und in die Einsiedelei St. Denis entlassen — wo er allerdings auch rausflog, als er gleich nachwies, das entgegen der klösterlichen Überlieferung unmöglich Dionysios Areopagita hier den ersten Spatenstich hat getan haben können. War Abaelard, dem autoritätennagenden Dialektiker, Sprachlogiker und Freund der Denknotwendigkeit wohl alles keine Lehre gewesen.

Doch was unternimmt Bernhard 1141, 20 Jahre nach Abaelards erster Verurteilung, 10 Jahre nach der ersten Begegnung der zwei Äbte, als Frucht jahrlanger übler Nachrede? waren als süße Konsequenzen nicht Mord und Totschlag verheißen? Bernhards Winkelzüge nun sind zu erbärmlich — aber erforderlich : tatsächlich kann Abaelard sich auf eine starke Gefolgschaft in der Kurie stützen. Das Lehrzuchtverfahren ist Matthäus 18,15–17 in vier Eskalationsstufen niedergelegt : brüderliche Zurechtweisung, correctio fraternalis unter Zeugen, Anzeige vor der Gemeinde (denuntiatio Evangelica), Verurteilung durch Gemeinde, Konzil oder Papst — und Exkommunikation.

Bernhard beginnt mit einem Brief von Abt zu Abt und versichert, es ginge ihm nicht um die »Vernichtung des Menschen Abaelard«. Ein Vieraugengespräch unter Zeugen folgt, in dem Abaelard, da er merkt, er diskutiert hier nicht mit einem Abtkollegen, sondern befindet sich im Auftakt zu einem neuerlichen Häresieverfahren, anbietet, für Strittiges andere Formulierungen zu finden. Das ärgert Bernhard, der nun erst recht auf Vernichtung aus ist. Listig geht er auf Abaelards Wunsch nach einer öffentlichen Aussprache ein, daß er nur was hat, dem er über Abermonate tüchtig und tricky ausweichen kann. Und dann hat er einen Einfall, der ihn diebisch freut : ›Theologie‹ ist ja ein genuin heidnischer Begriff, der kommt biblisch ja überhaupt nicht vor, den hat zuerst ja Platon in der ›Politeia‹ geschrieben und darum ists ja erlaubt, Abaelards Theologie ›Stultilogia‹, ›Lehre von der Torheit‹ zu schimpfen — günstig! tut ers doch gleich! Tut er auch. Und trifft damit Abaelard in der Magisterehre. Nun ist das Klima der ›öffentlichen Aussprache‹ bereitet, Bernhard beraumt für Mai 1141 in Sens eine Synode ein. Abaelard ists recht, reden sie eben dort. Am Morgen des 25. Mai 1141 predigt Bernhard in der Kathedrale Saint-Stephan und bekniet die gläubige Masse, für Abaelard zu beten, und abends versammelt er privat und in gemütlicher Runde die Bischöfe, paar Details des Konzils vorzubereiten. In Einzelgesprächen und unter massiver Weingabe ergibt sich beiläufig, daß die Bischöfe 19 erlesene, niegesagte Sätze, die Bernhard zufällig dabei hat, als Sätze Abaelards verurteilen. Da sind sie dagegen! Nächsten Tag rotten sich Synodale, Adel, König Louis und sein Volk in Saint-Stephan zusammen, alles, bis auf die Bischöfe, ist heiß auf die erhabene Redeschlacht zwischen Abaelard und Bernhard. Wo stecken die Kontrahenten? ach! Bernhard hellwach und nüchtern inmitten der halb noch schnarchenden, halb noch trunkenen Bischöfe im Chorgestühl, Abaelard irgendwo unten im Schiff, neben seinem Freund Arnold von Brescia? Bedeutet das was?

Nach Pontifikalamt und Beschwörung des Heiligen Geistes wird Abaelards Sache aufgerufen, tritt Abaelard vor den Altar, räuspert und will zu reden beginnen — da erhebt sich Bernhard im Chor, verliest von oben herab im Namen der Bischöfe die 19 frischgerichteten Sätze und fragt Abaelard, ob das seine Sätze seien und ob er sie immer noch für wahr halte, rumms — die Tür zum Raum für freie Aussprache, für Fragen, die Abaelard gern auch an Bernhard hätte, ist dicht, Kollege Abt da oben ist über Nacht von einer beschwerten Christenseele zum Vertreter der Offizialanklage mutiert. Ein Tetralemma (→ 137), vier Optionen (›Nein, sind meine Sätze nicht, aber ich halt sie für wahr‹ — ›Nein, nicht meine Sätze und sie stimmen auch nicht‹ — ›Ja, meine Sätze und sie sind wahr‹ — ›Ja, meine Sätze, aber ich irrte‹),

schaffen, das werde er tun. Das gefiel Hermann. Und als Keller das sah, versuchte er, noch ein wenig wider den Stachel zu löcken und erklärte, bei ihm stände Göte durchaus nicht hoch im Kurs, nie etwa hätte er ›Hermann und Dorothea‹, so kurz es auch sei, auszulesen vermocht, zu bieder das Milieu, zu öd das Erzählte, zu reaktionär der Standpunkt, zu schlecht die Hexameter, handwerklich betrachtet — und stieß damit auf keinen nennenswerten Widerstand. Sorglos bekannte Hermann, an

---

von denen allein die zweite nicht von einem Maximum Widersinn zeugte : aber auch, wenn er sie wählte, akzeptierte Abaelard das Amtsverfahren. Also sagt er nur, nein, er wolle nichts erwidern, er appelliere nun an den Papst. Dann setzt er sich wieder. Was soll er auch stehen. Sein Magisteramt ist von Gott, kein Bischof oder Abt ist befugt, seinen ihm gottgegebenen Verstand zu verurteilen, sei dessen Lehre nun verdammt oder nicht. Und verdammt ist sie nun.

Und der Appell an den Papst? Bernhard ist präpariert. Sogar mehr als das : Nikolaus, sein Geheimschreiber, sein Bote nach Rom, ein notorischer Urkunden- und Siegelfälscher, ist schneller als Abaelard, schneller sogar als der Schatten des Konzils : schon Tage vor Beginn der Synode ist Nikolaus mit deren Ergebnissen abgereist, so daß Abaelard auf dem Weg nach Rom schon erfährt : Innozenz schneidet ihm auf ewig das Wort und setzt zur Sicherheit mal Generalbrand abaelardscher Schriften an. Nur gut, daß Abaelard ein Jahr später sowieso stirbt. Nikolaus aber plumpst bald darauf aus Bernhards Gunst, Epistola 298 an Eugen III. ist eiltickrig überschrieben »Nicolai notarii fraudes et imposturas detegit« — »Des Notars Nikolaus Betrug und Fälschung enthüllt« — was hat Bernhard ihn nur all die Jahre geduldet, »Nicolaus ille exiit a nobis, quia non erat ex nobis : exiit autem foeda post se relinquens vestigia. Et ego longe ante hominem noveram; sed exspectabam ut aut Deus eum converteret, aut instar Judae ipse se proderet : quod et factum est« — »Jener Nikolaus hat uns verlassen, denn er war keiner der unsrigen : er ging und hinterließ scheußliche Spuren. Seit langem hatte ich den Menschen erneuern wollen, allein, ich hatte gewartet, daß entweder Gott ihn verwandeln oder er selbst sich als Judas entlarven würde : was auch geschah«. Siehste.

Bernhards Kampf an der Abaelardfront aber geht weiter, Abaelard waren ja Schüler erstanden, Mitverdammte. Hatte in Sens neben Abaelard nicht Arnold von Brescia, von Innozenz bereits 1139 als Schismatiker zum Schweigen verurteilt und aus Italien verbannt, gesessen? Der Abt setzt Arnolds Ausweisung aus Frankreich durch, Arnold schlüpft in Zürich unter, Bernhard fordert, er möge dort festgenommen werden, aber Arnold flieht nach Deutschland und wird dort verborgen vom gebildeten Kardinal Magister Guido — gemeinsam lernten Arnold und Guido weiland in Paris und lauschten Abaelard. Bernhard weiß das und schleudert die empörte Epistola 196 dem Kardinal hin : »Arnaldus de Brixia, cujus conversatio mel, et doctrina venenum : cui caput columbae, cauda scorpionis est; quem Brixia evomuit, Roma exhorruit, Francia repulit, Germania abominatur, Italia non vult recipere, fertur esse vobiscum. Videte, quaeso, ne vestra auctoritate plus noceat ... favere huic, domino Papae contradicere est, etiam et Domino Deo« — »Arnold von Brescia, des Rede Honig ist, des Lehre aber Gift, der das Haupt einer Taube hat, doch den Schwanz eines Skorpions, den Brescia ausspie, vor dem Rom schauderte, den Frankreich vertrieb und Deutschland verabscheut, den Italien nicht zurücknimmt, so heißt es, sei bei Euch; seht Euch vor, bitte ich, daß es Eurer Autorität nicht schadet ... ihm gewogen zu sein, widerspricht dem Herrn Papst wie auch dem HErrn Gott«. Das ist zu bedenken. Zwar erkennt Epistola 195 der alte Asket in Bernhard widerwillig an, »homo est neque manducans, neque bibens« — »der Kerl ißt nicht, er trinkt nicht« — aber der Satz geht weiter, »solo cum diabolo esuriens et sitiens sanguinem animarum« — »mit Satan hungert und dürstet ihn allein nach Seelenblut«. Und ist nicht all Arnolds Fliehen ein einzig Geständnis von Schuld? Das Malheur : aus Kardinal Guido wird Coelestin II.! Das Bonheur : Coelestin macht den Job nur von September 1143 bis März 1144. Coelestins Nachfolger Lucius II. fällt Februar 1145, getroffen von einem republikanischen Stein, tot um : in Rom sind die Republikaner los und machen Republik und verlangen Säkularisierung. Drei Tage nach Wahl Eugens III., der nichtmal mehr nach St.

Göte schätze er bisweilen, wie der das Alter beharrlich von sich gewiesen und bis zuletzt die Klappe aufgerissen hätte, ›Hermann und Dorothea‹ aber habe er auch nicht gelesen, von seiner Frau wisse er's nicht genau, vermute aber auch eher nein. Sie sammelten eben nur, und ob Keller das etwa unangenehmer sei, als wenn er *das Zeug* hier hitzig verföcht. Keller war beeindruckt. Und dann kam eine Idee in ihn

---

Peter reindarf, sich schön weihen zu lassen, vertreiben die Römer ihren neuen Papst. Italien erträgt Arnold nicht? Tut es doch, der ist sogar sehr beliebt. Aus dem Exil spricht Eugen, wenn Arnold nur stillschwiege, den Mann aus Brescia vom Bann los und erlaubt — machtlos es zu verbieten — daß er wieder römischen Boden betritt. Arnold aber ist längst in Rom und undankbar und spricht und befeuert die junge Republik. Fassungslos läßt Eugen ihn wieder dem Bann verfallen, wie er überhaupt die ganze Stadt Rom unter ein Interdikt tut ... ah, die Ohnmacht! Außer sich vor Zorn läßt Bernhard 1148 Gilbert von Poitiers vom Konzil zu Reims wegen der Unterscheidung zwischen Gott und Gottheit durch den Fleischwolf drehen. Sind aber schon Leute geringerer Vergehen halber gehänselt worden. In Rom endet der Spuk erst nach zehn Jahren, erst Juni 1155 kann Arnold, der nicht ein einziges Wunder getan hat, bei Rom verbrannt werden. Bernhard erlebts freudig vom Himmel aus († 1153).

Aber zu Lebzeiten, geht da noch was? Da geht noch was. Was noch Größeres! Europa soll besoffen sein vor Begeisterung für einen Kreuzzug (1147–49). Bernhard und Eugen hecken außerhalb Roms (→ Arnold) gemeinsam unfaßbare Hetzreden aus. 1. März 1146 erhält Bernhard von Eugen die Vollmacht zur Kreuzzugspredigt und ruft 31. März 1146 in Vézeley zur Befreiung Jerusalems auf. Die Worte sind nicht überliefert, die Gesten wohl: die Kathedrale ist zu klein, Bernhard erkrabbelt ein Gerüst auf freiem Feld, verspricht Absolution, stachelt Gier an, hämmert ›Kreuzzug‹ in die Schädel der Idioten und Mordbuben aller Stände, Kehlengeschrei *Kreuze! Gebt uns Kreuze!* antwortet ihm, nach Minuten ist, was an Stoff zum Aufnähen von Kreuzen — womit der innere Zustand der Bereitschaft zur Reise nach Jerusalem signalisiert wurde — wohlweislich bereitlag, verbraucht und macht Bernhard sich nackig und zerschneidet das eigene Gewand. Noch nach Sonnenuntergang näht er Kriegern Kreuze auf und kann Epistola 247 an Eugen melden: »De caetero mandastis et obedivi, et fecundavit obedientiam praecipientis auctoritas. Siquidem annuntiavi et locutus sum, multiplicati sunt super numerum. Vacuantur urbes et castella, et pene jam non inveniunt quem apprehendant septem mulieres virum unum, adeo ubique viduae vivis remanent viris« — »Ihr habt befohlen, ich habe gehorcht; und die Autorität des Befehlenden hat den Gehorsam fruchtbar gemacht. Wenn ich verkündete und sprach, mehrten sich die Kreuzfahrer überzahl. Dörfer und Städte stehen jetzt leer, kaum, daß auf sieben Weiber ein Mann sich findet, überall Witwen, deren Gatten noch leben« — was günstig ist, denn Lust läßt den Menschen noch unters Schwein sinken, besser, ein Mann stürbe, als daß er in einer Frau stecke, wo doch ohnehin gilt, daß es ›schwieriger ist, mit einer Frau zu leben, als einen Toten zum Leben zu erwecken‹. Alle sind begeistert. Auch König Louis VII. Der will am liebsten sofort los, der ist kaum noch zu halten, Bernhards Auffassung — »Für Christus den Tod erleiden oder geben ist nie Verbrechen, sondern Ruhm. Der Ritter Christi tötet guten Gewissens, noch ruhiger stirbt er. Wenn er stirbt, so arbeitet er für sich; wenn er tötet, so für Christus. Er trägt daher das Schwert mit gutem Grunde. Er ist der Beauftragte Gottes zur Bestrafung der Bösen und zur Erhöhung des Guten. Wenn er einen Bösen tötet, ist er kein Menschentöter, sondern ein Töter des Bösen, und man soll in ihm den Rächer im Dienste Christi, den Verteidiger des Christenvolkes sehen« — ist die seine. Bernhard aber reist selbsttätig weiter, nach Flandern und an den Rhein und zieht sich den belanglosen Unwillen Eugens zu, der einen rein fränkischen Kreuzzug präferiert, ganz Mammae-Fetischist: »Wenn sich dein Vater auf die Schwelle legte, wenn deine Mutter dir die Brust zeigte, die dich genährt, so steige über deinen Vater hinweg, tritt deine Mutter mit Füßen und folge trocknen Auges dem Kreuzesbanner nach. Hier für Christus grausam sein ist die höchste Stufe der Seligkeit« und entfaltet die klassische win-win-Situation: »Du tapferer Ritter, du Mann des Krieges, jetzt hast du eine Fehde ohne Gefahr, wo der Sieg Ruhm bringt und der Tod Gewinn. Bist du ein kluger Kaufmann, ein Mann des Erwerbs in dieser Welt — einen großen

gefahren, war er an die Glasvitrine gesaust, verlor eine Bemerkung über deren Albernheit, stocherte sie mit einem Spielzeugschlüssel auf, zuppelte eine rissige Broschur vor, unterschlug den Papierstreifen, der ›800.–‹ kündete, sagte *eins der schönsten und teuersten Stücke, die ich im Moment hab* und legte in Hermanns Hand : Alfred Polgar und Egon Friedell, ›Goethe. Eine Szene‹ [230], *mit der meist fehlenden Tafel ›Friedell als*

Markt sage ich dir an, sieh zu, daß er dir nicht entgeht« — alles tobt, gar »Emperor Conrad : a phlegmatic people, ignorant of his language, was transported by the pathetic vehemence of his tone and gestures; and his progress, from Constance to Cologne, was the triumph of eloquence and zeal. Bernard applauds his own success in the depopulation of Europe« (Gibbon, Kapitel 59). Die Herzen und Schwerter der Sünder und Grafen Deutschlands fliegen ihm zu, ein Heer Klein- und Großkrimineller rekrutiert er und ruft den Todgeilen zu, sehr leicht wohl könne Gott »mehr als zwölf Legionen Engel« (Epistola 363, »nunquid non potest mittere Angelorum plus quam duodecim legiones, aut certe dicere verbo, et liberabitur terra?«) nach Syrien entsenden, sein Grab zu verteidigen, doch zieht er es vor, »uns winziges Gewürm« mit dem Kampf zu betrauen, »betrachtet, mit welcher Kunst er euch retten will, und erstarrt« (»considerate quanto ad salvandos vos artificio utitur, et obstupescite«) — wie wunderbar. O sehr! Nebenher probiert er sogar noch selbst Wunder, betätigt sich nicht allein als Prophet, sondern heilt in Frankfurt vor des Hohenstaufers Konrad Augen allerlei blinde Lahme etc. und badet sie in der in ihm angeborenen Sanftmut und Milde.

Den Kreuzzug selbst hat Bernhard nicht begleitet. Zumindest nicht leibhaftig. Geriet der darum zu der Katastrophe, die er von Anfang an war? Aber auch Bernhard hat zu leiden : die meisten der paar adligen Heimkehrer und viele Erben der Gefallenen hätten gern die Schenkungen, die in Erwägung, das seien gegen die Schätze Jerusalems Peanuts, Clairvaux gemacht worden waren, zurück. Bernhard aber bleibt Christ und ruft auf, im Herrn alle durch den, der heimsucht, wen er will, auferlegten Heimsuchungen geduldig zu ertragen und zu hoffen und sich erstmal an die eigene Nase zu packen (→ eigene Sünde, → Strafe). Auch Gibbon bedauert : »Yet, after the calamitous event, the abbot of Clairvaux was loudly accused as a false prophet, the author of the public and private mourning; his enemies exulted, his friends blushed, and his apology was slow and unsatisfactory. He justifies his obedience to the commands of the pope; expatiates on the mysterious ways of Providence; imputes the misfortunes of the pilgrims to their own sins; and modestly insinuates, that his mission had been approved by signs and wonders«.

18. Januar 1174 : Bernhard ist heilig. Alexander III. hats gesagt. Und Bernhards Attribute sind Totenschädel, Hund und Bienenkorb (→ Beredsamkeit). Patron aber ist er der Imker, Wachszieher, Bienen (→ süße Honigreden) und Barkeeper (→ trunkenmachende Reden), bequem anzurufen bei Besessenheit, Masern, Tierseuchen, Gewitter, Todesstunde und dem Ende der Schnapsvorräte. Die Sache ist rund, einzig gedellt von der Revolution, die Clairvaux als Knast nutzt und 1793 Bernhards Leiche verliert, verbrennt und verstreut — nur den Kopf nicht. Der wird in den Dom von Troyes gerettet und dort seit 1813 angebetet. Findet Pius VIII. 1830 so reizend, daß er verfügt, dieser Kopf sei der eines ›Doctor ecclesiae‹.

Nein, man will das nicht gern würdigen und verstehen und einen Sinn erarbeiten, der's vor der Ewigkeit rettete. Man möchte sich nur Schiller anschließen, an Göte, 17. März 1802 : »Ich habe mich dieser Tage mit dem heiligen Bernhard beschäftigt und mich sehr über diese Bekanntschaft gefreut; es möchte schwer sein, in der Geschichte einen zweiten so weltklugen geistlichen Schuft aufzutreiben, der zugleich in einem so trefflichen Elemente sich befände, um eine würdige Rolle zu spielen. Er war das Orakel seiner Zeit und beherrschte sie, ob er gleich und eben darum weil er bloß ein Privatmann blieb, und andere auf dem ersten Posten stehen ließ. Päbste waren seine Schüler und Könige seine Creaturen. Er haßte und unterdrückte nach Vermögen alles Strebende, und beförderte die dickste Mönchsdummheit, auch war er selbst nur ein Mönchskopf und besaß nichts als Klugheit und Heuchelei; aber es ist eine Freude, ihn verherrlicht zu sehen«.

[230] Wien, 1908, bei C.W. Stern, ein 22 Büttenseiten langes Dramolett : götevergötternden Schulräten gerät während einer mündlichen Deutschprüfung unerkannt Göte höchstselbst

Göte‹, wie Keller nicht an sich halten konnte ins Antiquarwelsch zu fallen. Mag sein, er sagte auch einmal zu oft, dies sei das Witzigste, das je über Göte gemacht worden war — aber grad, weils so sehr stimmte, hackte Keller drauf rum und darauf, daß in den Befragenden der götesche Geist sich inkorporiere. Und Keller hackte, bis Hermann tatsächlich den Passus las, in dem Göte über ›Hermann und Dorothea‹ examiniert wurde. Indes : der große Effekt blieb aus [231], — das war nur mäßig komisch so, Hermann schmunzelte nicht mal, doch dankte sehr und meinte, er könne leider nicht alles haben wollen, in dem ›Hermann und Dorothea‹ beiläufig vorkomme, fort müsse er nun, allein, in einem Jahr kehre er wieder. Keller war sehr hingerissen — nicht mal einen Gnadenkauf hatte Hermann getan! Und gleich, als Hermann draußen war, hatte Keller ermittelt, ob Hermanns und Dorotheas nächster Hochzeitstag auch fleißig auf einen Nichtsonntag fiel. Nicht allein, weil er Göte in den rechten Zusammenhang rückte : Keller hatte einen Narren gefressen an Hermann.

HERMANN : *Zu was?*

KELLER : *Zu Ihrem Hochzeitstag?!*

HERMANN : *Ah, hatten wir schon so viele von — doch besten Dank* (sammelt sich müßig ins summarisch Beamtische) *Herr Keller, wir hatten letztes Mal schon über den alten*

---

unter und wird über sich in die Mangel genommen. Uraufgeführt am 1. Januar 1908 im wiener Kabarett ›Fledermaus‹, ununterbrochen dreißig Jahre gespielt, stets mit Friedell in der Göte-Rolle. Bis fünf Wochen vor Friedells Tod.

Keller aber mag Friedell nicht nur wegen dessen Gelehrtheit (unter Ausschluß der Dissertation 1904 bei Friedrich Jodl : ›Novalis als Philosoph‹) und kolossalen Humors, sondern vor allem wegen dessen ausersuchter Höflichkeit : als Friedell am 16. März 1938, da zwei SA-Männer anstanden, ihn zum Straßenwaschen abzuführen, sich im dritten Stock aus dem Fenster seines Arbeitszimmers Gentzgasse 7 stürzte, rief er im freien Fall noch ›Hallo!‹, daß ein Flaneur ihm auswiche. Frühmorgens noch hatten Freunde ihn überreden wollen, sich davonzumachen, Friedell aber hatte nur den Blick traurig auf die Berge Manuskripte und die Bibliothek gesenkt, 3000 Bände, die Seitenränder vollgemalt mit Kommentaren — und verneint.

Keller hatte sich mal dafür interessiert : Friedells Manuskripte waren gleich am 17. März von Hans Deuticke taxiert worden (nun auch seit einer Woche heim im Reich, hatte Deuticke als Freud-Verleger es ja auch nicht eben leicht : so spendete er das Honorar, das er für die Schätzung der friedellschen Schriften bekam, dem Winterhilfswerk, buchte 21. März 1938 eine halbe Seite im ›Börsenblatt‹ und tat dort kund : »Wie ich erfahren habe, sollen im deutschen Buchhandel falsche Anschauungen über meine Firma in Umlauf gebracht worden sein. Ich erkläre daher ausdrücklich, daß meine Firma seit ihrer Gründung in arischem Besitze ist und niemals einen jüdischen Gehilfen oder Angestellten beschäftigt hat. Heil Hitler!«), der Verbleib von Friedells Bibliothek aber ist unbekannt. Im Handel aufgetaucht war noch nichts, unmöglich, daß Scholien solcher Hand unentdeckt geblieben wären — jeder Auktionator oder Antiquar, dem das entgangen wär, hätte den Beruf verfehlt. Ein schwaches Argument. Keller aber tröstete es. Irgendwo sitzt jemand wohl auf einem intakten Schatz.

231 »Professor : *Wann erschien ›Hermann und Dorothea‹?* — Goethe (nach kurzer Überlegung) : *1796* — Professor (höhnisch) : *Ich würde an Ihrer Stelle gleich 95 sagen!* — Schulrat : *Oder 94!* — Professor (brüllt) : *›Hermann und Dorothea‹ erschien im Jahre 1797, Sie Ignorant!* — Goethe (fest) : *Noi, 's war 96!* — Professor : *97!* — Goethe (unerschütterlich) : *96!* — Kohn übergibt Goethe durch den Professor ein aufgeschlagenes Buch — Professor : *Hier! Sie insolenter Bursche!* — Goethe : *Ja, wirklich – Ich hätt' doch druff geschwore, 's war 96*«.

Geheimrat gesprochen und waren nicht ganz überein gekommen. Haben Sie trotzdem etwas auftreiben können für mich?

KELLER (überrumpelt von Hermanns Sachlichkeit): *O ja — kleinen Moment bitte*

Was kam Hermann so schnell auf den Punkt? Und hat Keller richtig gehört? ›nicht ganz überein gekommen‹? trägt der edle Mann etwa seit einem Jahr diese Einschätzung ihrer ersten Begegnung mit sich herum? Keller drückt den Gedanken weg, huscht treppauf, treppab — und trägt das Buch herbei, das er jahrs zuvor zurückgehalten hatte, ›Hermann und Dorothea. Ein Epos‹, bebildert von Richard Schoebel [232]. War wie verhext gewesen, Keller hatte zwölf Monate gestrampelt und

[232] Leipzig, Minerva, um 1890, Quart, florale Filete, Goldschnitt, 80 Seiten stark und zehn Tafeln. Das Gute an diesem Hexameterhaufen ist: er ist gehäuft aus neun nach den Musen benannten Gesangshaufen und gut zusammenzufassen: eine Geschichte, die Keller, ähnlich Göte — Caroline von Wolzogen bezeugt für Anfang September 1796: »Mit Rührung erinnere ich mich, wie uns Goethe in tiefer Herzensbewegung unter hervorquellenden Thränen den Gesang, der das Gespräch Hermann's mit der Mutter am Birnbaume enthält, gleich nach der Entstehung vorlas. ›So schmilzt man bei seinen eigenen Kohlen‹ sagte er, indem er sich die Thränen trocknete« — jedesmal das Herze quetscht:

I. Kalliope Sommer 1796, Widerfranken, ›arme Vertriebene‹, ›wackere Deutsche‹, ›gute fliehende Menschen‹, Feinde der Revolution flüchten aus Frankreich ins Rechtsrheinische. Lieschen, eines Wirtes Weib, schickt Sohn Hermann mit Wurst und Schnaps hin, den Elenden zum Gruß. **II. Terpsichore** Hermann trifft am Schweif des Fliehetrecks die Erzieherin Dorothea und schenkt, statt Wurst und Schnaps zu verteilen, alles ihr, rennt nach Haus und petzt der Mutter. Findet Lieschen gut. Denn auch sie traf ihren Wirt vor 20 Jahren gelegentlich einer Feuersbrunst. Vater aber ist dagegen sehr und führt aus, Liebe allein genüge nicht und Mitgift müsse auch sein und hat gleich Ideen, welche der Kaufmannstöchter aus dem schönen grünen Hause gegenüber Hermann heiraten könne. Hermann aber, den die blasierten Nachbarhühner neulich ausgelacht hatten, weil er nicht wußte, wer Tamino und Pamina sind, ist Dickkopf. Nur die Liebe zählt. Vater zürnt. **III. Thalia** Vater will, daß Hermann hinausgehe in die Welt, Lieschen aber liebt Hermann wie er ist. Vater aber ist auch Dickkopf. **IV. Euterpe** Lieschen findet Hermann greinend auf einer Birnbaumbank. Hermann will nun in den Krieg. Lieschen redets ihm aus. Hermann weint weiter, Vater hätt ihn beleidigt, er will heiraten. Da ist Mutter dafür. Der länger schon einherscharwenzelnde ›würdige Geistliche‹ soll helfen. **V. Polyhymnia** Hermann bittet Vater, heiraten zu dürfen, der aber schweigt. Da lobt der ›würdige Geistliche‹ Hermanns Reinheit und regt an, vor Ort Dorotheas Fleisch und Seele zu beschaun. Vater ist einverstanden, der Pfaff wird von Hermann hinkutschiert und bekommt, Doro zu erkennen, deren Titten beschrieben. Bei den Flüchtlingen aber fragt der Pfaff lieber den Flüchtlingschef, den ›Richter‹. **VI. Klio** Der ›Richter‹ bekennt, Doro sei eine ›treffliche Jungfrau‹, die mit Säbeln gegen die Revolution anging, ihr Verlobter seinerseits habe in Paris den Kopf verloren. Hermann schickt den Pfaffen zurück und sucht Doro. **VII. Erato** Hermann findet Doro. Am Brunnen. Sie — was er nicht weiß — liebt ihn schon lang, er aber — denn er fürchtet einen Korb — erklärt ihr seine Liebe nicht, sondern redet Stuß, daß Doro denkt, Hermanns Eltern suchten eine Magd. Magd? warum nicht!? Doro sagt ihren Leuten tschüß — nur die unverständigen Flüchtlingsgören flennen ihrer Betreuerin hinterher. **VIII. Melpomene** Hermann und Doro gehen durch Kornfelder ›entgegen der sinkenden Sonne‹, Doro befragt Hermann über dessen Eltern, Hermann lobt Muttern, Vater nicht so sehr. Wieder versagt Hermann — diesmal unterm Birnbaum — und greift sich Doro nicht. Erst als Doro mit dem Fuß umknickt, kommen sie sich atemnah. **IX. Urania** Göte weiß sich nicht zu helfen und ruft um ein glückliches Ende direkt die Musen an, und wirklich: Hermann und Doro, das ›herrliche Paar‹, treffen auf Hermanns Eltern. Hermann fragt ängstlich den gammelnden Pfaff, was zu tun sei, denn immer noch nicht hat er von seinen Gefühlen gesprochen und vielleicht denke Doro doch, sie solle hier Magd sein — und richtig, schon nennt Vater Doro ›Magd‹ und denkt Doro,

Ausschau gehalten, aber nichts Schönes gefunden, bei Kollegen nicht, nicht auf Märkten, nicht in Haushalten.

KELLER (überreicht das Epos) : *Bitte sehr. Aber nicht allzu enttäuscht sein, sollten Sie die Ausgabe schon haben*

HERMANN (abgeklärt) : *Ach was, Herr Keller. Bei der Obsession ist Enttäuschung täglich Brot — die schmeck ich überhaupt nicht mehr*

KELLER (hält Hermann von der Epos-Autopsie ab) : *Viel fehlt Ihnen nicht mehr, oder? — so an großen, schwer zu beschaffenden Brocken?*

HERMANN : *Na ja ... die erste lateinische Übersetzung vielleicht* (zuckt die Achseln) *Und die erste griechische*

---

der Vater spotte ihres Flüchtlingsstatus' und gießt Tränen und will weglaufen, wo sie doch eben noch gern Magd sein wollte, aber Lieschen springt bei, ›Nein, ich lasse dich nicht; du bist mir des Sohnes Verlobte‹. Vater bleibt störrisch und sagt wahre Worte : »Mir ist lästig, noch länger dies wunderliche Beginnen anzuschauen. Vollendet es selbst; ich gehe zu Bette. Und er wandte sich schnell und eilte, zur Kammer zu gehen, wo ihm das Ehbett stand und wo er zu ruhen gewohnt war«. Da weist der Pfaff Hermann scharf an, endlich den Mund aufzutun, eh noch der Vater schläft. Also sagt Hermann endlich, was Sache ist, und küßt Dorothea, und die ihn auch, und auch gleich den Vater, und der sie dann auch und muß fast weinen. Spontanverlobung mit elterlichen Ringen — kurze Irritation, da an Doros Finger schon ein Ring steckt. Doro aber steht charakterfest zum toten Ur-Verlobten. Begeisterung und trotzdem : Spontanverlobung.

Göte schnurrt zufrieden vor ›Übergüte‹. Nur vom 11. September 1796 bis zum 8. Juni 1797 hat er zum Hindichten gebraucht, und gleich vier Monate später wars gedruckt, im ›Taschenbuch für 1798‹ bei Vieweg, ›Hermann‹ da noch als ›Herrmann‹. So muß es sein. 3. Januar 1798 resümiert Göte an Schiller : »In Hermann und Dorothea habe ich, was das Material betrifft, den Deutschen einmal ihren Willen gethan und nun sind sie äußerst zufrieden«. Ja. Nur Voß junior nicht. Den ärgert sogleich der Pfusch, bis er April 1805 stolz vermelden kann : »Ich habe Goethes ›Hermann und Dorothea‹ in bessere Hexameter umgeschmolzen, wozu ich vierzehn angestrengte Tage gebraucht. Goethe hat mir seinen Beifall gegeben und mich gelobt, daß ich so schonend verfahren« — eine Familienkrankheit : schon Voß-Senior, der Homer- und Luise-Voß, bekrittelte 1794 heimlich die Qualität der göteschen Reinecke-Fuchs-Hexameter.

Aber nicht alle wollen übel. Hegel! Für Hegel steht ›Hermann und Dorothea‹ Meilen über allem! In den ›Vorlesungen über die Ästhetik‹ legt Hegel III. (Das System der einzelnen Künste), Dritter Abschnitt (Die romantischen Künste), drittes Kapitel (Die Poesie), C. (Die Gattungsunterschiede der Poesie), I. Die epische Poesie, 3. (Die Entwicklungsgeschichte der epischen Poesie), c. (Das romantische Epos), γγ fest : »Meisterwerk« mit »Blick auf den Hintergrund der in unserer Zeit größten Weltbegebenheit ... an welche sich dann die Zustände des Wirtes und seiner Familie ... unmittelbar anknüpfen, so daß wir, da das Landstädtchen nicht in seinen politischen Verhältnissen erscheint, einen unberechtigten Sprung finden und die Vermittlung des Zusammenhanges vermissen können; doch gerade durch das Weglassen dieses Mittelgliedes bewahrt das Ganze seinen eigentümlichen Charakter. Denn meisterhaft hat Goethe die Revolution, obschon er sie zur Erweiterung des Gedichts aufs glücklichste zu benutzen wußte, ganz in die Ferne zurückgestellt und nur solche Zustände derselben in die Handlung eingeflochten, welche sich in ihrer einfachen Menschlichkeit an jene häuslichen und städtischen Verhältnisse und Situationen durchaus zwanglos anschließen. Was aber die Hauptsache ist, Goethe hat für dieses Werk mitten aus der modernen Wirklichkeit Züge, Schilderungen, Zustände, Verwicklungen herauszufinden und darzustellen verstanden, die in ihrem Gebiete das wieder lebendig machen, was zum unvergänglichsten Reiz in den ursprünglich menschlichen Verhältnissen der Odyssee und der patriarchalischen Gemälde des Alten Testamentes gehört«. Das alles hat Göte gemacht. Und Hermann und Dorothea hatten seinerzeit 4000 Mark für den Vieweg-Erstdruck hingeblättert.

KELLER (so sehr nun auch nicht in der Materie) : *Sowas gibts?*

HERMANN : *Sowas gibts* (korrigiert sich) *Gabs*

KELLER : *Ts*

— welches *Ts*, da nämlich Hermann und Dorothea mit der Bahn anreisen und sich — für größere Städte — die Fahrzeit verkürzen, indem sie die zu besuchenden Antiquariate untereinander aufteilen und anschließend diszipliniert ausschwärmen, genau den Augenblick markiert, an dem Dorothea, ein anderthalb Meter hoch geratenes Persönchen, grauhaarig, hermannrüstig und mit Brille und nickelfreier Brillenkette, bei Silke in einen Schock fällt und um ein Glas Wasser bittet : Silke hatte zweifingrig ihren Sohn vom Tournefortspielen aufgepfiffen und René war wie verabredet in den gepanzerten Lagerraum geeilt und hatte eine Handvoll ›Hermann und Dorothea‹ nach vorn getragen [233]. Glas Wasser war vorsorglich längst zugegen gewesen.

KELLER (da Hermann einen Notizblock hervorholt) : *O, der Kern einer Bibliographie, an der Sie bosseln?*

HERMANN : *Nein. Nur ein Verzeichnis der vorhandenen Auflagen der gängigsten Ausgaben. Daß wir nichts doppelt kaufen*

KELLER (denkt sich hinein) : *Aber das könnt ja trotzdem passieren, wenn Sie zeitgleich und unabhängig voneinander operieren*

---

[233] Ja was hat sie denn da? ›Hermann und Dorothea — Arminius et Theodora‹, lateingemacht von Benjamin Gottlob Fischer, Stuttgart, J.B. Metzler, 1822, 225 Seiten samt einem Blatt ›Verzeichniß der Herren Pränumeranten‹ — nicht nur die erste Biglotte, sondern auch die erste lateinische Ausgabe.

Silke hatte nicht sprechen müssen, sie kennt ihre Kundin seit einem Jahr und weiß, Doro wird von allein das innendeckelmontierte Widmungsblatt bemerken, von Sekretärshand beschrieben »Mit den besten Grüßen und Wünschen dankbar«, darunter eigenhändig von Göte »M[arien]. B[ad]. d. 11. Aug. 1823. J.W. v. Goethe«, beglaubigt mit einem Abdruck von Götes Ringsiegel, und darunter die Notiz des Bewidmeten Benedict Josef Steinhauser : »Als derselbe dieses Werk, welches es sich zur Einsicht ausgebeten hatte, zurückgesendet. Steinhauser«. Und einen schreibmaschinengeschriebenen Götezitatzettel hat Silke beigelegt : »›Hermann und Dorothea, sagte er (Goethe) unter anderm, ist fast das einzige meiner größern Gedichte, das mir noch Freude macht; ich kann es nie ohne innigen Antheil lesen. Besonders lieb ist es mir in der lateinischen Übersetzung; es kommt mir da vornehmer vor, als wäre es, der Form nach, zu seinem Ursprunge zurückgekehrt‹. (Goethe, 18. Januar 1825) — Widmungsexemplare Goethes sind sehr selten — 24000.–« Daß aber in dem zitierten Gespräch zwei Minuten vorher Göte so Bedeutendes wie »Die Welt bleibt immer dieselbe, die Zustände wiederholen sich … ich bin deswegen eher zu loben als zu tadeln« mitzuteilen gehabt und er seine Besucher Riemer und Eckermann besoffen gemacht hatte mit Wein, selbst aber nur Marienbader Wasser trank, das schreibt Silke nicht. Warum auch — sie hat ein Weiteres vorzulegen : ›Γοεθοῦ, τοῦ πάνυ Ἀρμινιου καὶ Δωροθεῖας Β. 2. s 1–273, Μετά φρασις Ἑλληνική μετρική. Metrische griechische Übersetzung des zweiten Gesanges (v. 1–273) von Göthes Hermann und Dorothea : mit beigefügtem Original und lateinischer Übersetzung von Fischer‹, Giessen, Hasse, 64 Seiten — die berühmte, restlos unnütze ›Einladungsschrift zu den am 1., 2. und 3. April 1830 anzustellenden öffentlichen Prüfungen und Redeübungen / von Heinrich Arnold Wilhelm Winckler‹ — 500.– — Doro zückt atemstockend das Scheckheft. Zum Lohn der eleganten Abwicklung pfeift Silke nochmals René herbei, nickt

HERMANN : *Das war in jetzt dreizehn Jahren genau zweimal der Fall*

KELLER (erhaben) : *Statistisch mehr als in Ordnung* (zeigt noch mehr Anteilnahme) *Darf ich trotzdem fragen, was Sie mit den Doubletten gemacht haben? Existiert vielleicht eine verschworene Geschwisterschaft von Ehepaaren, die alle Hermann und Dorothea heißen und die untereinander die doppelten Götes tauschen?*

HERMANN : *Eine gute Idee — fürs hohe Alter* (studiert nun die Auflage) *Tatsächlich haben wir diese Auflage bereits … trotzdem schön. Ich hoffe, sie war im Ankauf nicht zu teuer? In Ihren Bestand wird sie doch nicht übergehen, wenn ich Sie recht verstanden hatte?*

KELLER (hat keine Verwendung, generös) : *Keine Sorge, ich habe Verwendung auch dafür. Wissen Sie eigentlich* (lacht) *daß es Leute gibt, die anders entschieden haben als Sie und Ihre Gattin?*

HERMANN : *Das glaub ich gern*

KELLER : *Ja, denken Sie nur an Ihren Namensvetter Hermann Borchardt*

HERMANN : *Kenn ich nicht*

KELLER : *Der hat auch mit einer Dorothea geheiratet, ließ sich dann aber anders rufen, weil er*[234] …

---

ihn an und apportiert René den Bonus, ein billiges Blatt, Robert Schumann op. 136, Ouvertüre zu ›Hermann und Dorothea‹.

[234] Hermann Borchardt und Dorothea Redmer heirateten 1925, und — wie deren Sohn Frank über seinen Vater berichtet : »Da die beiden Namen, Hermann und Dorothea, an das Goethesche Epos, das er grundsätzlich nicht ausstehen konnte, erinnerten, ließ er sich von nun an ›Hans‹ und seine Frau ›Thea‹ nennen« — Hermann Borchardt? Ein erstaunlicher Renegat.

Nicht zu verwechseln mit dem Autor der ›Jettchen Gebert‹, Georg Hermann (i. e. Georg ›Hermann‹ Borchardt, 1871–1943 Auschwitz) — wie der zwar auch berliner Jude, aber eigentlich Hermann Joelsohn (1888–1951), protestantengetauft, von straßburger Jesuiten geschult, in Berlin Student der Altphilologie, Germanistik und Philosophie, 1917 promoviert über Kausalität. Studienrat wird er »nicht aus Einsicht oder Passion … sondern weil in der Inflation unser Vermögen dahinschwand«. Heftiger Marxist wird er zudem. 1925 heiratet Joelsohn nicht nur, sondern heißt ab da »wegen des wachsenden Antisemitismus in den höheren Schulen« wie seine Mutter ›Borchardt‹ und ist neben Tucholsky, Brecht, Polgar, Grosz, Huelsenbeck und Dix Beiträger des KPD-Witzblattes ›Der Knüppel‹, zweites Glied in der Kette der Satiremagazine der KPD (Der rote Knüppel → Der Knüppel → Der Eulenspiegel → Der rote Pfeffer — für jedes der 35 nachweisbaren Hefte des ›Knüppels‹ zahlt ein harter KPD-Ulkblattsammler, den Werner Ihrbrandt in einem Verließ hält, anderthalb Riesen). Mit Brecht wird Borchardt gut freund, arbeitet an fünf Stücken mit, initiiert den Tui-Komplex und verkauft — worauf Brecht besteht (→ Villon-Plagiat in der Dreigroschenoper) — ihm die Handlung der ›Heiligen Johanna der Schlachthöfe‹. Brecht wird grad Marxist, Borchardt hört grad auf, Mai 1927 postkartet er Grosz : »Die Marxisten sind Dummköpfe, lieber Böff. Aber sind die anderen so großartig?« und kurz darauf : keine »bestellte Hetze«, »keine Zeile mehr, keine Zeichnung mehr dürfen wir in das Gesinnungsgeschäft reinstecken!« Borchardt schreibt nun selbst Dramen, dessen bekanntestes (›Die Bluttat von Germersheim‹) völlig verschollen und unaufgeführt ist. Ins Exil geht er 1933 dennoch : 3. April bekommt er den Paß, 6. April ist er in Paris, und ab da wirds wunderlich : 6. Februar 1934 macht er sich auf nach Minsk — er will nicht in Dijon Deutsch lehren, sondern am pädagogischen Institut der Universität Minsk. Dort aber ists nur mäßig schön. Zweimal wird er nach Moskau bestellt (→ mangelnde marxistische Ausrichtung des Sprachunterrichts) und sondiert heimlich in der deutschen Botschaft die Chance auf Rückkehr ins Reich. Die ist gut. Man sagt ihm ›Komm nur und unterrichte kleine Juden‹. Ein Drittel ausgewiesen, ein Drittel wirr, ein Drit-

HERMANN (murmelt) : *Ich ahne, was Sie sagen wollen, Herr Keller* (mustert aber immer noch das Buch) *Wissen Sie was? Ich überleg grad ...* (schwenkt entschlossen die ›Hermann und Dorothea‹-Ausgabe) *: ich nehms Ihnen gerne ab. Das Exemplar, das wir haben, ist eigentlich in indiskutablem Zustand*

KELLER (bang): *Kein Gnadenkauf?*

HERMANN : *Ach was. Ich sagte doch, die Auflage zuhaus ist deutlich schlechter erhalten* (sucht nach Preis und Börse, findet beides, zahlt 24 Mark, streichelt das Buch) *Herr Keller, dann dank ich Ihnen recht schön für Ihre Aufmerksamkeit und darf mich verabschieden : bis nächstes Jahr*

KELLER : *Nächstes Jahr, selbe Uhrzeit* (lächelt, dröhnt) — ***und!***

HERMANN : *Bitte was ›und‹?*

KELLER (bezaubernd) : *Sie denken doch nicht, daß das alles war? Sie können mir doch nicht ein Jahr Zeit geben und dann nicht davon ausgehen, daß ich nicht noch ein paar Bonbons für Sie hab, Sie werden sehen, unter Umständen werden sich Ihnen vollkommen neue Sammelgebiete auftun*

Keller wendet sich der Treppe zu, den Regalen, die den Gang nach oben garden,

---

tel dumm verläßt er 22. Januar 1936 die Sowjetunion berlinwärts. Grosz, schon in den USA, ist beunruhigt über »unseren alten Ketzer Borchardthans«, 12. Februar 1936 an Brecht in Svendborg : »Nun weiß ich selbst, daß unser Hans zwar eine messerscharfe Zunge hat und einen ganz netten Verstand dazu, aber ihn als gefährlichen Feind der heiligen Sowjet-Union zu sehen, womöglich als Organisator lebensgefährlicher Umtriebe, no Bertie, das kann ich nicht sehen ... nun sitzt er ein wirklicher Hiob abermals gebrochen vollkommen verloren in Berlin ... Wir müssen ihm helfen!« — klar. Aber als wolle er eine Satire leben, sperrt sich Borchardt. Nach einem unbehelligten Halbjahr an jüdischen Privatschulen wird er 28. Juli 1936 ins KZ Esterwegen verschleppt, September nach Sachsenhausen und Februar 1937 nach Dachau. Irgendwo unterwegs verliert er Gehör und Mittelfinger. Endlich gelingt es Brecht und Grosz im Bunde mit dem Hamburger Banker Max Warburg, der ein Jahr später selbst rübermacht, ein Visum zu besorgen. 11. Mai 1937 kommt Borchardt frei, 18. Juni ist er in New York, Frau und Kinder folgen. Taub, wie er ist, findet er keine Arbeit und macht in Muße April 1938 zwei Akte zu Tollers erst 1939 erscheinendem Stück ›Pastor Hall‹, gerät darüber in Streit mit Toller, und, da Toller, der seit 1934 stets einen Strick im Gepäck hat, sich 22. Mai 1939 in New York erhängt, in Prozeß mit dessen Erben. 1938 auch schreibt Borchardt das nur fragmentarisch erhaltene ›Lagerbuch — Spiel der Landsknechte‹. Kein Exil-Verlag mags anfassen : Borchardt plaudert aus den Nähkästchen der KZ's — und raubt der ϟϟ das Monopol auf Sadismus, erzählt, wie er auf das Höhngeschrei eines Scharführers »Lehren darfst du nicht, schippen kannst du nicht! Willst du sterben?« geantwortet hatte »Jawohl, Herr Scharführer« und also sein Grab schaufeln mußte. »Hei, wie sich da welche vordrängelten, um mich einzugraben, mit welchem Genuß sie schippten, schon um sich dadurch beim Herrn Oberscharführer beliebt zu machen und mit welcher Lust sie schwere, harte Erdbrocken auf mich fallen ließen. Jedenfalls hatten alle, außer mir, ihren Spaß dabei, nicht etwa bloß der Herr Oberscharführer, der schließlich gelangweilt Halt befahl, als mir die Erde schon bis zum Munde ging. Schade, sie hätten es doch zu gern gesehen, wie ich wirklich lebendig eingegraben worden wäre«. Brecht, im ›Arbeitsjournal‹ 20. September 1944 : »Aufsatz eines Bruno Bettelheim, ›Behavior in Extreme Situations‹, über das Verhalten von Konzentrationslagerhäftlingen. Borchardts Wahrnehmung wird bestätigt, daß Häftlinge Ausdrucksweise und Auftreten ihrer Quäler annehmen« — Borchardt aber wird die Denkkonsequenz, daß die Feinde des Humanums, Faschismus und Kommunimus, beide in **einem** Treiben einer ›fortschrittlichen‹ Intelligentsia wurzeln, teils das Totalitäre direkt fördern, teils dialektisch locken, wer aber masochistisch das totalitäre Unwesen leide, sei we-

schnappt von der blaugebleichten Phalanx Krönerbändchen vier Bücher, die er umsichtig vor Tagen schon dort deponiert hatte : Notextrakt eines Besuchs im Magerspeckgürtel Bremens, dort ein theologisierender und hungertuchnagender Kollege gottergeben und halbprivat täglich in einem Meer Unverkäuflichkeiten badet. Keller wuppt das erste Buch auf den Treppenpfosten.

---

niger wert noch als der braunrote Sadist. Wird nicht gern gehört im Exil. Gar, als Borchardt bei linken Emigranten auf Vortrag ist, begrüßt er das Auditorium : »Wenn ich Sie so sehe, meine Herrschaften, Sie, die Totengräber Europas, tut es mir herzlich leid, daß Sie nicht gründlicher unter die Räder gekommen sind«. Zum Glück ist Borchardt taub — merkt aber doch, als Freunde ihn unter Körpereinsatz vor wütenden Anwürfen schützen, daß er einige Wirkung erzielt hat.

Hohe Zeit, katholisch zu werden. Wird er auch. Und Bürger der USA. Und stellt gleich mal klar : Amerikas Liberalismus ist mitverantwortlich für das Blühen der Totalitarismen, Freiheit à la USA ist der Untergang Europas. Eine gute Grundlage, Berater von Kongreßabgeordneten zu werden und der Catholica Broschüren über Unsterblichkeit zu schreiben.

Er schreibt aber auch einen verlorenen Text, den Brecht noch kannte, ›Untergang der Welt durch unnatürliches Sprechen‹, und seit 1939, erst als Oper, auf Wunsch Werfels dann zum Roman erhoben und auf zwölfhundert Seiten gewuchert : ›Die Verschwörung der Zimmerleute‹. 1943 publiziert ›Simon and Schuster‹ in New York eine halbierte, von Werfel bevorwortete Fassung als ›The Conspiracy of the Carpenters — Historical Accounting of a Ruling Class‹. Das US-Feuilleton zählt 156 handelnde Personen und jubelt : schwierig, überwältigend. Klaus Mann attestiert 1. August 1943 Borchardt ein »vitales originelles Talent« und die ›Carpenters‹ seien »wahrhaftig eine erstaunliche Arbeit, kühn und streitbar — und einmalig ... eins der verblüffendsten Experimente in der modernen Literatur, unvergleichlich in seiner besonderen Akzentuierung und Manieriertheit und doch typisch teutonisch in seiner zügellosen Launenhaftigkeit und seinen pädagogischen Ansprüchen ... eines der ausschweifend reaktionärsten Bücher, die seit der Zeit von Metternich geschrieben wurden«. Für Brecht bleibt Borchardt der größte lebende Satiriker deutscher Zunge, 30. September 1943 notiert Brecht im ›Arbeitsjournal‹ : »Ich konstatiere bei den Emigranten heftigen Abscheu, das Werk sei konfus, religiös, reaktionär, eine Schande. Nun ist Borchardt, bösartig wie viele Moralisten, ein abgründiger Provokateur, Übertreiber von Beruf als Satiriker usw. usw. Jedoch ist nicht zu vergessen, daß seine Werke turmhoch über denen der Werfels und Konsorten stehen, da sie mit Schärfe und Leidenschaft die sozialen Kämpfe unserer Zeit behandeln. Tatsächlich findet man im bürgerlichen Lager Widerspiegelungen der sozialen Kämpfe beinahe nur auf religiösem Boden. Man muß nur Tillich mit Thomas Mann vergleichen. Es gibt so etwas wie religiösen Sozialismus, der sich dem Klerikofaschismus entgegenstemmt« — den Leser interessiert das nicht. Der Roman wird nicht gekauft, nicht gelesen. Auch nicht von Brecht.

Eine große, komplex konzipierte Parabel deutscher Geschichte : eine fiktive deutsche Republik um 1900, weise geführt von einer ultramontanen Oligarchie, die kurioserweise für die Würde des Individuums einsteht, gegen die ein faschistisch-liberaler-demokratisch-kollektivistisch-demagogischer Jakobiner-Hitler namens Neumann, der das Subjekt zum Objekt der Geschichte entmündigt, anstinkt und von denkfaulen Bürgern nach oben gespült wird. Handwerker, insonderheit Zimmerleute beginnen Widerstand zu leisten, die Zünfte des Mittelalters stehen auf gegen die neuen Ideen, die internationale Partei Gottes gegen den satanischen Internationalismus — Neumann verliert in offener Schlacht, zieht die Uniform aus, sagt larmoyant seinen Fans ade, nennt sich fortan ›Herr Leisetritt‹, tunkt zur Schonung seiner Zähne die Hörnchen in den Kaffee und taucht unter — seine Fans aber exilieren und verlieren sich in tödlichen Fehden. Waberte nicht hintergrunds der traurige Umstand, daß ein nebliges Religionsbild ernst genommen wird und watete Borchardt in seinen stechenden Schilderungen nicht durch stechend-erlebten Schmerz : die Satire wär ein großer Spaß.

Borchardts Bilanz : »von Mißerfolg zu Mißerfolg geschritten, so daß es schon gar nicht mehr zu beschreiben ist«. Er kränkelt, denkt, er sei »am Baume der Großstadt ein welkendes

HERMANN : *Grass? ›Der Butt‹?*

KELLER : *Keine Angst, wird noch besser. Ja, Grass, ›Der Butt‹. Der handelt da Dorothea von Montau* [235] *ab, eine schicke Selige, mit den Augen ihres irdischen Gatten betrachtet, das wär doch vielleicht was für Sie — aber das ist ja nicht alles, es gibt ja eine Dorothea, die ist noch mehr, die hats sogar zur Heiligen gebracht*

Blatt«, spaziert notorisch am Broadway und lehnt es ab, zur Abwechslung den Park am Hudson River zu begehen : »Warum denn? Dort gibt's doch nur die ganzen ekelhaften Bäume«. Schlafend stirbt er, New York, 23. Januar 1951. Im Nachlaß findet sich ein Adreßbuch. Unter ›W‹ hat Borchardt ›Weißensee‹ aufgeführt und die exakte Lage der Gräber seiner Eltern, darunter der Vers: »Es fiel ein Reif auf alle unsre Bleiben / Der Garten unserer Freude ist / verdorrt«.

Keller fiebert der ersten deutschen Ausgabe entgegen.

[235] Das siebte von neun Kindern des Bauern Willem Swarte, der aus Holland eingewandert kam, seine Brut im Deutschorden-Preußen aufkümmern zu sehn. So sitzt denn Klein-Doro auch gern winters die Nächte träumend am offenen Fenster, ist recht ungeschickt, verbrennt und verbrüht sich gern — bis sie merkt, was ihr das spirituell alles gibt. Da forciert sie ihre Mühen und verbrüht, verbrennt und verfriert sich noch mehr und sagt, das sei »harte Buße«, und ihr Rücken wär nicht schön, wär er nicht »wie ein von der Pflugschar zerrissener Acker« und lernt weder lesen noch schreiben. Diese martialische Haltung gefällt dem reichen danziger Waffenschmied Adalbert, 1362 freit er die dreißig Jahr jüngere, 16jährige Doro. Aber frischvermählt merkt er, worauf das hinausläuft, da hat Doro nämlich ihre erste Kreuzvision in Bunt und muß Adalbert damit fertigwerden, daß er in Jesus einen echten Nebenbuhler hat, zu dem Doro in »heißbrennender Liebe entflammt« ist. Vergebens kämpft Adalbert gegen Jesus, ist hart zu Doro, macht ihr neun Kinder, verbrennt ihre Fut durch Einführen glühender Scheite — doch Doro juchzt nur sanft und mild und »entzückt in großer hitziger Liebe zum himmlischen Bräutigam«, ist nebenher ihren Kindern eine liebevolle, streng fastende und selbstgeißelnde Mutter, allein : sie vergißt über so viel Himmel in sich gern das Putzen und Säugen. Groß Milch aber schösse bei dem Raubbau, den sie lustvoll an sich selbst betreibt, eh nicht aus. Von ihren neun Kindern überlebt vorerst nur Kind Gertrud.

Nachdem die Rangen also immunsystemlos verhungert sind, pilgern Doro und ihr resignierter Gatte nach Einsiedeln. Unterwegs will Adalbert sterben, Doro ist einverstanden und reist 1389 allein nach Rom weiter. Gelegentlich ihrer Rückkehr Mai 1390 schafft Doro sich Gertrud vom Hals, steckt die zu den Benediktinerinnen in Kulm, schenkt, was sie hat, weg und siedelt nach Marienwerder über : endlich gehört sie Jesus allein. Und ein bißchen auch dem Deutschordenspriester und Domdekan Johannes, ehmals Theologieprofessor in Prag, ohne den als Beichtvater und Seelenführer gar nichts läuft. Johannes macht einen intensiven Lakmus-Test ihrer Frömmigkeit und des Standes ihrer Gnade und erfüllt dann erst, 2. November 1393, Doros Herzwunsch : eingemauert werden in ein Gewölbe hinter dem Hauptaltar des Doms. Mittels mystischer Bedürfnislosigkeit harrt sie da noch siebeneinhalb Monate aus, tut viele Wunder und erlangt Ruhm. Um den aber gehts gar nicht, der ist ihr denn auch egal. Ihr gehts darum, eingemauert zu sein. Und eingemauert werden ihr viele Visionen, die flüstert sie dann durchs Steinwerk dem Johannes, der sie täglich besucht und Stichworte notiert — denn schreiben kann er. Als Doro dann doch verhungert ist, formt Johannes einen flüssigen lateinischen Text, der um Visionen von Hunger und geistiger Brühe rankt, und hängt noch Doro-Biographien dran, sieben Bücher Latein, viere Deutsch (die deutschen, ›Das Leben der seligen Frawen Dorothee clewsenerynne in der thumkyrchen czu Marienwerder des Landes czu Prewszen‹, werden 1492 das erste preußengedruckte Buch sein). Johannes aber, der Monopolist für Doro-Visionen, betreibt energisch die Kanonisierung seiner skelettierten Schützlingin, zumal das Ordensland Preußen noch keine Heilige hat, 1395 geht bei Bonifatius IX. der Antrag des Hochmeister des Deutschordens ein : Heilig! In den Querelen zwischen Avignon und Rom aber werden Papiere verschlampt, ohne Papiere jedoch läuft nichts und so wird der Kanonisierungsprozeß 1404 abgebrochen und erst, da das weise Volk unverzüglich und unerlaubt Doros Verehrung als

HERMANN : *Was Sie nicht sagen*

KELLER (triumphiert) : *Und das ist ... die hier*[236] (lehnt an den fetten ›Butt‹ eine schmale Broschur. Hermann greift reserviert zu)

HERMANN : *Ach, 1930?*

KELLER : *Das war Lottes großes — und einziges — Jahr, da hat sie auch bei Hirt eine genauso dicke Keller-Gedicht-Auswahl herausgegeben*

HERMANN : *Und Sie sind sicher, daß die Dorotheen nicht dieselben sind?*

Wundertuerin und Schutzheilige aufnimmt, 1955 fortgesetzt — provisorisch von Rom seit 1976 geduldet.

Angerufen werden darf sie zwar nicht, wo sie doch immer noch nicht ganz heilig ist, aber Attribute hat sie schon, schöne : neun Kinder, Pfeile, Laterne, Rosenkranz. Und eine eigene Zeitung : ›Der Dorotheenbote‹.

[236] Lotte Busses 59seitige greifswalder Dissertation von 1930, ›Die Legende der heiligen Dorothea im deutschen Mittelalter‹. Dorothea (290–305) war die Tochter eines römisch-christlichen Millionärs und Senators, der, Diokletian auszuweichen, im kappadokischen Caesarea siedelte. Heimlich dort geboren und getauft, wächst Doro dennoch zur Vorzeigeheiligen heran, ultraschön, -züchtig und -heiliggeistvoll, daß der Erbfeind alles Guten (→ Satan) mitten im Winter sie um alles in der Welt zu verderben trachtet, gleich ob an Geist oder Leib oder beidem. Also will Sapricius, daselbst römischer Präfekt, sie heiraten und umwirbt sie mit aller Macht und allem Geld, doch Doro ›däuchten alle Schätze der Erde verächtlicher als Spreu‹ und sie erklärt aufs Bestimmteste, Jesus hätte sie schon gekauft als Braut. Mit Blut.

Das versteht Sapricius nicht und will er gerichtlich geklärt wissen. Gut, daß er auch Richter ist. Und vor Gericht hebt ein instruktives Religionsgespräch an, in dem Sapricius vertritt, daß Jupiter und Diokletian gut seien, Doro aber erwidert, die seien Götzen : »Glaubs mir, Sapricius, daß mich nichts bewegen wird, den unseligen Geistern zu opfern«, ah, selbst die größten Heroen Roms »lebten so, daß es eine Schande ist, davon zu reden; sie sind gestorben wie vernunftlose Thiere, weil sie im Leben den nicht erkannt haben, der Himmel und Erde, das Meer und Alles was darin ist, erschaffen hat. Die Seelen derer, die ihr unter verschiedenen Bildern anbetet, brennen in einem ewigen Feuer, und zu ihnen werden Alle verstoßen, welche ihren Schöpfer verläugnen und solche Götzen verehren«. Kluges Mädchen.

Doch das genügt Sapricius nicht. Näheres zu erfahren, droht er Folter und Tod an, Doro freut sich : *Mach doch, danke schön! Dann bin ich nämlich nur viel früher als erhofft im Garten Jesu ewiglich und brech da Äpfel und Rosen.* Da tunkt Sapricius Doro in einen Kessel ›wallenden Öls‹, Doro aber entsteigt ›als wie mit edlem Balsam gesalbt‹. Hm. Auch neun Tage Haft ohne Licht, Wasser oder Brot machen sie nur noch schöner. Jesus aber wird langsam sauer, was da mit seiner Braut veranstaltet wird, und kippt ein hochsäuliges Götterbild um, läßt Teufel und Engel schreien und viele Menschen sich bekehren, doch Sapricius versuchts nochmal im Bösen — angefeuert von Doro, »zögere meine Qualen nicht, vollende schnell, daß ich gleich bei meinem Bräutigam bin« — läßt Doro an ein Folterpferd hängen, geißeln, die Sprießbrüste mit Fackeln brennen, bis sie fast tot ist, da er aber unaussprechliche Freude aus ihrem Angesicht leuchten sieht, schlägt er mit Fäusten genau darein. Doro aber ist über Nacht wieder heile. Da versuchts Sapricius nochmal im Guten und holt Christe und Calliste, zwei Christenfreundinnen Doros ran, die er mit großen Belohnungen vom Glauben hat abfallen lassen, die sollen Doro überreden (→ noch größere Belohnungen). Und wirklich reden die Doro zu, alles sei besser, als so jung in den Tod zu gehen, Doro aber spricht so ergeifend von Jesus, der einlüde ins »Paradiese seiner Wonne, wo die Gärten immerdar von köstlichen Früchten prangen, wo die Lilien allzeit in blendendem Schmucke erscheinen, wo Rosen blühen, die Fluren grünen, die Berge lieblich zu schauen sind, die Hügel glänzen, süße Quellen erquicken und die Seelen der Heiligen in Christo selige Wonne genießen«, daß Christe und Calliste bald abgefallen zu sein schmerzlich reut, sie sich ihr zu Füßen werfen und wieder Christinnen sein wollen. Sapricius schnaubt vor Wut, zerreißt seine Kleider und will ›die beiden blöden Schwestern‹ rücklings aneinander binden und in einen Kessel werfen, wenn sie

KELLER : *Und wie! — und ich habe da anderthalb Jahrtausende Kirche im Rücken*

HERMANN : *Das macht stark. Aber …*

KELLER : *Nein, nicht traurig sein, ich habe Sie nicht vergessen, nein, auch Sie sind reich bedacht — hier* (bedeckt den ›Butt‹ mit einem vollendet häßlichen Buch)

HERMANN (liest erstaunt) : *›Imagina Stolberg, Gottes lahmer Freund‹?* (verzieht das Gesicht)

KELLER : *O ja, eine profunde Studie über Hermann den Lahmen* [237] *— gehört in jeden Bücherschrank*

---

nicht augenblicklich den Göttern opferten. Allein, Christe und Calliste bleiben für diesmal bei ihrer Meinung. Da verbrennt Sapricius sie rundum wie versprochen. Doro aber hat Christe und Calliste während derer Martyrium mit christusseligem übermütigem Geplapper von Äpfeln und Rosen Mut zugesprochen — das hat der Gerichtsschreiber Theophilus gehört und höhnt : »Wenn du zu deinem Gemahl in den Garten kommst, so schicke mir doch von den schönen Rosen und süßen Äpfeln welche zu!« und lacht sehr höhnisch.

Sapricius sieht traurig das Vergebliche seiner Mühen und befiehlt ›Kopf ab‹. Doro frohlockt, »Du Liebhaber der Seelen, ich danke dir, daß du des Paradieses und deiner seligen Gemeinschaft mich würdigest« und stürmt auf den Richtplatz. Als sie aber den Kopf neigt, daß er ihr endlich abgeschlagen werde, gedenkt sie des Ansinnens Theophilus', und siehe, ein goldlockiger Knab erscheint in sternbesticktem Kleid und trägt in einem Körbchen drei Rosen und drei Äpfel. Doro aber spricht zu ihm : »Tue mir den Gefallen, und bringe Rosen und Äpfel dem Theophilus«, woraufhin sie den Kopf verliert und zur Anschauung gelangt ihres himmlischen Bräutigams, der endlich auch das Statuenumschmeißen aufhört. Das Kind bringt die ungewöhnlich schönen Rosen und Äpfel zu Theophilus und sagt die holden Worte »Diese ungewöhnlich schönen Rosen und diese ungewöhnlich schönen Äpfel schickt dir Dorothea aus dem Paradiese ihres Bräutigams« und wird vor Theophilus' Augen entrückt. Das, und daß es mitten im Winter so ungewöhnlich schöne Äpfel gar nicht gibt, bekehrt Theophilus, laut und weitschweifig bekennt er Christus, wird ergriffen, macht nachdrücklich gläubige Ausführungen christlichen Inhalts, langweilt den Sapricius, wird vielfältig auf die Folter gespannt, mit Eisenkrallen zerrissen und Fackeln gebrannt bis zur Ermüdung der Schergen. Der Bekenner aber bleibt heiter und gelöst, widerlegt heidnische Götzen sonder Zahl, bis alle die Faxen dicke haben, er sich noch schnell taufen lassen darf, um dann endlich zerstückelt heimzugehn zur Krone ewigen Lebens. Das Mett aber wird den Tieren dargeboten.

Doros Leichenteile zerstreute es europaweit — so beliebt war sie bei mittelalterlichen Kunstschaffenden. Bis in die breslauer Ratskapelle hatte es 1445 ihr Kopf geschafft. Und so ist sie auch Patronin der Gärtner und Floristen, Bierbrauer, Bergleute, Bräute, Neuvermählten und Wöchnerinnen und gut gegen Armut, falsche Anschuldigung, Geburtswehen und Todesnot. Einigen sogar gilt sie als Joker bei x-beliebiger Drangsal.

[237] Jawohl, und der vollständige Untertitel des Buches von 1951 lautet sogar ›Hermann der Lahme von Reichenau, ein Zeichen Gottes unter den Menschen‹ — Hermann der Lahme (Hermannus Contractus, 1013–1054), wahrlich ein von Geburt an totalgelähmtes und gichtiges Superzeichen Gottes. Mit 7 schob man den Grafensohn ins Benediktinerkloster auf die Reichenau ab und verdonnerte ihn, dort Mönch, Abt und der berühmteste lebenslang an den Tragstuhl Gefesselte seiner Zeit zu werden. Daß er nur schwer sprechen konnte, gereichte Wissenschaft und Kunst zum Vorteil : in sein Gelall deuteten die Mitbenediktiner hinein, er sage grad Bedeutendes zu Mathematik, Astronomie, Mechanik, Musik oder Historie, improvisiere liturgische Gesänge, Gedichte und eine Chronik der Weltgeschichte von Christi Geburt bis 1054, gar, als er eines Mittwochs sechzig Mal in einer Stunde würgte, er rege das Zerschneiden der Stunde in sechzig kleine Teile an und hätte die Minute erfunden. Unter seinem Namen kursieren bis heute von Gelehrten hochgeschätzte Bastelanleitungen für nichtfunktionierende Uhren, Quadranten und Astrolabien. Auch sorgte die ihm zugeschriebene Schrift ›De musica‹ für frühe und hohe Atonalität unter den choralenden Mönchen — schlimmer nur die Verwirrung, die sein nonnengewidmetes Lehrgedicht ›De

HERMANN : *Das hab ich nicht gewußt*

KELLER : *Und! — daß Ihnen die Augen übergehen : ›Hermann‹, genannt ›der Joseph‹* (legt eine dicke Broschur nach [238]) *Hier noch selig, inzwischen aber schon heilig*

HERMANN (kneift die Augen) : *Timmermans, den kenn ich*

KELLER (bedauert) : *Wird aber nicht der sein, den Sie kennen*

HERMANN (ringt mit Widerspruch und Gedächtnis) : *Nein ? Aber mir ist so, als sei meiner auch sehr mystisch und fromm gewesen, helfen Sie mir, wie heißt der ...*

KELLER : *Felix*

HERMANN : *Felix Timmermans ! Hat der nicht das ›Jesuskind in Flandern‹ geschrieben ?*

KELLER : *Hat er — der hier aber hieß François und war Abbé und auch zu alt, als daß er schon hätte Nazi sein können*

HERMANN : *Na, da hat er ja Glück gehabt — aber leider, Herr Keller* (und lehnt damit alle Offerten ab) *: ich hasse den Namen Joseph*

KELLER : *Und weil ich das gewußt hab, das Schönste zum Schluß — und das schenk ich Ihnen*

Keller klaubt von über den Krönerbänden, dort, wo in der Mitte der Tiefe des beidseitig bestellten Regals die Deckelkanten der rückwändigen Insel-Bändchen sich küssen mit den Deckelkanten der plagiierenden Piperbücherei, von der Keller hofft, daß einer, der mit Insel durch ist und glänzen will vor seinen Inselfreunden durch eine Exzentrizität, sich derer mal sammelnd erbarme — aber nie wird das geschehen, Keller weiß das im Grunde seines Herzens, nie wird jemand Piperbücherei sammeln, alles Zweckfreie ist anderweitig schon gebunden —, eine flatt-

---

octo vitiis principalibus‹ (Von den acht Hauptsünden) in befreundeten Nonnenklöstern anrichtete.

[238] Ein wertloses Rarissimum ersten Ranges, das Keller da aufgetrieben hat, 366 Seiten, 1899 in Lille erschienen : Abbé François Servais Timmerman, ›Vie du bienheureux Herman-Joseph, chanoine régulier de l'ordre de Prémontré — suivie de sa vie latine par Bonovicinus-Raso‹. Der Autor des angehängten lateinischen Hermann-Lebens (›Dialogus in vitam beati Joseph Sancti Hermanni Joseph, presbyteri Steenveldensis‹) aber hieß in Wahrheit den komischen Namen Raso Goetghebuer und war ein entsagungsreicher Ex-Abt.

Hermann ›Joseph‹ von Steinfeld (~ 1160 – 7. April 1241/1252) war als Sohn sehr arm und Kölner und spielte in der kölner Marienkirche viel mit dem eher scheuen Jesuskind. Eines Tages, als er das Jesuskindlein in sternbesticktem Kleidchen und in Stein gehauen sah, bot Hermann ihm einen Apfel an und es aß sogar davon und tauschte den Apfel gegens sternbestickte Kleidchen. So war klar : Hermann wurde mit 12 Prämonstratenser und in Friesland Küster. Da hatte er soviel Glocken zu läuten, daß er kaum noch zum Beten kam und sich verzweifelt an die Mama vom Jesuskind (→ Maria) wandte, die ihm flugs mitteilte, genau sein Küstern aber sei ihr das Allerangenehmste — und da freute sich Hermann und wars zufrieden und war fortan ihm Maria wie eine eigene Mutter und sah er andauernd seine eigene mystische Vermählung mit ihr (was ihm den Beinamen ›Joseph‹ eintrug) und den Messekelch stets gefüllt mit drei Rosen und dichtete er nunmehr viele Marienhymnen, ganz lebensfroher und allbeliebter Rheinländer und Frühlammek, der er war (→ »Da simmer dabei ! Dat is prima ! Viva Colonia / Wir lieben das Leben, die Liebe und die Lust / Wir glauben an den lieben Gott und hab'n noch immer Durst«) — entsprechend erfolgreich umsorgte er die Seelen aller umliegenden Frauenklöster, und auch die der weiter weg liegenden und wurde er als Heiliger verehrt, wenn auch Rom seine Heiligheit erst 11. August 1958 erkannte. Die ganze deutsche Romantik mochte ihn besonders. Warum allerdings er der Patron der Uhr-

rig-labbrige Saarlandensie [239] und überreicht die Hermann. Der durchblättert sie fassungslos.

KELLER (da Hermann überhaupt noch nicht danach gefragt hat, lustig) : *Ich hab sogar die andere Broschüre noch*

HERMANN : *Welche andere Broschüre?*

KELLER : *Die mit Göte im Examen*

HERMANN : *Ah, die lustige. Wie das?*

KELLER : *Ich zeig sie ja nicht jedem* (auf einen angestrengten Blick Hermanns, unschuldig) *Ich habe nie gesagt, daß es ein Vergnügen ist, bei mir Kunde zu sein*

Hat er auch wirklich nicht. Und Hermann lehnt das Geschenk ja auch nicht ab. Aufbrechen aber muß er dann doch, Säumigkeit sei ungehörig, und er habe am Roland zur vollen Stunde eine Lagebesprechung mit Dorothea vereinbart. Gut. Hat Hermann ›bis nächstes Jahr‹ wiederholt? Hat er nicht. Keller beruhigt sich, einmal gesagt genügt bei einem Mann wie Hermann — fragt sich aber doch kurz, ob er was falsch gemacht und Hermann eventuell vergrault habe, findet aber ›nein‹ und wählt endlich die Nummer, die er vorhin schon hat wählen wollen.

PLOCHER : *Ploch-err!*

KELLER : *Plocher, stop. Ich habe schlecht geschlafen. Sie glauben nicht, was sich gestern hier noch abgespielt hat*

PLOCHER : *Freilich glaub i's net*

KELLER : *Hören Sie*

PLOCHER (schnarrt) : *Sie-schul-den-mirr-Geld*

KELLER : *Sie Spinner. Jetzt hören Sie*

— und Keller erzählt, und unterschlägt nur, wie gestern Leo schlechte Laune gehabt hatte und dreimal achtlos vorübergestrichen war, wie die Luft noch keine Zusage getragen hatte von Wohligkeit und fortdauernder Laue, es war ein großes, wolkenverhangenes Ausatmen vor dem Wochenendtrubel gewesen, Antiquariat im Schnoor, Frühabend Freitag, Erdgeschoß :

die vier Buchstaben, angesteckt vom Ausbleiben einer verheißenden Witterung, balancierten lustlos und jeder für sich auf Buchkanten und spielten nicht wie sonst um diese Uhr- und Jahreszeit auf der zwölfbändigen Propyläen-Weltgeschichte Kriegen, Keller saß rauchend auf der Treppe und las im mäßigen Briefwechsel Gide-Claudel — da Keller aber augenwinklig ein gedrungen-zerknautschtes Allerweltsgesichts mit stumpfer Hornbrille grußlos eintreten sah, tat er nur noch so, als rauche und lese er, regte sich aber weiter nicht — Keller lehnt alle Ansprüche sprachlosen Auftretens auf Beachtung ab. Anders sah das die Hornbrille, keine

---

macher ist, bleibt göttliches Geheimnis. Vielleicht — aber das ist reine Menschenspekulation — weil er besonders pünktlich sich aufs Glockenläuten verstand.

[239] Acht lokalpatriotische Hochglanzseiten der Völklinger Hütte, gewidmet den beiden Schlackhalden ›Hermann und Dorothea‹ — wobei noch zu erforschen wär, ob der in zwei Weltkriegen zweimal als Kriegsverbrecher verurteilte Hermann Röchling (bis heute neben

zwei Meter vor Keller. Die hielt ihr bloßes Dasein für bemerkenswert und lauerte, ob ihr lesend-rauchendes Gegenüber nicht auch so fühlte … mußte aber endlich aufgeben und Worte finden.

HORNBRILLE (forderndforsch) : *Na, kenn' Sie mich noch?*

KELLER (blickt auf) : *O, ich bin sicher, ich sollte, aber das Alter …*

HORNBRILLE : *Ich war zuletzt vor zwei drei sechs Jahren bei Ihnen, hab auch immer gekauft*

KELLER : *Zwei drei sechs … nun, das ist sehr lieb … ich danke Ihnen nochmals für alles, was Sie wohl für mich getan haben*

HORNBRILLE : *Habe Schwierigkeiten gehabt, Sie wiederzufinden*

KELLER (aufgeräumt) : *Und da soll ich mich an Sie erinnern?*

HORNBRILLE (leutselig) : *Das erwartet doch niemand*

KELLER : *Dann ist ja gut*

Pause. Die Hornbrille stierte gradaus, Keller, der denn nun auch nichts mehr zu sagen wußte und für den die Unterhaltung an dieser Stelle auch gut hätte beendet sein können, guckte ruhig in den stechend-wäßrigen Brillenhintergrund. Die Pause dauerte an … gern hätte Keller einfach so getan, als lese er weiter — wär nur ein Aschenbecher in der Nähe gewesen und drohte nicht unmittelbar eine Raucherverlegenheit. Sowieso aber :

HORNBRILLE : *Ich habe immer alte Indianerbücher gekauft bei Ihnen, jedes Jahr*

KELLER : *Kann nicht sein*

HORNBRILLE : *Aber ja! Jedes Jahr!*

KELLER (sanft) : *Nein* (steht auf, geht zum Schleuderascher am Tresen und entledigt sich mit quirlendem Ton der Kippe)

HORNBRILLE (wartet mit einer überraschenden Wendung auf) : *Wissen Sie, wie spät es ist?*

KELLER (sanft und genießend) : *Nein*

HORNBRILLE : *Ich bin einmal im Jahr in Bremen. Die standen immer da drüben* (zeigt irgendwohin)

KELLER : *Da standen nie Indianerbücher. Und selbst gesetzt den Fall, ich hätte je welche gehabt, würden sie nicht dort gestanden haben. Es bleibt nur eins : Sie verwechseln mich*

HORNBRILLE : *Niemals. Aber dünner sind Sie geworden. Und größer. Und rasiert*

KELLER : *Sehen Sie*

HORNBRILLE : *Nun, Herr Lammek …*

KELLER : *Ich bin nicht Herr Lammek, Herr Lammek ist dicker, kleiner und unrasiert. Seit drei Jahren schon bin ich nicht mehr Herr Lammek*

HORNBRILLE : *Ja, das kann sein. Die Uhr haben Sie nicht, sagten Sie?*

KELLER (zögert) : *Ja, so ähnlich*

HORNBRILLE : *Was jetzt ›ja‹?*

Hitler Ehrenbürger Völklingens, anders als Hitler aber mit eigenem Stadtteil) eine Dorothea in der Verwandtschaft hat. Weltkulturerbe hin oder her.

KELLER (stöhnt) : *Nein, ich weiß nicht, wie spät es ist, oder wenn Sie wollen : Ja, ich weiß nicht, wie spät es ist. In keinem der beiden Fälle aber weiß ich, wie spät es ist*

HORNBRILLE : *Woher wissen Sie dann, wann Sie schließen müssen?*

KELLER (setzt sich wieder auf die Treppe) : *Ah, Sie streuen Salz in eine meiner zahlreich schwärenden Wunden. Meist orientiere ich mich am Stand der Sterne. Oder meinem Puls. Nichts davon steht mir hier, der ich hier sitze, zur Verfügung*

HORNBRILLE : *Hab ich denn noch Zeit?*

KELLER : *Ich weiß nicht. Was sagen Ihre Ärzte?*

HORNBRILLE : *Das mein' ich nicht*

KELLER : *Was meinen Sie dann?*

HORNBRILLE : *Mich hier umzuschaun ... ich meine, bevor Sie schließen?*

KELLER : *Ich denke ja, die Zeit sollten Sie haben. An mir zumindest liegts nicht. Sie sind ja bestens orientiert* (Keller steht auf und schleppt sich die Treppe hoch) *was wo steht*

HORNBRILLE : *Das könn' Sie laut sagen*

Eine behäbige halbe Stunde, in der Keller rumräumte, lauen Restkaffe trank, die Kaffeekanne spülte, die Tageseinnahmen auf 78 Mark addierte, Münzen für den Zigarettenautomaten separierte, mit den Fingern aus Ecken grobe Flusen griff und entsorgte, rauchte ...

HORNBRILLE (von unten) : *Darf ich raufkommen?*

KELLER (bequemt sich an die Treppe) : *Fürchte nein, hier oben steht sowieso nur die Handbibliothek*

HORNBRILLE : *Früher durfte ich immer*

KELLER (lacht) : *Das kann ich mir zwar nicht vorstellen, aber es ist sowieso nicht mehr früher. Doch danke, daß Sie immerhin gefragt haben*

HORNBRILLE : *Aber oben sind doch auch noch Bücher*

KELLER : *Ja-ha, wohl wahr, da sind Bücher. Aber Handbibliothek. Keine mit Indianers und Cowboys*

HORNBRILLE : *Indianerbücher sind hier unten aber auch nicht*

KELLER : *Was mich wundert. Was aber irgendwie auch meine anfängliche Auskunft bestätigt*

HORNBRILLE : *Aber ich interessiere mich auch für Archäologie, werden Sie gleich sehen*

KELLER : *Das ...* (sprachlos)

HORNBRILLE : *Wollen Sie dann bitte einmal schauen kommen*

KELLER : *Sofort bei Ihnen* (hüpft leis singsangend treppab) *Schauen, schauen, das ist mein Pläsier*

HORNBRILLE : *Ich hab mir einen Stapel zusammengesucht* (deutet auf sieben Bücher, die akkurat an der Kante des Tresens ausgerichtet sich häufen)

KELLER (lobt) : *Sehr schön*

HORNBRILLE (als ob er noch mehr gelobt werden wollte) : *Ich gehe selbst eifrig auf Flohmärkte*

KELLER (stutzt bei ›Flohmarkt‹) : *Ahja?* (sollte sich aber wenigstens ebenso über die dreiste Unterstellung, die in ›selbst‹ steckt, ereifern)

HORNBRILLE (kennerisch) : *Natürlich weiß ich, daß ich hier keine Flohmarktpreise erwarten kann …*

KELLER : *Sehr gut*

HORNBRILLE : … *aber ob ich Ihnen diesen Stapel abnehme, hängt davon ab, wieweit Sie mir entgegenkommen*

KELLER (dem Hornbrilles Generosität und die vorgenommene Verknüpfung sehr mißfällt) : *Dann lassen Sie mich mal rechnen, hm … alles Ägyptologie* (untersucht den Stapel [240], kleidet Mißtrauen in ein Lachen) *Sie haben aber schon registriert, daß die Bücher mit Preisen versehen sind?*

HORNBRILLE (herrlich) : *Nein, nein, ich gehe nur nach Gefallen, Preise verhandle ich lieber immer persönlich*

KELLER (seufzt) : *Schade. Doch darf ich annehmen, Sie teilen mit mir die Überzeugung, daß die Preise etwas bedeuten, daß es sich bei meinen Vorstellungen vom Kurs eines Buches weder um Schutz- noch um Phantasiegebühren handelt, daß meine Forderungen wohlkalkuliert sind?*

HORNBRILLE : *Das ist mir egal. Nun sagen Sie, wieviel Sie wollen*

KELLER (rechnet) : *Nominell 188. Und ich komme Ihnen entgegen auf 150*

HORNBRILLE : *Bitte?*

KELLER : *Sie bekommen die Bücher für schlappe 150, Sie müssen gar nicht die ganzen 188 zahlen* (da er hinter der Hornbrille ungläubige Augen zu bemerken glaubt) *das wär praktisch* (überschlägt kurz) *der Breasted* (hält die ›Geschichte Ägyptens‹ hoch) *umsonst*

HORNBRILLE : *Das hätt ich nicht gedacht*

KELLER : *So wenig wie ich*

HORNBRILLE : *Das da umsonst ist ok. Wie haben Sie denn die andern Bücher einzeln berechnet?*

KELLER : *Ich hab ja nicht den Breasted nicht berechnet, ich hab ja nur …* (das wird zu kompliziert) *Sehen Sie, drei Dinge sind toll: der Mensch hat die Schrift erfunden, der Mensch hat die Ziffern erfunden, und hier ist kein Flohmarkt. Und also möcht ich Ihnen auch jetzt gar nicht im einzelnen vorbeten, was ich mir gedacht hab, denn das hab ich schon getan, schriftlich sogar: steht alles drin! Alles transparent, überprüfen Sie bitte, Sie werden wie ich auf 188 kommen, und die Anzahl Bücher, es sind ja immerhin sieben, ermöglicht mir einen Mengenrabatt, der sogar über den Kollegenrabatt von zehn Prozent hinausgeht*

HORNBRILLE : *Aber es sind alles keine außergewöhnlichen Bücher*

KELLER (schmollt) : *Also den ›Alten Orient‹ …*

HORNBRILLE : *Der ist eine Zeitung und der Einband ist auch nachgemacht*

KELLER : … *und den Carter, die halte ich schon …*

---

240 Ein Ausstellungskatalog zu Nofretete, ein privat gebundener Sammelband von etlichen alten Nummern des Organs der ›Vorderasiatisch-Ägyptischen Gesellschaft‹ ›Der alte Orient‹, ein dummes Pyramidenrätselbuch, in Lizenzausgaben ein etwas klügeres Pyramidenrätselbuch, Breasteds ›Geschichte Ägyptens‹, Friedells ›Kulturgeschichte Ägyptens und des Alten Orients‹ — und untergemengt ein kleiner Klopfer : Howard Carters ›Tut-ench-Amun. Ein ägyptisches Königsgrab‹, Band 1 von dreien, 3. Auflage Leipzig, Brockhaus 1924.

HORNBRILLE : *Carter, Carter*

KELLER : *Der ist zwar keine erste Auflage und der ist auch nicht komplett, aber ...*

HORNBRILLE : *Dann lassen wir den mal weg, und auch die Zeitung — was macht das dann?*

Merkwürdig, aber Keller war dankbar, daß kein Geschäftsabschluß ins Haus stand, sondern es allein um eine winzige Seelenstudie ging : hat er es mit einem durchtriebenen Idioten zu schaffen, der kleine Schätze in einem Konvolut hatte schleusen wollen, oder schlicht mit einem hochbegabten Gierhals, dem ein Indianerkunde gestorben, ein Ägyptenkunde aber geboren war? am Ende gar mit einer noch unbeschriebenen Mischform aus beidem? Keller frohlockte.

KELLER : *Dann macht das ... statt 98 noch 90*

HORNBRILLE (variiert seine Klage nur leicht) : *Aber das sind alles keine so außergewöhnlichen Bücher, ich hab die alle schon mal gesehn*

KELLER : *So. Und wessen Schuld soll das jetzt sein? Meine, der ich solche Bücher auch habe, oder Ihre, der Sie sie sich gezielt ausgesucht haben?*

HORNBRILLE : *Aber ich bin Wiederverkäufer auf dem Flohmarkt*

KELLER : *Und deshalb ist es ohne Wert, was Sie sich aussuchen? Ich verstehe Sie nicht*

HORNBRILLE : *Aber Sie haben selbst gesagt, Sie haben die Bücher nur auch*

KELLER : *Aber deswegen hab ich sie doch nicht, daß Sie daran verdienen*

HORNBRILLE (wimmert) : *Ich weiß schon, 90, das ließe sich erzielen, da haben Sie recht, aber was soll dann ich ...*

KELLER (Ende der Studie. Gereizt) : *Pardon, aber das kann ich nicht mehr hörn*

HORNBRILLE (wimmert weiter) : *Die Standgebühr ...*

KELLER (muß lachen) : *Miete! Miete! Ich zahle Miete, guter Mann, ich zahle Miete, Strom, Wasser, Versicherungen, ich zahle sogar gut im Ankauf — und meine Zauberquellen, aus denen Brötchen und Tabak sprudeln, sind versiegt*

HORNBRILLE : *Meine doch auch!*

KELLER : *Sehen Sie!? Und steh ich bei Ihnen und klag, daß ich bei Ihren Preisen nicht verdienen kann?*

HORNBRILLE : *Ich bin nicht Sie*

KELLER (verwirrt) : *Äh ...* (die Studie bekommt einen kleinen Anhang) *Sie haben also einen Kunden für Ägyptologie*

HORNBRILLE (grinst) : *Ich verrat doch nicht meine Geschäftsgeheimnisse, sowas mach ich doch nicht*

KELLER : *Warum betrachten Sie sich nicht einfach als mein Kollege und schicken Ihren Kunden zu mir ...*

HORNBRILLE : *Hh-hh-a*

KELLER : ... *warum muß ich mir stattdessen die Klage einer unberechtigten Erwartung, die zu Recht nicht erfüllt wird, anhören?*

HORNBRILLE : *Kommen Sie mir entgegen*

KELLER : *Bin ich*

HORNBRILLE : *Überlegen Sie nochmal*

KELLER (Ende des Anhangs) : *Sie beginnen, mir das einzige, das ich wirklich habe, Verstand und Zeit, zu rauben. Und Sie beginnen, mir schlechte Laune zu machen. Es sind ganz einfache Entscheidungen zu treffen, und zwar von Ihnen*

HORNBRILLE : *Ich überlegs nochmal*

KELLER : *Ausgezeichnet, dazu wollte ich Sie ermuntern …* (beginnt, die Bücher in das Regal ›Ägyptologie‹ zurückzustopfen) —

KELLER : … *dazu wollte ich Sie ermuntern, sagte ich …* (ein beträchtliches Scheppern unterbricht Kellers Rapport) *Plocher, kleinen Moment mal, draußen scheint ein Unglück passiert* (linst aus dem Küchenfenster) *Ich ruf Sie wieder an*

Im Fensterkreuz unten drücken entsetzt die vier Buchstaben am Glas ihre Näschen platt und reiben sich die Äuglein, Marterburg, in der Tat : Kellers VW-Bus, der niefahrende, ist angefahren worden. Von einem Mercedes. Blechschaden ist. Keller flitzt hinzu. Der Mercedes aber ist ein Roadster [241]. An der Fahrertür rüttelts, vergeblich, dann surrt sich das Stahldach in den Kofferraum zurück. Aus dem offenen Verdeck krabbelt unbeholfen und eine Fahne ächzend Gätjens, schlipsig, manschettig, firmig, ein passionierter und couragierter Cognac-Trinker Mitte Fünfzig.

KELLER (erstaunt) : *Mein Gott*

GÄTJENS (plumpst weichknieig auf dem Pflaster auf) : *Ach Sie, der hilft jetz auch nich*

KELLER : *Sehr gut. Dann rufen wir eben …* (hat keine Idee)

GÄTJENS (stößt auf) : *Achwas, das is doch alles nich ernst zu nehmen. Gätjens, Sparkasse Bremen, hier meine Karte* (reicht Keller einen bedruckten Karton) *ich nehme an, der Wagen is Ihrer?*

KELLER : *Ich denke : ja. Er ist das materiale Substrat meines Wirkens — nun mit Beule. Eigentlich passend*

GÄTJENS (taxiert Keller) : *Solche wie Sie, so Käuze, die brauchen wir doch, so als bunte Tupfer, um unsere Stadt wieder attraktiv zu machen, ein Künstlerparadies, wo die Touristen staunen, das bringt Geld, sehr gut, junger Mann*

KELLER (ohne Sinn für Alkohol) : *Sie stehen unter Schock*

GÄTJENS : *Das is sowas wie mein Beruf*

Kurzärmlig und mit einem Regenschirm gehstockend tockend von der Ostertorstraße daher des Wegs Herr Huschke.

HUSCHKE : *O, Herr Keller, wie ich sehe, eine kleine Akzidenz?*

KELLER (dankbar) : *Herr Huschke, als ob ich Sie bestellt hätte*

HUSCHKE : *Jemand verletzt?*

KELLER : *Ich denke … nicht — oder, Herr … ?* (schaut auf die Karte)

HUSCHKE : *Gätjens, wir kennen uns* (schüttelt Gätjens die Hand, zu Keller) *Herr Gätjens ist langjähriger Justiziar der Sparkasse Bremen, er verkehrt regelmäßig in der Kanzlei meines geschätzten Herrn Vaters*

---

[241] Das Cabrio-Coupé R 170, montiert in Bremen.

KELLER : *Das ist ja köstlich. Ich kenn auch jemanden bei der Sparkasse, der heißt aber Tödtheide*

GÄTJENS : *Tödtheide? Guter Mann! Rote Haare! Immer für eine Wurst gut!*[242] *Auch mal für zwei*

KELLER : *Und was wird nun?* (hat doch noch eine Idee) *Machen wir jetzt einen Chor und schreien lauthals ›Polizei‹?* (im Fensterkreuz die Buchstaben, die tun's schon) *Herr Huschke, Sie, Sie sind bald Rechtsanwalt, Sie wissen sowas, Sie rufen jetzt, oder Sie, Herr … äh, Gätjens, Sie mit Ihrer langjährigen Erfahrung, mögen Sie nicht schreien?*

GÄTJENS (vertraulich zu Huschke) : *Der is ja ne Nulpe, was?*

HUSCHKE : *Keine Aufregung, meine Herren, wenn ich mich einmischen darf : der Sachverhalt scheint doch unstrittig und eine Schuldfrage stellt sich nicht wirklich, nach meiner Erinnerung parkt der VW-Bus hier ordnungsgemäß seit … puh … ich denken kann*

GÄTJENS (schwersilbig) : *Das wissn wir doch alles, alles keine Frage, alles kein Problem*

HUSCHKE (mit Defraudantengeste) : *Herr Keller, seien Sie so gut und holen eben Ihre Fahrzeugpapiere*

KELLER (erleichtert) : *Alles was Sie wollen, Herr Huschke* (eilt höchstbesorgt, ob er die Papiere finden wird, ins Antiquariat)

HUSCHKE (tuschelt scharf) : *Herr Gätjens, was machen Sie denn? Ist Ihnen denn die Fahrerlaubnis bereits wieder erteilt worden?*

GÄTJENS : *Nee, wieso? Fahrerlaubnis, so'n blödes Wort … das steht nich im Grimmschen Wörterbuch*

HUSCHKE : *… und fahren können Sie doch, obs nun erlaubt ist oder nicht, wie?* (rüffelnd) *Herr Gätjens!*

GÄTJENS : *Aber so isses doch* (schwingt dozierend den Zeigefinger) *ein Können kriegt man nich durch Verbot aus der Welt, ein Können nich, und meins erst recht nich, und schon gar nich, indem man mir den Lappen wegnimmt*

HUSCHKE : *Hab ichs mir doch gedacht. Herr Gätjens, Sie kriegen jetzt Schimpfe von mir. Hatten mein Vater und ich Ihnen nicht gesagt, das nächste Mal könne das ernste Konsequenzen für Sie haben?*

GÄTJENS (plötzlich weinerlich) : *Aber das war ein wichtiges Geschäftsessn*

HUSCHKE : *Wissen Sie noch, was wir für den Fall besprochen hatten? Taxi, Herr Gätjens, Taxi!*

GÄTJENS (wegwerfender Gebärde) : *Ach Taxi*

HUSCHKE : *Ja Taxi, können Sie sich doch leisten! Wenn Sie lustig sind, kaufen Sie sich morgen doch den ganzen Hansa-Funk!*

GÄTJENS : *Ach Taxi, wie sieht das denn aus?*

HUSCHKE : *Ja Taxi, egal wie das aussieht, sowas, was Ihnen der umgängliche Herr, dessen Auto Sie beliebten anzufahren, gleich rufen wird. Ihren Wagen nehme ich. Er fährt doch noch?*

GÄTJENS : *Selbsverständlich. Will kein Taxi*

---

242 → Hinter Büchern, Die Übernahme.

HUSCHKE : *Doch, wollen Sie doch*

GÄTJENS : *Nä, bin neulich ers Taxi gefahrn*

HUSCHKE : *Das hätten Sie besser auch heute getan. Herr Gätjens, ich denke aber, für diesmal können wir das noch aus der Welt schaffen, ich kenne Herrn Kellers Situation gut, Sie retten nicht nur Ihre Haut, Sie tun zudem ein gutes Werk : geben Sie mir einen Scheck über 5000*

GÄTJENS : *Mann, wie mir das auf die Klötze geht* (angelt seine Jacke vom Beifahrersitz, fummelt ein Scheckbuch hervor, patzig) *Hab nix zum Schreibn*

HUSCHKE (in dessen Hand ein Kugelschreiber liegt) : *Bitte schön*

Gätjens liegt mühselig schreibend halb auf der Kühlerhaube, Keller kommt zurück und winkt stolz mit den Papieren — er hatte sie bei den Visitenkarten vor der Kaffeemaschine gesucht und annähernd unversehrt gefunden und gleich die Karte ›Gätjens — Sparkasse Bremen‹ dagelassen —, Huschke aber streicht den Scheck ein, nimmt den Kugelschreiber wieder an sich, wendet sein Gesicht ins Lächeln und Keller zu.

HUSCHKE : *Herr Keller, ich glaube, wir müssen* (mit apostrophierenden Fingerhäkchen) *›die Grünen‹ nicht bemühen, das läßt sich formlos regeln, kurzer Dienstweg, zur Zufriedenheit aller Parteien. Darf ich vorschlagen, daß Herr Gätjens, was er bei Inanspruchnahme seiner Versicherung an erhöhter Prämie zu zahlen hätte, lieber Ihnen direkt zugute kommen läßt? Ich bürge für alles, und* (Huschke entnimmt der eigenen Geldbörse fünf Braune) *das sollte genügen, Ihren Wagen instand zu setzen*

KELLER (verwirrt) : *Aber Herr Huschke ...*

HUSCHKE : *Das ist doch besser für Sie als ein Scheck, oder?* (zwinkert) *Jetzt nehmen Sie die* (drückt Keller das Geld in die Hand) *und seien so gut und rufen Herrn Gätjens ein Taxi*

KELLER : *Aber das geht doch nicht*

GÄTJENS (haut Huschke an die Schulter) : *Hhh, der hat das Telephon nich bezahlt, der hat gar keinen Dauerauftrag hat der nich, Künstler! Lebenskünstler!*

KELLER (zu Huschke) : *Hören Sie nicht auf Herrn Gätjens. Was ich meine, ist : Sie können doch nicht ...*

HUSCHKE : *Nun zerbrechen Sie sich mal nicht meinen Kopf, es ist alles in Ordnung, den Storck* [243] *mit* (seufzt) *leider nur 15 Kupfern löse ich eben nächste Woche aus*

---

[243] Philipp Adam Storck, ›Ansichten der Freien Hansestadt Bremen und ihrer Umgebungen‹, Frankfurt, Friedrich Wilmans, 1822, 648 Seiten, sechzehnfach bekupfert — ein Zentralmythos unter bremer Antiquaren.

Storck (1780–1822), in Traben an der Mosel geboren, promoviert und 1817 gestrandet als rousseauverehrender Lehrer an der Handelsschule Bremen. So wenig alt er wurde, so emsig verbrachte er seine schwindsüchtigen Tage, die ihm am Ende das Reden verboten, doch mit Herumreisen und Beschreiben des Herumreisens, anonym 1810 begonnen mit ›Episoden aus einer Reise nach Paris im Sommer 1809‹ (Duisburg & Essen, Bädeker & Kürzel), ebendort 1818 fortgesetzt mit ›Darstellungen aus dem Preußischen Rhein- und Mosellande‹ und eben kulminierend in der Gigabremensie. Aber hatte er auch ein Hobby? Er hatte auch ein Hobby. Das war nicht nur das Übersetzen der ›Mosella‹ des Ausonius, das war vor allem Walter-Scott-Übersetzen. 15 Jahre, nachdem 1805 Scotts ›The Lay of the last Minstrel‹ in Edinburgh erschien, kams als ›Der letzte Minstrel : ein Gedicht in sechs Gesängen‹ bei Heyse in Bremen heraus, und 1822 ebendort ›im Versmaaße des Originals‹ Edinburgh

1813 erstmals eingedeutscht ›Burg Rokeby. Romantisches Gedicht in sechs Gesängen‹. Aber 1819 schon, bei Bädeker, hatte Storck, grad, als er aus den ungesunden Klassenzimmern des Katharinenklosters Sögestraße umzog in den Eschenhof Domsheide, wesentlich folgenreicher und sehr zu Loisys Pläsier, für die erste deutsche Übersetzung von Scotts ›Lady of the Lake‹ (Edinburgh 1810) als ›Das Fräulein vom See. Ein Gedicht in sechs Gesängen‹ gesorgt und noch eine historische Einleitung und Anmerkungen hinzugetan — folgenreicher, denn Franz Schubert kam Frühling 1825 und nahm aus Canto III Ellens ›Hymn To The Virgin‹ und machte daraus das ›Ave Maria‹ : »Ave Maria! Jungfrau mild / Erhöre einer Jungfrau Flehen / Aus diesem Felsen starr und wild / Soll mein Gebet zu dir hinwehen / Wir schlafen sicher bis zum Morgen / Ob Menschen noch so grausam sind / O Jungfrau, sieh der Jungfrau Sorgen / O Mutter, hör ein bittend Kind! / Ave Maria! // Ave Maria! Unbefleckt! / Wenn wir auf diesen Fels hinsinken / Zum Schlaf, und uns dein Schutz bedeckt / Wird weich der harte Fels uns dünken / Du lächelst, Rosendüfte wehen / In dieser dumpfen Felsenkluft / O Mutter, höre Kindes Flehen / O Jungfrau, eine Jungfrau ruft! / Ave Maria! / / Ave Maria! Reine Magd! / Der Erde und der Luft Dämonen / Von deines Auges Huld verjagt / Sie können hier nicht bei uns wohnen / Wir woll'n uns still dem Schicksal beugen / Da uns dein heil'ger Trost anweht / Der Jungfrau wolle hold dich neigen / Dem Kind, das für den Vater fleht / Ave Maria!« — »Ave, Maria! Maiden mild! / Oh listen to a maiden's prayer / For thou canst hear tho' from the wild / And Thou canst save amid despair / Safe may we sleep beneath thy care / Tho' banish'd outcast and reviled / Oh, Maiden hear a maiden's prayer / Oh Mother, hear a suppliant child! / Ave Maria! // Ave, Maria! Undefiled! / The flinty couch we now must share / Shall seem with down of eider piled / If Thy, if Thy protection hover there / The murky cavern's heavy air / Shall breath of Balm if thou hast smiled / Then, Maiden hear a maiden's prayer / Oh Mother, hear a suppliant child! / Ave Maria! // Ave, Maria! Stainless-styled! / Foul demons of the earth and air / From this their wonted haunt exiled / Shall flee, shall flee before thy presence fair / We bow us to our lot of care / Beneath Thy guidance reconciled / Hear for a maid a maiden's prayer / And for a father bear a child! /Ave Maria!«.

Storck starb dann, ein ›Ave Maria‹ auf den Lippen, ganz in Kellers Nähe, in seiner Wohnung Dechanatsstraße 1. Seine Gattin folgte ihm elf Monate später mit demselben Befund. Buchhändler Heyse aber vertrieb zuerst nur Stiche der ›Ansichten der Freien Hansestadt Bremen‹ und war erst März 1823 dazu zu bewegen, auch das Buch zu verkaufen : ein früher Vordenker des Gebarens der Schedel-Ausschlachter, ein direkter Vorläufer auch derer, die einen Storck behandeln wie eine Schedelsche Chronik.

[244] Wo Keller die hydraulische Stadtreinigung hat verschwinden sehen, Katharinenstraße am Katharinenkloster, führt Gerhard Friedrich Wilmans (1764–1830), eins von 24 Geschwistern, ab 1791 in Bremen eine Buchhandlung im Haus seiner Eltern. Drei Jahre darauf beginnt der liebenswürdige Mann das Verlegen, 1800 bringt er, mit Worterklärungen versehen, eine Übersetzung der kind›gerechten‹ Robinson-Bearbeitung Joachim Heinrich Campes ins Englische, ›Robinson the younger‹. Aber Wilmans will mehr, er will ins Almanach-Geschäft einsteigen. Und bettelt erfolgreich um Beiträge für sein ›Taschenbuch der Liebe und Freundschaft‹. Er kriegt sie alle ran, die Großen der Literatur. Denn er füllt sie ab mit portugiesischem Wein.

Schiller unterbricht seine tödliche Erkrankung und dankt am 16. April 1800 für 17 Fläschchen und schickt zwei Gedichte.

Wieland schreibt 4. Mai 1800, es »sind bereits alle 5 Gattungen dieser Götterweine auf Ihre Gesundheit versucht und jeder in ihrer Art vortrefflich befunden worden. Besonders hat der Tinto d'Alicante bey einem meiner Freunde so großen Beyfall gefunden, daß er mich dringend gebeten hat, mich bey Ihnen zu erkundigen, ob dieser wahre Nektar zu Bremen in größerer Quantität zu bekommen sey, und wie hoch die bouteille zu stehen kommen würde« — kann aber, grad sehr am ›Aristipp‹, erst 1802 mit einer Erzählung aus dem ›Hexameron [da noch ›Pentameron‹] von Rosenhain‹ aufwarten und bietet für 1800 Ersatz im 21jährigen Clemens Brentano, von dem der erste Band des ›Godwi‹ zu haben ist (für dessen zweiten Band 1801 allerdings Wilmans Brentano in Göttingen auflauern und zusetzen muß,

Brentano an Savigny : »Ich habe heute Abend mit meinem Verleger zu Nacht gegessen. Er reiste hier durch und ich fühle mich durch diese Gesellschaft so erniedrigt, meine ganze Armut, meine Mutlosigkeit fällt mir so aufs Herz durch diesen Menschen, der mir ruhig sagen kann : in vier Wochen müssen Sie den Godwi an Frommann schicken, sonst kann ich ihn vor Ostern nicht drucken, daß ich ganz tot hier sitze. Der Kerl ist mir bei all seiner Liberalität der schmutzigste Repräsentant der ganzen Welt geworden. Nun soll ich schmieren und edle Gefühle aussprechen«).

Selbst **Göte** antwortet, 20. Mai 1800 : »Sie haben mich, mein werthester Herr Wilmans, durch Übersendung eines Kistchens guter Weinsorten, auf eine verbindende Weise eingeladen zu Ihrem dießjährigen Taschenbuche einigen Beytrag zu übersenden. Unter dem wenigen, was ich zu einem solchen Zwecke mittheilen könnte, habe ich den Anfang einer Fortsetzung der Zauberflöte gewählt. Die Personen dieser märchenhaften Oper sind jedermann bekannt und ich sollte glauben, daß sich das Publikum auch für die ferneren Schicksale seiner bisherigen Lieblinge interessiren dürfte. Ich gebe die Exposition des neuen Stückes, soweit als es etwa nöthig ist um Aufmerksamkeit und Neugierde zu erregen. Übrigens sey Ihnen überlassen diesen Beytrag nach dem Werthe zu honoriren, den er für Ihr Institut haben kann. Wobey ich überzeugt bin daß unser beyderseitiges Interesse auch künftig zusammen werde bestehen können. Der ich recht wohl zu leben wünsche« — für 20 Seiten ›Zauberflöte‹ ein zusätzliches Honorar? Wilmans weiß dem nur zu begegnen durch Übersenden einer zweiten Kiste Weines. Göte zuwenig. Wilmans wird von ihm nichts mehr hören. Entzückt jedoch ist Göte vom Wein und schickt gleich den grad in Weimar weilenden bremer Arzt Nicolaus Meyer zurück nach Bremen, mehr davon ranzuschaffen. Meyer springt und meldet : »Ihrem Auftrag gemäß war ich gestern bey Wilmans, der Wein, nachdem ich mich erkundigte ist allerdings ein weißer Portwein, aber von besonderer Güte gewesen, da er ihn nur aus Gefälligkeit von einem Freunde der nicht damit handelt bekommen hat. Ich werde aber suchen Ihnen einen ebenso guten zu besorgen«, Göte aber gibt sich nicht zufrieden, läßt Christiane drängeln, so daß Meyer auch der Vulpius drei Wochen später nochmal schreiben muß : »Wilmans hatte den Wein der Ihnen so gut gefallen, aus Gefälligkeit vom Herrn Postverwalter Schubart überlassen bekommen. Von diesem habe ich erfahren, daß es ein junger Caccavelhos gewesen ist, den er direkt aus Portugall bekommt. Er konnte mir keinen mehr davon geben, als eine Bouteille«. Der Geheimrat ist reichlich unamüsiert, zwingt diese Regung aber in heroischem Kampf zugunsten übermenschlicher Gerechtigkeit in die Knie und sieht weniger auf das unbefriedigende Resultat, das sein Emissär erzielte, als vielmehr in dessen Herz und ist am Ende durchaus bereit, Meyer für den von gutem Willen getragenen Einsatz zu belohnen : Meyer darf fortan per Express Göte Austern und Hummer von der Küste liefern und auch mal zugucken, wie der Olympier das olympische Leibgericht ißt — Karpfen in polnischer Soße. Mit Flußkrebsen.

Jean Paul an Wilmans, 20. März 1800 : »Ich sage Ja zu Ihrem Verlangen und werd' Ihnen in 1 Viertel-Jahre etwas für die Ruhestunden schicken ... Ich könte diesen originellen Beweis Ihrer Güte — der für die meisten Verleger unnachahmlich bleibt — nicht annehmen, wenn ich mir nicht vorsezte und Ihnen verspräche, einmal durch ein grösseres Geschäft mit Ihnen in eine nähere Verbindung zu treten. Ich dank' Ihnen indes recht herzlich für Ihre Liebe und für die frohen Stunden, die im Kästgen eingepackt liegen« und bekennt fünf Tage später Freund Christian Otto : »Unter allen Werbetrommeln zu einer Vierteljahrsschrift hat die von Wilmans in Bremen die beste Haut und Tönung; er schrieb vorn herein die gewöhnlichen Schmeicheleien, die so wenig rühren, bis er beifügte, ich möcht' es für einen geringen Beweis seiner Achtung sc. ansehen, daß er sc. ein Kistgen mit Wein nach Braunschweig sc. abgehen lassen. Ich bin Mitarbeiter«. Natürlich. 1801 gar bekommt Wilmans ein ganzes Buch von Jean Paul zum Verlag, ›Das heimliche Klagelied der jezigen Männer; eine Stadtgeschichte; und die wunderbare Gesellschaft in der Neujahrsnacht‹.

August 1802 übersiedelt Wilmans nach Frankfurt. Von dort schlägt er 1803 den Erstling des Wielandsohnes Ludwig aus und 1804 auch Jean Pauls ›Vorschule der Ästhetik‹, denn er hat sich 1803–1805 Friedrich Schlegels Zeitschrift ›Europa‹ angenommen und daran harte Proben seiner Langmut zu erdulden : Schlegel neigt zu Querschlägen, unverschämten

gesänge‹ 1805 (läßt sein Schwärmen, da er bemerkt, daß es ins Leere schwärmt, aus-

---

Geldforderungen und wüstem Schimpf, der »dickhäutige Wilmans«, von »unverbesserlicher Trägheit und Langsamkeit«, beschäftige schlechte Setzer. Da allerdings ist was dran. Eine Erfahrung, die auch Hölderlin nicht erspart bleibt.

Horn, Sinclair, Vogt und Boehlendorff suchen seit Oktober 1802 einen Verlag für die Sophokles-Übertragung ihres Freundes Hölderlin … Unger, Fröhlich, Frommann, Göschen — wird alles nix. Nicolaus Vogt aber ist — ähnlich wie 20 Jahre später Storck — für Wilmans landesgeschichtlich unterwegs und schreibt an den ›Ansichten des Rheins‹. Erfährt Wilmans von Vogt über Hölderlin? Oder von Boehlendorff, der November 1800 in Bremen den Freund, nachmaligen Bürgermeister und auch Hölderlin bekannten Johann Smidt besucht hatte, bei welcher Gelegenheit Boehlendorff und Wilmans sich kurzschlossen und Wilmans 1801 die von Hölderlin gelobte Boehlendorff-Tragödie ›Fernando‹ verlegte? Oder genügt Hölderlins frankfurter Leumund, daß Wilmans sich für ihn interessiert?

Jedenfalls steht Wilmans 3. Juni 1803 Gewehr bei Fuß. Hölderlin will zwar für die ›Ansichten des Rheins‹ die Werbetrommel rühren, zögert aber in Sachen Sophokles noch und wartet ab, was Schelling für ihn tun kann. Erst als der ihn hängen läßt, sagt er Wilmans zu, es ist der 28. September 1803. Briefe rauschen hin und her (viere Hölderlins sind überliefert), Hölderlin läßt sich die Zeit mit dem Manuskript, die er braucht — tatsächlich aber noch erscheinen pünktlich zur Messe in Leipzig, Ostern 1804 : ›Die Trauerspiele des Sophokles‹ in zwei Bänden, 108 Seiten ›Oedipus der Tyrann‹, 103 Seiten ›Antigonae‹, für 1 Reichsthaler oder 1 Gulden 48 Kronen zu erwerben, typographisch gelungen, aber lässig gesetzt und ohne daß noch Zeit gewesen wär, auf Hölderlins Korrekturbögen zu warten. Wilmans entschuldigt sich 14. April, im Moment seiner Abreise nach Leipzig bei Hölderlin, die Antigonae sei erst »vor einer Stunde fertig geworden«, und der Oedipus : »Leider sind in dem ersten Theile … viele Drukfehler [die vielfach statt des ›d‹ kopfgestellten ›p‹'s sind noch die geringsten, aus ›Ruh‹ wird ›Müh‹, aus ›arg‹ ›Berg‹], ich halte es aber für nöthig, sie nicht anzuhängen, wozu theils die Zeit zu spät ist, theils der geringste Theil der Leser darauf achtet. Ihnen werden sie nicht zur Last gelegt, sondern dem Buchdruker. Wünschen Sie sie angezeigt zu haben, so senden Sie mir eine Liste von beiden Bänden, die ich im Intelligenzblatt der Jenaer Litteratur Zeitung abdruken lassen will« — Hölderlins Zustand jedoch ist insgesamt schon zu angegriffen, als daß er an der Front noch weiterkämpft. Doch der Pfusch geht ihm nach. Noch 1842, als ihn Karl Auberlen anspricht »Nicht wahr, Herr Bibliothekar, Sie haben auch den Sophokles bearbeitet«, reagiert er : »›Ich habe den Ödipus zu übersetzen versucht, aber der Buchhändler war ein … [ergänze : ›Arschloch‹, ›Sausack‹]‹! und das Scheltwort wurde mehrmals rasch wiederholt«. Hölderlin ist ungerecht. Wilmans war durch und durch verdienstvoll und großzügig, er kümmerte sich wohl auch sogar, daß ein Sorgenbrief von Hölderlins Mutter gegenstandslos wurde : Johanna Gock bat am 18. März 1804, Wilmans möge eine offene Rechnung ihres Sohnes bei der frankfurter Buchhandlung ›Varrentrapp Sohn & Wenner‹, Münzgasse 5, nah der Gontard-Residenz Großer Hirschgraben 3, der Hölderlin von 1796–98 als Kunde aufgewartet hatte, begleichen und 32 Gulden vom Sophokles-Honorar abziehen (»warum mein l. Sohn es so lange stehen ließ, kan ich mir nicht erklären bitte Sie deswegen auch recht herzlich in dem Brief an meinen l. Sohn nicht gerade zu melden daß ich Sie darum gebethen habe«) und sich nach Möglichkeit dafür zu verwenden, daß Varrentrapp & Wenner von den Verzugszinsen Abstand nähmen. Wilmans aber überwies prompt nach der Leipziger Messe das ausstehende Honorar von 222 Gulden zur Gänze (Cotta hatte für den Hyperion nur 100 gelöhnt) **und** : keiner namens Hölderlin oder Gock wurde je wieder von Varrentrapp & Wenner belästigt.

Ein spätes Hoch wird Wilmans mit E. T. A. Hoffmann, 1819 ›Doge und Dogaressa‹, 1820 ›Das Fräulein von Scudery‹. Als Hoffmann für das Taschenbuch auf 1821 nicht recht in Schwung kommt, schickt Wilmans 50 Flaschen Rüdesheimer, Jahrgang 1811, und erklärt, daß sei dafür, daß das Taschenbuch mit der Scudery so herrlich liefe, und zum geringen Teile nur, weitere Novellen abzupressen. Hoffmann preist in einem Brief an Speyer am 1. Mai 1820 : »Aus reiner Dankbarkeit dafür, daß das Taschenbuch für Lieb und Fr der Scudery halber sehr gut gegangen ist, schickten mir die Gebrüder Willmanns aus Frankfurth, nachdem sie die Erzählung gar reichlich honorirt, eine Kiste mit 50 Bout. Hinterhäuser

kleckern) *die unerhörten ›Nachtgesänge‹* [245] *... Wo haben Sie den Storck denn an Land ziehn können? Bei Hudelwerth? Silke?* (Huschke lächelt verlegen[246])

GÄTJENS : *Frauen sind das Unglück*

HUSCHKE (zu Keller) : *Das Taxi bitte*

GÄTJENS : *›Sind doch ein wunderlich Volk die Weiber, so wie die Kinder! / Jedes lebet so gern nach seinem eignen Belieben / Und man sollte hernach nur immer loben und streicheln‹* [247]

HUSCHKE : *Herr Keller, bitte, es ist dringend, Sie hören doch ...*

GÄTJENS : *›Immer nur loben und streicheln‹ ... und das heißt ›Führerschein‹ und nich ›Fahrerlaubnis‹*

HUSCHKE : *›Führerschein‹ steht aber auch nicht im Grimm*

GÄTJENS : *Tuts doch*

HUSCHKE : *Nein, tut es nicht*

GÄTJENS : *Tuts doch*

KELLER : *Herr Gätjens, ich fürchte, Herr Huschke hat recht* (zu Huschke) *Am schnellsten gings doch, Sie packten ihn einfach ein und führen ihn weg, irgendwohin?*

HUSCHKE (entrüstet ästhetisierend) : *Herr Keller!*

KELLER (beruhigt) : *Verstehe. Und das fehlende Kupfer?*

HUSCHKE : *Osterthor-Wall?*

KELLER (egal) : *Was gedenken Sie da zu tun? Sie werden doch nicht 5000 hinlegen und dabei in Kauf nehmen, daß ein Stich fehlt, für 5000 haben Sie doch vor Gott und der Welt das Anrecht auf ...*

HUSCHKE (kann Keller dämpfen) : *Nun, zufällig ist es mir jüngst gelungen, den fehlen-*

Eilfer der ganz köstlich ist — ... Die Kiste wurde mir an einem guten Morgen vors Haus gefahren und mit vieler Mühe war dem Knecht ein Trinkgeld aufzudringen. — Ich schlug an mein Herz und sprach : Solch einen Glauben hab' ich in Israel nicht funden!«. Dem Taschenbuch für 1821 hilfts nicht, aber 1822 gibts dann unter vielen Zumutungen der Zensur ein ganzes Buch, den ›Meister Floh‹. Hoffmann stirbt dann ja auch. Wilmans, letzter Verleger sowohl Hölderlins als auch Hoffmanns, stirbt 1830 selbst. Hölderlins Trauerspiele sind da immer noch in erster Ausgabe lieferbar und bleiben es bis wenigstens 1836 (nur weist dann der Prospekt ›Höderlin‹ aus) — ein Flop sondergleichen, übertroffen an Unverkäuflichkeit nur noch von Tiecks ›Das Ungeheuer und der verzauberte Wald‹, das seit 1800 wie Blei in Wilmans' Kellern liegt. Irgendwas ist mit Tieck, daß die Leute ihn nicht kaufen. Teile der Tieck-Werkausgabe bei Reimer, die 1854 abgeschlossen war, halten sich über 120 Jahre im Handel — ausgeliefert dann aber von de Gruyter, der den Verlag Reimer 1918 geschluckt hatte.

[245] Im Taschenbuch auf 1805 die Seiten 77–86. Neun Gedichte, unter denen für Keller die zweifelsfrei herrlichsten deutschen Sprachgeschöpfe sich befinden (›Hälfte des Lebens‹ hatte Keller René mal mit verhaltener Verve vorgetragen, »Weh mir, wo nehm' ich, wenn / Es Winter ist, die Blumen und wo / Den Sonnenschein / Und Schatten der Erde?«), jeder Halbvers mehr wert als der ganze Göte. Ja, Hölderlin war nicht ausgenommen worden von Wilmans' Dauergebettel und hatte gefällig zusammengestellt, was ihm zur Hand war. Nicht ganz uneigennützig, denn Wilmans war von Hölderlin ausersehen gewesen, all die großen Gesänge, die da kommen sollten, zu verlegen.

[246] Und das, weil er an dem Tag, an dem er den Erwerb von Kellers Bellman ablehnte, bei Silkes Hans Staden nicht Nein sagen konnte.

[247] ›Hermann und Dorothea‹, III. Thalia.

den Stich apart bei einem anderen Ihrer (fingert Gänsefüßchen in die Luft) *›Kollegen‹ zu erwerben*

KELLER : *Szerzant!*

HUSCHKE : *Das haben Sie gesagt. Jedenfalls kommt das schon wieder gut zusammen, mit minimalem Aufwand, wie meine Buchbinderin versichert hat*

GÄTJENS (blickt erstmalig um sich — ein Buchladen!) : *Bücher, ich will Bücher. Lesn will ich. Meine Rechte* (zu Keller) *Is das Ihr Ladn? ham Sie ein BGB?* (starrt auf das Fenster, hinter dem die vier Buchstaben sich immer noch nicht beruhigt haben) *Und von diesen kleinen Dingern da will ich auch eins*

HUSCHKE : *Herr Keller, ich erstatte bei nächster Gelegenheit Bericht, aber jetzt das Taxi bitte*

KELLER : *Selbstverständlich*

Bernd hat Schicht. Keller telephoniert ihn herbei, binnen fünfer Minuten klärt sich die Lage ins Gewesene, steigt Huschke nicht übers Verdeck, sondern über die Beifahrertür ins Cabrio und ruft Keller noch zu, den Bellman, wenn noch vorhanden, doch bitte für ihn zurücklegen, verfrachtet Bernd mit sanften Körperbegleithinweisen den widerborstig lamentierenden Gätjens ins Taxi und winkt Keller, als verabschiede ein pfeifeschmockender Greis in idyllischer Laube lieben Besuch, zwei Mercedessen hinterher, geht in den ersten Stock, vergnügt, entspannt — das Telephon schrillt.

KELLER (fröhlich) : *Antiquariat im Schnoor, guten Tag*

PLOCHER (erstaunt) : *Warum rufen Sie nicht zurück? Was ist überhaupt bei Ihnen los?*

KELLER : *Alles was nicht angebunden ist — wissen Sie doch. Plocher. Schön, Ihre Stimme zu hören*

PLOCHER : *Erst langweilen Sie mich mit einem abgestandenen Bericht über Ihre Kundschaft, dann sprühen Sie, wie soll ich sagen, einen Duft guter Laune durchs Telephon. Das ist ja widerwärtig, Sie Rüde!*

KELLER : *Plocher, Sie wissen, ich bin der Triumphator : Sie lasse ich die Erde verwüsten — ich trete dann meine herrliche Regentschaft an*

PLOCHER : *Äh, ja? Bisher dachte ich allerdings, es sei … umgekehrt, nein?*

KELLER : *Unfug! Was wollen Sie?*

PLOCHER : *Haben Sie mir nichts weiter zu sagen?*

KELLER (fröhlich) : *Nein*

PLOCHER (knurrt) : *Haben Sie vor geraumer Zeit gleich mir den neuen Auktionskatalog Hauswedell & Nolte bekommen?*

KELLER : *Wissen Sie doch, nein. Ich lehne diese Sorte Geschäft rest- und grundlos ab*

PLOCHER : *Hatten Sie mir nicht jüngst von so'nem Hölderlinteil erzählt?*

KELLER : *Hab ich nicht*

PLOCHER : *Ha! Sie wünschen vielleicht, es nicht getan zu haben. Aber Sie haben!*

KELLER : *Jahre her. Erinner mich nich*

PLOCHER : *Sie sind ein schwieriger Gesprächsteilnehmer* (laut, drohend) *Soll ich Ihnen jetzt was vorlesen oder nicht?*

KELLER (gähnt) : *Lesen Sie*

PLOCHER : *›Der Forschung unbekanntes Faksimile einer Hölderlinhandschrift, 1846, grünes Halbleder der Zeit, Großoktav, unpaginiert‹*

KELLER : *Loisy der Sack. Wieviel?*

PLOCHER : *Schätzpreis 2000, das heißt Ausrufpreis 1500*

KELLER (breitet fünf Tausender vor sich aus, überlegt den Bruchteil einer Sekunde nur) : *Plocher, holen Sie's mir raus da. So geht das nicht weiter. Die Dinge müssen wieder in Ordnung kommen*

PLOCHER : *Es ist in der Tat so, daß ich zu Hauswedell fahren werde ... aber ...*

KELLER : *Was ›aber‹?*

PLOCHER : *... verfügen Sie über Barmittel in hinreichender Höhe?*

KELLER : *Fragen Sie nicht, holen Sie's einfach nur für mich da raus*

PLOCHER : *Wie hoch soll ich gehen?*

KELLER : *Legen Sie von mir aus den Saftladen mit Ihrem Atem in Schutt und Asche — unbegrenzt* (kleinlauter) *Maximal 5000*

PLOCHER : *Soviel haben Sie nicht*

KELLER : *Was ich habe oder nicht, geht Sie nichts an. Fünf Riesen, keinen mehr. Schluß jetzt. Wann ist die Auktion?*

PLOCHER : *Keller, ich muß schon sagen ...*

KELLER : *Wann die Auktion ist*

PLOCHER : *Übermorgen. Keller, Sie entsetzen mich ...*

KELLER : *Können Sie's einen Tag vorstrecken?*

PLOCHER : *Selbstverständlich. Ich bin Freund und solvent. Aber soviel Entschiedenheit, wollen Sie nicht doch noch mal ... überlegen? Wenn dem Esel zu wohl ist, geht er aufs Eis, Keller!*

KELLER : *Sehr schön, leben Sie nur weiter in der Furcht des Herrn und es wird Ihnen wohlergehn. Hier ist das Ende aller Überlegungen. Übrigens auch des Glaubens. Handeln Sie, handeln Sie in meinem Namen. Aktion, Plocher*

VIII. Odysseus und Clara

Darin, in Differenz um ein paar alte Bücher, Nashorn gegen Nashorn geht und Plocher einen bösen Handschlag tut

Dies solis, Nachtagesschau, Halbdunkel Oldenburg, eine lesbenzersiedelte Spießerkolonie in Uni-Nähe, Uhlhornsweg, Plochers schwachilluminierter Backsteinbau, Haus Tante Trudes schon.

Gegenüber haben Anlieger zur Feier irgendeines Einklangs mit irgendeinem Rhythmus der Natur getrocknete Blumengebinde an die Tür gehämmert und flimmert die Wettervorhersage in Sonderzeichen durch den eleganten Fall einer Gardine. Die Gardine ist aus Trevira CS [248]. Gebrannt hats im Uhlhornsweg, soweit die Chronik reicht, zwar noch nie, aber Ammerländer Heerstraße, da mal, da war mal Gärtnerei Wilkens in Flammen aufgegangen. Gar nicht so lang her. Jeder hats sehen können, wenn er nur hinging und staunte, und wer verhindert war oder bettlägrig, las es anderntags in der Nordwest-Zeitung oder, so er nicht lesen konnte, gaffte wenigstens die Bilder rauchender Trümmer an. Daß es Uhlhornsweg also gar nicht erst soweit kommt : Trevira CS. Und eine Goldkante ist auch animplantiert. ›Sicher‹ heißt hier nicht ›häßlich‹.

Das Profilzylinderschloß schmargelt, krähenüberflogen, fangeisengeschützt und im Schummer eines Bewegungsmelders entschreitet seiner einbruch- und brandhemmenden Haustür prälatenwürdig und massig Plocher, unrasiert und in verwaschenen Boxershorts und T-Shirt. Einen Kuhfuß in der Hand, nimmt Plocher Aufstellung vor der beigemörtelten Garage und betrachtet kuhfußkopfhautkratzend das adenauerverbaute Gesamt — hier wird in Eigenleistung das Portal zum Antiquariat gemauert werden [249]. Bald. Aber wie? Anbau, Umbau, Rückbau, Hinbau, Wegbau, Hochbau, Tiefbau? Plocher pocht meditativ den Kuhfuß in seine Handmulde, wie jeden Abend ist er gleich Gott und beginnt völlig von vorn und über-

[248] 1956, leider nicht mehr kriegsentscheidend, entwickelt von der guten alten IG Farben. Und ›CS‹ ist nichts mit Cyanid oder so, sondern ein schickes Kürzel für ›Comfort und Sicherheit‹. Kommt gut an in einem Landstrich, dessen Ureinwohner Unverrottbarkeit energisch als Vorteil und Fortschritt begrüßen.

[249] Vielleicht, daß gegen freundliches Wort, feuchtgerührtes Auge und Absingen der ›Ode an die Freude‹ Keller sich gewinnen ließe, mitanzupacken? — wenn der's sich erstmal verdiente, überhaupt mittun zu dürfen.

legt … das Wichtigste, die Idee, sei ja schon da, das Zweitwichtigste auch, auf der Visitenkarte, der Name der Idee : ›Bücher-Contor Plocher, Oldenburg — Bücher aus fünf Jahrhunderten. Ständiger Ankauf von ganzen Bibliotheken, wertvollen Einzelstücken und Gold‹, jaha, sein Geisteskind war benamt, sein Leibeskind hieß ja schließlich auch schon wie, sogar ›Eva‹, und gar seine Gattin besaß einen Namen, einen unverdienten, ›Frau Plocher‹ [250]. Selbst Fax ist bereits da. Und bald, wenn der letzte Widerstand gebrochen sein wird, soll ein Ladenschild hinzustoßen. Bald — denn noch gefallen sich die arschgesichtigen Obstrukteure des Bauamts darin, mit unverschämten Forderungen und Fragen oder einfachem asiatischem Nichtstun, angeblich auf Rücksprache mit befreundeten Ämtern wartend, die Vollendung von Plochers herrlichem Lauf zu behindern. Ah, aber Plocher hat ein mächtig Mittel dawider ersonnen und spart schon darauf, einen aus der Schar der Beamten, die für die Seelen von ›Plisch‹ bis ›Plock‹ zuständig sind, zu picken, und wo keiner der vorhandenen sich als ein Plocher herzlich zugetaner Plocher-Adorateur, dessen Name für alle Zeit zu denen aus dem Geschlecht der Redlichen gerechnet werden wird, erweisen sollte, so will er ihn züchten, einen jungen heldenhaft-hörigen Baumann. Bis dies Mittel aber anschlägt : welcher — und ab hier gleitet Plocher allabendlich in süßes Spekulieren — Beschaffenheit, welcher Emblematik sollt das Schildlein denn sein? das könnt er doch schon mal klären, rein denkerisch : gußeisern, bronzen, bescheidenes Blech? eine Eule, gekrallt an einen erblätterten Folianten? ein Nashorn, den Schädel geneigt gegen einen sperrigen Text? … vielleicht das Schild freistehend gepfählt in den Vorgarten, an den Rand der Straße, vielleicht, wenns nicht zu gefallsüchtig schien, mitten in die Ligusterhecke? oder das Schild zwar in den Vorgarten gepflockt, aber drum herum einen künstlichen ›Lesesteinhaufen‹ angelegt — wenn jemand hier das Wort kennte und dann den köstlichen Doppelsinn wenigstens noch erspürte, die Lehre vom doppelten Sinn der Schrift, o … — und wie auch jeden Abend kulminiert alles in einem Aufschrei :

PLOCHER (schreit auf) : *»O wie wirft sich die Zeit durcheinander, Friedrich — Und immer bereitet ein Chaos nur ein neues vor! Wahrlich nur die Buchläden sind die Kasematten der Zeit; über den chaotischen Wassern schwebt der gedruckte Geist. Ohne Bücher wäre die verdorbne Welt … zugleich eine verlorne Welt; eine gerichtete ohne Auferstehung«* [251] (Eva trippelt hinzu und umfaßt die mächtigen Oberschenkel ihres Vaters) — *und Auferstehen wollen wir doch, was, kleine Eva? beim furchtbaren Jüngsten Gericht*

EVA : *Baba reinkomme, Baba kalt*

PLOCHER (knuddelt Eva) : *Still! Papa muß noch eminente Gedanken denken*

Ein ungeleinter Chihuahua flirtet vorbei, blinzelt neunmalklug auf Plocher und Eva, Eva erwidert den Blick, Köters Herrchen, ein benachbarter Vandale, schlurft,

---

[250] In der Tat beliebt Plocher beizeiten Mädchen- und Vornamen seiner Gattin zu vergessen — wohingegen niemals den seines Schwähers, welches der hartnäckige Bauernbeamte ›Wikkentoni‹ ist.

[251] Jean Paul an Friedrich Jacobi, 17. Dezember 1805.

gleichfalls ungeleint, hinterdrein, zeigt — er kennt das Gehabe des belesenen Anrainers zur Genüge — ins Zwielicht einen Vogel hinein und erleichtert sich in das, was vielleicht mal ein Chauken-Fleet war. Plocher und Eva sind vergessen, der Chihuahua springt herzu, schnüffelt, obs auch sein HErr war, der da gepißt hat, verharrt anhaltend und ehrfürchtig und freut sich seiner humanistischen Hunde-Herrchen-Religion.

Plocher nimmt das o-mund-staunende Evakind auf den Arm und trägt es ins Haus zurück, der Vogelschwarm kommt nicht recht voran und bleibt ziehend allein … da stottert ein NSU Prinz auf die gepflasterte Auffahrt in Plochers Vorgarten, quetscht ein feistes Rund hinterm Lenkrad vor, steht schließlich schnaufend in schwarzer Specklederjacke vorm Haus und klingelt — ein Stirnrunzeln für die holzvertäfelte Haustür : Zitate von Knossos-Ornamentik haben an oldenburger Haustüren nichts verloren. Hier muß ein Idiot hausen.

Februar, bei Silke, hatten sie sich noch knapp nicht erkannt, nun ist es soweit : Plocher, zwei Kopf größer, öffnet, Kuhfuß am Mann.

LOISY (leiert) : *Guten Abend, Loisy mein Name*

PLOCHER (verunsichert) : *Guten Abend. Plocher. Sie wünschen ?*

LOISY : *Nun, ein freundliches Vögelchen hat mir gezwitschert, Sie würden demnächst ein qualifiziertes wissenschaftliches Antiquariat eröffnen*

PLOCHER (sich etwas denkend) : *Oh, wer immer das Vögelchen auch war …*

— Plocher tritt in einen imaginären Dialog mit Keller, *Komm her, du*, knebelt Kellers Handgelenke an den Treppenpfosten des Antiquariats im Schnoor, entpackt eine siebenschwänzige Peitsche einem metallicgrauen Case, streift sich eine Henkermaske über, zerreißt Kellers Hemd und zerpeitscht eindringlich dessen entblößten Rücken, *Hast du geplaudert, hast du geplaudert ?*

PLOCHER : … *bei Ihnen muß es sich dann um* **Doktor** *Loisy handeln. Treten Sie doch bitte näher …*

Plochers Hausflur, eine schlanke, unverstellte Flucht … mittig in einer Linie ausgebrochener Dübelkrater, die unter Tante Trude noch eine Garderobe hielten, hängt nun in einem rahmenlosen Bildhalter und ohne Passepartout ein Dürerblatt [252].

---

[252] Nach Philippus Arabs sah das Abendland für mehr als zwölfhundert Jahre ein Nashorn höchstens noch in römischen Gemmen oder auf Münzen, für die's längst nichts mehr gab — bis zum 20. Mai 1515 frühmorgens : Lissabon (→ lateinisch Olisipo, → Ulyssipo), die alte Gründung des Odysseus. Nach zwanzig Monaten Indienfahrt läuft die ›Nossa Señhora da Ajuda‹ ein, indische Waren und Gaben für Portugals König Manuel I., den Glücklichen, den Antisemiten, an Bord : ein Einhorn ? Fast.

Ocem, ein indischer Tierbändiger, schreitet lächelnd die Landungsbrücke aus und ruft preisend *Gaṇḍaka, Gaṇḍaka*, die Portugiesen aber verstehen weder Spaß noch Sanskrit, sie verstehen nur ›Gamda‹, einige auch ›Gomda‹, beides aber heißt auf portugiesisch gar nichts. Und darum fallen, gleich was sie verstanden hatten, alle Portugiesen auch aus allen Wolken, als ›Odysseus‹ — wie die Mannschaft es getauft hatte —, ein indisches Nashorn leibhaftig aus dem Schiffsrumpf trabt. Odysseus und Ocem sind zwei Geschenke aus Cambay. Anfang 1514 hatte sie der westindische Sultan Muzafar II. mit der Bitte um Gutwetter dem Gou-

LOISY : *Danke, sehr freundlich, jaja* (bleibt vor dem Dürerblatt stehen und gedenkt der versprochenen Wirkung des Nashornurins. Oder der des pulverisierten Nashornhorns) *Hihi!*

---

verneur des Estado da Índia, Afonso Albuquerque, gemacht. Albuquerque aber, ein nüchterner Mann, wollte nicht ›Nashorn‹ spielen, er entschied — zumal er gehört hatte, Manuel wolle ihn absetzen (wollte der auch und tat der auch und Albuquerque starb sofort daran) — beide seinem an jeder Monstrosität interessierten König weiterzuschenken, Januar 1515 stach Albuquerque sie von Goa aus in See. Und nun sind sie da. Und werden erstmal hinter die stärksten Mauern, die Lissabon augenblicklich zu bieten hat, in den ›Torre de Belém‹, gesperrt, den Leuchtturm, der in der Mündung des Tejo von 1515 bis 1521 entsteht zu einem so sicheren Bollwerk des Ruhms, daß er Überlebender sein wird 1755 des Erdbebens und noch Jahrhunderte später als Knast, Pulverlager und Weltkulturerbe (→ verziert mit Europas ersten Rhinozeros-Gargouilles) Verwendung findet.

Zwischen zwei Pogromen besieht Manuel das Rhinozeros und läßt es gleich durch Lissabon paradieren, die Straßen zwangsgesäumt von stadtbekannten Ketzern. Aber das ist öd, alle Abweichler bleiben ungeschoren, nichts passiert. Da kommt ihm, der seinen Plinius (→ ›Naturalis Historiae‹ VIII 29) kennt und weiß, wie stark die Viecher sein sollen, daß sie auch ›Elephantenmeister‹ heißen, eine Prachtidee : zu Trinitatis, 3. Juni 1515 soll ein Schaukampf sein. Ocem und Odysseus werden in Manuels Menagerie im Paco da Ribeira verbracht, daß sie Witterung aufnehmen zu den Staatselephanten im Estãos-Palast. Und dann ist Trinitatis. Doch wieder geräts, diesmal vor großem Christen-Publikum, recht lahm : Odysseus rückt zwar entschlossen gegen den jungen Elephanten vor, der aber bricht panisch aus der Arena in seinen Käfig zurück und trompetet seine Kapitulation. Manuel ist sauer, Europa aber taumelt vor Jubel über des Nashorns Tapferkeit, schon 13. Juli läßt in Rom der florentiner Raffael-Schüler Giovanni Francesco Penni einen ersten Feiergesang vom Stapel.

Was aber soll Manuel mit diesem nutzlosen Tier tun? Weiterschenken. Am besten an Papst Leo X., der in bester Tradition (→ 1494 Alexander VI. und die feine Tordesillas-Linie 46° westlicher Länge) ja ein Wörtchen mitzureden wünscht bei der Weltaufteilung zwischen Spanien und Portugal. Und Manuel hat gute Erfahrungen mit Morgengaben an Leo :

Schon 25. Mai 1514 hatte Manuel den Admiral Tristão da Cunha mit pompa diaboli Papst Leo X. eine Ladung Mitbringsel aus Indien überreichen lassen, darunter, aus seiner Sammlung Staatselephanten — denn nie geht Manuel beten ohne sich in Begleitung von wenigstens fünf Dickhäutern zu wissen — ein weißer Elephant, den Manuels Gnade erst kurz zuvor vom Raja des südindischen Kochi angenommen hatte. Unter Schalmeien zog der Elephant in Rom ein, blumig wurde Leo in Manuels Namen Indien zu Füßen gelegt, Leo, verschwendungssüchtig bis auf die Knochen, beurkundete Manuel am 7. Juni dann auch, daß alles Land vom Kap Non bis Indien Portugal gehöre. Kap Non — Divina comedia, Inferno XXVI 108–109 : »Ov' Ercole segnò li suoi riguardi / Acciò che l'uom più oltre non si metta« — »Wo Herkules sein Grenzmal aufgerichtet / Damit der Mensch sich weiterhin nicht wage« — Portugal hatte es gewagt, Portugal war über Kap Non hinaus, wo die Sonne das Wasser kocht und die Schiffe brennen und jeder Christ auf Landgang sofort Neger wird, Amyktryt, Nasenloser, so großlippig, daß er sich zum Schlaf die Unterlippe übers Gesicht stülpt, oder schlimmer noch, er mutiert zu einem Panotier, der nächtens sich in seine bis zum Boden baumelnden Ohren wickelt. Gute Portugiesen. Guter araberfreier Seeweg nach Indien! Und der süße Elephant! Der soll Hanno heißen und sofort Lieblings-Haustier werden!

Leo teilt sich seinen Kammerherrn mit Hanno und bringt den neuen Freund, bis dessen eigenes Haus in den vatikanischen Gärten steht, im Belvedere unter. Und Hanno dankt es und spielt lustige Streiche, die Leo lachen machen, kniet vor Leo, obschon er nach der Weisheit der Alten so ganz ohne Kniegelenke das gar nicht kann, rüsselt Kuttenträger, sobald nur er einen sieht, wassernaß, wirft den sehreitlen Hofnarren und Dichter Baraballo, der anläßlich der Krönung zum Poeta laureatus auf ihm reiten darf, in den Tiber — nein wirklich, Hanno hat bessere Einfälle als Leo, Leo prügelt Baraballo immer nur, wenn der nicht lustig genug ist, nein : nie würde Leo Hanno verleihen, nichtmal seinem Neffen Lorenzo II. de Medici, der ihn doch so gern einmal haben möchte.

PLOCHER (hält gleichfalls inne) : *Das vollendete Sinnbild des Antiquars, meinen Sie nicht?*

Aber warum lebte Hanno nur acht Jahr und verstarb am 8. Juni 1518 in den Armen des Papstes? Weil Leo den Hanno für einen Triumphzug vergoldete und der das nicht aushielt. Leos Seele hielts auch nicht aus, das konnt sie nicht zugeben, daß sie es schuld war. Bodenlos traurig und rasend vor Schmerz, dichtete sie eigensinnig das Epitaph »MONTE SUB HOC ELEPHAS INGENTI CONEGOR INGĒS«, (›Unter diesem großen Hügel lieg ich, ein großer Elephant, begraben‹) und ließ Hanno klagen, die Parze hätte aus Neid auf sein Leben im schönen Latium (»INVIDIT LATII SED MIHI PARCA BEATI«) ihm die Lebensspanne unzulässig verkürzt und o, was ihm damit gestohlen wurde, möge bitte doch die Vorsehung dem Leo draufschlagen, »TEMPORA VOS SUPERI MAGNO ACCUMULATE LEONI«. Als Todesursache vermerkte Leos Seele lakonisch »ANGINIE«, fixierte das Epitaph an der Vatikanmauer, beerdigte Hanno im Hof des Belvedere und veranlaßte alles, daß ihr Hanno einen Krater auf dem Mond bekommt, nicht aber der karthagische Hanno, der afrikabesegelnde Seemann. Leos Freunde verstehen die Liebe Leos nicht, Luther spottet, Aretino verfaßt ein ›Testament‹ Hannos — nur Manuel, Manuel versteht, hat den Papst immer verstanden. Ja, Leo wird ein dankbarer Abnehmer sein. Dezember 1515 bekommt Odysseus einen blumenbemusterten Kragen aus grünem Samt umgelegt und auf gehts aufs Meer, nach Rom, Anfang 1516 passiert Odysseus Marseille, der französische König François I. läßt all seine Kuriere losschwimmen und ausrichten, wie gern er das Ungetüm sehen wollen würde. Das Schiff stoppt am 24. Januar an der Insel If und François darf kurz gucken — und dann weiter, in einen Endjanuarsturm. Bei Porto Venere, nördlich La Spezia an der ligurischen Küste, sinkt der Frachter, Odysseus schwemmt bei Villefranche ertrunken an Land, wird nach Lissabon retourniert, strohausgestopft gleich Februar auf dem Landweg erneut nach Rom versandt, dort ausgestellt und verschwindet dann endgültig, vielleicht nach Florenz, vielleicht anläßlich der Plünderung Roms 1527, vielleicht in die geheimen Archive des Vatikans.

Zweie aber standen, als Odysseus am 20. Mai der ›Nossa Señhora da Ajuda‹ entstieg, beobachteten das Spektakel und legten Zeugnis ab, ein kleiner Junge, der 38 Jahre später darüber schrieb. Das war

— João Rodrigues de Castelo-Branco, 1511 auf halber Strecke zwischen Salamanca, Spaniens ältester Universität, und Lissabon, größter Stadt des Erdkreises, als Portugiese und Christ in einer maranischen Familie zur Welt gekommen. Der Vierjährige trieb sich im Hafen von Lissabon herum, Augen nur für Odysseus — und die exotischen Pflanzen, die mit dem Tier anlandeten. Kaum, daß man João aus dem ›Indischen Haus‹, das die Gewächse lagerte, herausbekam. Konsequent studiert er in Salamanca Botanik und Medizin, lernt neben Hebräisch, Portugiesisch und Spanisch, die ihm in die Wiege gelegt waren, noch Arabisch, Griechisch, Latein, Französisch, Deutsch und Italienisch. 1533 plant Castelo-Branco eigentlich, in der Heimat zu praktizieren, tatsächlich auch kuriert er einen 25jährigen Matrosen, der nach Indien und Afrika gesegelt war (→ Gonorrhoe), merkt dann aber : in Portugal blüht die Inquisition und hat ein Auge auf die Konvertiten und Sprachbegabten und Mediziner und Blumenfreunde. Wohin? In den Nabel der merkantilen Welt, in die Niederlande, Hort der Sepharden. 1533 wird Castelo-Branco in Antwerpen ein großer Herbarier vorm Herrn, bedoktert die Prominenz der Stadt und publiziert 1536 ein erstes, noch nur 56seitiges Folio, einen ›Index Dioscoridis‹, in dem er alle Eigenschaften und Namen aller Heilpflanzen, die er kennt, in allen Sprachen, die er kennt, aufführt, inklusive der indischen, von denen er auch in Antwerpen nicht läßt. Denn Antwerpen hat ein ›Portugiesisches Haus‹ und viele Gärten, in denen harmlose Franziskaner Gottes ferne Blumen gießen.

1541 ereilt Castelo-Branco ein Ruf aus Ferrara, ausgestoßen von Herzog Ercule II. d'Este, Sohn Lucretia Borgias, *Komm, und sei Assistent des berühmten Giovanni Battista Canano* (1515–1579), Professor an Ferraras Universität, Leibarzt Papst Julius II., *und lehre gleich ihm Anatomie. Herrlichste Gärten seltsamster Blumen zudem warten auf dich.* Castelo-Branco greift zu, und zwar — Vaterland und seinen jüdischen Vornamen latinisierend — fortan als Amatus Lusitanus.

Die Lage in Italien : knifflig und wankend, aber Lusitanus hat Zutrauen, Ferrara gilt als gu-

— das ist recht roh vorgeprescht. Aber Plocher fühlt genau dazu sich ermuntert, Keller selbst hatte ihn dergestalt eingenordet. Es war bei Plochers letztem Besuch

---

tes Pflaster für ›Portugiesen‹, wie Flüchtlinge und Ketzer jeder Nation in einem Oberbegriff genannt werden. Für Lusitanus ist die Bilanz Ercules, der seit 1534 gegen das Papsttum ein tolerantes Zepter schwingt, gut genug : Handel und Lehre florieren, die Bevölkerung verdoppelt, die jüdische Gemeinde, angewachsen auf 3000 Seelen, genießt alle Freiheit und kann unbehelligt ihre Wahnidee glauben. Bis auf Inquisitoren ist jeder willkommen, 1536 sogar Calvin — die Herzogin, Prinzessin Renée de France, ist ganz hingerissen von der Reformation.

Mit Ankunft in Ferrara beginnt Lusitanus, seine klinischen Fälle aufzuschreiben, in naher Zukunft sie zu einem einzigartigen Werk zusammenzufügen. Erstmal aber steht er umgänglich und warmherzig sechs Jahre im Zentrum der Diskussion, liest über Blumen und das ganze Spektrum der Anatomie, streitet kameradschaftlich mit Vesalius (→ Hinter Büchern, Die Rilke-Bibliothek), sagt nichts, was er nicht weiß oder sieht, betet wie Vesalius den Galen nicht nach, sondern begründet und demonstriert Lehrabweichungen, türmt vor Studenten Leichenberge auf, seziert, mit Vorliebe Venen — und ist der erste Nicht-Araber, der Venenklappen beobachtet und den Blutkreislauf andenkt — das können ungerechte Nachwelten noch so sehr Canano oder Späteren zuschreiben. ›Blutkreislauf‹ ist theologisch aber auch heikel — nicht allein, weil er das ›Herzstück‹ der Autorität Galens attackiert, sondern weil durch ihn der Mensch zu einem geschlosseneren System wird und die Idee gottloser Autonomie eins nach vorn rückt.

Nach Jahren überwiegend akademischer Lehre will Lusitanus 1547 vermehrt praktizieren und in Ruhe sein klinisches Material ausarbeiten, Polens König Sigismund I., der Dürers Bruder Hans zum Hofmaler hatte, hört davon und versucht, Lusitanus an die Universität Krakau zu werben — aber nein, Lusitanus hält die Fäden nach Ferrara gesponnen, ihn ziehts ans Meer, er geht 200 Kilometer Südost nach Ancona an die Adria, ein Freihafen mit Ausblick auf die Levante. In Ancona sah der ökonomische Verstand der Päpste immer schon gern Juden, auch wenn sie ein Dorf weiter drangsaliert wurden, allein Papst Julius III. (1550–1555) siedelt unter Zusicherung seines persönlichen Schutzes vor seiner persönlichen Inquisition hundert maranische Familien in Ancona an — eben jener Julius, der Lusitanus, dessen Reputation mittlerweil unermeßlich ist, den Papstleib und die Leiber der weiblichen Mitglieder der Papstfamilie anvertraut.

1551, Lusitanus' erster Band ›Curationum medicinalium‹, die ›Centuria prima‹ (von sieben, die es werden sollen) erscheint in Florenz, gewidmet Cosimo de Medici — ein kaumgehobener, aber vielverlegter und -übersetzter Schatz, ein balzacscher Blick ins 16. Jahrhundert : jede Centuria stellt hundert Patienten vor, macht akribische Angaben nicht nur über Krankheit und Medikation, sondern vor allem über die Kranken, ihre Eßgewohnheiten, Tagesabläufe, Verwobenheit in Krieg, ökonomische und politische Spannungen — Lusitanus erweist sich in den Centuriae als weit seiner Zeit voraus, als innovativer Kliniker, Anatom, Pneumo-, Kardio- und Dermatologe, Therapeut von Geisteskrankheiten, Pharmazeut und Moralist.

Aber das Klima schlägt um, Fürstengunst, gleich ob weltlich, kirchlich oder kirchlich-weltlich, ist ihrer Natur nach unstet und käuflich. Julius III. geht auf die 70 zu und erlaubt nun doch hie und da, daß der Talmud ein bißchen brenne, Ercule kommt zwar noch nicht in die Jahre, möchte sich aber gleichwohl plötzlich mit dem Papsttum aussöhnen und stellt Renée 1554 unter Hausarrest ... Alarmglocken bellen, 1555 stirbt Julius — und nach einem Dreiwochenpontifikat Marcellus II., eines Altphilologen, Astronomen und Mathematikers, der die vatikanische Bibliothek leitete, bricht die Hölle über die Juden los : Paul IV. (1555–1559), Ex-Chefinquisitor und Erfinder des Buches der Bücher, des ›Index librorum prohibitorum‹, wird losgelassen, ein 79jähriger Greis, der öffentlich glaubhaft schwört, selbst den Scheiterhaufen bereiten zu wollen, wäre sein Vater Häretiker (is der zum Glück nicht, sondern schon tot). Der neue Papst stellt sich seiner Welt am 14. Juli 1555 mit der schön zu 15 Paragraphen gegliederten Mörder-Bulle ›Cum nimis absurdum‹ vor und erklärt, »ut iudaei, quos propria culpa perpetuae servituti submisit« — die eigene Schuld des Juden hätte den zu ewiger Sklaverei bestimmt, ja, hätte der Jude nicht für drei Tage den Gott getötet, vielleicht müßte er

im Schnoor gewesen, Plocher war hereingebrochen gekommen und hatte mit schonungslos anklagenden Worten den sicher tauglichen Versuch unternommen, sich

---

dann ab jetzt nicht in Ghettos wohnen, sondern dürfe noch Häuser erwerben, so aber habe er jede Immobilie zu verschleudern und gelbe Hüte zu tragen, dürfe er nur noch mit Gebrauchtwaren handeln und — wenn er aber Arzt ist — keine Christen mehr kuren und und und ... der Klerus klatscht in die Hände und verbrennt in Ancona sofort 24 Portugiesen. Zeit für Lusitanus, die Koffer zu packen. Lusitanus aber hat gar keine Koffer mehr. Denn als heimlicher Jude ist er längst denunziert. Und das ging so :

1553 hatte Lusitanus in Venedig auf 514 Folioseiten ›In Dioscoridis Anazarbei De Medica Materia Libros Quinque Enarrationes Eruditissimae Doctoris Amati Lusitani Medici ac Philosophi celeberrimi, quibus non solum Officinarum Seplasiarijs, sed bonarum etiam literarum studiosis utilitas adfertur, quum passim simplicia Græce, Latine, Italice, Hispanice, Germanice, & Gallice proponantur‹ publiziert und eben darin nicht nur in Buch I, begleitet von einer skeptischen Betrachtung über das Horn des Einhorns, ausführlich die Geschichte des Nashorns Odysseus erzählt, sondern nebenher kollegial jemandes Irrtümer berichtigt, jemandes, der sich davon auf den Schlips getreten fühlte. Und der jemand war nicht irgendjemand, sondern der Botaniker Pietro Andrea Gregorio Matthioli (1501–1577). Matthioli hatte 1544 ›Di Pedacio Dioscoride Anazarbeo libri cinque‹, eine kommentierte italienische Übersetzung des Dioskurides gemacht. Die hielt er für das letzte Wort in dieser Sache. Lusitanus' Korrekturen aber veranlaßten Matthioli noch 1558, nachdem er das Feld schon lang bereinigt hatte, zu einer 50seitigen ›Apologia adversus Amathum Lusitanum‹, von der er verfügte, daß sie allen Folgeauflagen seines Dioskurides — dessen Titel sowieso ergänzt zu sein hat mit dem Hinweis, er sei nun auch Promi-Arzt, und zwar des ›principis Ferdinandi Archiducis Austriae‹, des Kaisers Ferdinand — beigebunden werde. Eine sehr persönlich gehaltene Apologia, in der sich Sätze finden wie : »Da Sie also vorgeben, unseren Glauben zu teilen und dann sich jüdischem Gesetz und Aberglauben hingeben, dadurch nicht allein Ihre Mitmenschen, sondern auch Gott den Allmächtigen beleidigen, ist es nicht verwunderlich, daß Sie sich selbst betrügen und Ihren Verstand verloren haben. Gerade, weil in Ihnen weder Glaube noch Religion ist, sind Sie völlig blind in der ärztlichen Kunst, die Sie unwürdig betreiben. Meiner Ansicht nach sind Sie nicht Last und Gegenstand des Ekels allein für sich selbst, sondern vor allem für andere; getrieben von wilder Wut haben Sie es vollbracht, weder andere noch sich selbst in der medizinischen Wissenschaft zu erleuchten, genauso, wie Sie in Ihrer Ketzerei blind sind für die göttliche Wahrheit« — dieser Matthioli nun machte Lusitanus ab 1553 verdächtig, wo und wie's nur ging : Lusitanus nenne sich nur Christ, sei aber Jude, habe Galen gar nicht von Herzen lieb, auch den Papst nicht, sei polyglott, stehe unzüchtig auf Blumen, bemäkle Matthioli, ach ... als ob das nicht schon langte. Es langte ja auch. Nein, doch nicht. Auf einmal, 1555, brannte in Ancona Lusitanus' Haus, und mit dem Haus alle Manuskripte, darunter die vorbereitete Centuria V. — sie erscheint neugeschrieben 1560, zusammen gleich mit der VI. — und ein Kommentar zum ersten Buch des ›al-Qanun al-Tibb‹ Avicennas, das die Prinzipien der Medizin entwickelt.

Lusitanus flieht mittel- und manuskriptlos 50 Kilometer die Küste hinauf nach Pesano, bis 1556 auch dort die Büttel der Inquisition auftauchen — da hat er aber schon eine Einladung des Senats von Ragusa (Dubrovnik) und setzt ans andere Adriaufer über. Republik Ragusa, immer ganz weit vorn : seit 140 Jahren schon hat sie, als erster Staat Europas, die Sklaverei abgeschafft, in 220 Jahren wird sie der erste Staat sein, der die Unabhängigkeit der USA anerkennt. Wohlgelitten lebt und praktiziert Lusitanus dort, bis es ihn nach zwei Jahren 450 Kilometer weiter zieht, wieder eine Küstenstadt, an der Ägäis, Thessaloniki, sultanregiert, mit großer jüdischer Gemeinde. Hier endlich wirft er das Maranentum ab und schreibt, versehen mit einem Lebensresümee, das seine Integrität in allen Dingen der Medizin und die stete Gleichbehandlung aller Patienten unabhängig ihres Glaubens und ob Hure oder Kardinal, beteuert, die letzte Centuria. 1568 stirbt er während der Behandlung von Pestkranken.

— Der andere aber war ein großer Junge, der alles sofort in Worte faßte : der Mähre und Drucker Valentin Ferdinand. Auch er hatte alles gesehen und gab Kaufleuten einen Juni 1515 datierenden Brief, der Odysseus beschreibt, mit nach Nürnberg (in Abschrift erhal-

in den Besitz des immer noch ausstehenden Hesperus-Bandes[253] zu bringen, Keller aber hatte gekonnt ripostet mit einem Lamento über den Besuch, den er am Vorabend Loisy abgestattet hatte, *O Plocher, es war einst, da hatte ich einen Schatz und wußte es nicht und ließ ihn fahren* — und grad, als Keller sein Erzählen geendet hatte, war Plocher entschlossen gewesen, ihm das Wort abzuschneiden und anstandshalber bündig Trost noch zu spenden, *Sie Wurst, was sind Sie auch so einverstanden mit dem Lauf der Welt — warum ich aber in Ihre Gruft gekrochen kam, Keller, diesen Tollplatz des Moders, sehen*

---

ten in der florentiner Biblioteca Nazionale Centrale), zeitgleich ging ein zweiter Brief, unbekannten Absenders, von Lissabon nach Nürnberg, eine Nashorn-Skizze eingeschlossen — wenigstens letztere sah in Nürnberg Dürer. Das waren Dürers Quellen für zwei Federzeichnungen (27,4 × 42 cm, → British Museum), von deren zweiter (›Rhinoceron 1515‹) er noch im selben Jahr den Holzschnitt ›Rhinoceros 1515‹ fertigte und ihn mit einer Kartusche versah, die den kleinen Verschreiber ›1513‹ enthielt : »Nach Christiegeburt / 1513. Jar. A di 1. May Hat man dem groszmechtigisten König Emanuel von Portugal / gen Lysabona aus India pracht / ein solch lebendig Thier. das nennen sie Rhinocerus. / Das ist hie mit all seiner gestalte Abconterfeit. Es hat ein farb wie ein gepsreckelte schildtkrot / und ist von dicken schalen uberleget sehr fest / und ist in der grösz als der Heillfandt / aber niderichter von baynen und sehr wehrhafftig es hat ein scharffstarck Horn vorn auff der Nassen / das begundt es zu wetzen wo es bey staynen ist / das da ein Sieg Thir ist / des Heilffandten Todtfeyndt. Der Heilffandt fürchts fast ubel / den wo es Ihn ankompt / so laufft Ihm das Thir mit dem kopff zwischen die fordern bayn / und reist den Heilffanten unten am bauch auff / und er würget Ihn des mag er sich nicht erwehren. dann das Thier ist also gewapnet / das jhm der Jeilffandt nichts Thun kan / Sie sagen auch /das der Rhinocerus / Schnell / fraytig / Und auch Lustig / sey«.

Das Nashorn platzt aus dem Blatt, wider alle Konvention des Bildhaften — Dürer schafft mit der berstend-gepanzerten Chiffre eine visualisierte Idee, die den Menschen entgegenkommt, Lust an Sensation und wissenschaftliche Neugier gleich nährt und europaweit bis zum Ende des 18. Jahrhunderts (und in deutschen Schulbüchern noch bis in den zweiten Weltkrieg) die Wirklichkeit dominiert, daß wider besseres Wissen getreuere Folgebildnisse als mangelhaft empfunden werden : der Realität fehlt etwas, ihr gehört, da Dürer nunmal einen Genickwulst zu einem zweiten Horn verdeutet hatte, ein Nackenhorn aufgedrückt — etwas, das Michelangelo mit seinem gehörnten Moses nie gelungen war —, ein Triumph der autonomen Kunst, die mit ins Phantastische verwurbelter Präzision das Narrative graphisch einbindet.

Ganz anders, ebenfalls 1515, Dürers augsburger Kollege Hans Burgkmair sen. Burgkmairs Vorlagen sind unklar, ob nun Dürers oder eigene, fest aber steht : sein Holzschnitt ›Rhinoceros MDXV‹ stinkt ab (nur ein Abzug, in der wiener Albertina, hat überlebt), sein Nashorn steht stumpf vernünftig, aalglatt, flitterfrei, lebensnah und einhörnig-korrekt — Dürers Nashorn macht das Rennen, verkauft sich wie geschmiert und beißt sich in den Köpfen fest :

Sebastian Münsters ›Cosmographiae‹ (1544), Conrad Gesners ›Historia Animalium‹ (1551), Gesner-Schüler Edward Topsells ›History of Foure-footed Beastes‹ (1607) — alle entscheiden sich für Dürer. Alessandro de Medici nimmt Dürers Rhino Juni 1536 zur Vorlage des Emblems (beschrieben mit ›Non buelvo sin vencer‹ — ›Ich kehre nicht ohne Sieg zurück‹. Ermordet wird er 1537 dennoch), das er auf seine Rüstung gravieren läßt; seinem Nachfolger Cosimo gefällts so sehr, daß er's in einer Grotte des Boboli-Gartens nachbilden läßt; Jean Goujon modelliert es 1549 in Paris, zum Willkomm des neuen französischen Königs Henri II. und seiner Medici-Gattin, lebensgroß und sattelt ihm, dessen schwerer Leib andere Tiere, Allegorien fremder Völker, bedrückt, einen 20 Meter hohen Obelisken auf; in die Tore der Kathedrale zu Pisa wird es gestanzt (→ zum Nashorn und den Verdiensten, die Johann Heinrich Merck um es hat : Hinter Büchern, Die Rilke-Bibliothek).

[253] Hinter Büchern, Der Jacobi-Nachlaß.

Sie hier: wie schön finden Sie's denn, Keller? In welchem Ausmaß denn gedenken Sie mich zu rühmen? und Plocher hatte stolz seinen grad ersteigerten Dürer-Holzschnitt ›Rhinoceros‹ einer Mappe entzückt und Keller das Blatt behutsam dem Seidenpapier entschlagen und auf die Fingerkuppen gehoben.

KELLER: *Respekt, Kollege. Schon wieder Geburtstag der Frau?*

PLOCHER (höhnisch): *Mitnichten, Keller. Sie glauben doch nicht im Ernst, ich würde auch nur einen Tropfen Benzin für die Anfahrt auf Heidelberg tanken, um eine weitere Trostlosigkeit zu feiern?*

KELLER: *Selbstverständlich nicht*

PLOCHER: *Geschweige, bei Winterberg Vier-Acht lassen? Nichtsda: das Nashorn, Keller, das Nashorn ist mein Vorbild*

KELLER: *Selbstverständlich*

PLOCHER (knurrt): *Es mahnt mich zur Gelassenheit*

KELLER: *Auch wenns keinen Aufschub duldet, so wie der Hesperus?*

PLOCHER (braust auf): *Sie! was rühren Sie …* (besinnt sich) *Auch dann. Ich stehe ruhig und wehrhaft wo ich steh und schaue, wie das erstrebte Ziel sich von selbst nähert*

KELLER: *Dann is ja gut*

PLOCHER: *Aber ich bin ja außerdem noch Philanthrop, Keller, Philanthrop, wie sonst vielleicht nur der alte Campe noch einer war, und ich bin ja Vater, sehr im Gegensatz zu Ihnen, und darum, weil ich Philanthrop bin und — schelten Sie mich ruhig — auch gewisse väterliche Gefühle für Sie heg, Sie mir sind wie der Sohn, den ich nie hatte …*

KELLER: *Wilde Behauptungen*

PLOCHER: *… zeig ich Ihnen auch das hier* (entpackt einen empfindlichen Oktavband [254]) *— das lag da rum, in Heidelberg, beim Kollegen Hatry, kennen Sie nicht, wie auch, der läßt nicht jeden rein*

KELLER: *Na, da haben Sie ja ganz schön gepraßt*

PLOCHER (wirft vor): *Natürlich! Sie sehen nicht den inneren Zusammenhang von Dürer und Campe, natürlich, und daß von Prassen nicht die Rede sein kann, sondern von notwendigen Investitionen: das zu erkennen kann ich wahrlich nicht von Ihnen erwarten*

KELLER: *Wahrlich*

PLOCHER (donnert r-schnarrend): *Herr, selbstredend war ich darauf vorbereitet, mehr hinblättern zu müssen für den Dürer, Narren das, Vier-Acht, das ist ja ein Pfurz* [255] (süßlich) *und also war da eben noch was übrig, Keller, und dieses Sümmchen auszugeben für ein außerordentlich wohlerhaltenes und hübsches Exemplar des ersten psychologischen Elementarbuchs für Kinder in der schönsten späteren Ausgabe, gefiel mir nicht nur, sondern war das Gebot der Stunde. Schauen Sie nur den hübschen marmorierten Pappband der Zeit, die zartvergoldeten Fileten, das*

---

[254] Joachim Heinrich Campes ›Kleine Seelenlehre‹, Ausgabe letzter Hand, Reutlingen in der Johann Jakob Mäcken'schen Buchhandlung 1812, 128 Seiten, Frontispiz, 16 Kupfer und 4 Tafeln.

[255] Nicht wirklich. Nur kräftigere Abzüge, weniger stockfleckige und fürstlicherer Provenienz bringen mehr. Dann aber auch gleich das Vierfache.

kräftige Rot des Rückenschildchens, die reizenden, der Erstausgabe von 1780 nachgestochenen Kupfer in perfektem Abdruck — das geben Sie schon zu, daß das ein Schmuckstück ist, oder?

KELLER (gibt gar nichts zu) : *Und nochmal der innere Zusammenhang von Dürer und Campe jetzt?*

PLOCHER : *Ah, so vernehmen Sie denn, wie Campe spätaufklärerisch den schwachen Kinderseelen ein Gespräch Negerjunge-Nashorn nahebringt* (trotz daß Keller unwillkürlich bei ›Negerjunge‹ lacht, deklamiert Plocher in zwei Tonlagen den campeschen Dialog Knabe-Nashorn) *»Sie, ungestaltes Tier! Was hast du da für eine Nase? — Wie? meinst etwa mich? — Nun ja; dich mein ich, schäme dich! — Warum? — Ob deiner Nase; sie! Die ist ja wie ein Turm — Und deine, kleiner schwarzer Mann / Komm sieh in diesem Bach erst selbst dich an! — Mich selbst? Die Nase, die mich ziert / ist platt und breit, wie sich's gebührt / man hat sie eingedrückt — Und dich dadurch verziert! / Ich bin, wie der, der mich gemacht hat, wollte / daß ich gestaltet sein und bleiben sollte / Der setzt auch dieses Horn hier auf die Nase mir / um allen naseweisen Leuten / des Spottes Unrecht zu bedeuten / Sprich, Bursche, wie gefall ich dir? — O lieber Herr, Sie sind das allerschönste Tier! — Und du der größte Geck; geh, packe dich von hier!«* [256]

KELLER : *Das steckt sicher teilweise auch kräftig pietistische Physikotheologie mit drin, da haben Sie vollkommen recht — wie da das Nashorn so sein soll, wie es ist, und daß alles mannigfaltig ist und natürlich Beweis von Gottes unsäglich skurriler Schöpferkraft, das ist schon recht tief. Was haben Sie gelöhnt?*

PLOCHER (grunzt zufrieden) : *600*

KELLER : *Was gedenken Sie dereinst zu erzielen?*

PLOCHER : *1100*

KELLER : *Öff*

PLOCHER : *Für Sie 980* (möglichem Protest vorzubeugen) *Bedenken Sie, Keller, Campe ist ja in der ganzen Götezeit praktisch unübertroffen, sowohl hinsichtlich des Umfangs als auch der Wirkung seiner volkserzieherischen Schriften, sehr kindgerecht, wie ich Ihnen eben vortrug, die Umkehr der Erzählperspektive. Keller, nicht immer den Lehrer raushängen lassen, nicht immer wie Sie das hier tun mit Ihren paar kümmerlichen Kummerkunden, als Praeceptor, sondern auch mal als Begleiter auftreten und freundlich ins Kind hinein Mündigkeit pflanzen und paar freisinnige Gedanken äußern. Und mit 980 für die ›Kleine Seelenlehre‹ eines Mannes, der unter die besten Geistesgrößen seiner Zeit gerechnet werden darf, sind Sie mehr als gut bedient, der Campe hat hier ja einen Meilenstein der Pädagogik vorgelegt, hinter den gibts ja gar kein Zurück mehr. Und wissen Sie doch : der war kein reiner Theoretiker, kein Schwadroneur, Keller, nicht so wie Sie : der wußte, wovon er schrieb, der erzog die beiden Humboldts, das sind doch beste Resultate. Und er war Ehrenbürger der französischen Republik, das müßte Ihnen doch besonders gefallen — Ihnen als subversives Element*

[256] ›Das Nashorn und der schwarze Knabe‹ — aus allerdings 1807 Campes ›Neues Abeze- und Lesebuch mit vielen schönen Bildern‹, 300 Seiten, Braunschweig, Schulbuchhandlung, Campes eigener Verlag. Selbst mit vielen Fehlseiten und -kupfern nur um 1000 zu haben.

KELLER (zeigt sich daran wenig interessiert, pillendreht vielmehr genüßlich eine Fliegenleiche, zeigt auf den Dürer) : *Wissen Sie woran das gemahnt?*

PLOCHER (stöhnt) : *Meinen Sie, Sie könnens für sich behalten?*

KELLER : *Der Panzer eines Nashorns wird gern überschätzt, Plocher. Machen Sie nicht denselben Fehler. Wenn Sie dennoch das Nashorn zu Ihrem Idol erheben, haben Sie natürlich irgendwo recht: die Lebensumstände des Nashorns sind durchaus eine Allegorie auf das Dasein des Antiquars* (nimmt einen seit Wochen in Gebrauch befindlichen Kaffeebecher und trinkt) *Auch der Antiquar tummelt sich ja nicht im Pfuhl, seinen Durst zu stillen, sondern weil er Schutz sucht vor seinen Feinden, den Kunden, den Fliegen ...*

PLOCHER : *Keller, Sie ...*

KELLER : *... gleich dem Nashorn wälzt sich der Antiquar die ganze Nacht über im feuchten Kot, daß ihm eine Kruste wird, die an seinen Runzeln haftet und er anderntags, wenn er den Laden wieder öffnen muß, geschützt ist*

PLOCHER (versteht) : *Verstehe*

KELLER : *Aber die Problemzonen bleiben, die Gelenke, dort springt der Dreck ab, durch die ewige Bewegung, ›zeigen Sie dies Buch‹, ›zeigen Sie jenes Buch‹, und an den Gelenken fallen ihn die Fliegen und Kunden an, und dann schmerzt es und juckt, daß er sich in seinen kargen Pausen diese Partien an Bäumen und Büchern reibt. Der Antiquar gehört ja nicht allein der Berufsgruppe mit den meisten Lungenkrebsen und Staublungen an ...*

PLOCHER (begeistert) : *Sie haben ja so recht*

KELLER : *... viele der Antiquare, die während der Öffnungs- und Fliegenzeit erlegt wurden, wiesen ja blutiggeschabte blatternbesetzte Schenkel und Schultern auf, man tötete sie mit leichten Wurfspießen oder Worten, drei Fuß tief habe ich solche selbst schon im Körper gehabt und mich immer nur retten können, indem ich mich in heilsamem Kot gewälzt ...*

PLOCHER : *Daher manchmal Ihr lautes Stöhnen, Keller. Glänzend!*

KELLER (nickt) : *Jawohl — ... übersät mit Ungezieferwünschen und Kundenlarven in den Hautfalten, Würmer, Angler, Schnecken, Egel, Egelbuchsammler ... wie soll man da nicht stöhnen*

— und Keller hatte den Bogen zurückgeschlagen und noch beigebracht, er habe sogar schon mal gesehen, wie Loisy, schließlich ja auch ein Buchmensch, sich an Türzargen den Rücken schabte und überhaupt, *sollten Sie Loisy mal begegnen, was kaum auszuschließen ist, dann seien Sie gewiß, daß er Ihnen ein Verslein aufsagt, und zwar ›An Maria der Jungfrauen / kann man kein Unkeuschheit schauen / Wenn man sie gleich schwanger heißt / Ist es doch vom Heilgen Geist‹, und dann lachen Sie gefälligst, nicht zu viel, daß er Sie nicht für aufgeblasen hält, nicht zu wenig, daß Sie in seinen Augen kein ungeselliger Spießer sind, nicht zu schrill, dann nämlich denkt er, sie imitierten ihn, nicht zu dumpf, dann meint er, Sie seien ein Heuchler. Der Mann hat ein feines Gehör. An Ihrer Reaktion auf seine Verse wird sich der Ausgang Ihres Treffens entscheiden* — im übrigen aber möge er, Plocher, die derbe Sprache sprechen, die ihm eh von der Zunge hinge, das sei Loisy ein Wohlgefallen.

LOISY : *Wie meinen?*

PLOCHER (die Hand buchstabenfeet über Odysseus, witzig) : *Nun, zur Arbeit nicht zu gebrauchen, gänzlich ungelehrig, ohne jedes Talent, zwar zu bändigen in seiner Wildheit, aber weiteren Unterrichts nicht fähig, auch nicht durch Aushungern zur Erkenntnis zu bringen, sondern hungrig wird es nur wütend, stößt mit dem Kopf gegen Granit und tötet bisweilen sich selbst*[257]

LOISY : *Jaja, Friedrich kannte ja auch eins, hihi, am 26. April 1746 zahlte er brav zwölf blanke Friedrich d'or Eintritt, daß er ›Jungfer Clara‹, so ein Tier aus Indien, in einer Fischbude auf dem Spittelmarkt besichtigen durfte*[258]

---

[257] Plocher weicht von der Linie Kellers ab. Weil er nicht einzuschätzen vermag, ob Loisy Keller — von dem Loisy Plochers Adresse haben muß — weiterplappern würde. Und vor Keller als Papagei dastehen? Ausgeschlossen. Natürlich ist auch Plochers improvisierte Deutung nicht ohne Substanz. Verfluchte Frau, der nichts eingefallen war, als mit *Ekliges Viech* den Holzschnitt in den Flur zu bannen.

[258] Jungfer Clara (1738 – 14. April 1758 London), eine indische Nashorndame, wurde auf ihrer siebzehnjährigen Tour durch Europa zum meistabgebildeten Biest der Zeit. Halbwais, war sie im Alter von vier Wochen handzahm gemacht worden von Jan Albert Sichterman, Chef der Vereenigde Oostindische Compagnie und 1740 an den Kapitän der ›Knappenhof‹, Douwe Mout van der Meer, verkauft. 22. Juli 1741 kam Clara als erst fünftes Nashorn seit Odysseus in Europa an und stieg Rotterdam aus. So sehr wollten sie alle sofort sehn, daß van der Meer 1744 den Dienst bei der Compagnie quittierte und allein davon lebte, daß er Clara besaß. Van der Meer, ein echter Profi : er plakatierte, schaltete Anzeigen, bot Merchandisingprodukte an, Kupferstiche jeglichen Formats, Bronze-, Silber-, Zinkmedaillen mit Clara drauf und Pullen Nashornpisse gegen Epilepsie. Er war aber nicht nur geschäftstüchtig, er war auch gerecht : den Eintritt stufte er ab nach Güte der Plätze und sozialem Status der Schaulustigen, und wenn Friedrich zwölf Friedrich d'or blechte, zahlte das pariser Volk auf dem Jahrmarkt von St.-Germain 24 Sous und lobte die Vorzüge des Volkseins.

Ab 1746 betingelten Clara und van der Meer systematisch den Kontinent und ließen kein Dorf aus, keinen Kaiser oder König — am längsten noch, fünf Monate, hielten sie sich in Paris auf : Januar 1749 wollte Louis XV. Clara gleich kaufen, hatte jedoch nicht das Geld, das van der Meer verlangte — Paris aber war aus dem Häuschen, Chansons und ein Kriegsschiff (→ 1751, die ›Rhinocéros‹) wurden Clara gewidmet, die Perücken modeten à la rhinocéros, von Buffon ließ sie sich genau studieren und Jean-Baptiste Oudry saß sie Modell für ein lebensgroßes Porträt (→ Vorlage der Nashorn-Abbildungen der Encyclopédie und der ›Histoire naturelle‹ — Dürer begann verdrängt zu werden). Deutsche Lande, wie gewohnt, etwas rückständig : die Gedichte etwas schlechter (→ Gellert, → Campe) und die Presse läuft über vor Moralin : zupfte Clara mal einer trächtigen Menschin die Haube vom Haar, gabs gleich Mißgeburt, eine Kreuzung von Nashorn und Haube, und die erregte Debatte ›Ist Gottes Schöpferkraft Schwangeren zumutbar?‹. Und als in Meißen Clara zu Porzellan gebrannt wurde, bekam sie noch das Zweithorn appliziert, das sie in natura nicht hat.

Ihren folgenreichsten Besuch allerdings stattete Clara am 5. November 1746 in Wien ab. Schlesien war schon preußisch, der Siebenjährige Krieg noch etwas hin — egal : der grad mal ein Jahr thronhockende, nervenschwache und gemütskranke Versager und Kaiser Franz I. (1708–1765) ließ es sich nicht nehmen, den Kirmesmann van der Meer zu adeln und die Kaiserbrut (von 16 waren erst 8 auf der Welt) mit Nashorn porträtieren zu lassen.

Immer schon, zumindest seit Juni 1731, als er in Den Haag vom extra aus London angereisten Newton-Freund und Elektrizitätsspezialisten Großmeister John Theophilus Desaguliers initiiert wurde, war Franz Freimaurer und an Fragen der Fruchtbarkeit interessiert gewesen. Fruchtbar wurde er, als er 1736 Maria Theresia heiratete. Daß das Resl aber vielschwanger die Freimaurerei in Wien eifrig verfolgte und verbot und gegen alles war, was Franzls geistige Welt ausmachte, Alchemie, Hermes Trismegistos, später auch noch Rosenkreuzerei — wenn er bei so einer blieb ... das war Liebe.

Ein Kamel lungerte länger schon sparsam rum, Geschenk 1740 der Hohen Pforte, das war schon gut, aber erst in der Begegnung mit Clara sprang der Funke über! Der Kaiser legte

PLOCHER : *Ach*

LOISY : *Der Friedrich d'or wurde nämlich erst 41 current*

PLOCHER : *Der Stich ist echt*

LOISY : *Na ja …* [259] *ein Haus ohne Feldhase, ohne betende Hände, immerhin, sehr schön*

Am Ende des Flurs biegt Klein-Eva um die Ecke, lacht und klatscht beim Anblick Loisys in die Hände. Loisy rümpft indigniert die Nase.

---

sich sofort ins Zeug : sechs Jahre Bauzeit und Ausklügeln geheimgeheimer Symbolik, am 31. Juli 1752 war Einweihung : Franz zeigte adligen Kumpels seine neue Menagerie Schönbrunn, der erste Zoo der Welt, vorerst nur bevölkert von holländischen Gänsen — täglich hing Franz da nun wenigstens fünf Stunden ab und suchte Gott, den alten Supergroßmeister, in dessen Geschöpfen zu erkennen und wie das Weltganze und der Sinn im Detail erschimmerten, Naturgesetze mit der Idee des Menschen tanzten. Mit den Jahren füllt der Zoo sich und 's Franzl hatte immer mehr zu gucken.

Ach, und der vielgeliebte billige Kabbalakram! : Franz hatte so sehr Schiß, daß 's Resl was merkte! Listig nämlich hatte Franz den Zoo anlegen lassen wie folgt : im Zentrum der Menagerie war der Pavillon gelegen, in dem Kaisers frühstückten und dorthin sie gelangten über eine der drei Alleen, die drauf zuliefen und vom Himmel aus betrachtet ein Dreieck ergaben und den Wissenden die Einheit von Körper, Seele und Geist verrieten. Konnte 's Resl zum Glück nicht sehen. Auch in der Decke des Pavillons, der Stein der Weisen, der war viel zu klein gemalt, als daß das Resl ihn hätt sehn können. Um den Pavillon waren kreisförmig zwölf Logen für Tiersorten eingerichtet und Franz nannte sie auch frech ›Logen‹ und dachte dabei immer an die zwölf Tierkreiszeichen und Freimaurerlogen und erklärte seinem Weib freimütig, das seien Tortensegmente, weil sie hier doch immer frühstückten, und ja, ›Logen‹ nenne er sie zwar, aber meine damit Theaterlogen. Und das war nicht mal gelogen, denn wie Campe — nur heimlich — kehrte Franz die Perspektive um und gestattete Gottes Schöpfung durchaus, den Menschen in seiner Kaiserform zu betrachten. Daß jedoch der Pavillon als Mittelpunkt des Kreises der Tierlogen Kaisermacht rosenkreuzert und die schöpferische Mitte des Universums, verschwieg er besser. Auch, daß der Pavillon achteckig ist und damit so allerlei meint und mehr als allerlei (ewigen Kreislauf, ewige Macht, Erlösung und Glück und Taufbecken, ja, die 8 überbietet die Totalität und Geschöpflichkeit des Menschen um 1 schlechthin und verschwört ihn dem Übernatürlichen), behielt er für sich. Dem Resl nicht verschweigen allerdings konnte Franz, daß der Pavillon auf einem quadratischen Sokkel stand. Aber da hatte er sich was zurechtgelegt, das überzeugte : auf Nachfrage erklärte er nämlich, das bedeute keinesfalls die vier Elemente, sondern nur 4, auch die vier Köpfe an den vier Türen des Pavillons : die sind einfach nur vier Köpfe und keine Personifikationen der vier Tugenden Weisheit, Tapferkeit, Besonnenheit und Gerechtigkeit. Ganz stellte das das Resl nicht zufrieden, nur gut, daß jetzt auch mal Siebenjähriger Krieg war und Resl was anderes zu tun hatte, als den Pavillon zu beäugen, sonst wär ihr am Ende noch aufgefallen, daß 's Franzl neunstufige — 9, Ziffer der Vollendung und Klugheit — Treppen zum Pavillon angelegt hatte. Da hatte Franz richtig durchgepustet, als das nicht aufflog.

Ab 1779 war Schönbrunn auch für die lieben Untertanen betretbar, und zwar für umsonst, und dann gings erst richtig los, kaiserliche Expeditionen durchforsteten fremde Kontinente und schleppten Blumen und Tiere an, soviel sie nur tragen konnten. Die Blumen blühten, und das tun sie bis heute noch, und Wien ging siegreich aus den Schlachten mit den königlichen Gewächshäusern von London und Paris hervor. 1828 stand die erste Giraffe in Schönbrunn, modisch wiederholte sich der Clara-Effekt von Paris, alles war à la giraffe, aber das Tier starb — und mit ihm die meisten seiner Tierkollegen —, da niemand wußte, das es keine Nockerln fraß. Nur die zähesten Tiere überlebten. Vorzüglich holländische Gänse.

[259] Loisy verkneift sich eine Glosse über die Schwäche des Abzugs, auch verzichtet er, aus seinem Sonderwissen anzumerken, daß vom dürerschen Flugblatt doch wenigstens acht Auflagen bekannt sind, allein fünf nach Dürers Tod, zweie in den 1540ern, zweie Ende des 16. Jahrhunderts und um 1620 ein unglücklicher Versuch, kolorierte Abzüge von Dürers Originaldruckstock herzustellen.

EVA (fröhlich) : *Nich bete mache* (und traurig) *kein Häschen-klein*

PLOCHER (bittet Loisy weiter) : *Bitte hier entlang* (scheucht) *Evachen, kusch, lauf zu Mama, die macht Häschen-klein* (zu Loisy) *Und entschuldigen Sie meinen Aufzug. Ich war für den Moment nicht vorbereitet auf Besuch*

LOISY : *Jaja, ist recht*

EVA : *Baba nä!*

PLOCHER (läuft gespielt drohend auf Eva zu) : *Willst du wohl!* (Eva quietscht vergnügt und rennt weg)

Loisy läßt sich geleiten in ein kühles Gewölbe, weitläufig, eigengeklinkert und selbstgefliest : ein Antiquariatskabinett. Adjektive wohnen darin, duftig gestellt schlagen dem Eintretenden in nußbraunen Regalen schwere goldgeprägte Reihen Lederrücken um die Ohren, drei Tische, auf denen, beschönt mit Fliedersträuchen, Ammoniten und Armfüßlern, Bücher, die Plocher aktuell vorm eigenen Angesicht hervorzuheben wünscht, sich textbloß geben; zwischen den Windaugen, die den Blick in den häuslichen Hintergarten bereiten, hängen Holzgestellchen mit kleineren Petrefakten, in vitro ein von Plocher geschaffener Homunculus, seine Knautschfratze einem frühen Abort Frau Plochers zugewandt, umkränzt von Wasserpfeifen und gelierten Seepferdchen, die einem Narwalhorn aufsitzen; solitär gemütliche Sessel ... Schaltkapsel aber ein Biedermeiertisch mit alterthümelndem Tintenfaß und Gänsekiel, Computer, mächtige maßgeblichste Referenzwerke im Rücken : das siebenbändige Anonyma-Lexikon Holzmann/Bohatta, fortlaufend seit 1949 Hauswedells grüne ›Jahrbücher der Auktionspreise‹ [260], Meter Auktionskataloge, neunbändig Hayn/Gotendorf ›Bibliotheca Germanorum Erotica et Curiosa‹, die den Schweinkram der Jahrhunderte verzeichnet [261] und den GW [262],

[260] Nicht aber das alberne und neumodische Konkurrenzunternehmen, das ›Taschenbuch der Auktionspreise alter Bücher‹, die rotleinenen Radtkes, die sind für Plebejer, die listen sogar Titel für 100 Mark auf und ihr Rot ist so grell und häßlich und ungedämpft — Keller hat von denen ein paar, ihm stehen sie gut. Wenn Plocher wüßte — was er aber nicht weiß, da er noch nie in Kellers Keller bei Keller daheim war, da, wo auch der Hesperus-Band liegen soll — : Keller hat vor kurzem von Achim Wilder einen Satz Buchverzeichnisse verschiedener Contributeure übernommen, das ›Allgemeine Bücher=Lexikon‹ von Heinsius, Kaysers ›Vollständiges Bücher=Lexicon‹, Karl Georgs Schlagwortkataloge und endlich das ›Deutsche Bücherverzeichnis‹, herrliche, in Grenzen ramponierte gewichtige Bände, teilweise über ein Dutzend Dutzendjahre in fleißigem Buchhändlergebrauch : der ganze Zeitraum von 1811 bis 1945 ist abgedeckt, zwölf Meter steter Quell von Kellers Freude!

[261] Aber ganz funktionell. Nicht das Original München 1912–1929. Plocher genügt der Reprint Ende der Sechziger.

[262] GW hat nicht jeder, GW braucht auch nicht jeder, GW ist nämlich der ›Gesamtkatalog der Wiegendrucke‹, die unter Autopsie, soweit möglich, aller erhaltenen Exemplare erstellte ultimative Bibliographie einer jeden Inkunabel. Bis Band 8/1 von 1925–1940 von Hiersemann in Leipzig gemacht und Band 1–7 1968 neugedruckt, wird das opus magnum seit 1972 von der Staatsbibliothek Berlin betreut. Plocher hat großspurig subskribiert, muß allerdings nicht in Angst um seinen wohlgefüllten Geldbeutel zittern : die Redaktion des GW scheint, unabhängig von Todesfällen, die sie lichtet, mit jedem weiteren Band wenigstens zehn Jahre trächtig zu sein. Selbst Plocher wird die Vollendung des GW nicht mehr erleben.

soweit erschienen. Unbestreitbarer optischer Mittelpunkt aber des ganzen Arrangements : eine von vier Spots angestrahlte überlebensgroße Jean-Paul-Büste, der Plocherzüge ins Gesicht geschrieben stehen.

Loisy wallt auf das erste Tisch-Ensemble zu, Plocher dienert hinterdrein, aufgeschlagen eine Seite mit koloriertem Kupfer. Eine fette Kreuzspinne tummelt sich abgemalt. Plocher nimmt Loisy gegenüber Aufstellung und eröffnet eine Art Verkaufsgespräch.

PLOCHER : *Ein Rösel von Rosenhof, leider nur ein Band* [263]

LOISY : *Aha*

PLOCHER : *Dennoch nicht ganz ohne Wert*

LOISY : *Sehr schön*

Im Nu ist Loisy vorm zweiten Tableau, drei Bücher, ein sehrdickes und zwei zueinander gehörige dünne, aufgeschlagen die Titelei des ersten der beiden, anonym [264],

---

[263] Ein Sammelband, ›Der monathlich-herausgegebenen Insecten-Belustigung vierter Theil‹, posthum 1761, Nürnberg, bei Johann Joseph Fleischmann.

[264] ›Das Leben der Schwedischen Gräfinn von G...‹, in zwei Bänden 1747 und 1748 in Leipzig bei Johann Wendler mit 144 und 136 Seiten erschienen ohne den Namen Gellerts. Aber Gellert (1715–1769) wars. Gellerts einziger und Deutschlands erster und blödester bürgerlicher Briefroman. Da sprudelts und blubberts vor Großmut und Überherzigkeit und illustriert nur das irre Detail : alles ist ein steinig-wunderbarer Weg einer steineschmeißenden wunderbaren Vorsehung und mündet, egal, wie ungezählt die Todesfälle sind, in Ruhe und Beschaulichkeit und vergeistigtem Familienverband.

Ein livländisch Fräulein aus armem Landadel, in Frühaufklärung erzogen, daß Gemüt und Denken und Glauben so recht in Einklang sitzen, wird mit 16 durch Heirat Gräfin G. Jahre gehts gut und Ruhe und Zufriedenheit ist und Graf G »hatte eine sehr schöne Bibliothek auf seinen Reisen gesammlet. Ich verstund Französisch, und etwas Latein und Italiänisch. Der Büchersal ward mir in kurzer Zeit an der Seite meines Gemahls der angenehmste Ort. Er las mir aus vielen Büchern, die theils historisch, theils witzig, theils moralisch waren«. Dann is ja gut. Dann aber will Prinz von S, obschon verheiratet, Gräfin G zur Mätresse und schummelt Graf G aus dem Weg, postiert ihn im Krieg gegen »die Krone Pohlen« so, daß G gekascht wird, baggert dann die G an, die aber flieht mit G's bestem Freund, dem bürgerlichen Herrn R, nach Amsterdam, will noch Caroline, eine frühere Geliebte G's, die sie auch sehr liebt, mitnehmen, Caroline aber kann noch nicht und gibt nur den Sohn, den sie mit G hat, Carlson, mit und gesteht, sie hätte auch noch ein Töchterchen mit G gehabt, das hätte geheißen wie sie, Caroline, sei aber im Alter von 6 gestorben. Na gut. In Amsterdam finden Herr R, Gräfin G und Carlson Unterschlupf bei einem Vetter R's und G fällt, da sie ihren Gatten für tot hält, in Liebe und Hochzeit zu R. Ruhe und Beschaulichkeit ist, Carlson heiratet die Ex-Nonne Mariane, R und G kriegen Nachwuchs, da kommt ein Bruder Carolines erfolgreich aus Ostindien zurück und deckt, da er's einst besorgt hatte, auf, daß Mariane Caroline, die Tochter Carolines ist. Inzest! Nur gut, daß alle Ohren haben, den Chor aus Ratio und Religion zu vernehmen. Ein ordales Urteil muß her : Carlson zieht in einen Krieg, kehrt er lebend zurück, billigt der Himmel seine Ehe, wenn nicht, dann nicht. Carlson aber stirbt an einer Krankheit, nicht am Krieg. Aber während des Krieges. Auch gut. Wieder lebt man in Ruhe und Zufriedenheit, und Mariane verliebt sich in Herrn Dormund, den besten Freund ihres Mannbruders. Dormund aber liegt in Jahresfrist an Krankheit tödlich darnieder und bezichtigt sich des Giftmordes an Carlson, begangen, um Mariane zu bekommen, denn Carlson war zwar von allein tödlich krank gewesen, hatte sich aber auf dem Wege der Besserung befunden, so daß der schon hoffnungsfrohe Dormund doch noch Gift zum Einsatz hat bringen müssen. »Wir mußten ihn [Dormund] als einen Mörder hassen; doch die allgemeine Menschenliebe verband uns auch zum Mitleiden«. Dormund aber stirbt gar

Plochers Gesicht nimmt gemütliche Züge an, er ist bereit zum großen Erzählwurf,

---

nicht, sondern genest und zieht in den Krieg, nach Möglichkeit sein unwürdiges Dasein zu enden. Von ihm hört man nichts mehr. Dafür aber von Mariane. Die stirbt. Verzweifelt. Mit offenen Adern. »Sie sah alles für ein Verhängniß an, dessen Ursachen sie nicht ergründen könnte. Sie tröstete sich mit der Weisheit und Güte des Schöpfers, und verherrlichte ihr Unglück durch Standhaftigkeit. Es ist gewiß, daß der Beystand der Religion in Unglücksfällen eine unglaubliche Kraft hat. Man nehme nur den Unglücklichen die Hoffnung einer bessern Welt : so sehe ich nicht, womit sie sich aufrichten sollen«. Es muß ja weitergehen. Und möglichst betulich. »Unser Unglück schien nunmehr besänftiget zu seyn. Wir schmeckten die Ruhe eines stillen Lebens von neuem wieder. Wir kehrten zu unsern Büchern zurück, und die Liebe versüßte uns das Leben ... Mein Mann schrieb um diese Zeit ein Buch : Der standhafte Weise im Unglück«. Die Wirtsleute sterben, eine finanzielle Krise wird und ein Umzug in den Haag, Florentine, Tochter des toten Wirts, wird mitgenommen — leider vergißt Gellert, sein Versprechen einzulösen und deren weiteres Geschick zu rapportieren. Dafür kommt ein Schiff aus Rußland und hat, nach zehn Jahren, Graf G dabei. Der is gar nicht tot, der war nur verschleppt nach Sibirien. Des ungeachtet, erklären alle Beteiligten, sich gegenseitig für tot gehalten zu haben, und hebt Allweinen an. Herr R zieht sich diskret zurück, G : »Also ... ist mein liebster Freund Ihr Gemahl ? Dieses macht mein Unglück noch erträglich«. R zieht sich aber nicht nur zurück, sondern will am liebsten ganz das Feld räumen. Der Graf auch. Er sucht, das R mitzuteilen, nach R. R aber kommt von allein wieder : »So gleich nahm er mich bey der Hand, und führte mich zu dem Grafen. Hier, sprach er, übergebe ich Ihnen meine Gemahlinn, und verwandele meine Liebe von diesem Augenblicke an in Ehrerbietung. Hierauf wollte er Abschied nehmen; doch der Graf ließ ihn nicht von sich. Nein, sagte er, bleiben Sie bey mir. Ich fange auf Ihr Verlangen mit meiner Gemahlinn die zärtlichste Ehe wieder an«. Und alles ist wie ehdem und als ob nichts gewesen wär und Ruhe ist und Zufriedenheit. Ende Theil 1.

Theil 2 entfaltet eingangs retrospektiv die sibirischen Zustände und wie Graf G sich vom Obristen zum Capitain und von ›G‹ zu ›Löwenhoek‹ machte, ums Überleben rang und Humanität und Juwelen auch im kulturverlassenen Tobolskoy fand, obs nun wohlgebildete junge Cosackinnen waren (»O ... wartet doch, ich kann mich an Euch gar nicht satt sehn. Ich wollte, daß alle Männer in diesem Lande so aussähen, wie Ihr, alsdann würde es recht hübsch in Siberien seyn«) oder ein neuer bester Freund, der Engländer Steeley, oder ›pohlnische Juden‹ — Güte war auch im Frost.

In Holland herrscht allseits Zufriedenheit, Caroline ist mittlerweil auch da, wie Herr R im Status Hausfreund und Zaungast des Glücks von Graf und Gräfin. Man vertreibt sich die Abende mit Wohltaten und dem wechselseitigen Erzählen von Erzählungen — die mitunter in Spitzen auslaufen. So, als die G genötigt wird, von ihrer Liebe zu R zu berichten. Unter »Qvaalen« tut sie's, und »nun sprach der Graf mit einer liebreichen Mine, diese kleine Marter, die ich Euch itzt gemacht habe, das soll die Strafe für Eure Untreue seyn, und umarmte mich. Und Ihr mein lieber R**, fuhr er fort, schlagt Eure Augen immer wieder auf und seht zu Eurer Strafe Eure vorige Gemahlinn in meinen Armen. Er küßte ihn, und ich mußte es auch thun. Nein, sprach er, sie hat euch geliebt und Ihr habt es verdient, und wenn ich sterbe, so liebt sie Euch wieder. Wir haben uns alle kein Vergehn, sondern nur das Unglück vorzuwerfen. Caroline, (sie saß bey mir), seht nur, wie Euch meine Gemahlinn betrachtet. Kann sie sich wohl besser an mir rächen, als durch Eure Gegenwart ?«. So necken sie sich, und eh ihnen darob langweilig wird, denken sie zur Erfrischung über sich selbst nach, wahlweise wenden sie sich der Ausübung von Wohltaten zu. Eines Nachts spazieren G und G und R im Mondenschein und finden eine winselnd in Gras und Wehen Liegende, ihrer nehmen sie sich an, verbringen sie ins Warme und freuen sich, gelegentlich solch getaner Wohltat fein schlafen zu können. Die Findlingin dann, schmählich verlassen vom Kindsvater, darf bei ihnen bleiben, das Kind wird in einem Dorf großgemacht. Ein anderer »vergnügter Zufall« kömmt, der »ehrliche Jude«, dessen Freundschaft G in Sibirien gefunden hatte, trudelt ein und schenkt sein Vermögen dem Nachwuchs im Haus, alle sind voller Bewunderung für den Alten, o, »vielleicht würden viele von diesem Volke beßre Herzen haben, wenn wir sie nicht

zweifelsfrei handelt es sich hier um Herzblutfragen, die ihn einstmal in Klausuren zu unerhörtesten Gedankenflügen befeuert haben müssen.

---

durch Verachtung und listige Gewaltthätigkeiten niederträchtig und betrügerisch in ihren Handlungen machten, und sie nicht oft durch unsere Aufführung nöthigten, unsere Religion zu hassen«. Aber auch der andere beste sibirische Freund schaut vorbei, Freund Steeley, mit einer Verlobten, Amalie, verwitwete Gouverneursgattin »in Amazonenkleidern« an seiner Seite. Alles taumelt vor wollüstigem Glück, Tränen tropfen in Weinpokale, denn Hochzeit soll sein und alle erzählen sich verwirrende Geschichten. Anderntags, da vor Glück keiner den anderen verstanden hatte, erzählen sie alles nochmal und lieben sich noch mehr. Nuanciert klamüsert Gellert die Liebesgeschichte von Amalie und Steeley her, dann kommt Hochzeit und ein Pope, der was »von den wunderbaren Wegen der Vorsehung bey dem Schicksale der Menschen« weiß. »Man stelle sich den Grafen und Steeleyn mit allen ihren Unglücksfällen, seine Braut, mich, kurz, uns alle vor, wenn man wissen will, was diese vernünftige Rede für einen Eindruck in unsere Herzen machte. Unsere Seele erweiterte sich durch die hohen Vorstellungen, um den Umfang der göttlichen Rathschlüsse in Ansehung unsers Schicksals zu übersehn, und die Empfindungen der Verwunderung und der Dankbarkeit wuchsen mit unsern erhabnen Vorstellungen«, genau, schnell aber noch läuft ein Kranker zu und entpuppt sich als Wid, der reumütige Arsch, der die Findlingin im Stich ließ. Er gesundet und die Kindsmutter verzeiht.

Am Morgen nach der Hochzeitsnacht taucht Steeleys Vater auf und legt ein bedeutendes Bekenntnis ab : »Ich bin gegen die Nothleidenden gütig gewesen, und Gott wird es auch gegen mich seyn. Die Welt hier ist schön; aber jene wird noch besser seyn«. Bis auf Caroline wollen den alten Herrn alle, auch der leicht kränkelnde R, nach London zurückbegleiten, tun aber eben noch ein gutes Werk und besorgen Wid die Heirat und einen Job.

Aber ach! Christian, Amalies Diener, verliert auf der Überfahrt Amalies Juwelen in die Nordsee und plumpst hinterher, wird zwar noch herausgefischt, stirbt aber in London. Vater Steeley nimmt sich das zu Herzen und Vorbild und stirbt gleich nach. Sechs herrliche Monate Urlaub in London! Aber : plötzlich : G und G begegnen in einem Landhaus dem Prinzen von S, Urheber alles Bösen, und wappnen sich dem Schlimmsten, aber : »Der Prinz gieng gerade auf den Grafen zu, der die Augen niederschlug, und umarmte ihn, nachdem er mir und Amalien ein Compliment gemacht. Ich bin Ihr Freund, sprach er, wenn ichs auch nicht immer gewesen bin, und ich wünsche, daß Sie der meinige werden möchten. Wir haben Sie alle für todt gehalten. Ich weis, daß Ihnen bey der Armee zu viel geschehen ist, und es kömmt auf Sie an, was Sie für eine Genugthuung fodern wollen. Keine, antwortete der Graf, als diejenige, die Sie mir schon ertheilt haben«. Der Prinz schiebt voll Reue und will G für den Fall der Rückkehr nach Schweden zum General erheben. G aber kriegt Fieber und stirbt binnen zweier Wochen. Am Totenbett sitzt weinend der Prinz und hält Händchen und auch Gräfin G weint und findet »eine Wollust in meinen Thränen«. Da der Prinz aber mittlerweil verwitwet ist, fragt er doch gleich, ob die G ihn nun endlich heiraten möchte. G aber ist entsetzt : »Hier ist mein Gemahl und wies auf den Herrn R**« und schreibt den letzten Satz des Romans, R nämlich »starb bald darauf an seiner noch fortdauernden Krankheit und die Betrübniß über seinen Verlust überführte mich, wie sehr ihn mein Herz noch geliebt hatte«.

Ein vielleichiges Nullsummenspiel. Wenn man nicht grad Plocher heißt und von den Eltern her teils zum bajuwarischen Brüllaffen, teils zu pietistischer Autoinquisition tendiert, geht, dieses üble Vorsehungsgebräu, in das nur Gewalt und Lupe die Errungenschaften der Frühaufklärung hineinlesen, für den Beginn des bürgerlichen Romans zu halten, kaum an. Gellerts Kramladen führt nichts als Ergebenheit, die Gottes Fügung mit genehm-selbstgefälligem Leben entlohnt. Der heldische Stand des Individuums ist nicht dem kickboxenden Dasein denkerisch abgetrotzt, sondern durch Selbstkontrolle und Erziehung errungener und gläubig bestätigter Stoizismus, Gellerts adelige Bürger schwadronieren blutleer vom Blut, geistlos vom Geist und stumpf von der Empfindung, schablonenhaft Handelnde in Schablonen der Tiefe — es ist eher komisch, daß vernunftbegabte Wesen wie losgelassene und heim an die Strippe wollende Marionetten agieren, voller Inbrunst planwirtschaftlich zu absurden Menagen sich finden, den Inbrünsten des Geschlechtlichen hingegeben oder entschlagen. Wohl läßt sich die Formierung einer Bürgerwelt durch Rationalität, Gelassenheit und Güte der Subjektivität zwingen und regeln, aber nur, weil Gott, trotz des Blutzolls, den er erhebt, nicht wirklich gegen das Glück des Bürgers steht und die ganze Chose fittícht. Gellerts der Eudämonie huldigendes Personal tappt optimistisch und albern im unverstandenen Weltentreiben umher, alles wird gut, ist gut, jaja, aber : gegen wen? Gegen niemanden.

Allein, nähm man das alles ernst und nicht komisch und ließe den Aspekt der Unwahrhaftigkeit zu, zeigte sich das ›Leben der Schwedischen Gräfin‹ als Vertreter des bürgerlichen Romans : schon als erster ein sehr degenerierter und verlogener.

265 So Friedrich über die Schnarchnase, die in jedem entschiedenen Haushalt fehlen darf und soll. Loisy kennt natürlich die überlieferten Varianten des Gesprächs, das Friedrich und Gellert Dezember 1760 führten, Auftakt und Ende einer wundervollen Freundschaft.

1761 erscheinen zu Leipzig und Dresden — noch im selben Jahr raubgedruckt und Oktober schon französisch im ›Journal Etranger‹ — sechs Briefe, gewechselt zwischen Gottlieb Wilhelm Rabener und Christian Fürchtegott Gellert, Kriegsklagen zum Inhalt, Rabeners, der vorsorglich im preußisch belagerten Dresden die Manuskripte seiner Satiren auf mehrere Häuser verteilt, aber die falschen gewählt hatte — alle Depots seines Schaffens brannten im Bombardement vom 9. August 1760 nieder —, begründet, Gellerts allgemein weinerlich.

»Liebster Rabener! Sie mögen mit mir machen was Sie wollen, so werde ich Ihnen doch diesmal keine ausführliche Antwort schreiben. Denn ich bin schon seit vierzehn Tagen von einem Husten, und an Schmerzen in der linken Hüfte krank. Es ist wahr, daß ich in der Mitte des Wintermonats vorigen Jahres durch einen Major zu dem Könige geruffen worden bin; daß er sich von 4 Uhr bis Dreyviertel auf 6 Uhr mit mir von den schönen Wissenschaften der teutschen Litteratur und der Methode, womit er seine Hypochondrie curiret, und mit der ich die meinige curiren sollte, unterredet; daß er mir sehr gnädig begegnet; daß ich wider allen meinen Character, ohne die geringste Furcht, ohne Begierde zu gefallen, blos das, was Wahrheit und Ehrerbietung befohlen, geredet, und eben deßwegen gefallen habe. Am Ende des Gesprächs fragte er mich : ob ich keine von meinen Fabeln auswendig könnte? *Nein Sire — Besinne er sich doch, Herr Professor, ich will etlichemal in der Stube auf und ab gehen* ... Endlich fiel ich, ohne zu wissen, warum, auf den Mahler, die letzte im ersten Theile. Nun sagte Er, *das ist gut, nein, das ist sehr gut, kurz und leicht. Das habe ich nicht gedacht. Wo hat er so schreiben lernen? ... In der Schule der Natur ... Hat er den la Fontaine nachgeahmet? ... Nein, Ihro Majestät, ich bin ein Original, aber darum weiß ich noch nicht, ob ich ein gutes bin ... Nein, ich muß ihn loben.* Und da sagte Er zum Major, der dabey stund, noch viel zu meinem Lobe, das ich in der That nicht hören wollte ... *Komme er wieder zu mir, und stecke er seine Fabeln zu sich, und lese er mir welche vor* ... Allein, guter Rabener, ich bin nicht wiedergekommen, der König hat mich nicht wieder rufen lassen, und ich habe an Sirachs Worte gedacht : Dränge dich nicht zu den Königen ... Er hat mich den Tag darauf bey der Tafel gegen den Obristlieutnant Marwitz, auch den Englischen Gesandten, den Marquis d'Argens, den Lecteur Catt, und andere, die mir es wieder gesagt, mit einem Lobspruch gelobt, den ich nicht hersetzen will, weil es doch eitel seyn würde.

... Der König sprach bald teutsch bald französisch, ich meistentheils teutsch und nur im Nothfall französisch. Den ausführlichen Innhalt einem Briefe anzuvertrauen, würde wenigstens wider die Klugheit seyn. Warten Sie, bis ich Sie spreche«

— tönt Gellert im sechsten Brief. Kann aber selbst nicht so lang warten und handelt wider die Klugheit, spricht noch im Nachsatz zum selben Bändchen und teilt als ›Auszug eines Briefes aus Leipzig, vom 27. Januar 1761‹ auf den Seiten 82–94, von sich selbst in der 3. Singular redend und ein Kupfer herbeinehmend, das ihn im Pyjama zeigt und den vorstelligen Major Quintus Icilius (→ Hinter Büchern, Die Rilke-Bibliothek), in extenso mit :

»Der 18te [was wohl der 11. war] December vorigen Jahres war der merkwürdige Tag, an welchem der Herr Professor Gellert Nachmittags um 3 Uhr in einem Schlafrocke, in einer weissen Mütze emballirt und gar nicht wohl an seinem Pulte saß, und jemand an seine Thüre pocht; *Herein! Ich bin der Quintus Icilius. Und freue mich, Sie kennen zu lernen. Ihro Majestät der König verlangen Sie zu sprechen, und haben mich hergeschickt, Sie zu ihm zu bringen*

GELLERT : *Herr Major : Sie müssen mir ansehen, daß ich krank bin : es wird dem Könige an einem kranken Manne, der nicht reden kann, nicht viel gelegen seyn.*

PLOCHER (freut sich Loisys Kennertums) : *Gellert, in der Tat. Der Mann hat ja ausführlich das Gespräch mit dem preußischen König gepflegt* (ein Fehler)

DER MAJ. : *Es ist wahr, Sie sehen nicht wohl aus, ich werde Sie auch nicht nöthigen, heute mit mir zu gehen. Aber das muß ich Ihnen sagen, wenn Sie sich mit dieser Ausflucht ganz von dem Gange loszumachen gedenken, so irren Sie sich, ich muß morgen wieder kommen, und wenn Sie dann nicht besser sind, übermorgen, und das so fort, bis Sie mitgehen können. Entschliessen Sie sich also, ich lasse Ihnen eine Stunde Zeit, um 4 Uhr werde ich wieder anfragen, ob ich Sie heute oder ein andermal mitnehmen soll.*

GELLERT *Ja! das thun Sie, Herr Major, ich will sehen, wie ich mich alsdenn befinde.* Nun ist also der Herr Major fort, und der Herr Professor, der zum Unglück seinen Herrn B. — nicht zu Hause hat, schafft sich mit vielem Verdruß und großen Umständen, Barbier und einen Peruquier, und ist um 4 Uhr fertig. Der Herr Quintus kömmt, und sie gehen nach dem Apelischen Hause. In dem Vorzimmer fanden sich 2.3 Personen, welche voller Freuden waren, den Herrn Professor kennen zu lernen. Jetzt aber geht die Thüre zu Ihro Majestät Zimmer auf. Sie treten ein und bleiben mit dem Könige die ganze Zeit über allein.

DER KÖNIG : *Ist er der Professor Gellert?*

GELLERT : *Ja, Ihro Majestät*

DER KÖNIG : *Der Englische Gesandte hat mir viel gutes von ihm gesagt; wo ist er her?*

GELLERT : *Von Hänichen bei Freyberg*

DER KÖNIG : *Hat er nicht noch einen Bruder in Freyberg?*

GELLERT : *Ja, Ihro Majestät*

DER KÖNIG : *Sage er mir, warum wir keine gute deutsche Schriftsteller haben?*

QUINTUS ICILIUS : *Ihro Majestät sehen hier einen vor sich, den die Franzosen selbst übersetzt haben, und den deutschen La Fontaine nennen*

DER KÖNIG : *Das ist viel, hat er den La Fontaine gelesen?*

GELLERT : *Ja, Ihro Majestät, aber nicht nachgeahmet: ich bin ein Original*

DER KÖNIG : *Gut, das ist einer; aber warum haben wir denn nicht mehr gute Autores?*

GELLERT : *Ihro Majestät sind einmal gegen die Deutschen eingenommen, —*

DER KÖNIG : *Nein, das kann ich nicht sagen, — —*

GELLERT : *Wenigstens gegen die deutschen Schriftsteller*

DER KÖNIG : *Das ist wahr. Warum haben wir keine gute Geschichtschreiber?*

GELLERT : *Es fehlt uns auch daran nicht. Wir haben einen Mascov, einen Cramer, der den Bossuet fortgesetzet hat*

DER KÖNIG : *Wie ist das möglich, daß ein Deutscher den Bossuet fortgesetzt hat?*

GELLERT : *Ja! und glücklich; einer von Ihro Majestät gelehrtesten Professoren hat gesagt, daß er ihn mit eben der Beredsamkeit, und mit mehrerer historischer Richtigkeit fortgesetzet habe*

DER KÖNIG : *Hats der Mann auch verstanden?*

GELLERT : *Die Welt glaubt es*

DER KÖNIG : *Aber warum macht sich keiner an den Tacitum? den sollte man übersetzen?*

GELLERT : *Tacitus ist schwer zu übersetzen, und wir haben auch schlechte französische Übersetzungen von ihm*

DER KÖNIG : *Da hat er Recht*

GELLERT : *Und überhaupt lassen sich verschiedene Ursachen angeben, warum die Deutschen noch nicht in allen Arten guter Schriften sich hervorgethan haben; da die Künste und Wissenschaften bei den Griechen blüheten, führten die Römer noch Kriege. Vielleicht ist jetzo das kriegerische Seculum der Deutschen. Vielleicht hat es ihnen auch an Augusten und an Louis XIV. gefehlet?*

DER KÖNIG : *Er hat ja zwey Augusten Sachsen gehabt?*

GELLERT : *Wir haben auch in Sachsen einen guten Anfang gemacht*

DER KÖNIG : *Wie will er denn einen August in ganz Deutschland haben?* [spätere Emendateure der Unterhaltungen Friedrichs fügten hier ein anderssinnendes Komma zwischen ›wie‹ und ›will‹]

GELLERT : *Nicht eben das : ich wünsche nur, daß ein jeder Herr in seinem Lande die guten Genies aufmunterte*

DER KÖNIG : *Ist er gar nicht aus Sachsen weggekommen?*

GELLERT : *Ich bin einmal in Berlin gewesen*

DER KÖNIG : *Er sollte reisen*

LOISY : *Ach was?!*

PLOCHER (im Bestreben, sogleich die Scharte, eine Banalität gestreift zu haben,

---

GELLERT : *Ihro Majestät! dazu fehlet mir Gesundheit und Vermögen*

DER KÖNIG : *Was hat er denn für eine Krankheit? Etwa die gelehrte!*

GELLERT : *Weil sie Ihro Majestät selbst so nennen, so mag sie so heissen; in meinem Munde würde es zu stolz geklungen haben*

DER KÖNIG : *Ich habe sie auch gehabt. Ich will ihn curiren. Er muß sich Bewegung machen, alle Tage ausreiten, alle Woche Rhabarber nehmen*

GELLERT : *Ihro Majestät, diese Cur mögte wohl eine neue Krankheit für mich seyn. Wenn das Pferd gesünder wäre als ich, so würde ichs nicht reiten können, und wäre es ebenso krank, so würde ich auch nicht fortkommen*

DER KÖNIG : *So muß er fahren ...*

GELLERT : *Dazu fehlet mir das Vermögen*

DER KÖNIG : *Ja, das ist wahr, das fehlet immer den Gelehrten in Deutschland. Es sind wohl jetzo böse Zeiten?*

GELLERT : *Ja wohl, und wenn nur Ihro Majestät Deutschland den Frieden geben wollten*

DER KÖNIG : *Wie kann ich denn! Hat ers denn nicht gehöret, es sind ja dreye wider mich?* [wieder eine gute Emendations-Idee : aus dem ›Wie kann ich denn‹ das moderate ›Kann ich denn?‹ zu backen]

GELLERT : *Ich bekümmere mich mehr um die alte, als neue Geschichte*

DER KÖNIG : *Was meynet er, welcher ist schöner in der Epopée, Homer, oder Virgil?*

GELLERT : *Homer scheinet wohl den Vorzug zu verdienen, weil er das Original ist*

DER KÖNIG : *Aber Virgil ist viel polirter*

GELLERT : *Wir sind so weit von Homer entfernt, als daß wir von seiner Sprache und Sitten richtig genug sollten urtheilen können. Ich traue darinnen dem Quintilian, welcher Homero den Vorzug giebt*

DER KÖNIG : *Man muß aber auch nicht ein Sclave von den Urtheilen der Alten seyn*

GELLERT : *Das bin ich nicht; ich folge ihnen nur alsdann, wenn ich wegen der Entfernung selbst nicht urtheilen kan*

QUINTUS ICILIUS : *Er hat auch deutsche Briefe herausgegeben?*

DER KÖNIG : *So! Hat er denn auch wider des Stylum Curiae geschrieben?*

GELLERT : *Ach ja! Ihro Majestät*

DER KÖNIG : *Aber warum wird das nicht anders? Es ist was verteufeltes, Sie bringen mir ganze Bögen, und ich verstehe nichts davon*

GELLERT : *Wenn es Ihro Majestät nicht ändern können, so kann ich es noch weniger; ich kann nur rathen wo Sie befehlen, ——*

DER KÖNIG : *Kann er keine von seinen Fabeln auswendig?*

GELLERT : *Ich zweifle, mein Gedächtniß ist mir sehr ungetreu*

DER KÖNIG : *Besinne er sich, ich will unterdessen herum gehen.* *Nun hat er eine?*

GELLERT : *Ja, Ihro Majestät:*

Ein kluger Maler in Athen / Der minder, weil man ihn bezahlte / Als weil er Ehre suchte, malte / Ließ einen Kenner einst den Mars im Bilde sehn / Und bat sich seine Meinung aus / Der Kenner sagt ihm frey heraus / Daß ihm das Bild nicht ganz gefallen wollte / Und daß es, um recht schön zu seyn / Weit minder Kunst verraten sollte / Der Maler wandte vieles ein / Der Kenner stritt mit ihm aus Gründen / Und konnt' ihn doch nicht überwinden // Gleich trat ein junger Geck herein / Und nahm das Bild in Augenschein / O, rief er bei dem ersten Blicke : / Ihr Götter, welch ein Meisterstücke! / Ach, welcher Fuß! O wie geschickt / Sind nicht die Nägel ausgedrückt! / Mars lebt durchaus in diesem Bilde / Wieviele Kunst, wieviele Pracht / Ist in dem Helm und in dem Schilde / Und in der Rüstung angebracht! // Der Maler war beschämt, gerühret / Und sah den Kenner kläglich an / Nun, sprach er, bin ich überführet! / Ihr habt mir nicht zuviel gethan / Der junge Geck war kaum hinaus / So strich er seinen Kriegsgott aus

DER KÖNIG : *Und die Moral?*

GELLERT : *Gleich, Ihro Majestät:*

Wenn deine Schrift dem Kenner nicht gefällt / So ist es schon ein böses Zeichen / Doch wenn sie gar des Narren Lob erhält / So ist es Zeit, sie auszustreichen

auszuwetzen) : *Und daneben — ich darf mir schmeicheln, diese kleine Entdeckung getan zu haben — eine bislang unberücksichtigte Quelle Gellerts* (schlägt den ultradicken Band auf)

DER KÖNIG : *Das ist schön; recht schön : er hat so etwas galantes in seinen Versen* [der Raubdruck Mateau 1761 versteigt sich zu ›Coulantes in seinen Versen‹]. *Das verstehe ich alles : Da hat mir aber Gottsched eine Uebersetzung der Iphigenia vorgelesen, ich habe das Französische dabey gehabt, und kein Wort verstanden : sie haben mir noch einen Poeten den Pietsch gebracht; den habe ich weggeworfen*

GELLERT : *Ihro Majestät : den werfe ich auch weg*

DER KÖNIG : *Nein, wenn ich hier bleibe, so muß er öfter wieder kommen, und seine Fabeln mitbringen, und mir daraus* [Neues] *vorlesen*

GELLERT : *Ich weiß nicht, ob ich ganz gut lese; ich habe so einen singenden gebürgischen Ton*

DER KÖNIG : *Ja, wie die Schlesier; nein, er muß seine Fabeln selbst lesen, sie verlieren sonst* [vieles] … *Nun, komme er bald wieder*

Ungeachtet dessen, was der König am Ende sagte, so ist doch der Professor nicht wiedergekommen, und gerufen worden. Da er weggegangen, hat der König gesagt : das ist ein ganz anderer Mann als Gottsched, und den andern Tag bey der Tafel : C'est le plus raisonable de tous les savans allemands« — und übersetzts gleich gern dem geneigten publico : »Das ist der vernünftigste unter allen deutschen Gelehrten«.

Und wie entrüstet man tun kann, daß ungewollt solche Briefe an die Öffentlichkeit gelangen! 15. April 1761 an eine Mademoisell : »Also ist kein Brief mehr sicher, sobald er aus meiner Hand ist?« — irgendwo unter den vielen Freunden muß ein Loch oder Dieb oder jemand mit Humor sein.

Gut nur, daß Gellert es sich hat angelegen sein lassen, auf das Frauenzimmer Johanna Erdmuth von Schönfeld umgemünzt seinen ruhmreichen Auftritt gleich am 12. Dezember brieflich dargestellt zu haben :

»Gnädiges Fräulein, Gestern Nachmittag halb drey Uhr sitze ich mit verschloßner Thüre (aus Furcht vor den Jüden) und lese zu meiner Erbauung in den Psalmen. Kaum habe ich zu lesen angefangen, so pocht jemand sehr ungestüm an meine Thüre. In der Angst rufe ich *herein!* und öffne die Thüre und sehe zu meinem Schrecken einen Officier vor mir stehen. *— Ich bin der Major Quintus. Der König läßt bitten, daß Sie ihn um drey Uhr besuchen möchten. — Herr Major, ich muß mich niedersetzen, ich bin erschrocken, daß ich zittre. Sie sehn, daß ich krank bin* (ich war in vier Tagen nicht balbirt, hatte eine Nachtmütze auf und mochte blaß, wie der Tod, aussehn*) u. ich schicke mich nicht für den König. — Herr Professor, ich sehe, daß Sie krank sind u. Sie sind nicht gezwungen, heute zum Könige zu gehen. Fürchten Sie nichts, ich bin Ihr Freund und ein großer Verehrer Ihrer Schriften, traun Sie mir, Sie haben nichts bey dem Könige zu fürchten; Sie gewinnen aber auch nichts, wenn Sie heute zu Hause bleiben; denn ich komme Morgen u. Uebermorgen wieder und immer so fort. Itzt will ich Ihnen drey Viertelstunden Zeit geben, wenn Sie sich anziehn wollen und um halb vier Uhr wieder bey Ihnen seyn. Leben Sie wohl; der König will Sie ohne Ausnahme sehn.* — Nun war er fort; Goedicke war nicht da, ich hatte keinen Balbier, keine Perrücke, nichts, keinen Menschen um mich; aber kurz zu reden, ich ward um halb vier Uhr mit meinem Anzuge fertig u. der Major kam mit Reichen, und um vier Uhr waren wir schon bey dem Könige. NB. Ehe ich gieng, betete ich, daß ich nichts wider mein Gewissen reden möchte.

DER KÖNIG : *Ist er Professor Gellert? Ich habe ihn gern sprechen wollen. Der Englische Gesandte hat mir seine Schriften noch heute sehr gelobt. Sind sie denn wirklich schön? Gelehrt mögen die Deutschen wohl schreiben; aber sie schreiben nicht mit Geschmack*

ICH : *Ob meine Schriften schön sind; das kann ich selbst nicht sagen, Sire; aber ganz Deutschland sagt es, und ist mit mir zufrieden; ich selbst bin es nicht*

DER KÖNIG : *Er ist sehr bescheiden*

ICH : *Diese Tugend, Ihre Majestät, ist mir natürlich, u. ein guter Autor kann niemals glauben, daß er schön genug geschrieben habe*

DER KÖNIG : *Aber warum nöthigen uns die deutschen Scribenten nicht, daß wir ihre Schriften lesen müssen, so wie es die Franzosen mit ihren Werken thun?*

ICH : *Das kann ich nicht beantworten, Sire; da die Griechen schön schrieben, führten die Römer noch Krieg; da die Römer gut schrieben, hatten die Griechen aufgehört zu schreiben*

DER KÖNIG : *Er hat Recht. Er mag wohl ein guter Mann seyn. Aber weis er, was ihm fehlet? Er sollte reisen u. die große Welt kennen lernen; dieses hilft schreiben*

Der fromme Gellert hat darin teilweise über weite Strecken Anleihen gemacht, ich meine ... (zö-

---

ICH : *Ich glaube es sehr wohl, Ihre Majestät. Aber ich bin zu alt u. zu krank zum* Reisen, *u. auch nicht reich genug dazu*

DER KÖNIG : *Ja, die deutschen Dichter mögen wohl selten unterstützt werden. Es ist nicht gut*

ICH : *Vielleicht fehlen uns noch Auguste und Ludwige qvatorce*

DER KÖNIG : *Aber Lafontaine hatte keine Pension von Ludwig XIV, war auch nicht in der Academie*

ICH : *Vergeben Sie mir, Sire; gegen das Ende seines Lebens war er in der Academie; und wenn ihm der König keine Pension gab, so hat ihm doch die La Sablière sechszehn Jahre Pension genug in ihrem Hause gegeben*

DER KÖNIG : *Er hat Recht. Aber Sachsen hat ja schon zween Auguste gehabt*

ICH : *Und wir haben auch in Sachsen schon einen sehr guten Anfang in den schönen Wissenschaften gemacht. Ich rede nicht von Sachsen allein; ich rede von ganz Deutschland*

DER KÖNIG : *Will er denn, daß Ein August ganz Deutschland haben soll?*

ICH : *Das will ich eben nicht. Aber ich wünsche nur, daß die großen Könige in Deutschland die Künste aufmuntern sollen, u. uns beßre Zeiten geben*

DER KÖNIG : *Sind itzt böse Zeiten?*

ICH : *Das werden Ew. Majestät besser bestimmen können, als ich. Ich wünsche ruhige Zeiten. Geben Sie uns Frieden, Sire*

DER KÖNIG : *Kann ich denn, wenn Dreye gegen Einen sind?*

ICH : *Das weis ich nicht zu beantworten. Wenn ich König wäre, so hätten die Deutschen bald Frieden*

DER KÖNIG : *Hat er den Lafontaine nachgeahmet?*

ICH : *Nein, Sire, ich bin ein Original; das kann ich ohne Eitelkeit sagen; aber darum sage ich noch nicht, daß ich ein gutes Original bin*

DER MAJOR : *Ja, Ihre Majestät. Man hat in Paris die Gellertschen Fabeln übersetzet u. ihn für den deutschen Lafontaine erklärt*

DER KÖNIG : *Das ist viel. Aber warum ist er krank? Er scheint mir die Hypochondrie zu haben*

ICH : *Leider, seit zwanzig Jahren*

DER KÖNIG : *Ich habe sie auch gehabt u. ich will ihn curiren*

ICH : *So werde ich in mein Journal setzen können, daß mich der König von Preußen curirt hat. Dies wird mir viel Ehre bey der Nachwelt machen*

DER KÖNIG : *Erstlich muß er alle Tage eine Stunde reiten u. zwar traben*

ICH : *Wenn das Pferd gesund ist, so kann ich nicht fort; u. wenn es so krank ist, wie ich, so kommen wir alle beide nicht fort.* (Nunmehr schlug er mir eine Menge Boerhavischer Mittel vor)

DER KÖNIG : *Will er das tun?*

ICH : *Ihre Regeln, Sire, wie man gut schreiben soll, die werde ich in Acht nehmen u. habe sie auch schon in Acht genommen; aber Ihren medicinischen Vorschriften werde ich nicht gehorchen, sie scheinen mir eine zweyte Krankheit zu seyn. Ich lebe schon sehr diät u. ich bin zufrieden, wenn ich ruhig sterbe, gesetzt, daß ich auch nicht gesund werde*

DER KÖNIG : *Wie alt ist er?*

ICH : *Fünf und Vierzig Jahre*

DER KÖNIG : *Das ist kein Alter. Er muß noch schreiben, für die Welt leben*

ICH : *Ich habe es gethan, u. ich habe schon zu viel geschrieben. Es ist eine große Geschicklichkeit zu rechter Zeit aufzuhören; u. endlich liegt mir an der Unsterblichkeit wenig, wenn ich nur genützet habe*

DER KÖNIG : *Weis er keine von seinen Fabeln auswendig?*

ICH : *Nein*

DER KÖNIG : *Besinne er sich. Ich will etliche mal im Zimmer auf u. abgehen*

ICH : *Nunmehr kann ich Ihrer Majestät eine sagen.* Ich sagte ihm die Fabel vom Maler in Athen. Als ich bis auf die Moral war, sagte er : Nun die Moral? Ich sagte die Moral

DER KÖNIG : *Das ist gut; das ist sehr gut! Ich muß ihn loben. Das habe ich nicht gedacht; nein, das ist sehr schön, natürlich, gut u. kurz. Wo hat er so schreiben lernen? Es klingt fein; sonst hasse ich die deutsche Sprache*

ICH : *Das ist ein Unglück für uns, wenn Sie die Deutschen Schriften hassen*

DER KÖNIG : *Nein, ihn lobe ich.*

ICH : *Das Lob eines Kenners u. Königs ist eine große Belohnung*

DER KÖNIG : *Der König wird wohl nicht viel dazu beytragen*

gertzaudert, ob er die Gellert-Lästerung tun soll — ja!) *er hat teilweise sicherlich eben auch ganz einfach … äh … abgeschrieben*

ICH : *Ja, wenn der König ein Kenner ist: so wird das Lob vollwichtig*

DER KÖNIG : *Wenn ich hier bleibe, so besuche er mich wieder u. stecke er seine Fabeln zu sich und lese er mir welche vor*

Dieses, Gnädiges Fräulein, ist der kurze Auszug eines Gesprächs, das bey nahe zwo Stunden gedauert hat. So lange ich auf meiner Stube war, zitterte ich. So bald ich auf die Gasse kam, fassete ich mich und ward beherzt. Und eben weil ich unbesorgt war, Beyfall zu erlangen, habe ich ihn erhalten. Gott sey Dank, daß ichs überstanden habe! Läßt er mich wieder rufen, so bin ich vor nichts bange, als vor die Religion. Aber Gott wird mir Muth und Klugheit geben, wenn es die Pflicht befiehlt, die Ehre der christlichen Religion auch gegen alle Könige zu bekennen, u. wo ich kann, zu retten. Er mag wohl schon wissen, daß ich geistliche Lieder gemacht habe; u. das ist mir sehr lieb. Wenn er spotten will, so werde ich ihm sagen: Sire, diese Lieder werden bey Ihren Armeen gesungen u. gebetet u. die christlichen Gedichte machen gute Bürger und treue Soldaten. Wenn er mich fragt, ob ich seine medicinischen Regeln in Acht genommen hätte : so werde ich ihm antworten, daß mich seine Mittel nicht gesund machen würden, so lange ich vier Lazarete um und neben mir hätte. Beten Sie, daß er ein Christ wird. Eine Nachricht muß ich Ihnen noch melden, die mich ungemein erfreut hat. Meine Schwester in Haynichen hat mir Folgendes geschrieben : Unser Städtchen ist mit ganz leichter Einqvartierung belegt worden, und der General Hülsen hat dem Rathe sagen lassen, dieses geschähe aus Wohlwollen gegen den Herrn Professor Gellert und seine Schriften —— Ja, diese Nachricht hat mich mehr vergnügt als das : es ist schön, es ist sehr gut, es ist natürlich!« — Bussi an die gn. Mama und Demut etc, Gellert.

Wie Göte, Hörer Gellerts, deutscher Hybris entspricht, ist Gellert, der seiner Generation den Stempel aufdrückte, dessen Fabeln neben Luthers Hauspostille der Deutschen Hausbuch waren, der träge Spiegelkern der deutschen Misere : sein Leben ist das, was deutsch Leben heißt : durchkurte Sommer, Brunnenwassergenuß und Umgang mit dem Adel aller Kriegslager, ein ewig-erdiges Ablehnen sachsenferner Lehrtätigkeit (Frankfurt/Oder, Braunschweig, Kopenhagen, Hamburg — das ist, erstaunlich, alles nicht Leipzig). Aber Vorteile ziehen : hier ein Pferd von Prinz Heinrich, hier eins von Sachsens Kurfürst Friedrich August II. dem Fetten, dort Brennholz von liebenden Bauern und Kisten Wein von Habsburg-Durchlauchten. Und je unselbständiger die Lehre, je größer der hodegetische Einfluß.

Gern wär das sächsische Predigerkind Prediger geworden. Aber die schwache Brust … also schreibt es. Mit zwölf erste Dienstbriefe für den Bürgermeister-Schwager. Gedichte auf Vaters Geburtstag und den Tod eines hallensischen Bierbrauers. Es geht in die Lehre bei Gottsched, verirrt sich in Broterwerb und Mitarbeit an dessen Übertragung des Bayleschen Wörterbuchs, mag aber doch kein Wolffianer werden, schmiedet kleine Schäferspiele und Nashorn-Gedichte, wird 1743 unmerklich Magister, bietet Breitkopf ›Fabeln‹ an, Breitkopf — der Fehler seines Lebens — lehnt ab : März 1746 erscheint der Jahrhundertkassenschlager bei Wendler. Auch tritt Gellert gesellig literarischen Clubs bei. Pünktlich 1751, mit der Ernennung zum außerordentlichen Professor der Philosophie, beginnt Gellert ein Tagebuch, daß er sein Gewissen recht erforsche und seinem Selbst selbst die Zügel anlege — ehs ein Preußenkönig tut, vor dessen Kriegattacken er immer wieder aus Leipzig in umliegende Nester entschlüpft (5. November 1757 hört Gellert in Bonau dennoch die Kanonade von Roßbach, »erschrickt unendlich«, als er Preußens Sieg erfährt und traut sich zehn Monate nicht nach Leipzig zurück). Seine Seelenturbulenzen sind nur fürs Jahr 1761 erhalten, täglich läßt Gellert alles passieren, was er lehrt, wem er privat wegweist, was er liest, wer ihn besucht, wem er schreibt, wie's dem alten Adam geht und dessen eigentlich erlöster Seele, welch neue schäbige und aber auch schöne Falten er der entfalten konnte und überhaupt : was er so zu Gott betet und was der so zurückbetet — ein widerlich zerknirschtes Zeugnis lächerlicher Skrupel. Und die selbstmarternde Nabelschau trägt zerfleischte Früchte : 3. August 1756 distanziert Gellert sich in der ›Staats- und Gelehrten Zeitung des Hamburgischen unpartheyischen Correspondenten‹ von seinen frühen Fabeln und dann, April 1758, ist es soweit : endlich ist Gellert so wichtig, daß er alte Briefe zurückerbittet, als Gerüst für seine Memoiren.

LOISY : *Aus dem Wreech*[266] *? nun ja, sicher. Das, denke ich, dürfte bekannt sein. Denn so-*

Vom Katheder liest er nun Moral, Reden und Dichten, läßt sein Auditorium Zettelchen improvisieren, trägt aus denen vor, krittelt freundlich-sorgfältig am Stil und zeigt, wie man's netter sagen könnt, wenn man nur so schriebe, wie man mit einem guten Freund, muß jetzt gar nicht Jesus sein, redete. Das, und daß er mahnte, weder unmäßig zu trinken noch über die Stränge zu schlagen und am besten nur zu lesen, was erstmal kräftig Gott lobt, ist sein bleibend Verdienst. Und jeder, der zuhört, findet Gellert toll und sich ernstgenommen und schließt ihm sich an, dem Sturm grenzenloser Liebe, ausgelöst vom Banalen. Und freut sich, daß man von Gellert sonst nichts lernt oder etwa hört über Wieland oder Lessing.

Den Gipfel seines lyrischen Schaffens erreicht Gellert in dem Moment, als es ihm gelingt, ›Richardson‹ auf ›Religion‹ zu reimen. Sowieso verknüpft sich für ihn mit Samuel Richardson Ekstase, mehr konnte ihm auf Erden nicht werden, als den siebten Teil von Richardsons ›Clarissa‹ (1748) und den fünften des ›Grandison‹ (1753) lesen zu dürfen. Sogar tut Gellert 1754 an einer Übersetzung des Grandison mit, steigt aber aus : die Aufgabe ist zu groß, zudem verfolgen die Mitstreiter unselige Absichten. Dennoch erscheint in sieben Bänden 1754/55 in Leipzig bei Weidmann die ›Geschichte Herrn Carl Grandison : in Briefen entworfen von dem Verfasser der Pamela und der Clarissa‹, 4000 Seiten — vor welcher Menge Seiten Gellert es die Sprache verschlägt und er von seiner ›Gräfinn‹ nurmehr als »Romanchen« noch reden mag. Für diese schicke Demut belohnt der Gott seinen Gellert sofort, indem er die erste französische Übersetzung der ›Schwedischen Gräfinn‹ erscheinen läßt.

Ja, Gott meint es gut mit seinem Gellert. Erst läßt er ihn Richardson lesen, dann schenkt er ihm die Dezembererfahrung mit General Hülsen und läßt gleich Januar 1761 ihn auch noch höchsten Altruismus und die Kunst der Briefstellerei glücklich kombinieren, in einem Brief an den Preußen-Hauptmann Grabowski, der vor Haynichen liegt und Kontributionen fordert : »Und Ihr Beruf, liebster Herr Hauptmann, ist itzt, daß Sie durch Ihre Güte die Last des Kriegs mindern helfen; und o wie rühmlich thun Sie dieses, und wie sehr werden wir Ihnen zeitlebens dafür danken müssen ! Das Sonnekalbsche Haus ist voll von Lobsprüchen auf seinen guten lieben frommen Offizier, den besten Gast, den es vielleicht iemals gehabt hat; und wie glücklich sind Sie, daß Sie überall geliebt werden, wo Sie hinkommen, und überall Gutes stiften, auch wenn Sie wieder Ihren Willen Strafen vollziehen müssen«. Kann Gellert sich da nicht auch gleich noch über Pindar stellen ? Aber ja doch. Kann er. »Freylich verschonte Alexander der Große die kleine Stadt Theben weil sie der Geburtsort des Poeten Pindarus war; und wenn ich gleich kein Pindarus bin, so habe ich doch geistliche Oden und Lieder geschrieben, die gewiß nützlicher sind, als seine Heldenoden«. Gekonnt ist gekonnt.

Wiederholt, wenn Gellert besonders gehustet hatte, war wie der Wind das Gerücht seines Ablebens durchs Land geeilt und hatte Trauergesänge und Huldigungen sonder Zahl evoziert, zuletzt noch hatte Friedrichs Offizier Ewald Christian von Kleist Oktober 1757, zwei Jahre vorm eigenen Tod, sich hervorgetan mit »Als jüngst des Todes Pfeil, o Gellert, Dich getroffen / Klagt' ich und weint' und sah den Himmel offen / Auch den belebten Raum der weiten Welt sah ich : / Die Menschen weineten : die Engel freuten sich« — dann aber wirds ernst. 5. Dezember 1769 verliert Gellert beim Essen die Besinnung. Kurfürst Friedrich August III. der Gerechte schickt seinen Leibarzt zur Supervision von Gellerts Ärzten und täglichem Bericht. Aber Gellert hat alles im Griff. Mustergültig, nach Vorlage der großen Sterbenden in der ›Gräfinn‹, geht er dahin und wird beerdigt unter so anhaltendem Trauergedräng, daß die Behörden Leipzigs für Tage Gellertgrabbesuche untersagen.

Ach, genug. Gellert ist schon über Gebühr gewürdigt mit einer kleinen Sammlung Attribute : matt, kümmerlich, heulmeirisch, herzlich unbedeutend, seicht, geistverschnitten, junggesellig, stets im Modus des Absterbens begriffen, schlicht, gemütlich, tranig, stereotyp, gütig, gefällig, tümelnd, aufrichtig, schüchtern, kränklich, redselig, inhaltlos-flüssig, mumig, marklos, gedrückt, altbacken, empfindsam, schwach, ängstlich, naiv, reförmlerisch, unaufsässig ... kurz, ein Johannes Rau, oder, wie der hervorragende Aufklärer, Historiker und Revolutionär Jakob Mauvillon ihm nachrief, »ein mittelmäßiger Dichter ohne einen Funken Genie«.

[266] Denn von dem ist das sehrdicke Buch : Curt Friedrich von Wreech (1650–1724) ›Wahrhaffte und umständliche Historie Von denen Schwedischen Gefangenen in Rußland und Siberien, Welchergestalt dieselbe nach dem A. 1709. bey Pultawa in der Ukraine mit denen Rußen ge-

weit ich orientiert bin, hat schon mein lieber Freund Eckhardt Meyer-Krentler in seiner münsteraner Dissertation [267] …

PLOCHER : *Den kenn ich natürlich, aber er hats nur angedeutet, Doktor Loisy, allenfalls angedeutet und nicht* … (versiegt von allein)

LOISY : *Aber der Wreech, jaja, sehr schön. Leider nur sehr entfernt verwandt mit Eleonörchen* [268] … *aber immerhin, ja, der Wreech, ein Betebuch, jaja*

---

haltenen unglücklichen Treffen, in ihrer Gefangenschafft, zum Theil von Gott kräfftig zur Buße erwecket worden, und was sich insonderheit bey der, von einigen unter ihnen angerichteten Schule, zu Tobolsky von Anfange bis zu Ende, wie auch auf ihrer Zurückkunfft nach erfolgten Friedens-Schluß begeben hat / mitgetheilet von Curt Friedrich von Wreech, gewesenen Capitaine unter dem Königl. Schwedischen Albedylischen Dragouner-Regiment‹, in Sorau 1725 von Johann Gottlieb Rothe auf 861 Seiten gedruckt. Plocher hatte es einst für 400 Mark irgendwo mitgenommen und sich sehr gefreut. Wie langweilig. Aber auch von Wreechs Geschichte ist langweilig : als guter Halbschwede ließ er sich von Karl XII. dingen und zog für Schweden gegen Zar Peter ins Feld, wurde 1709 eingefangen, im sibirischen Тобольск (Tobolsk) interniert und infizierte sich dort mit Pietistenideen und erfuhr den Trostschock, daß allem unverkennbar ein unerkennbarer Sinn innewohnte. Also wurde er ein guter Mann und da in Tobolsk auch Frauen- und Kindergefangene waren, baute Wreech daselbst Schule und Waisenhaus nach Pietistenart und spann eifrig Kontakte zu freien Pietisten in Halle und orderte von dort Gesangbücher und Geld und Prediger. Seine ›Umständliche Historie‹ ist ein Konglomerat Briefe und Briefexzerpte, aufschlußreich für den, der sich fürs Blühen des Pietismus bei −30 ° begeistert und wissen möchte, was alles man frierend las, die Bibel, den Francke, Arndts ›Wahres Christentum‹ sowie die »Kern=Schrifften derer theuren Männer, nämlich Hrn. Speners, Lütkemans, Müllers, und vieler anderer allhie« und auf welchen kalten Trampelpfaden man die Erbauungsliteratur nach Sibirien importierte. Schade, daß die Russen den Laden nach dem Frieden von Nystad 1721 dichtmachten.
Immerhin : die alte Tartarenkapitale Tobolsk, älteste russische Siedlung in Sibirien, schön landschaftlich gelegen am freundlichen Fluß Tobol, 2350 Kilometer hinter Moskau, 480 Kilometer hinter Jekaterinenburg, 58° 11' N, 68° 13' O, war um 1700 von einigem Komfort und bot drei Öfen. Wenn auch noch keine mit Lichtbogentechnologie, sondern aus Lehm. Mag man sich ausmalen, wie die frierenden Frömmler da saßen und ihren Hesekiel lasen (→ Kapitel 38 und 39) und Gnade empfanden, nicht nur im Gulag zu leben, sondern auch im Ursprung des Weltendzeitsturms, der aus dem äußersten Norden (מירכתי צפון, mijarkᵉte ṣāphon) losbrechen wird, und zu lesen, wie ein Inferno warm hereinbrechen wird über die Welt, wenn Rußland in einer Allianz der Willigen mit Iran, Äthiopien, Libyen und Gomer (Germanien) über Israel herfällt und hernach via Nordpol die USA, die ja nun auch bald gegründet werden werden, »das Land der unbefestigten Dörfer«, heimsucht, bis es Gott gefällt, seinen raffinierten Plan auszuführen und sich, indem er Pest und Blutvergießen und Platzregen und Hagel und Feuer und Schwefel über die listig herbeigelockten Scharen des Führers Gog aus Magog schüttet und Vernichtung anrichtet, als herrlich und heilig zu erweisen vor den Heiden in den Sekunden derer Tode ? Nein. Eben nicht nur Judentrost, sondern Christentrost auch. Aah … da mußten sie gar nicht wissen, daß schon die Byzantiner die Skythen οἱ Ῥῶς nannten und ehdem die viehisch-transkaukasischen Ῥωξολανοί als Bedränger in vieler Munde waren, da mußten sie gar nicht des Hebräischen mächtig sein : so sie nur ihren Luther hatten, und da stands : Gog aus Magog wird sein Fürst von Rosch (ראש, ro'š, → Rußland, ganz klar, weil ראש hier unbedingt Eigenname ist und nicht etwa wie gewöhnlich Substantiv für ›Oberster‹, ›Spitze‹, ›Kopf‹), Mesech (משך mäšäch, → Moskau) und Thubal (תבל, tuwāl → Tubolsk).

[267] Aber natürlich nur angedacht, nicht ausformuliert, wie Plocher es einst tat : »Der andere Roman : ›Gellerts Schwedische Gräfin‹ : von der aufklärerischen Propaganda gegen den ›Roman‹ zur empfindsamen Erlebnisdichtung«, Göppingen 1974, bei Kümmerle.

[268] Ein Detail im Leben des Jungen Fritz, das Loisy kein Problem bereitet, trotz der tatsächlichen glühendsten Liebes-Sonette an ein Weib. Friedrich war 18, genoß nach der Hinrich-

PLOCHER : *Der Preis* [269] (räuspert verlegen) *ist eher ein Schutzpreis* (da Loisy das dritte Tableau ausläßt und unverbindlich umherguckt) *Darf ich fragen, wer denn mein kleines Projekt ausgeplaudert hat?*

LOISY (hört nicht hin, deutet auf die Büste) : *Da fehlt ein Dreispitz, hihi*

PLOCHER : *Un moment!*

Plocher tut entschiedene Schritte zum Schreibtisch, greift hurtig einen Dreispitz hervor und pflanzt ihn der Jean-Paul-Büste auf — ein Disproporz, der ins Karnevaleske hineinragt. Loisy aber schaut sowieso nicht hin, sondern in die Runde.

LOISY : *Sehr schön, sehr schön jaja. Ich interessiere mich vor allem für ...*

PLOCHER (ölig) : *Doktor Loisy, Ihr Ruf ist Ihnen vorausgeeilt*

LOISY : *Sehr freundlich. Was redet man denn so über mich?*

PLOCHER : *Nur Ausgezeichnetstes ...*

LOISY : *Sehr schön, sehr schön, jaja*

PLOCHER : ... *und daß man Ihnen aus dem Bereich Fredericus Secundus zwar zeigen, doch kaum mehr verkaufen kann, Sie aber dennoch bei Allem mit Rat und Tat zur Seite stehen*

LOISY : *Nun ja, sehr schmeichelhaft, tatsächlich versichern sich bisweilen auch die führenden Auktionshäuser meiner Dienste, hihi* ... (verschwindet in Gedanken)

Zeitgleich Sonntagabend, 6500 Kilometer und zwei Zeitzonen weiter, Serengeti : zwei der letzten acht Rhinozerosse in der Savanne gewahren einander in erheblicher Entfernung, senken die Schädel, schnauben und wanken aufeinander zu, tänzeln staubaufwirbelnd umeinander, schnauben, rennten im Übersprung Bäume um — wären da welche.

PLOCHER : *Sicher haben Sie auch schon bemerkt, daß, wenn auch teilweise das eine oder andere hier durchaus steht, Friedrich nicht eben nachgerade mein Spezialgebiet ist — ich hoffe, Ihre Erwartungen sind nicht allzu hochgesteckt ...*

LOISY (kommt aus Gedanken in die Rede zurück) : ... *nicht alles, aus dem Umfeld des Freiherrn von Trenck etwa, oder Zimmermann, Leibarzt des Königs, oder Christian Ewald von Kleist ist längst noch nicht alles ...*

---

tung Kattes Herbst 1731 Freigang aus der Feste Küstrin und ab und zu Zeit auf Schloß Tamsel, keine zehn Kilometer entfernt : da hauste, meist verlassen vom Krieger-Gatten, die 23jährige Luise Eleonore von Wreech. 20. September 1731 datiert der erste von 13 erhaltenen Ergüssen Friedrichs an Eleonore, im ›Abschiedsbrief‹ vom 10. Februar 1732, beigegeben einer Porträt-Miniatur, legt ihr der Prinz in den Mund : »Er war au fond ein guter Junge, aber er langweilte mich, denn er liebte mich zu sehr und brachte mich oft zur Verzweiflung mit seiner unbequemen Liebe« — was war da los gewesen? Nach Katte das jugendlich-tändelnde (und erfolglose) Nippen an der anderen Hälfte der Menschheit? Vielleicht. Eher aber in großem alleingeweihtem Einvernehmen eine Camouflage : eins der charmanten Gegen-Billets Eleonores, an dem sowohl Gatte als auch Mutter mitgewirkt hatten, läßt in seinen Spitzen erahnen, daß sich Wreechs eher an Mitleser auf Friedrichs Seite wendeten — Friedrich aber konnte sich vor seinem Vater in einer Alibiamour sonnen. Unsterblich jedenfalls war Friedrichs Liebe nicht : als Eleonore Oktober 1758 ihren früheren Verehrer um Hilfe bei Beseitigung der Schäden, die russische Truppen in der zorndorfer Schlacht, die Friedrich zur Entsetzung der Festung Küstrin siegreich hat schlagen lassen, anging, wies er sie schnöd ab.

[269] 1200.

PLOCHER : … *daß ich vielmehr in Richtung Frühaufklärung, Spätbarock, Physikotheologie, Naturalienkabinette und Jean Paul …*

LOISY : … *ich wollte sagen : erschlossen*

PLOCHER : … *arbeite. Christian Ewald von Kleist, sagten Sie?*

LOISY : *Jaja, Jean Paul sagten Sie?*

PLOCHER : *Ja, Christian Ewald von Kleist kann ich Ihnen zeigen, da schwirrt hier ein ausgesprochen dekoratives Exemplar des ›Frühling‹ herum*[270]*… aber darf ich mich eben geziemend ankleiden?* (im Hinaushusch zu Eva, die in der Küchentürfüllung schöne Augen macht) *Eva, du paßt auf*

LOISY (steht herum und brabbelt ins Leere) : *Nun, Jean Paul hat meines Wissens über Friedrich nicht eben günstig geurteilt, aber das sei verziehen, Friedrich hatte ja durchaus seine Kanten und Ecken, da kann man sich schon dran stoßen, sicher, verstehen Sie mich nicht miß, ich bin ja nur eine kleine Leuchte, ein Tagelöhner im Weinberge des Herrn, hihi, keinesfalls ein Experte für die Friedrichrezeption bei Vielschreibern, ich selbst lese diese dicken Schinken ja so gar nicht, diese endlosen Vorreden zu Vorreden und Vorkapitel und Zyklen und was er da so hat, hihi, da wird man ja kirre. Ich bin ja ein Freund der preußischen Landgerichtsordnung, Paragraph 1, Paragraph 2 und so fort, da kann ich mich orientieren, und in Romanen, wenns denn sein muß, Kapitel 1, Kapitel 2, und so weiter. War es in den ›Flegeljahren‹, wo Jean Paul die Aufklärung in einem leeren Herzen als bloßes Gedächtniswerk abkanzelt? Na, Sie können das sicher besser sagen als ich*

PLOCHER (in Hemd und Anzug und rasiert zurück, zuppelt noch am Schlipsknoten) : *Sie meinen die Stelle, die fortfährt, »die meisten Menschen unserer Tage gleichen den neuen Häusern in Potsdam, in die Friedrich II. zu Nachts Lichter setzen ließ, damit jeder denken sollte, sie seien — bewohnt«? Nein, ›Flegeljahre‹* (lächelt mild) *sind da wohl ausgeschlossen*[271]

LOISY : *Jaja, das mag nachschauen wer will*

PLOCHER (familiär) : *Tun Sie's doch hier — alles zu Ihrer Verfügung*

Plocher breitet einladend die Arme einem einzeln in den Raum ragenden Regal, doppelseitig mit schmucken Bändchen bestellt, entgegen — eine Maiparade verschiedener, teils in 60, teils in 65 Teilen, in teils 60, teils 20, 22, 24, 28 oder 30 Bänden aufgebundener Jean-Paul-Werkausgaben des 19. Jahrhunderts — alles von erlesenem Dekor, und wo von Halbleder, in Fett spieglig gerieben — gesockelt aber vom

---

[270] Zum Zeigen wird es heuer nicht mehr kommen — was vielleicht auch besser ist, denn Plocher war nicht in Besitz des Spezialwerkzeugs gewesen, das ihn die Lage versetzt hätte, exakt zu bestimmen, welche der vielen Ausgaben nach dem Erst- als Privatdruck 1749 hier vorlag. Entschieden war er allein beim Preis gewesen : 340.–. Damit wär er unter Umständen bei Loisy doppelt aufgelaufen.

[271] Zu Recht, denn es ist eine Fußnote im ›Hesperus‹, den 14. Hundposttag : »Aufklärung in einem leeren Herzen ist blos Gedächtnißwerk, sie strenge übrigens den Scharfsinn noch so sehr an; die meisten Menschen unserer Tage gleichen den neuen Häusern in Potsdam, in die (nach Reichard) Friedrich II. zu Nachts Lichter setzen ließ, damit jeder und selber Reichard denken sollte, sie seien — bewohnt« — Reichard aber ist Johann Friedrich Reichardt (→ Hinter Büchern, Der Jacobi-Nachlaß).

schmutzigen Großoktavweiß des Leinens der historisch-kritischen Ausgabe [272], häßlich und verwaschen die Rücken mit schwarzer Schrift imprägniert.

LOISY : *Nein nein, Jean Paul … das ist wohl doch nur was für Menschen mit zuviel Zeit*

PLOCHER : *Ah … aber ganz so können Sie's nun auch nicht sagen, Jean Paul ist für niemanden so wichtig als für den Eiligen …*

LOISY : *Eilig oder nicht — seine Sätze sind entschieden zu lang*

PLOCHER : … *immerhin ist Jean Paul eine sehr ins Wirkliche, ins Stoffhafte sich hineindrehende Gestalt …*

LOISY : *Hineindrehend, jaja, hihi, das ist gut*

PLOCHER : … *denken Sie nur an die geradezu elektrifizierende Passage im ›Titan‹, warten Sie* (tritt ans Jean-Paul-Regal, schnappt blind einen Band und blättert)*, wo der Jüngling, hier, gleich schon hab ichs, nichts größeres werden wollte* (euphorisch) *»als — alles, nämlich zugleich sich und ein Land zu beglücken, zu verherrlichen, zu erleuchten — ein Friedrich II. auf dem Throne, nämlich eine Gewitterwolke zu sein, welche Bannstralen für den Sünder, elektrisches Licht für Taube und Blinde und Lahme, Güsse für die Insekten und warme Tropfen für durstige Blumen, Hagel für Feinde, eine Anziehung für alles, für Blätter und Staub, und einen Regenbogen für das Ende hat. — Da er« — der Jüngling, Doktor Loisy — …*

LOISY : *Jüngling, jaja, sehr schön*

PLOCHER : … *»nun Friedrich II. nicht sukzedieren durfte, so wollt' er künftig wenigstens Minister werden … und in den Freistunden nebenbei ein großer Dichter und Weltweiser«* [273]

LOISY : *Sukzedieren, jaja …* (ächzt gequält auf, hält sich den Rücken) *wenn man alles nur so einfach wär*

PLOCHER : *O wären wir nur im Besitz einer Kartei, die die Namen derer versammelte, die einmal den Wunsch getan hatten, gern Friedrich zu sein!*

LOISY : *Jaja*

PLOCHER : *Denn guckten wir da nämlich mal ganz einfach unter ›Jean Paul‹ nach — wie schnell …*

---

[272] Von Eduard Behrend 1927 bei ›Hermann Böhlaus Nachfolger‹ in Weimar im Auftrag der ›Preußischen Akademie der Wissenschaften‹ in Verbindung mit der ›Akademie zur wissenschaftlichen Erforschung und zur Pflege des Deutschtums‹ und der ›Jean-Paul-Gesellschaft‹ in Fraktur begonnen und in mittlerweile 27 fetten und immer noch Fraktur-Bänden von der ›Deutschen Schillergesellschaft‹ und dem Akademie-Verlag zu keinem Ende gebracht. Zu Studentenzeiten schon hatte Plocher begonnen, ab und zu einen weimarer Originalband in Interimskarton oder Halbleder sich vom Munde abzusparen, dann aber — es ging sehr schleppend voran —, als sich ihm die Chance bot, den kompletten Satz um ein Geringes im Notverkauf eines seiner Dozenten zu erwerben, sehr vernünftig umgestellt auf den photomechanischen Reprint, den das Zentralantiquariat Leipzig veranstaltet hatte.

Plochers Sammlung von Jean-Paul-Erstausgaben steht natürlich am Ehebett. Zum Uhlhornsweg raus — dessen Genitiv-S Plocher, ganz da Schüler Jean Pauls, immer schon lästig gewesen war. Eingaben an die Stadt Oldenburg aber, dieses ›s‹ zu streichen — o Wunder! — … vollkommen verpuffend! So sehr verpuffend, daß er dessenthalben nichtmal als Querulant verfolgt wird.

[273] Titan, erste Jobelperiode, 26. Zykel. — Und wieder hat Plocher etwas ausgelassen, eine ganze Satzperikope diesmal, wohl wissend, daß es Wasser auf Loisys Mühlen wär, daß genau das es ist, was Loisy meint mit: ›zu lang‹.

LOISY : *Das ist gut, ja*

PLOCHER : … *würden wir nicht merken, daß Jean Paul mehrfachst diesem Wunsch Ausdruck verlieh, etwa in der ›Wunderbaren Gesellschaft in der Neujahrnacht‹, wenn ich mich nicht täusche* (tippt an ein Doppelbändchen 39/40, verzichtet aber darauf, es eilzuzücken) *Jean Paul spricht sich da* (gluckst) *gegen zu lange Unsterblichkeit aus — sehr witzig allein schon diese contradictio in adjecto — bei der die Person des Autors sich zu einem Lufthauch verflüchtige »und nur der Bodensatz, das Werk« bleibe — das alles ein Motiv übrigens, das später dann in Arno Schmidts ›Tina‹ auftaucht — der exerziert's an Göte durch …*

LOISY : *Ach ja Göte*

PLOCHER : … *Jean Paul aber führt, glaube ich, Konfuzius an, Homer und Trismegistus und wünscht bei der Gelegenheit, »lieber etwas näheres und kompakteres, etwa ein Friedrich II.« zu sein* [274]

LOISY : *Jaja, Göte spielt Flöte auf Schiller sei'm Piller! ›An Maria der Jungfrauen / kann man kein Unkeuschheit schauen / Wenn man sie gleich schwanger heißt / Ist es doch vom Heilgen Geist‹*

PLOCHER (lacht höflich [275]) : *Aber sagen Sie, möchten Sie nicht lieber erstmal einen Tee? Darf ich Ihnen Tee anbieten, wo wir nun schon mal zusammengefunden haben? Friesischen, chinesischen, Früchtetee, aromatisiert, Beutel, was möchten Sie?*

LOISY : *Jaja, Tee*

Plocher entweicht elastisch in die Küche, Loisy steht rum und festigt seinen Eindruck : geputzte Scheiße — da geht er in den Wald und sucht Pilze und es sind keine Fliegenpilze, keine Steinpilze, sondern nur Täublinge und Schwämme an Bäumen, ach, ein Besuch in einem Kramladen in Amsterdam, ein blinder Griff dort in einen unausgeräumten Karton und er zöge einen unbekannten Lamettrie hervor! … guckt er doch gleich mal hier … — Loisy wackelt auf die französischen Materialisten des 18. Jahrhunderts zu. Plocher guckt, das Gute Service auf ein Tablett klirrend, aus einer Durchreiche und kommentiert den loisyschen Bewegungsablauf.

PLOCHER : *Dort steht, was ich zusammentragen konnte an radikalen französischen Aufklärern, Helvetius, D'Holbach, La Mettrie, viele von ihnen in Berührung mit Ihrem Friedrich, sehr schön zum Beispiel die Ausgabe, ja, Sie stehen direkt davor, ›La Contagion sacrée ou Histoire naturelle de la Superstition‹* [276]

LOISY : *Ah, die ›heilige Seuche‹!*

Plocher eilt herbei und legt, Loisy die vermeintlich edle Scheu vor Berührung der Schätze zu nehmen, zwei Kleinoktavbände in seines Besuchers Hände, zieht dann

---

[274] Hier allerdings ist der Text insgesamt zu kurz, als daß es eine Fußnote bräuchte, sich in ihm zu orientieren.

[275] — und enttäuscht : das wars? Das wars. Keller hatte nicht übertrieben.

[276] Baron d'Holbachs ›La Contagion sacrée ou Histoire naturelle de la Superstition. Ouvrage traduit de l'Anglois de Jean Trenchard [1709]‹, zwei Bändchen Londre (i. e. Amsterdam bei Marc-Michel Rey) 1768, 169 und 184 Seiten. In Grimms ›Correspondance littéraire‹ am 15. August 1768 als erschienen vermeldet, am 18. August verdammt, zerrissen und verbrannt zu werden, à être lacérée et brûlée, vollzogen am 20.

sich wieder in die Küche zurück und überwacht das kochende Wasser. Loisy schlägt das Leder der Zeit auf, das Vordergelenk des ersten Bandes angeplatzt, der Vorsatz, leicht leimschattig, mit Japanpapier entsetzt, in dünnem Bleistift von Plocher ›2800‹ eingetragen, fürwahr : ein sauberes Exemplar, ein saftiger Preis.

PLOCHER (lustig durch die Durchreiche) : *Ich kenn da einen sehr vulgären Kollegen in Bremen, der leckt sich alle elf Finger danach*

LOISY (gemütlich) : *Jah-jah, ich glaube, ich weiß, wen Sie meinen, den lieben Christian, nicht wahr?*

PLOCHER (knurrt) : *Vornamen kenn ich nicht*

LOISY : *Der Gute ist recht angetan von fingierten Druckorten, das ist ihm gar nicht auszutreiben, nein nein, das will er gar nicht begreifen, daß diese plumpe Mimikry am Ende eben nicht viel mehr war als guter Ton* — (wägt die ›Contagion sacrée‹) *verbrannt wurd sowas sowieso, als Buch, und der Henker zog sich noch sein Exemplar zur Lektüre oder verkauft es seinem Louis — sollte der's noch nicht haben. Da legte ja keiner Hand an einen Baron, und wo Voltaire zu finden war, wenn er polizeilich gesucht wurde, das war jedem in Frankreich bekannt, sogar den Behörden*

PLOCHER : *Wie klug Sie sind!*

LOISY : *Nun ja*

PLOCHER : *Und wie schön ...*

LOISY : *Danke ...*

PLOCHER : *... und rund!*

LOISY : *... danke!*

PLOCHER : *Ich aber bin auch klug ...*

LOISY : *Jaja ...*

PLOCHER : *... und schön*

LOISY : *Nun ...*

PLOCHER : *Nur nicht ganz so rund. Daß Keller mich da anbetet, wenn ich ihm die ›Contagion sacrée‹ vorhalte, daß er da von den Socken ist, das müssen wir schon verstehen, Keller ist ja ein Schwärmer*[277]*, förmlich* (klötert Kluntjes in ein Schälchen) *daß ich ihn höre, wie er mit schwachem Französisch, aber voller Elan daraus den republikanischen Geist atmet ... und wenn er dann mal in melodramatischer Fahrt ist, kriegt man ihn ja kaum noch zum Stoppen, es ist ja zum Barmen, wie er dieser Zeit des Denkens, das da, wie er meint, noch nicht desillusioniert sein konnte, hinterhertrauert — haben Sie auch schon mal von ihm gehört, oder?*

LOISY : *Jaja, jaja*

PLOCHER (lacht und schwingt sich in die Höhen der Theorie) : *Natürlich. Der Kollege wird nie verstehen, was dem Materialismus abgeht, was ihm auch schon abging, bevor er sich in den politischen Fallstricken, die er selbst gelegt hat, verfing, so wenig der Kollege verstehen wird, daß die ›Contagion‹ genau diesen Materialismus auf den Kopf stellt. Wenn wir d'Holbach folgen, liegt die Ursache der bedrängten Lage des Menschen doch nicht in den Na-*

---

[277] Zu Kellers d'Holbach-Leidenschaft und Loisys Beständen → Hinter Büchern, Die Kampflesben.

turwidrigkeiten, sondern in der Fermentierung des Verstandes durch die Vagheit, die von allem Religiösen ausgeht, der ganze Mensch wird dadurch erst, daß er sich den nebulösen Theologoumena aussetzt, in einen Zustand der Inadäquatheit versetzt und schlittert durch die fehlerhafte Betätigung der Vernunft dann in der Tat in so manche äußerliche Kalamität. Das Interessante daran ist mir der Freiheitsbegriff : woher denn kommt überhaupt Religion, wenn sie kein Reflex auf unbeherrschte Naturphänomene ist und kein Versuch, diese zu beschwören? D'Holbach scheint den Ursprung der Gottesvorstellung in deren rein denkerischen Möglichkeit zu sehen : ein Akt des Gebrauchs der Freiheit, der strudelhaft die Freiheit in Fesseln legt. Aufregend (da Loisy schweigt) *Ausgaben übrigens konnte ich in Spanisch* [278] *und Russisch* [279] *nachweisen — aber keine deutsche*

LOISY : *Ach was? Bei mir steht sie* [280]

PLOCHER (entschlupft begeistert der Küche) : *Ach?! Und?*

LOISY : *Jaja — Juden als ägyptische Protestanten aufzufassen, das muß man auch erst mal ...* (ächzt) *Aber wissen Sie, diese Leute, die immer alles ganz genau wissen ... den ganzen d'Holbach-Kreis, da sollte man besser nur zum Spaß mal drin blättern — erledigt ist das doch schon seit 1770, seit Friedrich sein ›Examen critique du Système de la nature‹* [281] *herumgezeigt hat, ein, wenn ich mal so sagen darf, entschieden vorsichtiges Werk, das Wahrscheinlichkeiten gegen die Sicherheit, mit der d'Holbach Gründe vorträgt, ins Feld führt. Sehen Sie's als milde Tat, das einer weiteren Öffentlichkeit vorenthalten zu haben, denn es fühlt sich nicht gut an, wenn preußische Pranken sich auf logische Unsauberkeiten legen, gar nicht gut. Aber mir ist völlig klar, daß Friedrich nur so abrechnet, weil er verschnupft ist, daß der d'holbachsche Materialismus nicht in Royalismus ausläuft* (schnauft)

PLOCHER (vergessen die bibliographische Anfrage) : *Aber wie denken* ***Sie*** *über die ›Contagion‹?*

LOISY : *Ich, der kleine Loisy, bin mir doch auch nur weniger Dinge sicher, und die liegen alle ganz komfortabel und fröhlich in meinem Erfahrungsbereich, da werd ich doch jetzt den Teufel tun, mich in Positur werfen und zur Metaphysik Stellung nehmen*

PLOCHER (empört) : *Aber das ist reine Empirie, das ist ein denkerischer Skandal!*

LOISY : *Mag ja sein*

PLOCHER : *Ist Ihnen das nicht ein wenig unbefriedigend?*

LOISY : *Ach was. Wie wollen Sie entscheiden, ob die Natur intelligent ist oder unbelebt oder Gott oder was* (grinst listig und wackelt die zwei Bändchen ›Contagion‹) *wenn Sie sich bei dieser kuriosen Raubdruckerei nicht mal sicher sein können, was da ein Erstdruck ist?*

PLOCHER (staunt) : *Sie haltens nicht für den Erstdruck?*

LOISY : *Ehrlich gesagt : nein*

PLOCHER (erregt) : *Londre 1768? Keine Erstausgabe?*

---

[278] 1822.
[279] 1936.
[280] Ach?!
[281] Erst 1788 in den ›Œuvres posthumes‹ veröffentlicht.

Serengeti : ein Schwarm verirrter Bachstelzen [282] flattert auf, die Rhinozerosse nehmen Anlauf, brüllen ein bißchen, stürmen aufeinander zu und krachen mit den Köpfen zusammen, Klein-Eva steht dabei und klatscht und lacht ... im Küchentürrahmen, lutscht den Daumen und lacht.

PLOCHER (gereizt zu Eva) : *Du sollst doch zu Mama*

EVA (renitent) : *Nö-ö?!*

PLOCHER (gereizt zu Loisy) : *Ich darf fragen : warum?*

LOISY : *Nun, ›London‹ ist kaum ein Argument, das stimmt ja schon mal per se nicht, wo wir doch einvernehmlich von Amsterdam ausgehn* (nimmt sich noch einmal die ›Contagion‹ vor und begutachtet gequält) — *oder doch? ... schwer zu sagen ... der Einband, nun, knapp später, aber das bedeutet nichts, das Papier* (schmirgelt behutsam ein Blatt zwischen Daumen und Zeigefinger) *hm hm* (hebt es gegen ein Spot-Licht, kneift die Augen, hält die Seite Plocher hin) *kennen Sie dies Wasserzeichen für Drucke aus Amsterdam? Ich nicht*

PLOCHER (hält die Seite seinerseits gegen das Licht) : *Ein Einhorn*

LOISY : *Sehr wahr, ein Einhorn. Das ist Papier aus der Mühle Klein-Lengden, Göttingen, Jacob Becker ... das allerdings gab es nur bis 1700. Na ja. Vielleicht stört mich auch einfach nur, daß allem Anschein nach im Satz sich keine Hurenkinder herumtreiben ... würden Sie das erwarten? da verläßt, halb aus dem Untergrund und in Zeitnot für die tagespolitische Polemik gedacht, in Amsterdam ein Werk die Presse, ist für Paris bestimmt und hat dort todsicher nichts als den Henker zu gewahren und ist so ansprechend gestaltet? Spricht diese Sorgfalt nicht eher für Muße, Gemütlichkeit und Raum für ästhetische Erwägungen, alles Umstände, die sich nur mit sicherem Terrain verbinden — Friedrich hatte ja durchaus einen Sinn fürs Piesacken, solche Projekte hat er ja nicht nur gefördert, sondern auch gern angestoßen, er war ja immer dafür zu haben, ein paar Franzosen zu ärgern, und das ging am besten mit Texten, die nicht seiner Façon waren ...*

PLOCHER (überwältigt) : *Aber wenn Sie sagen ›Göttingen‹, Göttingen war doch nicht preußisch, Göttingen war doch Hannover*

LOISY : *Sehen Sie? Wie gut es ist, altes Papier von überallher an sich zu bringen und aufzubewahren? — schon ist Hannover eins ausgewischt. Und London gleich mit*

PLOCHER : *Gut. Aber wenn Friedrich altes Papier haben konnte, könnte nicht auf genauso verschlungenen Pfaden der Drucker in Amsterdam auch ...*

LOISY : *Rey? Sicher. Ist sowieso alles blanke Spekulation*

PLOCHER : *Genaueres wissen Sie also auch nicht*

LOISY : *Nein nein, nicht aus dem Stand — das müßte ich mit meinen Ausgaben genau abgleichen* (gelind) *Gehen Sie ruhig weiter davon aus, daß Sie auf dem Erstdruck sitzen. Andernfalls* (lächelt) — *wenn nach näherer Prüfung ›Berlin‹ als Druckort sich ergäbe, Sie da wohl wirklich was hätten : eine solche Ausgabe wär noch völlig unbekannt*

Plocher ruht halbbefriedet in sich. Wartet Loisy, wie seine nächsten Worte erlauben

---

[282] Motacillidae alba alba.

zu mutmaßen, auf die Offerte, das Exemplar doch bitteschön zur näheren Prüfung an sich zu nehmen? Wenn ja — vergeblich.

LOISY : *Wie Sie meinen. Die Ausgabe ›prima mali labes‹* [283] *haben Sie nicht zufällig vorrätig?*

PLOCHER (versteht nicht) : *Äh …*

LOISY : *Die reguläre zweite, 1796*

PLOCHER : *Bedaure … nein. Aber ich könnte …*

LOISY : *Ein guter Freund, Historiker von Fach, sucht die nämlich noch. Und meine mag ich nicht leihen. Haben Sie also nicht, gut, ist ja gern wesentlich seltener als die 68er. Ich versteh die Historiker ja auch nicht, wegen der paar kleinen Glossen mehr inkommodieren die, was das Zeug hält und hetzen einen von Weltfirma zu Weltfirma. Aber das Herz hat seine geheimen Gründe, die der Verstand nicht kennt*

PLOCHER : *Das ist mein Stichwort, der Tee hat gezogen, Sie entschuldigen mich?* (eilt in die Küche — auch versucht er dort, sich zu sammeln)

LOISY (wandelt umher) : *Na ja, sehr schön. Ah, ich sehe, Sie bieten den Carlyle an, die ›Geschichte Friedrichs‹, in einer …* (geht näher heran) *Mischauflage, was verlangen Sie?* (schlägt im ersten der sechs Bände nach) *Huch, ho. Ho-ho-ho. 400* (angeekelt) *Das ist natürlich völlig illusorisch, Sie haben Purzelbaum zu schlagen vor Freude, wenn in einem nächsten Leben ein armer Tropf Ihnen 380 dafür zahlt, o, da möchte ich Mäuschen sein*

PLOCHER (kellnert mit Tee aus der Küche zurück) : *Bitte schön, »und endlich, weil es doch beim Himmel auch Fürsten gibt, welche, wie Friedrich II., die schönste Ausnahme machen und einen Gelehrten noch höher würdigen als ein Gelehrter«. Aus Katzenbergers Badereise* [284]*, ist mir eben eingefallen*

LOISY (summarisch) : *Das ist ja alles sehr schön hier, aber nichts für mich*

Plocher parkt das Tablett auf dem Schreibtisch, drückt Loisy ein dampfendes Täßchen Tee auf einem Untersetzer in die Hand, gesellt Löffel und zwei Zuckerbrokken bei, verrückt einen Sessel in Opposition zu einem anderen, stellt das eigene Täßchen auf dem Rösel-von-Rosenhof-Tableau ab und läßt sich nieder.

PLOCHER : *Setzen Sie sich doch*

Loisy denkt ja gar nicht daran. Bemerkt aber auch nicht, daß keiner seiner Finger je durch den filigranen Henkel des Täßchens griffe. Vielmehr führt er den Tee auf der Untertasse spazieren, betrachtet beiläufig die Rücken pergamentgebundener Predigtsammlungen, kreuzt den Schreibtisch — Plocher aber tritt die Farbe aus dem Gesicht : Alarm! Er hat da eine unerhörte Nachlässigkeit begangen, das hätte ihm nie passieren dürfen, auch nicht, wenn er keinen Anlaß hatte davon auszugehen, daß jemand seine Hallen betritt, unentschuldbar! — und zu spät : Loisy blättert schon einhändig um.

---

[283] ›Anfang des bösen Unheils‹, aus Vergil, Äneis II, 97 — Zusatz der ›Nouvelle édition commentée‹, der regulären zweiten Auflage der ›Contagion sacrée‹, ›avec des notes relatives aux circonstances. Prima mali labes‹, à Paris, l'An V de la République, 179 und 190 Seiten.

[284] Drittes Bändchen, dritte Abteilung, 38. Summula.

LOISY (mäßig interessiert) : *Sie haben da was Nettes liegen*[285], *einen kleinen Nonsens, wie ich sehe — ich kann aber keine Auszeichnung finden. Was solls denn freundlicherweise bringen?*

PLOCHER (springt in höchster Verlegenheit auf) : *Ja, prächtig, nicht wahr? Eine Vogelweide-Handschrift. Außer Ihnen hat das noch niemand gesehen … ich habe in den entlegensten Klosterinventarien* (Loisy wendet sich schon wieder ab, erleichtert bringt Plocher den Satz zu einem für Keller unseligen Ende) … *äh … und stehe in Verhandlungen mit Hauswedell*

LOISY : *Ja ja, auch egal, ein guter Tip : gehen Sie nicht zu hoch ran. Sie wissen vermutlich, was Friedrich über die Literatur des deutschen Mittelalters geschrieben hat, in einem Brief an Christian Heinrich Müller*[286]*, haben Sie mal die ›Œuvre complète‹ da?* (eh Plocher vor Verlegenheit überschäumt) *ah, mühen Sie sich nicht* (laut und auswendig) *»Hochgelahrter, lieber getreuer! Ihr urtheilt viel zu vorteilhafft von denen Gedichten aus dem 12., 13. und 14. Seculo, deren Druck Ihr befördert habet, und zur Bereicherung der Teutschen Sprache so brauchbar haltet. Meiner Einsicht nach sind solche nicht einen Schuß Pulver werth; und verdienten nicht aus dem Staube der Vergessenheit gezogen zu werden. In meiner Bücher-Sammlung wenigstens würde Ich dergleichen elendes Zeug nicht dulten; sondern herausschmeißen. Das Mir davon eingesandte Exemplar mag dahero sein Schicksal in der dortigen großen Bibliothek abwarten. Viele Nachfrage verspricht aber solchem nicht, Euer sonst gnädiger König«*

PLOCHER : *Pff*

LOISY (rührt im Tee, ohne Kluntjes hineingeworfen zu haben, ohne zu trinken auch) : *Jaja, sehr interessant. Aber Sie erwähnten eben Hauswedell. Ich stehe in näheren Beziehungen zu den Herrschaften dort und es ist keinesfalls so, daß man mir dort nicht den einen oder anderen Gefallen schuldete. Reisen Sie morgen zur Auktion?*

PLOCHER : *Natürlich. Ich scharre schon mit den Hufen. Werden Sie auch nach Hamburg fahren?*

LOISY : *O nein nein, da ist diesmal nichts für mich … wie hier*

PLOCHER : *Das tut mir leid*

LOISY : *Ach was, macht doch nichts, ich hab ja heute auch nur meine Aufwartung gemacht, weil ich ein neugieriges Kerlchen bin und sowieso in der Gegend zu tun hatte. Aber wollen wir nicht trotzdem uns auf ein kleines Geschäft verständigen?*

PLOCHER : *Ich versteh nicht? Sind Sie schwankend, ob Sie die ›Contagion‹ …*

LOISY : *Neinnein — folgendes : wo ich doch morgen verhindert bin und dem munteren Geschacher nicht beiwohnen kann — ein kleiner Krankenhausaufenthalt*[287]*, wenn Sie verstehen …*

PLOCHER : *Ich hoffe nichts Ernstes?*

LOISY : *Das fragen Sie besser meine Hausbank … hören Sie, es ist ganz simpel so : ich muß ein bißchen entschlacken und habe also bei Hauswedell & Nolte ein kleines Büchel eingeliefert,*

---

285 → Hinter Büchern, Der Jacobi-Nachlaß.

286 Erster Herausgeber des Nibelungenliedes. Das Resultat seiner Arbeit widmete er Friedrich. Der antwortete am 22. Februar 1784.

287 → Hinter Büchern, Die Kampflesben, dort Loisy die Theorie der Buchfinanzierung über den Erlös aus einer Krankenhaus-Tagegeldversicherung entwickelt.

das ich durch glückliche Fügung doppelt besitze. Allerdings brauch ich dafür in etwa das Dreifache des Ausrufpreises. Wollen Sie so zuvorkommend sein und die Gebote in freundliche Regionen treiben, indem Sie überbieten, sobald jemand die Hand hebt? Wenn Sie über 2000 erzielen, gehören zehn Prozent Ihnen

PLOCHER : *Bis wohin sollt' die Reise denn gehen?*

Offenbar haben sowohl Plocher als auch Loisy tiefen Frieden mit den Auktionsgepflogenheiten geschlossen oder aber sind beide in einem ungeahnten Ausmaß verdorben : jedenfalls gibt keiner sich eine Blöße und zeigt etwa sich über die Amoralität dieser Idee entsetzt. Auch ist, ob Plocher sein gestriges Telephonat mit Keller in diesem Moment erinnert, der Antiquarsmiene nicht zu entnehmen.

LOISY : *Nun, das Dreifache ... runden wir auf ... bei 5000 könnten Sie aussteigen*

PLOCHER : *Und wenn mein Gebot das letzte bleiben sollte?*

LOISY (seufzt) : *Das Risiko müßt ich wohl tragen — verließe mich da aber ganz auf Ihr Geschick*

PLOCHER (althasig) : *Dann versteh ich Sie recht: es handelt sich nicht um die Generierung eines künstlichen Referenzpreises* [288]*, sondern Sie brauchen den Erlös unmittelbar, in effectu?*

LOISY : *Ich freue mich, verstanden worden zu sein. Darf ich davon ausgehen, daß wir da zusammenarbeiten?*

PLOCHER (überlegt nicht lang) : *Nun, warum nicht? Ein Seitenstück des Berufsbildes ›Antiquar‹. Stets zu Diensten, gern auch als Strohmann. Um welche Position handelt es sich?*

LOISY (ächzt) : *Das wär dann die Sieben, ein Sammelband von reproduzierten Handschriften mit einem — wenn Sie mich fragen — vollkommen belanglosen Schreiben Friedrichs an irgendeine Beamtenkreatur. Die Friedrichsammler werden sich dennoch draufstürzen, hihi, sie werden denken, ›der Loisy ist nicht da, wie man hört, kränkelt er, das ist* ***die*** *Gelegenheit‹ — gegen mich wagt ja keiner mehr ein Gebot. Vermutlich also werden Sie gar nicht eingreifen müssen, jaja, ein großzügiges Benzingeld sollen Sie aber auch dann haben*

PLOCHER (großzügig, ohne damit einen Wink zu geben) : *Doktor Loisy, wenn Sie dann besser schlafen*

LOISY (greift aber dankbar einen auf) : *Jaja, hihi. Dann darf ich mich an dieser Stelle verabschieden*

PLOCHER (der Kunde ist König) : *Es war mir eine Ehre, Ihre Bekanntsachaft gemacht zu haben, Doktor Loisy — ich begleite Sie noch hinaus* (ersteht seinem Sessel)

Serengeti : die Rhinozerosse reiben gemütlich die Hörner am Wanst des je anderen, atmen und nicken sich an, eines wirft sich in Gang, das andere trabt noch ein Stück des Wegs mit, Richtung Viktoriasee, Plocher schließt die Haustür, durchpflügt die

---

[288] Was vielleicht schändlich ist, aber probat, wenn es darum geht, das eigene Vermögen zu mehren : der Antiquar, der beim Versuch, seine phantastischen Vorstellungen über den Preis eines bestimmten Objektes beim Kunden durchzusetzen, auf Widerstandsnester und Unwillenspolder trifft, gibt das gute Stück auf eine Auktion und ersteigert es über Marionetten zu einem explodierten Preis von sich selbst, wartet, bis das Resultat in den Radtkes oder JAP's veröffentlicht ist und hat fortan einen festen argumentativen Stand gegen die am Gelde klebenden Kunden.

Flure, aus dem Wohnzimmer singen zwei hohe Stimmen ›Häschen-klein‹ — Plocher steigt in den ersten Stock, schmeißt sich aufs Bett, ergreift den ›Komischen Anhang zum Titan‹ und wirft seine Augen ins zweite Bändchen, in ›Des Luftschiffers Giannozzo Seebuch‹ [289].

PLOCHER : *»Himmel! es waren aufgeklärte Achtzehnjahrhunderter — sie standen ganz für Friedrich II., für die gemäßigte Freiheit und gute Erholung-Lektüre und einen gemäßigten Deismus — und eine gemäßigte Philosophie — sie erklärten sich sehr gegen Geistererscheinungen, Schwärmerei und Extreme — sie lasen ihren Dichter sehr gern als ein Stilistikum zum Vortheil der Geschäfte und zur Abspannung vom Soliden — sie genossen die Nachtigallen, wie die Italiäner andere, als Braten und machten mit der Myrte, wie die spanischen Bäcker mit der andern, den Ofen heiß — sie hatten die große Sphinx, die uns das Räthsel des Lebens aufgibt, todtgemacht und führten den ausgestopften Balg bei sich und mußten es für ein Wunder halten, daß ein anderer eines annimmt. — Genie, sagten sie, verwerfen wir gewiß nie, nur feil's — und nur für Ein Ding brennt ihr frostiger Geist, für den Leib; dieser ist solid und reell, dieser ist eigentlich der Staat, die Religion, die Kunst, und diesem diene die Berliner Monatsschrift. —— O wie mir dieses blankgescheuerte Blei der polierten Alltäglichkeit, dieses destillierte Wasser, dieser geschönte Landwein ein Gräuel ist! — Ich bin ohnehin schon längst die seichte Menschheit durchgewatet und ein Misanthrop der Köpfe weit mehr als der Herzen geworden, weil am Ende jeder Kopf uns mit seinem Ufer und seinem Meergrunde erschüttert und erschreckt; aber nun gar ihr allgemeindeutsch-bibliothekarischen Menschen, ihr Kopiermaschinen der Kopieen, die ihr niemals ahnet und nichts errathet als Ebenbilder, wie selig seid ihr«*

Draußen aber, Uhlhornsweg, nähert sich, aus dem Schein einer anflackernden Straßenlaterne tretend, das dunkle Tal zur nächsten zu durchschreiten, in Rock und Wamms getan Jean Paul … vor Tante Trudes Haus springt der Bewegungsmelder an, Jean Paul bleibt stehen und staunt — Plocher oben aber hat ein feines Gehör —

JEAN PAUL : *Die meisten Menschen unserer Tage gleichen den neuen Häusern in Potsdam, in die Friedrich II. zu nachts Lichter setzen ließ, damit jeder denken sollte, sie seien — bewohnt*

— greift neben das Bett, tief in eine Schüssel, schöpft eine Handvoll daraus, öffnet das Fenster und gibt eine Salve Nierensteine.

PLOCHER : *Kann man nicht mal mehr in Ruhe lesen? Hier gibts nichts zu holen. Scher dich fort, oder ich komm da mal richtig ran*

---

[289] Berlin, Buchhandlung des Commerz. Raths Matzdorff, 1800/01, 141 und 216 Seiten. Plocher führt sich hier die fünfte Fahrt zu Gemüte.

IX. Ins Gelingen verliebt

**Darin Pest und Cholera gewütet und
überraschend in einer Fußnote
Indios das Ende der Welt eingeläutet hatten,
die Ärzte und Detlef und Plocher wie wild steigern,
ein Gewissen lächelnd beißt,
Zerwürfnis ist
und Keller tönende Genugtuung**

Endlich hatte, da eine neue Niederlassung in New York auch nur kurz zu entlasten vermochte, Hauswedell & Nolte sich dem blühenden Geschäft in der Heimat nicht länger versagen können, für Hamburg eine Revolution gewährt und den Frühjahrs- und Herbstauktionen eine dritte an die Seite gerückt. Und wenn schon ein Zopf gekappt wird, dann auch gleich zwei : Hauswedell & Nolte wich vom Stammsitz Pöseldorf aus in die Hamburger Börse, Adolphsplatz 1 [290].

Halb elf, in günstiges Wetter gehüllt die treffliche Hamburger Börse, klassizistisch säulengestemmt, fahnenbeweht und von einer Bonsaigarde in Terrakottatöpfen bewacht. Dreiachsige, lackhäutige Stretch-Limousinen waren unter Passantenapplaus vorgefahren gekommen, Sammler aus Übersee, ein entrechteter Großfürst [291], exilierte Klinikchefs, eine Sozialpädagogikstudentin aus Friesoythe, Filmmogule, Bergmänner in Frack, die glückhaft Lottoscheine abgegeben hatten, der brüsseler Abgeordnete gar der FDP samt Nutten entstiegen und liefen zu einer diffusen Menge auf, deren einer Teil sich bereits auf die hanseatisch kargen Stühle im gediegenen Festsaal bequemt hat, deren anderer aber murmelnd oder verschwo-

---

[290] Eine gleich dreifach bestens eingeführte Stätte : 1. Ort der Antiquariatsmesse ›Quod libet‹ (→ Hinter Büchern, Die Übernahme), 2. Sinnbild des Sieges der Geschwister ›Tüchtig‹ und ›Umsatz‹ über Glaubensfäule — denn es wurde die Börse auf den Trümmern des 1839 abgerissenen und zur Zeit der Börsengründung 1558 säkularisierten Maria-Magdalenen-Klosters neuerrichtet und sehr richtig mit dem Rathaus an der Rückseite versehen. Und 3. Sitz der Commerzbibliothek, der weltältesten wirtschaftswissenschaftlichen Bibliothek, deren Kernbestand, 1735 mit den Schwerpunkten Numismatik, Kartographie, Reisebeschreibungen und Wirtschaftsrecht gebildet, trotz vieler Verheerungen weitgehend unversehrt geblieben ist.

[291] Der Mann war drei Jahre zuvor in Paris als ›Romanowurneffe‹ Sieger des Contest ›Bizarrster Abstammungsanspruch‹ geworden. Sehr alt. Sehr unerkannt. Sehr sammelnd. Bunte Fischbücher.

ren schweigend auf dem knirschenden Parkett des Foyers sich noch tummelt, ein Auge auf die Mienen möglicher Rivalen, eine Kehle für ein gepflegtes Radeberger und ein Ohr dem schwülstig von CD tannhäusernden Orchestergraben der Semperoper [292]. ES IST AN DER ZEIT EIN BUCH ZU FEIERN, WIE ES SO GEDRUCKT NIRGENDWO IN DEUTSCHLAND EIN ZWEITES GIBT. HIER IST ES ZU HAUSE. AUS DEN DRUCKEREIEN, DIE ALS ERSTE NACH GUTENBERGER DRUCKART DRUCKTEN UND HEUTE NOCH DRUCKEN meint dann auch, trotz Tageshelle erleuchtet von schweren Lüstern, in sechs Metern Höhe ein Panoramabanner —

— ein wohldressiertes regionales Filmmädchen mit Kamerajunge hintendran spricht das alles erhaben in die Abendschau — der Text war redaktionell, jetzt darf es noch was Eigenes, das hat es seinen Oberen abgehandelt, jetzt darfs noch Selberfragen stellen, irgendwem, Fragen, ersonnen und auswendig gelernt nach einer ichlos-ausgelassenen Feier des Übergangs von Samstag auf Sonntag … Filmmädchen spiekt nach Kandidaten für haltlose Statements … da, da tun sich welche hervor, Filmmädchen tritt an zwei Weißkittel heran, die sind prima, die drehen sich weg, denen ist das sichtlich unangenehm, da geht was.

FILMMÄDCHEN : *Guten Tag. Darf ich Sie vielleicht mal was fragen …*

ARZT 1 (beteuert) : *Ich bin Arzt! Ich hab nichts gemacht*

FILMMÄDCHEN : *Schön* (hat zwar auswendiggelernt, zur Sicherheit aber auch noch auf Kärtchen notiert — von denen liest es ab) *Waren Sie schon öfter auf Auktionen?*

ARZT 2 : *H-hhh-h*

ARZT 1 : *Sie haben ja Phantasie! Wir aber schneiden Bäuche auf! wo sollten wir da die Zeit für Auktionen abknapsen?*

FILMMÄDCHEN (völlig auswendig) : *Wie gefällt Ihnen die neue Örtlichkeit?*

ARZT 2 (beschaut sich die Patrizierpracht, abfällig) : *Nicht unser Stil*

FILMMÄDCHEN (unmoduliert) : *Mit welchen Erwartungen sind Sie heute hier*

ARZT 1 : *Nun, wir hoffen, daß unsre lange Suche heut ein Ende hat* [293] (zu Arzt 2) *Hoffen wir doch, oder?*

ARZT 2 (klagt) : *Sonst sind wir doch alles durch: Neuropathologie, Geschichte der Ausflüsse, Forensik, Biomolekularmedizin, Gott, haben wir Nächte verschleudert*

FILMMÄDCHEN : *›Nächte verschleudert‹, kenn ich*

Filmmädchen schaut auf seinen Stock Fragen — ein falsches Kärtchen ist hineingerutscht, eines, das es ausgearbeitet hat für ein Interview, das es übermorgen für das ›Eimsbüttler Umsonst-Wochenblatt‹ mit einem kleinen nordamerikanischen Singmädchen führen wird. Macht aber nichts, heraus mit der Frage, die wird ja nicht ungültig, nur weil jemand anders sie schon benutzt und beantwortet hat, die

---

[292] 2. Aufzug, vierte Szene, Chor : »Freudig begrüßen wir die edle Halle / wo Kunst und Frieden immer nur verweil' / wo lange noch der frohe Ruf erschalle : / Thüringens Fürsten, Landgraf Hermann, Heil!«

[293] → Hinter Büchern, Die Kampflesben — dort die Ärzte erstmals auf ihre Bestimmung in Gestalt einer sich allem verweigernden Gewebeprobe Loisys trafen.

kann man ja öfter, da hat ja jeder seine eigene Meinung als Antwort, das ist ja erlaubt, die ist ja nicht wie eine entwertete Fahrkarte :

FILMMÄDCHEN : *Hast du selbst Vorbilder?*

ARZT 1 (dankbar) : *Albert Schweitzer und Attila*

ARZT 2 (herrscht Arzt 1 an) : *Albert Schweitzer, an den glaubst auch nur du* (zum Filmmädchen) *Hör nicht auf ihn, Filmmädchen, der ist irre — es ist schon so, wie er sagt : Attila. Der Hunnenkönig*

FILMMÄDCHEN (schleudert stolz sein kreativstes Kärtchen hinaus) : *Wenn Sie soviel Geld hätten, wie Sie wollten, was würden Sie sich heute ersteigern?*

ARZT 2 (aggressiv) : *Erstens haben wir soviel Geld, wie wir wollen, zweitens : genau das, was wir ersteigern werden* — (für sich, grummelnd) *Alles wie Igor*[294] *sagte : es bleiben nur Alchymie und Kabbalistik — finsterstes Mittelalter, wie ich es verabscheue*

ARZT 1 (auchgrummelnd) : *Ich habe in Marburg studiert, ich verabscheue es auch*

ARZT 2 : *Was tut man nicht alles für den Ruhm*

ARZT 1 : *Schlimm, wenn man so vom Ehrgeiz zerfressen ist wie wir*

ARZT 2 : *Vielleicht finden wir auch dagegen was im … oops* (hätte sich beinah verplappert) — *was wir wollen, ist nämlich geheim*

FILMMÄDCHEN : *Geheim, aha. Da komm ich dann wohl nicht weiter. Danke trotzdem*

Filmmädchen ist selbstkritisch, sieht sich noch nicht ganz bepulitzert und wendet sich anderen Auktionswilligen zu, Detlef[295] steht da, kaltblütig, ernst und zu allem bereit, Hände in den Hosentaschen. Auch er weiß, was er will, und niemand wird da was zu lachen haben, Filmmädchen probierts gar nicht erst, es schaut sich weiter um, die Ärzte tun wieder so, als kennten sie einander nicht und nicken sich verstohlen zu … da, das 60jährige Quadermännchen mit glasigem Blick, wassermelonenfleischigen, glycerinbesalbten Lippen[296], nein, das ist zu eklig, aber der, um den das Männlein herumscharwenzelt, der epochale Silberrücken, das Inzestprodukt einer Senatorendynastie, der Buttmensch, dicht bewachsen von Seetang oder Haar …

---

[294] → Kapitel X, ›Decline and fall‹.

[295] Wiebkes Vater, → Hinter Büchern, Der Jacobi-Nachlaß.

[296] Schwertner. Schwertner hat Jakob Böhmes ›Aurora : Das ist : MorgenRöthe im Auffgang vnd Mutter der Philosophiæ; Oder : Beschreibung der Natur : / Alles aus rechtem grunde / in erkäntnuß des Geistes im willen Gottes mit fleiß gestellet / Durch Tevtonicvm Philosophvm, Sonst Jacob Böhmen‹ eingeliefert, ein Buch, das er Keller noch völlig außer Disposition gestellt, aber gleichwohl mit wehmütigen Glutworten, als werbe er um Kellers Seele, beworben hatte : *Sie, Herr Keller, Sie zählen ja zu einer Generation, für die ›Der Fänger im Roggen‹ eine Offenbarung war* begann Schwertner — und Keller war erstaunt gewesen, ein Gefühl in sich aufkochen zu spüren, das sonst nur Weibern aus der Werbewelt, die älter geschätzt werden als das Personenstandbuch es hergibt, nachgesagt wird, erhob allerdings, seinen Aufenthalt nicht weiter zu dehnen, keinen Einwand — und bekam von Schwertner des weiteren Nachricht davon vorgetragen, daß die Generationen um 1620 und 1800 auch ihren ›Fänger im Roggen‹ hatten : Böhmes ›Aurora‹, ungleich mehr allerdings als der Salinger-Text, denn ›Aurora‹ war unmittelbar gottinspiriert : *Herr Keller, berühren Sie es, Sie werden etwas spüren* — wohl wahr, feminin beleidigt war Keller schon, und als er Schwertner willfuhr, empfand Keller zusätzlich noch eine Prise Abscheu. Abscheu vor seiner eigenen Folgsamkeit.

FILMMÄDCHEN : *Entschuldigen Sie ...*

GERICHTSPRÄSIDENT (sieht das Mikro, weiß Bescheid) : *Das tut mir leid, Fräulein, mir liegt keine Aussagegenehmigung meiner vorgesetzten Dienststelle vor, § 54 StPO*

FILMMÄDCHEN (charmant) : *Ach komm' Sie ...*

GERICHTSPRÄSIDENT : *Na gut. Genaugenommen hab ich ja auch gar keine vorgesetzte Dienststelle mehr. Fragen Sie, mein Kind*

FILMMÄDCHEN : *Warum Sie hier sind*

GERICHTSPRÄSIDENT (gelöst) : *Eine längere Geschichte. Im April bin ich von der Antiquarin meines Vertrauens zum ›Kunden des Monats März‹ ernannt worden ...*
— Filmmädchen mault die Mundwinkel und dreht professionell gelangweilt ab. Dabei wär die Geschichte des Gerichtspräsidenten noch aufregend geworden [297] — das kann es aber nicht wissen. Und irgendwie hat Filmmädchen insgesamt nun auch genug gehört. Und es ist verkatert. Immer noch. Und so entgehn ihm auch die zwei bremer Antiquars-Granden und Plaudertaschen : Ihrbrandt, der alte Extremist, hängt am Radeberger-Ausschank vor einer Bardame, nuckelt frech am reingeschmuggelten Hevelius-Bier, raucht und wartet, daß entweder ein Filmmädchen kommt oder die Auktion beginnt — und Johann Dietrich. Dietrich schielt im Stand-by zu Ihrbrandt und denkt *Schad, daß ich mich nicht mehr trau zu rauchen.*

Dietrich bäte da gern alle um Verständnis. Letzte Mariä Himmelfahrt war im St.-Jürgen ein ihm befreundeter Raucher obduziert und waren dessen Lungenflügel von zwei kundigen Ärzten, die sich gegenseitig eine zweite Meinung gaben, als krebszerfressen begutachtet worden. Aber gegen was hat Dietrich seine einzige Lust eingetauscht? Gegen Nicorette, Eukalyptus und Szerzant. Szerzant war Samstag in Dietrichs Versandräumlichkeiten eingedrungen und hatte vorgeschlagen, man könne doch gemeinsam nach Hamburg fahren, das spare Szerzant Benzin, und gesellig und gutmütig und falsch hatte Dietrich zugestimmt und das Magengrimmen, das ihm die Aussicht auf Szerzants Gesellschaft bereitete, weggedrückt — und so kaute er während der neunzigminütigen Autofahrt nach Hamburg zwei

[297] Etwa ist Gerichtspräsident durchaus bereit zuzugeben, daß Silkes Prämie nicht nur aus einer lobenden Erwähnung in ihrem Kassenbuch und einer Urkunde, die sie extra René hat zeichnen lassen, bestanden hatte, sondern auch im Tip, daß zwei für ihn vielleicht interessante Baedeker in Hamburg demnächst angeboten werden würden — und wie schwierig es war, eine dreitägige Dienstreise passend anzuberaumen, daß er auch die Vorbesichtigung noch mitnehmen konnte (denn bei Objekten dieser Preislage schreibt die Beamtenseele persönliche Inaugenscheinnahme zwingend vor, auch wenn sie nach Bundesbesoldungsordnung das Einkommen R 5, aufgepeppt zu R 8 durch nicht genehmigungspflichtige Gutachtertätigkeiten, nach Hause trug) und wie seine Frau mißtrauisch war und er deren Zweifel auszuräumen versuchte, indem er ihr sagte, extra würde er ihr von der Dienstreise kein Geschenk mitbringen, denn es sei eine Dienstreise und er habe kein schlechtes Gewissen. — Die beiden Baedeker aber, extrem selten und dünn : César Zapatels 1935 in Lima herausgegebener ›Baedeker de Lima‹, 106 Seiten, Spanisch-Englisch biglott, Ausrufpreis 4000. Und ›Madeira, Canary Islands, Azores, Western Morocco‹, Leipzig 1939, 128 Seiten — erste Ausgabe dieses Titels, dessen weiterer Verbreitung der zweite Weltkrieg in die Quere kam. Ausrufpreis 3500.

›Nicorette mint‹ [298], einen Eukalyptusdrops [299] — und spürte alle entwöhnende Wirkung aufgehoben, da er den großspurigen Ausführungen Szerzants, wie auf Auktionen erfolgreiche Geschäftspolitik zu betreiben sei, lauschen mußte : nämlich schlage man bei den Nachverkäufen zu, erwerbe Restanten, tue sich am Aas gütlich, bringe günstig, was keiner hat haben wollen und vom Einlieferer doch unbedingt zum Abschuß freigegeben worden war, an sich, rechne die Dummheit der ignoranten Bieter hinein, voilà, schon mache man zu einem Kurs unter Aufrufpreis beste Geschäfte — und auf all Dietrichs Einwände, umsonst sei auch das nicht und man hätte immerhin doch Geld gelassen dann für Ware, die ausgesprochen niemand sonst hat haben wollen, hatte Szerzant nur erwidert *Wirst schon sehn! und der zweite Vorteil — ich muß nicht bar zahlen* [300] … und dann die Beifahrerscheibe herabgelassen und *Arschlöcher, Arschlöcher* geschrieen, da sie grad im Elbtunnel sich stauten, und Dietrich hatte *Benjamin, bitte* gebeten, *die Abgase*, dann aber kamen sie doch im Toyota Corolla aus der Röhre gekrochen und waren noch, stieg Dietrich doch nie ins Auto, ohne reichlich Spiel zu haben, pünktlich am Adolphsplatz gewesen. Sowieso : alle, alle sind sie da, die da sein sollen. Bis auf Plocher.

Aber der fehlt nicht mehr lang, schon, es geht auf 11 Uhr zu, debauchiert aus dem Alten Wall heran er, qualmt Gummi vor der Börse und parkt tiefgelegt und rot der Porsche wo's ihm gefällt. Plocher war aufgehalten worden, Andacht hatte ihn befallen, mitten auf der Köhlbrandbrücke im Dahingepresch — 250 Meter Luftlinie vom Adolphsplatz, hinterm Rathausinnenhof, der Hygieiabrunnen : Plocher hatte dort Halt machen müssen und war auf die Knie gesunken zu den steinernen Trauergestalten und hatte die Hände gefaltet und Tante Trudes Vaters, der 1892 nach herrlichem Kampf und viel Durst an der asiatischen Cholera zugrunde gegangen war [301], gedacht — ganz zu den Massengräbern Ohlsdorf hin und rechtzeitig zurück hätte selbst der edle Porsche ihn nicht mehr getragen.

---

[298] Die starke, die mit vier Milligramm Nikotin : der Kaugummi, der das anderthalbfache einer einzelnen Zigarette kostete, ihm den Kaffee verleidete, ihn unmäßig trinken ließ und zu zwei Pinkelpausen zwang, die Würze aus allem Essen nahm, selbst aber schamlos nach gepfefferter kalter Asche schmeckte.

[299] Auf Dauer war der schwächere Fisherman's Friend nichts gewesen. Der ätzt die Mundschleimhaut.

[300] Szerzant zieht für Phasen akuter Geldknappheit die Option, sein Konto auszugleichen, indem er ohne Einzugsermächtigung fremde Konten, sofern er nur Kenntnis derer Nummern hat, belastet. Oft genug kommt Szerzant damit durch. Etwa bei Keller. Kellers Kontonummer ist nur für Keller ein Geheimnis. Und noch nie hat jemand gesehen, daß er sich Kontoauszüge hat ausdrucken lassen. Und wenn die Sparkasse sie ihm dann im Halbjahrespack zuschickt, würdigt er sie keines Blickes und läßt also ahnungslos jede sechswöchige Storno-Frist verstreichen.

[301] Tante Trudes Papa erlag als einer von 9000 der Sommerepidemie, die echt schlimm zu werden drohte — aber dann kam Robert Koch, extra aus Berlin, sah und sagte, was da eigentlich vorlag und alles wurde gut. Der Überwindung dieser gräßlichen, ganz Blohm & Voss lahmlegenden Geißel wurde 1896 Ὑγίεια, der Griechen Göttin der Gesundheit, brunnenverherrlicht. Die Bakterie als niedergerungene Schlange zu Füßen der Hygieia-Skulptur.

Im weißen Smoking durchdringt Plocher die Flügeltür, sein starker Wille hemmt seinen starken Brustkorb, der keuchend sich zu heben und zu senken wünscht, ein sachlicher Blick auf die handgelenkene Quarzuhr, ein orientierender in die Gemeinde der Bücherfreunde — da — einer von innen gepolsterten Geheimtür entschlüpft baumwollhemden der Auktionator, strebt dem Pult zu, von dem er Wohl und Wehe der Händler zu künden beabsichtigt, Plocher nimmt Anlauf, dreispringt — und blockiert den Weg. Szerzant, hellwach, bemerkt den Rumor und schleicht sich unverfroren in Hörnähe dazu.

PLOCHER : *Herr Sartorius? Plocher, Oldenburg. Wir hatten kurz telephoniert ...*

SARTORIUS : *Sind Sie sicher? Ich jedenfalls bin in Eile. Geht gleich los*

PLOCHER : *Ich bin sicher. Es ging um die Handschrift ...*

SARTORIUS : *Handschrift? Weiß nicht ... welche Handschrift?*

PLOCHER : *Na, die Handschrift* (zuckt den massigen Kopf zu vertraulichen Zeichen) *die eine da, Sie wissen schon ...*

SARTORIUS : *Sie überschätzen mich, Herr. Handschrift, Handschrift — mir gehen täglich so viele Handschriften durch die Hände ...*

PLOCHER : *Na die eine da, die besondere*

SARTORIUS *Welche?*

PLOCHER (zischt) : *Die's gar nicht gibt*

SARTORIUS (verleiert die Augen) : *Das sagen alle, die uns eine Handschrift umhängen wollen*

PLOCHER (entnervt, noch leise) : *Walter von der Vogelweide*

SARTORIUS : *Ornithologie? Dafür haben wir unseren Namen nicht, Herr, haben Sie schon versucht einzuliefern bei Reiss? Und überhaupt, können wir das nicht später ...*

PLOCHER (laut) : *Mein Gott, nein können wir nicht, ich mag sie nicht beständig mit mir rumschleppen, besagte Handschrift, Vo-gel-wei-de, Wal-ter-von, XII. Jahrhundert, illuminiert, hier* (klopft auf ein sorgsam unter seinem Smoking Verpacktes)

SARTORIUS : *Kann gar nicht sein. Gibts nicht*

PLOCHER : *Sag ich doch*

SARTORIUS : *Schön, daß wir das geklärt haben. Ich muß jetzt*

PLOCHER (setzt alles auf eine Karte) : *Ich bin ein Freund von Doktor Loisy*

SARTORIUS : *Oh, selbstverständlich — darf ich mal sehen?*

PLOCHER (zweifelnd) : *Hier?*

SZERZANT (tippt Plocher auf die Schulter) : *Darf ich auch mal sehn?* (da Plocher sich zu ihm umdreht, freundlich) *Hi, wir kennen uns doch*

Plocher starrt entgeistert in Szerzants aufmerksam lächelndes Gesicht. Sartorius nimmt Plocher am Smoking und zerrt ihn zur Geheimtür.

SARTORIUS : *Sie haben recht, kommen Sie bitte*

PLOCHER (findet im Weggezerrtwerden wieder zum Wort) : *Ihr Gesicht hab ich mir schon bei Frau Hudelwerth gemerkt, Freundchen*

SZERZANT : *Gib bloß nicht so an, du Blase*

Sartorius bugsiert Plocher in den Geheimraum — gedämpft dringen noch szerzantdolchende Pöbeleien Plochers hindurch. Szerzant zuckt die Achseln und trollt wieder zu Dietrich.

DIETRICH : *Benjamin, ich hab deine kleine Aufführung da eben mitverfolgen müssen und bin mir weder sicher, ob ich dich kenne, noch, ob ich gleich neben dir sitzen möchte*

SZERZANT : *Der hat mich provoziert, der Fettsack*

DIETRICH : *Kein Grund, sich nicht zu benehmen*

SZERZANT : *Benehm mich ja schon*

DIETRICH : *Versprochen?*

SZERZANT : *Versprochen* (braust auf) *Obwohl ich nichts dafür kann, wenn die Freundlichkeit unter den Menschen ausgestorben ist*

Dietrich seufzt — wie überhaupt ein großes Seufzen auf der ganzen Versammlung lastet ... bis ein dumpfer Gong gongt und die Menge in den lichterfüllten Auktionssaal fließt. Die zwei Leukozyten schließen sich dem Strom an.

ARZT 1 : *Nur gut, daß wir hier richtig sind*

ARZT 2 : *Stimmt. Das ist gut*

ARZT 1 : *Sehr gut sogar. Sag mal, meinst du, es geht hoch? Ich meine, so hoch, daß wir die Sundancer*[302] *erst nächsten Monat kaufen können?*

ARZT 2 (Bedenkenträger) : *Unter Umständen. Es heißt, Paracelsus sei ein Flatus gegen unsren Kabbalamann. Und es heißt auch, Meister Eckehart, mit ihm verglichen, sei von klarstem Ausdruck. Wenn das nicht allerlei Gelichter anzieht, dann weiß ich auch nicht*

Arzt 2 schaut sich mißmutig um, besonders, als an ihm vorbei Plocher nachzügelt und eilig einem Platz in der ersten Reihe zurückt — Plocher, solvente Kundschaft riechend, nickt höflich und unbekannterweise die Ärzte an.

ARZT 1 : *Wer war denn das? Kanntest du den?*

ARZT 2 : *Nein. Hoffentlich bietet er nicht auf unser Los. Er sieht potent aus*

Eine sorgenvolle Miene setzt sich auf die Ärzte, halbverzagt nehmen sie im letzten Drittel der Bestuhlung Platz. Unmittelbar hinter ihnen läßt Detlef sich nieder. Sartorius tritt auf leicht erhöhter Bühne ans Pult, pöchert mit einem Hämmerchen und stöhnt, Aberdutzende Auktionen auf dem Buckel, formvollendet seine Begrüßung in einen überflüssigen Lautverstärker.

SARTORIUS : *Damen und Herren, Mesdames et Messeurs, lassen Sie uns gleich beginnen — zum Ausruf gelangt Los 1, Claudius Aelianus ...*

ARZT 1 UND 2 (zu alter Form gefunden, voller Verachtung) : *Claudius Aelianus — Lügenmärchen!*

DETLEF : *Ruhe bitte*

SARTORIUS : ... *Ruhe bitte ... ›De varia historia Libri XIIII nunc primum et latinitate donati, et in lucem editi Iusto Vulteio Wetterano interprete‹ — hallo! hört noch jemand zu? ich*

---

[302] ›Sea Ray Sundancer 270‹ — ein bescheidener, hochseetüchtiger Pott, von dem die Ärzte seit Tagen schon träumen.

mach das hier doch nicht zum Spaß (unwillig) *Basel, aus der Offizin von Johannes Oporin Dezember 1548. Oktav, einiges an Seiten, Halbleder um 1800, bunte Anmerkungen, leichter Moderschaden, beschabt und von wohlmeinenden Amateuren ausgebessert, eine Gurke* (ein knappbekleidetes Nummernmädchen tänzelt vors Pult, in den nitrilgeschützten Händen angewidert den Aelian) *n' Hunni würd ich sagen?! Jemand Interesse?* (drohend) *Nein? Schade*

SZERZANT (ruft) : *Mach voran! Los 2!*

SARTORIUS (wutentbrannt) : *Wirklich kein Interesse? Auch nicht, wenn ich verrate, daß da noch was dranhängt, ›Item De politiis, sive Rerumpublicarum descriptiones ex Heraclide, eodem interprete‹, was nämlich ein Extrakt aus Aristoteles ist?*

SZERZANT (grinst den erröteten Dietrich an) : *Siehste? Gleich das erste Teil is so'n Kandidat*

DIETRICH (flüstert) : *Du weißt doch gar nicht, was das is*

SARTORIUS (hat das gehört, zu Eckert) : *Das hab ich gehört. Ich kann gern noch was dazu sagen, wenn Sie noch was brauchen, um einen Kaufwunsch zu entfalten und eine positive Kaufentscheidung zu fällen : die erste Übersetzung ...*

DIETRICH (knickt seine Schenkel auf, hält das Gesäß in schwieriger Halbstellung halb, errötet noch mehr) : *Also, äh ... : wegen mir nicht*

— und sackt wieder hin. Aber noch andere als Anwesende spielen mit : etwa Bangladeschs führender Aelian-Forscher. Der hatte zwar kein Visum bekommen, aber ihm war gelungen, einen Gewährsmann im völkerkundlichen Institut der hamburger Universität zu dingen, im Publikum unterzubringen und eine Standleitung zu halten. Der Gedungene, ein junger Flaumbart mit Weltreiseblick und dem Pech, daß Schwertner ihm brünstig in den ausrasierten Nacken atmet, hält ein Nokia am Ohr, nickt, steht auf, reckt und wackelt das Handy und deutet mit dem Zeigefinger aufs Display.

GEDUNGENER VÖLKERKUNDLER (laut) : *Er wills!*

SZERZANT : *Scheiße* (Dietrich grinst)

SARTORIUS : *Sind Sie sicher?*

GEDUNGENER VÖLKERKUNDLER : *Wieso?*

SARTORIUS : *Ich weiß doch, was hier gespielt wird. Ich wär nicht der Beste, wüßt ich es nicht. Ich bin aber der Beste! Sprechen Sie Bengali?* (hüstelt vor Vergnügen bei der Vorstellung)

GEDUNGENER VÖLKERKUNDLER : *Wieso?*

SARTORIUS : *Spricht der, der Sie gemietet hat, Deutsch?*

GEDUNGENER VÖLKERKUNDLER : *Wieso?*

SARTORIUS : *Darf ich fragen, in welcher Sprache Sie Zwei dann zu kommunizieren pflegen?* (Gelächter)

GEDUNGENER VÖLKERKUNDLER : *Wieso? Englisch?!*

SARTORIUS (mit dieser frechen Antwort auf dem falschen Fuß erwischt) : *Englisch, so?! Aber das ist jetzt auch egal, meinen Aelian kriegt er darum sowieso noch nicht, denn ...* (grenzenlos bereit, das Publikum zu quälen) *: itzo ich angefangen hab, itzo ich auch fertig mach* (ordnet seine Notizen und trägt wirre, nutzlose Worte vor) *Also : wir haben hier die allererste Übersetzung der Ποικίλη Ἱστορία, der ›Bunten Geschichte‹ vor uns. Wenn sich jemand wundert : Aelian war zwar Römer, aus dem etruskischen Praeneste, scho-hon, aber : er schrieb griechisch. Er war eben ein Snob. Und Oberpriester der Fortuna. Ich glaube, da wird man notwendig zum Snob, da würd sogar ich zum Snob werden. Oder zum Gegenteil, denn bedenken Sie : Oberpriester : von wie vielen Menschen, wie vielen schäbigen Wünschen wird man da bedrängt, ich möchte sagen : das ist nur vergleichbar mit dem Berufsbild ›Auktionator‹* (scharfer Blick auf Plocher). *Aber da ist eben auch der Unterschied zum Auktionator : als Fortunapriester kannstes dir noch leisten, Mensch zu bleiben. Jedenfalls : Aelian kannte so viele Leute, hörte so viele Geschichten, daß er der Idee gar nicht mehr ausweichen konnte : ›mach ich doch mal was anderes, als diese ewigen Tiergeschichten, mach ich doch aus genau diesem Unflat geradezu das Gegenstück zu Tiergeschichten : Menschgeschichten‹ ! Und hat er gemacht und alles aufgeschrieben, was mit Menschen zu tun hatte : wenn was komisch gewesen war, oder wenn ein Mensch in der Natur was Erstaunliches bemerkt, wenn er eine schöne stoische Maxime gefunden oder von Eß- und Trinksitten der Fremde sichere Kunde erhalten hatte, oder wenn sich Philosophen und Dichter mal wieder Klöpse geleistet hatten, oder besonders schöne und seltene Mythen — was das Herz nur begehrt, eine Lese, wie selbst ich sie in Wartezimmern mir wünschte : nicht eben in jedem Detail wahr, aber in grosso unterhaltsam und lehrreich, durch die Jahrtausende hindurch* (zufrieden besieht Sartorius die schweren Augenlider des Auditoriums : jetzt, da Fremdeinwände ausgeschaltet sind, ein schöner, wachrüttelnder Selbsteinwand) *Nun weiß ich : jederzeit könnte aus Ihrer Mitte wer aufstehn und sagen : ›Lieber Herr Sartorius, jener war überhaupt nicht berufen, Aussagen über die Welt zu treffen, denn nie verließ er Italien, zu Fuß nicht, nicht zu Pferde und bestieg nie ein Schiff — wo doch jeder weiß : der Mensch ohne Sundancer ist kein Mensch‹. Ich danke für den Hinweis, weiß aber auch : Aelians Immobilität ist eine bewußt eingenommene Haltung. Statt über die Erdoberfläche dahinzuschlendern, blieb er unverheiratet und kinderlos und war* **grad** *berufen, kontemplativ sich über die Welt zu verbreiten — denn was hätte ihn stören sollen, so unbelastet von Familie und Reisestrapazen ?* (erschöpft und traurig) *Leider ist die ›Bunte Geschichte‹ nicht als Ganzes auf uns gekommen, weiß der Teufel, worans lag. Editio princeps des griechischen Textes jedenfalls 1545 Rom, Aelians restlicher Krimskrams erschien biglott 1556 in Zürich, von Conrad Gesner bereitet und seinem Bruder Andreas und dessen Sohn Jacob zum Druck überlassen. Nur Aelians paar berühmte ›Bauernbriefe‹, die waren schon am 29. März 1499 im epistolographischen Album von Aldus Manutius in Venedig gedruckt, ein schwerer Zweibänder Ἐπιστολαὶ διάφορων, φιλόσοφων, ῥήτορων σοφιστων, und, was soll ich sagen : Sie fänden da auch Briefe von 33 anderen Größen, Alexander, Pythagoras, Heraklit, Aristoteles, Julian Apostata, ja, gar Anarchasis. So. Und wer hat das hier übersetzt ? Kein Beliebiger ! Justus Vulteius, das Idol unserer Jugend ! Als junger, 20jähriger Mann hat ers gemacht, 1548 in Frankfurt. Justus war, wie die Jugend allezeit war : ein wenig unstet zu Beginn, beschnupperte die Universitäten von Marburg, Straßburg, Leipzig und Wittenberg, kam 1547 aber doch nach Basel und trat schnell in innige Verbindung mit Oporin und hörte beim Kosmographen Sebastian Münster. 1548 wird er Rektor irgendwelcher Lateinschulen, dann* *in Marburg Hebräisch-Professor und stirbt. Vorliegende Übersetzung dürfte Oporin veranlaßt haben, was aber, ich gestehs, nur Spekulation ist, wenn Justus auch immer wieder beteuert hat, wie sehr er den Aelian liebe, umfasse doch kein anderer so vieles so kurz. Oporin aber hieß in echt Johannes Herbst, war stets hochverschuldet und Gehilf bei Paracelsus ...*

ARZT 1 (seit ›Sundancer‹ halbwach, kann nicht an sich halten) : *Theophrastus Bombastus ...*

ARZT 2 (ergänzt mitwach und weise) : ... *von Hohenheim!*

SARTORIUS (beeindruckt) : *Sehr gut, Ärzte* — (Leben kommt wieder ins Publikum getreten) *und was hat er noch gemacht?* (Ratlosigkeit)

DIETRICH : *Wer? Paracelsus?*

SARTORIUS : *Quatsch. Ist das hier ein Oporin-Druck oder nicht? Oporin natürlich*

PLOCHER (ist mehr als bloßes Publikum) : *Den Vesalius* [303] *hat er gemacht!*

SARTORIUS : *Herr Naseweis! das ist bekannt. Ich meine selbstverständlich : was darüber hinaus hat er gemacht? ... keiner? Nun, so sag ichs : den Koran hatter gemacht, 1550, zum ersten Mal auf Latein, und die Sachen vom Flacius Illyricus* (Raunen)

AELIAN-FORSCHER IN DHAKA (bleibt dabei und quäkt aus dem erstarrt von seinem Mietling hochgehaltenen Handy) : *I will!*

SARTORIUS (seufzt) : *Na gut. Hunni. Und weg*

Die Auktion nimmt Fahrt auf. Los 2, ein buntes betagtes Fischbuch, ist der Preis eines scharfen Duells zwischen Romanowurneffe und Bergmann ... der Bergmann obsiegt. Los 3 [304], annociert als erste deutsche Ausgabe einer alten Reisebeschreibung mit lauter luciden Worten zu Narwal- und Einhornhörnern : sichere Beute eines einsamen Grönland-Sammlers, trotz eines kurzen Zwischenfalls : kam bauchgeredet und erregt aus dem publico doch der anklagende Ruf *Das is die zweite, die erste is fünf Jahre früher, die heißt ›Bericht von Gröhnland, gezogen aus zwo chroniken : einer alten ihslandischen, und einer neuen dänischen; übergesand in frantzösischer sprahche an Herren von der Mote den Wayer von einem unbenandten meister / und gedruckt zu Parihs bey Augustin Kürbe in s. anno 1647. Jetzo aber deutsch gegäben, und, um desto färtiger ihn zu gebrauchen,*

---

[303] → Hinter Büchern, Die Rilke Bibliothek, in der Plocher sich in den Besitz der ›De humani corporis fabrica‹ bringen wird.

[304] Isaac de la Peyrère : ›Ausführliche Beschreibung des theils bewohnt — theils unbewohnt — so genannten Grönlands : in zwey Theile abgetheilt : Deren erster handelt von des Alt- (nunmehro verlohrnen) Grönlands Gelegenheit / Erfindung / Inwohnern / Fruchtbarkeit / Gewächsen / Thieren und Meerwundern. Der andere : von dem Neuen (durch Suchung des alten / gefundenen) Grönland / Eigenschafft der Wilden / und viel andern merckwürdigen Dingen mehr; Nebenst Einem kurtzem Begriff der seltsamen Reisen / so M. Forbeisser / Gotzke Lindenau / Christian Richard / und die Koppenhagen-Grönländische Gesellschafft / alt Grönland wieder zu finden / in unterschiedlichen Jahren gethan. Mit Anfügung des Tagbuchs eines die Durchfahrt zwischen Grönland und America suchenden Dänischen Schiffes : wie auch des kurtzen Inhalts und seltsamen Zufälle der Holl- und Seeländischen Schiffsausrüstung nach Nova Zembla zu eben dem Ende vorgenommen. Beschrieben / und mit verschiedenen Historischen Anhängen durchgehends erklärt und erweitert durch S von V. [i. e. Simon de Vries] Nürnberg, Christoph Riegel, 1679, 131 Seiten. Kupfer. Karten. Quart.

unterschibdlich eingeteihlet von Henrich Sivers 1674 Hamburg : In verlägung J. Naumans und J. Wolfs — Sartorius aber brachte den Bauchredner gelassen konternd zum Schweigen, er wisse das, halte die Existenz einer solchen Ausgabe aber für ein von interessierter Seite gestreutes Gerücht und hätte noch nie ein Exemplar ›Hamburg 1674‹ gesehen, geschweige denn versteigert. Was wohl Beweis genug wär. Los 4 die zerschnippelte Nr. 9 der ›Freien Straße‹, als auch paar Nummern des ›Knüppels‹, die Ihrbrandt ausgelesen hatte und über die er nicht mehr lachen konnte — die gehen zurück, Ihrbrandt nimmts gelassen, Szerzant reibt sich triumphierend die Hände. Los 5 :

SARTORIUS (voll Ekel) : *Na gut. Nächster Versuch — Gotteswillen, was ist das?* [305] (nimmt ein Blatt zur Hand, hebt die Stimme) *Ein tiefer, wenn nicht gar sehr tiefer Dichter deutscher Zunge, der in elementarsten Bildern, obwohl unschuldig, an deutscher Schuld trägt. Ganz tief, ganz dunkel — die Lust aller Exegeten. Sehr gewaltig, sehr verfolgt auch und von Schicksalen nicht verschont, einzig in seiner Kunst, Zeitläufte gültig in Sprache zu gießen. Da kommt keiner ran. Wir haben auch extra für umsonst einen Burgschauspieler herbeiengagiert, die Chose mal kurz aufzusagen* (dreht sich um, ermunternd) *Alternder Burgschauspieler, komm!*

ALTERNDER BURGSCHAUSPIELER (in einem Schaukelstuhl von einem jungen Praktikanten neben das Pult geschoben, kräht schalumschlungen) : *Tübingen, Jänner* (kommt zu sich, ergriffenen Blicks in die Menge) *Zur Blindheit über- / redete Augen / Ihre — ›ein / Rätsel ist Rein- / entsprungenes‹, ihre / Erinnerung an / schwimmende Hölderlintürme, möven- / umschwirrt. // Besuche ertrunkener Schreiner bei / diesen / tauchenden Worten : // Käme / käme ein Mensch / käme ein Mensch zur Welt, mit / dem Lichtbart der / Patriarchen : er dürfte / spräch er von dieser / Zeit, er / dürfte / nur lallen und lallen / immer-, immer- / zuzu // (›Pallaksch. Pallaksch.‹)*
Natürliche Ohnmacht? demütige Geste im Erwarten einer Huldigung? wie auch immer : das Kinn des Burgschauspielers rastet auf seiner alternden Brust ein. Und der Saal schweigt. Teils ergriffen, teils unverständig, teils flüsternd mit Nachbarn oder Handys. Der Beifall jedenfalls bleibt aus.

SARTORIUS (rettet die Lage und improvisiert) : *Das ist zu enorm, ich versteh das. Das ist aber auch tief, das verstehen wir kaum, wir ahnen nur : wir brauchen solche Verse. Um zu bestehn. Vor dem Gericht des Schweigens. Vor dem Trauma, das allgegenwärtig ist. Um dem stummen Entsetzen Sprache zu geben, Anmutungen von Sprache, ›Anmutun - gen von Sprach - e‹, wenn Sie diese kleine Spielerei ›gestat - ten‹* (für Heiterkeit aber scheint das Publikum noch zu erschlagen, Sartorius seufzt) *Leider hat dieser Zettel keine Bilder, außer den Allegorien, also, ich mein', wir haben hier nur die Handschrift* (winkt mit dem Zettel) *aber nicht schlecht, was? für eins der bedeutendsten Gedichte überhaupt von einem der überhaupt bedeutendsten Dichter? Alles auf einer Seite* — (vertraulich) *das ist der große Vorteil gegenüber der ›Todesfuge‹ — die ist ja gradezu unanständig lang dagegen. Hier antwortet knapp und bündig*

[305] Celan. → Hinter Büchern, Der Jacobi-Nachlaß; und sehr → Die Rilke-Bibliothek.

der wahnhaften Wirklichkeit eine Sprache, die sich allem, was man an Bedeutung so kennt, der Koinzidenz von Zeichen und Bezeichnetem völlig entzieht und selbst wahnhaft ist, äh …

DETLEF (hat sich als erster wieder gefaßt, meint aber noch den Burgschauspieler) : *Bravo!*

SARTORIUS : *… ja, danke, aber diese absurden Glossen sind nicht von mir, da haben wir Hauptseminarpraktikanten für, die sitzen irgendwo da hinten und schreiben uns sowas*

PRAKTIKANT (steht neben dem Burgschauspieler) : *Ich bin hier*

DETLEF : *Bravo!*

PRAKTIKANT (zu Detlef) : *Ich komm da gern gleich mal zu Ihnen runter und mach Ihnen weitere Ausführungen — hätt ich nur das Geld, ich würd mir den Zettel selber kaufen*

SARTORIUS : *Das lassen Sie mal schön bleiben — Sie bringen jetzt erstmal den Künstler da weg und dann tun Sie, wofür wir Sie bezahlen*

PRAKTIKANT : *Nichtbezahlen*

SARTORIUS : *›Nichtbezahlen‹, von mir aus* (tunkt den Blick wieder in die Notizen) *›Tübingen, Jänner‹ nämlich ist aus der ›Niemandsrose‹ von 1963 …*

Da aber der Burgschauspieler aus verschiedenen Körperöffnungen auszulaufen beginnt, schiebt ihn der borstige Praktikant tatsächlich hinter den Vorhang. Detlef erhebt sich, salutiert und verharrt unmißverständlich : er wird die köstliche Handschrift, notfalls samt Burgmimem, ersteigern. Vertreter von Suhrkamp und marbacher Literatur-Archiv tuscheln mit der Abgesandten der niederländischen ›Paul Celan Genoopschap‹ — es wird nicht reichen : all deren Etats sind, selbst zusammengenommen, zu gering, sich gegen einen zu allem entschlossenen einzelnen Mann, der in Lohn und Brot steht, zu behaupten. Sartorius jedoch plant, die Feinde im Saal endgültig zu unterwerfen und den kompletten Praktikantensermon zu verlesen.

SARTORIUS : … *Ihnen allen aber ist wohl gar nicht klar, daß Sprache hier wie nie in vorsprachliche Bereiche regrediert, in die Bezirke des Seins, in denen Laut und Bedeutung noch ungeschieden sind. Wir sind hier im Urknall der Sprache und sehen die Wolke zerreißen, die über der Menschwerdung liegt, den Menschen, der lallend ist — da ist uns die Sprache voraus, wir entsprechen ihr nicht und daher das Chaos und unsere Ungemäßheit. Der Mensch ist, wenn er Mensch ist, lallend, spricht er aber und darf sprechen, ist er Seher, und als solcher, wenn er lallt, ist er Hölderlin, der die Knabenzeit der Menschheit zur Sprache bringt. Oder aber : das verlorene Zeitalter, wo Einklang war, wo Mensch und Sprache noch nicht auseinandergetreten waren : davon ist nur lallend zu sagen. Pallaksch eben. Konnotationslos — beim späten Hölderlin mal ›ja‹, mal ›nein‹, mal gar nichts bedeutend. Die Moderne hat dem so gar nichts an die Seite zu stellen, bis auf eben Celan und seine Poetik des ungestalteten Wortstoffs, des kosenden Gestammels, höchstverzückte Wortexaltationen …*

DETLEF (immer noch stehend) : *Jetz is aber mal gut*

SARTORIUS : *Wann gut ist, bestimm immer noch ich!*

DETLEF : *Machen Sie schon ein Ende. Ich kaufs*

SARTORIUS : *Ach! Als ob ich schon den Ausrufpreis genannt hätte*

DETLEF : *Egal, ich kaufs. Hängen Sie von mir aus Nullen dran, soviel Sie wollen*

SARTORIUS : *Ganz wie Sie denken. Möchte jemand mitbieten? nein? Zuschlag für den seriösen Sammler da hinten, sagen wir … 20 Riesen? 30? Komm'Se her, komm'Se ran* (Detlef holt die Celan-Handschrift ab, zahlt bar — der Praktikant trabt wieder an, eine frische Urkunde dabei) — *und hier ist auch schon das Echtheitszertifikat*

DETLEF (glücklich) : *Ich scheiß auf Zertifikate*

SARTORIUS : *Hätten Sie das nicht eher …? hätten wir 'ne Menge Geld gespart — hau'n Se ab, kommen wir zu Los 6, ein exquisites Stück Spätrenaissance-Geheimlehre, auf dem Kontinent nach dem Krieg nicht mehr nachzuweisen, geschweige denn vorm Krieg: ›Raphael …*

ARZT 2 : *Achtung, jetzt* (den Ärzten wachsen prächtige Flügel, die Bachkantate ›Gloria in excelsis Deo‹ erklingt)

ARZT 1 : *Genau* (zu Sartorius) *Wir nehmen das*

SARTORIUS (redet entschieden und laut gegen die ärztliche Bekundung an) : … *oder Artzt-Engel. Das ist ein heiliges Licht und heilsamer Bericht von dem wahren Grunde und rechtem Verstande der Menschlichen Kranckheit und darwieder Geordneten Artzeney. Auff ehmaliges Ersuchen eines Gottliebenden Medici A. S. Auffgesetzt von H. Abraham von Frankenberg. Equite Silesio im Jahr 1693. Jetzo aber durch zuthun guter Hertzen und Förderer verlegt und ans Licht gebracht‹, Amsterdam 1676, bei Jacob von Felsen*[306], *an ›1693‹ sollen Sie aber nicht*

---

306 Abraham von Frankenberg, man kennt ihn von Stichen und vom Gemälde in der breslauer Staatsbibliothek : ein hohlwangig-hagerer Kraushaar, kinn- und backenbärtig, Denkfalten auf der Stirn und Spielzeugsachen in der Hand — der Kerl war Graf. Das ist zunächst völlig verdienstlos und überhaupt nicht tief oder okkult, das ist einfach nur müßig. Aber aus Muße wurde er klug und hielt sich aus allem raus. So klug eben pflegt Schlesiens Adel zu sein, besonders wenn er auf und von und zu Ludwigsdorf sitzt, 20 Werst östlich von Breslau, die Mutter Barbara von Bock und Polach war, der Vater seit 1604 Landhofgerichtsassessor im Fürstentum Oels und Dietrich von Frankenberg und Ludwigsdorf und Herr so großartiger Dinge wie Ludwigsdorf und Schwierse … — Oels, ein warmer Schauder durchläuft die Venen … Oels, wer dächte nicht an die frühe Irenmission, an die kühnen oelser Herzöge, die mal auf Seite der Deutschherren, mal für Polen gegen den Orden fechten ließen, an die Mörder-Hussiten, die Oels 1432 plünderten, an Herzog Johann, der 1541 eigenhändig die Reformation einführte und als Prämie von Luther eine Luther-Bibel mit Marginalien Junker Jörgs geschenkt bekam — woraus später die oelser Schloßbibliothek wachsen soll. Luther aber liegt keine 50 Jahre unter der Erde, da ist die Reformation verkrustet und beginnt der frömmelnde Frühpietistenscheiß :

1593, als Abraham auf Ludwigsdorf geboren wird. Das Kind zählt Gut und Gut zusammen, zeigt Rechentalent und darf bis 1611 täglich die 30 Werst aufs Gymnasium nach Brieg reiten und 1612 in Leipzig Jus studieren, 1613 in Wittenberg und 1614 in Jena. Jurist ist es nicht, will aber auch keiner sein, sondern nach einer Kavalierstour, die es 1617 bis nach Frankfurt am Main führt, still auf Ludwigsdorf leben. Und doch hat es Blut geleckt, studieren ist prima, nur was? Am besten was, was keine »unnütze Schwätz- und subtile Spitzkunst« ist. Es geht recht in sich und stellt fest : es findet ja die zeitgenössische Theologie völlig daneben, die ist ja reiner Luther-Götzendienst, die ist »Schlangen- und Otterngezücht aus der Synagoga des Teufels und seines Adjudanten Aristoteles«, das geht ja gar nicht! ja, es wäre den »Pfaffen besser, sie nähmen den Flegel in die Hand zu dreschen, als … aristotelische Schreibfedern zum Bücher schmieren«. Gern wär's jetzt schon Rosenkreutzer geworden, aber das ging ja auch nicht, die gabs ja schon, aber keiner, den es kannte, kannte welche oder wußte, wo welche wohnen.

Abraham sucht selbst in der Schrift … und? — da stehen ja gar keine Dogmen, steht

irre werden — daran nicht! —, das ist in Wahrheit ›1639‹, andernfalls (lacht) *wir ein echtes Problem mit ›Amsterdam 1676‹ hätten*

---

auch nichts von Luther, da steht nur was von Christus, und daß der lebe, muß Adam totgehn — das steht da. Als aber Abraham die Bibel aus hat, wird er traurig, denn nun hat er nichts mehr zu lesen. Da bemerkt ein weiser Kleinköter am Rand zur Hexenheide die Trauer seines Grafen, sieht auf vom Pflug, schaut schwermütig in die schwermütige Landschaft unter der Himmelskuppel und teilt Lesetips aus : *Lest Tauler, Herr, lest Kempis, lest auch Valentin Weigel, ich fürcht, er wird bald verbrannt werden* (so ists. Gemeint ist aber ausnahmsweise nicht Weigel selbst, sondern nur sein Werk, das erst 1618, 30 Jahre nach des Autors natürlich-mystischem Ableben, erscheint und 1626 den Flammen übergeben wird. Zu Lebzeiten hatte Weigel mystisch-vorsichtig nur eine klitzekurze Leichenpredigt drucken lassen) — *und vergeßt nicht Schwenckfeld von Ossig* (ein Großöder, der allein die unvermittelte Botschaft und den, der sie glaubt, kennt. Das verdient eine eigene Kirche. Aber erst 1909. In den USA, die ›Schwenckfeld Church‹) *und noch besser, relativ neu : ›Aurora‹! Von Böhme. Der hat schon drei mystische Erfahrungen gehabt. Und die ›Aurora‹, die hat er in einem Rutsch geschrieben, vom 27. Januar bis 3. Juni 1612. Das dauert bestimmt noch, bis die gedruckt wird* (richtig. 1634, zehn Jahre nach Böhmes Tod, mutmaßlich in Dresden, auf 573 Seiten) *glücklicherweise zirkulieren schon ungezählte Abschriften unter uns Gottesfreunden, kann mich da gern mal umhörn, ob da eine für Euch übrig ist. Aber vergeßt nicht : ich trage in meinem Wissen nicht erst Buchstaben zusammen aus vielen Büchern, sondern ich habe den Buchstaben in mir. Liegt doch Himmel und Erde mit allen Wesen, darzu Gott selber, im Menschen. Soll Er dann in dem Buche nicht dürfen lesen, das er selber ist? — Wenn ich gleich kein ander Buch hätte als nur mein Buch, das ich selber bin, so hab' ich Bücher gnug; liegt doch die ganze Bibel in mir : so ich Christi Geist habe, was darf ich denn mehr Bücher? Soll ich wider das zancken, das außer mir ist, ehe ich lerne kennen was in mir ist? So ich mich selber lese, so lese ich in Gottes Buch* (was so sich wundersam 1621 in Böhmes ›Libri apologetici‹ wiederfindet).

Ja, der Görlitzer Jakob Böhme (1575–1624), der sagt Abraham zu. Sehr sogar. Wie Abraham leidet Jakob an der blanken Unüberbrückbarkeit von reinem Geistgott und dem Dreck unter den Fingernägeln. Nur daß Böhme nicht aus der Grafenecke kommt, sondern aus der Schuhmacherecke und Schwarzhandel mit Garnen treibt (zur geistigen Bedeutung des Schustergewerbes → Wilhelm Raabe, ›Hungerpastor‹, Kapitel 1). An Böhme lernt Frankenberg : man muß nicht studiert haben, um blöd zu sein. Und man kann markige Bilder auch ohne reichen Wortschatz finden. Bei Böhme aber sind die auch ihre eigene Kehrseite : der völlige Mangel an Abstrakta führt auf die Spur der Verdunklung und eilt sich selbst voraus in phantastisch-alchymistische Spekulation : wenn Böhme eine Idee hat — und manchmal hat er eine —, aber keine nüchterne Sprache dafür, substituiert er ein volkstümliches Bild — und dies Bild und die Sprache, in der's verfaßt ist, reißen die Idee mit sich fort in schwärmende Verwirrung (Aurora, 18,62–65 : »Das Wort ›Himmel‹ fasset sich im Herzen und stößet bis auf die Lippen, da wird es verschlossen, und die Silbe ›Mel‹ macht die Lippen wieder auf, und wird mitten auf der Zungen gehalten, und fähret der Geist auf beiden Seiten der Zungen aus dem Maule. Das bedeutet, daß die innerste Geburt vor der äußeren ist durch die greuliche Sünde verschlossen worden, und ist der äußersten Geburt unbegreiflich. Dieweil es aber ein Wort mit einer zweifachen Silbe ist und die ander Silbe ›Mel‹ das Maul wieder aufmachet, so bedeutete, daß die Porten der Gottheit ist wieder aufgeschlossen worden. Daß sichs aber mit dem Wort ›Mel‹ auf der Zungen mit dem obern Gaumen wieder fasset und feste hält und der Geist auf beiden Seiten daneben ausgehet, das bedeutet, daß Gott diesem verderbten Königreiche oder Loco in Gott wollte wieder einen König und Großfürsten geben, der die innerste Geburt der klaren Gottheit sollte wieder aufschließen und dadurch der Hl. Geist zu beiden Seiten, das ist, aus der innersten Tiefe des Vaters und Sohnes, sollte wieder ausgehen in diese Welt, und sollte diese Welt durch den neuen König wieder neugeboren werden«). Dabei ist Böhme eigentlich ein netter Pantheist, der in der Materie Kräfte wohnen hat, die einen sehr unlutherischen Schöpfergott pressen : der ist kein Purgeist, der ist durchaus anthropomorph, bedarf des Leibes ewiger Natur, überhaupt lebendiger Geist sein zu können. Theodizeeternden Anfragen zuvorzukommen, packt Böhme dann Dialektik aus, das Pärchen Luzifer-Gott. Luzifers Sturz beschert Gott »eitel grimmige« Schmerzen,

(am Pult vorbei schreitet das Nummernmädchen, den ›Raphael‹ im Griff, Sartorius räuspert, streckt einen Arm vorstellend Richtung des Nummermädchens aus)

Rheumatismus beißt den Leib Gottes, in der Natur ist ein »Wüten und Reißen, Brennen und Stechen und ein ganz widerwillig Wesen«, in ihr bewirken — und hier wird Böhmes Alatinität fruchtbar — Quell- und Quälgeister Qualitäten und Prozessualität. Schmerz ist Bewegung, ist Dinge treiben, »Qualen« ist-sind inhärent dem Sein, das ist, daß alles sich »stößet, quetschet und feindet und also ein Widerwille in der Kreatur ist, und also ein jeglicher Körper mit ihm selbst uneins«.

1617 endlich hat Abraham auch Rheumatismus, geistigen, ist seelisch geladen genug für eine erste eigene mystische Erfahrung : erlitten in all den Spaltungen des Glaubens, angefochten, Nächte durchwachend und -betend ziehts ihn in sich selbst hinein, in einen inneren Sabbat, hört er unaussprechliche Worte der Kraft (*Komm endlich, du Ferkel, und diene mir*) und sieht ein Licht über allen Lichtern — nein, der Geist war nicht verstummt mit den Aposteltagen.

Abraham versteht herzhaft, nicht mit dem Verstand. Also stellt er, debattierend voranzudringen, einen Set Gleichgesinnter aus renitenten Söhnen Luthers, die sich für frischgebakkene Rosenkreuzer halten, zusammen : vorzüglich den Weigelianer und nichtpublizierenden Lyriker Daniel Czepko von Reigersfeld und den seit 1621, da er eine Treppe unglücklich gestürzt war, bekehrten Wanderadligen Johann Theodor von Tschesch — ein rasender Böhmepaladin, glänzend durch Herzensweite, aus der heraus er, als er sich aufmacht, ins Heilige Land zu wallen, Frankenberg eine »Wagenlade voll Manuskriptorum« schenkt (Tschesch wirds jedoch nur bis Ragusa schaffen, dort seine Habe aufs Schiff geben, über eine Stadtbesichtigung das Auslaufen des Dampfers nach Jerusalem versäumen und unverrichteter Dinge verarmt nach Schlesien zurückkehren). Die Freunde treffen sich mal auf Ludwigsburg, mal auf der liegnitzer Schweinhausburg beim Böhmegönner Johann Sigismund von Schweinichen (bekehrt, indem er 1616 im Duell Georg Wilhelm von Romnitz erstach), der einige Pamphletlein Böhmes 1623 in Druck gibt und zu dem Böhme Anfang 1624 sich flüchtet — endlich lernt Abraham da Böhme persönlich kennen und lieben und sitzen sie beisammen und erzählen sich schaurigschöne Gespenstergeschichten von den Fisch-, Bär- und Ebergeistern, die seit Heidenzeiten am Zobtenberg, 35 Werst Südwest von Breslau in swastikaverzierten Steinskulpturen hausen und einen feurigaugigen Pudel einen Schatz bewachen lassen. Böhme stirbt dann auch gleich und Frankenberg schreibt begeistert zarte erste Traktätchen.

Die Burgentraulichkeit festigt Abraham darin, die Party Welt auf immer verlassen zu haben und in einsamster Betrachtung Gottes Mirakeln nachzuspüren — keine Zeit mehr, nichts Ewiges — nur Frömmigkeit. Und als da Brandenburgs Kurfürst und der Herzog von Oels hineinschallen *Komm endlich, du Ferkel, und diene uns*, lehnt Abraham ab, weltlicher Dienst habe Sünde im Troß, er sagt sich ›mihi sufficit unum‹ und ›Jesus mea nobilitas‹ und erdenkt sich ein prima Motto, das geheim zugleich seine Initialen bildet, ›**A**ntiqua **V**irtute **F**ideque‹, auch nennt er sich fortan »Herz aller Religionen« — »ego sum religionum **COR**, i. e. **C**atholicae, **O**rthodoxae, **R**eformatae« — eine dramatische Veredelung der Rosenkreuzerei, deren anonyme Gründungsurkunde ›Fama Fraternitais, datierend 1614, die Vita des afrika- und orientkundigen Fraters **CR** ist (→ Christianus Rosencreutz). Abraham macht nun in praktischer Kabbalistik, verfaßt 1631 ›Saephiriel, das ist ein himlisches Licht und magischer Bericht : die Geheimnüssen der Zahlen mit ihren Fieguren, nach biblischer Offenbahrung und natürlicher Würckung gründlichen und erbaulichen zu betrachten‹ (später falsch Abraham von Worms zugeschrieben), schreibt ›Beth-Gesänglein für die Einfältigen‹, knüpft adlige Kontakte ins niederländische Leiden, wechselt mit Menasseh ben Israel, der Leuchte des Judentums, Post, denn »in doctissimis Menasseh ... scriptis ... inveniuntur veterum sapientum arcana plurima« und »Cabala, Magia, Chymia profundis investigari possint« und schmeichelt dem edlen Weisen, »das wahre Licht wird von den Juden kommen; ihre Zeit ist nah« und »Hebræi habent fontes, Græci rivos, Latini paludes« — »die Hebräer haben Quellen, die Griechen Bäche, die Lateiner Sümpfe« — ben Israel versteht Abraham, wie sollte er auch nicht?

Meine Tochter. Aber eh ich die weiter vorstelle, lassen Sie mich einige Worte über Frankenberg verlieren, sollte der eine oder andere von Ihnen deutlichere Fehlzeiten in der Schule aufzuweisen

---

Der Marane Gaspar Rodriguez Nunez scheut 1604 das an ihm verordnete Autodafé, schnappt sein Weib Antonia Soeïro, den katholisch in Lissabon geborenen Säugling Manoel Dias Soeïro und was noch an Kindern da ist, entwischt mit allen nach Madeira und 1610 nach Amsterdam und gibt dort den Knaben — nun ›Menasseh‹ (Gaspar heißt ja jetzt auch seelenruhig Joseph ben Israel) — zum Rabbi der Nᵉweh-Šalom-Synagoge in die Lehre. Menasseh streckt im Alter von 12 wie weiland Jesus Tempelgelehrte nieder und schwingt Reden auf portugiesisch, anders als Jesus aber verblüfft er 17jährig dann mit einem, wenngleich, und darin Jesus wieder ähnlich, ungedruckten Buch, der Grammatik שפה ברורה (śāphāh bᵉrurāh, ›reine Stimme‹). 1622 stirbt sein Ausbilder und Amsterdams Sepharden wissen sich nicht anders zu helfen, als wegen Überbegabung, Vielwisserei und des Sprechens zehner Sprachen den blutjungen Menasseh zu ihrem Rabbiner zu küren. Der beeilt sich denn auch, seinen Ruhm durch mancherlei noch Herausragenderes zu bekräftigen und heiratet 1623 Rachel Abrabanel, deren Familie sich der Abstammung von David rühmt. Und das will Menasseh doch so gern, daß, wenn eines Tages der Messias, der ja dem Schoße Davids zu entkriechen hat, mal Zeit sich nähme, in der Ahnengalerie zu blättern, ihn, Menasseh, dort fände. Menassehs Söhne Joseph und Samuel aber werden vor Menasseh sterben und wie Heu und Vieh und kindlos und eingespannt in die Geschäfte ihres Vaters, und Menasseh wird alles auf seine Tochter Gracia-Hanna setzen müssen, die 1646 immerhin hochzeitet — drum auch wird er 1655 über die »arme Irre«, die Polin Sarah, die ganz Amsterdam volllöhrt, sie werde den Messias heiraten, nur den Kopf schütteln — Sarah aber wirds doch tun, 1664, Kairo : Sabbatai Zewi (1626–1676) nämlich, einen Messias, der 1666, da die belustigte Exekutive des Sultans Mehmet IV. des Rumgesalbes überdrüssig ist, fleißig Muslim wird und später erst, entlaufen ins Exil, tollkühn sich wieder zum Messiassein bekennt. Schon andere Gesalbte hat Menasseh aus demselben starken Grund nicht anerkannt, etwa den, den die Abrabanels hundert Jahre zuvor fatal gepuscht hatten : den Tagebuchschreiber David Reubeni (1490–1541). Und wenn der dreimal auf einem Schimmel in Rom einritt, bei Paul III. vorstellig wurd, bei João III. und Kaiser Karl V., allerorten als Messias und Bruder des Königs riesiger jüdischer Reiche in Arabiens Wüsten Bündnisse gegen die Muslime anbot und beeindruckte — vorsichtshalber ward er doch verbrannt, und auch der Pfahl, an den er gebunden war (→ Reubenis Tagebuch ›Bodleian Library‹ Oxford, → Abschrift in Breslau). Einem Messias wär das nicht passiert. Ein Messias führt auch kein Tagebuch.

Wenn Menasseh wohl auch nicht Messiasahn ist, so drückt ihn doch Geldnot. Also macht er, die zu lindern — der nächste Irrtum, die nächste Wahnidee — und da Amsterdam noch keine hat, eine hebräische Druckpresse auf, nennt sie optimistisch אמת מי־ארץ תצמח (ʾämät me ʾäräṣ tiṣmā — Wahrheit wird der Erde entsprießen) und 1. Januar 1627 zieht das erste von 80 Büchern, die er, auch wenn er den Betrieb längst schon wird verkauft haben müssen, zu betreuen nicht ansteht, hinaus in die Welt. Der eigene Erstling ספר פני רבה (sephär pᵉne rabah) erscheint da 1628, keine 80 Seiten, ein Fleißwerk, das die Tanach-Passus im Midrasch angibt, von der Kritik hochgelobt — und schon dafür müssen die Kosten Menassehs portugiesischer Arztfreund Ephraim Ezechiel Bueno und Schwager Jonas Abrabanel tragen. 1631 folgt ein unvokalisierter Tanach in Oktav. Aus ספר פני רבה aber erwächst das vierteilige ›Schiedsrichter‹-Werk, der ›Conciliador o de la conveniencia de los lugares de la S. Escriptura, que repugnantes entre si parecen‹ : 1632 der erste Band (dezent irreführend ›Francofurti‹) — eine jüdische Version von Abaelards ›Sic et non‹. 1634–1636 vertreibt Menasseh sich die Zeit mit dem Abfassen lateinischer Traktate über Tod, Schöpfung, Auferstehung und einer editio nova des Tanach, nunpunktiert und in Quart, die ›Biblia hebraica, eleganti charactere impressa‹, 1641 dann ›Segunda parte‹ des Conciliador, ›Tercera parte‹ 1650 und ›Quarta y ultima parte‹ 1651 — das Werk ist vollendet auf gut tausend Seiten, quart und spanisch.

Buchdrucken heißt : in Armut leben. Talentiert sein : Ärger kriegen. Leere Familienmägen und Streit mit den Vorstehern der Gemeinde lassen Menasseh schon 1638 wünschen, seinem Stiefbruder nach Brasilien zu folgen. Zuletzt hält ihn allein Zuwendung der Brüder La Peyrère davon ab. La Peyrère — nicht nur geldlichen Einflusses auf Menasseh, besonders :

gehabt haben, als Schlesien dran war (lacht) *Kleiner Scherz. Zur Auflockerung. Frankenberg lebte 1593 bis 1652. Und das Komische ist: der alte Schlesier starb an seinem Geburtstag, aber das*

Isaac de la Peyrère. Der kam 1596 in Bordeaux als maranischer Calvinist mit Hang zu Komödie und Kurzweil zur Welt und handelte sich zum 30. Geburtstag eine erste Anklage wegen Atheismus ein, erreichte aber keine Verurteilung. 1640 wird er Sekretär des Obernebenbourbonen, des Prinzen von Condé, treibt sich in Paris rum (→ ›Libertinage érudit‹) und gibt nun Komik auch zu Papier. Richelieu wird was von Prä-Adamiten und Messias zugetragen und ist **sehr** dagegen, Peyrère streicht den Prä-Adam und darf 1643 in ›Du Rappel des Juifs‹, ›Rückruf der Juden‹, Gottes spaßigen Heilplan nachzeichnen : erst erwählt, dann verworfen, dann wiedererwählt, soll der Jude jetzt wieder ruhig im Heiligen Land wohnen. Da er aber noch zerstreut ist und eines Königs, der die Heimkehr leiten könnte, entbehrt, muß ein anderer König ran, und da hats doch Hohelied 7,13 eine Lilie? — das Wappen der Bourbonen! Alle Juden werden also demnächst von überallher nach Frankreich pilgern, dort Christus erkennen und fröhlich singend die Muslime aus Palästina wegkämpfen. Christus aber in die Juden reinzupredigen, mache mans ihnen nicht unnötig schwer, drangsaliere sie nicht, sondern erzähle ihnen ein Christentum-Light, etwa auf dem Stand der Apostelgeschichte.

Prä-Adamiten aber darf Peyrère nicht. Wo sie ihm doch so lieb sind. Aber heimliche Notizen, die verbietet niemand. Also macht er sie und werden es immer mehr. Und derweil er für den Prinzen Diplomatie in Holland und Skandinavien treibt und ihm brav harmlose Berichte widmet (1644 die ›Relation de l'Islande‹ — 1663 gedruckt — und 1647 die ›Relation du Groenland‹), beratscht er mit Dänemarks Reichsantiquar und Runensammler Olaf Wurm die Herkunft der Indianer und Eskimos und liest unter der Bettdecke die Vorzeit-Chronologien des Altphilologen Claude de Saumaise. 1654 lebt Peyrère im spanisch-katholischen Brüssel bei der warmabgedankten Königin Christina, die im Schloß des Erzherzogs Leopold wohnt und grad im Begriff ist, heimlich katholisch zu werden (→ 24. Dezember 1654 — ihr neuer Tauf- und Kampfname : ›Alexandra‹). Peyrère holt Menasseh hinzu und trägt beiden Neues von den Prä-Adamiten vor, Christina jubelt, will den Druck finanzieren, Menasseh — lang schon Isaacs Messianismus und Prä-Adamitentum zugetan — aber ists zu heiß. Er reist mit Peyrère zurück nach Amsterdam, aufs Gebiet der Republik, rät noch, das Manuskript, da es nirgendwo sicher sei, stets am Leib zu tragen … zu spät : schon ist Isaac in einer Stube voll wilder, allgeiler Verleger — Johannes Janssonius siegt, reißt die Prä-Adamiten an sich und druckt 1655 ›Prae-Adamitae, sive exercitatio super versibus 12°, 13° et 14° capitis V epistulae D. Pauli ad Romanos, quibus inducuntur primi homines ante Adamum conditi‹. Anonym. Und gleich noch Peyrères ›Systema theologicum ex Praeadamitarum hypothesi‹ mit.

Peyrères Trick : er legt Genesis 1–11 neben Römer 5,12–14. Paulus plaudert da von der Sünde, die durch **einen** Menschen in die Welt gekommen sei und Sold und Tod und davon, daß der Tod von Adam bis Mose auch über die, die nicht wie Adam gesündigt hatten — ἐπὶ τοὺς μὴ ἁμαρτήσαντας ἐπὶ τῷ ὁμοιώματι τῆς παραβάσεως Ἀδὰμ — geherrscht habe. Wer sind denn die? Menschen vor oder neben Adam! Schon verpuffen die Probleme! Der Inzest ist aus der Welt, klar wird, vor wem sich Kain Genesis 4,14 fürchtet, sogar Lilith, im Midrasch Adams erste Gattin, hat nun Platz. Und zu haben ist das alles um den billigen Preis, daß der Tanach nur die jüdische Extrawurst darstellt — und vorher noch die allgemeine Schöpfung der Restwelt stattgefunden hat.

Fünf Auflagen entfahren der Presse — Jean de Wachtendonck, Bischof von Namur, holt ein Gutachten ein, das fällt ungünstig aus, 26. November 1655 werden die Prä-Adamiten verboten, in Paris brennen Peyrères Bücher, erboste Seelen schreiben dutzende Widerlegungen, Peyrère selbst soll widerlegt, verbrannt werden — und weilt leichtsinnig Februar 1656 in Brüssel : »Dreyßig bewaffnete Mann drangen mit Gewalt in seine Kammer, und bemächtigten sich seiner Person; dann führten sie ihn endlich durch lange und verschiedene Umwege der Straßen zu Brüssel, und warfen ihn endlich, und zwar mit Genehmhaltung des Erzherzogs Leopold, in den Thurm zu Turemberg. Man sagte zu ihm, daß dieses auf Befehl des Großvicarius des Erzbischofs von Mecheln geschehe« — so Pierre Guillebaud 1664 brühwarm in der zweiten Auflage der ›Éphémérides, ou journal chronologique et historique‹.

Widerruf ? Reicht nicht. Will auch keiner hörn. Peyrères Dienstherr ist seit 1646 ein neuer

darf bei einem approbierten Mystiker vielleicht nicht wirklich wundernehmen. Das ist aber noch nicht alles : er war Intimus, Biograph und Herausgeber der Werke Jakob Böhmes. Gut bekannt

---

Prinz, Louis II., ›le grand Condé‹, Jesuitenzögling und Frondeur, selbst grad ein Jahr inhaftiert gewesen — der gibt jetzt, in absentiae zum Tode verurteilt und aus dem spanischen Exil, gute Tips, und auch Christina rät, als obs von je ihr Plan gewesen wär, Peyrère Konversion an. 17. Januar 1657 erreicht Peyrère Rom, Alex VII. ruft »Laßt Uns den Menschen vor Adam umarmen«, besteht aber fürs Publikum auf Kniefall und offizieller Abbitte. Die geschieht am 11. März, lachend bekennt Peyrère, die Calvinisten seiens schuld, die läsen die Bibel so vernünftig, und vernünftig sei's ja, was er geschrieben hab — und unbedingt widerrufenswert. Da lacht auch der Papst. 1658 schreibt Peyrère die ›Lettre de la Peyrère à Philotime‹ und ersetzt darin den ›Louis‹ aus dem ›Rappel‹ durch den neuen Freund Alex. Und bei Alex und Christina in Rom soll er auch bleiben, wird aber 1659 Bibliothekar seines amnestierten Prinzen, tritt den seit zehn Jahren redenden Oratoriern bei und versucht ab 1661 fortgesetzt und erfolglos in Broschüren, dem Hochadel die Vorzüge des Katholizismus nahzulegen. 1665 schlüpft er anläßlich seines Lebensabends ganz ins Kloster und feilt die Prä-Adamiten aus. Man mag Peyrère dort, er ist freundlich, wenn auch nicht fromm. Als es 1676 ans Sterben geht, widerruft er nochmal lachend und hinterläßt stark verbesserte Prä-Adamiten. Fünf Minuten später schon aber verbrennen seine Confratres den Kram und lachen auch.

Unmöglich, daß Isaac je Menasseh 1638 nach Brasilien hätte lassen können! Isaac und sein Bruder Abraham, der eigene Studien über die Eitelkeit der Welt Menasseh widmet, sanieren ihren jüdischen Freund endgültig 1642 : sie stiften eine Talmudschule und bestellen ihn zu deren salarierten Chef. Menasseh also bleibt und dankt es mit einem Essay über die Zerbrechlichkeit des Menschen. Und dann geht eine herrliche Bestätigung der gemeinsamen Überzeugungen 1644 in Amsterdam von Bord : Aron Levi oder Antonio de Montezinos (nicht zu verwechseln mit dem gleichnamigen Dominikaner, der sich um 1510 zu einem Indiofreund und Ankläger des Betragens der Spanier gemausert hatte), ein Marane, 1604 in Villaflor geboren. Sechs Monate erzählt Levi, sechs Monate hören ihm und seinen feierlichen Schwüren, alles, was er erzähle, sei wahr und heilsgeschichtlich bedeutsam, alle, besonders Menasseh, zu.

Levi hatte sich mit der Inquisition überworfen und Europa verlassen. 1641 summte er als Flüchtling durch Peru. Manchmal aber meinte er, spanierbärtige Wilde ins Unterholz tauchen zu sehen. Als er aber in Cartagena war, setzte ihn ein brandneuer Außenposten Torquemadas fest und betete Levi »Gelobt sei der Name Adonais, der mich nicht schuf als Götzendiener, Barbar, Neger. Oder Indio« und da schenkte der HErr ihm den Gedanken *Die Indios, die sich ins Gehölz wegducken, sind wirklich und sie sind Juden* und durch ein Wunder noch die Freiheit dazu, daß Levi sich bezüglich der Indios vergewissern könne. Levi floh 500 Kilometer über die Zentralkordilleren nach Honda an den Rio Magdalena und traf dort den Indio-Häuptling Francisco, der um Arbeit anstand. Dem vertraute er an, er hieße gar nicht Montezino, sondern sei Jude und Aron Levi, da freute sich Francisco und nahm Levi mit auf einen Fußmarsch den Rio Magdalena quellhin. Das war an einem Montag. Und siehe, den Montag darauf — denn der Marsch sollte eine Woche dauern — sprang ein Kanu mit drei braungebrannten Männern und einer Dame aus dem Busch, und die Dame redete mit Francisco, Levi verstands aber nicht, dann umarmten sich alle und die Buschmänner sprachen das Sch^ema : *Hallo! wārī' š^ema'. jiśrā'el j^ehwāh 'ālohenu j^ehwāh 'āḥād* (ישראל יהוה אלהינו יהוה אחד הלו : בריא : שמע — Hallo! Satt [wohlgenährt]! Höre, Israel : Jahwe, unser Gott, ist **ein** Jahwe). Was sie **dann** sagten, sagten sie in drei Tagen, denn sie sagtens Spanisch und es war wichtig und sie ließen keinesfalls Francisco für sich tun und konnten doch kein Spanisch, aber lerntens auch nicht sehr — denn für und für karrte das Kanu neue Sprecher heran und tauschte die ein gegen die, die schon ein Wort gewürgt, daß in den drei Tagen wohl an die 300 Leute Spanischbrocken gebrochen hatten, und zwar summula : sie kämen von »Abraham, Isaak, Jakob, Israel und Ruben« her, trügen das Haar teils lang, teils kurz, seien wohlgewachsen, guter Füße und Zähne und man könne bei ihnen wohnen, müsse aber nicht, denn ohnehin brächen sie bald auf, ums der Welt zu zeigen. Dann würden sie alle reden. Eines Tages werde er sie sehen und werde sie aber nicht kennen. Sie alle seien Brüder. Auch käm ein Bote und er,

ebenfalls mit Angelius Silesius : künftigen Forschergenerationen mag es vorbehalten bleiben zu entscheiden, ob das A. S. im Untertitel aufzuschlüsseln ist nach ›Angelius Silesius‹ … (Detlef winkt ab und verschwindet)

Levi, könne jetzt gehen, sendete aber besser zwölf schreibkundige Bartmänner. Mehr sagten sie nicht. War ja auch schon Donnerstagabend. Da schlich Levi zum Kanu, um überzusetzen, aber seine Brüder littens nicht und kriegten schlechte Laune und Levi noch Proviant und Francisco erklärte auf dem Rückweg : *Als meine tartarischen Indioahnen über die Beringstraße hierher kamen, waren deine Brüder schon da. Wir wollten sie bedrücken, sie aber wichen aus in die Kordilleren. Da wir ihnen aber Kummer machten, ist es nur gerecht, wenn jetzt die Spanier uns mißhandeln. Euer Gott ist der wahre und deine Brüder werden am Ende der Zeiten Herren sein über alle Völker der Welt. Schon bald werden sie hervorkommen, uns von den spanischen Peinigern befreien, so wie sie dann auch euch in Europa befreien und sich des Erdkreises bemächtigen werden, der von je ihr Erbe war. Zu sprechen sind sie im Moment nur für Kaziken, die wenigstens 300 Monate alt sind — und auch das nur alle 70 Monde. Wenn aber Ausnahme ist, dürfen wir extra. Ausnahmen gabs bisher aber nur zwei : die Ankunft der Spanier und deine — alles wie prophezeit. Auch sind unsre Gesetze von ihnen : wir beschneiden uns, zerreißen unsre Kleider, halten ewiges Feuer auf den Altären, stoßen Wöchnerinnen aus dem Tempel, feiern alle 50 Jahre ein 50-Jahres-Fest, achten sabbats streng, daß wir feiern, kennen Polygamie, Schöpfung und Sintflut.*

So wars gewesen. Schwört Levi noch auf dem Totenbett, das er kurz darauf benutzt. Menasseh aber macht erstmal was sehr Gutes, einen Ratgeber für dem Judentum zurückgewonnene Marane nämlich, den ›Thesouro dos Dinim que o povo de Israel he obrigado saber e observar‹ (1645–47) und verarbeitet erst dann mit voller Wucht Levis Rapport und läßt 1650 Sohnemann auf 126 Seiten herausgeben : ›מקוה ישראל [miqweh jiśrā'el] Esto es, Esperança de Israel, trata del admirable esparzimiemto de los diez tribus, y su infalible reduccion con los demas, a la patria : con muchos puntos, y Historias curiosas, y declaracion de varias Prophecias, por el Author rectamente interpretadas / obra con suma curiosidad compuesta por Menasseh Ben Israel‹ — 1650 auch englisch, ›The hope of Israel‹ — dediziert »to the Parliament, the Supreme Court of England, and the Right Honourable the Council of State«, den Instanzen, die über die Wiederzulassung der in England seit 1290 verbotenen Juden zu befinden hätten.

Zweierlei strömt in der ›Esperança‹ zusammen : die nie beendet gewesene Suche nach den verlorenen Stämmen Ruben, Simon, Dan, Naphtali, Gad, Ascher, Isachar, Sebulon, Ephraim und Menasseh — und das Kommen des Messias. Juden und Christen sind in den Bedingungen der Endzeit, der sie entgegenzuhasten wünschen, vereint : Christen brauchen fürs Weltende die Bekehrung aller Juden, Juden für die Messiasankunft die Reunion aller Stämme. Es genügt nicht, daß Juda und Benjamin über die Welt zerstreut sind : die antidavidischen Jerobeam-Dissidenten, die 722 v. u. Z. verschleppt worden waren und geschafft haben, was man nur schaffen kann, nämlich Literatur geworden waren und abwesend präsenter als sie anwesend in Palästina je es gewesen wären, müssen wieder her, sich anständig verstreuen und dann wieder sammeln. Khorasan, Jemen, China, Medien, Äthiopien — wo eigentlich nicht waren sie vermutet worden? und jetzt kommt Amerika hinzu. Menasseh sammelt alle bekannten Quellen über unbesiegte, bärtige Indioschatten im Wald, die vor Levi schon zu tröpfeln begonnen hatten : der Eldoradosucher Felipe de Utré (Philipp von Hutten) sichtet kurz vor seiner Ermordung Höhe Caracas dichtbevölkerte Städte; Juan de Castellanos, Dichtervikar in Nueva Pamplona tut das, ohne ermordet zu werden, auch; Lope de Aguirre sieht zu beiden Ufern des Rio Marañon Gehöfte und weiße Villen und traut sich nicht an Land (gehenkt wird er doch); Gaspar de Bergara erfährt, knapp bevor der Marañon sich als Quelle des Amazonas erweist, von Indios, Tage unweit dort lebe ein Volk, hoch, weiß und bärtig; Diego de Landa (→ Hinter Büchern, Die Kampflesben) erzählt den Mayas nach, wie das Land einst bevölkert wurde von Ablegern einer Rasse aus Ost; Gregório Garcia weiß 1607 in ›Origen de los Indios de el Nuevo Mundo, e Indias Occidentales, averiguado con discurso de opiniones‹ gar den etymologischen Beleg : ›Yucatán‹ käme von ›jāqṭān‹ (Genesis 10,25–29 יקטן) — nicht schlecht, Herr Specht. Aber gehts nicht auch richtig biblisch? Fast. IV. Buch Esra!

Ist es schlimm, wenn ein nachchristlicher Text sich 600 Jahr älter lügt und hauptsächlich

ARZT 1 (lauscht ergriffen und flüstert) : *Hast du überhaupt Geld dabei?*

ARZT 2 (lauscht auch ergriffen und flüstert auch) : *Wieso? Ärzteausweis reicht nicht?*

(Nummernmädchen tippelt hin und her und knicksend über die Bühne)

Sahidisch und Georgisch überliefert ist? An sich nicht. Auch wenn Luther schwankt, in den Tischreden noch befindet, »Tertium Esdrae werff ich in die Elbe. quarto sunt somnia Esdrae, die sind schön, und sind auch sonst gute böslin [Pösslein] drinnen«, aber dann in der ›Vorrede auff den Baruch‹ andere Rechenschaft vom Korsett gibt, das er seinen lieben Deutschen schnürt : »SEER GERINGE IST DIS BUCH ... Das ich gar nahe / jn hette mit dem dritten vnd vierden buche Esra lassen hin streichen. DEnn die selben zwey bücher Esra / haben wir schlechts nicht wollen verdeudschen / weil so gar nichts drinnen ist / das man nicht viel besser in Esopo / oder noch geringern Büchern kan finden. On das im vierden Buch dazu eitel Trewme sind / wie Hieronymus zwar selbs sagt / vnd Lyra nicht hat wollen auslegen / Dazu im Griechischen nicht funden werden. Es sol vnd mag sie sonst verdolmetschen wer da wil / Doch in dieser Bücher zal nicht mengen. Baruch lassen wir mit lauffen vnter diesem Hauffen / weil er wider die Abgötterey so hart schreibet / vnd Moses gesetz furhelt«. Da springt also IV. Esra der Messias aus dem Meer, faucht feindliche Heere mit Feuerbrodem tot, schart Friedenskrieger um sich und nimmt sich der zehn Stämme an, 13,40–47, »die als Gefangene weggeführt werden ihr eigenen Land heraus zur Zeit des Königs Hosea, den Salmanassar, der König von Assyrien, in Gefangenschaft hat weggeführt, und er führte ihnen über den Wassern, so daß sie in ein anderes Land kamen. Aber sie beratschlagten mit einander, daß sie die Menge der Heiden würden verlassen, und aufmarschieren nach ein weit entferntes Land, wo noch kein Mensch gewohnt hat, und daß sie ihren Rechten möchten halten, die sie nie in ihr eigenes Land gehalten hatten. Und sie gingen den Fluß den Eufrat an engen Stellen ein. Denn der Allerhöchste verrichtete Wunderzeichen für sie, und Er halte die Strömung des Flusses auf, bis sie durch gezogen waren. Denn es war eine lange Wanderung um zu jenes Land zu gehen, namentlich anderthalb Jahre, und diese Gegend wird Arsareth genannt. Und dort haben sie sich bis zu einer späteren Zeit aufgehalten; und wann sie wieder werden zurückkehren, dann wird der Allerhöchste die Quellen des Flusses wieder aufhalten, damit sie durchziehen können«. Und ›Arsareth‹ ... klingt doch verdammt nach ›Amerika‹.

Meint schon 1540 ein Doctór Roldán. Und meint weiter aus ärztlicher Sicht, alle Indios liefen so dreckig rum, wie sie nun mal rumliefen, als Strafe Gottes für Abtrunn im Nordreich einst, jahwelos torkelten sie in Schlamm und Schismen umher und schlachteten einander, grad noch, daß sie nicht vergäßen, einander zu beschneiden und nach Patriarchenart der guten Vielehe zu pflegen : höchster Ausdruck aber ihrer aktuellen Verworfenheit sei, daß sie einander aufäßen, fast, wie Micha einst 3,2–3 verhieß (»Aber ihr hasset das Gute und liebet das Arge; ihr schindet ihnen die Haut ab und das Fleisch von ihren Beinen und fresset das Fleisch meines Volks; und wenn ihr ihnen die Haut abgezogen habt, zerbrecht ihr ihnen auch die Beine und zerleget es wie in einen Topf und wie Fleisch in einen Kessel«) — und das verdorbene Hebräisch, das sie sprächen, denn sie kannten kein Dagesch lene mehr, den diakritischen Punkt, der aus friktiven Konsonanten plosive macht, und sagten etwa בריא (wāri'), wenn sie בּריא (bāri' — vom Erz- und Schöpferverb ברא, → Genesis 1,1) meinten — bald aber sei gut und Platz wieder für Mitleid und sie würden alle gute Katholiken werden und hingegen würden die dumm gucken, die den lieben Indioisraeliten dann noch ein Leids täten. Aztekenkenner und Dominikaner Diego Durán stimmt 1580 in der ›Historia de las Indias de Nueva España y Islas de Tierra Firme‹ mit ein und sagt, daß dann die Conquista, das Gericht Gottes an den zehn Stämmen, ein Ende habe — noch aber hätte die Armee Gottes gut zu tun. Auch Europas Theologen hauen in die Kerbe, Joannes Fredericus Lumnius (›De Extremo Dei Judicio et indorum vocatione‹) und Gilbert Génébrard (›Chronographia in duos libros distincta. Prior est de rebus veteris populi, posterior recentes historias, praesertimque ecclesiasticas complecitur‹) fügen beide Roldáns hygienischem Beweis der Deszendenz 1567 einen charakterlichen hinzu : Jude wie Indio sei furchtsam, lügnerisch, passiv, undankbar und nächstenlieblos — erst aber dem Franziskaner Pedro Simón gelingts, diesen empirischen Befund in die schwindelndsten Höhen der Bibelkunde zu heben, 1627 in den ›Noticias Historiales‹ legt Simón den Jakobsegen Genesis 49 aus und kommt zum Schluß,

SARTORIUS : … *von den übrigen Werken Frankenbergs hervorzuheben ›Mir nach! oder eine ernstliche und treuherzige vermahnung an alle Christliche gemeine zu heiligem und gottseligem wandel in der fürbilde und der Nachfolge Jesu Christi‹ und, damals ein großer Knüller : ›Nosce*

---

der Indio sei vom Stamme Isachar, des Sohnes Leas (die sich Genesis 30,18 gelegentlich ihrer Niederkunft auch artig bedankt : »›Gott hat mir gelohnt, daß ich meine Magd meinem Mann gegeben habe‹. Und sie nannte ihn Isachar« — von שכר śāchar, dingen, mieten), denn die Verse 14 und 15 heißts : »Isachar ist ein knochiger Esel lagernd in seinem Pferch. Er sieht, wie die Ruhe so schön ist, und wie so freundlich das Land; da neigt er die Schulter als Träger und wird zum fronenden Knecht«. Dazu paßt das Detail, das Simón selbst in Kolumbien an kleinen Eingeborenen beobachten konnte : »Die Kinder, die noch kaum gehen können, werfen sich schon zu Boden und haben tausend Launen, wenn man ihnen nichts auf die Schultern lädt«.

Aber so ists ja nun auch nicht. Levi bezeugt doch : die Amerikaner, die Juden sind — die Pioniere — leben verborgen, der gewöhnliche Indio aber ist nachgewandert. Und schon Menassehs delfter Freund Hugo Grotius, berühmt durch seine Flucht 1621, als er sich in eine ›Theologicae‹ beschriftete Bücherkiste zwängt und aus Festungshaft tragen ließ, hatte 1640, in Paris Ambassadeur der Schwedenlesbe, angenommen, daß die Indianer Perus chinesischer, die Yucatáns äthiopischer und die Nordamerikas norwegischer Abstammung seien. Menasseh kann sich Evidenzen nicht verschließen, wägt alle Umstände ab, differenziert noch ein bißchen und gelangt zum unausweichlichen Schluß : die Indios setzen sich aus Tartaren, Karthagern, Indern, Chinesen und Norwegern zusammen, wanderten einst über Beringstraße, Azoren und Grönland nach Südamerika ein und trafen dort auf die Söhne Israels.

Wie aber solls enden? Menasseh hat so eine Ahnung : die zehn Stämme werden, geführt von Prinzmessias ben Joseph, sich von überallher in Assyrien und Alexandria sammeln, zum Stoß gegen Jerusalem ansetzen, ben Joseph aber fällt dann im Endkrieg gegen Gog und Magog, was dem ultimativen Messias ben David jedoch nur Stichwort sein wird, zu erscheinen und ewig übers Ganzdutzend Stämme zu herrschen. Aber : erst richtig überallhin verstreuen, wie Deuteronomium 4,27 zugesagt : »Und der HErr wird euch zerstreuen unter die Völker; und werdet ein geringer Pöbel übrig sein unter den Heiden, dahin euch der HErr treiben wird« — und nicht gebündelt auf einem Haufen in den Kordilleren sitzen und in England gar nicht. Aber wann? Weiß niemand. Gott hat sich den Termin vorbehalten und wer's untersucht, verschwendet Zeit. Das zeigt schon das ם in Jesaia 9,6, das wider alles Regelwerk als Mem finale ם (und nicht מ) inmitten לםר בה erscheint : mitten im Beteuern, daß bald der Friedensfürst eintrifft — ›stummer Protest‹, würde der hebräische Buchstabe sagen, Menasseh aber : um die Dunkelheit des Datums zu betonen. Was bleibt Menasseh, als zur Weiterverdunkelung 1651 eine alle Kabbalaregister ziehende Denkschrift, das ספר נשמת חיים ›Sephär nišmat ḥajim‹, ›Lebendiger Atem‹ zu schreiben und darin das von aschkenasischen Meistern perfektionierte Seelenwanderungskonzept Gilgul nešamot (גלגול הנשמות, Kreislauf der Seelen) zu erhellen? Nur noch 1655 die 259 Seiten ›אבן יקרה [’äwän jeqārā — der edle Stein] — La piedra gloriosa o de la estatua de Nebuchadnesar con muchas y diversas authoridades de la S. S. y antiguos sabios‹, eine mit vier Rembrandt-Radierungen illustrierte Ausdeutung des Buches ›Daniel‹, in der Menasseh weidlich die allem Weissagen eigene gummöse Vagheit nutzt, ein Update der vier Bedrückerkönigreiche (→ neu dabei : Spanien) vorzunehmen.

1655 dann auch empfängt Cromwell Menasseh. Cromwell ist dem Gedanken, daß die Juden sich auch endlich wieder in England verstreuen, gewogen (→ Schutzcharta 1664) : Juden sind fleißig, Ökonomie und Eschatologie gehen einander widersprechend ein Stück Wegs gemeinsam. Während aber Menasseh in London ist und seine letzte Schrift, die den Widerstand britischer Papisten aus dem Weg räumen soll, vorbereitet (›Vindiciae Judaeorum‹ 1656), schwirrt 27. Juli 1655 in Amsterdam ein Pfeil wider ihn : die jüdische Gemeinde exkommuniziert Menassehs 23jährigen Schüler Baruch Spinoza — ein Exemplar von Peyrères ›Prae-Adamitae‹, mit Lesespuren — Fingerflecken, Eselsohren, schiefgelesenem Rücken — war in Spinozas Wäscheschrank, feig verborgen unter sorgsam gefalteten Hemden, entdeckt

te ipsum, oder gründl. durchsuchung u. eigentliche nachforschung, wie der mensch in scharffer anatom. betrachtung (Nummernmädchen schabt einen Träger seines Tops von der

---

worden. Menasseh eilt in die Niederlande zurück, nach Middelburg, will dort die Leiche seines 20jährigen Sohnes Samuel einpacken und nach Amsterdam überführen und dann dort alles retten — stirbt aber selbst. Nichtmal mehr in den Genuß der Pension von jährlich 100 £ Sterling, die Cromwell ihm ausgesetzt hat, kommt er.

Als ob alles an Menasseh gehangen hätte : mit seinem Tod dünnt die euphorisch-apokalyptische Laune aus. 1656 erscheinen die Prä-Adamiten zwar noch als ›Men before Adam‹ in London und gründen Bueno und Abraham de La Peyrère den wissenschaftlichen Verein ›Or Torah‹ : aber die Juden kommen nicht so recht aus dem Busch und den Conquistadores reichts. Immer schon hatte es, wenn ein Glücksritter überhaupt vom Judentum der Indios ausging, etwas Gezwungenes und war anders als in England von Antisemitismus getragen. Söldner neigen zu bündigen Auffassungen, Söldner Gottes sowieso — und bündiger, als anzunehmen, jeder Indio, ohne Ansehen der Person, sei ein Dämon und Tartarenteufel, gehts wohl nicht. Ja, dem seinen zehn Stämmen heraneilenden Messias gehören eigentlich Knüppel zwischen die Beine geworfen, besonders, da Nordamerikas Indianer seit 1675 Krieg suchen ... — und wenn irgendein Missionar ein Armageddon will, kann er da ja zugucken und seinen kleinen Irrtum bekennen : die Indios sind Gog und Magog — wenn nur jedes Lager das eigene Plündern in die Heilsgeschichte gebettet weiß. Und Trommler ist so großer Figuren wie Jakob Lorber (→ Hinter Büchern, Der Jacobi-Nachlaß) und Joseph Smith.

Menasseh aber schenkt als Zeichen seiner Freundschaft Frankenberg — »inter alios viros nobilitate et doctrina insignes, qui ad manum jam sunt, en ex Silesia habemus Abrahamum a Franckenberg« — ein Selbstporträt, das Emblem seiner Druckerei : ein fackeltragender Wanderer, umrundet von ›נר־לרגלי דברך‹ (n^{e}r-l^{e}ragli d^{e}wārāchā, Dein Wort ist eine Lampe meinen Füßen — Psalm 119,105) und Abraham liebt fortan die Niederlande und gibt in Amsterdam 1631 bei Heinrichs einen Auszug aus des höchsterleuchteten Taulers Schriften heraus.

Hebräische Studien sind in Oels traditionell : Juden sind 1329 schon belegt, hundert Jahre später bauen sie eine Synagoge, 1500 haben sie eine Druckerei und drucken. Erst 1530 bieten Reformatoren ihnen die Stirn, jagen sie davon und widmen die Synagoge zu einer Pulverkammer erst, dann zu einer Kirche um. Gott aber, der Herr, schickt 1535 einen Wirbelwind, der viele Oelser mäht, da die Juden nicht alle getötet worden waren. Und hat ein Elephantengedächtnis und tut ein Centenar später noch was drauf : 1634 läßt er züchtigende Schweden durch Oels und die Pest fröhlich gleich durch ganz Schlesien ziehen. Alles flüchtet, nur Abraham, der seit Böhmes Tod zehn Jahre still auf Ludwigsdorf gehockt und 1633 das Vatererbe angetreten und seinem kleinen Bruder Balthasar die Verwaltung des irdischen Besitzes übertragen hatte, daß ihm selbst der Rücken frei wär für Forschungen, bleibt bei den Siechen, verfolgt sie mit selbstgemachter Arznei und begräbt sie ohne Beichte und Abendmahl, achtet er doch in Schwenckfeld-Nachfolge die Sakramente für nichts. In der 38seitigen ›Copia christ-eiferigen Klage-Schreibens : Vber vnd wieder den Greuwel der Verwüstung‹ (Amsterdam 1658) spricht er sich scharf gegen die Greuel der Verwüstung aus, ist aber auch sofort mit der 46seitigen antipestischen ›Eröffnete allgemeine Aretzneu oder Heylealischer Licht- und Lebensbalsam wieder alle innerliche Kranckheiten, Gebrechen und Beschwerden des menschlichen Leibes‹ (1708) erstversorgend zur Stelle. 1636 aber nimmt ihn ein Schicksal mit, das in Königsberg endgültig am 11. Oktober vollendet und supprimiert wird : Johann Albrecht Adelgreif, unehelicher Sohn eines elbinger Pastors, der fließend die Sprachen der Hebräer, Griechen, Römer, Polen, Litauer und Böhmen spricht und von sieben Engeln aufgetragen bekommen hat, leibhaftig Gottvater auf Erden vorzustellen, von derselben alles Böse abzutilgen und die weltliche Obrigkeit mit eisernen Ruten zu peitschen (»Wir, Johann Albrecht Adelgreif, Syrdos, Amada, Canamata, Kikis, Schmalkilimundis, Elioris, Über=Ertz=Hoherpriester, Keyser, des Heil. Göttlichen Reichs König, der gantzen Welt Friede=Fürst, Richter der Lebendigen und der Todten, GOtt und Vater, in dessen Herrlichkeit Christus kommen soll zum jüngsten Gericht, Herr aller Herren und König aller Könige«), wird verhaftet, als er prahlt, in Siebenbürgen wegen Ehebruchs des Scharfrichters Staupbesen appliziert bekommen und viele Zeichen in der Luft getan

Schulter) *sich selbst als das edelste u. nach dem ebenbild GOttes erschaffene geschöpff sich selbst erkennen lernen solle u. müsse u. wie er sich in dreyerlei stand wol zu prüfen habe‹*

---

und des Lasters der Zauberei sich ergeben zu haben. Das Urteil stimmt Adelgraf heiter : die Zunge dem Hals entreißen, köpfen, verbrennen : »weil es nicht anders geschehn kann, müssen Wir es geschehen lassen«, am dritten Tage aber will er aus der Asche auferstehen. Nachdem zu seiner Bekehrung alle nur ersinnliche Mühe verwandt und er auch begnadigt worden war, seine Zunge behalten zu dürfen, wollte aber auch seine Auferstehung durchaus nicht geschehen (→ Hugo Ball, ›Sieben schizophrene Sonette‹, I. ›Der grüne König‹ : »Wir, Johann, Amadeus Adelgreif / Fürst von Saprunt und beiderlei Smeraldis / Erzkaiser über allen Unterschleif / Und Obersäckelmeister vom Schmalkaldis / Erheben unsern grimmen Löwenschweif / Und dekretieren vor den leeren Saldis : / ›Ihr Räuberhorden, eure Zeit ist reif / Die Hahnenfeder ab, ihr Garibaldis / Man sammle alle Blätter unserer Wälder / Und stanze Gold daraus, soviel man mag / Das ausgedehnte Land braucht neue Gelder / Und eine Hungersnot liegt klar am Tag / Sofort versehe man die Schatzbehälter / Mit Blattgold aus dem nächsten Buchenschlag‹«). Frankenberg tröstet sich mit einer Meditation über die geradezu böhmesche Wortkette ›Gott-Koth-Brod-Goldt‹, und da winkt auch schon das Jahr 1637, da wird vordringlich die ›Via veterum sapientum‹ (Amsterdam 1675), eine Erfindung des imperativischen Lebensbaum-Ypsilons

leide Y meide
streite

und, solang die Erinnerung noch trägt, eine kurze Böhme-Biographie. 8. Februar 1638 beendet Frankenberg die Niederschrift des ›Raphael‹, darin er ganz obenauf ist und Krankheit, die nichts ist als Satans erfolgreiche Intoxikation der Mumiam, des Geistleibes, die die natürliche Mumiamfeuchtigkeit faulig werden läßt, gleich auf drei Wegen heilen kann : medikamentös (→ Wein, Öl), hellseherisch (→ kabbalistisch-christliche Worte) und per Magie (→ Anschauen der ehernen Schlange) — und wenn gar nichts hilft : der Stein der Weisen. Aber Frankenberg ruht auf diesem Erfolg nicht aus, er eilt fort, trennt eben noch »kurz«, »gründlich« und »endlich« das wahre vom falschen Christentum und gibt eine ›Warnung für den Betrug der menschlichen Vernunft in geistlichen Sachen‹ aus und 1639 das schwungvolle ›Mir nach !‹ (Amsterdam 1675). Öffentlich wirksam aber wird er 1639 allein durch die Herausgabe von Böhmes ›Bedencken vber Esaiae Stiefels Büchlein‹. Böhmeverliebtheit ... und war da nicht auch noch die Mißachtung der Sakramente? Genug! Dem orthodoxen oelser Hofprediger Seidel stößts auf. Der feindet Frankenberg jetzt an. Aber sind bis auf Stiefel und Gräfin Erdmut Juliana von Gleichen und Ohrdruf nicht alle gegen Stiefel?!

Esaias Stiefel (~ 1560–1627), ein Fanaticus aus Langensalza, Fischhändler und Weinschenk. Die Kneipe macht die Stadt ihm dicht. Da schickt Stiefel seine Kinder nicht mehr zur Schule, liest Thomas Münzer, bringt gar dessen Vulgata an sich und meint ab April 1605, er sei Jesus. Das interessiert. Besonders Kaiphas' Erben. Das leipziger Konsistorium läßt Stiefel 9. August 1605 verhaften. Und wieder frei. Man findets zwar nicht schön, daß ausgerechnet das jetzt Jesus sein soll, aber egal : wenn er's nie wieder sagt, daß er Jesus ist (→ Messiasgeheimnis), darf er gehn. Stiefel nutzt die Gelegenheit, in Gispersleben nun auch andere glauben zu machen, daß er Jesus ist, und Jesus als Schwenckfeldianer verwirft alles außer sich und weil alles, was jetzt bei ihm ist, schon ewiges Leben hat, brauchts auch kein anderes ewiges Leben, keine Auferstehung und ein Jenseits schon gar nicht und Gelehrtsein is fürn Arsch. Das ärgert die gelehrten Konsistorialen, und sie gehen mit sich zu Rate und nötigen Stiefel August 1606, zu widerrufen. Tut der. Und lernt aber Schreiben und schreibt bis 1613 ›Etzliche Christ- vnd Gottselige Tractetlein /den Ausserwehlten Kinder Gottes / vnd beruffenen rechtgleubigen Christen zu Trost‹, in denen er immer wieder beweist, wie sehr er Jesus ist. Die Obrigkeit begnügt sich mit erneuter Haft und schönen Verhören, nun aber vorm Oberkonsistorium in Dresden. Jesus widerruft, schwört sogar, keine Konventikel mehr zu machen. Macht sie aber. Das trägt ihm 1615 schärfere Verhöre ein. Ist Stiefel viel-

STEIGERER (tippt den Ärzten von hinten auf die Schulter) : *Entschuldigung, die Flügel, die Ihnen eben gewachsen sind, versperren ein wenig die Sicht, könnten Sie bitte ...*

---

leicht wirklich Jesus? Gering genug wär er ja. Aber nun strömen Stiefel-Fans aus Nürnberg und Halle und geben Jesus Geld — und da hörts auf. Und weil Jesus gegen die Auflage, keinen bei sich schlafen zu lassen, verstößt, wird Stiefel samt Familie 1616 Gisperslebens verwiesen. Also geht er auf Reisen und mehrt seine Anhänger bis Basel hin, von dort aus er an seinem Geburtstag 1616 nach Gispersleben zurückkehrt und überallhin Boten streut, er, Jesus, sei wieder da und alle mögen sich freuen. Da wird er in Erfurt eingesperrt und erst, als er 1619 öffentlich widerruft, entlassen und betreibt zwei Jahre einen bescheidenen Handel mit Färbepflanzen. Derweil sickern Stiefels Gefolgschaft und Verwandte in höfische Kreise, verdingen sich als Alchymisten und gewinnen Gräfin Erdmut Juliana von Gleichen und Ohrdruf für Stiefels Sache. Erdmut Juliana finanziert ab 1622 Jesu Broschüren. Da wird Jesus wieder gesucht, flieht, wird gekascht und 1624 ins Erfurter Tollhaus gesperrt, und da die Langmut der Konsistorialen zuende ist, bis zu seiner Himmelfahrt 1627 daselbst belassen. Dem Sterbenden entlockt man einen letzten Widerruf. Da fallen alle vom toten Stiefel ab, allein der Gräfin imponiert das nicht, die bleibt ihrem Glauben treu.

Und da soll die Edition von 115 Seiten Böhme wider diesen Spinner kein Verdienst sein, nein? Nein. Im Gegenteil. Die Orthodoxie wird wütender und wütender — sie fragt ja nicht nach Glaubensfrüchten, sondern nur nach Formeln. Aber protestantischer Haß ficht Frankenberg nicht an. Oder nur insofern, als daß er vor ihm und den Kriegsunbilden Sommer 1641 sich »liberirt« und erstmal zu Henckel von Donnersmark nach Tarnowitz reist und dort erfährt, der ewige Jude durchstreune Oberschlesien — das ist Frankenberg aber jetzt gar nicht recht, dies Geheimnis auch noch aufzudröseln, das muß noch warten. Er flieht weiter, verliert unterwegs und daheim auf Ludwigsburg ein paar kabbalistische Geheimnisse durch Plünderung, ist Juli 1642 in Danzig und gibt 19. Oktober einen dunklen Brief an Freund Permeier : »Oculum sydereum habe ich zwar auf Wien geschickt, aber itzt revidiere, verbessere es hin und wieder, weil es paradoxa Astronomicae, und hier ein ander System mundi (oder Mundorum) als bis anhero geglaubt ... Eine weitere Zeitung vom Aufbruch der verstoßenen Völker beim Polo meridiano (um ihre Brüder zu versammeln), wird H.W.S. in Latein und deutsch dem H. kommunizieren. Es müssen etwa Esauiter und Ismaeliter, nicht aber Israeliter sein, weil die 9 ½ Stämme gegen Mitternacht, und ½ gegen Mittag geführt; wie denn H. Rittangel. in den Hordis Daniter und Rubeniter gewesen, und schöne Mst. hebr. mit sich gebracht. Obs mit den Meridionalichen eine jüdische Fabel, lehrt die Zeit« — ganz Danzig plappert davon, Herr Frankenberg »berichtet seltsame Zeitung von den wiederkommenden Juden« — synchron Aron Levi am Rio Magdalena steht.

Dabei trichtert er gegen Hungerlohn den drei Töchtern des Danzigers Martin du Pré das ABC ein und nimmt beim danziger Bierbrauer Johann Hewelcke (1611–1687), der nachmalig noch Schultheiß werden wird, Quartier. Hewelcke hat einen ganz schönen Mondkrater (→ Hevelius). Fürs Bierbrauen? O nein! Der Mann ist der beste Astronom seiner Tage, entdeckt rund um die Uhr Gestirne und Schnuppen, ersinnt neue Sternbilder, beschreibt Sonnenflecken, erdenkt ein Polemoskop (1637, ein Fernrohr, das über Spiegelkombinationen kriegentscheidend günstig eckum schielt, → Wall=Gucker), errechnet, um 41 Jahre von Bischof Usher (→ Hinter Büchern, Die Rilke-Bibliothek — kein Mondkrater!) abweichend, den 24. Oktober 3963 18 Uhr als Zeitpunkt der Schöpfung und gilt allseits als Vater der Selenographie. Die WG mit Hewelcke ist sehr ergiebig — Frankenberg hat sofort die Idee zu einem neuen Pseudonym, das ihm nicht so leicht wie früher andere (›Amadeus von Friedleben‹, ›Amadeus Friedlibius‹) würde gestohlen werden können : ›A. Franc. de Monte‹. In Hewelckes Stube liest Frankenberg Kopernikus und versteht Bruno miß und guckt auch sonst paar Sachen ab und zerrt sie ans Licht, 1644, 37blättrig, ›Oculus Sidereus Oder Neueröffnetes Stern-licht und Fern-gesicht : Zu gründlicher Erkündigung der unbeglaubeten Relationen, von Bewegung der Erd-Kugel und der eigentlichen Gestaldt dieser sichtbaren Weldt : wie auch zu höheren Erkändnüß Gottes und seiner Wunder / Aus Allerhand Neu- und Alt-bewäreten Schrifften und Zeugnissen herfür gesucht und an Tag gebracht durch A. Franc. de Monte, Dantzig / bey Georg Rheten in Kommission‹ — kann Hewelcke da noch

ARZT I (dreht sich um) : *Selbstverständlich, verzeihen Sie* (die Ärzte drapieren ihre Flügel um)

---

nachziehen? Grad noch, 1647 mit der epochemachenden ›SELENIOGRAPHIA : Sive, Lunæ descriptio; ATQUE ACCURATA, TAM MACULARUM EJUS, QUAM MOTUUM DIVERSORUM, ALIARUMQUE OMNIUM VICISSITUDINUM, PHASIUMQUE, TELESCOPII OPE DEPREHENSARUM, DELINEATIO. In quâ simul cæterorum omnium Planetarum nativa facies, variæque observationes, præsertim, autem Macularum Solarium, atque Jovialium, Tubosbiqillo acquisitæ, figuris accuratissimé æri incisis, sub aspectum ponuntur : nec non quamplurimæ Astronomicæ, Opticæ, Physicæque quæstiones proponuntur atque resolvuntur. ADDITA EST, LENTES EXPOLIENDI NOVA RATIO; UT ET TELESCOPIA DIVERSA CONSTRUENDI, ET EXperiendi, horumq, adminiculo, varias observationes Cœlestes, inprimis quidem Eclipsium, cùm Solarium, tum Lunarium, exquisitè instituendi, itemq diametros stellarum veras, viâ infallibili, determinandi methodus, eoq quicquid praeterea circa ejusmodi observationes animadverti debet, perspicuè explicatur‹ — 563 Folioseiten, 114 Tafeln. Genosse Frankenberg tut auch mit, als achter von neun Beiträgern »honoratissimorum amicorum«, und rühmt des Freundes Tat, jaha, »Dædalios sic demirabitur ausûs«, der waghalsige Daedalus selbst wird sich wundern (ganz, und bis heut nicht entklauselt : ›Clarissimus / HE-VELIUS Germaniæ EV-HELIUS / Ut queat erectos ad SIDERA tollere vultûs / Atque CREATORIS concelebrare Decus / Pulvis-Homo; lumen mediis accendit in Umbris / Luxque fit in Mundo Εὖ ἥλιος HEVELIUS / Eja! age! perge via SOLIS, LUNÆq rescessûs / HEVELI, doctá detenebrare Manu / HELIA Dædalios sic demirabitur ausûs / Et canet Ichnographum Terra SELEA suum / ANNO, QUO / HeVeLIUs natUS GeDanæIs prIMUs In orIs / Arte SeLenegraphVs, IUre paraVIt opVs / Congratulante / Abrahamo de Frankenberg‹).

Von Hewelcke handkoloriert, gehen Freiexemplare der Seleniographia an Europas Eliten. Mondkratermann Gassendi (→ ›Libertinage érudit‹) klagt, wohin auch er in Paris auf Feten ginge, überall erwarte ihn Hewelckes Werk — er klagt, weil die eigene Mühe um die Kartierung des Mondes nun obsolet war : besser als Hewelcke ging nicht. Findet auch Louis XIV. und setzt 1663 Hewelcke eine jährliche Pension von 1200 Franken aus und zahlt sie gar neun Jahr lang. Hewelcke revanchiert sich : 1668 widmet er Louis die 913 Seiten ›Cometographia‹ : erschienen im Selbstverlag, den er seit 1661 mit polenköniglichem Privileg im eigenen Haus betreibt. 1673 dann bringt Hewelcke den ersten Teil seines Organons ›Machinae coelestis‹ heraus — dann aber fackelt, vergleichbar nur dem, was Rudbeck 15. Mai 1702 widerfahren wird (→ [177]), Hewelckes Haus vom 26. auf 27. September 1679 ab. Zugrunde gehen Bibliothek, Observatorium, Druckerei — und bis auf eine Handvoll Vorabexemplare die gesamte druckfrische Auflage der libri III und IV der ›Machinae coelestis‹ — eines der rarsten Werke der Wissenschaftsgeschichte. Hewelcke selbst beziffert den Schaden auf 15 000 Thaler.

Aber das ist noch Zukunftsmusik. Sommer 1644 verläßt Frankenberg Danzig für eine seiner Visiten der Niederlande : nicht allein, in Amsterdam Aron Levi zu lauschen, sondern auch im 30 Kilometer entfernten Leiden ein Flütlein kurzatmiger Schriften und Böhme-Manuskripte für den Druck anzurichten — und trifft ebendort einen jungen Medizinstudenten, den breslauer Scheffler (1624–1677) — eine Freundschaft entwickelt sich, der in den Folgejahren, in denen Scheffler als Leibarzt des Herzogs Sylvius Nimrod im oelser Schloß zum Kreis um Frankenberg, Tschesch und Czepko stoßen wird, auch nichts anhaben wird, daß Scheffler 1653 katholisch wird und plötzlich ›Angelus Silesius‹ heißt. Vielleicht aber auch nur, weil Frankenberg da schon totgegangen ist.

In Danzig zurück, schreibt Frankenberg 26. August 1644 an Gottfried Sturm einen Brief, in dem er wie ein echter Kabbalist die deutschen Buchstaben in fünf halbeigenwillige Klassen teilt und untersucht, wie die Tiere machen. Frankenberg kommt zu folgenden Schlüssen : der Rabe macht grap grap, der Sperling tschirp tschirp, der Fink pinck pinck, die Wachtel buit wuckowiet, die Gans ga ga ga zigay, der Kiebitz kiewiz, der Kuckuck kuckuck — Frankenberg kann aber auch in Tu-Worten : die Mauerschwalbe zwizert, die Ente schnadert, die Turteltaube girret, der Storch klappert, die Hausschwalbe wütschert, die Immen brummen und summen. Das aber waren nur die Vögel. Wie macht denn das Pferd? Es wiehert oder

SARTORIUS : *Paracelsus ist ein Furz ...*

ARZT 2 (haut Arzt 1 an) : *Siehste?!*

---

spricht gemäß Hiob 39,25 ›Hui‹ (so Luther. Eigentlich aber macht es האח hä'āḥ), der Hund jedoch billet oder maffet, die Katze sagt miemau, die Kuh muh. Und die Würmer? Der Drach krötzet, die Schlange wispelt, die Natter zischet, die Kröte piept, der Frosch quakt — das hat der blöde Aristoteles so natürlich gar nicht mitbekommen. Aber was bedeutet das alles? Daß eine jede Kreatur nach ihren Möglichkeiten das ewige Wort, das Gott ist, auszudeuten versucht, das bedeutet das. Im übrigen tun das auch menschliche Werkzeuge und Geräte. Darum macht an der Luft die Glocke bumbaum, der Mörser pimpamp pimpamp, der Amboß pinkepank, der Wasserfall plumps, die Drommel dumm dumm dumm bidibum, der Münz kippediwipp, der Harnisch aber rasselt, der Wald prasselt, die Zimbeln klingeln, das Tor kerret, die Tür knarret, der Stein klitschet, das Holz klippert, der Hecht schnappt, der Blinde tappt. Nur das Feuer brüsselt, nur die Luft sauset. Wasser aber brauset und Erde rieselt. Nebenbei sammelt Frankenberg gedoppelte Gassenwörter (schripps schrapps, misch masch) und zu Gottes Ehr' 151 Beleidigungen : Maz laz, Schlumpe, Kuhbertel, Monsieur Fettlapp, Lorzlecknlöffel, Gänaffe, Kichelgrolms, Momo Schelmo, Knollfink, Hans Tappinsmuß, Hudler, Schlampamper, Schlimschlem, Rülz, Sausack, Triefsack, Quetschsack ... — der Mensch, das »redeliche Tier«.

1646 ist Frankenberg schon wieder in Leiden. Was macht er? O, business as usual ... er ist mal wieder Franciscus de Monte (daheim hat ers grad sogar als ›Franciscus de Monte Elysium‹ probiert und auf 36 Duodezseiten was »von dem Ohrte der Seelen, wann sie von dem Leibe geschieden« gemacht) und läßt sich vom Raffzahn Janssonius zwei Texte aus den Händen reißen, eine Betrachtung ›Pro pace religionis Christianae‹ und eine Neuauflage, die ein lang schon fälliger Chapeau ist — ein Text, der 99 Jahre zuvor schon in Basel den Erstdruck erfuhr : ›Absconditorum a constitutione mundi clavis : qua mens humana tam in divinis quam in humanis pertinget ad interiora velaminis aeternae veritatis / Guilielmo Postello ex divinis decretis exscriptore‹. Dieser Schlüssel zu diesen Verborgenheiten war Guilielmo Postello 1547 diktiert worden. Von einer Frau. Wer läßt sich sowas vom Weib sagen? Das muß schon ein absonderlich großer Kabbalist und Träumer gewesen sein. War er auch. Oder der Engelpapst. War er auch :

Guillaume Postels (1510–1581) vollwaise Jugend in Barenton ist entbehrungsreich und fleißdurchsetzt, mit 13 hat er sich auf einen Dorfschulmeisterposten emporgewirtschaftet, spart Sou an um Sou ... — denn er will 200 Kilometer nach Osten, nach Paris, und da muß er doch fein aussehn. Als er aber dann 1525 in Paris ist, wird er flott beraubt, nackt liest er Ähren vom Acker und wird krank und liegt zwei Jahr im Spital — und lernt immer weiter Griechisch, Latein, Hebräisch und Arabiens Dialekte. Auf eigene Gefahr entlassen, driftet er nach Süd, in die trostlose Beauce, wird Erntehelfer, spart erneut auf einen Anzug und brabbelt unentwegt über Grammatiken. Endlich 1527, Paris, und ein Kolleg nimmt ihn auch auf — so schön ist sein Anzug. 1530 wird er Magister. Der Hof merkt auf. Anzüge kennt der zwar schönere, aber : dies Sprachtalent! 1536, das Königreich Zion war aufgeleuchtet in Münster und verloschen, befiehlt François I., dem an jeder Allianz gegen Habsburg, gern auch mit Muslimen, gelegen ist, Postel möge Frankreichs erste diplomatische Mission nach Konstantinopel zu Sultan Suleyman I. als Dolmetsch begleiten. Weil aber François nicht nur Größtmachtideen plagen, sondern er auch ein Humanistlein ist, hält er Postel gleichfalls an, für die königlichen Bibliothek aufregende Manuskripte zu stehlen. Und Postel tut, wie ihm geheißen, lernt Sprache und Dialekte einer jeglichen Gegend im Durchqueren und trägt reichlich Ernte dem Abendland heim, Euklids Elemente und arabische Astronomica, und überführt sie in die Bibliothek zu Fontainebleau und beginnt ein flammendes Übersetzen, kompariert Alphabete, entziffert Münzinschriften und schnitzt Typen fürs Syrische und Arabische. Und weil ihm das alles so schön gerät, macht François Postel 1539 zum Professor der Mathematik und des Arabischen am ›Collège des trois Langues‹ (→ Collège de France) und schenkt seine noch viel humanistischere Schwester, die Luthersympathisantin und Gönnerin Rabelais', Königin Margarete von Navarra (→ L'Heptaméron) ihm eine Leibrente. Wills ein gutes Ende nehmen, dies Können und Wissen und Lernen? Wie mans nimmt.

SARTORIUS : ... *gegen die tiefe Gottesgelehrtheit, die aus diesem mystisch-medizinischen Werk spricht, und in der Klarheit des dunklen Ausdrucks wird es nicht einmal überboten von*

1542, als er eine Justin-Schrift bearbeitet, entdeckt Postel den Feind : Aristoteles! Aristoteles ist Vater aller Irrtümer und Born des Atheismus — dieser Fund, im Bunde mit seiner Kenntnis von Vielem, setzt ihn in den Stand, eine Universalreligion auf christlicher Basis (›De Orbis terrae concordia‹, 1544) zu konzipieren und Millenarismus und Judenmission gut zu finden. Endgültig aber hört Postel 1543 den Schuß : eine Stimme gebietet ihm, den König zu mahnen — wenn der nämlich nicht aufpasse, werde er nicht Chef der Universalmonarchie mit Sitz in Jerusalem. Postel richtet das aus, François aber sagt *Du spinnst ja* und fickt weiter humanistisch seine Mätressen. Da hört Postel auf, François' Professor zu sein und stiefelt durch den Winter nach Rom. März 1544 nimmt ihn Loyola in den jungen Jesuitenorden auf — und entfernt ihn Ende 1545 wieder : Postel hatte nur in der Ordensbibliothek gelebt und Ideen vertieft, die dem Basken Loyola nicht behagten : französische Superiorität, Konzile, die Päpste aushebeln und Postel selbst das Schemen aus einer Joachim-von-Fiore-Vision, das den Endsieg in die Hand nimmt? Braucht niemand. Predigt Postel eben allein im Sommer 1546 in Umbrien rum, weissagt dies und das — und ist winters in Venedig und hat die Begegnung seines Lebens : »Es handelt sich um eine Jungfrau von fünfzig Jahren, in der die Fülle der Gottheit körperlich erscheint. Ich spreche nicht in Rätseln. Die Welt wird darüber lachen und sich lustig machen. Aber ich weiß, an wen ich geglaubt habe, was ich gesehen und gehört habe«. Denn : als er den Sohar aus dem Aramäischen lateinisiert und ihm einige Passagen dunkel bleiben, raunt ihm eine mystische Analphabetin Licht zu : Johanna, ein huzzliges Weiblein, tätig in venezianischen Armenhospitalen. Und François stirbt. Das hat der jetzt davon.

Postel sonnt sich im Blutspucken der neuen Eva und Mutter der Welt bis Mitte 1548 und notiert alle Geheimnisse, die sie weiß. Zwar kommt raus, daß Johanna auch Engelpapst ist, aber kein Problem : adoptiert sie Postel einfach und gibts eben zwei und befördert ihn auch noch zu Elijas, traditionell soll der ja alle Dinge wieder gutmachen, und alles soll sein, wie's früher war — das ist genauso, wie der Bestseller, den Postel zwei Jahre zuvor geschrieben hat : ›La restitution de toutes choses‹. Postel muß verschnaufen — zu gewaltig ists : er pilgert nach Jerusalem. Dort sieht er viele kabbalistische Handschriften und leidet : kaufen kann er sie nicht, denn er hat kein Geld, und stehlen auch nicht, denn ein Engelpapst stiehlt nicht. Gegens Leid sammelt er Blumen an und macht botanische Notizen und tintet eine Schrift (›Des merveilles du monde, et principalement des admirables choses des Indes et du Nouveau monde : histoire extraite des escriptz très dignes de foy, tant de ceulx qui encores sont à présent audict pays, comme de ceux qui encores vivants peu paravant en sont retournez : et y est monstré le lieu du paradis terrestre‹ — ›Von den Wundern der Welt und den Herrlichkeiten beider Indien und der neuen Welt. Auszüge aus glaubwürdigen Schriften sowohl derjenigen, die noch im Land sind als auch derjenigen, die vor kurzem von dort lebend zurückkehrten. Auszüge, in denen der Ort des irdischen Paradieses gezeigt wird‹) — da aber kommt Frankreichs Ambassadeur vorbei, liest das und gibt ihm Geld, daß Postel sowas nicht mehr tun muß, daß er sich syrische und arabische Manuskripte kaufen kann und das Proto-Evangelium des Jakobus, und Postel tuts auch, mit dem festen Vorsatz, eine polyglotte Bibel zur Weltbekehrung zu erstellen : in Venedig, zu Füßen Johannas. 1551 kehrt Postel dahin zurück : Johanna aber ist tot. So schreibt Postel zur Entspannung eine Schrift über den Ursprung der Etrusker und geht nach Frankreich, bekommt dort aber so schwere Bauchschmerzen, daß er zur letzten Ölung antritt und den Diebstahl so manchen schönen Buches beichtet. Statt aber zu sterben — protestantische Ärzte tun alles, ihn zu vergiften, mischen Unmengen Arsen seinem Wein unter und nennens Arsenkur —, wird er erlöst und am 6. Januar 1552 der Welt wiedergegeben. Und als ›Postel restitutus‹ ist er, wie Johanna, die nun im Himmel neben ihrem Gatten Jesus auf dem Thron sitzt, souffliert, nicht allein Elija, sondern auch der neue Adam und der messianische David. Das ist praktisch und gilgul. Darum schnell ›De Fœnicum literis‹, ein knappes Buch über phönizische Buchstaben.

Damit ist Postel auch leibhaftig unsterblich und prophetet tanzend und im Schreibfuror durch Paris, ein Drittel seiner mystisch 66 zu Lebzeit veröffentlichten Schriften erledigt

schönsten Versen Meister Eckehards. Das Werk ist illustriert mit etlichen magischen Quadraten, Rezepturen, Buchstabenpyramiden und so weiter. Schätzpreis 10 000. Das hieße normalerweiese,

---

er in diesem Jahr, am lustigsten die 60 zahlen- und buchstabenmystischen Seiten des יצירה ספר ›Abrahami Patriarchæ Liber Iezirah, sive formationis mundi, Patribus quide Abrahami te[m]pora præcedentibus revelatus, sed ab ipso etiam Abrahamo expositus Isaaco, & per Profetaru manus posteritati conservatus, ipsis autem 72. Mosis auditoribus in secundo divinæ veritatis loco, hoc est in ratione, quæ est posterior authoritate, habitus : Vertebat ex Hebræis, & commentariis illustrabat 1551. ad Babylonis ruinam & corrupti mundi finem, Cuilielmus Postellus, Restitutus Restitutio rerum omniu conditarum, per manum Eliæ ... ut fiat in toto mundo conversio perfecta‹ — endlich wird mal anständig die vorwirkliche Schöpfung der Welt aus den Zahlen bis Zehn und den 22 hebräischen Konsonanten nachvollzogen und klargelegt, wie der sprechende Gipfel der Schöpfung, was sündhaft in Unordnung geriet, sprachmagisch behelfs des Helferleins א, des Erstgeborenen der neuausgeteilten göttlichen Buchstaben, neusortiert und heilt — ›Immutatio‹ heißt das Wunder der ›Umbenennung‹, das die Welt wiederherstellt : eine kleine Lautänderung. Damit ist die vorkierkegaardsche Wurzel der Pseudonymität ausgegraben : der wahre Name, der nicht der Taufname ist, gründet im sentimentalen Hang nach Vergangenheit und aktivem, restituierendem Buchstabenzauber — darum heißt Frankenberg so divers, Guillaume Postel mal ›René Cain‹, mal ›Elias Pandochaeus‹, mal ›Eliahu kol maskaliah‹, mal ›Petrus Anusius Synesius‹ (→ zweiter Petrus ist er ja auch, und ein messianischer ›asinus‹ ohnedies), mal auch ›Poṣ ṭal‹ (פוץ טל), ›Austeiler des Taus‹, zumal in ›Guillaume‹ doch bequem גאלה, ge'ulāh, ›Erlösung‹ lesbar ist. Überhaupt ›gal‹, גל, Welle — wer's vergessen haben sollte : Noahenkel Gomer besiedelte einst Europa, nannte seine Nachkommen ›galli‹ (›Wellengeborene‹) und ist der Urbürge jeglichen gallischen Hegemonieanspruchs (was 900 Jahre zuvor Isidor von Sevilla in den ›Etymologiarum sive originum libri XX‹ schon gewußt hat und in Postel-Nachfolge 1621 Jacques de Charron in der ›Histoire universelle de toutes nations, et spécialement des Gaulois ou Francois‹ auf 1378 Folioseiten dahingehend verfeinert, daß die Indios Nachfahren allerantikster Gallier sind und also Amerika legitimer Besitz der französischen Krone ist). Konsequent erneuert Postel seine Mahnworte, an König Henri II. nun : »Sei bereit für die Weltherrschaft« — und droht auch ein wenig. Item dem Papst. Der soll bloß ruhig sein, wenn der Engelpapst spricht, der Papst ist sowieso der Antichrist.

Seine neue Wissenschaft aber nennt Postel Emithologie (→ אמת) und legt 1553 die Dinge nun vollends auf den Tisch, in Paris, auf 92 Duodezseiten, daß die Welt tafle : ›Les Tres-Merveilleuses victoires des femmes du Nouveau monde, et comment elles doibvent à tout le monde par raison commander, et même à ceulx qui auront la Monarchie du Monde vieil‹, Margarete von Navarra gewidmet — ›Die sehr wunderbaren Siege der Frauen der Neuen Welt, und wie sie aller Welt mit Vernunft befehlen sollen; und sogar den künftigen Monarchen der Alten Welt‹ — oder warum sonst war Johanna eine Frau, wurden, während sie auf Erden weilte, die Völker Amerikas entdeckt und heißt der Amazonas nach den Amazonen? Rhetorische Fragen : am 5. Mai 1553 ergeht eine lettre de cachet gegen Postel und seinen Drucker Ruelle, Postel aber flieht nach Basel, will Protestant werden, doch letzteres läßt man ihn nicht. Also knüpft er engste Bande mit Oporin und flieht Ende August nach Venedig. 25. Oktober, zwei Tage, bevor in Genf Servet brennt, brennt auf Veranlassung Papst Julius III. in Venedig der Talmud, Postel flieht nach Wien, wo grad der Orientalist Widmannstetter als Kanzler west. Eh er aber unter dessen Aufsicht Altphilologie und Mathe lehren und mit ihm gemeinsam in 1000 Exemplaren die syrische Ausgabe des Neuen Testaments veranstalten kann, ist seine Armut so groß, daß er für 200 Dukaten, was an orientalischen Handschriften er privat noch bei sich trägt, an Kurfürst Ottheinrich, der grad seine ambitionierte heidelberger Sammlung aufbaut, verpfänden muß : einen Pentateuch arabisch, einen Al-Buḫārī (al-Ǧāmi' aṣ-ṣaḥiḥ — ›Der gesunde Sammler‹), Naṣīr ad-Dīn at-Tūsīs astronomische Arbeiten, einen syrischen Hesekiel und und und. Allein eine Ahnung, er wird all das nicht wieder auslösen können, hat er und weint Tränen des Abschieds : »Tatsächlich fühle ich ... wieviel Pein, wieviel Ungemach, wie viele Heimsuchungen ich ertragen, überwunden habe, vor allem auf sehr langen Reisen, als ich diese Schätze über die Gipfel Asiens, die Berge Europas,

wir beginnen bei 8500. Da aber 10 000 schon viel zu wenig ist, fangen wir mit 11 500 an. Höre ich 11 500? (Ärzte heben die Arme und Flügel)

die steilen Gebirgspässe des Taurus, Amanus und Rhodope trug, um sie der christlichen Welt zu überbringen« — weil aber Ottheinrichs ›Bibliotheca Palatina‹ 1623 von Rom geklaut werden wird, bleiben sie der christlichen Welt ja erhalten. Postels eigene Schriften beurteilt Rom kritischer. Die kommen jetzt auf den Index. Postel versteht das gar nicht, will mystisch eine kongruent unverständliche Tat in die Welt des Handelns setzen (→ Hermann Borchardt [234]) und ›flieht‹ April 1554 aus dem sicheren Wien direkt nach Italien. Sehr enttäuscht ist er, daß er unterwegs irrtümlich für einen des Mordes verdächtigen Franziskaner gehalten und verhaftet wird, so enttäuscht, daß er nach seiner Freilassung in Padua Griechisch lehrt und Johannas Ruhm durch 40 unpaginierte Oktavblätter ›Le Prime Nove del altro Mondo, Cio é : l'admirabile historia e non meno necessaria et utile da esser letta et intesa da ogni uno che stupenda intitulata La vergine venetiana‹ mehrt. 3. Juni 1555 stellt er sich der Inquisition in Venedig und bittet höflich darum, ertränkt zu werden : denn das werde nicht gelingen, er sei unersäufbar und damit wäre seine Unschuld dann wohl hinreichend erwiesen. Zwar stellt die liebe Inquisition in Postel eine ›Kloake von Häresien‹ fest, aber derart schlimm, daß der Mann verrückt sein muß und Ketzer gar nicht sein kann. Loyola, der beisitzt und in Glaubensfragen außer dem Papst eigentlich keine Freunde kennt, stimmt zu, hält Hopfen, Malz und Exerzitien für verloren und regt zur Heilung ein Wunder oder Kerker an. Postel wird in die Verließe des Vatikans überführt, bricht sich bei einem Fluchtversuch den Arm, bleibt aber unverletzt. 1556 fängt der Erzlutheraner und enorme Schwenckfeldthasser Flacius Illyricus einen Brief Postels an Schwenckfeld ab, veröffentlicht den in Jena (›Epistola ad C. Schvenckfeldium‹) und tönt im Vorwort, da hätten sich zwei gefunden, Postel habe mehr Irrtümer angehäuft, als es allen lebenden und künftigen Sterblichen je vergönnt sein werde. Die Römer sehen das nicht so eng: August 1559 wird auch Postel befreit, als sie zur Feier des Todes von Papst Paul IV. jubelnd die Gefängnisse stürmen.

Drei Jahr lang geht Postel nun um : Basel, Augsburg, Dijon, Autun, Lyon — und zwischen calvinistischen Denunziationen und Verhaftungen lehrt er immer mal wieder Mathe. Dezember 1562 wird Postel in Paris zu Kloster verurteilt, gewährt sich selbst aber Freigang und wohnt bei Scaliger. Staunend dulden seine Richter gar, daß er Vorlesungen über Kosmographie hält. Leider dann doch häretische Kosmographie. Das sieht man schon an der Palästinakarte, die er anfertigt. Die wird verbrannt und Postel in Scaligers Wohnung festgenommen, zur finalen Genesung ins Kloster St. Martin des Champs gesteckt, und diesmal paßt man auf. In St. Martin wird er rückhaltlos geliebt. Er ist die bescheidene Zierde der Gelehrsamkeit, der einzige Mensch, der — wie er selbst posaunt — ohne Verständigungsproblem und Kompaß bis nach China wandern könnte. Und als solcher empfängt er die führenden Wissenschaftler der Welt, gleich welcher Disziplin. Wenn mal keiner da ist, übersetzt er vor sich hin, kabbalistischen Humbug zumeist, spaziert, während draußen die Bartholomäusnacht tobt, flötespielend durch den Klostergarten, hat Gesichte oder malt Frankreichkarten ... sein Leben tändelt aus ... nichtsda! : ›De nova stella quæ jam a xii. die Novembris anni m. d. lxxii. ad xxvi. Junii anni 1573 sine parallaxi ulla in eodem statu, excepta magnitudine durat, signumque crucis, cum tribus Cassiopeæ stellis rhombi instar exprimit‹. Und als 1575 Königin Katharina von Medici ihn besucht und bekniet, er möge ihren 20jährigen blatternarbigen Sohn François-Hercule unterrichten, lehnt Postel ab. Zuviel zu tun. Stimmt. Grad liegt er mit seiner skythischen Geschichte in den letzten Zügen (›Des histoires orientales et principalement des Turkes ou Turchikes et Schitiques ou Tartaresques et aultres qui en sont descendues : œuvre pour la troisième fois augmenté et divisé en trois parties avec l'indice des choses les plus mémorables y contenues‹, Paris 1575, 374 Seiten Sedez) — wird aus dem Prinzen also nichts.

Nur einmal ist richtig schlechte Laune : als aus dem 3. Arrondissement über die Klostermauern das falsche Gerücht dringt, Postel sei Verfasser eines durch die Jahrhunderte geisternden Buches, das es nach Meinung Grotius' und Bayles gar nicht gibt, das aber 1652 Königin Christina immerhin 30 000 Franken wert ist, als sie hört, ihr münsteraner Gesandter Johann Adler Salvius habe es besessen (der aber hatte es zwar vielleicht besessen, aber noch

SARTORIUS : *11500 die Ärzte, die sich da hinten rumdrücken. Höre ich 12?*

Plocher hebt den Arm — ganz früher Frühpietismus? Tante Trude hätts gefallen — das ist auch was für ihren Neffen.

---

vom Sterbelager aus verfügt, es zu verbrennen) : des berüchtigten, viel zu wenig gelesenen, aber eigentlich, da es rein auf Argumentationsgerechtigkeit fußt, überschätzten Werkchens ›De tribus impostoribus‹, ›Von den drei Betrügern‹ [Moses, Jesus, Mohammed] (→ Hinter Büchern, Weltherrschaft). Ganz beansprucht nun Postels Minuten das Kartographieren. 1581 entwickelt er die ›Postel-Abbildung‹, eine nie zuvor gesehene azimutale äquidistante Projektion, und schenkt damit der Welt eine nichtperspektivische Polarkarte (›Polo aptata nova charta universi‹). Auch daß er an seniler Bettflucht zu leiden beginnt, münzt er um in einen herrlichen Plan : gerät er so doch in den natürlichen Genuß des nächtlichen Himmelszeltes — und da gehen ihm glatt einige hebräische Buchstaben als Sternzeichen auf und bekommt er raus, wo das Paradies wirklich liegt. Nicht, wie bis dahin vermutet, bei den Molukken, sondern bei den Hyperboreern. Der Antichrist aber wird zuverlässig aus Dänemark kommen. In dieser Gewißheit stirbt Postel 1581. — Gut tut Frankenberg 65 Jahre später daran, das Andenken dieses Mannes zu ehren.

Über all das Ehren auch anderer, noch viel vergessenerer Kollegen (→ Hugo de Palma, Johannes Beer, Bartholomäus Sclei) vergißt Frankenberg die eigenen Forschungen nicht und bringt 1647 in Amsterdam als Amadeus Friedlibius zwanzig Jahre alte brieger Jugendüberlegungen, das ›Christ-Fürstliches Bedencken‹, in dem er findige Anhaltspunkte weist, wie Gottes gerechtes Gericht frühzeitig zu entdecken und nach Möglichkeit zu mildern sei, zur Welt. Und — unsäglich wichtig — : er lüftet 1648 in Amsterdam sowohl das ›Geheimnis der Boßheit‹, als auch, daß er ›Die kleine Hauß-Schule oder Kinder-Tempel : darinnen die vornehmste und gebräuchligste Haupt-Sprüche und Reym-Gebethlein‹ herausgibt.

Ende 1649 kehrt Frankenberg Hewelcke den Rücken und nach Ludwigsdorf zurück, denn er hat gehört, der böse Hofprediger Seidel sei heimgegangen. Der ist aber noch gar nicht tot, sondern hat nur einen bösen Schlagfluß erlitten. Frankenberg akzeptiert demütig auch das und bleibt dennoch und schreibt nun vermehrt Briefe an befreundete Apokalyptiker, die bis auf Claude de Saumaise und Athanasius Kircher längst dem Gedächtnis der Menschheit entrückt sind, und pflegt Umgang mit den ihm verbliebenen mystischen Freunden und Bauern. Dem drei Jahr älteren Schweinichen, dem verspricht er, als ob ein erstes Erahnen der eigenen Sterblichkeit über ihn kröche, nun den Löwenanteil seiner Bibliothek. Der freut sich! Und gelobt seinerseits, für den Trauerfall was davon dem Scheffler abzugeben (Teilbestände heute UB Breslau und Loisy). Der herrlichste Kampf aber steht Frankenberg noch bevor, der herrlichste und zugleich leichteste : denn es interessiert ein holdes Burgmädchen sich für ihn, das 1629 geborene Burgmädchen Elisabeth von Senitz. Es schreibt empfindliche Gedichte und Kirchlieder, wohnt in Oels und Brieg und dringt in Herzog Sylvius Nimrods Leibarzt Scheffler, ob der sich nicht für es bei Frankenberg verwenden könne : es hätte all seine Liebe dem Abraham geschenkt, so sehr interessierts sich für ihn. Er sich aber nicht für es. Achselzuckender nie war jemand! Da kann auch Scheffler nichts machen und heißt das Burgmädchen fortan ›Cölinde Jesenium‹ und wird 1673, wie 221 Jahre darauf Wilhelm Raabe, in den ›Pegnesischen Blumenorden‹ (→ Georg Philipp Harsdörfer) aufgenommen und verstirbt 1679. Frankenberg hat ja auch wirklich Heilsameres zu tun als mit Burgmädchen rumzumachen. 1650, Amsterdam : ›Metamorphosis oder von Verwandlung des Menschen aus einem himmlischen, englischen, paradisischen in einen irrdischen, thierischen, sterblichen Sternmenschen, welcher wieder in die erste Bildnus Gottes gebracht werden muß durch Wiedergeburt‹ und gleich eine amsterdamer ›Trias mystica‹ hinterher und … aber halt … da zwackt was … 16. März 1552 schreibt Frankenberg an Freund Biller, er beginne abzuscheiden, er mache sich nichts vor, denn jetzt greife der liebe Gott »meinen alten, faulen, adamischen Madensack mit Engbrüstigkeit, Wassersucht, Darmbruch, Dampf und andern tödlichen Zufällen und Zuchtruten an, daß ich anders nichts als seine väterliche Liebe, und daß er mein noch gedenkt, daraus spüren«. Frankenberg ordnet, unterstützt von Scheffler, sein Liebstes, seine Bibliothek : »Damit ich aber bei gehender Schwachheit noch etwas tue (wiewohl ich wegen der Hernia aquosa in scroto [Wasserdurchbruch in den Te-

ARZT 2 (zu Arzt 1) : *Siehst du?* (deutet auf Plocher) *Ich wußte es : nie haben wir einfach nur mal Glück*

SARTORIUS : *12 der Kim-Schmitz-Verschnitt in Reihe 1. Höre ich 13?*

---

stikeln] fast nicht mehr wohl sitzen, geschweige gehen, auch weil die Geschwulst von der Wassersucht in den obern Leib allbereit eintritt, und das Diaphragma mit Macht und großem Dampf gegen der Lunge aufwärts dringt, fast wenig Atem mehr schöpfen kann), habe ich mit Einräumung meiner übrigen Bücher zu schaffen, da ich meine Bibliothecam Eusebianam als ein rechtes Psychipharmacon absonderlich in eine Kiste getan, die ich (dem äußern Wert nach) niemandem unter 100 Rthlr. geben wollte; willens, mir selbige mit Gelegenheit zu separieren und anderwärts sicher und getreulich zu verwahren, ob Gelegenheit mir füglich dazu sein möchte. Die andern werde ich sehen, wie sie zu disponieren, damit sie auch proximis agnatibus [nahen Vaterverwandten] oder wem sie Gott noch gönnen möchte, zum besten in securo verbleiben können ...und daß wir [er und Tschesch — auf dessen Wagenladung Handschriften Frankenberg immer noch sitzt] es gut gemeint ...

Diu in hoc Mundo vivere est diu torqueri; ergo terra vale; coelestis Patria salve

Antiqua **F**ide

braham ranckenberg«.

Einiges staubt Scheffler schon für seine Hilfe beim Einpacken ab, etwa, damals schon nur antiquarisch zu besorgen, ›Das buch geistlicher gnaden, offenbarunge, wunderlichen unde beschaulichen lebens, der heiligen jungfrauen Mechtildis und Gertrudis Closter iungfrauen des closters Helffede‹ (Leyptzk bei Lotter, 1503), ›Himmlische Offenbarungen Sankt Birgiten, wie es jetzt in der Welt ergehn soll‹ (→ Hinter Büchern, Die Kampflesben), beigebunden Seuses ›Von den neun Felsen‹ (Dilingen bei Mayer, 1569) und eine Pfaffenputzerschrift von Elias Praetorius (1607–1675 — eines der vielen Pseudonyme Christian Hoburgs, der ein lüneburger Prediger, Schwenckfeldianer und mystisch-pazifistischer Freund der Selbstauslöschung war, oft geschaßt von der lutherischen Orthodoxie, von 1649 bis 1669 in den Niederlanden tätig und dort untergeschlüpft bei seinem Sohn Philipp, einem Drucker in Middelburg) : ›Spiegel der Mißbräuche beym Predig-Ampt im heutigen Christenthumb Vnd wie selbige gründlich und heilsam zu reformieren‹ (ohne Ort, 1644, 756 Seiten stark), eine alternative Kirchengeschichte, in der Hoburg befindet, man habe Adelgraf durchaus unrecht getan. Für Frankenberg aber ist 24. Juni 1652 Ende. Endlich. Und sein Grabstein in der Schloßkirche Ludwigsdorf wird schön mit geheimnisvollen Symbolen vollgemacht.

Herzog Sylvius Nimrod tut ein Weiteres und stiftet zum Gedächtnis Abrahams einen Hausorden, den kontemplativen ›Ritterorden vom Todtenkopf‹ — wer da mitmacht, soll immer alles erforschen und dabei nichts tun, denn er soll ›vanitas vanitatum‹ verinnerlicht haben, eine schwarzemaillierte Schärpe tragen mit ›Memento mori‹ drauf und am Ringfinger einen Ring mit einem Totenkopf aus weißer Emaille. Die Idee ist nicht schlecht, hält sich aber nur zwölf Jahre, bis zu Sylvius' eigenem Tod. Erst seine Enkelin Luise Elisabeth 1709 und Karl Maria Willigut, der für Himmlers SS 1934 einen Totenkopfring designt (→ Hinter Büchern, Der Jacobi-Nachlaß, Anhänge), greifen sie für je kurze Zeit wieder auf.

Aber kann man davon ausgehen, daß mit Frankenbergs Tod die Flut seiner Publikationen zurückgeht? Nein. Sie steigt noch für hundert Jahre, mit authentischen Texten mal, mal borgen feige Obskuranten, die zu Recht ihrer eigenen Autorität nicht trauen, den edlen Namen. Ganz sicher echt jedoch ist die große, erweiterte zweite Auflage der frankenbergschen Böhme-Biographie, die in Amsterdam 1682 der ersten Werkausgabe Böhmes angefügt wird, der ›Gründlich und wahrhaffter Bericht von dem Leben und Abscheid des in Gott seelig-ruhenden Jacob Böhmens‹ in Band 8 der ›Des Gottseeligen Hoch-Erleuchteten Jacob Böhmens Teutonici Philosophi Alle Theosophische Wercken : Darinnen alle tieffe Geheimnüsse Gottes / der ewigen und zeitlichen Natur und Creatur/ samt dem wahren Grunde Christlicher Religion und der Gottseeligkeit / nach dem Apostolischen Gezeugnüß offenbahret werden; Theils aus des Authoris eigenen Originalen / theils aus den ersten und nachgesehenen besten Copyen auffs fleissigste corrigiret. Und In Beyfügung etlicher Clavium so vorhin noch nie gedruckt / nebenst einem zweyfachen Register. Den Liebhabern Göttlicher und Natürlicher Weißheit zum besten an Tag gegeben‹.

SZERZANT (hebt zum Spaß den Arm, laut) : *Nein, aber 15!*

DIETRICH (zischelt) : *Benjamin! Ich hab dich gewarnt. Laß den Quatsch, das Geld hast du doch gar nicht*

SZERZANT : *Na und? Is doch 'ne runde Summe*

DIETRICH : *20 wär 'ne runde Summe*

SZERZANT : *Sag du mir nicht, was 'ne runde Summe ist, sei lieber froh, daß ich nicht auf krumme Summen steh. Heute. Ah, ich hasse verlogene, ungroßzügige runde Summen! Ich könnte Lumpen kotzen! Merkst du nicht, wie fürn Arsch das alles hier is? Ich zeigs euch* (bekräftigend laut in den Saal) *15 Riesen! Und keinen Pfennig mehr!*

SARTORIUS : *15 der erleuchtete Bartträger neben dem Grauen Herrn dort* (Dietrich setzt sich verstohlen um) *der sich gerade umsetzt. 16, jemand 16?* (die Ärzte heben die Arme, flügelflattern und fingerschnippen) *16 die Halbgötter, 17, höre ich 17?*

Da Plocher vernünftig ist und schnell aussteigt, wird aus dem Dreierringen schnell ein Zweikampf — an dem schließlich nach einer Viertelstunde Szerzant die Lust verliert und nachgibt.

Wer gedenkt Schwertners? Niemand. Fast rinnt ihm eine Zähre übers Glyceringelipp, ganz aber murrt in seinem Busen dumpf eine Klage auf über des üblen Geschicks Verfügung, ›Raphael‹ sei das frühe Los 6. O so gern hätte Schwertner mitgesteigert — ein Frankenberg! einer, der Böhme angefaßt hatte! — doch ohne daß er nicht weiß, wieviel er mit Los 14, mit der ›Aurora‹ kassieren wird, kann Schwertner nichts riskieren. Einzig tröstet ihn, daß er nicht weiß, wozu das alles gut ist.

SARTORIUS : *35 zum Ersten, zum Zweiten und ... zum Dritten — an die Herren Medici. Meine Herren, treten Sie bitte nach vorn*

Die Ärzte fliegen nach vorn, reißen die Hände zu einer siegend-ringenden Geste über die Köpfe zusammen und nehmen den ›Raphael‹ von Nummernmädchen in Empfang. Arzt 2 zückt seinen Ärzteausweis und legt ihn Sartorius vor — der starrt auf das Dokument.

SARTORIUS : *Das ... das ist ein ganz besonders schöner Ärzteausweis. Ich habe nie in Zweifel gezogen, daß Sie ... aber nicht nur, daß Bargeld nicht stinkt, es lacht auch*

ARZT 2 : *Hören Sie, guter Mann : die Zeiten sind unsicher, grad für uns Ärzte. Eine solche Summe baren Geldes tragen nicht einmal wir am Leib* (schlägt sein Sakko auf, in der Brusttasche ein Kleinkaliber)

ARZT 1 : *Laß stecken. Vielleicht akzeptiert der freundliche Herr einen Scheck?*

SARTORIUS : *Aber ja doch* (und da Arzt 2 einen Ärztekalender hervorpflückt, eine der vielen leeren Seiten herausreißt und mit einem Ärztekugelschreiber einen ärztlichen Schuldschein zu improvisieren beginnt) — *nur fürchte ich ...*

Schweinichen aber hält Wort : als er 1664 ablebt, kriegt Silesius sogar alles. Auch Frankenberg-Handschriften. Eine wichtige, die Silesius besessen und seinerseits den Jesuiten vermacht hat, bleibt leider dem publico bis heute vorenthalten : ›Judicium super IV. libr. Esdrae‹.

ARZT 1 : *Keine Angst — und ein kleiner Notbarren draußen, im Handschuhfach, als Sicherheit?*

SARTORIUS : *Selbstverständlich! Treu und Glauben, Ihr Wisch wird schon gedeckt sein. Gratuliere, meine Herren, ein Schnäppchen* (beugt sich vertraulich vor, leise) *— und die Luxusyacht morgen ist auch noch drin*

Die Ärzte verbeugen sich, schütteln Sartorius' Hand, geben Nummernmädchens Wangen Küßchen und setzen sich.

ARZT 1 : *Von wegen non olet, haha. Der hat sich noch nie von Loisy bar zahlen lassen*

ARZT 2 : *Das werden die nie verstehn. Nie!*

Untänzelnd und die Arme verschränkt steht Nummernmädchen am Rand der Bühne : nein, **das** wird es nicht anfassen. Sein Vater eilt zu ihm, schilt kurz und abseits des Mikrophons, mahnt häuslich gegebene Versprechen an, nimmt dann aber die Sache selbst in die Hand und greift sich den desparaten Lederband.

SARTORIUS : *Zum Ausruf gelangt Los 7, von dem ich ehrlich gesagt nicht weiß, wie es sich hierher hat verirren können. Reproduktionen von irgendwelchen Handschriften von Schreiberlingen, Hölderlein und so weiter, Schätzpreis aberwitzige 2000. Ich bin gut gelaunt. Wir beginnen bei 1500, höre ich 1500? Will das vielleicht irgendjemand haben, steht hier irgendeiner auf die Klaue von Leuten, die sich vor 200 Jahren für prominent hielten?* (und wo niemand sich meldet, meldet sich Plocher. Wenn auch nur zögerlich)

SZERZANT (merkt auf und schaltet schnell) : *Das is ja wohl nich wahr, das hab ich mal gehabt, boah, hat Silke mich beschissen — ich muß hier raus, ich mach draußen 'ne Dynamische*

Szerzant drängelt aufgebracht aus dem Saal — selbst vier Stuhlreihen weiter vorn errötet Dietrich — er bät da gern alle um Verständnis : immerhin könnte es jemanden im Raum geben, der sich erinnert, daß er neben Szerzant gesessen hat. Oder sogar vor Beginn der Auktion beobachtet hat, wie er neben Szerzant gestanden ist — oder, schlimmer noch, Szerzant und ihn gemeinsam aus dem Corolla hat steigen sehn ... vielleicht sogar steht auf Dietrichs Stirn geschrieben, daß er manchmal ein Buch von Szerzant kauft — Dietrich wischt sich über die Partie, hinter der sein Rauchwunsch wohnt.

SARTORIUS (ohne Miene) : *Der Kim-Schmitz-Typ, mit dem ich mich vorhin so nett unterhalten hab, 1500. Na gut. Ihnen ist wohl bange, gar nichts abzubekommen heute, hm? 1600, jemand 1600? ... Niemand 1600? Soll ich mal 1400 machen, so zum Spaß? Nein? Gut, dann 1500 zum Ersten, zum Zweiten, zum — 1600, verstehe, Kim Schmitz, du kleiner Drecksack — aber obs dir helfen wird?*

Plocher hat den Arm oben, lächelt verlegen, schwitzt stark und blickt sich entschuldigend im Saal um. Sartorius winkt den Praktikanten herbei und teilt eine geflüsterte Instruktion aus. Der Praktikant saaldienert an Plocher heran, tuschelt ihm etwas ins Ohr, Plocher tuschelt zurück, deutet auf seine Brusttasche und gewährt einen kleinen Einblick.

PRAKTIKANT (reißt den Daumen hoch) : *Er kanns!*

SARTORIUS : *Schön schön. Weiter im Text : bietet jemand 1700 ? Nein ? Wundert mich, ich muß schon sagen …* (Plocher hebt den Arm) … *ausgezeichnet, Eins-Sieben, der leidenschaftliche Herr, der offensichtlich auf meine Langmut spekuliert, nur weil er sich vorhin mit mir unterhalten durfte*

ARZT 1 (am Ziel seines Sehnens, blättert mit der Vorsicht der Leidenschaft und hat für nichts um sich herum mehr Augen) : *Ich glaub, das ist sein Geld wert, das sind 46 satte Seiten mit überall was drauf … guck mal, hier steht was* (kann allerdings ›ע Augenbronn der ☉‹ nicht lesen)

ARZT 2 (erregt) : *Mann!*

ARZT 1 : *Cool — und hier, hier steht auch was* (kryptische hebräische Diagramme, SATOR-Spielereien) *hier, hier* (kniet sich dann doch in die Entzifferung der fetten, schwierigen Fraktur) *: ›inniger, zu sich selbst gekehrter Willen … oder geistliches Wallen … und Aufquällen und der Wille zog sich in ein kräftiges Begehren wie der junge Most in seinem Circulieren, pfleget zu gyren oder zu gähren und die Begierde gebahr in sich ein dringendes Gelüsten oder Sähnen … und der Geist rührete rieb rang und drang sähnete ängstete und erwärmte sich in und mit sich selber‹, das ist es doch, oder? Das sind doch Loisys Symptome*

ARZT 2 (reißt ›Raphael‹ an sich, blättert) : *Da, da, da, ›stieg auf ein subtiler Dampf oder geistlicher Rauch und Nebel. Dehme folgete der Geruch und die Entzündung, so da war ein götliches übernatürliches Feur‹ — das ist es, das ist ja großartig, so klar hat das nicht mal Sauerbruch formuliert, Teufel auch eins, welch eine diagnostisch-deskriptive Kraft!*

ARZT 1 (hektisch) : *Hier, ›die Haubt-ursache aller Kranckheiten ist die Übertretung der göttlichen Gebote … rechte Ordnung oder methodus zu curiren ist ein bußfertiges Leben‹ — dazu allerdings werden wir ihn nicht bewegen können, genauer gesagt, werden wir ihn überhaupt nicht bewegen können … hm … wir brauchen was anderes*

ARZT 2 : *Da stehts doch, da stehts doch : ›durchs Jordans Wasserbad verging der Aussatz‹, 2. Rg. 5,14*

ARZT 1 : *Was ist denn ›Rg‹ ?* (laut in den Saal) *Entschuldigung, weiß hier jemand, was ›Rg.‹ ist?*

ARZT 2 : *Ja genau — irgendwas mit ›Regierender‹ etwa, so ›Bürgermeister‹ ?*

PRAKTIKANT (sitzt mittlerweile neben Plocher) : *Regnum, Buch der Könige, Altes Testament*

ARZT 1 : *Danke!*

ARZT 2 (laut in den Saal) : *Jemand eine Bibel hier, oder Zigaretten ?*

ARZT 1 : *Boah, was da alles an Weisheit steht, hier, ›der Athem Gottes tödtet und machet wieder lebendig‹, Psalm 104,29 — nicht von schlechten Eltern*

ARZT 2 (glücklich) : *Und hier, gemma magica, lapis foetorum, ›der Stain ist Schwartz und stinckende‹, hat Loisy nicht neulich sowas ausgeschieden ?* (vorn kommt der Praktikant in die Pötte, zündet eine ›Lucky Strike‹ an und läßt sie zusammen mit einem Handaschenbecher nach hinten durchreichen)

ARZT 1 (fassungslos) : *Du hast recht — das wird ein schwarzer, stinkender Stein gewesen sein*

ARZT 2 : *Ich sehe große Dinge! Weißt du, was wir machen? Wir entwickeln eine Eigenstein-Kur*

ARZT 1 : *Dann will ich aber einen Künstlernamen*

ARZT 2 : *Und ich ein Pseudonym. Ich melde schon mal ›Raphael‹ an*

ARZT 1 : *Dann ich ›Fra Angelico‹*

ARZT 2 : *Warum denn ›Fra Angelico‹?*

Wäre diese Unterhaltung nicht leis und hecheltönen geführt : der Praktikant hätte aufspringen und unbeschadet, daß Arzt 1 ›Fra Angelico‹ rein herbeiassoziiert und ausgekaudert hatte, künden können, *weil Fra Angelico der Patron der Künstler ist, wegen ›Künstlername‹ doch, und weil er so schöne Engel gemalt hat* — so aber geschieht das nicht, verstreicht eine halbe Stunde, in der Plocher ständig die rechte Hand hebt, der Praktikant ihm aber als bestellter Betreuer die klatschnasse Linke hält.

SARTORIUS : *5000, höre ich 5000?* (Plocher hebt die Hand) *Na so was, der Mann mit der Geschäftsidee des Jahrhunderts, 5000. Herr, ich bin bereits geraume Zeit Ihrer überdrüssig. Jemand 5500?* (niemand, nicht mal Plocher, meldet sich) *Na, da geht Ihnen die Puste aus, was? Sonst reichts nicht mehr für den Sprit heim, wie? Hätte nicht übel Lust, selbst Fünffünf zu sagen. Holen Sie sich sofort Ihren Krempel hier ab, eh Sie sichs anders überlegen* (hastig) *Zuschlag Zuschlag Zuschlag, einszweidrei — ich brauche fünf Minuten Pause*

— das alles war Montag. Die Samstagtaugenichtse sind verwirrt : nun ist Dienstag. Was ist zu tun? Auf keinen Fall Bücher kaufen. Wüßte Keller davon, daß die Samstagtaugenichtse sich zur Möglichkeit des Bucherwerbs abschlägig verhielten, wär er zwar beruhigt, aber nie so sehr, daß seine Beunruhigung darüber, daß sie ihn überhaupt erwägen können, sich legte. Wie glücklich Keller, daß anderes ihn bewegt. Zügig durchteilt er die Wallanlagen, saugt die florale Luft, sieht vor der Bronze ›Das Ende‹ einen geleint-scheißenden Spitz, kneift die Augen, daß er ihn nicht sieht und ruft ihn leis *Scheiß-Stumpf* — eine Fliege, die sich an einem der rargewordenen öffentlichen Abfallkübel, rußgezeichnet von einem der vielen in Umlauf befindlichen Sprengkörper, gütlich tut, wird so erst auf die bedeutende Offerte aufmerksam und variiert den Ovid, ›video meliora, probo sequorque‹ [307]. Keller eilt, ist fünf vor zehn im rosenumrankten Eckhausantiquariat, dabadadabt eine dumme kleine Funkmelodie und setzt Kaffee auf. Erhaben

[307] Metamorphosen VII, 20–21 : »Video meliora, proboque; deteriora sequor« — »Ich sehe das Bessere und find es gut; folge aber dem Schlechteren«. Wie zähflüssig hingegen die elenden Ausführungen Paulus', erfolgreich bemüht, die kernige Feststellung Ovids zu zerreden, Römer 7 : »Was wollen wir denn nun sagen? ... Denn ich weiß nicht, was ich tue. Denn ich tue nicht, was ich will; sondern was ich hasse, das tue ich. Wenn ich aber das tue, was ich nicht will, so gebe ich zu, daß das Gesetz gut sei. So tue nun nicht ich es, sondern die Sünde, die in mir wohnt. Denn ich weiß, daß in mir, das ist in meinem Fleische, wohnt nichts Gutes. Wollen habe ich wohl, aber vollbringen das Gute finde ich nicht. Denn das Gute, das ich will, das tue ich nicht; sondern das Böse, daß ich nicht will, das tue ich. Wenn ich aber tue, was ich nicht will, so tue nicht ich es, sondern die Sünde, die in mir wohnt« et cetera perge perge — schreibt hier ein Präfreudianer, ein Post-Adamit oder ein einfach nur Verwirrter?

über die kraftraubenden Irritationen der Taugenichtse bricht die Kirchturmuhr sich zehnmal ›bumbaum‹ über die schmale Gasse Hinter der Balge — auf den Punkt schließt Keller die Tür auf, greift aber nicht sofort den Stellkasten mit Merian-Heften, sondern beugt sich darüber und fragt die Doubletten ab, entfernt die von Wallis, Schwarzwald, Berchtesgadener Land, entfernt gar alle Vertreter Sardiniens und der Steiermark und wirft die fortsortierten Meriane auf den Kissenlappen, der halb vom Tresenstuhl hängt. Die gerissene Lücke? leichtgestopft! Keller schnappt von der getürmten ›Eingreifreserve Merian‹, die auf dem Treppenpodest wacht, seltenere Hefte fernerer Landstriche her, füllt den Kasten auf und schleppt ihn nun erst bäuchlings gepreßt vor die Tür unters Schaufenster. Draußen rüttelt und streichelt er das renovierte Angebot glatt, scheint zufrieden, starrt in einer flüchtigen Laune in das, was das buchverstellte Fenster vom Verkaufsraum noch freigibt, beschlüpft dann wieder Laden und Treppe und läßt die Tür einladend offen.

Von den ›Bremer Jahrbüchern‹ aber, mit denen Keller noch am Samstag begonnen hatte, auf dem Sims das Schaufenster zur Gasse hinaus von innen zu vermauern, klettern, eben noch von Keller übersehen, die vier Buchstaben. Sie waren heute extra früh aufgestanden, hatten sie sich doch gleich Samstag einvernehmlich vorgenommen, Keller eine Überraschung zu bereiten, auf den Jahrbüchern Posten zu beziehen, von sieben bis zehn Uhr die Passanten zu zählen und gegebenenfalls die Resultate ihrer Erhebung, wenn die auch nur die geringste Signifikanz aufweisen sollten, irgendwie Keller zur Verfügung zu stellen. Daß sie keinen Schimmer hatten, wie eine Mitteilung an Keller aussehen sollte, war ihnen egal und gottlob auch wirklich gleichgültig, denn etwa eine Empfehlung, den Laden zwei Stunden oder auch nur eine halbe früher offenzuhalten, hätten sie nicht guten Gewissens geben können : bis auf Mastmensch — den sie denn auch gleich für fünf gezählt hatten — war die letzten drei Stunden niemand vorbeigelaufen. Das alles aber ist jetzt vergessen, denn es hat sie mitgenommen, was eben hier passiert war, sie hatten ja Augen und Ohren nicht getraut, Keller summend, Keller Sorgfalt wendend auf das Meriansortiment. Die vier Buchstaben suchen zu verstehen und inspizieren nun, welche Reiseziele Keller denn zum Opfer gefallen waren.

HEBRÄISCHER BUCHSTABE : *Was ist er denn heut so liebevoll?*

CLAUDIUS 2 : *Er ist auffallend gutgelaunt, stimmt*

CLAUDIUS 3 (deutet auf gleich drei Sardinien-Exemplare) : *Vor allem : was hat er gegen Sardinien? Sardinien ist doch schön?! ›Sardinien‹ kann man doch gar nicht genug haben. Nur weils nicht ganz so berühmt ist wie Korsika*

CLAUDIUS 1 (schlau) : *Wegen Napoleon das*

HEBRÄISCHER BUCHSTABE : *Genau. Und da haben wirs doch schon : wen hat denn Sardinien? Gar keinen. Da kam gar keiner her. Da hat Keller doch ganz recht, das rauszutun. Doofes Sardinien. Die brauchen da doch solche Hefte, daß da überhaupt mal jemand hinfährt*

CLAUDIUS 2 (kommt ins Grübeln) : *Also, so direkt sardischer Buchstabe möcht ich jetzt auch nicht unbedingt sein*

CLAUDIUS 1 : *Ich auch nicht*

CLAUDIUS 3 (mürrisch) : *Gibts doch gar nicht, sardische Buchstaben*

HEBRÄISCHER BUCHSTABE (listig) : *Eben*

CLAUDIUS 3 (flammt auf) : *Aber das weiß der Keller nämlich vielleicht gar nicht, daß Sardinien doch berühmt ist. Für sein Lachen* [308]

HEBRÄISCHER BUCHSTABE (nasrümpfend) : *Aber Käse und Honig von da taugten nichts, die hatten einen ganz üblen Ruf — das roch ja bis zu uns rüber, das mußt du jetzt ruhig mal einsehn*

CLAUDIUS 1 (schöngeistig) : *Er hat recht, ich sage nur Horaz* [309], *›De arte poetica‹*

CLAUDIUS 2 (stimmt ins Contra ein) : *Die waren da doch sogar demilitarisiert*

---

[308] Risus sardonicus — bekannt schon aus der Odyssee XX, 301–302, wo Homer von Odysseus sagt, er μείδησε δὲ θυμῶι / Σαρδάνιον μάλα τοῖον, verberge unter sardonischem Lächeln seinen Zorn. — Vom Hauptfeind des Polybios, dem Sizilianer Timaios von Tauromenion (~360–265), hat sich in Platon-Scholien ein Bruchstück erhalten (566 F 64 in Felix Jacobys ›Fragmente der griechischen Historiker‹, 3 B, 1964 Leiden), das einen sardischen Ritus verbürgt : »Σαρδάνιον, παροιμία ἐπὶ τῶν ἐπ' ὀλέθρωι τῶι σφῶν αὐτῶν γελώντων. οἱ γάρ τήν Σαρδὼ κατοικοῦντες, ὥς φησι Τίμαιος, ἐπειδὰν αὐτοῖς ἀπογηράσκωσιν οἱ γονεῖς, καὶ νομίσωσιν ἱκανὸν βεβιωκέναι χρόνον, ἄγουσιν αὐτοὺς ἐπὶ τὸν τόπον ἐν ὧι μέλλουσι θάψαι, κἀκεῖ λάκκους ὀρύξαντες ἐπ' ἄρκων χειλῶν τοὺς μελλοντας ἀποθνήσκειν καθίζουσιν, ἔπειτα ἕᾳκαστος αὐτῶν σχίζαν ἔχων τύπτει τὸν ἑαυτοῦ πατέρα, καὶ εἰς τοὺς λάκκους περιωθεῖ. τοὺς δὲ πρεσβύτας χαίροντας ἐπὶ τὸν θάνατον παραγίνεσθαι ὡς εὐδαίμονας, καὶ μετὰ γέλωτος καὶ εὐθυμίας ἀπόλλυσθαι« — was ungefähr heißen soll : »Die Sarden haben das Sprichwort : lachend erlebe man seinen Todestag. Nämlich haben die von Timaios benannten Bewohner Sardiniens, daß sie absterben, die Sitte, ihren Eltern die Lebenszeit hinreichend zu bemessen. Die jungen Sarden führen die Alten an die Gruben, in denen sie sie begraben wollen, und die Totengräber bringen dort die Alten, die lächelnder Lippen zum Tode anstehen, um : die Alten hocken sich nieder und jeder einzelne von ihnen wird mit einem Scheit erschlagen, selbst wenn es der eigene Vater ist, und anschließend in die Grube geworfen. Die Alten aber eilen freudig dem Tod entgegen, denn sie erwarten Glückseligkeit und gehen mit Gelächter und fröhlich zugrunde«. Rauhes Klima, rauhe Sitten. Nur gegessen wurden sie wohl nicht.

Pausanias aber führt in Ἑλλάδος περιήγησις X 17,7 das sardonische Lachen auf den Genuß eines einheimischen Krautes zurück, das unbekömmlich sei und Krämpfe verursache, die a) zum Tode führen und b) währenddem ein widernatürliches Lächeln aufs Gesicht zaubern — von Dioskurides schon als Herba Sardonia, Wasser-Eppich identifiziert.

Worauf die Encyclopédie unter ›Ris sardonique‹ nach detaillierten toxikologischen Bemerkungen großen Wert legt : »Le *ris sardonique* est aussi connu sous le nom de *spasme cynique*, & cette dénomination lui vient de ce que les levres, dans cet état de convulsion, imitent la figure de celles d'un chien lorsqu'il grince des dents; *cynique* est dérivé de κυνός, qui veut dire *chien*« — »Das *sardonische Lachen* ist auch unter dem Namen *zynischer Krampf* bekannt, und diese Bezeichnung kommt daher, daß die Lippen in diesem konvulsivischen Zustand das Bild eines Hundes nachahmen, der mit den Zähnen bleckt; *zynisch* abgeleitet von κυνός, was so viel heißt wie *Hund*«. Im Genitiv.

[309] Obwohl Horaz teilweise da im Irrtum ist, man urteile selbst, 372–376, »mediocribus esse poetis / non homines, non di / non concessere columnae / ut gratas inter mensas symphonia discors / et crassum unguentum et Sardo cum melle papaver / offendunt« — »Von Mittelmaß zu sein, erlauben dem Dichter nicht Menschen, nicht Götter, nicht die Auslagen der Buchläden. Wird bei gutem Essen Katzenmusik dargebracht oder ein fettes Salböl oder zum Mohn sardischer Honig — ist das Unglück geschehen«.

CLAUDIUS 3 : *Aber nur ganz kurz, wegen Karthago. Und dann waren sie unsre Provinz*[310]

CLAUDIUS 1 (feinschmeckerisch) : *Bei dem Honig können die von mir aus dreimal unsere Provinz gewesen sein*

CLAUDIUS 2 (zu Claudius 3) : *Und Provinz waren sie auch immer nur mit Korsika, das darfst du nie vergessen*

CLAUDIUS 1 (noch schöngeistiger, zu Claudius 3) : *Und vergiß Martial nicht*[311]

HEBRÄISCHER BUCHSTABE : *Kann ich alles nur bestätigen, das war doch eure Mülle, da war die Luft doch dick und machte krank, da haben doch eure Kaiser ...*

CLAUDIUS 3 (drohend) : — *das waren auch deine Kaiser, Freund*

HEBRÄISCHER BUCHSTABE : ... *auch alle Mißliebigen hin verbannt, aber natürlich nicht die richtige Prominenz, die kam fein nach Korsika*[312] — *und außerdem haben sie heut da noch das Gesetz, daß man so viele Katzen halten muß, wie man Zimmer hat: wegen all der vielen vielen Ratten* (schüttelt sich ängstlich) — *ob hier auch ... ?*

CLAUDIUS 1 (tröstet schöngeistig) : *Hier haben wir Leo, der ist hier Ädil*

CLAUDIUS 2 (weiß stolz noch eins in die Kerbe zu schlagen) : *Und : die haben da Couvade gemacht* (der hebräische Buchstabe errötet)

CLAUDIUS 3 : *Wer? Wer hat da Couvade gemacht?*

CLAUDIUS 2 : *Die Ureinwohner*

CLAUDIUS 3 (findet die Schwachstelle des Einwandes) : *Und die sind jetzt gut, die Ureinwohner, oder was?*

CLAUDIUS 2 : *So hab ich das doch gar nicht ...* (hat er auch wirklich nicht, im Gegenteil — gar nichts hat er gemeint. Und schämt sich jetzt)

CLAUDIUS 3 (in gerechtem Zorn) : *Nur weil die älter sind und vor uns da waren, soll jetzt alles toll und ehrwürdig sein, was die da veranstalten?* (wirft sich ins Brüstchen zu einer kleinen Absurdität) *Wir aber waren noch viel früher eben woanders und noch viel älter — das gilt hier wohl gar nichts mehr, seh ich das richtig?*

HEBRÄISCHER BUCHSTABE (springt Claudius 2 zur Seite, zu Claudius 3) : *Aber das eben war doch ein Argument. Die Frühzeit ...*

CLAUDIUS 3 : *Du sei mal ganz still, du ›Kind‹ Kanaans*

---

[310] Die römische Republik bat sich nach dem ersten Punischen Krieg 237 v. u. Z. von Karthago Korsika und Sardinien aus und erhob beide zehn Jahre später zu ›Sardinia et Corsica‹, ihrer nach Sizilien zweiten Provinz. Karthager nervten fortan da zwar nicht mehr, aber störrische Einheimische — die noch um 19 unruhig waren (→ Annalen II, 85, dort Tacitus einen Senatsbeschluß anführt, daß viertausend Leutchen, von ägyptischen und jüdischen »superstitione infecta«, nach Sardinien verbannt werden, »coercendis illic lactrociniis et, si ob gravitatem caeli interissent, vile damnum« — »dem Räuberunwesen ein Ende zu machen; auch sei es ein geringer Verlust, wenn sie durch die ungesunde Luft umkämen«).

[311] Epigramme IV, 60 : »Nullo fata loco possis excludere : cum mors / venerit, in medio Tibure Sardinia est« — »Kein Ort hält das Geschick uns fern, und nahet der Tod uns / mitten in Tibur kann dann auch Sardinien sein«.

[312] Etwa Seneca, der 41 bis 49 acht vergnügte Jahre dort verbrachte.

CLAUDIUS 1 (hin und her gerissen, zu Claudius 3) : *Da hast du nun auch wieder recht* (zum hebräischen Buchstaben, abstrafend) *Ich sag nur : ›Milch und Honig‹*

CLAUDIUS 3 (obenauf, **will** mißverstehen) : *Wieso ? ist mit sardischer Milch jetzt auch was nicht in Ordnung ? Hört bloß auf mit Frühzeit, Frühzeit fängt bei mir an ab urbe condita, und da ist dann auch gleich Schluß mit Frühzeit — ich muß schon sagen : ich bin enttäuscht* (hat aber eine Idee) *Horaz, eh ? ... wartet nur, euch werd ichs zeigen*

Claudius 3 hüpft vom Tresenstuhl — im selben Moment füllt Plocher die Tür, bereit einzutreten, geht dann aber in die Hocke, greift sich den vorbeistrolchenden Leo und der läßt sichs gefallen und wird gekrault.

PLOCHER : *Ja du bist ein Braver, du paßt hier fein auf, jaa ...*

Und ein Tiervibrieren bestätigt ihn. Wems mehr gefällt — man weiß es nicht. Wems länger gefiele, ist klar : die trauliche Zeit, sekundengezählt : Leo windet sich, Plocher gibt nicht sofort frei, Leo springteufelt in den Laden und blindflüchtet die Treppe hinauf.

PLOCHER : *Nei-ein, das ist ein böser Onkel, der will kein tapferes Kätzchen, der ist dumm, der sagt immer, du würdst ihm auf die Matte pinkeln* [313]

Bis ins Einzelne hatte Plocher seinen Auftritt ausgearbeitet, ein kräftiges ›Vivat, crescat, floreat ! Keller ! herbei ! ich komme in friedlicher Absicht, Sie feiger Hund‹ hatte er zur Begrüßung schallen wollen — und nun stolpert er einem dummen Tier hinterher und muß mitansehn, wie Keller majestätisch, ein Bein gewinkelt zur Katersperre, auf dem Treppenpodest erscheint. Leo macht kehrt, fixiert aus sechs Stufen Höhe seinen Krauler — und ist im Nu an dem vorbei ins Freie geflitzt. So richtig zufrieden scheint augenblicklich nur die Fliege, gegen die Keller grad eine Hand mit Buch erhoben hatte. Keller winkt Plocher heran.

KELLER : *Mein Gönner !*

PLOCHER (sorgenmienig) : *Tut mir leid, Freund* (beide gehen in den ersten Stock)

KELLER : *Was tut Ihnen leid ? daß Sie mir kleine Tiere ins Haus tragen oder ...* (mitbesorgt) — *Sie habens doch, oder ? Oder haben Sie's nicht ?*

PLOCHER : *Was ein Plocher sagt, geschieht auch*

KELLER (beruhigt) : *Kaffee ?*

PLOCHER : *Danke nein — bin immer noch viel zu erregt*

KELLER : *Genau wie ich. Und, wieviel ? Mußten Sie bis 5000 gehen ?*

PLOCHER : *Keller ! jemand war hartnäckig interessiert, ich mußte das Äußerste tun, nur mit entschiedenstem Einsatz meiner gesamten Person, mit Engelszungen und Schwertern ...*

KELLER : *Stop. Wir machens jetzt so : Sie sagen mir sofort, wie hoch Sie steigern mußten — und anschließend zeigen Sie's mir. Auch sofort*

---

[313] Stimmt. Keller sagt das. Stimmt aber auch, daß Leo das getan hat. Den ersten Sommer noch hatte Keller Leo gelitten, fands sogar recht possierlich, wie manchmal Leo sonnenbeschienen auf dem kratzigen Fußabtreter lag und Kunden so sehr lockte wie fernhielt. Dann aber mußte Keller aus dem bekannten Grund den Kontakt fürs Ladeninnere abbrechen — und auch außerhalb kühlte das Verhältnis merklich dann ab.

PLOCHER (stolz und wahrhaftig) : *Ich habe exakt 5000 geboten, keinen Heller mehr, Freund*

KELLER : *Na gut — das Geld ist da*

PLOCHER : *Mit 15 Prozent Aufgeld macht das dann 5652,17 ...*

KELLER (bleich) : *Aufgeld?*

PLOCHER (seine Welt) : *Natürlich. Die Bande von Hauswedell muß ja auch was verdienen*

KELLER (bleich) : *Aha*

PLOCHER (immer noch seine Welt) : ... *plus 7 Prozent Mehrwertsteuer ...*

KELLER (bleich) : ... *wovon wir auch nicht gesprochen hatten, was ... von mir nie so gemeint war ...*

PLOCHER : *Na, aber das ist doch klar, wir haben immer netto geredet*

KELLER : *Gut gut, summa summarum?*

PLOCHER : *6021,94, Keller, aber keine Angst, Sie kriegens für Sechs, setz ich halt ein wenig zu und verschon Sie zudem noch mit Zinsausfall, da ichs Ihnen auslegte, und verliere kein Wort über Reisekosten, Reifenabrieb etc. — das wars mir wert, die Deppen da alle zu demütigen und der deutschen Literatur meine Kraft zu weihen, vor allem, Keller: das sind Sie mir wert — Sie, und der ›Hesperus‹ ... — jetzt freuen Sie sich und gucken nicht so*

KELLER (kleinlaut) : *Gerne. Es ist nur so : als ich sagte Fünf, meinte ich Fünf. Da meinte ich nicht Sechs*

PLOCHER (röhrt) : *Aber können Sie doch alles steuerlich geltend machen!*

KELLER : *Was heißt das? Heißt das, ich kriegs wieder?*

PLOCHER : *Nun, nicht grad das, nein, nur, daß Sie den Betrag nicht versteuern müssen. Und das ist doch Grund zur Freude! : weniger Gewinn!*

KELLER : *Weniger was?*

PLOCHER : *Ach ja, kennen Sie ja nicht — Gewinn, das ist das, wovon Sie Ihr Saus und Braus bestreiten, Keller. Was Sie aber vielleicht kennen* (wühlt in seiner Brusttasche) *: ich habe uns eine Zigarre mitgebracht, daß wir gebührlich unsern Sieg über die feiern, die nicht wissen, was ein Stabreim ist! Freund und Freund zusammen, wie sich das gehört! Sie wissen doch : ›Freunde sind Gottes Entschuldigung für Verwandte‹ — Gibbon, großer Mann*

KELLER : *Sie haben recht, Hauptsache, es ist da. Es ist doch da? Wo ist es? Ist es in der Plastiktüte? in Ihrer herrlich grünen Plastiktüte?*

PLOCHER (steckt sich triumphierend die Zigarre an) : *Hier, Keller, hier ist es* (holt die Facsimile's unter Knistern aus der Tüte und legt sie behutsam dem strahlenden Keller in die Hand) *Und das Geld, das Geld, wo ist das?*

KELLER : *Moment* (gräbt die fünf Tausender unter den Radtkes und aus der Ecke Erotica ein Kuvert mit zehn Hundertern hervor, übergibt beides an Plocher und ruft dem Briefumschlag nach) *Du warst die halbe Miete*

PLOCHER (herrschaftlich paffend) : *Sehn Sie, nicht mal die ganze haben Sie erwirtschaftet. Da sind Ihre paar Kröten doch sicher besser so angelegt. Deutsche Literatur ist wieder groß im Kommen, die ging in Hamburg wie geschnitten Brot* (Keller hält gerührt die Facsimile's in

Händen und blättert Hölderlin auf) *Und jetzt lassen Sie mal Ihren Hölderlin, gucken Sie sich lieber die Handschrift von Jean Paul an* [314] *— bin sehr am Überlegen, ob ichs nicht meiner Sammlung einverleiben sollte*

KELLER : *Den Teufel werden Sie tun. Wissen Sie aber, was ich mit diesem Erwerb getan hab?* (drückt die Facsimile's an seine Brust) *Ich hab einen fait accompli rückgängig gemacht* (sonnt sich in seiner philosophisch bedeutsamen Tat)

PLOCHER : *Das ist schlau von Ihnen Keller, daß Sie das getan haben, jeder andere hätte sich die Finger dran verbrannt. Nicht so Sie! Aber jetzt zeigen Sie doch nochmal, obs nicht wirklich bei mir besser aufgehoben wär*

Plocher legt die zigarreführende Hand auf die Facsimile's, Keller leistet Widerstand und im vorsichtigen Scherzgerangel wirbeln die Seiten um, stürzt Asche von der Zigarre zwischen die Blätter und sengt ... einen unleserlichen Brief Körners. Keller reagiert prompt, verschafft sich in einem gewaltigen Ruck die Hoheit über das Buch und fegt den Glimm mit einer Handbewegung zu Boden. Plocher und Keller besehen den entstandenen Schaden.

PLOCHER (betreten) : *Sieht aus wie ein Stockfleck. Ist genaugenommen auch ein Stockfleck : gucken Sie nur den Stockfleck daneben*

KELLER : *Nich so schlimm : Körner*

PLOCHER (braust auf) : *Das will ich wohl meinen, daß das nicht schlimm ist. Körner! Trotz all seiner teilweisen Meriten durchaus kein Mann für die Ewigkeit ... — wie auch immer: Keller, Sie in diesem bewegenden Moment nicht weiter zu stören, genügt es mir, bis hierher Zeuge gewesen sein zu dürfen. Wir telephonieren?*

KELLER : *Wir telephonieren*

— und kurz darauf sitzt Plocher im roten Porsche, schwingt durch den mäßigen bremer Dienstag-Stadtverkehr und hört in sein Handy — das grad auf erfolgten Tastendruck selbsttätig eine gespeicherte Nummer wählt ... und Freizeichen tutet.

LOISY (in Bademantel und Privatbibliothek, hebt den Hörer ab) : *Loisy-y?!*

PLOCHER : *Doktor Loisy? Hier Plocher*

LOISY : *Jaja*

PLOCHER : *Sie klingen gut! schön, daß Sie wieder wohlbehalten ...*

LOISY : *Ach das! die Segnungen der Intensivmedizin, jaja*

PLOCHER : *Eine gute Nachricht. Und noch eine gute Nachricht, Doktor Loisy : ich habs wie vereinbart auf 5000 gewuppt*

LOISY (erfreut) : *Sehr schön, sehr freundlich, jaja. Bin hocherquickt. Und ein neugieriges Mensch : wer hats denn ersteigert?*

PLOCHER : *Es ist sozusagen in Bremen geblieben. Der Kollege Keller ...*

LOISY : *Ach was ... na, das ist ja ...*

PLOCHER : *Doktor Loisy, weshalb ich anrufe : ich hab Ihre Einlieferung grad ausgeliefert*

---

[314] Es ist aber gar kein Jean Paul zu die ›Famous Authors‹ versammelt worden.

und bin noch in Bremen — da ich selbst einige Verpflichtungen auf der Auktion eingegangen bin : meinen Sie, wir könnten gleich abrechnen …

LOISY : *Abrechnen, jaja*

PLOCHER : *… die zehn Prozent?*

LOISY : *O, zehn Prozent, ich weiß gar nicht, ob ich 300 im Hause hab …*

PLOCHER : *300?*

LOISY : *… ich hab ja erstmal latzen müssen, die halten ja die Hand auf, die Ärzte, sobald einer nur privat ist, und die Taler vom Tagegeld, sowas dauert ja, und Hauswedell hat ja nun auch noch nicht überwiesen, darüber kanns, wie Sie freundlicherweise wissen, noch Herbst werden*

PLOCHER : *300? Doktor Loisy! Gewiß können sich meine Erfahrungen nicht mit den Ihren messen, aber ich habe noch gelernt : zehn Prozent von 5000 sind 500*

LOISY : *Jaja*

PLOCHER (da Loisy weiter nichts sagt) : *Es geht also weniger um 300, die ich von Ihnen bekomme, sondern um 500*

LOISY (gelassen) : *Soso. Meines Erachtens aber sprachen wir darüber, daß Sie zehn Prozent von allem bekommen, was Sie über 2000 erzielen, und Sie haben freundlicherweise 3000 auf die 2000 drauflegen können, das macht nach Adam Riese …*

PLOCHER (verbittert) : *Dann ist das ein Mißverständnis, entschuldigen Sie bitte und mühen sich nicht länger und werden Sie gesund …*

LOISY (gleichmütig) : *Is jut*

PLOCHER : *… nur 300 hülfen mir jetzt gar nicht weiter, auf Wiederhören, Herr Loisy* (schmeißt das Handy beiseite, tritt wütend aufs Gaspedal und schwenkt Richtung B 75) … *Verbrecher*

— ›Verbrecher‹ fällt just zu dem Zeitpunkt, an dem Detlef, der sich einen Tag Sonderurlaub befohlen hat, ausgiebig seiner Freude leben und das Celanblatt einer Tiefenwürdigung unterziehen zu können, in seiner hamburger Villa am Phasenkontrastmikroskop eine Entdeckung macht und auf der Rückseite des Blattes in weichem Graphit notiert das mikrogrammgroße Bekenntnis Celans, er sei in Czernowitz der Waffen-ᛋᛋ beigetreten, lupt — welche biographische Weitung Detlef sofort sich entschließt, tief im Herzen zu vergraben —, und Claudius 3 hochgestimmt zu seinen drei Freunden, die vor den Bremer Jahrbüchern warten, zurückkehrt.

CLAUDIUS 1 : *Du hast Kellers schweren Freund verpaßt. Ich glaub, weil der kommen wollte, war Keller so gut gelaunt*

HEBRÄISCHER BUCHSTABE : *Ich glaub das auch. Wo warst denn du?*

CLAUDIUS 3 : *Im Keller*

HEBRÄISCHER BUCHSTABE : *Und was hast du da gemacht?*

CLAUDIUS 3 : *Schlau hab ich mich gemacht. In alten, verschmierten Schulbuchklassikern. Hat es vorhin nicht geheißen, gar keiner kam von Sardinien? War das nicht so?*

CLAUDIUS 2 : *Wir wollten dich nicht ärgern*

CLAUDIUS 3 : *Und was ist mit Tigellius?*

CLAUDIUS 2 : *Der?*

CLAUDIUS 3 : *Jawohl! ›Sardus habebat / ille Tigellius hoc‹* [315]

---

[315] Da hat er ja was ausgegraben! Den Favoriten Caesars, Kleopatras und Octavians! Horaz, Sermones I, 2–3. 3 : »Omnibus hoc vitium est cantoribus, inter amicos / ut numquam inducant animum cantare rogati / iniussi numquam desistant. Sardus habebat / ille Tigellius hoc. Caesar, qui cogere posset / si peteret per amicitiam patris atque suam, non / quicquam proficeret; si conlibuisset, ab ovo / usque ad mala citaret ›io Bacchae‹ modo summa / voce, modo hac, resonat quae chordis quattuor ima / nil aequale homini fuit illi : saepe velut qui / currebat fugiens hostem, persaepe velut qui / Iunonis sacra ferret; habebat saepe ducentos / saepe decem servos; modo reges atque tetrarchas / omnia magna loquens, modo ›sit mihi mensa tripes et / concha salis puri et toga, quae defendere frigus /quamvis crassa queat‹. deciens centena dedisses / huic parco, paucis contento, quinque diebus / nil erat in loculis; noctes vigilabat ad ipsum / mane, diem totum stertebat; nil fuit unquam / sic inpar sibi« — »Alle Sänger pflegen diese Unart : gebeten, unter Freunden ein Lied vorzutragen, lehnen sie ab; unaufgefordert finden sie kein Ende. So auch Tigellius, der Künstler, den die Sarden hatten. Wenn Caesar, der ihn doch nötigen konnte, bei der Freundschaft zu seinem Vater oder zu ihm selbst ihn beschworen hätte : nutzlos; wenns Tigellius aber bei Tische einfiel, sang er ›vom Ei bis zu den Äpfeln‹ das ›Io Bacchae‹, mal mit tiefster, mal mit höchster Stimme. Kein Gleichmaß war an diesem Menschen : oft bewegte er sich, als flöhe er Feinde, und dann wieder, als trüge er Junos Heiligtümer; einmal hielt er sich zweihundert, dann wieder nur zehn Sklaven; eben noch sprach er groß von seinen Königen und Tetrarchen, dann wieder hieß es : ›Mir genügt ein dreifüßiger Tisch, eine Muschel, reines Salz und eine Toga, wenn sie nur dick genug ist, die Kälte abzuhalten‹. Du hattest ihm eine Million gegeben, dem sparsamen, genügsamen Alleszusammenhaltenden : in einer Woche war die Kasse leer. Bald durchwachte er die Nacht bis zum hellen Morgen, dann wieder schnarchte er den ganzen Tag. Kein unbeständigerer Mensch war auf der Welt«.

In Ciceros Familienpost, ›Epistularum ad familiares liber septimus‹, findet sich VII 24,2 ein September 45 in Tusculum geschriebener Brief an Fadius Gallus : für Cicero ist Tigellius ein ›hominem pestilentiorem‹, ein ›bellum tibicilem ... et ... bonum unctorem‹ (›angesagter Flötist und guter Sänger‹ — weil ›unctorem‹ hier zu ›cantorem‹ verbessert gehört, hat Cicero doch nachweislich keinen Witz und wär ›guter Einsalber‹ doch ulkig). Cicero hält nicht an sich, das alte Sprichwort ›Sardos venales, alium alio nequiorem‹ — ›Sarden zu verkaufen, einer liederlicher als der andere‹, zu bemühen, das auf Konsul Sempronius Gracchus zurückgeht, der 181–177 im Krieg gegen aufsässige Sarden derart viele Gefangene machte, daß der Sklavenmarkt zusammenbrach — generell daher Cicero es ablehnt, sardonisch zu lachen : ›Ne rideamus γέλωτα σαρδάνιον‹.

X. Decline and fall

**Darin Achim Wilder den Ruin entschieden voranbringt,
Wiebke gleich zweifach aus dem Paradies verscheucht wird,
beim zweiten Mal sogar ein Verbot übertritt,
eine Gitarre im Antiquariat erklingt
und Christus und die vier Buchstaben verschwunden sind**

Mittwoch — noch sticht ein Rest Sonne in eine Marmeladenwelt, aber eifrig schon kontrahieren Marmeladenwölkchen am flachen Himmel und laufen dunkel an. Bald soll es grollen. Die Kois kriechen in ihre künstlichen Teiche, sie wittern : Doomsday ist, Keller rechnet ab. Angelandet in einem lautlosen Stealth, tut Keller einen feschen Satz auf englischen Rasen, steht im spitzen Widerglast und gebietet über ein Kommando : sein kalter Wink, ein unscheinbares Vierfingerscheuchen in Hüfthöh, entsendet Vermummte. Geduckt eilen Ninjas in drei umliegende Landhäuser, einundzwanzig zweiundzwanzig dreiundzwanzig, dann kommen Barbara Wood und Rosamunde Pilcher hervorgetrieben und werden an ihren Rosenhecken aufgestellt. Ein Ninja mit Zusatzqualifikation trägt in Gebärdensprache und einem Atemzug Anklage [316] und Urteil [317] vor — verächtlich und resigniert, wie Elena Ceauçescu es in die Welt des Füsilierens eingeführt hat, winken Wood und Pilcher ab und sinken, dank schallgedämpfter Pistolen aus dem Hause Heckler & Koch, gerichtet in je ihre rosaüberhauchte Manning's Blush. Allein aus Barbara Cartlands Villa trotten die Häscher zurück und geben Keller stumm Alarm, Cartland sei schon tot. Von allein. An Alter.

KELLER : *Ich glaub das nicht*

Keller beschreitet die Villa Cartland … und stößt im Wintergarten auf die oxydierte Greisin, rücklings gegossen vor ein Schreibgedeck, getüllt in einen altrosa Chiffon, gebrochene Augen in einem Meer Tusche und Make-up, ein verwittertes Nest schrecklicher Sätze die Zuckerwattenhaare, die Linke begriffelt noch über einem leeren Bogen Papier und der drangehängte Arm hingegeben wie der Adams in der sixtinischen Kapelle, da Gott dem Lehmkloß von Zeigefinger zu Zeigefinger Seele infiltiert. Ein Trauerpekinese leckt Cartlands Schoß. Kein Zweifel : die ist hin,

---

[316] Conspiracy, crimes against peace, war crimes and crimes against humanity.
[317] Death.

dem Spruch des Antiquars entzogen durch Biologie. Schon will Keller, halb nur befriedigt, kehrtmachen, Kanister Napalm leeren und gutes Feuer legen ... aber ... ein Lärmlein, nein, das ist kein einsetzender Regen, das ist eher ein Kratzen, ein Schaben ... Keller zoomt heran : Cartlands entseelte Hand schreibt weiter, beginnt eine neue Romanze, ›Sweet Punishment — The Non-Forsaken‹ — Keller erwacht am eignen Schrei.

Mittwoch aber stimmt — er vergewissert sich am Teletext. Und Regen auch — Keller zuppelt am Vorhang und beschielt die Fensterscheibe. Leiser Frühlingsregen. Selten, daß Keller so bunt träumt. Zufrieden kniet er vom Futon. Sehr zufrieden. Denn, o, groß und gut wird der Schnitt heut werden : neun Stunden, und dann gedenkt Keller die Facsimile's in die heimische Bibliothek zu überführen und wird vorher, was er nie zu tun und seinem Ladenpublikum zuzumuten beabsichtigt hatte, nun doch zumuten und tun, denn dulden, daß Facsimile's und ›Konstruktivismussammlung‹ [318] in einem Raum sich befinden, kann Keller gar nicht. Ein fester, nachtüberwinternder Entschluß : heut wird der Konstruktivismus-Dorn, der noch als stetes Memento auf dem Teppich liegt, aus dem Leib der Privatbibliothek gezogen und dem Antiquariat spendiert.

Keller wirft sich vor der Lücke, die er den Facsimile's in den wenigen Metern Hölderlin am Abend vorsorglich schon bereitet hatte, in Schale, tastet sein Sakko ab nach Plochers Knistertüte — die war logolos, das war attraktiv gewesen —, greift das Stolperhäuflein, vertütets, freut sich, fortan sorglos ungehindert Auslauf in den eigenen vier Wänden haben zu werden, schreitet gleich einmal mächtig probeaus und macht dann sich auf in den Schnoor. Hausflureuphorie, leichte Bewegung hinab : das wird sowieso ein guter Tag, Wilder hat sich angekündigt, auf Durchreise zu seinen Eltern, immer ein paar schöne Tauschschnipsel im Gepäck. Und für den Nachmittag hatte Keller das erste Mal seit langem wieder Vogt bestellt, die Welt zu erklären. Und an ihm ein kleines Klipplein zu umschiffen ... — Keller steht im Hauseingang.

Kindertags schon hatte Keller befunden : so ein Regen war nicht, wie seine Eltern ihm immer hatten weismachen wollen, freundlich oder friedlich, so ein Regen war einfach nur lächerlich, und das — wie Keller in einer späteren Einsicht hinzufügen konnte — weil er tatsächlich freundlich und friedlich war. So fällt, merkwürdig allversöhnt, unbeschadet der gereifte Keller nun durchs Wetter und brustbirgt unnötig unterm Sakko die Tüte. Harmlos sprühen paar Tröpfchen ... aber Keller weiß immer noch nicht alles ... kleine Spione sinds, die niederschuppen und ein

[318] Kellers Konstruktivismussammlung besteht seit Hinter Büchern, Der Jacobi-Nachlaß, aus vier Schriften, ihren Schwerpunkt bilden aber nach wie vor zwei Werke Kasimierz Ajdukiewiczs : ›Zagadnienia i Kierunki Filozofii (Teoria Poznania Metafizyka)‹ und ›Zarys logiki‹. Die dritte Schrift ist eine unverschuldet zwischen die Adjukiewiczs geratene Bridgebroschüre. Und eben die vierte : der 47seitige Sonderdruck Johann Christian Christoph Rüdiger ›Von der Sprache und Herkunft der Zigeuner aus Indien‹, Leipzig 1782 — einst ein Präsent von Silke.

feuchtfiligranes Haarnetz ihm gedankenablauschend aufrieseln — und kurz vorm Willy-Brandt-Platz, die Bahnhofspraline schon in Sicht, hat der Regen genug gehört und gibt dem Antiquar noch eins mit und wird zum rechtschaffenen Schauer. Kellers Comenschen beschleunigen, stehen unter, plaffen, so sie's nicht längst getan haben, Schirme auf — und Keller läßt sich anstecken. Zwar bät er jederzeit, wenn er in einer Herberge frei den Schlafplatz würde wählen dürfen, höhnend darum, man möge ihm verstatten, das Lager über der erpendelbar fettesten Wasserader aufzuschlagen, aber vor einem stoßregengeschreckten Publikum ist es ihm alberner, dem allgemeinen Gewese zu widerstehen und zwanghaft anders zu sein, als sich, scheinbar kleinmütig, eines Kompromisses zu bedienen, die Tüte hervorzuholen, in Andeutung über den Kopf zu halten und leicht weniger gemäßigten Tempos dem Hauptbahnhof zuzustreben — den er guter Hoffnung ist, ohne Weiteres zu passieren. Und wirklich : die Zaubertür ist heut nicht defekt, gleitet vor Kellers Gewicht auf und läßt ihn ein, und nun überdacht nimmt Keller gleich vor ›Trendy‹, dem freundlichen Discounter für transliquide Bizarrerien, das grüne Knistern vom Schädel — und bekommts mit Materialermüdung zu tun : im Abwärtsschwung platzt der Tüte Naht, schütten sich, hei, die Ajdukiewiczs und die Bridgebroschüre auf den naturgesprenkelten Granitboden, im Schlittern schnell gebremst von hingeschmatzten Sohlenstempeln. Nur der Rüdiger traut sich nicht raus, der hat sich verfangen.

Was ist mit dem reise- oder sonstwie bewegungslustigen Bremer? Der ist wachsam und vor Ort und muß so dringend nun auch nicht weg. Folgerichtig läuft, während Keller sich bückt, ein Pulk auf, nimmt Anteil am Geschick des Antiquars, macht ihn nett aufmerksam auf sein Fehlverhalten, spuckt aus und spitzelt mit narbigen Stiefelkuppen ›Zagadnienia i Kierunki Filozofii‹ an. Hot-Dog-Mann[319], das freilaufende Bahnhofsfaktotum, vorneweg.

HOT-DOG-MANN : *Die arme Tüte*

KIND (mit Seesack und Karabinerhaken, aufgelöst) : *Was tat man der Tüte ?!*

HOT-DOG-MANN (vertraut mit neudeutschem Liedgut) : *Mein Freund, die Tüte, ist tot, sie fiel im frühen Morgenrot*

— und könnte sogar weiter, aber ein ciceroköpfiger schmächtiger Kerl drängelt in die erste Reihe und bringt die brodelnde Menge mit Tribunenbaß zum Schweigen :

---

[319] Nach Eigenauskunft ›Monika‹ und seit zwölf Jahren schwanger von Michael Jackson, aber ›Hot-Dog-Mann‹ geheißen, weil ihn im Knoten seines gedrungenen Körpers überproportionale Lippen und Wurstmundwinkel zieren, er meist mit einem Hot-Dog spielt und eine gesteifte hohe Einwegkochmütze mit tiefer Hot-Dog-Symbolik (ein zu beiden Enden lachendes Hot-Dog) auf dem Kopf trägt. Hot-Dog-Mann ist trotz — oder, wie populär ist zu meinen : wegen! — beurkundeten Dachschadens immer gut, eine Sache auf den Punkt zu bringen, sozusagen Pudel und Kern zu sagen, wie der bremer Volksmund sagt. Gar ist mehr als vereinzelt bereits eine Nutzung als Orakel nachgewiesen und befragen ihn Tipgemeinschaften so gern wie Schwärme von Mädchen auf dem Weg zum Tanzvergnügen.

DEKONSTRUKTIVIST : *Ich aber bin Dekonstruktivist und ich sage euch : es ist gut, daß die Tüte gerissen ist, wie sonst, frage ich euch, hätten wir bemerken sollen, was für ein ruchloser Anschlag hier geplant war*

STUMME GAFFER (im Chor) : *Wir hättens gerochen!*

DEKONSTRUKTIVIST : *Will ich gern glauben, wenn ich stummer Gaffer wär, würd ichs vielleicht auch riechen* (spielt mit dem Volk) — *aber riechen allein reicht nicht : man muß auch dekonstruieren!*

STUMME GAFFER (selbständig und ideologieresistent denkend) : *Muß man gar nicht! Spucken und Treten reicht*

DEKONSTRUKTIVIST (schimpft Keller aus) : *Da sehen Sie, was Sie angerichtet haben — die Menge entgleitet mir. Dabei bin ich im Augenblick Ihre einzige Stütze gegen den kochenden Volkszorn. Und ich bin wirklich Dekonstruktivist. Und als solcher kann ich überhaupt nicht verstehen, wie Sie einen polnischen Konstruktivisten mit sich rumschleppen können. Durch unsern schönen Hauptbahnhof auch noch! — einen Husserl-Schüler, schämen Sie sich!*

ALLEINERZIEHENDE MUTTER (hüftum eine Leine, die sie mit dem Karabinerhaken am Seesackkind verbindet) : *Das Bridgebuch da aber is doch ganz nett, das würd ich schon gern haben*

DEKONSTRUKTIVIST (gegen die Mutter) : *Moment Moment! Wollt ich grad sagen : ›für das Bridgebuch aber würd ich mich schon erwärmen‹*

KELLER (mit kompliziertem Lächeln) : *Bitte, balgen Sie sich — schönen Tag noch*

Keller richtet sich auf, faltet das Tütentuch um den Rüdiger und schiebt ihn in die linke Pattentasche, durchstößt dann die schnaubende Schlachtreihe der Mitleidigen und wählt einen Parcours, der ihn geschmeidig in weiten Bögen um die postierten Lächelmädchen führt, die öffentlich und mit Giveaways für Nivea, Welt am Sonntag und Opel einstehen — schaffts auch bis auf den Bahnhofsvorplatz, es nieselt wieder nur … — da erwischt eins ihn doch, stürmt von hinten, verborgen gewesen in der Halle hinter einem Werbereiter, hervor, ihm nach …

LÄCHELMÄDCHEN (gepflegten Zopf im Nacken) : *Hallo!*

KELLER (dreht sich um und flucht den Reflexen) : *Nein danke*

LÄCHELMÄDCHEN (flexibel) : *Aber Sie sind doch Raucher?*

KELLER : *Schon*

LÄCHELMÄDCHEN : *Sehen Sie!? Dann hab ich was für Sie — rauchen Sie Dannemann-Zigarillos*

KELLER : *Ich werde keine Dannemann-Zigarillos rauchen*

LÄCHELMÄDCHEN (lächelt) : *Warum nicht? Die sind gut*

KELLER : *Rauchen Sie Dannemann-Zigarillos?*

LÄCHELMÄDCHEN (stolz und ohne Falsch) : *Ich rauche gar nie*

KELLER : *Dann wollen Sie jetzt auch kein Feuer von mir schnorren?*

LÄCHELMÄDCHEN : *Aber woher denn? Beschenken will ich Sie, reich und unverbindlich!*

KELLER : *Wenn Sie nichts schnorren wollen, ist jede Gesprächsgrundlage zwischen uns aufgehoben*

LÄCHELMÄDCHEN (will aber im Gespräch bleiben und klemmt einen Zigarillo zwischen ihre Lippen) : *Ich könnte anfangen zu rauchen. Haben Sie Feuer?*

KELLER : *Zu spät* (meint es dennoch gut) *Gehen Sie besser wieder in die Halle*

Keller läßt Lächelmädchen im Nieselregen stehn. Tut ihm ja auch leid … tät ihm ja auch beides gleichleid : daß vielleicht jeder den Beruf ausübt, der ihm maßgeschneidert ist, wie auch, daß das vielleicht niemand tut. Oder nur einige … Keller stürzt nun, streng seiner nichtrelativistischen Lieblingstheorie [320] gemäß, durch ein inkommensurables Gedräng bedrängter Straßenbahn- und Bushaltestellen, schließt sich dem Kriechstrom an, der überwiegend seine Elektronen in duftende Tchibo-Filialen spült, neusonderangebotenen Ramsch aus frischerdachten Welten, schön Jacken mit wärmendem Steppfutter rauszuholn und das Pfund Kaffee und die Brötchen dazu … — wohl nur Herr Huschke gerät darüber noch in Erregung, daß die herrliche, alteingesessene bremer Firma Eduscho — *1924, Herr Keller!* — von den hamburger Tchibo-Emporkömmlingen — *1949! das ist ein Vierteljahrhundert später!* — jüngst geschluckt worden war … Keller hatte diese Minderung bremer Renommees völlig verschlafen und sie, sobald Huschke, der puterrot mit den Worten *Herr Keller, ich werde aufrüsten, bieten Sie mir aus den Bereichen Rösterei und Firmengeschichte an*, den Laden betreten hatte, nur schwerbestückt fort gewesen war, zum Anlaß höchster Gleichgültigkeit und der Überlegung genommen, wie das eigene operative Ergebnis wohl aussäh, hätte er's den Kaffeemagnaten gleichgetan [321] und sein Antiquariat akronym ›Antiquariat Chrikel‹ genannt, statt Lammeks ›Antiquariat im Schnoor‹ beizubehalten … — oder ›Kelbü‹ …

Aber Keller schnuppert nicht nur den Misch von Brot, Kaffee und Armbanduhren, er riecht auch noch den Gedanken ›Ich hätt eben fürs Bridgeteil dreist einen Zehner fordern sollen, ich hätte auch die Rillos nehmen sollen‹ — o wie er's haßt! je mehr das Zwiespräch mit sich selbst ihm die Zeit auch verkürzt, je länger wird sie ihm doch, denn er kennt die zwei Teilnehmer des Dialogs, sich und sich, weiß, wie sie vorgehen und nicht vorankommen … waghalsig kreuzt Keller Herdentor, die Wallanlagen — und läuft fünf vor zehn am Hals der Marterburg ein, an ›Superwomen — die andere Mode für große Größen‹ vorbei, am Friseur vorbei, ein Graues, Greises, grauer Greisenmantel, greisgraues Haar tuttelt vor ihm, unter transparentem Plastik-Cape, er überholt und stolpert hinab. Allein : warum hat er eben nicht frech ›Zehner‹ gesagt und warum die Bridgebroschüre einfach so weggegeben? Und warum die Rillos nicht genommen?

TUTTELWEIBLEIN : *Sie!* (Keller überhörts) *Sie!*

Keller aber bleibt bei seiner Meinung, wenn schon nicht von Bekannten oder von sich selbst, dann auch nicht von Fremden auf der Straße angesprochen werden zu wollen. Nicht nachgeben!

---

[320] Die kürzeste Verbindung zwischen zwei Punkten sei eine gerade Linie.

[321] Bluna-Fälle : **Edu**ard **Scho**pf, **Tchi**lling-**Bo**hnen.

TUTTELWEIBLEIN : *Sie!* (tuttelt abschüssig und nach schwachen Kräften, als ob es Kellers Haltung sympathisch fände, in seinen Rücken) *Sie, ich hab Sie länger schon beobachtet, mittwochs bin ich hier immer beim Friseur* (Keller stoppt, dreht sich um, bestaunt, was auf dem grauen Schädel duttdürrt — Friseur?) — *ja! beim ›Schnipp-Schnapp‹, das ist gar nicht so lustig, wie's klingt, das ist eine seriöse Geschichte — und ich überleg schon lang, Sie anzusprechen*

KELLER (geht langsam weiter, charmant) : *Und heut haben Sie sich ein Herz gefaßt — schön*

TUTTELWEIBLEIN (läßt das kalt) : *Sie! Kaufen Sie auch an oder jetzt nich? Ich kenn das von andern Läden, die kaufen nur zu bestimmten Monaten an*

KELLER (ach) : *Gute Frau, die werden ihre Gründe haben*

TUTTELWEIBLEIN : *Das glaub ich auch, es ist ja Alles nicht mehr so rosig*

KELLER (auf daß Alles sich sofort erledige) : *Da sagen Sie was*

TUTTELWEIBLEIN (tuts aber nicht — da sie an Kellers VW-Bus vorbeikommen) : *Das ist Ihr Wagen, nicht wahr?*

KELLER (o) : *Ja*

TUTTELWEIBLEIN : *Da ist ein Schaden dran, eine Beule*

KELLER (gibt sich überrascht) : *O ja*

TUTTELWEIBLEIN : *Wollen Sie nicht mal nachschaun?*

KELLER : *Später*

TUTTELWEIBLEIN : *Hab Sie noch nie damit fahren sehen*

KELLER : *Ich Sie auch nicht*

TUTTELWEIBLEIN (nun sie beide vorm Antiquariat stehen) : *Wollen Sie nicht aufsperren?*

KELLER (um die Minuten verbürgter Einsamkeit gebracht) : *Natürlich* (lügt aus Ärger darüber und im aberwitzigen Vertrauen auf das Fachurteil der irren Kollegen, die tatsächlich nur zu bestimmten Festen ankaufen) *Bei mir ist es übrigens genauso : ich kaufe nur zu wenigen Monaten an. Und ein solcher ist grad nicht. Niemand bedauert das mehr als ich*

TUTTELWEIBLEIN : *Wie schade*

KELLER : *Ja*

TUTTELWEIBLEIN : *Aber Gucken ist doch wohl drin*

KELLER : *Gucken is drin*

TUTTELWEIBLEIN : *Wär ja auch noch schöner!*

Keller fügt sich, sperrt auf und läßt Tuttelweiblein den Vortritt : ein Moment, der oft aus frischer Luft kommender Nase — und nicht zuletzt immer noch Keller — auffällig wird. Schon wappnet Keller sich gegen Anwürfe — die aber bleiben aus. Was Keller nicht milder stimmt. Und während Tuttelweiblein den Ewigen Kunden mit einem Morgengruß bekräht, der aber über die linke Schulter nur mißtrauisch von seiner Lektüre aufäugt, das Lesegesicht ins Mürrischere hinein noch reguliert, die Schulter schützend höher noch zieht und sich abweisend halbkehrt gegen die Abteilung ›Kunsthandwerk‹, legt Keller Rüdiger zwischen die tarierten Bücherzikkurats auf dem Tresen ab, bemerkt energisch in den Raum hinein *Oben aber nicht!*, verzichtet zu prüfen, ob die Meriane nieselnaß werden würden und schleppt den Kasten gleich in die Schickung. Die Kirchturmuhr begrüßt das mit zehn Schlägen, Tuttelweiblein kramt brav im Erdgeschoß, alles durcheinander heut, Keller schwärmt in den ersten Stock, läßt die Fenster geschlossen, ja, die Facsimile's sind noch da, liegen auf dem Tisch und lassen sich von Keller streicheln. Keller brüht Kaffee, knüllt die Knistertüte in den Abfall, rubbelt im Bad entschieden sein Haar trocken und bürstets durch — der Lärm, den er an seinem Schädel entfacht, macht ihn taub dafür, daß Tuttelweiblein unten *Es zieht!* [322] aufjammert. Gedanklich flickt Keller schon, was unmittelbar gleich zu vollführen ansteht : im zweiten Stock aus Fugenbrettern und aberhunderten Schulfunk-Heften Regale bauen : Achim Wilders lädierter Rücken hat einen komfortablen Überblick über die Tauschmasse, die Keller ihm entgegenzusetzen hat, verdient [323].

Tuttelweiblein, da seine Monition, es ziehe, unkommentiert blieb, hat die Tür geschlossen. Die Fenster auch dicht? — für Loki, den trickreichen, genehmer Anlaß, einmal standesgemäß durch einen Mauerritz einzureisen, sich in einen feinen Riß unter der Regenrinne zu prokeln ... Keller hantiert an Mona 5909, seinem Prunkstück von Kaffeemaschine, gibt Kaffee in den Becher — und schrickt *Eine Erscheinung!* [324] vor einem sonderfeisten Brummer zurück, Kaffee pfützt über, auf die Facsimile's, zu einem fünfmarkstückgroßen Feuchtmal. Halbpanisch durchrannt von einer Hitzewallung setzt Keller den Becher auf den Kaminsims, tupft mit der Manschette den Kaffee vom Einband und speichelt und reibt dann und wienert und besieht : der Fleck, im Licht ... geht noch. Nur ein koronafransiges, dunkelfeuchtes Etwas eben, und da weiß er schon Rat [325], vorher aber noch verfolgt er die fette Datenspur, die der Dumbo mit Laut und Volumen legt ... eine Provokation ersten Ranges! Wo kommt Dumbo her? der muß seit Wochen schon sich genmanipuliert hier genudelt haben, irgendwo, wo Keller noch nie war, hinter dem Flusen-

---

[322] Was a), da Keller die Fenster geschlossen läßt, nicht sein kann, b) er als störendes Phänomen nie verstünde, da sich zugempfindliche Leute stets vergnüglich in bedeutenderen Winden wälzen und c) er gar nicht abzustellen wünschte.

[323] Die dümmliche Färbung des Spottes, in der er seines leidenden Kollegen gedenkt, verkniffe Keller sich wohl, wüßt er um das eigene Schicksal in Hinter Büchern, Die Rilke-Bibliothek.

[324] Ein Schopenhauerzitat : »Wenn ich eine Fliege klappe, so ist doch wohl klar, daß ich nicht das Ding an sich todt geschlagen habe, sondern bloß seine Erscheinung«. Oder, wie es ›Die Welt als Wille und Vorstellung‹, Ergänzungen zum vierten Buch, Kapitel 41 heißt : »Ob die Fliege, die jetzt um mich summt, am Abend einschläft und morgen wieder summt; oder ob sie am Abend stirbt, und im Frühjahr, aus ihrem Ei erstanden, eine andere Fliege summt; das ist an sich die selbe Sache : daher aber ist die Erkenntniß, die solches als zwei grundverschiedene Dinge darstellt, keine unbedingte, sondern eine relative, eine Erkenntniß der Erscheinung, nicht des Dinges an sich. Die Fliege ist am Morgen wieder da; sie ist auch im Frühjahr wieder da. Was unterscheidet für sie den Winter von der Nacht?«.

[325] Wider besseres Wissen : solche Flecken bleiben dauerhaft sichtbar, erst recht getrocknet. Es ist nur die Hoffnung, die stetsenttäuschte und unlöschbare, die da glimmt und sich ein paar antrainierte Schulnaturgesetzlichkeiten, wie die, daß Wasser eben spurlos verdunste, allenfalls Salz hinterließe, welches aber man wegpusten oder -kratzen könne, zuhilfe nimmt.

dickicht auf dem Bauern- und Heimatkram [326] vielleicht, aus seligen Lammektagen, wo der Staub seit Bestückung des Regals unwidersprochen wilde Filzblüten treibt. Keller visiert türüber zum Bad das gedübelte Regal, dem war er ja lang schon spinnefeind, wie's da so hing und letzten Raum nutzte — aber — natürlich — Dumbo gefällts auf den Facsimile's ... soll er ... soll er, da kennt er aber Keller schlecht ... Keller schnappt die ›Gläsernen Gebär-Mütter‹ [327] — und führt aus. Und als Apoll Myiagros [328] zieht Keller feierlich ins Bad, kehrt mit zwei Blatt Klopapier zurück, wischt mit dem einen Blut, ausgetretenes Gedärm und Leiche von den Deckeln, beginnt mit dem zweiten angefeuchtet das Detachieren eifrig von vorn.

Die zweite Etage war von je dachschräge Rumpelkammer gewesen. Keller hatte mit Ladenübernahme lediglich noch Matratze, Bettzeug, Fugenbretter, einen kleinen Schwarz-Weiß-Fernseher und dann nach und nach leere Kartons und mit sortierter Orts- und Landeskunde wohlgefüllte, die er bei Bedarf lieber zwei Treppen abwärts schleppte, als daß er den steten Anblick ihrer Inhalte in der Verkaufsfläche ertrug, hinzugefügt.

Dorthin nun, wo an der rohverputzten Außenwand zur Marterburg das Schulfunk-Heft-Kupfertiefdruckgebirg aufgeworfen wartet, trägt Keller ›Gläserne Gebär-Mütter‹ und die Facsimile's. Die Facsimile's legt er auf die Fensterbank. Die sollen sich ein bißchen Sonne fangen und ihre zwei Flecken wegtrocknen. Und dann ... ach, das Kind Keller, da es in Ordnern zusammengefaßte Schulfunk-Hefte beim älteren Bruder seines Kindfreundes Elmar im Bord sah und sie ihm als Gipfel lernender Betriebsamkeit schienen, unerklimmbar, denn Kellers Lehrer machten für alles Mögliche Propaganda, nicht aber für Schulfunk-Hefte! Daß er auch hätte fragen können, das wußte Keller da noch nicht. Und hats mittlerweile ja auch fast schon wieder vergessen. Drei Kartons Schulfunk-Hefte waren ihm jüngst angeboten worden — wertlos wie nur je drei Kartons — und Keller hatte als späte Genugtuung und für wenig Geld zugeschlagen und sich vorgenommen, einen ganzen Tag auf die Ergründung dessen, was alles ihm in der Unterstufe entgangen war an Berichten über Wüsten, Frösche und Transistoren, zu verwenden — hatte aber schon nach einer Viertelstunde ermüdet abgelassen. Die Kindheit, die bringt ja niemand zurück. Nicht mal die nichtgewesene.

Keller überlegt: Wilders Bandscheibe dürfte nach Sichthöhe im Stehen verlangen. Keller kickt neben dem Heizkörper leere Kartons zu einem rippenhohen Sokkel, türmt darauf drei Säulen Schulfunk, schichtet die je mittig um, daß insgesamt deren Wülste an der klammergehefteten Seite zu einer planen Auflagefläche sich

---

[326] ›Niederdeutsche Zeitschrift für Volkskunde und Blätter für niedersächsische Heimatpflege‹ — keine Nummer nach 1943 nachgewiesen.
[327] Ein prächtiges, engagiertes Fischertaschenbuch, Eva Schindeles ›Gläserne Gebär-Mütter. Vorgeburtliche Diagnostik — Fluch oder Segen‹. Aus der beliebten Reihe ›Die Frau in der Gesellschaft‹, Fischer TB 4759, 1990, 288 Seiten.
[328] Vertreiber der Fliegen.

ausgleichen, verlegt darauf ineinsgeschachtelte Fugenbretter und wiederholt das Procedere, bis ein viergeschossiges Regalsystem mit sechs Metern Stellfläche steht — ein wenn auch nicht unbedingt wackliges, so doch gleitgefährdetes Konstrukt. Alles wird gut — wenn nur die Bretter bücherbeschwert sind : Kellers aus Studententagen erprobtes, sich selbst tragendes System. Und also räumt Keller ein : Schamanengebrumm, Walgesinge, Kräuter- und Hexenklänge, Feng-Shui-Trash, Leitfäden des Channelings, ›Angeln — Warum?‹, Leben in Licht und Traum, visionäre Weltsichten der Inuit-Frauen, ›Hirschtöten leichtgemacht‹, ›Jetzt heile ich mich selbst‹, U-Boot-Bücher, Bildbandbücher, Belletristik-Charts rauf und runter, Gesamtdarstellungen Stalingrads, gläserne Gebärmütter auch ... 80 Zentimeter fehlen noch, heißa, vielleicht geht der Niederdeutsche Dreck, die ›Zeitschrift für Volkskunde und Blätter für niedersächsische Heimatpflege‹, Achim ficht doch gegen Niedersachsen, Keller eilt in den ersten Stock, bestaunt und beplant die Lücke über der Badtür im Moment, den er sie reißt, springt wieder nach oben und stopft die Lücke dort und tritt zurück — fünf Zentimeter fehlen noch, Raum für Kellers traditionellen Scherz, Wilder eine Bismarck-Memoire unterzujubeln, einen Einzelband reichskanzlerischer ›Gedanken und Erinnerungen‹ — totere Ware nicht ist.

Beschwörend streicht Keller über die fertige Komposition und proberuckelt. Hält. Am besten, Wilder packte gleich alles ein, Schulfunk, Bretter, Bücher, Kartons — aber Wilder war nicht blind, Keller würde das nicht erreichen. Auch nicht mit einer großzügigen Schenkung.

Das Aufbasteln war eine Sache von kaum zwanzig Minuten gewesen. Keller hat sich eine Zigarette verdient, öffnet die Fenster im ersten Stock nun doch, legt die Beine hoch und raucht — und ihm fällt Tuttelweiblein ein. Das sollte sich doch mittlerweile ... ja, Keller geht fest davon aus, daß Tuttelweiblein solviert ist, raucht hastig auf, schwirrt nach unten, aber nein, im Erdgeschoß steht Tuttelweiblein am Tresen und winkt mit einem Buch. Keller aber öffnet verärgert die Tür.

KELLER : *Sonst weiß doch niemand, daß man hier auch reinkommen kann — sonst denken doch alle, das hier ist ein Privathaus!*

TUTTELWEIBLEIN : *Alle? Reden Sie keinen Unfug. Hier kommt niemand rein, weil niemand mehr liest, Sie und ich sind da vielleicht die Letzten. Und das letzte Gute Buch, das nehm ich Ihnen jetzt weg — das hier!*

Stifter! ›Nachsommer‹! Bong! — weg damit! Keller leistet stumm Abbitte für alles Böse, das er Tuttelweiblein angedacht und zugeschrieben hat, und salbt auswendig seinen philanthropischen Preis heraus.

KELLER : *14.–! Stifter! ›Nachsommer‹! Für Sie* (das Opfer des Bridgedings war nicht umsonst, alles macht Sinn, Keller muß jetzt nur noch sagen) *zehn! — und! : ich verspreche die Krone Polens* [329]

---

[329] Friedrich Hebbel, sehr konziliant 4. September 1858 in der ›Leipziger Illustrierten Zeitung‹ : »Drei starke Bände! Wir glauben Nichts zu riskieren, wenn wir Demjenigen, der

TUTTELWEIBLEIN : *Müssen Sie nicht. Und hier steht aber was anderes*

KELLER (fröhlich sich seiner Sache sicher) : *Was steht denn da?*

TUTTELWEIBLEIN : *Da steht 1,95*

KELLER : *Darf ich bitte mal?*

Keller schlägt den ›Nachsommer‹ auf ... und ... unbestreitbar : wer das Sehvermögen einer 20jährigen hat und eine Neigung, unzugänglich-absurde Winkel zu augäpfeln, der kann durchaus, rechtsoben auf dem Vorderdeckel, halb schon gesunken ins Innengelenk ... — Keller reguliert seine Linsen und holt, als das nicht hilft, den ›Nachsommer‹ sich näher vor die Nase — ... in Sütterlinschnörkeln, ein fahler Preis, wohl aus der letzten Zuckung der weimarer Republik, ›1,95 RM‹ ... — Keller fährt die Arme wieder aus, hält den ›Nachsommer‹ im Abstand eines bestimmt satten halben Meters sich vor, an prominenter Stelle rechtsoben auf dem Vorsatz, gradlinig, kristallklar und fest in tiefem Blei und doch dezent, als ob der Verdacht sich nahlegen wollte, daß es ihm, dem Preis, mindestens so peinlich ist wie dem, der ihn notierte : Kellers ›14.–‹.

TUTTELWEIBLEIN : *Weil, da ist ein Rosenhaus beschrieben wie nur eines!* [330] *Wie Ihres! Darum bin ich ja überhaupt erst auf Sie aufmerksam geworden*

---

beweisen kann, daß er sie ausgelesen hat, ohne als Kunstrichter dazu verpflichtet zu sein, die Krone von Polen versprechen. Wir machen jedoch den Verfasser nur in geringem Grade für das mißratene Buch verantwortlich; er war sogleich bei seinem ersten Auftreten Manierist und mußte, verhätschelt, wie er wurde, zuletzt natürlich alles Maß verlieren. Anfangs schüchtern und durch die Erinnerung an Lessings Laokoon in der behäbigen Entfaltung seiner aufs Breite und Breiteste angelegten Beschreibungsnatur vielleicht noch ein wenig gestört, machte er bald die Erfahrung, daß dieser einst so gefährliche Laokoon in unseren Tagen niemand mehr schadet, und faßte Mut. Zuerst begnügte er sich, uns die Familien der Blumen aufzuzählen, die auf seinen Lieblingsplätzen gedeihen; dann wurden uns die Exemplare vorgerechnet, und jetzt erhalten wir das Register der Staubfäden«.

[330] Zum gefälligen Außeracht : Held Heinrichs Begegnung mit dem Domizil des Hagestolz Freiherr von Risach : »Das Haus war über und über mit Rosen bedeckt, und wie es in jenem fruchtbaren hügligen Lande ist, daß, wenn einmal etwas blüht, gleich alles mit einander blüht, so war es auch hier, die Rosen schienen sich das Wort gegeben zu haben, alle zur selben Zeit aufzubrechen, um das Haus in einen Überwurf der reizendsten Farbe und in eine Wolke der süßesten Gerüche zu hüllen. Wenn ich sage, das Haus sei über und über mit Rosen bedeckt gewesen, so ist das nicht so wortgetreu zu nehmen. Das Haus hatte zwei ziemlich hohe Geschosse. Die Wand des Erdgeschosses war bis zu den Fenstern des oberen Geschosses mit den Rosen bedeckt. Der übrige Teil bis zu dem Dache war frei, und er war das leuchtende weiße Band, welches in die Landschaft hinaus geschaut und mich gewissermaßen herauf gelockt hatte. Die Rosen waren an einem Gitterwerke, das sich vor der Wand des Hauses befand, befestigt. Sie bestanden aus lauter Bäumchen. Es waren winzige darunter, deren Blätter gleich über der Erde begannen, dann höhere, deren Stämmchen über die ersten empor ragten, und so fort, bis die letzten mit ihren Zweigen in die Fenster des oberen Geschosses hinein sahen. Die Pflanzen waren so verteilt und gehegt, daß nirgends eine Lücke entstand, und daß die Wand des Hauses, soweit sie reichten, vollkommen von ihnen bedeckt war. Ich hatte eine Vorrichtung dieser Art in einem so großen Maßstabe noch nie gesehen. Es waren zudem fast alle Rosengattungen da, die ich kannte, und einige, die ich noch nicht kannte. Die Farben gingen von dem reinen Weiß der weißen Rosen durch das gelbliche und rötliche Weiß der Übergangsrosen in das zarte Rot und in den Purpur und in das bläuliche und schwärzliche Rot der roten Rosen über. Die Gestalten und der Bau wechselten in eben demselben Maße. Die Pflanzen waren nicht etwa nach Farben eingeteilt,

Keller atmet durch : eine Gnadenfrist, die ihn vorerst umständlicher Glossen über Radierbarkeit und Unradierbarkeit älterer Graphitzüge und das respektlos Rohe, das im Schwärzen der Preis-Vorstellungen vergangener Generationen liegt, enthebt — nicht, daß Keller nicht in aller Regel, wo sichs ohne Substanzverlust machen ließe, die Preise zeitgenössischer Vorbesitzer löscht, aber o wie gern verliert er sich über alter Hand und spekuliert, mit welchen Hoffnungen und in welch scharfem Wind ein Eckenpenn [331] vor Menschenaltern ein Buch erwarb, welchen Hunger er litt und ob der Erlös einen Laib Brot ergab oder zu einem Liebespicknick im Grunewald beitrug oder der Nichtverkauf die eine Nichteinnahme war, die's Fäßlein Ruin zum Überlaufen brachte. Keller hat da recht kitschige Ideen. Die stets in Berlin siedeln. Klebt im ›Nachsommer‹ vielleicht eine Buchhändlervignette, aus der ersichtlich wär, daß er einst in Berlin gehandelt wurde? hat Keller gar nicht drauf geachtet ... und nur, weil der Öhlberger [332] mal ... nein, kein Öhlberger jetzt, der war was Lastendes ... ist nicht noch was Gutes? ha! Keller ist das Schuldeingeständnis, den alten Preis schlicht übersehen zu haben, erspart, ha! und die gerechte Schuldzuweisung, die ist ihm auch erlassen ... dabei hätt er nicht übel Lust, darüber zu sprechen, daß eine simple Einsichtnahme in ein zweites Buch aus seinem Bestand doch unbedingt ergeben müßte, welche Handschrift diesen Laden regiert — wenn denn Tuttelweiblein darüber überhaupt im ernsten Zweifel wär, wenn Keller hier denn nicht eine vorsätzlich vorteilheischende Wahrnehmung begegnete, eine Spielart womöglich des Umetikettierungsbetrugs im Sinne des § 263 StGB, über den Herr Huschke vor kurzem zu so erhellenden Ausführungen fand, Herr

---

sondern die Rücksicht der Anpflanzung schien nur die zu sein, daß in der Rosenwand keine Unterbrechung statt finden möge. Die Farben blühten daher in einem Gemische durch einander. Auch das Grün der Blätter fiel mir auf. Es war sehr rein gehalten, und kein bei Rosen öfter als bei andern Pflanzen vorkommender Übelstand der grünen Blätter und keine der häufigen Krankheiten kam mir zu Gesichte. Kein verdorrtes oder durch Raupen zerfressenes oder durch ihr Spinnen verkrümmtes Blatt war zu erblicken. Selbst das bei Rosen so gerne sich einnistende Ungeziefer fehlte. Ganz entwickelt und in ihren verschiedenen Abstufungen des Grüns prangend standen die Blätter hervor. Sie gaben mit den Farben der Blumen gemischt einen wunderlichen Überzug des Hauses. Die Sonne, die noch immer gleichsam einzig auf dieses Haus schien, gab den Rosen und den grünen Blättern derselben gleichsam goldene und feurige Farben«.

[331] Der ambulante Trödelantiquar aus Paul Gurks 1934 veröffentlichtem Roman ›Berlin‹ — von Keller gern zum Gattungswesen erhoben.

[332] Letztes Frühjahr triebs einen Wiener in Kellers Laden, der nach Mozart-Literatur gierte, Mozart-Literatur bekam und durchblicken ließ, er hieße Reinhard Öhlberger und würde bald bei Löcker eine Monographie veröffentlichen, die weltweit erste und einzige zu Buchhändlervignetten, ein herrliches, bislang unterbelichtetes und unterdrücktes Sammelgebiet, Keller möge nur bedenken : Buenos Aires, New York, Berlin — auf allen Kontinenten hätten früher Buchhändler sich eigene Marken geleistet, wie tiefe Schlüsse nicht könne man ziehen über und aus dem Weg eines Buches, wenn man wüßte, wo's gekauft war. Die Monographie aber solle teuer und umfassend sein und reichbebildert und heißen ›Wenn am Buch der Händler klebt‹ und Keller war einen Moment baff und versprach dann, eh er jemals wieder ein Buch entsorgte, es sorgfältig auf Marken zu sichten, gegebenenfalls zu fleddern und alles nach Wien zu expedieren. Hielt aber das Versprechen nicht.

Huschke, der unmittelbar zuvor bei Frau Hudelwerth Zeuge eines vielleicht vergleichbar aufbegehrenden Kundenbetragens gewesen war. Leider hatte Huschke aus Ekel vor Eskalation das Antiquariat Hudelwerth verlassen — Keller wär sehr an einem vollständigen Rapport gelegen gewesen … ha — ob er hier das Frühstadium einer Bandenbildung erlebt? oder Tuttelweiblein Einzeltäterin ist und mit dieser Masche quer durch die Republik reist?

TUTTELWEIBLEIN : *Haben Sie nicht gehört? Ein Rosenhaus! — wie Ihres!*

KELLER (taucht aus Gedanken auf) : *Na na*

TUTTELWEIBLEIN : *O schon! Und Kraus hats gemocht* [333]

KELLER : *Wirklich? Karl Kraus?*

TUTTELWEIBLEIN : *Genau der*

KELLER : *Hat der noch wen neben sich gelten lassen? ich mein' : jemanden zusätzlich noch zu Piehowicz?*

TUTTELWEIBLEIN : *Natürlich. Stifter! Meinen Sie, ich merk nicht, daß Sie gegen den was haben?*

KELLER (verlegen) : *Nun …*

TUTTELWEIBLEIN : *Und gegen den Kraus haben Sie auch was*

KELLER (hier auf sicherem Boden) : *Aber woher denn. Schaun Sie : der Kraus wollte doch immer nur eins : sterben. Das sehen Sie schon daran, daß er mit der Wollust eines Märtyrers sich Feinde schuf und einen Sprachaltar errichtete, »von Rache sprech' ich, will die Sprache rächen / an allen jenen, die die Sprache sprechen«* [334] (schmeckt diesem Vers nach, bewertet ihn kurz : recht gefällig, aber kann man machen) *Und für einen, der sterben will, sind die Schriften eines, der tot ist, der schon tot war, als er noch lebte — und genauso schrieb — nun vielleicht wirklich spannend. Ehrlich gesagt* (windet sich und holt weit aus, gegen das beklemmende Gefühl der Enge anzugehen [335]) *: ich kenne keinen, der eine ungelenkere und verdinglichtere Sprache hätte als Stifter, und ich geb zu, daß es mir sehr anstrengend ist, meine Lesestunden zwischen Wahrnehmungstrümmern und tot-ontischen Ablagerungen zu verbringen. Und dem, der Stifters Prosa heute toll findet und mir als kühnes und präpostmodernes Sprachexperiment verkaufen will, dem glaub ich nicht, dem unterstell ich, daß er ein profilneurotisch angetriebenes Manöver vollführt und sich durch ein widervernünftig originelles Urteil hervorzutun versucht. Und wo ich das nicht unterstellen kann, möchte ich schlicht zu bedenken geben, ob es wirklich bequem ist, sich erzählerisches Unvermögen, Versagen schlechthin als ontologisches Sagen gesundzubeten zu versuchen*

---

[333] 8. April 1916 nutzt Karl Kraus seine ›Fackel‹ 418–422 zu einer kühnen Positionierung : »Wenn das, was heute in deutscher Sprache zu schreiben wagt, ohne ihres Atems einen Hauch mehr zu verspüren, irgendwie, von einem metaphysischeren Anstoß als dem Weltkrieg geschüttelt, imstande wäre, noch ein Quentchen Menschenwürde und Ehrgefühl aufzubringen, so müßte die Armee von Journalisten, Romansöldnern, Freibeutern der Gesinnung und des Wortes vor das Grab Adalbert Stifters ziehen, das stumme Andenken dieses Heiligen für ihr lautes Dasein um Verzeihung bitten und hierauf einen solidarischen leiblichen Selbstmord auf dem angezündeten Stoß ihrer schmutzigen Papiere und Federstiele unternehmen«.

[334] Karl Kraus, ›Bekenntnis‹, Fackel 443/444, Mitte November 1916.

[335] Was er aber sagen wollte, versuchte er nicht, höflich zu sein und ein Buch zu verkaufen, wär : *Stifter ist scheiße.*

TUTTELWEIBLEIN : *Ich sagte ›Rosen‹. Aber was haben Sie gesagt? muß ich das jetzt verstanden haben?*

KELLER : *Nein. Natürlich nicht. Ich kann mich auch so zusammenfassen : ich langweil mich ungern, wenn ich eine Studie über Langeweile zu mir nehme* (will noch deutlicher werden) *Wenn ich über Absurdität etwas vorgedacht haben will, les ich ja auch nicht Beckett und finds gut*

TUTTELWEIBLEIN (unberührt) : *Und Nietzsche hat ihn auch gemocht* [336]

KELLER : *Ach was?!*

TUTTELWEIBLEIN : *Der hat ihn wieder und wieder gelesen. Der hat sogar gesagt, daß da die schönste Liebesgeschichte der Welt drin steht* [337]

---

[336] 1880, ›Menschliches, Allzumenschliches‹ II, 2. ›Der Wanderer und sein Schatten‹ 109 : »Der Schatz der deutschen Prosa — Wenn man von Goethe's Schriften absieht und namentlich von Goethe's Unterhaltungen mit Eckermann, dem besten deutschen Buche, das es giebt : was bleibt eigentlich von der deutschen Prosa-Litteratur übrig, das es verdiente, wieder und wieder gelesen zu werden? Lichtenberg's Aphorismen, das erste Buch von Jung-Stilling's Lebensgeschichte, Adalbert Stifter's Nachsommer und Gottfried Keller's Leute von Seldwyla, — und damit wird es einstweilen am Ende sein«.

Nietzsche und der ›Nachsommer‹ — auch Anlaß für eine grazile Großschleimerei. Nicht umsonst pries Nietzsche ›Goethe's Unterhaltungen mit Eckermann‹, hatte er in Heinrich Köselitz doch selbst einen Sekretär, sogar einen ›genialen‹, den er sich vielfältiger Willfährigkeiten halber bei Laune zu halten begehrte. So fragt er 22. Oktober 1879 aus Naumburg in Venedig per Postkarte Köselitz : »Kann ich Ihnen etwas senden, das Ihnen Freude macht — Lebensmittel des Geistes oder Leibes?« — und Köselitz macht Bücklinge und überläßt 2. November Nietzsche die Wahl : »...worauf ich, mit herzlichem Dank der Nachfrage, mir nur zu antworten erlaube, daß ich Ihrer Güte und Ehre, die Sie mir damit erweisen würden, ohne Bedenken, aber nur mit der Bedingung mich willfährig bezeigen möchte, daß es ein ganz kleines Erinnerungszeichen an die diessommerliche Manuskriptanfertigung wäre : — daß es von Ihnen, meinem großen Erzieher, stammt, dies soll seinen Wert ausmachen« — dann aber kleckert selbsttätig noch ein geniales Ideelein nach : »Doch da fällt mir schließlich noch ein, daß Sie in Ihrem letzten Buch Stifter's ›Nachsommer‹ erwähnen, den ich nicht kenne. Unter der Bedingung, daß dies Buch nicht teuer ist, würde ich es mit Freuden aus Ihrer gütigen Hand empfangen«. Sehr gerne. Nietzsche postkartet 5. November zurück : »Sehr lieb ist mir zu hören, daß Sie den ›Nachsommer‹ nicht kennen; ich verspreche Ihnen etwas Reines und Gutes. Ich selbst kenne ihn seit kurzem«. Denselben Tag weist Nietzsche Ida Overbeck in Basel an : »Bitten Sie meinen Freund [Overbeck], er möge Stifters ›Nachsommer‹ aus meinen Büchern (›Köselitziana‹) nehmen und bei Memel einbinden lassen (grüne Leinwand, gerundete Ecken) ebenfalls Memeln die Adresse an Hr. Köselitz geben (er soll das Buch gut verpackt und frankiert nach Venedig schicken)«. Der ›Nachsommer‹ trifft 30. November in Venedig ein, setzt Köselitz außer Atem und läßt ihn erst am 2. Dezember danken : »Seit dem Sonntag bin ich ... in das wunderschöne Buch vertieft ... Ich fühle mich nun in Bestürzung und Beschämung, daß ich jenen Wunsch, aus Unwissenheit über Umfang und Kostbarkeit des Buches, geäußert, und bin ratlos, wie ich meine Unüberlegtheit wieder gut machen soll. Doch ... vor der Hand weiß ich mir nicht anders zu helfen, als Ihnen ... meinen allerherzlichsten Dank für dieses edle und erhebende Geschenk auszusprechen, das mir, um gleich eine Stelle daraus zu zitieren ... ›wie lindes Öl in das geöffnete Gemüt geht‹«. Fortan Köselitz bei Zusammenkünften mit Nietzsche von ebendem gezwungen wird, immer und immer wieder den ›Nachsommer‹ vorzulesen. Aber er tuts gern. Leidenschaftlich gern.

[337] Das nun aber hat er nicht. Zwar glaubte Nietzsche alles, was man ihm sagte, hier aber zitiert er ausdrücklich nur eine Ansicht Paul Rées, des Mannes, der mit Nietzsche und Salomé Mai 1882 fürs Peitschenbild posieren und Oktober 1901 sich einen Berg hinabstürzen wird. Nietzsche 5. November 1879 an Köselitz : »Rée sagte mir einmal, in ihm [dem Nachsommer] stehe die schönste Liebesgeschichte, die er je gelesen«.

KELLER : *Alle Achtung — aber das war ja auch sein Spezialgebiet, Liebesgeschichten, da war er ja gut drin. Soll ich Ihnen was verraten?* (beugt sich vor, haucht) *Nietzsche war krank*

TUTTELWEIBLEIN : *Sie müssen nicht flüstern, Sie sind mit diesem flachen Urteil ja durchaus mehrheitsfähig, sowieso aber* (schaut sich um) *scheinen wir unter uns. Und darum verrat ich Ihnen auch was : ein ›Unzeitgemäßer‹ war der, geistiger Sprengstoff war der. So wird ein Schuh draus. Wissen Sie überhaupt, daß er eines Tages sogar einen Brief an Resa von Schirnhofer geschrieben hat? Nietzsche quietschte da schier vor Vergnügen, daß der ›Nachsommer‹ ›ein Buch voll Rosenduft‹ ist* — (da Keller beim völlig ernst vorgetragenen ›Nietzsche quietschte‹ eine Grimasse zieht) — *Rosa von Schirnhofer*[338], *mögen Sie auch wieder nicht, oder kenn' Sie nicht, oder was?*

KELLER (ertappt und um Fassung bemüht ... ›Nietzsche quietschte‹) : *Nein, aber gut ... das mit dem Rosenduft, das könnte was dran sein. Ich geb ja zu : Nietzsche hat viel Liebe für Bestes, für Stendhal, Hölderlin, Dostojewski — aber zugleich ist ja keiner grotesker in seinen Fehlurteilen. Der hielt ja sogar Peter Gast für einen Gott. Und Göte!* (wird albern) *Aber Sie bringen mich da auf eine Idee : wenn es stimmt, daß Nietzsche den ›Nachsommer‹ wieder und wieder gelesen hat : eröffnet das nicht eine völlig neue Ätiologie seiner Erkrankung? können wir da nicht glatt auf die Syphilis verzichten? ich muß drüber nachdenken ... dann wäre die perennierende Nachsommerlektüre gar kein Ausdruck schleichender Verseuchung, sondern geradezu pathogen — und Nietzsche könnte erst recht ein Held sein, der das Titanenhafteste tat, das Unglaublichste vollbrachte, las : den ›Nachsommer‹!*

TUTTELWEIBLEIN (beleidigt) : *Sie mögen Stifter nicht*

KELLER (vergnügt) : *Korrekt*[339]

---

[338] Wofür sollte man sie kennen? Für ihre zürcher Promotion 1889, ›Vergleich zwischen den Lehren Schellings und Spinozas‹? dafür, daß sie 93jährig 1948 erst starb, in den Rang der letzten lebenden Nietzsche-Korrespondentin erhoben? oder daß man in ihrem Nachlaß das 1937 datierte und fertig eingerichtete Manuskript ›Vom Menschen Nietzsche‹ fand?

[339] Ist Keller nicht passionierter Kleinstwildjäger und Fliegentöter und müßte er dann nicht d'accord sein mit Stifter? Nein. Keller ist Manichäer mit Hang zur Personifikation, sein Haß gilt allein der Fliege, und selbst ihr weist er die jedem Feind eigene Würde zu, und keinesfalls sieht er sie als seelenloses Futtergeschöpf. Natürlich ist Stifter, wenn er nachsommerlich ein Loblied lustvoller Vernichtung, Paranoia, Sterilität, göttlicher KZ-Ökonomie und Planerfüllung singt, da realistischer : »Alle Mittel, welche die Menschen ersonnen haben, um die Gewächse vor Ungeziefer zu bewahren, so trefflich sie auch sein mögen, so fleißig sie auch angewendet werden, reichen nicht aus, wie es ja in der Lage der Sache gegründet ist. Wie viele Hände von Menschen müßten tätig sein, um die unzählbaren Stellen, an denen sich Ungeziefer erzeugt, zu entdecken und die Mittel auf sie anzuwenden. Ja die ganz gereinigten Stellen geben auf die Dauer keine Sicherheit und müssen stets von neuem untersucht werden. In den verschiedensten Zeiten und unbeachtet entwickeln sich die Insekten auf Stengeln, Blättern, Blüten, unter der Rinde, und breiten sich unversehens und schnell aus. Wie könnte man da die Keime entdecken und vor ihrer Entwicklung vernichten? Oft sind die schädlichen Tierchen so klein, daß wir sie mit unseren Augen kaum zu entdecken vermögen, oft sind sie an Orten, die uns schwer zugänglich sind, zum Beispiele in den äußersten Spitzen der feinsten Zweige der Bäume. Oft ist der Schaden in größter Schnelligkeit entstanden, wenn man auch glaubt, daß man seine Augen an allen Stellen des Gartens gehabt, daß man keine unbeachtet gelassen, und daß man seine Leute zur genauesten Untersuchung angeeifert hat. Zu dieser Arbeit ist von Gott das Vogelgeschlecht bestimmt worden und insbesondere das

der kleinen und singenden, und zu dieser Arbeit reicht auch nur das Vogelgeschlecht vollkommen aus. Alle Eigenschaften der Insekten, von denen ich gesprochen habe, ihre Menge, ihre Kleinheit, ihre Verborgenheit, und endlich ihre schnelle und plötzliche Entwicklung schützen sie gegen die Vögel nicht. Sprechen wir von der Menge. Alle Singvögel, wenn sie auch später Sämereien fressen, nähren doch ihre Jungen von Raupen, Insekten, Würmern, und da diese Jungen so schnell wachsen und so zu sagen unaufhörlich essen, so bringt ein einziges Paar in einem einzigen Tage eine erkleckliche Menge von solchen Tierchen in das Nest, was erst hundert Paare in zehn, vierzehn, zwanzig Tagen. So lange brauchen ungefähr die Jungen zum Flüggewerden. Und alle Stellen, wie zahlreich sie auch sein können, werden von den geschäftigen Eltern durchsucht. Sprechen wir von der Kleinheit der Tierchen. Sie oder ihre Larven und Eier mögen noch so klein sein, von den scharfen, spähenden Augen eines Vogels werden sie entdeckt. Ja manche Vögel, wie das Goldhähnchen, der Zaunkönig, dürfen ihren Jungen nur die kleinsten Nahrungsstückchen bringen, weil dieselben, wenn sie dem Ei entschlüpft sind, selber kaum so groß wie eine Fliege oder eine kleine Spinne sind. Gehen wir endlich auf die Abgelegenheit und Unerreichbarkeit der Aufenthaltsorte der Insekten über, so sind sie dadurch nicht vor dem Schnabel der Vögel geschützt, wenn sie für ihre Jungen oder sich Nahrung brauchen. Was wäre einem Vogel leicht unzugänglich? In die höchsten Zweige schwingt er sich empor, an der Rinde hält er sich und bohrt in sie, durch die dichtesten Hecken dringt er, auf der Erde läuft er, und selbst unter Blöcke und Steingerölle dringt er ... Was zuletzt den unvorhergesehenen und plötzlichen Raupenfraß anlangt, den der Mensch zu spät entdeckt, so kann er sich nicht einstellen, da die Vögel überall nachsehen und bei Zeiten abhelfen ... Wie sehr diese Tiere für das Ungeziefer geschaffen sind ... zeigt sich aus der Beobachtung, daß sie die Arbeit unter sich teilen« — es folgt eine langatmige Ausführung über die Spezialisierungen unter den Vögeln, SA, ϟϟ, SD, Gestapo, Blaumeise, Tannenmeise, Kohlmeise, Spechtmeise mit je eigener Insektenklientel. Worauf ein noch viel langatmigerer Lobpreis Gottes folgt, der es eingerichtet hat, daß die Vögelein nicht nur nützlich sind, sondern auch noch über liebliche Stimmen verfügen, »gegen die der verhärtetste Mensch nicht verhärtet genug ist«, die der Vogel in allen seinen Lebenslagen hüpfend losschallt zum Vergnügen der Menschheit. Unversehens aber bricht Stifter in eine Menschschelte los, denn die Menschen »sind auf diese Weise nicht unfühlsam für die Stimme des Vogels, aber sie sind unfühlsam für sein Leiden. Dazu kommt noch, daß es der Schwäche und Eitelkeit des Menschen, besonders der Kinder, angenehm ist, eines Vogels, der durch seine Schwingen und seine Schnelligkeit gleichsam aus dem Bereiche menschlicher Kraft gezogen ist, Herr zu werden und ihn durch Witz und Geschicklichkeit in seine Gewalt zu bringen. Darum ist seit alten Zeiten der Vogelfang ein Vergnügen gewesen, besonders für junge Leute; aber wir müssen sagen, daß es ein sehr rohes Vergnügen ist, das man eigentlich verachten sollte. Freilich ist es noch schlechter und muß ohne weiteres verabscheut werden, wenn man Singvögel nicht des Gesanges wegen fängt, sondern sie fängt und tötet, um sie zu essen. Die unschuldigsten und mitunter schönsten Tiere, die durch ihren einschmeichelnden Gesang und ihr liebliches Benehmen ohnehin unser Vergnügen sind, die uns nichts anders tun als lauter Wohltaten, werden wie Verbrecher verfolgt, werden meistens, wenn sie ihrem Triebe der Geselligkeit folgen, erschossen oder, wenn sie ihren nagenden Hunger stillen wollen, erhängt. Und dies geschieht nicht, um ein unabweisliches Bedürfnis zu erfüllen, sondern einer Lust und Laune willen. Es wäre unglaublich, wenn man nicht wüßte, daß es aus Mangel an Nachdenken oder aus Gewohnheit so geschieht. Aber das zeigt eben, wie weit wir noch von wahrer Gesittung entfernt sind ... Ich glaube aber auch, daß unsere Obrigkeiten das Ding nicht gering achten sollten, daß ein strenges Gesetz gegen das Fangen und Töten der Singvögel zu geben wäre, und daß das Gesetz auch mit Umsicht und Strenge aufrecht erhalten werden sollte. Dann würde dem menschlichen Geschlechte ein heiligendes Vergnügen aufbewahrt bleiben, wir würden durch die Länder wie durch schöne Gärten gehen, und die wirklichen Gärten würden erquickend da stehen, in keinem Jahre leiden, und in besonders unglücklichen nicht den Anblick der gänzlichen Kahlheit und der traurigen Verödung zeigen«.

KELLER (schüttelt den Kopf — und muß nun doch fragen) : *Warum haben Sie eben ›Nietzsche quietschte‹ gesagt?* [340]

TUTTELWEIBLEIN (kühl) : *Ich möchte bitte zahlen jetzt*

KELLER : *Gern. Wenn Sie noch Reichsmark haben : 1,95. Alternativ zehn DM*

TUTTELWEIBLEIN (seufzt und holt noch einmal Luft) : *Und wenn ich Sie verklage? Der Hundertfünfundvierziger im BGB, ›Bindung an den Antrag‹ : »Wer einem anderen die Schließung eines Vertrags anträgt, ist an den Antrag gebunden, es sei denn, daß er die Gebundenheit ausgeschlossen hat« — haben Sie aber nicht. Sie haben die Pflicht, zum ausgezeichneten Preis abzugeben*

KELLER (lächelt) : *Hab ich nicht — ganz davon abgesehen, daß ich freiwillig bereit wär, mich an meinen Preis zu binden — notfalls ich sogar Ihnen folgen wollen würde, wenn Sie mir geböten, Ihnen keine vier Mark nachzulassen* (lacht) *Der Hundertfünfundvierziger — der zieht nicht. ›Herrschende Meinung‹* (Wohlgefühl durchrieselt Keller dank der Vokabeln aus Huschkemund) *ist eine andere. Wann ist ein Kaufvertrag geschlossen? Ein Kaufvertrag ist dann geschlossen, wenn zwei übereinstimmende und in Bezug aufeinander abgegebene Willenserklärungen vorliegen. Eine Preisauszeichnung aber ist keine Willenserklärung, auf die ein Kunde einwilligend Bezug nehmen könnte, sondern eine* (Kunstpause) *invitatio ad offerendum …*

TUTTELWEIBLEIN : *Daß ich nicht lache!*

KELLER (vorschulbedächtig, genüßlich) : *… eine Einladung, eine Willenserklärung an der Kasse abzugeben, dort dann der Anbieter der Ware — hier : ich — darauf reagieren kann, mit Ja oder mit Nein* (gutgelaunt) *Und so soll es auch sein. Tut mir leid*

TUTTELWEIBLEIN : *Und selbst wenn das so wär, wie Sie sagen, und ich es mir zur Ehre anrechnen darf, eine Minderheitenmeinung zu vertreten : notorische Falschetikettierung bleibt ein Verstoß gegen geltendes Gewerbe- und Wettbewerbsrecht. Ich sage nur ›Preisangabenverordnung‹*

KELLER (gleitet fingrig eine lange, rückwärtig beschriebene Kassenbonfahne, die an den tresennahsten Regalholm gepintet ist, hinab) : *Ah, die PAnGV, Sie meinen sicher die Fassung vom — o, hier, eine schöne, 7. Juni 1909, Reichsgesetzblatt Seite 499 … zu früh —, nehmen wir die hier, brandheiß, 22. Juni 1998, Bundesgesetzblatt I, Seite 1481. Die meinen Sie?* (mild, da ihn das nun doch zum Achselzucken genötigte Tuttelweiblein barmt) *Wissen Sie, ich seh das so : meine Anwälte sind gut, meine Anwälte heißen Huschke und Huschke. Und Huschke. Und wenn Sie gegen die und mich einen Prozeß anstrengen … : darüber stürben Sie weg, selbst wenn Sie dreißig Jahre jünger wären*

TUTTELWEIBLEIN (tränt, nimmt den ›Nachsommer‹ wieder an sich und krallt sich darein) : *Schweren Herzens, treffen wir uns in der Mitte : meine zwei plus Ihre zehn sind zwölf, geteilt durch zwei : sechs. Sechs Mark*

KELLER (ist einverstanden) : *Bitte*

TUTTELWEIBLEIN (reicht Keller drei Zweimarkstücke) : *Und welche sind das denn wohl?*

---

[340] Keller aber denkt keine Sekunde daran, daß das an seinem ›rächen/sprechen‹-Krauszitat gelegen haben könnte. Aber daran lags ja auch nicht. Lag ja an gar nichts.

KELLER : *Bitte, ›welche‹ was?*

TUTTELWEIBLEIN : *Die Monate, in denen Sie ankaufen*

Achim Wilder steht schmal in der Tür, Schlapphut, Nickelbrille, verzerrtes, leicht unrasiertes Lächeln — alles dabei. Und zwei Kartons auf einer Sackkarre, belegt mit einem angebissenen Honigriegel und biobraunem Klotzbodenbeutel aus einer Holon-Bäckerei — mit sehr spiritueller Spirographensymbolik. Es nieselt nicht mehr.

KELLER : *Ja der Wilder-Achim, der läßt uns nicht verkommen …* (stolz, zu Tuttelweiblein) *Das ist ein Mann von der wahren Front — Achim, altes Haus* (packt Wilder an der Schulter) *immer eine Freude, komm, sag der lieben Dame, welche o so fernen Monate es sind, in denen ich ankaufe*

WILDER (von schneller Auffassung, leicht krächzend und solidarisch) : *Wat? Monate?* (zum Tuttelweiblein, mit gegen Keller gefahrenen Daumen) *Wenn ich dem was verkaufen will, dann nur zwischen Heilichabend und Drei Könige — und auch nur, wenn kein Feiertach is, aber Schnee liecht und er nich gestreut hat. Und natürlich muß ich zu ihm komm'. Hausbesuche macht der nich*

KELLER (fröhlich) : *Nein, mach ich leider nicht*

TUTTELWEIBLEIN : *Dann komm ich dann wieder. Sie haben einander sicher viel zu erzähln. Meine Herren!* (zupft das Cape zurecht und tuttelt mit ihrem ›Nachsommer‹ ins Wetter hinein)

WILDER : *Moin*

KELLER : *Achim, danke*

WILDER : *Da nich für. Was war denn das?*

KELLER (klagt) : *Die wollte Bücher verkaufen*

WILDER : *Is doch gut?!*

KELLER (verschärft die Klage) : *Und dann wollte sie welche kaufen!*

WILDER : *Einwandfrei?!*

KELLER : *Isses nich! Mit ihren Büchern war sie schon erfolgslos bei Kollegen unterwegs, und als sie kaufen wollte, da war sie plötzlich findig im Aufspüren alter Auszeichnungen und bestand auf Vorkriegspreisen — das macht kein' Spaß*

WILDER : *Das stimmt, Spaß macht das nich*

KELLER : *Hätt mich nicht gewundert, wenn die plötzlich Reichsmark gezückt hätt*

WILDER : *Wenn sowas kommt: immer nehm'*

KELLER : *Hallo? hab ich was verpaßt? Ist das wieder gültiges Zahlungsmittel?*

WILDER : *Immer nehm'! — gültich hin, gültich her*

KELLER : *Und warum bitteschön? Reichsmark war am Ende doch nich mal mehr aus Metall, und so selten wie ein Augustalis* [341] *ist sie ja wohl auch nicht*

---

[341] Keller, der mit Numismatik nichts am Hut hat, deutet sehr nebenher seinen größten Wunsch an : einmal einen Augustalis besitzen, einmal die fünf Gramm Gold der fünfzigpfenniggroßen Münze mit Porträt Friedrichs II. und Adler und Inschrift ›Fridericus Imperator Romanorum Caesar Augustus‹ im Portemonnaie tragen. Natürlich hat Keller keinen Schimmer, woher und wie, auch vom Preis hat er nur schwammige Vorstellungen. Hätte er

WILDER : *Du weißt ja gut Bescheid* (hält sich bedeckt) *paar alte Münzen sind immer was wert*[342] (setzt sich) *Mann!*

KELLER : *Was? Anstrengend? Viel Verkehr gewesen?*

WILDER (faßt sich ins Kreuz) : *Mann!* (Keller bietet eine Filterzigarette an) *Danke, rauch nich mehr. Besser fürs Gedächtnis*

KELLER : *Aha* (zündet sich irritiert eine an) ... *Kaffee?*

WILDER (schüttelt den Kopf) : *Laktoseintoleranz*

KELLER : *Das ist ... auch neu. Aber wenn du Laktoseintoleranz* (irritierter) ... *was hat das mit ...?*

WILDER : *Kaffee nur mit Milch*

KELLER : *Das ist hart*

WILDER : *So is das* (guckt sich um) *Ich sach mal: viel hat sich hier nich bewegt, was? Ich erkenn das eine oder andere wieder, einiges auch von mir*

KELLER (seufzt, tippt an die Stirn) : *Dafür hat sich hier viel bewegt*

WILDER : *Dann is ja gut, das macht ja satt. Machen wir zuerst Geschäft?*

KELLER (nickt und deutet auf die Kartons) : *Sind die für mich?* (und da Wilder auch nickt) *Herein damit* — (springt vor die Tür, trägt leicht die je nur halbgefüllten, aber honigriegel- und holontütenbeschwerten Kartons herein, hievt die Sackkarre über die Schwelle, währenddem) *ich hab dir oben ein Nest bereitet, extra ein Regal, leere Kartons zum Gleich-Umpacken, alles deins, mußt nur ein bißchen vorsichtig sein. Esoterik, Anglerzeugs, Kundulakram ...*

WILDER : *Wat? Kundula?*

KELLER : *Nicht? Gundula, Kundula — was weiß ich, was ich mein'*

WILDER : *Du meinst Kundalini*

KELLER : *Kann sein. Das mit den verstopften Chakren. Auf jeden Fall erwartet dich oben al-*

---

gewußt, daß ein schöner Augustalis mit etwas Geduld schon für 10 000.– zu haben ist und er sich mit seiner Anwartschaft auf die Facsimile's fast schon in Augustalis-Regionen bewegt hat — vielleicht hätte das seinen Willen zum Steigern beeinflußt. Wird Kellers Wunsch dennoch in Erfüllung gehen? → Hinter Büchern, Weltherrschaft.

[342] Ist Wilder einfach nur mundfaul oder will er Keller nicht deprimieren? Wie auch immer: er führt nicht weiter aus. Vor einem Vierteljahr hatte Wilder bei einer Haushaltsauflösung ein Zigarrenkästchen an sich gebracht, darin ... Sportnadeln, Heftklammerblöcke ... und eine Handvoll Münzen. Für solche Eventualität gabs einen losen Pakt mit einem Münzhändler, dessen Bekanntschaft er auf dem Flohmarkt gemacht hatte. Bei dem war Wilder dann auch anderntags vorstellig geworden, hatte 3500.– Erlös davongetragen und sich davon zwei Monate bequem über Wasser gehalten. Natürlich war Wilder dennoch übervorteilt worden, natürlich hatte Wilder das auch gewußt, aber bei sich gedacht: leben und leben lassen. Und was sonst auch hätte er anfangen sollen mit einer Nickel-Reichsmark von 1939 (20.–), 10-Pfennig-Hakenkreuz gelocht und aus Zink 1941 (160.–), ungelocht und aus Aluminium 1938 (8.–), kupfernen 2-Pfennig 1940 (5.–), 10-Pfennig-›Der Älteste der Juden‹, Litzmannstadt, Magnesium 1942 (2600.–), dasselbe, nur 20 Mark und Aluminium (20 000.–), silbernen 2-Reichsmark 1931 (50.–), silbernen 3-Reichsmark Adler-Eichenlaub 1931 (780.–). Womit wenigstens Kellers Anwurf, die Reichsmarkmünze sei zuletzt nicht mehr aus Metall gewesen, aus der Welt wäre. Oder sind Magnesium und Aluminium neuerdings keine Metalle mehr?

les, was du bestellt hattest für deine Verrückten. Die werden toben in Langenhagen, die werden dich anbeten und dir die Ware vom Tisch reißen. Zu Kursen, daß du dich zur Ruhe setzen kannst

WILDER : *So soll das sein. Für dich paar bibliophile Schnipsel und alte Philosophie*

KELLER (verschluckt grad noch, eingedenk des Versprechens, das er Wilder geben mußte, ein ›Ah‹ und einen Köcher Sticheleien [343]) : *Sehr schön ... Ach!* (entdeckt unterm Tresen das vergessene, von Hermann vor kurzem geschmähte Häuflein Grass-Busse-Stolberg-Timmermanns) *Packst du die gleich noch dazu? Darauf werden die irren Bauern erst recht fliegen — Mittelalter und so*

WILDER (wiegt die vier skeptisch) : *Hnn, Literatur, Französisch, Heilige ...*

KELLER (erstickt Widerstand) : *Ich will nichts hören! Das einzige, was du diesen exklusiven Werken vorwerfen könntest, wäre, daß sie keine Bilder haben. Wofür sie aber nichts können. Außerdem werf ich ihnen das selbst schon vor*

WILDER : *Na gut. Viel rechne ich dir aber nicht an dafür*

KELLER : *Mußt du auch nicht*

WILDER : *Hast du die Busse nich überhaupt von mir?*

KELLER (streitet alles ab) : *Glaub doch das nicht*

Wilder stapft honigriegelmümmelnd und holonkrumenbröselnd empor, Keller sichtet rauchend im Erdgeschoß Wilders Offerten — und die vier Buchstaben? Die, dauerermattet vom Streit um Sardinien, halten auf den Bremer Jahrbüchern halb noch und schwerlidrig Nickerchen : das, was nun stattfindet, macht ihnen längst keine Kulleraugen mehr, das kennen sie schon : Transformation der Materie, Alchymie — wobei der größere Alchymiker Wilder war, dem geronn aus Scheiße Gold, Keller zerronn ja nur nicht die Nichtscheiße. ›Wilder im Schnoor‹ hieß für Keller immer Katharsis und Veredelung. Mengen buntbilliger Bücher, die Keller weder verkaufen konnte noch wollte und die unter Wilders rühriger Obhut zu warmen Semmeln wurden, verließen ihn, im Gegenzug ein graubrauner Ladenhüter Platz nahm. Und wenn Keller den auch nicht verkaufen wollte, so wenigstens, weil er ihn ja liebhatte. Für Wilder wars simpel die schnellere Mark : es dauerte einfach zu lang, einen Rückert angemessen abzusetzen.

Und ›Zehn Cartland = ein Rückert‹ — das war die Formel gewesen, nach der vor Jahr und Tag der erste Tausch zwischen den beiden über die Bühne gegangen war. War das gerecht? Das war gerecht. Ging aber noch gerechter. Und mußte es auch, denn die Bücher, die gewandert wurden, waren mit der Zeit auch andere geworden [344]. Keller und Wilder führten ein offenes Konto ein, auf dem sie die Preise,

---

[343] Nichts aus Hinter Büchern, Der Jacobi-Nachlaß, wollte Achim Wilder jemals mehr erwähnt wissen.

[344] Die Cartland-Grundversorgung im Raum Hannover war geleistet, die Böden sind gesäuert, Cartland begann, im Meer sprichwörtlicher Autoren, mit denen sich einfach nur die Vorstellung eines gewaltigen Werks verbindet, unterzutauchen. Vom Bedürfnis nach einer Grundversorgung mit Rückert konnte für Bremen und Umland überhaupt keine Rede sein, Rückert steht — und wohl nicht allein in Bremen — stabil niehoch im Tageskurs und verbleibt den provisorisch Alphabetisierten im Tümpel der Namenlosen.

die sie je für ihr Ertauschtes zu erzielen hofften, gegeneinander aufrechneten. Daß dieses Konto ihn notorisch in den Miesen sah, machte Keller keine Sorgen. Das war ja aller Ehren wert. Er konnte eben nicht genug Gute Scheiße liefern. Sorgen bereitete ihm was anderes : wenn er tief in sich hineinhorchte, fühlte er den perversen Wunsch, einmal einen großen Haufen Gute Scheiße an Land zu ziehen, ein fieses Leben beginnen.

Für jetzt aber juchzt Keller neugierig über den Wilderkartons, bißchen Eduard von Hartmann, hui, ›Zur Geschichte und Begründung des Pessimismus‹, die Zweite, erweiterte, von 1891, Verlagsbroschur, dann ... — Keller entfährt ein frommer Schrei — : ein Segment alter Meriane und ... die erste deutsche Tschechow-Werkausgabe, fünf Bände bei Diederichs, das Leinen in halb unaufdringlichem Jugendstildekor, noch zu Lebzeiten Tschechows, 1901–1904 — da wird er ›240.–‹ reinpfeffern, das ist mal gewiß ... — lautes Gerumpel von oben. Ist Mastmensch durchgebrochen? oder hat Hungerhaken Achim ...?

KELLER (schicksalsergeben ruhig) : *Achim? Alles ok?*

Wohl hat Keller mit dem Ersteigern der Facsimile's wider ein Geschehenes aufbegehrt und auch einen schönen Zwischenerfolg erzielt : habituell aber und zur Haltung ist ihm das nicht geworden, gewöhnlich meint er nach wie vor, gleich, was geschehen ist, nicht mehr geschehenwendend eingreifen können zu werden. Und so schreitet er gemächlich in den zweiten Stock, und dort bietet ein Bild sich ihm, das von iberischen Teufeln in Kutten nicht prächtiger hätte ersonnen sein können : äußerlich unversehrt steht Wilder in einem verkanteten Brettermikado, bis an die Knie angeschüttet von Schulfunk und sechs Metern Papier — und reibt sich den Hinterkopf. Der intakte Teil des Konstrukts : der Sockel leerer Kartons, unverrückt, darauf, windschief geneigt, allein noch die untere Hälfte der basalen Schulfunkheftsäulen. Da ist wohl was verrutscht. Aber nicht von allein.

WILDER (entgeistert und erregt) : *Dein blödes Regal is umgekippt — von Schulfunkscheiße erschlagen, hat man sowas schon gehört?*

KELLER (mit raumgreifendem Storchenschritt an Wilder vorbei) : *Ich darf mal?*

Das Papier war bis auf die Fensterbank gebrochen — da liegen keine Facsimile's mehr, da ist jetzt Hans Peter Duerrs ›Traumzeit‹, da ist Hans Peter Duerrs ›Traumzeit‹ sogar zweimal ... aber wo ...? ... Keller kniet nieder, schaufelt im Mulch ... — und zieht die Facsimile's hervor ... die Flecken, ja, schon blasser. Soweit Keller das sagen kann. Denn die Flecken sind überlagert von ... Kork. Das ist Kork. Genauer : ein Korkabdruck. Wilder trägt Kork. Die Gesundheit. Erstaunlich, daß ihn das hinzugetretene Absatzprofil fast beruhigt, aber Keller sagt sich : es ist noch Zeit, sich der Grünholzfraktur, die den Facsimile's quer über den Deckel läuft, zu stellen ... ach was : die Zeit ist jetzt. Keller steht auf, geht ans Fenster, ins Licht, und versucht behutsam, knickbegradigend dagegenzuhalten.

WILDER : *Sach ma, bisdu bescheuert, so ein Regal aufzubaun?*

KELLER (dumm gegenfragend, Groll im Unterton) *Achim? was hast du getan?*

WILDER : *Was ich getan hab? Ich wollt mir so'ne scheiß Gebärmutter angucken und werd erschlagn! Das hab ich getan!*

— und reibt betont sein os occipitale. Keller aber hat fürs erste gut getan und optisch einiges reguliert ... wo's eben eine Welt noch drohte zu zerreißen, zieht beinah undramatisch nun ein leinener Faltenwulstkanal querüber, und den wird Keller auch noch glätten, da wird er ein Falzbein in Anschlag bringen, sicher bliebe kaum mehr als eine unerhebliche Stauchung, über die jedermann, wenn er sie überhaupt bemerkte, nur noch würde lachen wollen, zurück, jawohl, Keller schlägt siegesgewiß die Facsimile's auf — mit erschmerzendem Knacken aber bricht der Leim des Buchblocks und lugt zwischen zwei Lagen Gaze hervor. Keller zuckt. Nun denn doch. Er klappt die Facsimile's zu.

Ein kurzatmiger Wortwechsel hebt an, von Keller gereizt, offen empört von Wilder geführt. Der eine spricht mühsam klausuliert von Tölpeltum, Hörfehlern, wahlweise von in den Wind geschlagenen Mahnungen, doch bitte bitte Vorsicht walten zu lassen — unverhohlen von Attentat der andere. Für Unstimmigkeiten diesen Kalibers ist Keller nicht gemacht. Ihm wird flau im Magen, sein Kreislauf schwächelt, kalter Schweiß köchelt, und als er bemerkt, daß seine bewährte Fähigkeit, neben sich stehen und eigener Lächerlichkeit und Leidenschaft spotten zu können, ihm überhaupt nicht zur Hand ist, regt er an, man möge sich vertagen. *Auf eine Zeit kühleren Kopfes.* ›Kopf‹ zwar ist für Wilder das Stichwort, etwas Vernachlässigtes zu tun und in Körpersprache eindringlich noch einmal vom vorgeblichen Brummschädel zu sprechen — aber er willigt ein, garniert seinen Abgang noch mit der Idee, zu lahmen, und schiebt also hinkend und mit frostigem Gruß die Sackkarre hinaus und der hinterher zu seinem Kasten-Renault, den er Kolpingstraße geparkt hat. In Delmenhorst warten seine Eltern auf ihn. Mit Tee ohne Milch und gewiß auch ärztlicher Notversorgung. Denn Achims Mutter hatte Krankenschwester gelernt. Und Achims Vater Pastor. Und als solcher war er Meister der Teezubereitung.

Keller rettet sich in den Nachmittag. Über Mittag hat er dem zweiten Stock eine grobe Ordnung hingefegt und steht nun am Kamin, auf dessen Sims er die Facsimile's mit allem, was er sich traut — acht Bänden ›Kindlers neuem Literaturlexikon‹ — beschwert, die Selbstheilungskräfte des geschundenen Werkes zu aktivieren und die Elastizität, vor deren Dasein er die Augen doch nicht verschließen konnte, aus dem kritischen Strich herauszupressen. Richard Vogt kommt die Treppe hinauf.

KELLER : *Le professeur! schön!*

VOGT : *Herr Keller! Viel Zeit hab ich nicht. Aber was war denn das für ein uneindeutiger Anruf, das werden Sie eben noch erklären? Sind etwa neue alte Maigrets eingetroffen?*

KELLER : *Nicht doch*

VOGT : *Wär ja auch zu schön gewesen*

KELLER : *War Ihnen nicht was abhanden gekommen?*

VOGT : *Stellen Sie sich vor: davon hätt ich Ihnen auch zu erzählen. Frau Hudelwerth hat mir letzte Woche einen Gibbon angeboten, 1200, bin am Überlegen ...*

KELLER (finster) : *Ach? dann ist meins ... ja gar nicht so aufregend. Trotzdem: schaun Sie, was ich hab* (reicht eine Quittung von Hauswedell & Nolte an)

VOGT (liest, erstaunt, doch kühl) : *Das ist ein Ding. 5000?*

KELLER : *Effektiv sechse*

VOGT : *Wo?*

KELLER : *Hier* (weist zuunterst der Kindlerbände)

VOGT (gedehnt) : *Jaaa ... ich meine* (geht philatelistennah heran) ... *es zu erkennen, das Leder, das da ablappt, der angeplatzte Rücken, das kommt mir alles ... vertraut vor — na, ›vertraut‹ ist zuviel gesagt, dafür hatte ichs zu kurz. Und? gehört es jetzt Ihnen, mir ... uns? Loisy? irgendeinem Staatsanwalt?*

KELLER : *Nun, wenns dem Dieb nicht gestohlen wurde, gehörts wohl noch dem* (da Vogt sich mäßig amüsiert zeigt) *Gehen wir provisorisch mal davon aus, daß es mir gehört — allein dem Umstand geschuldet, daß ich 6000 dafür geblecht hab*

VOGT (professorenklug) : *Wenn ich recht orientiert bin, kriegen Sie das ja alles wieder — müssen Sie nur steuerlich geltend machen* (nun es an Keller ist, gedämpfte Heiterkeit nur zu zeigen) *In welcher Beziehung, wenn ich fragen darf, steht das arme Ding da überhaupt zu dem, das Sie damals beim Kollegen Loisy gesehen hatten?*

KELLER : *Ah, wer weiß das schon. Es hatten mittlerweile auch einige kleinere Blessuren, mit Loisy zu sprechen, die ›Freundlichkeit‹ hinzuzutreten — aber der Einlieferer dürfte schon Loisy gewesen sein. Was unternehmen wir denn jetzt?* (zieht die Facsimile's hervor, begutachtet die Fülle der Wirksamkeit seiner Maßnahmen)

VOGT (beugt drohendem Angebot und peinlichem Gewinde vor) : *Wie, ›was unternehmen wir denn jetzt‹? Überhaupt, 6000 —; ist das nicht sehr happig, 6000? Ist das nicht richtig viel Geld?*

KELLER : *Schon. Ausrufpreis war Eins-Fünf. Ich hatte auch gehofft, daß es nicht so hoch schießen würde. Von höherer Warte aber auch ein gutes Zeichen, meinen Sie nicht?: so reges Interesse an einem so würdigen Objekt?*

VOGT : *Aber 6000?!*

KELLER : *6000, ja ja, aber — ein offenes Wort: 5000 waren mir kurz vorher einfach zugeflogen, die war ich bereit einzusetzen, die zählen nicht. Die 1000 Steuern und Auktionsgeld, die's obendrauf nun noch kostet, die sind das, was ich wirklich ausgegeben hab ...*

VOGT : *Ein Segen*

KELLER : ... — *Herr Vogt: ich leide an einer hochentwickelten Moral ...*

VOGT : *O je*

KELLER : ... *eigentlich möcht ich die Facsimile's mir selbst einverleiben, aber genau meine Ethik gebeut mir, sie erst Ihnen anzubieten. Für 1000. Wenn Sie unbedingt wollen*

VOGT (erleichtert) : *Vormals, als Bestandteil des Gibbon-Konvoluts, warens 30 gewesen, oder?*

KELLER (gequält lächelnd) : *Kann sein. Soweit ich aber weiß, wars Rabatt*

VOGT (überhört das [345]) : *Und der Gibbon, bei Ihnen 500, bei Frau Hudelwerth jetzt 1200 — wahrlich, ihr betreibt ein inflationäres Gewerbe, ihr Antiquare*

KELLER : *›Ihr‹, ›ihr‹ … das wüßt ich aber. Ich wette, die einzigen, die gewaltig zugesetzt haben, sind jetzt hier beieinander: Sie haben 500 ausgegeben und nichts in der Hand und sind aufgefordert, nochmals 2200 dazuzulegen, um den status quo ante zu erlangen. Ich, der ursprünglich Beschenkte, habe bereits 6000 investiert, den status quo ante wiederherzustellen und bin notfalls willens, mich mit 5000 minus zufriedenzugeben*

VOGT : *Wer macht dann eigentlich ein Geschäft bei der ganzen Geschichte? Läßt sich das sagen?*

KELLER (zuckt die Achseln) : *Weiß nicht … Loisy, Hudelwerth, Hauswedell?*

VOGT : *Herr Keller, so leid es mir tut, einen Tausender ist mir die eine Seite Hölderlin nicht wert*

KELLER : *Das ist gut. Soll ichs Ihnen dann leihen, daß Sie Ihre Arbeit darüber schreiben können?*

VOGT : *O nein, wenn diese Arbeit in absehbarer Zeit noch jemand schreibt, dann Sie. Ich würd schon dafür sorgen, daß wir die irgendwo unterkriegen — eh das Buch ganz zerfällt … das gösse doch über dieses ganze Hin und Her einen Sinn. Ich, wie gesagt, steh leider nicht zur Verfügung, ich bin mittlerweile vor einen anderen Karren gespannt, und ich deute nur an* (opak) *: Melchior Meyr* [346]*. Bitte das aber vertraulich zu behandeln*

KELLER (weiß nicht, was er da bestätigt) : *Sicher*

---

[345] Wenn absichtlich, dann, um Keller die Peinlichkeit zu ersparen, jemanden auf die peinliche Annahme eines Vorteils verwiesen zu haben.

[346] Melchior Meyr (1810–1871) war ein starker Typ aus dem Nördlinger Ries. 1829 studiert er in München Philosophie, verfällt Oken und Schelling und findet sogar einen Weg, sich in des letzteren Hausstand zu schleichen : er schenkt Bonbons an Schellings Sohn, den 16jährigen Paul. Auch dichtet Melchior. Heldisch taumelnd und im Überschwang der Reime geht 1831 eine lyrisch-idyllische Auswahl an Göte ab. 11. Januar 1832 bucht Göte eigenhändig im Tagebuch »Sendung eines jungen Dichters Meyr aus München«, 22. Januar heißts, »Der Sendung des jungen Meyr von München vor der Absendung noch billige Aufmerksamkeit gegönnt«, eine Antwort ergeht, von Schreiberhand geschrieben, von Göte eigenhändig korrigiert, eigenhändig mit ›Und so fortan!‹ und Ort und Datum versehen, »An Herrn / M. Meyr. / Stud. Philos. / München / frank. / Mit einem Päckchen / unter gleicher Adresse / enth. ein Manuscript / 2. Thlr. Werth. / Abzugeb. bey Nanette Veitl. Neu. Psed. [?] Straße No. 301. 2 B.«, Initialen, rotes Siegelwappen und Poststempel »Weimar / 23 Ian. 1832« :

»Außer beyliegendem Allgemeinen wäre dem Verfasser hier zurückkommender Gedichte vielleicht Folgendes angenehm und nützlich. Man muß ihm zugestehen, er habe kindlich-jugendliche, menschliche-allgemeine, ländlich-einfache Stoffe, wie sie ihm vorlagen, wie sie in ihm sich bildeten, treu, mit Leichtigkeit und Anmuth behandelt. Gewährt ihm die Folgezeit derberen Gehalt und weiß er denselben auf gleichmäßig-gehörige Weise zu benutzen, so ist kein Zweifel, daß er auch im erhöhten Kreise sich glücklich bewegen werde. Seine prosaischen Eröffnungen geben dazu eine willkommene Aussicht, veranlassen aber jedoch zugleich ein gewissen Bedenken, indem das als Zweck angedeutet steht, was, wird sich der junge muthige Mann aus diesen Gefahren selbst herausfinden.

Und so fortan! Weimar d. 22. Januar 1832. J. W. v. Goethe.«

— und 23. Januar meldet Götes Diarium Vollzug : »An Herrn Melchior Meyr in München, deßgleichen zurückgesendet«. Zwei Monate später stirbt Göte und Meyr wird dies eine Blatt aus Weimar fortan süßer als ein Dorn aus der Krone Christi und sofort zieht er eine süße

VOGT (zögerlich) : *Aber ... einmal würd ichs mir schon gern nochmal angucken*

KELLER : *Bitte. Nehmen Sie Platz*

Keller bemißt exakt ein Areal auf dem Tisch, wischt es mit großer Geste frei und sauber, deponiert darein die Facsimile's und rückt einen Stuhl heran. Vogt setzt sich : für eine halbe Stunde konzentriert mit dem Buch beschäftigt.

VOGT : *Herr Keller? Schlechte Nachrichten*

Konsequenz und dichtet in ›Hermann und Dorothea‹-Manier wunderbarste Hexameter über rieser Bauern, ›Wilhelm und Rosina, ländliches Gedicht in 8 Gesängen‹. Allein : drei Jahre wills kein Verleger, bis 1835 Georg Franz in München unter der Bedingung, kein Honorar zu zahlen, es wagt. Liegt wie Iridium. Meyr wird mißtrauisch : »Da mich die Welt nicht anerkennt, muß ich selber — in stolzer Originalität sagen, was Gott durch mich schaffen und thun läßt! Gott will, daß ich in dieser Welt unbescheiden bin! Ich bin's, zu seiner Ehre!«.

Meyr liest nun aus Götes Kanzleischreiben die Empfehlung heraus, in Heidelberg Jura studieren zu sollen, unterfängt sich dessen auch sogleich, noch 1832, hört aber sein Herz weiter dem Dichten pochen, stiehlt heimlich nach München sich zurück und promoviert dort im Wintersemester 1835/36 zum Doktor der Philosophie.

18. Mai 1835 schickt Meyr ein Exemplar ›Wilhelm und Rosina‹, das er grad noch so übrig hat, an Rückert. Eine Kumpelei entspinnt für über zwei Jahre. Bis November 1837 Meyr sich bewirbt um ein Reisestipendium, das er gebrauchen will, diskret zu habilitieren. Das Stipendium wird abgelehnt — scharfsinnig macht Meyr Rückert als den intriganten Übelfried aus. Verstimmung tritt ein bei Meyr. Und Schaffenskrise. Meyr sucht Zerstreuung in münchener Cafés. Kalte Wut packt ihn. Heine schilt er 1838 »Affenbyron!« und legt klar : »Wenn aber Heine viele Eigenschaften eines wahren Dichters hat, Eines geht ihm ab, das auch bei dem Dichter das Höchste, die einzelnen Kräfte und Gaben erst Verklärende und Heiligende ist, der Geist der Wahrheit« — Heine aber bleibt unbelehrbar. Und als Rückert Meyr bittet, doch einem Almanach beizutragen, weigert Meyr brüsk jede Antwort. Da dichtet Rückert 1840 ›Der deutsche Dichterwald‹ : »Singst Du etwa bess're Lieder / Als der Meister? Schäme Dich / Seines Ruhmes Glanzgefieder / Läßt Dein Flattern unter sich« und findet in der dritten Strophe die langgesuchte Chance, das seltene Wort ›Psittig‹ unterzubringen, indem ers auf ›Fittig‹ reimt. Meyr aber will ein Reisestipendium, eine Frage der Ehre. Bedingungslos verschreibt er sich nun Schelling. Und der besorgts ihm. Sogar den Ort darf er sich aussuchen. Meyr guckt noch mal in seinen Göte-Brief und ... kann man dem nicht entnehmen, er solle in Berlin Götestudien aufnehmen? Man kann! Von 1840–52 ist er nun in Berlin. Schelling folgt 1841 (und Rückert, als Professor für orientalische Sprachen. Ist aber nur selten da). Meyr, kurzgehaltener Stiefelknecht Schellings, hört an der Uni, schreibt ab und zu eine Rezension, treibt sich auf Empfängen rum und frißt sich durch — ein gelittener Arsch. Und als solcher nicht sonderlich gepflegt. Mäcene springen ab, Honorare fließen spärlich, Not wird. Wo aber Not ist, wächst das Rettende auch. Das ist für Meyr die 48er-Revolution — als einziger ›Intellektueller‹ dient er seine Feder der Reaktion an, schreibt für die und ist flugs saniert. Ab 1852 gibts mehrere Drämchen, teils empfohlen von Schelling und Alexander von Humboldt, und einiges gerät sogar zur Aufführung — wird als Irrtum aber erkannt und schnell abgesetzt. Meyr bekommt das nicht richtig mit, weil : »Ich staune zuweilen über meine Fähigkeiten, über die allgemeinen wie über die besonderen, und hege dann ein inniges Dankgefühl gegen Gott, denn alle meine Ideen sind mir nur so inspiriert worden«. Und er will heiraten, umwirbt eine berliner Mamsell mit der Selbstaussage »Ein Mensch, der aufs Haar so für die Natur wie für den Geist besorgt ist, und umgekehrt, — ein solcher gegen beide gleich gerechter Mensch wie ich, ist noch kaum da gewesen« — wird aber abgewiesen. Übellaunig zieht er sich September 1852 ins Ries zurück, sammelt dort Eindrücke (›Erzählungen aus dem Ries‹ 1856, ›Neue Erzählungen aus dem Ries‹ 1860, stets aufquellende Neuauflagen enden in einem schweren Vierbänder) und geht dann dauerhaft nach München, von nun an stets mit den Fehlschlägen seines Lebens und einer Neudeutung des Göte-Briefes befaßt (→ 1864 die zweibändige Novelle ›Ewige Liebe‹).

KELLER : *Is nich wahr! Bin verunsichert*

VOGT : *Aber nur unter kommerziellem Gesichtspunkt ...*

KELLER : *Bin erleichtert*

VOGT : ... — *der Hölderlin bleibt natürlich ein aufregender Fund. Schade nur ... ich habs mal grad von vorn bis hinten durchgeblättert ... — etwas, was Sie bislang nicht getan haben, oder?*

KELLER : *Wann denn? Ich hatts ja bisher nicht viel länger als Sie*

VOGT : *Da fehlt was*

KELLER (entsetzt) : *Bitte?!*

VOGT : *Zählen Sie die Blätter nach. Oder suchen Sie insbesondere gleich die Nummer 30*

Er probierts mit ritualisiertem Alltag und konzipiert für den Rest seiner Tage ein gleichförmiges Leben von ausgesuchtester Biederkeit : morgendliches Aufstehen, Frühstück, pünktlich Kaffee, ausgedehnte Spaziergänge, nachmittags Kuchenfassen bei hochgestellten Familien, ab acht Uhr abends dann einsame Philosophenstunden im Poetenstübchen. Und mittwochs immer die Herrengesellschaft ›Die Zwanglosen‹. Frucht solitärer Nächte : Erzählungen, Gedichte und 1860 das verquast theosophische, an Böhme, Schelling und Baader angelehnte ›Gott und sein Reich : philosophische Darlegung der freien göttlichen Selbstentwicklung zum allumfassenden Organismus‹. Nie fiel ein Buch auf dürreren Boden, Verleger Mäntler hat das Papier nicht, Meyr den anhaltenden Nichtverkauf zu melden. Meyr ists unbegreiflich. Seinem Tagebuch vertraut er schwere Bedenken an : »Man wird später darüber staunen, was die Zeit nur angefangen hat, so dumm zu sein, um Werke wie Gott und sein Reich sc. übersehen zu können! ... So geht es, wenn man nicht widerlegt werden kann, wird man eben todt geschwiegen!«. Meyr beschleunigt auf der Spur des Leerlaufs : 1869 bemerkt die Kritik zwar das Erscheinen seines Opus ›Über die Fortdauer nach dem Tode‹, sagt aber nur, um eben die sei's wohl übel bestellt, wenn sie nicht besser bewiesen werden könne.

Was ist Meyrs Problem? Die Breite, mit der seine Prosa die ohnedies Kümmerhandlung, zu der sie in keiner Beziehung steht, stört und sondergleiche Ermüdung evoziert? oder, da seine Prosa zudem gehaltlos ist, er sie philosophisch aufschwemmt und also den reizenden Effekt noch erheblicherer Unlesbarkeit erzielt, ist doch seine Philosophie so arm, daß er wiederum die mit Prosa anreichern muß, was seine Philosophie notwendig aber nur noch unerträglicher macht? Kaum zu entscheiden. Nicht mal von Meyr. Der hat sowieso anderes zu tun. Der muß an die Nachwelt denken und notizt ins Tagebuch : »Ich denke an die Nachwelt, die mich recht auffassen wird, da die Mitwelt unechte Arbeiten den meinen vorzuziehen die Gemeinheit hat. Nochmals, noch keine Mitwelt hat in den Werken eines Autors soviel übersehen, wie meine Mitwelt in meinen philosophischen; kaum einem Andern ist die Mitwelt soviel schuldig geblieben ... Ohne meine Arbeiten würden die Menschen des Bildungselementes entbehren! Darum bin ich genöthigt, meine Arbeiten anzubieten und anbieten zu lassen; so kommt die spröde, dumme Welt zu dem, was sie braucht«.

Sedan noch begrüßt er mit einem »General Moltke! großer Denker! / Planerfinder, Schlachtenlenker / Wir bedanken uns bei Dir!« — und stirbt dann friedlich am Unterleib. Der herrliche Bildhauer Konrad Knoll stellt ihm eine Erzbüste, die ihn darstellen soll, aufs Grab.

In seiner Hoch-Zeit also bräunt sich Meyr am Hofe Schellings und kriegt viel Mundgeruch mit. Als Meyr dann noch spitzbekommt, daß seit 1846 die erste Hölderlin-Werkausgabe in den Läden staubt und er sich erinnert, sein Herr war eine Art Kamerad des Verewigten gewesen, bereitet er der Journaille eine zünftige Rezension vor und plant, den 72jährigen Schelling über Hölderlin zu befragen. Und wirklich, Schelling öffnet das Nähkästchen — Mayrs Tagebuch 17. Februar 1847 : »Am 1. Februar oder früher noch ... Besuch angesagt wegen Notizen über Hölderlin. Als ich einige Tage darauf zu ihm gehe, dauert's lange, bis zu mir dch den Bedienten die Entscheidung kommt : zur gnädigen Frau; obwohl ich bei ihm mich melden liess. Er vermeidet also hartnäckig, mit mir allein zu sein! Ich lasse mir die Heiterkeit nicht rauben, unterhalte mich mit ihr und dem Filius. Zum Thee der Alte gerufen, ich etwas kühl. ›Sie beschäftigen sich jetzt mit Höld. Nachlass?‹ Ich : ja; wünschte sehr, zu

KELLER : *Nein*

VOGT : *Dann glauben Sie mir wenigstens*

KELLER : *Ich glaube es ganz. Die fehlt?*

VOGT (nickt) : *Sauber herausgetrennt*

KELLER : *Lassen Sie mich raten : Friedrich Zwo?*

VOGT (schüttelt den Kopf) : *Laut Index müßte das was von Göte gewesen sein*

KELLER : *Wissen Sie was? Mich beschleicht das Gefühl, von diesem Werk geht kein Heil aus, zumindest nicht für mich. Es formieren sich in mir langsam doch einige Widerstände, es in Besitz zu halten …*

---

wissen, was s. Freunde über ihn geurtheilt, ob man ihm anfühlte, dass er so enden könnte. Sch. : das nicht : nachher freilich hat man sich erinnert, dass etwas in ihm lag, was Besorgnis erregen konnte. Ich war s. Mitschüler in Nürtingen, kam fünf Jahre jünger in die Klasse; er der erste, nahm sich meiner an, lehrte mich die lat. Worte, die ich auswendig wusste, richtig schreiben, vertheidigte mich gegen die anderen. Seine Mutter hielt ihn zu zärtlich; einsam, er wurde immer wie ein Juwel betrachtet. In Tübingen traf ich ihn wieder, voller Schönheit und Anmuth, aber mit sr. Poesie konnt' ich mich nicht recht befreunden, da sollte nichts gelten, als die Griechen, mit dem Volksleben knüpfte er nicht an (etwas wie ›unter uns‹) : Schiller hat einen schlimmen Einfluss auf ihn gehabt. Ich : aber Höld. war's ernst mit den Griechen. Schell. : gewiss! Sch. : nach s. Zurückkunft v. Bordeaux hatt' ich ihn noch gesehen; er kam von Nürtingen zu meinen Eltern, in sehr kurzer Zeit, war querfeldein gegangen; trotz seines Irrsinns war er aber ganz ruhig, man bestellte nachts einen Wächter, aber es war nicht nöthig. Er war ganz liebenswürdig, an ihn hab ich gedacht, als ich in der Rede über das Verhältnis der bildenden Kunst etc. über die Anmuth schrieb. Über den Hyperion : kann ihm nicht viel abgewinnen«.

7. April legt Meyr seine Hölderlinfabulationen Schelling vor, und obs dem Meister gefalle. 9.–10. April bekennt Meyr unter »Abend bei Schelling« dem Tagebuch Schellings Reaktion : »›Sie haben mir die Aufsätze über Hölderlin zugeschickt, ich habe sie nicht recht lesen können, es war mir eine schmerzliche Erinnerung an die Zeit in Tübingen, wo ich 3 Jahre mit ihm war, wo er mir seine Poesien zeigte und ich sah, wie er sich umsonst abmühte‹ sonst ein vortrefflicher Mensch, er sang sehr schön; wir hatten damals wahre attische Gelage, aber das Dichten ging ihm nicht leicht, er brauchte sehr lang (Fr. v. Sch. : ›das ist schon ein Zeichen, dass er kein wahres Talent hatte‹!), feilte immer‹. Als er von Jena zurückkam, sagte er mir, Schiller habe zu ihm geäussert, Goethe mache seine Sache, wie ein Kartoffelacker Kartoffeln bringt; Sch. hat einen schlimmen Eindruck auf ihn geübt; auffallend ist der gänzliche Mangel an Popularität; dazu glaubte er zu hoch zu stehen‹. ich : doch einzelne sehr schöne Gedichte, 12 etwa. Sch. : ja, aber man muss in der Stimmung für sie sein, wenn sie Eindruck machen sollen; ein Gedicht hat er mir in Tübingen vorgelesen, das er an seine Geliebte in Maulbronn gedichtet, das ist schön; ich weiss nicht, ob Sie's ausgezeichnet haben. Er lässt das Buch suchen, liest's pathetisch vor, ›Abbitte‹. ich : das hab' ich auch hervorgehoben!«

Dieser Text ist — trotz Quelle Meyr — ein Zeugnis erster Ordnung. Schelling läßt bis dahin allenfalls vereinzelt in halbprivaten Äußerungen nur durchschimmernde Resentiments gegen Person und Werk Hölderlins klar erkennen und bietet neue Details, die ungeachtet des schellingschen Irrtums über das Gedicht ›Abbitte‹ (zu datieren nicht in die tübinger Stiftstage, sondern 1798 Frankfurt) von hoher Plausibilität sind : etwa die Nachhilfe, das Mutterhätscheln, Schillers Kartoffel-Bemerkung und der Wächter vor Hölderlins Schlafgemach.

Publik gemacht wurde das Mayr-Tagebuch 1981 : in der Reihe ›Philosophica varia inedita vel rariora‹ gab bei Bottega d' Erasmo in Torino der Jesuit Xavier Tilliette ab 1974 vier Bände ›Schelling im Spiegel seiner Zeitgenossen‹ heraus, deren vierter und 539 Seiten starker Ergänzungsband eben ›Melchior Meyr über Schelling‹ heißt. Zwölf Jahr blieb das der Hölderlinforschung im deutschsprachigen Raum verborgen, bis der ruhmreiche Michael Franz 11. Januar 1993 in der hamburger Ringvorlesung ›Neue Wege zu Hölderlin‹ ihr davon kündete. Grüße!

In diesem Moment formiert sich auch was anderes : keine zweieinhalb Kilometer entfernt, im Kellergeschoß der St.-Jürgen-Klinik, steht Putzteufel, eine unakkurat geschenkpapierverpackte Rechteckigkeit unterm Arm, in einem Gang unter Neonröhren vor einer milchgläsernen Flügeltür und traut sich nicht. Tiefer Respekt ist in ihm vor den Mysterien des Eschaton. Und vor zerschnittenen Worten. Auf dem linken Türflügel kleben weiß die Versalien PATHO, auf dem rechten LOGIE, Bubenhand hat das P mit rosa Lippenstift verlängert zu einem B [347]. Ein AIP rauscht heran, frische Ware auf einer Hochgeschwindigkeitsbahre, schlittert über den gebohnerten Linoleumboden, äfft im Vorab mit einem *Kabumm* den Aufprall der Bahre an der Flügeltür nach — Putzteufel erheischt einen Blick in den Bereich, der sich eröffnet : auf einfache Stühle geschnallt plastinierte Gestalten, an denen weitere AIP's Rauteckgriffe üben. Soll Putzteufel eintreten? Er weiß nicht recht. Da schlurft ein Praktikant daher, der sieht lieb aus und langsam, und Putzteufel faßt Mut : *Hausmeista?* Der Praktikant erschrickt, gibt dann aber treulich Auskunft, Hausmeister sei grad nicht da, der sei auf Dienstreise, nach irgendwo in die Südsee [348]. Putzteufel ist niedergeschlagen.

Mochte man wirklich meinen, nur, weil eine Gestalt wie er zeitlos ist, sei sie auch elternlos? Putzteufel hat zumindest einen Vater, und der ist Janitor der Pathologie St.-Jürgen, heißt Igor und hat heute Geburtstag. Und ist nicht da. Traurig besieht Putzteufel das Geschenk, das er mit viel Liebe zurechtgemacht hatte [349], und trollt sich.

Auch Hinter der Balge hat sich die Lage geklärt : Keller und Vogt haben sich abschiedszeremoniell ins Erdgeschoß verfügt — und keiner der beiden hat des Februar verabredeten und dann nie stattgefundenen Männergesprächs über ›Fußball,

---

[347] Bubenhand oder ein Schwabe. Oder die beiden Ärzte. ›Bathologie‹ wenigstens ist die Wissenschaft von der Tiefe (βάθος) des Thanatos.

[348] In seiner Doppeleigenschaft als zweiter Vorsitzender der bremer Sektion der ›Deutsch-Nauruischen-Gesellschaft‹ (DNG) und erster Vorsitzender der bremer Sektion der ›Deutsch-Ponapeischen-Gesellschaft‹ (DPG), → Hinter Büchern, Väter & Söhne.

[349] Putzteufel hatte es ganz allein getan, ohne daß Loisy mit Rat und Tat hinter ihm hätte stehen müssen : Dienstag war Putzteufel bei einem Glaser gestanden, hatte das Facsimile einer Göte-Handschrift vorgelegt, weil er wußte, daß sein Vater den Göte doch so sehr leiden mag, und gesagt *Ein Glas, bitte*, und der Glaser hatte ihn vier Läden weiterverwiesen in eine Bilderrahmenfachhandlung und dort waren alle Wünsche Putzteufels anstandslos erfüllt worden, sogar ein Passepartout gabs. Das Facsimile aber war ein Gedicht, das Göte am 10. August 1819 der 15jährigen Emilie Henriette Friederike von Schiller, nachmaliger ›von Gleichen-Rußwurm‹, ins Stammbuch geschrieben hatte, und das Gedicht ging : »An Fraulein von Schiller — Weil so viel zu sagen war / Wusst ich nichts zu sagen / Ob die Blätter gleich ein Jahr / Mir vorm Auge lagen // Jetzo da du sie entführt / Mag die Feder walten : / Denn es bleibt, wie recht gebührt / Immerfort beym Alten // Milde zum Verständlichen / Wird die Mutter mahnen / Deutend zum Unendlichen /Auf des Vaters Bahnen«. Erstdruck 1830 in ›Chaos‹, 1. Jahrgang, Nr. 38, Seite 152.

›Chaos‹, von Oktober 1829 an ein vierseitiges, je Nummer Beiträge in wenigstens drei Sprachen bietendes Wochenblatt, ein »Manuscript für Freunde«, redigiert von Götes Schwiegertochter Ottilie — einer der vielen Kulminationspunkte von Götes Großkotzigkeit.

Göte war bekanntlich ein früher Khmer Rouge. Jeder Brillenträger war ihm ein Intellektueller, verhaßt und vernichtenswert. Den 5. April 1830 nutzt Göte, wieder einmal zu Ecker-

Frauen, Filme — und Blumenkatalog‹ Erwähnung getan. Und nicht etwa, daß Keller es vergessen hätte.

---

mann über seine Abscheu vor Brillen zu sprechen, wie es ihn ärgert, »daß an eine unbefangene natürliche Entwickelung meines eigenen Innern nicht mehr zu denken ist«, sobald er einen Brillenträger gewahrt. »Ich empfinde dieses noch stärker, nachdem ich seit Jahren es habe drucken lassen, wie fatal mir die Brillen sind. Kommt nun ein Fremder mit der Brille, so denke ich gleich : er hat deine neuesten Gedichte nicht gelesen — und das ist schon ein wenig zu seinem Nachtheil; oder er hat sie gelesen, er kennt deine Eigenheit und setzt sich darüber hinaus — und das ist noch schlimmer«. Brillen sind ungerecht : Göte wird behelfs einer ausspioniert, vermag aber selbst nicht widerzuspionieren, da des Gegenübers »Seelenspiegel durch ein paar Gläser, die mich blenden, verschleiert ist!« Eckermann tut fast einen Eigengedanken hinzu : »Es hat jemand bemerken wollen … daß das Brillentragen die Menschen dünkelhaft mache, indem die Brille sie auf eine Stufe sinnlicher Vollkommenheit hebe, die weit über das Vermögen ihrer eigenen Natur erhaben, wodurch denn zuletzt sich die Täuschung bei ihnen einschleiche, daß diese künstliche Höhe die Kraft ihrer eigenen Natur sei«, Göte lobt, »die Bemerkung ist sehr artig« — legt dann aber fest : »doch genau besehen, ist sie nicht haltbar«, ihm sei nicht erinnerlich, daß »alle Blinden sehr bescheidene Menschen« seien und alle Scharfsichtigen »dünkelhaft«. Das Gegenteil sei der Fall. Bei »Hochbegabten« finde sich »höchstens ein freudiges Gefühl ihrer Kraft; da aber diese Kraft wirklich ist, so ist dieses Gefühl alles andere, aber kein Dünkel«. Myops Nietzsche hätte seine Freude. Eckermann aber fährt fort : »Wir unterhielten uns noch über verschiedene andere Gegenstände und kamen zuletzt auch auf das ›Chaos‹, diese von Frau von Goethe geleitete weimarische Zeitschrift, woran nicht bloß hiesige deutsche Herren und Damen, sondern vorzüglich auch die hier sich aufhaltenden jungen Engländer, Franzosen und andere Fremdlinge theilnehmen, sodaß denn fast jede Nummer ein Gemisch fast aller bekanntesten europäischen Sprachen darbietet. ›Es ist doch hübsch von meiner Tochter … und man muß sie loben und es ihr Dank wissen, daß sie das höchst originelle Journal zu Stande gebracht und die einzelnen Mitglieder unserer Gesellschaft so in Anregung zu erhalten weiß, daß es doch nun bald ein Jahr besteht. Es ist freilich nur ein dilettantischer Spaß, und ich weiß recht gut, daß nichts Großes und Dauerhaftes dabei herauskommt, allein es ist doch artig und gewissermaßen ein Spiegel der geistigen Höhe unserer jetzigen weimarischen Gesellschaft. Und dann, was die Hauptsache ist, es giebt unsern jungen Herren und Damen, die oft gar nicht wissen was sie mit sich anfangen sollen, etwas zu thun; auch haben sie dadurch einen geistigen Mittelpunkt, der ihnen Gegenstände der Besprechung und Unterhaltung bietet und sie also gegen den ganz nichtigen und hohlen Klatsch schützt. Ich lese jedes Blatt, sowie es frisch aus der Presse kommt, und kann sagen, daß mir im ganzen noch nichts Ungeschicktes vorgekommen ist, vielmehr mitunter sogar einiges recht Hübsche … Das einzige, was sich gegen dieses sowie gegen das meiste unserer jungen Damen und Herren sagen ließe, wäre etwa, daß sie, gleich zu saftreichen Bäumen, die eine Menge Schmarotzerschößlinge treiben, einen Überfluß von Gedanken und Empfindungen haben, deren sie nicht Herr sind, sodaß sie sich selten zu beschränken und da aufzuhören wissen, wo es gut wäre. Dieses ist auch der Frau von Bechtolsheim passirt. Um einem Reim zu bewahren, hatte sie einen andern Vers hinzugefügt, der dem Gedicht durchaus zum Nachtheil gereichte, ja es gewissermaßen verdarb. Ich sah diesen Fehler im Manuscript und konnte ihn noch zeitig genug ausmerzen. Man muß ein alter Practicus sein,‹ fügte er lachend hinzu, ›um das Streichen zu verstehen‹«.

Ja, es war hart, einen Kindergarten voller Viertelbegabungen zu dirigieren. Wenn Göte seine Brieffreunde einlud, doch mitzutun am Unternehmen ›Ruhigstellung der Schwiegertochter‹, findet er für »die ganze mitunter bedenkliche Angelegenheit« Worte wie »Trauerblatt«, »wunderlich«, »willkürlich«, nennt die Betreiber »neckisches Volk«, beteuert stets, nichts damit zu tun zu haben, außer daß die »Redaction unter meinem Dache« stattfinde und bekennt 22. November 1831 : »Für mich sind diese Blätter selbst chaotisch; ich habe sie nicht alle durchgelesen … Auch gab ich einiges hinzu, wie du wohl finden wirst, ohne das Übrige zu billigen«, bekennt aber auch den wahren Stellenwert des Projekts : das Chaos »ist von mehr Bedeutung als man glaubt für unsern Kreis; alles dichtet und will sich gedruckt sehen,

VOGT : *Ich rate Ihnen, bleiben Sie am Ball. Schreiben Sie einen kleinen Essay. Ernsthaft* (schon in der Tür) *Und wirklich keine Maigrets?*

Keller verneint kopfs, Vogt kneift einen Mundwinkel zu einer Zerrgeste des Bedauerns, hebt salopp die Hand zum Gruß, verläßt das Lokal zur Marterburg hin — und stößt eckum auf Wiebke und Knud. Fauliges Gewissen haut in Vogts Denkfleisch Hauer, nicht nur, daß Wiebkes eben mit keiner Silbe zwischen Keller und ihm gedacht worden war : Vogt hatte sich nach der Nacht, in der er sich vor Wiebke dann nach Kräften noch betrunken hatte und von der er nicht viel mehr erinnerte als deren bloßer Existenz, Umgang mit Wiebke gemieden, sich öfter mal, wenns klingelte oder pochte, totgestellt, selten überhaupt nur noch die Wohnung verlassen, und wenn, dann die Tür möglichst leis geschlossen und zehenspitz den Hausflur durcheilt, und mutmaßlich erst Wochen nach Wiebkes Auszug überhaupt bemerkt, daß an der Wohnungstür gegenüber die Verheißung ›Sichere Wohnung‹ fehlte, und als er sich am Klingelschild vergewisserte — nein, kein ›Knud & Wiebke‹ mehr —, nutzte er das nur, erleichtert, was allerdings er sich sofort verzieh, den Zettel, den er tatsächlich — mit Pfotenabdruck Knuds — sich hat aufschwatzen lassen, abzunehmen und fortan mit allem Möglichen, aber ohne Sorge um Wiebke zu leben. Zu Unrecht? Die aktuelle Wiebke sieht tendenziell verwahrlost aus, brauner als sie in seinem Gedächtnis lebte, kachektisch geschlagen, nasse Gräser schlenkern aus den Meeren ihres Haares und ihres Hundes Haar, ja, soll Vogt jetzt was fragen oder mit den beiden bei Keller wieder einkehren? Wiebke aber schwebt konstant auf Wolke ›Mild‹.

WIEBKE (sanft) : *Richard, immer hier?*

VOGT (verlegen) : *Es geht dir gut?*

WIEBKE : *O ja, ja* (minimal unsanfter) *Knud übrigens auch* (wieder sehrsanft) *Bald mal wieder Tee?*

VOGT : *Gern. Bei … mir?*

WIEBKE : *Auf jeden Fall*

VOGT : *Ihr wißt ja, wo ich … ich muß dann auch mal. Tschüß*

WIEBKE : *Tschüß* (betritt das Antiquariat, haucht) *Hallo Christian*

---

auch haben wir manche Subjecte, Auswärtige und Einheimische um uns her, die gar wohl Anspruch darauf machen dürfen. Dieß ist nun für einen geselligen Kreisel ein gar artiges Abschnurren, gibt mehrfaches Interesse, erregt auch manchmal kleine Differenzien und was man zum geselligen Leben verlangt« — größten Spaß aber hat er wieder und wieder daran, werbend den Umstand auseinanderzusetzen, daß Beiträger — und also Empfänger des Chaos — bei Strafe des Ausschlusses vom Fortbezug, die öfter dann auch vollzogen wurde, verpflichtet sind, nie auch nur ein Blatt aus der Hand zu geben oder Fremden vorzutragen.

Alles bondgeheim. Und von einer Auflagenhöhe, die nur knapp über der Anzahl der Beiträger liegt. Was die traurige Folge hat, daß neu hinzustoßende Autoren kein vollständiges Chaos mehr haben können. Göte wirkt denn auch dahingehend, das Aufläglein zu erhöhen. Und man hört ja auch auf ihn. Auch, als er gleich mit der ersten Nummer anregt, »den Titel von Zeit zu Zeit zu verändern«. Und so wird nach einem Jahr das Chaos eingestellt — »ich animire sie fortzufahren, es beschäftigt die kleine Gesellschaft und wirkt nach vielen Orten hin« — und im 2. Jahrgang 1831 zu ›Création‹ — nach wenigen Nummern aber eingestellt, da Göte die Lust verliert und sich aufs Sterben vorbereitet.

KELLER (vorbereitet, da er vor den Bremer Jahrbüchern gelauert hat) : *Wiebke! Großartig*

WIEBKE (erfreut, biblisch) : *Du kennst meinen Namen? Du rufst mich so selten bei meinem Namen*

KELLER : *Weil wir uns so selten sehen*

WIEBKE : *Auch wenn wir uns sehen*

KELLER : *Dabei ist er doch … so schön* [350]. *Manchmal versteh ich mich selbst nicht mehr*

---

[350] Na ja — was Friesen so schön finden : ›Weibchen‹. Alle aber, die Wiebke heißen, fechten seit Jahr und Tag, daß ihr Name über althochdeutsch ›wig‹ (Kampf) und ›beraht‹ (glänzend) sich erschlösse und also ›klasse Kämpferin‹ bedeute. Warum nicht. Auf jeden Fall hat Wiebke eine klasse Namenspatronin, die Heilige Wiborada.

Wiborada war von etwa 885 bis 926 eine Adelige aus dem Thurgau und hatte von Geburt an feines Haar und ein Schwesterlein und einen Bruder, den Hitto. Hitto war etwas träge und weniger heiligmäßig, als Wiborada es später sein sollte, das Schwesterlein aber war noch heiligmäßiger als später Wiborada, spielte gleich gar überhaupt nicht und bat Gott, sofort, als es das denken konnte, darum, daß es fortgenommen werde in den Himmel. Und war dann auch dahin weg. Fortan quengelt Wiborada *Kirche, Papa, Kirche*. Eines Osterns hat sie Erfolg, werfen ihre Eltern sich in Schale und reiten die anderthalb Kilometer zur Kirche, Klein-Wiborada aber kriegt gleich hinter der ersten Weggabelung Kopfweh, hält das für ihre Berufung, springt vom Pony, legt Gewand und Geschmeide ab und spaziert zu Fuß ins Haus Gottes. Und veredelt das noch, indem sie's ab da täglich, heimlich, barfuß, wohlgekämmt und besonders gern, wenns hagelt, tut und schon unterwegs fürbittet und betet.

906 geht ein weiterer Großwunsch in Erfüllung : Ferien in Rom. Mit Hitto pilgert Wiborada los und Hitto vertreibt die Zeit damit, Wiborada das Psaltern zu lehren, von ganz von vorn an. Bis Psalm 49 kommt er, da verläßt ihn die Kraft. Doch Gott erscheint und stachelt ihn an, *wenigstens Psalm 50 noch*, — und mit Gottes Hilfe trichtert Hitto Wiborada den dann auch noch ein — mehr aber beim besten Willen nicht. Ohnedies ist man dann auch bald in Rom. Dort aber entläuft Wiborada ihrem Bruder, vier Tage lang sucht Hitto sie vergebens, Kolosseum rauf, Kolosseum runter, Forum hin, Forum her, von Konstantins Triumphbogen bis zum Tiber : dann aber kommt Wiborada von allein, schreitet würdig durchs salarische Tor, ist sehr gut drauf und erklärt Hitto mit seeligen Leuchtaugen, alles sei nichts, solang nicht dem toten Heiligen Martin die angemessene Ehre erwiesen werden würde. Nun, es läßt sich über alles reden … der Heilige Martin … kann man ja machen, durchaus.

Glücklich wieder am Bodensee, revanchiert Wiborada sich für Hittos Unterricht und versorgt die Siechen, die Bruderherz ankarrt und schläft nachts heimlich draußen und auf härenem Laken, schläft aber gar nicht, sondern kämmt sich und betet. Gegen den Husten, den sie sich einfängt, ißt sie Rettich, mit den Schnitzeln, die ihre Eltern ihr zudenken, füttert sie zweikrückrige Bettler. Einkrückige nicht, die geben sich keine Mühe. Auch sonst ehrt sie Martin — und wird zum Lohn eine berühmte Warnprophetin. Etwa holt sie Schwabenherzog Burchard I. zu sich und hält ihn an, sich einen Mittelscheitel zuzulegen und die Güter, die er der Kirche gestohlen hat, zurückzugeben, andernfalls er stürbe. Burchard verspricht beides, bricht beide Versprechen — und wird 911 hingerichtet. Wiborada aber führt zudem Hitto den Haushalt. Bis ihr das zuviel wird und sie den Bruder überredet, Mönch zu sein in St. Gallen. Sie selbst möchte jetzt Inklusin werden. Ist da Berufsberatung? O ja. Wiborada besucht in Konstanz die Inklusin Cilia und fragt, wie's so ist, so eingemauert, und ob das was bringt. Cilia sagt *Allerdings* und versucht aus ihrer Zelle heraus, Wiborada in ein Geschäft zu verwickeln. Cilia nämlich will ihre Almosen-Einnahmen hochverzinst verleihen. Wiborada aber ist empört — *Du erbst das Reich Gottes bestimmt nich* — und wildentschlossen, eine vorbildliche Eingemauerte zu werden. Die abgewiesene Cilia aber beschwatzt den Bischof, als der mal wieder zu seinen lieben Eingemauerten rundreist, Wiborada eine Zelle auf der Lindau zuzuweisen. Da will Wiborada aber nicht hin, da ist es scheiße, außerdem kommt der tote Heilige Gallus und warnt : *da kannst du deine Diener nich mit hinnehmen — ich würds nich tun.*

WIEBKE : *Gott versteht dich*

KELLER (stöhnt) : *Gleich in die Vollen? Der arme Kerl, der sollte sich besser um was anderes kümmern. Zum Beispiel um dich — was ist mit dir? ... du siehst etwas ... hm, angestrengt aus*

WIEBKE (gleichmütig) : *Ach das ... das geht vorbei, das findet sich*

KELLER : *Was is denn los?*

WIEBKE : *Ach nichts — eine kleine Prüfung vielleicht*

Später, als sie eine berühmte und vorbildlich frisierte Inklusin ist, wird Wiborada ihrerseits dafür sorgen, daß die rachsüchtige Cilia entmauert wird und nicht mehr Inklusin sein darf.

912 : Probeeinmauern! neben der Kirche St. Georgen. Wiboradas Leib verfällt, ihr Haar und Geist erfrischt. Auch dadurch, daß sie sich nützlich macht, den Büchern der Benediktiner von St. Gallen Einbände näht und, indem sie sich bekreuzigt, zersprungene Kämme und Badebottiche repariert — erste kleine Probewunder. Und noch ist ja eine Tür, aus der sie bisweilen rausgeht, öffentlich zu beten und sich anzugeißeln. Auch erwirkt sie noch dreimal im Jahr die abtliche Erlaubnis, sich zu waschen, jedesmal eskortiert von einem Engel, der dreimal Psalm 21 singt. Psalm 21 kennt sie. Ärger hat sie nur mit dem Personal. Eine ihrer Dienerinnen — vermutlich Bertherada — läßt der Teufel tratschen, Wiborada verließe heimlich nachts die Klause, und zwar nicht allein zum Geißeln und Anbeten, sondern zu Stelldicheinen mit Liebhabern, besonders zum Inzest mit Hitto. Der Bischof, der in Wiborada die Zukunft des Einmauerns sieht, nimmt die Sache ernst und ordnet ein Gottesurteil an. Wiborada erweist sich als unschuldig, verzichtet großmütig auf Rache und vertraut ganz auf Gott. Und der besorgt die Rache auch, läßt die Dienerin weiterverleumden und schlägt sie mit Wahnsinn und Armut. Hitto aber ist Priester in St. Magnus. Und? was soll man sagen? :

Für immer eingemauert wird Wiborada 916 in eine 6 m²-Zelle, die der Außenwand von St. Magnus hinzugefügt wird. Dem aus Konstanz mit einer Maurerkelle heraneilenden Bischof Salomo III., der unter Applaus und Gebet umherstehenden Volks vierfach das bischöfliche Sigill in den Mörtel preßt, gelobt sie ›stabilitas loci‹. Und kaum, daß Salomo den Schlußstein gesetzt hat, ist erster Besuch da : der Teufel! in Schweineform! Der versucht, sie im Gebet zu stören. Scheitert aber kläglich. Zweiter Gast ist der Heilige Geist. Der erzählt ihr das Geheimnis, daß es nochmal doppelt soviel Psalmen gibt, als sie schon kennt. Und er ist bereit, genau die ihr beizubringen. Wiborada ist überglücklich.

Keine Tür mehr, nur zwei Fenster : eines nach außen, für Publikumsverkehr, Rettich, Notdurft und Psaltern, eines zur Kirche hin, daß Wiborada der Messe lauschen kann. Zum Anziehen hat sie ein Ziegenfell und Eisenketten. Und zur Haarpflege einen silbernen Kamm. Schön ists, so richtig eingemauert jetzt, täglich schickt ihr der Teufel neue Mäuseplagen und großen Gestank und große Kälte, die Wiboradas Extremitäten verkrüppelt. Gott aber schickt ihr Ratlose aller Stände, Bischöfe und Bauern. Und wo nicht, ruft sie sie. Etwa die Frau, die ihren Säugling ersäuft hatte, zur Strafe ausgepeitscht worden war und bis Silvester sockenlos und glatzköpfig vor St. Magnus zu stehen hatte, daß alle Christen mit und an ihr litten. Diese Dame will so sehr sühnen, daß sie über Neujahr hinaus noch da steht — bis Wiborada sie heranpfeift und darlegt, daß es genug ist, der ungetaufte Nachwuchs mittlerweile ins Paradies hineingebüßt sei. Und Tips zur Haarpflege legt sie noch obendrauf. Allein ihre Dienerinnen bleiben ein Problem : im Traum erscheint Wiborada eine frischverstorbene und verpetzt umwillen Christi ihre Nachfolgerin, die putze den Meßkelch lässig. Nichts als Ärger.

Juni 925 fragt Gott sie, ob sie Lust hätte, Blutzeugin zu werden. Klar, ist sie dabei. Ende April 926 dann stehen ungarische, filzhaarige Heiden im Land (noch 29 Jahre bis zur Schlacht am Lechfeld, → Hinter Büchern, Der Jacobi-Nachlaß, Anhänge) und Wiborada träumt, die würden nicht kehrtmachen, sondern weiterverheeren. Also sagt sie Hitto Bescheid, der soll einen Notkamm nehmen und sich im Wald verstecken, und animiert ihren Abt Engilbert, die Klosterbibliothek vor den wasserscheuen Heiden auf die Reichenau auszulagern, *rette*

KELLER : *Latinum, Graecum, Hebraicum?*

WIEBKE : *Wie gehabt liegst du völlig daneben. Willst du's wirklich wissen?*

KELLER (unschuldig) : *Warum denn nicht?*

WIEBKE : *Ich glaube, Gott will, daß du es weißt, und ich will es dann auch : ich mußte die ›Sichere Wohnung‹ gegenüber Richard aufgeben, mein Vater überweist mir kein Geld mehr*

KELLER (staunt) : *Sowas tut dein Vater?*

WIEBKE : *Christian — der himmlische natürlich nicht, der würde sowas nie tun. Der irdische aber schon. Weißt du, mir tut das vor allem leid für Richard, er brauchte meinen Beistand dann doch sehr in letzter Zeit* (seufzt stolz) *Das ist auch für Richard eine kleine Lebensprüfung*

KELLER (weiß, was sich gehört) : *Und für Knud*

WIEBKE : *Für den auch* (Knud liegt längst so flach, wie seine Atmung geht, sardonisch grinsend mitten im Raum) — *aber keine so große. Er ist ja ein Hund*

KELLER : *Wußt ichs doch. Und wo logierst du jetzt?*

WIEBKE (untergründig verzweifelt wie eine Lilie) : *Wie die Lilie auf dem Felde, mal hier und mal da*

KELLER : *Nun, Lilien, ob nun auf dem Feld oder im Topf, sind … eher stationär — bist du jetzt obdachlos oder was?*

WIEBKE : *Nenns wie du willst*

KELLER : *Du bist also obdachlos?*

WIEBKE : *Wenn du meinst*

KELLER : *Und tust jetzt was?*

WIEBKE : *Ich warte auf eine Eingebung — sowas willst du doch jetzt hörn*

KELLER : *Und tust jetzt was?*

WIEBKE : *Ich warte auf eine Eingebung*

---

dich selbst, die dir anvertrauten Seelen und des Gallus Schätze an Büchern, Gold und Silber (»thesaurum Sancti Galli in libris, in auro, in argento«), *zuerst aber rettet die Bücher* (»in primis libros servite«) — womit sie im Kern bliblische Handschriften meint — die's dank ihr heute sehr gut haben und mit der ganzen St. Gallener Stiftsbibliothek Weltkulturerbe sind. Engilbert aber versucht noch, den Paragraphen, der Inklusen bei Lebensgefahr die Flucht gestattet, in Anwendung zu bringen, Wiborada jedoch lächelt nur *stabilitas loci* und wird am 2. Mai von magyarischen Beilen gespalten. Die Ungarn nämlich waren, als sie keine Tür fanden und Gott das Feuer, das sie an ihre Zelle legten, einfach auspustete, simpel übers Dach eingestiegen. Als Hitto seine Schwester dann tot auffindet, sind ihre Hiebwunden alle verheilt und ist sie ganz normal verstümmelt, wie es sich einer geziemt, die sich zu Ehren Gottes kasteit. Hitto findet aber später dann noch was : über dem Schwestergrab schwebt Wiboradas Silberkamm. Der heilt nunmehr allerlei Leiden (wenn die Kranken ihre Gelübde halten. Sonst nicht), ein Holzspan aber aus dem Waschtrog, den Wiborada von 912–916 benutzt hatte, macht Zahnweh verwehn. Und als in einem Traum Wiborada sich bei Hitto meldet und sagt, wie schrecklich das neue Altartuch ist, sieht der Teufel seinen stinkendsten Anschlag pariert und schubst wütend Wiboradas Dienerin Kebeni gegen einen heißen Herd — Kebenis Brandwunden aber klingen bei Anrufung Wiboradas merklich ab. Außerdem fällt, während Wiboradas Knochen einmal überführt werden, ein Maurer von einem Dach, verletzt sich aber nicht.

All das bewegt 1047 Clemens II., mit Wiborada erstmals ein Weib heiligzusprechen und zu sagen, sie sei Patronin der Bibliotheken, Buchhandlungen und Bücherfreunde. Und daß man sie bitte abzubilden habe in Benediktinerinnenkluft und mit den Attributen Beil und Buch.

KELLER : *Die dich hierher führen könnte?*

WIEBKE : *Wer weiß?*

KELLER : *Sags mir nicht: ich weiß, wer es weiß. Jetzt rück schon raus damit, wo du campierst. Bei Freunden? Mitchristen?*

WIEBKE : *Geht nicht* (weist auf Knud) *Die haben alle Hundehaarallergie*

KELLER : *Soviel Vernunft! — und wenn du Phonax*[351] *da die Spritze setzt?*

WIEBKE (radikalempört) : *Christian!*

KELLER : *Oder noch'n Tag wartest? dann löst sich das Problem doch von allein*

WIEBKE (wendet sich der Tür zu) : *Komm Knud — wer einen Ochsen schlachtet, ist eben, als der einen Mann erschlüge. Wer ein Schaf opfert, ist, als der einem Hund den Hals bräche*[352] (zu Keller, da Knud schlapp liegenbleibt) *Knud würde noch sein Leben für mich geben, wenns mich schon nicht mehr gibt*[353]. *Der trägt mich ...*

KELLER : *Ich glaube es ganz*

WIEBKE : *... und wenn er nicht mehr kann, trage ich ihn*[354] (mit kurzem ›o‹) *So*

---

[351] ›Würger‹. Beliebtester der 180 überlieferten Kampfnamen, die Rom seinen Kötern wußte.

[352] Jesaja 66,3 — und Obacht : da steht auch noch, daß, wer einen Kuchen opfert, ist wie der, der Saublut opfert. Und wer des Weihrauchs gedenkt, ist, als der das Unrecht lobet. Das auch. Und darum auch geht alles ganz übel aus für die, die der HErr gedenkt zuschande werden zu lassen. Für die andern aber nicht. Die kriegen Freude.

[353] Bisweilen tatsächlich eine Eigenart des dummen Hundes. Rom kann ein Lied davon singen. Als es dem Caesaronkel Konsul Marius 101 v. u. Z. nach vorher vielen verlorenen Kämpfen gelungen war, auf den Raudischen Feldern bei Vercellae die große jütländische Gefahr von Rom zu wenden und die gräßlichen Kimbern entscheidend zu schlagen, wurde er des Sieges nicht froh, da er einen noch viel verlustreicheren Kampf gegen die kimbrischen Kriegsdoggen, die verbissen leichenvolle Wagenburgen verteidigten (→ Plutarch, Marius 27), noch zu führen hatte.

[354] Wiebke! was redest du? Du hast Glück, daß dein Christian hier nicht ganz fit ist. Weißt du denn nicht, daß das ›Hundetragen‹, die Κυνοφόρια oder Κυνοβαστάξια, nichts Gutes war, sondern eine schlimme Strafe? Sagt dir jeder Mediaevist und Freund der Wiborada-Tage.

Heinrich der Vogler (876–936) führte die Urform des Brauches ein und schenkte tributunwilligen Ungarn zum Zeichen seiner unbedingten Verachtung einen schäbigen Hund. Kaiser Otto I. fand Gefallen an der Geste und übernahm sie in seinen Pönitenzkanon. Da stahl Frankenherzog Eberhard 938 einem Sachsen den Fleck Helmershausen weg und tötete distinktionslos alle dutzend Einwohner und lachte *Mach doch, mach doch*, und Otto machte und ließ Eberhard bis Magdeburg einen Hund auf den Rücken tragen. Der Schimpf bewährte sich. Als 170 Jahre später Borowoi II. sich nicht mehr in seinen wirren Familienbanden und Thronintrigen auskannte, nahm er, darob verzweifelt und orientierungslos, 1110 Prag — irgendwer würde da schon zu vertreiben sein. Richtig. Und genau der wandte sich an Salierkaiser Heinrich V. um Rache. Und die kam auch. Heinrich überfiel nun seinerseits den Borowoi-Klan, riß ein paar Augen aus und widmete dann dem Besatzungschef von Prag ein liebevolles Arrangement : erst band man dem Mann einen mit dünner Brühe abgefüllten Bello auf den Rücken, dann setzte man ihn auf einen Klepper, führte ihn am Bart durch Prag, rasierte ihn auf dem Markt, nagelte ihn an eine Schandsäule — und stieß ihn dann simpel aus der Stadt ins Elend. Bald darauf, 1155 — Barbarossa war grad auf Kaiserkrönung in Italien — lagen Pfalzgraf Hermann von Stahleck und Arnold, Erzbischof von Mainz in großem Zwist und viel Blutvergießen. Als Barbarossa wieder zu Hause war, beraumte er in Worms einen Reichstag an und lud alle Streithansel herzu. Und alle kamen, besten Gewissens. Allein der Kaiser urteilte : sein Onkel Hermann und zehn mitschuldige Grafen hätten jeder einen räudigen Hund an den Vorderläufen zu fassen und eine Meile auf der Achsel zu

KELLER : *Jetzt machs nicht so spannend : wo wohnst du ?*

WIEBKE : *Letzte Nacht gar nicht weit von dir, an der Weser* (Knud schwächelt Anstalten, sich zu erheben) — *Knud, Platz!*

KELLER : *Und? Wie isses da so?*

WIEBKE : *Kalt*

KELLER : *Und? Wie noch?*

WIEBKE : *Hart*

KELLER : *Und? Wie lang denkst du, kannst du das noch?*

WIEBKE : *Solang mir Gott die Kraft dazu gibt*

KELLER : *Und, wie lang, denkst du, wird er das noch tun?*

WIEBKE : *Wer bin ich, das zu wissen? Ich kann nur beten*

KELLER (entwaffnet und unangenehm berührt) : *Und ... was würdest du tun, wenn du heut nacht hier schlafen könntest? Oben, im zweiten Stock, läg eine Matratze*

WIEBKE (betont gleichmütig) : *Ich würde annehmen*

---

tragen, beteiligter Niederadel aber hätte diesen Gang mit Stuhl oder Sattel zu tun und der schuldige Bauer mit einem Pflugrad (→ Ausdingtragen), vom Volk in Prozession begleitet, von Herolden ins ganze Reich getratscht. Wenn Erzbischof Arnold aber meinte, er hätte jetzt gut lachen! — weit gefehlt. Ihn und die Seinen traf dieselbe Strafe. Nur, daß der Klerus unter besonderer Berücksichtigung der Priesterwürde sich Leutchen mieten durfte, die die Strafe an seiner Statt auf sich nahmen.

Oder Gerhard von Querfurt, Burggraf zu Magdeburg, der 1202 den Einfall hatte, den braven Dechanten des Magdeburger Doms auf offener Straße zu blenden. Er kam nicht damit durch. Der Staufer Philipp von Schwaben ahndete Gerhards Mutwillen und verdonnerte ihn, dem Beleidigten 1000 Silbermark für die Augen zu zahlen, zusätzlich noch den Dom zu beschenken und dem Kaiser zu huldigen. So weit so gut, das riß Gerhard auf einer Arschbacke ab. Aber damit hatte er nicht gerechnet : er mußte im Beisein von 500 Rittern, von dem Ort aus, an dem er augenstach, bis an die Domtür einen Hund tragen.

Und so gings immer weiter. Die Quellenlage ist da ganz ausgezeichnet : nicht allein der Zisterzienser Otto von Freising (~1112–1158), ›De rebus gestis Friderici Barbarossae‹ II, 28 (»Denique vetus consuetudo pro lege apud Sueuos et Francos inolevit, ut si quis nobilis, ministerialis vel colonus coram sub iudice pro huius modi excessibus inuentus fuerit, antequam mortis sententia puniatur, ad confusionis suae ignominiam, nobilis canem, ministerialis selam, rusticus aratri rotam de comitatu in proximum comitatum gestare cogatur«), sondern die Generation später auch der Zisterzienserdichter Gunther von Pairis (~1150–~1220).

Gunther war Erzieher von Barbarossas Sohn Konrad und ein großer Kreuzzug-Fan. Seinem Zögling widmete er um 1185 ›Solymarius‹, eine in Bruchstücken erhaltene, 1876 aufgefundene Hexametrisierung der ›Historia Hierosolymitana‹ des Benediktiners Robert von Reims, und wirklich auch gelang es Gunther, die sowieso schon herrliche Beschreibung der Kreuzzug-I-Invasion Jerusalems noch herrlicher zu malen. Gunthers Abt Martin war begeistert — er nahm gleich selbst das Kreuz und begleitete den Zug IV predigend. 24. Juni 1205 kehrte Martin schwer beladen mit allerlei ermarodiertem heiligem Ramsch ins Elsaß nach Pairis zurück und verfaßte für Gunther eine Prosa- und Augenzeugenvorlage der venezianischen Plünderung Konstantinopels, die Gunther in Verse setzte (→ ›Historia Constantinopolitana‹). Gunthers Meisterstück aber bleibt der Panegyrikos ›Ligurinus‹, 1186/87 gezimmert aus gut 6500 Hexametern. Diese Hexameter aber waren so tadellos, daß sie lange als humanistischer Fake angesehen wurden, und die Dinge, die sie verhandelten, waren genauso tadellos, denn sie besangen nach Vorlage Otto von Freisings (›De rebus gestis Friderici Barbarossae‹) die Händel, die Barbarossa in der Lombardei (›Liguria‹) vollführte. Ein

KELLER : *Dann nimm an. Obwohl ... kannst du für die Katze garantieren?*

WIEBKE : *Nicht ohne meinen Hund!*

KELLER : *Danach hab ich nicht gefragt. Ich hab nur keine Lust, für deine Angst vorm Alleinsein zu büßen — kannst du für das da* (deutet auf Knud) *garantieren?*

WIEBKE : *Du kennst ihn doch ... nach menschlichem Ermessen : ja* (geht in die Beuge, spielt mit Knuds Ohr und küßt zu Kellers Ekel den Hundekopf [355])

Hoch auf Conrad Celtis, der die einzige, inzwischen verlorene Handschrift 1504 entdeckte und in Augsburg 1507 zum Druck führte. Im V. der zehn Bücher des ›Ligurinus‹ nun steht das gehexameterte Zeugnis »ac ni gravis aetas & sacer ordo / Pontificem tutata forent aut sanguine poenas Solveret, aut / summi pateretur probra doloris / Quippe vetus mos est, ubi si quis rege remoto / Sanguine, vel flamma, vel seditionis apertae / Turbine, seu crebris regnum vexare rapinis / Audeat, ante gravem quam fuso sanguine poenam / Excipiat, si liber erit, de more vetusto / Impositum scapulis ad contigui comitatus / Cogatur per rura canem confinia ferre / Sin alius, sellam; cuius dispendia poenae / Ille palatinae custos celeberrimus aulae / Non potuit vitare Comes, cunctisque videndus / Portavit scapulis passus plus mille latrantem / Hanc quoque tunc alii simili pro crimine poenam / Sustinuere decem Comites, totidemque coacti / Foeda tulere canes generoso pondera collo / Cuius inauditae poenae timor altus in omnes / Irruit, ut nullus procerum praesumeret ultra / Armata certare manu, sed pace sequestra / Judicis arbitrio sua quisque reposceret aequi«.

Aber warum ein Hund? — Helfen die Testamente weiter? Bis auf den apokryphen Bärli ist in denen nicht wirklich ein guter Hund, Hunde benehmen sich biblisch meist wie Hyänen, und Apokalypse 22,15, sechs Verse vorm Ende vom Ganzen, sind sie gar in ausgesprochen suspekter Gesellschaft, denn Jesus sieht : ἔξω οἱ κύνες καὶ οἱ φάρμακοι καὶ οἱ πόρνοι καὶ οἱ φονεῖς καὶ οἱ εἰδωλολάτραι καὶ πᾶς φιλῶν καὶ ποιῶν ψεῦδος — draußen die Hunde und Zauberer und Hurer und Totschläger und Götzendiener und alle, die liebhaben und tun die Lüge. Hunde sind Heiden (→ den Kraftausdruck ›heidnischer Hund‹ und den erzheidnischen Ursprung des ›Welfen‹geschlechts), mittelalterlich Meuterer wider den allerchristlichsten Kaiser, derbe Anspielung, daß der Landfriedensbrecher es wert sei, gehenkt zu werden wie ein Hund (der so manchem Delinquenten ja auch illustrierend beigesellt wurde) und nicht primär Symbol eines Standes, der über Jagdhoheit gebietet oder gebrochener und zu erneuernder Treue.

Und da tut Wiebke eine solche Bemerkung? Will sie Sünde auf sich laden, Frieden brechen und tatsächlich sich unbotmäßig kayserlich-kellerlicher Gewalt erweisen? Und würde dann Versöhnung sein? Zumindest wäre das die Idee des Hundetragens.

355 Ob Keller durch den Kopf schießt, daß Wiebke womöglich gänzlich auf den Pfaden Arrians (100–170), der nicht nur empfahl, Hunden den Kopf zu küssen, sondern auch, sie im eigenen Bett schlafen zu lassen, wandelt? ob ihn sein Angebot, kaum gemacht, schon wieder reut? Die Tierliebe der Alten ging weit : Ägypter balsamierten ihre verstorbenen Lieblinge und schoren sich im Trauerfall die Köpfe — Römer und Griechen taten eine Schippe drauf und schufen geschmacklose Denkmale und Poesien. Eine besonders charmante Dummheit — und Keller klatschte sicher in die Hände, erführe er davon —, nach alter Zählung CLE (›Carmina Latina Epigraphica‹) 1512, nach neuer CIL (›Corpus Inscriptionum Latinarum‹) XIII 488 : »Quam dulcis fuit ista, quam benigna / qua cum viveret, in sinu iacebat / somnis conscia semper et cubilis / o factum male, Myia, quod peristi / latrares modo, si quis adcubaret / rivalis dominae, licentiosa / o factum male, Myia, quod peristi / altum iam tenet insciam sepulchrum / nec saevire potes nec insilire / nec blandis mihi morsibus renides« — »Sie war so zärtlich-süß und sanft, sie schlief ihr Lebtag an der Brust ihres Herrn, ihr Sinn war stets auf Schlummer und Lagerstatt gerichtet. Wie bitter, daß sie sterben mußte, die arme ›Fliege‹. Sie gab nur Laut — dann aber ungehemmt —, wenn ein Rivale an Frauchens Seite lag. Doch nun birgt sie ein tiefes Grab, die arme ›Fliege‹. Gefühllos, selbstvergessen, kann sie nicht mehr aufbegehren, nicht mehr an ihrem Herrchen hochspringen, mit schmeichelnd gebleckten Zähnchen ihm entgegenlächeln«.

KELLER (angeekelt) : *Siehst du, menschliches Ermessen, das genügt mir doch schon. Was hat deinen Vater überhaupt zu dieser dramatischen Maßnahme bewogen?*
— ja, was mochte das gewesen sein? Seit Wiebke in Hannover-Langenhangen entführt, verhaftet oder entlaufen gewesen war [356], Plocher und Keller sie aufgelesen und Bremen Hauptbahnhof abgesetzt hatten, war der Kontakt zu Familie und Knud in Hamburg auf gelegentliche Anrufe ihrerseits beschränkt geblieben. Obwohl Knud leiden mußte wie ein Hund : sagen, wo sie war, mochte sie nicht. Nicht mal die Stadt. Das sei ein Geheimnis. Und über Geheimnisse dürfe man nicht sprechen. Detlef wars recht. Ihm genügte ein Blick aufs Display. Bremen — da geht niemand unter. Kennt er gut, die Stadt. Hat er Erinnerungen dran [357]. Und nicht nur schlechte.

Eines Tages dann war Knud weggewesen. Detlef, ein grundweichherziger Mann, trugs tapfer und dachte nur *Gut, noch ein Maul weniger zu stopfen.* Allein : wie nähme Wiebke die Nachricht auf? Aber mußte er ja gar nicht erzählen. Mit dieser Perspektive : Detlef gings gut. Die Woche darauf rückte Wiebke dann aber fernmündlich damit raus, sie sei in Bremen und Knud habe sich zu ihr durchgeschlagen. Na schön.

Über die Monate faßte Detlef Zutrauen zur neuen Lage und zahlte den vollen Satz, den er etatmäßig für Wiebkes betreutes Wohnen vorgesehen hatte, einfach an Wiebke direkt. Schien zu funktionieren. Und Wiebke nahm ihre suchenden Studentenleben auf.

Mit dem Abstand zu Wiebke aber trat das Vergessen an Detlefs Seite, dunkler und verwaschen wurde sein Gefühl dafür, was der Umgang mit seiner Tochter bedeutete — und Detlefs Erwartungen, lang auf Nullinien dümpelnd, erhoben wieder ihre Hydrahäupter : offenbar überlebte Wiebke mit Hund, offenbar hielt sie nicht schlecht die Hand auf, offenbar war sie sogar immatrikuliert — wenn auch nur in Bremen.

Wiebke aber konnte nichts vorweisen, was zu den Erwartungen ihres Vaters in einer mathematisch ausdrückbaren Relation stand. Wiebke lebt normal? Soll sie auch eine normale Standpauke abkönnen. Sie simuliert Normalität? Soll sie eben die Simulation einer Standpauke aushalten. ›Simulation‹ heißt ja nicht, daß es nicht ernst ist. Mit dieser raffinierten Überlegung machte Detlef sich auf nach Bremen. Merowinger 3.

Dann stand Detlef vor Wiebkes Tür. Und war beklommen. ›Sichere Wohnung‹, das sagte ihm nichts, aber Gutes würde es kaum sein. Noch aber, denn vorschnell urteilen mochte Detlef nicht, gabs die Möglichkeit, daß seine Tochter nur unter den unheilvollen Einfluß des Mieters vis à vis, an dessen Tür der gleiche dämliche

---

[356] Detlef hatte sich nie durchringen können, die Umstände ihres Verschwindens (→ Hinter Büchern, Der Jacobi-Nachlaß) eindeutig zu qualifizieren.
[357] → retrospektiv Hinter Büchern, Die Rilke-Bibliothek.

Zettel hing, geraten war — angezeigt, zu handeln, schien es allemal. Zu jeder Rettungstat entschlossen klingelte Detlef. Wiebke, die ihre zwei Zimmer aufgeräumt, geputzt, ziemlich viele wichtige Details hervorgekehrt, extra timbriert auf den Geschmack ihres Vaters Cole-Porter-Musik besorgt hatte und grad noch damit befaßt gewesen war, Knud zu kämmen, öffnete und stürzte herzlich in ihres Vaters Arme und schob ihn gleich auf ein Sitzkissen. Detlef ließ das zu. Und war gleich gefangengenommen : vor ihm, auf dem Teetischlein mit Stövchen, Kanne und zwei Tassen — ... ein himmelblau gepellter Gipsjesus ... und daran gelehnt, postkartengroß und kaleidoskopierend wie ein aus Stoffresten buntgehäkelter Topflappen ... *Was ist das ? — Das ist eine astrale Auraphotographie von Jesus, das ist schön.*

Statt aber andächtig zu werden, fühlte Detlef sich in seinen niedrigsten areligiösen Instinkten angesprochen, sprang elastisch vom Sitzkissen in den aufrechten Stand, legte an Wiebke jeden Maßstab an, der ihr nichts galt, und ließ Versatzstück um Versatzstück auf sie einflattern. Da war dann ein Maß voll, eine Geduld am Ende, Wiebke eine sorglos summende Biene, unterwegs von Kelch zu Kelch, so viele Sprachen, keine richtig, alles ohne Plan, das Leben aber keine Laune, was ihm hier begegne, beschriebe nicht nur offenkundig den ›Triumph von Barbarei und Religion‹ [358], sondern verkörpere ihn geradezu ... hätte Wiebke denn nie an ihn gedacht? was solle er sagen, wenn er gefragt werde, was seine Tochter so treibe? sie mache ihn zum Gespött der ganzen Genoopschap, ließe ihm keine Wahl, er sei mit seinem Latein am Ende, reiße jetzt die Notleine und drehe als ultima ratio, daß Besinnung in sie eintrete und keine Gipsaura eines galiläischen Wanderpredigers, den Geldhahn nun zu — und Wiebke hatte eingeschüchtert nur einzuwenden gewußt *›Latein am Ende‹ ? Latein ist doch einfach*

WIEBKE (erhaben und allgemein) : *Er ist halt Kleinbürger — das muß man ja auch verstehn*

KELLER : *Ja, die Kleinbürger! Zum Glück sind wir nicht so* (mag aber keinesfalls den Rest des Tages mit einer Vertiefung verbringen) *Sag, Wiebke, ist es dir recht, wenn du zum Ladenschluß wiederkommst und mich solang noch ein bißchen wirtschaften läßt?*

WIEBKE : *Sehr recht ist mir das*

KELLER : *Gut. Und jetzt paß auf : ich gebe dir nachher einen Schlüssel, wegen Gassigehn und so : bitte immer abschließen, wenn du rausgehst, und immer abschließen, wenn du wieder reinkommst. Und : superwichtig, auch wenns blöd klingt : keinen reinlassen. Keine Männerbesuche, keine Frauenbesuche, ja ? Das gilt gattungsübergreifend, das gilt auch für Knud : keine anderen Hunde. Nicht nur, daß mir das unangenehm wär, das ist so richtig doll verboten, ja ? Verstehst du, hier liegt doch einiges von Wert, dumm, das zu erwähnen, aber du verstehst das ?*

WIEBKE : *Bin kein kleines Kind*

KELLER : *Dann ist ja gut*

Später Nachmittag. Keller hat die Wilder-Kartons eingearbeitet in den Bestand,

[358] So Gibbon über ›Decline and Fall‹.

sieht hinaus in den verlöschenden Tag, im Ersterben platzt der mählich einen Duft aus, der schwemmt an, feucht und warm und von der Weser her eine Anmutung Tang, und Keller richtet seltsam sehnsüchtig die Nase aus … sitzt ansonsten aber im ersten Stock am Schreibtisch und blättert in den Facsimile's — da büxt von unten ein *Guter Mann!* aus und springt nach oben. Keller eilt hinunter, die Facsimile's an sich gepreßt. Eine langberockte, wallgewandete Zigeunerin hat, einen slavischen Knaben an der Hand, Aufstellung genommen. Rätselhafte Frauengestalt, ganz Frage nach ihrem biologischen Alter, ganz Verweigerung einer stabilen Antwort. Keller stöhnt.

MADAME : *Bist du guter Mann, du, gib mir deine Hand*

KELLER (lächelt hart) : *Wir kennen uns ja schon, nicht wahr? Wir sind letztes Mal ja schon in absolut unüberbrückbaren Gräben verblieben, und ich bin leider seither noch unbelehrbarer, noch unnachgiebiger geworden, das ist das einzige, das sich gegenüber neulich geändert hat, bei mir zumindest. Ich glaub immer noch nicht an Ihre Kunst* (unsicher) — *Sie wissen nicht mehr, daß Sie vor zwei Wochen schon mal hier waren?*

MADAME : *Bist du guter Mann, hast du einigen Kummer, geht bald vorbei, schwere Sorge, gute Frau triffst du, dann alles vorbei, gib deine Hand, ich lese dir, du wirst alt und gesund, ich lese dir*

KELLER (spitz und kurz) : *Danke nein*

MADAME : *Ist doch Antiquariat, ist doch lesen*

KELLER (bestaunt sprachlos das Argument) : —

MADAME (ungeachtet dessen) : *Brauchst du jemand der putzt. Ich putze dir*

KELLER (wieder wortgewaltig) : *Danke! Nein!*

MADAME : *Viel Schmutz! Viel putzen!*

KELLER : *So schlimm find ichs gar nicht* (hat eine Eingebung) *Aber! Ich habe eine Studie für Sie, eine bedeutende Studie, die Herkunft und Sprache Ihres Volkes erhellt*

Entschlossen, vor der Dame und ihrem Appendix nicht weiter das Lamm zu geben, sondern aus der Lage Honig zu saugen, sein Verkaufstalent zu ölen und ein hartnäckig-lustiges Gespräch um Absatz zu führen, geht Keller in die Offensive, an den Tresen, legt die Facsimile's ab und wühlt die Rüdigerschrift hervor.

MADAME : *Bist du guter Mann, schenkst du etwas Geld*

KELLER (winkt mit Rüdiger, knüpft nirgendwo an) : *Aber das macht nichts. Hier steht alles drin. Das müssen Sie haben*

MADAME : *Eh, bist du guter Mann, schenkst du etwas Geld jetzt*

KELLER : *Ich möchte lieber auf den Rüdiger zurückkommen. Er wird Ihnen alle Fragen beantworten. Der ist besser als Handlesen. Und sehr alt. Früher waren alle weise*

MADAME : *Nicht Hand, nicht putzen : Geld. Sehr einfach* (ausgewogen) *Nicht viel Geld, nicht wenig Geld*

SLAVISCHER KNABE : *Hunger*

KELLER : *Ich gebe zu : die Kunst des Handlesens ist älter. Dafür taugt sie auch nichts*

MADAME (trägt noch was nach) : *Und viele Kinder, gute Frau schenkt dir viele Kinder. Du schenkst Geld, guter Mann* (fährt die Hand aus, desgleichen der Knabe)

KELLER : *Und wenn sie nach seiner Qualifikation fragen : der Mann war Professor. Vor zweihundert Jahren schon. Und allzu teuer solls auch nicht werden für Sie. Ich mach Ihnen einen guten Preis*

SLAVISCHER KNABE : *Guter Mann* (Telephon läutet)

KELLER: *Sie möchten diese Studie nicht? Na, vielleicht ist wirklich auch zu wenig Neues für Sie drin. Dann werden Sie mich jetzt entschuldigen müssen. Es hat keinen Zweck mit mir* (eilt nach oben, von halber Treppenhöh) *Ich fürchte, Sie haben sich dann doch in mir getäuscht. Kein guter Mann, ich*

Gewöhnlich, wenn Keller sich gesprächsbereit dem Telephon zuneigt, ist er von der leisen, sehr leisen Hoffnung beseelt, eine übergeordnete Wesenheit am anderen Ende der Leitung böte an, alles zu richten und garantiere Keller zum Dank, daß der damit einverstanden ist, für künftig ein fixes Auskommen. In aller Regel wird Keller enttäuscht. So auch jetzt : es ist Plocher.

KELLER : *Plocher? Sie haben* **was** *? Gewissensnot? Unverantwortlich, daß Sie mich nicht von dieser Investition abgehalten ... was ist mit Ihnen? ... Aber ich bin erwachsen, Plocher, schon vergessen, ich schreib mit Tinte ... was wollen Sie ... ich habe ... nein, ist alles gut so wie es ist* (siedendheiß) *das heißt, kleinen Moment mal ...*

Keller rast die Treppe runter, das Erdgeschoß ist menschenleer ... die Facsimile's ... liegen wo sie lagen ... der Deckel halbrund mit einer kräftigen Bißspur versehen. Der Rüdiger? ... mit einer Kinderbißspur. Keller trabt wieder nach oben.

KELLER : *Plocher, Sie glauben nicht, was ...*

Keller puzzelt seit Minuten schon im Erdgeschoß und erwartet Wiebke, und muß gar nicht kaltwütend werden : der Kirchturm schlägt sechsmal in die Kerbe und Wiebke und Knud stehen wie verabredet vor der Tür, Wiebke mit einem kleinen Rucksack beschwert, Knud mit aufgeschnallter Isomatte.

KELLER : *Pünktlich wie zwei Zimmerleute. Alles dabei?*

WIEBKE : *Nur das Nötigste*

KELLER : *Schön. Bescheid weißt du ja? ...* (Wiebke nickt) *dann hier der Schlüssel* (übergibt ihn) — *und bis morgen früh, vielleicht, wenn du dann noch da bist. Solltest du vorher gehn, wirfst du den Schlüssel bitte einfach hierdurch* (tritt gegen den Briefwurfschlitz zu Füßen des Türblatts, daß es scheppert) *Schlaf gut* (wendet sich ab)

WIEBKE : *Gute Nacht. Wo gehst du denn jetzt hin?*

Vorsicht Falle!

KELLER : *Nach Hause ...* (wendet sich gerührt um) *o nein, Wiebke, das verstehst du, nicht wahr? Ich muß auch mal für mich sein, den ganzen Tag die Leute hier ...*

WIEBKE : *Klar versteh ichs, geht mir nicht anders, hab doch gar nichts gesagt*

KELLER : *Gut. Lies einfach was Schönes, oder träum was oder ...*

WIEBKE (befreit Keller vom Worttaumel mit der Überlegenheit des Weibes) : *Ciao*

Keller geht, Wiebke lehnt am Türpfosten, winkt Kellers Rücken an, der aber ist nach drei Schritten schon in die Marterburg gebogen. Wiebke betritt den Laden, klopft ermunternd ihren Oberschenkel : Knud quält sich folgsam über die Schwelle. Frauchen schließt von innen ab und entledigt sich und Knud des Gepäcks. Knud jault erleichtert.

WIEBKE : *Was, guter Knud? Gassigehn willst du?* (Knud aber ist zu schwach, mit dem Schwanz zu wedeln — Knud will auch gar nicht Gassi, Knud will gar nichts mehr) *Da wo wir gestern warn, da bei den guten Büschen, gucken, ob alles in Ordnung ist, ja?*
Und so wirds gemacht. Wiebke und Knud ziehen verloren durch den Schnoor, und da Stiegensteigen für Knud nicht mehr so gut ist, einen Umweg : Marterburg, Hinter der Holzpforte, dann Altenwall — denn die guten Büsche, die wachsen auf der anderen Seite des Altenwall, am Kriegerdenkmal auf der Altmannshöhe [359]. Auf der Schnoorseite noch aber läuft Wiebke und Knud eine Mädchenkollegin entgegen, die Wiebke schon von weitem an den frechen Dreadlocks und dem indisierenden Hemd erkennt, Knud aber am zuwehenden ledrigen Geruch.

WIEBKE : *Hei, Kerstin*

KERSTIN (einfühlsam singsangend) : *Haa-ei, Wiebke. Naa?* (zu Knud, dessen Kopf zausend) *Naa, Dicker!* (wieder zu Wiebke) *Wie schauts? Hast'n Platz zu penn' gefundn?*

WIEBKE : *Joah, jedenfalls erstmal für heut nacht. Ich kann im Buchladen vom Freund bleiben, im Schnoor*

KERSTIN : *Im Schnoor? Ah, kenn ich. Die Magdalena* [360] *war da mal. Is alles Männerscheiß, hat sie gesagt. Aber trotzdem : cool. Ich komm dann heut abend mal vorbei. Cornelius is ja seit Freitag wieder im Thailand, oah, und ich muß noch wartn bis Semesterende. Na ja, voll scheiße, aber was solls*

WIEBKE : *Hm. Heut abend?*

KERSTIN : *Klardu, mach ich doch*

WIEBKE : *Is nur so : eigentlich darf ich da niemand reinlassen, weil, da stehn ja teure Sachen rum und sowas …*

---

[359] Ein Nazimonument. 13. Oktober 1935 im Beisein des baldgeschaßten Generals, Oberbefehlshaber des Heeres und schwulen Kriegsgegners Werner Freiherr von Fritsch, der 22. September 1939 in einem Vorort Warschaus als einfacher Soldat so herzhaft mit den Worten »Ach, lassen Sie doch« das Abbinden seiner Hauptschlagader unterband und zu sterben wußte, geweiht. Die national gesinnten Kunstgiganten Wiepking und Gorsemann hatten auf der Altmannshöhe eine Ringmauer errichtet, in die zehntausend Ziegel eingelassen waren, auf derer jeder der Name eines im Weltkrieg I gefallenen Bremers graviert war.

Wiebke, als sie erstmals mit Knud dort spazieren war, fand das natürlich ganz scheußlich, das mit dem Krieg. Dann aber brach ein Spieltrieb durch, weniger in Knud als in Wiebke : *Da sind die Krieger, Knud, früher waren alle Krieger und Indianer, komm, faß!* und rannte sie, verwundert betrachtet von Knud, reichlich besinnungslos vergnügt die Ringmauer lang und wurde ihr schwindlig. Altmann aber, nach dem die Höhe benannt ist, war kein Nazi, sondern eher das Gegenteil : der bremer Landschaftsgärtner Isaak Hermann Albert Altmann (1777–1837), der ab 1803 die demilitarisierte Umgestaltung der Wallanlagen unternommen hatte.

[360] → Hinter Büchern, Die Kampflesben.

KERSTIN : *Ey, Wiebke! Bin ich'n kleines Kind? Ich faß da schon nix an. Und alleine is doch auch scheiße, oder? weißte doch. Ich bring auch was mit — und dann machen wirs uns gemütlich*

WIEBKE (lächelt, erleichtert) : *Ok. Prima*

KERSTIN : *Also dann : bis nachher!*

Das ausgedünnte Taglicht bleicht gänzlicher noch in den Limbus des Erlöschens, gelbe Funzeln, an Drähten zwischen links und rechts meterhoch über die Marterburg gespannt, springen ein, von fern heben gassendurchkurvend trunkene Frühgesänge an und kreischen junge Frauen, heimelig schimmerts aus Kneipen und Stuben, heimelig auch aus dem ersten Stock des Antiquariats. Wiebke spielt dort Hausmädchen. Sie hat Kehrblech und Handbesen gefunden, den Holzfußboden gefegt und Knud, dem der Ausflug zur Altmannshöhe doch sehr beschwerlich gefallen war, auf die Isomatte unter den Tisch zur Ruhe gewiesen. Läge Knud nicht nur einfach so da, das Haupt auf die Pfoten gebettet und die Augen geschlossen, er säh Frauchens Hosenhülsen aufgeregt hin und her tanzen und ermäß es nicht, denn der Sinn liegt auf dem Tisch : Wiebke rafft von dort das gruslige Diversum, häufelt zu Einzelstapeln Rechnungen, Notizen, Kärtchen, Bücher und Sonstiges auf den Kaminsims, kratzt Kellers angerändertes Münzgeld aus dem Halo der Kaffeemaschine, wischt den Tisch mit feuchtem Klopapier und lehnt dann gegen die Kaffeedose zärtlich ihren Aura-Christus. Was noch ist zu tun? Feuerzeug! Denn Wiebke hat im Bad einen staubigen Kerzstumpen entdeckt, dessen Docht — *sehr dialektisch*, wie sie bei sich dachte — im Flüssigwachs ertrunken war. Den würde Wiebke gern — *wie Lazarus!* — wieder zum Leben schmelzen und dann anzünden. *Noch dialektischer!* Gut nur, daß sie ihr Feuerzeug verloren hat, draußen, viel Freude damit dem, der's findet, sie aber kann jetzt ja … und wirklich, Wiebke macht neben dem Aschenbecher Streichhölzer aus, merkt dann aber, ah, wie schwer, zum Leben zu erwecken, wenn man sich nicht selbst zu sengen begehrt — als es klopft. Wiebke hüpft die Treppe hinab, dreht den Schlüssel und öffnet spaltweit.

KERSTIN : *Haa-ei!*

WIEBKE : *Hei!*

Wiebke zieht die Tür ganz auf und erschrickt : Kerstin hat noch drei Mädchen — eins mit roten, eins mit blauen, eins mit gar keinen Haaren aber in T-Shirt mit dem Aufdruck ›Frühreife Aprikose‹ — und einen Jungen mit flusigem Kinnbart, Zopf und Gitarre auf dem Rücken, im Schlepptau.

KERSTIN : *Das sind Jasmin, Kirsten kennste ja glaubich ausm Seminar, Melanie, die macht ihre Shirts selber, und Mario, der kommt grad vom Gitarrenunterricht, da ham wir ihn gleich mitgebracht, ey Mario, grins nich so spackig : das is Wiebke*

WIEBKE : *Aber … — ich hab dir doch gesagt : ich soll hier sonst niemand reinlassen. Das mußt ich versprechn …*

MELANIE (drängt sich nach vorn …) : *Wiebke? Hei. Hey, nu bleib ma' locker. Wir ma-*

chen doch nix. Niemand faßt was an (… und zur Tür herein) *von dem Zeug hier. Und guck: ich hab auch die Reste vom ayurvedischen Kochen mitgebracht*

Melanie schwenkt einen Leinenbeutel, die anderen strömen hinterher. Wiebke bittet den Himmel stumm um Glimpf, seufzt und schließt die Tür. Und verschließt sie sogar. Vor der Treppe stellt Jasmin die Gute Frage.

JASMIN : *Hier nach oben?*

WIEBKE : *Ja, klardu*

KIRSTEN (im Nachoben) : *Hm. Schwierige Aura hier*

WIEBKE : *Warte nur, oben hab ich was sehr Heiliges*

KIRSTEN : *Geil*

KERSTIN : *Was denn? Ein' Zwerg? Ein Einhorn?*

WIEBKE : *Warts ab*

Oben dann schleift Wiebke noch einen Hocker heran, der aber bleibt unbesetzt, denn die Truppe verhält sich in ihrem Streben nach höchster Entropie wie Gas, verteilt sich zwanglos auf Fußboden und Treppen, lehnt gegen Kamin, Regale, Tischbein und Geländer und Wiebke tut also auch so. Knud, wach geworden vom Gelärm, wälzt schwach ein Lid halbhoch und blickt in Marios Schritt : Mario sitzt auf der Treppe zum zweiten Stock, legt zwischen seine gespreizten Beine die Gitarre und übt erstmal unverbindlich paar Griffe.

KIRSTEN : *Zeich ma, wo is denn das Heilige?*

WIEBKE : *Ach ja* (springt auf, präsentiert auf Nabelhöhe den Aura-Christus)

MELANIE : *Wow — cool*

WIEBKE (stolz) : *Ja, das is Christus. Ein ganz seltenes Photo von seiner echten Aura, von diesem Grabtuch. Das hat ein Weltraumphotograph mit einer Spezialkamera gemacht. Gibts im Zen-Buchladen. Ich mag das total gern*

JASMIN : *Zeich mir auch mal* (Wiebke hälts ihr hin) *Ooach, geil! Darf ich anfassen?*

WIEBKE : *Klar* (händigt den Aura-Christus aus)

JASMIN (bewundernd) : *Da siehste gleich, daß das das echte Bild von ihm is — allein die Farbn, ne?* (ruft Kerstin und Mario zu) *Guckt ma, was die hier hat*

KERSTIN (rappelt sich hoch, fixiert den Aura-Christus) : *Wahnsinn — wolln wir ma deuten?*

MARIO : *Au ja, deuten, das is geil* (legt die Gitarre beiseite)

JASMIN (klatscht in die Hände) : *Geilgeil, deuten*

MARIO (mannhaft-systematisch) : *Also, erstma : wenn das da Jesus is, dann is das wohl der ausgeglichenste Mensch, der je gelebt hat, das sieht man an den Farbn*

WIEBKE : *Und der sensibelste*

KIRSTEN : *Der erste echte neue Mann, jau*

KERSTIN : *Mann, war der geerdet*

JASMIN : *Und auch sehr sexuell, das sieht man am vielen Rot*

KIRSTEN : *Du Wiebke, weißdu was darüber, ob das seine Spontanaura war, oder ob er da irgendwie … in extra 'ne Pose gegangn is?*

WIEBKE : *Nein, leider nich, das is nich überliefert — was ich dir aber sagen kann : da rechts, da fließt mehr die männliche Energie, da links mehr wir, so weiblich-introvertiert — da fließt die Scheschina* [361]

MARIO (versteht sie trotzdem) : *Ey, die Mumu …*

MELANIE (kahlköpfig und bewandert) : *Aber er spritzte zu schnell ab, das sieht man am vielen Rot auch*

Jetzt durchfährts Wiebke aber heiß ! : eine schwesterliche Zurechtweisung, correctio sorornalis, Gottes weibliche Anteile nicht in den Schmutz zu ziehen, dürfte angezeigt sein ! Doch keine ihrer Genossinnen zeigt Symptome von Aufgebrachtheit, hm … und hat sie nicht selbst angefangen damit, mit dem ›weiblich‹ und so, und ist also selber schuld … aber wenns doch wahr ist, mußte sie's doch sagen — und summt gegen ihr Erröten eine kleine Melodie an [362].

MARIO : … *die Mumu vom Gott* (kichert)

WIEBKE : *Du kannst auch gerne Scheschinah sagen, oder ›Gottes weibliche Dimension‹*

MARIO : *›Mumu‹ is kürzer*

CLAUDIUS 2 : *Mon dieu !*

Das anhebende Spektakel ist natürlich nicht unbemerkt geblieben. Die vier Buchstaben, gegen Abend erst wieder zu Kräften gekommen, hatten sich im zweiten Stock an der Matratze zu einem Versöhnungskneten eingefunden, die Watte von Kellers Ohropax gefummelt und grad erste Rohentwürfe kleiner Götzen geformt — und waren aber gleich beim ersten Rumor auf den Geländerpfosten am zweiten Treppenpodest geeilt, von dort sie nun das Geschehen beschreien.

---

[361] שכינה, šechinah, Jahwes Superherrlichkeitswolke, in die besonders der durchgeknallte Hesekiel sehr verliebt ist (1,4; 8,4; 9,3; 10,4; 10,19; 11,23). Wenn er sie nicht grad im Gesicht hat, läßt Hesekiel sie mal hier schweben, mal dort, mal der Bundeslade voran, mal vorm Tempel, auf der Stadtmauer hüpft sie, dann auf einen nahen Berg — ein rechter Irrwisch. שכינה selbst aber, wenn auch von שכנ (campen) abgeleitet, ist kein Wort, das Hesekiel — er benutzt nur כבוד kāwod, Herrlichkeit, und ענן ʿānān, Wolke — oder irgendjemand sonst im Tanach gebrauchte, sondern ein Aramäismus, der erst nachtemplisch dann zur Personifikation der Gegenwart Gottes inmitten seiner Auserwählten blähte, egal, ob die grad im Exil waren und litten oder nicht im Exil, aber auch litten, und weiterblähte zur Idee der Immanenz, Weisheit, zur Braut, Sephira, zu Malchut und Schabbat, zur Göttin des Königreich Gottes und überhaupt der Frau in Gott, mitbeteiligt an allem, was Gott-der-Mann so trieb an Schöpfung und Erlösung. Jakob Böhme war ein großer Freund von ihr. Und doch : das ist alles sehr viel und verwirrend. Wie soll Wiebke sich da festlegen ? Gott ist hinterfotzig. Keine Chance. »Darum sendet ihnen Gott auch kräftige Irrtümer, daß sie glauben der Lüge, auf daß gerichtet werden alle, die der Wahrheit nicht geglaubt haben, sondern hatten Lust an der Ungerechtigkeit«, das ist der Plan — wie Paulus in seinem zweiten Brief an die Thessaloniker 2, 11–12 weiß.

[362] Und zwar einen Erfolgstitel von einem Pfingst-Camp : »Der heilige Gott erhebt sich mit Macht / Wer wagt es ihm zu nahn ? / Der heilige Gott kommt in seiner Kraft / Beugt euch und betet an ! / Der heilige Gott erfüllt seinen Tempel : wer kann vor ihm bestehn ? / Der heilige Gott nimmt Wohnung bei uns : Herr, laß es geschehn ! / Heilig heilig heilig ist er, glanzumhüllte Wolke / Strahlendes Licht, furchterregend seine Gegenwart hier / Doch er schaut uns gnädig an : ›Fürchtet euch nicht‹ — sche-ki-nah / Sein Name ist barmherziger Gott, unser Vater voller Treu / Und Geduld, steht dem bei, der auf sein Eingreifen hofft / Und den Demütigen vergibt er alle Schuld«.

HEBRÄISCHER BUCHSTABE : *Seit wann läßt Keller die Gosse nach oben?*

CLAUDIUS 1 : *Schlimm genug — aber das sind auch noch Verrückte. Und Kellers kleine Freundin da tut mit*

CLAUDIUS 3 (tragisch) : *Wenn das Dauerzustand wird, ist meines Bleibens hier nicht länger, dann hat man mich hier die längste Zeit gesehn*

CLAUDIUS 2 : *Wir könnten auswandern*

CLAUDIUS 1 : *Nach Sardinien oder wohin?*

HEBRÄISCHER BUCHSTABE : *Hört ihr gar nicht, wie sie die šechinah mit Füßen treten?*

CLAUDIUS 2 : *Wenn ich recht orientiert bin, is das doch 'ne Wolke. Du kannst keine Wolke mit Füßen treten. Zumindest richtest du damit nichts aus*

CLAUDIUS 1 : *Außer, daß er sich lächerlich machte*

HEBRÄISCHER BUCHSTABE : *Aber die šechinah ist doch eine Allegorie, also kann man sie auch treten*

CLAUDIUS 2 : *Allegorie, Allegorie — was is denn das für eine Allegorie, die zerbröselt — deinem Gott sind bei der Arbeit ja Zacken Weisheit aus der Krone gebrochen* [363]

WIEBKE (zupft eine Taschenbibel hervor) : *Hier zum Beispiel taucht sie auf, als der Salomo der Weise Richtfest feiert mit seinem Tempel: »Und alle Leviten, die Sänger waren, nämlich Asaph, Heman und Jeduthun und ihre Söhne und Brüder, angetan mit feiner Leinwand, standen östlich vom Altar mit Zimbeln, Psaltern und Harfen und bei ihnen hundertundzwanzig Priester, die mit Trompeten bliesen. Und es war, als wäre es* ***einer****, der trompetete und sänge, als hörte man* ***eine*** *Stimme loben und danken dem Herrn« … das laß ich jetz mal weg … hier* (erhebt die Stimme) *»da wurde das Haus des Herrn erfüllt mit einer Wolke, so daß die Priester nicht zum Dienst hinzutreten konnten wegen der Wolke; denn die Herrlichkeit des Herrn erfüllte das Haus Gottes«* [364] *— gemütlich, was?*

MELANIE : *Toll. Ich gehe jede Wette, die Wolke war orange, weil Orange ja Kreativität und Lebensfreude und Humor bedeutet* (tippt auf die orangenen Flecken des Aura-Christus)

KIRSTEN : *Und Freiheit*

---

[363] Spielt an auf die semignostische jüdische Mär, im Akt der Schöpfung seien ein paar Brokken šechinah (hier als חכמה, ḥachmāh, Weisheit) mit runtergefalln und irdischerseits könne man an der eigenen Erlösung mitschaffen, indem man חכמה-Brocken sammelt. Woher nun allerdings Claudius 2 seine Weisheit hat, ist unklar. Mag sein, er konnte die paar Stunden, die's vielleicht im Laden war, eh ein weisheitsgieriger Kommilitone Wiebkes es geschnappt hat, heimlich in einem Diederichs-Bändchen aus der ›Gelben Reihe‹, die sich systematisch und ohne kontinentale Beschränkung dem Schamanenschmu verschrieben hat, blättern? eins dieser gern, wegen häufigen Gebrauchs, privatlaminierten Bändchen, Bändchen 35 etwa? ›Der Sohar — Das heilige Buch der Kabbala. Nach dem Urtext ausgewählt, übertragen und herausgegeben von Ernst Müller. Auf der Grundlage der Ausgabe Wien 1932 neu editiert‹?

[364] 2. Chronik 5,2–14. Aber auch 1. Könige 8,1–11. Bemerkenswerter jedoch 2. Chronik 6,1 : »Da sprach Salomo : ›Der Herr hat gesagt לשכן בערפל, liškon bā'arāphäl, er wolle im Dunkeln wohnen‹« — ein ernstzunehmender Hinweis auf ein photoallergisches Krankheitsbild. Die Parallelüberlieferung 1. Könige 8,12 bestätigt das ausdrücklich : »Da sprach Salomo : Die Sonne hat der Herr an den Himmel gestellt; er hat aber gesagt, er wolle im Dunkel wohnen«.

MARIO (exklamiert) : *Frei-heit!* (und einen Dur-Akkord hinterher, zu Kirsten) *Du, was ich immer schon wissn wollte : heißt du jetz eigntlich Kirsten oder Kirstin oder Kerstin, das hab ich nich so verstanden*

KERSTIN : *Also ich heiß Kerstin*

MARIO : *Ach so*

JASMIN : *Die Orangenen, hab ich gehört, das sind ja die, die immer euphorischn Glanz in'n Augen habn und sich immer gut vorstelln könn', Sex zu habn, aus lauter Spaß dran, aus Freiheit sozusagn*

WIEBKE : *Die müssen aber ganz schön aufpassen, daß sie nich ziellos werden und nich aufdringlich. Guckt euch Knud an, der is zwar auch orange, aber der hats gemeistert, der is nich ziellos, der is nich aufdringlich, der is gar nichts*

CLAUDIUS 2 (kichert) : *Vorbildlich*

KIRSTEN : *Genau, das eine is nich gut, das andere auch nich. Das sind die Gefahrn, die lauern mitten drin im Orange. Und nur, weil man sich nich entscheiden kann vor lauter Freiheit*

WIEBKE : *Und ich hab rausgefundn, daß das das Gelbe is, was das alles bei Jesus verhindert, hier, das Gelbe, das Gelbe heißt ›schlau‹* (entreißt Melanie den Aura-Christus) *hier, Gelb*

KERSTIN : *Der hat viel gelernt, der war Handwerker, das sieht man*

KIRSTEN : *Redselig war er, es heißt ja auch : ›redselig wie ein Zimmermann‹*

WIEBKE : *Er war der HErr. Dem hast du das Stichwort ›Senfkorn‹ hingeworfen, da hat er gleich ein Gleichnis draus gemacht, das war gar kein Problem für den*

JASMIN : *Manche würden sagen : geschwätzig und oberflächlich*

MELANIE : *Dabei is das nur Frohheit*

WIEBKE : *Ich glaub ja, ich bin sehr gelb*

MELANIE : *Ich hab keine Lust mehr zu deuten, ich will einfach nur froh sein*

WIEBKE (unwillig) : *Da sind aber noch viele Farben, sehr schöne auch, wirst schon sehn, guck mal, hier zum Beispiel : grün*

JASMIN : *Genau. Ohne grün ist alles nichts*

WIEBKE : *Denn : wer grüne Aura hat, ist sehr im Gleichgewicht mit sich. Könnt ihr hier sehr schön sehn, da, alles grün*

KIRSTEN : *Nich schlecht für ein', der Gott und Mensch zugleich is — is doch so, oder, Wiebke ? Gott und Mensch ?!*

WIEBKE : *So ist das. Sogar wahrer Gott und wahrer Mensch. Man muß eben nur ›ja‹ sagen zu sich, dann wird man grün, kommt, das probiern wir mal*

CHOR (ohne Mario, der allerdings dazu Akkorde schlägt, durcheinander) : *Ja … ja … ja … ja*

WIEBKE : *Aber nich zuviel grün, denn dann wär man selbstzufrieden*

KERSTIN (zufrieden) : *Nee, selbstzufrieden bin ich auch nicht, denn dann wär ich ja … selbstzufrieden*

WIEBKE : *Bin mir zwar nich ganz sicher, aber könnte sein, daß das eine is, die Selbstzufriedenheit*

JASMIN : ***Was** ist ?*

WIEBKE : *Eine Todsünde*

JASMIN : *Weia!*

MELANIE : *Ich bin auch nich zufrieden — am liebsten wär mir jetz ein bißchen Sex*

WIEBKE : *Normal. Weißt du, wer dich da versteht?*

MELANIE : *Nee?!*

WIEBKE : *ER! Der versteht alles! Das siehst du am Blau*

MELANIE : *Ach*

WIEBKE : *Ja. Immer wenn du blau siehst, bist du verstanden*

KIRSTEN : *weil da so viel Einfühlsames im Blau is, das versteh ich jetz ... Mann, is das beruhigend ... und friedlich*

MELANIE : *Fast einschläfernd. Was is jetz mit Sex? Wer Bock?*

MARIO (klampft paar Donovan-Akkorde) : *Wenn ich an Blau denk, fühl ich mich angespornt*

WIEBKE : *Blau ist sanft und zärtlich und mütterlich, das ist harmonisch*

KIRSTEN : *Ich hab keine Lust mehr*

MELANIE : *Ich schon lang nich*

MARIO : *Das Beste lernt man sowieso nich durch deuten oder lern', sondern indem mans selber einfach tut*

JASMIN (zu Mario) : *Das is sehr interessant, was du da sagst*

KERSTIN (zu Mario) : *Aber kommst du nich grad vom Gitarren**unterricht**?*

WIEBKE (schlichtet mit einem guten Vorschlag) : *Reden wir direkt von Gott*

KERSTIN : *Genau. Über den wahren Gott, nich den vonner Kirche*

CLAUDIUS 1 : *Die machen nichmal fertig* [365]

CLAUDIUS 2 : *Die machen mich fertig*

AURA-CHRISTUS (diskant) : *Und mich*

HEBRÄISCHER BUCHSTABE : *Ach guck mal wer da kommt!*

Während die Jungfern aufgerissener Mündchen und Äuglein mit beschwörenden Händen einander anplappern (*Wir müssn uns von den Farbn lösn / Der Papst is scheiße, obwohl, irgendwie auch cool / Papst is scheiße, guck nur die Pille / Wieso die Pille, is doch Chemie, die is doch echt scheiße, da is der Papst doch nich scheiße / Als ich in Indien war / Sai Baba! / Und daß Gott mich leitet, merk ich echt / Ich merk sogar, dasser mich liebt*) und nach Zwergen und Einhörnern verlangen und Wiebke in einem Minderheitenvotum nach Goliath und Samson, die ja teilweise Riesen waren, Mario aber sich eine Halbtreppe höher direkt unter die vier Buchstaben setzt, hat der Aura-Chri-

---

[365] Der Deutetrupp äußert sich weder über Bedeutung von Form und Anordnung der Farbkleckse, noch über Violett (→ der mit Himmel vollgepumpte Heiler, der bei zuviel Violett abgleitet in Tagträume, Weltflucht und Süchte), Magenta (→ Opferbereitschaft, Selbsthingabe, Liebe, nur : bei zuviel Magenta schwächelt der individuelle Lebenssinn, siedelt das Spirituelle nicht im Alltag und lahmt die Tatkraft vor der Illusion) oder Weiß (→ knallhart das höchste Energieniveau : Licht, Erleuchtung, das Gute, Vollkommene, Ewig-Göttliche, Bedürfnis nach Leere und Weite, Transparenz und Neuanfang. Aber Obacht : bei zuviel Weiß droht Unverbindlichkeit und unherzlicher Verstandesmißbrauch).

stus schläfengelockt sich in Chiton und Kippa aus dem Photo geschält, hangelt schwankend Wiebkes gestikulierenden Unterarm hinab, verheddert sich kurz in einem verrutschten Freundschaftsband, verliert die Kippa und plumpst auf die Dielen. Die vier Buchstaben ziehen O-Schnuten vor Gefahr — aber ah, Aura-Christus ist robust, krabbelt zur Kippa hin, setzt die wieder auf, erhebt dann sich selbst und klopft — wo Wiebke doch gefegt hatte! — erst seine Handballen, dann das Linnen über Brust und Knie sauber. Aura-Christus grinst verschämt den Buchstaben zu, deutet auf die Schnatternden, deren freier Diskurs immer tiefere Tiefendimensionen durcheilt (*›Mein Fleisch‹ und so, das isja eigndlich Kannibalismus / Kannibalismus und Kabbalismus / Darum heißts ja auch ›Testament‹ / Vollfrevel, Tiere essen / Oder Pflanzn oder Eier / Aber doch nich Kekse und Gott / Zwerge! / Oder wenn, dann ayurvedisch — kennt ihr überhaupt Guggul*[366] *schon?*) und beteuert gestisch, er sei's nicht schuld. Die vier Buchstaben winken ihn heran, Aura-Christus nickt — neue Spielkameraden! — und hastet, die Hände gegen die Ohren gepreßt, durch Mädchenbeingewimmel und Guggul-Salven zur Treppe. Mit einem forschen Klimmzug nimmt er die erste Stufe ... — muß aber innehalten, denn nun ist die letzte Barriere niedergeredet und entflattern unter *Zwerge, Alben, Elben, Hobbits, Erla Stefánsdóttir* Kerstins, Kirstens, Jasmins und Melanies Mädchen-Ich's durch deren Mäuler die vier Erzengel[367], strubbelig und klein und fett, Michael grindigrot, Gabriel plörrblau und Raphael mahdgrün, die drei in vollem Ornat, der silberweiße Uriel etwas kümmerlicher[368], und stürzen sich — Raphael mit einem Schlenker der Rührung zu Knud[14] — in scharfem Anflug auf Aura-Christus, ihm Geleit zu geben in allem, wessen er sich unterfangen wird. Aura-Christus versucht noch, das lästige Flügelfloppen wenigstens von seinem Gesicht zu scheuchen — vergeblich: die Anbetung ist eingeleitet, durch brüchigen Fensterkitt, aus den Poren der Wände, den Augen im Holz, Wurmgängen in Büchern, den Bildbänden über Sakralbauten und Löchern gar in Kellers Kasse sickern befreit aus ihrer Muße Hekatomben farbloser Minderengel, umschwirren wespig toll ihren Heiland, schlagen begeistert Salti und Kreuze — allein die Erzengel salutieren würdig ernst im Kolibrimodus vorm Herrn, der erwidert resigniert den Gruß mit einem Lupf der linken Augenbraue — und zieht eine Schmerzgrimasse, als Michael in die Raummitte braust, unter Kellers müder Deckenlampe in eine Trillerpfeife bläst und die den heuschreckenvollen Raum ausgelassen durchtobende Heerschar zur Ordnung ruft.

---

[366] Ein indisches Harz, das, wenns nicht zu Räucherstäbchen wird, gegessen gegen alles gut ist.

[367] Ganz gemäß des Vortrags ›Die Europäischen Völker im Verhältnis zu ihren Volksgeistern‹, den Rudolf Steiner am 14. März 1915 in Nürnberg hielt: »Bei den westeuropäischen Völkern ist es so, daß der Erzengel hineinwirkt mit seinen Willensstrahlen, bei dem italienischen Volk in die Empfindungsseele, bei dem Französischen Volk in die Verstandes- und Gemütsseele, bei dem britischen Volk in die Bewußtseinsseele, und bei dem deutschen Volk in das Ich«.

[368] Da allein IV. Esra erwähnt. Auch ›silberweiß‹ ist sehr wohlwollend. Eigentlich: grau.

MICHAEL (röter noch durchs Landsergebaren) : *Alles antreten zuuum Ständchen! Meine Herrn, es ist heute zum ersten Mal seit ich weiß nicht wie vielen Jahren, daß in dieser geringen Hütte Gottes gedacht wird. Tun wir das unsere, die Räume nachhaltig mit SEinem Geist zu imprägnieren. Auf drei : eins — zwei — und :* (dirigiert)

ALLE ENGEL (singen rauschend die Hymne der Christengier) : *Ich bete an die Macht der Liebe / Die sich in Jesu offenbart / Ich geb mich hin dem freien Triebe / Wodurch ich Wurm geliebet ward / Ich will, anstatt an mich zu denken / Ins Meer der Liebe mich versenken …* [369]

---

369 Geht ja noch viel weiter : »Für Dich sei ganz mein Herz und Leben / Mein süßer Gott, und all mein Gut! / Für Dich hast Du mirs nur gegeben / In Dir es nur und selig ruht / Hersteller meines schweren Falles / Für Dich sei ewig Herz und alles! // Ich liebt und lebte recht im Zwange / Wie ich mir lebte ohne Dich / Ich wollte Dich nicht, ach so lange / Doch liebtest Du und suchtest mich / Mich böses Kind aus bösem Samen / Im hohen, holden Jesusnamen // Des Vaterherzens tiefste Triebe / In diesem Namen öffnen sich / Ein Brunn der Freude, Fried und Liebe / Quillt nun so nah, so mildiglich / Mein Gott, wenns doch der Sünder wüßte! / sein Herz alsbald Dich lieben müßte // Wie bist Du mir so zart gewogen / Wie verlangt Dein Herz nach mir! / Durch Liebe sanft und tief gezogen / Neigt sich mein Alles auch zu Dir / Du traute Liebe, gutes Wesen / Du hast mich und ich Dich erlesen // Ich fühls, Du bists, Dich muß ich haben / Ich fühls, ich muß für Dich nur sein / Nicht im Geschöpf, nicht in den Gaben / Mein Ruhplatz ist in Dir allein / Hier ist die Ruh, hier ist Vergnügen / Drum folg ich Deinen selgen Zügen // Ehr sei dem hohen Jesusnamen / In dem der Liebe Quell entspringt / Von dem hier alle Bächlein kamen / Aus dem der Selgen Schar dort trinkt / Wie beugen sie sich ohne Ende! / Wie falten sie die frohen Hände! // O Jesu, daß Dein Name bliebe / Im Grunde tief gedrücket ein! / Möcht Deine süße Jesusliebe / In Herz und Sinn gepräget sein! / Im Wort, im Werk, in allem Wesen / Sei Jesus und sonst nichts zu lesen« — wer hats gedichtet?

Eine der vielen Antworten Gottes auf den Fürsten der Finsternis : der Fürst des Faden, Gerhard Tersteegen (1697–1769)! Sehr fromm, sehr pietistenquietistisch, sehr niederrheinisch. Quälend zu lesen über ihn, quälender nur noch, ihn selbst zu lesen : vor Tersteegens selbstreferentiell verrenkter Dummheit schleift jeden wachen unerweckten Menschen das blanke Entsetzen durch die Gassen des Mitleids. Ja, das Leben ist eine barmherzige Durststrecke und an jeder Weggabel lauert Gott und teilt mit der Gnadenkeule aus.

Gottes Wille war, Gerhard arm aufwachsen und doch einige Kenntnis toter und lebender Sprachen sich aneignen zu lassen (→ Lateinschule Moers). Gut für Gerhard. Weiter paßte es Gott in den Kram, daß Gerhard lieber betete, als anderes zu tun. Das stellte zwar gleich Gerhards Ausbildung zum Kaufmann, die er 1713 in Mülheim bei einem eher praktisch veranlagten Verwandten begann, unter einen ungünstigen Stern und auch konnte Gerhard nicht rechnen — aber egal. Nicht arbeiten, aber es sollen — und immer nur heimlich beten und ausländische Mystiker übersetzen : sechs Jahre ließ Gerhard sichs gefallen, ging gar 1717 in den Mülheimer Wald, erlitt dort Nierenkolik, Nervenzusammenbruch und eine erste, provisorische Bekehrung zu einem wahren Gottesverhältnis — die aber taugte nichts, die war noch ichhaft, da war Gerhard noch wer, der erlöst wurde und war noch nicht ›nichts‹. So eine Bekehrung war geradezu eine Beleidigung Gottes. Konnte Gerhard das denn nicht verstehn? Und auch, daß Gottes Konzept viel komplexer war? Und also griff Gott zu einer gütigen pädagogischen Maßnahme, entzog Gerhard die Gnade (vielmehr sublimer : die Empfindung der Gnade) und verstieß ihn in Dunkelheit und Zweifel »ob Gott sey« — alles noch im Mülheimer Wald. Das war Gerhards Chance, sich zu bessern und das dumme Selbst, das ihn immer noch von Gott schied, zu terminieren. Und Gerhard ließ auch die Zügel nicht schleifen, machte sich 1719 selbständig als Seidenbandweber und saß zwei Jahr krummgerückt vorm Webstuhl und hungerte und las und war als Tröster stetsumringt von den bekümmerten Seelen Erweckter.

Gerhard dachte, er sei ein Wurm und unwert aller Gnade. Nicht schlecht. Aber da war immer noch das Ich, das sich als unwert erachtete — wenn auch zu Recht. Das mußte weg.

Die Erzengel packen Aura-Christus an den Oberarmen, rücken dessen Kippa zurecht, heben ihn in die Luft und wiegen ihn im Takt der spannenden Melodie.

HEBRÄISCHER BUCHSTABE (indifferent) : *Hi, eingeborener Sohn Gottes!*

AURA-CHRISTUS : *Moin moin* … (ihm ist übel) *Ey, wir müssen nochmal reden, wegen damals* (wird fortgeschunkelt)

HEBRÄISCHER BUCHSTABE (ruft ihm hinterher) : *Später*

Gründonnerstag 1724 wars endlich weg : Gerhard öffnete seine Pulsadern und schrieb einen Blutbrief an Goel Jesus : »Meinem Jesu! Ich verschreibe mich Dir, meinem einigen Heyland und Bräutigam Christo JESU, zu deinem völligen und ewigen Eigenthum. Ich entsage von Herzen allem Recht und aller Macht über mich selbst. Von diesem Abend an sei dir mein Herz und meine ganze Liebe auf ewig zum schuldigen Dank ergeben und aufgeopfert. Nicht mein, sondern dein Wille geschehe! Befehle, herrsche und regiere in mir!« Gerhard verspricht, seinem Blutbräutigam in Treue, Weiberlosigkeit und Gehorsam anzuhangen. Die Großidee »Gott Alles, ich nichts« war geboren — wie entspannt es sich lebt, dem Höllenfeuer eigenen Wollens entronnen, Gerhard (oder das, was von ihm übrig war, also ›nichts‹) war ›selbst‹ überrascht. Endlich fremdbestimmt! Und hätte sein ›Ich‹ sich nicht grad selbst extingiert, es hätte seinen Grund in Gott gefunden. Dumm gelaufen. Anderseits : endlich weg! Oder im Zirkel.

Gerhards Mission wurde denn auch schnell klar : langweilen, langweilen, langweilen. Und so langweilte er die Welt ab 1727 mit Andacht und Mystik und angelte laiig Laien und tat auch sonst Gutes und mixte Hausmittelchen und sammelte Kräuter und gab sie den Siechen und dichtete für- und vorsorglich 111 berühmte Kirchenlieder (1729 ›Geistliches Blumengärtlein inniger Seelen‹), lebte von Spenden und Schenkungen und Erbschaften und seinen Schriften und Luft und Liebe und predigte in Scheunen und legte dort die Bibel aus, denn darin war er gut. Da leerten sich die Bänke der ordinierten Pastoren und die ordinierten Pastoren beschwerten sich — aber ihre Vorgesetzten fanden kein Fehl an Gerhards Lehre. Nicht mal, als Gerhard 38 Biographien katholischer Heiliger verfaßte, eine Definition des Mystikers erarbeitete (»Mystiker reden wenig, sie tun und sie leiden vieles, sie verleugnen alles, sie beten ohne Unterlaß, der geheime Umgang mit Gott ist ihr ganzes Geheimnis«), viel nach Holland reiste und stärkende Briefe schrieb an jedermann, der Post von ihm haben wollte.

Dann kaufte er ein Haus. Da predigte er drin. Oft wollten ihn 500 Leute auf einmal hören. Das ging nicht. Also fragte er Gott. Der dachte kurz nach und sprach dann *Mache Löcher in die Wände und nenne sie ›Schallöcher‹* und nun hatten alle Leute im Haus, wo sie auch waren, was von den Predigten. Wo er aber nicht unterweisen konnte, mied Gerhard streng den Kontakt zu Menschen. Er spielte keine Karten. Und auch kein Schach. Schmähte Torten und Alkohol. Seine Verwandten, bis auf Schwester und Bruder und Eltern und Tanten und Onkel, schämten sich seiner. Oft auch hatte er keine Lust zu beten. Aber da wußte er einen Trick, den Gott ihm beigebracht hatte : »Wenn du nicht beten kannst, so sage es Gott, daß du keine Lust dazu hast, und siehe, du betest schon«. Trotz daß er sich einen Mann holte, mit dem er lebte, und keine Frau erkannte, auch nicht seine Haushälterin Bille Enschermann, war er nicht schwul. Aber für den Frieden war er. Sogar sehr. Geradezu war er Ireniker. Wenn er am Ende seiner Tage für den Siebenjährigen Krieg einstand, dann nur, weil er in dem das Gericht Gottes, der die Menschen zu sich treiben wolle, begrüßen zu können meinte. An literarischen Vorlieben legte er sich die allerlangweiligsten zu : Avila, Johannes vom Kreuz, de Molinos, de Bernières-Louvigny, Madame Bouvière de la Motte Guyon, de Labadie, Thomas von Kempen. Die mochte er. Gar sehr. Die sind seine »Favorit-Materie«.

Als Freunde Gerhards laut *Absterben! Absterben!* rufend die Landkommune ›Pilgerhütte‹ gründeten, zog er zwar nicht mit, aber begleitete sie seelsorgend und wies hie und da auf geistliche Stagnation hin, teilte Tees und heiße Tips aus : immerwährend innerlich Beten, Schweigen, Lieben, Dienen und Armsein, Argwohn aber und Zerstreuung meiden. Das macht neidisch. Und so begannen die Konsistorialen ab 1737 vereinzelt doch, einige Tersteegen-Freunde zu pieksen und sie verächtlich die »Feinen« zu nennen. 1740 gar verbat sich die düsseldorfer Regierung, daß Gerhard donnerstags in Mülheim Konvente hielte. Gott aber

CLAUDIUS I (staunt) : *Das is dein Gott?*

HEBRÄISCHER BUCHSTABE : *Das glaubst auch nur du. Das meiste hat dem sein Vater gemacht* (lenkt ab) *Und der da, der Grüne, das ist Raphael, der Raphael von Bärli*

CLAUDIUS 2 : *Dem sein Vater, is der auch hier?*

HEBRÄISCHER BUCHSTABE (schaut sich ängstlich um) : *Seh ihn nicht. Kann aber gut sein*

MARIO (in eine vermeintliche Gesprächspause hinein, vernachlässigt von der Treppe aus) : *Was meint ihr, hat der Typ hier auch Science-Fiction?*

WIEBKE : *Weiß nich. Zukunftsromane?! Aber komm doch wieder hier zu uns. Wir schweigen grad über Gott*

MARIO : *Schon wieder?* (setzt sich herzu)

WIEBKE : *Immer noch* (schlaumeiert) *Das is ein Abgrund ohne Grund*

JASMIN (bewundernd) : *Cool, du liest echt viel Bücher, nich?*

WIEBKE (ziert sich, bescheiden) : *Nee, ich kenn doch nur Gott ...*

Kaum, daß Mario seinen Ort im Mädchenknoten gefunden hat, knurrt allen der Magen und werden die Ayurvedareste verzehrt. Knabbernd fährt das Gespräch dann fort und nimmt wie von selbst seinen Galopp wieder zu Gott, überspringt den Oxer der Ergebnisse Freuds [370] und konzentriert sich gleich auf die Freuden

---

gab Gerhard eine List ein : sprach der eben nicht mehr donnerstags, dafür aber Mittwoch und Freitag doppelt so viel und eben woanderswo als in Mülheim.

Dann war Friedrich II. mal in der Gegend, ein paar Eroberungen zu besichtigen, und lud bei der Gelegenheit den berühmten Gerhard zu einem Gespräch vor. Leider hatte Gerhard ein Bruchleiden und Wasser und konnte nicht. Als Ersatz widerlegte er Friedrichs Philosophie und schrieb 1762 ein 22 Seiten dickes Buch (›Gedancken über eines Anonymi-Buch, genant, Vermischte Wercke des Welt-Weisen zu Sans-Souci‹) wider ihn im Besonderen und die Aufklärung allgemein. Das wurde Friedrich zugespielt und der überlegte auch kurz, Tersteegenianer zu werden und abzusterben. Aber irgendwas kam dazwischen. Im Sitzen geduldig meditierend und wassersüchtig und an den Lehnstuhl gefesselt ging Gerhard 1769 heim.

Die Gedanken aber, die Gott in Gerhard denken ließ, sind nach mehr als einem Vierteljahrtausend immer noch nicht ausgelotet. So tief sind sie. Und aktuell. Soviel, wie heute bekannt ist, gehen sie über »die wesentliche Erscheinung des Herrn im Grunde unserer Seelen und Seine damit verknüpfte heilig- und seligmachende innere Erkenntnis« ... blubb ... die in seligen Augenblicken lebendige Wirklichkeit wird und wortlose Mitteilung der inneren Gegenwart Gottes und der Gewißheit, daß Gott ist ... blubb ... der ferne Vatergott enthüllt sich qua süßesten Namens Jesu allerinnigst im Herzen so nah in der Tiefe seiner selbst als Liebe ... blubb ... befreit von allem Zwang, eigenlieblos gottliebend, innerlich dürr und leidvoll und ichlos entleert sich der Geist und segelt das Selbst losgelassen, ›gelassen‹ als leeres Ich im Atem Gottes und geht die Leere in Fülle über, Reden in Schweigen, Suchen in Finden ... blubb ... eine freie, vollkommene Liebe zu »wahrem Leben und Wesen, zu Friede, Freude, Trost und Vergnügen« ... blubb und hurra.

Apropos ›hurra‹ : Gerhards Gedicht »Ich bete an die Macht der Liebe«, dem stand eine echt gute weltliche Karriere bevor. Der russisch-orthodoxe Motettenmacher Bortnjanskyj, von Friedrich Wilhelm III. extrem verehrt, hatte eine russisch-orthodoxe Melodie zu einem Freimaurerlied gemacht, die ganz Rußland bis zum Roten Oktober pfiff — 1822 ordnete Friedrich Wilhelm an, daß die Melodei über Tersteegens Text gelegt werde und beides zusammen fortan nach dem Kommando »Helm ab zum Gebet!« Teil des Großen Zapfenstreichs der Preußen und sodann der Bundeswehr wurde.

[370] Vorzüglich in ›Totem und Tabu‹.

der Geselligkeit, man äße ja nicht allein des Hungers halber, sondern weil man dabei mit anderen reden könne, und da sei's, wenn man Abendmahl hielte, gar nicht so wichtig, ob man nun Gott crunche oder einen Keks, A und O bleibe, daß es schmecke, bio sei und man wen zum Reden habe, Leben heiße Begegnung, Gespräch … — und Wiebke weiß gar rudimentär ein Dichterwort anzubringen [371] — … aber hätte Hölderlin daran Freude gehabt? hat er nicht vielmehr, genau das nicht hören zu müssen, Bremen längst verlassen und schleppt sich nun nicht Hinter der Balge blumenkatalogsagend vorbei an die friedliche, mittelmäßige Weser, unter die Arkaden, auf der Suche nach einer Ranunkel, Siringe oder einem Wort zum Vergleich des Nordstroms mit Dordogne und Garonne und vermißt nicht länger ein scharfes Ufer, Stege, Ulmenwälder, Feigenbäume, seidige Böden, goldene Träume, einwiegende Lüfte und Traubenberge …?

Mario räkelt ein Bein von sich fort, weicht einem Mädchenbein aus und berührt ein Buch-Minarett, das Wiebke beim Aufräumen achtlos und sorgsam zugleich getürmt hatte. Das Minarett will Wiebke vor die Füße stürzen, ein Mädchenarm aber hält dagegen, stabilisiert die Weltlage und verhindert alles Böse.

MARIO : *O, tschuldigung*

MÄDCHENMUND VOM MÄDCHENARM : *Wir wollen hier doch nix kaputtmachen*

Wiebke hat das gesehen. Und im Minarett stechen ihr nun die Facsimile's ins Auge und erinnert sie sich — Keller, der Depp : er hat über die Wiebke-Invasion, zu der er einlud, vergessen, seinen Hauptplan zu realisieren. Wiebke greift die Facsimile's heraus, streichelt sie versunken und erhebt sich.

KERSTIN : *Wo willstn jetz hin?*

WIEBKE (seufzt tief und echt) : *Ach, ich will mal 'n Moment alleine sein. Muß nachdenken*

DIE ANDREN SAMT DER BUCHSTABEN, ENGEL UND DES AURA-CHRISTUS : *Jo Mann, denk nach / Wir alle sollten mehr nachdenken / Die Wahrheit is in dir, hol sie raus / Das isses, das isses*

Wiebke übersteigt Beine ins Bad und setzt dort rittlings sich dann auf den heruntergeklappten Klodeckel, ihr Gesicht dem offenen Fenster zugewandt. Auf der Fensterbank legt sie die Facsimile's ab, Nieselregen hat behaglich wieder eingesetzt. Ihr tritt der verschneite Flohmarkt ins Innere, Keller schwebt ihr lieblächelnd entgegen, *Eine Freude? Du mir?* … Wiebke träumt gänzlich in den Regen hinaus und seufzt. Ihr Seufzen allerdings geht in Gähnen über und sie sinkt gegen den Spülkasten.

---

[371] Wiebke zitiert ›Ein Gespräch sind wir‹ — aufgeschnappt bei einem bubernden Theologen, der mißbräuchlich wie die Wehrmacht Hölderlin in seinem Sturmgepäck führte. In der ›Friedensfeier‹ heißt es ganz : »Viel hat von Morgen an / Seit ein Gespräch wir sind und hören voneinander / Erfahren der Mensch; bald sind wir aber Gesang«. In ›Andenken‹ aber : »Nicht ist es gut / Seellos von sterblichen / Gedanken zu sein. Doch gut / Ist ein Gespräch und zu sagen / Des Herzens Meinung, zu hören viel / Von Tagen der Lieb / Und Taten, welche geschehen // Wo aber sind die Freunde? ---«.

Wie lang mag sie dort gesessen haben? Und hat sie gepoft oder war von Gott mit einem Gesicht prämiert worden? Wiebke steht im Dunst einer Marterburglaterne auf, sieht einen kurzen Blick in den Spiegel, keine zahnpastablasigen Sprenkel, nur ihr armes Kontürchen, und kehrt dann zu den Gefährten der Bocksprünge ihres Geistes zurück, die aber haben es sich schon bequem gemacht auf dem Fußboden, zu einem Benzolring geschlossen, sich mit Jacken gedeckt und Zeitungen, Köpfe auf Schienbeinen. Alle schlafen. Allüberall in den Regalen nächtigen Minderengel auf und zwischen Büchern, und die keinen Platz mehr dort gefunden haben, hängen kopfüber in Trauben unter der Zimmerdecke. Die Erzengel aber hatten sich ausgesucht demütig in die Kaminasche begeben, litten aber durchaus derart keine Gesellschaft von Minderengeln, daß sie welche, die fixer als sie dort genistet hatten, scheuchen mußten — sie wollten sich von keinem Untergebenen in Erniedrigung übertreffen lassen. Und die Restwärme eines Feuers, das Keller zuletzt im März entfacht hatte, ganz für sich schlürfen. Aura-Christus jedoch und die vier Buchstaben sind nirgends auszumachen. Wiebke kratzt Knud unterm Tisch hervor, beide staksen über die Leiber der Abenteurer und schleichen nach oben in ihr Gemach.

WIEBKE (in den Läufen Knuds) : *Siehst du Knud, jetzt haben wir auch noch ein gutes Werk getan, jetzt haben fünf Leute eine Bleibe für die Nacht, wo es doch angefangen hat, zu regnen. Die wären bestimmt naß geworden. Du mußt wissen, Knud, was du dem geringsten meiner Brüder getan, das hast du mir getan — so siehts aus. O, so romantisch, wenn man im Trockenen ist* (kuschelt sich) *was meinst du Knud, sollen wir das Fenster aufmachen* (lyrisch) *und ein bißchen der Melodie des Regens lauschen?* (Knud jault nichts) *Gut, dann machen wir das* (windet sich zum Fenster, öffnet dessen Flügel ein wenig, legt sich wieder zu Knud) *Schlaf schön, Knud, schlaf schön*

Ein neuer Tag, die Sonne lacht.

MELANIE (schabt ihre Kopfhaut, zu Mario) : *Kannste eigentlich schon richtig was spielen auf deiner Klampfe, oder nur so?*

MARIO (ziert sich) : *Öh — nojo, klar. Dann müßt ihr aber singen! Was könnt ihr denn so?*

Keller ist schon im Anmarsch, läuft mit müden Augen die Wallanlagen ein, seine Schritte greifen ein wenig mehr Raum als gewöhnlich, ein wenig schneller aufeinander als sonst folgen sie auch, fünf Minuten Vorsprung haben sie erwirtschaftet und Keller hat sich durch kein Lächelmädchen irritieren lassen, durch keinen Baguetteduft, denn : er hatte sein Versäumnis bemerkt, gestern am Hauptbahnhof schon. Die Überlegung, umzukehren, hatte er verworfen, desgleichen die, von daheim dann Wiebke anzurufen, denn weder hatte er gewußt, was er Wiebke, ohne sie zu beleidigen, hätte sagen sollen, noch, ob er ihr nicht auch die Annahme von Telephongesprächen untersagt hatte — und sie in Verlegenheit setzen, ihr das Gefühl geben, sie kontrollieren zu wollen : das war ›unschicklich‹ — ein anderes Wort dafür fand Keller nicht. Außerdem war das alles albern und was sollte schon passieren. Der Gedanke aber, das irgendwas doch vorfallen könnte, war ihm über Nacht nicht eben verrottet, sondern ins Stählerne erblüht und trieb ihn jetzt an.

Und als Keller von der Ampel Am Wall/Ostertorstraße aufgehalten wird und selbst riskantestes Vorgehen dagegen keinen Erfolg verspricht und Keller das sogar gutfindet, denn zusehr zu früh, obschon Wiebke gar nicht wissen kann, wann in aller Regel er kommt, könnte wieder falsch — oder richtig — ausgelegt werden, als Mißtrauen oder Wunsch nach Geselligkeit, schrabbelt Mario die Saiten und alles singt : *Danke für diesen guten Morgen / Danke für jeden neuen Tag / Danke, daß ich meine Sorgen / auf Dich werfen mag* ... Keller stolpert die Marterburg hinab, denn auch nicht zu wenig zu früh, vielleicht ist noch was unterbindbar ... die Mädchen singen verzückt, geben alles, desgleichen die Minderengel, die fröhlich ihre Arme im Takt chanten. Muffelig und wie staubgezeichnete farbtinktierte Osterküken kriechen die Erzengel aus dem Kamin.

KERSTIN : *Jemand gleich zum Bäcker?* (affirmatives Gejohle)

WIEBKE (tritt gesanggeweckt aus dem zweiten Stock hervor, schwingt in Führerrolle die Arme und improvisiert) : *Danke für diesen guten Bäcker / Danke für dieses frische Brot / Danke, denn das schmeckt sehr lecker / Und es ist mit Jod*

KERSTIN : *Echt? Mit Jod?*

Keller kramt vor der Ladentür nach dem Zweitschlüssel, blickt angeekelt um sich, woher der Lärm und die wichtigtuerische Gitarrestimme stamme. Dann nach oben. Er erkennt. Seine Augen sind wildwestisch geschlitzt und die Wangenknochen versteinert. Er kehrt ein, vor seinen Füßen flitzen verirrte Angehörige der Engelplage aufgeregt hin und her, einem versetzt Keller im Ausschreiten einen Tritt, daß der gegen die ›Ägyptologie‹ fliegt und liegen bleibt. Keller faßt sich, wendet sich der Treppe zu, nimmt Stufe um Stufe und überblickt, noch nicht ganz oben, das Durcheinander und die sechs Idioten, fünfen davon angesichts seiner das Wort im Halse stecken bleibt und die Engel scharenweise jammernd und fluchend entfliehen wie sie kamen. Nur Mario, mit dem Rücken zur Treppe, klampft enthusiastisch weiter.

MARIO (peitscht unverdrossen ein) : *Los! weiter! singt!*

KELLER (übertrieben zwitschernd) : *Guten Morgen ihr lieben Leut — ja wißt ihr denn nicht, daß der gebildete Mensch sein Leben in Stille verbringt?* [372]

WIEBKE (kindlich, weitaugig, betreten) : *Christian ... Guten Morgen, schön, dich zu sehen. Ist es schon Zehn?*

MARIO (merkt immer noch nichts) : *Was'n das auf einmal für 'ne Aura hier?*

KELLER : *Fünf vor. Äh Wiebke? Dürft ich dich kurz sprechen? Unter vier Augen?*

WIEBKE (aufgeräumt, kommt von oben herab) : *Sicher. Weißt du, übers ganze Beten vergißt man doch manchmal die Zeit*

---

[372] Keller hätts gesagt, auch wenn er gewußt hätte, daß Göte sich ähnlich geäußert hat (an Charlotte von Stein, Jena, 1. Dezember 1807 : »Gebildete Menschen und die auf Bildung Anderer arbeiten, bringen ihr Leben ohne Geräusch zu«). Keller aber hatte es gesagt, weil er sich auf eigene Anschauung bezieht und auf Kierkegaard im zweiten Abschnitt im zweiten Teil der ›Unwissenschaftlichen Nachschrift‹ : »*Der stille Gelehrte stört das Leben nicht. Er verliert sich erotisch in seiner herrlichen Beschäftigung*«.

KELLER : *Geht mir auch immer so. Ist einfach zu schön, in einem fort immer so wettzubeten*

WIEBKE (erstaunt) : *Ja? Ja wirklich? Find ich auch*

KELLER (mit Wiebke ins Erdgeschoß) : *Wiebke, erinnerst du, worum ich dich gebeten hatte?*

WIEBKE (kläglich) : *Ja, aber ich …*

KELLER : *Ich kann mir nicht helfen : ich finde, das ist eine sonderbare Auslegung meiner Bitte an dich,* ***weder*** *Damen-* ***noch*** *Herrenbesuch hier zu empfangen…*

WIEBKE (einer Eingebung folgend) : *Gebeten hast du nicht, verboten hast du …*

KELLER : *Richtig. Ich hab nicht gebeten. Aber verboten hab ich auch nicht. Streng genommen, zumindest intentional, hab ich nämlich sogar befohlen*

MARIO (von oben) : *Isser da? Frach mal, ob hier irgendwo Science-Fiction stehn*

WIEBKE : … *genau, wie Gott, das war ganz schön anmaßend von dir, eigentlich, Gott durfte das, verbieten, er hat schließlich alles gemacht … guck doch, wo wir gelandet sind … genmanipulierte Menschen und auch Tomaten, die unschuldigsten …*

KELLER (leispfeifend öffnet sich in ihm ein Druckventil) : *Jetzt ist mal Schluß mit ewigem Leben*

WIEBKE : *Gottes Gebot steht höher …*

KELLER (böse) : *Sind wir hier auf 'ner Auktion, oder was?*

KERSTIN : *Macht der sich gleich ins Hemd, oder was?*

WIEBKE (bedrängt-patzig) : *Erstens kannst du dir vielleicht vorstelln, daß das keine Absicht war, daß ich das auch nicht gewollt hab, und außerdem sind das fünf Menschen, die Gott lieben und bestimmt keins von deinen ach so wichtigen Büchern klaun*

Keller stöhnt und geht dagegen an, daß selbst jetzt seine Wut noch nicht ganz kornklar ist, sondern verunreinigt durch eine Spur Empathie und er es am liebsten sähe, würde Wiebke sich nicht so winden, so winden müssen.

KELLER : *Es langt, ich will nicht mit dir rechten, ob die kleine Illoyalität, die du an mir begangen hast, vor Gott dir sonderlich zur Ehre gereicht : wie gesagt, es reicht* (stürmt die Treppe hoch, zu den fünfen) *Herrschaften, finis orendi, raus hier, packt eure Sachen, geordneter Rückzug jetzt*

Ein Treck bildet sich und zieht, getrieben von Keller, brabbelnd (*War doch geil, die Aktion / Sowieso : wer solln das alles lesn? / Schon, aber ich habma wieder richtich Lust zu lesn / Und jetzn schönes Frühstück im Ambiente / Du, heiß ich jetz eigndlich Kirsten oder Kirstin oder Kerstin oder was?*) die Treppe hinab, unten erwartet von Wiebke.

WIEBKE (verschnupft und traurig zu Keller) : *Dein Schlüssel. Und trotzdem Danke für alles*

MARIO (im Hinausgehen zu Keller) : *Ey, Science-Fiction? Hast du Science-Fiction? Ich such noch eins vom Schrödinger, handelt vonner Katze, soll gut sein*

KELLER (knurrt) : *Führe nur Hunde-Bücher*

MARIO : *Soll ich dir die Nummer vonner Freundin dalassen, wo ich manchmal bin? Dann kanns du mich anrufn, wenn du's mal krichst*

KELLER : *Gute Idee*

MARIO : *Wart ma, ich glaub ich hab was zum Schreiben* (beginnt zu kramen)

KELLER (brüllt) : *Bist du wirklich wahnsinnig?*

MARIO (stolpert raus, von draußen) : *Der wills nur selbst lesn*

Eine Melange von Weihrauch und nassem Huhn liegt in der Luft, Keller bemerkt das erst jetzt, marschiert durch seine paar Räumlichkeiten, reißt jedes Fenster auf, entdeckt die Facsimile's beregnet auf der Fensterbank im Klo, nimmt sie in die Hände, wiegt sie — da wird ihm alles klar, es braucht nur eine kleine Geste, kurzerhand ist er zu der entschlossen und rauscht mit den Facsimile's die Treppe hinunter, Wiebke hinterher. Marterburg — links zieht ein hundeloser Fünfertrupp, rechts, zur Weser, drüppelt ein langmähniges Jota. Mit Hund.

KELLER : *Wiebke! Wiebke!* (Wiebke dreht sich um)

WIEBKE (eingeholt von Keller, lächelnd) : *Christian!*

KELLER (freundlich, außer Atem) : *Wiebke, ich muß mich entschuldigen …*

WIEBKE : *Nein, mußt du nicht*

KELLER : *Wiebke, nein, nicht bei dir, sondern bei … anonymen Schicksalsmächten … denen hab ich wohl … zu unrecht in die Speichen gegriffen*

WIEBKE : *Wie bitte?*

KELLER : *Dieses Buch* (hält die Facsimile's hoch) *du erinnerst dich? …*

WIEBKE (nickt, sieht den beträchtlichen Wasserschaden) : *O, das tut mir echt …*

KELLER : *Muß es nicht, muß es nicht, das ist ja das Gute. Dieses Buch ist nämlich deins, es steht mir nicht zu. Ich hab da in eine völlig falsche Richtung gedacht, als ich mir neulich sagte, die Dinge müßten wieder in Ordnung kommen. Müssen sie vielleicht ja auch gar nicht. Geht nicht gegen dich oder deine großzügige Schenkung, aber: ich möchte, daß du es wieder an dich nimmst. Dann, vielleicht dann ist es in Ordnung*

WIEBKE (nickt intuitiv) : *Wenn du meinst* (nimmt die Facsimile's)

KELLER (sentimental) : *Ein andermal vielleicht … das mit der Freude*

WIEBKE : *Tut mir leid*

KELLER : *Schon gut* (wendet sich wieder Richtung Laden)

Wo Wiebke die nächste Nacht verbringt — man weiß es nicht. Freitag jedenfalls nächtigt sie wieder an der Weser, bettet sich, an den warmen Hundekörper geschmiegt, unter der Wilhelm-Kaisen-Brücke zur Ruhe. Ein Samstagstiefel stupst Wiebke an, Wiebke erwacht.

STIEFELSTUPSENDER FLOHMARKTSTREUNER : *Ey, was willstn dafür habn?* (stupst gegen die Facsimile's, auf denen Wiebkes Kopf liegt)

Epilog

Jetzt aber! – Endlich! : so steigen, mit Lanzen vergleichbar, die Seufzer
Zwischen den musischen Häuptern auf; Tabackverpackungen knistern,
Fluchmurmelnd werden die Finger behelflich halb trocken gewischt, eh
Flink Zigarettenpapier sie dem Taback zum Bett krümmen dürfen.
Schließlich tritt ein der ersehnte Moment, in dem flammenumzüngelt
Sämtliche Spitzen erglühen, und Rauch, all den Nasen und Mündern
Lustvoll entströmend, den Wallweg entlangzieht. Kalliope saget,
Lächelnd fast siehet sie dabei mich an : *So, bis hierher geschafft wärs.*
Vorhin die Wiebke, die hättest du gerne begleitet, nicht wahr, du
Dödel? — »Die Kleine? Och, nö, das war nur, weil sie nett schien« verwahre
Ich mich, wobei aber Kopfglut mich musischem Rauchwerk verähnlicht.
Dann ist ja gut — oder schlecht für uns, wie man es nimmt, denn dann bleibet
Deine Gesellschaft erhalten ein Weilchen den Musen. Verbirgt die
Kanne noch Kaffee genug für uns alle? »Bestimmt doch!« vermut ich,
Heb das Behältnis gewissenhaft schüttelnd ans Ohr und bin sicher :
Reichlich ist Nachschub noch da. — Die neun Pappbecher schießen entgegen
Beinahe gleichzeitig mir. »Ach, und wie« — bloß die Neugier zwickt mich, es
Wissen zu wollen, noch während den Kaffee ich einschenke — »gehts nun
Weiter?« — Kalliopes sternhelle Stirne verfinstert sich : *Bat ich*
Vorhin dich nicht, jenem Lehrspruch zu folgen : ›Wer Anstand hat, fragt nicht‹!?

DAS ENDE — Bronze von Bernd Altenstein

»Ööhm ... — ?« — ganz versehentlich mache ich dieses Geräusch, es
entflutscht mir
So, wie die Seife der Hand und dem Huhne sein Ei, als ich grade
Eben schnell nachgucken will, was als Fußnot zu Baader, dem Dada
Meine grazilsten Dikteusen zu schreiben geheißen mich haben.
Flatternde Zettel durchblätternd — entfallen ist mir : stand das vorne ?
Mittig vielleicht, oder schlußnah ? — heg' rippgeschützt Hoffnung ich, mit dem
Auskunfterlechzenden Laut in Umgängnis des Frageverbotes
Hilfstellung mir provozieren zu können. Behutsam erhebe
Von den Papieren ich meinen verwirreten Blick, der zum Schweifen
Ansetzt, doch prompt sich verducken muß vor einer musischen Mauer,
Die enerviert und auch enneaphon aufs Verdrüsslichste stöhnet :
Was ist denn jetzt noch ?, so daß ich gestehe, sehr kleinlaut, ich könne
All das zu Baader notierte nicht finden; auf welcher der Seiten
Möcht' es bloß, früg' ich mich, stehen ? — *Schon jetzt*, staunet Klio nicht spottfrei,
Findest du dich nicht zurecht ? Und am Ende gar wär es dir lieb, ein
Wohlkommentiertes Personenregister zu kriegen ? — Verblüfft und
Äußerst entzückt ruf ich aus : »O, das würdet ihr machen ? Das wäre
Prima !« — *Ich glaub' ich muß kotzen : Das kann ja dein Ernst wohl nicht sein !*, faucht
Hier ihrer Fassung verlustig Kalliope : *Spaß wars, ironisch,*
Keinesfalls Angebot ! Kannst denn du Krachlatte gar nichts verstehen ?
Um sie herum, ganz von Mißmut belastet, tumultet Genöle :
›*Ach, ein Register zu singen ist blöd*‹ und ›*Satanstat — dazu*
Haben wir gar keine Lust‹ sind die Grundtenortöne des Drießens.
Aber die reizbare, schönste Kalliope drückt — nicht umsonst ist
Sie ja die Göttin des Epos, vertraut demzufolge mit Schwenken,
Plötzlichen Wendungen, Wandel und Form — an der Ferse, der linken
Ferse des ENDEs den Rest ihres Rauchstummels aus und gebietet
Einhalt und spricht zu sich selbst halb und halb zu den Schwestern die Worte :
Andererseits : drauf geschissen. Verkorkst ist der Tag ohnehin; da
Kommt es doch hierauf nun auch nicht mehr an. Aber du, kleiner Pattkopp
(Mich redet an sie hier, ohne zu grinsen) *ergrüble dir eine*
Prächtige Sonderzuwendung : ich denke an ›viel Schokolade‹
(›Viel‹ heißt für jede von uns eine Tafel) als Dank dafür, daß wir
Tapfer jetzt singen für jeden, der dumm ist und träge wie du ein

Substantielles, naschträgliches und nicht übergenaues, dafür unbedingt in seiner Wahrhafftigkeit jedweder Schranken bares

R e g i s t e r

803er pingelig ausgekiester, in den Fußnöten besungener Leute, Völkchen, Tiere und Umstände, von allen denen kaum nennwert mehr nur zu singen ist, als daß Keller sie teilweise vielleicht gern getroffen, angebetet, mit ihnen gelebt oder ihnen beigewohnt hätte. Unter Ausschluß allerlei aber nicht aller biblischer, talmudischer und lau-öder Figuren und vieler, aber nicht aller, Mischpoke und Gesinde von irgendwem Wichtigen, sowie Anwendung des Tricks, daß die erste Zahl die Fußnot, die zweite aber die Seite bedeutet.

In der starken Feste Cuzco endlich wähnte Esquivel, sei er sicher. Er mietete eine Villa, kam nur bewaffnet und in der Uniform der Post verkleidet vor die Tür, doch halfs? : »An einem Montag betrat Aguirre gegen Mittag das Haus, durchquerte den Flur, ein Wohnzimmer und kam in ein Hinterzimmer, wo der Richter seine Bücher aufbewahrte. Dort fand er Esquivel, eingenickt über einem Buch, und erstach ihn. Der Mörder machte sich auf den Rückweg, doch an der Haustür merkte er, daß er seinen Hut vergessen hatte, und besaß die Frechheit umzukehren und ihn zu holen. Dann ging er seelenruhig auf die Straße«. 306/314

Aischylos (525–456) Marathon- und Salamiskämpfer. Von einer Schildkröte erschlagen. Schade. 42/50; 181/169

Ajdukiewicz, Kasimierz (1890–1963) Völlig abgedrehter Husserlschüler, dessen Denken immer wieder um syntaktische Konnexitäten kreist. Radikaler Konstruktivist aber war Ajdukiewicz nicht immer. Vorher war er irgendwas anderes. Keller glaubt : radikaler Konventionalist. 318/340

al-Andalusi, Abu Dawud Sulaiman ibn Hassan Ibn Gulgul (~925–~995) Dioskuridesexperte, fähiger Arzt und Medizinhistoriker. Schrieb auch Philosophenbiographien und Arztromane. 178/167–168

Albrecht der Schöne (~1310–1361) Ein Bild von einem Burgherrn. 228/220

Al-Buhārī (810–870) Orthodoxer muslimischer Relativist. 306/323

Albuquerque, Afonso de (1453–1515) Seefahrer und zeitweilig Herr Indiens. 252/263

Alembert, Jean Baptiste le Rond d' (1717–1783) Findelkind, Mathematiker, Tacitusübersetzer, Enzyklopädist, Mondkratermann und sehr verliebt in Jeanne Julie de Lespinasse. 30/33; 163/156

Alexander III. (356–323) Zeussohn und Begründer der Theorie, ein von Truppen durchzogenes Gebiet sei erobert. Das verdient einen Mondkrater. 228/218

Alexander III. (~1100–1181) Papst. Wider das Gebot der Einstimmigkeit gewählt. Exkommuniziert und in Reichsacht getan, exkommunizierte er zurück und zwang schließlich Kaiser Friedrich I. zum Fußkuß. Starb dennoch im Exil. Sein dann nach Rom überführtes Gebein wurde sofort von den Römern geschändet. 229/234

Alexander VI. (1430–1503) Borgia-Papst. 252/263

Alexander VII. (1599–1667) Papst. Gewann durch Feingeistig- und Freigiebigkeit Christine für seine Sache. 306/313

Alfons XII. (1857–1885) Spanischer König. 187/177

Alt, Georg (~1450–1510) ›Übersetzer‹. 112/121

Altmann, Isaak Hermann Albert (1777–1837) Gärtner. 359/378

Amalthea Nymphe, Pan-Mutter und Zeus-Amme. 155/149

Ambrosius (~340–397) Bischof von Mailand, Arianerhasser und Freund der Pogrome und des dreifachen Sinnes der Schrift. 175/162

Anaklet II. (~1090–1138) Ein Papst wie ein zu unrecht aberkanntes Tor : zwar regulär gewählt, aber die Nachwelt gedenkt seiner nur als eines Gegenpapstes. Jüdischer Abkunft. 229/226

Anastasios I. (430–518) Caesar Ostroms. 179/168

Andreas-Salomé, Lou (Frau Lou) (1861–1937) Schriftstellerin, Angebetete, Psychoanalytikerin. Schlug Heiratsanträge von Nietzsche und Rilke aus, heiratete einen Iranisten. Keusch. Es wär aber für sie in der Welt schon kompliziert geworden, hätts nicht die Männergeister gegeben, von denen sie sich weiterreichen ließ. Eigenes war schwierig. Januar 1912 will sie ihren Aufsatz ›Sublimation‹ im psychoanalytischen ›Jahrbuch‹ gedruckt wissen, erst 8. Mai kann Carl Gustav Jung, der da noch ein Halbguter war, an Freud melden : »Gott sei Dank ist Frau Lou Andreas-Salomé plötzlich von einem guten Geist erleuchtet worden und hat ihre Arbeit auf unbestimmte Frist zurückgezogen. So sind wir der Sorge ledig« — aber nur für ein Jahr, denn ihr Charme bewirkt, daß dann ›Sublimation‹ unter dem reißerischen Titel ›Von frühem Gottesdienst‹ in ›Imago‹ gedruckt wird. Andreas-Salomés Stil reicht von unglücklichen Superlativen über substantivierendes Überkühnen bis zum adjektivversetzten Schachtelsatzbau (»Anstatt des Herumdenkens daran — und sei es das tiefsinnigste oder geistreichste — war hier die Bereitschaft der Drangabe an das Exakteste ...« etc). Bedeutend aber als Bonmot-Tradeurin. Etwa, als sie Freud einen selbstgereimten jugendlichen Unsterblichkeitsschmonzes vortrug, antwortete der trocken : »Nein! wissen Sie, da täte ich nicht

seine Dissertation 1913 die Frage, ob Amos und Hosea eine Heilserwartung gekannt hatten, nicht abschließend zu beantworten wußte, alte Hebräisch-Lehrgrammatiken renovierte und darüber den Weltkrieg II vergaß und daß er Schweizer war. 9/14

Baxxter, Hans Peter (1966–) Jurist und Tonkünstler. 228/221

Bayle, Pierre (1647–1706) Ein Hugenott aus den Pyrenäen, der zum Katholizismus kommt, aber schnell bereut und nach Genf flieht. Dort wird er Hauslehrer und findet Descartes gut. In Sedan dann Professur für Philosophie. Als der Laden 1681 auf französischen Druck dichtgemacht wird, geht Bayle nach Rotterdam und liest Philosophie und Geschichte und vertritt unerhörte Auffassungen: daß Kometen nicht unbedingt Unglück bringen und Atheisten nicht zwingend amoralisch sind. Auch plädiert er dafür, Wissen von Zeit zu Zeit auf den Prüfstand zu schicken. Daß sein Bruder 1685 die Aufhebung des Édit de Nantes in Bordeaux mit dem Leben zahlt, begleitet Bayle von Rotterdam aus kritisch. Aber auch den Haß der Protestanten, die nach einem Krieg gegen Louis XIV. schreien, zieht der friedliche Mann sich zu. 1693 wird Bayle geschaßt und unterzieht ein zwanzig Jahre altes jesuitisches Personenlexikon einer Neubearbeitung. Unter seinen Händen wächst sich das eingangs bescheidene Unternehmen allerdings zu einem Vorläufer der Encyclopédie aus: ›Dictionnaire historique et critique‹, in zwei Bänden 1695/96, in vieren 1702. Bayle hält die eigentlichen Artikel knapp und packt den Sprengstoff in die kommentierend wuchernden Fußnoten, in denen Quellen und Autoritäten sprechen, Pro und Contra sich jagen und dem Leser ein eigenes Urteil abnötigen. 1741–1744 als ›Herrn Peter Baylens, weiland Professors der Philosophie und Historie zu Rotterdam, Historisches und Critisches Wörterbuch, nach der neuesten Auflage von 1740 ins Deutsche übersetzt; Mit des berühmten Freyherrn von Leibnitz, und Herrn Maturin Veissiere la Croze, auch verschiedenen andern Anmerkungen, sonderlich bey anstößigen Stellen, wie auch einigen Zugaben versehen, von Johann Christoph Gottscheden‹ unter Mittun vieler Anonymer bei Breitkopf in Leipzig. 265/282; 306/324

Bechtolsheim, Julie Fraufrau von (geb. Gräfin von Keller) (1751–1847). Von Göte als »seelenverwandt« und »Seelchen« apostrophiert, von Wieland nur als »Psyche«. Leitete einen Literaturzirkel in Eisenach und hatte Glück, daß sie, als Napoleon 1810 durch die Stadt lief und ein Pulverfaß explodieren ließ und damit ihre Zirkelmitglieder auslöschte, sie wegen Krankheit fehlte. Da konnte sie dann doch noch fast 100 werden. 349/366

Beckett, Samuel (1906–1989) Schachspieler, Widerstandskämpfer, Reduktionist. Ging den existentialisischen Weg weiter als so manche literature engagé. Destillierte das Menschendasein wie einen Schnaps. Wer wollte ihn dafür benasrümpfen, daß am Ende der Spiritus nicht mehr schmeckte? Keller allerdings hat Vorbehalte. Wahrscheinlich sind ihm Beckett-Bändchen immer schlichtweg zu schmal vorgekommen. 34/37

Beer, Johannes (16. Jahrhundert) Nicht der bekannte und beliebte Romancier und Schelm Johann Beer (1655–1700), sondern ein ansonsten unbekannter schweidnitzer Pansoph, dessen Existenz gern auch angezweifelt werden darf. Niederschlag fand das Phänomen ›Beer‹ in den ›Deutschen Sagen‹ Jacob und Wilhelm Grimms, 1816–1818, ›Männer im Zottenberg‹: »Im XVI. Jahrhundert lebte in Schweidnitz ein Mann, Johannes Beer genannt. Im Jahr 1570, als er seiner Gewohnheit nach zu seiner Lust auf den nahgelegenen Zottenberg ging, bemerkte er zum erstenmal eine Öffnung, aus der ihm beim Eingang ein gewaltiger Wind entgegenwehte. Erschrocken ging er zurück, bald darauf aber, am Sonntag Quasimodogeniti, beschloß er von neuem die Höhle zu untersuchen. Er kam in einen engen, geraden Felsengang, ging einem fernschimmernden Lichtstrahl nach und gelangte endlich zu einer beschlossenen Türe, in der eine Glasscheibe war, die jenes wundersame Licht warf. Auf dreimaliges Anklopfen ward ihm geöffnet, und er sah in der Höhle an einem runden Tisch drei lange abgemergelte Männer in altdeutscher Tracht sitzen, betrübte und zitternde. Vor ihnen lag ein schwarzsamtenes, goldbeschlagenes Buch. Hierauf redete er sie mit: *Pax vobis!* an und bekam zur Antwort: *Hic nulla pax!* Weiter vorschreitend rief er nochmals: *Pax vobis in nomine domini!* Erzitternd mit kleiner Stimme versetzten sie: *Hic non pax.* Indem er vor den Tisch kam, wiederholte er: *Pax vobis in nomine domini nostri Jesu Christi!* worauf sie verstummten und ihm jenes Buch vorlegten, welches geöffnet den Titel hatte: ›Liber obedientiae‹. Auf Beers Frage: wer sie wären? gaben sie zur Antwort: sie kennten sich selber nicht. Was sie hier machten? — Sie erwarteten in Schrecken das Jüngste Gericht und den Lohn ihrer Taten. — Was sie bei Leibesleben getrieben? — Hier zeigten sie auf einen Vorhang, hinter dem allerlei Mordgewehre hingen, Menschengerippe und Hirnschädel. — Ob sie sich zu diesen bösen Werken bekannten? — Ja! — Ob es gute oder böse? — Böse. — Ob sie ihnen leid wären? — Hierauf schwiegen sie still, aber erzitterten: sie wüßten's nicht! Die schlesische Chronik gedenkt eines Raubschlosses auf dem Zottenberge, dessen Ruinen noch zu sehen sind«.

Kaum, daß Chamisso das gelesen hatte, quäkte er grimmgetreu ›Die Männer im Zobtenberge‹: »Es wird vom Zobtenberge gar Seltsames erzählt / Als tausend und fünfhundert und siebzig man gezählt / Am Sonntag Quasimodo lustwandelte hinan / Johannes Beer aus Schweidnitz, ein schlichter frommer Mann ...« — und so weiter.

Frankenberg aber, der ja Zobtenberg-Selbsterlebnisse aufwies, schnappte aus den umlandkursierenden Sagen den Namen Johannes Beer auf und schrieb unter dem 1639 91 extrem mystische Seiten: ›Gewinn vnd Verlust: das ist, Ein Geistlicher und sehr nützlicher Bericht / Wie man allerley Geistliche vnd Leibliche, Himlische vnd irrdische Gütter gewinnen vnd verliehren kan / Allen denen So bisz anhero Schaden gelitten / Nun aber / durch wahre Buss vnd Glauben In Gott Reich vnd Seelig zu werden gedencken / Zu erbawliche Trost vnd Nutz ausz den Schätzen Gottes herfür gegeben Durch Einen getrewen Liebhaber der Göttlichen vnd Natürlichen Warheit / J. B. [i. e. Johann Beer]‹ — i. e. aber eigentlich Abraham von Frankenberg, der auch ein Vorwort, datierend 1634, mit A.v.F. paraphiert. Vor diesem Hintergrund sind die Ansprüche des Astronomen Wilhelm Beer auf den Mondkrater gleichen Namens überaus zurückzuweisen. 306/325

Behaim, Martin (1459–1507) Fränkischer Aufschneider und Schwindler. 108/117–119

Beißner, Friedrich (1905–1977) Hervorragender Literaturwissenschaftler und Hölderlin-Editor, der dem bis dahinnigen Hölderlin viele verderbte Stellen nachwies. Auch Widerstandskämpfer, der listig 1943 Goebbels als Schirmherrn der Hölderlin-Gesellschaft und der Großen Stuttgarter Ausgabe gewann, deren Vollendung (1985) er leider nicht mehr erlebte. Beißner jetzt. Goebbels aber auch nicht. Insofern ...: egal. 195/185

Bellman, Carl Michael (1740–1795) Herrlichster Bacchant und Dichter Schwedens überhaupt — neben Gustav Fröding, Gösta Berling und Greta Garbo. 11/15; 12/15; 246/257

Beltz, Walter (1935–2006) Grabredner und Berater Stefan Heyms, DDR-Pastor und exquisiter Religionswissenschaftler. 3/10

Benedikt VIII. (~965–1024) Setzte sich prächtig gegen Gegenpapst Gregor VI. durch. Gegen Sarazenen und Byzantiner liefs nicht ganz so gut, aber immerhin. Allerbeste Erfolge hingegen gegen Juden. 136/139

Benedikt XII. (~1285–1342) Vom Müllerssohn zum Zisterzienserpapst. Den theoretischen Teil seines Lebens brachte er damit zu, seinen Papstvorgänger zu widerlegen und zu beweisen, daß die Seelen toter Heiliger nicht erst nach dem Jüngsten Gericht Gott schauen, sondern das sofort tun. Auch baute er das siebentorige Theben und den Palast in Avignon. Gern auch und akribisch bekleidete er das Amt des Inquisitors. Einige Untersuchungen, die er im Pyrenäendorf Montaillou zwischen 1318 und 1325 anstellte, ergaben noch einige unausgerottete Albigenserbestände. Die mußten weg. Das gelang. Nach ausführlichen und protokollierten 578 Befragungen und 160 Zeugenaussagen. Dafür schaffte Benedikt den Kreuzzug nicht. So ausgleichend gerecht ist Gott. Wenn er hier gewährt, verwehrt er dort. 228/220

Bernhard von Aosta (1008–1081) hatte 228/224 ebensolche Schwierigkeiten, sich von sich nicht zu unterscheiden, wie der Übernächste ...

Bernhard von Clairvaux (1090–1153) Allerwichtigster Zisterzienser. Der Thomas Gottschalk der Kreuzzüge. Verlorene Außenwetten vor Jerusalem. 229/225–234

Bernhard von Menthon (923–1007) ... — der hier. 228/223–224

Bernières-Louvigny, Jean de (1602–1659) Soo-o-o öd ... puh. Finanzbeamter, lebt mit Gleichgesinnten in einem einsam gelegenen Haus in Caen, betet, meditiert. Gut vorstellbar, daß Tersteegen Bernières-Louvignys Ergüsse wirklich las und sich danach besser fühlte. Wenns denn erlaubt gewesen war, daß er sich besser fühlt. Oder überhaupt fühlen durfte. Oder ... — egal: Tersteegen übersetzte mangels eigener Ideen 1727 Bernières-Louvignys ideenloses ›Le chrétien intérieur‹ von 1659 und nannte es schnell ›Das verborgene Leben mit Christo in Gott‹. 369/387

Bettelheim, Bruno (1903–1990) Wiener und Psychoanalytiker, der nach einem Jahr Aufenthalt in Dachau und Buchenwald 1939 die USA vorzog. Als Spezialist für autistische Kinder soll er solche geschlagen haben. Was aber nie bewiesen wurde. Gut auch seine mit klinischem und anthropologischem Material unterfütterte Ansicht, daß der Beschneidung als symbolischem Kastrationsakt der männliche Neid auf weibliche Fruchtbarkeit, der Männer zu Weiblichkeit imitierenden Initiationsriten veranlasse, an die Seite gestellt gehöre. 234/240

›Bhagavadgita wie sie ist‹ Und nicht nur so, wie sie sein sollte. 6/11–12; 22/29; 65/73; 66/74; 68/76; 70/78

Bhaktivedanta Prabhupada, Abhay Charan (His Divine Grace) (1896–1977) Nahm in seiner Jugend Bibelstunden, aber die halfen gegen nichts. 7/13

Bierbaum, Otto Julius (1865–1910) Ewiger Student. 187/178–179

Bischoffswerder, Johann Rudolf (1741–1803) Königsflüsterer und Rosenkreuzer. 223/209–210

Blavatsky, Helena Petrovna (1831–1891) Die erste, die ihr Geld damit verdiente, finster zu gucken und sich sexuell zu verweigern. Gelangweilt gab sie vor, Tibet bereist und die Theosophie begründet zu haben. Ausführlich in Hinter Büchern, Die Kampflesben. 21/26

Blumenbach, Johann Friedrich (1752–1840) Göttinger Professor der Medizin. Unter anderem bei ihm guckte Göte sich den Zwischenkieferknochen ab. Alles Weitere dazu in Hinter Büchern, Die Rilke-Bibliothek. 87/96

Boehlendorff, Casimir Ulrich Karl (1771–1825) Kurländer, Hofmeister und trauriger Veteran großer Tage, dessen Hölderlin 1814 noch gedenkt: »Ach der Gute ist früh gestorben. Er war ein rechter guter Freund von mir«. In Jena war Boehlendorff Hörer Fichtes, Schellings und August Wilhelm Schlegels und Mitglied der ›Gesellschaft der freien Männer‹. So günstig Hölderlin über den Lyriker, Dramatiker und Historiker Boehlendorff urteilt, so sehr geilen sich Schiller und Göte daran auf, Boehlendorff, der ihnen schüchtern verschiedentlich Proben seines Schaffens vorgelegt hatte, fertigzumachen. Göte an Schiller, 11. März 1801, über Boehlendorffs Trauerspiel ›Ugolino Gherardesca‹: »Sie erhalten zugleich ein Trauerspiel, in welchem Sie mit Schrecken abermals, wie mich dünkt, aus einem sehr hohlen Fasse, den Nachklang des Wallensteins hören werden. Ich schließe mit dem Wunsch für schönes Wetter und productive Stunden« — Schiller ripostet 13. März: »Von dem Stück, das Sie mir zugesendet, ist nichts gutes zu sagen; es ist abermals ein Beleg, wie sich die hohlsten Köpfe können einfallen lassen etwas scheinbares zu produciren, wenn die Literatur auf einer gewissen Höhe ist und eine Phraseologie sich daraus ziehen läßt. Dieses Werk in specie ist doppelt miserabel, weil es gegen den Gerstenbergischen Ugolino ein ungeheurer Rückschritt ist; denn diese Tragödie, welche Sie vielleicht nicht kennen hat sehr schöne Motive, viel wahres Pathos und wirklich genialisches, obgleich sie kein Werk des guten Geschmacks ist« — was 14. Februar 1805 in der ›Jenaischen Literaturzeitung‹ zu einer von Göte anonym vorgenommenen Hinrichtungs-Rezension gerinnt: »Man darf kühnlich behaupten, daß man im ganzen Stück auf keine poetische Idee treffe … An Aufführung dieses Stücks ist gar nicht zu denken, um so weniger, als es nicht durch theatralische Vorstellung, sondern durch Lecture Wallensteins eigentlich entstanden sein mag«.

Boehlendorff ist ab November 1800 in Bremen, wohnt Jakobistraße/Hasenpforte unterm Freunde Johann Friedrich Herbart, wird von Freund Smidt in Alles eingeführt: Bremen will Boehlendorff, Boehlendorff will Bremen und hält sich mit Rezensionen und historischen Vorlesungen — die Smidt als frischgebackener Senator nicht mehr halten kann — vor dreißig Frauen über Wasser, freut sich Wilmans' und Horns, dichtet fleißig, verliebt sich fleißig — alles ist angerichtet zum Fußfassen. Und doch wird das nicht. Etwas ist nicht so, wie es sein müßte, daß Boehlendorff nicht viel weinte und nach Berlin ginge. Und in Berlin ist er ab Mai 1802, und die Allgegenwart der Kalamität, die bis dahin nur in ihm lastete, wird äußerlich, und Boehlendorff reagiert und zeigt sich seelisch angeschlagen, »ein skelletirtes Blatt, woran noch hie und da Adern zu sehen«. Einzelne gedruckte Gedichte, einzelne gedruckte ablehnende Meinungen, einzelne Hofmeistereien und Italienischstunden, einzelne Fußmärsche im Liv- und Kurländischen: langsam wird Boehlendorff Gegenstand von Novellen (→ Friedrich de la Motte Fouque, ›Ixion‹) und rückt er in Lenznähe. Immer nebliger wird sein Geschick … er übersetzt noch den ersten Gesang der Aeneis, gießt Schillers ›Räuber‹ in Jamben und gibt sich dann Schrot in die Brust. 244/256

Boëthius (~475–524) Anicier und Philosoph, vom Arianer Theoderich hingerichtet. Selten, daß Mondkrater so günstig zu haben sind. 179/168

Böhme, Jakob (1575–1624) Schuster, Morgenröthler, Christo- und sonstiger Soph. Gemocht immerhin von Frankenberg und Tieck. 296/298; 306/309–310; 306/317–320; 306/326–327; 346/363; 361/381
Boie, Heinrich Christian (1744–1806). Voßschwager und Hainbündler. Gelungene Liebesbriefe. 42/52
Borchardt, Hermann (Hermann Joelsohn) (1888–1951) Solitäre Erscheinung, zersetzt von traurigem Denken und anzusiedeln mitten im Dreieck von Wahnsinn, Fatalismus und Katholizität. Literat. 234/239–242; 306/324
Bordeu, Théophile de (1722–1766) Enzyklopädist. 30/33
Borowoi II. (~1064–1124) Mal böhmischer Prätendent auf den Thron, mal Inhaber — immer aber gewaltbereit. 354/371
Bortnjanskyj, Dmytro Stepanowytsch (1751–1825) Friedrich Wilhelm III. war für vieles zu haben. Auch für die Musik dieses Ukrainers. 369/388
Bossuet, Jacques Bénigne (1627–1704) Bischof und Impro-Prediger. Redete aber auch von Kanzeln über Leichen und erzog Prinzen. Und schrieb Bände Weltgeschichte bis auf Karl den Großen. Nicht gut. 265/278
Bouguer, Pierre (1698–1758). Schlichtweg ein Sternen-, Erden- und Menschenheld. 88/97–99
Brahma Amt des Schöpfergottes. Der jeweilige Inhaber wird sehr alt und hat vier Arme und muß 36000mal schöpfen. In der kargen Freizeit (2160000 Jahre) büßt er, reist auf einer Gans und liest dabei in den Veden. 6/12; 8/13
Brandt, Rudolf (1909–1948) Doktor der Rechte, Stenotypist, Ministerialrat und Leiter des Ministerialbüros im Reichsinnenministerium. NSDAP-Mitgliedsnummer 1331536, SS-Nummer 129771, zuletzt im Range eines SS-Standartenführers. 70/78
Brant, Sebastian (1457/58–1521), Stadtschreiber in Straßburg. Seine Leistungen sind heutzutage nur noch zu vergleichen mit den Leistungen der Stadtschreiber von Otterndorf. Schrieb das ›Narrenschyff‹. 113/121; 126/133
Breasted, James Henry (1865–1935) Amerikanischer Professor für Ägyptologie. 240/249
Brecht, Bert (1898–1956) Gescheitert an der Hexametrisierung des ›Kommunistischen Manifests‹. Aber der Gute Wille zählt. 202/194–195; 234/239–241
Breitkopf, Bernhard Christoph (1695–1777) Trotz der einen Unterlassung (→ Gellert): sehr erfolgreiche Verlegersau. Teilweise sogar verdienstvoll (→ Bayle). 29/33; 265/282
Brentano, Clemens (1778–1842) Musterwirrer Romantiker. Pietist dann, eh er heimfand in den Schoß der Katholika und als verfinstert galt. Stenograph der Stigma-Nonne Emmerick. Antisemit. Natürlich nur in höherem Sinn. Unvoreingenommene Kenner sagen, in Brentanos Spätlyrik seien noch Schätze zu heben. Wollen aber ungenannt bleiben. Die Kenner. Auch sagen sie, die Satire ›Bogs der Uhrmacher‹, die Brentano 1807 mit dem immerkatholischen und nun auch in niedrigerem Sinne Antisemiten Joseph Görres geschrieben hat, gehöre auf jeden Nachttisch. 244/254–255
Brockes, Ludwig von (Bernhoff) (1768–1815) Landdrost, Wohngenosse und mehr von von Kleist. 33/36
Brousson, Jean-Jacques (1878–1958) Sekretär des gottgleichen France. 54/62
Bruno, Giordano (1548–1600) Welterweiterer. Jahrhundertflüchtling. Verbrannt. Hats nun auf seinem Mondkrater gut. 306/319
Brutus (85–42) Undankbarer Republikaner. 228/220
Buch, Max (1850–~1910) Arzt in einer udmurtischen Munitionsfabrik und Waffenschmiede. Der gleichnamige Mondkrater leider benannt nach dem Geologen Christian Leopold Freiherr von Buch. 42/51
Bücheler, Franz (1837–1908) Allseits verehrter Altphilologe. Arbeitete über die Claudius-Buchstaben. 13/16
Bueno, Ephraim Ezechiel (1599–1665) Arzt und Freund Menassehs. 306/311; 306/317
Buffon, Comte de (Georges Louis Leclerc) (1707–1788) Wegbereiter Darwins, Chef der botanischen Gärten zu Paris, weitete eine Inventur zu einer aufklärerischen Ungezogenheit, zur ›Histoire naturelle‹, nach Plinius der nächste Versuch, die Gesamtheit der Realien in ein Werk zu packen, näher in 44 Bände. In der Encyclopédie riß er die naturgeschichtlichen Stichworte an sich. Ging als erster weit über das von Bischof Usher errechnete Alter der

Cartland, Barbara (1901–2000) Je nun … stand auf jeden Fall mit irgendwas im Bunde. 344/357
Cassius Dio (155–~240) Senator, Konsul und pinseliger Verfasser einer römischen Geschichte, sentimental bezüglich Mark Aurels, ziemlich humorlos aber, was dessen Sohnemann betrifft. 154/149; 181/169
Castellanos, Juan de (1522–1607) Schrieb historische Poeme über die Indios, die mehr als 100 000 Verse lang waren. War ein spanischer Priester, der in Südamerika starb. 306/314
Celan, Paul (Anczel) (1920–1970) Lyriker. Jeder leider, der den Bogen einmal raus hat, wird dichten können wie er. War es diese Einsicht, die ihn zur schröcklichen Tat bestimmte? Oder war es eine unnötige Beigabe? → Hinter Büchern, Die Rilke-Bibliothek. Seine Fans aber werden zerstritten sein : unterstreicht, daß er hier nicht in die alphabetische Ordnung sich fügt, seine Ausnahmestellung oder soll das ihn schlechtmachen, wie man ihn so oft und vergeblich schon schlecht gemacht und des Plagiats bezichtigt hat? Weder noch. Einfach ein Versehen. 305/306
Celsius, Anders (1701–1744) Schwedischer Dichter, in dessen Nachlaß sich ein auf dem Sirius spielender Science-Fiction-Roman gefunden hat. Und Astronomieprofessor. 88/98; 93/109
Celtis, Conrad (Konrad Pickel) (1459–1508) Wurde entgegen seines Winzervaters Wunsch nicht Winzer, sondern Erzhumanist, trinkt gleichwohl aber viel. Großer Schmeichler, nicht nur weltlicher Personen, sondern küßt auch Innozenz' VIII. Pantoffel und weint über den baulichen Zustand Roms. Lobt anschließend schriftlich Kaiser Friedrich III. und wird dafür erhoben zum Doktor und Lorbeerkranzträger. Kennt eigentlich alle und jeden und überall. Lehrt überall allerlei und schreibt heftige Liebesgedichte. Wird 1494 Professor in Ingolstadt, reist aber lieber und entschuldigt sich bei seinen Hörern, er müsse nach Österreich. Zu einem Freund. Zur Weinlese. Dort aber muß er weg, als er erfährt, daß ein Bischof nach Ingolstadt kommen wird und bei ihm Quartier zu nehmen gedenkt. Spontan-Ode. Fälscht vor lauter Freude so manches von ihm entdeckte Dokument. Heißt es. Empfängt weiter Ehren über Ehren, unternimmt weiter Reise um Reise. 104/116; 354/373
Chamisso, Adelbert von (1781–1838) Vielfältiger Franzosenflüchtling und Page, Freimaurer, Reiser. Bebotanisierte Alaska. Prostat des botanischen Gartens Berlin. Bereitete mit Gustav Schwab Musenalmanache zu. Aber auch allein tätig : Macher von ›Peter Schlemihl‹ und anthologiereifer, volksverbundener Lyrik. Um gerecht zu sein : Chamisso reiste ja nicht umsonst um die Welt. Er hörte sehr genau hin und legte 1837 vor ›Über die hauwai'sche Sprache‹. 87/96
Chandler, Richard (1738–1810) Britischer Archäologe. 42/52
Chandra Mohan Jain (Rajneesh, Osho, Bhagwan) (1931–1990) Vogt hat schon recht : »Die Formel 1 der Spiritualität«. 45/53
Charles I. (1600–1649) Versah die Königspflichten nicht gut. Falsche Kleidung — hingerichtet. So einfach ist das manchmal. 228/217
Charlie, Bonnie Prince (1720–1788) Ein Stuart, im Exil geboren. Führte mit zwei Schiffen eine England-Invasion aus und trug auf seinen Fluchten gerne Frauenkleider. 228/220
Chassaneux, Barthélémy de (1480–1541) Französischer Rechtsgelehrter. 126/132
Choiseul-Gouffier, Marie-Gabriel-Florent-Auguste Comte de (1752–1817) Von Kindesbeinen an gequält von inbrünstiger Liebe zu den Altertümern eines idealen Griechenlands, auf denen die türkische Tyrannis lastet, angefeuert noch durch steten Kontakt mit Jean-Jacques Barthélemy : ein Wunder, daß der junge Snob Choiseul-Gouffier erst 1776 sich auf der Fregatte ›Atalante‹ nach Griechenland einschifft, beseelt davon, vor Ort die homerischen Schönheiten im Geiste und frei wiederauferstehen zu sehen. Und er ist nicht allein : Zeichner und Kupferstecher begleiten ihn auf den Peloponnes, die Kykladen und nach Kleinasien. 1780 publiziert er eine erste Frucht, den ersten Band der ›Reise des Grafen Choiseul-Gouffier durch Griechenland‹, und als er das 1782 auch als ›Voyage pittoresque de la Grèce‹ französisch tut, trägt ihm das nicht allein 1783 die Aufnahme in die Académie ein, sondern dank der darin enthaltenen klugen Betrachtung der Spannungen zwischen Hoher Pforte und russischem Imperium 1784 bis 1791 auch den Posten des französischen Gesandten in Konstantinopel — ihm nicht ungelegen, kann er von dort aus doch elegant, wenn auch von den Türken für die fortgesetzte Griechenliebe schief angesehen, seine Studien

Dietrich, Albert (1912-) Göttinger Arabistenprofessor und entschiedener Gegner der Rechtschreibreform. 178/168

Diokles von Karystos (4. Jahrhundert v. u. Z.) Empfahl, sich die Zähne nur mit dem Saft einer Minze zu putzen, die auch das lebertötende Gift Pulegon enthält. 178/167

Diokletian (~245–~313) Zügel in der Hand von 284–305. Dankte als einziger Caesar ab. Die Kopten zählen noch heut, da Diokletian die Preise einfror, ihr Jahr 1 ab Regierungsantritt Diokletian. 236/243

Dionysios Areopagita (Pseudo-Dionysios) (erste Hälfte 6. Jahrhundert) Immer wieder gern erwähnt. Wofür eigentlich? Dafür, daß Gott was Überseiendes ist? Langweilig und doof. Und eine Sammelidentität von namenlosen Frühmystikern. Weil es aber 1935 finsteren Kräften gelungen war, der Internationalen Astronomischen Union auf ihrer Tagung in Paris zu suggerieren, Dionysios Areopagita sei nicht bloß ausgedacht, sondern auch ein Paulus-Schüler und Heiliger und trotzdem Astronom, der auch gleich noch von 9 bis 120 gelebt habe : sogar mit Mondkrater — der einsame Außenseiter unter den Mondkratern. 229/231

Dionysios von Halikarnassos (~54–~8 n.u.Z.) Attizistischer Rhetor in Rom. 7 v. u. Z. haut er eine ›Römische Frühgeschichte‹ raus, in der er Rom zu einer griechischen Gründung erklärt und die augusteische Politik als Vollwuchs all der herrlichen Anlagen, die Rom — als griechische Gründung — von Anfang an gegeben waren. 147/145

Dioskurides (1. Jahrhundert) Legionsarzt unter Claudius und Nero, eifernder Freund der Pflanzen. 115/123; 159/151; 178/167–168; 181/169–170; 183/171; 252/266; 308/332

Dix, Otto (1891–1961) Expressionistenmaler und Innerer Emigrant. 234/239

Di Xin, Shòu (~1180–1122) Chinesischer Commodus. Von 1155 an letzter König der Shang-Dynastie, die es immer verstanden hatte, ihr Territorium durch üppige Schlachten zu erweitern. Roh, schnell, bös und stark. Gegen Ende seiner Regierung aber war er müd und gab sich Trunk und Weibe hin, schiß auf den Staat, gab Brutalo-Orgien und lauschte wüstestem Gesang. Wenn er überhaupt noch nachdachte, ob nun im Rausch oder verkatert, sann er allein auf niegesehne, niegespürte Foltern oder wie sonst seine verderbten und martergeilen Metzen zufriedenzustellen wären. Als sein weiser Onkel ihn dessenthalben rügte, riß er dem das Herze aus der Brust, denn da war seine Wißbegier aufgeflammt und er wollte nimmer leben, ohne daß er wüßte, wie eines Weisen Herz sich ausnimmt. Da kam die Armee der Zhous und Di Xin zündete seinen Palast an und tötete sich. 228/218

Domitian (51–96) Caesar. Wies nicht allein 93 alle Philosophen aus Italien aus, sondern : »Inter initia principatus cotidie secretum sibi horarum sumere solebat, nec quicquam amplius quam muscas captare ac stilo praeacuto configere; ut cuidam interroganti, essetne quis intus cum Caesare, non absurde responsum sit a Vibio Crispo, ne muscam quidem« — zog sich zu Beginn seines Principats täglich für Stunden zurück und unternahm nichts, als Fliegen zu fangen und an einem spitzen Griffel aufzuspießen, so daß, wenn wer fragte »Ist jemand beim Caesar?«, Vibius Crispus herzhaft antwortete »Nichtmal eine Fliege« (Sueton, Domitian 3,1). Ein eher bescheidener Mann. An Monaten beanspruchte er 86 nur den Oktober, den er ›Domitianus‹ nannte, weil er in einem Oktober geboren war, und den September, der für zehn Jahre der ›Germanicus war‹, weil Domitian doch im September die Regierungsgeschäfte übernommen und er doch mal über die Chatten triumphiert hatte. 154/149

Donati, Donna Gemma (~1275–~1330) Gattin Dantes. 215/205

Dorothea (290–305) Kühne Legendenbildner gestalten Dorotheas Vita dahingehend aus, daß Christe und Calliste nicht nur ihre Freundinnen, sondern ihre leiblichen Schwestern gewesen seien. 236/243–244

Dorothea von Montau (1347–1394) Vielgebärende Heilige. 235/242–243

Dreidoppel, David (~1790–~1845) Von Haus aus Pastorensohn und Jäger. In Süd- und Nordamerika aber Max zu Wied-Neuwieds ›Ausstopfer‹. Apportiert seinem Herrn manchmal selbsttätig vollzogene Beobachtungen aus der Tierwelt. 87/96

Drusus (38–9) Tiberiusbruder und Claudiusvater, starb an gebrochenem Bein. 228/222

Dumas, Alexandre (Fils) (1824–1895) Beliebt und Sohn. Viel mehr als die ›Kameliendame‹, obwohl so unendlich viel mehr vorläge, hat nicht überlebt. Und den Mondkrater, den teilt sein Vater nicht mit ihm. 37/41–42

Durán, Diego (1537–1588) Um Aztekenseelen bemühter Dominikaner. 306/315

Dürer, Albrecht (1471–1578) Erasmus-Freund und Kupferstecher. Schöpfer der unver-

Gordian aber doch dann zur Exekution abführen. Und setzte die auch kurz nur noch einmal aus. 154/149

Göring, Hermann (1893–1946) Reichsmarschall, Morphinist und Schloßbesitzer. 175/162

Gorsemann, Ernst (1886–1960) Morbider bremer Nazibildhauer. Entwarf im Weltkrieg I Soldatenfriedhöfe. Schuf danach frei herum, Rehe, Krieger- und Mutter-und-Kind-Sachen. Nationale Gesinnung nicht nachweisbar. Dennoch 1934 Berufung zum Professor an der Nordischen Kunsthochschule. Schuf weiter. Wisente, Reiterstandbilder für Gestolperte, Grabplatten für Erzbischöfe. Durfte nach 1945 nicht weiterlehren. Schuf aber weiter. Unter anderem einen Bären vor seinem Haus. Und den eigenen Grabstein. 359/378

Göschen, Georg Joachim (1752–1828) Bremengeborene Verlegersau. Ging sogar soweit, seinen Freund Seume, der ja eigentlich Besseres zu tun hatte, vom Wanderweg zu pflücken und in Korrektorfron zu zwingen. 244/256

Göte, Johann Wolfgang (1749–1832) Geheimer Legationsrat und Minister ohne Geschäftsbereich in Sachsen-Weimar, Intendant, Italienreisender, Sammler von Künsten, Steinen, Knochen, Kräutern. Auch eigene schriftstellerische Versuche. 6/12; 42/50; 54/62 ; 66/74–75 ; 87/96 ; 93/109 ; 190/181 ; 191/182–183 ; 229/234; 230/234–235 ; 231/235 ; 232/236–237; 233/238; 234/239; 244/255; 265/282; 336/351; 346/361–362; 349/365–367; 372/391

Göte, Ottilie von (1796–1872) Götes Schwiegertochter. Ihre Mutter aber war eine geborene Gräfin von Henckel-Donnersmarck. 349/365

Gott des Zufalls Wie jetzt — Hermes? Τύχη? 118/129

Gottsched, Johann Christoph (1700–1766) Vorreiter der deutschen Frühaufklärung. In toto natürlich sehr hinterherhinkend. 28/33 ; 29/33 ; 265/280; 265/282

Goujon, Jean (~1505–1567) Bildhauer und Hugenott. Schmückte den Louvre. 252/267

Graf, Oskar Maria (1894–1967). Anders als Paul Zech erhob Graf 12. Mai 1933 in der ›Wiener Arbeiterzeitung‹ mit dem offenen Brief ›Verbrennt mich!‹ die Stimme : »Vergebens frage ich mich, womit ich diese Schmach verdient habe. Das dritte Reich hat fast das ganze deutsche Schrifttum von Bedeutung ausgestoßen, hat sich losgesagt von der wirklichen deutschen Dichtung, hat die größte Zahl ihrer wesentlichsten Schriftsteller ins Exil gejagt ... Und die Vertreter dieses barbarischen Nationalismus, der mit Deutschsein nichts, aber auch schon gar nichts zu tun hat, unterstehen sich, mich als einen ihrer ›Geistigen‹ zu beanspruchen, mich auf ihre sogenannte weiße Liste zu setzen, die vor dem Weltgewissen nur eine schwarze Liste sein kann! Diese Unehre habe ich nicht verdient! Nach meinem ganzen Leben und nach meinem ganzen Schreiben habe ich das Recht, zu verlangen, daß meine Bücher der reinen Flamme des Scheiterhaufens überantwortet werden und nicht in die blutigen Hände und die verdorbenen Hirne der braunen Mordbanden gelangen!« — ein bedauerliches Versäumnis. Man läßt sich jedoch nicht lange bitten : eigens für Graf finden sich engagierte münchener Studenten zusammen und verbrennen unter dem Gejohle der Professorenschaft in der Aula der Universität nachträglich Grafs Werke. Auch die Ausbürgerung läßt nicht lang auf sich warten. 79/88

Gratian (359–383) War irgendwie gegen Arian im besonderen und Religionsfreiheit allgemein und machte die Catholica zur Staatskirche. Larve und Caesar des Ambrosius. 175/161–162

Gregor I. (~540–604) Anicier. Papst. Erfinder des Mittelalters.179/168

Gregor VII. (~1020–1085) Widerlegte König Heinrichs IV. Argument, ein König sei mehr als ein Papst, weil ein König sich Gott, ein Papst aber nur Kardinälen verdanke, mit mehrfachen Absetzungen Heinrichs und der Kreation von Gegenkönigen. Heinrich zog zwar Gegenpäpste aus dem Hut, wurde aber doch 1077 nach Canossa genötigt. Rom eroberte er sieben Jahre später dennoch und ließ sich zum Kaiser krönen, Gregor versteckte sich in der Engelsburg und konnte fliehen und trotzig im Exil sterben. Sagen wir : unentschieden. 229/230

Griechenmüller (Johann Ludwig Wilhelm Müller) (1794–1827) Freimaurer, Romantiker und Vater des herrlichen Indologen und Religionswissenschaftlers Max Müller. 194/183

Grimm, Friedrich Melchior Baron von (1723–1807) Diplomat und Enzyklopädist, Salonlöwe und schreibende Buschtrommel der Aufklärer. Bestückte die Arsenale Katharinas II. mit Kunst. Als er Paris 1792 verließ, trug ihm das wenigstens eine kleine Rente aus Mos-

Hitler, Adolf (1889–1945) Kunstmaler, Gefreiter, Buchautor, Reichskanzler. Dann ging es auf und ab. Prototyp der Nazisau. 56/63; 68/77; 79/88; 108/119; 213/201; 234/241; 239/247

Hitto (~880–935) Großer Bruder Wiboradas. Versteckte sich gern im Wald. Priester unter starkem Inzestverdacht. 350/368–370

Hoburg, Philipp (~1630–~1700) Nichtkopfschüttelnder Sohn Elias Praetorius'. Schrieb und druckte eine Vaterbiographie. 306/326

Hoffmann, Ernst Theodor Amadeus (1776–1822). Favorit Lammeks, der sich damit an die Spitze des Genusses setzt und ein Riese auf den Schultern eines Riesen ist. 207/198; 209/198; 210/198–200; 244/256–257

Hoffmann, Mischa (Maria Tekla Michalina Rohrer-Trzcińska) (1781–1859) Polnische Gattin E. T.A. Hoffmanns. Kritische Leserin seiner Tagebücher. 209/198; 210/199–200

Holbach, Paul Henri Thiry Baron d' (Paul Heinrich Dietrich von Holbach) (1723–1789) Zu seinem Ekel getauft. Enzyklopädist und Superheld der Religionskritik, lieblich-nüchtern, lieblich-verächtlich, wenn auch im Glanz erst postum. 276/288; 283/292

Hölderlin, Johann Christian Friedrich (1770–1843). Bibliothekar einer 16000 bändigen Bibliothek. Und Dichter. 33/36; 35/38; 42/49–52; 43/52; 44/52; 48/54; 49/55; 51/61; 52/61; 53/61–62; 81/92; 164/156; 165/157; 188/180; 195/185; 244/256–257; 245/257; 346/363–364; 371/389

Homer (796–714)

Holdester er, mit dem Falkenblick; starkhändig wußt er zu nehmen
Uns, die wir trieben mit ihm einst manch wüstes Gespiel — Und sein Brusthaar!
Flauschig! — Ja, kaum überboten! — O was für ein Spaß wars, in seiner
Hütte beim Weine zu lagern! — Die Götter schon waren besorgt, es
Könnte das Menschenlos zu wenig schwer zu ertragen sein, nun, da
Er seinen langen und lieblichen Maßstab den Völkern gesetzet!

Mondkratermann. 158/151; 265/279; 308/332

Horaz (65–8) Schlug sich nach Caesars Ableben auf die falsche Seite und mußte ab da dichten. Wurde zum Glück gut freund mit Maecenas. Und als der starb, da starb auch Horaz. 136/139; 147/146; 228/219; 309/332; 315/338

Horn, Gottlieb Friedrich Carl (1772–1844) Jurist. In Jena gemeinsam mit Isaac von Sinclair bei der ›Gesellschaft der freien Männer‹. Vielfacher Unterhändler der Stadt Bremen. Auf dem Rastatter Kongreß Wiederbegegnung mit Sinclair und Bekanntschaft mit dessen Begleiter Hölderlin, den er zu Jena knapp verpaßt hatte. Hölderlin am 28. November 1798 an Karl Gok: »Der eigentliche Gewinn, den mir bis jezt der hiesige Aufenthalt gegeben hat, sind einige junge Männer voll Geist und reinen Triebs: ... Horn ... ein ächtgebildeter Mensch, mit tiefem Gefühl und großem Interesse bei feiner Sitte und Jovialität, ein denkender Kopf bei richtigem Sinn für Schönheit und Kunst«. 1802 weitere Zusammenkunft von Horn und Hölderlin auf dem Reichsdeputiertentreffen in Regensburg — Horn eins vorgerückt, zum bremer Senator. 1813 versuchte Horn in Berlin, Sinclair zu sich nach Bremen zu ziehen. Beinah erfolgreich. Regensburger Briefe Horns an Johann Smidt sind russische Beutebriefe. Sie sollen, wie Horns rastatter Post an Smidt, viel über Sinclair und auch Hölderlin enthalten und sind augenblicks nicht nur völlig abhanden, sondern auch völlig unbekannt. 244/256

Hugo de Palma (Hugo de Balma de Dorche) (~1245–~1305) Schwer versteckter Kartäuser. Großer Antiintellektueller, dessen mystisches Traktat ›Viæ Sion lugent‹ (›Theologia mystica‹, ›De triplici via‹), wenig mehr als ein Extrakt aus Dionysius Areopagita, geschrieben zu haben im Laufe der Jahre für so ziemlich jeden anderen beansprucht worden war. Hugo beklagt den Geistesverfall seiner Zeit und überspringt das Elend, indem er gleich mystisch zu Gott zurückwill. Schlug dazu eine Reinigungs- und Erleuchtungstechnik vor, die geschickt Meditation über Gottes Güte und emsige Stoßgebete (Aspirationen) kombiniert. Dieser Technik könnten sich auch Nichtkartäuser bedienen. Nützlich und gut zu lesen. 306/325

Hülsen, Johann Dietrich von (1693–1767) Militär von altem Schrot und Korn. Saß 1760 noch, da ererbte Wunden seine Mobilität gemindert hatten, er eh vor Altersschwäche nicht mehr auf zwei Beinen stehen konnte und seine Pferde all ihm unterm Leib erlegt schon waren, einer Kanone auf und ließ sich in den Pulverdampf der Schlacht schieben. 265/283

Humboldt, Alexander von (1769–1859) Georg Forster als Idol — mit dem zusammen er 1790 auf Tour war — : das mußte ja was werden. Und mündete in ›Kosmos‹ und im Besitz eines Mondkraters. 6/12; 42/51; 87/96; 346/362

Humboldt, Wilhelm von (1767–1835) Wenn allerdings Alexander sich weniger für Mineralien und Vulkanismus und noch mehr für Sprachen und Staat interessiert hätte, wäre er wie sein Bruder gewesen und hätte auch einen Mondkrater gehabt. 6/12–13

Huelsenbeck, Richard (1892–1974) Kriegte grad noch die Kurve und gab den Dadaismus auf. Wurde Psychoanalytiker. Guter Mann. 234/239

Iarkhas (1. Jahrhundert) Indischer Weiser. Konnte bis 5 zählen und dann eingeschlafen sein. Oder zumindest so tun. 152/148

Icilius, Major Quintus (Karl Theophil Guichard) (1724–1775) Hugenott. Studierte in Halle mit Winckelmann und träumte davon, in Leiden Orientalist zu sein, endete aber als Büchernarr und gelehrter Sandsack Friedrichs. Ausführlich in Hinter Büchern, Die Rilke-Bibliothek. 265/277–279

Indra Vorbild Himmlers. 228/221–222

Inkermann, Otto Julius (1823–1862) Dichter. Ruhte auf seinen Lorbeeren nicht aus, sondern versuchte auch, unter dem Namen ›C. O. Sternau‹ den Olymp zu stürmen. Wer kann, der kann, gleich unter welchem Namen. 80/90

Innozenz II. (~1090–1143) Bernhard-Günstling. Ignorierte die Mehrheit der Kardinäle und hielt sich für ›Papst‹. Ignorierte auch, daß man ihn ins Exil trieb. Und behielt recht. Saß alle Schismatiker und Usurpatoren aus und wartete gottselig, bis alles brav ihm sich unterworfen hatte. 229/226–230

Innozenz XI. (1611–1689) Rührig sparsamer und gläubiger Papst. 228/224

Iselin, Ludwig Emil (1861–1925) Pfaff. 228/223

Isidor von Sevilla (560–636) Heiliger, das ganze Mittelalter überstrahlender Erzbischof von bestbezeugtestem, vielst- und frühstübersetztem Schaffen. Starb nur, weil Gott direkt von ihm belehrt werden wollte. Oder die Menschen sein ausgeprägtes Wissen nicht mehr ertrugen. Überall richtete Isidor asketische Fachbibliotheken ein und legte Zeugnis davon ab, daß nichts ihm fremd war, ob nun Natur, Grammatik, Weltgeschichte, Biographien oder gar Theologie : zu allem schrieb er Enzyklopädien, die 630 in einer Generalenzyklopädie gipfelten, der ›Etymologiarum sive originum libri XX‹, eine Sammlung von Allem, die vor Eklipsen, Tag und Nacht und Erdbeben und überhaupt gar nichts halt macht und sogar streng das Theaterspielen verurteilt. Ja, nicht schlecht : die Beobachtung der feinsprießenden etymologischen Sprachästelungen ist für Isidor der Erkenntnisweg. Und auch nicht schlecht, wie Isidor so zu seinen Mitmenschen war : nie bekehrte er zwangsweise einen Heiden oder Juden, und stets akzeptierte er, daß ein Klostersklave, der die grobe Arbeit verrichtet — denn irgendeinen Vorteil muß ein Mönchdasein ja haben, sonst wär ja niemand mehr Mönch —, einen Anspruch auf Fütterung erwirkt hat, und so waren es denn unter allen auch die Klostersklaven, die sich am stärksten stark dafür machten, diesen Mann zum Mondkrater zu erheben. Und zum Kirchenlehrer. Nicht verwandt mit dem Pseudo-Isidor. 306/323

Isidoros von Charax (30–30) Griechisch schreibender parthischer Geodät. Arbeitete zudem über Perlenfischerei und langlebige Könige. 154/149

Israel, Menasseh ben (Manoel Dias Soeïro) (1604–1657) Trotzdem er auch Verleger war : keine Verlegersau. Im Gegenteil, unbestreitbar : die Leuchte des Judentums. 306/310–317

Isserles, Moshe (1520–1572) Polnischer Megarabbi. 57/65

Itzenplitz, August Friedrich von (1693–1759) Generalmajor. Hinterließ Siege, Güter, Witwe und Tochter — welche drei letzteren sich Wöllner aneignete. 223/208

Jacobi, Friedrich Heinrich (1743–1819) Dichter und Philosoph. Wenn man so will. Dazu nun wirklich erschöpfend Hinter Büchern, Der Jacobi-Nachlaß. 66/74; 251/261

Jacobowski, Ludwig (1868–1900) Jude und Chef des ›Vereins zur Abwehr des Antisemitismus‹. Inspirierte seinen Freund Rudolf Steiner zu dessen Rassentheorien mit den Versen : »Mein Spiegel gibt mir trübe Kunde! / Er redet mir nicht nach dem Munde / Ein Affe halb und halb ein Faun / So ist mein Antlitz anzuschaun / Vom Neger habe ich Stirn und Haare /

Jude, ewiger (Ahasver) Stachelte um 30 seine Genossen zum ›Kreuziget ihn‹-Geschrei an und ließ sich beinah 1641 von Frankenberg sehn. 306/319

Julia Domna (~170–217) Kaiserin und Kaisermutter. Frühe Salonbetreiberin. 119/130; 157/150

Julius II. (1443–1513) Kunstfreund, ›Blutsäufer‹, Schöpfer der Schweizergarde. Papst. 252/264

Julius III. (Giocchio del Monte, Giovanni Maria) (1487–1555) Entlas 1545, als er noch Kardinal war und einen Affen als Haustier hielt, in Padua einen 12jährigen Knaben der Gosse, erhob ihn zum Affenwärter und hatte viel Freude an den beiden Analphabeten. 1550 dann zum Papst gekürt, trat Julius III. allen Anwürfen, er betreibe Nepotismus, entgegen, indem er stolz auf seinen Tierpfleger verwies, jede neffliche Beziehung zu ihm bestritt und ihn zum Kardinal und Staatssekretär beförderte und zum Reichsten päppelte landauf landab. Dann aber starb Julius III. und ein großer Schmerz kam über den verwaisten Affenwärter-Kardinal, der mittlerweile Innocenzo Giocchio del Monte hieß, ein Schmerz so groß, daß Innocenzo während der Sedisvakanz ein Herumtöten begann. Zum Glück aber blieben alle Vergehen, die in einer papstlosen Zeit begangen wurden, traditionell straffrei: ursprünglich ein Arrangement, das Papstkandidaten vor Zivilfolgen ihrer Wahlkampagnen schützen sollte, offiziell ein Chapeau, daß die Welt für einen Moment ohne höchsten irdischen Richter auskommen muß — von der Plebs aber in karnevalistischer Verkehrung als Phase kurzen Durchatmens, in der das Joch des Papismus fortgenommen ist, gefeiert. Innocenzo also wurde nicht belangt. Aber auch, als Julius-Nachfolger Pius IV. dann im Sattel saß, schlug der Kardinal um sich — wurde in die Engelsburg gesperrt, in die Verbannung geschickt, wieder Engelsburg, Klosterhaft dann — nichts half, Prostituierte und Gewalt blieben sein Hobby bis zuletzt, 1577. Einzig erreichte man bei ihm, daß er nie wieder an einer Papstwahl teilnahm. 252/265; 306/323

Jung, Franz (1888–1963) Schriftsteller, bewaffneter Kämpfer und Deserteur. Hervorragende, vielfältige Begabung. Kaperte ein Schiff, um in Rußland mit Lenin zu sprechen. Daß der gemeine Stuttgarter Jungs Beerdigung in seinem Boden litt, stellt eine enorme Unaufmerksamkeit dar. Man sollte ihm vielleicht sagen, daß da ein Feind liegt. Immer noch polizeilich gesucht. 79/88

Jung, Johann Heinrich (Jung-Stilling) (1740–1817) Zunächst Bauer, Grundschullehrer und Pietist, dann auch noch Monarchist, Okkultist, Okulist, Professor und Spucknapf der Musen. Schon nach vier Semestern Medizin mauserte er sich zum Staroperationsstar. Gott fand er so wichtig, wie sonst nur sich selbst: »Merkt auf, Ihr Himmel, hör Du Erde! / Des Donners Brüllen schweige still! / Damit mein Lied verstanden werde / Das ich dem Herrn jetzt singen will«. Forderte von Gott Geld und dankte diesem, wenn Leute ihm was gaben. Und starb ihm eine Gattin, jubelte er himmelwärts, Gott habe den Weg freigeräumt für eine neue. Nebenher machte er aufklärungsfeindliche Romane, Lehrbücher, Geisterkunde, Pietistenkram. Seine Autobiographie geriet ihm zwar wesentlich schwächer als die von Moritz, verkaufte sich dafür aber besser und war konservativ, devot und göttlichfügungsvoll. 336/351

Kalb, Charlotte von (1761–1843) Titanide, Schriftstellerin, irgendeinen Großen, heiße er nun Schiller, heiße er Jean Paul, Geheiratet-haben-Wollende, die aber dann nur einen Major, der sich denn auch 1806 noch erschoß (wie 1825 auch ihr 1793 geborener Sohn) abbekam. Stellte auf Empfehlung Schillers 1794 in Waltershausen ihr 10jähriges, manustrupirendes Söhnchen Fritz († 1852 an Rückenmarkschwund) dem völlig überforderten Magister Hölderlin als Hausschüler zur Verfügung. Ließ Spätherbst 1805 Isaac von Sinclair und dessen Mutter bei sich in Berlin wohnen. Vernichtete alle Briefe Hölderlins. Trägerin des ›Wilhelmine-Kirms-Geheimnisses‹. 165/157

Kalidasa (ganz schwer zu singen: vielleicht irgendwann um 400) Stückeschreiber. 42/50

Kalixt II. (~1060–1124) Papst. Völlig unbedeutend. Verdammte ein paar Fürsten und Gegenpäpste und sprach hier und da wen heilig. Das wars. 228/224

Kallimachos (~300–~250) Stieg auf vom Vorstadtlehrer zum Hofpoeten Ptolemaios' II. und Direktor der Bibliothek von Alexandria, als solcher er ein umfängliches Verzeichnis der vorhandenen Schriften anlegte. Befand sich in seinen ›Aitia‹ in einem ganz kunstvoll-entzückenden Dialog mit den Musen. Viele Kleinigkeiten sind erhalten — größeres wär auch schwer möglich, stammt von Kallimachos doch das Diktum μέγα βιβλίον μέγα κακόν, ein großes Buch ist ein großes Übel. 181/169

Kammermeister, Sebastian (1446–1503) Nürnberger Patrizier und Geldsack. 106/116

Kant, Immanuel (1724–1804) Denker. Kam wenig rum. Dachte noch nicht ganz so viel wie dann Hegel. Daß er doch ein wenig rumkommt und unter besonderer Berücksichtigung seiner ›Allgemeinen Naturgeschichte und Theorie des Himmels‹ wenigstens ein Mondkrater. 223/210

Kaphengst, Christian Ludwig von (1749–1796) Günstling. 175/161–162

Karczewska, Irma (1890–1933) Kindweib. 216/205

Karl V. (1500–1558) Kaiser. Dankte 1556 ab. Zog sich entgegen der landläufigen Meinung nicht in das Hieronymiten-Kloster Gernimo de Yuste zurück, sondern in seine gleich nebenan gelegene Villa. Von schwachem Deutsch. »Ich spreche Spanisch zu Gott, Italienisch zu den Frauen, Französisch zu den Männern und Deutsch zu meinem Pferd«. 306/311

Karl XII. (1682–1718) Schwedenkönig. Kaltblütig, schwul und schachbegeistert. Steht stolz in Sachsen, jagt von dort Zar Peter in die Ukraine, biegt aber falsch ab und flieht unter zehntausender Schweden Tod 1709 mit wenigen Getreuen und auf einem Fuhrwerk in die Türkei. Dort wird er halb gelitten und halb in Haft gehalten. Die fünf Jahre, die er auf jeden Fall festsitzt, vertreibt er sich vielfältig, nicht nur mit unbestimmtem Warten, daß eine neue Armee sich ihm erstampfe, nicht nur mit ohnmächtigen Intrigen, die das osmanische Reich in seinen Krieg gegen Rußland hineinziehen sollen, nein : er liest Racine und Corneille und — spielt Schach mit seinem Schatzmeister Christian Albert Grothusen.

Voltaire bezeugt das. Voltaire, der 1730 versucht, seine ›Histoire de Charles XII.‹ (1733 ›Leben Karls XII., Königs von Schweden‹, Stockholm [Danzig]) auf der Seine nach Paris zu schleusen, doch kläglich scheitert. Voltaire aber berichtet in der ›Histoire‹, obschon er vorgibt, Beteiligte befragt zu haben, völlig unzutreffend : »Pour tout amusement il jouait quelquefois aux échecs : si les petites choses peignent les hommes, il est permis de rapporter qu'il faisait toujours marcher le roi à ce jeu ; il s'en servait plus que des autres pièces, et par là il perdait toutes les parties« — »Sein ganzes Vergnügen war beizeiten eine Partie Schach : und wenn Kleinigkeiten von einem Menschen ein Bild geben können, so mag erwähnt werden, daß er in diesem Spiel stets den König nach vorn schob ; er benutzte ihn mehr als die anderen Figuren und verlor daher jede Partie«.

Mit dem schachlichen Können Karls aber verhielt es sich völlig abweichend. Einmal nämlich — 1713, die Muslime lagen nun tatsächlich im Krieg mit Rußland, beschossen aber genauso tatsächlich die internierten Karl und Grothusen, die sich verschanzt hatten, sich verschärfter türkischer Zudringlichkeiten zu entziehen — erreichte Karl als Führer der weißen Steine die Stellung Weiß g2, h2, Se1, Kf5, Tg7 / Schwarz g3, h6, Lf2, Kh5 und war am Zug und flötete »Matt in Drei«. Da kam ein Querschläger geflogen und riß den weißen Springer vom Brett. Grothusen sprang zurück, Karl jedoch blieb ruhig, vertiefte sich erneut und kurz und lächelte dann : »Niedlich. Niemand braucht diesen Springer. Den schenk ich Ihnen. Matt in vier Zügen !« Da pfiff eine weitere Kugel quer und nahm ihm auch den Bauern h2 und veranlaßte Karl, sorglos zu sagen : »Grothusen, Sie stehen mit unseren guten Freunden, den Türken, im Bunde. Kaum anzunehmen, daß ich mich gegen solch seltsame Mächte werde beweisen können, aber lassen Sie mich sehen, ob ich den unglücklichen Bauern nicht entbehren kann … — mit größtem Vergnügen teile ich Ihnen mit : ohne Zweifel Matt in Fünf« — aber erst der baltische Schachmeister Friedrich Amelung fand um 1900 heraus, daß auch, wenn das erste türkische Geschoß den Turm statt des Springers getroffen hätte, Karl immer noch ein Mattweg geblieben wär. 266/284

Katharina II. (Prinzessin Sophie Auguste Friederike von Anhalt-Zerbst-Dornburg) (1719–1796) Putschistin, Zarin, aus apreußischer Gesinnung rivalisierende Freundin von Aufklärern. Fand Ovids Grab. Verschärfte die Leibeigenschaften, sexuell tollwütig. 42/52 ; 175/161

Katte, Hans Hermann von (1704–1730) Smarter Generalfeldmarschallssohn. Er selbst brachte es in Preußens Armee nur bis zum Leutnant. Hatte aber auch bestimmte Gründe (→ Urning). 96/110 ; 268/285

Keller, Conrad (1848–1930) Zoolog, Prof. Dr. 228/217

vollzieht die Neubesiedlung der Welt seit Noah und stellt fest: Ham ging nach Persien, hieß dort Zoroaster und dehnte sein Reich bis zur Mongolei, von dort aus er im Jahr 300 nach der Sintflut eben auch China noch mitnahm. Sowieso durchdenkt Kircher die Sintflut technisch (→ reich bebildert ›Arca Noë‹, Amsterdam 1675) — bespöttelt aber den Plan der Turmbauer zu Babel. Einen solchen Turm weist er (→ reich bebildert ›Turris Babel‹ Amsterdam 1679) als architektonische Unmöglichkeit nach. Er weist auch anderes nach, und wie das meiste, das er tut, als erster. Etwa okuliert Kircher als erster die ›kleinen Wesen‹, die die Pest verbreiten. Das sind zwar Blutkörperchen, die er da sieht, er meint aber trotzdem, die Bakterie entdeckt zu haben, und entwickelt eine Therapie gegen sie. Die schlägt dann auch gleich gut an. Und als Kircher eines Tages eine Meinung über Musik hat, muß die sofort in ein Buch und Notenbeispiele dazu zu seiner Meinung. Und wo so ein Buch da ist, dann auch gleich eins zum Orgelbau. Und eins zum Vogelgesang. Und eins darüber, daß das Ohr eines Tieres anders aussieht als das eines Menschen. Und ... aber da stirbt Kircher und wird sein Herz begraben an dem Ort, den er schon 1661 ausgegraben hatte, den Ort, an dem Konstantin der berühmte Jesus erschienen war. Und dann kamen die Neider, Descartes etwa. Descartes sagte, Kircher sei »mehr Quacksalber als Gelehrter«. Das sagte er aber nur, weil er selbst nicht genug mit eigenen Büchern verdiente, Kircher aber sehr gut von den Einkünften aus seinen Kircher-Büchern und dem Kircher-Museum hat leben können. 306/325

Kleist, Ewald Christian von (1715–1759) Auf deutschem Niveau nicht unbedeutender Aphoristiker, der die größte Wollust im bloßen Aufhören des Schmerzes sah. Nannte Wasser ›Froschgetränck‹. Konnte in Hexametern dichten und wär vielleicht noch zu retten gewesen, wäre sein behandelnder Arzt nicht während des Behandelns erschossen worden. Kleists Epitaph aber geht nicht auf Kleist zurück: »Für Friedrich kämpfend sank er nieder / So wollte es sein Heldengeist / Unsterblich groß durch seine Lieder / Der Menschenfreund, der weise Kleist«. 265/283

Kleist, Heinrich von (Klingstedt) (1777–1811) Eduard von Bülow: »In diesem Augenblicke kommt mir auch noch die unverbürgte Nachricht zu, man habe nach Kleists Tode neben seinem und Henriettens Leichnam ein Exemplar von Novalis Schriften vorgefunden, in welchem die Hymnen an die Nacht, als ihre unmittelbare Lektüre vor der That, aufgeschlagen gewesen seien«. 33/36

Kleopatra VII. (~70–30) Pharaonin. Kredenzte der Welt Stoffe für Liebestragödien und etliche Monumental- sowie Pornofilme. Ließ sich von einer Schlange beißen. 315/338

Knoll, Konrad von (1829–1899) Schlug auf Steine ein. Machte auch Ludwige, Wilhelme und Heinriche. 346/363

Knorr von Rosenroth, Christian (1636–1689) Evangeler Theosoph und Gelegenheitsdichter, der als schlesischer Pastorensohn in Leipzig erstmal die ganze Palette studiert, aber 1660 lustig zur antiken Numismatik abschließt und dann genauso lustig in die verdienten Ferien und Umlande reist und in den Niederlanden endgültig mit allem infiziert wird, was im Quirl der Esoterik so schleudert. Folgerichtig Bekanntschaft auch mit Franciscus Mercurius van Helmont, Berater des frisch katholischen Pfalzgrafen Christian August zu Sulzbach. Helmont schreibt Knorr die Ernennung zum sulzbacher Hofrat, Knorr schreibt Helmont eine Vorrede zu dessen ›Natur-Alphabet der Heiligen Sprache‹. Und bis Knorr 1668 den Job antreten kann, übersetzt er ein bißchen Boethius. In Sulzbach dann ists prima. Sogar darf Knorr dem Hof zu Geburtstagen Gedichtetes vorlegen und abends soviel Theo- und Pansophisches treiben und Kabbala machen, wie er will. Das aber ist keine Vergünstigung, sondern praktisch jeder Sulzbacher probiert sich am Ergolden. Knorr jedoch hat ein Spezialgebiet, er will nachweisen, daß Kabbala urchristlich ist. Dazu geht er jesusmystisch in sich und legt dann von 1677 bis 1684 in vier Bänden, gedruckt in der hofeigenen spiritualistischen Fachdruckerei, die Frucht ›Kabbala denudata seu doctrina Hebraeorum transcendenta his et metaphysica atque theologica‹ [ganzer Titel viel viel länger, unausschreibbar lang geradezu] vor. Sogar Leibniz schaut 1688 mal vorbei. Dem zeigt Knorr das Manuskript ›Messias puer‹ (→ Beutemanuskript), in dem alles zu Jesu Kindheit Erschaute steht. Nach Knorrs baldigem Tod versuchen die Pietisten, sich darum zu streiten, ihn zu den Ihren zu zählen, denn die sagen sich, einer der so mystisch und innig der Jesusschau verpflichtet war, das muß einer der Ihren gewesen sein, zumal Knorr nie katholisch geworden war. Aber richtig zu streiten ist gar nichts, denn niemand sonst will Knorr haben. 223/208

Herford 1672, Bremen nur zwei Tage und endlich ereilte ihn der Tod in Altona. Labadies schönste Einzelleistung aber: er gewann die überaus begabte Anna Maria von Schürmann für sich und verheizte damit ein vermutlich Jahrhunderttalent.

Tersteegen liebte Labadie. Wohl weniger für den immerhin lustigen Titel ›Der verschmitzte Welt-Mann und scheinheilige Tyranne in Engelland Olivier Cromwel nebenst zween seiner geheimesten Räthe und Creaturen Hugo Petersen und John Locken‹ — sondern eher für das, was er dann 1727 auch übersetzt hat: ›Hand-Büchlein der wahren Gottseligkeit, begreiffend Unterschiedliche Gottselige Pflichten und Grund-Regulen des wahren Christenthums / Von einem Protestantischen Prediger zum gemeinsamen Gebrauch seiner Gemeine, vorlängst in Frantzösischer Sprache beschrieben; Anjetzo aufs Neue verteutschet [von G. Tersteegen], Und mit unterschiedlichen Versen ... dieses Autoris vermehret; Wobey noch komt Ein geistreicher Liebes-Gesang In Latinischer Sprache aufgestellet von dem Gottseligen und Gelehrten Franciscus Rons; Samt einer Vorrede von dem Wesen und Nutzen der wahren Gottseligkeit‹. 369/387

La Fontaine, Jean de (1621–1695) Hundert Jahre vor Gellert schon so viel mehr! Erst gegen zwei Jahre vor seinem Ende tut La Fontaine, was Gellert in voller Blüte getan hat: wird krank und fromm und distanziert sich öffentlich von seinen erotisierenden Contes. 81/92; 265/277–281

Lagrange, Joseph-Louis (1736–1813) Italiener. Stieß erst mit 17 auf die Möglichkeiten der Mathematik und sog sich in Jahresfrist selbsttätig bis zum aktuellen Stand der Rechenkunst voll, so daß ihm mit 19 ein Lehrstuhl in Turin nicht mehr verweigert werden konnte. 1766 als Euler-Nachfolger in Berlin, 1786, mit Friedrichs Tod, nach Paris. Dort spielte Lagrange so schön mit Zahlen, daß er, anders als etwa Grimm, 1792 einen Dispens erhielt und trotz seines Ausländer-Status Frankreich nicht verlassen mußte. Selbstverständlich mit Mondkrater. 18/21

Landa, Diego de (1524–1579) Schlächter und Bischof der Maya. Vollkommen wahnsinnige Entzifferung der Maya-Schrift. Von Narren dafür gepriesen, daß er es überhaupt versucht hat. Alles dazu Hinter Büchern, Die Kampflesben. 306/314

Landsperg, Herrad von (1125–1195) Süßliche Klosterchefin. 228/222–223

Langsdorff, Georg Heinrich Freiherr von (1774–1852) Als Arzt 1801 bei den portugiesischen Truppen, die sich dem 18tägigen Feldzug der napoleonverbündeten Spanier vergebens entgegenwarfen. Danach Weltreisender und -forscher, der über den kamtschatkischen Fliegenschwamm arbeitete. Dazu Hinter Büchern, Die Kampflesben. 86/95–96

Laktanz (~250–~325) Apologet. 137/140

Lasker-Schüler, Else (1869–1945) Wesenhaft nichts als Zechfreundin. Und als solche auch Lyrikerin. 213/201

Laurentius (~215–258) Heiliger. Patron der Mittellosen, Bibliothekare, Glasbläser und Rostmacher, anzurufen bei Brand, Fieber, Hexenschuß und Rost. Unter Valerian gräßlich auf einem Rost geröstet, soll er noch gescherzt haben. Sein Attribut aber ist ein Rost. 229/230

LeGuin, Ursula (1929–) Hochgeschätzte, wohl ungenießbare Fantasy-Autorin. 40/44

Leibniz, Georg Wilhelm (1646–1716) Frühreif, dann Monadentheoretiker und Entdecker der besten aller möglichen Welten. Trotzdem ein ins Halbvernünftige verkehrter Kircher. Da gebührt auch ihm ein Mondkrater. 146/144; 177/164

Lenau, Nikolaus (Nikolaus Franz Niembsch, ab 1820 Edler von Strehlenau) (1802–1850) Dichter mit abgebrochener Promotion. Letzter seines Geschlechts. Glücksgegner. Dann progressiver Paralytiker. Betrauerte den Tod Gottes und bedauerte sein eigenes Grab darum, daß es so traurig klaffend leerstehen mußte, bis er endlich käme. Jemanden, der Lerchen als Singraketen bezeichnete, darf man nie verachten. Auch wenn er im Kindesalter sein Sondervergnügen darin gefunden haben soll, Truthühnern eigenhändig die Köpfe abzuschlagen. 48/54

Leo X. (1475–1521) Papst. Gebrochen, seit sein Hanno nicht mehr war. 252/263–264

Leopold (1614–1662) Erzherzog und Kaisersohn. Statthalter da, wo man nicht gern war: Spanisch-Niederlande. 306/312

Leopold I. von Anhalt-Dessau (1693–1747) Haudegen. 96/110; 97/110–111

Léry, Jean de (1534–1613) Burgunder und Hugenott, der 1556, eine Calvinistenzuflucht zu gründen, mit 13 calvinistischen Studis nach Südamerika geschickt wird. Er kommt sogar dort an, wird aber vor Ort derart in der Katholiken Lust an Unterdrückung verwickelt, daß er für acht Monate zu den Tupinamba-Kannibalen flieht, eh er 1558 den Weg zurück nach Europa findet. Er lebt in Genf und wagt sich nur manchmal hinüber nach Frankreich. Erst als dort die calvinistischen Missionsversuche herb denunziert werden, wirft er 1578 seinen Erlebnisbericht ›Histoire d'un voyage fait en la terre du Brésil 1557‹ (deutsch 1593 als ›Schiffart in Brasilien in America‹ und 1977 ›Unter Menschenfressern am Amazonas‹) in die Öffentlichkeit und weist nach, daß gegenüber dem Gebaren der französischen Katholiken Religion, Kultur und Sitte der Tupinamba allemal vorzuziehen seien. 87/96

Lespinasse, Julie de (1732–1776) Blatternarbige Muse. 30/33

Lessing, Gotthold Ephraim (1729–1781) Studienabbrecher (Theologie), Bibliothekar und Anti-Gottschedianer, der Shakespeare nach Deutschland holte. Ein Mann, gegen den keine Opposition sinnvoll denkbar ist. 175/162; 265/283

Leuchtenburg, Kunigunde von (1305–1385) Äbtissin und Wiedergängerin. 228/220

Levi, Aron (Antonio de Montezinos) (1604–1644) Marane. Traf in Südamerika als erster Europäer persönlich auf Angehörige der verlorenen Stämme. 306/313–314; 306/319–320

Leviathan Großer Fisch. 128/135

Lichtenberg, Georg Christoph (1742–1799) Zwerg und göttinger Professor für Mathematik, Physik und Astronomie. Satirischer Kopf, der Liebe abzwäng, hätt man sie nicht freiwillig. Insofern : Gott. Wie einige ihn sich träumen. Mit Mondkrater. 126/132; 336/351

Lilith O je. Die Dame ist ein ganz eigenes Thema. 306/312

Lindemann, Carl Louis Ferdinand von (1852–1939) Hannoveraner Löser eines Menschheitsrätsels und Hundebesitzer. 18/21

Linné, Carl von (1707–1778) Der der Botanik vorgesetzte Beamte. Prüfte alles Seiende und veranlagte es. Muß es auch geben. 115/123; 146/144; 170/158; 177/164

Liu Asiatisches Völkchen mit guten Geschenkideen. 228/218

Livius (59–17 n.u.Z.) Claudiuslehrer und Verfasser des zu dreiviertel verlorenen Werkes ›Ab urbe condita libri CXLII‹. Vierzig Jahre saß er dran, und herrlicher Lohn wurde ihm : die Vorläufer waren vergessen, die Nachfolger erstickt. 228/219

Lorber, Jakob (1800–1864) Wie Jesus Johannes 16,12 schon sagte : »Ich habe euch noch viel zu sagen, doch ihr könnt es jetzt noch nicht ertragen, geduldet euch, bis Lorber kommt«. Richtig. Und länger noch, bis Hinter Büchern, Der Jacobi-Nachlaß. 306/317

Louis II. (›Le grand Condé‹) (1621–1686) Intriganter Rüpel und Frondeur. Aber auch Mäzen Molières. 306/313

Louis VII. (1120–1180) König. 229/233

Louis XIV. (1638–1715) König. 265/278; 265/281 ; 306/320

Louis XV. (1710–1774) König. 258/271

Louis XVI. (1754–1793) König. 228/220

Louis Ferdinand von Preussen (Preußischer Apoll) (1772–1806) Auf Befehl Friedrichs II. (»Mach Er mir Neffen!«) illegitim gezeugt, war Louis Ferdinand stets champagnertrunken und musisch und sonst begabt. Militärisch nicht so, denn er ließ sich von Franzosen töten. Gegenstand von Legenden und Fontanegedichten : »Sechs Fuß hoch aufgeschossen / Ein Kriegsgott anzuschaun / Der Liebling der Genossen / Der Abgott schöner Fraun / Blauäugig, blond, verwegen / Und in der jungen Hand / Den alten Preußendegen — / Prinz Louis Ferdinand«. 228/220

Louis-Philippe I. (›Roi Bourgeois‹) (1773–1850) Ein Jakobiner mit ganz viel Geduld. 228/220

Löwenstein-Wertheim-Freudenberg, Prinz Hubertus zu (1906–1984) Staatswissenschaftler und Publizist, der 1931 über ›Umrisse und Idee des faschistischen Staates und ihre Verwirklichung‹ promovierte. 1933 Emigration, Ausbürgerung und 1936 Gründung der ›Deutschen Akademie der Wissenschaften im Exil‹. Ab 1937 Gastprofessuren in den USA, von dort aus er Hilfswerke für Emigranten auf die Beine stellte. 1946 in Bremen wieder eingebürgert. Er, hüstel, saß dann noch für die FDP im Bundestag und rief die langlebige ›Deutsche Aktion für die Freigabe Helgolands und des Saarlandes‹ ins Leben. Ging dann aber zur CDU und starb da. 213/203

Lowry, Malcolm (1909–1957) Schriftsteller, Alkoholist, Suizidant, der binnen zehner Jahre einen hervorragenden Roman zu komponieren verstand, um sich dann aber zu verfransen. Wo soll z. B. einer wie Keller all das viele Wohlwollen und die Zeit hernehmen, deren es bedürfte, diesem Mann gerecht werden zu können? Keller muß schließlich Bücher verkaufen. 2/10

Loyola, Ignatius von (1491–1556) Heilig. Gründer der Waffen-SS des Papstes, eines Ordens mit Auswüchsen ins allerdings wirklich Großartige. 306/322; 306/324

Lucius II. (~1090–1145) Ah, dumm gelaufen. Tauschte das ruhige Amt des Bibliothekars gegen das eines Papstes von nicht mal einem Jahr Pontifikat. Und das Jahr auch noch machten die Römer Republik. Lucius zog mit einer Miniarmee dagegen an und starb an einem Steinwurf. Einer wohl der unglücklichsten Päpste überhaupt. 229/232

Luise Elisabeth von Sachsen-Merseburg (1672–1736) Enkelin Sylvius Nimrods und Herzogin. 1709 nahm die Witwe die Idee des eigentlich eingeschlafenen ›Ritterordens vom Todtenkopf‹ wieder auf. 306/326

Luitpold von Bayern (1821–1912) König ... naja. Prinzregent. Is ja auch was. 187/179

Lukian (~120–~185) Wanderreiches Satiriker-Leben mit mildskeptischem Blick auf die kurrenten Wahnideen. Enorm nachhallend — zurecht. 1973 Mondkrater für seine kleine Sternenreise-Novelle Ἰκαρομένιππος. 158/150–151

Lukrez (97–55) Epikuräer. Bedichtete in 7409 Hexametern die Sterblichkeit der Seele und das Fehlen von Göttern. Klar und rein. Und Mondkrater. 228/219

Lumnius, Joannes Fredericus (1533–1602) Theologe und früher Verfechter der Verlorenen-Stämme-Theorie. 306/315

Luria, Isaak (1534–1572) Hatte Zustände, in denen er sich viel mit Elias unterhielt, schwieg osholang und entwickelte die kabbalistische ṣimṣum-Theorie. 13/17

Lusitanus, Amatus (João Rodrigues de Castelo-Branco) (1511–1568) Marane und Erzarzt. 37/42; 252/264–266

Luther, Martin (Junker Jörg) (1483–1546) Doktor. Augustiner. Oder Jesus hatte gar nicht ›Tu es petrus‹ gesagt, sondern ganz was anderes oder gar nichts. Servierte das Christentum im zweiten Aufguß. Schaute dem Volk aufs Maul. Sehr frühe Nazisau. Konkurrierte lange mit Göte darum, des Deutschen schärfstes Spiegelbild zu sein. Als 1935 ein Mondkrater plötzlich Luther hieß, da war es aber nach dem Astronomen Robert Luther. 14/18; 121/130; 143/143; 151/147; 178/167; 252/264; 265/282; 266/284; 306/308–310; 306/315

Lütkemann, Joachim (1608–1655) Apothekersohn und Erbauungsmann. Als akademischer Theolog völlig redundant. Sein Hit in Tobolsk allerdings war das populäre und sehr angezeigte ›Vorschmack göttlicher Güte‹. 266/284

Macdonald, Étienne Jacques Joseph Alexandre (1765–1840) Glänzender General der Revolution, glänzender Marschall Napoleons — an allen Fronten bewährt. Riet 1814 allerdings dem Mann, mit dem er am 18. Brumaire VIII geputscht hatte, das Abdanken an. Die Restauration machte ihn dafür zum Pair — und stellte ihn an die Spitze der Truppen, die den von Elba anrückenden Napoleon behindern sollten. Macdonald aber traute der Bourbonentreue der Soldaten nicht, machte kehrt und brachte vom 19. auf den 20. März Louis XVIII. in Sicherheit. Napoleon dann mochte er nicht als Feldherr gegenübertreten und bewies geschickt eine Universalloyalität, indem er sich seinem alten Kriegsherrn als einfacher Grenadier in der pariser Nationalgarde entgegenstellte. Erntete bis zu seinem Abschied aus dem aktiven Dienst 1831 noch allerlei Titel und Würden und starb auf seinem Schlößchen. 228/222

Macken, Walter (1915–1967) Schauspieler und Novellist. Gleich bei Erscheinen 1949 gebannt: ›I Am Alone‹. Zurecht verboten. Man ist nicht allein. 34/37

Magenau, Rudolf Friedrich Heinrich (1767–1846) Im Tübinger Stift freiheittrunken und engst zusammen mit Hölderlin. Gab Lyrik von sich. Später, als Pfarrer, auch Prosa. Einer, an dem nichts mehr zu entdecken ist. 165/157

Maikäferprozesse Blendende, rechtsstaatliche Idee! Man vergleiche damit das ungehobelte Vorgehen der Anthroposophen, vorgestellt in Hinter Büchern, Der Jacobi-Nachlaß. 126/132–133

Mann, Klaus (1906–1949) Feuriger Antifaschist und Opiumesser und Schlimmeres. Und schwul. Kein Genie. Zeigte aber schön, was man alles aus sich herauszuquetschen vermag,

Maximilian II. (1527–1576) Gebildeter Kaiser. Heimlich Protestant. Wollte zum Schluß nicht geölt werden. 181/170

McGahern, John (1934–2006) Irischer Autor, der durch Entlassung aus dem Schuldienst erzogen und dessen 1965 erschienene Novelle ›The Dark‹ (1969 deutsch ›Das Dunkle‹) verboten wurde. Reine IRA-Pornographie. Oder findet man das normal, daß in der irisch-katholischen Steppe ein Witwer nächtens seinem Sohn Zärtlichkeiten erweist? Ein albernes Verbot. Man würde sowas schon freiwillig nicht gelesen haben. 34/37

Medici, Alessandro de (1510–1537) Erdolcht von Vetter Lorenzino, der 1539 das Buch zu dieser republikanischen und keinesfalls anders motivierten Tat nachlieferte, die ›Apologia‹. Lorenzino aber wurde 1548 von einem jungen Dichter, der auf den herrlichen Stil der ›Apologia‹ eifersüchtig war, erdolcht. 252/267

Medici, Caterina de (1519–1589) Papstnichte und Königin Frankreichs. 252/267; 306/324

Medici, Cosimo de (1519–1574) Nachfolger Alessandros. Vorbildlicher Herrscher mit viel Spaß an Mord, Verrat und Steuern. 252/265; 252/267

Medici, Lorenzo II. de (1492–1519) Neffe Leos X. Starb vor Kummer, daß er Hanno nicht reiten durfte. Oder an Syphilis, die er gerne weitervererbte. Nur nicht seiner Tochter Caterina. Schriftlich bewidmet von Machiavelli in ›Il Principe‹. 252/263

Megasthenes (~350–~290) Diplomat und Indologe. Strabon nennt ihn Lügner. Bezieht das aber nur auf den Indologen Megasthenes. 147/147

Mehmet IV. (1642–1693) Sultan. Wußte nicht, was er vor Wien tun sollte und ging auf die Jagd. Wurde dafür 1687 abgesetzt und verbüßte eine sechsjährige Haftstrafe. 306/311

Merck, Johann Heinrich (1741–1791) Apothekersohn, hervorragender Knochenforscher und Publizist, nicht ganz so hervorragender Unternehmer. Ein ehrenwerter Verleger. Warum er sich erschoß, und was Göte damit zu tun hat → Hinter Büchern, Die Rilke-Bibliothek. 252/267

Merian, Anna Maria Sibylla (1647–1717) Entomologin und Kunstmalerin. 205/196

Meyer, Alfred Richard (1882–1956) Verlegersau. Das Selbstgedichtete war nicht so doll. 213/201

Meyer, Nicolaus (1775–1855) Bremer Senatorensohn und Arzt. Durfte aber Göte nicht nur ansprechen und mit Austern und Hummer versorgen, sondern auch jeglichen schweren Wein edler Provenienz, Heringe, marinierte Aale und Fäßchen Butter liefern, zudem mit allerlei Kleinkunst und Handschriften versorgen. Fromme Gaben, für die Göte stets ein freundliches Wort oder wenigstens Kopfnicken hatte. 244/255

Meyr, Melchior (1810–1871) Bedeutendster Schaffender des 19. Jahrhunderts. Wenns nur jemand wüßte. 346/361–364

Mohammed (~570–632) Hörte Stimmen. Zauberer: konnte Menschen den Kopf vom Rumpfe trennen und auf Pferden fliegen. 129/135; 228/223

Mohl, Richard (1799–1875) Professor, Justizminister, Bibliothekar. 52/61; 53/62

Molière (1622–1673) Anwalt. Lukrez-Übersetzer und Freund von Gassendi. Schlug sich nach Feierabend mit einem Theaterensemble herum und schrieb Stücke. 202/194

Molinos, Miguel de (1628–1696) Molinos' Erfindung ist einfach: Ich-Aufgabe, Ich-Übergabe und wenn kein Ich mehr ist, kann auch kein Ich mehr lippenbrabbelbeten, sondern erledigt man dies Geschäft stumm und gedankenfrei. ›Ruhegebet‹: das is was für Tersteegen. Und die Geschichte einer Epidemie:

Molinos liest als Kind brav Mystik und Bibel, wird Priester, sitzt rum, spricht kaum, gilt als weise. Da strömen die Mühseligen und Beladenen zu ihm und suchen Rat und Beistand und sind beeindruckt von so viel Weisheit. Und weil Molinos ungern spricht, führt er diese Seelen per Brief. Manchmal auch beschreibt er Zettel, die keine Briefe sind, Zettel auch, die er nicht drucken lassen will, einfach nur Zettel eben. Ein Franziskanerfreund aber ist von den Zetteln begeistert und will sie drucken. Molinos aber erlaubts durchaus nicht. Das petzt der Franziskaner bei Molinos' Beichtiger, und der will die Zettel auch sehen. Das ist ein Befehl und das muß Molinos dann auch tun. Der Beichtvater aber ist begeistert und gibt die Zettel nicht zurück, sondern gleich einem Drucker und auch die Inquisition ruft »Alles bestens!«. 1675 erscheint also ›Guia espiritual‹, der ›Geistige Wegweiser, die Seele von den sinnlichen Dingen abzuziehen und durch den innerlichen Weg zur völligen Beschauung und inneren Ruhe zu führen‹ — sofort Dutzende Auflagen und Übersetzung in Alles. Seit 1670 aber ist Molinos gar nicht mehr in Spanien, sondern in Rom und hat durch seine stille Art die meisten Kardinäle (darunter der baldige Innozenz XI.), die unvermeidliche Christina und Clemens X. sich untertan gemacht und bekehrt. Ganz Rom verstummt und betet nur noch wortlos, ja, in ganz Italien treffen sich plötzlich auf Anraten ihrer Priester Menschen, die sich nicht kennen, in Wohnungen, die sie auch nicht kennen, und schweigen gemeinsam und beten. Ganz Rom? Und die Jesuiten? Braucht man sie noch, die Exoteriker schlechthin, bei so viel selbständiger Innerlichkeit? Leider haben Jesuiten den Kadavergehorsam gepachtet und können konstitutiv gar nicht gegen den Papst sein, der Papst aber ist nun stumm, abgekommen vom Weg, nicht mehr von dieser Welt, Innozenz läßt Molinos 1676 gar im Lateran wohnen, daß sein geistiger Berater ihm stets auch körperlich nah ist.

Wie holt man Innozenz zurück zu seinen Jesuiten? Scheiß auf das Attest der Inquisition: Molinos ist ein Ketzer. Die Jesuiten nennen die Ketzerei Quietismus und schreiben dagegen an. Innozenz aber verbietet diese Jesuiten-Bücher und verspricht nur, ›Guia espiritual‹ noch mal genau auf Irrlehren anzugucken. Hilfe aus dem Ausland muß her. Die Jesuiten tragens La Chaise zu, dem Beichtiger Louis' XIV.: der soll Louis, der grad die Bartholomäusnacht tüchtig nachbereitet, Bescheid stoßen über Molinos' Umtriebe. Das klappt. Perfid erhält der französische Kardinal und Quasi-Quiet d'Estreés Order, den Quietismusquatsch äußerst zu verfolgen, jeden schweigenden Franzosen zu bedrücken und kaputtzutreten und ein Gericht über Molinos zu beantragen. Innozenz ist traurig, aber Louis stark. Aber Innozenz ist auch siegesgewiß und erlaubt die Einleitung des Verfahrens. Da sperrt die Inquisition Molinos 1685 weg. Europa ist baff, der sympathisierende deutsche Pietismus zittert. Zwei Jahre Untersuchung wider Molinos folgen. Innozenz kann nichts tun, als September 1686, sie zu schützen, wenigstens eine Handvoll Quietisten zu Kardinälen zu machen. Februar 1687 werden in Rom 200 schweigende Priester und Adlige von der Straße weggefangen, doch Innozenz steht zu Molinos, gegen ihn unterschreiben wird er nichts. Da machens die Jesuiten ihm extraeng und beauftragen die Inquisitoren, den Papst über dessen Glauben zu befragen und ihn dabei mit seinem bürgerlichen Namen ›Benedikt Odescalchi‹ anzusprechen. Erst da gibt Innozenz nach. September 1687 wird ›Guia espiritual‹ indiziert und Molinos zu ›lebenslang‹ verdonnert: unter Anteilnahme des schweigenden Volkes wird er, auf offenem Karren, gefesselt und büßerbehemdet auf eine Bühne geführt und muß sich über Stunden die Verlesung des Prozeßprotokolls anhören. Am Ende lächelt er, gibt der Inquisition in allem recht und bittet, noch kurz zum Volk sprechen zu dürfen, aber die Inquisitoren sagen humorig »Du bist doch Quietist und die Leute sind sowieso längst weg« und verbietens darum und tunken ihn für seine restlichen 9 Jahre wieder ins Verließ, in dem er die Vergünstigungen genießt, die Innozenz noch erwirken konnte: dreimal die Woche fasten, viermal im Jahr beichten, Kommunion haben, sooft der Beichtiger es gutheißt, ansonsten aber beten und rosenkranzen, sooft Molinos selbst mag. Und während Molinos all das freudig schweigend tut, verdammt blutenden Herzens Innozenz in der Bulle ›Caelistis Pastor‹ 68 von Molinos ungesagte Sätze. Die Nachwelt aber belehrt ein Grabstein: »Hic jacet D. Molinos, magnus ille haereticus«. 369/387

Moltke, Helmuth Karl Bernhard Graf von (1800–1891) Eisenbahnfreund. Focht für die Türkei gegen die Kurden, eh er Frankreich niederrang. Muß irgendwo eine Wohltat begangen haben, denn so stehts 1935 in der Urkunde zur Verleihung eines Mondkraters. 346/363

Mörike, Eduard (1804–1875) Wie gesagt: tiefes Pfäfflein. Sammelte Steine. Grüßte Hölderlin. Schrieb mal, schrieb mal nicht. Krisisch bewegt und Frühstpensionär. Und, hoch anzurechnen: ließ ab von einer Angeschmachteten, als er sah, daß die der entlaufenen Mystikerin ›Sonnenweib‹ anhing. 227/217

Mout van der Meer, Douwe (1704–~1760) Pfiffiger Rummelplatzler. 258/271

Müller, Ernst (1880–1954) Puh ... Müller will lang Rabbiner werden, kommt dann aber in Kontakt mit Wagners Notenraunen und Spiritismus. Versucht, während eines naturwissenschaftlichen Studiums in Wien, seiner inneren Wirr mit dem wirren Mix aus Theosophie, Christentum, Zionismus und jüdischer Mystik Herr zu werden. Ein Psychiater rät ihm eine Kaltwasserkur an. Die ist gut, aber zu kurz. Der sterbende Herzl spricht mit ihm — 1905 promoviert Müller noch über ›Bewußtseinsprobleme‹, schmeißt dann alles hin und wird

1907 Lehrer in Jaffa. Palästina ist ihm identitätsstiftend. Das beruht nicht auf Gegenseitigkeit. Im Gegenteil: Palästina findet Müllers Hebräisch zu schwach und will nicht, daß er länger Lehrer ist. Da schlägt Müller sich so durch, durchstreift das Land, ist beeindruckt ... von allem und so. Sehr mystisch da. Alles so voll von alten Religionen. Auch konzipiert er einen unveröffentlichten Roman über Luria. Malaria erst zwingt ihn 1909 zurück nach Wien, dort aber er sich als gespalten und in der Umklammerung »unbekannter Mächte« und von »einer ganz anderen Art geistigen Innenlebens« empfindet. Sein Bruder schaltet ihn 1910 mit Steiner kurz. Steiner weiß sofort alles über Müller. Müller ist erschüttert. Steiner sagt: »Werde Bibliothekar an der Israelitischen Kultusgemeinde in Wien« und Müller wird es. Von 1911 bis 1938. Nach Feierabend arbeitet Müller an Übersetzungen aus dem Hebräischen und Jiddischen, pumpt sich mit Steiner voll und findet über dessen Auffassung christlicher Mystik schon bald wieder zur Kabbala zurück und beginnt verrückte Verknüpfungen, die ihm Lebenszweck werden und auf die er lebenslang Monopol haben wird. Steiners pointierte Sicht des Judentums ... ach ... nach Steiners Tod lehrt Müller sogar an Waldorfschulen Gesang und ist alles gut. Und doch: Judaisten weisen Müller anthroposophische Vergewaltigungen des eigentlich sehr dehnbaren Sohars nach, Anthroposophen sehen Steiners Genie gemindert — etablieren wird sich Müllers Spagat nicht. Dafür wird November 1938 seine Bibliothek geschlossen. Müller bleibt heiter. Zwar kommt er nicht, wie gewünscht, als Bibliothekar nach Jerusalem, aber England höchstselbst nimmt ihn auf, Juni 1939 reist er über Dornach nach London. Heiterer Seele, wenn auch krank und gelähmt an Leib. Aber ihm bleibt noch locker Zeit, sein verschrobenes opus magnum zu schreiben, 1946, die ›History of Jewish Mysticism‹. O, gäbe es Forschung zu Müller, ihre vornehmste Frage wäre wohl, ob nicht etwas Wahres an Müllers Gelenkigkeit ist, etwas Wahres, das aber komplett außerhalb alles Richtigen liegt. 363/382

Müller, Johannes (Regiomontanus) (1436–1476) Allerbedeutendster Astronom und Trigonometriker. Sternwarten- und Druckereibetreiber. Keinesfalls Verlegersau. 108/117; 108/119

Münster, Sebastian (1488–1522) Sprachbegabter Franziskaner. Trat 1529 aus und konvertierte 1530 in Basel. Unermeßlich sinnliches Interesse an einem Plan der Welt. 252/267

Muzafar II. (~1480–1526) Sultan von Gujarat. Letzter seiner Familie. 252/262

Nanusunsap Taubengott. Nähere Nachricht ist unterwegs und wird in Hinter Büchern, Väter & Söhne präsent sein. 116/126

Napoleon Bonaparte (1769–1829) Zeitgenosse Hölderlins. Kaiser der Herzen und Franzosen. 223/210

Nestorius (~385–~452) 428 Bischof von Konstantinopel mit immerhin schwachfeuchter Neige noch Vernunft: predigte gegen den Marienwahn und behauptete, Maria sei Mutter nicht der Gottnatur Gottes, sondern der Person Jesus Christus, die irgendwie zwei Naturen habe, Mensch und Gott verwurbelt, auf keinen Fall eine klare Gottesgebärerin, das sei sie nicht, das nämlich sei ein Insekt. Christusgebärerin sei sie und kein Insekt. Aber gehts so? So geht es nicht. Bischöfe stehen gegen Nestorius auf und schimpfen. Besonders steht Kyrill von Alexandrien auf, der ganz Konstantinopel nicht leiden mag, weil Alexandria viel schöner ist, und fragt schnippisch: was denn mit der Trinität sei, he? Klar sei Maria Gottesgebärerin, Unverschämtheit. Und Kyrill läuft zum Bischof von Rom, der bald Papst von urbi et orbi sein will und immer für eine Schwächung Konstantinopels zu haben ist, und der stimmt zu. Darauf schickt Kyrill Nestorius zwölf Irrtümer und verlangt, der soll denen abschwören oder der Exkommunikation harren. Nestorius versteht das nicht und bittet Kaiser Theodosius II. um Hilfe. Und wo nicht um Hilfe, so um Rat. Das ist aber alles von Kyrill gewollt, und Kyrills teuflischer Plan geht auf, denn Theodosius sagt: »Lasset uns Konzil halten«. Also gibts 431 Konzil zu Ephesos und Kyrill verhindert, daß die Nestorius-Gefolgschaft erscheint, besticht die Unentschlossenen, stellt die Rechtmäßigkeit der Versammlung fest, läßt draußen das Volk, daß die Woche zuvor noch sich für ›Diana‹ wundgeschrien hat, aufmarschieren und drückt gegen den einsamen Nestorius seine Idee durch, was denn mit der Trinität sei und daß Maria einen Gott geboren hat. Nestorius wird abgesetzt und als Häretiker deklariert und grad, als er in die Wüste deportiert werden soll, da kommen die anderen an, die Nestorianer, sind empört und machen ihr eigenes Konzil und exkommunizieren Kyrill.

Oken, Lorenz (Ockenfuß) (1779–1851) Herausgeber der ›Isis‹ und Professor für Medizin und Liebling der Studenten. So sehr beseelt vom Wunsch, die wissenschaftliche Nomenklatur zu verklaren, daß er tausend neue deutsche Worte erdachte. Entdecker des Zwischenkieferknochens. Erst von Göte gemocht, dann aber aus Zwischenkieferknochen- und Mondkraterneidgründen scharf gemobbt und verfolgt. Darüber in Hinter Büchern, Die Rilke-Bibliothek. 87/96; 346/361

Olsen, Regine (1822–1904) Kurzfristig Verlobte Kierkegaards. 214/204

Oporinus, Johannes (1507–1568) Lehrling bei Paracelsus und Drucker. 306/323

Orosius (~385–420) Des rechten Römers Denkart brachte Caligula zum Ausdruck, Sueton 31: »Queri etiam palam de condicione temporum suorum solebat, quod nullis calamitatibus publicis insignirentur; Augusti principatum clade Variana, Tiberi ruina spectaculorum apud Fidenas memorabilem factum, suo oblivionem imminere prosperitate rerum; atque identidem exercituum caedes, famem, pestilentiam, incendia, hiatum aliquem terrae optabat« — »Offen beklagte er die Ungunst seiner Zeit, die von keinem verheerenden Unglück ausgezeichnet sei. Augustus bleibe durch die Niederlage des Varus, Tiberius immerhin durch den Einsturz des Amphitriums bei Fidena erinnerlich; allein seinen, des Caligulas Tagen, drohe Vergessenwerden durch allgemeines Wohlleben. Und so wünschte er sich denn den Untergang seiner Armeen, Hungersnöte, Pest, Feuersbrünste und Erdbeben herbei«.

Orosius aber? Las als Kläffer die Krumen von des Augustinus Tisch und nagte am Problem, daß die Christenschar ja noch deutlich größer sein könnte, machten nicht so viele Heiden das Auf des Christentums für das Ab Roms verantwortlich. Also wies Orosius nach, daß schon vor Christi Geburt Katastrophen waren, konnte aber nie ganz klar machen, was, bei immerdarem Menschenpech, am Christengott attraktiv sein soll. Hat wohl falsch gewichtet, daß Menschen Gottes Freiheit, das Unglück nach Gusto zu verwalten und weder an Maß noch Cäsur gebunden zu sein, weniger hoch schätzen könnten als die Überlegung, daß, vor lauter identische Elende gestellt, unter Berücksichtigung des Diesseits eine Entscheidung für den Christengott gleichgültig ist. So liegt des Orosius eigentliches Verdienst allein darin, als erster systematisch die Zählung ›a. u. c.‹ angewandt zu haben. 147/145; 178/167

Orpheus (1283–1225) Mein Sohn, an dem ich Wohlgefallen hatte. Erster Dichter. Ja, natürlich: Enheduanna, Ptahhotep, Ipuwer, Chacheperreseneb und Konsorten —? Das war aber eben alles noch nicht so ganz das Richtige, etwa so, wie der Australopithecus afarensis noch nicht ganz hundertprozentig Mensch war. Argonautiker. Hadeskatabatiker. Kein Mondkrater. Seine Lyra aber gleich ein ganzes Sternbild. 177/166

Ottheinrich von der Pfalz (1502–1559) Der verschuldetste (1 000 000 Gulden), fetteste (200 Kilogramm) und bücherliebendste Fürst seiner Zeit. An einigen Tagen verfolgten ihn bis zu 600 Gläubiger. Ihrethalber — und nicht weil er Protestant war — wurde sein Besitz versteigert und über ihn Reichsbann verhängt. Ottheinrich floh in ein Karmeliterkloster und probierte sich dort am Goldmachen. Das mißriet. Erst der Tod seines Bruders gab ihm wieder gewisse Barmittel an die Hand, die ihm erlaubten, abermals eine Bibliothek zusammenzukaufen (→ Bibliotheca Palatina). 306/323–324

Otto, Georg Christian (1763–1828) Freund Jean Pauls seit Kindertagen und Privatier. 244/255

Otto I. (912–973) Kaiser. Wehrte den Ungarn (→ Lechfeld). 354/371

Otto II. der Aussterbende (1226–1248) Herzog. Letzter der Andechs-Meranier. Jagdunfall. 228/220

Otto IV. der Reiche (1271–1318) Graf von Orlamünde-Plassenburg. Hatte viel Geld und dann auch noch vorteilhaft geheiratet. 228/220

Otto VII. der Auchaussterbende (~1300–1340) Graf von Orlamünde-Plassenburg. Letzter der Orlamünder. Orlamündes Hoffnung sozusagen. Hat sich nie wieder davon erholt. Der ganze Ramsch ging an die Hohenzollern. 228/220

Otto von Freising (~1112–1158) Zisterzienser und Bischof und Onkel Barbarossas. Beschrieb von 1132–1146 siebenbändig die Weltgeschichte und gab als Treueprämie einen Band Apokalypse dazu. Lag dann für Bernhard als Heerführer vor Jerusalem und überlebte knapp. Apologet der Staufer. Wäre aber nie mit Barbarossas Enkel Friedrich II. zufrieden gewesen. 354/372

Oudry, Jean-Baptiste (1686–1755) Malte meist Tiere in sämtlichen Lebenslagen, gesellte ab und an auch einen Louis hinzu. 258/271
Overbeck, Franz (1837–1905) Lehnte als Professor der Theologie die Möglichkeit christlicher Theologie ab. Rührend loyaler Freund Nietzsches. 336/351
Overbeck, Ida (1848–1933) Von Nietzsche dazu ausersehen, durch Loben Nietzsches Paul Reé in der Gunst Andreas-Salomés auszustechen. Allein ...! vergebens. 336/351
Ovid (43–~17 n.u.Z.) Verbannt. Dichter. Weder genug zu rühmen, noch genug zu beklagen. 207/330

Pallas, Peter Simon (1741–1811) Arzt. Promovierte über Eingeweidewürmer, fand damit nirgends eine Anstellung, eh Katharina ihn berief. 42/52
Panzer, Georg Wolfgang Franz (1755–1829) Nicht der 1729–1805 völlig gleichnamige Bibliophile und Bibliograph und Nürnberger und Pfaff und Pegnitzschäfer (→ Harsdörfer), sondern der gleichfalls Nürnberger, aber praktische Arzt, Herbariker und Freund hartschaliger Insekten, der nicht allein übersetzte, sondern auch eigene Bücher schrieb. Die allerdings stellten ›Ideen zu einer künftigen Revision der Gräser‹ vor oder waren der ›Versuch einer Geschichte der Laub- und Lebermoose‹. 170/158
Parraud, Jean Pierre (~1760–~1810) Machte ein großes Geheimnis aus seinem Vornamen, sagte immer nur, er hieße JP. Man konnte ihn aber auch Abbé oder Père oder einfach Monsieur nennen. Übersetzte 150 Jahre alte Reiseberichte nach Tibet, aber auch welche nach Arabien und Ägypten. Und Geschichten Sumatras und Kentuckys. Machte 1785 sogar Swedenborgs ›De commercio animae et corporis‹ französisch und übertrug kleine französische Spielereien ins Italienische. Wie Fontenelle Mitglied der ›Academia dell' Arcadia‹, Sektion Rom — eine Gesellschaft, die 1690 von Christina-Freunden gegründet wurde, sich der Dominanz der rationalen französischen Klassik entgegenzustemmen. Auch Göte trat Januar 1787 bei und war bescheiden genug, dessen in der ›Italiänischen Reise‹ ausgiebig Erwähnung zu tun und den Text der Ernennungsurkunde gleich komplett mitzuliefern. 6/11
Pascal, Blaise (1623–1663) Spieltheoretiker und Erfinder der ersten Omnisbuslinie. Mondkrater. Die ganze Wahrheit über Pascal in Hinter Büchern, Der Jacobi-Nachlaß. 58/65
Paul III. (1468–1549) Papst. Verlor 1522 und 1523 knapp die Wahlen gegen seine Vorgänger. 1534, im dritten Anlauf aber nicht. Wütend und mächtig, tat er erstmal ganz England in ein Interdikt, machte all seine Neffen zu Kardinälen und bestätigte die Jesuiten. 306/311
Paul IV. (1476–1559) Heißester Kandidat auf den Titel ›Wüstester und brutalster Papst‹. 252/265; 306/324
Paulos von Aigina (7. Jahrhundert) Alexandrinischer Frauenarzt. 181/169
Pausanias (~111–~180) Baedeker des 2. Jahrhunderts. 152/148; 308/332
Peiper, Carl Rudolph Samuel (1790–1879) Langlebiger Pastor. Erst sein Sohn aber wurde ein richtig bedeutender Orientalist und Altphiloge. 6/11–12
Pelagius (~370–nach 418) Ertz-Ketzer und brittische Mönchs-Schlange. Sah sich in Rom um und war als Asket beleidigt und begann ein Erz-Gejammre : es gebe keine Erbsünde, sondern Sünde käme daher, daß man Adam nachahme, Adam sei stets sterblich konzipiert gewesen und also Tod nicht der Sünde Sold, überhaupt führten drei Wege zur Seligkeit : die Gesetze von Moses, Christus und der Natur, was doch ein ganz gutes Angebot an die Heiden sei. Nicht mal Gnade oder Glauben an Christus sei vonnöten — wenn nur rechter Gebrauch gemacht werde vom freien Willen. Und Reiche, die könnten sich Seligkeit auch abschminken. Hätte aber schon Jesus gesagt (→ Nadelöhr). Augustinus jedoch lehre mit der aufgeblasenen Rolle, die bei ihm das Böse und die Gnade spielten, heidnischen Fatalismus und sei ein Manichäer.

Als Augustinus das hörte, weinte er sehr. Als aber Alarich 410 Rom plünderte, da wich Pelagius nach Karthago. Fehler. Denn da eben saß Augustinus und bekam eine gute Idee, Pelagius floh, eh Augustinus die ausführen konnte, dann doch gleich weiter, nach Jerusalem, aber Augustinus schenkte Orosius ein Pferd und viele antipelagianische Akten und Orosius verteilte die unter allen Mittelmeeranrainern und warnte besonders Hieronymus. Auch, wenns noch ein bißchen hin und her ging und Innozenz I., Bischof von Rom, der eigentlich sehr gern gegen Häretiker vorging, nicht genau wußte, was Augustinus eigentlich wollte, Manichäismus, das sei doch ... ehrenwert : es nahm kein gutes Ende. Augustinus bestellte

Praetorius, Elias (i. e. Hoburg, Christian) (1607–1675) Unangepaßter protestantischer Hilfsprediger … na, der Wahrheit die Ehre : ein pietistischer Myst. 306/326

Ptolemaios II. (308–246) Heiratete absichtlich seine leibliche Schwester. Hielt sich für Pharao. War auch Pharao. Umfassend gebildet, stachelte er den Priester Manethon an, in griechischer Sprache eine Geschichte Ägyptens zu schreiben — gut für die Nachgeborenen, die sonst gar nichts wüßten. Förderte alles, was ihm begegnete, besonders aber die, die ihm ein Epigramm auf seinen Namen wußten. Die meisten sagten dann ἀπὸ μελίτος (aus Honig), Πτολεμαῖος, und das reichte dann schon und sie wurden gefördert. An Bibliotheken konnte er gar nicht genug haben, darum sorgte er für ganz viele neue. Mit Gesprächen über die weite Welt ging es ihm auch so. Da machte er immer gerne mit. Sogar, als der jerusalemer Hohepriester Eleasar ihm 72 jüdische Gelehrte schickte, mit der Bitte, die Horde ruhigzustellen und doch 72 Tage auf Pharos einzusperren und vielleicht damit zu beschäftigen, daß sie mal den Tanach ins Griechische übertragen, da machte Ptolemaios den Spaß mit und verschärfte sogar ein bißchen die Bedingungen, denn er hielt die 72 Rabbis einzeln — mal gucken, was da ein jeder für sich so drauf hatte. Am Ende aber schafften es die 72 jeder für sich und stimmten sogar in jedem Buchstaben ihrer Übersetzungen überein und Ptolemaios freute sich und gab ein Fest und sagte, das soll dann jetzt auch ›Septuaginta‹ heißen und alle riefen »ἀπὸ μελίτος!« und am Ende des Abends wollte Ptolemaios sogar eine schöne Schriftrolle Septuaginta für die Bibliothek von Alexandria. 228/219

Putzel, Alfred Proust — Puschkin — Putzel : die Trias, die jedes Lexikon kennt, vor der die einfache Muse bloßen Erdenbeginn und das Ende des Wallens zu singen in heiliger Furcht erschrickt. Putzel aber schrieb nicht allein 1916 ›Der Gefangene‹, eine dramatische Ballade in fünf Aufzügen, er machte 1922 auch noch ›Fliegender Sommer. Aus den Papieren des Goswin Krell‹, und Putzel ist begeistert, sein Holzschnitter Rupprecht hat Thomas Mann den Krell geschickt, und »Thomas Mann, dem Herr Rupprecht das Buch sandte, schrieb am 8. Dez. 24, er nehme sich vor, ›auf das wirklich sehr reizvolle Werk in ruhigeren Tagen zurückzukommen‹«. Kam er auch, aber in Gestalt des ›Felix Krull‹. In der Weltliteratur der einzige Fall eines Doppelplagiats. 213/202

Quintilian (~35–~96) Kam mit Galba nach Rom, lehrte Rhetorik, feindete Senecas Stil an und wurde nach seiner Pensionierung Erzieher der Adoptivsöhne Domitians, Domitianus und Vespasianus. Aus denen aber nicht viel wurde — Kunststück bei einem Vater, der der damnatio memoriae anheimgefallen war. 265/279

Raabe, Wilhelm (1831–1910) Einziger Held der deutschen Reichsgründerzeit. War gewagt und abgehoben, während andere schreibend Geld verdienten. Raabe ? — Hurra ! 223/208 ; 306/309 ; 306/325

Rabelais, François (~1490–1553) Franziskaner, Benediktiner, Arzt, Romancier. Vielfach verurteilt. Wenig Freunde an der Sorbonne. Seine eigene Gattung. 306/321

Rabener, Gottlieb Wilhelm (1714–1771) Der Großsatiriker Eugen Roth hatte in Rabener einen Prosavorläufer. Im Nebenberuf allerdings Steuereintreiber. Sehr lustig auch als ein solcher. 265/277

Raynal, Guillaume Thomas François (Abbé Raynal) (1713–1796) Jesuit in Toulouse, wird aber nach einem Jahr Paris wegen erwiesener Freigeisterei 1747 aus dem Orden entfernt. Macht, was er vorher gemacht, eigentlich weiter : lernt. Und wird festangestellter Redakteur des ›Mercure‹, Hauslehrer, Salongänger, bekannt mit Melchior Grimm und Diderot und schreibt auf Zuruf und gegen Geld ausgedehnte historisch-politische Abhandlungen (1747 ›Histoire du Stadhoudérat‹, 1748 ›Histoire du Parlement d'Angleterre‹). 1750 nimmt ihn die Berliner Akademie als auswärtiges Mitglied auf — was er nutzen wird, bei einer seiner Stippvisiten in Berlin Friedrich ungefragt zu duzen. 1771, unter ungenannter Mitarbeit Diderots, rüttelt Raynal mit einer schaurigen Anklage der europäischen Umtriebe in den Kolonien, die er siebenbändig in Amsterdam drucken läßt, an Gewissen und ökonomischer Feste des Abendlands : ›Histoire philosophique et politique des établissements et du commerce des Européens dans les deux Indes‹. Die ›Histoire‹ wird indiziert und henkerverbrannt, gleichzeitig aber überallhin übersetzt, vierzigfach raubgedruckt und mit jeder von Raynal verantworteten Auslandsauflage noch erweitert und im Ton verschärft. Raynal, will er nicht das Schicksal seines Werkes teilen, verläßt Frankreich auf Jahre. 1780 Petersburg, 1781 Potsdam, dann Genf. Erst 1785 wagt er sich zurück, wenn auch nur nach Marseille, einen Fluchthafen im Rücken. 1791 sorgt ein frecher, wenn auch sympathisierender Brief an die Nationalversammlung für Unspaß. Die Revolution zeigt sich 30. März 1795 versöhnt und wählt Raynal mit Gründung des ›Institut national des langues et civilisations orientales‹ zu dessen Mitglied. Raynal aber hält sich für zu alt. Und hat ja auch recht. 33/36

Reber, Burkhard (1848–1926) Eigentlich doch Apotheker. Und über sein Apothekersein und den Bezug zu pharmaziehistorischen Realien Archäolog. Besaß nicht nur die Wahrheit über die Sarazenen in der Schweiz, sondern auch noch aberhunderte alte eben Apothekerrealien, jahrhundertealte Verschreibungen, vermoderte Drogen — und Bücher. 228/223

Rée, Paul (1849–1901) Philosoph? Ein Rad ohne Wagen. Stürzte 1901 einen Berg hinab. 337/351

Reichardt, Johann Friedrich (1752–1814) Hamannfreund. Hofkapellmeister Friedrichs II. mit revolutionären Ideen. ›Tätigkeitsungeheuer‹, wie Herder meint. Unbotmäßig gegenüber Göte und Schiller, die ihn mit allerberstendstem Haß verfolgen. Näheres Hinter Büchern, Der Jacobi-Nachlaß. 271/286

Reichsboykott gegen Reiherfedern auf Damenhüten Da wär Keller ja nun wirklich gern beigewesen, lieber noch als beim Exodus. 187/178

Reimer, Georg Andreas (1776–1842) Verlegersau. Bierbrauersohn. Besonders aggressive Geschäftspolitik. 244/257

Rembrandt (1606–1669) Gute Bilder. Porträtierte Menasseh ben Israel und die ganze Rasselbande. 14/19; 175/161; 306/316

Reubeni, David (1490–1541) Gott, der wievielte der Erlöser eigentlich? 306/311

Rey, Marc-Michel (1720–1780) Verlegersau. Verdienstvoll von Amsterdam aus wirkend. 276/288

Rhea Silvia (~800–~775) Königstochter und erste Vestalin und demzufolge keusch. Und warum? Weil ihr Onkel Amulius Silvius gemeint hatte, seinen Bruder Numitor vom Thron Alba Longas stürzen zu müssen. Da ersann Numitor den neuen Beruf der Vestalin, der bei Strafe des Todes für 30 Jahre Keuschheit abverlangt, und zwang seine Nichte auch gleich in den Dienst der Vesta, daß keine rachlustige Verwandtschaft aus diesem Schoß ihm erwüchse. Natürlich wurde Rhea Silva dennoch schwanger, gebar Romulus und Remus und gab vor, von Mars genotzüchtigt worden zu sein. Half ihr nichts, Strafe mußte sein. Hatten die Zwillinge, als sie ihre Aussetzung überlebt hatten, gleich einen Zwillingsgrund, Numitor fertigzumachen und Amulius wieder einzusetzen. Und Rom zu gründen. Eh der Totschlag dann kein Ende nahm. 228/219

Richardson, Samuel (1689–1761) Erst Verlegersau, in gesetzterem Alter dann Verfasser unfaßbar erfolgreicher und unfaßbar langer handlungsarmer Briefromane um weibliche Seelen. 265/283

Richer, Jean (1630–1696) Astronom und Mathematiker auf Außenposten. 88/98

Riemberg, Christian Wilhelm von (1744–1793) Übersetzer von einiger Gesinnung. 33/36

Riemer, Friedrich Wilhelm (1774–1845) Bibliothekar und gelehrter Göte-Sekretär. Pseudonym gab er 1816 seine lyrischen Gedanken ›Blätter und Blumen‹ kund. 233/238

Ritterorden vom Todtenkopf Unheimliche Sache. 306/326

Robert von Reims (Robert der Mönch) (~1055–1120) Wichtigtuerischer Benediktiner, behauptete, überall dabei gewesen zu sein, nicht nur in Jerusalem, sondern auch bei den Startvorbereitungen, den aufhetzenden Reden, die 1095 Urban II. in Clermont schwang. Dagegen gibt es sachte Bedenken. 354/372

Röchling, Hermann (1872–1955) Vermutlich der einzige Kriegsverbrecher, der in beiden Weltkriegen verurteilt wurde und der einzige des Zweiten Weltkriegs, der in Berufung ging und dessen Strafmaß heraufgesetzt wurde. Weil er sowieso nur Bruchteile abzusitzen hatte. 239/246–247

Rosencreutz, Christianus (1380–1484) Der Dionysios Areopagita und Hermes Trismegistos des deutschen Humanismus. Gottseidank ein reines Phantasieprodukt, entstanden unter Federführung des tübinger Stiftlers, Großallegorikers und Theologen Johann Valentin Andreae (1586–1654). Alles dabei : Frühformen der Anthroposophie, Spätformen der Kabba-

Semler, Johann Salomo (1725–1791) Rationalistischer hallenser Theologe, der Textkritik heiliger Worte verpflichtet. 223/209
Seneca (4–65) Eklektischer Philosoph und Prinzenerzieher. Schrieb erst für Nero die offizielle Apotheose auf Claudius, machte dann aber Claudius extraschlecht in der ›Apokolokyntosis‹. Ist das nun vorsichtig, feige, gerissen oder — weise? oder war er sich sicher, daß ihm das den Mondkrater eintrug? 312/333
Senitz, Elisabeth von (Cölinde Jesenium) (1629–1679) Verliebtes Burgmädchen, Lyrikerin. Mitglied des ›Pegnesischen Blumenordens‹. 306/325
Servet, Michael (1511–1553) Tausendsassa. Edierte Ptolemäus, trieb Astrologie, war Arzt, rechnete, theosophte, stand kurz vorm Blutkreislauf, kannte sich im zeitgenössischen Recht aus — und stolperte doch unglücklich in ein Feuer Calvins. Stolperstein aber war die herrschende Idee von etwas doch so Greifbarem wie der Trinität. 306/323
Shakespeare, William (1564–1616) Dramatiker und Sonetter. 228/220
Sichterman, Jan Albert (1692–1764) Hollands Mann in Bengalen. 258/271
Sigismund (1368–1437) Kaiser. Nürnberger. Legte Jan Hus rein. 107/116
Sigismund I. (1467–1548) Polenkönig und Brötchengeber von Hans Dürer. 252/265
Simón, Pedro (~1570–1630) Franziskaner. 306/315
Simonis, Christian (~1770–1830) Max von Wieds unentbehrlicher Gärtner, daheim und in Brasilien. Weil in Nordamerika kein Dschungel war und weil Christian da auch schon tot war : nicht mehr mit in die USA. 87/96
Sinclair, Isaac von (Alabanda, Crisalin) (1775–1815) Philosoph, Dramatiker, unbeliebter Regierungschef im Fürstentümchen Hessen-Homburg, Erzkamerad Hölderlins und glutroter Revolutionär. Über Jahre so ziemlich der letzte der Gerechten, auch wenn er in Jena — als ›Freier Mann‹, der sich selbst als »ganz unfähig« des Umgangs mit dem Weib bezeichnete — Hölderlin in eine Gartenlaube sperrte und in einer Weise bedrängte, daß Hölderlin sich fortschaffte und 1798–1800 und 1804–1806 in Homburg partout nicht mehr in einem Haus mit seinem besten Freund wohnen wollte. Starb unverheiratet als Gesinnungs-Österreicher während des Kongresses in einem wiener Puff, über und über bekleckert mit reaktionärem Scheiß und eingedenk seiner Mutter und Muse, von der er zeitlebens nicht ließ (seine letzte Notiz war »Vor allem, was ich tue, an meine Mutter denken, und ob es ihr gefiele«). Stieß 1807 gegenüber Hegel den Erzwunsch »Wollte Gott, alle diese abscheulichen Schicksale wären einmahl vorüber« hervor. Berühmt für seine exzessiven Bordellbesuche auch in Frankfurt, wie durch sein hegeldickes Buch über ›Wahrheit und Gewißheit‹ (drei Bände, 1200 Seiten, 1811 bei Hermann in Frankfurt und ebenda 1813 auf 287 Seiten der ›Versuch einer durch Metaphysik begründeten Physik‹ — beides in erster und einziger Auflage) sowie den Hochverratsprozeß, den der enttarnte Lotteriebetrüger und Schönling Alexander Blankenstein ihm ans Bein pinkelte. Auf ewig dem Gedächtnis der Menschheit aber eingeschrieben allein durch die liebende Loyalität, mit der er Hölderlin verfolgte, bis es nicht mehr ging, Sinclair selbst ämterlos vor einem von Napoleon, an dessen Krönungsfeierlichkeiten er eben noch teilgenommen hatte, hinwegmediatisierten Fürstentum stand und die Hofbibliothekarsstelle für Hölderlin nicht mehr aus eigener Tasche zahlen konnte. 244/256
Sintflut Nichts für Keller, der lieber austrocknete als ertränke. Und sicher nicht mit auf die Arche wollte. 153/148–149
Smidt, Johann (1773–1857) Bremer. Schrieb in seiner Jugend Hexameter (›Der Familientag zu Dungen‹). In Jena als Theologiestudent dann Kopf der ›Gesellschaft der freien Männer‹, hörte Lesungen aus dem ›Hyperion‹ (im Katalog seiner Bibliothek als vorhanden in erster Ausgabe angeführt), Bekanntschaft mit Hölderlin selbst. 1800 in Bremen Senator, 1821 Bürgermeister (mit Ausnahme 1849–1852 bis zu seinem Tod). Des Ex-freien-Mannes vornehmstes Ziel bei Regierungsantritt : »völlige Austreibung der Kinder Israels« aus der Hansestadt. Als das 1826 bis auf zwei Subjekte geglückt war, machte Smidt sich 1827 an die Gründung Bremerhavens. Sprach im Alter schlecht über seinen Freund Boehlendorff, hatte aber länger schon jeden Anstand verloren. Gilt in Bremen als Gott. 244/256
Smith, Joseph (1805–1844) Hatte Umgang mit Gott dem Vater, Gott dem Sohn und dem bis dahin völlig unbekannten Engel Moroni. Bekam Goldplatten mit unbekannter Schrift und aber auch gleich Übersetzungshilfen geschenkt. Erschlagen, als er fürs Amt des Präsidenten der USA kandidierte. Anders war er nicht zu stoppen. 79/88; 306/317

Tacitus (56–~118) Guter Name. Man muß das verstehen, daß ein Mann, streng republikanischer Gesinnung, wenn er unter den Kaisern Geschichte schreibt, auch mal gut lesbar die Wahrheit sagt. Gewerkschafter lügen ja auch nicht, nur weil die Zeit der Gewerkschaften nicht mehr ist. Auch wenn Gewerkschafter, anders als Tacitus, keinen Mondkrater haben. 140/142; 171/159; 177/167; 265/278; 310/333

Tauler, Johannes (1301–1361) Mystischer Dominikanerprediger. Sein Trick : erst die Seele entleeren, dann fürchterlich an der Leere leiden, dann warten auf die Fülle Gottes und, wenn die dann kommt, unio mystica machen. 306/309

Tersteegen, Gerhard (1697–1769) Krasser Realist und Kräutersammler. 369/386–388

Theophrast (371–287) Nach Aristoteles Chef der Peripatetiker. Diogenes Laertius meint, Theophrast sei an nachlassendem Arbeitseifer gestorben. In Wahrheit hat er sich zu doll über seinen Mondkrater gefreut. 178/167

Thomas von Kempen (~1380–1471) Augustinermystiker. Schrieb viermal die Bibel ab und aus Versehen dabei ein eigenes kleines Büchel, ›De imitatione dei‹, das ganz zart und fein mahnt und führt und tröstet. Nebst der Heiligen Schrift das meistverlegte Buch der Welt. Und viel mystischer. 306/309; 369/387

Thukydides (~460–~395) Teilnehmer und Historiograph des peloponnesischen Krieges. 181/169

Tiberius (42–37 n.u.Z.) Caesar. Schrieb Memoiren. Die sind verloren. Dennoch ist gut Kunde seiner Bescheidenheit auf die Nachwelt gekommen, etwa Sueton, der Tib. 26 davon handelt, wie Tiberius verbat, daß bei ihm geschworen werde, er schon gar nicht ›Pater patriae‹ oder ›Imperator‹ heißen wolle und ›Augustus‹ nur im auswärtigen Verkehr, er außerordentlich angeekelt das Gewanze des Senats zurückwies, der September in ›Tiberius‹ und Oktober in ›Livius‹ umzubenennen plante, »intercessit et quo minus in acta sua iuraretur, et ne mensis September Tiberius, October Livius vocarentur«. Cassius Dio (57 18,2) mit einer leichten Abweichung, aber um so gefälligeren Replik : »τῷ δὲ Τιβερίῳ τῆς βουλῆς ἐγκειμένης, καὶ τὸν γοῦν μῆνα τόν Νοέμβριον, ἐν ᾧ τῇ ἕκτῃ ἐπὶ δέκα ἐγεγέννητο, Τιβέριον καλεῖσθαι ἀξιούσης. ›καὶ τί‹ ἔφη ›ποιήσετε, ἂν δεκατρεῖς Καίσαρες γένωνται«« — »Da bedrängte der Senat Tiberius, zu erlauben, den November, dessen sechzehnter Tag sein Geburtag war, ›Tiberius‹ nennen zu dürfen. ›Und was‹, fragte Tiberius, ›werdet ihr tun, wenn euch mal ein dreizehnter Caesar wird?««. 228/222

Tiberius Sempronius Gracchus (~217–154) Vater von Tiberius Gracchus und Gaius Gracchus. Konsul 177 und wider die Sarden unterwegs. 169 übte er sein Zensoramt so streng aus, daß er unbeliebt wurde und er sich vor sich selber fürchtete und er anbot, ins Exil zu gehen. Was ihn wieder populär machte. 315/338.

Tieck, Ludwig (1773–1853) Derart höchste Blüte der deutschen Romantik, daß er sich in eine eigene Kategorie hineinwuchs. Sogar die paar wortlosen Jahre der Böhmelektüre sind spurlos an ihm vorübergegangen. Hielt — gemeinsam mit Friedrich Schlegel — 1807 Hölderlins Verse »für das höchste in ihrer Art in der ganzen modernen Poesie«. 244/257

Tigellius (~10 v. u. Z.–40) Kapriziöser Oboist und Sänger in Rom. Sarde. 315/338

Tillich, Paul (1886–1965) Sozialistisch angehauchter Theologe. 1933 in den USA. In Studentenkreisen hält sich hartnäckig das Gerücht, nur er hätte Schelling verstanden. 234/241

Tilliette, Xavier (1921–) Schellingprofi an der Gregoriana. Als solcher emeritiert. Als Jesuit nicht. 346/364

Timaios von Tauromenion (~345–~250) Legte aus der Verlegenheit eines langen Lebens ein umfangreiches, nur fragmentarisch erhaltenes Geschichtswerk vor. Galt als bösartig, erbarmungslos und fit. Haßte die Fehler anderer (Spitzname Ἐπιτίμαιος). Polybios haßte ihn dafür zurück — das eine so fruchtlos wie das andere, da trotz des Timaios schierer Unsterblichkeit beide zu keinem Zeitpunkt gemeinsam den Erdball bevölkerten. 308/332

Toller, Ernst (1893–1939) In München Rotarmist. Gefängnis, Expressionismus. Knüpfte sich in den USA auf. 234/240

Topsell, Edward (~1572–1625) Anglikanischer Theologe, der eine Geschichte der vierfüßigen Tiere schrieb und dafürhielt, daß Elephanten Sonne und Mond anbeten und schwanger werden vom Alraunekauen. 252/267

Tournefort, Joseph Pitton de (1656–1708) Botaniker. 115/122–123; 170/158

Traversari, Ambrosio (1386–1439) Kamaldulenser, dann General seines Ordens von Eremiten. Dabei zählt er zu den Top Five der Hellenisten jener Tage. 181/169
Trotzki, Leo (Lew Dawidowitsch Bronstein) (1879–1940) Schriftsteller. Diogenes Laertius wohl würde sagen : an nachlassendem Arbeitseifer gestorben. Das Gegenteil ist der Fall. Von einem Eispickel erschlagen. Fleißigster und begabtester der russischen Revolutionäre. Durchsetzungsfähig allerdings nur als Volkskommissar mit Zuständigkeit für die Rote Armee. 42/51
Tschesch, Johann Theodor von (1595–1649) Ausgebildeter Jurist. Aber muß man Ausbildung haben, um Mystiker zu werden? Eben nicht! Darum auch Mystiker. Darum, und weil er den einen Unfall da hatte. Während der Rekonvaleszenz schrieb er spiritualistisch-biographische Epigramme, und weils ihm gefiel, hörte er damit auch nicht auf, als er wieder gesund war. Erzählte überall von Böhme, denn dem war er begegnet. Dann war er verarmt und ohne festen Wohnsitz. Aber um so reicher und fester seine Seele. Seine Schriften sind allermeist ungedruckt. Und verschwunden. Was auch von den meisten seiner wenigen gedruckten gilt. Läßt sich also nur Gutes über ihn sagen. 306/310; 306/320; 306/326
Tucholsky, Kurt (1890–1935) Journalist, Gassenhauer, Satiriker. Lärmempfindlich. 234/239

Ulrike (Luise Ulrike von Preußen) (1720–1782) Königin von Schweden. Schwester Friedrichs II. Und auf seinen empfehlenden Wunsch hin Königin. 223/210
Unger, Johann Friedrich (1753–1804) Nicht wirklich eine Verlegersau. Verheiratet sogar mit einer erfolgreichen écrivaine (→ ›Julchen Grünthal‹) und Beaumarchais-, Mercier-, Marivaux- und Rousseauübersetzerin : Friederike Helene von Rothenburg. Bleibend Ungers Verdienst um die Journale, für die er den Kopf hinhält, aus der Vielzahl etwa Reichardts ›Deutschland‹, ›Lyceum der Schönen Künste‹ oder Archenholzens ›Minerva‹. Von Haus aus aber Holzschnitzer, interessiert ihn mehr als das Verlegen die Entwicklung einer Schrifttype von allgemeiner Akzeptanz. Über die denkt er viel nach, über die publiziert er auch viel — und führt sie aus : die Unger-Fraktur, zierlich-entschlackt der Antiqua angenähert. In der gesetzt etwa zeigt Unger 1794 ›Letzte Blätter von Karl Philipp Moritz. Zweite Probe neu veränderter deutscher Druckschrift‹ vor. Und weil alle Welt davon beeindruckt ist, wird ihm 1800 in Berlin eine Holzschneidekunst-Professur an der Akademie der Künste auf den Leib geschneidert, in höherem Sinn auch eine milde Form der Wiedergutmachung. Denn einiges an Spanischen Reitern war ihm in den Weg gelegt worden, 1784 hatte ihm ein der damit verbundenen Mehrarbeit unlustiger Zensor das Betreiben einer ersten berliner Tageszeitung untersagt, und erst recht das Lüderjahn-Regime war rührig geworden, als Unger die Lizenz zum Druck von Kalendern erwirbt und ab 1796 der christlichen Zählung das französische Revolutionskalendarium an die Seite stellt. Da aber gibt Unger nicht nach und kann nach Sturz Wöllners gar sein Recht erstreiten. 244/256
Usher, James (1581–1656) Enormer irischer Büchersammler und anglikanischer Bischof. Zu ihm und seinem Weltaltererrechnen Hinter Büchern, Die Rilke-Bibliothek. 306/319
Utré, Felipe de (i. e. Philipp von Hutten) (1505–1546) Hatte zu Hause nichts mehr gefunden. Da ging er nach Venezuela, was zu suchen. Gold. Wurde aber erschlagen. Von Mitsuchern, nicht von Eldoradobewohnern. 306/314

Valentinian III. (419–455) Dummer Caesar. Mordete seinen besten Mann. 228/222
Vandenhoeck, Abraham (~1700–1750) und **Anna** (1709–1787) Verlegersauehepaar. 88/97
Vasconcellos, Simão de (1596–1671) Jesuit. Schrieb die ›Chronica da Companhia de Jesu do estado do Brasil‹. 87/96
Veragrer Ein Völckchen bis zur Befriedung ausgerotteter Penninus-Anbeter. 228/219; 228/221–223
Vergil (70–19) Dichter, an dem Augustus zum Max Brod wurde. 265/279; 283/292
Verhaeren, Émile (1855–1916) Schwer erträglicher belgischer Pazifist, Korrespondent und Lyriker. Starb mitten im Krieg daran, daß er es eilig hatte, einem bereits abfahrenden Zug noch hinzuzusteigen, dabei ausrutschte und zerrollt wurde. 213/201
Verlaine, Paul (1844–1896) Vor Schnaps und Leidenschaft löste sich ihm die Welt auf in

farbige Worte, die er mal fing und stauchte und mal nicht. Bedeutender Probierstein der Übersetzer. Aber auch Katholik und schießwütig-schwul. 213/202

Verlorene Stämme Hand aufs Herz : die sind futsch und kommen nicht wieder. 306/314–321

Vesalius, Andreas (1514–1564) Refundator allen anatomischen Wissens und Mondkratermann. Man erwarte mit Spannung Hinter Büchern, Die Rilke-Bibliothek. 252/265 ; 303/305

Viktor IV. (irgendwie um 1138 herum) Als Gegenpapst zu Innozenz II. so schwach und grau, daß sich sämtliche Data verflüchtigt haben, gemeinsam mit dem eigentlich von Gott noch vorgesehenen fünften Monat Regentschaft. Bernhard von Clairvaux mußte nur einmal pupsen und Viktor unterwarf sich. Viktors IV. gleichnamiger Kollege 20 Jahre später, Gegenpapst Viktor IV., hielt sich immerhin fünf Jahre und wußte vermutlich nicht mal von seinem Vorgänger. 229/226

Villon, François (1431–1463) Ha ! 212/200 ; 213/204 ; 234/239

Vogt, Nicolaus (1756–1836) Herderbeeinflußter und rheinbegeisterter Mainzer. Ebenda 1784 Professor für Universalgeschichte. Dann unschuldig als Jakobiner proskribiert und Flüchtling. 1798 in Frankfurt, 1803 Heinse-Nachfolger als Bibliothekar. 244/256

Voltaire (François Marie Arouet) (1694–1778) Marke des 18. Jahrhunderts. Wofür er selbst gesorgt hat. Nach höchsten Werten strebend in Erkenntnis, Ethik und Börse. 88/97–98 ; 93/109 ; 163/155–156 ; 174/160 ; 176/163 ; 223/209

Voß, Johann Heinrich (1751–1826) Philologe, Hainbündler und Schwager Boies. Von allem, was weniger als 1800 Jahre auf dem Buckel hatte, übersetzte er Shakespeare, aus dem Französischen ein bißchen ›Tausendundeine Nacht‹ und ›Alemberts Versuch über den Umgang der Gelehrten und Großen‹ und sogar ist aktenkundig, er habe an den Bänden 2 und 3 der dreibändigen weygandschen Shaftesbury-Ausgabe (1776–1779, ›Des Grafen von Shaftesbury philosophische Werke‹) mitgemacht. Sooft er dessen aber bezichtigt wurde, dementierte er öffentlich — und war schmerzzerrissen, daß Hainbundbruder Hölty, 1776 mit 28 Jahren verstorben, ein Gleiches für den ersten Band nicht mehr tun konnte (für Weygand zu schuften, war verderbentragend, → Weygand).

Voß gilt als steif und pfefferlos. Das mag für seine Übersetzungen hingehn, Voß als Person aber befand sich in einem feurigen Dauerkrieg. Der Hainbund, 1772 gegründet, war seine mächtige Terrororganisation, die zu Klopstocks Geburtstagen und Ehren allzu Freizügiges den Flammen übergab : »Hernach … aßen wir, punschten, und zuletzt verbrannten wir Wielands Idris [1768 ein anonym erschienenes heroisch comisches Gedicht in fünf Gesängen] und Bildnis«. Ah, selbst, hätt er Florett fechten können : Voss hätts beiseite gelegt und zum Eisenschwert gegriffen, der einzigen Waffe, die ihm zu Gebote stand — denn es war ein Krieg, in dem es keine Gefangenen geben durfte. Besonders suchte Voß seine ehdemen Freunde heim, die nun seiner überspannten Schreibung griechischer Eigennamen nicht mehr folgen mochten (›Odüßee‹ und ›Athänä‹ etwa kosteten ihn die Freundschaft Lichtenbergs), oder aber abtrünnige Hainbündler, die im Schoß der Katholika gelandet waren (so verfolgte er Stolberg bis auf dessen Totenbett mit Pamphletchen, 1819 bei Wilmans ›Wie ward Friz Stolberg ein Unfreier ?‹). Sollte Voß aber selbst was machen, rein aus sich heraus, gefielen ihm am meisten rationale Idyllen. 42/52 ; 232/237

Voß, Heinrich (1779–1822) Sohn, Philologe und 1804–1806 Gymnasiallehrer in Weimar, 1806 mit Herrn Papa nach Heidelberg als Philosophieprofessor. Jean-Paul- und Vaterverehrer. 232/237

Vries, Simon de (1624–1708) Natürlich war Spinoza schwul und an Simon interessiert, das ist schon dadurch bewiesen, daß er so sehr für Toleranz war. De Vries war dennoch Schriftsteller, Übersetzer, Lehrer, Buchhändler und wohl der erste Spinozist der Welt, enger Freund und Briefpartner seines Baruch. Spinozas tuberkulöse Tage zu erleichtern, bot de Vries Spinoza eine Leibrente von 2000 Florins an — die schlug der aus, aber 300 wollte er wohl nehmen. Als Spinoza 1677 der Schwindsucht erlegen war, wußte de Vries nicht mehr, was er tun sollte. Also reicherte er 1679 nicht nur den Peyrère an, sondern legte 1685 in Amsterdam Reiseberichte Pierre Martin de La Martinières und des hamburgers Frederick Martens in die ›noordsche weereld‹, Norwegen, Lapland, Sibirien, Island, Grönland und Spitzbergen, vor und 1705, gleichfalls Amsterdam, André Phérotée de La Croix' ›Algemeene weereld-beschryving‹. 304/305

lief fort und brach angewidert jeden Kontakt ab, wenn nicht tatsächlich erfolgte Vorschüsse abzuarbeiten waren. So taten jedenfalls Voß, Hölty, die gräflichen Brüder Christian und Friedrich Leopold zu Stolberg, Claudius, Bürger, Herder, Gleim, Göte (dessen Korrespondenz mit Weygand mysteriös abhanden ist) — allein der junge Schiller, den Weygand nach dessen ›Räubern‹ gleichfalls köderte, hatte Glück. Selbst der Persilschein, was Schiller ihm, Weygand, auch einreiche, er werde es nehmen, mit dem Prädikat »Vom Verfasser der ›Räuber‹« versehen und zum Erfolg führen, ergab keinen Kontrakt. Schiller legte zwar ›Luise Millerin‹, die Vorstufe von ›Kabale und Liebe‹ vor, mochte dann aber zwei Monate lang nicht glauben, was Weygands Angebot war, eh er Weygand zum Teufel schickte. 33/36

Wiborada (~885–926) Heilige. Für Hinter Büchern relevante Patronin. 350/368–370

Widmannstetter, Johann Albrecht (~1506–1557) Orientalist. Papstsekretär. Las noch zu Lebzeiten Kopernikus' über eben den mitten in Rom. 306/323

Wied-Neuwied, Max zu (Baron von Braunsberg) (1782–1867) Indianerforscher, der sich einen Botokuden aus dem Regenwald nach Neuwied mitbringt und ihn ›Quäck‹ nennt. Quäck hält sich immerhin 15 Jahre. ›Tragischer Unfalltod‹ heißt es Winter 1833. 87/96–97; 93/109

Wieland, Christoph Martin (1733–1813) Ach … daß es so einen mal geben durfte! versöhnt leider mit Vielem. 244/254; 265/283

Wieland, Ludwig (1777–1819) Sohn und Versager. Denn : 1802 hing Ludwig mit Heinrich von Kleist und Heinrich Zschokke in der Schweiz ab. Zschokke erinnerte sich : »In meinem Zimmer hing ein französischer Kupferstich ›La cruche cassée‹. In den Figuren desselben glaubten wir ein trauriges Liebespärchen, eine keifende Mutter mit einem zerbrochenen Majolikakruge und einen großnasigen Richter zu erkennen«. Ein Schwur wird getan : ein jeder der drei wird die Szene zu Literatur gießen, Kleist als Lustspiel, Wieland als Satire und Zschokke als Novelle. Heinrich Geßner, der später noch hinzustößt, verspricht Hexameter.

Kleist hatte 1804 die erste Fassung des ›Zerbrochnen Kruges‹ fertig, überarbeitete die bis 1806 und wartete, daß Göte sich der Regie annahm und den Einakter in Weimar am 2. März 1808 zur Aufführung brachte. Geßner gleichfalls tat seine Pflicht und legte leicht modifizierte Hexameter, die eigentlich Karl Wilhelm Ramlers sind (und ihrerseits sich wiederum Salomon Geßners ›Der zerbrochene Krug‹ verdanken) vor — sogar Zschokke kam, reich verspätet, 1824 mit Prosa hinterm Ofen vor. Allein Ludwig brachte nichts zuwege.

Daß Göte allerdings Kleists Ein- zum Dreiakter machte, Müdigkeit zeugte, wo er nur konnte, die Schauspieler anwies, langweilig zu spielen, und einen neuen Schluß, der zu gar keinem Ende finden wollte, noch hinzutat, er die Inszenierung also absichtlich durchfallen ließ, Kleist einen Denkzettel zu verpassen und ihn kleinzuhalten und befriedigt denn auch seinem Tagebuch notierte »höchst ungünstige Aufnahme« — ist bekannt. Gar bemerkte er anderntags vergnügt über einen Beamten, der die Inszenierung ausgepfiffen hatte und vom Herzog wegen Ungebühr arretiert worden war : »Der Mensch hat gar nicht so Unrecht gehabt; ich wäre auch dabei gewesen, wenn es der Anstand und meine Stellung erlaubt hätten«. 244/255

Wiepking-Jürgensmann, Heinrich Friedrich (1891–1973) Prof. Dr. h.c. Sehr trübe Tasse. In der Jugend Rassist, war ihm die Zeit günstig und architektete er bald Nazi- resp. Wehrlandschaften. 1939 avancierte der wackre Gärtner als Himmlers Sonderbeauftragter zum ›Reichskommissar für die Festigung deutschen Volkstums in den eingegliederten Ostgebieten für Fragen der Landschaftsgestaltung‹ und vergab 1943 gern das Diplomthema ›Landschaftliche Gestaltung von Auschwitz‹ und war ab 1949 Professor für Landschaftsgestaltung in Hannover. Seine Elementarthese, daß Landschaft treuer Ausdruck ihrer Bewohner sei, mal Fratze, mal Antlitz, je nach Volk, zog er unbeugsam durch, ob der Kanzler nun Hitler oder Adenauer hieß. 359/378

Wilhelm II. (Friedrich Wilhelm Viktor Albert von Preußen) (1859–1941) Letzter deutscher Caesar. Unglücklich. Saß dem Schlieffenplan auf. 228/220

Wilhelmine Gräfin von Lichtenau (Wilhelmine Enke) (1753–1820) Gräfin seit 1794, Konkubine Friedrich Wilhelms II. von Preußen. 223/208; 223/210

Wilhelmine von Hessen-Kassel (1726–1808) Gattin Prinz Heinrichs, Prinzessin von alleine. 168/157

Wilhelmine von Preußen (1709–1758) Wohl nicht ganz unbegabte Bekannte von Voltaire,

Maupertuis und Lamettrie. Schwester Friedrichs II. und Heinrichs mit eigenem Kopf. 93/108

Wilkins, Charles (1749–1836) 1833 Sir. Als Drucker und Bürohengst 1770 für die East India Company nach Indien. Tat sich dort hervor in flinker Auffassung einheimischer Sprachgewohnheiten, lernte Persisch und Bengali, komponierte Lettern für die und druckte in ihnen die je ersten Bücher. 1781 rückte Wilkins zum offiziellen Übersetzer der Company auf und entzifferte die Kutila-Inschriften. 1784 sicherte er sich Gouverneur Warren Hastings' Gunst und begann ein Sanskrit-Studium und auch gleich eine nie vollendete Mahabarata-Übersetzung (William Blake fand das noch 1809 so imposant, daß er's im Gemälde ›Bramins‹ festhielt: Wilkins, übersetzend), 1784 aber auch wurde Hastings nach London zurückgepfiffen und der Tyrannei sowie kleinerer Räubereien angeklagt. Wilkins folgte seinem Gönner und schleuderte 1785 aus seinem Mahabarata-Konvolut die erste europäische Übersetzung der Gita hervor, Hastings, der die Gita auch sehr liebte und dem Prozeß (1788–1795 — Freispruch) gelassen entgegensah, steuerte ein Vorwort bei und versprach darin der Welt Friede und Seligkeit. Wilkins übersetzte, sammelte Indologica, wurde 1788 Fellow der Royal Society und 1801 Leiter der londoner Bibliothek der Company und schnitzte nebenher der göttlichen Schrift bewegliche Buchstaben. Die können sich natürlich nicht mit denen Humboldts messen. Wilkins aber schrieb 1808 — kurz behindert davon, daß die Bibliothek ausbrennt — eine Sanskrit-Grammatik, übersetzte weiter und schoß 1815 noch ›Radicals of the Sanskrit Language containing verb roots‹ hinterher und alle waren zufrieden und er übersetzte bis ans Ende seines Lebens immer irgendwas weiter. 6/11

William Atheling (1103–1120) Ertrunkener Prinz. 228/220

William Henry (1743–1805) Königsbruder. Heiratete heimlich eine Walpole. 33/36

William III. (1650–1702) Englischer König und mittelmäßiger Reiter. 58/65

Willigut, Karl Maria (Weiskönig, Uralter) (1866–1946) Ein ganz harter Fall. Siehe Hinter Büchern, Der Jacobi-Nachlaß, Anhänge. 306/326

Wilmans, Gerhard Friedrich (1764–1830) Großartiger Verleger. Überredete alle Welt mit üppigen Weingratifikationen. Nur Hölderlin nicht. 86/96; 243/253; 244/254–257; 245/257

Wimundus (Wymundus, Wermundus, Hamundus, Vermundus) Bischof. Wenn Abaelard gegen Bernhard einen Satz anführt, den Gregor VII. Bischof Wimundus gesagt haben soll, platzt eine kleine Verlegenheit auf. Hat Abaelard da was verschluckt, vielleicht ein ›I‹ bei ›Gregor VII.‹? Es müßte dann allerdings sich schon um Gregor VIII. — den Gegenpapstgregor von 1118–1121 — handeln, denn Gregor VIII. der Nichtgegenpapstgregor war Papst erst von Oktober 1187 bis Dezember 1187. Nämlich: Gregor VII. als Papst wirkte ziemlich zuverlässig 1073–1085. Als Bischof mit dem unbequemen Doppelsitz auf der Hebrideninsel Sodor und der Insel Man ist ein Wimundus aber erst von 1113–1151 auszumachen, ganz Zeitgenosse Abaelards. Man müßte da nochmal nachfragen. 229/230

Winckler, Heinrich Arnold Wilhelm (1796–1848) Philologenprofessor und Philhellene in Gießen. Heimste für seine Hermann-und-Dorothea-Tat 1833 einen Lobbrief von Augustinos Kapodistrias, Bruder des ermordeten Staatspräsidenten des befreiten Griechenland, ein. Der Darwinist, Proudhon- und Bakuninfreund Carl Vogt erinnert sich 1896 in seinen Memoiren: »Dr. Winkler, ein kurzer, dicker, stämmiger Philologe mit dem schauderhaftesten sächsischen Dialekt, den man hören konnte. Er hatte ohne Unterschied Lateinisch oder Griechisch von der untersten bis zu den obersten Klassen und lag hier in beständigem Kampfe mit den Schülern wegen der Konsonanten und Vokale, die weder das sächsische Ohr noch die sächsische Zunge zu unterscheiden wissen. B und p, d und t, e und ä, i und ü konnte der unglückliche Philologe ... [nicht] auseinander halten ... So half er sich denn mit den griechischen Bezeichnungen der Buchstaben und es lautete wahrhaft komisch, wenn er sagte: ›Ebaminontas — mit einem harten bi und einem weichen telda!‹ — Wänkler, wie er selber seinen Namen aussprach, war ein guter Philologe alten Stils, aber ein unverbesserlicher Säufer. Morgens um zehn Uhr schon mußte ihm irgend ein Schüler, den er bevorzugte, aus einer benachbarten Kneipe Rotwein holen, was damals in Gießen eine fast unerhörte Sache war, und nachmittags war er stets in solcher Weise besäuselt, daß meist das schwere, dunkelrot gefärbte Haupt ihm auf die Brust sank und ein lautes Schnarchen das Signal zu vollständiger Auflösung der Klasse gab. Seine Reden waren, wenn vorbereitet, in durchaus klassischen Phrasen gedrechselt; wenn unvorbereitet, geradezu pöbelhaft«. 233/238

Winterfeld, Adolf Wilhelm Ernst von (1824–1889) Begann seine Schreib-Karriere verdrossen mit der 900seitigen Studie ›Geschichte des Ritterlichen Ordens St. Johannis vom Spital zu Jerusalem. Mit besonderer Berücksichtigung der Ballei Brandenburg und des Herrenmeisterthums Sonnenburg‹, eh er aber auch Robert Burns und Poe übersetzte. 11/15

Wolf, Friedrich (1888–1953) Dramatischer Agitprop-Mann. Überlebte seine sowjetische Staatsbürgerschaft. 213/202

Wolgemut, Michael (1434–1519) Unbeschadet, daß über Wilhelm Pleydenwurff nichts bekannt ist, soll Wolgemut doch dessen verwitwete Mutter geehelicht haben. Wenn da man nicht schon vorher was lief. Nürnberger. 106/116

Wöllner, Johann Christoph (Chrysophiron) (1732–1800) So kleinkariert, daß kaum seine Wahnideen in ihm Platz haben. Sucht vor lauter Geistesenge sein Heil im Regieren. 222/208; 223/208–210

Wotjaken Sehr verständiges, sehr viel kosmologisches Wissen tragendes revolutionäres Völkchen. 42/51

Wreech, Curt Friedrich von (1650–1724) Pietist und Militär. 266/281–282

Wreech, Luise Eleonore von (1708–1784) Verheiratetes Burgfräulein. 268/283–284

Wüst, Walther (1901–1991) Shootingstar unter den Forschernazis, wurde als Jungindologe und Vedenfreund zum Rektor der Universität München katapultiert und richtete die Geschwister Scholl hin. Mußte sich allerdings außerhalb seiner Dienstzeit mit der Beantwortung privater Post befassen, etwa auch — als zuletzt Standartenführer — die seines Dienstvorgesetzten Himmler, so 28. März 1938 : »An : SS-Sturmbannführer Prof. Dr. Walter Wüst / Präsident des ›Ahnenerbe e. V.‹ / Lieber Professor Wüst! Ich möchte heute auf die Kalenderkunde zurückkommen, über die ich Ihnen schon einmal schrieb. Vor allem wäre zu klären, ob es zweierlei Rechnungen bezüglich der Jahreseinteilung gegeben hat, und zwar 13 Monate nach den natürlichen Mondmonaten von 28 Tagen und später dann 12 Monate willkürlich festgesetzter Art. Seit wann gibt es die verschiedenen Zeitrechnungen? Hier müßte die Welteislehre mit herangezogen werden, denn die Mondmonate zu 28 Tagen kann es ja erst geben, seitdem dieser Mond um die Erde kreist. In diesem Zusammenhang werden sicher noch eine Menge anderer Fragen auftauchen. Heil Hitler! Ihr H. H.« — und dann hatte er die Grabrede auf Heydrich halten müssen und dann stand schon wieder Himmler auf der Matte, 31. März 1944 : »An : SS-Oberführer Prof. Dr. Walter Wüst / Kurator des ›Ahnenerbe e. V.‹ / Bei der künftigen Wettererforschung, die wir ja nach dem Krieg systematisch durch die Organisation ungezählter Einzelbeobachtungen aufbauen wollen, bitte ich, auf folgende Tatsachen das Augenmerk zu richten : Die Wurzeln bzw. die Zwiebel der Herbstzeitlose sind in den verschiedenen Jahren in unterschiedlicher Tiefe im Boden. Je tiefer sie wachsen, desto stärker der Winter; je näher sie der Oberfläche sind, umso milder der Winter. Auf diese Tatsache machte mich der Führer aufmerksam. H. Himmler« — und so ging das immer weiter. Darunter litt seine Rassenforschung. Gut, daß Wüst ab 1945 für drei Jahre Zeit hatte, in Dachau zu forschen, auch die Universität entband ihn von Dienstverpflichtungen. Zwar waren Wüsts Studien bis 1991 nicht mehr so umfangreich und oft auch eher im befreundeten Ausland erschienen, aber je kleiner, je profundfeiner : 1956 16 Seiten (Die paläolithisch-ethnographischen Bären-Riten und das Alt-Indogermanische) und 145 Seiten in Helsinki (Idg. *p(')elek^ku- ›Axt, Beil‹ : eine paläo-linguistische Studie), 1959 22 Seiten in Neu-Dehli (Srnka-/Sanka- und Zubehör), 1960 7 Seiten in Rom (›Thakkura-‹. Zur Problematik der Indoarischen Zerebralisation und des Lehnspracheneinflusses) und 39 Seiten (Über einige Besonderheiten des Renjäger/Renheger-Glossars im Alt-Indogermanischen), 1961 3 Seiten (Goten in Indien?), 1966 (Sprach- und kulturgeschichtliche Beiträge zum Glossar der Achämeniden-Inschriften). Irgendwo muß der Typ einen Topf Nazi-Gold gehabt haben. Oder kann man neuerdings vom Schreiben so dünner Sachen leben, wo man es doch nichtmal vom versuchten Verkauf viel dickerer kann? 68/77

Wurm, Olaf (1588–1654) Dänischer Arzt und Archäologe. Veranlaßte, daß Nichtmelden von Runen und Steinen im Königreich Dänemark unter Strafe stand. 306/312

Xerxes I. (Ahasveros) (~ 519–465) Großkönig und Pharao. Bestrafte sehr richtig mit Peitschenhieben das Meer, das sich nicht überbrücken lassen wollte. Etwas, das Caligula später ihm nachtat. 228/218

Nachbemerkung zu Germar Grimsens *Hinter Büchern. Der Reigen.* und dicken deutschen Romanen

Ein Spaß im Walfischformat

von Wolfgang Hörner

»Großroman« kommt von mir. Germar Grimsen legt Wert auf die Feststellung, daß das meine Idee gewesen sei, nicht seine. Aber er hat sie akzeptiert. Unter einer Bedingung : Ich solle ein Nachwort schreiben, in dem ich erkläre, wie um Zeus' Willen ich denn auf so was komme.

Also : Großroman. Warum? Ich erlaube mir die Gegenfrage : Warum nicht? Etwas über eine Million Zeichen (genauso genommen 1 100 000, also etwas unter einem Drittel der Bibel), eineinhalb Kilo Frischbucheinwage, Format 16,2 x 25,5 cm, gut 1000 Namen, ein Durchtrab durch die Geschichte des Geschriebenen und in Schriftform verewigten Gedachten von der Antike bis heute, eine fußnötliche Wissensorgie, die ihresgleichen sucht, die Geschichte der religiösen Irrungen und Wirrungen der Menschheit, abgebildet in einem Roman — kann man da von einem Kleinroman sprechen, einem Romänchen, gar einer Romanovela? Gewiß nicht.

Etwas Erschröckliches eignet diesem Riesen, durchaus auch etwas Ungeschlachtes, vielleicht gar Unförmiges. Und damit reiht er sich nahtlos ein in eine große Tradition der deutschen Literaurgeschichte, in die Reihe der zart oder weniger zart monströsen Großromane nämlich, derer, die man taxonomisch getrost zur Ordung der literarischen *Cetae,* der Wale und Walartigen, zählen darf. Gleich zu Beginn der deutschen Romanliteratur, als die Originalromane anfingen, ein Lesepublikum zu erobern, gab es einen solchen Großkoloß unter den noch spärlichen Produkten deutscher Feder, Johann Timotheus Hermes' *Sophiens Reise von Memel nach Sachsen.* Erstausgabe 1769–1773 ; in der 1774 erschienenen, zweiten »vermehrten« — also fast aufs Doppelte angewachsenen — Ausgabe hat das Buch sechs Bände, ist zweieinhalb Kilo schwer, ¼ Meter dick, hat 3652 Seiten und etwas über 5 000 000 Zeichen; wobei der Autor mit jedem Band mehr Zeichen schindet, immer mehr Kleingedrucktes liefert, Fußnoten, in denen er seine immer zahlreicher werdenden Kritiker ebenso verbissen wie wirkungslos zu widerlegen sucht; vier Jahre später allerdings bezeichnet er den Umfang als Jugendsünde und merkte harsch an : »... ich würde, wenn ich jene letzte Ausgabe heute noch Einmal zum Druk besorgte, das halbe Werk wegstreichen«. Das Ganze der Versuch, der deutschen Nation ein würdiges Gegenstück zu den Riesenromanen des Engländers Samuel Richardson zu liefern. Ein riesiger, träger Blauwal also gleich am Anfang. Kurz darauf, nämlich 1783–1788, geht es weiter mit etwas, das mehr einem Physeter gleicht, einem streitbaren Pottwal, der Jagd auf andre Ungeheuer macht: Christian Gotthilf Salzmanns *Carl von Carlsberg oder über das menschliche Elend* (sechs Bände, 2178 Seiten, 18 cm Regalbreite, 1,8 kg, aber locker gesetzt und deshalb nur ca. 2,5 Millionen Zeichen), ein Roman, der den Kampf sucht mit gesellschaftlichen Kraken wie Adelsprivilegien, Machtmißbrauch, Willkür, Aberglauben, falschen Sozial- und Krankensystemen undundund, kurz: mit allen, aber auch wirklich allen Mißständen seiner Zeit.

Bemüht man Hermann Melvilles Ordnungssystem der Wale in *Moby Dick,* sind diese beiden Bücher riesige »Folios«, gegen die sich Germar Grimsens Erstling fast bescheiden ausnimmt: *Der Reigen* ist bestenfalls ein zierlicher Oktavwal, gleichwohl stellenweise angriffslustig und von großer Wut (»Dieser Gentleman ist berühmt für seinen Schwanz, welchen er als Rute gebraucht, während er auf seine Feinde eindrischt« Melville, *Moby Dick*). Geradezu zierlich wirkt Grimsens Buch auch im Vergleich zu den anderen prächtigen »Folios« des letzten Jahrhunderts, wie etwa

- Robert Musils *Mann ohne Eigenschaften* (1,1 Kilo, 4,5 cm, 1672 Seiten in der einbändigen Ausgabe von 1952, etwas unter viereinhalbmillionen Zeichen)
- Hans Henny Jahnns *Fluß ohne Ufer* (uferlose 2,4 Kilo in der Werkausgabe, 14 cm Regalplatz, 2750 Seiten, von denen aber glatt 3cm, 630 Seiten Kommentar und Paralipomena abgezogen werden müssen, verbleiben noch ca. 4700000 Zeichen)
- Marianne Fritz' *Dessen Sprache du nicht verstehst* (13 Bände, 3390 Seiten plus 214 Seiten Begleitband, man mag die Zeichen gar nicht ausrechnen) und last but not least
- Arno Schmidts *Zettels Traum,* ein Folio mit dem Benehmen eines Drescher- oder Mörderwals (Melville: »er ist sehr wild«): nur ein Band, aber Din A 3, 33 x 44 cm (darin sind sich alle Rezensenten der Erstausgabe, die ich prüfte, noch einig), 8cm dick, 1330 Seiten (laut Gunnar Ortlepp), 1334 Seiten (laut Helmut Heißenbüttel, Hartwig Suhrbier, Jörg Drews), 1352 (nach Dieter E. Zimmer). Gewicht je nach Rezensent unterschiedlich zwischen 17 Pfund (Gunnar Ortlepp), 9,1 Kilo (Dieter E. Zimmer), 9,5 Kilo (Jörg Drews, Wolfram Schütte am 10. 8. 1970), 12 Kilo (Wolfram Schütte in einer früheren Rezension vom 4. 4. 1970), umgerechnet ca. 5000 Normalseiten (Heinrich Vormweg, Jörg Drews), umgerechnet ca. 7000 Normalseiten (Klaus Podak/Rolf Vollmann) ca. 10 Million Buchstaben [manifestiert sich hier der Unterschied der Geisteswissenschaften zu den ›exakten‹ Wissenschaften? Rolf Vollmann und Klaus Podak einigen sich später auf die vorsichtige Formel: ›sehr groß, sehr schwer, sehr umfangreich‹].

Und sind all diese von der schieren Größe her Blau- oder zumindest Pottwale, gleicht ihr Benehmen (sieht man vom sektengründenden Jahnn ab) eher dem Finnwal : »Der Finnwal ist nicht gesellig. Er scheint ein Walfeind, wie manche Menschen Menschenfeinde sind. Sehr scheu. Immer einzelgängerisch, in den entlegensten und feindseligsten Gewässern unerwartet zur Oberfläche kommend ...« (Melville).

Darunter gibt es die schwere Mittelklasse, die geselligen Buckelwale (»der mutwilligste und unbekümmertste unter allen Walen, er schlägt im allgemeinen mehr fröhlichen Schaum und weißes Wasser, als irgendein anderer von ihnen«), die aber immer noch Grimsens *Reigen* an Größe kräftig übertreffen : Moritz August von Thümmels so beschwingte *Reise in die mittäglichen Provinzen von Frankreich im Jahr 1785–86* (10 Bände, fast 2,5 Million Zeichen), Theodor Gottlieb von Hippels knorrige-komische *Lebensläufe nach aufsteigender Linie nebst Beylagen A, B, C* (3 Bände, 1838 Seiten, ca. 2 Million Zeichen), Jean Pauls großer *Titan,* der ziemlich genausolang ist wie Thomas Manns *Zauberberg* (ein bisserl über 2 Million) und etwas kürzer als Albert Vigoleis Thelens bis heute unterschätzte *Insel des Zweiten Gesichts* (2,5 Million) bzw. Eckhard Henscheids *Trilogie des laufenden Schwachsinns*, ebenfalls 2,5 Million. Nahe kommt Grimsen aber schon Wolf von Niebelschützens *Blauem Kammerherrn* (etwas unter 2 Million), Kellers *Grünem Heinrich* (ca. 1 700 000 Zeichen), bzw. Adalbert Stifters *Nachsommer* oder Ingo Schulzes *Neue Leben* (beide ca. 1,5 Million Zeichen), und ziemlich genau trifft er das Format von Martin Mosebachs dickstem Roman *Die lange Nacht* (1 100 000).

Bedenkt man nun freilich, daß der Leser mit *Der Reigen* zwar nur einen Band in der Hand, Germar Grimsen aber 12 (!) Bände *Hinter Büchern* im Kopf hat, dann versteht man, warum dieser Autor vom Buchtyp her den Physetern, vom Charakter aber mehr den einzelgängerischen Finnwalen gleicht, denn einem geselligen Bukkelwal vom Schlage eines Ingo Schulze.

Wie auch immer : »Groß« bleibt das Buch und nicht nur wegen seiner schieren Masse — denn kann man einen Roman nicht mit Fug und Recht »Großroman« nennen, der subkutan (und damit hätten wir den Generalbaß des Buches angesprochen) europäische Religionsgeschichte von der Antike bis heute abhandelt? Und nicht nur die europäische, sondern auch noch die jüdische, indische, islamische dazu — und zudem noch Ausflüge ins Sektenwesen aller fünf Kontinente bietet. Ein Buch, bei dem in derselben autodidaktischen Universal-Gelehrsamkeit und derselben profunden Kenntnis über Bremensien geschrieben wird wie über den Reichsboykott gegen Reiherfedern auf Damenhüten, den Nürnberger Ries-Dichter Melchior Meyr oder eben das Heer der späten Propheten und der religiös Verzückten — Guillaume de Postel, Bernhard von Clairvaux etc. —, bzw. über ihre Widersacher : die Enzyklopädisten, Gibbon, Lukrez u.a... Ein Buch, in dem es andre Bücher zu entdecken gibt (Hermann Borchardts Lagerbuch *Spiel der Landsknechte* etwa), und in dem natürlich den Freunden von Friedrich Hölderlins Dichtung manch neue Interpretation erschlossen wird. Ein Buch, in dem nichts einfach nur so dahergeschrieben ist, weil's bedeutend klingt, sondern bei dem einer am Werk ist, dem das Wort Recherche noch etwas bedeutet : vom Hölderlin-Erstdruck in den *Facsimile's* bis zu den vergessenen Buchstaben — der Leser kann sicher sein, daß es das alles wirklich gibt. Ein Roman, in dem endlich mal was über den Dadaisten Baader steht, über Coca-Cola und die Nazis, die wahre Herkunft des Bernhardiner-Hundes, wiewannundwo in Europa erstmals Nashörner zu sehen waren (Fußnote 252) ebenso wie eine grundgerechte Bewertung der literarischen und gedanklichen Leistungen Christian Fürchtegott Gellerts, »der in jedem entschiedenen Haushalt fehlen darf und soll«, in dem dem äußerst geschickt mit Wein als Zahlungsmittel agierenden Verleger Gerhard Friedrich Wilmans ein Denkmal gesetzt wird und in dem man auch die Geschichte des Abälard und der Heloise in einer idiosynkratischen aber höchst anregenden Nacherzählung treffen kann. Ein Buch der Bücher gewissermaßen, da es — natürlich — von Büchern und ihren Schicksalen handelt, von Autoren, Verlegern, Herstellern, von den Wonnen der Bibliophilie und ihren Fallen, vor allem aber vom Höllenkreislauf in die kapitalistische Maschinerie geratener Geistesgüter, und von einer Hauptfigur, die sich mit Büchern beschäftigt und dem Irrtum aufsitzt, ein Antiquariat sei ein Ort, sich mit den Inhalten von Druckwerken auseinanderzusetzen, nicht nur mit deren Wertsteigerungen und Preisen. Was Don Quichote die Ritter, das sind Christian Keller die geistigen Hervorbringungen der letzten zwei Jahrtausende.

Zugegeben : es gibt Stellen, an denen man sich durchbeißen muß in diesem Buch, auch mir ging das so. Und ein wenig fürchtet man sich auch vor so einem Autor, der immer alles so schrecklich genau wissen will und das dann auch noch tut. Aber er entschädigt mit dezidierten und begründeten Urteilen und augenöffnenden, treffenden Vergleichen wie »Pausanias : Baedeker des 2. Jahrhunderts« oder Hermann Hesse : »Karl May für Abiturienten«. Und einem Vokabular, bei dem einem auf jeder Seite Wortwunderlichkeiten und -schönheiten der seltsamsten Art anspringen : da »wiederwieselt« es im Laden, in Almanachen finden sich »Gesangshaufen«, »Tuttelweiblein« begegnen uns, »ein koronafransiges, dunkelfeuchtes Etwas« starrt uns entgegen und der »Denksimpel« Christian Keller führt durch das ganze Buch.

Allen Ernstes: soll man das Licht eines solch raren Exemplars der wohl im Aussterben begriffenen Species Selberdenker und Privatgelehrter unter den Scheffel stellen ? Jemandem, der dem schnellverdientenen Geld mit solcher Verve und Konsequenz den Rücken zudreht, den Ritterschlag des Geistes verweigern ? Sollte man so ein Buch mit einem schlichten »Roman« (was der Autor klaglos akzeptiert hätte) herabwürdigen ? Heute, wo jedes Jahr hunderte weitgehend auswechselbarer, weder die deutsche Sprache, noch die Wissenschaft, noch die Ästhetik geschweige denn die Romankunst bereichernde Büchlein als »Roman« bezeichnet werden ?

Grimsens *Reigen* ist unförmig, ungeschlacht, manchmal fast erdrückend, doch das ist gut so! Ein dem Schnellgeist des 21. Jahrhunderts entgegengeschleuderter Brocken : Aber zugleich — wie jede gute Literatur — ein Stück buchgewordne Lebensform, ein bestaunenswertes Monument der Sorgfalt und schriftstellerischen Handwerkskunst, ein Unikum, das unter Artenschuz gestellt gehört, und dazu noch ein Buch, das einen grandiosen Wort- und Aberwitz entfalten kann, das bisweilen schlicht und einfach enorm komisch ist, ein Spaß eben. Ein Spaß im Walfischformat.

Wolfgang Hörner